THE NEIL GAIMAN

널 게이먼 베스트 컬렉션

READER

하빌리스

추천사

닐 게이먼 때문에 나는 길을 가다 거미를 보면 걸음을 멈춘다. 거미를 쫓아 버리거나 죽이려고 하는 대신, 얼어붙은 채로 서서 이 다리 8개 달린 형제가 무언가를 털어놓지 않을까 생각하게 된다. 나는 거미의 이야기를 들을 준비가 되어 있다. 좀 더 자세히 얘기하고 싶지만 그러면 이 추천사는 『아난시의 아들들』만을 위한 글이 되어 버릴 테니 여기까지 하겠다. 이 책에는 훨씬 더 많은 작품이 한자리에 모여 있으니 말이다.

나는 아직도 내 세계보다 게이먼의 세계에서 더 많이 살고 있다. 나 같은 사회 부적응자들에게는 그의 세계로 탈출하는 것만이 현실 세계를 견딜 수 있는 유일한 방법이었다. 닐 게이먼은 읽는 이가 집착하게 만드는 작품을 창조하는데, 사실 이조차 내게는 너무 단순한 표현이다. 모든 위대한 예술에는 헌신적인 팬들이 따르기 마련이지만, 특히나 게이먼은 장르에 상관없이 모든 작가들과 괴짜들에게 말해 주기 때문이다. 세상 사람들이 언젠가 떠나야 한다고 말하는 이 경이로운 세계를 절대 놓지 않아도 된다고. 물론 최고의 작가들은 일찌감치 깨달은 진실이기도 하다. 현실 세계의 맞은편에 환상의 세계가 있는 게 아니라 그 모두가 현실이라는 것을, 우화가 아니라 진짜라는 것을 말이다.

내가 판타지로의 탈출이 절실히 필요했던 2001년, 『신들의 전쟁』에 미친 듯이 빠져든 이유도 그 때문이었다. 하지만 그 소설이 나에게 준 것은 탈출이 아니었다. 그 소설은 훨씬 더 급진적인 것을 제안했다. 잊혀진 신들이 쇠퇴기에 제대로 적응하지 못한 채 여전히 우리 주위에서 살아가고 있으며, 우리가 더 이상 그들을 믿지 않는다고 해서 그들이 우리를 건드리지 않는 건 아니라는 점이었다. 이는 신들의 교묘한 책략이 아니라 신화의 중요성이 계속되는 것을 의미했다. 결국 신화는 한때 종교였고 그 이전에는 현실이었으며 여전히 우리 자신에 대해 많은 것을 말해 주고 있었다. 닐 게이먼은 신화 창조자인 동시에 꿈의 복원가였다. 나는 내가 민간전승으로 전락하지 않도록 구원받는 캐릭터를 원한다는 것을 꿈에도 몰랐다. 닐 게이먼이 거의 잊힌 어린 시절의 노래를 가져다가 살아 숨 쉬는 전투적인 영혼을 불어넣기 전까지는. 그런 다음에 그는 그 영혼들을 전혀 준비되지 않은 현실로 던져 버렸다.

이 컬렉션에는 환상적인 짐승들, 이상한 힘을 가진 평범한 사람들, 평범한 투쟁을 하는 이상한 사람들, 지상 세계, 지하 세계 등 당신이 생각했을 때 현실적이지 않은 현실 세계가 가득하다. 어떤 이야기들은 3페이지에 걸쳐 이상한 세계들을 안내한다. 또 어떤 이야기들은 끝이라기보다는 잠시 멈춘 듯하고, 어떤 이야기들은 시작하기보다는 멈춰 선 채 당신이 따라오기를 기다린다. 도시 전체를 배경으로 하는 이야기도 있고 오직 방안에서만 일어나는 이야기도 있다. 어린 시절의 경험이 어른이 되어서까지 영향을 미친다는 사실을 보여 주거나 어른이 아이다움을 잃으면 어떻게 되는지 보여 주기도 한다. 경고만 하고 독자를 놓아주는 이야기도 있고 너무 꽉 붙들어 매 벗어나는 데 며칠씩 걸리는 이야기도 있다.

여기서 끝이 아니다. 소설가 토니 모리슨은 톨스토이 자신은 오하이오주로레인에 사는 흑인 소녀를 위해 글을 쓰고 있다는 사실을 절대로 몰랐으리라고 말한 적이 있다. 닐도 신들과 괴물이 몇 세기 동안 지워졌다는 사실 때문에 큰 충격과 혼란으로 비틀거리는 자메이카 소년을 위해 글을 쓰고 있다고는 결코 생각하지 못했을 것이다.

닐 게이먼의 만화나 그래픽 소설이 나를 그의 팬으로 만들었다면 그의 소설은 나를 다른 무언가로 만들었다. 나는 이 컬렉션을 집어 들어 닐 게이먼의 소설을 처음 읽게 될 사람들이 부럽다. 하지만 비틀즈의 노래를 전부 아는 사람들도 여전히 비틀즈의 컴필레이션 앨범을 구매하고 듣는다. 거기에는 다 이유가 있다. 이 컬렉션은 닐 게이먼에게 판타지의 달인이라는 명성을 붙인 그 모든 것에 닿을 수 있도록 해 주는 입문서이다. 하지만 그의 작품을 꽤 많이 읽은 사람들도 그의 오래전 작품에서 새로운 것을 계속 발견할 것이다. 말했듯이 사람들이 아티스트의 앨범을 전부 소장하고 있으면서도 히트곡 모음집을 계속 사는 건 향수 때문만이 아니다.

여러 작품들을 한 권에 나란히 놓음으로써 흥미롭고 새로운 서사가 나타났다. 바로 작가의 서사이다. 『네버웨어』 발췌는 「잭에게 부탁하지 마」와 「올빼미의 딸」 사이에 들어 있는데, 세 작품 모두 새로운 차원을 다루고 있지만 함께 모아 놓으면 주제 자체가 이야기가 된다. 아이들의 비밀스러운 삶, 어른들이 불을 끄고 문을 닫은 후 아이들만 남겨지는 공포와 경이로움의 세계. 문이 계속 닫혀 있을 때 벌어지는 이야기. 한 세계가 앞으로 나아가고 다른 세계는 그렇지 않을 때 일어나는 일. 독자들은 '네버웨어'가 '네버랜드'와 비슷하다는 사실을 모를 수가 없다. 아이들이 어른이 되지 않을 때 대가를 치러야 하는 또 다른 장소인 것이다. 방금 들어갔다 나온 세계에 대해 숨은 의미를 생생히 느낀 채로 두려움과 경이로움을 안고 또 다른 세계로 들어가면 독자는 영향을 받을 수밖에 없다. 이 컬렉션을 끝까지 읽는 동안 닐 게이먼을 잠 못 이루게 하는 것들을 보게 되어 더욱더 좋다.

이 책에서는 또 다른 이상한 일들도 일어난다. 「나, 크툴루」에 나오는 캐릭터들의 이름을 접한 경험은 몇 편의 이야기 뒤에 다시 등장하는 그들의 이름에 음영을 넣는다. 그 캐릭터들은 작품의 배경이 되어 이름만 나올 뿐 실제로 등장하지 않지만 그건 중요하지 않다. 핵심은 그들이 우리의 상상력에 강력한 흔적을 남긴다는 것이다. 우리는 다음 이야기에서 느끼는 공포가 사실은 이전 이야기에서 안고 간 것임을 깨닫지 못한다. 앞으로 무슨 일이 일어나든 우리 자신에게서 나오리라는 불길한 예감이 든다. 위대한 컬렉션은 바로 그런 효과를 낸다. 이미 전에 읽었던 이야기들에 새로운 맥락을 더함으로써 완전히 새로운 방식으로 읽히게 한다. 이야기들이 이렇게 나란히 붙어 있으면 서로 떨어져 있을 때는 알아차리지 못했던 측면이 드러난다.

예를 들어 배꼽 빠지는 유머가 그렇다. 유머와 공포는 언제나 불가분의 관계였다. 공포는 유머를 더 재미있게 만들고 유머는 공포를 더 무섭게 만든다. 이 컬렉션의 막을 여는 첫 번째 이야기 「할인가에 싹 없애 드립니다」가 재미있는 이유는 단지 어둡고 우스꽝스럽기 때문만이 아니라 지극히 영국다운 특징이라고 할 수 있는 '특가 세일'이 들어가기 때문이다. 할인율이 엄청나다면 당신은 과연 어디까지 갈 수 있는가? 스포일러를 하자면 세상의 종말도 가능하다.

이 컬렉션을 비틀즈의 《White Album》과 비교해 보면 좋을 듯하다. 크기와 범위가 방대한 데다가 개별적으로 뛰어난 작품들을 한자리에 선보인다. 개별 작품들에 필요한 맥락은 오로지 그것들이 얼마나 훌륭한가 뿐이다. 이 컬렉션에는 웃긴 이야기, 무서운 이야기, 신기한 이야기, 미스터리한 이야기, 유령 이야기, 동화 이야기, 이미 읽어 본 이야기, 읽어 보지 못한 이야기가 있다. 당신이 닐 게이먼의 작품에 대해 알고 있는 모든 것을 더욱더 탄탄하게 뒷받침해 주는 이야기들, 당신이 그에 대해 알고 있던 것이 틀렸음을 말해 주는 이야기들이 있다.

사람들은 닐 게이먼을 비롯한 모든 훌륭한 이야기꾼의 특징이 그들이 결코 어른이 되지 않아서라고 말하지만 사실은 그렇지 않다. 나는 예전에 닐 게이먼의 작품을 읽으면 오히려 어른스러운 느낌이 들곤 했다. 당신이 나만큼 오랫동안 그의 작품을 읽었다면 그 세계가 당신에게 어른이 된 듯한 느낌을 주었다는 다소 짓궂은 아이러니를 이해했을 것이다. 그의 작품 속 캐릭터들은 초능력이 있거나 환상을 보거나 상상 속의 세계 출신이거나 기묘하거나 멋지거나 때로는 끔찍하다. 하지만 그들은 내적인 문제를 안고 있고 개인적인 갈등으로 가득하며 복잡한 선택에 따라 살고 죽기도(다시 살아나기도) 한다. 그래서 나는 그의 작품을 읽으며 요정은 단순하고 인간은 복잡한 존재라고 생각하곤 했다.

나는 H.P. 러브크래프트의 팬이 아니라서 그에 관한 언급은 제일 마지막에 남겨 놓았다. 물론 러브크래프트, '미스터 광기의 산맥'[『광기의 산맥에서』라는 작품에서 비롯된 러브크래프트의 별명이다-역주]을 언급하지 않고서 현대 판타지 작가를 논한다는 것은 불가능한 일이다. 하지만 나는 닐 게이먼의 작품을 읽을 때 러브크래프트가 전혀 보이지 않는다. 심지어 「나, 크툴루」에서도 그렇다. 내 눈에 보이는 유령은 오히려 보르헤스다. 호르헤 루이스 보르헤스와 마찬가지로, 닐은 사변 소설을 쓰지 않는다. 그는 초현실적인 세계에 너무 빠져 있어서 그 세계에 대해 추측하는 것을 초월해 아예 그 안에 산다. 그는 보르헤스처럼 이미 일어난 일처럼 보이는 것들에 관한 이야기를 쓴다. 우리가 그 안에 살고 있으며 마치 확실한 진실을 전달하듯이 이야기를 들려준다. 위대한 소설은 그 세계로 들어가고 싶다는 생각을 들게 하는 게 아니라, 이미 우리가 그 세계에서 살아가고 있다고 믿게 만든다. 허구의 세계가 사실은 '진짜' 세계라고 느끼게 하는 것이다. 이것이 바로 닐 게이먼의 세계다.

말런 제임스, 부커상 수상 작가

택시 기사들과 대화를 나눌 때마다 무척 곤란해진다.

택시 기사가 "무슨 일을 하세요?"라고 물으면 나는 "아, 글을 씁니다."라고 대답하는데, 그러면 곧 이런 대화가 이어진다.

"어떤 글요?"

"음, 이것저것요." 내가 생각하기에도 꽤나 확신 없는 목소리다.

"이것저것이라고요? 소설, 논픽션, 대본?"

"네, 뭐 그런 것들이죠."

"그래서 어떤 종류의 글을 쓰는데요? 판타지, 미스터리, 공상과학? 순수문학? 아동서? 시? 평론? 웃긴 얘기? 무서운 얘기? 어느 쪽이에요?"

"전부 다요."

그러면 택시 기사는 거울로 나를 힐끔 쳐다보고는 장난을 친다고 생각해서인지 말을 끊는다. 하지만 가끔 계속 말을 이어 가는 기사들도 있는데 대부분 이런 질문을 던진다. "내가 알 만한 책이 있으려나?"

그러면 나는 내가 쓴 책들의 제목을 줄줄 읊지만, 그렇게 물은 기사들 가운데 고개를 끄덕이며 나중에 꼭 찾아봐야겠다고 말한 사람은 딱 한 사람뿐이었다. 가끔 내 이름의 철자를 물어보는 사람도 있긴 하다. (어떤 사람은 길가에 차를 세우고 차에서 내린 다음 나를 껴안고 아내에게 줄 사인을 부탁했다. 정말로 드문 일이었지만 흐뭇한 기억이다.)

이런 식으로 나는 미스터리나 유령 이야기처럼 한 가지 종류의 글만 쓰는 작가가 아니라는 사실에 곤란함을 느낀다. 택시 기사에게 쉽게 설명할 수 있는 그런 작가가 아니라는 점이 말이다.

이 컬렉션은 모든 택시 기사들을 위한 책이다. 하지만 그들만을 위한 책은 아니다. 나에게 무슨 일을 하는지에 이어 무슨 글을 쓰는지 물어본 사람들, 내 어떤 책을 읽어 봐야 할지 궁금한 모든 사람을 위한 책이다.

내 대답은 항상 똑같다. "어떤 이야기를 좋아하세요?" 그다음에 그들이 좋아하는 스타일에 가장 가까운 작품을 추천해 준다. 이 책에는 단편과 중편이 들어 있다. 장편소설에서 발췌한 내용도 있다. 단, 만화나 비평, 에세이, 각본, 시는 들어 있지 않다.

짧은 이야기든 긴 이야기든 나는 이 책에 수록된 이야기가 전부 자랑스럽다. 그 이야기들에 발을 담갔다가 다시 뺄 수도 있다. 모든 장르와 주제를 망라하지만, 공통점은 내가 썼다는 것이다. 또 다른 공통점은 독자들이 선택한 이야기라는 점이다. 내가 직접 고를 필요가 없었다. 온라인에서 독자들에게 내가 쓴 가장 좋아하는 이야기를 물었고 오로지 그 결과만으로 이 책에 수록된 작품들을 선정했다. 내가 임의로 이야기를 더하거나 빼지 않았다. 예외는 딱 하나뿐인데, 바로 「원숭이와 여인」이라는 우화이다. 데이브 맥킨의 2017년 앤솔러지 『말의 무게The Weight of Words』를 위해 쓴 이야기인데, 그 책 이외에는 지금까지 그 어디에도 실린 적이 없어서 이 책에 수록했다. 이유를 말할 수는 없지만 개인적으로 내가 아주 좋아하는 이야기다.

장편소설에서 발췌할 부분은 선택하기가 어려웠는데, 사랑하는 편집자 제니퍼 브렐의 인도를 받았다. 내 머릿속엔 모든 소설이 다 이어져 있어서 전후 맥락을 무시한 채 발췌 부분만 고르기가 힘들었기 때문이다. 이와 관련해서 꼭 하고 싶은 말이 하나 있다. 어릴 때 아버지의 것이 분명한 페이퍼백 한 권을 발견한 적이 있다. 마이클 바슬리가 편집한 『재치와 유머의 책A Book of Wit and Humour』이었는데 대부분 소설에서 발췌한 내용으로 구성되어 있었다. 아직도 그 책을 가지고 있다. 그만큼 나는 그 책에 선별적으로 실린 구절들을 사랑하게 되었고 소개된 작품들을 직접 찾아서 읽기까지 했다. 어둡고 무서운 서식스 농가의 이야기를 그린 스텔라 기븐스의 찬란한 소설 『콜드 컴포트 농장Cold Comfort Farm』, 캐릴 브람스와 S. J. 사이먼의 마법 같은 셰익스피어 코미디 『노 베드 포 베이컨No Bed For Bacon』 같은 작품들은 지금까지도 즐겨 읽는다. 그러니 이 책을 읽는 누군가가 (너무도 다르지만 모두 내가 쓴 작품이 맞는) 『신들의 전쟁』이나 『스타더스트』를 제대로 읽어 보고 싶은 마음이 든다면 무척 기쁠 것 같다.

이 책의 이야기들은 인기순이 아닌 출판된 순서로 되어 있다. 가장 오래전에 쓴 이야기부터 시작한다. 초기 작품들을 보면 다른 작가들의 모자와 안경을 쓰고 나에게 잘 어울리는지 살펴보면서 작가로서의 정체성을 찾으려 애쓰던 내가 있다. 그러다 마침내 내가 누구였는지를 깨달아 가는 모습이 보인다. 그래서 개인적으로는 순서대로 읽지 않는 방법을 추천한다. 순간적으로 끌리거나 읽고 싶어지는 이야기부터 읽으면 된다.

나는 작가라서 행복하다. 왜냐하면 글을 쓸 때는 내가 하고 싶은 것은 무엇이든 할 수 있기 때문이다. 규칙도 없고 한계조차 없다. 재미있는 이야기, 슬픈 이야기, 거대한 이야기, 작은 이야기 그 무엇이든 쓸 수 있다. 독자를 행복하게 해 줄 수도 있고, 온몸을 차게 식히며 소름 끼치게 할 수도 있다. 솔직히 내가 항상 지난번과 비슷한 느낌의 책을 1년에 한 권씩 냈다면 상업적으로 더 큰 성공을 거두었을 테지만 작가로서 누리는 재미는 훨씬 덜했을 것이다.

나는 곧 60세가 된다. 스무 살 때부터 전문적으로 글을 써 왔다. 앞으로

20년, 아니, 30년은 더 글을 쓸 수 있기를 희망한다. 아직도 하고 싶은 이야기가 너무 많다. 이제는 이런 생각도 든다. 앞으로도 계속 글을 쓴다면 택시 기사를 비롯해 그 누구에게라도 내가 어떤 작가인지 자신 있게 말할 수 있게 될 날이 오지 않을까.

나 자신도 그 답을 알게 될지 모르고.

오래전부터 나의 여정을 함께하며 새로운 이야기와 소설이 나올 때마다 읽어 준 독자들에게 감사를 전한다. 그렇게 해 주어 감사하다. 그리고 이 컬렉션을 통해 나를 처음 만나는 사람이라면 책에서 뭔가 찾길 바란다. 재미, 잠시 현실을 잊는 시간, 경이로움, 생각거리, 또는 그저 계속 읽고 싶은 마음, 그중 어떤 것이라도 좋다.

여기까지 찾아와 주어서 고맙습니다, 나의 독자 님.

재미있게 읽어 주세요.

닐 게이먼

목차

*

일러두기

- 책에 나오는 ( ) 괄호는 모두 저자가 의도적으로 작품에서 사용한 것이다.
- 역주는 [ ] 괄호로 표시했다.
- 작품의 이해를 돕기 위해 필요한 경우 원문을 달았으며, 별도의 일러두기를 본문 시작 전에 소개했다.

닐 게이먼
The Neil Gaiman
베스트
Reader
컬렉션

할인가에
싹 없애 드립니다

We Can Get Them for You Wholesale

1984

소크라테스의 그리 유명하지 않은 제자 아리스티포스는 문제를 회피하는 것이야말로 궁극적인 선善이라고 주장한 바 있다. 피터 핀터는 키레네 학파의 창시자인 아리스티포스를 알지 못했지만, 여태껏 바로 그 교훈에 따라 평온한 삶을 살았다. 그는 지극히 평범한 남자였다. (특가 세일을 그냥 지나치지 못한다는 딱 한 가지만 빼면. 솔직히 그건 누구라도 솔깃할 얘기이지 않을까?) 피터는 어느 모로 보나 극단적인 것과 거리가 멀었다. 점잖은 말씨에 말이 많지도 않고 과식하는 일도 거의 없으며 술도 사회생활에 딱 필요한 만큼만 마셨다. 부자는 아니지만 절대 가난하지도 않았다. 사람을 좋아하고 사람들도 그를 좋아했다. 과연 이런 남자가 런던 북동쪽 지저분한 동네의 싸구려 술집에서 잘 알지도 못하는 사람에게 '청부 살인'을 의뢰할 일이 얼마나 있겠는가. 애초에 이런 술집에 발 들여놓을 일 자체가 없어 보이는 사람이었다.

금요일 오후까지만 해도 그랬다. 하지만 무릇 여인의 사랑은 남자에게 요상한 짓을 한다. 피터 핀터처럼 재미없는 남자도 예외는 아니었다. 펄리 오크트리 테라스 9번지에 사는 방년 스물셋의 그웬돌린 소프 양이 회계팀의 빼질이 녀석과 그렇고 그런 사이(경박한 이들은 이렇게 표현하리라)라는 사실을 알게 되었다면 충분히 요상해지고도 남기 마련이다. 게다가 그녀는 피터에게 진짜 루비 조각과 9K짜리 금, 점심시간을 거의 다 써 가며 고른 다이아몬드(37.50파운드)로 된 약혼반지를 받은 상태가 아니었던가.

그 충격적인 사실을 알게 된 금요일, 피터는 그웬돌린과 아치 기번스(클래매지스 회계팀의 바람둥이)의 입에 담기도 민망한 모습이 눈앞에 아른거려 좀처럼 잠을 이루지 못했다. 설마 그렇진 않겠지 싶으면서도 분노 어린 질투심이 펄펄 끓어올랐다. 아침이 되었을 무렵에는 라이벌을 처치해야겠다는 결심이 선 뒤였다.

토요일 아침은 청부 살인업자를 어떻게 찾아야 하나 고심하면서 보냈다. 피터가 알기로 클래매지스(이 운명의 삼각관계에 얽혀 버린 세 사람이 일하는 백화점이다. 공교롭게도 피터가 문제의 반지를 산 곳이기도 하고)는 청부 살인업자를 고용하지 않으므로, 섣부른 오해를 살까 봐 남들에게 대놓고 물어볼 수도 없었다.

그래서 토요일 오후에는 전화번호부를 뒤지기 시작했다.

그러나 '찻집'과 '청소업체' 사이에 '청부 살인' 항목은 없었다. '아기 돌봄 업체'와 '약국' 사이에서도 '암살 의뢰'는 보이지 않았다. '사주'와 '심부름 센터' 사이에 '살인 교사'가 없긴 마찬가지였다. 해충 박멸이 그나마 가능성 있어 보였다. 하지만 해충 박멸 업체 광고를 자세히 살펴보니 대부분 '쥐, 벼룩, 바퀴벌레, 토끼, 두더지, 또 쥐'(정확히 이 문구로 홍보하는 업체는 쥐를 어지간히 다 없애고 싶은 모양이었다)만 취급할 뿐 피터에게 필요한 서비스는 없었다. 하지만 워낙 꼼꼼한 성격의 그는 해충 박멸 업체들을 쭉 살펴보았고, 두 번째 페이지 맨 아래에서 작은 글씨로 된 가능성 있어 보이는 업체를 발견했다.

'거슬리는 포유류 등 한번에 싹 처리해 드림. 해충 박멸 전문업체 케치, 헤어, 버크 & 케치[Ketch는 교수형 집행인, Hare와 Burke는 19세기 영국 유명 연쇄 살인마-역주]. 유서 깊음.' 주소는 없고 전화번호뿐이었다.

피터는 자신도 모르게 번호를 눌렀다. 심장이 방망이질 쳐댔지만 침착하려고 애썼다. 신호가 갔다. 한 번, 두 번, 세 번. 차라리 아무도 받지 않아서 그냥 없던 일로 하는 게 낫겠다는 생각이 들었을 때였다. 딸깍 소리와 함께 젊은 여자의 빠르고 능숙한 목소리가 흘러나왔다. "해충 박멸 전문 케치, 헤어, 버크 & 케치입니다. 무엇을 도와드릴까요?"

피터는 이름을 밝히지 않으려고 조심하면서 입을 열었다. "에, 크기가……얼마나 큰 것까지 가능한가요? 포유동물 처리요."

"일단 손님이 원하시는 걸 들어 봐야 합니다."

피터는 용기를 쥐어짜 냈다. "혹시 사람도 가능한가요?"

수화기 너머의 목소리는 전혀 흔들림이 없었다. "물론 가능합니다. 펜과 종이 있으세요? 오늘 밤 8시 정각에 리틀 코트니 E3 '꾀죄죄한 당나귀' 술집으로 오세요. 〈파이낸셜 타임스〉를 돌돌 말아서 들고 계시면 됩니다. 네, 약간 분홍빛 도는 종이로 된 신문요. 그걸 들고 계시면 저희 직원이 알아볼 겁니다." 그러고 전화가 끊겼다.

피터는 날아갈 듯 기뻤다. 이렇게나 쉬운 거였다니. 신문 가판대에서 〈파이낸셜 타임스〉를 사고 런던 지도책에서 리틀 코트니를 찾아보았다. 남은 오후는 TV에서 축구 경기를 보고 회계팀 빤질이 녀석의 장례식을 상상하면서 보냈다.

좀 헤매긴 했지만 결국 술집 간판을 찾을 수 있었다. 아니나 다를까, 간판에 당나귀가 그려져 있고 엄청나게 꾀죄죄했다.

이름처럼 아주 지저분한 작은 술집이었다. 어두침침한 실내에서 때 묻은 동키 재킷[donkey jacket, 노동자들이 입는 작업복용 재킷-역주]을 입은 면도도 하지 않은 사람들이 서서, 의심스러운 눈길로 서로 쳐다보거나 감자 칩을 먹거나 긴 잔에 담긴 흑맥주를 마셨다. 흑맥주는 피터가 평소 거들떠보지도 않는 술이었다. 최대한 눈에 잘 띄도록 겨드랑이에 〈파이낸셜 타임스〉를 끼고 있었지만 다가오는 사람은 없었다. 섄디[shandy, 맥주와 레모네이드를 섞은 알코올 음료-역주] 반 잔을 주문해 받아 들고 구석 테이블로 갔다. 기다리는 동안 마땅히 할 일도 없는 터라 신문이나 읽으려 했지만, 신문에는 곡물 선물거래니 고무 회사의 공매도니(도대체 뭘 파는 회사라는 얘긴지 알 수 없었다) 하는 외국어 같은 소리만 가득했다. 결국 포기한 채 출입문만 뚫어져라 쳐다봐야 했다.

거의 10분 정도 지났을 때 작은 체구의 남자가 다급하게 안으로 들어왔다. 그는 주변을 둘러보더니 곧장 피터가 있는 자리로 와서 앉았다.

남자가 손을 내밀었다. "케치, 헤어, 버크 & 케치의 버튼 캠블입니다. 일을 맡기고 싶으시다고요."

아무리 봐도 청부업자처럼 보이는 인상은 아니었다. 피터가 남자에게 이런 생각을 전했다.

"아이고, 이런! 저는 작업 담당은 아니고요, 영업 쪽을 맡고 있습니다."

피터는 고개를 끄덕였다. 과연 말이 되는 것 같았다. "그……여기서 얘길 해도 괜찮겠습니까?"

"그럼요. 아무도 안 봅니다. 우선 몇 명을 제거하고 싶으신 겁니까?"

"한 명입니다. 이름은 아치볼드 기번스이고 클래매지스 백화점 회계팀에서 일합니다. 주소는……"

켐블이 말을 끊었다. "괜찮으시면 그런 자세한 얘긴 나중에 합시다. 비용 문제 먼저 간단하게 말씀드리죠. 우선 비용은 500파운드이고……"

피터는 고개를 끄덕였다. 그 정도면 충분히 감당할 수 있는 금액이었다. 사실은 더 비쌀 줄 알았다.

"……당연히 특가 제안도 있습니다." 켐블이 능숙하게 말을 끝맺었다.

피터의 눈이 반짝였다. 앞에서 언급했듯이 그는 흥정을 좋아해서 도무지 필요 없는 물건이라도 세일이나 특가라면 혹해서 살 때가 많았다. 이 단 한 가지 흠만 빼면(보통 사람들에게 나타나는 특징이기도 하고) 그는 지극히 평범한 청년이었다. "특가 제안요?"

"한 명 값으로 두 명을 처리해 드립니다, 고객님."

흠. 피터는 계산해 보았다. 그러면 1인당 250파운드라는 말이니 어느 모로 보나 나쁠 것이 없었다. 하지만 문제가 하나 있었다. "하지만 저는 죽었으면 하는 사람이 하나뿐인데요."

켐블은 실망한 표정이었다. "안타깝네요, 고객님. 두 명으로 하시면 가격을 좀 더 깎아 드릴 수도 있을 것 같은데. 두 명에 450파운드 정도로요."

"정말입니까?"

"현장 직원들에게 일거리가 생기는 거니까요. 사실 ―그의 목소리가 작아졌다― 이쪽은 일거리가 많지 않다 보니 별로 바쁘지 않거든요. 예전 같지가 않아서요. 딱 한 명만 더 있으면 되는데 죽었으면 하는 사람이 하나 더 없으신가요?" 피터는 고민에 빠졌다. 흥정 기회를 그냥 지나치고 싶지 않았지만 도무지 떠오르는 사람이 없었다. 그는 사람을 좋아했으니까. 그래도 특가 제안을 놓칠 순 없었다.

"저기요. 제가 생각을 좀 해 볼 테니까 내일 저녁에 여기에서 다시 만날 수 있을까요?"

영업맨은 기쁜 표정이었다. "당연하죠, 고객님. 분명 생각이 나실 겁니다."

그날 밤 자려고 누웠을 때 까무룩 잠들려는 찰나 머릿속에 답이, 그것도 아주 분명하게 떠올랐다. 순간 벌떡 몸을 일으켜 더듬더듬 스탠드를 켰다. 까먹을까 봐 종이 뒷면에 이름을 적었다. 솔직히 고통스러울 정도로 명백한 답이라 도저히 까먹을 리 없겠지만 잠들기 전에 떠오른 생각이니까 혹시 모른다.

그웬돌린 소프. 그가 봉투 뒷면에 적은 이름이었다.

불을 끄고 돌아누운 피터는 금방 잠이 들었다. 사람 죽이는 일 따위와는 거리가 먼 평화로운 꿈을 꾸었다.

토요일 저녁에 꾀죄죄한 당나귀 술집에 가 보니 캠블이 벌써 와서 기다리고 있었다. 피터는 술을 주문하고 옆에 앉았다.

"특가 제안을 받아들이겠습니다." 피터가 인사말 대신 말했다.

캠블이 세차게 고개를 끄덕였다. "이런 말을 해도 될지 모르겠지만 현명한 선택이십니다, 고객님."

피터 핀터는 〈파이낸셜 타임스〉를 즐겨 보면서 현명한 사업 결정을 내린 사람처럼 여유로운 미소를 지었다. "그럼 450파운드 맞죠?"

"고객님, 제가 450파운드라고 말씀드렸던가요? 아이쿠, 이런. 죄송합니다. 제가 실수로 대량 구매 가격을 말씀드렸네요. 두 명은 475파운드입니다."

그 말을 들은 젊은 피터의 평범한 얼굴에 실망과 함께 탐욕이 피어났다.

생각했던 것보다 25파운드 더 비싸지만 캠블의 말이 솔깃했다.

"대량 구매라고요?"

"네. 하지만 고객님은 관심 없으실 것 같네요."

"아뇨, 아뇨. 관심 있습니다. 자세히 말해 주세요."

"그럼 설명해 드리겠습니다, 고객님. 대량 구매는 열 명 기준이고 450파운드에 맞춰 드립니다."

피터는 순간 제대로 들은 게 맞는지 의아했다. "열 명이라고요? 그럼 1인당 45파운드밖에 안 되는데요."

"그렇습니다, 고객님. 대량 주문이니까 그만큼 이익이죠."

"그렇군요. 흠." 피터는 잠시 생각하더니 말했다. "내일 저녁에 같은 시간에 여기서 만날 수 있을까요?"

"물론입니다, 고객님."

집으로 간 피터는 종이 한 장과 펜을 가져왔다. 한쪽에 1부터 10까지 숫자를 쭉 적고 채워 나갔다.

1 아치 G.

2 그웬돌린

3……

등등.

그는 2번까지 쓴 다음 펜을 입에 물고서 자신에게 잘못한 사람들과 세상에서 없어지는 게 차라리 나은 사람들이 누구인지 곰곰이 생각했다.

담배를 피우며 방안을 이리저리 돌아다녔다.

아하! 자신을 악질적으로 괴롭히면서 즐거워했던 물리 선생이 떠올랐다. 이름이 뭐였더라? 아직 살아 있기는 하려나? 확실히 알 순 없지만 어쨌든 3

번 옆에 '애벗 스트리트 중등학교 물리 교사'라고 적었다. 그다음은 쉽게 생각났다. 몇 달 전에 연봉 인상을 퇴짜 놓고 결국 코딱지만큼 올려 준 부장, 헌터슨 씨가 4번이었다.

다섯 살 때 제임스 뭐시기가 피터를 꼼짝 못 하게 누르는 동안 사이먼 엘리스가 머리에 물감을 쏟은 일이 있었다. 샤론 하트샤프라는 여자애는 재미있어 하면서 웃었다. 5번에서 7번까지가 차례로 채워졌다.

또 누가 있지?

히죽거리며 뉴스를 전하는 모습이 거슬리는 TV 앵커가 떠올랐다. 그 앵커의 이름을 적었다. 아파트 옆집 여자도 있었지? 그 여자가 키우는 개는 덩치는 작은데 사납게 짖어 대고 복도에 똥을 쌌다. 9번에 여자와 개를 적었다. 10번이 제일 어려웠다. 머리를 긁적이다 주방으로 커피를 가지러 갔다. 급하게 달려와 10번에 머빈 종조부라고 적었다. 듣기로는 노인네가 재산이 좀 있다던데 죽으면 혹시나 콩고물이 좀 떨어질지도 모르는 일이었다(비록 그럴 가능성은 희박하지만).

할 일을 다 끝마친 그는 뿌듯함을 느끼며 잠자리에 들었다.

월요일, 클래매지스에 출근한 피터는 여느 때와 똑같은 일과를 보냈다. 그는 도서 팀에서 영업 지원 업무를 맡고 있는데 일거리가 별로 없는 편이었다. 주머니에 넣어 둔 이름 적은 종이를 한 손으로 꽉 움켜쥐고서 큰 힘이 생긴 듯한 기분을 만끽했다. 구내식당에서 그웬돌린과 즐겁게 점심을 먹었고(그녀는 아치와 물품 보관소로 들어가는 모습을 피터가 본 줄 모르고 있었다) 복도에서 회계팀의 뺀질이 녀석을 지나칠 때 미소를 짓는 여유까지 보였다.

피터는 그날 저녁 켐블에게 자랑스럽게 명단을 보여 주었다.

덩치 작은 영업맨의 표정이 어두워졌다.

"열 명이 아닌데요, 핀터 씨. 아파트 이웃 여자와 그 집 애완견을 한 명으로 치셨네요. 이렇게 되면 한 명이 아니라 열한 명이라서 추가 금액이……" 그가 재빨리 휴대용 계산기를 꺼내 두드렸다. "70파운드네요. 개는 그냥 빼는 게 어떻겠습니까?"

피터는 고개를 저었다. "개도 그 여자만큼이나 질이 나쁩니다. 더하면 더했지 절대로 덜하진 않아요."

"그럼 좀 곤란하겠는데요. 아니면……."

"뭐죠?"

"도매가 혜택을 받으시는 방법이 있긴 한데 당연히 그쪽엔 관심이 없으시겠죠……."

세상에는 듣자마자 사람들의 얼굴에 기쁨과 흥분, 열정이 넘쳐 나게 만드는 단어가 있다. 이를테면 '친환경'이 그렇고 '사이비'가 그렇다. 피터의 경우엔 '도매가'라는 말이었다. 그는 의자에 등을 기대었다. "자세히 얘기해 주시죠." 수많은 쇼핑 경험으로 다져진 확신이 묻어나는 말투였다.

"아, 그게요." 켐블의 목소리에서 살짝 웃음이 새어 나왔다. "도매가로 처리해 드릴 수가 있습니다. 오십 명 이상부터는 두당 17.50파운드, 2백 명 이상부터는 두당 10파운드 되겠습니다."

"그럼 천 명을 해치워 달라고 하면 두당 5파운드로 떨어지겠군요?"

"아, 아닙니다." 켐블은 충격받은 얼굴이었다. "숫자가 그 정도 되면 두당 1파운드까지 해 드립니다."

"1파운드요?"

"네, 고객님. 사실 마진은 별로 안 남지만 총매출과 생산성이 올라가니까요."

켐블은 자리에서 일어섰다. "그럼 내일 같은 시간에 만날까요?"

피터는 고개를 끄덕였다.

천 파운드. 천 명. 피터 핀터가 아는 사람을 죄다 합쳐도 천 명이 안 되었다. 하지만……의회가 있다. 그는 정치인들이 마음에 안 들었다. 하는 일이라고는 밥 먹듯 싸우는 것밖에 없으니까.

그렇게 친다면…….

너무 대담해서 충격적인 생각이 떠올랐다. 대담하고 위험한 생각이 그의 머릿속을 떠나지 않았다. 먼 친척이 백작인가 남작인가의 남동생과 결혼했다지…….

그날 오후 퇴근하는 길에 피터는 그동안 천 번은 지나쳤지만 한 번도 들어가 본 적 없는 작은 가게 앞에서 멈추었다. 창문에는 혈통을 추적해 주고 잃어버린 가문의 문장까지 그려 준다는 내용의 커다란 광고문과 인상적인 문장 지도가 걸려 있었다.

그 가게의 직원은 무척 친절했고 7시가 막 지나 결과를 들려주기 위해 피터에게 전화를 걸었다.

약 14,072,811명이 죽으면 피터 핀터는 잉글랜드의 왕이 될 수 있다.

그에겐 14,072,811파운드가 없다. 하지만 이 정도의 숫자라면 켐블 씨가 특별 할인가를 적용해 줄 것이다.

정말로 켐블 씨는 그래 주었다.

놀라는 기색도 전혀 없었다.

"오히려 저희도 더 싸게 먹힙니다. 한 사람씩 일일이 처리할 필요가 없으니까요. 작은 핵폭탄이라든가 적당한 폭발, 가스, 전염병, 감전 같은 방법을 쓰고 남은 사람들은 따로 처리하면 될 것 같습니다. 4천 파운드 정도면 되겠네요."

"4, 4천……! 굉장한데요!"

영업맨은 꽤 흡족한 표정이었다. "고객님, 저희 현장 직원들이 무척 기뻐할 겁니다." 그가 씩 웃었다. "저희는 도매 고객님들에게 잘 대해 드린다는 자부심이 있습니다."

피터가 술집에서 나가는데 찬 바람이 세차게 불어와 낡은 간판이 흔들렸다. 꾀죄죄한 당나귀가 아니라 창백한 말 같다고 피터는 생각했다.

그날 밤 피터는 대관식에서 뭐라고 연설할지 생각하다 잠에 빠져들었다. 그런데 잠결에 떠올라 머릿속에 깊이 박혀 버린 생각 하나가 있었다. 혹시 지금보다 더 많은 돈을 절약할 수 있는 기회를 놓치고 있는 건 아닐까? 더 싸게 이용할 수 있는 기회를 놓치고 있는 건 아닐까?

피터는 침대에서 기어 나가 전화기로 갔다. 새벽 3시가 다 됐지만 그래도 그냥 지나갈 순 없지…….

전화번호부는 토요일에 찾은 그대로 펼쳐져 있었다. 그는 번호를 눌렀다.

신호가 참 오랫동안 갔다. 드디어 딸깍 소리와 함께 따분해하는 듯한 목소리가 받았다. "버크 헤어 케치입니다. 뭘 도와드릴까요?"

"너무 늦은 시간에 전화한 건 아닌지 모르겠네요……." 피터가 입을 열었다.

"괜찮습니다, 고객님."

"켐블 씨와 통화할 수 있을까요?"

"잠깐 기다리실래요? 통화가 가능한지 알아볼게요."

피터는 잠깐 사람이 자리를 비웠을 때면 으레 수화기 너머에서 들려오는 치지직 소리와 귀신처럼 소곤거리는 소리를 들으며 2분 정도 기다렸다.

"고객님, 아직 거기 계신가요?"

"네, 있습니다."

"전화 바꿔 드립니다." 웅성거림과 함께 켐블의 목소리가 들렸다. "켐블입니다."

"아, 켐블 씨. 안녕하세요. 죄송합니다. 주무시는데 깨운 것 같군요. 저 피터 핀터입니다."

"네, 핀터 씨, 무슨 일이시죠?"

"늦은 시간에 죄송합니다만 제가 궁금한 게 있어서요……. 전부 다 죽이는 비용은 얼마인가요? 세상 사람 전부 다요."

"전부 다요? 세상 사람 전부요?"

"네, 그건 얼마죠? 인원이 그 정도 되면 할인율도 엄청나야 하지 않겠습니까? 얼마인가요? 전부 다 죽이는 비용."

"없습니다, 핀터 씨."

"그건 안 된다는 건가요?"

"공짜로 해 드린다는 말씀입니다, 핀터 씨. 그건 요청이 있어야만 할 수 있거든요. 먼저 요청이 있어야만 하죠."

피터는 어리둥절했다. "그럼……언제 착수 가능한가요?"

"착수요? 당장 가능합니다. 준비는 오래전부터 되어 있었거든요. 요청만 있으면 됐던 거죠, 핀터 씨. 안녕히 주무십시오. 이용해 주셔서 감사했습니다."

전화가 끊어졌다.

피터는 기분이 이상했다. 갑자기 모든 게 멍했다. 자리에 앉아야겠다 싶었다. 도대체 저게 무슨 말이람? "먼저 요청이 있어야만 하거든요." 확실히 이상했다. 세상에 공짜가 어디 있단 말인가. 그는 켐블에게 다시 전화를 걸어 아예 취소하고 싶은 마음이 간절했다. 어쩌면 그가 예민했던 건지도 모른다. 아치와 그웬돌린이 같이 창고에 들어간 확실한 이유가 있을지도 모른다. 그녀와 얘길 해 봐야지. 그래, 그래야겠어. 내일 아침이 밝는 대로 그녀하고 이야기를 해 봐야겠어.

난데없이 큰소리가 울려 퍼지기 시작한 것은 그때였다.

아파트 건너편에서 비명이 울려 퍼졌다. 여자들끼리 싸우는 건가? 아니면 여우 소리? 누가 신발을 던져 쫓아 버렸으면 싶었다. 그런데 그의 아파트 복도에서 쿵쾅 소리가 들렸다. 대단히 무거운 무언가를 복도에서 끌고 가는 듯한 소리였다. 소리가 멈추더니 누군가 그의 집 문을 아주 조용히 두 번 두드렸다.

창밖의 비명은 점점 커졌다. 피터는 의자에 앉았다. 뭔지 모르겠지만 그가 뭔가를 놓친 게 분명했다. 그것도 아주 중요한 것을. 노크 소리가 두 배로 커졌다. 밤마다 문을 잠그고 걸쇠까지 걸어 두길 잘했다.

준비는 오래전에 끝났지만 요청이 있어야만 해서 기다렸다고 했지…….

그것이 집 안으로 들어왔을 때 피터는 비명을 지르기 시작했다. 그러나 그 비명은 오래가지 못했다.

나, 크툴루

I, Cthulhu

1986

* 일러두기 : 이 작품은 코스믹 호러의 대가 H. P. 러브크래프트의 크툴루 신화를 오마주한 것으로, 신화적 존재인 크툴루가 자기가 쓰던 이계의 언어를 사용하는 장면들이 나온다. 이 경우 소리 나는 대로 한글 표기를 한 뒤 원문을 병기했음을 밝힌다.

I

크툴루. 인간들은 나를 이렇게 부르지. 위대한 크툴루 님. 근데 제대로 발음하는 인간은 하나도 없어.

적고 있나? 한 글자도 빠짐없이? 좋아. 음, 어디서부터 시작해야 할까? 그래. 처음부터 하자꾸나. 잘 적어라, 웨이틀리.

나는 셀 수도 없는 영겁의 세월도 전에, 카아잉나이흐Khhaa'yngnaiih(어떻게 쓰는지 내가 어떻게 아냐. 그냥 소리 나는 대로 적어라) 행성의 까만 안개 속 하현달 아래에서, 이름 없는 악몽을 부모 삼아 태어났다. 물론 그건 이 지구의 달이 아니라 진짜 달이었다. 어떤 날은 밤하늘의 절반을 덮기도 했지. 달은 그 불룩한 얼굴에 진홍빛 피가 뚝뚝 흘러 온통 붉게 물들면서 떠올랐어. 가장 높이 떠오른 순간에는 그 죽음의 붉은 달빛이 습지와 탑을 감쌌다.

그게 낮이었어.

아니, 대체로는 밤이라고 할 수 있었지. 우리 행성에도 태양 같은 게 있긴 했지만 그때도 이미 너무 오래된 상태였다. 태양이 마침내 폭발해 버린 밤, 다들 바닷가로 스르르 미끄러져 가서 구경한 기억이 난다. 아, 얘기가 너무 앞서가는구나.

난 부모가 누군지 모른다.

아버지는 나를 잉태시키자마자 어머니에게 먹혔고 어머니는 내가 태어날 때 나에게 먹혔거든. 공교롭게도 그게 내 생애 최초의 기억이다. 어머니의 몸에서 꿈틀꿈틀 빠져나갈 때 내 촉수에 남아 있던 썩기 시작한 어머니 살맛의 기억.

그렇게 충격받은 얼굴 하지 마라, 웨이틀리. 내가 보기엔 너희 인간도 역겹긴 마찬가지거든.

그나저나 쇼거스에게 까먹지 않고 먹이를 주었다더냐? 녀석이 횡설수설하는 소리가 들린 것 같은데.

태어나 몇천 년을 그 습지에서 살았지. 물론 좋진 않았다. 그때 난 송어 새끼 같은 색깔에다가 몸도 일 미터 정도밖에 안 됐거든. 슬금슬금 다가가 잡아먹거나 슬금슬금 다가온 존재에게 잡아먹히지 않게 조심하면서 살아가는 나날이었지.

그렇게 유년기가 지나갔다.

그러던 어느 날, 아마 화요일이었을 거야, 먹는 게 삶의 전부가 아니라는 걸 깨달았어. (섹스? 당연히 없었지. 난 여름잠을 한 번 더 자고 나서야 그 단계에 이를 수 있다. 그때쯤 되면 이 하찮은 행성은 차게 식어 버린 지 오래겠지.) 아무튼 그 화요일에 하스터 삼촌이 습지의 내 구역으로 왔어. 턱을 안으로 집어넣고서 말이야.

한마디로 날 저녁거리로 잡아먹으러 온 게 아니라 그냥 얘기나 하러 온 거라는 뜻이었지.

웨이틀리, 네가 아무리 멍청하다지만 그건 그런 너한테조차 참으로 멍청한 질문이구나. 내가 너하고 얘기할 때 입을 하나라도 쓰더냐? 좋아. 한 번만 더 그딴 질문을 했다간 내 회고록은 다른 사람에게 맡기고 넌 그냥 쇼거스의 먹이로나 줘 버리겠다.

우린 나갈 거다, 하스터가 말했지. 너도 같이 갈래?

우리라니요? 내가 물었지. 우리가 누군데요?

나하고 아자토스, 요그-소토스, 니알라토텝, 차토구아, 이아! 슈브-니구라스, 어린 유고스 그 외 몇 명. 남자애들 말이야, 라고 하더군. (웨이틀리, 네가 알아들을 수 있게 대충 번역해서 말하는 것이다. 대부분 무성이거나 양성, 삼성이거든. 늙은 이아! 슈브-니구라스는 자식이 최소한 천 명쯤 된다는 얘기가 있지. 근데 그쪽 집안은 워낙 허풍이 심해서 원.) 아무튼 하스터가 나갈 건데 같이 가서 놀지 않겠느냐고 하더군.

난 곧장 대답하지 않았어. 솔직히 난 사촌들이 별로 마음에 안 들었다. 게다가 차원이 심하게 일그러져서 그들의 모습이 선명하게 보이지도 않았어. 가장자리가 좀 번져 보이는데 몇몇은, 특히 사바오스는 가장자리가 많아도 너무 많아.

하지만 혈기 왕성할 때니까 뭔가 짜릿한 걸 원했지. 악취 진동하는 시체 안치소 같은 습지의 냄새가 주변에 가득하고 위에선 은가우-은가우와 지타도르가 시끄럽게 함성을 지르는데, 나도 모르게 소리쳤어. "그래. 여기보다 더 신나는 인생이 있을 거야!" 예상했겠지만 좋다고 했어. 하스터를 따라 다들 모이기로 한 장소로 갔지.

내 기억으론 다음번 달이 떴을 때 우리는 어디로 갈 것인지 상의했어. 아자토스는 저 멀리 샤가이에 가고 싶어 했고 니알라토텝은 '형언할 수 없는 장소'에 꽂혔지(도대체 이유를 모르겠어. 내가 마지막으로 갔을 때 거긴 다 닫혀 있었거든). 난 어디든 상관없었어, 웨이틀리. 어디든 축축하고 뭔가 미묘하게 어긋난 곳이면 다 집처럼 편하게 느껴지거든. 하지만 언제나처럼 최종 결정권은 요그-소토스에게 있으니 이 차원으로 오게 된 거다.

두 발 달린 작은 짐승아, 요그-소토스를 만난 적이 있더냐? 그럴 줄 알았다.

그가 여기로 오는 길을 열어 줬지. 솔직히 그땐 별생각이 없었어. 지금도 마찬가지야. 앞으로 고생길이 열릴 줄 알았어도 그다지 신경 쓰지 않았을 거다. 뭐, 그땐 어렸으니까.

내 기억으로 우리가 처음 들른 곳은 어둑한 카르코사였다. 소름 끼치게 무서웠지, 거기. 지금이야 너희 인간을 봐도 떨리지 않지만 그땐 비늘이나 위족이 없는 인간들을 보면 놀라서 덜덜 떨었다.

내가 처음 친해진 건 노란 왕이었어.

누더기를 걸친 왕. 몰라? 네크로노미콘 704쪽(완전판)에 그의 존재가 암시되고 멍청이 프린이 자기가 쓴 주술서 『벌레의 신비』에서 언급하고 있을텐데? 챔버스도 빼놓을 수 없지.

알고 보니 썩 괜찮은 친구더군.

이 아이디어를 낸 장본인도 그 친구고.

이 끔찍한 차원에서 할 일이 대체 뭐가 있어?

내가 그에게 그렇게 물었을 때 그가 웃으며 말하더군.

나도 여기 처음 왔을 때, 우주에서 온 색채에 불과했던 그때, 같은 질문을 떠올렸지. 그런데 이 기이한 세상을 정복하고 여기 사는 자들을 내 지배하에 두고서, 그들이 두려움에 떨며 날 숭배하게 만드는 게 얼마나 재미있는 일인지 깨달았어. 정말 즐겁지. 당연히 올드 원Old Ones들은 탐탁지 않아 하지만 말이야.

늙은 것들old ones? 내가 물었어.

아니. 올드 원Old Ones. 웃긴 놈들이야.

나무 술통 같은 몸통에 거대한 불가사리 대가리와 피막으로 된 거대한 날개를 달고서 우주를 날아다니지.

우주를 난다고? 날아? 난 충격 받았어. 그땐 날아다니는 것들이 있으리라고는 생각하지 못했거든. 그냥 슬러글링sluggling 하면 되는데 뭐 하러 날지? 괜히 늙은 것들이 아니구나 싶었어. 아, 실례, 올드 원.

그래서 올드 원들이 대체 뭐 하는 놈들인데? 내가 왕에게 물었어.

(슬러글링이 뭔지는 나중에 말해 주겠다, 웨이틀리. 뭐, 아무런 의미도 없겠지만. 넌 우나이승앙wnaisngh'ang이 없으니까. 배드민턴 할 때 쓰는 도구를 사용하면 비슷하려나.) 어디까지 말했지? 아, 그래.

사실 별로 하는 일은 없는데 다른 애들이 뭘 하는 것도 안 좋아해. 왕이 설명했어.

내가 "어디 가나 그런 것들이 꼭 있지."라고 말하듯 촉수를 휘젓고 흔들었지만 왕은 이해하지 못한 것 같더군.

어디 정복하기 좋게 잘 숙성된 곳은 없나? 내가 물었지.

그가 별 한 무더기가 몰려 있는 아주 작고 형편없는 공간 쪽으로 애매하게 손을 흔들며 말하더군. 저쪽에 있는 게 네 마음에 들지도 모르겠네. 지구라고 불리는 곳이야. 외진 곳이긴 하지만 공간은 널찍해서 움직이기 좋을 거야.

멍청한 놈.

오늘은 여기까지다, 웨이틀리.

나가면서 쇼거스 먹이 좀 주라고 전해라.

II

벌써 또 시간이 된 거냐, 웨이틀리?

멍청한 소리 하지 마라. 내가 널 부른 건 나도 알아. 내 기억력은 조금도 나빠지지 않았어.

판글루 글루나파 크툴루 르뤼에 가나글 파탄.

이게 무슨 뜻인지 알지?

죽은 크툴루가 그의 집 르뤼에에서 꿈꾸며 기다린다.

요즘 몸이 좀 안 좋다, 이 말을 정당하게 과장한 표현이지.

농담이다, 머리 하나밖에 없는 놈아. 농담이라고 다 받아 적고 있느냐? 좋아. 계속 적어라. 어제 어디까지 했는지는 나도 안다.

르뤼에.

지구.

이건 언어가, 말의 뜻이 변한다는 걸 보여 주는 사례지. 난 애매모호한 건 질색이야. 옛날엔 르뤼에가 지구였는데, 적어도 내가 다스렸던, 처음에 축축했던 부분은 말이다. 지금은 여기 남위 47도 9분, 서경 126도 43분에 있는 내 작은 집만을 가리키는 말이 되었지.

올드 원이란 말도 마찬가지야. 이제 세상은 우리를 올드 원 또는 그레이트 올드 원이라 부른다. 하, 저 나무 술통처럼 생긴 놈들하고 똑같은 취급이지.

모호해.

아무튼 난 지구에 오게 됐고 그 시절엔 요즘보다 훨씬 물이 많은 곳이었지. 멋진 곳이었어. 바다는 수프처럼 기름지고 사람들하고도 잘 지냈고. 데이곤과 아이들(말 그대로의 뜻이다). 아득히 먼 그 옛날 우린 모두 물속에서 살았고 너희들이 '크툴루 파탄'이라고 말하기도 전에 그들을 시켜 건물을 짓고 노예처럼 부리고 요리도 하게 시켰지. 당연히 그들이 요리 재료가 되기도 했고.

그러고 보니 생각이 나는군. 꼭 할 말이 있었거든. 진짜로 있었던 일이야.

배가 바다를 항해하고 있었다. 태평양 유람선 여행. 배에는 승객들을 즐겁게 해 주는 일을 맡은 마술사도 하나 탔지. 앵무새도 한 마리 있었어.

마술사가 마술을 선보일 때마다 앵무새가 항상 망쳐 놓는 거야. 어떻게? 마술의 트릭이 뭔지를 사람들에게 말해 버리는 거지. "소매 속에 숨겼어", "카드 덱에 미리 손을 써 놨어", "바닥이 뚫려 있어" 따위의 소리를 깍깍거렸지.

마술사는 당연히 짜증이 났어.

드디어 마술사가 가장 중요한 마술을 선보였어.

무슨 마술을 보여 줄지 얘기했어.

소매를 걷어서 아무것도 없단 걸 보여 줬지.

두 팔을 흔들었어.

그 순간 배가 갑자기 덜컹하더니 옆으로 쓰러졌어.

가라앉았던 르뤼에가 바로 밑에서 떠오른 거야. 뭣같이 생긴 내 물고기

인간 하인들이 사방에서 우르르 배로 넘어가서 승객들과 선원들을 붙잡아 파도 아래로 끌고 갔어. 르뤼에가 다시 한번 바다 밑으로 가라앉았다. 두려움의 대상 크툴루가 일어나 지배할 때를 기다리며.

홀로 더러운 물 위에 남겨진 마술사가—멍청한 양서류 하인 놈들이 깜빡하고 놓친 거야. 나중에 엄벌을 내렸지— 부러진 돛대를 붙잡고 둥둥 떠 있었다. 혼자뿐이었어. 그런데 머리 높이 조그만 녹색 점이 보였어. 그게 점점 다가오더니 옆에 떠 있는 나무 조각에 내려앉는 거야. 마술사는 그게 앵무새란 걸 알았어.

앵무새가 고개를 갸웃하더니 눈을 가늘게 뜨고 마술사를 올려봤지.

앵무새 왈, "이건 포기할게. 대체 어떻게 한 거야?"

당연히 진짜로 있었던 일이다, 웨이틀리.

이 검은 크툴루 님이 너한테 거짓말을 할 것 같으냐? 네 가장 끔찍한 악몽이 엄마 찌찌나 빨고 있었을 때 검은 별에서 기어 나온 내가, 별들이 나의 무덤 궁전에서 나와 제자리를 찾을 때 추종자들을 부활시켜 다시 지배할 날만을 기다리는 내가, 죽음과 성대한 잔치의 달콤한 즐거움을 다시 가르칠 내가 거짓말을 할 것 같으냐?

당연히 한다.

닥쳐라, 웨이틀리, 내가 말하는 중이다. 네가 그런 말을 어디에서 들었는지 따위는 관심 없으니까.

대학살, 파괴, 제물, 영벌, 이코르, 줄줄 흐르는 끈적거리는 액체, 형언하기도 힘든 더러운 놀이, 음식과 재미로 얼룩진 참 좋은 시절이었다. 끝나지 않는 기나긴 파티 같았어. 다들 아주 즐거워했지, 나무 꼬챙이에 꿰여 치즈와 파인애플 사이 끼인 놈들만 빼고.

아 참, 그 시절엔 지구에 거인들이 있었다.

오래가진 못했지만.

얇은 피막 날개가 달린 것들이 법칙과 규제, 관례 같은 것을 잔뜩 가지고 하늘에서 내려왔다.

얼마나 많은 서류를 전부 다섯 장씩 작성하게 하는지 도나는 알까. 꽉 막힌 관료주의자 놈들. 그런 놈들은 한눈에 알아볼 수 있어. 대가리에 꼭짓점이 5개 달렸거든. 꼭짓점인지 팔인지, 아무튼 죄다 대가리에 꼭짓점이 5개 있었어. 그것도 다들 똑같은 자리에. 그렇게 창의성이 없으니까 팔을 3개나 6개, 아니면 102개 만들어 볼 생각을 누구 하나 못하고 항상 5개였지.

욕하려던 건 아닌데.

아무튼 걔들하고는 잘 안 맞았어.

걔들은 내가 여는 파티도 싫어했지.

시끄럽다고 벽을 두드렸어(비유적으로). 우린 그러거나 말거나 신경도 안 썼지.

그런데 이것들이 싸가지 없게 나오는 거야.

따지고 욕하고 몸싸움 걸고.

그래서 그랬지. 아, 그러냐, 바다가 갖고 싶으면 가져라. 몽땅 가져 버리라고, 이 불가사리 대가리들아. 우린 육지로 이사했고, 그땐 심한 습지였어, 산이 작아 보일 정도로 거대한 석조 건물을 세웠다. 너 공룡이 왜 멸종했는지 아냐, 웨이틀리? 우리가 멸종시킨 거야. 바비큐 파티 한 번 하니까 끝나 버렸지.

그런데 그 불가사리 대가리들이 조용히 있질 않더라고.

지구를 태양에 더 가깝게 옮기려고 하는 거야. 아니, 더 멀게였던가? 물어본 적이 없어서. 뭐, 아무튼 어쩌다 보니 우리가 바다 밑으로 돌아가 있더라.

코미디가 따로 없었지.

올드 원들의 도시가 큰 타격을 받았어. 올드 원들도 그렇고 그들의 피조물들도 하나 같이 마르고 추운 곳을 싫어하는 놈들인데, 갑자기 세 번이나 저주받은 렝 고원만큼이나 춥고 메마른 남극에서 살게 됐으니 말이야.

오늘 말씀은 이상이다, 웨이틀리.

제발 누구든 쇼거스 먹이 좀 주라고 전해라.

III

(아미티지 교수와 윌마스 교수는 문맥과 분량으로 보아 필사본의 이 지점에서 3페이지가 넘는 분량이 분실된 것으로 보고 있다. 나 역시 동의한다.)

별들이 바뀌었다, 웨이틀리.

몸이 머리에서 잘려 나가 눈만 끔뻑이며 숨도 제대로 쉬지 못하는, 대리석 판 위에 놓인 고깃덩어리가 된다고 상상해 봐라. 바로 그런 느낌이었어. 파티는 끝났어.

그게 우릴 죽였다.

그래서 우린 지금 여기 지하에서 기다리는 거고.

끔찍하지 않냐고?

전혀. 아무리 끔찍해도 난 전혀 상관없어. 기다릴 수 있다.

난 여기 앉아 죽은 채 꿈을 꾸며 개미집과도 같은 인류 문명이 생겨나고 사라지고 우뚝 솟았다가 무너지는 걸 바라본다.

어느 날, 바로 내일일 수도 있고 보잘것없는 인간이 도저히 헤아릴 수 없을 정도의 내일이 지나야만 할 수도 있겠지. 그 어느 날 하늘의 별들이 제자리를 찾고 파괴의 시간이 도래하면, 나는 심해에서 일어나 다시 한번 세상을 지배할 것이다.

폭동과 반란, 피 묻은 먹이, 추악함, 영원한 황혼, 악몽, 죽은 자들과 죽지 못한 자들의 비명, 믿는 자들의 찬송.

그 후에는 어쩔 것이냐고?

이 세계가 차가운 잿더미로 변하고 불 꺼진 태양을 돌 때 나는 이 차원을 떠나야겠지. 내 고향으로 돌아가는 거야. 익사한 선원의 눈알처럼 불어 터진 달의 얼굴에 밤마다 피가 뚝뚝 떨어지는 그곳으로 돌아가 여름잠을 잘 것이다.

여름잠에서 깨면 짝짓기를 할 테고 마침내 끝이 오면 내 안에서 무언가 꿈틀거리는 게 느껴지겠지. 내 아이가 내 살을 먹어 치우면서 빛을 향해 나오는 게.

음.

다 잘 받아 적고 있느냐, 웨이틀리? 잘했다.

이제 다 됐다. 끝. 내레이션 종료.

이제 우리가 뭘 할지 맞춰 봐라.

정답이다.

쇼거스한테 먹이를 줄 거야.

니콜라스는……

Nicholas Was……

1989

그는 그의 죄보다 더 나이를 먹었다. 그의 수염은 더 이상 하얘질 수도 없을 만큼 새하얬다. 그는 죽고 싶었다.

북극 동굴에 사는 난쟁이 원주민들은 그의 언어를 몰랐다. 그들은 자신들의 언어로 지껄이며 대화를 나누었고 공장에서 일하지 않을 때는 도저히 이해되지 않는 의식을 치렀다.

그들은 1년에 한 번씩 억지로 그를 영원한 밤으로 보냈다. 그가 아무리 울면서 항의해도 소용없었다. 그 영원한 밤에 그는 세상 모든 아이의 머리맡에 난쟁이들의 '눈에 보이지 않는' 선물을 놓아두었다. 그동안 아이들은 얼어붙은 시간 속에서 잠을 잤다. 그는 프로메테우스와 로키, 시시포스, 유다가 부러웠다. 그에게 내려진 형벌이 훨씬 더 가혹했다.

호.

호.

호.

베이비
케이크

Babycakes

1990

몇 해 전, 동물들이 전부 사라졌다.

어느 날 아침에 일어나 보니 사라지고 없었다.

동물들은 우리에게 메모를 남기지도 않았고 작별 인사도 없었다. 우리는 동물들이 어디로 갔는지 끝내 알아내지 못했다.

우리는 동물이 그리웠다.

세상이 끝났다는 사람들도 있었지만 그건 아니었다. 세상에 동물들만 사라진 것뿐. 고양이도 토끼도 강아지도 없고, 바다에 고래도 물고기도 없고, 하늘에 새도 없다.

인간만 남겨졌다.

우리는 어찌해야 할지 몰랐다.

한동안은 방황하기도 했지만 누군가 동물이 없어졌다고 우리 삶이 바뀔 필요는 없지 않냐고 했다. 식탁에 오르는 먹을거리가 바뀔 필요도 없고 인간에게 해로운지 알아보는 동물 실험을 중단할 필요도 없다고.

아기들이 있으니까.

아기는 말도 못 하고 움직이지도 못한다. 이성이 있는 생각하는 존재가 아니다.

그래서 우리는 아기를 만들었다.

그리고 이용했다.

먹기도 했다. 아기 살점은 부드럽고 육즙도 풍부하다.

아기들의 가죽을 벗겨 우리의 몸을 장식했다. 아기의 가죽은 부드럽고 착용감도 굉장히 편하다.

아기로 실험을 하기도 했다.

테이프로 고정해 눈을 벌려 놓고 세제니 샴푸 같은 것을 한 방울씩 떨어뜨렸다.

상처를 내고 뜨거운 물에 넣거나 불로 화상을 입히기도 했다. 몸을 묶어 놓고 머리에 전극을 넣었다. 피부나 뼈를 이식하고 냉동시키고 방사능을 쏘였다.

아기들은 연기를 들이마셨고 혈관에 약물이 흘렀다. 숨이 멈추거나 피가 멈출 때까지 계속했다.

물론 우리도 속 편한 일은 아니었지만 꼭 필요한 일이었다. 그 누구도 부정할 수 없었다.

동물이 사라졌으니 다른 방도가 없지 않은가?

물론 반대의 목소리도 있었다. 하지만 반대 의견은 항상 있는 법이다. 곧 모든 게 평소로 돌아갔다.

그런데……

어제 세상의 아기들이 전부 사라져 버렸다.

어디로 갔는지 모른다. 사라지는 걸 보지도 못했다. 아기들이 사라졌으니 이제 어떻게 해야 할지 모르겠다.

하지만 우린 방법을 찾아낼 것이다. 인간은 똑똑하니까. 그게 우리 인간이 동물이나 아기보다 우월한 존재인 이유다.

우리는 뭔가 방법을 찾아낼 것이다.

기사도

Chivalry

1992

휘태커 부인은 성배를 발견했다. 그것은 모피코트 아래에 있었다. 그녀는 매주 목요일마다 연금을 받으러 우체국까지 걸어갔는데, 비록 두 다리는 예전 같지 않았지만, 그래도 집으로 돌아오는 길에는 언제나 옥스팸 가게에 들러 소소한 것들을 구입하곤 했다.

옥스팸 가게는 구제 의류, 인테리어 소품, 온갖 잡동사니, 산더미처럼 쌓인 오래된 책 같은 것을 팔았다. 이 물건들은 전부 기부된 중고품이었고, 고인들의 집을 정리하면서 나온 것이 대부분이었다. 판매 수익은 전부 자선단체로 보내졌다.

가게 직원들도 자원봉사자들이었다. 이날 오후의 자원봉사자는 17세의 마리였다. 약간 과체중의 마리는 이 가게에서 산 듯한 헐렁한 연보라색 점퍼를 입고 있었다.

마리는 계산대에 앉아 〈모던 우먼〉 잡지에 수록된 '숨겨진 성격을 찾아라'라는 질문지의 답을 적는 중이었다. 그녀는 이따금씩 뒷부분을 들춰서 답변 A, B, C의 점수를 확인한 뒤 답을 썼다.

휘태커 부인은 느릿느릿 가게 안을 돌아다녔다.

아직도 팔리지 않은 코브라 인형이 보였다. 기분 나쁜 눈알이 옷 진열대와 깨진 도자기와 물어뜯긴 장난감이 가득한 수납장을 바라본 채로 6개월째 먼지가 쌓였다.

휘태커 부인은 코브라 인형의 머리를 톡톡 두드려 주고 지나갔다.

책꽂이에서 각각 1실링의 가격이 매겨진 밀즈 & 분 소설을 두 권 집었다. 『그녀의 천둥 같은 영혼』과 『그녀의 요동치는 심장』이라는 책이었다. 장식용 램프 갓을 씌운 마테우스 로제 와인병을 살까 잠시 고민했지만 둘 곳이 없다는 결론에 이르렀다.

휘태커 부인은 좀약 냄새가 풍기는 털이 많이 빠진 모피코트로 손을 뻗었다. 코트 아래에는 지팡이 하나와 물 얼룩이 진 5펜스짜리 A. R. 호프 몬크리프의 『기사도의 낭만과 전설』이 있었다. 이 책 옆에 뉘어져 있는 건 성배였다. 아래쪽에 붙은 작고 동그란 종이 스티커에 펠트펜으로 30펜스라는 가격이 적혀 있었다.

휘태커 부인은 먼지 묻은 은색 고블릿을 들어 두꺼운 돋보기로 살폈다.

"이거 괜찮네." 그녀가 마리에게 말했다. 마리는 어깨를 으쓱했다.

"벽난로 선반에 놓으면 괜찮겠어." 마리가 또 어깨를 으쓱했다.

휘태커 부인은 마리에게 50펜스를 냈다. 마리가 10펜스를 거슬러 주고 책과 성배를 넣을 갈색 종이봉투를 내밀었다. 부인은 옆 정육점으로 가서 신선한 간을 사고 집으로 돌아갔다.

고블릿 안쪽은 적갈색 먼지가 자욱했다. 휘태커 부인은 잔을 꼼꼼하게 닦은 뒤 식초를 조금 넣은 따뜻한 물에 1시간 동안 담가 두었다. 그다음에는 금속 광택제로 반짝거리게 닦아 응접실 벽난로 위 선반에 놓았다. 먼저 세상을 떠난 남편 헨리가 1953년 프린튼 바닷가에서 찍은 사진과 작은 바셋하운드 도자기 인형 사이였다.

그녀의 생각이 옳았다. 정말 괜찮아 보였다.

저녁식사로 빵가루를 입혀 튀긴 간에 양파를 곁들여 먹었다. 무척 맛이 좋았다.

다음은 금요일이었다. 금요일 아침마다 휘태커 부인과 그린버그 부인은 번갈아 서로의 집을 방문한다. 이날은 그린버그 부인이 휘태커 부인의 집을 방문할 차례였다. 그들은 응접실에 앉아 차와 마카롱을 들었다. 휘태커 부인은 자신의 차에 설탕 한 숟가락을 넣었고 그린버그 부인은 핸드백에서 항상 들고 다니는 감미료가 든 작은 플라스틱 용기를 꺼냈다.

"저거 괜찮네. 뭐야?" 그린버그 부인이 성배를 가리켰다.

"성배야." 휘태커 부인이 말했다. "예수가 최후의 만찬에서 사용하신 잔. 십자가에 달린 예수의 옆구리를 로마 병사가 창으로 찔렀을 때 흘러나온 피를 받기도 했지."

그린버그 부인이 콧방귀를 꼈다. 작은 체구의 유대인인 그녀는 청결하지 못한 것을 참지 못했다. "그 얘긴 잘 모르겠지만 좋아 보이네. 우리 마이런이 수영 대회에서 우승했을 때 딱 저렇게 생긴 걸 받았는데. 옆에 이름이 적힌 것만 다르고."

"마이런은 그 착한 아가씨랑 아직도 사귀어? 미용사 아가씨 말이야."

"버니스? 응. 결혼 한대나 봐." 그린버그 부인이 말했다.

"잘됐네." 휘태커 부인은 마카롱을 또 집었다. 그린버그 부인은 아몬드를 올린 작고 달콤한 밝은 갈색의 마카롱을 직접 구워서 2주에 한 번씩 금요일에 방문할 때마다 가져왔다.

그들은 마이런과 버니스 이야기, 휘태커 부인의 조카 로널드(부인은 자녀가 없다), 고관절 때문에 병원에 입원한 가엾은 친구 퍼킨스 부인에 대한 이야기를 나누었다.

그린버그 부인이 정오에 돌아간 후 휘태커 부인은 치즈 올린 토스트를 점심으로 먹었다. 약도 먹었다. 흰색과 빨간색 한 알씩, 작은 오렌지색 두 알.

초인종이 울렸다.

휘태커 부인이 문을 열었다. 어깨에 닿는 거의 흰색에 가까울 정도로 밝은 금발에 번쩍이는 은색 갑옷과 흰색 겉옷을 걸친 젊은 남자가 서 있었다.

"안녕하십니까."

"안녕하세요." 휘태커 부인이 말했다.

"저는 임무를 수행하러 왔습니다."

"잘됐군요." 휘태커 부인이 애매하게 답했다.

"들어가도 되겠습니까?"

부인은 고개를 저었다. "미안하지만 그건 안 되겠어요."

"저는 성배를 찾는 임무를 수행 중입니다. 성배가 여기 있습니까?"

"신분증 있어요?" 부인이 젊은이에게 물었다. 그녀는 혼자 사는 늙은이가 낯선 사람을 집안에 들이는 건 현명하지 못한 일이라는 걸 잘 알고 있었다. 핸드백이 털리는 것뿐만 아니라 더 심한 일도 생길 수 있다.

젊은이가 마당으로 다시 내려갔다. 마차를 끄는 말만큼이나 커다랗고 총명해 보이는 눈에 고개를 당당하게 치켜든 잿빛 군마가 휘태커 부인의 정원 문에 묶여 있었다. 기사는 안장주머니를 뒤지더니 두루마리를 들고 왔다.

거기에는 이 자가 원탁의 기사 갤러해드이고 고귀한 임무를 수행 중이라는 내용과 함께 모든 브리튼인의 왕 아서왕의 서명이 들어가 있었다. 맨 아래에는 젊은이의 얼굴까지 그려져 있었다. 분명 꽤 닮아 보였다.

휘태커 부인은 고개를 끄덕였다. 사진이 들어간 작은 명함 정도가 나올 줄 알았는데 생각보다 훨씬 정성스러웠다.

"그럼 들어오시구려."

그들은 주방으로 갔다. 부인은 갤러해드에게 대접할 차를 준비하고 함께 응접실로 옮겼다.

갤러해드는 벽난로 선반에 놓인 성배를 보더니 한쪽 무릎을 꿇었다. 찻잔은 조심스럽게 적갈색 카펫에 내려놓았다. 레이스 커튼 사이로 들어온 황금색 빛이 외경심에 휩싸인 그의 얼굴을 감쌌고 머리에서 은색 후광이 퍼졌다.

"진짜 성배로구나." 그가 조용히 읊조렸다. 눈물을 참으려는 듯 연한 파란색 눈을 세 번 빠르게 깜빡였다.

그리고 조용히 기도하듯 머리를 숙였다.

갤러해드는 다시 일어나 휘태커 부인을 보았다. "자비로운 부인, 지성소를 지키는 자여, 제가 이 성배를 가져가도 되겠습니까? 제 여정과 임무가 끝나도록."

"뭐라고요?"

갤러해드는 그녀에게로 다가가 그녀의 늙은 손을 잡았다. "이제 제 임무가 끝났습니다. 성배가 드디어 제 앞에 있습니다."

휘태커 부인은 불만스러운 듯 입술을 삐쭉거렸다. "찻잔과 받침 접시를 좀 들어 주겠어요?"

갤러해드는 미안한 표정으로 찻잔을 들었다.

"그렇게는 안 되겠는데. 난 저게 마음이 든다우. 강아지 인형이랑 우리 영감 사진 사이에서 아주 잘 어울리니까."

"황금을 원하십니까? 그런가요? 부인, 제가 황금을 갖다 드릴 수 있습니다."

"아니. 황금은 필요 없어요. 고맙지만 됐어요."

그녀는 갤러해드를 현관문으로 내몰았다. "반가웠어요."

말은 정원 울타리에 머리를 기대고 부인의 글라디올러스를 씹어 먹고 있었다. 이웃 아이들 몇 명이 길에 서서 구경했다.

갤러해드는 안장주머니에서 각설탕을 꺼내 가장 용감한 아이에게 건네고는, 그것을 말에게 먹이는 방법을 알려 주었다. 기사와 아이는 함께 손바닥에 설탕을 올리고 내밀었다. 아이들이 까르르 웃었다. 개중에서 나이가 많아 보이는 여자아이가 말의 코를 쓰다듬었다.

갤러해드는 단 한 번의 매끄러운 동작으로 말에 올라탔다. 말과 기사는 호손 크레센트 가를 터벅터벅 걸어갔다.

휘태커 부인은 그들이 사라질 때까지 쳐다보다가 한숨을 쉬고 집 안으로 들어갔다.

주말은 조용했다.

토요일에 부인은 버스를 타고 메어스필드로 조카 로널드와 조카 처 유포니아, 그들의 딸 클라리사와 딜리언을 만나러 갔다. 직접 구운 커런트 케이크도 가져갔다.

일요일 아침에는 교회에 갔다. 작은 야고보 교회는 '교회가 아니라 마음 잘 맞는 친구들끼리 어울리는 기쁨의 장소로 생각하라'는 분위기여서 전체적으로 편안했다. 게다가 부인은 바르톨로뮤 목사가 기타 연주를 할 때만 빼면 그를 좋아하는 편이었다.

그녀는 예배가 끝나고 응접실에 성배가 있다고 목사에게 말할까 생각했지만 그만두었다. 월요일 아침에는 뒷마당에서 일했다. 그녀는 딜, 마편초,

민트, 로즈메리, 타임, 엄청나게 퍼진 파슬리가 있는 작은 허브 정원을 대단히 자랑스러워했다. 두꺼운 원예용 초록색 장갑을 끼고 무릎을 꿇은 채로 풀을 뽑고 민달팽이를 잡아 비닐봉지에 넣었다. 그녀는 민달팽이만 보면 유독 마음이 약해졌다.

철로와 경계를 이루는 정원 뒤쪽으로 가서 울타리 너머로 달팽이를 던졌다.

샐러드에 넣을 파슬리를 자르는데 뒤쪽에서 기침 소리가 들렸다. 키 크고 잘생긴 갤러해드가 서 있었다. 갑옷이 아침 햇살에 반짝였다. 두 팔에는 기름칠한 가죽으로 감싼 기다란 꾸러미를 들고 있었다.

"다시 왔습니다." 갤러해드가 말했다.

"그래요." 휘태커 부인은 느릿느릿 일어나 장갑을 벗었다. "이왕 왔으니까 좀 거들어요."

그녀는 민달팽이가 든 봉지를 건네고 울타리 너머로 쏟아 버리라고 했다.

그는 시키는 대로 따랐다.

두 사람은 함께 주방으로 갔다. "홍차? 아니면 레모네이드?"

"부인이 드시는 걸로 주십시오."

휘태커 부인은 냉장고에서 수제 레모네이드가 든 손잡이 달린 병을 꺼내고 갤러해드에게 민트를 뜯어 오라고 시켰다. 그녀는 기다란 잔을 2개 골랐다. 살살 씻은 민트를 잔에 몇 잎씩 넣고 레모네이드를 부었다.

"밖에 말 있소?" 부인이 물었다.

"아, 예. 이름은 그리젤입니다."

"멀리서 온 것 같네."

"아주 멀지요."

"그래요." 휘태커 부인은 싱크대 아래에서 파란색 플라스틱 대야를 꺼내 물을 반쯤 채웠다. 갤러해드가 대야를 그리젤에게 가져갔다. 그는 말이 물을 다 마실 때까지 기다렸다가 빈 대야를 가져왔다.

"아직도 성배를 포기하지 못했군요."

"그렇습니다. 저는 성배가 꼭 필요합니다." 갤러해드는 바닥에 놓인 가죽 꾸러미를 들어 식탁보가 깔린 테이블에 놓고는 풀었다. "성배를 주시면 이걸 드리겠습니다."

검이었다. 1미터는 족히 넘는 칼날의 단면을 따라 단어와 기호가 우아하게 새겨져 있었다. 칼자루는 금과 은이었고 끝에는 커다란 보석이 박혀 있었다.

"아주 좋아 보이네." 휘태커 부인은 사뭇 의심스럽다는 투였다.

"이 검은 발뭉입니다. 태초에 대장장이 웰란드가 만든 것이고, 쌍둥이 검은 플랑베르주이지요. 이 검을 든 자는 무적이고 전쟁에서 결코 패배할 수 없습니다. 이 검을 든 자는 비겁하거나 비열한 짓을 할 수 없습니다. 칼자루 끝에 있는 것은 사도닉스 버콘인데 포도주나 에일에 탄 독으로부터, 친구의 배신으로부터 지켜 줍니다."

부인은 잠깐 검을 유심히 보다가 말했다. "아주 잘 들겠어."

"떨어지는 머리카락도 벨 수 있지요. 아니, 햇빛도 가를 수 있습니다." 갤러해드가 자랑스럽게 말했다.

"그냥 저리 치우도록 해요."

"마음에 들지 않으십니까?" 갤러해드는 실망한 듯했다.

"고맙지만 됐다우." 죽은 남편 헨리라면 꽤 마음에 들어 했을 것 같았다. 서재에 스코틀랜드에서 잡은 박제 잉어 옆에 걸어 놓고 손님들에게 보여 주었을 것이다.

갤러해드는 기름 먹인 가죽으로 발뭉 검을 감싸고 하얀 끈으로 묶었다.

비탄에 잠긴 표정이었다.

휘태커 부인은 갤러해드에게 가는 길에 먹으라고 크림치즈와 오이를 넣은 샌드위치를 유산지에 싸 주었다. 그리젤을 위해 사과도 하나 챙겨 주었다. 갤러해드는 두 가지 선물에 무척 만족한 듯했다.

부인은 갤러해드와 말을 배웅했다.

오후가 되자 그녀는 버스를 타고, 여전히 고관절 때문에 입원해 있는 가엾은 퍼킨스 부인을 문병하러 갔다. 직접 만든 과일 케이크도 함께였다. 퍼킨스 부인의 이가 시원찮아서 케이크에는 호두를 넣지 않았다.

그날 저녁에는 TV를 좀 보다가 일찍 잠자리에 들었다.

화요일에 집배원이 방문했다. 맨 꼭대기의 작은방을 정리하고 있던 휘태커 부인은 조심스럽게 한 계단씩 느릿느릿 내려가느라 제시간에 나가질 못했다. 집배원은 아무도 없어서 소포를 배달하지 못했다는 내용의 메모를 남기고 가 버린 뒤였다.

부인은 한숨을 쉬었다.

메모지를 핸드백에 넣고 우체국을 찾아갔다.

소포를 보낸 사람은 호주 시드니에 사는 조카 시렐이었다. 내용물은 시렐과 남편 월러스, 그들의 두 딸 딕시와 바이올렛의 사진, 탈지면으로 감싼 소라고둥이었다.

휘태커 부인의 침실에는 이미 장식용 조개가 많았다. 그녀가 가장 좋아하는 것은 바하마 풍경이 그려진 에나멜 조개였다. 1983년에 죽은 언니 에델이 예전에 준 선물이었다.

조개와 사진을 쇼핑백에 넣었다. 마침 옥스팸 가게가 근처라 집에 가기 전에 들렀다.

"안녕하세요, 부인." 마리가 인사했다.

휘태커 부인은 마리를 빤히 쳐다보았다. 마리는 립스틱을 발랐고(가장 잘 어울리는 색깔도 아닌 듯하고 약간 어설퍼 보였지만 시간이 지나면 저절로 해결되리라 생각되었다) 꽤 맵시 좋은 치마를 입었다. 상당한 발전이었다.

"그래, 안녕."

"지난주에 어떤 남자가 와서 부인이 사 가신 물건에 관해 물어봤어요. 금속으로 된 작은 컵 같은 거요. 그래서 주소를 가르쳐 줬는데 괜찮으신 거죠?"

"괜찮다. 찾아왔더구나." 휘태커 부인이 말했다.

"그 남자 정말 끝내줬어요, 정말. 하마터면 덮칠 뻔했다니까요." 마리가 아쉽다는 듯 한숨을 쉬었다.

"커다란 백마도 타고 왔어요." 부인은 예전보다 훨씬 똑바른 자세로 서 있는 마리를 보면서 내심 흐뭇했다.

부인은 책꽂이에서 새로운 밀스 & 분 소설 『그녀의 위풍당당한 열정』을 발견했다. 지난번에 사간 두 권도 아직 다 못 읽었지만.

『기사도의 낭만과 전설』을 집어서 펼쳤다. 곰팡내가 났다. 첫 페이지의 상단에 붉은 잉크로 된 손글씨로 'EX LIBRIS FISHER['피셔의 장서'라는 뜻-역주]'라고 적혀 있었다.

도로 내려놓았다.

집에 가 보니 갤러해드가 기다리고 있었다. 동네 아이들을 그리젤에 태워 길 저쪽까지 왔다 갔다 하는 중이었다.

"잘 왔네. 그러잖아도 뭘 좀 옮겨야 하는데."

그녀는 꼭대기의 작은 방으로 그를 데려갔다. 갤러해드는 방 안쪽의 벽장을 막고 있는 오래된 여행 가방들을 옮겨 주었다.

방에는 먼지가 수북했다.

부인은 오후 내내 갤러해드를 방에 두고서 이것저것 옮기라고 시키고 자신은 먼지를 닦았다.

갤러해드는 빰이 살짝 긁혔고 한쪽 팔이 뻐근했다.

두 사람은 이야기도 나누었다. 그녀는 죽은 남편 헨리에 관해 이야기했다. 보험금으로 남은 집 대출금을 다 갚은 이야기, 집안에 가득한 물건을 남겨 줄 사람이 조카 로널드밖에 없지만 로널드의 처는 새것만 좋아한다는 이야기도 했다. 전쟁 당시 공습경보 때 부엌의 암막 커튼을 제대로 치지 않았다가 헨리를 만난 것, 시내의 싸구려 무도회장에 같이 간 일, 전쟁이 끝나고 런던에 가서 포도주를 처음 마신 이야기도 해 주었다.

갤러해드도 그의 이야기를 들려주었다. 변덕이 심했고 어머니 역할을 제대로 하지 않았으며 마녀에 가까웠던 어머니 일레인, 마음 씀씀이는 좋으나 너무 두루뭉술했던 할아버지 펠레스 왕, 기쁨의 섬에 있는 블리언트 성에서 보낸 유년기, '잘못 만들어진 기사'라는 이름으로만 알았던 미치광이 아버지가 사실은 가장 위대한 기사인 호수의 기사 랜슬롯이 위장한 것이었다는 것, 카멜롯에서 보낸 수습 기사 시절.

5시가 되자 휘태커 부인은 방안을 둘러보고 그만하면 만족스럽다고 생각했다. 환기를 시키기 위해 창문을 열어 두고 갤러해드와 함께 주방으로 내려가 주전자를 불에 올렸다.

갤러해드는 식탁에 앉았다.

그는 허리춤에 찬 가죽 주머니를 열어 동그랗고 하얀 돌을 꺼냈다. 크리켓 공만 했다.

"부인, 성배를 주시면 이걸 드리겠습니다."

부인이 돌을 들었다. 생각보다 꽤 무거웠다. 빛에 비춰 보았더니 반투명했고 안에는 무수히 많은 은색 점들이 반짝거렸다. 늦은 오후 햇살에 더욱

더 눈부시게 빛났다. 촉감은 따뜻했다.

돌을 들고 있으니 이상한 느낌이 온몸을 감쌌다. 마음 깊은 곳에서 고요함과 평화를 느꼈다. 평온함. 그래, 평온함이라는 말이 딱 어울렸다. 그녀는 평온함을 느꼈다.

그녀는 아쉬운 마음으로 돌을 식탁에 내려놓았다. "아주 좋네."

"현자의 돌입니다. 우리의 선조 노아가 어둠 속에 있을 때 빛을 밝히려고 방주에 걸어 놓은 것이지요. 비금속을 금으로 바꿔 줍니다. 다른 능력도 있고요." 갤러해드가 자랑스럽게 말했다. "돌 말고 다른 것도 있습니다. 보십시오." 그는 가죽 주머니에서 달걀을 꺼내 부인에게 건넸다. 거위알만 했고 빛나는 검은색에 진홍색과 흰색 반점이 들어가 있었다. 만지는 순간 부인은 목 뒤의 머리카락이 곤두서는 느낌이었다. 멀리서 불꽃이 탁탁거리는 소리가 들렸고 세상과 멀리 떨어진 저 높은 곳에서 불꽃 날개로 급강하하는 기분이 들었다.

그녀는 달걀을 현자의 돌 옆에 내려놓았다.

"불사조의 알입니다. 저 먼 아라비아에서 온 것이지요. 언젠가 불사조로 부화할 것입니다. 그리고 때가 되면 불사조가 불꽃 둥지를 틀고 알을 낳은 뒤 죽을 거고 다시 불꽃 속에서 태어납니다."

"그런 건 줄 알았어." 휘태커 부인이 말했다.

"마지막으로 이걸 가져왔습니다." 갤러해드가 작은 주머니에서 뭔가를 꺼내 건넸다. 루비 덩어리로 조각한 사과였는데 황금색 줄기가 달렸다.

부인은 약간 긴장하면서 받아들었다. 의외로 촉감이 부드러웠다. 그녀의 손가락이 닿자 사과에 멍이 들었고 루비색 과즙이 흘러나왔다.

마법처럼 어느 사이엔가 부엌에 라즈베리와 복숭아, 딸기, 붉은 커런트 등 여름 과일의 향기가 가득 퍼졌다. 저 멀리 아득하게 노래와 음악 소리가 들려오는 듯했다.

"헤스페리데스의 사과 중 하나입니다." 갤러해드가 나직하게 말했다. "한 입만 먹으면 아무리 중한 병과 상처라도 싹 낫지요. 두 입 먹으면 젊음과 아름다움을 되찾고 세 입 먹으면 영생을 얻습니다."

휘태커 부인은 손에 묻은 끈적한 즙을 핥았다. 잘 만든 포도주 맛이 났다.

순간 그녀는 젊어진 기분을 느꼈다. 말 잘 듣는 탄탄하고 늘씬한 육체, 숙녀답지 않게 시골길을 전력 질주하는 기쁨, 가만히 있는데도 남자들을 웃게 하고 만족시키는 육체를 가진 기분이 느껴졌다.

그녀는 자신의 작은 부엌에 매력적이고 고귀한 모습으로 앉아 있는 가장 매력적인 기사 갤러해드 경을 바라보았다.

숨이 턱 막혔다.

"제가 가져온 건 이게 다입니다. 구하기가 쉬웠던 것도 아닙니다."

부인은 루비를 식탁에 내려놓고 현자의 돌과 불사조의 알, 영원한 생명을 주는 사과를 바라보았다.

그런 다음 응접실로 가서 벽난로 선반을 보았다. 작은 사냥개 도자기 인형, 성배, 상체를 벗고 아이스크림을 먹으며 미소 짓는 죽은 남편 헨리의 40년 전 흑백 사진.

그녀는 다시 주방으로 갔다. 주전자에서 쌕쌕 소리가 나기 시작했다. 끓는 물을 찻주전자에 조금 붓고 휘휘 돌린 다음에 따라서 버렸다. 그다음에는 홍차를 한 사람당 한 숟가락씩 두 숟가락 그리고 찻주전자를 위해 한 숟가락 더 넣고 남은 물을 부었다['한 사람당 한 숟가락, 찻주전자를 위해 한 숟가락'은 영국에서 홍차를 우릴 때의 전통적인 계량 법칙이다. 즉 두 사람이 마실 때는 차를 총 세 숟가락, 세 사람이 마실 때는 총 네 숟가락 넣는 식이다 – 역주]. 내내 아무런 말도 없었다.

부인이 마침내 뒤돌아 갤러해드를 바라보았다.

"사과는 치워요." 그녀가 단호한 목소리로 말했다. "늙은 여자한테 그런 걸 보여 주면 못 쓰는 거야. 옳지 않아."

그녀는 잠시 멈춘 후에 덧붙였다. "하지만 2개는 받겠어." 잠시 생각에 잠겼다. "벽난로 선반에 잘 어울릴 것 같거든. 아무래도 하나 주고 2개 받는 게 공평하겠어."

갤러해드의 얼굴이 환하게 빛났다. 그는 루비 사과를 가죽 주머니에 집어넣었다. 그리고 무릎을 꿇고 휘태커 부인의 손에 입맞춤했다.

"그만둬." 부인은 특별한 날에만 쓰는 가장 좋은 찻잔을 꺼내 두 사람이 마실 차를 따랐다.

그들은 말없이 앉아서 차를 마셨다.

차를 다 마시고 응접실로 갔다. 갤러해드는 성호를 긋고 성배를 들었다.

휘태커 부인은 알과 돌을 성배가 있던 자리에 놨다. 알이 한쪽으로 기울어 있어서 작은 강아지 도자기 인형에 기대 놓았다.

"정말 잘 어울리네." 부인이 말했다.

"그렇습니다. 정말 좋아 보입니다." 갤러해드도 말했다.

"가기 전에 먹을 걸 좀 줄까?" 그는 고개를 저었다.

"과일 케이크는 어때? 지금은 당기지 않아도 몇 시간 후에는 잘 가져왔다 싶을걸. 화장실도 써야 할 거 아니야. 그거 이리 줘. 싸줄게."

부인은 그에게 복도 끄트머리에 있는 작은 화장실을 알려 주고 성배를 들고 주방으로 갔다. 식료품 저장실에서 크리스마스에 쓰고 남은 포장지를 가져와 성배를 포장하고 노끈으로 묶었다. 그리곤 과일 케이크를 큼직하게 한 조각 잘라서 바나나 1개와 알루미늄 포일로 감싼 가공치즈 한 장과 함께 갈색 종이봉투에 넣었다.

갤러해드가 화장실에서 돌아왔다. 부인이 종이봉투와 성배를 건넸다. 그러고는 까치발로 그의 뺨에 입을 맞추었다.

"자네는 참 착한 젊은이야. 몸조심해."

그가 휘태커 부인을 포옹했다. 그녀는 손을 훠이훠이 저으며 그를 주방에서 뒷문까지 쫓아내듯 내보내고는 문을 닫았다. 차를 한 잔 더 따르고 크리넥스를 대고 조용히 울었다. 호손 크레센트 가를 걸어가는 말발굽 소리가 들렸다.

휘태커 부인은 수요일에는 온종일 집에 있었다.

목요일에는 연금을 받으러 우체국에 들렀다. 그다음에는 옥스팸 가게에도 들렀다.

계산대에 있는 직원은 처음 보는 얼굴이었다. "마리는 어디 가고?" 휘태커 부인이 물었다.

희끗희끗한 머리를 파란색으로 물들이고 테두리에 큐빅 알이 박힌 파란 안경을 쓴 직원이 고개를 젓더니 어깨를 으쓱했다. "젊은 남자를 따라갔어요. 말을 타고. 쯧. 말세야 말세. 난 히스필드 매장에 있어야 하는데 우리 조니한테 태워다 달라고 부탁해서 여기로 왔다니까요. 사람 구할 때까지는 여기로 출근해야 해요."

"아. 마리가 남자를 만났다니 잘됐네."

"뭐, 그 애한테는 잘된 일이겠죠. 하지만 오후에 히스필드에 있어야 하는 사람도 있답니다."

가게 뒤편 책꽂이에서 휘태커 부인은 오래되어 변색된 주둥이가 긴 은색 용기를 보았다. 60펜스라고 적힌 작은 종이 가격표가 붙어 있었다. 납작하고 기다란 찻주전자 같았다.

처음 보는 밀스 & 분 소설책을 집어 들었다. 소설책과 은색 그릇을 들고 계산대의 여자에게로 갔다.

“65펜스입니다.” 여자가 은색 물건을 집더니 빤히 쳐다보았다. “참 재밌게 생긴 옛날 물건이죠? 오늘 아침에 들어온 거랍니다.” 그 물건에는 옆쪽에 굵은 한자가 새겨져 있고 아치 모양의 품격 있는 손잡이가 달렸다. “기름통인가 봐요.”

“아니. 기름통 아니야.” 저게 뭔지 정확히 아는 휘태커 부인이 말했다. “램프지.”

램프 손잡이에는 아무런 장식 없는 작은 금속 소재의 반지가 갈색 노끈으로 묶여 있었다.

“흠. 아냐, 그냥 책만 사는 게 낫겠어.” 휘태커 부인이 말했다.

그녀는 소설책 값으로 5펜스만 내고 램프는 뒤쪽에 도로 가져다 놓았다. 집에 가면서 생각해 보니 둘 곳도 없는데 역시 사지 않길 잘했다 싶었다.

천사 살인 사건 수사 일지

Murder Mysteries

1992

네 번째 천사가 말하니:

나는 이 질서로 하나가 되었으니,

인간으로부터 이곳을 수호하기 위해,

그들은 죄책감을 버렸고

그분의 은혜를 박탈당했다.

그러므로 그들이 이 모든 것을 피하지 않는다면

내 검이 그들을 맞이하고

나는 그들의 적이 되어

그들의 얼굴을 불태울 것이다.

- 체스터 미스터리 연극, '창조와 아담과 이브', 1461

이것은 실제로 있었던 일이다.

확실하지 않지만 대략 10년 전쯤인가, 집에 도착하려면 한참 멀었는데 내가 탄 비행기가 로스앤젤레스에서 스톱오버했다. 때는 12월이었고 캘리포니아의 날씨는 따사롭고 쾌적했다.

하지만 영국은 안개와 눈보라가 심해서 비행기가 착륙할 수 없는 상태였다. 나는 하루도 빠짐없이 공항에 문의했지만 매번 하루만 더 기다려 보라는 답변만 돌아왔다.

그런 일이 일주일 가까이 계속되었다.

그때 나는 갓 10대를 벗어났을 때였다. 그 시절이 남긴 인생의 조각들을 살펴보면 마치 누군가에게 집이나 아내, 자식, 직업 같은 원치 않는 선물을 받는 것처럼 마음이 불편해진다. 나하고 아무런 상관도 없는 것들이니까. 세포가 7년 주기로 소멸 생성된다는 말이 사실이라면 나는 죽은 사람에게서 삶을 물려받은 것이다. 마찬가지로 그 시절의 잘못도 전부 용서되고 죽은 자의 뼈와 함께 묻혔다.

아무튼 나는 로스앤젤레스에 있었다.

여섯 번째 날, 시애틀에 사는 예전 여자친구 비슷한 지인에게 연락이 왔다. 내가 LA에 머무르고 있다는 소식을 건너건너 들었다면서 자신도 LA에 있는데 만나지 않겠느냐는 것이었다.

나는 그녀의 자동응답기에 그러자고 메시지를 남겼다.

그날 저녁, 호텔 밖으로 나가니 작은 체구의 금발 여자가 다가왔다. 날은 이미 어둑어둑했다.

그녀는 내 인상착의가 찾는 사람과 일치하는지 확인하려는 듯 나를 빤히 쳐다보았다. 그러더니 머뭇거리며 내 이름을 말했다.

"맞는데요. 혹시 팅크 친구인가요?"

"네. 차는 저쪽에 있어요. 가요. 팅크가 당신을 만난다고 잔뜩 들떴어요."

여자의 차는 캘리포니아가 아닌 곳에서는 보기 힘든 커다란 낡은 보트 같은 그런 차였다. 갈라지고 벗겨진 가죽 소파 커버 냄새가 났다. 우리는 어딘지 모를 곳에서 어딘지 모를 곳으로 달렸다.

당시의 로스앤젤레스는 나에게 미스터리 그 자체였다. 그렇다고 지금은 그곳을 더 잘 안다는 것은 아니다. 런던, 뉴욕, 파리는 이해가 간다. 그 도시들은 아침에 여기저기 걷거나 지하철을 타면 어떤 곳이구나 하는 느낌이 온다. 하지만 로스앤젤레스는 차로 다녀야 한다. 그때 나는 운전을 전혀 하지 않았다. 지금도 미국에서는 절대 운전을 하지 않는다. LA의 기억을 떠올려 보면 여기가 어디인지, 사람들과 장소의 관계가 어떤지 전혀 모른 채로 남들의 차를 타고 여기저기 돌아다닌 생각만 난다. 규칙적인 도로, 반복되는 형태와 구조. LA를 하나의 개체로 기억하려고 애쓰면 그곳을 처음 방문했던 밤에 그리피스 공원의 언덕에서 보았던 끝없이 펼쳐진 작은 조명밖에 떠오르지 않는다. 멀리에서 바라본 그렇게 아름다운 풍경은 처음이었다.

"저 건물 보여요?" 운전하고 있는 팅크의 금발 친구가 말했다. 매력적이면서도 못생긴 아르 데코 양식의 붉은 벽돌집이었다.

"네."

"1930년대에 지어진 거예요." 그녀의 목소리에는 자부심이 담겨 있었다.

대충 예의를 차려서 대꾸했지만, 속으로는 50년이 긴 세월로 취급받는 이 도시를 이해하려고 노력해야 했다.

"팅크가 아주 신났어요. 당신이 LA에 있다는 얘길 듣고 굉장히 좋아했어요."

"오랜만에 만나는 거라 나도 기대되네요."

팅크의 본명은 팅커벨 리치먼드였다. 본명이 맞다.

팅크는 LA 시내에서 차로 1시간 정도 걸리는 작은 아파트 단지에서 친구들과 함께 산다고 했다.

팅크에 관해 말하자면, 그녀는 나보다 10살 연상인 30대였다. 윤기 나는 검은색 머리에 붉은 입술, 백옥같이 새하얀 피부. 꼭 동화에 나오는 백설 공주처럼 생겼다. 처음 만났을 때 그렇게 예쁜 여자는 처음이라고 생각했다. 팅크는 이미 결혼해 수잔이라는 다섯 살짜리 딸이 있었다. 나는 수잔을 만난 적은 없었다. 팅크가 영국에 살 때 수잔은 제 아빠와 시애틀에 살고 있었다.

팅커벨이라는 이름을 가진 엄마가 딸 이름은 수잔으로 짓다니.

기억은 우리를 기만하곤 한다. 매일의 기억이 세세하게 테이프에 녹음되는 사람들도 있겠지만 나는 아니다. 내 기억은 조각보를 기운 것처럼 불연속적인 사건을 대충 꿰매 놓은 것에 불과하다. 그래서 기억나는 부분은 정확하게 기억하지만 나머지는 아예 기억에서 사라져 버린다.

팅크의 집에 도착한 순간은 기억나지 않는다. 그녀의 하우스메이트들이 어디 가고 없었던 건지도 모르겠다.

그다음으로 기억나는 건 조명이 은은한 거실의 소파에서 팅크와 나란히 앉아 있었던 일이다.

우리는 잡담을 나누었다. 1년 만에 보는 것인가 그랬다. 하지만 스물한 살짜리 남자애가 서른두 살 여자에게 할 말이 많을 리 없었고 이내 아무런 공통점도 없어지자 나는 그녀를 가까이 끌어당겼다.

그녀는 살짝 한숨을 쉬면서 안겨 오더니 키스해 달라고 입술을 내밀었다. 흐릿한 조명 탓에 입술이 검어 보였다. 소파에서 키스하다가 그녀의 블라우스 속으로 손을 넣어 가슴을 만졌다.

"섹스는 못 해. 생리 중이란 말이야."

"알았어요."

"원하면 입으로 해 줄게."

내가 고개를 끄덕이자 그녀는 내 청바지 지퍼를 내리고 무릎 쪽으로 고개를 숙였다.

내가 사정하자마자 팅크는 일어나 부엌으로 달려갔다. 싱크대에 정액을 뱉는 소리와 수돗물 소리가 들렸다. 저렇게 싫은데 왜 굳이 해 주겠다고 한 걸까. 그녀가 돌아와 옆에 앉았다. "수잔은 위층에서 자고 있어. 그 앤 내 전부야. 얼굴 한번 볼래?"

"뭐, 그러던가요."

우리는 위층으로 올라갔다. 팅크를 따라 어두운 방으로 들어갔다. 날개 달린 요정과 궁전 따위를 크레파스로 그린 아이의 그림이 벽에 가득했고 작은 금발 여자애가 침대에 잠들어 있었다.

"애가 아주 예뻐." 팅크는 이렇게 말하고 나에게 키스했다. 입술이 좀 끈적했다. "제 아빠를 닮았어."

우리는 다시 아래층으로 내려갔다. 할 말도, 할 일도 없었다. 팅크가 거실 조명을 켰다. 바비 인형 같은 완벽한 얼굴에 어울리지 않는 눈가의 잔주름이 보였다.

"사랑해." 그녀가 말했다.

"고마워요."

"태워다 줄까?"

"애 혼자 두고 다녀와도 괜찮으면요."

팅크는 어깨를 으쓱했다. 나는 마지막으로 그녀를 나에게로 당겼다. 밤의 LA는 온통 불빛뿐이다. 그리고 그림자.

그다음부터는 텅 비었다. 그다음에 어떻게 됐는지 전혀 기억나지 않는다.

팅크가 나를 호텔로 데려다주었을 것이다. 그렇지 않다면 내가 무슨 수로 돌아갔겠는가? 작별 키스를 한 것도 기억나지 않는다. 그냥 길가에 서서 그녀의 차가 멀어지는 걸 쳐다봤는지도 모른다.

어쩌면.

하지만 호텔 앞에 도착했는데도 들어가지 못하고 멍하게 서 있었던 것은 기억난다. 들어가서 씻고 자야 하는데 아무것도 할 수 없었다.

배가 고프지는 않았다. 술이 당긴 것도 아니었다. 책을 읽거나 말할 기분도 아니었다. 무작정 걷다간 길을 잃을까 봐 걱정스러웠다. 반복되는 모티프 같은 로스앤젤레스에 홀려 빙빙 돌다가 빨려 들어가서 영영 집으로 가는 길을 찾지 못할까 봐. 로스앤젤레스 중심부는 똑같은 블록이 계속 반복되는 하나의 패턴 같았다. 주유소, 주택, 작은 가게(도넛 가게, 사진 현상소, 빨래방, 패스트푸드점)가 계속 반복되어 최면을 건다. 작은 가게와 집들이 조금씩 달라지기는 했지만 그 때문에 오히려 패턴의 느낌이 강하게 났다.

팅크의 입술이 떠올랐다. 재킷 주머니를 뒤져서 담뱃갑을 꺼냈다.

담배에 불을 붙이고 후 들이마셨다가 내뱉었다. 따뜻한 밤공기 사이로 파란 연기가 퍼졌다.

호텔 밖에 위축된 상태로 자란 야자수 나무가 한 그루 있었다. 그 나무가 시야에서 사라지지 않는 범위 내에서 잠깐 걷기로 했다. 담배도 피우고 어쩌면 생각도 하고. 하지만 너무 기진맥진해서 생각할 기운이 없었다. 성욕도 없고 외로웠다.

길을 따라 한두 블록쯤 걸었을 때 벤치가 보였다. 벤치에 앉아 담배꽁초를 인도로 세게 던졌다. 주황색 불꽃이 튀었다.

그때 누군가의 목소리가 들렸다. "한 개비 팔게나, 친구. 자."

눈앞에 25센트 동전을 든 손이 나타났다. 고개를 들었다.

남자는 늙어 보이지 않았다. 물론 그때의 나는 그가 몇 살인지 알 수 있는 준비가 되어 있지 않았다. 30대 후반. 아니, 40대 중반인가. 남자는 노란 가로등 조명 아래에서 아무런 색깔도 없어 보이는 허름한 롱코트를 입었고 눈동자는 검었다.

"자, 25센트 받아. 남는 장사지."

나는 고개를 젓고 말보로 담뱃갑에서 한 개비를 꺼내 건넸다. "돈은 됐습니다. 그냥 드릴게요. 받으세요."

그는 담배를 받았다. 성냥갑도 건넸다(겉면에 폰섹스 광고 전화번호가 적혀 있던 게 기억난다). 남자가 담배에 불을 붙였다. 나는 그가 도로 내민 성냥갑을 받지 않았다. "그냥 가지세요. 미국에만 오면 이상하게 성냥갑이 잔뜩 생기네요."

"그렇구먼." 남자는 옆에 앉아서 담배를 피웠다. 절반 정도 피웠을 때 담배를 콘크리트 바닥에 툭툭 두드려서 불붙은 부분을 털어 버리고는 귀에 꽂았다.

"원래 많이 안 피우는 편이거든. 그렇다고 아깝게 버릴 순 없지."

차 한 대가 비틀거리며 지나갔다. 차에는 젊은 남자 네 명이 탔다. 앞에 앉은 두 명이 운전대를 같이 잡고 낄낄거렸다. 창문이 내려져 있어서 웃음소리가 들렸고 뒷자리의 두 명이 "게에에리, 이 멍청아! 뭐 하는 거어어야?"라고 말하는 소리도 들렸다. 신나는 로큰롤 음악이 흘러나왔는데 내가 모르는 노래였다. 차는 모퉁이를 돌아 시야에서 사라졌다.

이내 아무런 소리도 들리지 않았다.

"빚을 졌군." 벤치의 옆자리에 앉은 남자가 말했다.

"네?"

"내가 그쪽에 빚을 졌다고. 담배도, 성냥갑도. 돈을 안 받겠다니 빚진 거지."

당황스러워서 어깨를 으쓱했다. "그냥 담배 한 개비인데요, 뭐. 평소에 남들한테 공짜로 나눠 주면 나중에 담배가 떨어졌을 때 저도 공짜로 받을 날이 있겠죠." 사실은 농담이 아니었지만 농담이라는 듯 일부러 웃었다. "아무튼 신경 쓰지 않으셔도 됩니다."

"흠. 그럼 보답으로 얘기 하나 해 줄까? 진짜 있었던 일이야. 옛날에는 신세 진 걸 얘기로 갚기가 참 좋았는데 요즘은……안 그렇단 말이지." 그가 어깨를 으쓱했다.

나는 벤치에 기대었다. 밤공기가 따뜻했다. 시계를 보았더니 어느새 새벽 1시가 가까웠다. 영국에서는 꽁꽁 얼어붙을 것처럼 추운 하루가 또 시작되었겠구나. 눈 오는 밤을 무사히 이겨 내고 출근하는 사람들도 있겠고 늙은 사람들과 노숙자들은 밤의 추위로 목숨을 잃기도 했겠지.

"좋죠." 내가 남자에게 말했다. "얘기해 주세요."

그는 기침을 하더니 어둠 속에서 하얀 치아를 드러내고 씩 웃으며 이야기를 시작했다.

"내가 제일 처음 기억하는 건 단어야. 신이라는 단어. 너무 지치고 우울할 땐 나를 빚어서 생명을 불어넣는 그분의 목소리를 떠올리지. 그 단어는 나에게 육체와 눈을 줬어. 눈을 떠 보니 실버 시티의 빛이 보였지.

내가 있는 곳은 방이었어. 은색 방. 나 말고 아무것도 없었지. 앞에는 바닥에서 천장까지 이어진 창문이 있었어. 하늘을 향해 열린 창문으로 도시의 첨탑이 보였어. 도시 끄트머리의 어둠도.

거기서 얼마나 기다렸는지 모르겠어. 초조하거나 하진 않았어. 그건 기억나. 누가 부를 때까지 계속 기다려야 하는 거였지. 언젠가는 부를 거라는 확신이 있었거든. 끝내 부름을 받지 못한대도 상관없었어. 하지만 부름을 받을 거라는 확신이 있었다네. 그때 내 이름과 직분을 알게 된다는 걸.

창문으로 은색 첨탑이 보였어. 창문이 달린 첨탑도 많았는데 그 창문으로 나 같은 이들이 보였지. 그걸 보고 내가 어떻게 생겼는지 알았어.

지금 이 모습을 보면 도저히 믿기지 않겠지만 난 아름다웠다네. 말하자면 지금은 그때보다 상당히 하락한 거지.

그땐 키가 더 컸어. 날개도 있었고. 진주색 깃털이 달린 엄청나게 크고 강한 날개였어. 어깨뼈 사이에 돋아났는데 정말 멋졌어. 내 날개 말이야.

가끔 비슷한 이들이 보였어. 방을 나가 이미 임무를 수행하고 있는 자들이었지. 난 그들이 첨탑 사이를 가르며 하늘로 솟아올라 내가 상상조차 할 수 없는 임무를 수행하는 모습을 바라보았다네.

위에서 내려다보는 실버 시티는 장관이었어. 항상 빛이 있었지. 태양 빛은 아니었어. 도시 자체에서 나오는 빛이었을 거야. 하지만 그 빛은 매번 바뀌었어. 백랍 색깔이다가 청동색이다가 은은한 황금빛이다가 차분한 자수정 색깔이다가……."

남자는 이야기를 멈추고 고개를 갸웃하며 나를 쳐다보았다. 눈동자가 번득거려서 무서웠다. "자수정 알지? 보라색 보석 말이야."

고개를 끄덕였다.

갑자기 가랑이가 불편했다.

순간 남자가 미친 게 아닐지도 모른다는 생각이 들었다. 하지만 미쳤다고 생각하는 것보다 훨씬 더 초조해졌다.

남자는 다시 말하기 시작했다.

"방에서 얼마나 기다렸는지 모르겠어. 하지만 시간은 아무 의미가 없었다네. 그땐 말이야. 시간은 많고도 많았으니까. 그다음에 일어난 일은 루시퍼 천사가 내 방으로 온 거였어. 그는 나보다 큰 키에 날개가 웅장하고 깃털도 완벽했지. 바다 안개빛 피부에 곱슬곱슬한 은색 머리, 황홀한 회색 눈동자…….”

“아, ‘그’라고는 했지만 참고로 그때 우리에겐 확실한 성별이 없었다네.” 남자가 무릎 사이를 가리켰다. “아무것도 달리지 않았고 반들반들했거든.”

“루시퍼는 빛이 났어. 안에서 빛이 나왔지. 천사들은 다 안에서 빛이 나와. 내 방에서 루시퍼는 꼭 번개 폭풍처럼 활활 타올랐지.

그가 나를 보면서 이름을 주었어.

‘너는 라구엘이다. 신의 복수.’

난 고개를 숙였어. 그게 진실이란 걸 알 수 있었거든. 그게 내 이름이고 내가 받은 직분이란 걸.

‘잘못된 일이……생겼다. 처음 있는 일이지. 네가 필요하다.’

루시퍼는 이렇게 말하고 뒤돌아 밖으로 날아갔어. 나도 그를 따라 실버 시티의 끄트머리까지 날아갔지. 도시가 멈추고 어둠이 시작되는 곳. 거대한 은색 첨탑 아래에 그것이 있었어. 우리는 저 아래 거리로 내려갔고 나는 죽은 천사를 보았지.

은색 인도에 구겨지고 부러진 몸이 누워 있었어. 날개가 바닥에 깔려 으스러지고 뜯긴 깃털은 은색 하수구로 날아갔더군.

천사의 몸은 거의 검게 변해 있었어. 꺼져 가는 생명의 불꽃이 마지막으로 반짝이듯 가슴과 눈, 무성의 사타구니에서 빛이 나기도 했어. 가슴에 고여 있는 루비색 피가 하얀 날개를 진홍빛으로 물들였지. 죽은 모습마저 너무나 아름다웠다네.

얼마나 가슴이 아프던지.

루시퍼가 말했어. ‘누가, 어떻게 한 짓인지 찾아내 복수를 행하거라.’

그가 말하지 않아도 난 이미 알고 있었어. 범인을 추적해 응징하는 것이 애초에 내가 창조된 이유라는 것을. 그게 내 존재 자체라는 것을.

'나는 볼 일이 있다.' 천사 루시퍼가 말했어.

그는 힘차게 날개를 한 번 펄럭이더니 날아올랐어. 그 세찬 바람에 죽은 천사의 날개에서 헐거워진 깃털이 떨어져 거리로 흩어졌지.

나는 몸을 숙여 자세히 살펴보았다네. 이제 불빛은 완전히 꺼져 버렸고 이건 천사를 모방한 시꺼먼 형상에 지나지 않았어. 하지만 은색 머리에 무성의 얼굴은 완벽했어. 미처 감기지 않은 한쪽 눈꺼풀에서 차분한 잿빛 눈동자가 드러났어. 가슴에 젖꼭지도 없고 다리 사이도 매끈했지.

나는 시신을 일으켰어.

뒤쪽은 엉망이더군. 날개는 부러져 뒤틀리고 뒤통수는 찌그러지고. 몸이 받쳐지지 않는 걸로 보아 척추도 부러진 것 같았어. 뒤쪽은 온통 피투성이였지. 앞쪽에는 가슴 부분에만 피가 묻어 있었어. 검지로 만져 봤더니 손쉽게 쑥 들어가더군.

난 생각했지. '떨어지는 도중에 죽었구나.'

고개를 들어 거리에 늘어선 창문을 쳐다보고 저 너머 실버 시티를 바라보며 다짐했지. '누구 짓인지 모르겠지만 내가 찾을 것이다. 반드시 찾아서 신의 복수를 행할 것이다.'라고 말이야."

남자는 귀에 꽂아 둔 담배를 가져와 성냥불을 붙였다. 재떨이의 죽은 담배에서 나는 독하고 매캐한 냄새가 훅 풍겼다. 그는 몸을 숙여 담배 연기를 힘껏 들이마시고는 파란 연기를 내뱉었다.

"시체를 처음 발견한 건 파누엘이라는 이름의 천사였어.

시체가 발견된 장소 옆에 있는 존재의 전당에서 그와 이야기를 나누었지. 그 전당에는 청사진 같은 게 걸려 있었어. 그러니까 이 모든 것……" 그가 담배꽁초를 든 손으로 밤하늘과 주차된 차들, 주변을 가리켰다. "우주의 청사진 말이야."

"파누엘은 천지 창조의 디테일을 담당하는 천사 부하들을 여럿 둔 선임 디자이너였어. 나는 존재의 전당에 서서 그를 지켜보았지. 그가 도면 아래에 떠 있고 천사들이 내려와 예의 바르게 차례대로 그에게 질문하고 확인도 하고 의견도 구하더군. 마침내 그가 부하들을 전부 물리치고 바닥으로 내려왔지.

'자네는 라구엘이군.' 신경질적인 고음의 목소리였어. '무슨 일이지?'

'시체를 발견하셨다고요.'

'가엾은 카라셀 말인가? 그랬지. 지금 이곳에선 수많은 개념을 만드는 작업이 한창이라네. 난 '후회' 작업에 대해 조용히 생각해 볼 게 있어서 밖으로 나갔어. 좀 멀리까지 날아가 볼 생각이었지. 물론 도시 밖 어둠으로 들어갈 생각은 아니었어. 요즘 그곳에 대한 별별 고삐 풀린 소문이 돌아다니지만……어쨌든 도시 상공을 날며 생각을 좀 해 볼 요량이었지.'

'전당을 나섰는데…….' 파누엘이 말을 멈추었어. 그는 천사치곤 덩치가 작은 편이고 몸에서 나오는 빛도 강렬하진 않았지만 눈동자가 밝고 선명했지. 정말로 밝았어. '가엾은 카라셀. 어떻게 스스로 그런 짓을 할 수 있단 말인가? 어떻게?'

'스스로 행한 일이라고 보시는 겁니까?'

파누엘은 어떻게 다른 설명이 있을 수 있겠냐는 듯 어리둥절하고 놀란 표정이었어.

'카라셀은 내 밑에서 우주의 본질적인 개념을 다수 개발했다네. 우주의 이름이 불릴 때 꼭 필요해질 테니까. 카라셀이 속한 팀은 아주 기본적인 개념들을 훌륭하게 고안했지. 예를 들어 차원이나 잠 같은 것. 아주 훌륭했어. 개인의 관점으로 차원을 정의하자는 그의 아이디어는 진정 천재적이었고 말이야. 어쨌든 카라셀은 새로운 프로젝트를 시작했다네. 평소라면 내가 직

접 맡거나 제프키엘에게 맡길 아주 중요한 일이었지.'

파누엘이 이렇게 말하면서 위를 흘낏 보았어.

'하지만 카라셀이 워낙 뛰어난 성과를 보여 준데다 지난번 프로젝트가 상당히 훌륭했거든. 아주 사소한 일이었는데……그와 사라카엘이 수준을 확 올려놨어.' 파누엘이 어깨를 으쓱했어. '하지만 그건 중요하지 않아. 카라셀을 죽음으로 몰고 간 건 바로 이번 프로젝트였으니까. 하지만 그렇게 될 줄 아무도 상상하지 못했지.'

'그 프로젝트가 뭐였습니까?'

파누엘은 나를 쳐다보았어. '자네에게 말해도 될지 모르겠군. 우리가 개발하는 모든 개념은 소리 내어 말해질 최종적인 형태로 완성되기 전까지는 극비사항이라서.'

순간 내가 변하는 게 느껴졌어. 어떻게 설명해야 할지 모르겠는데 갑자기 내가 달라진 거야. 더 커다란 존재로 변했지. 내 직분 자체가 된 거야.

파누엘은 내 눈을 쳐다보지 못했어.

'나는 신의 복수, 라구엘이다.' 내가 그에게 말했지. '나는 그분을 직접 섬긴다. 이 사건의 진상을 파헤쳐 신의 복수를 행하는 것이 내 임무다. 내 질문에 답해야 할 것이다.'

자그만 천사는 몸을 떨면서 빠르게 말했어.

'카라셀은 파트너와 함께 죽음을 연구하고 있었다네. 생명이 정지되어 육체의 생기가 사라지는 죽음. 거의 준비가 끝나 가고 있었지. 하지만 평소 카라셀은 일에 너무 깊이 빠져드는 경향이 있었어. 불안을 작업할 때도 카라셀 때문에 우리가 얼마나 고생했는지 몰라. 그는 그 전엔 감정을 작업했었거든.'

'카라셀이 그 개념을 연구하기 위해 죽었다고 생각하는 겁니까?'

'강한 흥미를 느꼈거나 연구에 너무 집중해서 그런 것으로 생각하네.' 파누엘이 손가락을 구부리며 그 환하게 빛나는 눈동자로 나를 쳐다보면서 말했지. '지금 이 말을 어디 함부로 옮기진 않으리라고 믿네, 라구엘.'

'카라셀의 시체를 발견하고 어떻게 했습니까?'

'존재의 전당에서 나갔을 때 카라셀이 위를 쳐다보고 길에 누워 있는 걸 봤네. 뭐하냐고 물었지만 대답이 없었어. 몸에서 흘러나온 액체를 보고 말을 하기 싫은 게 아니라 못하는 것임을 깨달았지.'

'무서워서 어떻게 해야 할지 몰랐어.'

'그때 뒤에서 루시퍼 님이 나타났어. 무슨 문제가 있느냐고 묻기에 시체를 보여 줬어. 그러자……그분의 형상이 나타났고 루시퍼가 그분과 이야기를 나누었지. 몸이 정말 환하게 타올랐어. 그다음에 루시퍼는 이런 일을 담당할 사람을 데려와야겠다고 말하고 갔어. 자네를 찾으러 간 거겠지. 이제 카라셀의 죽음이 처리될 것이고 그의 운명은 나와 관계가 없으니 다시 일하러 돌아갔네. 후회라는 개념에 대한 값진 가르침을 얻은 채로 말이야.

카라셀과 사라카엘이 맡았던 죽음 작업은 다른 이들에게 맡길까 생각 중이네. 내 선임 파트너 제프키엘이 괜찮다고 한다면 그에게 맡겨야겠어. 그는 이런 사색적인 프로젝트에 뛰어나니까.'

어느새 파누엘에게 볼 일이 있어서 기다리는 천사들이 쭉 줄 서 있었지. 그만하면 그에게 얻을 만한 정보는 다 얻은 것 같았어.

'카라셀이 누구와 함께 작업했고 살아 있는 모습을 가장 마지막으로 본 게 누구죠?'

'사라카엘을 만나 봐. 카라셀의 파트너였으니까. 그럼 나는 이만…….'

파누엘은 줄지어 기다리는 부하들에게로 돌아가 조언도 해 주고 바로잡기도 하고 제안도 하고 하지 말라고도 하더군."

남자가 말을 멈추었다.

어느덧 거리는 온통 조용했다. 낮게 속삭이던 그의 목소리와 어딘가에서 들려오던 귀뚜라미 소리가 기억난다. 길 건너편에서 주차된 자동차 사이를 휙휙 지나가는 작은 짐승의 그림자가 보였다. 고양이, 아니면 좀 더 이국적인 너구리였을 수도 있고, 자칼이었을지도 모른다.

"사라카엘은 존재의 전당을 에워싼 중이층 갤러리의 가장 높은 곳에 있었어. 아까 말했지만 전당 한가운데에 우주가 걸려 있었는데 반짝반짝 빛이 났지. 바닥에서 꽤 높았고 말이야."

"그 우주가 무슨 도표 같은 형태였나요?" 내가 처음으로 끼어들었다.

"아니. 뭐, 비슷하다고 할 수 있겠지. 청사진이었어. 하지만 실물 크기였고 전당에 걸려 있었지. 천사들이 항상 그 주위를 돌아다니면서 만지작거리며 중력이니 음악이니 맑음 따위를 작업하고 있었지. 엄밀히 말하면 아직은 우주라고 할 수 없었어. 작업이 끝나고 제대로 이름을 붙인 다음에 우주가 되었지만."

"그런데……" 혼란스러워서 뭐라고 말해야 할지 숨이 턱 막혔다. 하지만 남자가 끼어들었다.

"너무 어렵게 생각하지 마. 모형 같은 거라고 생각하면 쉬울 수도. 아니면 지도라고 생각해 봐. 또 뭐라고 하더라? 그래, 프로토타입. 포드 모델 T의 우주 버전인 거지." 남자가 씩 웃었다. "참고로 이미 자네가 이해하기 쉬운 형태로 얘기해 주고 있는 거라네. 그렇지 않으면 할 수조차 없는 이야기거든. 어쨌든 계속 듣겠나?"

"예." 그의 이야기가 사실인지 아닌지는 상관없었다. 그것보다는 끝까지 들어 봐야 하는 그런 이야기 같았다.

"좋아. 그럼 조용히 하고 잘 들어."

"최고층 갤러리에서 사라카엘을 만났어. 거기엔 그밖에 없었지. 종이하고 반짝이는 모형도 몇 개 보였고.

'카라셀 일로 왔습니다.'

그가 나를 쳐다보더군. '카라셀은 지금 없는데요. 곧 돌아올 겁니다.'

나는 고개를 저었어.

'카라셀은 돌아오지 않을 겁니다. 더 이상 영적인 실체로 존재하지 않습니다.'

사라카엘의 몸에서 나오는 빛이 약해지고 눈이 휘둥그레졌어. '죽었다고요?'

'말씀드린 그대로입니다. 어떻게 된 일인지 아는 게 있나요?'

'너무 갑작스러운 일이라……그런 말을 하긴 했지만……그럴 줄은…….'

'진정하시고 천천히 말씀해 주세요.'

사라카엘이 고개를 끄덕였어.

자리에서 일어나 창가로 걸어가더군. 그 창문에서는 실버 시티가 보이지 않았어. 실버 시티에서 반사되는 빛과 뒤쪽에 걸려 있는 하늘, 그 너머의 어둠뿐. 어둠에서 불어오는 바람이 사라카엘의 머리카락을 가볍게 어루만지고 그가 이야기를 시작했지. 난 그의 뒤쪽에 서 있고 말이야.

'카라셀은……집중력이 강하고 창의성이 뛰어납니다. 아니, 이제 과거형으로 말해야 하는 거겠죠? 그런데 본인은 성이 차지 않았나 봅니다. 모든 걸 다 알고 싶어 했거든요. 수행하는 과제를 꼭 직접 경험해 보고 싶어 했어요. 그냥 머리로만 이해하고 만드는 걸로는 만족하지 못했어요. 완전히 알고 싶어 했죠.

물질의 영역을 작업할 때는 그게 문제 되지 않았어요. 하지만 감정을 디자인하는 작업이 시작된 후로는……일에 너무 몰두해 버렸습니다.

우리가 가장 최근에 한 작업은 죽음이었습니다. 가장 어렵고 또 가장 거대한 작업이기도 했지요. 또한, 죽음은 피조물을 위해 창조를 정의하는 특징이 될 예정이었습니다. 죽음이 없다면 피조물들은 그냥 존재하는 것으로 만족할 테지만 죽음이 있다면 삶에 의미가 생길 테니까요. 살아 있는 자들이 건널 수 없는 경계…….'

'그래서 그가 자살했다고 생각합니까?'

'자살이라고 생각합니다.' 사라카엘이 말했지. 나는 창가로 다가가서 밖을 내다보았어. 까마득한 저 아래로 하얀 점이 보였어. 카라셀의 시신이었지. 누군가를 시켜 치워야겠다 싶었어. 시신을 어떻게 처리하면 되는지 의문이었지만 필시 아는 사람이 있겠지. 그 직분을 맡은 자가. 어쨌든 내 직분이 아니란 건 확실했으니까.

'어떻게 자살이라고 확신합니까?'

사라카엘은 어깨를 으쓱했어. '그냥 압니다. 최근에 카라셀은 죽음에 관한 질문을 많이 했어요. 우리가 죽음을 직접 경험하는 것도 아닌데 과연 죽음을 만들고 법칙을 세울 권리가 있는지, 그런 얘기를 많이 했습니다.'

'당신은 그런 의문이 없었나요?'

사라카엘이 처음으로 고개를 돌려 나를 쳐다보더군. '아니요. 토론하고 만들어 창조주와 피조물을 돕는 것은 우리의 직분입니다. 마침내 세상이 시작될 때 시계처럼 정확하게 돌아가도록 지금 우리가 다 정하는 거죠. 지금 우리가 하는 작업은 죽음입니다. 그러니 죽음의 이모저모를 살펴보고 있어요. 물리적인 측면, 감정적인 측면, 철학적인 측면…….

그리고 패턴. 카라셀은 우리가 존재의 전당에서 하는 일이 패턴을 만드는 것이라고 생각했습니다. 모든 존재와 사건에 맞는 구조와 모양이 있고 그것이 일단 시작되면 끝에 이를 때까지 계속되어야 한다고. 어쩌면 우리

도 마찬가지라고 말이에요. 생각건대 카라셀은 이게 자신의 패턴이라고 생각했던 것 같습니다.'

'당신은 카라셀을 잘 알았습니까?'

'다른 천사들과 비슷하죠. 여기서 매일 만나고 같이 일했으니까요. 저는 가끔 도시의 제 방으로 갈 때도 있고 카라셀도 마찬가지였습니다.'

'파누엘에 대해 말해 주세요.'

'그는 웃을 때 입이 삐뚤어지죠. 거들먹거림이 심해요. 하는 일도 별로 없고 남들한테 시키면서 공은 다 가로챕니다.' 사라카엘은 갤러리에 아무도 없는데 목소리를 낮추었다. '파누엘이 말하는 걸 들어 보면 그가 사랑을 만들었다는 사실이 도저히 믿어지지 않을걸요. 어쨌든 일을 잘 끝내는 것 하나는 알아줘야죠. 두 선임 디자이너 중에 진짜 아이디어 뱅크는 제프키엘입니다. 하지만 제프키엘은 여기 오지 않고 도시의 거처에 머무르면서 작업합니다. 멀리서 문제를 해결하죠. 제프키엘을 만나고 싶으면 파누엘에게 말하세요. 파누엘이 제프키엘에게 질문을 전해……'

내가 사라카엘의 말을 끊고 물었어. '루시퍼는 어떤가요? 루시퍼에 대해 이야기해 주세요.'

'신의 군대를 이끄는 루시퍼 님 말입니까? 그는 여기에서 일하지 않습니다. 창조 작업을 검사하러 온 적이 두 번 있어요. 그는 신께 직접 보고를 드린다고 하더군요. 이야기를 나눠 본 적은 한 번도 없습니다.'

'루시퍼가 카라셀을 알았나요?'

'그건 아닐 겁니다. 말했듯이 루시퍼 님이 여기 온 건 두 번뿐이니까요. 하지만 루시퍼 님을 본 적이 또 있습니다. 저기에서요.' 사라카엘이 날개 끝으로 창밖을 가리켰어. '날아가고 있었어요.'

'어디로요?'

사라카엘은 뭐라고 말하려다가 마음을 바꾼 듯했지. '모릅니다.'

나는 실버 시티 너머의 어둠을 바라보았지. 그리고 사라카엘에게 말했어.

'나중에 한 번 더 협조를 요청할 수도 있습니다.'

'알겠습니다.' 돌아서 가려는데 사라카엘이 묻더군.

'저, 죽음 작업에 새 파트너가 배정된다고 하던가요?'

'그건 나도 모르겠군요.'

실버 시티 가운데에는 공원이 있었어. 오락과 휴식을 위한 공간. 공원 강가에서 천사 루시퍼를 발견했지. 흐르는 강물을 바라보고 서 있더군.

'루시퍼?'

그가 고개를 살짝 숙였어. '라구엘, 진전이 좀 있나?'

'모르겠습니다. 어쩌면요. 몇 가지 물어볼 게 있습니다. 괜찮을까요?'

'물론.'

'시체를 어떻게 발견하셨습니까?'

'내가 발견한 게 아니야. 파누엘이 거리에 서 있는 걸 봤는데 굉장히 괴로워 보였어. 무슨 일이 있느냐고 물었더니 죽은 천사의 시체를 보여 줬어. 그 뒤에 내가 자네를 데려온 거고.'

'그렇군요.'

루시퍼는 몸을 숙여 차가운 강물에 한 손을 담갔어. 물방울이 그의 손을 타고 도르르 굴러떨어졌어. '물어볼 건 그게 다인가?'

'아니요. 그때 거기에서 뭘 하고 계셨습니까?'

'그건 자네가 신경 쓸 일이 아닌 것 같군.'

'제 일이 맞습니다, 루시퍼. 거기서 뭘 하고 계셨나요?'

'거기서……산책하고 있었네. 가끔 그러거든. 걸으면서 생각하지. 이해하려고 애쓰는 거지.' 그가 어깨를 으쓱했어.

'도시 끄트머리에서 산책하셨다고요?'

아주 잠깐 후 '그래.'라는 대답이 돌아왔지.

'이만하면 다 된 것 같네요. 일단은요.'

'또 누굴 만났지?'

'카라셀의 상사와 파트너요. 둘 다 자살이라고 생각하는 것 같더군요.'

'앞으로는 누굴 만날 건가?'

나는 위를 올려다보았어. 저 위로 천사들의 도시 첨탑이 우뚝 서 있었어. '전부 다요.'

'전부 다?'

'필요하다면요. 제가 받은 직분입니다. 진상을 알아내 범인에게 신의 복수를 행하기 전까지는 쉴 수 없지요. 하지만 알아낸 걸 말씀드리죠.'

'그게 뭔가?' 천사 루시퍼의 완벽한 손가락에서 다이아몬드 같은 물방울이 떨어졌지.

'카라셀은 자살한 게 아닙니다.'

'그걸 어떻게 알지?'

'저는 신의 복수입니다. 만약 카라셀이 스스로 목숨을 버린 거라면……' 내가 천국 군대의 대장에게 설명했네. '제가 왜 불려 왔을까요?'

루시퍼는 대답하지 않았어.

나는 영원한 아침의 빛 위로 날아올랐지."

"담배 더 있나?"

나는 주머니에서 빨간색과 하얀색의 담뱃갑을 꺼내 한 개비 건넸다.

"고맙네."

"제프키엘의 방은 내 방보다 크더군. 대기실이 아니라 일하고 생활하는 곳이었으니까. 방에는 책과 두루마리, 종이가 가득했고 벽에는 그림과 상징이 걸려 있었네. 그림 말이야. 난 그림을 처음 보는 것이었지.

제프키엘은 방 가운데에 놓인 의자에 눈을 감고 고개를 젖힌 채 앉아 있었어. 내가 다가가자 눈을 떴지.

그의 눈은 다른 천사들보다 특별히 밝지는 않았지만 더 많은 걸 본 눈 같았지. 그의 외모는 뭔가 특별했다네. 제대로 설명하기가 힘들어. 아무튼 제프키엘은 날개가 없었어.

'어서 오게, 라구엘.' 지친 목소리였어.

'당신이 제프키엘입니까?' 그걸 왜 물어봤는지 모르겠어. 난 누가 누군지 다 알고 있었는데 말이야. 아마 주어진 직분 때문이었던 것 같아. 상대가 누군지 아는 인지 능력이 있었지.

'그렇다네. 날 빤히 쳐다보는군, 라구엘. 그래, 난 날개가 없다네. 하지만 내 임무는 이 방을 떠나지 않고도 수행할 수 있는 것이지. 난 여기 머무르며 생각에 잠긴다네. 파누엘이 상황을 보고하고 내 의견이 필요한 새로운 일거리를 주지. 그가 문제를 가져다주면 난 문제에 대해 생각하고 가끔 사소한 제안으로 쓸모를 증명하네. 그게 내 직분이야. 자네의 직분은 복수지.'

'그렇습니다.'

'천사 카라셀의 죽음 때문에 찾아왔고?'

'네.'

'내가 죽인 게 아니네.'

난 그 말이 사실임을 알 수 있었지.

'누가 범인인지 아십니까?'

'그건 자네 일 아닌가? 가엾은 카라셀을 죽인 자를 찾아내 신의 이름으로 복수하는 것.'

'그렇습니다.'

제프키엘은 고개를 끄덕였어.

'알고 싶은 게 뭔가?'

잠시 그날 들은 이야기들을 생각해 봤어. '시체가 발견되기 전에 루시퍼가 그쪽에서 뭘 하고 있었는지 아십니까?'

늙은 천사는 나를 빤히 쳐다보았어. '추측해 볼 순 있지.'

'네?'

'어둠 속에서 산책을 하고 있었어.'

나는 고개를 끄덕였어. 머릿속에서 뭔가가 그려졌어. 제프키엘에게 마지막 질문을 했지.

'사랑에 대해 해 주실 말씀이 있나요?'

그의 대답을 듣고 이제 다 됐구나 싶었지.

카라셀의 시체가 발견된 곳으로 돌아갔어. 시체를 옮겼더군. 바닥의 피도 닦고 떨어진 깃털도 싹 치워져 있었어. 은색의 인도는 시체가 있었던 흔적조차 찾아볼 수 없었지.

날개를 펼쳐서 존재의 전당 첨탑 꼭대기가 가까워질 때까지 올라갔어. 창문이 하나 있어서 그리로 들어갔지.

사라카엘이 거기서 일하고 있었는데 날개 없는 인체 모형을 작은 상자에 넣고 있었어. 상자의 한 면에는 다리가 8개 달린 작은 갈색 생명체가 그려져 있더군. 또 다른 면에는 하얀 꽃이 있고 말이야.

'사라카엘?'

'당신이군요. 안녕하세요. 이것 좀 보세요. 만약 당신이 죽어서 상자에 담겨 땅에 묻힌다면 상자 위에 뭐가 놓여 있으면 좋겠습니까? 여기 이 거미, 아니면 이 백합?'

'백합이 좋겠군요.'

'나도 그렇게 생각해요. 하지만 왜죠? 난……' 그는 한 손으로 턱을 짚고 곰곰이 두 모형을 쳐다봤어. 상자 하나를 다른 상자에 올리고 또 바꿔 가면서 말이야. '할 일이 너무 많습니다, 라구엘. 똑바로 해야 할 게 너무 많아요. 알다시피 기회는 한 번뿐인데 말이지요. 우주도 하나뿐이고요. 제대로 될 때까지 시험을 계속할 순 없으니까요. 이게 왜 그렇게 그분에게 중요한지 알고 싶군요.'

'제프키엘의 방이 어딘지 아십니까?' 내가 사라카엘에게 물었어.

'네. 가 본 적은 없지만 어디인지는 압니다.'

'잘됐군요. 지금 가 보세요. 제프키엘이 기다리고 있습니다. 거기서 만나죠.'

그는 고개를 저었어. '할 일이 있습니다. 자리를 비울 수가……'

순간 또다시 그분의 권능이 나를 감싸는 게 느껴졌다네. 난 그를 내려다보면서 말했지. '당신은 거기 가게 될 겁니다. 지금 가세요.'

사라카엘은 아무 말도 하지 않았어. 나를 빤히 쳐다보며 창가로 갔지. 고개를 돌려 날개를 퍼덕였어. 난 거기에 혼자 남았어.

존재의 전당 가운데에 있는 우물로 걸어가 그 안으로 떨어졌어. 우주의 모형 속으로 굴러떨어졌지. 주변이 온통 반짝이고 의미 없는 낯선 색깔과 모양들로 부글거리고 꿈틀거리고 있었지.

바닥에 가까워지자 날개의 힘을 조절해 속도를 늦추고 은색 바닥에 사뿐히 내려앉았지. 파누엘이 서로 그의 관심을 끌려는 두 천사 사이에 서 있더군.

'아무리 미학적으로 만족스러워도 안 돼.' 그가 설명했지. '그걸 중앙에 넣을 순 없어. 뒤쪽의 방사선 때문에 그 어떤 생물체도 발 들일 수 없을 거라고. 어쨌든 너무 불안정해.'

그가 이번에는 다른 천사에게 말했어. '좋아. 어디 보자. 흠. 이게 초록이지? 생각했던 것과는 다르지만 일단 두고 가. 나중에 다시 얘기하지.' 그가 부하에게서 종이를 받아 결단력 있게 접었어.

그가 뒤돌아서 나를 보더군. '무슨 일이지?' 무시하는 듯 퉁명스러운 태도였어.

'얘기 좀 해야겠습니다.'

'흠. 빨리 끝내. 지금 할 일이 산더미 같으니까. 카라셀의 죽음 때문에 온 거라면 아는 건 전부 말했을 텐데.'

'카라셀 일로 온 게 맞습니다. 하지만 지금 여기에서 말하기는 곤란하군요. 제프키엘의 방으로 가세요. 그가 기다리고 있습니다. 거기서 만나죠.'

파누엘은 뭐라고 말하려다가 그냥 고개만 끄덕이고 문 쪽으로 걸어갔어.

나도 가려는데 퍼뜩 떠오른 생각이 있었지. 초록 작업을 맡은 천사를 불러 세웠어. '물어볼 게 있네.'

'제가 아는 것이라면요.

'저거.' 내가 우주를 가리켰어. '저건 무엇을 위한 건가?'

'무엇을 위한 것이라니요. 저건 우주입니다.'

'뭔지는 나도 아네. 목적이 무엇이냐고 묻는 걸세.'

천사는 얼굴을 찡그렸어. '계획의 일부분입니다. 그분의 바람이죠. 그분은 이 차원에 이런저런 걸 원하시고 이런저런 특성과 재료가 들어가기를 바라십니다. 그분의 바람에 따라 그런 것들이 존재하게 하는 것이 저희의 임무이고요. 당연히 그분은 저것의 목적을 아시겠지만 아직 저한테는 알려 주지 않으셨네요.' 부드럽게 꾸짖는 목소리였지.

난 고개를 끄덕이고 그곳을 떠났어. 도시 상공에는 하늘을 선회하다가 급강하하는 한 무리의 천사들이 가득했지. 다들 불타는 검을 들고 있었는데 검을 따라 불꽃의 흔적이 길게 남아서 눈이 부셨어. 그들은 연한 핑크빛 하늘에서 동시에 움직였어. 정말 아름다웠지. 여름날 저녁에 하늘에서 춤추는 새 떼 본 적 있지? 앞으로 쭉 나아가다 곡선을 그리고 다시 모였다가 또 흩어지잖아. 움직임의 패턴을 알겠다 싶으면 금세 또 아리송해지지. 절대 알 수 없잖아? 그거랑 비슷한데 더 멋있었어.

위에는 하늘, 아래에는 빛나는 도시, 나의 집이 있었어.

도시 밖은 어둠이고.

루시퍼는 군대보다 조금 낮은 곳에서 날며 행동 작전을 감독하고 있었어.

'루시퍼 님?'

'라구엘이군. 범인은 찾았나?'

'그런 것 같습니다. 제프키엘의 방으로 함께 가시죠. 다른 이들도 거기서 기다리고 있습니다. 가서 다 설명해 드리죠.'

그가 멈추더니 말했어. '물론이지.'

루시퍼가 그 완벽한 얼굴을 들었어. 옆 사람과 절대로 부딪히지 않고 완벽한 속도를 유지하면서 천천히 회전 연습을 하는 천사들을 향해 외쳤지. '아자젤!'

그러자 동그란 대형에서 천사 하나가 빠져나왔어. 나머지 천사들이 빈자리가 표시 나지 않게 순식간에 대형을 조절하더군.

'난 가 봐야 한다. 아자젤, 네가 지휘한다. 훈련을 계속하도록. 완벽해지려면 멀었어.'

'알겠습니다.'

아자젤이 루시퍼가 있던 자리에서 천사들을 지켜보고 루시퍼는 나와 함께 도시로 내려갔지.

'아자젤은 내 부사령관이야. 똑똑하고 열정이 넘치지. 어디든 따라올 걸

세.'

'훈련은 왜 하는 겁니까?'

'전쟁.'

'누구와의 전쟁이죠?'

'그게 무슨 말이지?'

'누구하고 싸웁니까? 누가 또 존재하나요?'

루시퍼는 맑고 정직한 눈으로 나를 쳐다봤어. '나도 몰라. 하지만 그분께서 우리를 그분의 군대로 명하셨으니 우린 완벽해야 한다. 그분을 위해서. 그분은 절대로 틀리지 않고 항상 공정하고 지혜로우시다, 라구엘. 그렇지 않을 리가 없어. 무슨 일이 있어도…….' 루시퍼는 말을 끊고 고개를 돌렸어.

'뭐라고 말하려고 한 거죠?'

'아무것도 아니다.'

'아.'

우리는 제프키엘의 방까지 내려가는 동안 아무 말도 하지 않았어."

시계를 보니 거의 새벽 3시였다. LA 거리에 쌀쌀한 바람이 불어와 몸이 떨렸다. 남자가 알아채고 말을 멈추었다. "괜찮나?"

"괜찮습니다. 얘기 계속해 주세요. 아주 재미있어요."

그가 고개를 끄덕였다.

"다들 제프키엘의 방에서 기다리고 있었어. 파누엘, 사라카엘, 제프키엘. 제프키엘은 의자에 앉아 있고 루시퍼는 창가에 자리를 잡았지.

내가 가운데로 걸어가 말했어.

'와 주셔서 감사합니다. 제가 누군지, 어떤 직분을 맡고 있는지는 다들 아실 겁니다. 저는 신의 복수, 신의 팔, 라구엘입니다.

천사 카라셀이 죽었습니다. 누가 그를 죽였는지 알아내는 임무가 저에게 주어졌죠. 드디어 알아냈습니다. 카라셀은 존재의 전당에서 일하는 디자이너였습니다. 아주 유능했죠. 그렇다고 들었습니다.

루시퍼, 파누엘과 카라셀의 시체를 발견하기 전에 뭘 하고 있었는지 말해 주시죠.'

'이미 말했잖나. 산책 중이었다고.'

'어딜 걷고 있었나요?'

'그건 자네가 상관할 일이 아닌 것 같군.'

'말하세요.'

우리 중에 가장 키가 크고 자부심이 강한 루시퍼가 잠시 멈칫했어. '그래. 어둠을 걷고 있었네. 어둠에서 산책한 지는 꽤 되었어. 이 도시 밖에 있으면 이곳에 대한 새로운 관점이 생기거든. 이 도시가 꽤 멀리 있고 완벽하다는 걸 깨닫지. 우리의 집보다 더 황홀한 곳은 없다는 것을. 이만큼 완벽한 곳은 없어. 이곳이야말로 누구라도 있고 싶어 할 곳이지.'

'어둠 속에서 무엇을 합니까, 루시퍼?'

그가 나를 빤히 쳐다보았어. '걸어. 그리고……어둠 속에선 목소리가 들리거든. 목소리를 듣네. 그 목소리는 나에게 약속하고 질문하고 속삭이고 애원하지. 하지만 난 무시해. 마음을 단단히 먹고 도시를 바라보지. 그렇게 나 자신에게 시련을 주는 것이 내가 나를 시험하는 유일한 방법이네. 나는 신의 군대를 이끄는 대장이고 거의 최초의 천사이니까 나 자신을 증명하지 않으면 안 돼.'

나는 고개를 끄덕였어. '왜 그걸 진작 말하지 않으셨습니까?'

그는 시선을 떨구었지. '어둠을 걷는 천사는 나밖에 없으니까. 그리고 나 말고 다른 천사가 어둠을 걷기를 원하지 않네. 나는 어둠의 목소리에 도전하고 자신을 시험할 만큼 강하지만 다른 천사들은 그렇지 못하니까. 다른

이들은 휘청거리거나 타락할 거야.'

'고맙습니다, 루시퍼. 일단 그 정도면 된 것 같군요.' 나는 다음 천사에게로 시선을 돌렸어. '파누엘, 당신은 언제부터 카라셀의 공을 가로챘습니까?'

파누엘의 입이 벌어졌지만 목소리는 나오지 않았어.

'대답하시죠?'

'내가 왜……남의 공을 가로채겠나?'

'하지만 사랑 작업은 가로챈 게 맞죠?'

파누엘이 눈을 끔뻑거렸어. '그래, 그랬어.'

'사랑이 뭔지 여기 있는 모두에게 설명해 주겠습니까?'

그는 불편한 듯 주위를 둘러보았어. '다른 존재에게 느끼는 깊은 감정과 끌림이고 열정이나 욕망이 함께 나타나는 경우가 많습니다. 같이 있고 싶은 마음이죠.' 파누엘이 수학 공식이라도 외우듯 딱딱한 목소리로 설명했지. '우선 우리가 우리의 창조주, 그분에게 품는 감정이 바로 사랑입니다. 사랑은 무언가를 만들어 내기도 하지만 파괴하기도 하죠. 우리가……' 파누엘이 잠깐 말을 멈추었어. '아주 자랑스럽게 생각하는 작업입니다.'

파누엘은 이렇게 말했지만 우리가 자신을 믿어 주리라는 바람은 체념한 듯했지.

'사랑 작업을 주로 누가 했습니까? 아니, 답하지 마세요. 나머지 분들에게 먼저 묻겠습니다. 제프키엘? 파누엘이 당신의 결재를 받기 위해 사랑의 내용을 자세히 전달하면서 누가 만든 것이라고 하던가요?'

날개 없는 천사는 지그시 웃었어. '자신이 한 작업이라고 했네.'

'고맙습니다. 이번엔 사라카엘, 사랑은 누구 작업이었습니까?'

'제 작업이었습니다. 저하고 카라셀이 했죠. 카라셀이 한 게 더 많지만 어쨌든 공동 작업이었습니다.'

'파누엘이 그 작업의 공을 가로챈 걸 알고 있었습니까?'

'……네.'

'본인이 허락한 일인가요?'

'좋은 작업을……맡겨 주겠다고 했어요. 입 다물고 있으면 더 중요한 작업을 맡겨 주겠다고. 실제로 약속을 지켰어요. 죽음 작업을 우리에게 맡겼으니까요.'

나는 파누엘에게 물었어. '맞습니까?'

'사랑을 내가 한 작업이라고 주장한 건 맞아.'

'하지만 그건 카라셀과 사라카엘이 한 작업이었죠.'

'그래.'

'둘이 그다음에 죽음 작업을 맡은 거고요?'

'그렇네.'

'됐습니다.'

나는 창가로 걸어가 은색 첨탑과 어둠을 내려다보았어. 그다음에 다시 입을 열었지.

'카라셀은 훌륭한 디자이너였습니다. 한 가지 결점이 있다면 일에 너무 깊이 몰두하는 경향이었지요.' 나는 뒤돌아 천사들을 쳐다보았어. 사라카엘이 덜덜 떨고 있었네. 몸의 불빛도 깜빡거렸지. '사라카엘, 카라셀이 사랑한 게 누구죠? 그의 연인이 누구였습니까?'

사라카엘은 말없이 고개를 떨구었어. 잠시 후 자랑스러우면서도 저항하는 표정으로 얼굴을 꼿꼿이 들더군.

'바로 나였습니다.'

'자세히 얘기하겠습니까?'

'그러고 싶진 않지만 그래야만 하겠지요. 얘기하겠습니다.

카라셀과 나는 같이 일했습니다. 사랑 작업을 시작하면서……우린 연인이 되었죠. 카라셀이 그러자고 했어요. 틈 날 때마다 그의 방으로 가서 서로의 몸을 만지고 껴안으며 사랑을 속삭이고 영원을 맹세했습니다. 어느덧 나에겐 나 자신보다 카라셀이 더 중요해졌습니다. 나는 그를 위해 존재했어요. 혼자 있을 땐 몇 번이고 그의 이름을 불렀고 온통 그의 생각뿐이었습니다.'

'그와 함께 있으면……' 사라카엘이 고개를 떨구었어. '다른 그 무엇도 중요하지 않았어요.'

나는 사라카엘에게 다가가 한 손으로 그의 턱을 치켜올리고 잿빛 눈동자를 똑바로 바라보았어. '그런데 왜 죽였습니까?'

'카라셀의 마음이 식었으니까요. 죽음 작업을 시작하고부터……그의 사랑이 식었어요. 그는 제 것이 아니라 죽음의 것이 되었죠. 나는 그를 가질 수 없는데 새 연인은 그를 독차지했어요. 그를 보는 게 괴로웠습니다. 더 이상 나를 사랑하지 않는 그를 옆에서 봐야 한다는 건 고통이었습니다. 그 사실이 너무 가슴 아팠어요. 그가 사라지면……내 사랑도 식고 고통도 사라지리라 생각했습니다. 그러길 바랐어요.

그래서 죽였습니다. 그를 찌르고 존재의 전당 창문 밖으로 던졌어요. 그런데 지금도 계속 아파요.' 거의 울부짖음에 가까운 소리였지.

사라카엘이 고개를 들고 턱을 잡은 내 손을 치우고는 물었지. '이제 어떡할 건가요?'

또다시 그분의 권능이 나를 휩싸고 그분에게 받은 직분이 느껴졌어. 나는 일개 천사가 아닌 신의 복수였어.

사라카엘에게 다가가 그를 안았어. 입술을 포개고 혀를 집어넣어 키스했지. 그가 눈을 감더군.

그때 내 안에서 타는 듯한 빛이 올라오는 게 느껴졌어. 루시퍼와 파누엘이 밝게 빛나는 나에게서 시선을 돌리는 게 곁눈질로 보였지. 하지만 제프키엘은 날 빤히 쳐다보고 있었어. 내 몸에서 나오는 빛이 점점 밝아지다가 폭발했어. 내 눈과 가슴, 손가락, 입에서 새하얗게 이글거리는 불빛이 나왔지.

하얀 불꽃이 사라카엘을 서서히 휘감았고 그는 나에게 꽉 매달린 채로 불에 탔어.

이내 흔적조차 없이 소멸해 버렸어. 정말로 아무것도 남지 않았지.

내 몸에서도 불꽃이 식는 게 느껴지더니 본래의 모습으로 돌아왔어.

파누엘은 흐느껴 울고 루시퍼는 얼굴이 하얗게 질렸지. 제프키엘은 그대로 의자에 앉은 채 가만히 나를 쳐다보았어.

난 루시퍼와 파누엘에게 말했어. '여러분은 지금 신의 복수를 보셨습니다. 두 분에 대한 경고라고 해 두지요.'

파누엘이 고개를 끄덕였어. '충분히 잘 알겠어요. 알다마다요. 저……저는 그만 가 보겠습니다. 일터로 돌아가도 괜찮을까요?'

'가세요.'

파누엘은 비틀비틀 창가로 다가가 빛 속으로 뛰어내리고 미친 듯 날개를 퍼덕였어.

루시퍼는 사라카엘이 서 있었던 지점으로 걸어가더니 무릎을 꿇고 절박하게 은색 바닥을 살피더군. 혹시라도 내가 소멸시킨 천사의 재라도, 뼈라도, 그을린 깃털이라도 남지 않았을까 바라는 듯이. 하지만 아무것도 없었지. 그가 나를 올려다보았어.

'이건 옳지 않아. 공평하지 않아.' 눈물이 그의 얼굴을 타고 흘러내렸어. 사라카엘이 처음 사랑에 빠진 천사라면 루시퍼는 처음 눈물을 흘린 천사였지. 난 그걸 절대로 잊을 수 없다네.

나는 무덤덤한 표정으로 그를 쳐다보았지. '정의를 실현한 겁니다. 누군가를 죽였으니 죽임을 당하는 게 마땅하지요. 당신이 나를 불러 임무를 맡겼고 나는 그대로 수행했을 뿐입니다.'

'다른 것도 아니고 사랑 때문인데……용서받았어야 해. 도와줬어야 해. 그렇게 소멸시켜 버릴 것이 아니라. 잘못된 거야.'

'그분의 뜻입니다.'

루시퍼가 일어났어. '그렇다면 그분의 뜻이 틀린 것이군. 결국 어둠의 목소리가 맞는 것인가? 그렇지 않고서 어떻게 이런 게 옳을 수 있단 말이야?'

'옳습니다. 그분의 뜻입니다. 저는 해야 할 일을 했을 뿐입니다.'

'아니.' 루시퍼는 손등으로 눈물을 훔치면서 단호하게 말하고 천천히 고개를 저었어. '생각을 해 봐야겠어. 그만 가 보겠네.'

그는 창가로 다가가서 날아가 버렸어.

제프키엘과 나, 둘만 남았지. 내가 다가가자 그가 고개를 끄덕였어. '라구엘, 임무를 아주 잘 수행했네. 이제 방으로 돌아가 또다시 쓰일 일이 있을 때까지 기다려야겠지?'"

벤치에 앉은 남자가 내 눈을 똑바로 바라보았다. 지금까지는 줄곧 내 존재를 의식하지 못하는 듯 시선을 앞으로 향한 채 단조로운 목소리로 나지막하게 이야기했다. 그런데 갑자기 자신이 허공에 대고, 아니, 로스앤젤레스라는 도시에 대고 말하는 것이 아니라 옆에 있는 나에게 말하고 있었다는 사실을 퍼뜩 알아차리기라도 한 것 같았다.

"나도 제프키엘의 말이 맞는다는 걸 알고 있었어. 그런데도 갈 수가 없는 거야. 그만 가 보고 싶은데도 말이야. 그분의 권능이 아직 완전히 나를 떠난 게 아니었어. 내가 직분을 완전히 실행하지 않은 거지. 순간 퍼즐 조각이 맞춰지더니 모든 게 이해되더군. 난 루시퍼처럼 무릎 꿇고 은색 바닥에 이마

를 조아렸어. '아닙니다. 신이시여, 아직은 아닙니다.'

제프키엘이 자리에서 일어났어. '일어나게. 같은 천사끼리 이러는 건 옳지 않아. 옳지 않아. 일어나게!'

난 고개를 저었어. '아버지, 당신은 저와 같은 천사가 아닙니다.'

제프키엘은 아무 말도 하지 않았어. 순간 걱정이 되더군. '아버지, 저는 카라셀을 죽인 범인을 찾는 일을 맡았습니다. 범인을 찾아냈고요.'

'그리고 너의 복수를 행했지, 라구엘.'

'당신의 복수입니다, 신이시여.'

그는 한숨을 쉬며 다시 자리에 앉았어. '아, 어린 라구엘, 창조의 문제는 그들이 원래 계획보다 일을 너무 잘한다는 것이란다. 날 어떻게 알아보았지?'

'잘……잘 모르겠습니다. 당신은 날개가 없고 도시의 가운데에 머무르시며 천지 창조를 직접 감독하십니다. 제가 사라카엘을 소멸시킬 때 고개를 돌리지도 않으셨고요. 당신은 아주 많은 걸 아시지요. 그리고……' 나는 잠깐 말을 멈추고 생각에 잠겼어. '아니, 제가 어떻게 알았는지 저도 확실히 모르겠습니다. 저 역시 당신께서 창조했지요. 하지만 저는 루시퍼가 가 버리고 나서야 당신이 누구인지 눈치챌 수 있었습니다. 이 모든 상황이 당신에게 어떤 의미인지도요.'

'그래, 아이야, 무엇을 눈치챘느냐?'

'카라셀을 죽인 게 누구인지요. 아니, 배후에서 조종한 게 누구인지 알았습니다. 카라셀이 작업에 과도하게 몰두하는 경향이 있다는 사실을 뻔히 알면서 그와 사라카엘에게 사랑 작업을 맡긴 것부터가 그렇죠.'

그는 어른이 아이에게 하듯 호기심을 돋우는 부드러운 어조로 말했지. '어째서 배후에서 조종한 사람이 있다고 생각하지, 라구엘?'

'이유 없이 일어나는 일은 없기 때문입니다. 그리고 모든 이유는 당신의 이유입니다. 당신이 사라카엘을 함정에 빠뜨렸어요. 물론 카라셀을 죽인 건 사라카엘이지요. 하지만 그건 제가 그를 소멸시키기 위해 일어나야만 하는 일이었습니다.'

'그럼 네가 사라카엘을 소멸시킨 것이 잘못된 일이었느냐?'

난 몇 살인지 모를 그분의 눈을 바라보았지. '그건 제 직분이었습니다. 하지만 정당하다고 생각하지는 않습니다. 루시퍼에게 신의 부당함을 보여 주기 위해서 제가 사라카엘을 소멸시켜야만 했었던 게 아닐까 생각합니다.'

그가 미소 지었어. '내가 왜 그런 일을 한단 말이냐?'

'모……모르겠습니다. 저는 당신께서 어둠과 어둠 속의 목소리를 만드신 이유도 이해되지 않습니다. 당신께서 그 목소리를 만드셨지요. 당신께서 이 모든 일이 일어나게 하셨습니다.'

그분이 고개를 끄덕였어. '그렇다. 내가 한 일이다. 루시퍼는 사라카엘의 소멸이 부당하다는 사실을 곱씹어야만 한다. 그리고 루시퍼는 어떤 행동을 하게 될 것이야. 착하고 가여운 루시퍼. 그 아이는 내 아이들 가운데 가장 혹독한 길을 가게 될 것이다. 앞으로 다가올 상황에서 그 아이가 꼭 해야 하는 역할이 있다. 아주 중대한 역할이지.'

난 여전히 만물의 창조주 앞에 무릎 꿇은 채였지.

'이제 어떻게 할 것이냐, 라구엘?' 그분이 나에게 물었어.

'제 방으로 돌아가겠습니다. 제 임무가 끝났으니까요. 범인도 찾았고 복수도 행하였으니 이제 다 되었습니다. 그런데 신이시여?'

'왜 그러느냐, 아이야.'

'더러운 기분이 듭니다. 제가 더럽혀진 것 같아요. 모든 일은 당신의 뜻에 따라 일어나니 좋은 것이겠지요. 하지만 당신께서는 당신의 도구에 피를 묻히십니다.'

그분도 동의하는 듯 고개를 끄덕였어. '라구엘, 네가 원한다면 모든 걸 잊게 해 줄 수 있다. 오늘 있었던 일 전부 다. 하지만 그러면 다른 천사에게 이 얘길 해 줄 수가 없겠지.'

'기억할 것입니다.'

'네가 선택하면 된다. 허나 기억하지 않는 쪽이 더 나을 때도 있느니라. 망각이 자유를 가져다주기도 하거든. 그만 가 보거라.' 그분은 바닥에 산더미처럼 쌓인 서류를 펼쳤어. '할 일이 많아서 말이야.'

난 일어나 창가로 갔어. 그분이 나를 다시 불러 모든 계획을 상세하게 설명해 주면 찜찜한 기분이 나아질 것도 같았지만 그분은 아무 말도 하지 않았지. 난 뒤돌아보지 않고 그분을 떠났어."

여기까지 말하고 남자는 조용했다. 숨 쉬는 소리조차 들리지 않는 침묵이 이어졌다. 나는 그가 잠들었거나 숨이 끊어졌을까 봐 불안해지기 시작했다.

그런데 그가 갑자기 일어섰다.

"내 얘기는 여기까지네, 젊은 친구. 어떤가, 담배 두 개비와 성냥갑의 가치가 있던가?" 비꼬는 기색은 전혀 느껴지지 않았고 정말로 궁금해서 물어보는 듯했다.

"네. 그런데 그다음은 어떻게 됐죠? 만약……그렇게……."

난 말꼬리를 흐렸다.

동이 트려면 얼마 남지 않은 시각, 거리는 어두컴컴했다. 가로등이 하나씩 깜빡거리기 시작했고 어스름한 새벽하늘 아래 남자의 실루엣만 보였다. 그는 양손을 주머니에 찔러 넣었다. "그다음은 어떻게 됐느냐고? 난 집을 떠났고 길을 걸었어. 요즘은 집에 돌아가기가 쉽지 않지. 뒤늦게 후회해 봤자 되돌릴 수 없어. 시간이 흐르고 기회는 사라져 버리지. 그냥 잊어버리고 사는 수밖에. 안 그래?

어쩌다 여기로 오게 됐네. 로스앤젤레스에는 원래 여기 출신인 사람은 한 사람도 없다고 하지. 내 경우엔 정말 그렇다니까."

남자는 고개를 숙여 내 뺨에 부드럽게 입을 맞추었다. 순식간에 일어난 일이었다. 까칠한 수염이 느껴졌지만 숨결은 놀라울 정도로 달콤했다. 그가 내 귀에 대고 속삭였다. "난 타락하지 않았어. 남들이 뭐라 하건 난 내가 여전히 임무를 수행하고 있다고 생각한다네."

그의 입술이 닿은 뺨은 타는 듯이 뜨거웠다. 그가 똑바로 섰다. "그래도 집에 가고 싶어."

남자는 어두운 거리를 걸어갔다. 나는 벤치에 앉아 그가 멀어지는 모습을 바라보았다. 그가 나에게 뭔가를 가져간 듯한 기분이 들었는데 그게 뭐였는지 기억나지 않았다. 어쨌든 제자리에 있던 무언가가 사라진 느낌이었다. 용서 아니면 결백인가. 하지만 무엇에 대한 용서인지 무엇으로부터의 결백인지 기억나지 않았다.

어디에선가 본 장면이 떠올랐다. 완벽한 도시의 상공을 나는 두 천사가 그려진 스케치. 그림에 아이의 선명한 손자국이 찍혀 하얀 종이에 핏빛 얼룩을 남겼다. 갑자기 그 그림이 떠올랐지만 무슨 의미인지는 기억나지 않았다.

자리에서 일어났다.

너무 어두워서 시계가 보이지 않았지만 잠자기 틀렸다는 것은 확실했다. 위축되어 자란 야자수 나무가 있는 호텔로 돌아가 씻고 기다렸다. 천사들과 팅크를 생각했다. 사랑과 죽음이 서로 떨어질 수 없는 관계인지 궁금했다.

다음날 드디어 영국행 비행기 노선이 재개되었다.

기분이 이상했다. 이미 수면 부족은 나를 모든 것이 똑같고 시시하며 하찮게 느껴지는 불행한 상태로 몰아넣었다. 현실이 낡을 대로 낡은 듯한 느낌이었다. 택시를 타고 공항으로 가는 시간은 악몽이었다. 덥고 피곤하고 짜증이 솟구쳤다. LA가 너무 더워서 티셔츠 차림이었다. 코트는 LA에 머무는 내내 짐가방 맨 아래에 처박혀 있었다.

비행기 좌석은 꽉 들어찼지만 아무래도 상관없었다.

스튜어디스가 〈헤럴드 트리뷴〉, 〈USA 투데이〉, 〈LA 타임스〉 같은 신문을 들고 통로를 돌았다. 〈LA 타임스〉를 집어 들었지만 도통 글자가 머리에 들어오지 않았다. 도무지 내용이 읽히지 않았다. 아니, 사실은 거짓말이다. 신문 뒤쪽에 여자 두 명과 아이 한 명, 모두 세 명이 죽은 살인 사건이 실렸다. 피해자들의 이름은 공개되지 않았다. 왜 유독 그 기사만 눈에 띄었는지는 모르겠다.

이내 잠이 들었다. 팅크와 섹스하는 꿈을 꿨다. 그녀의 감긴 눈과 입술에서 피가 느릿느릿 흘러내렸다. 피가 차갑고 끈적거렸다. 에어컨 바람이 너무 추워서 깼다. 입안에서 불쾌한 맛이 느껴졌다. 혀와 입술이 바싹 말라 있었다. 흠집 많은 타원 모양의 창문 밖으로 구름을 내려다보았다. 순간 처음은 아니었지만, 구름도 사실 육지라는 생각이 떠올랐다. 누구나 자신이 무엇을 찾고 있는지 알고, 시작한 곳으로 돌아가는 길을 아는 땅이라고.

내가 비행기 타는 것을 좋아하는 이유는 무엇보다 구름을 내려다볼 수 있기 때문이다. 죽음이 가까이 느껴진다는 것도 좋다.

얇은 기내 담요로 몸을 감싸고 좀 더 잤다. 꿈을 또 꿨는지는 모르겠지만 기억나지 않는 걸 보니 별것 아니었던 모양이다.

비행기가 영국에 도착하자마자 눈보라가 쳐서 공항의 전기가 끊겼다. 그때 나는 공항 엘리베이터에 혼자 타고 있었다. 갑자기 깜깜해지더니 엘리베이터가 중간에 멈춰 버렸다. 흐릿한 비상등이 깜박거렸다. 붉은 비상 호출 버튼을 미친 듯 눌러 댔다. 배터리가 다 되어 소리가 나지 않을 때까지. LA

티셔츠 차림의 나는 작은 은색 방의 한구석에서 덜덜 떨었다. 입김이 하얗게 피어올랐다. 추워서 내 몸을 꼭 껴안았다.

나 혼자뿐이었지만 왠지 편안하고 안심이 되었다. 곧 누군가 와서 엘리베이터 문을 열어 줄 것이다. 누군가가 나를 꺼내 줄 테고, 곧 집에 도착하리란 걸 알 수 있었다.

트롤 다리

Troll Bridge

1993

내가 세 살인가, 네 살이던 60년대 초에 대부분의 철로가 철거되었다. 철도 서비스가 두 동강 났고, 내가 사는 작은 도시는 노선의 종착역이 되어 버렸다. 이는 런던 말고는 갈 곳이 없다는 걸 의미했다.

내 첫 번째 기억은 생후 18개월 때다. 엄마는 여동생을 낳으러 병원에 갔고, 나는 할머니와 함께 다리를 걸었다. 그때 할머니가 나를 들어 올려 줘서 용처럼 숨을 헐떡이며 증기를 내뿜는 검은 철로 된 기차가 저 아래로 지나가는 걸 봤다.

그 후 몇 년 사이에 마지막 증기기관차까지 사라졌다. 마을과 마을, 도시와 도시를 이어 준 철도망도 운명을 함께했다.

나는 기차가 사라지고 있다는 것을 알지 못했다. 내가 일곱 살 때쯤 이미 기차는 과거의 산물이 되어 버렸다.

우리는 도시 외곽의 오래된 집에서 살았다. 집 맞은편으로 펼쳐진 들판은 농사를 짓지 않는 땅이었다. 나는 울타리를 넘어가 작은 부들밭 그늘에 누워 책을 읽곤 했다. 좀 더 모험심이 치솟는 날에는 들판 너머에 자리한 아무도 살지 않는 대저택 부지를 돌아다녔다. 그 저택에는 잡초로 막혀 버린 장식용 연못과 낮게 걸린 나무 다리가 있었다. 관리인 같은 사람을 본 적은 한 번도 없었지만 저택 안으로 들어가진 않았다. 그것은 재앙을 자초하는 일로 보였다. 사람이 살지 않는 오래된 집에는 유령이 나타난다는 굳은 믿음 때문이었다.

내가 특별히 잘 속아 넘어가는 성격이라 그런 건 아니다. 그저 내가 어둡고 위험한 것들을 전부 믿었을 뿐이다. 어린 시절의 나는 새까만 옷을 입은 굶주린 유령과 마녀들이 밤에 우글거린다고 확신했다.

반대로 낮은 안전하다는 믿음도 굳건했다. 낮은 지극히 안전한 시간이었다.

어릴 때는 나만의 의식도 가지고 있었다. 여름 방학이 시작되는 날 집으로 돌아올 때면 양말과 신발을 벗어 들고 분홍빛의 여린 맨발로 돌투성이 길을 걸어갔다. 방학 동안에는 강압이 있을 때만 신발을 신었고, 9월에 개학할 때까지 방학 내내 신발을 신지 않는 자유를 누렸다.

일곱 살 때는 숲을 통과하는 길을 발견했다. 햇살이 뜨겁고 환한 여름날이었는데 집에서 멀리 떨어진 곳을 돌아다니고 있을 때였다. 나는 탐험을 하는 중이었다. 창문을 판자로 막아 놓은 저택을 지나쳐 널따란 뜰을 건너고 낯선 숲을 지났다. 가파른 둑을 기어서 내려가자 나무가 우거져 그늘진 낯선 길이 있었다. 나뭇잎 사이로 초록색과 황금색으로 물든 햇살이 쏟아져서 꼭 요정 나라에 와 있는 기분이었다.

길가에는 투명한 작은 새우들로 가득한 시냇물이 졸졸 흘렀다. 손끝으로 새우를 들고 팔딱거리는 모습을 지켜보다가 놓아 주었다.

길을 따라 쭉 걸었다. 짧은 풀로 우거진 길은 완벽한 직선이었다. 이따금 너무도 멋진 돌을 발견했다. 거품이 녹은 것처럼 생긴 갈색과 보라색, 검은색의 돌이었다. 빛에 비추면 일곱 가지 무지개 색깔이 전부 나타났다. 분명 값이 나갈 거란 생각에 주머니에 가득 넣었다.

고요한 황금색과 초록색의 좁은 길을 쭉 걸었다. 아무도 보이지 않았다.

배고프거나 목이 마르진 않았다. 그저 이 길이 어디로 이어질지만 궁금했다. 길은 완벽하게 평평하고 직선이었다. 똑같은 길이 계속 이어졌지만 주변 풍경은 그렇지 않았다. 처음에는 산골짜기의 맨 아래쪽이었다. 양쪽으로 풀에 뒤덮인 가파른 둑이 저 위로 이어졌다. 그다음에는 길이 아주 높은 곳에 있었다. 걸으면서 저 아래로 나무 꼭대기와 멀리 듬성듬성 들어선 집들의 지붕이 보였다. 길은 계속 평평한 일직선이었는데 주변 풍경은 계곡과 고원, 계곡과 고원이었다. 결국은 어느 계곡을 걷다가 다리에 이르렀다.

길 위에 자리한 건 깨끗한 붉은 벽돌로 지은 커다란 아치였다. 다리 옆에는 둑 쪽으로 난 돌계단이 있고 계단 맨 위로 작은 나무 문이 있었다.

나는 길 위에서 느껴지는 인간의 흔적에 깜짝 놀랐다. 나는 이 길이 마치 화산처럼 자연적으로 만들어진 구조물이라 확신했던 것이다. 무엇보다 호기심에 휩쓸려(지금껏 수십 마일을 족히 걸어왔으니 분명 무언가가 나오겠지) 돌계단을 올라가 문으로 들어갔다.

하지만 아무 곳도 아니었다.

다리는 진흙 길이었다. 양쪽은 초원이었다. 내가 선 쪽의 초원은 밀밭이고 반대쪽은 그냥 풀밭이었다. 마른 진흙 길에 트랙터 바퀴 자국이 크게 찍혀 있었다. 큰 소리를 내지 않으려고 조심하면서 사뿐사뿐 다리를 걸어갔다.

몇 마일을 걸어도 계속 들판과 밀밭, 나무뿐이었다.

밀 이삭을 뽑아서 밀알을 벗기고 골똘히 생각에 잠긴 채 씹었다.

조금씩 배가 고파져서 다시 계단으로 내려가 버려진 철로로 갔다. 이제 집에 가야지. 나는 길을 잃은 게 아니다. 왔던 길을 그대로 돌아 집으로 가면 되는 것이다.

그런데 다리 아래에서 트롤이 기다리고 있었다.

"난 트롤이야." 녀석은 잠깐 생각에 잠기더니 덧붙였다. "폴 롤 데 올 롤."

체구가 엄청나게 컸다. 머리가 벽돌 아치 맨 꼭대기에 닿았으니까. 몸은 반투명에 가까워서 뒤쪽의 벽돌과 나무가 희미하게 비쳤다. 내 모든 악몽이 현실화한 형상이었다. 크고 단단한 이빨, 모든 걸 찢어발길 듯한 손톱과 발톱, 털이 수북하고 튼튼한 손. 여동생의 플라스틱 트롤 인형처럼 머리가 길고 눈은 불룩 튀어나왔다. 알몸이라 다리 사이의 수북한 털 속에서 성기가 달랑거렸다.

"네 소리를 들었어, 잭." 녀석이 바람 같은 목소리로 속삭였다. "내 다리를 쿵쿵거리며 걷는 소리를 들었어. 난 네 삶을 먹을 거야."

그때 나는 고작 일곱 살이었지만 대낮이었던 터라 무섭지는 않았던 것 같다. 아이들이 동화 속 이야기를 직접 마주하는 건 좋은 일이다. 아이들에겐 그런 상황에 대처할 능력이 있다.

"잡아먹지 마." 내가 트롤에게 말했다. 나는 갈색 줄무늬 티셔츠에 갈색 코듀로이 바지 차림이었다. 머리카락도 갈색이고 앞니가 빠졌다. 휘파람 부는 방법을 연습하고 있지만 아직 성공하지 못했다.

"난 네 삶을 먹을 거야, 잭." 트롤이 다시 말했다.

나는 트롤의 얼굴을 쳐다보았다. "우리 누나가 곧 이 길로 올 거야." 거짓말이었다. "누나가 나보다 더 맛있을 거야. 그러니까 나 말고 누나를 잡아먹어."

트롤이 코를 킁킁거리더니 웃었다. "너 혼자잖아. 이 길엔 아무것도 없어. 아무것도." 녀석은 몸을 기울여 손가락으로 나를 훑었다. 나비가 얼굴을 스치는 것 같기도 하고 맹인이 나를 더듬는 것처럼 느껴지기도 했다. 녀석은 제 손가락을 킁킁거리더니 커다란 머리를 저었다. "너 누나 없잖아. 여동생밖에. 여동생은 친구 집에 갔고."

"그걸 냄새로 알 수 있어?" 감탄한 내가 물었다.

"트롤은 무지개 냄새도 맡고 별 냄새도 맡아." 녀석이 애처롭게 중얼거렸다. "트롤은 네가 태어나기 전에 꾼 꿈도 냄새로 알 수 있어. 네 삶을 먹게 이리 와."

"주머니에 비싼 돌이 있어. 나 말고 이걸 가져가. 자, 봐 봐." 나는 녀석에게 아까 주운 용암 보석을 보여 주었다.

"그건 그냥 석탄재 덩어리잖아. 증기기관차에서 타고 남은 쓰레기야. 아무런 가치도 없어."

트롤이 입을 쩍 벌렸다. 날카로운 이빨이 드러났고 나뭇잎 곰팡이 냄새와 물건을 들출 때 나는 밑바닥 냄새가 풍겼다. "지금 잡아먹는다."

녀석의 존재가 점점 크고 선명해졌고 그 밖의 모든 것은 희미해지기 시작했다.

"잠깐만." 나는 다리 아래의 축축한 땅으로 발을 단단하게 찔러 넣고 발가락을 꼬물거리며 진짜 세상을 꽉 붙잡았다. 녀석의 커다란 눈을 똑바로 바라보았다. "지금 잡아먹지 않는 게 좋을 거야. 아직은. 난 일곱 살밖에 안 됐어. 아직 제대로 살지도 않았단 말이야. 아직 못 읽은 책도 많고 비행기도 안 타 봤고 휘파람도 못 불어. 날 그냥 보내 줘. 나이를 더 먹고 덩치도 더 커져서 먹을 게 더 많아지면 다시 올게."

트롤은 헤드라이트 같은 눈으로 쳐다보더니 고개를 끄덕였다.

"네가 다시 돌아오면 그때 먹을 거야." 녀석은 이렇게 말하고 웃었다.

나는 한때 철로였던 직선으로 뻗은 고요한 길을 다시 걸어갔다.

잠시 후에는 뛰기 시작했다.

초록 불빛 속에서 철길을 헐레벌떡 마구 달렸다. 갈비뼈에서 칼로 찌르고 상처를 꿰매는 듯한 아픔이 느껴져 옆구리를 움켜쥔 채로 비틀비틀 집으로 갔다.

내가 한 살씩 더 먹을수록 들판이 사라졌다. 들꽃이나 유명 작가들의 이름을 딴 도로명과 함께 집들이 하나씩, 한 줄씩 생겨났다. 빅토리아 시대에 지어진 거의 무너져 가던 우리 집도 팔려서 허물어졌다. 정원이었던 곳에 새집들이 세워졌다.

사방에 새집들이 들어찼다.

나는 예전에 구석구석 빠삭하게 꿰고 있던 두 군데 초원에 들어선 주택가에서 길을 잃기도 했다. 하지만 초원이 사라지는 게 슬프지는 않았다. 오래된 대저택도 큰 회사에 팔렸고 몇 채의 집이 더 들어섰다.

오래된 철로에서 나 말고 다른 누군가를 본 것은 벌써 8년 전의 일이다.

이제 나는 열다섯 살이 되었다. 그동안 학교도 두 번이나 바뀌었다. 그리고 첫사랑 루이즈를 만났다.

그녀의 회색 눈과 옅은 갈색 머리카락과 흐느적거리는 걸음걸이가 좋았다(마치 걸음마를 배우는 고사리 같달까. 바보 같은 표현이라면 미안하다). 나는 열세 살 때 껌 씹는 루이즈를 보고 다리에서 스스로 몸을 던지듯 그녀에게 완전히 빠져 버렸다.

하지만 내가 루이즈를 사랑하게 된 것은 큰 문제였다. 우린 서로 친한 친구 사이였고 둘 다 사귀는 사람이 있었기 때문이다.

난 루이즈에게 사랑을 고백하지 않았고 좋아한다는 말조차 해 본 적이 없었다. 우린 친구였다.

그날 저녁 루이즈의 집에 있었다. 그녀의 방에서 스크랭글러스의 첫 LP 《라투스 노르베기쿠스》를 틀었다. 펑크의 시작이었고 모든 게 흥미진진했다. 음악의 가능성은 무궁무진했다. 집에 가야 할 시간이 되어 루이즈가 바래다주기로 했다. 우린 순수한 친구의 마음으로 손을 잡고 10분 떨어진 우리 집으로 걸어갔다.

환한 달빛 속에서 색깔 빠진 세상이 선명하게 드러났다. 밤공기가 따스했다.

집에 도착한 우리는 불 켜진 집 앞에 서서 내가 얼마 전에 시작한 밴드 이야기를 했다. 집 안으로 들어가진 않았다. 이번엔 내가 루이즈를 데려다주기로 하고 다시 그녀의 집으로 걸어갔다.

루이즈는 여동생이 화장품과 향수를 자꾸 훔쳐 가서 싸웠다고 말했다. 아무래도 여동생이 남자들하고 자고 다니는 것 같다고 했다. 루이즈는 아직 경험이 없었다. 나도 마찬가지였다.

우리는 그녀의 집 앞 노란 가로등 불빛 아래에서 서로의 검은 입술과 누리끼리한 얼굴을 쳐다보았다.

마주 보며 씩 웃었다.

그다음에 우리는 고요하고 텅 빈 도로와 오솔길을 걸었다. 새로 들어선 주택가에 숲으로 이어지는 길이 있었는데 그리로 갔다.

길은 어둡고 직선으로 뻗어 있었다. 저 멀리 집들이 땅에 떨어진 별처럼 빛난 데다가 달빛마저 환해서 잘 보였다. 앞쪽에서 코를 킁킁대고 힝힝거리는 소리가 들려와 겁에 질린 우리는 바짝 붙었다. 금세 오소리라는 걸 알고는 웃음을 터뜨리면서 껴안은 채 다시 걸었다.

소곤소곤 이런저런 이야기를 나누었다. 꿈, 바람, 그냥 이런저런 생각.

나는 루이즈에게 키스하고 가슴을 만지고 그녀의 다리 사이에 손을 가져가고 싶었다.

마침내 기회가 왔다. 길 위에 세워진 오래된 벽돌 다리가 보였다. 우린 그 아래에서 멈추었다. 루이즈에게 몸을 바짝 붙이고 입술을 가져갔다. 루이즈도 입을 벌렸다.

그때 갑자기 그녀의 몸이 식고 뻣뻣해지더니 움직임을 멈추었다.

"안녕." 트롤이었다.

나는 루이즈에게서 떨어졌다. 다리 아래는 어두웠지만 어둠을 꽉 채운 트롤의 형체가 보였다.

"여자애는 내가 마비시켰어. 우리 할 얘기가 있잖아? 이제 네 삶을 먹어야겠어."

심장이 쿵쾅거리고 몸이 덜덜 떨렸다. "안 돼."

"나중에 다시 올 거라고 했잖아. 이렇게 왔고. 이제 휘파람 불 줄 알아?"

"응."

"잘됐네. 난 휘파람 불 줄 모르는데." 녀석은 코를 킁킁거리며 고개를 끄덕였다. "만족스러워. 넌 삶도 경험도 커져서 먹을 게 더 많아졌어. 나에겐 더 이득이야."

나는 좀비처럼 뻣뻣해진 루이즈를 앞으로 밀었다. "잡아먹지 마. 난 죽기 싫어. 얠 먹어. 나보다 맛있을 거야. 나보다 두 달 일찍 태어났거든. 얠 먹는 게 어때?"

트롤은 말이 없었다.

발끝부터 머리까지 루이즈의 냄새를 맡았다. 발, 가랑이, 가슴, 머리카락.

그리고는 나를 쳐다보았다.

"앤 순수해. 넌 아니고. 난 얘 먹기 싫어. 내가 먹고 싶은 건 너야."

나는 다리 입구로 가서 밤하늘의 별을 올려다보았다.

"하지만 난 못 해 본 게 너무 많은걸." 나 자신에게 하는 말이기도 했다. "태어나 한 번도 못 해 본 것들. 섹스도 못 해 봤고 미국에도 못 가 봤고……" 잠시 멈추었다가 말했다. "해 본 게 아무것도 없어. 아직은."

트롤은 아무 말도 없었다.

"더 나이 들면 다시 올게." 트롤은 여전히 말이 없었다.

"꼭 다시 올 거야. 약속해."

"나한테 돌아온다고? 왜? 어디 가는데?" 이렇게 말한 건 루이즈였다.

뒤돌아보니 트롤은 사라지고 내가 사랑한다고 생각했던 여자애가 다리 아래 어둠 속에 서 있었다.

"집에 가자. 얼른." 내가 루이즈에게 말했다.

우리는 돌아가는 동안 한마디도 하지 않았다.

루이즈는 내가 결성한 밴드의 드러머와 사귀었고 오랜 시간이 흐른 뒤에 다른 남자와 결혼했다. 결혼한 루이즈와 딱 한 번 기차에서 마주쳤는데 그녀는 그날 밤이 기억나는지 물었다.

기억난다고 했다.

"그날 밤 난 네가 정말 좋았어, 잭. 네가 키스할 줄 알았어. 사귀자고 할 줄 알았는데. 난 분명 좋다고 했을 거야. 네가 사귀자고 했다면."

"내가 그러지 않았잖아."

"그래. 그러지 않았지." 그녀는 짧게 자른 머리였는데 별로 어울리지 않았다.

그 뒤로는 루이즈를 만나지 못했다. 짧은 머리에 억지스러운 미소를 짓는 여자는 내가 사랑했던 소녀가 아니었기에 마주친 것 자체가 불편하게

만 느껴졌다.

나는 런던으로 이사했고 몇 년 후 다시 고향으로 돌아왔다. 그곳은 내가 기억하는 모습과 거리가 멀었다. 들판, 농장, 돌투성이 오솔길은 보이지 않았다. 10마일 정도 떨어진 작은 마을로 서둘러 이사했다.

그때쯤 나는 결혼해서 아장아장 걷는 아이도 하나 있었다. 가족과 함께 예전에 철도역이었던 오래된 집으로 이사했다. 철도는 전부 거둬 낸 지 오래였고 맞은편에 사는 노부부가 텃밭으로 쓰고 있었다.

나도 점점 나이가 들었다. 어느덧 흰머리가 하나씩 늘어났다. 목소리를 녹음해서 들어 보니 아버지의 목소리와 닮아 있었다.

나는 런던의 메이저 레코드 회사에서 신인 발굴 및 관리 업무를 맡고 있었다. 기차를 타고 런던으로 출퇴근을 했다. 하지만 눈여겨보는 밴드들이 자정이 지나야 겨우 비틀비틀 무대로 올라오기 일쑤라 그들의 공연을 보려면 출퇴근이 어려웠다. 그래서 런던에 따로 아파트를 마련했는데, 덕분에 여자와 자고 싶으면 얼마든지 잘 수 있었고 실제로 그렇게 했다.

내가 바람피우고 다니는 사실을 엘리노라가 —말하는 걸 깜빡했는데 아내의 이름이다— 모를 거라고 생각했다. 그런데 어느 겨울날 2주간의 뉴욕 여행을 마치고 시골집으로 돌아가 보니 집에 온기가 하나도 없고 텅 비어 있었다.

엘리노라는 쪽지가 아니라 장문의 편지를 남겼다. 깔끔하게 타자로 입력한 15페이지 분량의 편지에는 옳은 말뿐이었다. 추신마저도 맞는 말이었다. 당신은 날 사랑하지 않아. 처음부터 지금까지.

두툼한 외투를 걸치고 집 밖으로 나가 무작정 걸었다. 정신이 멍하기만 했다.

눈은 쌓이지 않았지만 서리가 심해서 걸을 때마다 나뭇잎이 으스러졌다. 잿빛 겨울 하늘 아래 검은 나무는 뼈만 앙상했다.

길가를 계속 걸었다. 런던을 오가는 차들이 지나갔다. 수북하게 쌓인 갈색 나뭇잎 아래 숨어 있던 나뭇가지에 걸려 넘어지는 바람에 바지가 찢어지고 상처가 났다.

이웃 마을에 이르렀다. 길과 직각을 이루는 강이 나타났고 그 옆에 처음 보는 길이 보였다. 그 길로 걸어가면서 강을 바라보았다. 절반쯤 언 강이 철썩거리고 콸콸 흐르며 노래했다.

들판 사이로 길이 계속 이어졌다. 직선으로 곧게 뻗었고 풀이 나 있었다.

길가에 반쯤 묻힌 돌이 보였다. 주워서 흙을 털어 냈다. 자줏빛의 무언가가 녹아 내린 덩어리였는데 기이한 무지갯빛의 광택이 났다. 외투 주머니에 넣어 손으로 쥐고서 계속 걸어갔다. 손에 잡힌 그 느낌이 따뜻해 왠지 안심되었다.

강은 들판을 가로질러 구불구불 흘렀고 나는 침묵 속에서 계속 걸었다.

1시간 정도 걸었을 때 위쪽 둑에 지은 지 얼마 되지 않는 작은 정사각형의 집들이 보였다.

순간 다리가 눈에 들어왔고 비로소 이곳이 어디인지 알 수 있었다. 그곳은 철로였다. 반대 방향에서 쭉 걸어온 모양이었다.

다리 옆에는 낙서가 가득했다. XX. 배리는 수잔을 좋아한다. 어디서나 볼 수 있는 국민선전당까지. 나는 아치 모양 붉은 벽돌 다리 아래에 섰다. 아이스크림 껍데기, 감자 칩 봉투, 쓰고 버린 애처로운 콘돔 따위가 널브러진 가운데 추운 오후의 공기 속에서 하얗게 일어나는 입김을 바라보았다.

찢긴 바지에 난 상처는 어느덧 피가 말라 버렸다.

위쪽 다리로 차들이 지나갔다. 크게 틀어 놓은 라디오 소리도 들렸다.

"누구 없어요?" 바보 같은 짓이라는 생각에 당혹감을 느끼면서도 조용히 소리쳤다.

"누구 없어요?"

대답이 없었다. 감자 칩 봉투와 나뭇잎이 바람에 바스락거렸다.

"나야. 돌아오겠다고 했잖아. 이렇게 왔다고. 누구 없어요?"

역시나 침묵뿐이었다.

나는 다리 아래에서 바보처럼 조용히 울기 시작했다.

그때 내 얼굴을 만지는 손이 있었다. 고개를 들었다.

"돌아올 줄 몰랐는데." 트롤이었다.

키가 나만 하다는 것 말고 녀석은 달라진 게 없었다. 괴물 인형 같은 머리카락은 여전히 부스스한 채 나뭇잎이 붙어 있었고, 동그란 눈은 외로워 보였다.

어깨를 으쓱하고 코트 소매로 얼굴을 닦았다. "나 돌아왔어."

다리 위에서 세 아이가 소리치며 달려가는 소리가 들렸다.

"난 트롤이야." 트롤이 겁에 질린 목소리로 작게 말했다. "폴 롤 데 올 롤."

녀석은 떨고 있었다.

나는 녀석의 크고 날카로운 손을 잡고 미소 지었다. "괜찮아. 정말 괜찮아."

트롤이 고개를 끄덕였다.

녀석은 나뭇잎과 쓰레기, 콘돔이 널브러진 바닥으로 나를 쓰러뜨리고 위로 다가왔다. 고개를 들고 입을 쩍 벌리고 날카롭고 단단한 이빨로 내 삶을 먹었다.

다 끝나고 나서 녀석은 일어나 몸을 툭툭 털었다. 코트 주머니에 손을 집어넣은 다음 타고 남은 석탄재 덩어리를 꺼냈다.

녀석은 그걸 나에게 건넸다.

"이건 네 거야." 트롤이 말했다.

나는 녀석을 쳐다보았다. 녀석은 마치 오래전부터 해온 일인 듯 내 삶을 너무도 편하게 입고 있었다. 나는 석탄재 덩어리를 받아들고 냄새를 맡았다. 오래전 그 돌이 굴러떨어진 기차 냄새가 났다. 나는 털이 수북한 손으로 그것을 꽉 쥐었다.

"고마워." 내가 말했다.

"행운을 빌어." 트롤도 말했다.

"그래, 너도."

내 얼굴을 한 트롤이 씩 웃었다.

녀석은 내가 온 길로 되돌아가기 시작했다. 마을 쪽으로, 내가 아침에 나선 텅 빈 집으로 휘파람을 불면서 걸어갔다.

그 뒤로 난 여기 숨어서 기다리고 있다. 다리 일부가 되어서.

지나가는 사람들을 그림자 속에서 바라본다. 강아지를 산책시키기도 하고 이런저런 일을 하는 사람들. 가끔 다리 아래에 서 있거나 오줌을 누거나 사랑을 나누는 사람들도 있다. 나는 그런 모습도 모두 지켜보지만 아무 말도 하지 않는다. 그들도 나를 보지 못한다.

폴 롤 데 올 롤.

난 그냥 여기 다리 아래에 계속 있을 생각이다. 사람들이 내 다리 위를 지나가는 소리가 다 들린다.

정말 다 들린다.

하지만 절대 나갈 생각은 없다.

눈,
거울,
사과

Snow,
Glass,
Apples

1994

난 그것이 대체 어떤 인간인지 도무지 모르겠다. 일단 그것은 태어날 때 제 어미를 죽였다. 하지만 그것만으로는 설명이 안 된다.

사람들은 나더러 지혜롭다지만 난 지혜와는 거리가 멀다. 내가 예측한 것은 미래의 일부분뿐이었다. 물웅덩이 혹은 차가운 거울에 비친 정지된 순간들. 만약 내가 정말 지혜로웠다면 내가 본 미래를 바꾸려고 하지 않았을 것이다. 내가 정말 지혜로웠다면 그녀를 만나기 전에, 그를 보기 전에 내가 먼저 그냥 죽어 버렸을 텐데.

지혜로운 나, 사람들이 마녀라고 부른 나는 평생 꿈에서, 그림자 속에서 그의 얼굴을 보았다. 16년 동안 꿈속에서 보았던 그가 그날 아침 말을 타고 나타나 다리 옆에서 내 이름을 물었다.

그가 나를 말에 태웠고 나는 그의 황금빛 머리카락에 얼굴을 묻었다. 우리는 함께 내 작은 집으로 갔다. 그는 내가 가진 가장 좋은 것을 요구했다. 왕의 권리였다.

아침 햇살에 비친 그의 수염은 붉은 구릿빛이었다. 나는 왕이라는 존재에 대해 아는 것이 하나도 없었기에 그를 왕이 아니라 나의 연인으로 알았다. 그는 나에게서 원하는 것을 전부 가져갔다. 왕의 권리이니까. 다음날 또 찾아왔다. 그다음 날 밤에도. 여름 햇살에 비친 그의 수염은 매우 붉었고 머리카락은 황금색에 눈은 파란색이었다. 피부는 잘 여문 밀처럼 부드러운 구릿빛이었다.

그에게는 어린 딸이 하나 있었다. 내가 궁전으로 가서 처음 만났을 때 겨우 다섯 살 남짓이었다. 탑에 있는 공주의 방에는 죽은 제 엄마의 초상화가 걸려 있었다. 큰 키, 짙은 갈색 머리카락, 밤색 눈동자. 창백한 딸과는 너무도 다른 모습이었다.

아이는 우리와 함께 식사하지 않았다.

나는 아이가 궁전 어디에서 식사하는 건지 알지 못했다.

내 방은 따로 있었다. 왕인 남편의 방도 따로 있었다. 왕이 부르면 그의 방으로 가서 그를 만족시켜 주고 나도 함께 쾌락을 즐겼다.

궁에 온 지 몇 개월이 지난 어느 날 밤 아이가 내 방으로 왔다. 아이는 이제 여섯 살이었다. 나는 등불 옆에서 연기와 고르지 않은 불빛에 눈을 찡그리며 자수를 놓고 있었다.

어느 순간 얼굴을 드니 아이가 있었다.

"공주?"

아이는 아무 말도 없었다. 눈은 석탄처럼 새까맣고 머리카락도 새까맣고 입술은 피보다 붉었다. 아이는 나를 보며 웃었다. 등불 속에서도 이가 유난히 날카로워 보였다.

"방에 있지 않고 여기서 뭐 하니?"

"배고파요." 그렇게 말하는 공주는 보통 아이와 다를 바가 없었다.

하지만 겨울이라서 신선한 음식은 따뜻한 온기나 햇살만큼이나 꿈같은 이야기였다. 내 방에는 가운데를 파내 실에 꿰어 말린 사과가 있었다. 아이에게 주려고 하나를 뺐다.

"자, 먹으렴."

가을은 사과를 말리고 저장하고 거위 기름을 준비해 두는 시간이다. 겨울은 눈과 굶주림, 죽음의 시간이다. 한겨울에는 통돼지에 사과를 채우고 겉에 거위 기름을 발라서 굽는다. 바싹하게 익은 돼지껍질을 마음껏 먹는다.

공주는 내가 준 말린 사과를 날카로운 황니로 씹기 시작했다.

"맛있니?"

공주는 고개를 끄덕였다. 평소에는 무섭게만 느껴졌던 공주인데 순간 가슴이 뭉클해져서 아이의 뺨을 어루만져 주었다. 평소 잘 웃지 않는 공주가 나를 보며 웃었다. 그런데 갑자기 내 엄지를 깨물고 피를 빨아먹는 게 아닌가!

나는 아프기도 하고 너무 놀라서 비명을 질렀다. 하지만 나를 쳐다보는 공주의 얼굴을 보고 입을 다물 수밖에 없었다.

공주는 내 손에 입을 딱 붙이고 피를 빨아먹었다. 다 먹은 뒤에는 가 버렸다. 공주가 만든 상처는 곧장 아물며 딱지가 생겼고 다음 날에는 오래전의 흉터처럼 변했다. 어릴 때 칼로 벤 상처처럼 느껴졌다.

공주는 나를 꼼짝도 못하게 만들었고 뜻대로 지배했다. 내 피를 마셨다는 것보다도 그 점이 더 무서웠다. 그날 이후로 해가 저물면 참나무 막대로 문에 빗장을 쳤고 창문에도 대장장이를 시켜 만든 쇠창살을 달았다.

사랑하는 나의 남편, 왕이 나를 찾는 일은 갈수록 줄어들었다. 어쩌다 함께하는 시간에도 현기증이 나거나 무기력하고 혼란스러운 모습이었다. 더 이상 남자 구실을 하지 못하게 되었고 내가 입으로 즐겁게 해 주려고 해도 못하게 했다. 한번은 기어코 입으로 해 주었더니 소스라치게 놀라서는 울기 시작하는 게 아닌가. 나는 입을 떼고 그를 꽉 안아 주었다. 그러자 겨우 진정하고 아이처럼 잠들었다.

자는 그의 몸을 어루만졌다. 오래된 흉터가 여기저기 많았다. 처음 연애할 때는 없었던 것들인데. 어릴 때 멧돼지에게 들이받혀 생긴 옆구리의 흉터를 제외하면 말이다.

머지않아 왕은 내가 다리 옆에서 만나 사랑에 빠진 남자의 껍데기에 불과하게 되었다. 살갗 아래로 허옇고 푸르딩딩한 뼈가 드러났다. 난 그의 마지막 가는 길을 지켰다. 돌처럼 차디찬 눈, 희부연 파란 눈, 푸석푸석하고 빛바랜 수염과 머리카락. 그는 고해성사도 하지 못하고 죽었다. 머리부터 발끝까지 온통 물린 자국과 오래된 작은 흉터가 가득했다.

그의 몸은 솜털처럼 가벼웠다. 땅이 꽁꽁 얼어서 무덤을 파기가 어려웠다. 어차피 시신도 한 줌밖에 안 된 까닭에 굶주린 짐승과 새들이 접근하지 못하도록 돌만 얹어 놓았다.

내가 여왕이 되었다.

세상에 태어나 고작 열여덟 번의 여름을 맞이한 어리고 어리석은 나로서는 어떻게 해야 할지 알 수 없었다.

지금의 나였다면 그 아이의 심장을 도려냈을 것이다. 그다음에 머리와 팔, 다리를 자르고 내장을 꺼냈을 것이다. 광장에서 교수형 집행자가 풀무로 하얗게 이글거리는 불을 피우고 그 아이의 조각난 시신을 던져 넣는 모습을 눈도 깜빡하지 않고 다 지켜보리라. 궁수들이 광장을 둘러싸게 한 다음 불 가까이 오는 새와 짐승을 전부 다 쏘게 하리라. 까마귀, 개, 독수리, 쥐

할 것 없이. 공주가 재로 변해 부드러운 바람에 눈처럼 날릴 때까지 눈을 똑바로 뜨고 다 쳐다보리라.

하지만 난 그러지 않았다. 덕택에 지금 난 그 실수의 대가를 치러야 한다.

내가 속았단다. 그게 공주의 심장이 아니라 짐승의 심장이었단다. 수사슴이나 멧돼지 같은. 하지만 틀렸다.

또 어떤 이들은 (하지만 내가 아니라 그 아이의 거짓말이다) 내가 심장을 받아서 먹었다고 한다. 거짓과 소문이 눈처럼 떨어져 내가 보고 기억하는 것들을 덮어 버린다. 그 아이 때문에 내 인생은 눈에 덮여 알아볼 수 없게 된 풍경이 되었다.

내 사랑, 그 아이의 아버지가 죽었을 때 허벅지와 고환, 성기에 상처가 있었다.

난 그들과 함께 숲으로 가지 않았다. 그들은 아이가 가장 약해져 있을 때인 낮잠 시간에 아이를 붙잡은 뒤, 깊은 숲속으로 데려가 블라우스를 열고 심장을 꺼냈다. 그리고 시체를 도랑에 버렸다. 그 숲은 여러 왕국의 경계선을 이루는 어두운 곳이다. 그곳의 관할권을 주장할 만큼 어리석은 나라는 없다. 숲에는 도망자와 도둑들이 산다. 늑대도 산다. 열이틀 동안 숲을 가로질러 달려도 개미 새끼 한 마리 보기 힘들지만 내내 지켜보는 눈이 있다.

그들이 심장을 가져왔다. 공주의 심장이 확실했다. 암퇘지나 암사슴의 것이라면 그렇게 도려낸 후에도 계속 뛸 리가 없으니까.

심장을 내 방으로 가져갔다.

먹은 건 아니고 침대 위쪽 기둥에 걸어 놓았다. 울새의 가슴 같은 주황색으로 변한 마가목 열매, 마늘과 함께 꿰어서.

눈이 내려 내가 보낸 사냥꾼들의 발자국과 숲에 버려진 그녀의 작은 시체를 덮었다.

대장장이를 시켜 창문의 쇠창살을 떼어 냈다. 겨울의 짧은 낮 동안 내 방에서 어둠이 깔릴 때까지 저 멀리 있는 숲을 바라보았다.

숲에도 사람들이 살았는데 봄 축제 때가 되면 숲 밖으로 나오기도 했다. 탐욕스럽고 위험한 야생의 사람들이었다. 그중에는 난쟁이와 꼽추도 있었다. 뻐드렁니에 백치처럼 멍한 눈빛의 사람들, 손이 물갈퀴나 집게발처럼 생긴 사람들도 있었다. 그들은 눈이 다 녹고 봄 축제가 열릴 때면 숲에서 슬금슬금 빠져나왔다.

어릴 때 축제에서 일한 적이 있는데 숲 사람들은 정말 무서웠다. 나는 떠 놓은 물을 들여다보며 사람들에게 점을 쳐 주었다. 좀 더 나이가 들어서는 한 상인이 선물해 준 둥근 흑경으로 점을 쳤다. 잉크 웅덩이를 보고 점을 쳐서 길 잃은 말을 찾아 준 대가로 받은 것이었다.

축제의 노점상들은 숲 사람들을 무서워했다. 좌판에서 파는 물건은 판자에 못으로 박아 두었고, 생강 쿠키나 가죽 벨트 같은 것들은 나무판에 커다란 쇠못으로 박아 고정시켰다. 그렇게 해 두지 않으면 숲 사람들이 훔쳐 가 생강 쿠키를 먹고 가죽 벨트를 차고 다닌다.

하지만 숲 사람들이 돈이 없는 것은 아니었다. 그들이 여기저기에서 얻은 동전은 너무 오래되거나 때가 묻어서 푸르딩딩한 색깔로 변해 있었고 동전에 새겨진 얼굴은 노인들조차 모를 정도였다. 숲 사람들도 거래할 물건이 있었으므로 축제가 계속될 수 있었다. 그들은 도망자와 난쟁이들, 숲 너머의 땅에서 온 드문 여행자들이나 집시, 사슴(사슴은 여왕의 것이므로 법적으로 도둑질이었다)을 표적으로 삼는 도둑들과 거래했다.

느리지만 시간이 계속 흘렀고 백성들은 내가 지혜로운 지배자라고 여겼다. 여전히 침대 위에 걸려 있는 공주의 심장은 밤마다 약하게 뛰었다. 공주가 사라진 것을 슬퍼하는 사람은 아무도 없었다. 공주는 두려운 존재였고 다들 없애기를 잘했다고 여겼으니까.

봄의 축제를 어느덧 다섯 번이나 맞이했다. 해가 갈수록 축제는 지난해보다 더 애처롭고 빈곤하고 조잡해졌다. 축제 때 물건을 사러 숲에서 나오는 사람들도 적어졌고 그들마저도 조용하고 무력해 보였다. 상인들은 더 이상 물건을 좌판대에 못으로 박아 두지 않았다. 다섯 번째 축제 때 숲에서 나온 사람은 손으로 셀 수 있을 정도로 적었다. 털이 수북하고 덩치가 작은 남자들 무리밖에 없었다.

축제가 끝난 후 대신이 나를 찾아왔다. 여왕이 되기 전에도 몇 번 본 적이 있는 이었다.

"오늘 저는 폐하가 여왕이라서 뵙기를 청하는 것이 아닙니다."

나는 가만히 듣고 있었다.

"폐하가 지혜롭기에 찾아온 것입니다. 어릴 때 잉크 웅덩이를 보고 점을 쳐서 망아지를 찾아 준 적이 있으시지요. 처녓적에는 거울을 보고 길 잃은 아이를 찾아 주셨고요. 폐하께서는 비밀을 알고 숨겨진 것도 잘 찾으시지요. 숲 사람들이 왜 사라지는 것입니까? 내년에는 봄 축제가 열리지 못할 것입니다. 다른 왕국에서 오는 여행자들도 줄어들었고 숲 사람들은 거의 사라졌습니다. 이대로라면 1년도 되지 않아 모두가 굶어 죽게 될 것입니다."

시녀에게 거울을 가져오라고 했다. 뒷면이 은색인 단순한 거울이었는데 암사슴의 모피로 감싸 침실 서랍에 넣어 둔 것이었다.

시녀가 가져온 거울을 들여다보았다.

공주는 열두 살, 더 이상 꼬마가 아니었다. 창백한 피부, 칠흑처럼 까만 머리와 핏빛 입술은 그대로였다. 낡고 수선한 흔적이 가득했지만 성을 떠날 때의 블라우스와 치마를 그대로 입고 있었다. 위에는 가죽 망토를 걸쳤고 조그만 발에는 가죽 주머니를 가죽끈으로 묶어 신발 대신 신었다.

공주는 숲속에서 나무 옆에 서 있었다.

나에게만 보이는 그 광경 속에서 공주는 마치 박쥐나 늑대처럼 나무 사이를 살금살금 걸어가 홱 숨었다. 누군가를 뒤따라가고 있었다.

상대는 수도사였다. 참회복을 입었고 맨발에는 상처와 굳은살이 가득했다. 수염과 삭발한 머리는 오랫동안 깎지 않아 무성하게 자라 있었다.

공주는 나무 뒤에서 그를 쳐다보았다. 해가 저물자 수도사는 걸음을 멈추었다. 불을 피우려고 나뭇가지를 모으고 울새 둥지를 부수었다. 옷에서 부싯깃 통을 꺼내 부시와 부싯돌을 부딪쳐서 튄 불똥을 불쏘시개에 얹자 불이 붙었다. 둥지에 들어 있던 새알 2개를 날로 먹었다. 덩치가 커서 간에 기별도 가지 않을 것 같았다.

그가 불 가에 앉자 근처에 숨어 있던 공주가 나왔다. 공주는 반대편에서 쭈그리고 앉아 그를 쳐다보았다. 남자는 오랜만에 보는 사람이 반가운지 가까이 오라고 손짓했다.

자리에서 일어나 모닥불을 지나쳐 그에게 가까이 다가간 공주는 팔을 뻗으면 닿을 만한 거리에서 멈추었다. 남자는 옷 속을 뒤적거려 동전을 꺼내더니 작은 구릿빛 동전을 공주에게 던졌다. 동전을 받은 공주는 그에게로 다가갔다. 남자가 허리춤을 당겨서 옷을 활짝 펼쳤다. 곰처럼 털이 수북한 그의 몸이 드러났다. 공주는 그를 이끼 가득한 바닥으로 밀쳐서 눕혔다. 한 손은 거미처럼 슬그머니 덥수룩한 털을 지나쳐 그의 성기를 잡았고 다른 손은 왼쪽 젖꼭지를 빙글빙글 돌리며 만졌다. 그는 눈을 감은 채 한 손을 더듬더듬 공주의 치마 속으로 가져갔다. 공주는 간질이던 젖꼭지로 입술을 가져갔다. 남자의 털 수북한 구릿빛 피부에 닿은 공주의 매끄럽고 하얀 피부가 도드라졌다.

공주는 그의 가슴을 콱 물었다. 남자의 눈이 확 떠졌다가 다시 감겼다. 공주는 피를 빨아먹었다.

아예 남자 위에 걸치고 앉아서 먹었다. 공주의 다리 사이로 묽은 검은 액체가 뚝뚝 떨어지기 시작했다.

“여왕 폐하, 여행자들이 우리 왕국에 오지 않는 이유를 아십니까? 숲 사람들에게 무슨 일이 일어나고 있는 겁니까?” 축제부 대신이 물었다.

나는 거울을 다시 가죽으로 감싸고 숲을 안전한 곳으로 돌려놓는 일에 힘쓸 것이라고 말했다.

공주가 두렵지만 그래야만 한다. 난 여왕이니까.

예전에는 어리석게도 숲으로 들어가 공주를 잡으려고 했지만 바보짓은 한 번으로 충분하다. 두 번은 하지 않을 것이다.

오래된 책들을 읽으며 시간을 보냈다. 집시 여자들도 만났다(그들은 숲을 지나 북쪽과 서쪽으로 가지 않고 우리 왕국을 지나쳐 산을 건너 남쪽으로 갔다).

필요한 것들을 마련하고 마음의 준비도 했다. 첫눈이 내릴 무렵에는 모든 준비가 끝났다.

나는 하늘을 향해 열려 있는 궁전의 가장 높은 탑에서 알몸으로 혼자 있었다. 매서운 바람에 온몸이 떨리고 팔과 허벅지, 가슴에 소름이 돋았다. 은으로 된 대야와 바구니를 들었다. 바구니에는 나이프와 은색 바늘, 집게, 회색 가운, 초록색 사과 3개를 넣어 두었다.

나는 그것들을 내려놓고 찬 바람 부는 밤하늘 앞에 알몸으로 겸허하게 섰다. 내가 탑에 서 있는 모습을 본 남자가 있다면 눈알을 뽑아 버렸을 텐데 엿보는 이가 아무도 없었다. 밤하늘에 구름이 휙휙 지나가며 하현달이 드러났다가 사라졌다 했다.

은 나이프로 왼쪽 팔을 그었다. 한 번, 두 번, 세 번. 달빛에 검게 보이는 핏방울이 대야로 뚝뚝 떨어졌다.

목에 건 유리병의 가루를 뿌렸다. 말린 약초, 특별한 두꺼비 가죽 등의 재료로 만든 갈색의 가루였다. 핏방울이 덩어리지지는 않고 적당히 걸쭉해졌다.

사과를 하나씩 집어 은색 바늘로 찔렀다. 그런 다음 대야에 놓았다. 그해의 첫눈이 느릿느릿 내 피부로, 사과로, 피로 떨어졌다.

동이 트면서 하늘이 밝아지자 나는 회색 망토를 걸치고 대야에서 붉은 사과를 하나씩 꺼내 닿지 않도록 조심하면서 은색 집게가 든 바구니에 넣었다. 대야에는 내 피나 갈색 가루가 전혀 남아 있지 않고 푸른 녹 같은 거무스름한 잔여물뿐이었다.

대야를 땅에 묻고 사과가 반짝거리도록 주문을 걸었다(오래전 다리 옆에서 나 자신을 빛나게 만들었던 것처럼). 따뜻한 기운이 가시지 않은 신선한 핏빛 사과는 세상에서 가장 맛있어 보였다.

망토에 달린 모자를 깊숙이 눌러쓰고 리본과 예쁜 머리 장식을 챙겨 갈대로 엮은 바구니에 담긴 사과 위에 놓았다. 혼자 숲으로 걸어가 공주가 사는 곳에 이르렀다. 높은 사암 절벽에 깊숙이 나 있는 동굴이었다.

절벽에는 나무와 바위가 있었다. 나뭇가지나 바닥의 나뭇잎에 닿지 않도록 조심하면서 나무 사이를 지났다. 마침내 숨기 적당한 곳을 찾아 지켜보면서 기다렸다.

몇 시간이 지났을까, 한 무리의 난쟁이가 동굴 입구에서 기어 나왔다. 털이 수북하고 못생긴 저 남자들은 우리 왕국에서 오래전부터 살았다. 하지만 요즘은 보기 힘들어졌다.

그들은 숲으로 사라졌다. 다행히 아무에게도 들키지 않았지만 난쟁이 하나가 내가 숨어 있는 곳 뒤쪽의 바위에 대고 오줌을 쌌다.

좀 더 기다렸지만 동굴에서 나오는 사람은 더 없었다.

동굴 입구로 가서 늙은이의 갈라진 목소리로 "아무도 없어요?"라고 외쳤다.

어두컴컴한 동굴에서 나오는 알몸의 공주를 보자 예전에 공주가 피를 빨아먹어서 생긴, 엄지손가락 불룩한 부분의 상처가 지끈거리고 고동쳤다.

의붓딸은 이제 열세 살이었다. 오래전 심장이 도려내진 왼쪽 가슴의 흉터를 제외하고 백옥처럼 하얀 피부는 그대로였다.

허벅지 안쪽에는 축축한 검은색의 무언가가 묻어 있었다.

그녀는 망토로 몸을 가린 나를 숨어서 바라보았다. 굶주린 눈이었다. "머리 끈 사세요. 예쁜 머리 끈이 아가씨 머리에 아주 잘 어울리겠어요." 내가 노인의 목소리로 말했다.

그녀는 웃으며 나에게 손짓했다. 손의 상처가 나를 그녀에게로 끌어당겼다. 나는 계획을 실행에 옮겼다. 굳이 연기할 필요가 없었다. 바구니를 떨어뜨리고 행상인 노파답게 꽥 소리를 지르고 도망친 것이다.

망토 색깔이 숲과 분간되지 않는 데다 달리기도 빨랐다. 공주는 날 잡지 못했다.

나는 무사히 궁전으로 돌아갔다.

내 눈으로 직접 보진 못했지만 나를 놓친 그녀는 짜증이 나고 배도 고픈 상태로 동굴로 돌아가다가 내가 떨어뜨리고 온 바구니를 발견했을 것이다.

과연 어떻게 했을까?

우선 머리끈을 만지작거리며 흑단처럼 까만 머리에 감고 창백한 목이나 가느다란 손목에도 감아 보았을 것이다.

그다음에는 머리끈을 치우고 바구니에 뭐가 또 있는지 살펴보다가 아주 새빨간 사과를 발견했겠지.

당연히 신선한 사과 냄새가 났을 것이다. 피 냄새도. 게다가 그녀는 배가 고프다. 나는 그녀가 사과를 뺨에 갖다 대고 그 차갑고 매끄러운 감각을 느껴 보는 모습을 상상한다.

그녀는 입을 벌려 사과를 한 입 베어 문다.

내가 방으로 돌아왔을 때 천장에 사과, 햄, 소시지와 함께 걸어 둔 심장은 멈추어 있었다. 살아 있는 기색 없이 가만히 걸려 있는 심장을 보고 다시 한번 안도감이 들었다.

그해 겨울에는 눈이 많이 잔뜩 쌓였고 녹는 데도 오래 걸렸다.

봄이 다가올 무렵에는 다들 굶주려 있었다.

그해의 봄 축제는 상황이 약간 나아졌다. 얼마 되진 않았지만 숲 사람들도 보였고 숲 너머의 땅에서 온 여행자들도 있었다.

나는 숲속 동굴에서 보았던 털보 난쟁이들이 유리 조각과 수정, 석영을 사려고 흥정하는 모습을 발견했다. 그들은 은화로 유리를 샀다. 그 돈은 내 의붓딸이 사람들에게서 빼앗은 전리품이 분명했다. 난쟁이들이 그런 물건을 산다는 소문이 퍼지자 마을 사람들은 너도나도 집으로 달려가 수정을 들고 왔다. 유리판을 통째로 가져온 이들도 있었다.

나는 난쟁이들도 죽일까 생각해 봤지만 실행으로 옮기진 않았다. 움직임을 멈춘 차갑게 식은 공주의 심장이 내 방에 걸려 있는 한, 나는 안전했으니까. 숲 사람들도, 결국 마을 사람들도 마찬가지이고.

나는 어느덧 스물다섯이 되었다. 의붓딸이 독 사과를 먹은 지도 두 해가 지났다. 왕자가 내 성을 찾아왔다. 그는 키가 무척 컸고 차가운 초록색 눈동자에 산 너머 사는 사람들이 그러하듯 피부가 구릿빛이었다.

그는 작은 규모의 수행단을 거느리고 왔다. 자신을 지켜 주기에는 충분하지만 다른 왕국이 위협을 느끼고 경계하지는 않을 정도의 딱 알맞은 규모였다.

나는 철저히 실용성을 따져 보았다. 두 왕국이 동맹을 맺고 숲에서부터 바다가 있는 남쪽까지 왕국을 넓히는 일만 생각했다. 하지만 8년 전 세상을 떠난, 내가 사랑했던 금빛 수염의 남자가 자꾸 떠올랐다. 그래서 밤에 왕자의 침실로 갔다.

나는 순진한 여자가 아니었지만, 남들이 뭐라고 수군대든 죽은 남편인 왕이 내 첫 남자였던 것은 맞다.

처음에 왕자는 잔뜩 흥분한 얼굴이었다. 나는 그가 시키는 대로 잠옷 원피스를 벗고 난롯가에서 떨어진 열린 창가에 서 있었다. 그는 온몸이 차가워진 나를 바닥에 반듯하게 눕혔다. 양손을 가슴에 올리고 크게 뜬 두 눈으로 천장을 바라보라고 했다. 움직이지 말고 최대한 숨을 참고 조금만 쉬라고 했다. 말도 하지 말라고 하더니 내 다리를 벌렸다.

그리고 내 안으로 들어왔다.

그가 몸을 앞뒤로 움직이기 시작하자 내 엉덩이가 들리고 그의 움직임에 맞추려고 내 몸도 자연스럽게 움직였다. 나도 모르게 신음이 새어 나왔다.

그러자 그가 성기를 뺐다. 나는 작고 미끄러운 그의 성기를 손으로 잡았다.

"부탁입니다. 움직이지도 말고 말도 하지 마세요. 그냥 차갑게 식은 아름다운 모습으로 돌바닥에 누워 있기만 하세요."

그의 말대로 하려고 했지만 왕자는 웬일인지 흥분이 식어 버린 듯했다. 잠시 후 나는 왕자의 방을 나왔다. 그가 울면서 퍼붓던 욕설이 여전히 귓가를 맴돌았다.

왕자 일행은 다음 날 아침 일찍 떠났다. 그들은 숲속으로 향했다.

왕자는 욕망을 채우지 못해 답답한 채로 떠났으리라. 창백한 입술을 꾹 다문 채로. 그렇게 숲으로 들어간 왕자 일행은 유리와 수정으로 장식된 내

의붓딸의 무덤을 발견했을 것이다. 이제 막 소녀티를 벗은 유리 조각 아래의 너무도 창백하고 차가운 알몸의 시체를.

반바지 안의 남성이 갑자기 단단해지면서 욕망이 불타오르고 거친 숨을 쉬면서 이렇게 운이 좋을 수가 있나 중얼거렸을 것이다. 분명 왕자는 난쟁이들에게 금과 향신료를 줄 테니 수정 무덤의 예쁜 시체를 달라고 했을 것이다. 난쟁이들은 좋아라 금을 덥석 받았을까? 아니면 검과 창으로 무장하고 말에 탄 남자들을 보고 달리 방법이 없어서 체념한 걸까?

나는 알지 못한다. 그 자리에 없었으니까. 수정으로 점을 치지도 않았고. 그저 상상할 뿐이다.

차가운 시신을 감싼 유리와 석영 조각을 걷어 내는 왕자의 손. 아직 신선하고 보드라운 시체를 찾은 것을 기뻐하면서 그녀의 차가운 뺨을 어루만지고 차가운 팔을 움직이는 손.

왕자는 부하들이 다 보는 앞에서 공주를 범했을까? 으슥한 곳으로 옮기고 위에 올라탔을까?

알 수 없는 일이다.

왕자가 공주를 흔들어서 목에 걸린 사과 조각이 튀어나왔을까? 아니면 공주는 왕자가 차가운 몸을 범할 때 서서히 눈을 떴을까? 새빨간 입술을 벌리고 그의 구릿빛 목을 콱 물었을까? 생명 그 자체인 피를 삼켜서 독 사과 조각이 씻겨 내려간 걸까?

나는 알지 못한다. 그냥 상상만 할 뿐이다.

하지만 이건 확실하다. 나는 그날 밤 다시 힘차게 뛰는 그녀의 심장 소리에 잠이 깼다. 위에서 내 얼굴로 피가 떨어지며 짠맛이 느껴졌다. 몸을 일으켰다. 돌로 내리치기라도 한 것처럼 손바닥이 타는 듯 욱신거렸다.

그때 문을 마구 두드리는 소리가 들렸다. 순간 두려웠지만 나는 여왕 아닌가. 두려운 모습을 보여선 안 된다. 문을 열었다.

날카로운 검과 창을 든 왕자의 부하들이 방으로 쳐들어와 나를 둘러쌌다.

그다음에 왕자가 들어오더니 내 얼굴에 침을 뱉었다.

마침내 그녀가 방으로 들어왔다. 내가 처음 여왕이 되었을 때, 내 방으로 들어왔던 여섯 살 때처럼. 그녀는 변한 게 하나도 없었다.

그녀는 심장이 걸려 있는 노끈을 내렸다. 노끈에 꿰어진 마가목 열매를 하나씩 빼고 수년 동안 말라 버린 마늘도 뺐다. 그다음에 드디어 자신의 뛰는 심장을 빼냈다. 암컷 염소나 곰의 것 정도로 작은 심장을 그녀가 쥐자 심장에서 뿜어져 나온 피가 손에 흥건했다.

그녀의 손톱은 유리만큼 날카로웠다. 그녀는 가슴의 자줏빛 흉터를 손톱으로 찢었다. 가슴이 벌어졌는데도 피가 나지 않았다. 그녀는 피가 줄줄 흐르는 자기 심장을 한 번 핥고는 가슴에 쑥 집어넣었다.

두 눈으로 똑똑히 봤다. 그녀가 벌어진 가슴을 닫자 자줏빛 흉터가 사라지기 시작하는 것을.

순간 왕자는 약간 걱정스러운 얼굴이었지만 공주를 한쪽 팔로 감쌌다. 그렇게 두 사람은 나란히 서서 기다렸다.

공주는 여전히 차갑게 식은 모습이었다. 입술에 피어난 죽음의 꽃은 여전했고 그녀를 향한 왕자의 욕망도 전혀 식지 않았다.

그들은 두 사람이 결혼할 것이고 두 왕국을 합칠 거라고 했다. 결혼식 날 나도 참여하게 될 것이라고.

아, 슬슬 뜨거워지기 시작한다.

그들은 백성들에게 나에 대해 나쁘게 말했다. 약간의 진실로 풍미를 더하고 거짓말을 잔뜩 섞었다.

나는 성 지하의 좁은 돌 감옥에 갇혔다. 가을까지 계속 갇혀 있다가 오늘 밖으로 끌려 나왔다. 사람들은 내가 걸치고 있던 누더기를 벗기고 때 묻은 몸을 닦고 머리와 사타구니를 밀어 버리고 몸에 거위 기름을 발랐다.

끌려갈 때 눈이 내렸다. 두 남자가 내 팔을 하나씩, 두 남자가 내 다리를 하나씩 잡았다. 한겨울에 알몸으로 팔다리가 완전히 벌어진 채 군중을 지나쳐 지금 이 가마로 온 것이다.

의붓딸은 왕자와 함께 서 있었다. 아무 말도 하지 않고 내 치욕스러운 모습을 지켜보았다.

나는 조롱과 야유 속에서 가마 안으로 던져질 때 그녀의 새하얀 뺨에 내려앉은 눈송이가 녹지 않고 그대로 있는 걸 보았다.

가마 문이 닫혔다. 이곳은 점점 뜨거워진다. 밖에서는 사람들이 노래하고 환호하고 가마를 쾅쾅 치기도 한다.

그녀는 웃거나 야유하지도 않고 말도 하지 않는다. 날 보면서 비웃거나 고개를 놀리지도 않았다. 하지만 날 보긴 했다. 순간 나는 그녀의 눈에 비친 내 모습을 보았다.

난 소리 지르지 않을 것이다. 절대로 저들을 만족시켜 줄 순 없지. 비록 육신은 굴복당했지만 내 영혼과 이야기는 나만의 것이고 나와 함께 죽을 것이다.

거위 기름이 녹아 온몸에 윤기가 난다. 소리를 질러선 안 된다. 다른 생각을 해야지.

그래, 그녀의 뺨에 내려앉은 눈송이를 생각하자.

석탄처럼 까만 그녀의 머리카락, 피보다 더 새빨간 입술, 눈처럼 하얀 피부를 생각하자.

세상이 또 끝나는 것일 뿐

Only the End of the World Again

1994

* 일러두기 : 이 작품에 등장하는 '인스머스'는 H. P. 러브크래프트의 크툴루 신화에 등장하는 가상의 마을이다. 크툴루 신화를 배경으로 하는 작품이다.

아주 운수 나쁜 날이었다. 배에서 쥐어짜는 듯한 엄청난 아픔을 느끼며 알몸으로 침대에서 눈을 떴다. 죽을 듯이 아팠다. 편두통 색깔 같은 금색의 길게 늘어진 햇빛이 오후임을 알려 주었다.

방안은 추운 걸 떠나 정말로 꽁꽁 얼어붙었다. 창문 안쪽에 얼음이 얼었다. 이불은 날카로운 발톱으로 할퀸 듯 찢어졌고 침대에는 동물의 털이 떨어져 있었다. 몸이 가려웠다.

일주일 동안 침대에 누워 있을까 생각했다. 변신하고 나면 항상 피곤하니까. 하지만 메스꺼움이 몰려와 하는 수 없이 일어난 뒤 서둘러 비틀비틀 작은 화장실로 향했다.

화장실 문 앞에 이르렀을 때 또 배에서 경련이 일어났다. 문을 붙잡았다. 식은땀이 흘렀지만 그냥 열이 나는 건지도 모른다. 어디가 아픈 건 아니길 바랐다.

배를 쥐어짜는 통증이 너무 심했다. 현기증마저 났다. 나는 화장실 바닥에 쓰러졌고, 변기에 이르기 전에 토하기 시작했다.

악취가 심한 묽은 노란색 액체가 나왔다. 토사물에는 개의 발톱(견종은 도베르만인 것 같았다. 평소 개를 별로 좋아하지 않는데), 토마토 껍질, 당근 조각, 옥수수, 씹다 만 날고기, 손가락 몇 개가 들어 있었다. 창백한 작은 손가락은 어린아이의 것이 틀림없었다.

"젠장."

복통과 메스꺼움이 좀 가라앉았다. 바닥에 누웠다. 입과 코에서 악취를 풍기는 침이 흐르고 뺨에는 아플 때 나는 눈물 자국이 있었다.

좀 살만해진 후 토사물에서 발톱과 손가락을 집어 변기에 넣고 내렸다.

세면대로 가 짠 기가 느껴지는 인스머스 물로 입을 헹구었다. 나머지 토사물은 수건과 화장지로 최대한 치웠다. 그다음에는 욕조에 들어가 좀비처럼 서서 샤워기에서 떨어지는 물을 맞았다.

몸과 머리에 비누를 칠했다. 어지간히 더러웠는지 거품도 별로 내지 않았는데 구정물이 나왔다. 피가 엉겨 붙어 딱딱하게 굳은 머리카락은 한참 비누칠을 하고서야 풀렸다. 샤워기에서 떨어지는 물이 얼음처럼 차갑게 변할 때까지 계속 서 있었다.

문 아래에 집주인이 밀어 넣은 쪽지가 보였다. 두 주 치 임대료가 밀렸고 모든 답은 요한계시록에 들어 있다는 내용이었다. 오늘 아침엔 일찍부터 시끄러웠는데 앞으로 조용히 해 주면 고맙겠다고도 적혀 있었다. 고대 신들이 바다에서 올라오면 지구의 모든 쓰레기, 믿지 않는 자들, 인간 쓰레기, 게으름뱅이들은 전부 휩쓸려 가고 얼음과 깊은 물로 지구가 정화될 것이라고. 처음에 냉장고 한 칸을 지정해 준 사실을 다시 한번 알려 줄 수밖에 없다면서 앞으로는 그 칸만 쓰면 고맙겠다도 했다.

쪽지를 구겨서 바닥에 던졌다. 빅맥 포장지와 텅 빈 피자 상자, 말라빠진 피자 조각들이 바닥에 널브러져 있었다.

일하러 갈 시간이다.

인스머스에 온 지 이주 째. 난 이곳이 싫다. 사방에서 생선 냄새가 난다. 밀실 공포증을 느끼게 하는 좁아터진 동네다. 동쪽으로는 습지가, 서쪽에는 절벽이, 가운데에는 썩어 가는 배 몇 척이 있고 해 질 무렵의 풍경이 전혀 아름답지 않은 항구가 자리한다. 80년대에는 여피족들이 인스머스로 와서 항구가 내려다보이는 그림 같은 오두막을 샀다. 여피족이 떠난 지는 벌써 수년째이고 항구 옆의 오두막은 버려진 채 무너져 간다.

인스머스의 주민들은 마을 여기저기, 그리고 아무 데도 가지 않는 축축한 이동식 주택들이 들어 찬 부지에서 살고 있다.

옷을 입고 부츠를 신고 외투를 걸치고 나갔다. 집주인은 보이지 않았다. 작은 키에 왕방울 같은 눈의 그녀는 말이 별로 없는 대신 쪽지는 엄청나게 많이 남긴다. 문에 꽂아 두거나 내가 볼 만한 곳에 둔다. 그녀가 주방에서 커다란 냄비에 다리가 잔뜩 달린 것이나 다리가 달리지 않은 것들을 쉬지 않고 끓여 대는 바람에 집안에선 생선 요리 냄새가 끊이지 않는다.

집에는 방이 또 있지만 세입자가 있는 건 내 방뿐이다. 정신이 멀쩡한 사람이라면 겨울에 인스머스에 오지 않을 테니까.

집 밖으로 나가도 생선 냄새는 여전하다. 밖은 집안보다 훨씬 추워서 소금기를 머금은 공기에 하얀 입김이 피어오른다. 길에 쌓인 눈은 딱딱하고 지저분하다. 구름을 보니 눈이 더 올 것 같다.

짠 기를 머금은 차가운 바닷바람이 불어왔다. 갈매기들이 고통스러운 듯 울어 댔다. 기분이 아주 엿 같다. 보나 마나 사무실도 엄청나게 추울 것이다. 마시 스트리트와 렝 애비뉴 모퉁이에 오프너라는 술집이 있다. 지난 2주 동안 작은 검은색 창문이 달린 저 땅딸막한 건물을 스물네 번이나 지나쳤다. 들어가 본 적은 없지만 지금은 술을 꼭 마셔야겠다. 게다가 저 안은 좀 따뜻하겠지. 문을 밀어서 열었다.

안은 정말로 따뜻했다. 눈이 묻은 신발을 털고 안으로 들어갔다. 거의 비어 있는 술집에선 오래된 재떨이와 김빠진 맥주 냄새가 났다. 바 자리엔 두 노인이 체스를 두고 있었다. 바텐더는 알프레드 테니슨 경의 금박 입힌 낡은 초록색 가죽본 시집을 읽는 중이었다.

"안녕하세요. 잭 대니얼 주세요. 얼음 넣지 말고요."

"그러죠. 이 동네에 온 지 얼마 안 되셨군요." 바텐더가 책을 그대로 엎어 놓고 잔에 술을 따르며 말했다.

"표가 나나요?"

그는 웃으며 술잔을 건넸다. 술잔 가장자리에 기름진 엄지 자국이 찍혀 있어 더러웠지만 에라 모르겠다 하며 그냥 마셨다. 맛도 거의 느끼지 못하고 한번에 넘겼다.

"해장술인가요?"

여우처럼 붉은 머리카락을 딱 붙여서 뒤로 넘긴 바텐더가 계속 말했다. "라이칸스로프[늑대인간의 일종-역주]는 늑대일 때 고맙다는 인사를 받거나 본명을 불리면 본래 모습으로 돌아온다고 하죠."

"그런가요? 고맙습니다."

부탁하지도 않았는데 그가 한 잔을 더 따라 주었다. 지금 보니 피터 로어를 좀 닮았는데 사실 인스머스 사람들은 전부 피터 로어를 닮았다. 우리 집주인을 포함해서.

두 번째 잔을 들이켰다. 이번에는 목에서부터 배까지 타는 듯한 느낌이 제대로 났다.

"사람들이 그렇게 말해요. 내가 그렇게 믿는 건 아니고."

"주인장은 뭘 믿는데요?"

"거들을 태워라."

"네?"

"라이칸스로프에겐 인간의 가죽으로 만든 거들이 있어요. 처음 변신할 때 지옥에서 주인들이 주는 거죠. 거들을 태워라."

체스를 두던 노인 하나가 나를 돌아보았다. 앞을 보지 못하는 두 눈이 크고 튀어 나왔다. "늑대인간의 발자국에 고인 빗물을 마시면 보름달이 뜰 때 늑대로 변해. 원래대로 돌아가는 방법은 그 발자국을 남긴 늑대를 찾아 정제되지 않은 은, 즉 버진 실버virgin silver로 머리를 자르는 거지."

"버진요?" 내가 웃었다.

함께 체스를 두던 주름 자글자글한 대머리 노인이 고개를 저으며 애처로운 소리를 냈다. 그는 퀸을 옮기고 또 소리를 냈다.

인스머스에는 어딜 가나 이런 사람들이 있다.

나는 술값을 내고 바에 1달러를 팁으로 남겼다. 바텐더는 다시 책을 읽느라 신경도 쓰지 않았다.

술집을 나가니 탐스러운 함박눈이 머리와 속눈썹으로 떨어졌다. 난 눈이 싫다. 뉴잉글랜드가 싫다. 인스머스도 싫다. 혼자 있을 만한 곳이 아니다. 세상에 혼자 있기 좋은 장소가 있을까. 내가 아직 찾지 못한 게 분명하다. 일 때문에 원치 않을 정도로 오랫동안 여기저기 옮겨 다녀야 한다. 일이랑 다른 것들.

마시 스트리트를 두 블록 정도 걸었다. 인스머스의 대부분이 그렇듯 18세기 미국 고딕 양식의 집들과 19세기 낮은 적갈색 사암 건물, 회색 벽돌 상자 같은 20세기 말의 조립식 건물이 전혀 멋없게 섞여 있다. 걷다 보니 문에 판자를 친 프라이드치킨 가게가 나왔고 그 옆의 돌계단을 올라가 녹슨 철문을 열었다.

길 건너에는 주류 판매점이 있었다. 2층에는 점집이 영업하고 있다.

철문에 누가 검은 마커로 구불구불하게 낙서해 놓았다. 그냥 죽어라. 하, 죽는 게 그렇게 쉬운 줄 아나.

계단은 회반죽이 다 벗겨져 맨 나무가 드러났다. 계단을 끝까지 올라가면 내 원룸 사무실이 나온다.

나는 그 어디에도 오래 머무르지 않아서 굳이 유리에 금박으로 내 이름을 새기지 않는다. 그냥 카드보드지를 뜯어 고딕체로 이름을 써서 문에 압정으로 꽂아 둔다.

로런스 탤벗

손해사정사

문을 열고 사무실로 들어갔다.

안을 둘러보는 순간 '지저분하다', '고약한 냄새가 난다', '더럽다' 같은 말이 떠오르지만 도저히 엄두가 나지 않아서 포기했다. 확실히 볼품없기는 하다. 책상, 사무용 의자, 텅 빈 서류함, 주류 판매점과 텅 빈 점집이 정면으로 보이는 전망 끝내주는 창문. 아래층 가게에서 올라오는 산패한 기름 냄새가 퍼졌다. 치킨 가게는 대체 언제 폐업한 걸까. 컴컴한 가게 안에 검은 바퀴벌레가 들끓는 모습이 떠올랐다.

"그게 바로 네가 생각하는 세상의 모습이야." 뱃속에서 느껴질 정도로 저음의 어두운 목소리가 말했다.

사무실 구석에 오래된 안락의자가 있었다. 너무 오래되어 푸른 녹이 슬고 기름때가 껴서 원래의 무늬가 겨우 드러났다. 색깔은 먼지 색깔이었다.

안락의자에 앉은 뚱뚱한 남자가 여전히 눈을 꽉 감은 채로 말을 이었다. "우린 어리둥절한 눈으로 세상을 둘러보지. 불편하고 걱정스러운 마음으로. 우린 스스로를 불가사의한 예배식의 학자들이라고 생각해. 우리가 상상할 수 없는 세상에 갇힌 미혼의 남자들. 진실은 훨씬 더 단순해. 우리 아래의 어둠 속에 우리를 해치고 싶어 하는 것들이 있어."

그는 안락의자에 앉은 채 고개가 뒤로 축 늘어졌고 입가에 혀가 비집어 나왔다.

"내 마음을 읽는 건가요?"

남자는 목 안에서 그렁그렁 소리를 내면서 천천히 깊게 숨을 쉬었다. 살이 너무 쪄서 통통한 손가락이 꼭 변색한 소시지 같았다. 두꺼운 외투는 회색이 맞는지 분간되지 않을 정도로 낡았다. 부츠에는 채 녹지 않은 눈이 묻어 있었다.

"어쩌면. 세상의 종말은 참 이상한 개념이지. 세상은 항상 끝나가고 있는데 사랑이나 어리석음, 아니면 단순히 바보 같은 행운이 항상 그 종말을 막고 있으니까 말이야. 뭐, 어쨌든 이젠 너무 늦었어. 고대 신들은 이미 배를 선택했어. 달이 뜨면……."

그의 한쪽 입가에서 흘러내린 묽은 액체가 옷깃의 은색 실 가닥으로 떨어졌다. 옷깃에서 무언가가 잽싸게 외투 속으로 사라졌다.

"그런가요? 달이 뜨면 어떻게 되는 거죠?"

안락의자에 앉은 남자는 몸을 약간 움직이더니 빨갛게 부어오른 작은 눈을 끔뻑거리고 잠에서 깼다.

"내가 입이 여러 개 달린 꿈을 꿨어." 남자의 목소리는 커다란 덩치에 어울리지 않는 이상할 정도로 작고 숨찬 목소리로 변해 있었다. "그 입들이 마음대로 벌어지고 닫혔어. 어떤 입은 떠들어 대고 또 어떤 입은 소곤거리고. 뭘 먹거나 그냥 가만히 기다리는 입도 있었지."

남자는 입가의 침을 닦고 주위를 둘러보더니 혼란스러운 듯 눈을 끔뻑거리며 뒤로 기대앉았다. "넌 누구야?"

"전 이 사무실을 임대한 사람입니다." 내가 말했다.

그가 큰소리로 트림을 했다. "실례." 숨 가쁜 목소리로 사과하고는 무거운 몸을 안락의자에서 일으켰다. 일어선 그는 나보다 키가 작았다. 눈이 침침한 듯 위아래로 나를 훑어보더니 잠시 후에 내뱉었다. "은 총알. 오래된 치료법이지."

"그렇죠. 너무 당연한 방법이라서 제가 미처 생각하지 못한 듯합니다. 이런, 저 자신에게 화가 나는군요. 정말 화가 나요."

"늙은이를 놀리는군."

"아닙니다. 죄송하지만 이제 그만 가 주세요. 할 일이 있어서요."

그는 비틀거리며 나갔다. 나는 창가에 놓인 책상의 회전의자에 앉았다. 몇 분 후 얼마간의 시행착오 끝에 의자가 왼쪽으로 돌아가면 받침 부분이 떨어진다는 사실을 발견했다.

그래서 움직이지 않고 가만히 앉아 책상에 놓인 먼지 쌓인 검은색 전화기가 울리기를 기다렸다. 그러는 동안 겨울 하늘에서는 빛이 조금씩 새어 나갔다.

따르릉.

남자의 목소리가 흘러나왔다. 알루미늄 외장재 설치할 생각 없으신가요? 나는 전화를 끊었다.

내 사무실에는 난방 시설이 없었다. 뚱뚱한 남자가 안락의자에서 얼마 동안이나 잠들어 있던 건지 의아했다.

20분 후 전화가 다시 울렸다. 여자가 울면서 다섯 살짜리 딸이 어젯밤에 침대에서 자다가 납치당했다며 찾아달라고 간청했다. 애완견도 함께 없어졌다고.

실종 아동 찾는 일은 하지 않습니다. 죄송합니다. 안 좋은 기억이 너무 많아서요.

또 속이 메스꺼워지는 걸 느끼며 전화를 끊었다.

서서히 밖이 어두워졌다. 인스머스에 온 지 처음으로 길 건너편의 네온사인에 불이 켜졌다. 타로로 운세도 보고 손금도 봐주는 점집의 마담 에제키엘이 영업을 한다는 뜻이었다.

붉은 네온사인으로 물든 핏빛 눈이 내렸다.

작은 행동들이 아마겟돈을 막는다. 지금까지 늘 그랬다. 앞으로도 늘 그래야만 한다.

세 번째로 전화가 울렸다. 귀에 익은 목소리였다. 알루미늄 외장재 설치하는 남자였다. 그가 수다스럽게 재잘거렸다. "아시다시피 인간에서 짐승으로 변했다가 다시 인간으로 돌아오는 건 이론상으로 불가능합니다. 다른 해결책을 찾아야 해요. 비인격화나 그와 비슷한 일종의 투영 같은 것이죠. 뇌 손상? 어쩌면요. 가신경성 정신분열증? 웃기지만 그것도요. 강력한 정신안정제로 치료된 사례도 있습니다."

"완치되었나요?"

그가 껄껄 웃었다. “제 스타일이시군요. 난 유머 감각 있는 사람이 좋더라. 거래하면 잘 통할 것 같습니다.”

“알루미늄 외장재 필요 없다니까요.”

“우리가 하는 일은 단순한 알루미늄 외장재가 아니라 생각하시는 것보다 훨씬 중요합니다. 탤벗 씨, 여기 온 지 얼마 안 되신 걸로 아는데 서로 얼굴 붉혀서야 되겠습니까?”

”마음대로 생각하세요. 나에게 그쪽은 잠재 고객일 뿐이니까.“

“우린 세상을 멸망시킬 겁니다, 탤벗 씨. 깊은 곳의 존재들이 바다 무덤에서 나와 잘 익은 자두처럼 달을 먹어 치울 겁니다.”

“그럼 보름달 뜨는 날 변신할 걱정은 안 해도 되겠군요. 안 그렇습니까?”

“괜히 우릴 자극하지 마세……” 내가 으르렁거리자 남자가 조용해졌다.

창밖에는 눈이 계속 내리고 있었다.

내 사무실 바로 건너편의 마시 스트리트에 세상에서 가장 아름다운 여자가 네온사인의 붉은빛을 받으며 서 있었다. 그녀도 나를 쳐다보았다.

그녀가 한 손으로 나를 불렀다.

나는 그날 오후 벌써 두 번째로 알루미늄 외장재 남자의 전화를 끊어 버리고 아래층으로 내려갔다. 거의 달리듯 길을 건넜다. 하지만 건너기 전에 좌우를 살폈다.

그녀는 실크 옷을 입었다. 방은 촛불만 밝혀져 있고 향과 파출리 기름 냄새가 코를 찔렀다.

그녀는 미소로 맞이하면서 창가 옆자리로 손짓했다. 타로를 펼쳐 놓고 혼자 카드놀이 같은 걸 하고 있었다. 내가 다가가자 우아하게 한 손으로 카드를 모아서 실크 스카프로 감싸 나무 상자에 넣었다.

향 때문에 머리가 지끈거렸다. 문득 오늘 아무것도 먹지 않았다는 생각이 떠올랐다. 그래서 어지러운 건지도 모른다. 촛불 켜진 방에서 그녀를 마주 보고 테이블에 앉았다.

테이블 위로 그녀의 손을 잡았다.

그녀는 내 손바닥을 쳐다보더니 검지로 가만히 만졌다.

"털?" 어리둥절한 표정이었다.

"아, 제가 혼자 있을 때가 많아서요." 이렇게 말하면서 싱긋 웃었다. 친근한 웃음이기를 바랐지만 마담 에제키엘은 동그랗게 뜬 눈으로 바라보았다.

"당신한테 뭐가 보이는지 말해 줄게요. 남자의 눈이 보여요. 늑대의 눈도 보이네요. 남자의 눈에는 정직함과 예의 바름, 순수함이 보여요. 똑바른 자세로 광장을 걷는 남자가 보여요. 늑대의 눈에선 괴로움에 신음하고 으르렁거리고 밤에 울부짖고 우는 모습이 보여요. 피 묻은 침을 흘리며 마을의 어두운 경계에서 달리는 괴물이 보여요."

"으르렁거리거나 우는 소리가 어떻게 보이죠?"

그녀가 미소 지었다. "어렵지 않아요." 미국인 억양은 아니었다. 러시아나 몰타, 이집트 억양일까. "마음의 눈으론 많은 걸 볼 수 있답니다."

마담 에제키엘은 초록색 눈을 감았다. 속눈썹이 무척 길었다. 피부는 창백했고 실크 옷에 닿은 검은 머리카락이 저 멀리서 파도를 타고 흐르듯 잠시도 가만히 있지 않고 부드럽게 요동쳤다.

"나쁜 몸 상태를 씻겨내 주는 오래된 방법이 있어요. 흐르는 물, 맑은 샘물을 맞고 서서 하얀 장미꽃잎을 먹으면 돼요."

"그다음에는요?"

"어둠의 형태가 당신에게서 씻겨 나갈 거예요."

"돌아올 겁니다." 내가 말했다. "다음번 보름달이 뜨는 날에요."

"나쁜 형태가 씻겨 나가면 흐르는 물속에서 핏줄을 여세요. 당연히 엄청나게 아플 겁니다. 하지만 강이 피를 가져가 줄 거예요."

그녀의 옷과 스카프는 모두 실크 소재였는데 촛불만 켜진 어둑한 방안에서도 빛나는 무수히 많은 밝고 강렬한 색깔이 들어가 있었다.

그녀가 눈을 떴다.

"이제 타로를 봐줄게요." 그녀가 검은 실크 스카프에 싼 카드를 꺼내 나에게 섞으라고 주었다. 나는 카드를 절반으로 나누고 부채꼴로 만들어 양쪽을 서로 밀어 넣었다.

"좀 천천히. 카드가 당신을 알고 사랑할 시간을 주세요. 음……관심 있는 여자라고 생각해 봐요."

나는 카드를 꽉 잡고 그녀에게 넘겼다.

그녀가 첫 번째 카드를 꺼냈다. 늑대인간 카드. 어둠과 불꽃색 눈, 희고 붉은 미소가 보였다.

그녀의 에메랄드 같은 초록색 눈에 혼란스러운 빛이 떠올랐다. "이 카드는 내 카드가 아닌데." 그녀가 다음 카드를 뒤집었다. "내 카드에 무슨 짓을 한 거죠?"

"아무것도요. 그냥 들고 있었을 뿐인데요."

두 번째 카드는 딥 원The Deep One이었다. 초록색에 문어류 같은 게 그려져 있었다. 내가 쳐다보는데 그것의 입이 —촉수가 아니라 입이 맞는지 모르겠지만— 카드 위에서 꾸물거리기 시작했다.

그녀가 다른 카드를 뒤집었다. 계속 계속 계속.

나머지 카드는 전부 텅 빈 판지에 불과했다.

"당신이 그런 거예요?" 금방이라도 울음을 터뜨릴 것 같은 목소리였다.

"아뇨."

"가세요."

"하지만……"

"가시라고요." 그녀는 내가 앞에 없다고 주문이라도 외우듯 고개를 숙였다.

나는 향과 촛농 냄새가 진동하는 방에서 일어나 창밖의 길 건너편을 보았다. 내 사무실 창문에서 잠깐 불빛이 깜빡였다. 손전등을 든 남자 두 명이 돌아다니는 게 보였다. 그들은 아무것도 없는 서류함을 열고 살피더니 각자 자리를 잡았다. 한 사람은 안락의자에, 다른 한 사람은 문 뒤에 자리를 잡고는 내가 오길 기다렸다. 저들이 춥고 볼품없는 사무실에서 몇 시간이나 기다린 끝에 내가 오지 않으란 사실을 알게 될 생각을 하니 속으로 웃음이 났다.

방을 나갔다. 마담 에제키엘은 그렇게 하면 그림이 돌아오기라도 할 것처럼 카드를 하나씩 뒤집으며 쳐다보고 있었다. 아래층으로 내려가 마시 스트리트를 걷다가 술집에 이르렀다.

술집에는 손님이 하나도 없었다. 내가 들어가자 바텐더가 피우고 있던 담배를 비벼 껐다.

"체스 두시던 분들은 어디 갔어요?"

"오늘 밤 두 분에게 중요한 일이 있거든요. 항구에 있을 겁니다. 어디 보자, 잭 대니엘 맞죠?"

"좋죠."

그가 술을 따라주었다. 저번처럼 술잔에 엄지 자국이 묻어 있었다. 그는 바에 놓인 테니슨의 시집을 집어 들었다.

"좋은 책인가요?"

여우 털 색 머리의 바텐더가 책을 가져가 펼치더니 한 구절을 읽었다.

"위쪽의 깊은 곳 천둥 아래
심연의 바다 저 아래
고대부터 꿈도 꾸지 않고 무엇도 방해하지 않는 채로
크라켄이 잠을 잔다……"

나는 술을 다 마셨다. "그래서요? 그게 어쨌다는 거죠?"

그가 바에서 나오더니 나를 창가로 데려갔다. "저기 밖에 보여요?"

절벽이 있는 서쪽을 가리켰다. 절벽 위에 모닥불이 보였다. 구릿빛과 초록색의 불꽃이 확 타올랐다.

"깊은 곳의 존재들을 깨울 거예요. 별과 행성, 달이 전부 올바른 위치에 있어요. 시간이 됐어요. 마른 땅은 가라앉고 바다는 솟아오를 것이고……"

"세상은 얼음과 홍수로 정화될 것이며 냉장고의 정해진 칸만 써 주면 고맙겠어요." 내가 말했다.

"네?"

"아무것도 아닙니다. 절벽으로 올라가는 가장 빠른 길이 어디죠?"

"마시 스트리트를 거슬러 올라가다가 처치 오브 드래곤에서 좌회전하고 마누셋 웨이까지 갑니다. 그다음에 쭉 가면 됩니다." 바텐더는 문고리에 걸어 놓은 외투를 입었다. "내가 모셔다드리리다. 이런 재미를 놓칠 순 없죠."

"괜찮겠어요?"

"어차피 오늘 술 마시러 오는 사람도 없을 텐데요 뭐." 우리는 밖으로 나갔다. 바텐더가 빗장을 걸어 잠갔다.

밖에 나오니 꽤 추웠다. 바닥에 쌓인 눈이 바람에 날려 안개처럼 흩어졌다. 마담 에제키엘이 네온사인 비치는 2층 점집에 아직 있는지, 내 사무실을 찾아온 손님들이 아직도 나를 기다리는지 알 수 없었다.

우리는 바람을 피해 고개를 숙이고 걸었다.

바람 소리 속에서 바텐더의 혼잣말이 들렸다.

"잠자는 초록의 그것이 거대한 팔로 키질을 한다.

그는 오랜 세월 동안 누워 있었고 계속 누워 있을 것이다.

마지막의 불이 심해를 뜨겁게 데울 때까지

인간과 천사가 보이면

그가 포효하고 일어서리니……."

그는 거기까지만 말하고 멈추었다. 우리는 세차게 얼굴을 때리는 눈을 맞으며 침묵 속에서 걸었다.

'그리고 표면에서는 죽을 것이다.' 내가 속으로 생각했다.

20분 정도 걸어 인스머스를 벗어났다. 인스머스를 벗어나는 순간 마누셋웨이가 끝났고 좁은 눈과 얼음으로 덮인 비포장길이 펼쳐졌다. 우린 어둠 속에서 미끄러지면서 위로 올라갔다.

달은 아직이었지만 별은 모습을 드러내기 시작했다. 별이 어찌나 많은지 꼭 밤하늘에 다이아몬드 가루와 사파이어 조각을 뿌려놓은 듯했다. 해변에서는 도시에서 상상도 할 수 없을 정도로 별이 많이 보인다.

절벽 위의 모닥불 옆에서 두 사람이 기다리고 있었다. 하나는 거구에 뚱뚱했고 나머지는 훨씬 덩치가 작았다. 내 옆에 있던 바텐더가 그들에게로 가서 나를 마주 보고 섰다.

"보라. 제물로 바쳐진 늑대를." 이상하게 바텐더의 목소리가 낯익었다.

나는 아무 말도 하지 않았다. 모닥불의 초록색 불꽃이 아래에서부터 세 사람을 비추는 모습이 꼭 전형적인 공포영화의 조명 같았다.

"내가 왜 당신을 이리로 데려왔는지 아나요?" 바텐더가 물었다. 목소리가 왜 낯익은지 이제 알았다. 전화로 알루미늄 외장재를 설치하라고 광고 전화를 건 남자의 목소리였다.

"세상의 종말을 막으라고요?"

남자는 웃음을 터뜨렸다.

두 번째 사람은 내 사무실 의자에 잠들어 있던 뚱뚱한 남자였다. "흠, 꼭 종말론을 끌어들여야겠다면……." 그가 벽까지 흔들릴 것 같은 깊은 울림이 있는 저음으로 중얼거렸다. 눈은 감은 채였고 곧바로 잠이 들었다.

세 번째 사람은 짙은 색 실크 옷을 입었고 파출리 기름 냄새를 풍겼다. 나이프를 들고 있었는데 아무 말도 없었다.

바텐더가 입을 열었다. "오늘 밤의 달은 깊은 곳에 있는 존재들의 달입니다. 오늘 밤은 어두운 고대의 모양과 패턴으로 형상화된 별입니다. 오늘 밤은 우리가 부르면 올 것입니다. 만약 우리의 희생이 값지다면, 우리의 외침이 들린다면요."

바다의 반대편에 거대하고 묵직한 호박색의 달이 떴다. 그와 동시에 저 아래 바다에서부터 일제히 꺽꺽거리는 소리가 올라왔다.

눈과 얼음에 비친 달빛은 한낮의 햇살만큼은 못하지만 그럭저럭 비슷한 효과를 낸다. 달이 떠오르면서 시야가 점점 선명해졌다. 차가운 바다에서 개구리처럼 생긴 인간들이 느리게 수중 댄스라도 추듯 물 위로 올라왔다 잠겼다 했다. 개구리처럼 생긴 남자뿐 아니라 여자들도 있었다. 저기 몸을 비틀며 꺽꺽거리는 개구리 인간 중에 우리 집주인도 있을 것 같았다. 또 변신하기엔 너무 일렀다. 간밤의 피로가 아직 가시지 않았다. 하지만 호박색 달 아래에 서 있으니 이상한 기분이 들었다.

"가엾은 늑대인간." 실크 옷으로 몸을 가린 사람이 중얼거렸다. "꿈이 결국 이런 결말을 맞다니. 머나먼 곳의 절벽에서 맞이하는 외로운 죽음."

난 원하면 또 꿈을 꿀 겁니다. 죽어도 내가 죽는 거지. 난 이렇게 말했다.

하지만 소리 내어 말했는지, 속으로 생각한 건지는 모르겠다.

달빛을 받으니 감각이 선명해졌다. 여전히 바다의 포효가 들렸지만 파도가 높아졌다가 부서지는 소리가 더 크게 이어졌다. 개구리 인간들이 물을 철벅거리는 소리가 들렸다. 물속에서 죽은 자들의 속삭임이 들렸다. 심해에서 초록의 잔해가 삐걱거리는 소리도 들렸다.

후각도 날카로워졌다. 알루미늄 외장재를 파는 남자는 인간이었지만 뚱뚱한 남자에게서는 인간이 아닌 다른 존재의 피 냄새가 났다.

그리고 실크 옷으로 가려진 사람은…….

인간일 때 그녀의 향수 냄새를 맡은 적이 있었다. 그런데 지금은 향수 냄새에 가려진 다른 냄새도 풍겼다. 썩은 고기, 썩은 살 냄새.

실크 자락을 펄럭거리며 그녀가 내 쪽으로 다가왔다. 나이프를 들고.

"마담 에제키엘?" 거칠고 갈라진 목소리가 나왔다. 곧 나는 모든 걸 잃을 것이다. 무슨 상황인지 이해되지 않았지만 달이 점점 높이 떠오르고 호박색이 옅어지면서 창백한 달빛이 내 머릿속을 가득 채웠다.

"마담 에제키엘?"

"넌 죽어도 마땅해." 그녀의 목소리는 낮고 차가웠다. "내 카드에 한 짓만으로도. 그게 얼마나 오래된 건데."

"난 죽지 않아요. '순수한 심장을 가진 인간도 밤에는 기도한다.' 기억하죠?"

"헛소리야. 늑대인간의 저주를 끝내는 가장 오래된 방법이 뭔지 알아?"

"아뇨."

모닥불이 더욱더 거세지고 초록색으로 타올랐다. 심해의 초록색, 조류의 초록색, 떠내려가는 해초의 초록색, 에메랄드의 초록색.

"인간으로 돌아갈 때까지 기다렸다가, 그러니까 다시 늑대로 변하기까지

한 달이 남은 시점이지, 그때 제물로 바쳐진 칼로 죽이는 거야."

도망치려고 했지만 뒤에 있던 바텐더가 내 두 팔을 붙잡아 뒤쪽으로 비틀었다. 달빛에 나이프가 창백한 은색으로 빛났다. 마담 에제키엘이 미소 지었다.

그녀가 내 목을 그었다.

피가 솟구치기 시작했다. 하지만 이내 잦아지더니 멈추었다…….

이마가 지끈거리고 허리에 무거운 압박감이 느껴졌다. 우당당쿵쿵 밤의 붉은 벽이 나에게 달려든다.

나는 소금물에 녹은 별을 맛보았다. 탄산 같고 뭔가 아득하고 짰다.

손가락이 바늘로 찌르듯 따끔거렸고 낼름거리는 혀 같은 불꽃이 살갗을 내리쳤으며 내 눈은 노란색이었고 나는 밤을 맛보았다.

차가운 공기 속에서 입김이 자욱하게 피어올랐다.

나도 모르게 나직하게 으르렁거리는 소리를 냈다. 앞발이 눈에 닿았다.

팽팽하게 뒤로 물러났다가 그녀를 향해 달려들었다.

타락의 느낌이 안개처럼 자욱하게 나를 둘러쌌다. 높이 돌진했을 때 멈추는 듯하더니 무언가가 비눗방울처럼 터졌다.

바닷속의 깊은, 깊은 어둠 속, 대충 자른 거대한 돌로 지은 성채 같은 곳의 입구, 나는 미끄러운 돌바닥에서 네 발로 서 있었다. 온통 어둠이지만 돌이 창백하게 빛났다. 아른거리는 유령의 빛처럼. 마녀의 손처럼.

목에서 검은 피가 떨어졌다.

그녀는 저 앞의 문가에 서 있었다. 키가 180센티미터, 아니, 2미터는 되는 것 같다. 뼈대에 붙은 살은 여기저기 패고 물어뜯겼지만 실크 옷은 해초처럼 차가운 물 속에 둥둥 뜬 채로 꿈이 없는 심해로 내려간다. 실크 옷이 느릿느릿 움직이는 초록색 베일처럼 그녀의 얼굴을 가렸다.

그녀의 팔 위쪽에는 삿갓조개가 자라고 갈비뼈 쪽에는 살갗이 덜렁거린다.

뭔가에 짓눌리는 압력에 아무런 생각도 할 수 없었다.

그녀가 나를 향해 다가왔다. 그녀의 머리를 둘러싼 해초가 움직였다. 얼굴은 꼭 회전초밥집의 먹고 싶지 않은 초밥처럼 생겼다. 빨판, 등뼈, 흔들리는 엽상체. 그래도 나는 그녀가 미소 짓고 있다는 걸 알 수 있었다.

수영하듯 뒷다리를 찼다. 우리는 심해에서 만났고 발버둥쳤다. 너무 춥고 캄캄하다. 입을 벌려 그녀의 얼굴을 물었다. 뭔가가 찢기는 게 느껴진다.

심해에서 나누는 입맞춤…….

나는 눈 위로 가볍게 착지했다. 내 턱에 실크 스카프가 단단히 고정되어 있었다. 또 다른 스카프가 펄럭이면서 바닥으로 떨어졌다. 마담 에제키엘은 어디에도 보이지 않았다.

눈 쌓인 바닥에 은 나이프가 떨어져 있었다. 나는 흠뻑 젖은 채 달빛 아래에서 네 발로 서서 기다렸다. 몸을 흔들어 소금물을 털었다. 물기에 불꽃에 닿아 지지직거리면서 튕겨 나왔다.

현기증도 나고 힘이 없었다. 숨을 깊이 들이마셨다. 저 아래 바다에 개구리 인간들이 죽은 것처럼 물 위에 떠 있는 게 보였다. 잠깐 파도에 밀려왔다가 밀려가더니 몸을 비틀며 뛰어올랐다. 그리고 하나씩 풍덩 바다로 들어가 깊은 곳으로 사라졌다.

비명이 들렸다. 여우 털 빛깔 머리카락의 바텐더, 눈알이 튀어나온 알루미늄 외장재 영업맨이 별을 가리고 흘러가는 밤하늘의 구름을 쳐다보면서 지르는 비명이었다. 분노한 것 같기도 하고 좌절한 것 같기도 한 소리가 섬뜩했다.

그는 땅에 떨어진 나이프를 주워 자루 부분을 눈으로 닦았다. 칼날에 묻은 피는 외투 자락으로 닦고 나를 쳐다보며 소리쳤다. "이 나쁜 놈. 그녀를 어떻게 한 거야?"

아무 짓도 하지 않았고 그녀는 바다 깊은 곳에서 여전히 망을 보고 있다고 말해 주고 싶었지만 말할 수가 없었다. 으르렁거리거나 낑낑대고 길게 울부짖을 뿐이었다.

그는 울고 있었다. 광기와 실망의 냄새가 풍겼다. 그는 칼을 치켜들고 나를 향해 돌진했다. 나는 옆으로 피했다.

작은 변화조차 받아들이지 못하는 사람들이 있다. 바텐더는 나를 지나쳐 비틀거리더니 까마득한 절벽 아래로 떨어져 버렸다.

달빛 아래에서는 피가 빨간색이 아니라 검은색으로 보인다. 절벽 아래로 떨어진 바텐더가 튕겨 올랐다가 다시 떨어지면서 남긴 피는 검은 잿빛이었다. 그는 절벽 아래 얼음처럼 차가운 바위에 누워 있었다. 잠시 후 바다에서 손 하나가 쑥 나오더니 보기에도 괴로울 정도로 느릿느릿하게 그를 까만 바다로 끌고 갔다.

손이 내 뒤통수를 긁었다. 시원하고 기분이 좋았다.

"그녀가 누구였냐고? 깊은 곳 존재들의 아바타지. 가장 깊은 곳에서 세상을 멸망시키려고 보낸 유령 혹은 환영."

내가 발끈하며 으르렁거렸다.

"아뇨, 다 끝났어요. 적어도 지금은. 당신이 그녀를 방해했어요. 의식은 아주 구체적이었죠. 발치에서 끓는 순수한 피 웅덩이에 우리 셋이 서서 신성한 이름을 불러야 했으니까."

나는 뚱뚱한 남자를 올려다보며 질문하듯 낑낑댔다. 그가 졸린 듯 내 목덜미를 쓰다듬어 주었다.

“당연히 그녀는 당신을 사랑하지 않아, 물리적으로 그녀는 이 세상에 존재하지 않으니까.”

다시 눈이 내리기 시작했다. 모닥불이 점점 꺼져 갔다.

“당신이 오늘 우연히 변신한 건 오늘 밤을 지하 세계의 내 친구들을 되돌리기에 완벽한 밤으로 만들어 준 별의 배치와 달의 힘 때문인 것 같군.”

그는 저음의 목소리로 말을 계속했다. 어쩌면 중요한 말일 수도 있었다. 하지만 내 안의 배고픔이 점점 심해져서 말의 의미가 전부 사라지고 껍데기만 들릴 뿐이었다. 바다도, 절벽도, 뚱뚱한 남자에게도 흥미가 사라졌다.

초원 너머 숲에서 사슴들이 뛰어다닌다. 겨울밤의 공기에서 사슴 냄새가 난다.

오로지 배고프다는 생각뿐이었다.

다음 날 아침 본래의 모습으로 돌아왔을 때는 알몸이었다. 눈밭에 먹다 만 사슴 한 마리가 놓여 있었다. 눈알에 파리가 붙어 있고 혀가 튀어나와서 신문 만화에 나오는 그림처럼 좀 우스꽝스럽고 불쌍하게 보였다.

사슴의 찢어진 배 주변으로 눈이 선명한 핏빛으로 물들어 있었다.

내 얼굴과 가슴은 붉은 피가 묻어 끈적거렸다. 목에는 상처와 딱지가 있고 따가웠다. 다음 보름달이 뜰 때쯤에는 멀쩡해져 있을 것이다.

작고 노란 태양은 저 멀리 떨어져 있지만 하늘은 파랗고 구름 한 점 없었다. 미풍조차 불지 않았다. 멀리에서 바다의 포효가 들렸다.

알몸에 피가 잔뜩 묻은 나 혼자였고 너무 추웠다. 어차피 누구나 처음에 태어날 땐 이렇잖아. 난 그걸 한 달에 한 번씩 겪는 것뿐이야.

금방이라도 쓰러질 것처럼 기진맥진했지만 버려진 헛간이나 동굴을 찾을 때까지 버텨야 한다. 그다음엔 2주 동안 잠을 잘 것이다.

매 한 마리가 발톱에 뭔가를 움켜쥐고서 이쪽으로 날아왔다. 녀석은 내 위에서 잠시 맴돌더니 작은 잿빛 오징어를 발치에 떨어뜨리고 날아올랐다. 피 묻은 눈밭에 미동도 없이 축 늘어진 촉수 달린 오징어였다.

무슨 징조인 것 같았다. 길조인지 흉조인지 모르지만 뭐, 어차피 이젠 상관도 없다. 바다를, 어둑어둑한 마을 인스머스를 등지고 도시를 향해 걷기 시작했다.

잭에게 부탁하지 마

Don't Ask Jack

1995

그 장난감이 어디에서 왔는지 아는 사람은 아무도 없었다. 놀이방에 전해지기 전에는 증조부모나 먼 친척 아주머니쯤 되는 누군가가 가지고 있었으리라.

그것은 금색과 빨간색으로 칠해진 나무 상자였다. 굉장히 멋진 상자라서 어른들은 그것을 버리지 않고 계속 보관했다. 어쩌면 골동품의 가치가 있을지도 몰랐다. 하지만 안타깝게도 녹슨 자물쇠로 굳게 닫혀 있었고, 열쇠를 잃어버린 터라 잭은 상자에서 나올 수가 없었다. 그래도 나무를 조각해 금박을 입힌 이 상자는 여전히 특별했다.

아이들은 그 상자를 가지고 놀지 않았다. 상자는 아이들의 눈에 해적의 보물상자만큼 큰, 오래된 나무 장난감 상자 맨 아래에 놓여 있었다. 잭이 들어 있는 이 상자는 인형과 기차, 광대, 종이 별, 마술 도구, 도저히 풀 수 없을 정도로 줄이 엉키고 팔다리를 못 쓰게 된 꼭두각시 인형, 변장용 의상(찢어진 웨딩드레스, 오래된 검은 중절모), 변장용 액세서리, 부러진 농구링, 팽이, 장난감 목마 아래에 파묻혀 있었다. 이 모든 것들 아래 잭의 상자가 있었다.

아이들은 잭의 상자를 가지고 놀지 않았다. 놀이방 다락에 저희만 있을 때 아이들은 소곤거렸다. 밖에서 바람이 울부짖는 흐린 날이나 빗줄기가 지붕을 때리고 처마로 떨어지는 날에는, 한 번도 본 적 없으면서 잭에 대한 얘길 했다. 한 아이는 잭이 사악한 마법사이고 입에 담기도 끔찍한 죄를 저질러서 그 벌로 상자에 들어간 거라고 했다. 또 다른 아이는(분명히 여자아이였을 것이다) 잭의 상자가 판도라의 상자이며 그 안에 든 재앙이 밖으로 나오지 못하도록 막으려고 상자에 들어간 것이라고 했다. 평소 아이들은 절대로 상자를 건드리지 않았다. 하지만 어쩔 수 없을 때도 있었다. 가끔 어른들은 예전에 갖고 놀던 잭의 상자가 왜 보이지 않느냐면서 커다란 장난감 상자에서 꺼내 벽난로 선반에 자랑스럽게 올려 두곤 했다. 그러면 아이들은 용기를 쥐어짜 내 그 상자를 다시 어둠 속에 숨겨 버렸다.

아이들은 잭이 든 상자를 가지고 놀지 않았다. 아이들이 다 자라 커다란 집을 떠나자 놀이방이었던 다락은 문이 잠긴 채로 기억에서 거의 잊혔다.

하지만 완전히 잊힌 건 아니었다. 아이들은 저마다 홀로 파란 달빛 아래에서 맨발로 다락방에 올라간 일을 기억했다. 마치 몽유병에 걸린 것처럼 나무 계단과 올이 드러난 놀이방의 카펫을 살금살금 걸었다. 그들은 장난감 상자를 열어 인형과 옷 따위를 전부 헤집고 잭의 상자를 꺼낸 일을 기억했다.

아이가 자물쇠를 건드렸다. 지는 해처럼 느릿느릿 상자 뚜껑이 열리고 음악과 함께 잭이 나왔다. 별안간 툭 튀어나온 건 아니었다. 발에 용수철 달린 잭이 아니니까. 잭은 상자에서 신중하게 천천히 나와 아이에게 가까이, 좀 더 가까이 다가가 미소를 지었다.

쏟아지는 달빛 속에서 잭은 아이들에게 저마다의 이야기를 들려주었다. 아이들은 잭에게 들은 이야기를 정확히 기억하진 못했지만 아예 잊어버린 것도 아니었다. 첫째 아이는 1차 대전 때 죽었다. 부모님이 돌아가신 후 막내가 집을 물려받았는데, 집을 불태우려고 시도하다 천과 파라핀, 성냥과 함께 지하 저장고에서 발견된 이후로 소유권을 빼앗기고 정신 병원에 보내졌다. 아직 거기 있을지도 모른다.

나머지는 여자아이들인데 성인이 된 그들은 어린 시절을 보낸 그 집으로 돌아가기를 거부했다. 결국 집은 판자로 창문을 막고 문도 커다란 쇠 자물쇠로 잠가 버렸다. 자매는 첫째 오빠의 무덤이나 정신 병원에 있는 둘째 오빠를 한 번도 찾아가지 않은 것처럼 그 집에도 절대 가지 않았다.

세월이 지나 그들은 할머니가 되었고 오래된 다락방 놀이방은 올빼미와 박쥐들의 소굴로 변했다. 버려진 장난감들 사이에 쥐들이 둥지를 틀었다. 동물들은 벽지의 바랜 무늬나 배설물로 가득한 헤진 카펫을 아무런 관심 없는 눈으로 바라본다.

장난감 상자 깊숙이 처박힌 상자에서 잭은 비밀을 간직한 채 미소 지으며 기다린다. 그는 아이들을 기다리고 있다. 언제까지나 계속 기다릴 수 있다.

『네버웨어』 발췌

Excerpt
from Neverwhere

1996

리처드는 벽에 기대어 기다렸다. 옆에 있는 도어는 말이 별로 없었다. 그녀는 입으로 손톱을 뜯으면서 사방으로 삐죽 솟도록 붉은 머리카락을 헤집었다가, 머리카락이 뻗치면 다시 뒤로 쓸어 넘겼다. 그녀는 그가 지금까지 만나 본 그 어떤 사람과도 달랐다. 자신을 바라보는 시선을 느낀 도어는 옷 위에 껴입은 가죽 재킷을 더 단단히 여미며 몸을 움츠렸다. 그녀는 재킷 안에서 얼굴을 내밀어 세상을 바라보았다. 그녀의 표정을 보자 리처드는 지난겨울 코벤트 가든 뒤쪽에서 본 예쁜 노숙자 꼬마가 떠올랐다. 여자아인지 남자아인지 헷갈리는 아이였다. 아이의 엄마는 행인들에게 그 아이와 품에 안은 갓난쟁이가 굶지 않게 해 달라고 동전을 구걸했다. 아이는 분명히 춥고 배고플 텐데도 아무 말 없이 멍하게 허공을 응시할 뿐이었다. 그냥 빤히 쳐다보기만 했다.

헌터는 플랫폼을 위아래로 훑어보면서 도어 옆에 서 있었다. 후작은 기다리라고 말하고는 스르륵 사라져 버린 상태였다. 리처드는 어딘가에서 아기 우는 소리를 들었다. 그때 후작이 출구 전용 문에서 쓰윽 나와 그들 쪽으로 걸어왔다. 사탕을 씹어 먹고 있었다.

"재미있어요?" 리처드가 물었다. 기차가 따뜻한 바람을 한가득 싣고 들어오고 있었다.

"처리할 일이 좀 있었어." 후작이 말했다. 그는 종잇조각과 시계를 확인하고 플랫폼의 한쪽을 가리켰다.

"저건 분명 백작이 사는 기차일 거야. 셋 다 내 뒤에 서 있도록." 그때 지하 세계 기차가 —평범한 기차와 전혀 다를 바 없어서 리처드는 좀 실망했다— 덜컹거리며 역으로 들어왔다. 후작이 리처드의 옆쪽으로 몸을 숙여서 도어에게 말했다. "아가씨? 미리 말하지 못한 게 있어."

도어가 신기한 색깔의 눈동자로 후작을 보았다. "뭔데요?"

"흠. 백작이 아마 날 전혀 반가워하지 않을 거라는 거."

열차가 서서히 속도를 줄이며 멈추었다. 리처드 앞에 선 칸은 거의 텅 비어 있었다. 조명도 꺼져 있어서 음산하고 고요하고 어두웠다. 리처드는 가끔 런던의 지하철역들에서 이렇게 어둑어둑하고 잠긴 칸을 본 적이 있는데 그때마다 도대체 어디에 쓰는 건지 의아했다. 나머지 칸이 쉭 소리와 함께 열리고 승객들이 내리고 탔다. 캄캄한 칸의 문은 꽉 닫힌 채 열리지 않았다. 후작이 주먹으로 문을 두드렸다. 알쏭달쏭하게 율동적인 소리였다. 아무 일도 일어나지 않았다. 기차가 일행을 태우지 않은 채로 그냥 출발하는 건 아닐까 하고 리처드가 생각하고 있을 때 어두운 칸의 문이 안에서부터 열렸다. 15센티미터 정도 열린 틈에서 안경 쓴 노인이 빼꼼 내다보았다.

"두드린 게 누구야?"

리처드는 문틈으로 활활 타오르는 불꽃과 사람들, 연기를 보았다. 하지만 밖의 유리문으로 보이는 건 여전히 캄캄하고 텅 빈 칸이었다. "레이디 도어 일행입니다."

문이 옆으로 끝까지 열렸고 그들은 백작의 궁에 들어가 있었다.

바닥에는 층층이 쌓인 골풀 위로 지푸라기가 흩어져 있었다. 커다란 난로에서 통나무가 타닥타닥 탔다. 바닥을 쪼면서 돌아다니는 닭도 몇 마리 보였다. 의자에는 손으로 놓은 자수가 들어간 쿠션이 놓여 있고 문과 창문에는 태피스트리가 달렸다.

열차가 갑자기 출발하는 바람에 리처드는 앞으로 휘청거렸다.

가장 가까이에 있는 사람을 붙잡아 균형을 잡았다. 그 사람은 키가 작고 머리가 희끗희끗한 노인 병사였다. 철모와 겉옷, 약간 엉성하게 짠 쇠사슬 갑옷, 창이 아니었더라면 은퇴한 공무원처럼 보였을 것이다. 오히려 그래서인지, 의지와 상관없이 공무원직에서 은퇴하고 아마추어 연극단에 들어가 억지로 병사 역을 맡은 것처럼 보이기도 했다.

리처드가 그를 붙잡고 "죄송합니다. 제 잘못입니다."라고 말하자 키가 작고 머리가 희끗희끗한 남자는 앞이 잘 보이지 않는 듯 눈을 끔뻑이더니 애처로운 목소리로 답했다.

"나도 알아."

거대한 아이리시울프하운드가 통로를 걸어가더니 바닥에 앉아 류트로 두서없지만 경쾌한 멜로디를 연주하는 사람 옆에서 멈추었다. 울프하운드는 리처드를 노려보더니 업신여기듯 코웃음을 치고는 누워서 잠이 들었다. 맨 뒤쪽에는 손목에 두건 쓴 매를 올려놓은 나이 지긋한 훈련사가 어느 정도 나이가 찬 한 무리의 아가씨들과 인사말을 주고받고 있었다. 그런가 하면 어떤 승객들은 네 명의 여행자들을 노골적으로 쳐다보거나 아예 거들떠

보지도 않았다. 리처드는 이 지하 세계 열차의 한 칸에 중세 시대의 작은 궁전을 최대한 집어넣은 것 같다고 생각했다.

전령이 나팔을 크게 불자 모피로 안감을 댄 가운과 천으로 된 실내화 차림의 거구의 노인이 낡은 알록달록한 의상을 입은 어릿광대에게 한쪽 팔을 얹은 채 다음 칸으로 이어지는 문에서 비틀비틀 건너왔다. 노인은 모든 면에서 야단스러웠다. 그는 왼쪽 눈에 안대를 했는데, 눈이 하나뿐인 매처럼 뭔가 균형을 잘 잡지 못하고 어쩔 줄 몰라 했다. 붉은 기가 도는 희끗희끗한 수염에는 음식 부스러기가 묻었고 허름한 가운 아래로 파자마 바짓단이 드러났다.

저 사람이 백작인가 보네. 리처드의 생각이 맞았다.

백작의 어릿광대는 초췌하고 웃음기 없는 입술에 얼굴에는 물감을 칠한 나이든 남자였는데, 100년 전 빅토리아 시대의 보드빌 극장 광고지 맨 아래에서나 볼 법한 서커스 단원으로 살다가 도망친 것처럼 보였다. 그는 백작을 왕좌처럼 보이는 나무 의자로 데려갔다. 백작이 거기에 앉았다. 자던 울프하운드가 일어나 타닥타닥 통로를 걸어가 백작의 실내화 발치에 자리 잡았다.

그래. 여긴 얼스 코트Earl's Court 기차니까 백작이 있는 거구나. 리처드는 배런스 코트Barons Court 기차에는 남작이 살고 레이븐스코트Ravenscourt 기차에는 까마귀가 사는 건지 궁금해졌다.

무장한 노인 병사가 천식 환자처럼 기침해 대더니 말했다. "그대들, 용건을 말하라." 도어가 앞으로 나갔다. 고개를 꼿꼿하게 들어 평소보다 키가 크고 자신감에 차 보였다. "백작님을 알현하러 왔습니다."

열차 칸의 저 앞쪽에서 백작이 물었다. "저 소녀가 뭐라고 하였느냐, 할버드?" 리처드는 백작이 귀가 들리지 않는 건지 의아했다.

덜컹거리는 열차 안에서 무장한 노인 병사 할버드가 발을 질질 끌며 가더니 한 손으로 나팔 모양을 만들어 덜컹거리는 기차 안에서 소리쳤다. "백작님을 알현하러 왔답니다."

백작은 두꺼운 모피 모자를 옆으로 밀치고 깊은 생각에 잠긴 듯 머리를 긁었다. 모자 속으로 벗겨지기 시작한 머리가 보였다. "그래? 알현을? 아주 좋구나. 그들이 누구냐, 할버드?"

할버드가 리처드 일행에게로 다시 고개를 돌렸다. "너희들이 누구냐고 물으신다. 너무 길게 설명하지 말고 짧게 답해라."

"저는 레이디 도어입니다. 포르티코 경이 제 아버지였습니다." 도어가 말했다.

백작의 얼굴이 환해졌다. 그는 몸을 앞으로 숙이고 멀쩡한 한쪽 눈으로 난로 연기 사이를 열심히 쳐다보았다. "저 소녀가 포르티코의 첫째 딸이라고 했느냐?" 그가 어릿광대에게 물었다.

"예, 백작님."

백작이 도어에게 손짓했다. "이리 오거라. 어서. 얼굴을 봐야겠다." 도어는 천장에 매달린 두꺼운 밧줄을 붙잡고 균형을 잡으면서 흔들리는 통로를 걸어갔다.

그녀는 백작의 나무 의자 앞에 이르자 허리를 굽히고 절했다. 백작은 수염을 긁적이면서 도어를 쳐다보았다. "네 아버지의……" 백작은 잠시 말을 끊었다. "가족 모두의 안타까운 소식에 모두가 큰 충격을 받았다. 그것은 정말로……" 그가 다시 말꼬리를 흐렸다. "난 평소 네 아버지를 좋게 여겼고 일을 같이하기도 했지……포르티코는 아이디어가 참 많았어." 백작은 말을 멈추고 어릿광대의 어깨를 두드리더니 속삭였다. 하지만 짜증이 담긴 그 목소리는 덜컹거리는 기차 안에서도 잘 들릴 만큼 우렁찼다. "툴리, 가서 저들을 웃겨 보거라. 밥값은 해야지."

어릿광대는 관절염과 류머티즘에라도 걸린 듯 찌푸린 얼굴로 통로를 걸어와 리처드 앞에서 멈추었다. "그쪽은 누구?"

"저요? 저 말입니까? 제 이름요? 리처드입니다. 리처드 메이휴."

"저요?" 어릿광대가 노인의 목소리로 리처드의 스코틀랜드 억양을 흉내 냈다. "저요? 저 말입니까? 사람 아니고 멍청이입니다." 대신들이 숨죽여 웃었다.

"나는 카라바스 후작이라고 한다네." 카라바스가 환한 미소로 어릿광대에게 말했다. 어릿광대가 눈을 끔뻑거렸다.

"대도 카라바스? 시체 도둑 카라바스? 반역자 카라바스?" 어릿광대는 옆의 대신들을 쳐다보았다. "카라바스일 리가 없어, 왜냐고? 카라바스는 백작의 눈앞에서 오래전에 사라졌거든. 엄청나게 크게 자라는 새로운 종의 괴상한 족제비인 것 같군." 대신들이 불편하게 킥킥거렸고 수군거림이 시작되었다. 백작은 입을 꾹 다물고 아무런 말이 없었지만 몸을 떨고 있었다.

"저는 헌터라고 합니다." 헌터가 어릿광대에게 말했다.

대신들이 다시 조용해졌다. 어릿광대는 뭔가 말하려는 듯 입을 열었다가 헌터를 보더니 그냥 닫았다. 헌터의 아름다운 입가에 슬쩍 미소가 서렸다. "괜찮으니 해 보세요. 재미있는 거 아무거나요."

어릿광대는 뾰족한 신발 코 부분을 쳐다보더니 중얼거렸다.

"내 사냥개는 코가 없어."

그 순간 눈앞에 펼쳐진 광경을 믿을 수 없다는 듯, 서서히 타오르는 도화선처럼 커진 눈과 하얗게 질린 입술로 카라바스 후작을 쳐다보던 백작이 드디어 폭발했다. 천장에 닿을 듯 방방 뛰면서 후작을 가리키고 침을 마구 튀기면서 소리쳤다. "참지 않을 거야. 참지 않아. 저놈을 앞으로 데려와라."

할버드가 후작에게 창을 흔들었다. 후작은 어슬렁어슬렁 열차 앞쪽으로 걸어가 백작 앞에 도어와 나란히 섰다. 울프하운드가 으르렁거렸다.

"네 녀석," 백작이 크고 울퉁불퉁한 손가락으로 허공을 찔러 댔다. "난 네놈을 알아, 카라바스. 잊지 않았지. 내가 나이는 들었을지언정 잊지 않았다."

후작이 고개를 숙여 절하고 점잖게 말했다. "백작, 나를 보니 우리의 거래가 떠오르나 보군? 내가 백작 궁과 까마귀 궁의 평화 협정을 중재했었지. 그 대가로 백작이 나에게 작은 호의를 베풀어 주기로 했고." 리처드는 '까마귀 궁이 정말로 있나 보네.'라고 생각했다. 어떻게 생겼을지 궁금했다.

"작은 호의라고?" 백작의 얼굴이 홍당무처럼 붉어졌다. "네놈한텐 그런가 보지? 네 녀석이 멍청하게 화이트 시티에서 후퇴하는 바람에 열두 명의 부하를 잃었어. 나도 한쪽 눈을 잃었고."

"백작, 실례가 되지 않는다면 안대가 아주 멋지다는 말을 하고 싶군. 백작의 얼굴을 돋보이게 해 주고 있어." 후작이 공손하게 말했다.

"난 다짐했지." 분노한 백작의 수염이 곤두섰다. "네 녀석이 내 땅에 두 번 다시 발을 들였다간……네놈을……" 그는 말꼬리를 흐리더니 할 말을 까먹은 듯 고개를 흔들었다. "기억이 나. 난 잊지 않았어."

"백작이 후작님을 보기 싫어하는 건가요?" 도어가 카라바스에게 소곤소곤 물었다.

"뭐, 그렇지."

도어가 다시 앞으로 나가 크고 명료한 목소리로 말했다. "백작님, 후작님은 제 손님이자 동행으로 함께 왔습니다. 백작 가문과 저희 가문의 정을 봐서라도, 제 아버지와 백작님의 옛정을 봐서라도……"

"저놈은 내 호의를 이용했다." 백작이 소리쳤다. "저놈이 내 땅에 다시 발을 들이면 내장을 꺼내 말려서……꼭 그것처럼……그게 뭐더라……내장을 먼저 꺼내고……말려서……"

"혹시 훈제 청어 말씀이신가요, 백작님?" 어릿광대가 말했다.

백작은 어깨를 으쓱했다. "그건 중요하지 않다. 경비병, 저자를 잡아라." 경비병들이 백작의 명령을 따랐다. 60세가 훨씬 넘은 두 경비병은 후작을 향해 석궁을 겨냥했다. 나이도 두려움도 그들의 손을 떨리게 하지 못했다. 리처드는 헌터를 쳐다보았다. 그녀는 이 상황이 전혀 걱정되지 않는 듯했다. 오히려 자신에게 유리하게 흘러가는 상황을 보는 것처럼 재미있다는 표정이었다.

도어는 팔짱을 끼고 고개를 살짝 뒤로 숙여 날카로운 턱을 들었다. 키가 더 커 보였다. 누더기를 걸친 요정 같은 외모의 노숙자 아이가 아니라 원하는 것을 반드시 손에 넣는 사람처럼 보였다. 오팔 같은 눈이 반짝였다. "백작님, 후작님은 저의 요청으로 제 일행으로 함께 온 것입니다. 저희 가문과 백작 가문은 오래전부터 친분이 깊었으니……"

"그렇지." 다행히 백작이 끼어들었다. "수백 년도 넘었지. 난 네 할아버지와도 친분이 있었다. 유쾌한 친구였지. 속마음을 알 순 없었어도."

"제 일행에 대한 공격은 저와 제 가문에 대한 공격으로 받아들일 수밖에 없다는 말씀을 드립니다." 소녀는 노인을 빤히 올려다보았다. 노인은 소녀 위로 우뚝 서 있었다. 두 사람은 잠깐 미동도 없었다. 백작은 불안한 듯 붉은 기가 도는 희끗희끗한 수염을 만지작거리더니 어린아이처럼 아랫입술을 삐죽거렸다. "저자를 여기 둘 순 없다."

후작은 포르티코의 서재에서 가져온 금색 회중시계를 꺼내 무심한 듯 살폈다. 그리고는 여태 아무 일도 일어나지 않은 것처럼 도어를 보며 말했다. "아가씨, 내가 기차에 타는 것보다 기차에서 내리는 게 더 도움이 될 거야. 살펴볼 곳이 더 있거든."

"아뇨. 후작님이 간다면 우리도 다 같이 갈 거예요."

"그렇게는 안 되지. 런던 지하에 있는 한 헌터가 아가씨를 지켜 줄 거야. 다음 시장에서 만나기로 하지. 그사이에 바보 같은 짓은 하지 말고." 기차가 다음 역에 도착하려 하고 있었다.

도어는 백작을 가만히 응시했다. 창백한 계란형의 얼굴에 자리한 그녀의 커다란 오팔색 눈에는 어린 나이에 어울리지 않는 힘과 깊이가 담겨 있었다. 리처드는 도어가 말할 때마다 실내가 조용해지는 걸 알아차렸다. "백작님, 후작님을 조용히 보내주시겠습니까?"

백작은 양손으로 멀쩡한 눈과 안대를 만지작거리더니 다시 도어를 쳐다보았다. "그냥 가게 둬라." 그다음에 백작은 후작을 보았다. "다음에는……" 백작이 주름진 두툼한 손가락으로 자기 목을 긋는 시늉을 했다. "훈제 청어 신세가 될 거다."

후작이 고개를 까딱했다. "그럼 나는 이만." 그는 경비병들에게 말하고 열린 문으로 걸어갔다. 할버드가 석궁을 들어 후작의 뒷모습을 겨냥했지만 헌터가 석궁을 아래쪽으로 밀쳤다. 플랫폼으로 나간 후작은 모두를 향해 과장된 몸짓으로 작별 인사를 해 보였다. 시끄러운 소리와 함께 문이 닫혔다.

백작은 열차 칸 맨 끝의 커다란 의자에 다시 앉았다. 아무 말도 없었다. 열차가 덜컹거리며 캄캄한 터널을 지났다. "예의를 깜빡했군." 백작이 혼잣말로 중얼거렸다. 그가 한쪽 눈으로 리처드 일행을 쳐다보고는 다시 말했다. "예의를 깜빡했어." 베이스 드럼 같은 그 절박하고 우렁찬 목소리는 리처드에게까지 울림이 느껴질 정도였다. 백작이 노인 병사에게 손짓했다. "다그바드, 다들 여기까지 오느라 허기질 것이다. 목도 마르겠지."

"예, 백작님."

"열차를 멈춰라!" 백작이 소리쳤다. 문이 열리고 다그바드가 플랫폼으로 황급히 뛰어나갔다. 리처드는 플랫폼에 있는 사람들을 바라보았다. 그들이 탄 칸에 타는 승객은 하나도 없었다. 뭔가 이상하다는 사실을 알아차리는 사람도 없는 듯했다.

다그바드는 플랫폼 옆쪽에 있는 자판기로 갔다. 투구를 벗고 갑옷 장갑을 낀 손으로 자판기를 두드렸다. "백작님의 명령이다. '쪼꼬렛'을 내놓아라." 기계 안에서 톱니바퀴가 돌아가듯 윙 소리가 나더니 캐드버리 과일 맛과 견과류 맛 초콜릿 바 수십 개를 뱉어 냈다. 다그바드는 자판기 입구에 투구를 대고 초콜릿 바를 받았다. 열차의 문이 닫히기 시작했다. 할버드가 창의 손잡이를 대자 다시 열렸다. 문이 홱 열리더니 다시 창에 대고 닫혔다. "문에서 물러나 주십시오." 스피커에서 목소리가 흘러나왔다. "문이 완전히 닫혀야 기차가 출발합니다."

백작은 고개를 갸우뚱하고 멀쩡한 눈으로 도어를 쳐다보았다.

"그래. 무슨 일로 왔지?"

도어가 입술에 침을 바르고 말을 시작했다. "간접적으로는 제 아버지의 죽음 때문입니다."

백작이 천천히 고개를 끄덕였다. "그래. 복수를 원하는구나. 당연히 그래야지." 그는 기침을 하더니 저음으로 낭송하기 시작했다. "전쟁에서 싸우는 용맹한 검이여, 분노로 이글거리는 불꽃이여, 증오 가득한 심장으로 덮은 강철의 검이여, 새빨간……새빨간……그것. 그래."

"복수요?" 도어가 잠시 생각에 잠겼다. "네, 아버지는 그렇게 말씀하셨어요. 하지만 전 사건의 진상을 알고 싶고 저 자신을 지키고 싶을 뿐입니다. 저희 가문은 원수가 없었어요." 그때 초콜릿 바와 코카콜라 캔으로 가득한 투구를 든 다그바드가 비틀비틀 열차에 올랐다. 문이 닫히고 열차가 다시 출발했다.

리처드는 자동판매기에서 나온 과일과 견과류가 들어간 캐드버리 초콜릿, 그리고 테두리가 사파이어로 장식된 커다란 은색 고블릿을 받았다. 고블릿에는 코카콜라가 담겨 있었다. 이름이 툴리인 듯한 어릿광대가 큰소리로 목을 가다듬었다. "손님들을 위해 축배를 들고 싶군요. 어린아이, 자객, 바보를 위해서요. 셋 다 마땅한 대접을 받기를 바랍니다."

"저 중에 난 뭐죠?" 리처드가 헌터에게 소곤거렸다.

"당연히 바보죠."

"예전에는……" 할버드가 콜라를 한 모금 마시고 울적한 목소리로 입을 열었다. "포도주가 있었지. 난 포도주가 더 좋아. 이건 너무 끈적거려."

"모든 자판기에서 이렇게 공짜로 물건이 나오는 건가요?" 리처드가 물었다.

"물론이지. 자판기는 백작님의 말을 잘 듣거든. 지하 세계를 지배하시는 분이니까. 백작님은 센트럴, 서클, 쥬빌리, 빅토리어스, 베이커루 노선…… 아니, 모든 노선의 주인이시지. 아랫면 노선만 빼고."

"아랫면 노선이 뭐죠?" 리처드가 물었다.

할버드가 고개를 저으며 입술을 삐죽 내밀었다. 헌터가 리처드의 어깨를 털면서 말했다. "내가 셰퍼드 부시의 양치기에 대해 뭐라고 했죠?"

"절대로 만나고 싶지 않을 존재일 거라고. 세상엔 차라리 모르는 게 나은 것들도 있다고."

"그렇지. 모르는 게 나은 것들 목록에 아랫면 노선도 추가하세요."

도어가 그들이 있는 곳으로 걸어왔다. 얼굴에 미소를 띠었다. "백작님이 우릴 도와주시기로 했어요. 가요. 도서관에서 만나기로 했어요." 리처드는 "도서관이 어디 있는데?"나 기차에 어떻게 도서관을 넣을 수 있냐고 말하지 않은 자신이 자랑스러웠다. 그는 도어를 따라갔다. 백작의 빈 왕좌를 지나 그 뒤쪽의 옆칸으로 이어진 문으로 들어가자 도서관이 나왔다. 나무 천장이 높고 커다란 돌로 이루어진 방이었다. 모든 벽이 책꽂이로 가려져 있었다.

책꽂이마다 물건이 가득했다. 물론 책도 있었지만 다른 것들도 많았다. 테니스 라켓, 하키스틱, 우산, 삽, 노트북 컴퓨터, 나무 의족, 머그잔 몇 개, 수십 켤레의 신발, 쌍안경, 작은 통나무, 손가락에 끼우는 인형 6개, 라바 램프, 레코드판(LP 45번과 78번), 카세트테이프, 8트랙 녹음테이프, 주사위, 장난감 차, 각양각색의 틀니, 시계, 손전등, 크기가 제각각인 정원 장식용 땅속요정 석상 4개(둘은 낚시를 하고 하나는 엉덩이를 까고 또 하나는 시가를 피우는 모습), 신문과 잡지, 마법서 더미, 등받이 없는 다리 셋 달린 의자, 시가 상자, 고개를 끄덕이는 플라스틱 셰퍼드, 양말……분실물의 왕국이었다.

"이게 백작의 진짜 영지에요. 잃어버린 것들과 잊힌 것들." 헌터가 속삭였다.

돌벽에는 창문이 달려 있었다. 리처드는 창밖으로 덜컹거리며 지나는 지하 터널의 어둠과 불빛을 보았다. 백작은 바닥에 벌러덩 앉아서 턱 아래를 긁고 있었다. 옆에 선 어릿광대는 민망한 표정이었다. 손님들을 본 백작이 자리에서 일어났다. 이마를 찡그렸다. "아, 왔군. 내가 그대들을 이곳으로 부른 이유가 있다네. 곧 기억이 날 거야." 그는 붉은 기가 도는 희끗희끗한 수염을 만지작거렸다. 커다란 덩치에 비해 참으로 작아 보이는 행동이었다. "천사 이즐링턴요, 백작님." 도어가 정중하게 말했다.

"아, 그렇지. 네 아버지는 아이디어가 참 많았지. 내 의견을 묻곤 했어. 난 변화를 좋아하지 않아. 그래서 그를 이즐링턴한테 보냈어." 백작이 잠깐 말을 멈추고 한쪽 눈을 깜빡였다. "이 얘기를 했던가?"

"네, 백작님. 이즐링턴이 있는 곳엔 어떻게 갈 수 있을까요?"

백작은 도어가 뭔가 심각한 말이라도 한 듯 고개를 끄덕였다. "지름길로 딱 한 번만 갈 수 있어. 저 아래로 멀리 내려간 다음에. 위험하지."

도어가 인내심 있게 물었다. "지름길은 어디인가요?"

"아니, 아니. 여는 능력이 있어야만 지름길을 이용할 수 있어. 포르티코 가문에만 좋은 일이지." 백작이 커다란 손을 도어의 어깨에 올렸다. 그 손이 뺨으로 미끄러지듯 옮겨갔다. "그냥 여기 있는 게 나을 거야. 밤에 노인네 몸 좀 데워주고. 응?" 백작이 음흉한 눈길을 보내며 늙은 손가락으로 도어의 머리카락을 매만졌다. 헌터가 그쪽으로 한발 다가갔다. 도어가 손짓으로 신호를 보냈다. 안 돼요. 아직은.

도어는 백작을 올려다보았다. "백작님, 저는 포르티코의 첫째 딸입니다. 천사 이즐링턴을 만나려면 어디로 가야 하죠?" 리처드는 또 잠깐 정신이 오락가락하는 백작 앞에서 침착함을 잃지 않는 도어를 보며 감탄했다.

백작이 한쪽 눈을 근엄하게 깜빡였다. 늙은 매 같은 고개를 갸우뚱하더니 도어의 머리카락을 만지던 손을 뗐다.

"그래, 그렇군. 포르티코의 딸이야. 아버지는 안녕하신가? 잘 지내겠지. 아주 훌륭한 양반이야."

"천사 이즐링턴을 만나려면 어떻게 해야 하죠?" 도어의 목소리에서 떨림이 묻어 나왔다.

"음? 당연히 안젤루스를 이용해야지."

리처드는 백작의 60년, 80년, 500년 전의 모습을 떠올려 보았다. 용맹한 전사, 예리한 전략가, 정력 넘치는 연인, 좋은 친구, 무시무시한 적. 지금도 어딘가에 그 모습의 잔재가 있을 것이다. 지금의 모습이 너무나 끔찍하고 애처로운 이유도 그 때문이었다. 백작은 책꽂이에서 펜과 파이프, 장난감 총, 작은 괴물 석상, 낙엽 따위를 뒤적거렸다. 마침내 그는 생쥐와 마주친 늙은 고양이처럼 둘둘 말린 두루마리를 찾아 도어에게 건넸다. "자, 받거라,

여기에 다 있다. 너희들이 가야 할 길에서 내려 주는 게 좋겠군."

"저희를 내려 주신다고요? 열차에서요?" 리처드가 물었다.

백작은 누가 한 말인지 둘러보다가 리처드를 빤히 쳐다보더니 환하게 웃고 우렁찬 목소리로 말했다. "별거 아니야. 포르티코의 딸한테 이 정도는 아무것도 아니지." 도어는 의기양양한 표정으로 두루마리를 꽉 쥐었다.

기차의 속도가 줄어들었다. 리처드와 도어, 헌터는 돌 방에서 아까 칸으로 돌아갔다. 리처드는 점점 느려지는 열차 안에서 플랫폼을 내다보았다.

"실례지만 여긴 무슨 역인가요?" 리처드가 물었다. 멈춘 열차는 '영국 박물관'이라는 표지판을 마주 보고 있었다. 너무 이상했다. 열차와 승강장 사이를 조심하라는 경고를 무시하는 바람에 괴물이 나타난 것이라든지, 백작의 기차 성, 심지어 이상한 도서관의 존재도 받아들일 수 있었다. 하지만 보통 런던 사람들이 그렇듯 리처드는 지하철 노선을 잘 알았다. "영국 박물관역이란 역은 없는데요." 그가 단호한 목소리로 말했다.

"그런가? 그렇다면 내릴 때 조심하는 게 좋을 거야." 백작은 즐거운 듯 깔깔대더니 어릿광대의 어깨를 두드렸다. "들었지, 툴리? 나도 너만큼 웃겨."

어릿광대가 옅은 미소를 지었다. "배꼽이 빠질 것 같고 웃음이 멈추질 않습니다, 백작님."

문이 열렸다. 도어는 백작에게 웃으며 말했다. "고맙습니다."

"자자, 어서 내려." 풍채 좋은 백작이 어서 가라고 손짓했다. 도어와 리처드, 헌터는 따뜻하고 연기 자욱한 칸에서 텅 빈 플랫폼으로 내렸다. 문이 닫히고 열차가 출발했다. 리처드가 아무리 눈을 깜빡여도, 시선을 돌렸다가 다시 쳐다보아도 표지판에 적힌 글씨는 그대로였다.

영국 박물관 역

올빼미의 딸

The Daughter of Owls

1996

존 오브리의

『이교도와 유대교의 잔해The Remaines of Gentilisme & Judaisme』에서

R.S.S. (1686–87), (pp 262–263)

내 친구 에드먼드 와일드에게 들은 이야기다. 친구는 패링던 씨에게 들었다는데 무척 오래된 이야기라고 했다. 딤턴이라는 마을에서 갓 태어난 여자 아기가 간밤에 교회 계단에 버려져 있는 것을 다음 날 아침에 관리인이 발견했다. 이상하게도 아기는 올빼미의 펠릿[맹금류가 토해 낸 뭉치-역주]을 손에 쥐고 있었다. 부서진 펠릿에서는 여느 큰 올빼미의 펠릿과 마찬가지로 소화되지 않은 털이나 뼛조각 같은 것이 나왔다.

동네 아낙들은 아기가 올빼미의 딸이라고 수군거렸다. 사람이 낳은 것이 아니니 불에 태워 죽여야 한다고. 하지만 지혜로운 사람들과 노인들의 의견대로 아기를 수녀원에 데려다 놓기로 했다. (이때는 로마 가톨릭 직후라서 수녀원이 텅 비어 있었고 마을 사람들은 그곳에 악마가 산다고 생각했다. 실제로 큰 올빼미와 작은 올빼미, 박쥐 같은 것이 탑에 터를 잡고 살았다.) 아기는 수녀원에 혼자 남겨졌고 마을 아낙이 매일 가서 먹을 것을 주었다.

아기는 얼마 안 가 죽을 것이라는 예상을 깨뜨리고 살아남았다. 세월이 지나 어느덧 열네 살이 되었다. 세상에서 가장 아름답다고 할 수 있을 정도로 예쁜 아가씨였지만 온종일 높은 돌벽에 둘러싸여 사람을 만나지 못했다. 마을 아낙 하나가 매일 아침 들를 뿐이었다. 어느 장날에 그 아낙은 소녀의 아름다움을 너무 큰소리로 떠벌리고 말았다. 말하는 법을 배운 적이 없어서 말을 하지 못한다는 것도.

머리가 희끗희끗한 노인이고 젊은이고 할 것 없이 딤턴의 남자들은 하나같이 입을 모았다. '한번 보러 가도 아무도 모르겠지?' (보러 간다는 건 소녀를 강간한다는 뜻이었다.)

일은 이런 식으로 진행되었다. 그들은 남자들끼리 보름달 뜨는 밤에 사냥하러 간다는 말을 퍼뜨렸다. 하지만 실제로는 하나둘 집에서 나와 수녀원 밖에서 만났다. 마을의 행정관이 열쇠로 문을 열고 하나씩 안으로 들어갔다. 그들은 소리에 놀라 지하실에 숨은 소녀를 발견했다.

실제로 본 소녀는 남자들이 아낙에게 들은 말보다 훨씬 아름다웠다. 머리카락은 흔치 않은 붉은색이고 얇고 하얀 원피스만 걸쳤다. 그동안 매일 먹을 것을 갖다 주는 여자들만 보았을 뿐, 남자를 처음 본 소녀는 두려움에 떨며 커다란 눈망울로 쳐다보았다. 해치지 말아 달라는 듯 작은 비명을 질렀다.

나쁜 짓을 하러 온 남자들은 사악하고 잔혹한 이들이었기에 그저 웃음을 터뜨릴 뿐이었다. 그들은 달빛 아래에서 소녀에게 달려들었다.

소녀가 날카롭게 울부짖기 시작했다. 남자들은 아랑곳하지 않았다. 그때 커다란 창문 밖이 까맣게 변하면서 달빛이 가려지더니 힘찬 날갯짓이 들려왔다. 소녀를 범하고 싶어서 안달인 남자들은 그것을 보지 못했다.

그날 밤 딤튼 마을 사람들은 올빼미와 커다란 새들이 나오는 꿈을 꾸었다. 자신들이 쥐와 생쥐가 된 꿈을 꾸었다.

다음날 해가 중천에 떴을 때 아낙들은 남편과 아들들을 찾아 마을을 샅샅이 뒤졌다. 수녀원까지 간 그들은 돌로 된 지하 저장고에서 올빼미 펠릿을 발견했다. 펠릿에는 머리카락과 버클, 동전, 뼛조각 따위가 섞여 있었고 바닥에는 지푸라기가 많았다.

마을 남자들은 그 뒤로 나타나지 않았다. 하지만 몇 년이 지난 후 키 큰 참나무나 첨탑 같은 높은 장소에서 소녀를 보았다는 사람들이 있었다. 하지만 언제나 어둑한 해 질 무렵이나 밤이어서 정말로 그 소녀가 맞는지 확신할 수는 없었다.

(그녀는 온몸이 하얬다. 하지만 E. 와일드는 이야기 속의 소녀가 옷을 입었는지 알몸이었는지를 기억하지 못했다.)

어디까지 사실인지는 알 수 없으나 흥미로운 이야기라 이렇게 적는다.

잉어 연못과 다른 이야기들

The Goldfish Pool and Other Stories

1996

내가 LA에 도착했을 때는 비가 내렸고 수백 편의 옛날 영화에 둘러싸인 느낌이었다.

검은 제복을 입은 리무진 기사가 철자 틀린 내 이름을 또박또박 적은 판지를 들고 공항에 마중 나와 있었다.

"곧장 호텔로 모셔드리겠습니다." 기사는 자신이 들어 줄 제대로 된 짐이 없어서 실망한 눈치였다. 하루치 티셔츠와 속옷, 양말 따위가 든 낡은 가방 하나뿐이었으니까.

"호텔이 여기서 먼가요?"

기사가 고개를 저었다. "25분, 30분 정도밖에 안 걸립니다. LA에는 처음이신가요?"

"예."

“저는 항상 LA는 30분짜리 도시라고 말하죠. 어딜 가든 더도 덜도 말고 30분이면 되거든요.”

그는 내 가방을 트렁크에 싣고 리무진 뒷문을 열어 주었다.

“어디에서 오셨습니까?” 공항을 빠져나와 네온사인이 가득한 세련된 거리로 들어서면서 그가 물었다.

“영국에서 왔습니다.”

“영국요?”

“네. 영국에 가 보신 적 있나요?”

“아뇨. 영화는 봤죠. 혹시 배우인가요?”

“작가입니다.”

기사는 그 뒤로 흥미를 잃은 듯했다. 간혹 중얼거리듯 다른 운전자들을 욕했다.

갑자기 그가 방향을 홱 틀어 차선을 바꾸었다. 원래 가던 차선 저 앞에서 차량 네 대가 연쇄 추돌한 것이 보였다.

“비만 오면 사람들이 운전하는 법을 까먹는다니까요.” 기사가 말했다. 나는 뒷좌석에서 좀 더 편하게 기대어 앉았다. “영국에도 비가 꽤 오죠.” 기사의 말은 질문이 아니라 확언이었다.

“조금요.”

“조금은 아니죠. 영국은 매일 비가 오죠. 안개도 심하고. 한 치 앞도 안 보이는 짙은 안개요.” 그가 웃었다.

“아닌데요.”

“아니라뇨?” 남자는 어리둥절하면서 발끈했다. “영화에서 봤는데.”

우리는 아무런 말 없이 비 내리는 할리우드를 지났다. 잠시 후에 기사가 다시 입을 열었다. “벨루시가 죽은 방을 달라고 하세요.”

"네?"

"벨루시요. 존 벨루시. 지금 가시는 호텔이 벨루시가 죽은 호텔이거든요. 마약 하다가요. 못 들어 보셨어요?"

"아, 들어 봤습니다."

"그 얘길 다룬 영화도 나왔잖아요. 하나도 안 닮은 뚱보가 벨루시로 나왔는데. 하지만 그의 죽음에 얽힌 진실을 말하는 사람은 아무도 없어요. 사실 그는 죽을 때 혼자가 아니었어요. 남자 두 명이 더 있었거든요. 영화사에서 시끄러워지는 걸 원치 않은 거죠. 리무진을 운전하다 보면 이런저런 얘길 듣게 돼요."

"정말인가요?"

"로빈 윌리엄스하고 로버트 드니로가 벨루시하고 같이 있었대요. 신나게 같이 약을 한 거지."

호텔 건물은 가짜 고딕 양식의 대저택 스타일이었다. 운전 기사에게 인사하고 체크인을 했다. 벨루시가 죽은 방을 달라고 하진 않았다.

하루치 짐이 담긴 가방을 한 손에 들고서 비를 뚫고 내가 묵을 방으로 걸어갔다. 손에는 데스크 직원이 준 여러 개의 열쇠를 쥐었다. 그는 그 열쇠로 여러 개의 문을 지날 수 있을 거라고 했다. 공기 중에선 이상하게도 축축한 흙과 기침약 냄새가 났다. 해 질 무렵이라 깜깜했다.

사방에서 물이 튀었고 뜰 건너편에는 작은 시내가 흘렀다. 물줄기가 뜰의 한쪽 벽에서 튀어나온 작은 연못으로 흘러 들어갔다.

나는 계단을 지나 눅눅한 작은 방으로 들어갔다. 스타가 죽기에는 너무 초라한 곳 같았다.

이불은 약간 눅눅해 보였고 빗줄기가 드럼이라도 되듯 에어컨을 미친 듯 두드렸다.

작은 TV에서 해 주는 재방송 프로그램을 보았다. 《치어스》가 《택시》로 넘어가더니 흑백 화면이 깜빡거리고 《왈가닥 루시》가 나왔다. 그러다 까무룩 잠이 들었다.

드러머들이 30분 간격으로 드럼을 두드리는 꿈을 꾸었다.

전화벨 소리에 잠이 깼다. "여어, 잘 도착한 겁니까?"

"누구시죠?"

"영화사의 제이콥입니다. 오늘 아침 같이 먹는 거 맞죠?"

"아침요?"

"걱정 마세요. 30분 후에 호텔로 데리러 가겠습니다. 식당도 예약해 놨고. 문제없어요. 메시지 받았죠?"

"그게……."

"어젯밤에 팩스로 보냈어요. 이따 봅시다."

어느새 비는 멈추었고 따뜻하고 밝은 햇살이 내리쬐고 있었다. 할리우드에 어울리는 햇살. 으스러진 유칼립투스 나뭇잎이 카펫처럼 깔린 길을 지나 호텔 본관으로 갔다. 어젯밤의 기침약 냄새는 여전했다.

프론트 직원은 팩스 종이가 든 봉투를 내밀었다. 앞으로 며칠간의 일정이 담긴 종이였다. 가장자리에는 '대박 예감!', '훌륭한 영화가 될 거예요!' 같은 손으로 쓴 메시지가 보였다. 팩스에 서명한 사람은 전화 건 사람이 분명한 제이콥 클라인이었다. 그동안의 담당자는 제이콥 클라인이란 사람이 아니었다.

호텔 밖에 작은 빨간색 스포츠카가 와서 섰다. 운전자가 나와서 손을 흔들었다. 나는 그쪽으로 걸어갔다. 잘 다듬어진 희끗희끗한 수염, 성공에 대한 확신을 주는 듯한 미소, 금목걸이. 남자는 내 책 『그 남자의 아들들Sons of Man』을 내보였다.

그가 제이콥이었다. 우리는 악수를 했다.

"데이비드도 같이 왔나요? 데이비드 갬볼요."

영화사와 이번 LA행을 계획할 때 전화로 통화한 사람이 바로 데이비드 갬볼이었다. 데이비드 갬볼은 제작자는 아니었다. 솔직히 직함이 뭐였는지 모르겠다. 그냥 '프로젝트에 연루된 사람'이라고만 했으니까.

"데이비드는 이제 우리 영화사에서 일하지 않습니다. 제가 프로젝트를 맡게 됐어요. 여어, 정말 기대가 크다는 말씀을 드리고 싶군요."

"그렇군요?"

우리는 차에 탔다. "미팅은 어디에서 하죠?" 내가 물었다.

그가 고개를 저었다. "미팅이 아닙니다. 아침 식사에요." 어리둥절한 내 얼굴을 보고 그가 안쓰럽다는 듯이 바라보았다. "이를테면 사전 미팅 같은 거죠."

우리는 호텔을 떠나 30분 정도 떨어진 쇼핑몰로 갔다. 가는 동안 제이콥은 내 책을 정말 재미있게 읽었고 영화화 프로젝트에 참여하게 되어 무척 기쁘다고 말했다. 나에게 그 호텔을 잡아 준 것도 자기 아이디어라고 했다. "포시즌스나 마메종 같은 호텔에선 할리우드를 제대로 느낄 수가 없잖아요?" 존 벨루시가 죽은 방에서 묵었느냐고 물었다. 나는 잘 모르겠지만 아닌 것 같다고 했다.

"벨루시가 죽었을 때 누구랑 같이 있었는지 알아요? 영화에선 숨겼지만."

"아뇨. 누군데요?"

"메릴하고 더스틴요."

"메릴 스트립하고 더스틴 호프만을 말하는 건가요?"

"맞아요."

"그걸 어떻게 알죠?"

"소문이 돌죠. 할리우드잖아요. 아시죠?"

나는 모르면서도 안다는 듯이 고개를 끄덕였다.

사람들은 저절로 쓰이는 책이 있다고들 말하지만 그건 거짓말이다. 책은 저절로 써지지 않는다. 생각과 연구가 필요하고 허리도 아파야 하고 메모도 해야 하고 상상 이상으로 많은 시간과 노동이 필요하다.

하지만 『그 남자의 아들들』은 예외였다. 그 책은 거의 저절로 써졌다. 작가들은 짜증 나는 질문을 자주 받는다.

"어디에서 아이디어를 얻으시죠?"

답은 '짬뽕'이다. 여러 가지가 합쳐진다. 올바른 재료들이 모이면 갑자기 마법처럼 아이디어가 나온다. 아브라카다브라!

시작은 우연히 보게 된 찰스 맨슨에 관한 다큐멘터리였다(친구에게 비디오테이프를 빌렸는데 원래 보고 싶었던 작품을 두어 편 본 다음에 그 비디오를 보게 됐다). 맨슨이 처음 체포되었을 때의 장면이 나왔는데, 그때 사람들은 맨슨이 무죄인데 정부가 괜히 히피들을 핍박하는 거라고 생각했다.

화면에 카리스마 넘치는 잘생긴 외모로 메시아처럼 연설하는 맨슨이 나왔다. 확실히 그를 위해서라면 맨발로 기어서 지옥에 가거나 살인도 마다하지 않을 것처럼 생긴 모습이었다.

그러나 재판이 시작되고 몇 주 지나자 메시아 같은 연설가는 사라지고, 이마에 십자가 문신이 있는 어기적거리고 횡설수설하는 원숭이만 남아 있었다. 천재적인 면모는 더 이상 보이지 않았다. 사라져 버렸다. 분명히 있었는데.

다큐멘터리가 계속되고 맨슨과 함께 복역했다는 전과자가 신랄한 말투로 인터뷰를 했다. "찰리 맨슨요? 보잘것없었어요. 진짜 아무것도 아니었어요. 다들 비웃었어요. 아무것도 아니었다니까!"

나도 고개를 끄덕였다. 맨슨이 카리스마 넘칠 때가 분명 있었다. 축복이 주어졌다가 사라진다는 게 이런 것일까.

집착에 가까울 정도로 집중하면서 그 다큐멘터리를 끝까지 보았다. 흑백 화면에서 해설자가 무슨 말인가를 했다. 뒤로 돌려서 다시 들었다.

순간 아이디어가 떠올랐다. 그렇게 저절로 써지는 책이 생겼다.

해설자가 한 말은 이것이었다. 맨슨이 맨슨 패밀리 여자들과의 사이에서 낳은 아기들은 법정에서 다른 성씨를 받아 입양을 위해 여러 보육원으로 보내졌다고.

스물다섯 살이 된 열두 명의 맨슨이 떠올랐다. 그 아이들이 모두 맨슨의 카리스마를 물려받았다면! 한창때의 맨슨 열두 명이 전 세계에서 서서히 LA로 모여든다. 딸 하나가 책 뒤표지의 문구처럼 '끔찍한 운명을 깨닫고' 그들의 만남을 필사적으로 막으려고 한다.

나는 미친 듯이 『그 남자의 아들들』을 써 내려갔다. 한 달 만에 완성해서 에이전트에게 보냈다. 그녀는 깜짝 놀랐고(다행히 "작가님의 평소 스타일이 아니네요."라고 말했다) 경매로 작품을 팔았다. 생각보다 훨씬 큰 액수였다. (고상하고 모호한 유령 이야기가 담긴 전작 세 권은 원고 쓸 때 사용한 컴퓨터 값도 겨우 나왔는데.)

내 신작은 출간 직전에 할리우드에도 영화 판권이 팔렸다. 역시 경매를 통해서였다. 서너 군데 영화사가 관심을 보였다. 나에게 시나리오를 맡겨 준다는 조건을 내건 영화사를 선택했다. 솔직히 실제로 가능하리라고는 생각하지 않았다. 그런데 한밤중에 팩스가 무더기로 쏟아지기 시작했다. 서류에는 대부분 데이비드 갬볼의 열정적인 서명이 들어 있었다. 어느 날 아침 벽돌만큼 두꺼운 계약서 사본 5개에 서명을 했다. 몇 주 후 에이전트가 통장에 돈이 입금되었다는 소식을 전해 주었다. 영화사는 '첫 토론'을 위해 직접 만나자며 할리우드행 비행기표도 보냈다. 모든 게 꿈만 같았다.

비행기표는 비즈니스석이었다. 비즈니스석이라는 사실을 확인하는 순간 꿈이 아니라 생시라는 게 실감 났다.

점보제트기 맨 꼭대기의 아늑한 비즈니스석에서 훈제 연어를 먹고 방금 나온 따끈따끈한 내 책 『그 남자의 아들들』을 들고 할리우드로 날아갔다.

아침 식사 자리.

영화사 관계자들은 책이 정말 마음에 든다고 했다. 누가 누군지 이름을 외우진 못했다. 남자들은 수염이 있거나 야구모자를 썼거나 둘 다였고, 여자들은 엄청나게 미인이었지만 왠지 인간미가 없어 보였다.

제이콥이 식사를 주문했고 계산도 했다. 그는 다음번에는 정식 미팅이 될 것이라고 설명했다.

"책이 정말 마음에 들어요. 당연히 영화로 만들고 싶으니까 판권을 샀겠죠? 작가님만의 특별함을 더해 줄 거란 확신이 있으니까 시나리오도 맡기려는 거고요." 제이콥이 말했다.

나는 나라는 작가의 특별함에 대해 몇 시간을 숙고한 것처럼 진지하게 고개를 끄덕였다.

"이런 아이디어를 떠올리고 이런 책을 쓰다니. 당신은 정말 특별해요."

"최고로 특별하죠." 이름이 디나인지 티나인지 하는 여자가 말했다. 디애나였던가.

내가 한쪽 눈썹을 치켜뜨고 물었다. "미팅에선 제가 어떻게 하면 되나요?"

"그냥 잘 받아 주고 긍정적으로 계시면 됩니다." 제이콥이 말했다.

영화사까지는 제이콥의 작은 스포츠카로 30분 정도 걸렸다. 허가받은 사람만 통과하는 출입문에서 제이콥은 경비원과 실랑이를 벌였다. 대충 들어보니 제이콥이 영화사에 입사한 지 얼마 되지 않아 아직 영구 출입증을 받지 못한 모양이었다.

문을 통과했지만 제이콥은 주차장 자리도 배정받지 못한 듯했다. 나는 그 사실이 끼친 영향을 아직도 이해하지 못하겠다. 제이콥은 고대 중국에서 황제가 하사하는 선물이 궁궐에서의 위치를 결정하는 것처럼, 주차 공간은 영화사에서의 위치를 결정한다고 했다.

그는 뉴욕 거리 같은 이상하고 평평한 거리를 한참 지나 오래된 커다란 은행 앞에 차를 세웠다.

10분 걸어서 회의실에 도착했다. 제이콥과 아침 먹으면서 보았던 다른 사람들이 전부 '누군가'를 기다렸다. 아마 허둥지둥하느라 그 누군가가 누구이고 뭐 하는 사람인지를 놓친 모양이었다. 나는 책을 꺼내서 부적처럼 앞자리에 올려놓았다.

그 누군가가 들어왔다. 큰 키, 뾰족한 코, 뾰족한 턱, 지나치게 긴 머리. 꼭 나이가 어린 사람을 납치해다가 머리카락을 훔친 것처럼 보였다. 놀랍게도 남자는 오스트레일리아인이었다.

그가 나를 보더니 나지막하게 내뱉었다.

"시작하세요."

나는 아침 식사할 때 있었던 사람들을 쳐다보았지만 그들은 전혀 나를 보고 있지 않았다. 한 사람하고도 눈을 마주칠 수 없었다. 하는 수 없이 내가 책에 대해 말하기 시작했다. 줄거리, 결말, 맨슨의 착한 딸이 나머지 나쁜 자식들을 전부 죽여 버리는 LA 나이트클럽에서 벌어지는 최후의 결전. 물론 다 죽는 건 아니지만. 1인 다역으로 배우 하나가 맨슨의 아들들을 전부 연기하면 어떻겠느냐는 아이디어도 내놓았다.

“이게 정말 사실이라고 생각합니까?” 맨 나중에 들어온 그 누군가가 던진 첫 번째 질문이었다.

쉬운 질문이었다. 이미 영국 기자들 수십 명한테 답한 질문이니까.

“찰스 맨슨이 한때 초능력이 있었고 그가 남긴 수많은 자식이 현재 그 능력을 갖고 있다고 정말 믿느냐고요? 아뇨. 뭔가 이상한 일이 벌어진 거라고 믿느냐고요? 믿어야만 하겠죠. 단순히 맨슨의 광기가 세상의 광기와 잠깐 맞아떨어진 것이었을 뿐이었을지도요. 모르겠네요.”

“맨슨 아들 역에 키아누 리브스는 어떤가요?”

맙소사, 절대 안 돼. 하지만 제이콥이 나를 보면서 절박하게 고개를 끄덕였다.

“안 될 것 없겠죠.” 내가 말했다. 어차피 사실이 아닌 상상의 이야기이니까, 뭐.

“그럼 키아누 리브스 쪽에 접촉을 해 보죠.” 그 누군가가 진지하게 고개를 끄덕였다.

관계자들은 나에게 트리트먼트[영화 시나리오를 쓰기 전에 자세한 줄거리를 쓰는 것-역주]를 써 오라고 했다. 확실하진 않지만 그 오스트레일리아인의 허락을 거쳐야 하는 것 같았다.

영화사에서 나오기 전에 700달러를 받고 서명했다. 2주일 치 수고비라고 했다.

이틀 동안 트리트먼트를 썼다. 책은 잊어버리고 이야기를 영화 구조로 만들려고 애썼다. 작업은 순조로웠다. 작은 방에서 영화사가 보내 준 노트북으로 타자를 치고 역시 영화사에서 보내 준 버블젯 프린터로 인쇄했다. 식사도 방에서 했다.

오후마다 선셋 대로로 짧은 산책을 나갔다. '거의 24시간 영업하는' 서점까지 걸어가 신문을 샀다. 그다음에는 호텔 안뜰에 앉아 30분 동안 신문을 읽었다. 햇살과 신선한 공기를 쏘인 다음에는 어두운 방으로 돌아가 책을 영화로 바꾸는 작업을 이어 갔다.

호텔 직원 중에 흑인 노인이 있었다. 매일 그는 보기에도 괴로울 정도로 느릿느릿 안뜰로 걸어와 식물에 물을 주고 물고기를 살폈다. 나를 지나칠 때마다 싱긋 웃었고 나는 살짝 고개를 숙였다.

사흘째 되던 날에는 내가 자리에서 일어나 그에게 다가갔다. 그는 연못가에 서서 쓰레기를 손으로 줍고 있었다. 동전 몇 개, 담뱃갑.

"안녕하세요." 내가 인사를 건넸다.

"예, 선생님." 노인이 답했다.

그렇게 부르지 말라고 하고 싶었지만 기분 나쁘게 말하지 않을 방법이 떠오르지 않았다. "물고기가 멋지네요."

노인은 고개를 끄덕이며 싱긋 웃었다. "관상용 잉어예요. 저 멀리 중국에서 왔지요."

우리는 작은 연못을 헤엄치는 잉어를 함께 바라보았다.

"잉어들이 심심하지 않을까요."

노인이 고개를 저었다. "우리 손자 녀석이 어류학자인데, 뭔지 아시나요?"

"물고기 연구하는 사람요."

"그렇지요. 녀석 말이 물고기는 기억력이 30초 정도밖에 안 된대요. 매일 연못을 헤엄쳐도 '여긴 처음인데'라면서 항상 신기해한다고요. 100년 동안 알아 온 물고기를 만나도 '처음 보는데 누구신가?' 그러죠."

"손자분께 뭐 하나 여쭤봐 주시겠어요?" 노인이 고개를 끄덕였다. "예전에 잉어는 수명이 정해져 있지 않다는 내용을 읽었어요. 나이 드는 방식이 인간과 다르다고. 인간이나 포식자, 병 때문에 죽을 수는 있지만 늙어서 죽는 일은 없다던데요. 이론적으로는 영원히 사는 거죠."

노인이 고개를 끄덕였다. "손자 녀석에게 물어보지요. 그게 사실이라면 참말 좋겠네요. 이 세 녀석은……아, 이 녀석은 제가 고스트라고 부르지요. 네 살인가 다섯 살밖에 안 됐어요. 나머지 둘은 제가 여기 처음 왔을 때 중국에서 들여왔지요."

"그게 언제인가요?"

"서기 1924년이지요. 내가 몇 살처럼 보여요?"

짐작이 가지 않았다. 고목을 깎아 놓은 것처럼 보이기도 하고. 분명 오십은 넘었고 므두셀라보단 어리겠지. 그렇게 말했다.

"1906년생입니다. 신에게 맹세코 사실이지요."

"여기 LA가 고향이신가요?"

그는 고개를 저었다. "내가 태어났을 땐 LA는 온통 오렌지밭이었어요. 뉴욕에서 한참 떨어져 있고." 그가 연못에 물고기 밥을 뿌렸다. 하얀 은빛 잉어 세 마리가 물 위로 올라왔다. 꼭 우리를 쳐다보는 것 같았다. 자기들만의 침묵의 언어로 비밀이라도 말하듯 입을 O자로 계속 뻐끔거렸다.

내가 아까 노인이 가리켰던 녀석을 가리켰다. "저게 고스트인가요?"

"녀석이 고스트 맞습니다. 저기 수련 아래, 꼬리 보이죠? 그 녀석은 버스터에요. 버스터 키튼을 땄죠. 나이가 더 많은 두 마리가 처음 여기 왔을 때 키튼이 묵고 있었거든요. 이 녀석은 프린세스랍니다."

프린세스는 눈에 확 띄는 흰색 잉어였다. 전체가 크림색이고 등을 따라 선명한 붉은 반점이 있어서 나머지 둘보다 확실히 튀었다.

"예쁘네요."

"예쁘지요. 확실히 그래요."

그는 숨을 깊게 쉬더니 기침을 하기 시작했다. 여윈 몸이 세차게 흔들릴 정도로 심한 기침이었다. 처음으로 아흔 살 노인처럼 보였다.

"괜찮으세요?"

그가 고개를 끄덕였다. "괜찮아요. 괜찮아. 늙어서 그렇지. 늙어서."

그와 악수를 하고 다시 우울한 트리트먼트 작업으로 돌아갔다.

완성된 트리트먼트를 인쇄해 영화사 제이콥 앞으로 팩스를 보냈다.

다음 날 제이콥이 호텔로 찾아왔다. 속상한 얼굴이었다.

"무슨 일 있습니까? 혹시 제 트리트먼트에 문제가 있나요?"

"갑자기 문제가 좀 생겨서요. 저희가 어떤 배우하고 영화를 찍었는데……" 제이콥은 몇 년 전 여러 흥행작에 출연한 유명 여배우의 이름을 댔다. "당연히 기대가 컸죠. 그런데 그 여배우는 이제 어리지도 않은데 누드 장면을 직접 찍겠다는 겁니다. 아니, 관객들이 보고 싶어 하는 몸은 그런 몸이 아니잖아요."

"영화는 이런 내용입니다. 사진작가가 사진을 찍어 준다고 여자들을 꾀어서 성관계를 맺어요. 그가 그런 짓을 한다는 걸 아무도 안 믿습니다. 그래서 경찰서장이, 자기 벗은 몸을 세상에 보여 주고 싶어 안달 난 그 여배우가 경찰서장 역이에요, 사진작가를 체포하려면 자기가 직접 접근할 수밖에 없다고 생각하고 그 남자랑 잡니다. 그런데 반전은……"

"혹시 그 남자를 사랑하게 되나요?"

"맞습니다. 그녀는 여자들이 남자들이 만들어 놓은 이미지에 갇혀 있다는 사실을 깨닫죠. 그 남자에게 사랑을 증명하고자 경찰이 남자를 체포하러 왔을 때 사진을 전부 불태우고 자기도 불에 타 죽어요. 제일 먼저 여자의 옷이 불에 타죠. 어떤 것 같아요?"

"바보 같은데요."

"우리도 촬영본을 보고 그렇게 생각했어요. 그래서 감독을 해고하고 편집도 다시 하고 재촬영까지 하루 했죠. 여자랑 사진작가랑 섹스할 때 여자가 철사를 두르고 있는 걸로 바꾸고요. 남자를 진심으로 사랑하게 된 여자는 남자가 자기 남동생을 죽였다는 걸 알게 되죠. 여자는 옷이 불에 타는 꿈을 꾸는 걸로 하고요, 경찰특공대하고 같이 남자를 체포하러 가죠. 하지만 이번엔 남자랑 관계를 맺었던 그녀의 여동생이 남자를 총으로 쏘죠."

"별로 나은 것 같지 않은데요?"

제이콥이 고개를 저었다. "쓰레기예요. 그 여배우가 누드 장면에서 대역을 쓰게 해 주면 좀 나아질지도 모르죠."

"제 트리트먼트는 어땠어요?"

"뭐가요?"

"제가 보낸 트리트먼트요."

"아. 그거요. 아주 좋았습니다. 다들 맘에 들어 했어요. 좋아요. 아주 훌륭해요. 다들 기대가 큽니다."

"이제 다음은 뭐죠?"

"자세히 검토한 다음에 다시 만나서 얘기할 겁니다."

그는 내 등을 두드리고 갔다. 나는 할리우드에서 할 일이 아무것도 없는 상태가 되었다.

단편 소설을 써 보기로 했다. 미국에 오기 전에 영국에서 떠올린 아이디어가 있었다. 부두 끄트머리에 있는 작은 극장 이야기. 비가 내릴 때 무대에서 펼쳐지는 마술. 모든 마술이 사실이라는 것도 모를 정도로 마술과 환상을 구분하지 못하는 관객들.

그날 오후 산책길에 '거의 24시간 영업하는' 책방에서 마술쇼와 빅토리아 시대의 환상 마술에 관한 책을 두 권 샀다. 내 머릿속에 있는 이야기 혹은 이야기의 씨앗을 자세히 살펴보고 싶었다. 호텔 안뜰의 벤치에 앉아서 책을 뒤적거렸다. 어떤 분위기를 추구할지 확신이 섰다.

온갖 잡동사니가 담긴 주머니에서 관객이 말하는 물건을 무엇이든 꺼내 주는 마술사에 관한 내용을 읽고 있을 때였다. 사실은 환상 같은 게 아니라 엄청나게 탁월한 정리와 기억의 기술이었다. 책에 그림자가 드리워져서 고개를 들었다.

"또 뵙네요." 내가 흑인 노인에게 인사했다.

"예, 선생님."

"그렇게 부르지 말아 주세요. 꼭 양복을 입고 있어야 할 것 같은 느낌이 들어서요." 그에게 내 이름을 말해 주었다.

그도 이름을 말했다. "파이어스 던다스입니다."

"파이어스요?" 제대로 들은 게 맞는지 싶었다[Pious는 신앙심이 깊다는 뜻-역주]. 그가 자랑스럽게 고개를 끄덕였다.

"그럴 때도 있고 아닐 때도 있죠. 어머니가 지어 주신 이름입니다. 좋은 이름이죠."

"그러네요."

"그나저나 여기서 뭐 하시나요, 선생님?"

"잘 모르겠어요. 영화 시나리오를 써야 해서요. 아니, 시나리오 작업을 시작하라는 허락이 떨어지길 기다리고 있죠."

노인이 코를 긁적거렸다. "영화 일을 하는 사람들이 이 호텔에 참 많이 왔죠. 전부 다 말하려면 오늘부터 다음 주 수요일까지 일주일 동안 말해도 절반밖에 못 할 겁니다."

"그중에서 누가 제일 좋으셨나요?"

"해리 랭든. 신사였어요. 그리고 조지 샌더스. 선생님처럼 영국인이었죠. 나에게 '파이어스, 내 영혼을 위해 기도해 주세요.'라고 하면 내가 '샌더스 씨, 당신의 영혼은 당신이 책임져야지요.'라고 했죠. 그래도 기도는 해 주었답니다. 그리고 준 링컨."

"준 링컨요?"

노인의 눈이 반짝이고 얼굴에 미소가 피어올랐다. "은막의 여왕이었죠. 그 어떤 여배우보다 예뻤어요. 메리 픽포드, 릴리언 기시, 테다 바라, 루이즈 브룩스……그 누구와 견주어도 제일 예뻤죠. 그녀에겐 '그것'이 있었거든요. 그게 뭔지 아시나요?"

"성적 매력요."

"그 이상이에요. 그녀는 모든 남자가 꿈꾸는 여자였어요. 준 링컨의 사진을 보면……" 그는 잃어버린 단어를 떠올리려는 듯 말꼬리를 흐리더니, 한 손으로 작은 동그라미를 그렸다. "글쎄요. 빛나는 갑옷을 입은 기사가 여왕에게 하듯 무릎을 꿇고 싶어진달까. 준 링컨, 그녀는 최고의 여배우였어요. 손자에게 그녀 얘길 했더니 비디오테이프를 찾아 주겠다고 했는데 수확이 없었어요. 구할 수 있는 게 하나도 없었죠. 그녀는 나 같은 남자의 머릿속에만 살아 있답니다." 노인은 이렇게 말하면서 머리를 두드렸다.

"정말 특별한 여배우였나 봅니다."

내 말에 노인이 고개를 끄덕였다.

"그래서 그녀는 어떻게 됐나요?"

"목매달아 자살했어요. 새로운 유성영화 시대에 잘 안 맞아서 자살했다는 말도 있지만 그건 절대 아니지요. 그녀는 한 번만 들어도 기억할 정도로 목소리가 좋았거든요. 아이리시 커피처럼 부드럽고 그윽한 목소리였어요. 남자 혹은 여자에게 받은 실연의 상처 때문이라고 하고 도박 때문이라고도 하고 갱단원 때문이라고도 해요. 누가 알겠습니까? 거친 시절이었으니까요."

"그녀의 목소리를 들어 보셨나 보군요."

그가 싱긋 웃었다. "그녀가 '얘야, 혹시 내 숄 봤니?'라고 했어요. 내가 찾아서 갖다 주니 '넌 참 멋있는 애구나.'라고 했지요. 같이 있던 남자가 '준, 괜히 놀리지 마.'라고 했고. 그녀가 날 보고 웃으며 5달러를 주면서 '앤 상관없을 거야. 그렇지?'라고 했어요. 난 고개를 끄덕였어요. 그리고 그녀가 입술로 그걸 했죠."

"삐쭉 내미는 거요?"

"비슷해요. 여기에서 느껴졌지요." 그가 심장 부분을 두드렸다. "그 입술이. 남자를 완전히 무릎 꿇게 만들 수 있는 입술이었죠."

노인은 아랫입술을 깨문 채로 한참 생각에 젖었다. 그가 지금 어디에, 어느 시간에 머물러 있을지 궁금했다. 노인이 다시 나를 바라보았다.

"그녀의 입술을 보겠어요?"

"예? 그게 무슨?"

"따라오세요."

"어딜 가시려고……." 할리우드 대로의 그로맨 차이니즈 극장에 있는 스타들의 손자국처럼 시멘트에 찍힌 입술 자국 같은 거냐고 물었다.

그는 고개를 젓더니 주름진 손가락을 입가에 대고 조용히 하라는 시늉을 했다.

나는 책을 덮었다. 우리는 안뜰을 걸어갔다. 그가 작은 잉어 연못에서 멈추었다.

"프린세스를 보세요."

"빨간 반점 있는 것 맞죠?"

그는 그렇다고 했다. 그 잉어는 지혜롭고 창백한 중국의 용을 떠오르게 했다. 2센티미터가량의 이중 화살 모양으로 된 등의 붉은 얼룩만 빼고 온몸이 오래된 뼈처럼 하얀 유령 물고기. 잉어는 생각에 잠긴 듯 유유히 물속을 떠다녔다.

"저거예요. 등에. 보이죠?"

"잘 모르겠어요."

그는 잉어를 가만히 쳐다보았다.

"잠깐 앉으시겠어요?" 나는 갑자기 던다스 씨의 나이가 무척 의식되었다.

"앉아 있으라고 돈 받는 건 아니니까요." 노인은 사뭇 진지한 목소리였다. 그리고 마치 어린아이에게 설명하는 투로 말했다. "그때는 꼭 신이 존재하는 것 같았지요. 요즘은 전부 다 TV죠. 작은 영웅들. 상자 속의 작은 사람들. 여기서도 그 작은 사람들을 가끔 보지요. 그런데 예전 은막의 스타들은 은빛으로 칠해진 거인들이었어요. 집채만큼 커다란……실제로 봐도 거대했어요. 사람들에게 믿음을 줬죠.

그들은 이 호텔에서 파티를 했어요. 여기에서 일하면 무슨 일이 벌어지는지 다 볼 수 있었죠. 술과 대마초가 있고 별별 기상천외한 일들이 벌어졌죠. 어느 날《사막의 심장》이라는 영화 팀이 파티를 열었어요. 혹시 들어봤나요?"

고개를 저었다.

"1926년에 가장 대표적인 영화 중 하나였지요. 빅터 맥라글렌, 돌로레스 델 리오 주연의《왓 프라이스 글로리》하고 콜린 무어 주연의《엘라 신더스》하고 같이 개봉했는데. 아시나요?" 또 고개를 저었다.

"워너 백스터는 알아요? 벨 베넷은?"

"그 사람들이 누구죠?"

"1926년에 대스타들이었죠." 노인이 잠깐 말을 멈추었다. "《사막의 심장》 팀이 촬영을 끝내고 이 호텔에서 파티를 했어요. 와인, 맥주, 위스키, 진이 있었지요. 금주법 시대였지만 영화사가 경찰을 꽉 잡고 있어서 경찰도 모른 척 눈을 감아 줬거든요. 음식도 넘쳐 나고 바보들도 많았죠. 로널드 콜먼도 있었고 더글러스 페어뱅크스도 있었고, 아, 아버지 쪽이 아니라 아들이요, 아무튼 배우들하고 스태프들이 전부 있었어요. 지금은 방들이 들어선 저쪽에서 재즈 밴드가 연주도 했고요.

그때 준 링컨은 할리우드의 대표 미녀였지요. 영화에서 아랍 공주 역을 맡았어요. 그때만 해도 아랍인은 열정과 욕망을 대표했는데 지금은……뭐, 세상은 변하기 마련 아니겠어요.

처음에 어떻게 시작된 일이었는지는 모르겠어요. 놀이였나 내기였나 그랬다고 들었는데. 그녀가 그냥 술에 취해서 그런 것일 수도 있고. 아무튼 내가 보기엔 취한 것 같았지요. 어쨌든 그녀가 갑자기 자리에서 일어나는 게 아니겠어요. 밴드도 느리고 잔잔한 곡을 연주하고 있었지요. 그녀가 지금 내가 서 있는 여기로 걸어오더니 두 손을 물속에 집어넣었어요. 연신 웃고 또 웃고 계속 웃으면서……그녀는 물에 손을 넣고 물고기를 집어 들었지요. 두 손으로 물고기를 잡아 얼굴 앞으로 가져갔어요.

슬슬 걱정되기 시작하더군요. 한 마리당 200달러씩 주고 중국에서 들여온 잉어였으니까요. 물론 그땐 내가 연못 담당이 아니었어요. 잉어가 잘못돼도 내 봉급에서 까일 일은 없었지요. 그래도 그때는 200달러가 엄청나게 큰돈이었거든요.

그녀는 사람들을 쳐다보면서 웃더니 잉어의 등 쪽에 입을 맞추었어요. 잉어는 꿈틀거리거나 하지도 않고 그녀의 손에서 그냥 가만히 있었지요. 그녀는 빠알간 산호 같은 입술로 잉어한테 키스했고 그 자리에 있던 사람들이 전부 웃으며 환호했어요.

그녀가 잉어를 연못에 내려놓았는데 잉어는 그녀의 손을 떠나기 싫은 듯 손가락에 바싹 달라붙어 가만히 있더군요. 순간 첫 번째 폭죽이 터지자 잉어가 헤엄쳐 갔어요.

아주 새빨간 립스틱을 바른 그녀의 입술이 잉어의 등에 자국을 남겼어요. 자, 보이죠?"

등에 붉은 산홋빛 자국이 있는 하얀 잉어 프린세스가 지느러미를 휙 움직여 헤엄치면서 30초씩 영원히 계속되는 여정을 시작했다. 붉은색 표시가 정말로 입술 자국과 비슷했다.

노인이 물고기 밥을 한 줌 뿌리자 잉어 세 마리가 수면으로 올라와 꿀꺽꿀꺽 먹었다.

환상 마법에 관한 책을 들고 방으로 돌아갔다.

전화벨이 울렸다. 영화사에서 걸려 온 전화였다. 트리트먼트에 관해 얘기하자면서 30분 후에 호텔로 차를 보내겠다고 했다.

"제이콥도 참석하나요?"

전화는 이미 끊겨 있었다.

오스트레일리아인 남자와 그의 비서가 자리한 미팅이었다. 비서는 양복에 안경을 쓴 남자였다. 지금까지 양복 입은 사람은 하나도 없었다. 안경은 선명한 파란색이었다. 그는 초조한 듯 보였다.

"어디에서 묵으시죠?" 오스트레일리아인 남자가 물었다. 대답을 듣더니 다시 물었다.

"거기라면 벨루시가……"

"그렇다고 들었습니다."

그가 고개를 끄덕였다. "벨루시는 죽었을 때 혼자 있던 게 아니었어요."

"그래요?"

그는 한 손으로 뾰족한 코를 문질렀다. "그 파티에 두 명이 더 있었죠. 둘 다 감독이었어요. 당시 이름만 대면 다 아는 유명 감독. 꼭 이름까지 알 필욘 없고. 최신《인디애나 존스》시리즈를 만들다 알게 된 사실이에요."

불편한 침묵이 이어졌다. 커다란 원형 테이블에 우리 셋뿐이었고 모두의 앞에는 내가 쓴 트리트먼트를 복사한 종이가 놓여 있었다. 침묵을 깨뜨린 건 나였다.

"트리트먼트 어떠셨나요?"

두 사람은 거의 동시에 고개를 끄덕였다.

그러더니 그들은 내 기분이 상할 만한 말을 절대로 하지 않으면서 마음에 들지 않았다는 사실을 전하기 위해 최선을 다했다. 실로 괴상한 대화였다.

"저희가 3막에 좀 문제가 있습니다." 문제는 나도, 내가 쓴 트리트먼트도 아니고 심지어 3막 자체도 아니고 마치 자신들이 문제라는 듯 애매모호한 말이었다.

그들은 캐릭터들이 좀 더 공감하는 모습을 보여 줬으면 좋겠다고 했다. 회색이 아니라 선명한 빛과 그림자를 원했고 여주인공이 영웅이기를 원했다. 나는 연신 고개를 끄덕이며 메모했다.

미팅이 끝나고 오스트레일리아인과 악수를 했다. 파란색 안경테를 쓴 비서의 안내를 받아서 미로 같은 복도를 지나 나를 태우고 갈 차와 운전기사가 있는 밖으로 나갔다.

걸으면서 혹시 영화사에 준 링컨의 사진이 있는지 물어보았다.

"누구요?" 비서의 이름은 그렉이라고 했다. 그가 작은 공책을 꺼내 연필로 뭔가를 적었다.

"무성영화 시대의 여배우예요. 1926년에 유명했던."

"우리 영화사와 일했었나요?"

"그건 잘 모르겠습니다. 하지만 유명했던 건 맞아요. 마리 프레보스트보다 더요."

"누구요?"

"노래 있잖아요. '그녀는 강아지 밥이 된 스타.' 무성영화 시대의 대표적인 스타였죠. 유성영화 시대로 접어들면서 가난에 시달리다 죽었는데 기르던 닥스훈트가 시신을 먹었대요. 닉 로위가 그녀에 관한 노래를 만들었죠."

"누구요?"

"'난 신부가 로큰롤 하던 시절을 알고 있지.' 그 노래 부른 가수요. 아무튼 준 링컨의 사진을 찾아줄 수 있을까요?"

그가 공책에 뭔가를 또 적었다. 적은 내용을 잠시 뚫어져라 쳐다보더니 또 적고는 고개를 끄덕였다.

드디어 밖으로 나왔다. 내가 타고 갈 차가 기다리고 있었다.

"그나저나 아까 그거 다 헛소리에요."

"네?"

"다 헛소리라고요. 벨루시랑 같이 있던 건 스필버그와 루카스가 아니었어요. 베트 미들러와 린다 론스태드였죠. 코카인 파티를 벌인 거죠. 다 아는 사실이에요. 그 사람 다 헛소리라고요. 《인디애나 존스》 시리즈 때 고작 영화사의 보조 회계사였으면서 자기가 만든 척하기는. 병신."

우리는 악수를 했다. 나는 차에 타고 호텔로 돌아갔다.

그날 밤은 유난히 시차 적응이 힘들어 새벽 4시에 깼다. 도로 잠들 수가 없었다.

일어나 소변을 본 뒤 청바지를 입고(나는 티셔츠만 입고 잔다) 밖으로 나갔다.

별을 보고 싶었는데 도시의 불빛이 너무 밝고 공기는 너무 탁했다. 별 하나 없는 지저분한 누런 밤하늘을 보며 별이 총총한 영국 시골의 밤하늘이 떠올랐다. 미국에 온 뒤 처음으로 바보처럼 깊은 향수가 밀려왔다.

별이 그리웠다.

단편을 쓰든지, 영화 대본 작업을 시작하든지 하고 싶었다. 하지만 트리트먼트의 두 번째 초안을 작업해야 했다.

맨슨의 아들을 열두 명에서 다섯 명으로 확 줄였고 맨슨의 자식 중에서 착한 캐릭터를 딸에서 아들로 바꿨다. 다섯 명 중 한 명이 선역이었다.

영화사에서 영화 잡지를 보내 주었다. 오래된 갱지 냄새가 났고 영화사 이름과 그 아래에 보라색 스탬프 찍힌 '아카이브'라는 단어가 들어가 있었다. 보트에 탄 존 배리모어가 표지 모델이었다.

잡지를 펼쳐 보니 준 링컨의 죽음에 관한 기사가 있었다. 글자를 읽기가 힘들었고 이해하기는 더 어려웠다. 무언가 금지된 부도덕한 행위가 그녀를 죽음으로 몰고 갔음을 암시한다는 것까진 알겠지만, 독자들이 가지고 있지 않은 열쇠로 풀어야 하는 암호로 쓰인 것 같았다. 지금 생각해 보니 그녀의 부고를 쓴 사람도 사실은 진상을 전혀 모르고 그 무엇도 암시한 게 아니었던 것 같다.

아무래도 사진이 가장 흥미롭고 가장 이해하기도 쉬웠다. 커다란 눈매에 부드러운 미소로 담배를 피우는 여자의 사진이 액자 테두리가 들어간 전면에 실렸다(담배 연기를 에어브러시로 수정했는데 내가 보기엔 꽤 엉성했다. 저렇게 엉성하기 짝이 없는 가짜를 사람들이 정말 믿었단 말인가?) 더글러스 페어뱅크스와 끌어안은 사진, 작은 개 두 마리를 안고 자동차용 발판에 서 있는 작은 사진도 있었다.

사진으로 보는 준 링컨은 현대 기준의 미녀는 아니었다. 루이즈 브룩 같은 파격적인 느낌도, 마릴린 먼로 같은 섹시함도, 리타 헤이워스 같은 헤픈 우아함도 없었다. 그녀는 보통의 20대 신인 여배우들과 다를 바 없이 밋밋했다. 커다란 눈망울이나 보브컷 헤어스타일에서 신비로움이 전혀 느껴지지 않았다. 입술 모양은 립스틱으로 완벽하게 칠한 큐피드의 화살 같았다. 지금 살아 있더라면 어떤 모습이었을지 도무지 상상되지 않았다.

어쨌든 그녀는 진짜였다. 진짜 살아 있던 사람이었다. 그녀는 영화의 왕국에서 많은 사람에게 숭배되고 사랑받았다. 내가 묵는 호텔에서 70년 전 물고기에 입을 맞추었고 이곳을 걸어 다녔다. 영국에서는 아예 존재하지 않지만 할리우드에서는 영원한 존재였다.

트리트먼트에 관해 이야기하기 위해 안으로 들어갔다. 전에 만나 본 적 있는 사람들은 하나도 보이지 않았다. 작은 사무실에서 꽤 젊은 남자를 소개받았다. 그는 단 한 번도 웃지 않으면서 트리트먼트가 무척 마음에 들고 내 작품과 계약해서 기쁘다고 말했다.

그는 특히 찰스 맨슨 캐릭터가 멋지다면서 '완전히 입체적으로 표현된다면' 제2의 한니발 렉터가 될 것이라고 말했다.

"음. 하지만 맨슨은 실존 인물인데요. 지금 감옥에 있고요. 그의 추종자들이 샤론 테이트를 죽였죠."

"샤론 테이트요?"

"배우였죠. 영화 배우요. 임신한 상태로 살해당했고. 폴란스키와 결혼한 사이였고요."

"로만 폴란스키요?"

"네. 폴란스키 감독요."

그가 얼굴을 찡그렸다. "폴란스키 감독하고 계약하려고 했는데."

"잘됐네요. 훌륭한 감독이죠."

"폴란스키 감독도 알고 있나요?"

"뭘요? 책에 대해서요? 영화? 샤론 테이트의 죽음?"

그가 다 아니라고 고개를 저었다. "세 편 동시 계약이에요. 줄리아 로버츠가 출연하기로 얘기가 되고 있어요. 폴란스키가 이 트리트먼트에 대해 모른다고요?"

"네. 제 말은……"

남자가 시계를 보았다.

"어느 호텔에 묵고 계시죠? 회사에서 좋은 호텔을 잡아 드렸나요?"

"네. 고맙습니다. 벨루시가 죽은 방에서 두 칸 떨어진 방에 묵고 있습니다."

이번에도 벨루시가 죽었을 때 다른 유명인 두 명과 같이 있었다는 비밀스러운 이야기가 나올 것이다. 줄리 앤드루스와《머펫 쇼》의 미스 피기라든지. 그런데 아니었다.

"벨루시가 죽었나요?" 젊은 남자의 미간이 좁아졌다. "벨루시 안 죽었는데요. 저희랑 이번에 작품도 하는데."

"아, 동생 말고 형 벨루시요. 형은 오래전에 죽었죠."

그가 어깨를 으쓱했다. "거지 같은 호텔일 것 같네요. 다음에 오실 땐 벨에어로 잡아 달라고 하세요. 말 나온 김에 지금 바로 옮겨 드릴까요?"

"아뇨. 괜찮습니다. 지금 호텔에 적응돼서."

내가 다시 물었다. "트리트먼트는 어떻게 할까요?"

"두고 가세요."

책에서 발견한 두 가지 연극 마술이 나를 매료시켰다. '화가의 꿈'과 '마법의 여닫이창'. 이것들을 무언가의 비유로 활용하는 작품을 쓰자는 마음만큼은 확실한데 도대체 어떤 이야기와 연결해야 할지 생각나지 않았다. 첫 문장을 여러 번 썼지만 첫 문단으로 이어지지 못했고 첫 문단은 한 페이지까지 나가지 못했다. 컴퓨터로 썼는데 저장도 하지 않고 그냥 밖으로 나왔다.

호텔 안뜰에 앉아서 하얀 잉어 두 마리와 붉은 반점이 있는 잉어 한 마리를 바라보았다. 가만 보니 놀랍게도 에셔의 판화에 나오는 물고기를 닮았다. 에셔의 판화가 사실적이라고 생각해 본 적은 단 한 번도 없는데 이상한 일이었다.

파이어스 던다스가 광택제와 천을 들고 식물의 이파리를 닦고 있었다.

"안녕하세요, 파이어스."

"선생님."

"날씨가 좋네요."

그는 고개를 끄덕이더니 기침을 했다. 주먹으로 가슴을 친 다음에 고개를 끄덕였다.

나는 잉어 연못의 벤치로 가서 앉았다.

"호텔에서 왜 은퇴하라고 하지 않는 거죠? 15년 전에 은퇴하셨어야 하는 거 아닌가요?"

파이어스는 계속 이파리를 닦았다. "안 되죠. 내가 이 호텔의 기념물인데. 이 호텔에 스타들이 묵었다는 말은 누구나 할 수 있지만 캐리 그랜트가 아침으로 뭘 먹었는지 말해 줄 수 있는 건 나뿐이죠."

"그걸 기억하세요?"

"에이, 못하죠. 어차피 사람들은 모르니까요." 그가 또 기침했다. "뭘 쓰고 계시나요?"

"지난주에 영화 트리트먼트를 썼는데요, 그다음에 트리트먼트를 새로 썼습니다. 지금은……뭔가를 기다리는 중이고요."

"그래서 지금 쓰고 있는 게 뭐지요?"

"제대로 나오지 않을 게 분명한 이야기요. 빅토리아 시대의 '화가의 꿈'이라는 마술에 관한 이야기에요. 화가가 커다란 캔버스 액자를 들고 무대로 올라가 이젤에 올려놓습니다. 캔버스에는 한 여자가 그려져 있죠. 그는 그림을 바라보면서 자신은 절대로 훌륭한 화가가 되지 못할 거라고 절망합니다. 그다음에 자리에 앉아서 잠이 들어요. 꿈에서 액자 속 그림이 살아나더니 여자가 그림에서 나와 그에게 절대 포기하지 말라고, 계속 싸우라고 말합니다. 언젠가 훌륭한 화가가 될 것이라고 말이죠. 그다음에 그녀는 다시 액자 속으로 들어갑니다. 빛이 흐릿해지죠. 그때 화가가 잠에서 깨어나지만 그림은 여전히 그냥 그림이죠."

"……그리고 다른 환상 마술은……" 내가 영화사의 여자에게 말했다. 그녀는 회의가 시작되었을 때 관심 있는 척하는 실수를 저지르고 말았다. "'마법의 여닫이창'입니다. 창문이 허공으로 떠 있고 창문 안에서 얼굴들이 나타나죠. 하지만 주변에는 아무도 없어요. 마법의 여닫이창과 TV 사이에 기묘한 공통점을 끌어낼 수 있을 것 같습니다. 괜찮은 아이디어 같아요."

"전《사인필드》좋아해요. 혹시 그 드라마 보시나요? 아무 얘기도 없어요. 에피소드 전체가 그냥 아무 얘기도 아니죠. 게리 샌들링이 새 드라마에서

못되게 나오기 전까진 좋았는데."

"아무튼 환상 마술은, 모든 훌륭한 환상이 그렇듯 현실의 본질에 의문을 던지게 만들죠. 엔터테인먼트가 초창기의 영화, 초창기의 TV에서 어떻게 변질되었는가 하는 사안 또한 창틀에 넣듯 다뤄 주고요."

그녀가 얼굴을 찡그렸다. "지금 말씀하시는 게 영화인가요?"

"그럼 안 되죠. 단편 소설입니다. 완성된다면요."

"그럼 영화 얘길 하죠." 그녀가 서류 더미를 뒤적거렸다. 20대 중반의 그녀는 매력적이지만 개성이 없어 보였다. 첫날 아침 식사 겸 미팅에서 있었던 여자인지 의아했다. 디애나인가 티나인가.

그녀는 뭔가를 발견하고 어리둥절한 표정으로 읽었다. "난 신부가 로큰롤 하던 시절을 알고 있지?"

"아, 그분이 그걸 받아 적었나요? 그건 이 영화 얘기가 아닙니다."

그녀가 고개를 끄덕였다. "작가님의 트리트먼트는 뭐랄까 약간……논란의 소지가 있어 보여요. 맨슨이라는 소재가……과연 먹힐지 저희로선 확신이 없네요. 혹시 맨슨을 빼면 안 될까요?"

"맨슨이 주인공인데요. 책 제목부터가 『그 남자의 아들들』이고 맨슨의 자식들이 주인공입니다. 그런데 맨슨을 빼면 남는 게 없잖아요? 영화사에서 이 책의 판권을 사신 건데." 부적 삼아 앞에 놓아둔 책을 집어 들었다. "그런데 맨슨을 뺀다니 그건 꼭, 그래요, 이런 겁니다. 피자를 주문해 놓고 피자가 평평하고 둥근 모양에 토마토소스와 치즈가 발라져 있다고 불평하는 거랑 똑같아요."

그녀는 내 말을 들었다는 표시를 전혀 내지 않고 물었다. "그럼 제목으로 《우리가 나아빴을 때》는 어때요? '나빴을' 때가 아니고 '나아빴을' 때로요."

"글쎄요. 이 영화 제목으로요?"

"저흰 종교적인 느낌이 풍기길 원치 않거든요. 그 남자의 아들들. 뭔가 좀 반그리스도적인 느낌이잖아요."

"맨슨의 자식들이 가진 힘이 악마의 힘이란 걸 암시하긴 합니다만."

"그런가요?"

"책 내용을 보면요."

그녀가 측은한 표정을 지었다. 원래 책이란 기껏 해 봤자 영화를 만들 때 대략적인 참고가 될 수밖에 없다는 사실을 아는 사람이 지을 법한 표정이었다.

"글쎄요, 영화사에서 적절하다고 생각할지 모르겠네요." 그녀가 말했다.

"준 링컨을 아시나요?" 내가 물었다.

그녀는 고개를 저었다.

"데이비드 갬볼은요? 제이콥 클라인은?"

그녀는 약간 초조한 듯 또 고개를 저었다. 그러더니 고쳐야 한다고 생각되는 것들의 목록을 타자로 입력한 종이를 주었다. 거의 다 고치라는 얘기였다. 그 목록의 수신 대상은 나와 내가 알지 못하는 다수였고 발신자는 도나 리어리로 되어 있었다.

나는 도나에게 고맙다고 말하고 호텔로 돌아갔다.

온종일 우울했다. 그러다가 도나의 목록에 담긴 모든 불만 사항을 단번에 처리해 주는 트리트먼트를 다시 쓰는 방법이 떠올랐다.

하루 더 생각에 잠긴 후 며칠 동안 글을 써서 세 번째 초안을 영화사에 팩스로 보냈다.

준 링컨에 대한 내 관심이 진짜라고 확신한 파이어스 던다스는 스크랩북을 한번 보라고 가져다주었다. 나는 1903년생이고 본명이 루스 바움가르

텐인 준 링컨의 예명이 6월을 뜻하는 준June과 링컨 대통령의 링컨을 합친 것이라는 사실을 알게 되었다. 가죽으로 제본한 파이어스의 오래된 스크랩북은 크기도 무게도 커다란 가정용 성경과 비슷했다.

준 링컨이 세상을 떠났을 때는 스물넷이었다.

"선생님이 그녀를 보지 못한 게 아쉽네요." 파이어스 던다스가 말했다. "영화가 몇 편이라도 남아 있다면 좋을 텐데. 그녀는 아주 거대했답니다. 별 중에서도 가장 큰 별이었죠."

"연기를 잘했나요?"

파이어스가 단호하게 고개를 저었다. "아뇨."

"굉장한 미인이었나요? 사실 전 잘 모르겠어요."

그가 또 고개를 저었다. "카메라가 잘 받았다는 건 확실하지요. 하지만 그녀의 매력은 외모가 아니었지요. 뒷줄 코러스 열두 명이 그녀보다 예뻤으니까."

"그럼 대체 뭐죠?"

"그녀는 스타였어요." 그가 어깨를 으쓱했다. "스타란 그런 거지요."

페이지를 넘겼다. 내가 알지 못하는 영화들의 평론을 오린 신문 기사가 있었다. 유일한 오리지널 네거티브 필름과 프린트가 오래전 분실되거나 제자리에 두지 않아 찾지 못하거나 화재로 타 버렸을 것 같은 그런 영화들이었다(질산염 네거티브 필름은 인화성이 매우 높은 것으로 유명하니까). 영화 잡지를 오린 것들도 있었다. 노는 준 링컨, 쉬는 준 링컨, 《전당포 주인의 셔츠》 세트장에 있는 준 링컨, 커다란 모피코트를 입은 준 링컨. 이상한 단발이나 사방에 널린 담배보다도 모피코트를 보니 이 사진들이 무척 오래되었다는 사실이 실감 났다.

"그녀를 사랑하셨나요?"

노인이 고개를 저었다. “이성에 대한 사랑은 아니었지요.”

잠깐 침묵이 흘렀다. 그가 스크랩북의 페이지를 넘겼다. “마누라가 들었으면 가만있지 않았겠지만…….”

또 침묵이 내려앉았다.

“그래요. 난 죽고 없는 이 삐쩍 마른 백인 여자를 사랑했던 것 같네요.” 그가 스크랩북을 닫았다.

“하지만 당신에게는 죽은 게 아니잖아요?”

그는 고개를 젓고는 가 버렸다. 스크랩북은 나더러 보라고 두고 갔다.

‘화가의 꿈’ 마술의 비밀은 이거였다. 여자를 들고 와 캔버스 뒤에서 꽉 안고 있는 것. 숨겨진 와이어가 캔버스를 받치고 있어서 화가가 캔버스를 무대로 가볍게 들고 와 이젤에 올려놓는데, 사실은 여자도 함께 데려오는 것이었다. 이젤에 놓인 여자 그림은 롤러 블라인드처럼 위아래로 감을 수 있었다.

반면 ‘마법의 여닫이창’ 마술에는 말 그대로 거울이 이용되었다. 비스듬한 거울로 무대 끝 보이지 않는 곳에 서 있는 사람들의 얼굴을 비춘다.

요즘도 마술사들은 관객들에게 눈앞에 없는 것을 본다는 착각을 일으키기 위해 거울을 자주 사용한다.

비결을 알면 무척 간단하다.

“먼저 이 말씀을 드려야겠군요. 전 원래 트리트먼트를 읽지 않습니다. 창의성을 억누르는 것 같거든요. 하지만 걱정하지 마세요. 비서가 요약해 줘서 내용은 전부 다 알고 있으니까요.” 남자가 말했다.

그는 수염이 있고 머리가 길어서 약간 예수처럼 보였다. 물론 예수의 치아는 저렇게 완벽하지 않았을 것 같지만. 아무튼 그는 내가 지금까지 만나 본 사람 가운데 가장 중요한 인물 같았다. 그의 이름은 존 레이였다. 이름은 들어 본 적 있지만 무슨 일을 하는지는 알 수 없었다. 영화가 시작할 때 총괄 제작자로 이름이 올라오는 사람이었다. 미팅을 준비한 영화사 사람 말로는 영화사에서 '그가 이번 프로젝트에 참여한다는 사실'에 대단히 기대가 크다고 했다.

"요약한 걸 듣는 건 창의성을 방해하지 않나요?"

그가 싱긋 웃었다. "저희는 작가님이 아주 훌륭하게 잘해 줬다고 생각합니다. 아주 훌륭해요. 다만 몇 가지 문제가 있긴 합니다."

"그게 뭐죠?"

"맨슨요. 그리고 성장한 맨슨의 자식들이 존재한다는 사실요. 저희가 몇 가지 시나리오를 생각해 봤는데 한번 들어 보시죠. 잭 배드라는 남자가 있습니다. 여기서 배드는 '나쁘다' 할 때의 배드Bad에 D를 하나 더 넣은 배드Badd고요. 이건 도나의 아이디어인데……"

도나가 고개를 살짝 숙였다.

"잭 배드는 악마처럼 사람들을 괴롭혔다는 죄목으로 교도소에 갇히고 전기의자에서 사형당하죠. 그는 반드시 돌아와 복수하겠다고 저주하면서 죽습니다. 시간이 흘러 요즘 남자아이들은 '배드가 되어라Be Badd'라는 오락실 비디오 게임에 빠져 있습니다. 게임에 잭 배드의 얼굴도 들어가 있죠. 그런데 게임을 하던 아이들이 잭 배드에게 씌기 시작하는 겁니다. 잭 배드의 얼굴에 제이슨이나 프레디처럼 뭔가 이상한 특징이 있다는 설정도 좋겠죠." 남자는 허락을 구하듯 잠시 말을 멈추었다.

그래서 내가 한마디 했다. "그 비디오 게임은 누가 만드는데요?"

그가 손가락으로 나를 가리켰다. "작가님이 하셔야죠. 작가님이 하실 일을 저희가 다 해 드릴 순 없지 않겠어요?"

나는 아무 말도 하지 않았다. 뭐라고 할 말이 없었다.

영화를 생각하자. 저들은 영화를 잘 알잖아. "지금 제안하시는 스토리는 히틀러 빠진 《브라질에서 온 소년들》 같은데요."

그는 어리둥절한 표정이었다.

"아이라 레빈의 소설을 영화로 만든 작품이죠." 그의 눈빛에 알겠다는 표정이 전혀 떠오르지 않았다. "《악마의 씨》 원작 작가요." 여전히 멍한 표정이었다. "《슬리버》도 있고."

그가 고개를 끄덕였다. 이제야 안 모양이었다. "무슨 말씀이신지 알겠습니다. 샤론 스톤이 맡을 배역을 만들어 넣으세요. 저희가 무슨 일이 있어도 캐스팅할 거니까요. 그쪽에 연줄이 좀 있거든요."

그렇게 미팅이 끝났다.

그날 밤은 LA 날씨에 어울리지 않게 쌀쌀했고 기침약 냄새도 그 어느 때보다 심했다.

예전에 사귄 적 있는 여자친구가 LA에 살고 있었다. 그녀에게 연락해 보기로 마음먹었다. 가지고 있던 번호로 전화를 거는 것부터 시작해서 그녀와 연락이 닿기 위해 저녁 내내 고군분투했다. 누군가가 알려 준 번호로 전화를 걸었다가 또 다른 사람에게 받은 번호로 전화 걸기를 계속했다. 마침내 건 전화에서 익숙한 목소리가 흘러나왔다.

"내가 지금 어디 있는지 알아?" 그녀가 물었다.

"아니. 누가 알려 준 번호라."

"여기 병원이야. 엄마 병실. 뇌출혈 때문에."

"미안. 괜찮으셔?"

"아니."

"미안."

어색한 침묵이 흘렀다.

"넌 잘 지내?" 그녀가 물었다.

"잘 못 지내."

지금까지 있었던 일을 전부 다 들려주었다. 지금 기분이 어떤지도 말했다.

"왜 이런 걸까?" 내가 그녀에게 물었다.

"그들은 무서운 거야."

"그들이 왜 무서워? 뭐가 무서워?"

"마지막 히트작이 그 사람의 실력을 말해 주니까."

"뭐라고?"

"영화사는 시나리오를 골라서 영화를 만들잖아. 이천만, 삼천만 달러를 들여서 영화를 만들었는데 자기 이름을 걸고 만든 영화가 실패하면 평판이 떨어지잖아. 그런데 시나리오를 퇴짜놓는다면 평판이 떨어질 위험도 없어."

"정말?"

"그런 셈이지."

"근데 넌 이런 걸 어떻게 그렇게 잘 알아? 영화 쪽이 아니라 음악 쪽 일 하잖아."

그녀는 웃었지만 피곤함이 묻어났다. "나 LA 살잖아. 여기 사는 사람들은 다 알아. 혹시 사람들한테 시나리오 쓴 거 있느냐고 물어본 적 있어?"

"아니."

"한번 해 봐. 아무한테나 시나리오 얘길 해 봐. 주유소에서 만난 사람이든 누구든. 이 동네 사는 사람치고 시나리오 안 써 본 사람이 없거든." 그때 누군가 그녀에게 말을 걸었다. 그녀는 뭐라고 답하더니 "아, 이제 가 봐야겠다."라고 말하고 전화를 끊었다.

방에 히터가 있을까 싶었지만 보이지 않았다. 나는 작은 산장식 호텔 방에서 추위에 떨었다. 분명히 벨루시가 죽었다는 방도 독창성이 전혀 없는 똑같은 그림 액자가 걸려 있고 춥고 눅눅하리라.

몸을 데우려고 뜨거운 물로 목욕을 했다. 하지만 욕실에서 나오니 더 추웠다.

하얀 잉어가 물속에서 미끄러지듯 왔다 갔다 했다. 수련 사이를 휙휙 비켜 재빨리 나아갔다. 잉어 한 마리는 등에 완벽한 입술 모양처럼 보이는 붉은 반점이 있다. 오래전 사람들의 기억에서 사라져 버린 여신이 남긴 기적의 얼룩. 연못에 이른 아침의 잿빛 하늘이 비쳤다.

나는 침울하게 연못을 바라보았다. "괜찮으신가요?"

고개를 돌렸다. 파이어스 던다스가 내 옆에 서 있었다.

"일찍 일어나셨네요."

"잠을 잘 못 잤어요. 너무 추워서요."

"프런트 데스크에 연락하지 그랬어요. 히터나 담요를 가져다주었을 텐데."

"생각을 못 했네요."

파이어스의 숨소리가 불편하고 힘겨워 보였다.

"괜찮으세요?"

"괜찮을 리가요. 늙은이인데. 이 나이가 되면 선생님도 괜찮지가 않을 겁니다. 하지만 난 선생님이 가고 없어도 계속 여기 남겠지요. 일은 잘되어 가나요?"

"모르겠어요. 트리트먼트 작업은 그만뒀고 '화가의 꿈'을 계속하고 있어요. 빅토리아 시대의 마술쇼에 관한 이야기에요. 비 내리는 영국 바닷가 마을이 배경인데요, 마술사가 무대에서 보여 주는 마술이 관객들을 바꿉니다.

관객들을 감동시켜요."

노인이 천천히 고개를 끄덕였다. "화가의 꿈이라……. 그럼 선생님은 스스로 뭐라고 생각하시나요? 화가? 아니면 마술사?"

"모르겠어요. 둘 다 아닌 것 같아요."

뒤돌아 가려는데 뭔가가 떠올랐다.

"던다스 씨. 혹시 시나리오 있으십니까? 직접 쓰신 거요."

그가 고개를 저었다.

"영화 시나리오 써 보신 적 없으세요?"

"난 없네요."

"정말요?"

그가 싱긋 웃었다. "정말입니다."

방으로 돌아갔다. 『그 남자의 아들』의 영국 양장본을 휙휙 넘겨 보니 문득 이렇게 어설픈 소설이 출판된 것이 믿어지지 않았다. 애초에 할리우드에서 영화 판권을 왜 샀는지도 의문이었다. 판권을 사 놓고 인제 와서 원하지 않는 이유가 뭔지도.

'화가의 꿈' 원고를 좀 더 쓰려고 했지만 처참한 실패로 돌아갔다. 캐릭터들이 제자리에 꽁꽁 얼어붙었다. 숨 쉬지도 움직이지도 말할 수도 없는 것처럼.

화장실로 가서 변기에 샛노란 오줌을 갈겼다.

은색 거울에 바퀴벌레 한 마리가 기어갔다.

다시 거실로 돌아가 새 문서 파일을 열고 써 내려갔다.

나는 비 오는 영국과
부두의 이상한 극장을 생각하고 있다.

공포와 마술과 기억, 고통의 흔적.

공포는 음산한 광기여야 하고
마술은 동화 같아야 한다.
나는 비 오는 영국을 생각하고 있다.

외로움은 설명하기가 더 힘들다.
내가 실패를 경험하는
마음속 공포와 마술, 기억, 고통의 텅 빈 곳.

나는 마술사와 거짓말로 위장한 진실의 타래를 생각한다.
베일을 입은 그대.
나는 비 오는 영국을 생각하고 있다.

모양이 기이한 후렴구처럼 반복되고
여기 검과 손이 있다.
공포와 마술과 기억, 고통의 성배가 있다.

마술사가 지팡이를 흔들자 우리는 창백해지고
그는 슬픈 진실을 말하지만 아무런 소용이 없다.
나는 비 내리는 영국을 생각하고 있다.
공포와 마술과 기억, 고통의 그곳을.

잘 쓴 건지 못 쓴 건지 알 수 없지만 상관없었다. 예전에 써 본 적 없는 새롭고 신선한 글을 썼다는 것만으로 기분이 좋았다.

룸서비스로 아침을 주문하고 히터와 담요 두 장도 부탁했다.

다음날 '우리가 나아빴을 때'라는 제목의 6페이지 트리트먼트를 썼다. 이마에 커다란 십자가 문신을 한 잭 배드라는 연쇄 살인마가 전기의자 사형을 당한 뒤 비디오 게임으로 부활해 네 명의 젊은 남자로 빙의한다. 그리고 다섯 번째 남자는 여자친구가 일하는 밀랍 인형 박물관에 전시된, 배드가 사형당한 전기의자를 불태움으로써 배드를 물리친다. 여자친구가 밤에 이국적인 무용수로 일한다는 설정도 넣었다.

호텔 프런트 데스크에서 트리트먼트를 영화사에 팩스로 보내고 침대에 누웠다.

영화사한테 정식으로 퇴짜맞고 집으로 갈 수 있기를 바라며 잠이 들었다.

꿈속의 극장에서 수염이 있고 야구모자를 쓴 남자가 영화 화면을 가져오더니 무대 밖으로 나갔다. 은색의 화면이 아무런 받침도 없이 허공에 떠 있었다.

화면에서 깜빡거리는 무성영화가 나오기 시작했다. 한 여자가 화면에서 나와 나를 내려다보았다. 깜빡거리는 화면 안에 나오는 것도 준 링컨이고 화면에서 밖으로 걸어 나와 내 침대 가장자리에 앉은 것도 준 링컨이었다.

"포기하지 말라고 말할 건가요?" 내가 그녀에게 물었다.

꿈속이라는 것을 어렴풋이 알았다. 왜 이 여자가 스타가 될 수 있었는지도 알 것 같았다. 그녀의 영화가 하나도 남아 있지 않다는 사실에 안타까운 마음이 들었던 것도 기억난다.

꿈속의 그녀는 정말 아름다웠다. 목에 선명한 자국이 남아 있었는데도.

"내가 왜 그런 말을 하겠어요?" 그녀가 되물었다. 꿈에서 그녀는 진과 오래된 필름 냄새가 났다. 누군가의 냄새가 기억나는 꿈을 마지막으로 꾼 게 언제였던가. 준 링컨이 미소 지었다. 흑백의 완벽한 미소였다. "나야말로 그 세계를 떠난 사람인데."

그녀는 일어나 방안을 걸어 다녔다.

"이 호텔이 아직도 있다니 믿어지지 않네. 여기서 섹스하곤 했는데." 그녀의 목소리에서 탁탁, 칙칙 소리가 났다. 그녀가 다시 침대로 와서 쥐구멍을 쳐다보는 고양이처럼 나를 바라보았다.

"나를 숭배하나요?"

나는 고개를 저었다. 그녀는 내 쪽으로 다가와 은색 손으로 내 살아 있는 손을 잡았다.

"이제 사람들은 아무것도 기억하지 않아요. 이 도시는 30분짜리죠." 그녀가 말했다.

그녀에게 꼭 물어볼 게 있었다. "별은 다 어디에 있죠? 하늘을 아무리 봐도 별이 하나도 없어요."

그녀가 바닥을 가리켰다. "당신은 계속 엉뚱한 곳만 보고 있었어요." 지금까지 몰랐는데 바닥은 돌이 깔린 보도였다. 이름이 새겨진 별 모양이 길에 박혀 있었다. 내가 알지 못하는 이름들이었다. 클라라 킴벌 영, 린다 아비드슨, 비비안 마틴, 노마 탈매지, 올리브 토머스, 메리 마일스 민터, 시나 오웬…….

준 링컨은 호텔 방의 창문을 가리켰다. "그리고 저 밖에도." 열린 창문으로 저 아래 펼쳐진 할리우드 전체가 보였다. 언덕에서 내려다보이는 전망. 반짝반짝 알록달록한 조명의 끝없는 향연.

"저게 별보다 더 낫지 않아요?" 그녀가 물었다.

정말로 그랬다. 가로등과 자동차에서 별자리가 보였다.

고개를 끄덕였다.

그녀의 입술이 내 입술을 스쳤다.

"날 잊지 말아요." 잊을 거란 사실을 아는 듯 슬프게 들리는 목소리였다.

시끄럽게 울려 대는 전화벨 소리가 나를 깨웠다. 수화기를 들고 웅얼거리듯 전화를 받았다.

"영화사의 제리 큐오인트입니다. 점심 미팅을 해야 할 것 같아서요."

내가 또 뭐라고 웅얼거렸다.

"차를 보내죠. 장소는 30분 정도 떨어진 레스토랑입니다."

푸르른 자연으로 둘러싸인 레스토랑은 널찍하고 바람이 잘 통했다. 도착해 보니 다들 나를 기다리고 있었다.

이제는 전에 본 적 있는 얼굴이 있으면 오히려 놀랄 것 같았다. 전채 요리를 먹으면서 존 레이가 '계약상의 의견 차이' 때문에 자리를 떴고 '당연히' 도나도 함께 가 버렸다는 말을 들었다.

남자 둘은 모두 수염이 있었고 한 사람은 피부가 거칠었다. 여자는 마른 몸매에 상냥해 보였다.

그들은 나에게 어느 호텔에 묵는지 물었다. 대답해 주자 한 남자가, 물론 아무한테도 말하지 말라는 다짐을 먼저 받아 내고는, 벨루시가 죽은 날 게리 하트라는 정치인과 록밴드 이글스 멤버 하나와 같이 마약을 했다고 말했다.

그다음에 그들은 내 이야기가 기대된다고 말했다.

나는 마음에 담아 두었던 질문을 드디어 던졌다. "이 미팅이 《그 남자의 아들들》을 위한 건가요, 아니면 《우리가 나아빴을 때》를 위한 건가요? 제가 후자에는 불만이 좀 있어서요."

그들은 어리둥절한 얼굴이었다.

알고 보니 《난 신부가 로큰롤 하던 시절을 알고 있지》를 위한 미팅이란다. 콘셉트가 훌륭하고 느낌이 좋다나. 게다가 트렌디한 느낌이라고도 했다. 1시간만 지나도 구닥다리가 되어 버리는 도시에서 대단히 중요한 부분이라고.

그들은 주인공이 사랑 없는 결혼으로부터 여자를 구해 주고 마지막에 둘이 같이 로큰롤을 하는 모습을 보여 주면 훌륭한 영화가 될 것 같다고 했다.

나는 그 노래 가사를 쓴 닉 로위에게 영화 판권을 사야 한다고 말했다. 그들이 나에게 닉 로위의 대리인을 아느냐기에 모른다고 했다.

그들은 싱긋 웃으며 걱정하지 말라고 안심시켰다.

그리고 프로젝트에 대해 생각해 본 다음에 트리트먼트 작업을 시작하면 어떻겠느냐고 했다. 내가 머릿속으로 그 영화의 줄거리를 정리하고 있는데 그들은 어떤 배우가 잘 어울릴지 제각각 두 명 정도 이름을 댔다. 나는 그들과 악수하고 그렇게 하겠다고 말했다.

그 작업은 영국으로 돌아가서 하는 게 좋을 것 같다고도 했다.

그들은 그것도 괜찮을 것 같다고 했다.

며칠 전 파이어스 던다스에게 벨루시가 죽던 날 그의 방에 다른 사람이 있었는지 물어보았다.

만약 진상을 아는 사람이 정말 있다면 그가 아닐까.

"벨루시는 혼자 죽었어요." 므두셀라만큼이나 오래 산 파이어스 던다스가 눈을 끔뻑거리지도 않고 말했다.

"누가 같이 있었는지는 개미 눈곱만큼도 중요하지 않아요. 그는 혼자 죽었습니다."

호텔을 떠난다니 기분이 이상했다.

프런트 데스크로 갔다.

“오늘 오후에 체크아웃하려고 하는데요.”

“네, 알겠습니다.”

“저기요, 여기 관리인으로 일하시는 던다스 씨……나이 많으신 노인분요. 며칠 전부터 안 보이시던데. 작별 인사를 하고 싶어서요.”

“저희 관리인한테요?”

“네.”

프런트 직원이 어리둥절한 표정으로 쳐다보았다. 그녀는 무척 예쁜 얼굴이었고 꼭 멍이 든 것처럼 블루베리 색깔의 립스틱을 칠했다. 혹시 영화 관계자들에게 캐스팅되는 걸 바라는 게 아닐까 궁금해졌다.

그녀가 전화기를 들더니 거기에 대고 작은 목소리로 뭐라고 말했다.

“죄송합니다, 손님. 던다스 씨는 며칠 동안 출근을 하지 않으셨어요.”

“혹시 연락처를 알 수 있을까요?”

“죄송하지만 저희 호텔 방침에 어긋나서.” 그녀는 정말로 미안한 듯 나를 보면서 말했다.

“시나리오 작업은 어떻게 되어 가나요?” 내가 그녀에게 물었다.

“그걸 어떻게 아셨죠?”

“뭐…….”

“조엘 실버의 책상에 있어요. 저랑 같이 시나리오를 쓰는 친구 아니가 배달원이거든요. 대리인이 보낸 것처럼 조엘 실버의 책상에 시나리오를 놓아두고 왔죠.”

“행운을 빌어요.”

"고마워요." 그녀가 블랙베리 색깔의 입술로 미소 지었다.

전화번호 안내 서비스에는 P. 던다스가 두 명 있었다. 왠지 둘 다 아닐 것 같았다. 미국, 아니, LA는 원래 이런 걸까.

첫 번째 P. 던다스는 페르세포네 던다스 씨였다.

두 번째 번호로 전화해서 파이어스 던다스를 찾았더니 수화기 너머의 남자가 물었다. "누구시죠?"

내 이름을 말하고 호텔에 묵고 있는 사람인데 던다스 씨의 물건을 가지고 있다고 했다.

"할아버지는 돌아가셨어요. 어젯밤에요."

순간 충격을 표현하는 상투적인 표현이 진짜라는 사실을 깨달았다. 정말로 얼굴에서 핏기가 싹 가시는 느낌이었고 숨이 턱 막혔다.

"삼가 고인의 명복을 빕니다. 좋으신 분이었어요."

"네."

"유족분들도 갑작스러우셨겠습니다."

"연세가 워낙 많으셨으니까요. 기침이 심하셨어요." 그때 옆에서 누구냐고 묻는 소리가 들렸다. 그는 아무도 아니라고 대답한 뒤 나에게 말했다. "전화 고맙습니다."

망연자실한 기분이었다.

"저기요, 제가 그분의 스크랩북을 갖고 있습니다. 저한테 주고 안 찾아가셨어요."

"오래된 영화 자료 모아 놓은 거요?"

"맞아요."

잠시 침묵이 흘렀다.

"그냥 가지세요. 어차피 아무한테도 필요 없는 거니까. 그럼 바빠서 이만

끊겠습니다."

딸깍 소리와 함께 수화기 너머가 조용해졌다.

스크랩북을 가방에 챙기는데 낡은 가죽 표지로 눈물이 떨어졌다. 내가 울고 있다는 사실에 나조차도 깜짝 놀랐다.

파이어스 던다스에, 할리우드에 작별 인사를 하기 위해 마지막으로 연못에 들렀다.

하얀 잉어 세 마리가 지느러미를 까닥거리며 현재가 영원히 계속되는 연못을 유유히 헤엄쳤다.

버스터, 고스트, 프린세스. 잉어들의 이름은 내가 기억하지만 이제 앞으로 누가 누구인지 구분할 수 있는 사람은 없으리라.

호텔 로비 옆에서 차가 대기하고 있었다. 공항까지는 30분 거리인데 벌써 이곳의 기억이 희미해지기 시작했다.

값

The Price

1997

떠돌이와 부랑자들은 떠돌아다니면서 지나치는 집이나 농장의 문기둥과 나무, 문에 자기들만이 아는 표시를 해 둔다. 동료들에게 거기 사는 사람들에 대해 약간이나마 알려 주려는 것이다. 나는 고양이들도 비슷한 표시를 남긴다고 생각한다. 그렇지 않으면 굶주리고 벼룩이 들끓는 버려진 고양이들이 1년 내내 우리 집을 찾아오는 걸 어떻게 설명할 수 있을까?

우리 가족은 길고양이를 받아 준다. 벼룩과 진드기를 없애 주고 먹이를 주며 동물병원에도 데려간다. 비용을 직접 부담해서 예방주사를 맞히고 고양이들로서는 치욕스러운 일이겠지만 중성화를 시키거나 난소를 떼어 낸다.

녀석들은 그렇게 우리 집에 머문다. 몇 달, 1년, 혹은 영원히.

대부분은 여름에 온다. 우리 집은 시골이지만 도시와 적당히 떨어진 거리라서 도시 사람들이 키우던 고양이를 근처에 버릴 때가 많다.

하지만 우리 집에 머무르는 고양이는 절대로 여덟 마리를 넘지 않으며, 세 마리 이하일 때도 드물다. 현재 우리 집에 사는 고양이님들은 다음과 같다. 각각 얼룩무늬와 검은색을 지닌 헤르미온느와 포드, 이 성질 고약한 자매는 내 다락방 사무실에 살며 다른 녀석들하고는 어울리지 않는다. 오랫동안 야생에서 살다가 자연 대신 소파와 침대를 선택한 파란 눈에 흰색 장모묘 스노플레이크, 마지막으로 스노플레이크의 딸이자 오렌지색과 검은색, 흰색이 섞인 장모묘 퍼볼. 퍼볼은 태어난 지 얼마 되지 않았을 때 오래된 배드민턴 그물망에 끼어 얼굴만 내민 채 겨우 목숨이 붙어 있던 것을 차고에서 내가 발견했다. 죽지 않고 무럭무럭 자라 우리 가족을 놀라게 했고 지금까지 본 그 어떤 고양이보다 성격이 좋다.

그리고 검은 고양이가 있다. 약 한 달 전에 나타난 녀석인데 검은 고양이 말고 다른 이름이 없다. 처음에 우리는 녀석이 우리 집에 계속 머물 거라고 생각하지 않았다. 길고양이라기에는 잘 먹어서 통통했다. 나이가 많지만 활력이 넘치는 걸로 봐서 줄곧 길거리 생활을 해 온 것 같지도 않았다. 녀석은 작은 검은 표범을 닮았고 꼭 밤의 한 조각이 움직이는 것 같았다.

어느 여름날 녀석은 금방이라도 무너질 것 같은 우리 집 바깥 현관을 어슬렁거렸다. 여덟 살 혹은 아홉 살 정도로 보이는 수컷이었는데 초록빛이 도는 노란색 눈동자에 사람을 잘 따르고 여유로워 보였다. 근처 농장이나 가정집의 고양이겠거니 했다.

그 무렵 나는 책 작업을 마무리하느라 몇 주간 집을 비웠는데, 돌아와 보니 녀석이 여전히 바깥 현관에 있었다. 아이들이 갖다 준 낡은 고양이 집을 차지한 채였다. 하지만 녀석의 모습은 알아보기 힘들 정도로 변해 있었다. 풍성한 털은 사라지고 잿빛 피부에 깊게 긁힌 자국이 있었다. 한쪽 귀는 끝부분이 뜯어져 나갔다. 한쪽 눈 아래에는 깊은 상처가 있고 입 한쪽도 살점이 떨어졌다. 무척 여위고 피곤해 보였다.

우리 가족은 이 검은 고양이를 동물병원에 데려가 항생제를 받아 왔고, 매일 밤 부드러운 사료에 약을 넣어 먹였다.

녀석은 누구랑 싸우는 걸까? 설마 아름답고 새하얀 여왕 고양이 스노플레이크? 너구리? 꼬리에 송곳니가 있는 주머니쥐?

날이 갈수록 녀석의 상처는 점점 심해졌다. 어느 날은 옆구리를 물어 뜯겼고 다음 날은 배가 날카로운 발톱으로 긁혀 피투성이였다.

사태가 심각해지자 나는 녀석을 지하실의 보일러와 상자 더미 옆에 데려다 놓고 치료해 주기로 했다. 생각보다 훨씬 무거운 검은 고양이를 들고 지하실로 내려갔다. 고양이 집과 고양이 화장실, 사료와 물도 갖다 놓았다. 지하실에 두고 문을 닫고 나갔다. 손에 피가 잔뜩 묻어서 씻어야 했다.

녀석은 지하실에서 나흘을 지냈다. 처음에는 혼자 사료도 못 먹을 정도로 힘이 없어 보였다. 눈 아래의 베인 상처가 너무 심해서 눈이 하나뿐인 것과 다름없었고 다리를 절뚝인 채 힘없이 누워만 있었다. 입술의 상처에서는 누런 고름이 나왔다.

매일 아침저녁 지하실로 내려가 캔 사료에 항생제를 넣어 먹였다. 심한 상처에는 약을 발라 주면서 말을 걸었다. 녀석은 설사도 했다. 매일 모래를 갈아 주는데도 지하실에서 끔찍한 악취가 풍겼다.

검은 고양이가 지하실에 머무른 나흘은 우리 가족에게도 끔찍하게 운이 나쁜 시간이었다. 아기가 욕조에서 미끄러져 머리를 찧어 하마터면 익사할 뻔했고, 내가 그렇게나 간절하게 원했던 호프 미러리스의 소설 『러드 인 더 미스트』를 BBC 라디오 드라마로 각색하는 프로젝트가 엎어졌다. 처음부터 다시 시작해 다른 방송국이나 다른 매체를 설득할 기운도 남아 있지 않았다. 여름 캠프를 떠난 딸로부터 집에 가고 싶다고, 제발 데리러 와 달라고 애원하는 가슴 아픈 편지와 카드가 하루에 대여섯 통씩이나 왔다. 아들은 가장 친한 친구와 싸우고 절교하는 지경에 이르렀다. 그리고 아내는 저녁에 집으로 돌아오는 길에 갑자기 앞으로 뛰어든 사슴을 치었다. 차는 완전히 망가져 폐차해야만 했고 아내는 눈 위쪽에 작은 상처를 입었다.

나흘째 되는 날 검은 고양이는 지하실을 살금살금 돌아다니기 시작했다. 책과 만화책, 우편물과 카세트테이프, 사진, 선물 같은 잡동사니로 가득한 상자 사이를 느릿느릿 인내심 있게 돌아다녔다. 나를 보더니, 지하실에서 꺼내 달라고 야옹거렸다. 별로 내키진 않았지만 그렇게 해 주었다.

녀석은 다시 바깥 현관으로 돌아가 온종일 잠을 잤다.

다음 날 아침에 보니 옆구리에 또 깊은 상처가 생겼고 현관의 나무판자 위에 녀석의 검은 털 뭉치가 가득했다.

그날 딸에게서 온 편지에는 캠프 생활이 나아지고 있다며 남은 며칠 동안 견딜 수 있을 것 같다는 내용이 담겨 있었다. 아들은 친구와 화해했다. 애초에 싸운 이유가 뭔지 모르겠다. 카드 교환, 컴퓨터 게임, 《스타워즈》, 아니면 여자애 때문일지도. 『러드 인 더 미스트』의 드라마화를 반대했던 BBC 간부는 어느 독립 제작사로부터 뇌물('미심쩍은 대출')을 받은 사실이 밝혀져 영원히 집에서 쉬게 되었다. 그 후임으로부터 팩스가 왔는데 BBC를 떠나기 전에 그 프로젝트를 나에게 처음 제안했던 여성이었다.

검은 고양이를 지하실로 돌려보낼까도 했지만 그러지 않기로 했다. 대신 매일 밤 도대체 어떤 짐승이 우리 집에 오는 건지 알아보고 덫을 놓든 조처하기로 했다.

생일이나 크리스마스가 되면, 우리 가족들은 나에게 신기한 도구나 기계, 값비싼 장난감을 선물해 주곤 한다. 호기심을 충족시키고 나면 대개 상자째 먼지만 쌓이기 일쑤다. 식품 건조기, 전기 조각칼, 제빵기 등을 받았고 작년에 받은 야간 투시경도 있다. 크리스마스에 받은 거였는데, 도저히 밤까지 기다릴 수가 없어서 쌍안경에 건전지를 넣고 지하실을 돌아다니며 상상의 찌르레기 떼를 따라다녔다. (야간 투시경을 낮에 사용하면 쌍안경이 고장 날 수 있고 눈에도 해롭다.) 그 다음에는 상자에 도로 넣어 사무실의 컴퓨터 케이블과 잊힌 잡동사니 상자 옆에 놓아두었다.

밤마다 찾아오는 짐승이 개인지 고양인지 너구리인지는 모르겠지만 내가 현관에 있는 걸 보면 다가오지 않을 게 뻔했다. 그래서 현관이 내다보이는, 옷장보다 조금 커다란 다용도실에 의자를 갖다 놓았다. 식구들이 모두 잠들었을 때 현관으로 나가 검은 고양이에게 잘 자라고 인사했다.

그 고양이가 처음 우리 집에 왔을 때 아내가 그랬다. 녀석은 고양이가 아니라 사람 같다고. 그 사자 같은 얼굴은 정말로 왠지 사람 같았다. 널찍한 검은 코, 초록빛 도는 노란색 눈동자, 송곳니가 날카롭지만 사근사근한 입(오른쪽 아랫입술에서 여전히 고름이 나왔다).

나는 녀석의 머리를 쓰다듬고 턱 아래를 긁어 주면서 잘 자라고 인사했다. 집 안으로 들어가 현관 불을 껐다.

어두컴컴한 다용도실에서 무릎에 야간 투시경을 놓아둔 채 의자에 앉았다. 쌍안경의 전원을 켜니 렌즈 부분에서 초록빛이 나왔다.

어둠 속에서 시간이 흘렀다.

초점 맞추는 법도 익히고 초록빛으로 바라보는 세상에 익숙해지려고 쌍안경을 눈으로 가져갔다. 공기 중에 벌레떼가 득실해서 기겁했다. 밤 세상은 생명체가 우글거리는 악몽의 수프 같았다. 쌍안경을 좀 더 아래로 내려서 저 멀리 텅 비고 평화롭고 고요한 검고 푸른 밤을 바라보았다.

시간이 계속 흘렀다. 밀려오는 졸음을 참기가 쉽지 않았다. 오래전에 끊은 두 가지 중독, 담배와 커피 생각이 간절했다. 하지만 둘 다 저절로 감기는 내 눈을 어찌해주진 못했을 것이다. 깜빡 잠이 들어 더 깊은 잠에 빠지기 직전, 정원에서 들려오는 울부짖는 소리에 깜짝 놀라서 깼다. 잠이 완전히 달아나 버렸다. 더듬더듬 쌍안경을 눈으로 가져갔지만 실망스럽게도 우리 집 하얀 고양이 스노플레이크였다. 초록색으로 아른거리는 하얀 빛 같은 스노플레이크는 앞마당을 쏜살같이 가로지르더니 집 왼쪽의 숲으로 들어가 버렸다.

다시 자리에 앉으려는데 문득 스노플레이크가 뭐에 그리 놀랐을까 싶었다. 커다란 너구리나 개, 사나운 주머니쥐가 있는지 쌍안경으로 중거리를 훑기 시작했다. 과연 차도에서 집 쪽으로 뭔가가 다가오고 있었다. 쌍안경은 마치 한낮처럼 선명하게 잘 보였다.

그것은 사탄이었다.

나는 사탄을 한 번도 본 적이 없었다. 예전에 사탄에 관한 소설을 쓴 적은 있지만 솔직히 그 존재를 믿진 않았다. 밀턴이 떠오르는 비극적인 상상의 존재라고 생각할 뿐이었다. 하지만 차도에서 우리 집으로 다가오는 그 형체는 밀턴의 루시퍼가 아니었다. 사탄이었다.

심장이 마구 방망이질 치기 시작했다. 너무 쿵쾅거려서 아플 정도였다. 저것이 불 꺼진 집안의 유리창 뒤에 숨어 있는 나를 제발 보지 못하기를 바랐다.

그 형체는 차도로 걸어오는 동안 깜빡거리면서 계속 변했다. 까만 황소, 미노타우로스 같더니 몸매가 늘씬한 여자로 변했고 그다음에는 고양이로 변했다. 몸에 상처가 많은 커다란 회색빛 녹색 눈을 가진 야생 고양이. 얼굴은 증오로 일그러져 있었다.

우리 집 현관으로 올라오려면 페인트칠이 시급한 4개의 하얀 나무 계단을 올라야 한다. (쌍안경으로는 모든 게 초록색으로 보였지만 난 그 계단이 하얀색이란 걸 알고 있었다.) 사탄은 계단 앞에서 멈추더니 내가 이해할 수 없는 서너 단어로 뭔가를 불렀다. 낑낑거리듯 울부짖으며 내뱉은 그 말은 바빌론이 세워진 지 얼마 되지 않았을 때 잊혔을 법한 오래된 언어였다. 무슨 말인지 알아듣지 못하는데도 순간 목덜미에 소름이 돋았다.

그때 유리창 너머로 작지만 분명한 소리가 들렸다. 도전장을 던지는 듯 낮게 으르렁거리는 소리와 함께 검은 형체가 느릿느릿, 비칠비칠 계단을 내려갔다. 그것은 내 쪽에서 점점 멀어지고 사탄과 가까워졌다. 검은 고양이의 몸놀림은 더 이상 검은 표범 같지 않았다. 육지로 돌아온 지 얼마 되지 않는 뱃사람처럼 흔들흔들 비틀거렸다.

그때 사탄은 여자의 모습이었다. 여자는 검은 고양이에게 프랑스어처럼 들리는 상냥하고 부드러운 말을 건네며 손을 내밀었다. 고양이가 팔을 콱 물자 여자가 입을 비죽거리더니 침을 뱉었다.

그러고 나서 여자는 나를 쳐다보았다. 순간 그녀가 정말 사탄이라는 사실을 완전히 확신할 수 있었다. 나를 노려보는 여자의 눈은 빨간 불꽃으로 이글거렸지만 야간 투시경으로는 빨간색이 보이지 않는다. 모든 게 초록색으로 보인다. 사탄은 창문 뒤에 있는 나를 꿰뚫어 보았다. 사탄에겐 정말로 내가 보였다. 그 점은 한 치도 의심할 수 없다.

사탄의 몸뚱이가 비비 꼬이고 뒤틀리더니 이번에는 자칼 비슷하게 변했다. 큰 얼굴에 납작한 얼굴, 황소 같은 목이 꼭 하이에나와 들개를 섞어 놓은 짐승 같았다. 지저분한 털에 구더기가 득실거리는 채로 계단을 오르기 시작했다.

검은 고양이가 사탄에게 달려들었다. 둘은 순식간에 엉킨 채로 이리저리 구르고 몸부림쳤다. 움직임이 너무 빨라서 따라잡기가 힘들었다.

이 모든 것이 침묵 속에서 이루어졌다.

그때 낮게 웅웅거리는 소리가 들렸다. 저 멀리 우리 차도의 맨 끄트머리에 있는 시골길을 야간 트럭이 느릿느릿 지나갔다. 쌍안경으로 보는 번쩍이는 전조등이 초록색 태양처럼 이글거렸다. 쌍안경을 눈에서 떼고 보니 온통 어둠과 부드러운 노란 전조등 불빛밖에 보이지 않았다. 이내 트럭은 빨간 후미등을 보이며 어딘가로 사라져 버렸다.

다시 쌍안경으로 보니 아무것도 보이지 않았다. 검은 고양이만 계단에서 허공을 응시하고 있었다. 쌍안경을 올려 보니 날아가는 독수리 비슷한 게 보였다. 그것은 나무 너머로 날아가더니 사라졌다.

밖으로 나가서 검은 고양이를 안았다. 쓰다듬어 주면서 다정한 목소리로 안심시켰다. 내가 다가갈 때는 애처롭게 울었지만 이내 무릎에서 잠이 들었다. 고양이 집에 넣어 2층의 침대 옆으로 데려갔다가 나도 같이 잠이 들었다. 아침에 일어나 보니 티셔츠와 청바지에 피가 말라붙어 있었다.

이게 일주일 전의 일이다.

우리 집에 찾아오는 그것은 매일 밤 오는 것은 아니다. 하지만 거의 매일 오는 것 같다. 검은 고양이의 새로 생긴 상처와 사자 같은 눈동자에 서린 고통을 보면 알 수 있다. 녀석은 왼쪽 앞발을 못 쓰게 되었고 오른쪽 눈은 영원히 감겼다.

우리가 무슨 복을 지었기에 이 검은 고양이가 우리에게 와 주었을까. 누가 보내 준 것일까. 겁 많고 이기적인 나는 앞으로 녀석이 우릴 위해 얼마나 더 희생해야 할지를 생각한다.

쇼거스 올드 피큐리어

Shoggoth's Old Peculiar

1998

* 일러두기 : H. P. 러브크래프트의 크툴루 신화를 배경으로 하는 작품이다.

벤저민 래시터는 배낭에 든 『영국 해안지대 도보여행』을 쓴 여자가 도보여행을 한 번도 해 보지 않은 것이 틀림없다는 결론에 도달했다. 그녀는 눈앞에서 영국 해안지대가 행군 악대의 맨 앞에 서서 '내가 바로 영국의 해안지대다!'라고 큰소리로 노래하고 춤추면서 지나간다고 한들, 알아보지 못할 게 확실했다.

그는 벌써 닷새 동안 그 책의 조언을 따르고 있지만 성과라고는 물집과 아픈 허리뿐이었다. '비성수기'에 영국의 바닷가 휴양지에는 당신을 반갑게 맞이해 줄 숙박 시설이 많다, 라는 조언이 그중 하나였다. 벤은 줄을 그어 그 부분을 지워 버리고 옆에 이렇게 적었다. 영국의 모든 바닷가 휴양지에는 숙박 시설이 많지만 주인들이 9월 마지막 날에 스페인이나 프로방스로 떠나서 전부 닫혀 있다.

그것 말고도 그는 책에 메모를 잔뜩 했다. 도로변의 카페에서 절대 계란 프라이를 주문하지 말 것, 피시 앤 칩스는 도대체 왜 먹는 거야?, 절대 그렇지 않다, 같은 메모들. 마지막 '절대 그렇지 않다'는 영국 해안지대 아름다운 마을의 주민들이 도보여행하는 미국 젊은이들을 반겨 준다는 문단 옆에 적은 것이었다.

벤은 끔찍한 닷새 동안 이 마을에서 저 마을로 걸으며 셀프서비스 식당과 카페에서 홍차와 인스턴트커피를 마셨고, 잿빛 바위로 가득한 풍경과 우중충한 바다를 바라봤으며, 두꺼운 스웨터를 2개씩 껴입고도 덜덜 떨다가 비에 맞아 젖기까지 했다. 책에서 약속한 풍경은 하나도 만나지 못했다.

침낭을 깔고 밤을 보내기로 한 버스 정류장에 앉은 그는 책에 나오는 표현들을 사실적으로 번역하기 시작했다. '매력적이다'는 '아무 특징 없다'이고 '멋진 경치'는 '영 아니지만 그나마 비가 좀 그치면 어느 정도 봐줄 만한 풍경'이고 '기쁨을 준다'는 '사실은 한 번도 가 본 적 없고 가 봤다는 사람도 본 적 없다'라는 뜻이었다. 또한 벤은 이국적인 이름을 가진 마을일수록 따분하고 시시하다는 결론에 도달했다.

그렇게 벤 래시터는 닷새째 되는 날 부틀의 북쪽 어딘가에 있는 인스머스라는 마을에 오게 되었다. 도보여행 안내서에 '매력적이다'나 '멋진 경치', '기쁨을 준다' 같은 말로 설명되어 있지 않은 마을이었다. 하지만 녹슬어 가는 부두나 자갈 덮인 해변에 썩어 가는 랍스터 냄비가 가득하다는 설명도 빠져 있긴 마찬가지였다.

해안지구에는 3개의 숙박업체가 나란히 서 있었다. 씨 뷰, 몬 리포즈, 슈브 니구라스. 세 곳 모두 로비 창문의 '빈방 있음' 네온사인 간판이 꺼져 있었고, 정문에는 이번 시즌의 영업이 종료되었음을 알리는 안내문만 압정으로 고정되어 있었다.

해안지구에는 문 연 카페도 하나도 없었다. 딱 하나 있는 피시 앤 칩스 식당은 '영업 종료' 간판이 걸려 있었다. 잿빛 오후에 서서히 어둠이 깔리기 시작했고 벤은 밖에서 가게 문이 열리기를 기다렸다. 마침내 약간 개구리처럼 생긴 자그만 여자가 저쪽에서 걸어와 가게 문을 열었다. 벤이 영업하느냐고 물었더니 여자는 어리둥절한 표정이었다. "월요일이잖아요. 우린 월요일에 문 안 열어요." 그녀는 피시 앤 칩스 식당으로 들어가더니 문을 잠갔다. 벤은 춥고 배고픈 채로 식당 문 앞에 혼자 남겨졌다.

그는 텍사스 북쪽의 건조한 도시에서 자랐다. 물이라고는 뒷마당의 수영장이 전부였고 이동 수단은 무조건 에어컨이 빵빵하게 나오는 픽업트럭이었다. 그래서 (억양은 좀 다르지만) 같은 영어를 쓰는 나라의 바닷가를 걸어서 여행한다는 생각 자체가 그를 매료시켰다. 벤의 고향은 날씨만 건조한 게 아니라 술도 말라 버린 곳이었다. 미국 전역이 너도나도 금주법에 동참하기 30년 전부터 술을 금지했고 지금까지도 지켜 오고 있다는 사실을 자랑스럽게 여기는 동네였다. 그래서 벤이 펍에 대해 아는 거라고는 이름만 좀 더 귀여울 뿐, 바와 똑같이 죄악으로 가득한 장소라는 것뿐이었다. 그러나 『영국 해안지대 도보여행』의 저자는 펍이 지역의 정취를 즐기고 정보를 얻기에도 좋으며 식사를 팔기도 한다고 했다. 그리고 펍에서는 반드시 사람들에게 '술 한 잔'을 사야 한다고도 했다.

인스머스의 펍은 '사자들의 명부'라는 이름이었다. 벤은 문에 걸린 표지판을 보고 주인이 와인과 증류주 판매 허가증을 받은 A. 알-하즈레드라는 사람임을 알 수 있었다. 인도 음식도 팔까 궁금했다. 부틀에 도착했을 때 먹어 봤는데 꽤 맛이 좋았다. 그는 일반석 바와 특석 바의 방향이 표시된 표지판에서 잠시 멈추었다. 영국은 술집 일반석도 이 나라의 공립학교처럼 사적인 느낌이려나? 결국은 왠지 서부영화에 나올 법한 느낌이 들어서 특석 바로 들어갔다.

특석 바는 거의 비어 있었다. 지난주에 흘린 맥주와 엊그제 태운 담배 연기 냄새가 풍기는 듯했다. 바텐더는 염색한 금발의 통통한 여자였다. 한쪽 구석에 긴 회색 레인코트와 목도리 차림의 신사 두 명이 앉아 있었다. 그들은 잔물결 무늬가 있는 커다란 잔에 담긴, 거품 많은 맥주처럼 보이는 짙은 갈색의 술을 마시면서 도미노를 했다.

벤은 바 쪽으로 갔다. "혹시 식사 되나요?"

여자 바텐더는 코를 살짝 긁더니 마지못해 플라우맨즈[영국의 펍에서 볼 수 있는 빵과 치즈, 채소, 과일 등으로 이루어진 간단한 식사로 농부의 새참과 비슷해서 ploughman's lunch로 불린다-역주] 정도는 가능하다고 말했다.

벤은 그게 뭔지 몰랐다. 『영국 해안지대 도보여행』에 미국 영어로 된 용어 해설이 부록으로 들어가 있기를 바란 것이 벌써 백 번째다. "그게 식사 메뉴인가요?"

그녀가 고개를 끄덕였다.

"그럼 그걸로 주세요."

"마실 건요?"

"콜라로 부탁합니다."

"콜라 없어요."

"그럼 펩시 주세요."

"펩시도 없어요."

"그럼 뭐 있어요? 스프라이트? 세븐업? 게토레이?"

그녀는 더욱더 멍해진 표정이었다. "뒤쪽에 체리 에이드가 한두 병 있을 것 같기도 한데."

"그럼 그걸로 주세요."

"5파운드 20펜스입니다. 플라우맨즈는 준비되면 테이블로 가져다드리죠."

벤은 약간 끈적거리는 작은 나무 테이블에 앉아 맛도, 생긴 것도 강렬한 빨간색 화학물질 같은 탄산음료를 마셨다. 그는 플라우맨즈가 스테이크 비슷한 요리일 것이라고 생각했다. 그런 결론에 이른 이유는 희망 사항이기도 했고 농부들이 석양이 지는 들판에서 소로 밭을 가는 사뭇 목가적인 풍경을 연상시켰기 때문이었다. 지금은 혼자 차분하게 소 한 마리를 다 먹어치울 수도 있을 것 같았다.

"플라우맨즈 나왔습니다." 여자 바텐더가 그의 앞에 접시를 내려놓았다.

알고 보니 플라우맨즈는 톡 쏘는 맛이 나는 직사각형의 치즈와 상춧잎, 엄지 자국이 새겨진 작은 토마토, 시큼한 잼 맛이 나는 갈색 덩어리, 작고 딱딱하고 말라빠진 롤빵이 한데 모인 메뉴였다. 그렇지 않아도 영국에서는 음식으로 벌이라도 주는 건가 생각했던 벤은 크게 실망했다. 그는 치즈와 상춧잎을 뜯으며 이런 쓰레기 같은 음식을 요깃거리로 선택한 영국 농부들을 저주했다.

회색 레인코트를 입은 구석의 신사들이 도미노 게임을 끝내고 술잔을 들고서 벤의 옆으로 와서 앉았다. "뭐 마셔요?" 한 사람이 호기심을 느낀 듯 물었다.

"체리 에이드래요. 화학 공장에서 만든 것 같은 맛이네요." 벤이 답했다.

"그것 참 흥미롭네." 둘 중에서 키가 더 작은 남자가 말했다. "아주 흥미로워. 화학 공장에 다니는 친구가 있는데 절대로 체리 에이드를 마시지 않더라고." 그는 약간 과장된 동작으로 말을 멈추고는 자신의 갈색 술을 마셨다. 벤은 그의 말이 이어지기를 기다렸지만 다 말한 모양이었다. 대화가 멈추었다.

아무래도 자기 차례인 것 같아서 벤이 예의상 물었다. "두 분은 뭐 드세요?"

지금껏 침울한 표정이었던 둘 중에서 키가 큰 남자의 얼굴이 순간 환해졌다. "친절하기도 해라. 난 쇼거스 올드 피큐리어로 하지."

"나도 같은 걸로 부탁해요. 쇼거스라면 죽어도 좋지. 아, 광고 문구로 딱이네. '쇼거스라면 죽어도 좋아.' 그 회사로 연락을 해 봐야겠어. 분명 마음에 들어 할 거야."

벤은 여자 바텐더에게로 갔다[두 사람은 뭘 먹고 있느냐는 질문을 뭘 먹을 거냐는 말로 알아들었고, 벤은 그런 두 사람에게 그냥 술을 사 주는 상황이다-역주]. 쇼거스 올드 피큐리어 두 잔을 주문하고 자신은 그냥 물 한 잔 부탁할 생각이었는데 바텐더가 이미 까만색 맥주를 석 잔 따라 놓았다. 이왕 이렇게 됐으니 그냥 마셔 보지 뭐. 체리 에이드보다야 낫겠지. 한 모금 마셔 보았다. 광고에서는 풍부한 맛의 술이라고 홍보했지만 애초에 풍부함의 기준이 한참 떨어지는 듯한 그런 맛이었다.

그는 여자 바텐더에게 돈을 내고 새로운 친구들이 있는 자리로 돌아갔다.

"그나저나 인스머스에는 무슨 일로 왔나?" 키가 큰 쪽이 물었다. "영국인의 사촌 미국인이 영국에서 가장 유명한 마을을 보러 왔나 보군."

"미국에 인스머스의 이름을 본뜬 마을도 있대." 키 작은 남자도 말했다.

"미국에도 인스머스가 있어요?" 벤이 물었다.

"그렇다던데. 그 사람이 인스머스에 대한 글을 자주 썼지. 우린 그 이름을 입에 올리진 않지만." 작은 남자가 말했다.

“네?” 벤은 어리둥절했다.

키 작은 남자가 어깨 너머로 뒤를 쳐다보니 아주 큰 소리로 씩씩거렸다. “H. P. 러브크래프트!”

“그 이름 입에 올리지 말라니까.” 일행은 이렇게 말하고 진한 갈색 맥주를 한 모금 마셨다. “H. P. 러브크래프트. H. P. 러브크래프트. H. P. 러브크래프트.” 그가 잠깐 숨을 몰아쉬었다. “그 사람이 뭘 알아? 어? 대체 뭘 그렇게 알았냐고.”

벤은 맥주를 마셨다. 왠지 모르게 익숙한 이름이었다. 아버지의 차고 안쪽에서 옛날식 비닐 LP 더미를 뒤지다 봤던 것이 떠올랐다. “혹시 록그룹 아닌가요?”

“록그룹 아니고 작가 얘기라네.”

벤은 어깨를 으쓱했다. “처음 들어 봐요. 전 책이라곤 서부극 장르만 읽어서. 아니면 전자제품 설명서나.”

키 작은 남자가 옆의 친구를 쿡쿡 찔렀다. “윌프, 들었어? H. P. 러브크래프트를 처음 들어 본대.”

“뭐, 안 될 건 없지. 나도 예전에 제인 그레이를 즐겨 읽었으니까.” 키 큰 쪽이 말했다.

“흥. 자랑스럽게 떠벌릴 일은 아니지. 젊은이, 이름이 뭐라고 했지?”

“벤요. 벤 래시터입니다. 그쪽은요?”

키 작은 남자가 웃었다. 벤은 그가 개구리와 닮아도 너무 닮았다고 생각했다.

“난 세스. 이 친구는 윌프.”

“반갑네.” 윌프가 말했다.

“네, 반갑습니다.” 벤이 대답했다.

"솔직히 나도 같은 생각이야." 작은 남자가 말했다.

"그러신가요?" 벤은 어리둥절했다.

작은 남자가 고개를 끄덕였다. "H. P. 크래프트 말이야. 솔직히 뭐가 그리 대단한지 모르겠거든. 글솜씨가 형편없어." 그는 맥주를 들이켜더니 길고 유연한 혀로 입가의 거품을 핥았다. "무엇보다 그 사람이 사용하는 단어를 좀 봐. 아니, 도대체 'eldritch'가 무슨 뜻이야?"

벤은 고개를 저었다. 졸지에 영국의 펍에서 모르는 사람 두 명과 맥주를 마시면서 문학 토론을 하고 있었다. 자신도 모르게 자기가 다른 사람이 되어 버린 것은 아닐까 의아하기까지 했다. 잔에 담긴 맥주가 줄어들수록 맛도 조금씩 나아졌고 체리 에이드가 입안에 남긴 맛도 사라지기 시작했다.

"'eldritch'는 이상하다, 특이하다는 뜻이야. 그런 뜻이지. 내가 사전을 찾아봤거든. 그럼 'gibbous'는 무슨 뜻일까?"

벤이 또 고개를 저었다.

"'gibbous'는 거의 보름달에 가까운 상태의 달이야. 그리고 우릴 부르는 말 있잖아. 그게 뭐였지? 'B'로 시작하는 거. 물건인데. 생각이 날 듯 말 듯 하면서 안 나네."

"bastard?" 윌프가 말했다.

"아니야. 물건이라니까. 아, 양서류. 그거야. 개구리처럼 생겼다는 뜻이지."

"잠깐. 난 낙타처럼 생긴 건 줄 알았는데." 윌프가 말했다.

세스가 고개를 세차게 흔들었다. "개구리가 확실해. 낙타가 아니라. 개구리야."

윌프가 쇼거스를 쭉 들이켰다. 벤도 맥주를 마셨다.

"그래서요?" 벤이 물었다.

"혹이 2개 있지." 키 큰 윌프가 끼어들었다.

"개구리요?" 벤이 물었다.

"아니. 양서류. 하지만 보통 단봉낙타는 혹이 하나뿐이지. 사막에서 오랫동안 이동할 때 그걸 먹지."

"개구리를요?" 벤이 물었다.

"낙타의 혹." 한쪽이 튀어나온 노란색 눈으로 윌프가 벤의 말을 정정해 주었다. "젊은 친구, 잘 들어. 길도 없는 사막에서 3~4주를 헤맨다면 햇빛에 바싹 마른 낙타 혹을 보고 군침이 흐를걸."

세스는 경멸스럽다는 표정이었다. "낙타 혹을 먹어 본 적도 없으면서."

"있을 수도 있지." 윌프가 말했다.

"그래, 그럴 수도 있지. 하지만 없잖아. 사막에 간 적도 없고."

"내가 니알라토텝의 무덤으로 성지 순례를 갔다 왔다고 해 보자고."

"그, 밤에 동쪽에서 오시지만 알 수는 없는 고대인의 검은 왕 말인가?"

"당연한 거 아냐."

"그냥 확인해 본 거야."

"아주 바보 같은 질문이었어."

"이름만 같고 다른 사람일 수도 있잖아."

"니알라토텝이 어디 흔한 이름인가? 어떻게 그런 이름이 두 명이 있을 수 있어? '안녕하세요. 내 이름은 니알라토텝입니다. 아니, 저와 이름이 똑같은 분을 여기에서 만나다니 이런 우연이 다 있네요.'라는 게 가능하겠냐고. 아무튼 길 없는 사막을 터벅터벅 걸으면서 낙타를 잡아먹을 수도 있을 것 같다는 생각이 들었지."

"하지만 진짜 있었던 일은 아니잖아? 자넨 지금껏 인스머스항을 떠난 적이 없잖아."

"음……없지."

"그것 봐." 세스는 의기양양한 얼굴로 벤을 바라보았다. 몸을 앞으로 기울여 벤의 귀에 대고 속삭였다. "저 친구 술이 들어가기만 하면 저래."

"다 들리거든." 윌프가 말했다.

"잘됐네. 아무튼 H. P. 러브크래프트가 쓴 문장 중에서 이런 게 있어. 에헴. 'gibbous 달이 덜위치의 eldritch하고 batrachian한 주민들 위에 낮게 걸려 있었다.' 아니, 이게 무슨 뜻일까? 도대체 무슨 뜻이냔 말이야. 내가 무슨 뜻인지 알려 주지. 달은 보름달에 가까웠고 덜위치에 사는 사람들이 전부 개구리였다는 거야. 그런 뜻이라고."

"나머지는 무슨 뜻인데?" 윌프가 물었다.

"뭐가?"

"'batrachian'은 무슨 뜻이냐고?"

세스가 어깨를 으쓱했다. "솔직히 전혀 모르겠어. 아무튼 H. P. 러브크래프트가 자주 쓰는 말이긴 해."

또 잠깐 침묵이 흘렀다.

"전 학생인데 금속공학을 전공하고 있습니다." 벤은 쇼거스 올드 피큐리어 첫 잔을 어느새 다 비웠다. 놀랍게도 태어나 처음으로 술을 마셔 보는 것이라는 사실을 깨달았고 은근히 기분이 좋았다. "두 분은 무슨 일을 하시나요?"

"우린 시종이야." 윌프가 말했다.

"위대한 크툴루 님의 시종." 세스도 자랑스럽게 덧붙였다.

"아, 그러시군요. 혹시 그게 정확히 무슨 일인가요?"

"이번엔 내가 한 잔 사지. 잠깐 기다려." 윌프는 바텐더에게 가서 맥주 석 잔을 또 들고 왔다. "그게 무슨 일이냐 하면, 솔직히 지금은 하는 일이 별로 없어. 시종이라는 직업은 한창 성수기일 때도 그렇게 힘든 직업은 아니거든. 물론 그분이 지금 잠들어 계시기 때문이지. 정확히 말하자면 잠든 건 아니야. 툭 까놓고 말하자면 죽은 거지."

"죽은 크툴루가 바다에 가라앉은 집 르뤼에에서 꿈꾸며 잠들어 있다." 세스가 끼어들었다. "시인[H. P. 크래프트의 작품 속에 나오는 '미친 시인' 압둘 자하즈레드를 가리킨다-역주]의 표현을 빌리자면, 그것은 영원히 누워 있을 죽음이 아니며……"

"기이한 영겁 속에서……" 이번에는 윌프가 낭송했다. "여기서 기이하다는 건 끝내주게 특이하다는 거야."

"그렇지. 영겁도 그냥 영겁이 아니라네."

"기이한 영겁 속에서 죽음은 죽음마저 소멸시킨다."

벤은 그가 풍부한 맛이라고 칭하는 쇼거스 올드 피큐리어를 두 잔째 마시고 있는 자신에게 약간 놀랐다. 어쨌든 두 번째 잔에서는 불쾌한 염소 냄새가 덜했다. 게다가 더 이상 배고프지 않고 발의 물집도 아프지 않고, 옆자리 남자들이 매력적이고 지적이라는 사실도 만족스러웠다. 두 사람의 이름을 구분하기가 힘들긴 했지만. 술을 마셔 본 경험이 부족한 벤은 이 모든 것이 쇼거스 올드 피큐리어를 두 잔째 마시면 나타나는 증상이란 걸 알지 못했다.

"아무튼 그래서……" 세스가, 아니, 윌프인가, 말했다. "요즘은 한가한 편이라네. 기다리는 게 일이지."

"그리고 기도." 윌프가 말했다. 세스일 수도 있다.

"그래, 기도도. 하지만 곧 모든 것이 바뀔 거야."

"예? 어째서 그렇죠?" 벤이 물었다.

"흠." 키 큰 쪽이 말했다. "우리의 주인, (현재는 일시적인 사망 상태이

신) 위대한 크툴루 님이 심해의 처소 비슷한 곳에서 곧 깨어나실 거거든."

이번에는 키 작은 사람이 말했다. "그분은 기지개를 켜고 하품하고 옷을 입으시고……"

"화장실도 가셔야 할걸. 전혀 놀라운 일이 아니지."

"신문도 보셔야 하고."

"아무튼 그런 것들을 다 하신 뒤에 심해에서 나와 세상을 완전히 집어삼키실 거야."

벤은 이루 말할 수 없을 정도로 즐거웠다. "플라우맨즈처럼요."

"그래, 바로 그거야. 말 잘했네, 미국 젊은 신사. 위대한 크툴루 님은 플라우맨즈라도 되듯 세상을 먹어 치우실 거야. 브랜스턴 피클[영국의 브랜스턴사가 만드는 영국식 피클로 각종 채소를 잘라 식초 및 향신료와 천천히 익혀서 만든다-역주]은 남기고."

"아, 갈색의 이상한 게 그거였나요?" 벤이 물었다. 그들은 벤에게 그렇다고 확인해 주었다. 벤은 바로 가서 쇼거스 올드 피큐리어를 또 석 잔 들고 왔다.

그 뒤로 이어진 대화는 대부분 기억나지 않았다. 이번 잔을 비우고 나서 새로운 친구들이 마을을 구경시켜 주겠다고 했고 함께 걸으면서 이것저것 설명해 준 것은 기억났다. "저기는 비디오 대여점이었고 옆의 큰 건물은 '형언할 수 없는 신들의 이름 없는 신전'이야. 토요일 아침마다 지하 묘실에서 자선바자회가 열리지."

벤은 그들에게 도보여행 안내서 이야기를 해 주고 왠지 가슴이 뭉클해져서 인스머스야말로 진정 '경치 좋고' '매력적인' 곳이라고 말했다. 그들이 지금까지 만나 본 최고의 친구이며 인스머스는 정말 '기쁨을 주는' 곳이라고도 했다.

달은 거의 만월이었는데 창백한 달빛 아래에서 새로운 친구들은 놀랍게도 거대한 개구리처럼 보였다. 어쩌면 낙타 같기도 했다.

세 사람은 녹슨 부두 끝까지 걸어갔다. 세스인지 월프인지가 만 쪽을 가리켰다. 심해로 가라앉은 르뤼에의 폐허가 달빛에 훤히 보였다. 순간 전혀 예상치 못한 뱃멀미 같은 것이 갑자기 벤을 덮쳤고 금속 난간 아래의 검은 바다로 쉴 새 없이 격렬하게 구토를 했다.

그 후에는 모든 것이 좀 이상해졌다.

벤 래시터는 차가운 산비탈에서 눈을 떴다. 머리가 지끈거리고 입안에서 고약한 맛이 났다. 그는 배낭을 베고 누운 상태였다. 양쪽으로 바위투성이의 험난한 황야가 펼쳐지고 도로가 전혀 보이지 않았다. 마을 같은 것도 없었다. 경치가 좋든 매력적이든 기쁨을 주든 그림 같든 상관없이 마을이라고는 전혀 눈에 띄지 않았다.

비틀비틀 2킬로미터 가까이 걷자 도로가 나왔고 그 길을 따라 주유소에 도착했다.

주유소에 물어보니 근처에 인스머스라는 마을은 없다고 했다. '사자들의 명부'라는 이름의 펍도 금시초문이라고 했다. 벤은 월프와 세스, 죽은 건지 뭔지 바다 어딘가에 곤히 잠들어 있다는 그들의 기이한 친구에 대해서도 이야기했다. 주유소 주인은 마약을 하면서 시골을 떠도는 미국인 히피를 보는 게 처음이 아니라면서 맛있는 홍차 한 잔과 오이 샌드위치를 먹으면 좀 괜찮아질 거라고 했다. 하지만 시골을 떠돌며 마약을 하겠다는 생각이 확고하다면, 오후 아르바이트생 어니가 집에서 키운 질 좋은 대마초를 파니 오후에 다시 와 보라고도 했다.

벤은 헛소리가 아님을 증명하려고 『영국 해안지대 도보여행』을 꺼내 인스머스를 찾아보았다. 그러나 분명히 인스머스에 대해 적혀 있었던 페이지가 온데간데없이 사라지고 없었다. 처음부터 없었던 걸까. 그런데 책 중간에 거칠게 찢겨 나간 페이지가 하나 있었다.

벤은 전화로 택시를 불러 부틀 기차역으로 갔다. 거기에서 기차로 맨체스터로 가서 비행기를 타고 시카고에 도착했다. 시카고에서 비행편을 댈러스로 바꾸고 댈러스에서 또 비행기를 타고 북쪽으로 날아가 렌터카로 집에 갔다.

그는 바다에서 960킬로미터 넘게 떨어진 곳에 있다는 사실에 안도했다. 좀 더 세월이 지난 뒤에는 네브래스카로 이사하는 바람에 바다에서 좀 더 가까워졌지만. 벤은 그날 밤 그 오래된 부둣가에서 본 것을, 아니, 본 것 같은 것을 절대로 떨쳐 버릴 수 없었다. 잿빛 레인코트 안에는 인간이 절대 알아서는 안 되는 것들이 숨겨져 있었다. 'Squamous.' 그 단어의 뜻을 찾아봐선 안 된다는 걸 알고 있었다. 알고 있었는데. 그들은 비늘로 덮여 있었다.

미국으로 돌아온 지 2주 후에 벤은 그가 공백에 메모를 적어 놓은 『영국 해안지대 도보여행』을 작가에게 전달해 달라며 출판사 주소로 보냈다. 나중에 개정판이 나올 때 참고하면 좋을 만한 유익한 제안을 가득 담은 장문의 편지와 함께. 그는 마음의 안정을 얻고자 작가에게 찢겨 나간 페이지를 복사해서 보내 달라는 부탁도 했다. 하지만 며칠이 지나고 몇 달, 몇 년, 몇십 년이 지나도록 작가는 답장이 없었다.

결혼 선물

The Wedding Present

1998

벨린다와 고든의 행복하고도 골치 아팠던 결혼식이 끝났다. 정신은 하나도 없었지만 마법 같던 시간이었다. (벨린다의 아버지가 저녁 식사 후에 하객들에게 축사를 한답시고 가족사진 슬라이드 쇼를 보여 준 난감한 일이 있긴 했다.) 그들의 신혼은 이제 막 시작됐지만, 신혼여행에서 구릿빛으로 탄 피부가 영국의 가을 날씨에 희미해지기 전에 결혼 선물을 풀고 감사 카드부터 쓰기로 했다. 수건, 토스터, 믹서기, 제빵기, 커트러리와 각종 그릇, 티메이커, 커튼 같은 선물 말이다.

"음. 부피 큰 선물들은 감사 인사를 다 했고. 뭐가 남았지?"

"봉투에 든 것들. 수표였으면 좋겠는데." 벨린다가 고든에게 말했다.

수표도 몇 장 있고 상품권 선물도 많았다. 고든의 마리 숙모가 보낸 10파운드짜리 도서상품권도 있었다. 고든은 벨린다에게 마리 숙모는 형편이 무척 어려운데도 어렸을 때부터 한 해도 빠지지 않고 생일선물로 책을 보내 주었다고 말했다. 그러고 나서 봉투 더미를 다시 살피는데, 맨 아래에 서류 봉투처럼 생긴 커다란 갈색 봉투가 있었다.

“이게 뭐지?” 벨린다가 물었다.

고든이 봉투 안에 든 종이 한 장을 꺼냈다. 이틀 정도 지난 크림 색깔의 종이였다. 맨 위와 아래가 들쭉날쭉했고 한 면에만 글씨가 적혀 있었다. 수동 타자기로 친 글자들은 고든으로서는 무척 오랜만에 보는 것이었다. 그는 천천히 종이를 읽었다.

“뭐지? 누가 보낸 거야?” 벨린다가 물었다.

“모르겠어. 타자기가 있는 사람이겠지. 서명은 없어.”

“편지야?”

“그건 아닌 것 같아.” 고든이 코를 긁으면서 다시 읽었다.

“흥.” 벨린다는 화난 목소리였다(하지만 그녀는 화가 나지 않았고 오히려 기분이 좋았다. 그녀는 매일 아침 확인하곤 했다. 어젯밤에 잠들기 전보다, 밤중에 고든이 닿아서 잠에서 깼을 때보다, 아니면 고든을 깨웠을 때만큼 행복한지. 지금 그녀는 그때만큼 행복했다). “도대체 뭔데?”

“우리 결혼식을 묘사한 글 같은데. 아주 잘 썼어. 봐 봐.” 그가 그녀에게 종이를 건넸다.

벨린다가 내용을 읽었다.

고든 로버트 존슨과 벨린다 캐런 아빙던은 10월 초의 맑은 어느 날, 평생 서로를 아끼고 사랑할 것을 맹세했다. 신부는 빛나고 사랑스러웠고 신랑은 긴장한 듯했지만 자부심과 기쁨이 넘쳐 보였다.

이렇게 시작하는 내용이었다. 그다음에는 결혼식과 피로연이 어땠는지를 분명하고도 간단하고 재미있게 묘사했다.

"친절하기도 해라. 봉투에는 뭐라고 쓰여 있어?"

"고든과 벨린다의 결혼식." 고든이 봉투에 적힌 글씨를 그대로 읽었다.

"이름은 없어? 누가 보냈는지 알 만한 표시 같은 게 하나도 없어?"

"응."

"어쨌든 친절하고 배려심 넘치는 선물이네. 누군지 몰라도."

벨린다는 깜빡하고 못 본 게 있는지 봉투 안을 살펴보았다. 자신의 친구가(혹은 고든이나 두 사람 모두의 친구) 쓴 메모라도 있을까 했지만 없었다. 그녀는 내심 감사 카드를 쓸 사람이 한 명 줄어들었다는 사실에 안도하며 크림색 종이를 봉투에 도로 넣었다. 결혼식 피로연 메뉴가 적힌 종이, 청첩장, 결혼 사진을 보낼 연락처, 신부 부케에서 빼낸 하얀 장미 한 송이와 함께 문서보관 상자에 넣었다.

고든은 건축가, 벨린다는 수의사였다. 두 사람 모두 단순히 돈을 벌기 위해서가 아니라 정말 좋아해서 하는 일이었다. 둘 다 20대 초반이었고, 초혼이었으며, 서로 말고는 진지하게 사귀어 본 상대도 없었다. 그들은 고든이 열세 살 골든레트리버 골디를, 그러니까 주둥이가 회색에 몸의 절반이 마비된 이 강아지를 안락사시키기 위해 벨린다의 동물병원에 데려가면서 만났다. 고든은 어린 시절부터 함께 해 온 골디의 마지막을 옆에서 지켜보겠다고 고집했다. 벨린다가 우는 그의 손을 잡아 주었고 전문가답지 못하게 그를 와락 껴안았다. 마치 그의 고통과 슬픔, 상실감을 꽉 짜내 주기라도 하려는 듯이. 한 사람이 그날 저녁 가까운 술집에서 술 한잔을 하자고 제안했다. 먼저 제안한 사람이 누구였는지는 둘 다 긴가민가했다.

결혼 후 2년의 시간이 흐르는 동안, 무엇보다 그들은 너무 행복했다. 물론 때로 말다툼하거나 아주 가끔은 심하게 싸우기도 했지만 그럴 때마다 서로 눈물을 흘리며 화해하곤 했다. 사랑을 나누며 서로의 눈물을 키스로 지워 버리고 진심 어린 사과의 말을 귀에 속삭였다. 2년째 되는 해가 끝나갈 무렵, 피임약을 끊은 지 6개월 만에 벨린다는 임신 사실을 알게 되었다.

고든은 그녀에게 작은 루비 알이 박힌 팔찌를 선물하고 남는 방을 아기방으로 꾸몄다. 직접 벽지를 골라 도배도 했다. 리틀 보핍, 험프티 덤프티, 숟가락과 도망친 접시 등 동요에 나오는 캐릭터들이 반복적으로 그려진 벽지였다.

벨린다는 아기 바구니에 담긴 멜라니와 함께 퇴원했다. 친정엄마가 일주일간 거실의 소파에서 자며 산후조리를 해 주기로 했다.

친정엄마가 온 지 사흘째 되는 날이었다. 벨린다는 엄마에게 결혼식 기념품을 보여 주고 추억에도 젖을 겸 문서보관 상자를 꺼냈다. 결혼식이 너무도 오래전의 일처럼 느껴졌다. 모녀는 원래 모양을 알아볼 수 없게 갈색으로 말라 버린 흰장미를 보고 미소 지었고 피로연 메뉴 종이와 청첩장을 보며 혀를 쯧쯧 찼다. 상자 맨 아래에 커다란 갈색 봉투가 있었다.

"고든과 벨린다의 결혼." 엄마가 봉투에 적힌 글을 읽었다.

"우리 결혼식 날을 묘사한 글이에요. 정말 기분 좋은 선물이야. 아빠의 슬라이드 쇼 얘기도 나와요."

벨린다가 봉투에서 크림색 종이를 꺼냈다. 타자로 입력된 글씨를 읽어 보더니 얼굴을 찡그리고는 말 없이 종이를 치워 버렸다.

"나도 보여 주면 안 돼?" 엄마가 물었다.

"고든이 장난친 것 같아요. 하나도 재미없는 장난." 벨린다가 말했다.

그날 밤 침대에 앉아 멜라니에게 젖을 먹이던 벨린다는 아내와 딸을 헤벌쭉 웃으며 쳐다보는 고든에게 말했다. "자기, 그런 말을 왜 써 놓은 거야?"

"무슨 말?"

"편지 말이야. 결혼 선물로 들어왔던 거."

"무슨 말인지 모르겠는데."

"하나도 재미없더라."

고든이 한숨을 쉬었다. "무슨 소릴 하는 거야?"

벨린다는 2층 침실로 들고 와 화장대에 올려 둔 문서보관 상자를 가리켰다. 고든이 상자에서 봉투를 꺼냈다. "원래 내용이 이랬던가? 우리 결혼식 얘기였던 걸로 기억하는데." 고든이 가장자리가 들쭉날쭉한 종이를 꺼내 읽었다. 그의 이마에 주름이 생겼다. "내가 안 썼어." 그는 뭐라고 더 쓰여 있는지 보려는 듯 종이를 뒤집어 뒷면을 살폈다.

"자기가 쓴 거 아니라고? 정말 아니야?" 고든은 고개를 저었다. 벨린다는 아기의 턱에 흐르는 모유를 닦아 주었다.

"그래, 믿어. 난 자기가 쓴 줄 알았는데 아니었구나."

"응. 아니야."

"줘 봐. 다시 보게." 고든이 벨린다에게 종이를 건넸다. "진짜 이상해. 재미도 없고 사실도 아니잖아." 종이에는 고든과 벨린다의 지난 2년간의 결혼 생활이 타자기로 입력되어 있었다. 그 내용에 따르면 전혀 행복한 시간이 아니었다. 결혼한 지 6개월 되었을 때 벨린다가 페키니즈에 뺨을 물렸다. 꿰매야 할 정도로 상처가 심했고 큰 흉터까지 남았다. 흉터보다 심각한 것은 신경 손상이었다. 그녀는 통증을 줄이려고 술을 마시기 시작했다. 그리고 그녀는 고든이 자신의 흉터를 징그럽게 여긴다고 생각했다. 게다가 글에 따르면 그들이 아기를 가진 것도 망가진 부부관계를 회복하려는 필사적인 노력이었다.

"사람들이 왜 이런 말을 하는 거지?" 벨린다가 물었다.

"사람들?"

"누군지 모르겠지만 이 끔찍한 글을 쓴 사람 말이야." 벨린다는 자기 뺨을 어루만졌다. 흉터도 없고 끔찍하지도 않았다. 지금은 매우 피곤하고 지친 모습이지만 그녀는 젊고 아름다웠다.

"한 사람이 아니란 걸 어떻게 알아?"

"나도 몰라." 벨린다는 아기를 왼쪽 가슴으로 옮겼다. "왠지 한 사람이 벌인 일 같진 않아. 새로 타자를 친 종이를 원래 종이와 바꿔치기하고 우리 둘 중 누군가가 읽을 때까지 기다린다니……. 아고, 우리 멜라니, 잘 먹네. 착하다, 우리 아기."

"그냥 버릴까?"

"응. 아니. 모르겠어. 내 생각엔……" 벨린다는 아기의 이마를 어루만졌다. "그냥 둬. 나중에 증거로 필요할지도 모르잖아. 혹시 앨이 한 짓은 아닐까 싶은데." 앨은 고든의 막내 남동생이었다.

고든은 종이를 봉투에 넣고 봉투를 다시 상자에 넣었다. 상자를 침대 아래에 밀어 넣고 그 후로 그냥 잊어버렸다.

그 후 몇 달 동안 두 사람은 수면 부족에 시달렸다. 밤중 수유도 그렇지만 멜라니가 배앓이를 해서 밤마다 울어 댔기 때문이다. 문서보관 상자는 침대 아래에 그대로 있었다. 그러던 중 고든이 북쪽으로 몇백 킬로나 떨어진 프레스턴에서 새로운 일자리를 제안받았다. 출산 후 일을 쉬고 있는 벨린다는 당분간 복직할 계획이 없었기에 솔깃했다. 부부는 이사하기로 했다.

자갈돌 깔린 거리에 들어선 높고 오래된 테라스 딸린 집을 구했다. 벨린다는 근처 동물병원에서 아르바이트식으로 작은 동물과 애완동물들을 진찰했다. 멜라니가 18개월이 되었을 때 그녀는 아들을 낳았다. 고든의 돌아가신 할아버지를 본떠 케빈이라고 이름 지었다.

고든은 건축 사무소의 파트너로 승진했다. 케빈이 유치원에 갈 나이가 되었을 때 벨린다도 완전히 복직했다. 문서보관 상자는 맨 위층의 남는 방에 여전히 보관되어 있었다. 그 위에 〈건축가 저널〉, 〈건축 리뷰〉 잡지가 불안정하게 쌓였다. 벨린다는 가끔 그 상자와 그 안에 든 물건들을 생각했다. 고든이 고택 리모델링 상담 건으로 스코틀랜드에서 돌아오지 못한 어느 날 밤에는 생각으로만 그치지 않았다.

두 아이는 모두 잠들어 있었다. 벨린다는 계단을 올라 2층의 정리되지 않은 방으로 갔다. 잡지를 내려놓은 뒤 잡지로 가려져 있지 않은 부분에 2년치 먼지가 수북하게 쌓인 상자를 열었다. 봉투에는 여전히 '고든과 벨린다의 결혼'이라고 적혀 있었다. 그녀는 처음에 적혀 있던 말이 '결혼식'이었다는 것을 알아차리지 못했다.

그녀는 봉투에서 종이를 꺼내 읽었다. 하지만 이내 치워 버리고는 충격에 휩싸인 채 속이 메스꺼워지는 걸 느끼며 맨 꼭대기 방에 앉아 있었다.

깔끔하게 타자로 입력한 종이에 적힌 내용에 따르면 그들의 둘째 아이 케빈은 세상에 태어나지 못했다. 5개월째 유산되었다. 그후 벨린다는 우울증에 걸렸고 암울하고 증오심으로 가득할 때가 많았다. 고든은 자주 집을 비웠는데 같은 회사의 시니어 파트너와 바람이 났기 때문이었다. 매력적이지만 불안증이 심한 열 살 연상의 여자였다. 벨린다는 술에 의지할 때가 더 많아졌고 옷깃과 스카프로 뺨의 거미줄 모양 흉터를 가렸다. 그녀와 고든은 거의 대화가 없었다. 가끔 사소한 일로 말다툼을 벌이기는 했지만 사태가 너무 커져 삶이 송두리째 무너지는 게 두려워서 정작 해야 할 말은 하지 못했다.

벨린다는 '고든과 벨린다의 결혼'의 최신 내용을 고든에게 비밀로 했다. 하지만 몇 달 후 고든도 우연히 읽게 되었다. 벨린다가 아픈 친정엄마를 간호하러 남쪽으로 떠나서 일주일간 집을 비웠을 때였다.

고든이 봉투에서 꺼내 읽은 종이에 묘사된 두 사람의 결혼 생활은 벨린다가 읽었던 것과 거의 비슷했다. 상사와의 불륜 관계가 나쁘게 끝났고 해고 위험에 놓였다는 것만 빼고.

고든은 그 상사를 좋게 보긴 했지만 남녀 관계로 얽힌다는 것은 상상조차 할 수 없었다. 그리고 지금 직장이 꽤 마음에 들었다. 좀 더 큰 도전이 될 만한 일을 원하기는 했지만 말이다.

벨린다는 친정엄마의 건강이 호전되어 일주일을 채우지 않고 집으로 돌아왔다. 남편과 아이들이 반가워하며 안도했다.

고든이 벨린다에게 봉투 이야기를 꺼낸 건 크리스마스이브였다.

"당신도 봤지, 맞지?" 부부는 그날 저녁 몰래 아이들 방으로 들어가 양말에 크리스마스 선물을 넣어 두었다. 고든은 그날 집안을 돌아다니며 큰 행복을 느꼈지만 아이들이 자고 있는 침대 옆에 서자 문득 깊은 슬픔이 새어 나오는 걸 느꼈다. 지금처럼 완벽하게 행복한 시간이 영원할 수 없다는 깨달음 때문이었다. 시간을 멈출 수는 없으니까.

벨린다는 남편이 무슨 말을 하는지 알았다. "응. 읽었어."

"어떻게 생각해?"

"글쎄. 이쯤 되면 장난이라고 볼 수 없을 것 같아. 역겨운 농담도 아니야."

"흠. 그럼 뭐지?"

부부는 흐릿한 조명 속에서 집 앞쪽의 거실에 앉았다. 석탄 위에 놓인 통나무가 이글이글 타면서 거실을 노란 오렌지빛으로 물들였다.

"진짜 결혼 선물이라고 생각해." 벨린다가 말했다. "거기 적힌 결혼 생활은 실제와 다르잖아. 그 종이엔 나쁜 일들이 일어나고 있는데 실제 우리는 안 그렇잖아. 끔찍한 일을 직접 겪는 게 아니라 그냥 읽기만 하는 거지. 그럴 수도 있었지만 현실로 이루어지지는 않은 일들."

"그럼 마법이라는 거야?" 크리스마스이브인 데다 조명까지 어둑해서일까, 고든은 평소라면 터무니없다고 생각할 만한 말을 했다.

"난 마법 같은 거 안 믿어." 벨린다가 딱 잘라 말했다. "저건 결혼 선물이야. 앞으로 안전하게 잘 보관해야겠어."

그녀는 크리스마스 다음 날, 문서보관 상자에서 보석을 넣어 두는 서랍으로 봉투를 옮겼다. 목걸이와 반지, 팔찌, 브로치 아래에 잘 놓아두고 자물쇠로 잠갔다.

봄이 여름이 되고 겨울이 봄이 되었다.

고든은 완전히 지쳐 버렸다. 낮에는 클라이언트들을 위해 디자인 작업을 하며 건축업체, 하청업체와 연락하고 밤에는 따로 공모전에 지원할 박물관과 갤러리, 공공건물 디자인을 했다. 그의 디자인은 좋은 평가를 받고 건축잡지에 실리기도 했다.

벨린다는 농장을 방문해 말, 양, 소 같은 큰 동물을 검진하게 되었고 그 일이 무척 좋았다. 가끔은 회진 나갈 때 아이들을 데려가기도 했다.

그녀가 울타리 쳐진 작은 방목장에서 진찰을 거부하며 자꾸 도망치려고 하는 임신한 염소와 씨름하고 있을 때였다. 핸드폰이 울렸다. 그녀는 잠시 싸움을 그만두고 전화를 받았다. 염소는 저만치에서 이글거리는 눈으로 그녀를 째려보았다.

"응. 여보. 복권이라도 당첨됐어?"

"아니. 하지만 비슷해. 영국 역사박물관 건축 공모전에 낸 디자인이 최종 후보에 올랐어. 경쟁자들이 만만치 않지만 그래도 결선에 올라갔다고."

"정말 잘됐다!"

"풀브라이트 부인하고 통화했는데 오늘 저녁에 그 집 소냐가 애들을 봐

주기로 했어. 둘이 축하하자."

"너무 좋다. 사랑해. 이제 염소한테 가 봐야겠어."

그날 두 사람은 축하의 의미로 맛있는 저녁을 먹으며 샴페인도 꽤 마셨다. 침실에서 벨린다가 귀걸이를 빼며 말했다. "결혼 선물에 뭐라고 쓰여 있는지 확인해 봐야 하나?"

고든이 침대에서 심각한 얼굴로 쳐다보았다. 어느새 옷을 다 벗고 양말만 신고 있었다. "아니. 그럴 필요 없어. 오늘은 특별한 날인데 망칠 필요 없잖아?" 벨린다는 귀걸이를 넣고 서랍을 잠갔다.

그리고 스타킹을 벗었다. "당신 말이 맞아. 뭐라고 쓰여 있는지 안 봐도 뻔하지 뭐. 난 알코올 중독에 우울증 환자고 당신은 불행하고 나쁜 놈이고. 그리고 우린……물론 지금 내가 좀 취하긴 했지만. 아무튼 그게 서랍에 고이 모셔져 있잖아. 『도리언 그레이의 초상』에 나오는 다락방의 초상화처럼."

"'그들은 그가 손가락에 끼고 있는 반지를 발견하고서야 비로소 누군지 알게 되었다.' 그래, 나도 기억나. 학교 다닐 때 읽었어."

"난 그게 무서워." 벨린다는 면 소재 원피스 잠옷을 입었다. "그 종이에 적힌 게 우리의 진짜 결혼 생활을 묘사한 거고 현실은 그냥 아름다운 그림에 불과한 걸까 봐. 거기 적힌 게 진짜고 우리가 가짜일까 봐. 내 말은……" 술기운 때문인지 어느새 그녀의 목소리에는 잔뜩 힘이 들어가 있었다. "자기는 우리 결혼 생활이 현실이라기엔 너무 완벽하다고 생각해 본 적 없어?"

고든이 고개를 끄덕였다. "가끔. 특히 오늘."

벨린다가 몸을 떨었다. "나는 정말로 얼굴에 개한테 물린 흉터가 있는 알코올 중독자고 당신은 여자라면 치마만 두르면 환장하는 바람둥이고 케빈은 정말 태어나지도 않았고. 거기 적힌 끔찍한 내용이 전부 사실일지도 몰라."

고든이 침대에서 일어나 그녀에게 다가와 안아 주었다. "그건 진짜가 아니야. 지금 이게 진짜지. 당신이 진짜고 내가 진짜야. 그 결혼 선물은 그냥 지어낸 이야기일 뿐이야. 그냥 말에 불과해." 그는 그녀에게 키스하고 꽉 껴안았다. 그날 밤엔 더 이상 별다른 얘기를 하지 않았다. 6개월의 시간이 바쁘게 흘렀고 역사박물관 공모전에 낸 고든의 디자인이 1위를 차지했다는 소식이 들려왔다. 〈타임스〉에서는 '너무 공격적일 정도로 현대적이다'라고 평하고, 여러 건축 잡지에서 '너무 고루하다'라고 혹평했으며, 한 심사위원이 〈선데이 텔레그래프〉와의 인터뷰에서 '압도적인 1위가 아닌 모든 심사위원의 두 번째 선택이었다'라고 말하긴 했지만.

부부는 런던으로 이사했다. 프레스턴의 집은 벨린다가 파는 것을 반대해 어느 화가의 가족에게 세를 주었다. 고든은 즐겁게 박물관 프로젝트에 매진했다. 이제 케빈은 여섯 살, 멜라니는 여덟 살이었다. 멜라니는 런던을 무서워했지만 케빈은 좋아했다. 둘 다 처음에는 정든 학교와 친구들과 헤어져야 한다는 사실에 슬퍼했다. 벨린다는 캠든의 작은 동물병원에 취직했다. 일주일에 사흘 동안 오후에만 일했다. 그녀는 농장의 소들이 그리웠다.

런던으로 이사 온 지도 어느새 몇 달, 몇 년이 흘렀다. 가끔 예산 문제로 차질이 생길 때도 있었지만 프로젝트에 대한 고든의 열정과 기대는 점점 커졌다. 드디어 박물관 공사가 시작될 날이 다가왔다.

어느 날 벨린다는 새벽에 깼다. 창문 밖의 누르스름한 가로등 불빛에 비친 남편의 잠자는 얼굴을 바라보았다. 어느새 머리가 벗어지고 뒤쪽도 숱이 줄어들고 있었다. 벨린다는 남편이 처음부터 대머리였다면 어떨지 생각해보았다. 솔직히 별로 달라질 것도 없을 듯했다. 지금까지 그랬던 것처럼 전반적으로 좋고 행복할 것이다.

그녀는 봉투 속 종이의 자신들은 어떻게 되어 있을지 궁금해졌다. 침실 한구석에 안전하게 자물쇠로 잠가 둔 그들이 참 외롭고 침울할 것 같다는 생각이 들었다. 문득 봉투에 갇힌 채 서로를 미워하는 사이 나쁜 벨린다와 고든에게 안타까운 마음이 들었다.

고든이 코를 골기 시작했다. 벨린다는 그의 뺨에 부드럽게 입을 맞추고 "쉬. 괜찮아."라고 말했다. 그는 몸을 뒤척이더니 조용해졌다. 깨지는 않았다. 그녀는 그에게 바싹 파고들어 이내 잠이 들었다.

다음 날 고든은 점심 식사 후 토스카나산 대리석 수입업체와 이야기를 나누다가 갑자기 사색이 되어 한 손으로 가슴을 움켜쥐었다. "아, 정말 미안합니다." 그는 다리에 힘이 풀린 듯 주저앉더니 쓰러졌다. 구급차가 출동했을 때는 이미 숨이 끊어져 있었다. 고작 서른여섯의 나이였다.

사인을 밝히기 위해 부검이 이루어졌다. 심장이 선천적으로 약해서 언제 멈춰도 이상하지 않을 정도였다는 사실이 밝혀졌다.

고든이 죽고 사흘 동안 벨린다는 그저 멍했다. 이상할 정도로 아무것도 느껴지지 않았다. 그녀는 아이들을 달랬고 가족과 친구들이 건네는 위로의 말을 청하지 않은 선물이라도 되는 것처럼 조용히 받아들였다. 사람들이 고든의 죽음을 슬퍼하며 우는 소리를 그냥 듣고만 있을 뿐, 정작 그녀 자신은 눈물이 나지 않았다. 조문객들을 제대로 맞이하기는 했지만 이상하게 아무것도 느껴지지 않았다.

열한 살 멜라니는 그럭저럭 잘 버티는 것 같았다. 하지만 케빈은 말수가 없어지고 책도 컴퓨터 게임도 내팽개치고 방에 처박혀 창밖만 바라보았다.

장례식 다음 날 벨린다의 친정 부모가 시골집으로 돌아가면서 두 아이도 데려갔다. 벨린다는 할 일이 너무 많아서 가지 않겠다고 했다.

장례식이 끝나고 나흘째, 그녀는 남편과 함께 썼던 더블 침대의 이부자리를 정리하면서 울기 시작했다. 처음에는 흐느끼는 소리였지만 점점 온몸을 심하게 들썩이면서 울었다. 얼굴에서 이불로 눈물이 뚝뚝 떨어지고 콧물까지 흘렸다. 앞으로 그를 두 번 다시 볼 수 없다는 사실이 실감 나서 그녀는 줄이 끊겨 버린 꼭두각시 인형처럼 바닥에 털썩 주저앉아 1시간은 족히 울었다.

그녀는 얼굴을 닦았다. 보석을 넣어 두는 서랍의 자물쇠를 열고 봉투를 꺼냈다. 크림색 종이를 꺼내 깔끔하게 타자로 입력된 글씨를 훑었다. 그 종이에 따르면 벨린다는 음주운전으로 운전면허가 취소될 상황에 놓였다. 그녀와 고든은 며칠 동안 한마디도 하지 않았다. 그는 18개월 전 직장에서 해고당했고 샐퍼드의 집에서만 처박혀 지냈다. 벨린다가 집안의 생계를 책임지게 되었다. 멜라니는 통제 불능 상태였다. 벨린다는 멜라니의 방을 청소하다가 5파운드와 10파운드 지폐 뭉치를 발견했다. 멜라니는 열한 살짜리가 그만한 돈이 어디서 났느냐는 질문에 대답하지도 않고 그냥 방으로 들어갔다. 엄마나 아빠가 뭐라고 물어보면 입을 꾹 다문 채 노려볼 뿐이었다. 하지만 부부는 진실을 아는 것이 두려워서 깊이 파고들지 않았다. 샐퍼드에 있는 그들 집은 우중충하고 눅눅했다. 천장의 회반죽이 부서져서 세 사람 모두 기관지가 약해졌고 기침을 심하게 했다.

벨린다는 자신들에게 측은한 마음이 들었다.

종이를 봉투에 집어넣었다. 그녀는 자신이 정말로 고든을 증오하고 고든도 자신을 증오하는 상황을 상상해 보았다. 정말로 케빈이 존재하지 않고 아이의 비행기 그림도, 음치에 가까운 목소리로 유행가를 따라 부르는 소리도 들을 수 없다면 어떨까. 그녀는 현실의 멜라니가 아닌 글 속의 구제 불능 멜라니가 돈을 어디에서 났을까 궁금하면서도 진짜 멜라니는 발레와 에니드 블라이튼의 책 말고는 관심이 없는 것 같아서 다행스러웠다.

그녀는 고든이 너무 보고 싶었다. 살아가는 동안 두 번 다시 볼 수 없다는 사실이 망치처럼 가슴을 때리고 차가운 외로움이 비수가 되어 가슴에 꽂혔다.

그녀는 봉투를 들고 아래층 거실로 갔다. 쇠살대 위에서 석탄이 이글이글 타고 있었다. 고든은 난로의 덮개를 덮지 않고 불을 피워 두는 걸 좋아했다. 불이 방에 생명을 불어넣어 주는 것 같다고. 벨린다는 석탄으로 불 피우는 걸 싫어했지만 오늘도 습관적으로 피워 놓았다. 그렇게라도 하지 않으면 남편이 이제 돌아오지 않는다는 사실을 인정하는 게 되어 버릴 것 같았다.

벨린다는 한동안 불꽃을 바라보며 생각에 잠겼다. 자신이 가진 것들과 포기한 것들에 대해. 이제 세상에 없는 사람을 사랑하는 것과 사랑하지 않는 것 중에 뭐가 더 끔찍할지에 대해.

그녀는 쉽사리 봉투를 석탄불에 던졌다. 종이가 불에 돌돌 말리고 검게 변하면서 불이 붙었다. 그녀는 파란 불꽃 사이에서 춤추는 노란 불꽃을 바라보았다.

이내 결혼 선물은 검은 재가 되어 피어오르고 흩어졌다. 마치 아이가 산타 할아버지에게 쓴 편지가 굴뚝을 타고 올라가 밤하늘에 흩어져 버린 것처럼.

벨린다는 의자에 깊숙이 기대어 앉아 눈을 감고 뺨에 홍터가 피어나기를 기다렸다.

세상의 종말을 보러 간 우리 가족, 11과 1/4세 도니 모닝사이드 씀

When We Went to See the End of the World by Dawnie Morningside, age 11¼

1998

* 일러두기 : 이 작품은 아이가 쓴 글이라는 설정이기 때문에, 아이가 말하듯 문장을 풀어내고 있고 맞춤법이나 문법 등이 의도적으로 틀리게 되어 있다. 이에 번역 역시 일부러 맞춤법을 무시하는 등 최대한 원서의 느낌을 살렸음을 밝힌다.

내가 빨간 날, 건국의 날에 한 일. 아빠가 소풍을 간다고 했고 엄마가 어디로 가는지 말해 줬다. 나는 포니데일에 가서 조랑말을 타고 싶다고 했다. 하지만 아빠는 세상의 종말을 보러 간다고 했다. 그러니까 엄마가 맙소사라고 했다. 아빠가 타냐, 이제 얘도 알 건 알아야지 했고 엄마는 안 된다며 이 맘때는 존슨 조명 가든이 예쁘다고 했다.

엄마는 존슨 조명 가든을 좋아한다. 존슨 조명 가든은 룩스 12번가와 강 사이에 있다. 나도 거길 좋아한다. 특히 피크닉 테이블로 올라오는 작은 하얀 다람쥐한테 감자스틱을 주는 게 재미있다.

하얀 다람쥐를 부르는 말이 따로 있다. 알비노라고 한다.

돌로리타 헌시클 말로는 다람쥐를 잡으면 앞일을 알려 준다는데 난 다람쥐를 잡아 본 적이 없다. 다람쥐가 돌로리타에게 나중에 커서 유명 발레리나가 될 거고 사랑받지 못한 채 폐병으로 프라다의 하숙집에서 죽을 거라고 했다고 한다.

아빠가 감자샐러드를 만들었다. 레시피는 이렇다.

아빠의 감자샐러드는 작은 햇감자로 만든다. 감자를 삶은 다음 아직 따뜻할 때 아빠만의 비밀 재료를 넣는다. 그건 바로 마요네즈와 사워크림, 베이컨 기름에 볶은 양파 비슷한 차이브, 작게 부순 구운 베이컨이다. 식으면 세상에서 제일 맛있는 감자샐러드가 된다. 꼭 토한 음식 같은 맛이 나는 급식에서 나오는 감자샐러드와 차원이 다르다.

우리 가족은 슈퍼마켓에서 과일과 코카콜라, 감자스틱을 샀다. 상자에 담아 트렁크에 넣고 우리도 차에 탔다. 엄마랑 아빠랑 여동생이랑 같이. 이제 출발이다!

아침에 집에서 출발해 고속도로를 달렸다. 해가 지기 시작할 때 다리를 지났고 곧 깜깜해졌다. 난 밤에 차를 타고 달리는 게 좋다.

난 뒷자리에 앉았는데 머릿속에서 떠오르는 노래를 계속 흥얼거렸다. 라라라~, 아빠가 도니, 제발 조용히 하렴, 이라고 했지만 계속 라라라거렸다.

라라라~.

고속도로가 공사 때문에 닫혀서 우리는 표지판을 따라갔다. 거기엔 이렇게 적혀 있었다. 우회로.

엄마가 아빠에게 차 문을 잠그라고 했다. 나도 엄마 말대로 문을 잠갔다.

시간이 지날수록 창밖은 점점 캄캄해졌다.

도시 가운데를 달릴 때 신호등에서 멈추었는데 수염 있는 노인이 달려오더니 우리 차 문에 얼룩진 천을 씌웠다.

차 뒤쪽으로 쳐다보았을 때 그가 나에게 한쪽 눈을 찡긋했다.

그러더니 순식간에 사라졌다. 엄마와 아빠는 그 남자가 누구인지, 이게 좋은 징조인지 나쁜 징조인지 말다툼을 벌였다. 하지만 심한 싸움은 아니었다.

우회로 표지판이 더 많이 나타났다. 표지판은 노란색이었다.

나는 세상에 태어나 처음 보는 예쁜 남자들이 거리에서 우리한테 키스를 날리고 노래를 부르는 걸 보았다. 한 여자가 파란 불빛 아래에서 피가 흐르는 얼굴 한쪽을 받치고 있는 것도 보았다. 어떤 거리에는 고양이들뿐이었고 우리를 쳐다보았다.

여동생이 '바 바loo loo, 고양이야'라고 했다.

동생 이름은 멜리센트지만 난 데이지데이지라고 부른다. 내가 동생에게 지어 준 비밀 이름이다. '데이지데이지'라는 노래를 땄다. 그 노래 가사는 이렇다. 데이지, 제발 좋다고 해 줘, 난 널 미치도록 사랑해, 화려한 결혼식은 아닐 거야, 난 마차를 마련할 형편이 안 되니까, 하지만 넌 2인용 자전거를 타도 아름다울 거야.

우리는 도시를 벗어나 낮은 언덕으로 접어들었다.

앞에는 길 양쪽으로 대궐 같은 집들이 서 있었다.

아빠는 저런 집에서 태어났다. 아빠와 엄마는 돈 때문에 싸웠다. 아빠는 엄마와 결혼하려고 돈을 전부 포기했다고 했고 엄마는 또 그 소리냐고 했다.

나는 집들을 보면서 아빠에게 할머니 집은 어디냐고 물었다. 아빠는 모른다고 했다. 거짓말이다. 어른들은 왜 그렇게 거짓말을 많이 하는지 모르겠다. 나중에 말해 준다는 것도 사실은 거짓말이다. 더 커서도 분명히 말해 주지 않을 거다.

어떤 집의 정원에서 사람들이 춤추고 있었다. 그다음엔 도로가 구불거리는 길로 변했다. 아빠는 어둠 속에서 우릴 태우고 시골길을 달렸다.

저것 봐! 엄마가 외쳤다. 저 앞에서 하얀 사슴이 도로를 지나쳐 달리고 사람들이 쫓아갔다. 아빠는 사슴이 골칫거리이고 뿔 달린 쥐새끼처럼 해롭다고 했다. 차로 사슴을 쳤을 때 사슴이 유리를 뚫고 들어오는 건 정말로 끔찍한 일이라고. 아빠 친구가 유리창을 뚫고 들어온 사슴의 날카로운 발굽에 치여 죽었다.

엄마는 '맙소사, 그런 쓸데없는 얘길 꼭 해야 해요?'라고 했고 아빠는 '진짜 있었던 일이거든, 타냐.'라고 했다. 엄마는 솔직히 당신은 '구제불능incorigible' 이에요, 라고 했다.

나는 사슴을 쫓아가는 사람들이 누구인지 궁금했지만 그냥 또 노래를 불렀다. 라라라라라라~.

아빠가 그만하라고 했다. 엄마는 애가 자기 표현하는 건데 막지 말라고 했다. 아빠는 그럼 알루미늄 포일도 씹어 먹겠네, 라고 했고 엄마는 그게 무슨 뜻이냐고 했다. 아빠는 아무것도 아니라고 했고 나는 아직 멀었냐고 했다.

길가에 모닥불이 보였다. 뼈가 쌓여 있기도 했다.

우리는 언덕의 한쪽에 멈추었다. 아빠가 세상의 종말은 언덕의 반대편에 있다고 했다.

어떻게 생겼을지 궁금했다. 우린 주차장에 차를 세우고 밖으로 나갔다. 엄마는 데이지를, 아빠는 소풍 바구니를 들었다. 우리는 양초가 켜진 길을 따라 언덕으로 올라갔다. 중간에 유니콘 한 마리가 나에게 왔다. 눈처럼 하얀 유니콘이 나에게 입을 비볐다.

나는 유니콘에게 사과를 줘도 되냐고 했다. 아빠는 벼룩이 있을지도 모른다고 했고 엄마는 아니라고 했다. 유니콘은 계속 꼬리를 휙휙 흔들었다.

유니콘에게 사과를 줬더니 커다란 은색 눈으로 쳐다보았다. 히이잉 소리를 내더니 언덕 위로 달려가 버렸다.

데이지가 또 바 바, 라고 했다.

세상에서 가장 좋은 곳, 세상의 종말은 이렇게 생겼다.

땅에 구멍이 하나 있다. 아주 널찍하고 큰 구덩이처럼 생겼고 예쁜 사람들이 불꽃 나오는 막대기와 휘어진 짧은 검을 들고 있다. 그들은 긴 금발이고 진짜 공주 같다. 사나워 보이기는 하지만. 그중에는 날개가 있는 사람도 있고 없는 사람도 있다.

하늘에도 커다란 구멍이 있는데 거기에서 뭐가 막 내려온다. 고양이 같은 얼굴의 남자, 내가 핼러윈에 머리에 바른 반짝이 젤로 만든 듯한 뱀 같은 것들. 커다란 파리처럼 생긴 게 내려오는 것도 봤다. 진짜 많았다. 밤하늘의 별만큼이나.

그것들은 움직이지 않는다. 아무것도 하지 않고 그냥 허공에 걸려 있다. 아빠한테 물어봤더니 움직이지 않는 게 아니라 아주 느리게 움직여서 그런 거라고 했다. 하지만 아닌 것 같다.

우린 피크닉 테이블에 앉았다.

아빠는 세상의 종말에는 뭐니 뭐니 해도 말벌과 모기가 없어서 좋다고 했다. 엄마는 존슨 조명 가든에도 말벌이 별로 없다고 했다. 나는 포니데일에는 말벌과 모기가 많지만 조랑말을 탈 수 있어서 좋았을 거라고 했다. 아빠는 이왕 여기 왔으니 재미있게 보내야 한다고 했다.

나는 유니콘을 또 볼 수 있을지 가서 한번 찾아보겠다고 했다. 엄마와 아빠는 너무 멀리 가지 말라고 했다.

우리 옆 테이블 사람들은 가면을 쓰고 있었다. 나는 데이지데이지를 데리고 그 사람들을 보러 갔다.

그들은 크고 웃긴 모자만 쓰고 옷은 하나도 입지 않은 뚱뚱한 여자에게 생일 축하 노래를 불러 주었다. 그 여자는 가슴이 배까지 늘어졌다. 케이크 촛불을 끄는 걸 보려고 했는데 케이크가 없었다.

소원 안 빌어요? 내가 물었다.

그녀는 너무 늙어서 소원을 빌 수가 없다고 했다. 나는 지난번 생일 때 촛불을 한번에 다 껐다고 말했다. 무슨 소원을 빌지 한참 고민한 끝에 엄마와 아빠가 밤에 싸우게 않게 해 달라는 소원을 빌기로 했다. 하지만 결국 내가 빈 소원은 셰틀랜드 조랑말을 갖게 해 달라는 거였고 소원은 끝내 이루어지지 않았다.

그 여자는 나를 껴안아 주면서 뼈고 머리카락이고 전부 콱 깨물어 먹고 싶을 만큼 귀엽다고 말했다. 달콤한 분유 냄새가 났다.

데이지데이지가 갑자기 힘껏 악을 쓰며 울기 시작해서 여자가 나를 내려놓았다.

나는 큰 소리로 부르며 유니콘을 찾았지만 보이지 않았다. 가끔 나팔 소리가 들리는 것 같기도 했는데 잘못 들은 것 같기도 했다.

우리는 테이블로 돌아갔다. 아빠에게 세상의 종말 다음엔 뭐가 있는지 물어보았다. 아빠는 아무것도 없다고 했다. 아무것도. 그래서 종말이라고.

그때 데이지가 아빠의 구두에 토해서 치워야 했다.

나는 테이블에 앉았다. 우린 감자샐러드를 먹었다. 아까 앞에서 레시피를 알려 줬으니까 꼭 만들어 보기 바란다. 진짜 맛있다. 오렌지주스, 감자스틱, 으깬 감자와 새싹샌드위치도 먹고 코카콜라도 먹었다.

엄마가 아빠에게 뭐라고 하자 아빠가 엄마의 얼굴을 세게 때렸다. 엄마가 울기 시작했다.

아빠는 엄마랑 할 말이 있다고 나더러 데이지를 데리고 잠깐 저쪽으로 가 있으라고 했다.

데이지를 데리고 갔다. 데이지가 또 울어서 달랬다. 울지마, 데이지데이지, 울지 마. 난 너무 커서 울 수가 없다.

엄마 아빠의 말소리는 잘 들리지 않았다. 고양이 얼굴의 남자가 정말로 아주 천천히 움직이는 건지 위를 올려다보았다. 머릿속에서 세상의 종말을 알리는 나팔 소리가 들렸다. 빰빠라밤~.

바위 옆에 앉아 머릿속의 빰빠라밤 트럼펫 소리에 맞춰 데이지에게 노래를 불러 주었다. 라라라라~.

라라라라라라라라~.

라라라~.

엄마와 아빠가 와서 그만 집에 가자고 했다. 이제 다 괜찮다고. 엄마의 눈이 빨갰다. 꼭 TV에 나오는 사람처럼 웃긴 얼굴이었다.

데이지가 지지~, 라고 했다. 나도 맞아, 지지야, 했다. 우린 다시 차에 탔다.

집으로 가는 동안 다들 아무런 말이 없었다. 데이지는 잠들었다.

길가에 차에 치여 죽은 동물이 있었다. 아빠는 그게 하얀 사슴이라고 했다. 나는 유니콘이라고 생각했지만 엄마는 유니콘은 죽지 않는다고 했다. 또 어른들의 거짓말인 것 같다.

'황혼'에 이르렀을 때 나는 소원을 다른 사람에게 말하면 이루어지지 않느냐고 물어봤다.

아빠가 무슨 소원이냐고 물었다.

생일에 촛불 끄면서 비는 소원요.

아빠는 남들에게 말하든 말하지 않든 소원은 전부 안 이루어진다고 했다.

소원은 믿을 수 없는 거라고.

엄마에게도 물어봤는데 아빠 말이 다 맞는다고 했다. 성까지 붙여서 내 이름을 부르며 저리 가라고 할 때와 똑같은 차가운 목소리였다.

나도 잠이 들었다.

집에 도착했을 때는 아침이었다. 난 세상의 종말은 두 번 다시 보고 싶지 않다. 엄마가 데이지데이지를 안고 집으로 들어가고 난 차에서 내리기 전에 아무것도 보이지 않게 눈을 꼭 감고 소원을 빌고 빌고 또 빌었다. 포니데일에 갈 수 있게 해 달라고, 다신 어디에도 가지 않게 해 달라고, 다른 사람이 되게 해 달라고 빌었다.

소원을 빌었다.

미스 핀치 실종 사건에 관한 사실들

The Facts in the Case of the Departure of Miss Finch

1998

끝에서부터 이야기를 시작해야 할 것 같다. 나는 반투명한 얇은 분홍색 생강 피클을 하얀 방어회 조각에 올리고 생선이 아래로 가게 해서 생강과 생선, 초밥을 전부 간장에 찍었다. 그리고 한 입 베어 물었다.

"경찰에 신고해야 한다고 생각해." 내가 말했다.

"신고해서 뭐라고 말할 건데?" 제인이 물었다.

"실종 신고 하는 거라고 해야지. 나도 몰라."

"그 젊은 여자분을 마지막으로 본 게 어디죠?" 조나단이 경찰 흉내를 냈다. "경찰을 헛수고하게 만들면 공무집행방해죄인 거 아십니까?"

"그 서커스 자체가 이상……"

"성인 단기 체류자들은 원래 왔다 갔다 합니다. 이름을 알려 주시면 실종자 명단에 올려 드릴 순 있습니다만."

나는 우울하게 연어 누드 롤을 먹었다. "그럼 신문사에 제보하는 건 어떨까?"

"탁월한 아이디어네." 조나단의 말투에서는 전혀 진심이 아니라는 게 뻔히 드러났다.

"조나단 말이 맞아. 아무도 믿어 주지 않을 거야." 제인이 말했다.

"왜 안 믿어 줘? 우린 믿을 만한 사람들이잖아. 선량한 시민인데."

"너 판타지 소설가잖아. 이런 얘기 지어내서 밥 벌어 먹고사는 사람. 당연히 아무도 네 말을 안 믿어 줄걸."

"너희 둘도 봤잖아. 너희들이 증언해 주면 되지."

"조나단은 가을에 공포영화를 다루는 새 TV 프로 시작하잖아. 공짜로 홍보하려는 거라고 할걸. 나도 같은 장르의 신간이 곧 나올 거고."

"결국 아무한테도 말할 수 없다는 거야?" 나는 녹차를 한 모금 마셨다.

"아니. 원하면 누구한테라도 말할 순 있지. 믿게 만드는 게 힘들어서 그렇지. 아니, 힘든 게 아니라 불가능한 수준이지." 제인이 말했다.

혀끝에서 톡 쏘는 생강 피클의 맛이 느껴졌다. "그 말이 맞을지도 몰라. 미스 핀치가 지금 어디에 있든 여기보다 훨씬 더 행복할 수도 있으니까."

"그 여자는 미스 핀치가 아니야. 그 여자 이름은……" 제인이 우리의 일행이었던 그녀의 본명을 말했다.

"그건 나도 알아. 하지만 처음 봤을 때 미스 핀치라는 이름이 떠올랐어. 영화에 그런 장면 있잖아. 안경과 가발을 벗은 모습을 보고 '와, 미스 핀치. 정말 아름다우시군요.' 이러는 거." 내가 설명했다.

"확실히 그렇긴 했지. 끝에서 말이야." 조나단은 그 기억을 떠올리면서 몸서리를 쳤다.

지금 말한 그대로다. 몇 해 전에 있었던 그 사건의 결말. 우리는 그 일을 이렇게 마무리 지었다. 남은 건 시작과 디테일뿐.

분명히 말하자면 당신이 이 이야기를 믿어 주리라고는 조금도 기대하지 않는다. 물론 내 직업이 거짓말쟁이긴 하지만, 솔직한 거짓말쟁이라고 항변하고 싶다. 내가 신사 클럽 회원이라면 벽난로의 불꽃이 사그라든 늦은 밤에 포트 와인을 한두 잔 하며 이 이야길 들려주고 싶지만, 안타깝게도 난 그런 클럽의 회원이 아니니 그냥 글로 쓰는 게 나을 것 같다. 이제 여러분은 미스 핀치가 누구인지(알다시피 그녀의 본명은 아니다. 나는 죄책감을 숨기기 위해 모든 이름을 가명으로 사용하려고 한다), 그녀가 어째서 그날 우리와 함께 초밥을 먹을 수 없었는지 알게 될 것이다. 믿거나 말거나 이젠 나도 정말 있었던 일이 맞는지 긴가민가하다. 너무도 아득하게만 느껴진다.

이 이야기의 시작이라고 할 수 있는 것들은 여러 가지가 있지만, 몇 년 전 런던의 호텔 방에서 시작되었다는 게 가장 정확할 것 같다. 오전 11시였다. 갑자기 전화벨이 울려서 깜짝 놀랐다. 서둘러 달려가 전화를 받았다.

"여보세요?" 미국에서 전화가 걸려 오기에는 너무 이른 시간이었지만 영국에는 내가 영국에 와 있다는 사실을 아는 사람이 하나도 없었다.

"안녕하세요." 형편없는 미국식 억양을 한 익숙한 목소리가 들렸다. "저는 콜로설 영화사의 하이람 P. 무즐덱스터라고 합니다. 지금 저희가《레이더스》리메이크작을 기획 중인데요, 독일 나치 대신 왕가슴 여자들이 나옵니다. 아랫도리가 아주 실하다는 소문이 있던데 혹시 주인공 미네소타 존스 박사 역을 맡아 주실……"

"조나단? 나 여기 있는 건 어떻게 알았어?"

"나라는 거 알아챘구나." 조나단이 억울해했다. 어설픈 미국식 억양은 온데간데없이 사라지고 본래의 런던 말씨로 돌아왔다.

"너인 것 같았어. 그나저나 질문에 대답 안 했잖아. 나 여기 있는 거 아무도 모르는데?"

"다 아는 수가 있지." 별로 불가사의하게 들리진 않았다. "제인이랑 내가 초밥 사 줄게. 저번에 보니까 초밥 엄청나게 잘 먹던데. 런던 동물원에서 본 식사 시간의 월러스가 생각나더라. 초밥 먹기 전에 극장 먼저 콜?"

"글쎄. '콜'이라고 해야겠지. 아니면 '무슨 속셈이야?'라고 해야 하나?"

"아무 속셈도 없어. 절대 아무 속셈도 없어. 진짜야."

"거짓말이지?"

옆에서 누군가의 말소리가 들렸고 조나단이 "잠깐만, 제인이 할 말 있대."라고 했다. 제인은 조나단의 와이프다.

"잘 지냈어?" 제인이 인사를 건넸다.

"응. 고마워."

"부탁 하나 들어주면 정말 정말 고마울 거야. 우리가 너 보고 싶은 것도 맞는데 아는 사람이……"

"당신 친구잖아." 뒤에서 조나단이 끼어들었다.

"내 친구 아니야. 잘 알지도 못하는데." 제인이 수화기를 떼고 조나단에게 설명하고는 다시 수화기 너머의 나에게 말했다. "우리가 어떤 사람을 떠맡게 됐거든. 영국 온 지 별로 안 된 여자인데, 어쩌다 보니 내일 저녁에 즐겁게 해 주겠다고 약속을 해 버렸지 뭐야. 마침 네가 영국에 왔다는 건 조나단이 영화사 관계자한테 들어서 알았고. 그 자리에 너도 있으면 덜 어색할 것 같아서. 제발 거절하지 말아 줘."

알았다고 했다.

지금 생각해 보면 이 모든 게 제임스 본드의 창시자 이안 플레밍의 잘못인 것 같다. 한 달 전쯤 나는 이안 플레밍의 조언이 담긴 기사를 읽었다. 글이 막혀서 책을 완성하지 못하고 있는 작가 지망생이라면 호텔 방에서 글을 써 보라는 거였다. 그때 나는 소설책이 아니라 영화 시나리오가 막힌 상태였다. 그래서 영화사에 3주 후 최종 시나리오를 보내 주겠다고 약속하고는 런던행 비행기표를 끊어 리틀 베니스에 있는 특이한 호텔 방에 체크인했다.

누구에게도 내가 영국에 온 사실을 알리지 않았다. 그랬다간 밤낮으로 컴퓨터 화면을 마주 보고 글을 쓰는 게 아니라 사람들을 만나느라 바쁠 테니까.

사실대로 말하자면 그 때문에 심심해 죽을 지경이어서 그 어떤 방해물이라도 기꺼이 받아들일 준비가 되어 있었다.

다음날 초저녁, 헴스테드쯤에 있는 조나단과 제인의 집으로 갔다. 밖에 작은 초록색 스포츠카가 세워져 있었다. 계단을 올라 문을 두드렸다. 조나단이 나왔다. 그는 엄청나게 튀는 양복을 입고 있었다. 옅은 갈색 머리카락은 마지막으로 보았을 때보다(실제로 만난 것이든, TV에서 본 것이든) 훨씬 길었다.

"왔어? 오늘 보려고 했던 공연이 취소됐어. 괜찮으면 대신 딴 거 보자."

우리가 원래 보려던 게 뭔지도 몰랐으므로 바뀐다고 달라지는 건 없었다. 조나단은 나를 거실로 데려갔고 탄산수를 마시겠다는 대답을 얻어 냈다. 그는 초밥을 먹는 계획은 변함없을 거라고 확인시켜 주는 한편, 제인이 2층에서 아이들을 재우는 대로 곧 내려올 거라고도 했다.

조나단은 얼마 전에 리모델링한 거실의 콘셉트가 무어인의 사창굴이라고 설명해 주었다. "처음 콘셉트는 무어인의 사창굴이 아니었어. 사창굴 자체가 아니었지. 그런데 어쩌다 보니 사창굴 같은 스타일이 나온 거야."

"조나단이 미스 펀치 얘기해 줬어?" 제인이 물었다. 지난번에 봤을 땐 빨간색이었던 머리가 진한 갈색으로 변했고 몸매는 레이먼드 챈들러의 직유법 저리 가라 할 정도로 과장된 굴곡을 자랑했다.

"누구라고?"

"우린 딧코의 펜션 스타일에 관해 얘기하고 있었는데. 닐 애덤스의 만화책이랑."

"미스 핀치가 곧 올 거야. 만나기 전에 얘기해 줘야지."

제인의 직업은 저널리스트인데 우연히 베스트셀러 작가가 되었다. 초자연적 현상 연구가 두 명을 소개하는 TV 프로그램 대본과 책을 맡아서 썼는데 이때 쓴 책이 한동안 베스트셀러 1위에 올랐다.

조나단은 처음에는 저녁 토크쇼 진행자로 유명해졌고 그만의 독특한 매력으로 다양한 분야에 진출했다. 카메라가 켜져 있을 때와 그렇지 않을 때 180도 바뀌는 사람들이 많은데 그는 똑같다.

"가족의 의무 같은 거야. 정확히 말하자면 가족은 아니지만." 제인이 설명했다.

"미스 핀치는 제인의 친구야." 그녀의 남편이 쾌활하게 말했다.

"내 친구 아니야. 그래도 그 사람들의 부탁을 어떻게 거절해. 거절할 수 없잖아? 미스 핀치는 영국에 온 지 이틀밖에 안 됐어."

제인이 부탁을 거절할 수 없다는 사람들이 누군지, 의무라는 건 또 뭔지에 대한 설명은 들을 수 없었다. 그전에 초인종이 울렸고 어느새 미스 핀치를 소개받았던 것이다. 아까 말한 것처럼 핀치는 그녀의 진짜 이름이 아니다.

그녀는 검은색 가죽 야구모자에 검은색 가죽 코트 차림이었다. 검은색 머리는 뒤로 넘겨 쪽머리를 했고 도자기 재질의 머리끈으로 동여맸다. 화장은 변태적인 성행위를 주도하는 직업 여성이 부러워할 만큼 강렬한 느낌이었다. 입술은 꾹 다물었고 검은 테 안경 너머로 세상을 노려보았다. 안경마저도 단순한 안경이라고 하기에는 인상이 너무 강렬했다.

"그럼 극장에 가는 거군요." 그녀가 사형선고라도 내리는 듯 말했다.

"맞기도 하고 틀리기도 합니다." 조나단이 말했다. "공연을 볼 거긴 하지만《영국의 로마인들》은 못 보게 되었거든요."

"잘됐네요. 불쾌한 작품이에요. 그런 허섭스레기를 뮤지컬로 만들 생각을 하다니 도저히 이해할 수 없어요."

"그래서 서커스를 보러 갈 거예요." 제인이 안심시켜 주듯 말했다. "그다음엔 초밥 먹으러 갈 거고요."

순간 미스 핀치가 입을 꾹 다물었다. "난 서커스를 반대하는 사람이에요."

"동물이 나오지 않는 서커스에요." 제인이 말했다.

"잘됐군요." 미스 핀치는 이렇게 말하고 콧방귀를 꼈다. 제인과 조나단이 굳이 나를 이 자리에 부른 이유가 이해되기 시작했다.

우리가 집을 나설 때 빗방울이 후두두 떨어지고 있었고 거리도 어두웠다. 우리는 비좁은 스포츠카에 꽉 끼어 앉아 런던 시내로 출발했다. 나는 뒷좌석에서 미스 핀치와 불편할 만큼 가깝게 붙어 앉았다.

제인은 미스 핀치에게 내가 작가라고 말해 주었고 나에게는 미스 핀치가 생물학자라고 말했다.

"정확히는 생물 지질학자예요." 미스 핀치가 제인의 말을 정정했다. "초밥 먹는다는 게 농담이 아니었나 보죠, 조나단?"

"아, 네. 왜 그러시죠? 혹시 초밥 안 좋아하세요?"

"난 음식을 익혀 먹어서요." 그녀는 날생선에 들어 있는, 익혀야만 죽는 온갖 편충과 벌레, 기생충을 하나씩 열거하기 시작했다. 차창 밖으로 마구 퍼붓는 빗줄기 속에서 런던의 밤이 휘황찬란한 네온색으로 변한 가운데, 미스 핀치는 우리에게 기생충의 수명 주기를 설명했다. 제인이 조수석에서 안타까운 시선으로 나를 쓱 쳐다보더니 곧바로 조나단과 함께 어디인지 모를, 손글씨로 적힌 우리의 목적지에 대해 상의했다. 템스강의 다리를 지날 때 미스 핀치는 실명과 광기, 간 질환에 대한 강의를 시작했다. 그녀가 마치 직접 발명하기라도 한 듯 자부심 넘치는 모습으로 상피병을 자세히 설명해 줄 때, 우리는 서더크 대성당이 들어선 동네의 작은 뒷골목에 차를 댔다.

"서커스 공연장이 어디야?" 내가 물었다.

"이 근처야. 크리스마스 특집 쇼를 관람해 달라고 연락이 왔거든. 돈을 낸다고 했는데도 꼭 무료로 봐 달라고 하더라고." 조나단이 말했다.

"분명 재미있을 거야." 제인이 희망에 찬 어조로 말했다. 미스 핀치는 콧방귀를 꼈다.

인도 저 앞에서 수도사 복장의 뚱뚱한 대머리 남자가 우리 쪽으로 달려왔다. "오셨군요! 언제 오시나 계속 기다리고 있었습니다. 늦으셨네요. 이제 곧 시작합니다." 그는 뒤돌아 우리가 온 방향으로 빠르게 걸어갔다. 우리도 그를 따랐다. 그의 대머리로 후두두 떨어진 빗방울이 얼굴을 타고 흘러내려서 페스터 애덤스[호러풍 가족영화 《아담스 패밀리》 등장인물. '엉클 페스터'라고도 함-역주] 분장을 한 얼굴에 흰색과 갈색의 줄이 생겼다. 그가 벽에 난 문을 밀어서 열었다.

"여깁니다."

우리는 안으로 들어갔다. 안에는 이미 오십 명 남짓한 사람들이 있었다. 다들 빗방울을 뚝뚝 흘렸고 김이 솟아올랐다. 어설픈 뱀파이어 분장을 한 키 큰 여자가 손전등을 들고 돌아다니면서 표를 확인한 뒤 표 한쪽을 떼어 주었고, 표가 없는 사람들에게는 표를 팔았다. 우리 바로 앞의 작은 키에 다부진 체격의 여자는 우산을 털면서 주변을 홱 노려보았다. "재미없기만 해 봐." 그녀가 함께 온 아들인 듯한 젊은 남자에게 말했다. 그녀는 두 사람의 푯값을 냈다.

밤파이어녀가 우리에게 오더니 조나단을 알아보았다. "일행이세요? 네 분 맞죠? 게스트 명단에 있으시네요." 앞의 다부진 체격의 여자가 역시나 의심스럽다는 듯이 우릴 쳐다보았다.

녹음된 시곗바늘 소리가 흘러나오기 시작했다. 시계 종이 열두 번 울리고 (내 시계로는 겨우 8시였다) 저쪽 끄트머리의 나무 쌍여닫이문이 끼익 열렸다. "들어가세요. 당신의 의지로!" 이렇게 말하고 미친 듯 웃어 대는 소리가 울려 퍼졌다. 그 문으로 들어가자 온통 어두웠다.

축축한 벽돌과 썩은 냄새가 났다. 나는 우리가 어디에 있는지 알아차렸다. 지상 철로 아래로 거미줄처럼 퍼진 오래된 지하 저장고였다. 거대한 그물망처럼 연결된 크기와 모양이 제각각인 텅 빈 방들. 일부는 와인 생산업체와 중고차 판매업체가 창고로 썼고 조명 시설이 있는 곳은 불법 거주자들이 차지했다. 하지만 대부분은 텅 비었고 크레인이 휘두르는 쇳덩이를 기다리는 신세였다. 신선한 바깥 공기에 노출되어 모든 비밀과 수수께끼가 사라지는 날을.

위에서 덜컹거리며 열차가 지나갔다.

우리는 엉클 페스터와 뱀파이어녀를 따라 천천히 앞으로 나아갔고 일시적으로 동물을 가둬 두는 우리 같은 곳으로 들어가서 기다렸다.

"좀 앉을 수 있었으면 좋겠는데요." 미스 핀치가 말했다.

관객들이 한자리에 멈추었을 때 손전등이 꺼지고 환한 스포트라이트가 켜졌다.

사람들이 나왔다. 일부는 모터바이크와 모래밭 전용 소형차를 탔다. 그들은 달리고 웃고 몸을 흔들고 킬킬거렸다. 의상 담당자는 아무래도 만화책을 너무 많이 읽은 게 틀림없었다. 아니면 영화 《매드 맥스》를 너무 많이 봤거나. 펑크족, 수녀, 뱀파이어, 괴물, 스트리퍼, 좀비가 있었다.

그들은 관객들 주위에서 춤추며 신나게 뛰어놀았고 모자로 보아 서커스 단장처럼 보이는 남자가 앨리스 쿠퍼의 〈웰컴 투 마이 나이트메어〉를 불렀다. 그것도 엄청나게 못 불렀다.

"나 앨리스 쿠퍼 아는데. 저건 아무리 봐도 내가 아는 앨리스 쿠퍼가 아닌걸." 내가 말했다.

"굉장히 못 부르네." 조나단도 맞장구쳤다.

"쉿." 제인이 우리더러 조용히 하라고 했다. 음악 소리가 점점 약해지며 노래가 끝나가고 스포트라이트 속에 서커스 단장 혼자 남았다. 그는 관객들이 들어가 있는 가축우리 밖을 쭉 돌아다니면서 말했다.

"잘 오셨습니다, 여러분. 밤의 꿈 극장에 오신 여러분 모두를 환영합니다."

"자네 팬인가 보군." 조나단이 소곤거렸다.

"《록키 호러 쇼》 대사 같은데." 나도 소곤소곤 답했다.

"오늘 밤 여러분은 꿈에서도 보고 싶지 않은 괴물들과 별종, 밤의 존재들을 두 눈으로 직접 보면서 공포에 비명을 지르고 기쁨에 울음을 터뜨리실 겁니다. 앞으로 계속 방을 이동하실 텐데요, 지하 동굴마다 매번 새로운 악몽과 기쁨, 경이가 여러분을 기다리고 있습니다! 여러분의 안전을 위해 거듭 당부드립니다! 새로운 방으로 들어갈 때마다 표시된 관중석을 절대로 벗어나지 마세요. 고통스러운 파멸이 닥칠지 모르니까요. 부상을 입거나 영혼을 잃을 수 있습니다! 그리고 관람 중에는 플래시 사진 촬영이나 그 어떤 기록 장치도 절대 허용되지 않으니 유의하시기 바랍니다."

말이 끝나자마자 펜슬형 손전등을 든 젊은 여자 몇 명이 우리를 다음 방으로 안내했다.

"결국 앉을 의자가 없다는 거네." 미스 핀치가 탐탁지 않은 듯 말했다.

첫 번째 방

첫 번째 방에는 꼽추와 엉클 페스터에 의해 커다란 수레바퀴에 쇠사슬로 묶인 채 생글거리는 금발 여자가 있었다. 스팽글 비키니 차림에 팔에는 길이라도 난 듯 주삿바늘 자국이 가득했다.

바퀴가 천천히 돌아가고 붉은 추기경 의상을 입은 뚱뚱한 남자가 여자에게 나이프를 계속 던졌다. 나이프가 여자의 몸을 아슬아슬하게 비켜서 꽂히며 여자의 윤곽을 그렸다. 그다음에는 꼽추가 추기경에게 눈가리개를 씌웠고 추기경이 마지막 나이프 3개를 여자의 머리 바로 위에 명중시켰다. 꼽추가 추기경의 눈가리개를 벗겼다. 수레바퀴에 연결된 여자의 쇠사슬도 풀렸다. 배우들이 관객에게 인사했고 우리는 손뼉을 쳤다.

추기경이 허리춤에서 접이식 나이프를 꺼내 여자의 목을 긋는 시늉을 했다. 칼날에서부터 피가 흘러내렸다. 일부 관객들은 헉 소리를 냈고, 한 젊은 여자가 작은 비명을 지르는 동안 그녀의 친구들은 깔깔거렸다.

추기경과 비키니 입은 여자가 마지막으로 인사를 했다. 조명이 꺼졌다. 우리는 손전등 불빛을 따라 벽이 벽돌로 된 복도를 지나쳤다.

두 번째 방

이곳은 눅눅한 냄새가 가장 심했다. 완전히 기억 속에서 사라진 곰팡이 가득한 지하 저장고의 냄새였다. 어디선가 빗방울 떨어지는 소리가 들렸다. 서커스 단장이 괴생명체를 소개했다. "밤의 실험실에서 하나하나 꿰매 만든 이 존재는 엄청난 괴력의 소유자입니다." 프랑켄슈타인 같은 괴물 분장이 조금 어설퍼 보였지만 괴생명체는 엉클 페스터가 앉은 돌을 들어 올리고 (뱀파이어 여자가 운전하는) 전속력으로 달리는 모래밭 주행용 소형차를 멈춰 세웠다. 그리고 하이라이트로 고무 물주머니를 불어서 터뜨렸다.

"초밥이나 먹으러 가자." 내가 조나단에게 속삭였다.

미스 핀치는 기생충의 위험에 덧붙여서, 참다랑어, 황새치, 칠레 농어가 남획되는 바람에 개체 수가 줄어들고 있으며, 이 때문에 머지않은 미래에 멸종될 수 있다는 점을 조용하게 지적했다.

세 번째 방

어둠 속에서 한참을 걸었다. 원래의 천장은 옛날에 제거되었고 새 천장은 우리보다 훨씬 위쪽에 있는 빈 창고의 지붕이었다. 모퉁이 방에서 파란색과 보라색의 자외선이 새어 나왔다. 사람들의 치아와 셔츠, 옷의 보풀 따위가 어둠 속에서 빛나기 시작했다. 둥둥 울리는 낮은 음악 소리가 흘러나왔다. 우리는 저 높이 위쪽을 쳐다보았다. 해골, 외계인, 늑대인간, 천사가 보였다. 그들의 의상은 자외선을 받아 형광으로 빛났다. 저 높은 곳에서 공중그네에 탄 채 빛나는 모습이 꼭 아득한 꿈속의 한 장면 같았다. 그들은 음악에 맞춰 앞뒤로 몇 번 그네를 타더니 동시에 관객들 쪽으로 떨어지기 시작했다.

우리는 경악했지만 그들은 우리에게 닿기 직전에 마치 요요처럼 튕겨 올라가 다시 그네에 탔다. 어두워서 잘 보이진 않았지만 그들은 고무끈으로 지붕에 연결되어 있었다. 그들이 아래로 다이빙했다가 튕겨 올라가 공중에서 헤엄치는 모습에 우리는 손뼉을 쳤고, 경악했으며, 행복한 침묵 속에서 바라보았다.

네 번째 방

이곳은 단순한 복도가 아니었다. 천장이 낮았다. 서커스 단장이 뽐내는 걸음으로 관객들 사이로 들어와 그중에서 두 사람을 뽑았다. 다부진 체격의 여자와 양가죽 코트에 황갈색 장갑을 낀 키 큰 흑인 남자를 골라 앞으로 데려갔다. 단장은 최면 능력을 보여 주겠다고 했다. 허공에 대고 몇 번 손짓하더니 다부진 체격의 여자에게 내려가라고 하고 남자는 상자에 올라서라고 했다.

"속임수야." 제인이 속삭였다.

바퀴 달린 단두대가 등장했다. 단장은 수박을 반으로 갈라 칼날이 실제로 날카롭다는 사실을 증명했다. 그는 남자에게 한 손을 단두대 아래에 놓으라고 하더니 칼을 내리쳤다. 장갑 낀 손이 바구니로 떨어지고 잘린 손목에서 피가 솟구쳤다.

미스 핀치가 꺅 소리를 질렀다.

남자가 바구니에서 자신의 잘린 손을 집어 들고 관객들 사이로 도망치는 단장을 쫓아갔다.《베니 힐 쇼》음악이 울려 퍼졌다.

"가짜 손이야." 조나단이 말했다.

"그럴 줄 알았어." 제인도 거들었다.

미스 핀치가 티슈로 코를 풀었다. "공연이 전부 다 수상쩍군요." 관객들은 다섯 번째 방으로 안내되었다.

다섯 번째 방

조명이 전부 꺼졌다. 한쪽 벽을 따라 놓인 임시변통으로 만든 나무 테이블에서 젊은 대머리 남자가 맥주와 오렌지주스, 병에 든 생수를 팔았다. 옆방의 화장실을 안내하는 표지판도 있었다. 제인은 마실 것을 사러 가고 조나단은 화장실에 가서 나 혼자 남는 바람에 미스 핀치와 어색한 대화를 이어 갔다.

"영국에 오신 지 얼마 안 되셨다고요."

"코모도섬에 있었어요. 코모도왕도마뱀 연구 때문에요. 그 녀석들이 얼마나 크게 자라는지 아시나요?"

"음……."

"피그미 코끼리를 잡아먹을 정도로 크게 진화했답니다."

"피그미 코끼리라는 게 있나요?" 갑자기 흥미가 생겼다. 초밥 생선의 기생충 얘기 따위보다 훨씬 재미있었다.

"그럼요. 동물들이 자연적으로 거대성이나 왜소성을 지향하게 되는 것이 섬의 기본적인 생물 지질학이랍니다. 거기엔 법칙이 있는데……" 미스 핀치는 더욱더 생기 도는 얼굴로 말하기 시작했다. 어떤 동물은 왜 크게 진화하고 또 어떤 동물은 작게 진화하는지 그녀의 설명을 들으면서 그녀에 대한 감정도 점점 누그러졌다.

제인이 음료수를 사 왔다. 조나단도 화장실에서 돌아왔다. 그는 소변을 누면서 사인 요청을 받았다며 잔뜩 신나 있었다.

"아, 참." 제인이 말했다. "제가 지금 집필하는 『설명되지 않는 것들을 안내하는 자들』 후속편 때문에 미확인 생물학 학술지를 많이 읽고 있거든요. 생물학자이신 미스 핀치께선……"

"생물 지질학자요." 미스 핀치가 끼어들어 정정했다.

"그렇죠. 과학자들이 모르는 선사시대의 동물이 살아 있을 가능성이 있다고 생각하시나요?"

"그럴 가능성은 거의 없죠." 미스 핀치가 야단치듯 말했다. "매머드와 스밀로돈, 에피오르니스로 가득한 '잃어버린 세계' 같은 섬은 있을 수 없어요."

"좀 어렵네. 에피 뭐라고?" 조나단이 말했다.

"에피오르니스. 선사시대의 날지 못하는 커다란 새야." 제인이 답했다.

"사실은 알고 있었어."

"하지만 이것들은 선사시대의 동물이 아니랍니다." 미스 핀치가 또 말했다. "마지막 에피오르니스는 약 3백 년 전 마다가스카르에서 포르투갈 선원들에게 죽임을 당했죠. 16세기에 러시아 황궁이 피그미 매머드를 선물로 받았다는 꽤 신빙성 있는 이야기가 있고, 검치를 비롯해 스밀로돈에 대한 설명과 거의 일치하는 동물 떼를 로마의 베시파시아누스 황제가 북아프리카에서 들여왔다는 기록도 많죠. 그러니 이 동물들은 선사시대가 아니라 역사 시대의 동물이죠."

"검치가 과연 소용이 있었을까. 오히려 방해만 되었을 것 같은데." 내가 말했다.

"말도 안 되는 소리예요." 미스 핀치가 말했다. "스밀로돈은 그 어떤 동물보다 뛰어난 사냥꾼이었어요. 분명 그랬을 겁니다. 검치는 화석 기록에서 여러 번 반복적으로 나타나요. 스밀로돈이 몇 마리라도 생존해 있다면 얼마나 좋겠냐만은 한 마리도 없죠. 세계 구석구석에 인간의 손이 닿지 않은 곳이 없는데 나오지 않았으니까요."

"세상이 얼마나 넓은데요." 제인이 반대 의견을 내놓았다. 그때 조명이 깜빡거리더니 어디에선가 섬뜩한 목소리가 다음 방으로 가라고 했다. 앞으로 남은 쇼의 후반부는 겁쟁이들이 감당할 수 없을 것이며 마지막에 밤의 꿈 극장이 자랑하는 소원을 이뤄 주는 캐비닛 공연이 오늘 딱 하루만 공개될 것이라고도 했다.

우리는 플라스틱 컵을 버리고 다음 방으로 갔다.

여섯 번째 방

"페인메이커를 소개합니다!" 서커스 단장의 목소리가 울려 퍼졌다.

스포트라이트가 비정상적으로 마른 수영복 차림의 젊은 남자를 비추었다. 그는 젖꼭지가 고리에 걸린 채로 매달려 있었다. 펑크족 차림의 여자 두 명이 그를 아래로 내려 주었고 도구를 건넸다. 남자는 자기 코에 망치로 15 센티미터 대못을 박았고 혀에 뚫린 구멍으로 역기를 들었으며 수영 팬츠 속에 흰 담비를 몇 마리 집어넣었다. 마지막 묘기로는 키 큰 펑크족 여자를 시켜 자신의 배를 다트판 삼아 주사기를 던져 명중시키게 했다.

"몇 년 전에 자기 쇼에 나왔던 사람 아니야?" 제인이 물었다.

"맞아. 진짜 잘해. 그땐 입안에다 폭죽을 터뜨렸지." 조나단이 말했다.

"서커스에 동물은 안 나온다고 하지 않았나요? 저 젊은 남자의 아랫도리로 들어간 흰담비들이 가엾지도 않아요?" 미스 핀치가 말했다.

"흰담비가 암컷인지 수컷인지에 따라 다를 것 같은데요?" 조나단이 유쾌하게 대꾸했다.

일곱 번째 방

이 방에는 약간의 엉성한 몸 개그와 함께 로큰롤 코미디 공연이 준비되어 있었다. 수녀가 가슴을 드러냈고 꼽추가 바지를 잃어버렸다.

여덟 번째 방

이곳은 어두웠다. 우리는 어둠 속에서 공연이 시작되기를 기다렸다. 나는 자리에 앉고 싶었다. 다리도 아프고 피곤하고 춥고 이제 슬슬 공연도 지겨워졌다.

그때 누군가 관객들에게 조명을 비추었다. 다들 눈을 깜빡거리고 찡그리고며 눈을 가렸다.

"오늘 밤……" 탁하고 갈라진 기이한 목소리가 울려 퍼졌다. 단장의 목소리는 확실히 아니었다. "오늘 밤 여러분 중에서 한 사람의 소원이 이루어집니다. 소원을 이뤄 주는 캐비닛이 간절한 그 소원을 들어줄 겁니다. 행운의 주인공은 과연 누가 될까요?"

"보나 마나 또 관객 중에 한패를 심어 놨겠지." 내가 네 번째 방의 손 잘린 남자를 떠올리며 말했다.

"쉿." 제인이 조용히 하라고 했다.

"그 주인공은 누구일까요? 여기 이 신사분? 아니면 저 숙녀분?" 어둠 속에서 무언가가 나와 우리 쪽으로 어기적어기적 다가왔다. 휴대용 스포트라이트를 들고 있어서 자세히 보이진 않았다. 하지만 실루엣이 사람 같지 않았고 움직임이 꼭 고릴라 같아서 유인원 의상을 입은 사람이겠거니 했다. 어쩌면 아까 괴생명체를 연기한 사람일 수도 있다. "과연 누구일까요?" 우리는 유인원에게 길을 비켜 주면서 눈을 가늘게 뜨고 쳐다보았다.

갑자기 그가 이쪽으로 홱 다가왔다. "아하! 드디어 안성맞춤인 분을 찾았네요." 관객과 무대를 구분해 놓은 벨트 차단봉을 뛰어넘어 미스 핀치의 손을 덥석 잡았다.

"전 정말 됐어요." 미스 핀치는 이렇게 말하면서도 점점 끌려갔다. 우린 미처 말리지 못했다. 너무 긴장돼서, 예의를 차리느라, 무엇보다 소동을 일으켜 남의 이목을 끄는 걸 꺼리는 영국인이라. 어둠 속으로 끌려간 그녀는 시야에서 사라졌다.

조나단이 욕설을 내뱉었다. "젠장. 앞으로 미스 핀치한테 두고두고 욕먹게 생겼네."

조명이 켜졌다. 거대한 물고기 옷을 입은 남자가 오토바이를 타고 실내를 여러 번 돌았다. 오토바이가 달리는 동안 안장 위에 일어나 섰다. 다시 앉아서 오토바이로 벽을 타고 올라갔다 내려오더니 벽돌에 부딪혀 쭉 미끄러지다 뒤집혔다. 그는 오토바이에 깔렸다.

꼽추와 상의를 벗은 수녀가 달려와 모터바이크를 들어 올리고 남자의 물고기 의상을 벗기며 끌어냈다.

"다리가 부러졌어. 빌어먹을 다리가 부러졌다고. 내 다리." 남자는 깔린 오토바이에서 끌려 나오면서 망연자실한 듯 중얼거렸다.

"저것도 연출일까?" 근처의 젊은 여자가 일행에게 말했다.

"아니지." 그녀의 옆에 있던 남자가 답했다.

약간 충격받은 듯한 엉클 페스터와 뱀파이어녀가 관객들을 아홉 번째 방으로 안내했다.

아홉 번째 방

이곳은 미스 핀치가 우리를 기다리고 있는 방이었다.

온통 캄캄했지만 방이 무척 크다는 게 느껴졌다. 어둠 속에서 다른 감각이 예민해진 걸까. 아니면 우리가 모를 뿐, 평소에도 우리는 생각보다 훨씬 더 많은 양의 정보를 처리하고 있는 걸까. 관객들의 발소리와 기침 소리가 저 몇십 미터 앞쪽의 벽에 부딪혀 메아리쳤다.

순간 나는 광기에 가까운 확신으로 알 수 있었다. 어둠 속에 굶주린 채 우릴 지켜보는 커다란 짐승들이 있다는 것을.

서서히 조명이 커졌고 미스 핀치가 보였다. 도대체 그 의상은 어디에서 난 건지 지금까지도 궁금하다.

그녀의 까만 쪽머리는 풀어져 있고 안경도 사라졌다. 너무 많은 맨살이 드러난 의상은 그녀의 몸에 딱 맞았다. 그녀는 창을 들고 무표정한 얼굴로 관객들을 쳐다보았다. 커다란 고양이들이 그녀 옆의 조명 환한 곳으로 사뿐사뿐 걸어갔다. 한 마리는 고개를 뒤로 젖히고 포효했다.

누군가 울부짖기 시작했다. 짐승의 오줌 냄새가 강하게 났다.

동물들은 호랑이만 했는데 줄무늬는 없고 저녁 시간의 모래 해변 색깔이었다. 눈은 샛노랗고 숨결에서 신선한 고기와 피 냄새가 풍겼다.

나는 녀석들의 턱을 유심히 보았다. 검치는 엄니가 아니라 정말 이빨이었다. 뼈에 붙은 고기를 찢어발기기 위해 존재하는 너무 크게 자라 버린 거대한 송곳니.

거대한 고양이들이 우리 주변을 어슬렁어슬렁 돌기 시작했다. 우리는 예전에 인간이 어떤 신세였는지 떠올리며 서로 바짝 붙었다. 짐승들이 어슬렁거리는 밤만 되면 동굴에 꼭꼭 숨어 있던, 사냥감이었던 그 시절.

저게 정말 스밀로돈이 맞는지 모르겠지만, 녀석들은 불편한 듯 심하게 경계하는 것처럼 보였다. 꼬리가 채찍처럼 좌우로 빠르게 왔다 갔다 했다. 미스 핀치는 아무 말도 없었다. 그저 동물들만 쳐다볼 뿐이었다.

다부진 체격의 여자가 들고 있던 우산을 대형 고양이들을 향해 휘둘렀다.

"저리 가. 못생긴 짐승들아."

고양이들은 그녀를 보고 으르릉거렸고 확 뛰어오르기 직전처럼 뒷다리에 힘을 주었다.

여자는 얼굴이 창백해졌지만 계속 우산을 검처럼 들고 있을 뿐, 횃불이 밝혀진 어두운 도시에서 도망치지는 못했다.

순간 커다란 고양이들이 용수철처럼 뛰어올라 그녀를 바닥으로 넘어뜨렸다. 벨벳 같은 커다란 앞발로 찍어 누른 채 위풍당당하게 서서 포효했다. 진동이 느껴질 만큼 깊은 소리였다. 여자는 기절한 듯했다. 차라리 다행일까. 칼날 같은 송곳니가 쌍둥이 단검처럼 늙은 살점을 찢어발겨도 모를 테니까.

나는 출구를 찾아 두리번거렸다. 하지만 또 다른 대형 고양이가 주변에서 서성거리며 겁먹은 양을 대하듯 관객들을 울타리 안으로 점점 몰아넣었다.

조나단이 세 마디의 욕설을 반복해서 내뱉었다.

“우린 다 죽을 거야. 그렇지?” 나 역시 이렇게 말하고 있었다.

“그런 것 같아.” 제인도 말했다.

그때 미스 핀치가 벨트 차단봉을 뚫고 달려와 커다란 고양이의 목덜미를 움켜잡았다. 저항하는 고양이의 코를 창끝으로 찰싹 때렸다. 기가 팍 죽은 고양이는 복종하듯 꼬리를 다리 사이로 축 늘어뜨리고 기절한 여자에게서 물러났다.

쓰러진 여자에게서 핏자국은 보이지 않았다. 그저 의식을 잃은 것이길 바랐다.

우리가 있는 지하 저장고 안쪽에서 천천히 조명이 피어올랐다. 마치 동이 터오는 것 같았다. 정글의 안개에 휘감긴 커다란 고사리와 비비추가 보이고 귀뚜라미 소리와 새로운 아침을 맞이해 깨어나는 기이한 새들의 울음소리가 아득하게 들려왔다.

내 안의 작가 본능이 말하고 있었다. 연기 발생기와 식물, 녹음테이프만 있으면 가능한 연출이야. 물론 실력 좋은 조명 전문가도 필요하고. 교통사고가 났을 때 차에서 비틀비틀 빠져나오면서도 피 웅덩이의 유리 조각에 반사되던 특이한 조명의 모습을 눈에 담고, 큰 아픔을 겪을 때조차 내 마음이 얼마나 아픈지 혹은 얼마나 멀쩡한지를 유심히 관찰하던, 내 안의 작가 본능이 말하고 있었다.

미스 핀치는 사람들의 시선을 전혀 의식하지 않고 왼쪽 가슴을 긁었다. 그리고 뒤돌아 새벽이 밝아 오는 지하 정글 쪽으로 걸어갔다. 검치 호랑이 두 마리를 양옆에 끼고서.

새 한 마리가 날카로운 소리를 내더니 지저귀기 시작했다.

새벽의 빛이 흐릿해지면서 다시 어둠으로 변했고 안개도 걷혔다. 한 여자와 두 마리 짐승은 사라지고 없었다.

다부진 체격의 여자가 아들의 도움으로 일어났다. 깨어난 그녀는 큰 충격을 받은 듯했지만 다치지는 않았다. 우산에 몸을 지탱하면서 우리를 노려보는 것으로 보아 다치지 않은 게 분명했다. 그 사실이 확인되자마자 우리는 박수를 쳤다.

아무도 우리를 데리러 오지 않았다. 엉클 페스터도 뱀파이어 여자도 보이지 않았다. 우리는 어떤 안내도 없이 열 번째 방으로 갔다.

열 번째 방

이곳에는 화려한 피날레를 장식할 준비가 전부 다 되어 있었다. 관객들이 앉아서 공연을 관람할 수 있는 플라스틱 의자도 있었다. 우리는 의자에 앉아 기다렸지만 서커스 단원들은 아무도 오지 않았다. 한동안 기다린 후에야 아무도 오지 않으리라는 사실이 확실해졌다.

사람들이 이동하기 시작했다. 문이 열리는 소리, 차들이 지나가는 소리, 빗소리가 들렸다.

나는 제인과 조나단을 쳐다보았고 다 같이 일어섰다. 마지막 방에는 무인 테이블에 포스터와 CD, 배지 같은 서커스 기념품과 현금통이 놓여 있었다. 열린 문틈으로 거리의 노란 불빛이 들어왔다. 세찬 바람에 팔리지 않은 포스터가 요란하게 펄럭거렸다.

"미스 핀치를 기다려야 하나?" 우리 셋 중 하나가 물었다. 그게 나였다고 말하고 싶지만, 아무튼 두 사람이 고개를 흔들었고 결국 우린 비가 내리는 밖으로 나갔다. 세찬 빗줄기가 어느새 심한 바람과 함께 내리는 부슬비로 바뀌어 있었다.

비와 바람을 맞으며 좁은 도로를 잠깐 걸으니 우리 차가 보였다. 인도에 서서 내가 탈 뒷좌석의 문이 열리기를 기다렸다. 빗소리와 도시의 소음 사이에서, 어딘가 가까운 곳에서 호랑이 소리가 들린 것 같았다. 세상을 통째로 흔들어 놓을 것 같은 깊은 포효였다. 아니, 어쩌면 그건 그냥 기차 소리였을지도 모른다.

변화들

Changes

1998

I

훗날 사람들은 짧게 깎은 머리의 일곱 살 소년이 하얀 병원에서 겁먹은 갈색 눈으로, 누나의 머리에 생긴 오리알 만한 종양이 열두 해의 삶을 집어삼키는 모습을 지켜본 것이 '모든 것의 시작이었다'라고 말했다. 어쩌면 정말 그랬을 것이다.

그의 전기 영화《리부트》(로버트 저메키스 감독의 2018년 작)는 세월을 훌쩍 뛰어넘어 10대 시절로 돌아간다. 그는 커다란 하얀 배 개구리 해부에 대한 논쟁 후 과학 선생님이 에이즈로 죽는 모습을 지켜본다.

"개구리를 왜 해부해야 해요?" 음악 소리가 커지며 어린 라지트가 묻는다. "그러지 말고 생명을 주면 안 돼요?" 고故 제임스 얼 존스가 연기한 과학 선생님은 처음에는 창피한 표정이었다가 새로운 희망이 샘솟는 듯 병원

침대에 누운 채 한 손을 소년의 여윈 어깨에 올려놓는다.

"라지트, 그걸 할 수 있는 사람은 바로 너란다." 선생님이 깊은 목소리로 말한다.

소년은 고개를 끄덕이고 맹목적인 광기에 가까운 결연한 눈빛으로 카메라를 바라본다.

하지만 이런 일은 실제로 있지도 않았다.

II

11월의 흐린 어느 날. 라지트는 검은 테 안경을 쓴 40대의 키 큰 남자가 되어 있다. 지금은 안경을 쓰고 있지 않다. 안경이 없으니 알몸이 더욱 두드러진다. 그는 식어 가는 욕조에 들어앉아 연설의 마지막 부분을 연습하고 있다. 평소 자세가 구부정한 그이지만 지금은 아니다. 그는 입 밖으로 말하기 전에 먼저 생각한다. 그는 남들 앞에서 말을 잘하지 못한다.

그가 또 다른 연구 과학자, 도서관 사서와 함께 사는 브루클린의 아파트는 오늘 비어 있다. 미지근한 물 속에서 성기가 호두알처럼 쪼그라들었다. "이것이 의미하는 바는 암과의 전쟁에서 우리가 승리했다는 뜻입니다." 그가 큰소리로 천천히 말한다. 그다음에는 잠깐 멈추고 기자의 질문을 받는 척하며 앞을 쳐다본다.

"부작용요?" 욕실에서 그의 목소리가 울린다. "네, 몇 가지 부작용이 존재합니다. 하지만 저희가 지금까지 알아낸 바에 의하면 영구적인 변화로 이어지는 부작용은 하나도 없습니다."

알몸의 그가 낡은 욕조에서 일어나 변기를 붙잡고 심하게 구토를 한다. 무대 공포증이 칼로 내장을 긁어내듯 속을 휘젓는다. 더 이상 게워낼 것도 없고 헛구역질도 잦아들자 라지트는 리스테린으로 입을 헹구고 옷을 입은 다음 전철로 맨해튼 중심부에 간다.

III

〈타임〉지에 실린 것처럼, 그것은 "페니실린의 발명과 마찬가지로 의학의 본질을 근본적으로 그리고 중대하게 바꿔 놓을" 발견이었다.

전기 영화에서 성인 라지트 역을 맡은 제프 골드브럼이 말한다. "만약, 정말 만약에, 우리 몸의 유전자 코드를 리셋할 수 있다면 어떨까? 우리 몸이 해야 할 일을 잊어버려서 각종 질병이 발생하는 거야. 코드가 뒤죽박죽되고 프로그램에 오류가 생기는 거지. 만약……만약 그걸 고칠 수 있다면?"

"당신 미쳤어." 영화에서 라자트의 사랑스러운 금발 여자친구가 쏘아붙인다. 하지만 현실의 그에겐 여자친구가 없다. 라지트의 성생활은 에이잭스 에스코트 에이전시의 젊은 남자들과 가끔 하는 성매매가 전부다.

"있잖아." 제프 골드브럼이 여자친구를 부른다. 실제로 라지트는 절대로 저렇게 할 수 없을 것이다. "컴퓨터하고 비슷해. 프로그램 오류로 인한 작은 결함을 하나씩, 증상별로 고치는 대신 그냥 프로그램을 재설치하는 거야. 모든 정보는 그대로 다 두고 우리 몸에 RNA와 DNA를 다시 확인하라고 하는 거지. 그러면 우리 몸이 프로그램을 다시 읽고 그다음에 리부트하는 거나 마찬가지인 거야."

금발의 여배우가 감동한 듯 활짝 웃으며 열정적인 키스로 그의 말을 막는다.

IV

그녀는 비장과 림프샘, 복부에 암이 생겼다. 폐렴도 있다. 그녀는 라지트의 실험에 참여하기로 동의했다. 그녀는 암을 완치할 수 있다는 주장이 미국에서 불법이란 것도 알고 있다. 라지트는 얼마 전까지만 해도 뚱뚱했지만 살이 많이 빠진 그녀를 보면 태양 아래의 눈사람이 생각난다. 그녀는 매일 녹아내린다. 매일 존재가 조금씩 더 불분명해진다.

"보통 알고 계시는 약과는 다릅니다. 이건 일련의 화학적 명령이에요." 그의 설명을 듣는 환자는 멍한 얼굴이다. 그가 환자에게 투명한 액체를 두 병 투여한다.

그녀는 곧 잠이 든다.

잠에서 깬 그녀는 암세포가 다 사라졌다. 하지만 얼마 후 폐렴으로 목숨을 잃었다.

라지트는 환자가 죽기 전에 이틀 동안 고민에 빠졌다. 부검 결과 환자에게 남성의 성기가 생겼다. 기능으로 보나 염색체로 보나 모든 측면에서 남자로 변했다는 사실을 어떻게 설명해야 할지 알 수 없었다.

V

20년 후 뉴올리언스(모스크바나 맨체스터, 파리, 베를린이었을 수도 있다)의 작은 아파트. 오늘은 아주 중요한 날이다. 조/조이는 오늘 저녁 반드시 멋져 보여야 한다.

폴로네이즈 크리놀린 스타일의 18세기 프랑스 궁중복(유리섬유로 만든 버슬과 가슴 밑쪽에 와이어를 댄 데콜타주, 레이스 자수가 들어간 진홍색 보디스로 이루어진 옷)과 주름 칼라와 샅 주머니, 검은색 벨벳과 은실로 만든 필립 시드니 경의 궁중복 중에서 하나를 골라야 한다. 조/조이는 페니스보다 가슴골을 선택하기로 한다. 12시간 남았다. 조/조이는 빨간 알약이 든 약통을 연다. X라고 써진 빨간 알약을 두 알 먹는다. 지금은 아침 10시. 조/조이는 침대로 가서 자위를 시작한다. 어느 정도 발기가 됐지만 사정하기 전에 잠이 든다.

방은 무척 좁다. 빈틈이 보이지 않을 정도로 사방에 옷이 잔뜩 걸려 있다. 바닥에는 다 먹은 피자 상자가 널브러져 있다. 조/조이는 평소 코골이가 심하지만 프리부팅할 때는 아무런 소리도 내지 않는다. 혼수상태에 빠졌다고 할 수 있다.

조/조이는 한결 나긋나긋하고 새로워진 기분으로 밤 10시에 일어난다. 처음 클럽 파티를 즐기기 시작했을 때만 해도 조/조이는 체인지를 할 때마다 자기 몸을 낱낱이 뜯어보곤 했다. 점, 젖꼭지, 음경 포피나 클리토리스를 보면서 어떤 흉터가 사라지거나 그대로 남았는지 살폈다. 하지만 베테랑이 된 지금은 버슬과 페티코트, 보디스, 드레스를 입고 (처지지도 않고 봉긋한) 새 가슴을 그냥 옷 안에 집어넣는다. 페티코트가 바닥에 끌린다. 40년 된 닥터 마틴 부츠가 가려질 것이다(뛰거나 걷거나 발로 차거나 할 일이 있을 때 실크 슬리퍼는 아무런 소용이 없으니까).

볼륨 있는 흰색 가발로 오늘의 코디를 마무리한다. 향수도 칙칙. 조/조이는 페티코트 안으로 손을 가져가 손가락 하나를 다리 사이에 집어넣은 다음(조/조이는 최대한 진짜 여자처럼 보이고 싶어서 속바지를 입지 않는다. 물론 닥터 마틴이 거짓말을 드러내 주겠지만) 귀 뒤쪽을 문지른다. 행운을 비는 건지, 성적 매력을 발산하려는 건지는 모른다. 11시 5분에 택시가 도착해 초인종을 눌렀고 조/조이는 아래층으로 내려간다. 조/조이는 무도회에 간다.

조/조이는 내일 밤에 알약을 또 먹을 것이다. 직장에서는 100퍼센트 남성의 정체성을 유지하고 있다.

VI

라지트는 리부트의 성별 변화 효과를 단순히 부작용의 하나로만 인식했다. 그가 노벨상을 받은 것도 암 치료 연구 때문이었다(리부팅은 대부분 암에 효과적이지만 모든 암에 그런 것은 아니었다).

라지트는 탁월한 두뇌의 소유자이지만 대단히 근시안적이었다. 그가 예측하지 못한 일들이 꽤 있었는데, 예를 들면 이런 것들이었다.

성별이 바뀌느니 그냥 차라리 암으로 죽는 것을 선택하는 환자들이 있을 거라는 점이 그랬다. 특히 가톨릭교회가 리부트라는 브랜드명으로 시중에서 판매되기 시작한 그의 화학 자극제를 반대하고 나섰다. 성별 변화 시 태아 자체도 리부트가 되면서 태아의 살이 여성의 몸에 재흡수되고, 남성은 임신을 하지 못한다는 것이 가장 큰 이유였다. 그 밖에도 수많은 종파가 "하나님이 남자와 여자를 창조하시고"라는 창세기 1장 27절의 내용을 내세워 리부트를 반대했다.

리부트에 반대하는 종파는 다음과 같았다. 이슬람교, 크리스천 사이언스, 러시아 정교회, 로마 가톨릭교회(내부에서 의견 대립이 심했다), 통일교, 정통 트렉 팬덤, 정통파 유대교, 미국 근본주의 연합.

자격을 갖춘 의사가 치료하면 괜찮다고 리부트 사용에 찬성한 종파는 다음과 같았다. 대부분의 불교 신자들, 예수 그리스도 후기 성도 교회, 그리스 정교회, 사이언톨로지 교회, 성공회(내부에서 의견 대립이 심했다), 뉴 트렉 팬덤, 자유 또는 개혁 유대교, 뉴에이지 아메리카 연합.

리부트를 오락용으로 사용하는 것에 찬성한 종파는 처음부터 하나도 없었다.

라지트는 리부트로 인해 성전환 수술이 필요 없게 되리라는 사실을 깨달았지만, 욕망이나 호기심, 도피를 이유로 리부트를 사용할 사람이 나오리라고는 꿈에도 생각하지 못했다. 리부트나 그와 비슷한 화학 자극제를 위한 암시장이 생기리라는 것도 당연히 예측하지 못했다. 리부트가 시중에서 판매되기 시작하고 FDA의 승인을 받은 지 15년도 안 되어 불법 제조된 가짜 리부트(짝퉁이라고 불리게 되었다)의 판매량이 그램 수 기준, 헤로인과 코카인을 넘어 열 배 이상 많아지리라는 것도.

VII

동유럽의 몇몇 신공산주의 국가에서는 리부트 짝퉁을 소지한 사람을 사형에 처하는 법안이 생겨났다.

태국과 몽골에서는 남자아이들을 강제로 리부트시켜서 매춘을 시키는 사례가 보고되었다.

중국에서는 여자 신생아를 남자로 리부트시켰다. 그 한 번의 리부트에 필요한 알약을 마련하기 위해 전 재산을 쏟아붓는 가정이 많았다. 암으로 죽는 노인들의 숫자는 예전과 비슷했다. 그 후 찾아온 출산율 위기의 심각성을 인지했을 때는 너무 늦었다. 극단적인 해결책이 제안되었지만 실행하기가 쉽지 않았고 결국 최후의 혁명으로 이어졌다.

국제 앰네스티는 일부 범아랍 국가에서 생물학적으로 남자로 태어났지만 여성의 정체성을 가진 남자들이 그 사실을 드러냈다가 교도소에 갇히고 강간이나 살해당하는 사건이 발생하고 있다고 보고했다. 아랍 지도자들은 그런 현상은 과거에도 현재에도 일어난 적이 없다고 전면 부인했다.

VIII

60대가 된 라지트는 〈뉴요커〉에서 '변화change'가 심한 선정성과 금기를 함축하는 단어라는 기사를 읽는다.

학생들은 수업 시간에 21세기 이전의 문학 작품을 배울 때, '나에겐 변화가 필요했다'나 '변화를 위한 시간', '변화의 바람' 같은 표현이 나오면 멋쩍은 듯 킥킥거린다. 노리치의 한 학교에서는 영어 시간에 열네 살 학생이 '변화는 휴식만큼 좋다'라는 옛 속담을 발견하자, 모두가 경악하며 그 음란한 단어에 킬킬거리기도 했다.

표준 영어 협회 대표는 〈타임〉지에 좋은 단어를 또 하나 잃었음을 개탄하는 편지를 보낸다.

몇 년 후 스트레텀에 사는 학생은 '난 변했어!'라는 문구가 선명하게 박힌 티셔츠를 공공장소에서 입었다는 이유로 고소당했다.

IX

재키는 웨스트 할리우드에 있는 나이트클럽 블로섬즈에서 일한다. 로스앤젤레스에는 재키 같은 사람이 수십 명, 아니 수백 명이나 있다. 미국 전역에 수천 명, 전 세계에는 수만 명일 것이다.

일부는 정부에서 일하고 또 종교 단체나 기업에서 일하기도 한다. 그리고 재키를 포함한 일부는 뉴욕, 런던, 로스앤젤레스에서 세련되고 잘나가는 사람들이 찾는 장소의 문을 지킨다.

재키가 하는 일은 이렇다. 재키는 들어오는 사람들을 보면서 속으로 생각한다. 남자로 태어났지만 현재는 여자, 여자로 태어났지만 현재는 남자, 남자로 태어났고 현재도 남자, 여자로 태어났고 현재도 여자…….

'자연인의 밤'에 ('변하지 않은' 사람들을 말한다) 재키는 "죄송하지만 손님은 오늘 입장할 수 없습니다."라는 말을 많이 한다. 재키 같은 사람들의 정확도는 97퍼센트나 된다. 〈사이언티픽 아메리칸〉지에 실린 기사는 이러한 성별 감지 능력이 유전일지도 모른다고 한다. 늘 존재했지만 이제야 생존을 위한 절대적인 가치가 생겨서 발현된 것이라고.

재키는 일이 끝난 이른 아침, 블로섬즈 주차장 뒤편에서 기습 공격을 당한다. 얼굴과 가슴, 머리, 가랑이를 새 부츠 발로 차이면서 재키는 생각한다. 남자로 태어났지만 현재는 여자, 여자로 태어났고 현재도 여자, 여자로 태어났지만 현재는 남자, 남자로 태어났고 현재도 남자…….

재키는 한쪽 눈을 잃고 얼굴과 가슴에 시퍼렇게 멍이 든 채 병원에서 퇴원한다. 언제든 직장으로 다시 돌아오라는 카드가 담긴 크고 이국적인 꽃다발이 배달된다.

하지만 재키는 초고속 열차를 타고 시카고로 간다. 시카고에서 완행열차로 캔자스시티에 도착한다. 재키는 예전 직업이었던 도장공과 전기기사로 일하며 그곳에 자리를 잡고 돌아가지 않는다.

X

라지트는 이제 70대가 되었다. 그는 리우데자네이루에 산다. 하고 싶은 것은 뭐든지 할 수 있을 정도로 부유하지만 섹스는 그 누구와도 절대 할 마음이 없다. 그는 아파트 창가에서 코파카바나 해변의 구릿빛 몸매들을 내려다본다.

저 사람들에게는 라지트가 아무것도 아닐 것이다. 클라미디아균에 감염된 10대가 페니실린을 발명한 알렉산더 플레밍에게 감사 따위를 느끼지 않는 것처럼. 사람들은 라지트가 이미 죽었다고 생각할 것이다. 어쨌든 아무도 그에게 신경 쓰지 않는다.

어떤 암들은 리부팅을 이겨 내고 진화 또는 변이를 일으켰다. 리부트에도 살아남는 세균성 혹은 바이러스성 질환도 있다. 오히려 리부트 덕에 무럭무럭 자라기도 한다. 특히 임질 변이는 처음에 숙주의 몸에서 휴면 상태에 머물러 있다가 리부트를 매개체로 삼는다는 가설이 제기되었다. 생식기가 반대 성별의 것으로 재조직될 때만 감염이 이루어진다는 것이다.

하지만 서구 사회에서 인간의 수명은 계속 늘어나고 있다.

과학자들은 오락을 목적으로 리부트를 사용하는 사람들, 이른바 프리부터들 중에서 왜 일부는 정상적으로 노화가 이루어진 반면 어떤 이들은 노화의 기미가 전혀 없는지 밝혀내지 못했다. 어떤 과학자들은 세포의 측면에서는 실제로 노화가 이루어지고 있다고 주장한다. 아직 확정하기에는 너무 이르고 확실하게 아는 사람은 아무도 없다는 견해도 있다.

리부트가 젊음을 되돌려 주진 못한다. 하지만 적어도 일부의 경우, 노화를 막는다는 증거가 있다. 그동안 오락을 위한 리부트의 사용을 거부했던 다수의 노인 세대가 의료 목적과 상관없이 정기적으로 리부트를 복용—프리부팅—하기 시작했다.

XI

동전은 이제 '주화coinage' 또는 '정화specie'라고 불린다.

뭔가를 다르게 바꾸는 과정은 이제 보통 '쉬프팅shifting'이라고 한다.

XII

라지트는 리우데자네이루의 아파트에서 전립선암으로 죽어 가고 있다. 나이는 90대 초반. 그는 리부트를 먹지 않았다. 그걸 먹는다는 생각만으로 공포가 밀려온다. 암세포는 골반의 뼈와 고환까지 전이되었다.

그가 벨을 누른다. 간호사가 일일 연속극을 끄고 커피잔을 내려놓기까지는 시간이 좀 걸렸다. 그래도 오긴 왔다.

"바람 좀 쐬게 해 줘요." 라지트가 쉰 목소리로 말한다. 처음에 간호사는 알아듣지 못한 척한다. 그가 간단한 포르투갈어로 다시 말하자 간호사가 고개를 흔든다.

그가 힘겹게 침대에서 몸을 일으킨다. 꼽추처럼 쪼그라들고 구부정한 몸. 바람에 날아가 버릴 것처럼 한없이 연약해 보이는 몸으로 아파트 현관문으로 걸어간다.

간호사는 말리려 하지만 실패한다. 결국 간호사가 그를 부축하고 복도로 걸어가 엘리베이터를 기다린다. 두 해 만의 외출이다. 라지트는 암에 걸리기 전에도 집안에만 있었다. 지금은 앞도 거의 보이지 않는다.

이글거리는 태양 아래 간호사의 부축을 받아 길을 건너고 코파카바나의 모래밭으로 내려간다.

해변에 있는 사람들이 오래된 잠옷을 입은 산송장이나 다름없는 대머리 늙은이를 쳐다본다. 한때 갈색이었던 두꺼운 검은 테 안경 속의 눈동자는 이제 색깔을 잃었다.

그도 사람들을 쳐다본다.

그들은 황금빛이고 아름답다. 모래밭에 잠든 이들도 있다. 대부분 알몸이거나 알몸을 두드러지게 하는 수영복을 입었다.

라지트는 그들을 안다.

한참 뒤에 그의 전기 영화가 또 나왔다. 마지막 장면에서 노인은 라지트가 실제로 그랬던 것처럼 해변에 주저앉았고 잠옷 바지에서는 핏방울이 떨어진다. 해진 면을 흠뻑 적시고 모래 위에 고인다. 그는 경이로움이 가득한 얼굴로 사람들을 바라본다. 마침내 태양을 정면으로 바라볼 수 있게 된 것처럼.

그는 남자도 아니고 여자도 아닌 황금빛 사람들에 둘러싸여 죽으면서 딱 한 마디를 내뱉었다.

"천사."

해변의 사람들과 마찬가지로 아름다운 금빛 사람들. 변한 사람들은 그의 전기 영화를 보며 모든 것이 끝임을 알았다.

그것은 정말 끝이었다. 라지트도 알았으리라.

『스타더스트』
발췌

Excerpt
from Stardust

1999

오솔길에 도착한 '별'은 온몸이 흠뻑 젖었고, 슬픔과 추위에 덜덜 떨었다. 유니콘이 걱정되었다. 마지막 날에 숲의 풀과 고사리가 회색 바위와 가시덤불로 변해 버려서 유니콘에게 줄 먹이를 찾지 못했던 것이다. 편자를 끼우지 않은 유니콘의 발굽은 돌투성이 길에 적합하지 않았고 유니콘의 등은 사람을 태우기에 맞지 않았다. 그 때문에 유니콘의 걸음걸이가 점점 느려졌다. 별은 여행 내내 이 축축하고 거친 땅으로 떨어진 날을 저주했다. 하늘에서 내려다보았을 때는 부드럽고 따뜻해 보이기만 했는데, 이젠 아니다. 이제 그녀는 유니콘만 빼고 이 땅의 모든 게 싫어졌다. 안장이 아프고 불편해서 그럴 수만 있다면 당장이라도 유니콘에서 내리고 싶은 심정이었다.

온종일 빗줄기가 퍼부은 후에 나타난 여관의 불빛은 별이 땅으로 내려와서 본 것 중에서 가장 반가운 풍경이었다. "발 조심해, 발 조심해."라고 말하듯 빗방울이 후두두 돌 위로 떨어졌다. 유니콘은 여관에서 약 50미터 떨어진 곳에 멈춘 뒤 그 이상 가까이 가려고 하지 않았다. 여관의 열린 문틈에서 따뜻한 노란빛이 잿빛 세상으로 새어 나왔다.

"어서 와요." 열린 문가에서 친절한 목소리가 들렸다.

별은 유니콘의 젖은 목덜미를 쓰다듬고 부드러운 목소리로 달랬다. 하지만 유니콘은 여관에서 흘러나오는 불빛 속에서 하얀 유령처럼 꼼짝 않고 서 있을 뿐이었다.

"들어오지 그래요, 아가씨. 그렇게 빗속에서 서 있지 말고." 여자의 친절한 목소리가 별의 마음을 따뜻하게 녹였다. 적당히 걱정해 주는 듯하면서도 적당히 현실적이었다. "요기를 원하면 식사도 제공된답니다. 난로에 불이 활활 타고 따뜻한 목욕물도 충분하니 뼛속까지 온몸을 따뜻하게 녹여 줄 거예요."

"드……들어가고는 싶은데……도움이 필요해서요. 제 다리가……." 별이 말했다.

"아이코, 가엾어라. 남편 빌리한테 들어서 안으로 옮겨 달라고 해 줄게요. 마구간에 건초와 깨끗한 물도 있어요."

여관 여주인이 가까이 다가가자 유니콘이 미친 듯 날뛰었다.

"괜찮아, 괜찮아. 너무 가까이 가지 않으마. 어차피 나도 유니콘을 만져 본 지 오래됐거든. 처녀 적이니까. 이 부근에서 유니콘을 보는 것도 오래간만이고."

유니콘은 불안한 듯 어느 정도 떨어져 여자를 따라 마구간으로 들어간 뒤, 제일 끄트머리 칸의 마른 건초더미에 앉았다. 별은 빗물을 뚝뚝 흘리며 고통스러운 얼굴로 말에서 내렸다.

빌리는 하얀 수염이 있는 무뚝뚝한 사내였다. 그는 별다른 말 없이 별을 안고 여관으로 가 장작이 타다닥 타고 있는 난롯가의 다리 3개 달린 의자에 앉혀 주었다.

"가엾어라." 여주인이 뒤따라서 안으로 들어왔다. "물의 요정처럼 홀딱 젖었네. 이 물웅덩이 좀 봐. 예쁜 옷의 상태를 보아하니 뼛속까지 흠뻑 젖었겠어." 여주인은 남편을 내보내고 별의 젖은 원피스를 벗겨 불가에 걸었다. 물방울이 난롯가의 뜨거운 벽돌 위로 떨어지면서 쉭 증발했다.

난로 앞에는 금속 욕조가 있었다. 여주인은 칸막이를 쳐서 욕조를 가렸다. "물은 어떤 게 좋아요? 따뜻하게? 뜨겁게? 아니면 바닷가재도 익을 정도로 펄펄?" 목소리에서 배려심이 묻어났다.

"모르겠어요." 별은 토파즈 달린 은색 체인만 허리에 두른 채 알몸이 된 데다 지금까지 일어난 기이한 일들 때문에 정신이 하나도 없었다. "목욕을 처음 해 보는 거라서요."

"한 번도 안 해 봤어요?" 여주인은 놀란 얼굴이었다. "가엾은 미운 오리 새끼 같으니. 그럼 너무 뜨겁지 않은 게 좋겠네. 욕조에 물을 다시 채워야 하면 불러요. 불에 뭘 올려놔서 부엌으로 가 봐야 해요. 목욕을 다 하면 데운 포도주하고 달콤한 순무 구이를 가져다줄게요."

별이 자신은 먹지도, 마시지도 않는다고 대답하기도 전에 여주인은 서둘러 가 버렸다. 별은 욕조에 덩그러니 홀로 남았다. 부목을 댄 부러진 다리를 욕조 밖으로 내밀어 다리 셋 달린 의자에 기댔다. 처음에는 물이 너무 뜨거웠지만 열기에 점점 익숙해지자 온몸이 노곤해졌다. 하늘에서 떨어진 후 처음으로 행복을 느꼈다.

"잘하고 있네." 여관 여주인이 돌아왔다. "좀 어때요?"

"훨씬, 훨씬 좋아요. 감사합니다."

"심장은? 심장 상태는 어때요?" 여자가 물었다.

"제 심장요?" 이상한 질문이었다. 하지만 여자는 진심으로 걱정되어 묻는 것 같았다. "아까보다 행복해요. 편안하고. 걱정이 줄어들었어요."

"잘됐네. 심장이 뜨겁게 타올라야 해요, 알았죠? 아가씨 심장이 뜨겁게 타올라야 해요. 안에서 밝게 빛나야 해."

"아주머니가 보살펴 주셔서 제 심장이 행복으로 활활 불타오르는 것 같아요."

여주인은 몸을 숙여 별의 턱 아래를 어루만졌다. "착하기도 해라. 말도 참 예쁘게 하네." 그녀는 사람 좋은 미소를 짓고는 희끗희끗한 자기 머리카락을 쓸었다. 그리고 수건 재질의 두꺼운 가운을 칸막이 끝에 걸었다. "목욕 다 하면 이걸 입어요. 아, 서둘러 끝내지 않아도 돼요. 예쁜 드레스가 마르려면 시간이 좀 걸릴 테니까. 가운을 입고 있으면 따뜻할 거예요. 욕조에서 나오고 싶으면 소리쳐 불러요. 와서 도와줄 테니까." 그녀는 몸을 기울여 별의 젖가슴 사이를 차가운 손가락으로 만지며 싱긋 웃었다. "참 튼튼하고 좋은 심장이야."

이 무지몽매한 땅에도 좋은 사람들이 있다니, 별은 마음이 따스해지고 만족스러웠다. 바깥의 산속 오솔길은 세찬 비바람이 몰아쳤지만 여관은 따뜻하고 편안했다. 여주인은 따분한 표정의 딸과 함께 와서 별이 욕조에서 일어나는 걸 도와주었다. 난로의 불빛이 별의 허리춤에 있는 은색 체인 토파즈에 비쳤으나, 곧 그녀가 걸친 두툼한 가운에 가려졌다.

"아가씨, 이제 이쪽으로 와서 좀 쉬어요." 여주인은 별을 나무 테이블까지 부축해 주었다. 테이블 상석에는 큰 식칼과 나이프가 놓여 있었다. 둘 다 칼자루가 뼈 소재로 되어 있었고 날은 까만 유리였다. 별은 절뚝거리며 테이블의 긴 의자로 가서 앉았다.

바깥의 세찬 바람은 여전했고 난롯불은 초록색과 파란색, 하얀색으로 타올랐다. 그때 여관 밖에서 돌풍을 뚫고 우렁찬 목소리가 울려 퍼졌다. "숙박을 하고 싶소! 식사도! 포도주도! 난롯불도! 마구간 소년은 어디 있나?"

남편과 딸은 미동도 없이 마치 지시를 기다리듯 붉은색 옷을 입은 여주인을 쳐다보았다. 그녀가 잠깐 입술을 삐죽거리더니 말했다. "뭐, 좀 늦어져도 상관없겠지. 어디 가진 않을 테니까 말이야. 그렇죠?" 뒷부분은 별에게 한 말이었다. "그 다리를 하고, 게다가 비도 많이 오니까. 안 그래요?"

"친절을 베풀어 주셔서 감사해요." 순진한 별이 진심을 담아 말했다.

"당연하지." 붉은 옷을 입은 여자는 초조한 듯 검은 칼을 쓰다듬었다. 마치 빨리하고 싶어서 견딜 수 없는 일이라도 있는 듯했다. "방해꾼들이 전부 사라질 때까지 아직 시간은 많아."

여관 불빛은 트리스트란이 페어리 여행에서 만난 가장 반가운 풍경이었다. 프리머스가 도와달라고 소리치는 동안 트리스트란은 지친 말들을 풀어 한 마리씩 여관 옆쪽의 마구간으로 데려갔다. 제일 끄트머리 칸에는 하얀 말이 잠들어 있었는데 바빠서 제대로 살펴볼 틈이 없었다.

왠지 모르게 별이 가까이 있다는 확신이 들어서(한 번도 본 적 없고 가 본 적 없는 길을 마음 깊은 곳에서 알고 있는 느낌이었다) 안심도 되고 초조하기도 했다. 말들은 훨씬 더 지치고 배고플 터였다. 자기의 저녁 식사—분명히 별과 마주칠 것이다—는 조금 늦어져도 괜찮을 것 같아서 프리머스에게 말했다. "저는 말들의 물기를 좀 닦아 주겠습니다. 안 그러면 감기 걸릴 것 같아서요."

키 큰 남자가 솥뚜껑처럼 커다란 손을 트리스트란의 어깨에 올렸다.

"훌륭하구나. 일꾼에게 번트 에일을 가져다주라고 하마."

트리스트란은 말들의 털을 솔질하고 발굽 사이에 낀 이물질을 파내면서 별을 생각했다. 만나면 뭐라고 말해야 할까? 별은 뭐라고 말할까? 마지막 말을 솔질해 줄 때쯤, 멍한 얼굴의 심부름꾼 소녀가 손잡이가 달린 커다란 컵에 데운 포도주를 들고 나타났다.

"거기에 놔 줘. 손이 좀 한가해지면 그때 잘 마실게." 소녀는 마구 상자에 컵을 올려놓고 말 한마디 없이 그냥 가 버렸다.

그때 맨 끄트머리 칸에 있는 말이 일어나 문을 차기 시작했다.

"워워, 진정해. 너희들에게 줄 따끈한 겨와 귀리 여물이 있는지 알아봐야겠다."

말의 앞발굽에는 커다란 돌이 박혀 있었다. 트리스트란은 조심스레 돌을 파냈다. 그는 별을 만나면 이렇게 말하기로 했다. 별 아가씨, 진심에서 우러나오는 제 사과를 부디 받아 주세요. 그러면 별은 이렇게 말할 것이다. 온 마음으로 그 사과를 받아 줄게요. 이제 같이 마을로 가서 당신이 사랑하는 사람에게 나를 보여 주세요. 그녀에 대한 진실한 사랑의 증표로…….

그 순간 시끄럽게 덜컹거리는 소리가 그의 상상을 깨뜨렸다. 끄트머리 칸의 하얀 말이 —트리스트란은 그게 말이 아니란 사실을 곧장 깨달았다— 칸막이 문을 발로 차 버리고 뿔을 아래로 내린 채 그를 향해 필사적으로 돌진해 오는 게 아닌가.

트리스트란은 두 팔을 올리고 지푸라기 깔린 바닥으로 몸을 던졌다.

잠시 후 고개를 들어 보았다. 컵 바로 앞에서 멈춘 유니콘이 따끈한 포도주 쪽으로 뿔을 내리고 있었다.

트리스트란은 어색한 듯 일어섰다. 포도주에서 김이 솟아오르고 거품이 일었다. 순간 오랫동안 잊고 있었던 지식이 떠올랐다. 동화였던가, 아이들의 구전 설화였던가, 유니콘의 뿔은 독을 탐지할 수 있다고 했지.

"혹시 저기에 독이?" 그가 중얼거렸다. 순간 유니콘이 고개를 들고 트리스트란의 눈을 빤히 쳐다보았다. 트리스트란은 그게 사실임을 알 수 있었다. 심장이 쾅쾅 뛰었다. 여관으로 휘몰아치는 바람이 꼭 미친 마녀의 비명 같았다.

트리스트란은 마구간 문으로 달려갔지만 곧 멈추어 생각에 잠겼다. 튜닉셔츠의 주머니를 뒤지니 양초가 전부 타고 남은 밀랍 덩어리가 나왔다. 밀랍 덩어리에는 얇은 구리로 된 나뭇잎이 붙어 있었다. 그는 나뭇잎을 조심스럽게 떼어 내 귀로 가져가 그것이 뭐라고 말하는지 들어보았다.

"포도주 좀 드릴까요, 나으리?" 여관으로 들어온 프리머스에게 기다란 붉은색 원피스를 입은 중년 여자가 물었다.

"사양해야 할 것 같군. 차갑게 식은 내 형제의 시신이 땅에 누워 있는 걸 보기 전까지, 포도주는 내 것만 마시고 음식도 내가 직접 구한 것만 먹어야 한다는 개인적인 믿음이 있어서 말이야. 괜찮다면 이곳에서도 그렇게 하겠네. 물론 이곳에서 파는 포도주를 마시는 것과 똑같이 돈을 내겠어. 내 포도주병을 불가에 올려 데워주겠나? 같이 온 젊은 청년 하나가 있는데 지금 말들을 돌보고 있네. 나처럼 맹세를 하지도 않았고 말이야. 뼛속까지 언 몸을 좀 녹이게 번트 에일 한 잔을 가져다줄 수 있겠나?"

하녀가 고개 숙여 인사하고 총총걸음으로 부엌으로 갔다.

"주인장, 이 외진 곳에 있는 여관의 침대는 상태가 어떤가? 밀짚을 깐 침대가 있는가? 방에 난로는 있고? 난롯불 앞에 욕조가 있는 걸 보니 참 반갑군. 뜨거운 물이 있으면 나중에 목욕을 하겠네. 목욕값으로 은화 한 닢을 내지."

여관 주인이 아내를 쳐다보자 아내가 말했다. "저희 침대는 상태가 좋답니다. 하녀에게 나리와 일행 분이 묵으실 방에 불을 피우라고 하지요."

프리머스는 물이 뚝뚝 떨어지는 기다란 검은색 겉옷을 벗어 불가로 가져가 아직 축축한 별의 파란색 드레스 옆에 걸었다. 뒤돌아선 그는 테이블에 앉은 젊은 여자를 보았다. "손님이 또 계셨군. 이 험한 날씨에 반갑습니다, 아가씨." 그때 마구간에서 요란한 덜커덕 소리가 났다. "말들이 뭔가에 놀랐나 보군." 프리머스가 걱정스러운 듯 말했다.

"천둥 때문인가 봅니다." 여주인이 말했다.

"그럴지도 모르겠군." 프리머스는 뭔가에 정신이 쏠린 듯했다. 그는 별에게 다가가 잠깐 그녀의 눈을 빤히 쳐다보았다. "그대……" 잠깐 망설이더니 확신이 생긴 듯했다. "아가씨는 내 아버지의 보석을 갖고 있군. 스톰홀드의 힘을 갖고 있어."

여자는 파란 하늘 같은 눈으로 그를 노려보았다. "그럼 달라고 해 보세요. 이 바보 같은 걸 난 더 이상 갖고 있기 싫으니까."

여주인이 급하게 테이블 상석으로 달려갔다. "다른 손님을 귀찮게 하시는 걸 가만히 두고 볼 순 없습니다. 우리 귀하고 사랑스러운 아가씨를." 그녀가 프리머스에게 단호한 목소리로 말했다.

프리머스의 시선이 나무 테이블에 놓인 칼로 향했다. 그는 그것들을 알아보았다. 스톰홀드의 금고에 보관된 너덜너덜한 두루마리에는 저 칼들이 그려져 있었고 이름도 있었다. 세상의 첫 번째 시대 때부터 내려오는 아주 오래된 물건들이었다.

그때 문이 거칠게 열렸다.

"프리머스!" 트리스트란이 뛰어 들어왔다. "저들이 날 독살하려고 했어요!"

프리머스 경은 짧은 검을 잡았지만 마녀 여왕은 대단히 유연하고 단호한 움직임으로 더 빠르게 가장 긴 칼을 낚아채 그의 목을 그었다.

너무 순식간에 일어난 일이라 트리스트란은 어리둥절할 뿐이었다. 여관으로 달려와 보니 그 안에 프리머스 경과 여관 주인장, 그의 괴상한 가족이 있었고 그다음엔 벽난로 불빛 옆에서 새빨간 피가 분수처럼 튀었다.

"저 녀석 잡아!" 붉은 원피스를 입은 여자가 소리쳤다. 빌리와 하녀가 트리스트란에게 달려들었다. 유니콘이 여관으로 들어온 건 그때였다.

트리스트란은 옆으로 몸을 날려 길을 비켰다. 유니콘은 뒷발을 들어 날카로운 말굽으로 하녀를 날려 버렸다.

빌리는 고개를 숙이고 황급히 도망치다가 유니콘과 부딪혔다. 마치 이마로 유니콘을 들이받으려는 모양새가 되고 말았다. 유니콘도 그를 향해 고개를 숙였고 여관 주인장 빌리는 불행한 결말을 맞이했다.

"멍청하기는!" 분노한 그의 아내가 소리쳤다. 오른손과 팔뚝이 옷처럼 새빨간 피로 물든 채로 양손에 칼을 하나씩 들고 유니콘에게 다가갔다.

몸을 던지듯 옆으로 피한 트리스트란은 네발로 난롯가까지 기어갔다. 왼손에는 그를 여기까지 데려온 밀랍 덩어리를 쥐고 있었다. 손에 쥐고 계속 꽉 누르자 밀랍이 부드럽고 말랑해졌다.

"성공해야 할 텐데." 트리스트란이 중얼거렸다. 그는 나무가 해 준 말이 영 뜬금없는 이야기가 아니길 바랐다.

뒤쪽에서 유니콘이 고통으로 울부짖었다.

트리스트란은 조끼에서 레이스를 찢어 밀랍으로 감쌌다.

"이게 무슨 일이에요?" 어느새 앞으로 기어 온 별이 물었다.

"저도 잘 모르겠어요." 그가 솔직히 말했다.

그때 마녀가 비명을 질렀다. 유니콘이 뿔로 그녀의 어깨를 찌른 때문이었다. 유니콘은 어깨에 뿔이 박힌 마녀를 의기양양하게 들어 올렸고, 바닥으로 홱 던진 뒤 날카로운 발굽으로 밟아 죽이려 했다. 그러나 뿔에 찔린 마녀가 고개를 획 돌리더니 돌과 유리로 만든 기다란 칼로 유니콘의 눈을 깊숙이 찔렀다.

유니콘이 마룻바닥에 쓰러졌다. 배와 눈, 벌어진 입에서 피가 흘렀다. 처음에는 다리에 힘이 풀려 탁 주저앉더니 완전히 무너지고 말았다. 얼룩무늬 혓바닥을 내민 채 죽은 유니콘은 애처롭기 짝이 없었다.

마녀 여왕은 어깨에 박힌 뿔을 뽑았다. 한 손으로 상처를 움켜쥐고 또 한 손으로는 식칼을 잡은 채 비틀비틀 일어섰다.

주위를 쭉 둘러보던 그녀의 시선이 불가에 모인 트리스트란과 별에게 멈추었다. 그녀는 한 손에 식칼을 들고 얼굴에는 웃음을 띤 채 답답할 정도로 느릿느릿 다가왔다.

"별이 평온한 상태일 때의 황금색 심장은 두려움을 느낄 때의 깜빡거리는 심장보다 훨씬 더 훌륭하지." 피가 잔뜩 튄 얼굴에서 나오는 그 목소리는 이상할 정도로 차분하고 초연하게 들렸다. "그러나 겁에 질린 상태라도 별의 심장이 아예 없는 것보단 나아."

트리스트란은 오른손으로 별의 손을 잡았다. "일어나세요."

"못해요."

"일어나지 않으면 우린 죽어요." 트리스트란이 일어났다. 별은 고개를 끄덕이고 어설픈 몸짓으로 그에게 기댄 채 일어나기 시작했다.

"일어나지 않으면 죽어?" 마녀 여왕이 따라서 말했다. "애들아, 너흰 어차피 죽을 거란다. 서 있든 앉아 있든 상관없어." 마녀가 그들을 향해 또 한 발을 내디뎠다.

"이제……" 트리스트란이 한 손으로 별의 팔을, 또 한 손으로는 대충 만든 양초를 잡았다. "걸어요!"

그는 왼손을 난롯불에 가져갔다.

비명을 지르고 싶을 만큼 뜨겁고 아팠다. 마녀 여왕은 트리스트란이 미치기라도 한 건지 의아한 표정으로 바라보았다.

드디어 그가 대충 만든 심지에 푸르딩딩한 불이 붙고 주위에 온통 불빛이 일렁거리기 시작했다. "제발 걸어 주세요." 트리스트란이 별에게 간청했다. "저를 꽉 잡고 놓지 마세요."

별이 어설프게 한 걸음을 떼었다.

그들 뒤로 여관이 남겨졌고, 마녀 여왕의 울부짖는 소리가 귓가에 울렸다.

그들은 지하에 있었다. 축축한 동굴 벽 때문에 촛불이 깜빡거렸다. 다음 걸음을 내디디자 그들은 달빛이 내리쬐는 하얀 모래사막에 와 있었다. 세 번째 걸음에는 하늘 높은 곳에서 저 아래의 언덕과 나무, 강을 내려다보았다.

바로 그때 트리스트란의 손에서 양초가 다 녹아 버렸다. 참을 수 없는 고통이 느껴지고 마지막 불꽃과 함께 촛불이 영영 꺼졌다.

할리퀸 밸런타인

Harlequin Valentine

1999

2월 14일, 아이들은 전부 학교에 가고 남편들은 출근하려고 차를 운전하거나 두툼한 외투에 입김을 내뿜으며 도시 끄트머리의 기차역으로 간 시간, 나는 미시의 집 현관문에 내 심장을 핀으로 꽂는다. 심장은 간 색깔과 똑같은, 갈색에 가까울 정도로 짙은 붉은색이다. 문을 두드린다. 날카롭게 탁, 탁 탁탁! 그다음엔 내 지팡이, 리본 달린 찌르기 좋은 기다란 창을 들고 쌀쌀한 공기 중으로 수증기처럼 사라진다.

미시가 문을 연다. 그녀는 피곤해 보인다.

"나의 컬럼바인[이탈리아 가면극에 등장하는 여자 어릿광대-역주]." 내가 내뱉는 소리를 그녀는 듣지 못한다. 그녀는 고개를 돌려 거리를 이쪽저쪽 살피지만 눈에 띄는 움직임이 없다. 저 멀리 트럭 한 대가 우르릉거리며 지나갈 뿐. 그녀는 주방으로 돌아간다. 나도 실바람처럼, 생쥐처럼, 꿈처럼, 보이지도 들리지도 않게 그녀 바로 옆에서 춤추며 따라간다.

미시는 서랍의 종이 상자에서 샌드위치 비닐백을, 아래쪽 싱크대에서 청소용 스프레이를 꺼낸다. 조리대에서 종이 타월도 두 장 찢는다. 그다음에는 다시 현관으로 간다. 페인트칠 된 나무 문에서 핀을 뽑는다. 내가 모자를 고정할 때 썼던 핀인데, 어디에서 났더라? 머리를 열심히 굴려 본다. 가스코뉴였나? 트위크넘? 프라하?

핀의 끝부분에는 하얀 피에로의 얼굴이 달렸다.

미시는 핀을 빼고 심장을 샌드위치 비닐백에 넣는다. 문에 스프레이를 칙칙 뿌려서 종이 타월로 닦고 핀은 자신의 옷깃에 꽂는다. 핀에는 앞이 보이지 않는 은색 눈과 엄숙한 은색 입술로 차가운 세상을 바라보는 피에로의 작고 하얀 얼굴이 있다. 나폴리. 이제 생각난다. 저 핀은 내가 나폴리에서 눈이 하나뿐인 노파에게서 산 거다. 노파는 점토 파이프로 담배를 피웠지. 아주 오래전 일이다.

미시는 청소 도구를 식탁에 내려놓고 한때 어머니의 것이었던 낡은 파란색 코트 소매에 팔을 집어넣는다. 단추를 하나, 둘, 셋 채우고 심장이 든 비닐백을 단호하게 주머니에 넣은 뒤 밖으로 나간다.

난 몰래, 몰래, 생쥐처럼 가만가만 그녀를 따라간다. 살금살금 걷고 춤도 춘다. 하지만 그녀는 단 한순간도 나를 보지 못한다. 파란 코트를 꼭 여미고 켄터키주 작은 도시의 오래된 길을 걷고 공동묘지를 지나친다.

바람에 내 모자가 흔들린다. 순간 저 핀을 포기한 게 후회된다. 하지만 난 사랑에 빠졌고 오늘은 밸런타인데이니까 이 정도 희생쯤은 감수해야지.

미시는 공동묘지의 높은 철문을 지나 안으로 들어갔던 때를 생각한다. 아버지가 죽었을 때. 핼러윈에 학교 친구들과 잔뜩 몰려와 서로 놀라게 하면서 신나게 놀았던 때. 비밀 연인이 고속도로 3중 추돌 사고로 죽었을 때. 그녀는 장례식이 끝날 때까지 기다렸다가 해가 저물기 직전에 묘지로 들어가 생긴 지 얼마 되지 않은 무덤에 하얀 백합을 두고 왔다.

오, 미시, 난 너의 육체와 너의 피, 입술, 눈을 노래하고 싶어. 나의 밸런타인, 난 너에게라면 천 개의 심장이라도 줄 수 있어.

나는 그녀와 함께 공동묘지 길을 걸으면서 자랑스럽게 지팡이를 흔들며 노래한다.

미시는 낮은 회색 건물의 문을 연다. 책상에 앉은 젊은 여자에게 '안녕, 잘 지내?' 같은 인사말을 던진다. 고등학교를 갓 졸업한 듯한 여자는 알아듣기 힘든 말을 웅얼대고 처음부터 끝까지 가로세로 낱말 퍼즐만 들어 있는 잡지를 열어 퍼즐을 푼다. 저 여자는 근무 시간에 사적인 통화를 할 것이다. 물론 전화할 사람이 있다면 말이지. 장담하건대 앞으로도 절대 안 생길 거야. 저 여자는 얼굴에 여드름이 잔뜩 났고 여드름 흉터가 많다. 그게 신경 쓰여서 사람들하고 말을 잘 하지 않는다. 난 그녀의 앞날이 훤히 보인다. 결혼도 못하고 아무런 관심도 받지 못한 채 15년 후에 유방암으로 죽을 거고, 공동묘지 길가 초원의 자기 이름이 새겨진 돌 아래에 묻힐 것이다. 그녀의 가슴에 처음 닿는 손길은 콜리플라워 같은 징그러운 종양을 떼어 내는 의사의 손일 것이다. 의사는 눈치도 없이 "맙소사, 종양이 엄청나게 크네. 왜 이 지경이 되도록 아무한테도 말하지 않았을까?"라고 할 것이다.

나는 그녀의 여드름 가득한 얼굴에 살짝 입 맞추고 예쁘다고 속삭인다. 지팡이로 그녀의 머리를 한 번, 두 번, 세 번 때리고 리본으로 묶어 준다.

그녀가 몸을 살짝 움직이면서 미소 짓는다. 어쩌면 오늘 밤 그녀는 술 마시고 춤추다가 얼굴보다 가슴을 더 보는 젊은 남자를 만나 처녀 딱지를 뗄지도 모르겠다. 그리고 어느 날 그는 그녀의 가슴을 만지고 빨다가 "자기야, 여기 멍울이 잡히는데 병원에 가 보지 그래?"라고 말할 것이다. 그때쯤 그녀의 여드름은 하도 만지고 비비고 입 맞추느라 잊힌 지 오래겠지.

이런, 미시를 놓쳐 버렸다. 회색 카펫이 깔린 복도를 깡충깡충 뛰어가니 맨 끄트머리의 방문을 열고 들어가는 파란 코트가 보인다. 그녀를 따라 초록색 욕실 타일을 붙인, 난방이 되지 않는 방으로 들어간다.

냄새가 말도 못하게 고약하다. 뭔가 상한 듯한 냄새가 훅 끼친다. 얼룩 묻은 실험 가운을 입은 뚱뚱한 남자는 일회용 고무장갑을 꼈고 윗입술과 콧구멍 근처에 멘소래담을 잔뜩 발랐다. 그의 앞쪽 테이블 위에 시체가 놓여 있다. 시체는 손끝에 굳은살이 박이고 숱 적은 수염이 있는 늙고 여윈 흑인 남자다. 뚱뚱한 남자는 아직 미시가 들어온 걸 알아차리지 못했다. 시체는 벌써 갈랐고 이제는 질척거리는 쭉쭉 소리와 함께 피부를 벗기고 있다. 바깥쪽의 짙은 갈색과 안쪽의 선한 분홍색이 대조를 이룬다.

휴대용 라디오에서 클래식 음악 소리가 쩌렁쩌렁 울린다. 미시가 라디오를 끄고 말한다. "안녕하세요, 버논."

뚱뚱한 남자가 말한다. "안녕, 미시. 일 다시 하려고 온 거야?"

난 이자가 닥터라고 결론 내린다. 피에로라고 하기엔 몸집이 너무 크고, 너무 둥글둥글하고, 엄청나게 잘 처먹은 듯하고, 판탈롱[이탈리아 희극의 어릿광대-역주]이라고 하기엔 남의 눈을 의식하지 않는 것 같다.

미시를 보고 반가워하는 그의 얼굴에 주름이 지자 미시도 그를 보고 웃는다. 질투가 난다. (지금은 비닐백에 담긴 채 미시의 코트 주머니에 들어 있는) 심장에서 칼에 찔린 듯한 고통이 느껴진다. 문에 꽂으려고 심장을 핀으로 찔렀을 때보다 더한 아픔이다.

심장 얘기가 나와서 말인데, 미시는 어느새 주머니에서 그걸 꺼내 버논에게 흔든다. "이거 뭔지 알아요?"

"심장. 신장은 심실이 없고 뇌는 더 크고 질척질척하지. 어디서 났어?"

"당신이 알 줄 알았는데요. 이 심장 여기 거 아니에요? 밸런타인 카드 대신 인간의 심장을 내 집 현관문에 꽂아 둔 게 당신 아이디언 줄 알았죠?"

그가 고개를 젓는다. "여기 거 아니야. 경찰 부를까?"

미시는 고개를 젓는다. "안 그래도 재수 없는 나인데 그랬다간 연쇄 살인범으로 몰려서 전기의자에 앉게 될걸요."

닥터는 샌드위치 비닐백을 열어 라텍스 장갑 낀 퉁퉁한 손으로 심장을 쿡쿡 찌른다. "성인의 심장이고 상태가 아주 좋네. 평소 관리를 잘한 모양이야. 전문가가 잘라 냈고."

순간 우쭐해지고 웃음이 나와서 테이블에 누워 있는 흑인 남자에게 말을 걸려고 다가간다. 그는 가슴이 완전히 벌어져 있었고 손가락엔 더블 베이스 연주로 생긴 굳은살이 박혀 있다. "저리 가, 할리퀸." 시체가 미시와 닥터가 눈치채지 못하도록 나에게 작게 속삭인다. "여기서 말썽 일으키지 마."

"너나 조용히 하셔. 난 내 맘대로 말썽부릴 거야. 그게 내 임무라고." 하지만 순간 뭔가 허전하다. 아쉽고 아련한 게 꼭 피에로가 된 기분이다. 할리퀸이 이러면 궁상 맞는데.

아, 미시, 어제 거리에서 당신을 보고 앨 슈퍼마켓까지 따라 들어갔지. 안에서 기쁨이 샘솟고 구름 위를 걷는 것 같았어. 당신이 날 다른 세상으로 데려가 줄 사람이란 걸 알 수 있었지. 나의 밸런타인, 나의 컬럼바인을 찾은 거야.

난 어젯밤 한숨도 자지 않고 멀쩡한 사람들을 어리둥절하게 만들면서 온 시내를 발칵 뒤집어 놓았다. 술을 한 모금도 마시지 않은 멀쩡한 은행원 세 명이 마담 조라의 극장 & 바에서 일하는 드랙퀸들을 여자로 착각하고 추파를 던지게 했다. 자는 사람들의 방으로 몰래 들어가 주머니와 베개 아래, 이런저런 틈에 바람피운 흔적을 넣어 놓기도 했다. 아침에 일어났을 때 소파

쿠션 아래나 점잖은 양복 주머니에 대충 숨겨 놓은, 가운데 부분이 뻥 뚫린 야한 여자 팬티가 발견되면 얼마나 재밌는 일이 벌어질지 상상하면서. 하지만 좀처럼 집중할 순 없었다. 미시의 얼굴이 앞에서 아른거렸다.

아아, 사랑에 빠진 할리퀸은 참으로 애처로운 존재로다.

미시가 내 선물을 어떻게 할지 궁금하다. 내 심장을 거부하는 여자들도 있다. 만지고 키스하고 어루만지고 온갖 애정을 듬뿍 담아 괴롭힌 다음 나에게 돌려주기도 한다. 보려고조차 하지 않는 여자들도 있고.

미시는 심장을 다시 샌드위치 비닐백에 넣고 꽉 눌러 밀봉한다.

"태워야 할까요?"

"그게 나을 수도. 소각장 어딘지 알지?" 닥터는 테이블의 재즈 뮤지션의 시신으로 돌아간다. "아까 다시 일하려고 온 거냐고 한 말 진심이야. 난 유능한 실험 조수가 필요해."

내 심장이 재와 연기로 변해 하늘로 퍼져서 세상을 덮는 모습을 상상해 본다. 어떤 기분이 들지 잘 모르겠다. 미시는 턱이 굳어지더니 고개를 저었다. 버논에게 작별 인사를 했다.

그녀는 내 심장을 주머니에 넣고 건물 밖으로 나가 공동묘지 길을 걸어 시내로 돌아간다.

난 그녀보다 앞서서 깡충깡충 뛰어간다. 그녀와 직접 말을 해 보면 좋겠다. 그녀가 시장에 갈 때 허리 굽은 노파로 변장해야겠다. 나는 스팽글 달린 붉은 옷 위에 망토를 걸치고, 가면 쓴 얼굴을 널찍한 모자로 가린 채 공동묘지길 입구에서 그녀의 앞을 가로막는다.

역시 난 너무 멋져. 내가 노파의 목소리로 말을 건다. "아가씨, 이 늙은이에게 동전 한 닢만 주구려. 대신 운수를 봐주리다. 들으면 기뻐서 두 눈이 돌아갈 거야." 미시가 핸드백에서 1달러 지폐를 꺼낸다.

"받으세요."

그녀에게 할 말은 전부 준비해 두었다. 붉은색과 노란색 옷을 입고 도미노 가면을 쓴 신비로운 남자를 만날 텐데, 그 남자가 그녀를 웃게 해 주고 사랑해 줄 거고 절대로 떠나지 않을 거라고(컬럼바인에게 모든 진실을 말해 주는 건 좋지 않으니까). 하지만 난 갈라진 노파의 목소리로 대신 이렇게 말한다. "혹시 할리퀸이라고 들어봤어요?"

미시가 잠깐 골똘하게 생각에 잠기더니 고개를 끄덕인다. "네. 즉흥 희극에 나오는 캐릭터잖아요. 작은 다이아몬드 무늬의 옷을 입고 가면을 썼죠. 광대인 것 같은데, 맞죠?"

난 망토 모자로 덮은 머리를 젓는다. "광대가 아니라오. 그는……"

그녀에게 진실을 말하려는 순간 말을 삼켜 버리고 노인네들이 그렇듯 갑자기 기침이 터진 시늉을 한다. 이게 사랑의 힘일까. 지난 몇 백 년 동안 만난 내가 사랑한다고 생각했던 다른 여자들, 이미 죽은 지 오래된 다른 컬럼바인들은 이런 문제가 없었는데.

난 노파의 눈을 가늘게 뜨고 미시를 쳐다본다. 20대 초반의 나이, 윤곽이 선명하고 확신이 느껴지는 인어공주 같은 도톰한 입술, 회색 눈동자, 강렬한 눈빛.

"괜찮으세요?" 그녀가 묻는다.

내가 캑캑 기침을 몇 번 더하고 헉헉댄다. "괜찮아요, 예쁜 아가씨. 괜찮아. 친절하기도 해라. 고마워요."

"아까 운수를 봐주신다고 하셨는데."

"할리퀸이 아가씨에게 심장을 줬지요." 난 이렇게 말하고 있다. "그 심장의 박동을 직접 찾아야 할 거야."

미시가 어리둥절한 얼굴로 날 빤히 쳐다본다. 그녀의 눈길이 나에게 머무르고 있어서 변신할 수도 사라질 수도 없다. 제자리에 얼어붙은 듯하다. 평소 번지르르 잘만 굴러가던 내 혀가 왜 그러는 건지 원망스럽다. "저기. 토끼!" 그녀가 내 손가락이 가리키는 쪽을 보느라 나에게서 눈을 뗀 순간 내가 사라진다. 펑! 토끼굴로 들어가는 토끼처럼. 그녀가 뒤돌아볼 때 점쟁이 노파는 흔적도 없이 사라졌다.

미시는 다시 걷기 시작하고 나도 서둘러 뒤따라간다. 하지만 발에 용수철이 붙은 것 같았던 아침하고는 다르다.

정오. 미시는 앨 슈퍼마켓에 들러 작은 치즈 덩어리, 비농축 오렌지주스 한 통, 아보카도 2개를 사고 카운티 원 은행으로 가서 통장에 든 279달러 22센트를 전부 찾는다. 나는 사탕처럼 달콤하고 무덤처럼 고요하게 그녀를 따라간다.

"안녕, 미시." 솔트 셰이커 카페 주인이 들어오는 미시에게 인사를 건넨다. 그는 희끗희끗하지 않고 거뭇거뭇한 수염을 잘 다듬었다. 심장이 덜컥 내려앉는다. 물론 내 심장은 샌드위치 비닐백에 담겨 미시의 코트 주머니에 들어 있지만. 미시를 보는 그의 눈길에서 흑심이 너무도 잘 느껴져 어디에 내놔도 뒤지지 않는 내 자신감이 팍 추락한다. 마음을 다잡는다. 난 할리퀸이야. 다이아몬드로 뒤덮인 옷을 입은 할리퀸. 세상은 나의 무대. 난 할리퀸. 죽음에서 일어나 산 자들에게 장난치지. 가면을 쓰고 지팡이를 든 할리퀸. 휘파람을 부니 다시 자신감이 높고 단단하게 차오른다.

"안녕하세요, 하비. 해시브라운하고 케첩 주세요."

"딴 건요?" 그가 묻는다.

"그거면 돼요. 아, 그리고 물 한 잔이랑요."

저 하비라는 남자는 판탈롱이다. 내가 골탕 먹이고 놀라게 하고 어안이 벙벙하게 만들어야 할 바보 상인. 주방에 끈에 걸어 놓은 소시지가 있을지도 모른다. 결심했다. 세상에 즐거운 혼란을 선사하고 오늘이 지나가기 전에 아름다운 미시와 동침하기로. 내가 나에게 주는 밸런타인 선물이다. 그녀의 입술에 입맞춤하는 상상을 해 본다.

카페에는 손님이 몇 명 더 있다. 그들이 잠깐 한눈팔 때 접시를 바꿔치기한다. 하지만 이상하게 재미가 없다. 웨이트리스는 여윈 몸매에 얼굴을 가린 처량한 곱슬머리다. 그녀는 미시를 무시한다. 당연히 하비가 관심 있는 여자라고 생각해서 그런 거겠지.

미시는 테이블에 앉는다.

주머니에서 샌드위치 비닐백을 꺼내 앞에 놓는다.

하비, 아니, 판탈롱이 점잔빼는 걸음걸이로 미시의 테이블에 물컵과 해시브라운 접시, 하인즈 토마토케첩을 내려놓는다. "스테이크 나이프도 부탁드려요." 그녀가 말한다.

나는 주방으로 돌아가는 그의 발을 건다. 그가 욕설을 내뱉는다. 기분이 좀 나아지고 예전의 나에 가까워졌다. 샐러드를 뒤적거리며 〈USA 투데이〉를 읽는 노인의 테이블을 지나치는 웨이트리스의 엉덩이를 만진다. 그녀가 역겹다는 표정으로 노인을 쳐다본다. 하하. 갑자기 엄청나게 이상한 느낌이 들어서 나도 모르게 바닥에 주저앉는다.

"그게 뭐예요?" 웨이트리스가 미시에게 묻는다.

"건강에 좋은 거예요, 샬린. 철분 좀 섭취하려고요." 미시가 대답한다. 미시의 테이블을 슬쩍 보니 접시에 담긴 간 색깔의 고기를 자르고 있다. 토마토케첩을 듬뿍 묻힌 고기 조각을 해시브라운과 함께 포크로 찍어 입에 넣고 씹는다.

장미 봉오리 같은 그녀의 입속으로 내 심장이 사라지는 걸 본다. 밸런타인데이라 쳤던 장난이 재미가 없어졌다.

"빈혈 있어요?" 웨이트리스가 김이 피어오르는 커피 주전자를 들고 다시 한번 지나치며 묻는다.

"이젠 없어요." 미시는 작게 자른 연골 조각을 또다시 입안에 넣고 꼭꼭 씹어서 삼킨다. 내 심장을 다 먹은 그녀는 바닥에 주저앉은 나를 쳐다보더니 고개를 끄덕이고 "밖으로 나와."라고 말한다. 그녀는 "지금."이라고 덧붙이더니 자리에서 일어나 접시 옆에 10달러를 놓는다.

그녀는 인도의 벤치에 앉아 나를 기다린다. 밖은 춥고 거리에는 사람이 거의 없다. 평소라면 그녀 옆에서 깡충깡충 뛰어다닐 텐데 내가 보인다는 걸 아니까 바보 같은 짓처럼 느껴진다.

"너 내 심장을 먹었어." 내 목소리에서 삐진 기색이 역력하다. 정말 짜증이 난다.

"그래. 그래서 네가 보이는 건가?"

고개를 끄덕인다.

"가면 벗어. 바보 같아."

나는 도미노 가면을 벗는다. 그녀의 얼굴에서 약간 실망한 빛이 스친다. "뭐, 그게 그거네. 모자 이리 줘. 지팡이도."

고개를 흔든다. 미시가 내 머리와 손에서 모자와 지팡이를 낚아채 간다. 기다란 손가락으로 모자를 만지고 구부려 보기도 한다. 손톱은 빨간색 매니큐어를 칠했다. 그녀는 기지개를 켜더니 활짝 웃는다. 내 영혼에서 시가 빠져나갔고 2월의 추위가 나를 떨게 한다.

"추워."

"아니. 완벽하고 아름답고 놀랍고 마법 같은 날이야. 밸런타인데이잖아? 밸런타인데이에 춥다는 게 말이 돼? 얼마나 멋지고 좋은 날인데."

난 시선을 아래로 향한다. 내 옷의 다이아몬드 무늬가 희미해지고 있다.

유령 같은 하얀색, 피에로 같은 하얀색으로.

"난 이제 어떡해?" 내가 그녀에게 묻는다.

"나도 몰라. 희미해져서 사라지겠지. 아니면 새로운 역할을 찾거나……이루어지지 않는 사랑 때문에 하얀 달빛 아래에서 슬피 울면서 절규하는 남자 같은 거. 컬럼바인을 애타게 갈망하면서 말이야."

"넌데. 네가 내 컬럼바인인데."

"이젠 아니야. 그게 할리퀸 무대의 묘미잖아, 안 그래? 의상을 갈아입고 새로운 역을 맡는 거."

그녀는 날 향해 환하게 웃는다. 그러더니 모자를, 내 할리퀸 모자를 머리에 쓴다. 그리고 내 턱을 가볍게 쓰다듬는다.

"그럼 넌?" 내가 묻는다.

그녀가 지팡이를 위로 던진다. 지팡이는 커다란 활 모양을 그리면서 빨간색과 노란색 끈을 구불구불 흩날리더니 거의 소리도 없이 그녀의 손으로 착 돌아온다. 그녀는 단 한 번의 매끄러운 동작으로 지팡이를 짚고 벤치에서 일어난다.

"난 할 일이 있어. 손에 넣어야 할 티켓. 꿈꾸는 사람들." 한때 엄마의 것이었던 그녀의 코트는 파란색이 아니라 노란색 바탕에 빨간색 다이아몬드 무늬로 바뀌었다.

그녀는 나에게로 몸을 숙여 입술을 완전히 포개고 힘껏 키스한다.

어딘가에서 차의 폭발음이 들렸다. 깜짝 놀라 뒤돌아보았다. 다시 고개를 돌렸을 때 나는 거리에 홀로 있었다. 잠시 그대로 자리를 지켰다.

샬린이 솔트 셰이커 카페의 문을 열었다. "피트, 일 다 봤어?"

"일?"

"그래. 얼른 들어와. 하비가 담배 휴식 시간 끝났대. 밖에서 얼어 죽겠다. 빨리 주방으로 가."

난 그녀를 빤히 쳐다보았다. 그녀는 예쁜 곱슬머리를 옆으로 휙 넘기더니 나에게 살짝 웃어 주었다. 나는 자리에서 일어나 하얀색 주방 보조 유니폼을 가다듬고 그녀를 따라 들어갔다. 난 생각했다. 오늘 밸런타인데이잖아, 그녀에게 네 마음을 고백해. 그녀에 대한 솔직한 감정을 전하는 거야.

하지만 아무 말도 하지 못했다. 용기가 나지 않았다. 마음속에만 욕망을 간직한 채 그냥 그녀를 따라 안으로 들어갔다.

산더미처럼 쌓인 설거짓거리가 주방에서 나를 기다리고 있었다. 음식물 찌꺼기를 통에 비우기 시작했다. 절반쯤 남긴 케첩 범벅의 해시브라운 옆에 완전히 날 것처럼 보이는 검붉은 고기 찌꺼기가 남겨진 접시가 있었다. 하비가 등을 돌리고 있을 때 살짝 굳은 케첩에 날고기 찌꺼기를 찍어서 얼른 입에 넣고 씹었다. 금속의 연골 같은 맛이었지만 어쨌든 삼켰다. 솔직히 왜 그랬는지는 모르겠다.

접시에서 케첩 한 방울이 내 하얀 유니폼 소맷자락으로 떨어져 완벽한 다이아몬드 모양을 만들었다.

"샬린." 내가 주방 건너편으로 소리쳤다. "밸런타인데이 즐겁게 보내." 그리고 휘파람을 불기 시작했다.

『신들의 전쟁』
발췌

Excerpt
from American Gods

2001

아메리카로 오다

기원후 813년

그들은 별과 해안선을 따라 푸르른 바다를 항해했다. 해안선이 기억과 다르거나 밤하늘이 구름으로 뒤덮여 깜깜해지면 오로지 믿음에 의존해 나아가면서 다시 한번 무사히 뭍에 도착할 수 있게 해 달라고 기도했다.

항해는 너무나 고됐다. 손가락이 마비되고 뼛속까지 파고든 추위는 포도주로도 데워지지 않았다. 아침에 일어나 보면 수염에 흰 서리가 내렸고 햇볕이 몸을 녹여 주기 전에는 너무 일찍 수염이 세어 버린 노인같이 보였다.

이가 흔들리고 눈이 움푹 꺼질 즈음에 서쪽의 푸른 땅에 상륙할 수 있었다. 남자들이 말했다. "우리는 집과 가족, 우리가 잘 아는 바다와 우리가 사랑하는 땅에서 너무 멀리 떠나왔어. 여기 세상의 변두리에서 우리는 우리의 신들에게서 잊히고 말 거야."

그들의 지도자가 커다란 바위에 올라가 믿음이 부족한 그들을 꾸짖었다. "신께서 세상을 만드셨다. 신은 그분의 할아버지인 이미르의 산산이 부서진 뼈와 살로 직접 세상을 만드셨단 말이다. 신은 이미르의 뇌를 하늘에 띄워 구름을 만들었고 그의 피는 우리가 건넌 바다가 되었다. 신께서 세상을 만드셨으니 이 땅도 신이 만드셨다는 것을 모르겠느냐? 우리가 이곳에서 사람으로서 죽는다면 그의 전당에 받아들여질 것을 모르겠느냐?"

남자들이 환호하고 웃음을 터뜨렸다. 그들은 굳은 의지로 끝을 날카롭게 다듬은 울타리를 만들었고 그 안에 나무와 진흙으로 회당을 짓기 시작했다. 이 신세계에 인간은 자신들밖에 없다는 사실을 알면서도.

회당이 다 지어진 날 폭풍이 불었다. 한낮인데도 하늘이 밤처럼 캄캄해지고 흰 불꽃이 하늘을 갈래갈래 찢었다. 귀가 먹먹해질 정도로 천둥소리가 컸고 행운의 상징으로 데려온 배의 고양이마저 해변에 댄 기다란 배 밑으로 숨어 버렸다. 폭풍이 어찌나 강력하고 사나운지 남자들은 웃음을 터뜨리고 서로 등을 두드리면서 말했다. "천둥의 신께서 이 먼 땅에 우리와 함께하신다." 그들은 감사하고 기뻐하면서 비틀거릴 때까지 술을 마셨다.

그날 밤 연기 자욱한 어두운 회당에서 음유시인이 남자들에게 옛날 노래를 불러 주었다. 아버지 신 오딘에 대한 노래였다. 오딘은 사람들이 자신을 위해 희생했듯 용감하고 고귀하게 스스로를 희생했다. 음유시인은 아버지 신이 세계수에 매달려 옆구리가 뚫리고 그 상처에서 피가 뚝뚝 떨어져 내리던(이 지점에서 노래는 순간 비명이 되었다) 아흐레의 시간을 노래했다. 그는 아버지 신이 고통 속에서 배운 것을 노래했다. 아홉 이름과 아홉 룬 문자와 열여덟 가지 주문이었다. 음유시인은 창이 오딘의 옆구리를 뚫었다고 말할 때, 마치 오딘이 강령한 듯 고통에 몸부림치며 비명을 질렀다. 다른 사람들도 그의 고통을 상상하며 덜덜 떨었다.

아버지 신의 날인 그다음 날, 그들은 '스크랠링[북유럽인들이 북아메리카 원주민들을 부르던 말-역주]'을 발견했다. 그는 키가 작은 남자였는데 길고 검은 머리는 까마귀의 날개와 같았다. 피부는 기름지고 붉은 찰흙 색깔이었으며, 그가 사용하는 언어는 아무도 알아들을 수 없었다. 헤라클레스의 기둥 너머까지 항해한 배에도 탄 적이 있고 지중해 전역 장사꾼들의 말을 알아들을 수 있는 음유시인도 마찬가지였다. 스크랠링은 깃털과 모피를 입었고 긴 머리는 작은 뼈들을 넣어 땋았다.

그들은 스크랠링을 야영지로 데려가 구운 고기를 주고 갈증을 가라앉힐 강한 꿀술도 주었다. 뿔잔으로 겨우 한 잔도 마시지 않았는데 남자가 비틀거리며 노래를 부르고 머리를 연신 꾸벅거리자 사람들은 배꼽이 빠져라 웃었다. 그들은 그에게 술을 더 주었고 곧 그는 탁자 밑에 드러누워 팔베개를 한 채 잠이 들었다.

그들은 그를 들어 올렸다. 네 사람이 각각 어깨와 다리를 하나씩 잡아 어깨높이로 올리고는 다리가 8개인 말처럼 행렬의 맨 앞에 서서, 만이 내려다보이는 언덕 위의 물푸레나무를 향해 나아갔다. 그곳에서 그들은 남자의 목에 밧줄을 매고 높이 매달았다. 교수대 신인 아버지 신에게 바치는 제물이었다. 스크랠링의 몸이 바람에 흔들렸다. 얼굴은 검어졌고 혀는 길게 늘어졌으며 눈은 튀어나왔다. 성기는 가죽 투구를 매달아 놓아도 될 정도로 딱딱하게 굳었다. 그러는 동안 남자들은 하늘을 향해 제물을 바친다는 사실에 자랑스러워하면서 환호하고 소리를 지르고 웃음을 터뜨렸다.

다음 날 커다란 까마귀 두 마리가 스크랠링의 시체로 내려와 한쪽 어깨씩 차지하고 앉아서 뺨과 눈을 쪼아 먹기 시작했다. 그들은 제물이 받아들여졌음을 알 수 있었다.

겨울은 길었고 그들은 굶주렸다. 그러나 봄이 오면 배를 고향으로 보내 정착할 사람들과 여자들을 데리고 올 수 있으리라는 생각이 그들에게 힘을 주었다. 날씨가 더욱 추워지고 낮이 짧아지자 몇몇 남자들이 식량과 여자를 찾으러 스크랠링 마을로 갔다. 그러나 불을 지폈던 흔적이 있는 버려진 작은 야영지밖에 발견하지 못했다.

한겨울의 어느 날, 태양이 칙칙한 은화처럼 저 멀리 차갑게 떠 있던 날이었다. 스크랠링의 시체가 물푸레나무에서 사라졌다. 그날 오후에는 눈이 내리기 시작했다. 천천히 떨어지는 함박눈이었다.

북해의 반도에서 온 남자들은 야영지의 문을 닫고 나무 울타리 안으로 들어갔다.

그날 밤 스크랠링 전사들이 들이닥쳤다. 500대 30이었다. 그들은 울타리를 넘어가 이레 동안 서른 명을 서른 가지 방식으로 죽였다. 선원들은 역사와 동포들에게서 잊히고 말았다.

스크랠링들은 울타리를 허물고 마을을 불태웠다. 기다란 배도 자갈밭에 뒤집어 놓고 불태웠다. 하얀 이방인들의 배가 한 척뿐이길, 그래서 더 이상 북서쪽 바다에서 온 자들이 자신들의 해안으로 올 수 없길 바라며.

그때는 에릭 더 레드[그린란드를 최초로 발견하고 정착한 바이킹의 우두머리-역주]의 아들인 행운아 리프가 이 땅을 다시 발견하고 '바인랜드'라 이름 붙이기 백여 년 전이었다. 리프가 도착했을 때 그의 신들이 이미 그를 기다리고 있었다. 외팔이 티르, 교수대의 신인 회색의 오딘, 천둥의 신 토르.

그들이 거기 있었다.

그들이 기다리고 있었다.

마거리트 올센과의 저녁 식사

토요일 아침. 섀도가 문을 열었다.

마거리트 올센이었다. 그녀는 안으로 들어오지 않고 햇빛 속에서 심각한 표정으로 서 있었다.

"아인셀 씨?"

"그냥 마이크라고 불러 주세요."

"그래요, 마이크. 오늘 저녁에 식사하러 오실래요? 6시쯤에요. 별건 아니고 스파게티랑 미트볼 정도지만요."

"좋습니다. 저 스파게티하고 미트볼 좋아합니다."

"물론 다른 일이 있으시다면……."

"다른 일은 없습니다."

"그럼 6시에 봐요."

"꽃을 가져갈까요?"

"좋으실 대로요. 하지만 그냥 이웃끼리 친분을 쌓으려는 거지, 남녀 사이의 그런 건 아니에요." 그녀가 문을 닫으며 돌아섰다.

그는 샤워 후 다리가 있는 곳까지 짧은 산책을 했다. 집으로 돌아올 때쯤엔 태양이 녹슨 동전처럼 하늘에 걸려 있었고 코트 안에서는 땀이 흘렀다. 기온이 영상인 모양이었다. 데이브 명품 식품점까지 운전해서 와인 한 병을 샀다. 20달러라는 가격이 품질 보증서처럼 여겨졌다. 그는 와인에 문외한이었지만 20달러 정도면 분명 맛있는 와인일 것 같았다. 캘리포니아산 카베르네였다. 어린 시절 사람들이 아직 자동차에 범퍼 스티커를 달고 다녔을 때, 어떤 차가 '인생은 카베르네'라고 적힌 범퍼 스티커를 단 것을 보고 웃음이 나왔더랬다.

그는 선물로 화분을 샀다. 꽃이 없는 녹색 이파리 식물이라 로맨틱한 분위기와는 거리가 멀었다.

그는 마시지도 않을 우유를 샀고 먹지도 않을 과일도 샀다.

다시 차를 운전해 마벨의 가게로 가서 점심 메뉴로 한 덩어리의 패스티[고기와 채소를 넣은 파이-역주]를 시켰다. 그를 본 마벨의 얼굴이 환해졌다. "힌젤만 씨 만났어?"

"아저씨가 찾고 있는 줄 몰랐는데요."

"응. 힌젤만 씨가 자네하고 얼음낚시 가고 싶대. 채드 멀리건도 나한테 자네를 보았냐고 물어봤어. 그의 사촌이 다른 주에서 여기로 왔거든. 남편하고 사별했다나 봐. 육촌지간인데 거의 남남이나 다름없지 뭐. 만나면 입맞춤 인사 정도는 하겠지만. 아주 예뻐. 자네도 좋아할 거야." 마벨은 패스티를 갈색 종이봉투에 넣고 식지 않도록 봉투 주둥이를 비틀었다.

섀도는 집까지 한참을 운전하면서 한 손으로 패스티를 먹다가 김이 모락모락 나는 빵 부스러기를 청바지와 자동차 바닥에 흘렸다. 호수의 남쪽 연안에 자리한 도서관도 지나쳤다. 얼음과 눈에 덮여 도시가 온통 흑백이었다. 봄은 상상할 수도 없을 정도로 멀어 보였다. 클렁커[오래 되거나 고장난 고물 자동차-역주]는 언제까지나 얼음 위에 서 있을 것만 같았다. 얼음 낚시터와 픽업트럭, 스노모빌 트랙과 함께.

아파트에 도착한 그는 주차하고 차도로 걸어가 아파트로 이어진 나무 계단을 올라갔다. 새장의 오색방울새들과 동고비들은 눈길조차 주지 않았다. 그는 집 안으로 들어갔고, 사 온 화분에 물을 준 다음 와인을 냉장고에 넣어야 할지 고민했다.

6시까지는 시간이 많이 남아 있었다.

섀도는 다시 마음 편안하게 텔레비전을 볼 수 있기를 바랐다. 아무 생각

없이 앉아서 소리와 빛에 둘러싸여 그냥 즐기고 싶었다. '루시의 가슴을 보고 싶어?' 그의 기억 속에서 루시의 목소리가 섞인 무언가가 속삭였다. 보는 사람이 아무도 없는데도 섀도는 고개를 저었다.

섀도는 자신이 긴장하고 있다는 사실을 깨달았다. 3년도 더 전에 체포된 이래 다른 사람들, 그러니까 수감자나 신, 전설적 영웅이나 꿈속의 존재가 아닌 지극히 평범한 사람들과 처음 어울리는 자리였다. 그는 마이크 아인셀로서 대화를 나누어야 할 터였다.

시계를 보았다. 2시 30분이었다. 마거리트 올센은 6시에 오라고 했다. 정확히 6시를 말하는 걸까? 조금 일찍 가야 할까? 아니면 조금 늦게? 그는 6시 5분에 옆집으로 가기로 했다.

섀도의 전화가 울렸다.

"예?"

"전화를 그렇게 받으면 쓰나." 웬즈데이가 으르렁거리듯 말했다.

"전화를 연결하게 되면 그땐 정중하게 받죠. 내가 도울 일이라도 있어요?"

"나도 몰라." 웬즈데이가 잠시 침묵하다가 말했다. "신들을 조직하는 건 고양이들을 한 줄로 세워서 모는 것과 똑같아. 태생적으로 안 맞는 걸 시키는 거지. 웬즈데이의 목소리에는 섀도가 결코 들어보지 못한 무기력함과 지친 기색이 묻어났다.

"뭐가 문젠데요?"

"힘들어, 젠장. 너무 힘들다고. 잘 될지도 모르겠어. 차라리 우리 목을 긋는 게 낫겠어. 그냥 우리 목을 긋는 게."

"그렇게 말하면 안 되죠."

"그래, 맞아."

“음, 당신은 목을 그어도 아프지 않을걸요.” 섀도가 침울해하는 웬즈데이를 즐겁게 해 주기 위해 애쓰며 말했다.

“아파. 우리 종족도 고통은 여전히 아프다고. 물질세계에서 움직이고 행동하다 보면 물질세계의 영향을 받는 거야. 그래서 고통이 아파. 마찬가지로 탐욕에도 취하고 욕망에도 불타지. 우린 분명 쉽게 죽진 않을 거고, 여간해선 죽지 않을지 몰라도 어쨌거나 우리도 죽을 수 있어. 만약 우리가 여전히 사랑받고 사람들이 여전히 우리를 기억해 주면 우리와 비슷한 무언가가 생겨나고 우리를 대신하면서 처음부터 새로 또 시작되는 거야. 잊히면 그냥 끝나는 거고.”

섀도는 무슨 말을 해야 할지 몰라서 이렇게 물었다. “그래, 지금 어디에서 전화하시는 건가요?”

“젠장, 그건 네가 알아서 뭐 하게.”

“취하셨어요?”

“아직 아냐. 그냥 계속 토르 생각이 나서. 자넨 그 친구를 알 기회가 없었지. 자네처럼 덩치가 아주 컸어. 착하고. 똑똑하진 않았지만 누가 부탁하면 자기 옷이라도 벗어 줄 그런 친구였지. 그런데 스스로 목숨을 끊었어. 1932년에 필라델피아에서 입에다 총을 넣고 머리를 날려 버렸지. 신이 그렇게 죽다니, 도대체 말이 되냔 말이야.”

“안타깝네요.”

“눈곱만큼도 관심 없다는 말투구먼. 토르는 너랑 닮은 점이 많았어. 크고 미련한 게.” 웬즈데이가 말을 멈추고 기침을 했다.

“뭐가 문젠데요?” 섀도가 두 번째로 물었다.

“그들한테 연락이 왔어.”

“누구요?”

"반대파."

"그래서요?"

"그들은 휴전 논의를 하고 싶어 해. 평화 협상. 서로 존중해 주면서 각자 갈 길 가자는 거지. 염병."

"그럼 어떻게 되는 건가요?"

"어쩌긴. 캔자스시티 비밀 조합 센터로 가서 현대 얼간이들과 맛없는 커피를 마셔야겠지."

"알았어요. 데리러 오실 거예요, 아니면 어딘가에서 만나요?"

"넌 거기서 조용히 있어. 말썽 일으키지 말고. 알겠어?"

"하지만……"

딸깍 소리와 함께 전화가 끊겼다. 신호음도 가지 않았다. 뭐, 그건 언제나 마찬가지였다.

그냥 시간이나 때우는 수밖에 방도가 없었다. 웬즈데이의 전화 이후 섀도는 괜히 심란해졌다. 산책하러 나가려고 자리에서 일어났지만 이미 햇살이 흐려지고 있어서 도로 앉았다.

섀도는 『1872~1884 레이크사이드 시 위원회 회의록』을 집어 들어 페이지를 넘겼다. 제대로 읽는 게 아니라 가끔 관심 갈 만한 게 있으면 작은 글씨들을 훑었다.

섀도는 1874년 7월 시 위원회가 이 지역으로 들어오는 해외 벌목 노동자들의 숫자를 우려하고 있다는 내용을 읽었다. 3번가와 브로드웨이의 모퉁이에 오페라 하우스가 지어질 예정이었다. 시 위원회는 밀 크릭의 댐 건설 공사 반대 시위는 밀방아용 연못이 호수로 변하면 저절로 사라지리라 추측했다. 또 위원회가 댐 공사로 수몰될 지역에 사는 새뮤얼 새뮤얼스 씨와 헤이키 살미넨 씨에게 땅값과 거주지 이전 비용으로 각각 70달러와 85달러를 지급할 것을 승인했다는 기록도 있었다. 호수가 인공 호수였다니, 섀도는 전혀 생각해 보지 못한 일이었다. 처음에 밀방아용 연못이었던 것을 댐 공사를 통해 호수로 만들었다는 것인데, 왜 이 지역 이름이 레이크사이드일까? 그는 계속 읽었다. 원래 브런즈윅의 후뎀뮬렌에서 온 힌젤만 씨라는 사람이 호수 공사의 책임자였고 시 위원회가 공사에 370달러를 책정했으며 부족한 금액은 공공 기부금으로 충당되었다는 사실을 발견했다.

섀도는 화장지를 찢어 책갈피 삼아 페이지에 끼웠다. 할아버지에 관한 기록을 힌젤만 아저씨에게 보여 주면 기뻐할 것 같았다. 가족이 호수 건설에 참여한 사실을 힌젤만 아저씨가 알고 있는지 궁금했다. 섀도는 호수 공사에 대한 언급이 더 있는지 책장을 넘기며 계속 훑어보았다.

시 위원회는 1876년 봄에 기념식을 열고 호수를 장차 마을의 100주년 기념 상징물로 지정했다. 힌젤만에 대한 감사 표결이 평의회에서 이루어졌다.

섀도는 시계를 보았다. 5시 30분이었다. 욕실로 가서 면도하고 머리를 빗었다. 옷도 갈아입었다. 어찌어찌 마지막 15분도 지나갔다. 와인과 화분을 들고 옆집으로 갔다.

노크하는 도중에 문이 열렸다. 마거리트 올센은 섀도만큼이나 긴장한 것 같았다. 그녀는 포도주와 화분을 받아들고 고맙다고 말했다. 텔레비전에는 《오즈의 마법사》 비디오가 돌아가고 있었다. 흑백까진 아니지만 선명하지 못한 세피아 톤의 TV 화면에서, 도로시는 캔자스에서 마벨 교수의 마차에 앉아 눈을 감고 있었고 늙은 사기꾼은 도로시의 마음을 읽는 체했다. 도로시의 삶을 뒤바꿔 놓을 회오리바람이 다가오고 있었다. 레온은 TV 앞에 앉아서 장난감 소방차를 가지고 놀고 있었다. 섀도를 보는 순간 아이의 얼굴에 기쁨이 스쳤다. 레온은 자리에서 벌떡 일어나 너무 흥분해서 넘어질 뻔하면서 방으로 들어가더니 잠시 후 의기양양하게 동전을 흔들면서 나타났다.

"보세요, 마이크 아인셀 아저씨!" 레온은 두 손으로 동전을 감싸고 오른손에 동전을 넣는 시늉을 한 뒤 그 손을 펼쳤다. "내가 동전을 사라지게 했어요, 마이크 아인셀 아저씨!"

"그러네. 엄마가 허락하시면 밥 먹고 나서 아저씨가 더 자연스럽게 하는 방법을 가르쳐 줄게."

"지금 해도 괜찮아요. 아직 사만다가 안 와서. 사우어크림을 사 오라고 심부름 보냈거든요. 왜 이렇게 오래 걸리는지 모르겠네."

그녀의 말이 끝나자마자 마치 신호라도 받은 듯 나무 데크에서 발걸음 소리가 났고 누군가가 현관문을 어깨로 밀쳐 열었다. 섀도는 처음에는 그녀를 알아보지 못했다. "설탕이 들어간 쪽인지 아니면 벽지 붙이는 풀 맛이 나는 걸 원하는지 몰라서 그냥 설탕 들어간 걸로 사 왔어." 그제야 섀도는 그녀를 알아보았다. 케이로에 가던 중 만났던 여자애였다.

"괜찮아, 샘. 우리 이웃인 마이크 아인셀 씨야. 마이크. 이쪽은 내 동생 샘, 그러니까 사만다 블랙 크로예요."

난 널 몰라. 섀도는 필사적으로 생각했다. 우린 한 번도 만난 적 없어. 서로 완전히 모르는 사이라고. 섀도는 예전에 눈을 생각함으로써 눈을 내리게 했던 일을 떠올리려고 애썼다. 얼마나 쉬웠던가. 이번엔 엄청나게 필사적이었다. 섀도는 손을 내밀며 말했다. "만나서 반가워요."

그녀는 눈을 깜빡거렸고 섀도를 올려다보았다. 순간 어리둥절해하다가 뭔가를 깨달은 눈빛이 스쳤다. 그녀는 한쪽 입꼬리를 올리며 씩 웃었다. "안녕하세요."

"난 음식 좀 볼게요." 마거리트는 잠시라도 부엌을 떠나 있으면 음식을 태우기 일쑤인 사람처럼 잔뜩 긴장된 목소리로 말했다.

샘이 두툼한 패딩 점퍼와 모자를 벗었다.

"음, 그쪽이 침울하지만 신비로운 이웃이군요. 도대체 이게 무슨 일이에요?" 샘이 목소리를 낮추었다.

"넌 남자 샘이 아닌 여자 샘이고. 우리 이 문제는 나중에 얘기하면 안 될까?"

"어떻게 된 건지 말해 준다고 약속하면요."

"좋아."

레온이 섀도의 바짓가랑이를 잡아당겼다. "지금 알려 줄 수 있어요?" 아이가 동전을 내밀었다.

"그래. 가르쳐 줄게. 하지만 꼭 기억해야 해. 진짜 훌륭한 마술사는 아무한테도 마술의 비밀을 말하지 않는 거야."

다른 사람

Other People

2001

“여기 시간은 유동적이지.” 악마가 말했다.

그는 그것을 처음 보는 순간 악마라는 것을 알 수 있었다. 그곳이 지옥이라는 것도 단번에 알 수 있었다. 지옥과 악마는 너무도 명백해서 도저히 다른 것을 떠올릴 수가 없었다.

길쭉한 방이었다. 악마는 끄트머리의 연기 나는 화로 옆에서 기다렸다. 돌 같은 회색의 벽에는 여러 가지가 걸려 있었는데, 가까이에서 살펴보는 게 현명하지 못한 일처럼 느껴졌다. 천장은 낮았고 바닥은 이상하게 견고함이 느껴지지 않았다.

“가까이 와.” 그는 악마의 말대로 했다.

악마는 깡마른 알몸이었다. 흉터가 심했는데 꼭 먼 과거에 가죽이 벗겨진 적이 있는 듯했다. 귀도 없고 성기도 달리지 않았다. 엄격해 보이는 얇은 입술에 눈은 확실히 악마의 눈이었다. 너무 많은 걸 보고 너무 멀리 선을 넘은 그런 눈. 악마가 쳐다보고 있으니 그는 파리보다 하찮은 존재가 된 기분이었다.

"이제 어떻게 되는 건가요?" 그가 물었다.

"이제 넌 고문을 당할 것이다." 악마가 슬픔도 기쁨도 전혀 없는, 오로지 끔찍하고 단조로운 체념만이 묻어 나오는 목소리로 말했다.

"얼마 동안요?"

악마는 고개만 흔들 뿐 대답해 주지 않았다. 악마는 벽에 걸린 도구들에 하나씩 눈길을 주면서 벽을 따라 느리게 걸었다. 벽 끄트머리의 닫힌 문 옆에는 아홉 가닥의 닳은 철사가 달린 채찍이 있었다.

악마는 벽의 걸린 채찍을 손가락이 3개 달린 손으로 내려서 경건하게 들고 돌아왔다. 철사 가닥을 화로에 넣고 달구었다.

"비인간적이군요."

"그래."

채찍에 달린 아홉 가닥의 철사 끝부분이 주황색으로 달구어졌다.

악마는 팔을 들어 채찍을 처음 내리치면서 말했다. "나중엔 지금이 좋았다 싶을 것이다."

"거짓말하지 마세요."

"그럴 거야. 다음 차례는……" 그가 채찍을 내리치기 직전에 말했다. "더 나쁘거든."

채찍의 갈라진 끝부분이 남자의 등을 때렸다. 값비싼 옷을 찢고 살갗을 태우고 찢어발겼다. 남자는 비명을 질렀다. 그 비명이 마지막은 아니었다.

방의 벽에 걸린 도구는 211개나 되었고 그는 결국 그것을 하나씩 다 경험했다.

그러면서 악마에 대해 잘 알게 되었다. 라자렌의 딸이라고 불리는 악마는 마침내 211개 도구를 닦아서 다시 걸어 놓았다. 그는 엉망이 된 입술로 헉헉거리며 물었다. "다음은 뭐죠?"

"이제 진짜 고통이 시작된다." 악마가 말했다.

정말이었다.

하지 말았어야 했을 행동, 자신과 남들에게 했던 거짓말, 크고 작게 상처 준 일들. 이 모든 것이 그에게서 뽑혀 나왔다. 악마는 그에게서 망각의 덮개를 벗기고 발가벗겨 진실만 남겼다. 그는 이렇게 큰 고통은 처음이었다.

"떠나는 그녀를 보고 무슨 생각을 했지?" 악마가 물었다.

"제가 상처받았다고 생각했어요."

"아니. 넌 그러지 않았어." 악마의 목소리에는 분노가 서려 있지 않았다. 아무런 감정도 없는 눈빛으로 바라보았다. 그는 그런 악마의 시선을 피할 수밖에 없었다.

"사실은 이렇게 생각했어요. 내가 그녀의 여동생이랑 바람피웠다는 걸 영영 들키지 않을 수 있겠구나."

전혀 급할 것 없는 그 잿빛 방에서 악마는 그가 살아온 인생을 한순간도 빠뜨리지 않고 조각내어 되짚었고 그때마다 그는 더 큰 고통을 맛보아야 했다. 그렇게 백 년, 아니, 천 년의 시간이 흘렀을까. 그는 끝으로 갈수록 악마의 말이 옳았음을 깨달았다. 육체적 고통이 차라리 나았다.

마침내 끝이 났다.

끝은 새로운 시작이었다. 첫 번째 시간에 대한 기억이 없어서 더욱더 고통스러웠다.

그는 말하면서 자신에게 증오를 느꼈다. 거짓도 회피도 없었고 오로지 고통과 분노만이 자리했다.

이번에 그는 말을 했다. 더 이상 울부짖지 않았다. 그렇게 천 년이 지났을 때 그는 제발 악마가 벽에 걸린 것들 중에서 가죽을 벗겨 내는 칼이나 목을 조르는 초커, 손가락 죄는 나사 같은 고문 도구를 가져오길 바랐다.

"다시."

그는 비명을 지르기 시작했다. 비명은 오랫동안 계속되었다.

"다시." 끝나고 악마가 말했다. 마치 처음 하는 말인 것처럼.

그것은 양파를 벗기는 것 같았다. 이번에 그는 지나온 삶을 되짚으며 결과에 대해 배웠다. 자신이 한 일들이 가져온 결과, 모르고서 행한 일들, 세상에 피해를 준 일들. 알지 못하고 만나거나 마주친 적 없는 사람들에게 끼친 피해. 지금까지 중에 가장 혹독한 교훈이었다.

"다시." 천 년 후 악마가 말했다.

그는 화로 옆에 쭈그리고 앉아 눈을 감은 채 앞으로 몸을 흔들며 살아온 인생을 이야기했다. 태어났을 때부터 죽을 때까지의 삶을 이야기하면서 그것을 전부 다시 체험했다. 무엇 하나 바꾸거나 빠뜨리지 않고 모든 걸 마주했다. 심장이 열렸다.

이야기가 다 끝났을 때 그는 여전히 눈을 감은 채 앉아서 "다시."라는 말이 나오기를 기다렸다. 하지만 아무 말도 들리지 않았다. 눈이 떠졌다.

천천히 일어섰다. 그는 혼자였다.

방 끄트머리에 문이 있었다. 그가 바라보자 문이 열렸다.

문에서 한 남자가 들어왔다. 남자의 얼굴에는 공포와 오만, 자부심이 묻어났다. 값비싼 옷을 입은 남자는 머뭇거리며 방안으로 몇 걸음 내딛고 멈추었다.

남자를 보는 순간 그는 알 수 있었다.

"여기 시간은 유동적이지." 그가 새로 온 사람에게 말했다.

기묘한 소녀들

Strange Little Girls

2001

소녀들

새로운 시대

그녀는 차갑고 집중력 강하고 조용해 보이지만 두 눈은 항상 지평선 너머를 향해 있다.

당신은 그녀를 처음 본 순간 어떤 사람인지 알 것 같다고 생각하지만 그건 전부 착각일 뿐이다. 그녀의 핏줄을 타고 열정이 흐른다.

그녀가 잠깐 고개를 돌린 순간 가면이 벗겨졌고 당신은 사랑에 빠졌다. 당신의 모든 내일이 여기에서 시작된다.

보니의 엄마

누군가를 사랑하게 되면 어떻게 되는지 아는가?

지겨운 장수 TV 프로처럼 절대로 식지 않는다는 것이 사랑의 무척이나 나쁘고 끈질긴 점이다. 사랑하는 마음이 한구석에 언제나 남아 있는 것이다.

이제 그녀는 죽었으므로 사랑만 기억하려고 노력한다. 그가 날린 입맞춤, 화장으로 어설프게 가린 멍, 허벅지에 담뱃불로 지진 자국, 그녀는 그 모든 것이 다 사랑이었다고 생각한다.

그녀는 딸이 어떻게 할지 궁금하다.

그녀는 딸이 어떻게 될지 궁금하다.

죽은 그녀는 케이크를 들고 있다. 어린 딸에게 만들어 주고 싶었던 케이크. 같이 반죽을 만들 수도 있었을 텐데.

셋이 둘러앉아 케이크를 먹으며 미소짓고 집안에는 웃음과 사랑이 넘쳤겠지.

기묘한 것

그녀는 수많은 것들을 쫓아내려고 애썼다. 기억하고 싶지 않고 기억해서도 안 되는 것들. 새들이 비명을 지르고 벌레가 꿈틀거리고 마음속에 느릿느릿 끝도 없이 부슬비가 내리게 하는 것들.

당신은 그녀가 다른 나라로 떠났다는 소식을 들을 것이다. 그녀가 당신에게 남긴 선물은 분실되어 당신에게 닿지 못했다. 어느 늦은 밤 전화벨이 울리고 수화기 너머에서 그녀의 목소리가 들려오지만, 잡음이 심하고 말이 자꾸 끊겨서 무슨 말인지 알아들을 수 없을 것이다.

몇 해가 지나 당신은 택시를 타고 가다가 어느 건물 출입구에서 그녀와 닮은 사람을 본다. 하지만 간신히 택시 기사를 설득해 멈추었을 때 그녀는 사라지고 없다. 당신은 그녀를 다시 만나지 못할 것이다.

당신은 비가 내릴 때마다 그녀를 생각할 것이다.

침묵

35년. 쇼걸은 35년 동안 밤낮으로 하이힐을 신어서 발이 아프다. 하지만 그녀는 18킬로그램에 육박하는 머리 장식을 착용하고도 하이힐을 신은 채 계단을 내려갈 수 있다. 심지어 하이힐을 신고 사자와 함께 무대에 올라간 적도 있다. 빌어먹을 지옥에서도 하이힐을 신고 걸을 수 있으리라.

그녀가 고개를 높이 쳐들고 걸을 수 있도록 힘을 주는 것들이 있다. 딸, 충분하진 않았지만 그래도 그녀를 사랑해 준 시카고 출신의 남자, 10년 동안 그녀의 월세를 내주었지만 라스베이거스에는 한 달에 한 번밖에 오지 않는 전국 뉴스의 앵커, 실리콘 젤 두 봉지, 사막의 뜨거운 햇살을 피하는 것.

그녀는 곧 손주가 생길 것이다.

사랑

그의 사무실로 전화를 걸어도 답이 오지 않을 때가 있었다. 그래서 그녀가 알 거라고는 생각도 못했을 번호로 전화를 걸었다. 전화를 받은 여자에게 좀 창피하지만 그가 자신의 연락을 피하고 있으니 대신 말을 좀 전해 줄 수 있겠느냐고 했다. 그녀의 체취가 난다면서, 두 사람의 냄새가 느껴진다면서 그가 가져간 검은 레이스 속옷을 되돌려 달라는 말을 좀 전해 달라고. 그녀는 수화기 너머 아무 말 없는 여자에게 덧붙였다. 그가 그녀의 주소를 알고 있으니 속옷을 세탁해서 그냥 우편으로 보내도 된다고. 이렇게 그녀의 볼일은 끝이 난다. 그녀는 그를 완전히 잊어버리고 다른 사람에게 관심을 쏟는다.

그녀가 당신 역시도 사랑하지 않게 될 날이 올 것이다. 당신의 마음은 찢어지겠지.

시간

그녀는 기다리지 않는다. 그렇다. 이제 세월은 그녀에게 아무런 의미가 없고 꿈도 거리도 그녀에게 닿지 못한다.

그녀는 시간의 가장자리에 남아 있다. 확고하고 상처받지 않는 채로. 어느 날 눈을 뜨면 그녀가 보일 것이다. 그다음에는 어둠이다.

수확이 아니다. 그녀는 머리에 꽂을 깃털이나 꽃을 뽑듯이 가만히 당신을 뽑을 것이다.

방울뱀

그녀는 재킷의 원래 주인이 누구인지 알지 못한다. 파티가 끝났을 때 재킷을 찾으러 온 사람은 없었고, 그녀는 그 옷이 자신에게 잘 어울린다고 생각했다.

재킷에는 'KISS'라고 적혀 있다. 그녀는 키스를 좋아하지 않는다. 남자고 여자고 할 것 없이 사람들은 그녀더러 아름답다고 하지만 그녀는 무슨 말인지 이해가 되지 않는다. 거울을 봐도 자신의 얼굴뿐, 아름다움은 보이지 않는다.

그녀는 책을 읽거나 TV를 보지도 않고 사랑을 나누지도 않는다. 그녀는 음악을 듣는다. 친구들과 함께 여기저기 놀러 간다. 롤러코스터를 탔을 때 열차가 아래로 확 떨어지거나 좌우로 구불구불 움직이거나 거꾸로 회전할 때도 절대 비명을 지르지 않는다.

재킷의 주인이 나타난다면 그녀는 어깨를 으쓱하고 돌려줄 것이다. 그녀에겐 모든 것이 이러나저러나 크게 상관이 없다.

황금빛 마음

—선고하다.

자매, 아니면 쌍둥이이거나 사촌일 수도 있다. 출생증명서를 보기 전에는 모른다. 신분증을 발급받을 때 쓰는 것 말고 진짜 출생증명서.

그들이 하는 일은 이렇다. 안으로 들어가 필요한 것을 가지고 나온다.

특별히 화려하지도 않고 그냥 일이다. 엄밀히 말해서 합법적이 아닐 때도 있다. 그냥 일일 뿐이다.

그들은 이 일을 하기엔 너무 똑똑하다. 또 너무 지쳤다.

그들은 옷과 가발, 화장품, 담배를 함께 쓴다. 사냥하듯 한시도 가만히 있지 못하고 다음으로 넘어간다. 두 가지 머리, 하나의 마음.

그들은 가끔 서로가 할 말을—

월요일의 아이

그녀는 샤워기 아래에서 물을 맞으며 구석구석 깨끗하게 씻어 낸다. 그녀가 다녔던 고등학교의 냄새가 좀처럼 가시지 않는다.

그녀는 불규칙하게 쿵쾅거리는 가슴으로 학교 냄새를 풍기며 복도를 지났다. 그 냄새가 다시 돌아왔다.

그녀가 놀림과 괴롭힘과 욕설, 상처로 울고 분노하고 곱씹는 힘없는 친구들의 모습을 보며 사물함에서 교실로 도망치던 게 이제 겨우 6년이나 되었을까. 하지만 이렇게까지 선을 넘은 적은 없었다.

그녀는 계단 통에서 첫 번째 시체를 발견했다.

그날 밤 지워 버려야 할 것을 샤워로도 씻어 내지 못한 그녀가 남편에게 말했다. "나 무서워."

"뭐가?"

"이 일이 날 냉혹하게 만든다는 게. 딴 사람으로 만든다는 게. 이제 나도 내가 누군지 모르겠어."

그가 그녀를 끌어안았다. 그들은 새벽까지 살을 꼭 맞대고 있었다.

행복

그녀는 사격장에 오면 편안함을 느낀다. 청력 보호구를 착용한 뒤 그녀를 기다리는 사람 모양의 종이 표적을 본다.

그녀는 상상과 기억을 조금씩 이용해 표적을 바라보면서 총구를 당긴다. 사격 시간이 시작되면 그녀는 표적의 머리를 보는 것이 아니라 느낀다. 심장은 흔적도 없이 사라진다. 화약 냄새를 맡을 때마다 독립기념일이 생각난다.

그건 신이 주신 선물이야. 어머니는 말했다. 그래서 어머니와의 사이가 틀어진 게 더욱더 힘들다.

앞으로 그 누구도 그녀에게 상처를 주지 못할 것이다. 그녀는 애매모호하고 옅은 멋진 미소를 지으며 자리를 뜰 것이다.

돈은 중요하지 않다. 돈이 중요했던 적은 단 한 번도 없었다.

흐르는 피

선택을 연습해 보자. 선택은 자신이 하는 것이다. 이 이야기 중 하나는 진실이다.

그녀는 전쟁을 겪었다. 1959년에 미국에 왔다. 지금은 마이애미의 콘도에 살고 있고, 딸과 손녀딸이 하나씩 있는 백발의 자그마한 프랑스 여인이다. 그녀는 혼자 조용히 지내며 거의 웃지 않는다. 너무 무거운 기억의 무게에 짓눌려 기쁨을 찾을 수 없는 건지도 모른다.

사실은 거짓말이다. 1943년에 국경을 넘던 그녀를 게슈타포가 초원에 데려갔다. 그녀는 자신의 무덤을 직접 파야 했고 머리 뒤쪽에 총알이 한 알 박혔다.

총알을 맞기 전에 그녀가 마지막으로 한 생각은 자신이 임신 4개월에 접어들었고 미래를 위해 투쟁하지 않으면 자신에게도 아이에게도 미래가 없다는 것이었다.

마이애미에 사는 노부인이 바람에 나부끼는 들꽃으로 뒤덮인 초원의 꿈을 꾸고 깨어나 혼란스러워한다.

따뜻한 프랑스 땅에는 그 누구의 손길도 닿지 않은, 딸의 결혼식을 꿈꾸는 백골이 묻혀 있다. 좋은 포도주는 마셔야 하고 흐르는 눈물은 오직 행복의 눈물이다.

진짜 인간

여자아이들 일부는 남자였다.

당신이 서 있는 곳에서 보면 풍경이 바뀐다.

말은 상처를 입힐 수 있고 상처는 치유될 수 있다.

이 모든 것은 사실이다.

10월이 들려주는 이야기

October in the Chair

2002

그날 저녁의 진행자는 '10월'이었다. 날씨가 무척 쌀쌀했다. 빙 돌아 작은 숲을 이루는 나무들에서 울긋불긋하게 변해 버린 나뭇잎이 떨어졌다. 커다란 소시지 꼬치가 걸린 모닥불 가에 열둘이 전부 모였다. 소시지에서 흘러나온 기름이 사과나무 장작으로 타닥타닥 떨어졌다. 다들 새콤하게 톡 쏘는 신선한 애플 사이다를 마셨다.

4월이 조심스럽게 소시지를 살짝 베어 물었다. 소시지가 확 터지면서 육즙이 그녀의 턱으로 흘러내렸다. "이런 젠장. 기분 개똥 같아."

옆에 앉은 땅딸막한 3월이 저음의 목소리로 킬킬거리며 크고 지저분한 손수건을 내밀었다. "자."

4월이 손수건으로 턱을 닦았다. "고마워. 빌어먹을 내장 주머니 때문에 턱을 데었어. 내일 물집 잡히겠네."

맞은편의 9월이 하품했다. "건강 염려증 환자처럼 굴지 마. 그리고 말 좀 예쁘게 해." 그는 연필로 쭉 그은 듯 가느다란 콧수염에 앞머리가 벗겨지기 시작했는데, 이마가 넓은 탓에 지혜로워 보이는 면이 있었다.

"4월 좀 그냥 내버려 둬." 5월은 까만 머리를 짧게 잘랐고 실용적인 부츠를 신었다. 그녀가 피우는 가느다란 담배에서는 정향 냄새가 진하게 났다. "예민한 애라고."

"제발. 조용히 좀 지나가자." 9월이 말했다.

10월은 의장의 자리에 앉았다는 사실을 의식하며 애플 사이다를 한 모금 마시고 목을 가다듬었다. "자자. 그럼 누가 먼저 시작할까?" 그가 앉은 의자는 커다란 참나무 덩어리를 깎은 뒤 물푸레나무와 삼나무, 벚나무로 무늬를 박아 넣은 것이었다. 나머지 11인은 작은 모닥불 가에 똑같은 간격으로 배치된 나무 그루터기에 앉았다. 그루터기는 오랜 세월을 써서 만질만질하게 닳아 편안했다.

"회의록은 어쩌고? 내가 의장일 땐 꼭 회의록을 기록하는데." 1월이 말했다.

"지금 의자에 앉은 건 네가 아니잖아. 그렇지?" 9월은 우아하게 비꼬면서 배려하는 능력이 탁월했다.

"회의록은 어쩔 건데?" 1월이 똑같은 말을 반복했다. "그냥 지나치면 안 돼."

"그냥 좀 알아서 하라고 해." 4월이 긴 금발을 쓸어 넘겼다. "내 생각엔 9월이 먼저 시작하는 게 좋겠어."

9월이 우쭐해하며 고개를 끄덕였다. "좋지."

"야." 2월이었다. "야야야야야야야. 의장이 허락하지 않았잖아. 10월이 허락하기 전까진 그 누구도 얘길 시작할 수 없어. 질서라는 게 아주 조금은 필요하지 않겠어?" 작은 체구와 창백한 얼굴에 머리부터 발끝까지 파란색과 회색으로 입은 2월이 나머지를 쳐다보았다.

"괜찮아." 10월이 말했다. 그의 수염은 가을의 숲처럼 울긋불긋한 색이었다. 진한 갈색과 불에 타는 듯한 오렌지색과 와인색의 헝클어진 수염이 얼굴 아래쪽을 덮었다. 뺨은 사과처럼 붉었다. 굉장히 친근한 외모였다. 평생 알아 온 것처럼 익숙하게 느껴지는 모양새다. "9월이 먼저 하는 걸로 해. 그럼, 시작하겠습니다."

9월은 남은 소시지 조각을 입에 넣고 조심스럽게 씹으면서 애플 사이다로 삼켜 내렸다. 그다음 자리에서 일어나서 모두에게 고개 숙여 인사하고 이야기를 시작했다.

"로랑 딜라이얼은 시애틀에서 제일가는 요리사였어. 적어도 그는 그렇게 생각했지. 그의 레스토랑에 붙은 미슐랭 별이 그의 생각을 뒷받침해 주었고 말이야. 실제로 그는 훌륭한 요리사였어. 그의 다진 양고기 브리오슈는 상도 여러 번 받았거든. 구운 메추리 고기와 화이트 트러플 라비올리는 〈미식가〉지로부터 '세계의 10번째 불가사의'라는 찬사까지 받았을 정도야. 하지만 그의 자부심과 열정의 원천은 와인 저장고였어.

그럴 만도 해. 끝물 청포도는 9월에 수확되지. 일반 포도도 마찬가지고. 난 훌륭한 와인을 좋아해. 그 향기와 맛, 뒷맛까지.

로랑 딜라이얼은 경매에서 와인 애호가들과 평판 좋은 거래상들에게 와인을 샀어. 거래할 때는 반드시 원산지 증명서를 요구했지. 와인 사기가 워낙 흔했어야지. 대개는 한 병에 5천~1만 달러짜리들이었어. 혹은 파운드나 유로로 말이야. 온도가 조절되는 그의 와인 저장고에서 가장 귀한 보물 중의 보물은 1902년산 샤토 라피트였어. 12만 달러짜리 목록에 있는 와인이었는데 사실 값을 매길 수 없었지. 마지막 하나 남은 거였거든."

"잠깐만." 8월이 정중하게 말했다. 몇 가닥 없는 머리카락을 분홍빛의 정수리 너머로 빗어 넘긴 그는 1년 열두 명 가운데 가장 뚱뚱했다.

9월이 옆자리에 앉은 그를 노려보았다. "왜?"

"혹시 이 얘기 아니야? 어떤 부자가 저녁 식사와 거기에 곁들일 와인을 주문했는데, 요리사는 부자가 주문한 음식이 그 좋은 와인에 어울리지 않는다고 생각하고는 다른 음식을 만들어서 내보내. 부자는 그 음식을 한입 먹자마자 희귀한 알레르기 때문에 죽어. 결국 와인은 마시지 않고 그대로 남겨지게 된다는 얘기 아니야?"

9월은 아무 말 없이 가만히 쳐다보기만 했다.

"맞는다면 네가 옛날에 했었던 얘기야. 그때도 어처구니없는 얘기였는데 지금도 마찬가지네." 8월이 미소 지었다. 그의 분홍색 뺨이 모닥불에 아른거렸다.

9월이 말했다. "페이소스나 문화는 당연히 모든 사람의 입맛에 맞을 수 없어. 어떤 사람은 바비큐와 맥주를 좋아하지만 나 같은 사람은……."

2월이 말했다. "이런 말을 하고 싶진 않은데 8월 말이 맞는 것 같아. 새로운 얘길 해야지."

9월은 한쪽 눈썹을 올리고 입술을 내밀었다. "됐어, 그럼." 이렇게 내뱉더니 도로 그루터기에 앉아 버렸다.

열두 달은 불가에 빙 둘러앉은 채 서로를 멀뚱멀뚱 쳐다보았다.

평소 소심하고 깔끔한 성격의 6월이 손을 들고 말했다. "내가 할게. 라과디아 공항 엑스레이 검색대를 지키는 보안요원의 이야기야. 그녀는 화면에 비친 수화물의 윤곽만 보고도 모든 걸 읽을 수 있었어. 어느 날 엑스레이가 너무도 아름다운 수화물을 발견하고 그 주인과 사랑에 빠졌어. 줄 선 사람 중에 누구인지 알아내야 하는데 그럴 수가 없는 거야. 몇 달 동안이나 그 사람을 그리워했지. 그런데 어느 날 그 사람이 다시 나타났고 이번에는 누구인지 알 수 있었어. 주름이 쪼글쪼글한 인도인 남자였어. 이루어질 수 없는 관계라는 걸 알고 그녀는 그를 그냥 보냈지. 엑스레이 화면으로 그가 곧 죽을 운명이란 것도 보였거든."

10월이 말했다. "좋아, 6월. 그 얘길 들려줘."

6월은 겁먹은 동물 같은 얼굴로 10월을 쳐다보았다. "방금 얘기 다 한 건데."

10월이 고개를 끄덕였다. "다 한 거구나." 그는 다른 누가 입을 열기 전에 덧붙였다. "그럼 내 이야기를 들려줄까?"

2월이 콧방귀를 꼈다. "그건 순서가 아니지. 의장은 맨 마지막에 이야기하는 거잖아. 하이라이트로 곧장 가 버리면 안 되지."

5월은 모닥불에 걸린 쇠살대에 밤 12알을 올려놓았다. 집게를 이용해 일정한 패턴으로 배치했다. "하고 싶으면 해도 상관없지, 뭐. 방금 와인 얘기보단 낫지 않겠어? 나 빨리 끝내고 가야 해. 꽃은 저절로 피지 않는 법이니까. 찬성하는 사람?"

"정식으로 투표하잔 거야? 지금 이 상황이 믿어지지 않네. 정말 말도 안 돼." 2월이 소맷단에서 티슈를 한 움큼 꺼내 이마를 닦았다.

일곱 명이 손을 들었다. 손 들지 않은 네 명은 2월, 9월, 1월, 7월이었다. (7월이 미안한 듯이 말했다. "개인적인 감정은 없어. 절차는 지켜야지. 선례를 만들어선 안 돼.")

"그럼 결정된 거다. 내가 이야기를 시작하기 전에 할 말 있는 사람?" 10월이 말했다.

"어, 나." 6월이 말했다. "있잖아. 가끔 누군가 숲에서 우릴 지켜보는 것 같은 느낌이 들어. 쳐다보면 아무도 없고. 그래도 누가 보는 것 같아."

4월이 말했다. "그건 네가 제정신이 아니라서 그래."

"역시 4월답네." 9월이 말했다. "예민한데 성미도 제일 고약하지."

"다들 그만." 10월이 의자에 앉은 채 기지개를 켰다. 그는 개암나무 열매를 깨물어 알맹이를 꺼냈다. 불에 던진 껍질이 쉭쉭 소리와 함께 지글거리며 탁 터졌다. 그가 이야기를 시작했다.

한 소년이 있었다. 소년이 집에서 두들겨 맞은 건 아니지만 무척이나 불행했다. 소년은 가족들과도, 마을 사람들과도 심지어 자기 인생과도 잘 맞지 않았다. 그에겐 쌍둥이 형들이 있었다. 형들은 인기가 많았으나 동생을 상처 주고 무시했다. 형들은 축구를 했는데 어느 날 경기에서는 한 사람이 득점을 많이 해 영웅이 되었고 또 다른 경기에서는 다른 한 사람이 날아다녔다. 하지만 동생은 축구를 하지 않았다.

형들이 동생을 부르는 이름이 따로 있었는데, 바로 '약골'이었다. 그들은 소년이 갓난아기였을 때부터 약골이라고 불렀다. 처음에 부모는 그런 아이들을 야단쳤다. 그러자 쌍둥이들이 말했다. "그치만 재는 진짜 약골 같은데. 재를 봐. 우리랑 다르잖아." 소년이 여섯 살이 됐을 때도 쌍둥이들은 여전했고, 부모는 그냥 귀엽게만 생각했다. 약골이라는 별명은 전염병처럼 점점 퍼져 나갔다. 결국, 소년을 진짜 이름인 도널드라고 부르는 사람은 생일 때만 전화하는 할머니와 잘 모르는 사람들밖에 없게 되었다.

이름에는 힘이 있기 때문일까, 소년은 정말로 약골이 되었다. 작은 키와 삐쩍 마른 몸에 항상 불안하고 초조해하는 아이. 소년은 태어날 때부터 열 살이 될 때까지 계속 코를 흘렸다. 형들은 맛있는 반찬이 나오면 동생의 것까지 빼앗아 먹었고, 싫어하는 반찬은 동생의 접시에 몰래 덜었다. 그러면 소년은 음식을 남긴다고 혼났다.

아빠는 한 번도 빠뜨리지 않고 쌍둥이의 축구 시합을 보러 갔다. 시합이 끝나면 득점을 많이 한 사람에게는 상으로, 다른 아이에게는 위로의 의미로 아이스크림을 사 주었다. 엄마는 신문기자라고는 하지만 주로 광고란을 팔거나 구독 신청을 받는 일을 했다. 그녀는 쌍둥이가 어느 정도 커서 손이 덜 가게 되었을 때쯤 복직했다.

소년과 같은 반 남자아이들은 쌍둥이를 우러러보았다. 소년이 1학년이 되던 처음에는 다들 소년을 도널드라고 제대로 불렀지만, 쌍둥이 형들이 약골이라고 부른다는 소문이 삽시간에 퍼졌다. 선생님들은 그를 부르는 일 자체가 거의 없었다. 하지만 가끔 선생님들끼리 코베이 형제 막내는 형들과 달리 용감하지도 상상력도 풍부하지 않고 인기도 없다고 안타까워하는 것을 엿들을 수 있었다.

약골이 집을 나가기로 처음 결심한 것이 언제인지, 항상 꿈만 꾸던 일이 언제 단계를 넘어 계획으로 변했는지는 모른다. 소년이 결심을 굳혔을 때는 차고 뒤쪽에 비닐로 덮어 숨겨 둔 커다란 타파웨어 통에 마스 초콜릿 바 3개, 밀키 웨이즈 초콜릿 바 2개, 견과류 한 봉지, 작은 봉지에 든 감초 젤리, 손전등, 만화책 몇 권, 뜯지 않은 육포 한 봉지, 25센트 동전이 대부분인 총 37달러가 들어 있었다.

소년은 육포를 좋아하지 않았지만 책에서 탐험가들이 몇 주 동안 육포만 먹고 버텼다는 이야기를 읽은 적이 있었다. 그 후 타파웨어 통에 육포를 넣어 두고 뚜껑을 꽉 닫으며 소년은 언젠가 집을 나가야만 할 날이 올 거라 믿었다.

소년은 책, 신문, 잡지를 읽었다. 집을 나가면 나쁜 사람들을 만나 나쁜 일을 당할 수도 있다는 사실을 알고 있었다. 하지만 동화책도 읽은 소년은 세상에는 괴물뿐만 아니라 착한 사람들도 있다는 걸 알았다.

약골은 콧물을 흘리는 작은 체구의 열 살 소년이었고, 감정을 잘 표현하지 않아 얼굴이 멍했다. 한 무리의 소년들 사이에서 약골을 찾으라면 분명히 엉뚱한 아이를 고를 게 뻔했다. 그만큼 그는 맨 끄트머리의 눈에 잘 띄지 않는 아이였다.

소년은 9월 내내 가출을 미루었다. 그러다 쌍둥이 형들이 소년을 깔아뭉개던 어느 끔찍한 금요일을 겪은 후에야 결심을 굳혔다. 심지어 한 사람은 소년의 얼굴을 깔고 앉아 방귀를 뀌고 미친 듯 웃어 대기까지 했다. 그제야 소년은 설사 괴물을 만난다고 해도 밖이 집보다 더 견딜 만하며, 오히려 그쪽이 더 낫겠다는 생각이 들었다.

토요일, 형들은 동생을 잘 보고 있으라는 부모의 말을 어기고 좋아하는 여자애를 보러 나갔다. 약골은 차고 뒤쪽으로 가서 비닐 아래에 숨겨둔 타파웨어 통을 꺼냈다. 방으로 가져가 내용물을 책가방에 넣었다. 초콜릿 바, 만화책, 25센트 동전, 육포. 빈 음료수병에 물도 채웠다.

약골은 시내로 나가 버스를 탔다. 25센트 동전으로 10달러어치만큼 서쪽의 모르는 곳으로 달렸다. 우선은 그게 좋을 것 같았다. 버스에서 내린 다음에는 걸었다. 인도가 없어서 도로의 맨 가장자리에서 걸었고 차들이 지나갈 때는 위험하지 않게 배수로로 내려갔다.

태양이 머리 위로 높이 걸려 있었다. 배가 고팠다. 가방에서 마스 초콜릿 바를 하나 꺼냈다. 다 먹으니까 목이 말랐다. 물을 아껴야 한다는 사실도 잊어버린 채 거의 절반이나 마셔 버렸다. 도시에서 벗어나면 맑은 샘이 어디에나 있을 줄 알았는데 하나도 보이지 않았다. 그때 널찍한 다리 아래를 흐르는 강이 보였다.

약골은 다리 중간에서 멈추어 저 아래 갈색빛 강물을 내려다보았다. 학교에서 배운 게 생각났다. 모든 강물은 결국 바다로 흘러간다고. 소년은 바다에 가 본 적이 없었다. 그는 강둑으로 내려가서 강을 따라가기 시작했다.

강가는 진창길이었다. 가끔 맥주캔이나 과자봉지가 보이는 걸로 보아 분명히 사람들이 지나가기는 한 모양이었다. 하지만 걷는 동안 사람은 하나도 보지 못했다.

물이 다 떨어졌다.

소년은 가족들이 자신을 찾고 있을지 궁금했다. 경찰차와 헬리콥터, 경찰견이 자신을 찾으려고 애쓰는 모습을 상상했다. 하지만 그는 그들과 절대 마주치지 않고 바다까지 갈 것이다.

강물이 바위에 부딪혀 철벅거렸다. 왜가리 한 마리가 날개를 쫙 펴고 미끄러지듯 날아갔다. 철 지난 외로운 잠자리와 가을의 늦더위를 즐기는 작은 각다귀 떼도 보았다. 파란 하늘이 갑자기 잿빛으로 변하더니 박쥐 한 마리가 홱 내려와 날고 있는 벌레를 낚아챘다. 약골은 오늘 밤 어디에서 자야 하나 걱정스러웠다.

잠시 후 길이 갈라졌다. 집이나 헛간 딸린 빈 농장이 나오지 않을까 싶어 강에서 멀어지는 길을 선택했다. 땅거미가 점점 짙어지는 가운데 한동안 계속 걸었다. 길이 끝나는 곳에 농가 한 채가 나왔다. 무너지기 일보 직전이고 어딘지 으스스했다. 약골은 농가 주변을 쭉 둘러보고 절대로 저 안에는 들어가지 않기로 결심했다. 부서진 울타리를 넘어 버려진 목초지로 갔다. 책가방을 베게 삼아 긴 풀밭에서 자기로 했다.

옷을 그대로 입은 채로 등을 대고 누워 하늘을 바라보았다. 조금도 졸리지 않았다.

"지금쯤 다들 날 보고 싶어 할 거야. 걱정하고 있을 거야." 소년이 혼잣말했다.

몇 년이 지나서 집으로 돌아가는 상상을 했다. 집으로 향해 걸어오는 그를 보고 환해진 가족들의 얼굴. 반갑게 맞아 주고 사랑해 주는 가족들.

소년은 몇 시간 후 얼굴을 비추는 환한 달빛에 깨어났다. 마치 동요 가사에 나오듯, 대낮처럼 환히 온 세상이 다 보였다. 색깔 없는 창백한 색깔이기는 했지만. 하늘에는 보름달이 떠 있었다. 거의 보름달이었다. 달빛 속에서 불친절하지 않은 어떤 얼굴이 소년을 내려다보고 있는 것 같았다.

그때 목소리가 들렸다. "넌 어디에서 왔니?"

누워 있던 약골은 상반신을 일으키고 주위를 둘러보았다. 아직은 무섭지 않았다. 나무와 기다란 풀뿐이었다. "어디 있어? 안 보여."

그림자인 줄 알았던 것이 목초지 끄트머리 나무 옆에서 움직였다. 비슷한 또래의 소년이었다.

"난 집을 나왔어." 약골이 말했다.

"우와. 그건 정말 큰 용기가 필요한 일이잖아." 소년이 말했다.

약골은 자랑스러운 마음이 들어서 싱긋 웃었다. 하지만 딱히 할 말이 없었다.

"잠깐 걸을래?" 소년이 물었다.

"그래." 약골은 책가방을 찾기 쉽도록 울타리 기둥 옆에 두었다.

그들은 낡은 농가를 피해 내리막길로 내려갔다.

"저기 사람 살아?" 약골이 물었다.

"아니." 다른 소년이 말했다. 소년의 금발은 달빛에 거의 백발처럼 보였다. "오래전에 사람이 들어와서 살았는데 맘에 안 들었는지 떠나 버렸어. 그다음에 또 다른 사람들이 왔지만. 지금은 아무도 안 살아. 넌 이름이 뭐야?"

"도널드." 약골은 이렇게 말하고 덧붙였다. "하지만 다들 약골이라고 불러. 넌 사람들이 뭐라고 불러?"

소년은 머뭇거렸다. "사랑Dearly."

"멋진 이름이다."

사랑이 말했다. "예전에는 다른 이름이 있었는데 이젠 못 읽게 됐어."

그들은 조금밖에 열리지 않는 커다란 녹슨 철문을 빠져나가 비탈길 맨 아래의 작은 초원에 도착했다.

"여기 진짜 멋지다." 약골이 말했다.

작은 초원에는 크기가 다양한 돌들이 수십 개나 있었다. 두 소년보다도 키가 큰 돌, 앉기에 딱 적당한 작은 돌. 깨진 돌도 있었다. 약골은 여기가 어디인지 알 것 같았지만 무섭지는 않았다. 사랑받은 장소이니까.

"여기 누가 묻혔어?" 약골이 물었다.

"대부분 그럭저럭 좋은 사람들." 사랑이 말했다. "저쪽에 마을이 있었어. 저 나무들을 지나서. 철도가 들어서고 바로 옆 마을에 기차역이 생겼지. 그래서 우리 마을은 시들시들해지다가 쓰러져서 날아가 버렸어. 마을이 있던 곳이 이젠 나무와 덤불로 변했지. 나무 사이에 숨었다가 오래된 집에 들어가서 홱 튀어나올 수도 있어."

약골이 말했다. "저 위쪽에 있는 농가랑 비슷해? 사라진 마을의 집들 말이야." 그렇다면 그 집들엔 들어가고 싶지 않았다.

"아니. 마을의 집들엔 아무도 안 가. 나만 빼고. 가끔 동물들이랑. 이 근처에 어린애는 나밖에 없어." 사랑이 말했다.

"그럴 줄 알았어." 약골이 말했다.

"내려가 그 안에서 놀자."

"좋아." 약골이 말했다.

더할 나위 없이 좋은 10월의 밤이었다. 날씨는 여름처럼 따뜻했고 둥근 보름달이 하늘을 가득 덮어 주변을 환히 비췄다.

"어느 게 네 거야?" 약골이 물었다.

사랑은 자랑스럽게 허리를 꼿꼿이 편 채 약골의 손을 잡고서 잡초가 무성하게 자란 들판의 한쪽 구석으로 이끌었다. 두 소년은 키 큰 풀을 헤치고 나아갔다. 땅에 평평한 돌이 박혀 있고 백 년이나 지난 날짜가 새겨져 있었다. 글자는 거의 닳았지만 날짜 아래의 글씨는 알아볼 수 있었다.

사랑하는 고인

언제까지나 --되리

"언제까지나 '기억되리'일 거야." 사랑[묘비에는 'Dearly Departed'라고 적혀 있는데, 이름이 지워져서 보이지 않아 'Dearly'를 이름으로 사용하고 있다-역주]이 말했다.

"그래. 나도 그렇게 생각했어." 약골도 말했다.

소년들은 철문 밖으로 나가 도랑을 따라 걸어서 흔적만 남은 마을로 갔다. 집들 사이에 나뭇가지가 얽혀 있고 제자리에서 허물어져 버린 건물들도 있었지만 전혀 무섭지 않았다. 그들은 술래잡기 놀이를 했다. 여기저기 탐험도 했다. 사랑은 약골에게 멋진 장소들을 보여 주었다. 전국에서 가장 오래된 건물이라는 방 한 칸짜리 오두막도 있었다. 그렇게 오래된 것치고는 상태가 꽤 양호했다.

"달빛 때문에 잘 보여. 안까지 다 보인다. 이렇게 간단할 줄 몰랐어." 약골이 말했다.

"그래. 시간이 지나면 달빛이 없어도 잘 볼 수 있게 돼." 사랑이 말했다.

약골은 그런 사랑이 부러웠다.

"나 화장실 가고 싶어. 근처에 화장실 있어?" 약골이 물었다.

사랑이 잠깐 생각에 잠겼어. "모르겠어. 난 이제 화장실에 안 가도 되니까. 아직 멀쩡한 변소가 있긴 한데 무너질지도 모르니까 그냥 숲에서 볼일을 보는 게 좋겠어."

"곰처럼 말이지." 약골이 말했다.

약골은 오두막의 뒤쪽으로 가서 벽을 밀치듯 자라는 숲으로 들어가 나무 뒤로 갔다. 밖에서 볼일을 보긴 처음이었다. 자신이 야생 동물처럼 느껴졌다. 볼일을 다 본 후에는 떨어진 나뭇잎으로 닦았다. 다시 앞쪽으로 나가 보니 사랑이 달빛을 듬뿍 받으며 앉아 기다리고 있었다.

"넌 어쩌다 죽었어?" 약골이 물었다.

"병이 났어. 엄마가 엄청나게 많이 울었어. 그리곤 내가 죽었어."

"여기서 계속 너랑 있으려면 나도 죽어야 하는 거겠지?" 약골이 또 물었다.

"아마도. 그래, 맞아. 그래야 할 거야."

"어떤 느낌이야? 죽으면 말이야."

"난 그럭저럭 괜찮은 것 같아. 제일 나쁜 건 같이 놀 사람이 없다는 거야."

"아까 그 초원에 다른 사람들도 많을 텐데. 그 사람들하곤 안 놀아?"

"아니. 다들 잠만 자. 깨어 있을 때도 여기저기 돌아다니면서 구경하고 그러진 않아. 날 상대해 주지도 않고. 저 나무 보여?"

그것은 너도밤나무였다. 나이가 많아서인지 매끄러운 회색 나무껍질이 갈라졌다. 90년 전에는 마을 광장이었던 곳에 서 있었다.

"응. 저기 올라가고 싶어?" 약골이 물었다. "좀 높은 것 같애."

"그래. 진짜 높지. 그렇지만 올라가긴 쉬워. 내가 보여 줄게."

정말로 올라가는 건 쉬웠다. 나무 몸통에 손으로 잡을 만한 곳이 있어서 두 소년은 원숭이나 해적, 전사처럼 커다란 너도밤나무에 올라갔다. 꼭대기에 올라가니 세상이 다 보였다. 동쪽 하늘이 조금씩 밝아 오기 시작했다.

온 세상이 고요했다. 밤이 끝나 가고 있었다. 세상은 숨을 참고 새로운 시작을 준비했다.

"내 인생 최고의 하루였어." 약골이 말했다.

"나도. 이제 넌 어떻게 할 거야?" 사랑이 물었다.

"모르겠어."

약골은 세상 반대편까지, 바다가 나올 때까지 계속 여행하는 상상을 했다. 그 누구의 도움도 받지 않고 혼자 힘으로 커서 나이 먹는 상상을 했다. 엄청난 부자가 될 수 있을지도 모른다. 멋진 차를 끌고 쌍둥이 형들이 있는 집에 가거나 형들의 축구 시합을 보러 가서(소년의 상상 속에서 형들은 더 크지 않고 똑같은 모습이었다) 친절하게 깔보는 상상을 했다. 시내의 최고급 레스토랑에서 쌍둥이 형들과 부모님에게 식사를 대접하며 자신을 구박하고 제대로 봐주지 않은 게 얼마나 큰 잘못인지 이야기해도 좋겠지. 그들이 미안하다면서 울어도 아무 말도 하지 않고 그저 사과받는 기분을 즐기는 것이다. 그다음에는 모두에게 선물을 하나씩 준 다음 또다시 그들을 떠나는 것이다. 이번에는 영원히.

썩 괜찮은 꿈이었다.

하지만 현실이 어떨지 잘 알고 있었다. 계속 걷다가 내일이나 모레쯤 발견되어 집으로 돌아가면 야단이나 맞을 것이다. 모든 게 예전과 똑같이 돌아가고 그는 하루하루 매 순간 여전히 약골로 남아 용기 내어 가출했던 자신을 원망하겠지.

"난 이제 자야 해." 사랑이 커다란 너도밤나무에서 내려가기 시작했다.

약골은 나무에서 내려가는 게 올라가는 것보다 힘들다는 사실을 깨달았다. 발이 보이지 않아서 어디에 두어야 할지 더듬거려야 했다. 몇 번이나 미끄러졌지만 먼저 내려간 사랑이 "좀 더 오른쪽. 그래, 거기야."라는 식으로 도와주었다. 두 소년은 모두 무사히 내려올 수 있었다.

하늘은 계속 밝아지고 달은 희미해져서 주변이 잘 보이지 않았다. 소년들은 배수로를 기어갔다. 약골은 사랑이 옆에 있는지 확신할 수 없을 때도 많왔지만 끄트머리에 이르자 먼저 와 기다리고 있는 사랑이 보였다.

그들은 돌로 가득한 초원으로 걸어가는 동안 별로 말이 없었다. 약골은 사랑의 어깨에 팔을 둘렀다. 둘은 보조를 맞추어 언덕을 올라갔다.

"있잖아. 와 줘서 고마워." 사랑이 말했다.

"나도 재미있었어."

"그래. 나도."

저 아래 숲 어딘가에서 새 한 마리가 지저귀기 시작했다.

"너랑 계속 같이 있으려면……." 약골이 자신도 모르게 내뱉다가 멈추었다. 그럼 바꿀 기회가 다신 오지 않을 거야. 바다도 볼 수 없을 것이다. 가족들은 절대로 약골에게 바다를 보여 주지 않을 테니까.

사랑은 잠시 아무 말도 없었다. 세상은 온통 잿빛이었다. 이제 더 많은 새들이 지저귀기 시작했다.

"난 할 줄 몰라." 사랑이 마침내 말했다. "그들은 할 수 있을지도 몰라."

"누구?"

"저 안에 있는 사람들." 금발의 소년은 비탈길 위의 집을 가리켰다. 창문이 들쭉날쭉 부서지고 금방이라도 허물어질 듯한 농가의 실루엣이 보였다. 희끄무레한 여명에도 으스스해 보이긴 마찬가지였다.

약골이 몸을 떨었다. "저기 사람들이 있어? 아무도 없다고 했잖아."

"비어 있는 건 아냐. 아무도 안 산다고 했지. 똑같지 않아." 사랑이 하늘을 올려다보았다. "난 이제 가야겠다." 사랑은 약골의 손을 꽉 쥐더니 순식간에 사라져 버렸다.

약골은 새들의 지저귐을 들으며 아침이 밝아 온 작은 공동묘지에 홀로 서 있었다. 소년은 언덕으로 올라갔다. 혼자는 훨씬 더 힘들었다.

소년은 전에 놓아두었던 곳에서 책가방을 찾았다. 하나 남은 밀키웨이 초콜릿 바를 먹으며 무너져 가는 농가를 바라보았다. 유리가 깨진 창문이 꼭 그를 쳐다보는 눈 같았다.

안은 밖보다 어두워 보였다. 그 어느 곳보다도 캄캄했다.

약골은 잡초가 삼켜 버린 마당을 헤치고 나아갔다. 농가의 문은 거의 바스러져 있었다. 과연 잘하는 게 맞는지 문가를 서성이며 고민했다. 아래쪽에서 눅눅한 냄새와 썩은 냄새 그리고 무언가 다른 냄새가 났다. 지하 저장고나 다락처럼 집안 깊숙한 곳에서 움직이는 소리가 들린 듯했다. 발을 질질 끄는 소리 같기도 하고 한 발로 깡충 뛰는 소리 같기도 하고.

결국, 약골은 안으로 들어갔다.

아무도 말이 없었다. 이야기를 마친 10월은 나무 머그잔에 애플 사이다를 채워 마셨다. 그리고 다시 채웠다. "이야기는 맞네. 그건 인정해야겠어." 12월이 주먹으로 옅은 파란색 눈을 문지르며 말했다. 모닥불은 거의 꺼져 있었다.

"그다음엔 어떻게 되는데? 집 안으로 들어간 다음에 말이야." 6월이 초조하게 물었다.

옆에 앉은 5월이 6월의 팔을 살짝 잡았다. "생각하지 않는 편이 더 좋을걸."

"이번엔 누가 얘기할래?" 8월이 물었지만 다들 조용했다. "그럼 오늘은 이걸로 끝이네."

"정식으로 선언해야지." 2월이 지적했다.

"찬성하는 사람?" 10월의 물음에 "찬성."하고 일제히 외치는 소리가 울려 퍼졌다. "반대하는 사람?" 아무도 말하지 않았다. "그럼 이걸로 오늘의 모임을 마칩니다."

다들 모닥불 가에서 일어나 기지개도 켜고 하품도 했다. 혼자서 혹은 둘, 셋이서 숲속으로 걸어갔다. 10월과 옆자리 친구만 남았다.

"다음엔 네가 의장을 맡을 차례야." 10월이 말했다.

"알아." 11월은 안색이 창백하고 입술이 얇았다. 그는 10월이 나무 의자에서 일어나는 걸 도와주었다. "난 네 이야기가 마음에 들어. 내 얘긴 항상 너무 암울한데."

"그렇지 않아. 네 밤이 더 길고 따뜻하지도 않아서 그런 것뿐이야."

"그렇게 생각하니까 기분이 한결 낫네. 아무래도 천성은 어쩔 수 없나 봐."

"잘 생각했어." 10월과 11월은 오렌지색 불씨가 아른거리는 모닥불을 남겨 두고 자신들의 이야기를 품은 채 어두운 숲속으로 걸어갔다.

레이 브래드버리를 위해

영업 종료 시간

Closing Time

2002

런던에는 여전히 클럽이 있다. 클래식한 소파와 탁탁 소리가 나는 벽난로, 신문, 발표나 침묵의 전통이 있는 오래된 클럽 또는 오래된 것처럼 꾸민 클럽. 그리고 배우와 기자들이 와서 술을 마시며 언짢은 얼굴로 고독을 즐기거나 사람들과 이야기를 나누는 그루초 클럽 혹은 그 아류들 같은 신생 클럽. 나는 두 종류의 클럽에 모두 친구가 있지만 그 어떤 클럽의 회원도 아니다. 이제는.

오래전, 지금의 절반 정도 나이였던 젊은 기자 기절, 나는 한 클럽에 가입했다. 모든 술집이 밤 11시 영업 종료 시간 이후로 술을 판매하지 못하도록 했던 면허법 때문에 생긴 클럽이었다. 디오게네스라는 이름의 그 클럽은 토트넘 코트 로드 바로 옆의 좁은 골목길에 있는 레코드 가게 위층 원룸에 자리했다. 술독에 빠진 쾌활하고 통통한 여자 노라가 주인이었다. 그녀는 상대방이 묻든 묻지 않든, 클럽 이름을 디오게네스라고 지은 이유는 자신이 아직도 좋은 남자를 찾고 있기 때문이라고 말해 주었다. 가파른 계단을 올라가면 나오는 클럽의 문은 노라의 변덕에 따라 열려 있거나 닫혀 있었다. 영업 시간이 제멋대로였다.

그 클럽은 모든 술집이 문을 닫은 이후에 찾는 곳이었으며 딱 거기까지였다. 노라는 클럽에서 식사도 제공하려 했고 회원들에게 식사 제공 가능 사실을 알리는 월간 소식지를 야심 차게 보내기도 했지만 실패로 돌아갔다. 몇 해 전 노라가 세상을 떠났다는 소식을 듣고 슬펐다. 놀랍게도 지난달 영국을 방문했을 때 그 골목길을 걸으며 디오게네스 클럽을 찾으려 했다가 커다란 쓸쓸함을 감추지 못했다. 처음에는 엉뚱한 곳을 착각했고 그다음엔 핸드폰 매장 위층에 있는 타파스 레스토랑과 창문을 가리는 빛 바란 초록색 천의 차양을 보았다. 차양에는 술통 속에 들어간 남자 캐릭터가 그려져 있었다. 거의 외설적으로까지 느껴지는 그것을 보니 옛 추억이 떠올랐다.

디오게네스 클럽에는 벽난로도 없고 안락의자도 없었다. 하지만 그곳에는 이야기가 있었다.

그곳에서 술을 마시는 사람들은 주로 남자들이었다. 하지만 가끔 여자들도 왔고 노라는 금발의 화려한 폴란드 이민자를 그곳의 붙박이 겸 자신의 대리인으로 영입했다. 그녀는 모든 사람을 '달링크'라고 불렀고 바에 있을 때마다 술을 마셨다. 술에 취하면 자신이 폴란드에서 백작 부인이었다면서 절대 아무한테도 말하지 않겠다는 다짐을 받아 내곤 했다.

클럽을 찾는 사람 중에는 당연히 배우와 기자들도 있었다. 영화 편집자, 방송인, 경감, 술고래도 있었다. 일하는 시간이 규칙적이지 않은 사람들. 너무 늦은 시간에 밖에 나와 있거나 집에 가기 싫어하는 사람들. 손님은 전부 합쳐서 열 명이 넘을 때도 있었고 거리를 헤매다 들어가 보면 나밖에 없을 때도 있었다. 그럴 때면 술을 한 잔만 사서 한번에 들이켜고 떠났다.

그날 밤은 비가 내렸고 자정이 지난 시간, 클럽에는 나를 포함해 모두 네 명이 있었다.

노라와 그녀의 대리인은 바에 앉아서 시트콤을 쓰고 있었다. 통통하지만 유쾌한 클럽 여주인과 재미있는 영어 실수가 잦은 그녀의 덜렁대는 외국 귀족 출신 금발 대리인에 관한 이야기였다. 노라는 《치어스》 비슷한 작품이 될 거라고 했다. 그녀는 코믹한 유대인 집주인에게 나를 본뜬 이름을 붙였다. 가끔 나더러 대본을 읽어 달라고 할 때도 있었다.

그날의 손님은 폴이라는 이름의 배우(단골인 경감 폴이나 제명당한 성형외과의 폴과 구분하기 위해 배우 폴이라고 불렸다), 컴퓨터 게임 잡지 편집자 마틴 그리고 나였다. 다들 서로 어렴풋이 아는 사이였다. 우리 셋은 창가의 테이블에 앉아 밖의 비 내리는 모습을 보고 있었다. 빗물에 골목길의 조명이 부옇게 흐릿해졌다.

그리고 한 사람이 더 있었다. 그는 우리 셋보다 나이가 많았다. 희끗희끗한 머리에 보는 사람이 괴로울 정도로 심하게 여윈 몸에 죽은 사람처럼 생기가 하나도 없었다. 그는 구석에 홀로 앉아 싱글 몰트 위스키를 마시는 중이었는데, 팔꿈치에는 갈색 가죽을 덧댄 트위드 재킷을 입었다. 그 재킷이 선명하게 기억난다. 그는 우리와 대화를 나누지 않았고 책을 읽지도 않았고 아무것도 하지 않았다. 전혀 즐거워하는 기색 없이 그저 창밖의 빗줄기와 골목길을 내려다보며 가끔 위스키를 홀짝거릴 뿐이었다.

거의 자정에 가까운 시간이었고 폴과 마틴, 나는 유령 이야기를 하기 시작했다. 내가 학창 시절에 겪은 실화라고 맹세할 수 있는 유령 이야기를 막 들려준 참이었다. 초록 손 이야기였다. 내가 다니던 사립 초등학교에는 몸에서 분리된 빛나는 손이 남학생들 앞에 나타난다는 소문이 파다했다. 초록 손을 본 사람은 얼마 지나지 않아 죽게 된다고 했다. 나 때는 다행히 초록 손을 직접 볼 만큼 운 나쁜 학생이 나오지 않았지만 예전에 초록 손을 본 열 세 살 남학생들의 머리가 하룻밤 만에 백발로 변해 버렸다는 슬픈 이야기가 전해졌다. 학교 전설에 따르면 그 남학생들은 정신 병원으로 옮겨졌고 한마디 말도 못 하다가 일주일 후에 죽었다.

"잠깐만요. 한마디도 못했다면서 그 애들이 초록 손을 봤다는 건 어떻게 알죠? 초록 손이 아닐 수도 있잖아요." 배우 폴이 이의를 제기했다.

어릴 때 이 이야기를 들었을 때는 미처 생각하지 못했던 부분이었는데 지금 보니 좀 앞뒤가 안 맞는 것 같긴 했다.

"글로 써서 남겼을 수도 있죠." 내가 봐도 어설픈 생각이었다. 한참 옥신각신한 끝에 초록 손이 어설픈 유령이라는 것에 모두 동의했다. 그다음에 폴이 친구가 직접 겪었다는 이야기를 들려주었다. 친구가 어떤 여자를 차에 태웠고 여자가 그녀의 집이라고 말한 곳에 내려 주었는데 다음날 다시 가 보았더니 공동묘지더라는 것이었다. 나는 내 친구 하나도 완전히 똑같은 일을 겪은 적이 있다고 이야기했다. 마틴의 친구에게도 똑같은 일이 있었는데, 심지어 이쪽은 여자가 너무 추워 보여서 외투를 빌려주기까지 했다. 그 외투는 다음 날 말끔하게 개어진 상태로 공동묘지에 있는 그녀의 묘비에 놓여 있었더란다.

마틴이 술을 더 주문해서 가져왔다. 우리는 왜 전국의 여자 유령들이 한밤중에 차를 얻어 타고 집으로 가려는 건지 의아했다. 마틴은 요즘은 히치하이킹이 드문 일이 되어 버려서일 거라고 말했다.

그때 우리 중 하나가 말했다. "원한다면 진짜 있었던 일을 들려주죠. 지금까지 아무한테도 한 적 없는 이야기에요. 친구가 아니라 제가 직접 겪은 실화입니다. 그런데 유령 이야기가 맞는지 잘 모르겠네요. 아마 아닐 것 같군요."

이것은 20년 전의 일이다. 그동안 많은 것을 잊어버렸지만 그날 밤은 잊어버리지 않았다. 적어도 그날 밤이 어떻게 마무리되었는지는 기억한다.

이것은 그날 밤 디오게네스 클럽에서 누군가가 한 이야기다.

1960년대 후반, 나는 아홉 살이었다. 뭐, 그쯤이었을 것이다. 집에서 그리 멀지 않은 작은 사립 초등학교에 다녔다. 1년 정도밖에 다니지 않았지만 학교 주인이 싫어지기엔 충분한 시간이었다. 실제로 내가 다른 학교로 전학 간 지 얼마 안 되어 학교는 문을 닫았고 부지를 부동산 개발업체한테 팔아 버렸다.

그 학교는 폐교 후 1년 넘게 빈 건물로 있다가 마침내 철거되어 사무실 건물로 바뀌었다. 빈집털이범 비슷했던 어린 시절의 나는 학교가 철거되기 전에 그곳을 종종 찾곤 했다. 미꾸라지처럼 반쯤 열린 창문으로 들어가 분필 가루 냄새가 여전한 빈 교실들을 돌아다녔다. 내가 훔쳐 온 것은 딱 하나였다. 미술 시간에 그린 악마 혹은 작은 도깨비 모양의 빨간 문 고리쇠가 달린 작은 집 그림. 내 이름이 적힌 채 벽에 걸려 있던 그 그림을 집으로 가져온 게 전부다.

그 학교에 다닐 때 나는 매일 걸어서 집에 갔다. 시내를 지나 나무가 무성한 사암 언덕을 가로지르는 어두운 길을 걷고 버려진 게이트하우스를 지나쳤다. 그다음에는 빛이 나왔다. 들판을 지나는 길을 걸어 마침내 집에 도착했다.

그 당시에는 오래된 집과 사유지가 많았다. 생명이 거의 꺼져 버린 채 공허하게 서서 불도저가 오기만을 기다리는 빅토리아 시대의 유물들이었다. 금방이라도 무너질 듯한 건물들은 그 어디로도 데려다주지 않는 길에 세련된 현대적인 주택들이 열 맞춰 나란히 서 있는, 어딜 가나 똑같은 풍경으로 바뀔 터였다.

집에 가는 길에 맞닥뜨리는 아이들은 내 기억으로는 전부 남자아이들이었다. 비록 모르는 사이였지만 우리는 점령지의 게릴라 요원들처럼 서로 정보를 교환했다. 우리는 서로가 아닌 어른들을 무서워했다. 서로 친하지 않은 사이라도 둘이나 셋 혹은 무리 지어 싸돌아다녔다.

그날 나는 학교에서 집으로 걸어가다가 가장 어두운 길에서 세 명의 남자아이를 만났다. 그들은 배수로와 생울타리, 버려진 게이트하우스의 잡초 무성한 앞쪽에서 뭔가를 찾고 있었다. 나보다 나이가 많은 형들이었다.

"뭐 찾아?"

머리 색깔이 진하고 얼굴이 뾰족한 키다리가 답했다. "이거 봐라!" 그는 오래된 포르노 잡지에서 찢어진 게 분명한 페이지 몇 장을 보여 주었다. 여자들은 전부 흑백이었고 머리 스타일이 할머니의 옛날 사진 속 머리와 똑같았다. 찢어진 파편들은 길 곳곳에 날렸고, 그러다 버려진 게이트하우스가 있는 정원 앞쪽으로 흘러 들어갔다.

나도 형들과 함께 찢어진 종이 찾기에 나섰다. 세 명이 그 어두운 곳에서 〈신사의 기쁨〉 거의 전체 페이지를 회수했다. 그다음에 우리는 벽을 넘어 버려진 사과밭으로 들어가서 지금까지 모은 페이지를 구경했다. 아주 오래전 여자들의 알몸이었다. 사과밭에서는 신선한 사과 냄새와 썩어서 짓무른 사과 냄새가 났는데, 그래서인지 지금 생각해도 뭔가 금기된 것을 연상시킨다.

나보다는 컸지만 셋 중에서 키가 작았던 두 명은 사이먼과 더글러스였다. 키가 가장 큰 형은 열다섯 살 정도에 제이미라고 했다. 셋이 친형제인지 궁금했지만 물어보지는 않았다.

다 같이 잡지를 보고 있을 때 형들이 말했다. "우린 이걸 특별한 장소에 숨길 거야. 너도 같이 갈래? 아무한테도 말하면 안 돼. 절대로."

나는 형들이 시키는 대로 손바닥에 침을 뱉었고 형들도 자기 손바닥에 침을 뱉은 후 서로의 손을 대고서 눌렀다.

그들이 말한 특별한 장소는 우리 집 근처로 이어진 길 초입의 들판에 있는 버려진 철제 급수탑이었다. 우리는 가파른 사다리를 올라갔다. 급수탑의 겉면은 칙칙한 초록색 페인트로 칠해져 있고 안쪽의 바닥과 벽은 녹이 슨 주황색이었다. 바닥에 지갑이 떨어져 있었는데 돈은 없고 담뱃갑에 딸려 오는 그림 카드만 몇 장 들어 있었다. 제이미가 그림 카드를 나에게 보여 주었다. 전부 옛날 크리켓 선수들의 그림이었다. 형들은 잡지를 급수탑 바닥에 놓고 그 위에 지갑을 얹었다. 더글러스가 말했다. "이제 우리 스왈로우즈에 가 보자."

도로에서 떨어진 곳에 자리한 제멋대로 뻗은 장원 스왈로우즈는 우리 집에서 멀지 않았다. 언젠가 아버지에게 듣기로 텐터든 백작의 소유였다는데 그가 죽고 나서 그의 아들인 새 백작이 폐쇄해 버렸다. 가장자리까지 어슬렁어슬렁 가 본 적은 있지만 안으로 들어가 보진 못했다. 정원이 너무 잘 가꿔져 있어서 버려진 곳이라는 느낌은 들지 않았다. 정원이 있는 곳엔 정원사가 있기 마련이다. 그렇다면 분명히 저 안에 어른이 있을 터였다.

형들에게 이 얘길 했다.

"절대 없을걸. 한 달에 한 번 잔디 깎으러 오는 사람은 있을 수 있지만. 설마 무서워서 그러는 건 아니지? 우린 백 번도 넘게 가 봤거든. 아니, 천 번."

당연히 겁이 났지만 무섭지 않다고 말했다. 우리는 큰길을 걸어 정문에 이르렀다. 문은 닫혀 있었다. 아래쪽의 문틈을 비집고 안으로 들어갔다.

차도를 따라 철쭉나무가 쭉 서 있었다. 저택에 도착하기 전에 관리인의 오두막처럼 보이는 건물이 나왔고 그 옆 잔디밭에 녹슨 철제 우리가 있었다. 사냥개가 들어갈 만한 크기였다. 아니면 사내아이라든가. 우린 그곳을 지나쳐 말굽 모양의 차도로 걸어갔고 스왈로우즈의 현관문 앞에 이르렀다. 창문으로 안을 엿보았지만 아무것도 보이지 않았다. 안이 너무 어두웠다.

우리는 저택 주변을 살금살금 돌아다녔다. 철쭉나무 숲을 지나자 동화 속 나라가 펼쳐졌다. 정원의 마법 같은 작은 인공 동굴이었다. 바위와 여린 고사리, 처음 보는 신기하고 이국적인 식물들이 가득했다. 자줏빛 이파리가 달린 식물, 길게 갈라진 잎들, 보석처럼 절반이 가려진 작은 꽃들. 작은 시내도 있었다. 바위와 바위 사이로 실개천이 흘렀다.

더글러스가 말했다. "저기에 오줌 싸야지." 전혀 장난인 것 같지 않은 말투였다. 그는 실개천으로 걸어가더니 반바지를 내리고 바위에 대고 오줌을 쌌다. 나머지 형들도 그 옆에 나란히 서서 고추를 내놓고 시냇물에 오줌을 쌌다.

그때 받은 충격이 지금도 선명하다. 저런 일을 저렇게 즐겁게 한다는 사실 때문이었을까. 아니면 그렇게 특별한 곳에서 깨끗한 물과 마법의 기운을 망치고 변기통으로 만들어 버리는 행동을 한다는 데 놀래서였을까. 어찌 됐건 너무도 잘못된 행동 같았다.

그들은 오줌을 다 싸고도 고추를 치우지 않았다. 고추를 털더니 고추로 나를 가리켰다. 제이미는 아랫부분에 털이 나 있었다.

"우린 왕당파야. 무슨 뜻인지 알아?" 제이미가 말했다. 영국 내란 당시 (틀렸지만 낭만적인) 왕당파와 (옳지만 역겨운) 원두당으로 나뉘었다는 사실은 알고 있었지만, 그 왕당파를 말하는 것 같진 않았다. 나는 고개를 저었다.

"포경 수술을 안 했다는 뜻이지. 넌 왕당파냐 원두당이냐?"

이제야 무슨 뜻인지 알아듣고 내가 웅얼거렸다. "난 원두당이야."

"보여 줘. 얼른 꺼내."

"싫어. 알 거 없잖아."

순간 험악한 상황이 벌어질 수 있겠다는 생각이 들었지만 제이미가 소리 내어 웃더니 고추를 치웠다. 나머지도 똑같이 했다.

그들은 내가 이해하지 못하는 야한 농담을 주고받았다. 하지만 똑똑한 아이였던 나는 그 농담을 외웠고 그것 때문에 몇 주 후 퇴학당할 뻔했다. 나에게서 그 농담을 들은 친구가 부모님에게 말하는 바람에. '떡 친다'라는 말이 들어가는 농담이었다.

교장 선생님이 부모님을 학교로 호출했다. 내가 엄청나게 나쁜 말을 했고 그게 무슨 말인지 입에 담을 수조차 없다고.

그날 집에서 어머니가 도대체 무슨 말이었느냐고 했다.

"떡 친다."

"앞으로 절대 두 번 다시는 그 말을 하면 안 된다." 어머니는 단호한 목소리로 조용하게 말했다. "그것보다 나쁜 말은 없어." 나는 다시는 그런 말을 하지 않겠다고 약속했다.

하지만 단어 하나에 그토록 놀라운 힘이 있다는 사실이 신기해서 혼자 있을 땐 살짝 소리 내어 말해 보곤 했다.

그 가을날 학교가 끝나고 간 정원의 작은 동굴에서 형들은 농담하면서 낄낄거렸다. 나는 뭐가 그리 웃긴 지 이해하지도 못하면서 따라 웃었다.

우리는 작은 동굴에서 양식을 갖춰 만든 정원으로 옮겨 갔다. 연못에 걸린 작은 다리를 지났다. 완전히 노출된 곳이어서 다리를 건널 때 겁이 났지만 검은 연못에서 커다란 금붕어를 봤으니 그만한 가치가 있었다. 그다음에 제이미는 더글러스와 사이먼과 나를 데리고 자갈길을 지나 숲 같은 곳으로 갔다.

그곳은 정원과 달리 관리되지 않아서 헝클어진 모습이었다. 주위에 아무도 없는 것 같은 느낌을 주었다. 길에도 풀이 무성했다. 나무 사이의 길을 한참 걸어가니 공터가 나왔다.

공터에는 작은 집 한 채가 있었다.

장난감 집이었다. 한 아이, 혹은 여러 아이를 위해 한 40년 전에 지은 것 같았다. 창문은 납으로 틀을 짜서 다이아몬드 꼴로 배치한 튜더 양식이었다. 지붕은 가짜 튜더 양식이었다. 우리가 서 있는 곳에서 돌길이 직선으로 현관문까지 이어졌다.

우리는 다 함께 문으로 걸어갔다.

문에는 고리쇠가 걸려 있었다. 고리쇠는 책상다리를 한 작은 도깨비나 요정, 악마의 형상으로 주조해 빨간색으로 칠한 것이었는데, 악마의 양손으로 경첩에 걸려 있었다.

어떻게 해야 정확하게 묘사할 수 있을까? 기분 좋은 물건은 아니었다. 일단은 고리쇠 악마의 표정부터가 그랬다. 장난감 집의 문에 저런 걸 걸어 놓다니 도무지 이해되지 않았다.

덜컥 겁이 났다. 나무로 둘러싸인 공터에 서서히 땅거미가 깔리고 있었다. 나는 그 집에서 안전한 거리만큼 뒤로 물러섰다. 형들도 따라왔다.

"나 이제 집에 갈래." 내가 말했다.

아, 그렇게 말해선 안 되는 거였다. 세 사람은 나를 돌아보더니 웃음을 터뜨렸다. 한심하다느니, 겁쟁이라느니 하면서 비웃었다. 자기들은 저 집이 하나도 무섭지 않다고.

"고리쇠로 문을 두드려 봐. 못하지?" 제이미가 말했다.

나는 고개를 끄덕였다.

"못하면 앞으로 너 같은 한심한 겁쟁이하고는 안 놀 거다." 더글러스가 말했다.

솔직히 그 형들과 다시 놀고 싶은 생각도 없었다. 그들은 내가 아직 들어갈 준비가 되지 않은 세계에 사는 사람들 같았다. 하지만 그래도 한심한 겁쟁이가 되기는 싫었다.

"얼른 해 보라고. 우린 하나도 안 무서워." 사이먼이 말했다.

그때 사이먼의 목소리가 어땠더라. 겁나는 걸 숨기려고 허세 부리는 목소리였던가? 재미있어하는 목소리였던가? 알고 싶은데 너무 오래되어 기억이 나질 않는다.

나는 판석이 깔린 길을 천천히 걸어 문으로 다가갔다. 히죽 웃는 악마를 오른손으로 잡고 세게 내리쳤다.

아니, 세게 치려고 했다. 그 세 명에게 내가 조금도 겁먹지 않았다는 걸 보여 주려고. 그 무엇도 무섭지 않다는 걸 보여 주려고. 하지만 예상치 못한 일이 일어났다. 결과적으로 문 고리쇠가 힘없는 텅 소리와 함께 문에 부딪혔다.

"이제 안으로 들어가!" 제이미가 소리쳤다. 신났다는 게 느껴졌다. 저들은 이미 이 집의 존재를 알고 있었고 그 후 처음 데려온 사람이 나인지도 모른다는 의심이 들었다.

난 움직이지 않았다.

"형이 들어가. 난 시키는 대로 문을 두드렸잖아. 그러니까 들어가는 건 형이 해. 형들 전부 들어가 봐. 못하겠지?"

난 절대로 들어갈 생각이 없었다. 그것은 100퍼센트 확실했다. 무슨 일이 있어도 들어가지 않을 거였다. 움직임을 느꼈다. 히죽 웃는 악마를 잡고 문에 내리칠 때 고리쇠가 비틀리는 걸 느꼈다. 나이를 먹을 만큼 먹었다면 감각을 부정했겠지만 그때 난 어렸다.

형들은 아무 말도 하지 않았고 움직이지도 않았다.

그때 문이 느리게 열렸다. 그들은 문가에 서 있던 내가 문을 열었다고, 문을 밀었거나 고리쇠를 두드릴 때 살짝 건드렸다고 생각한 모양이지만, 내가 그런 게 아니다. 정말 확실하다. 그 문은 준비가 되었기에 열린 것이다.

난 그때 도망쳤어야 했다. 가슴이 마구 방망이질치기 시작했다. 하지만 악마가 내 안에 있어서 나는 도망치지 않고 길의 끄트머리에 선 세 소년을 쳐다보고 말했다. "혹시 무서운 건 아니지?"

그들은 장난감 집 쪽으로 걸어왔다.

"해가 지는데." 더글러스가 말했다.

세 소년은 한 사람씩 나를 지나쳐, 어쩌면 썩 내키지 않았는지도 모르지만, 집 안으로 들어갔다. 장담하건대, 그들이 안으로 들어가는 순간 하얀 얼굴이 나를 돌아보며 왜 따라가지 않느냐고 물었다. 하지만 맨 마지막으로 사이먼이 들어가자마자 문이 쾅 닫혔다. 맹세하건대 난 절대로 문을 건드리지 않았다.

나무 문에 걸린 악마가 날 보고 씩 웃었다. 땅거미가 내려앉은 어둑한 저녁이 강렬한 붉은색으로 물들었다.

나는 장난감 집을 빙 돌면서 창문을 하나씩 다 들여다보았다. 어둡고 텅 빈 집안에서는 아무런 움직임도 느껴지지 않았다. 안에서 형들이 나를 놀려주려고 숨었을지도 모른다고 생각했다. 벽에 바짝 붙어 간신히 웃음을 참고 있을지도 모른다고. 원래 형들은 그런 식으로 노는 건가.

나는 알지 못했다. 알 수가 없었다.

점점 어두워지는 하늘 아래 장난감 집 안뜰에 서서 그냥 기다렸다. 잠시 후에 달이 떴다. 꿀 같은 색으로 무르익은 가을의 보름달이었다.

잠시 후 문이 열렸지만 나오는 사람은 없었다.

작은 공터에 나 혼자였다. 처음부터 나 말고 아무도 없었던 것 같았다. 부엉이 우는 소리가 들렸고 순간 나는 가도 된다는 사실을 깨달았다. 왔던 길과 다른 길로 작은 공터를 벗어났다. 저택에는 가까이 가지 않으려 거리를 유지했다. 달빛 아래 울타리를 넘을 때 입고 있던 교복 반바지의 엉덩이 부분이 찢어졌다. 나는 보리 그루터기 들판을 걸어서 —뛰지 않았다, 뛸 필요가 없었다— 가로질러 부싯돌 섞인 길로 접어들었다. 그 길을 따라 쭉 가면 우리 집이 나왔다.

머지않아 나는 집에 도착했다.

부모님은 나를 걱정하고 있었다. 옷에 주황색 녹이 잔뜩 묻고 반바지가 찢어진 걸 보고 짜증 내긴 했지만. "도대체 어디 있다가 온 거니?" 어머니가 물었다.

"그냥 돌아다니다가 길을 잃어버렸어요."

일은 그렇게 마무리되었다.

새벽 2시가 가까웠다. 폴란드 백작 부인은 이미 퇴근했고 노라가 요란하게 테이블의 술잔과 재떨이를 치우며 바를 훔치고 있었다. "여긴 귀신에 씌었어." 그녀가 쾌활한 목소리로 말했다. "뭐, 신경 쓰이는 건 아니지만. 난 사람들하고 어울리는 게 좋거든. 그렇지 않았으면 클럽을 열지도 않았을 거야. 이제 집에 가 봐야지. 다들 집 없수?"

우리는 노라에게 잘 자라고 인사했다. 그녀는 한 사람도 빠짐없이 모두에게 뺨에 하는 입맞춤을 받은 후 디오게네스 클럽의 문을 닫았다. 우리는 좁은 계단을 내려가 1층 레코드 가게를 지나 골목길로, 문명사회로 나왔다.

지하철은 벌써 몇 시간 전에 끊겼지만 야간 버스가 항상 다녔고 주머니 사정이 된다면 택시도 이용할 수 있었다(당시 난 택시를 탈 형편이 안 되었다).

디오게네스 클럽은 그 후 몇 년 후에 문을 닫았다. 노라가 암에 걸렸기 때문이기도 했지만 영국의 주류 판매 면허법이 바뀌어 밤에 술을 먹기가 쉬워졌기 때문이기도 했다. 하지만 난 그날 밤 이후로 클럽을 거의 찾지 않았다.

"그 세 명은 아무 소식도 없었어요? 혹시 그 후에 본 적 있어요? 실종 신고는 됐어요?" 거리를 걸을 때 배우 폴이 물었다.

"둘 다 아니에요." 이야기를 들려준 사람이 말했다. "난 그 후로 그들을 본 적이 없어요. 실종된 남자아이 세 명을 찾으려는 수색 작업이 이루어지지도 않았고요. 수색했을지도 모르지만 내가 알기론 아니었어요."

"그 장난감 집이 아직도 있나요?" 마틴이 물었다.

"모르겠어요." 이야기를 들려준 사람이 대답했다.

토트넘 코트 로드에 이르러 야간 버스 정류장으로 향할 때 마틴이 말했다. "솔직히 난 그 얘기 하나도 안 믿어요."

술집 영업 종료 시간이 한참 지난 시각, 거리에는 셋이 아니라 네 명이 있었다. 미리 언급했어야 하는 부분인데, 넷 중에 아직 한마디도 하지 않은 사람이 하나 있었다. 팔꿈치를 가죽으로 덧댄 노인도 우리 셋과 함께 클럽에서 나왔다. 그가 처음으로 입을 열었다.

"난 믿습니다." 그가 부드러운 목소리로 말했다. 거의 사과하는 것처럼 들릴 정도로 힘없는 목소리였다. "뭐라고 설명할 순 없지만 믿습니다. 제이미는 아버지가 죽고 얼마 후에 죽었어요. 그 오래된 집에 돌아가지 않고 팔아버린 건 더글러스였죠. 그는 전부 다 철거하려고 했지만 사람들이 그 저택은, 스왈로우즈는 그냥 놔뒀어요. 그건 철거되지 않았죠. 지금은 그 집만 빼고 전부 다 없어졌을 겁니다."

밤공기가 쌀쌀했고 부슬비가 여전히 내리고 있었다. 나는 몸이 떨렸다. 다른 이유가 아니라 추워서였다.

"저택의 차도 옆에 철제 우리가 있었다고 했지요. 50년 동안 그건 까먹고 있었네요. 우리가 말썽을 부리면 그가 거기에 가뒀어요. 아무래도 우리가 엄청나게 말썽을 부렸던 모양입니다. 못 말리는 말썽꾸러기 녀석들이었던 모양이에요."

그는 무언가를 찾는 것처럼 토트넘 코트 로드를 훑어보더니 말했다. "더글러스는 당연히 자살했어요. 10년 전에. 그때 난 계속 우리에 갇혀 있었죠. 그래서 기억력이 예전만큼 좋진 못해요. 하지만 제이미도 아버지랑 똑같았어요. 자기가 첫째라는 사실을 항상 우리한테 확인시켜 주곤 했으니까. 그리고 우린 그 장난감 집에 들어가는 게 허락되지 않았어요. 아버지가 우릴 위해 지은 게 아니었거든요." 그의 목소리가 떨렸다. 순간 창백한 노인은 다시 어린 시절로 돌아간 것 같았다. "아버지에겐 아버지만의 놀이가 있었어요."

그러고 나서 노인은 손을 들어 "택시!"를 외쳤다. 택시 한 대가 길가에 와서 섰다. "브라운 호텔로 갑시다." 남자는 이렇게 말하고 택시에 탔다. 그는 우리에게 작별 인사를 건네지 않고 택시 문을 닫았다.

그 문이 닫히는 순간 다른 문들이 닫히는 소리도 들렸다. 이제는 사라져 버린, 다시 열릴 수 없는 과거의 문이었다.

에메랄드색 연구

A Study in Emerald

2003

* 일러두기 : 이 작품은 『셜록 홈즈』에 H. P. 러브크래프트의 크툴루 세계관을 접목시켜 오마주한 것이다.

새 친구

희극과 비극이 합쳐진 장엄하고도 극적인 연기로 여러 유럽 왕가의 박수갈채와 찬사를 받으며 대성공을 거둔 스트랜드 플레이어즈 극단! 유럽 순회공연에서 막 돌아온 이 극단이 오는 4월 드루리 레인의 로열 코트 극장에서 한정 특별 공연을 펼칩니다. 각각 1막으로 이루어진 ≪나와 꼭 닮은 형제 톰!≫, ≪제비꽃 파는 소녀≫, ≪그레이트 올드 원이 온다≫(화려함과 기쁨이 넘치는 우리 시대 마지막 역사 서사극)가 공연됩니다. 지금 매표소에서 티켓 구매 가능.

아마도 광대함 때문일 것이다. 심연에 있는 것들의 거대함이나 까만 꿈 같은.

하지만 내 부질없는 공상이다. 용서해 주길. 나는 문학적인 소양이 그리 뛰어나지 못하다.

나는 하숙집을 구하고 있었다. 그를 만나게 된 것도 그 때문이었다. 방세를 반씩 내고 같이 살 사람이 필요했는데, 세인트 바츠의 화학 실험실에서 일하던 공통의 지인이 우리를 소개해 주었다. "아프가니스탄에 다녀오셨군요." 나를 본 그의 첫마디에 내 입은 나도 모르게 벌어졌고 두 눈은 커졌다.

"놀랍네요."

"전혀 그렇지 않습니다." 앞으로 나와 친구가 될, 하얀 실험 가운을 입은 낯선 이가 말했다. "팔을 드는 자세를 보면 알 수 있지요. 부상의 형태도 흔하지 않고요. 피부도 많이 탔고 군인 같은 자세가 있습니다. 제국의 군인이 피부가 탄 상태로 아프간 동굴 부족한테 고문받았을 때 입는 부상을 똑같이 입기란 쉽지 않죠. 당신의 어깨 부상처럼 말입니다."

막상 듣고 보니 터무니없을 정도로 간단해 보였다. 하지만 언제나 그런 식이었다. 내 피부는 구릿빛으로 탔고 그가 관찰한 대로 나는 정말로 고문을 당했다.

아프가니스탄의 신과 인간은 영국이나 독일, 심지어 러시아의 지배를 거부하면서, 이성을 받아들일 준비가 안 된 미개인들이었다. 나는 ××연대 소속으로 그곳의 산으로 보내졌다. 산과 언덕에서 투항이 계속되는 동안 우리는 대등하게 싸웠다. 하지만 소규모 접전이 동굴로 옮겨 가면서 우리는 어둠 속에 놓였고 도저히 감당할 수 없는 상황이 되었다.

나는 얼굴이 비치는 지하 호수의 수면과 그 호수에서 나온 그것을 영원히 잊지 못할 것이다. 떴다가 감기는 그것의 눈. 원을 그리듯 물속에서 솟아오르며 울려 퍼진, 거대한 파리가 윙윙거리며 노래하는 듯한 속삭임.

내가 살아남은 것은 기적이었다. 어쨌든 나는 살아남았고 신경 조직이 망가진 채 영국으로 돌아왔다. 내 여윈 어깨 위 거머리 같은 입이 닿은 부분에는 개구리 같은 하얀 문신이 남았다. 한때 명사수였던 나였지만 이제는 아무것도 남지 않았다. 지하 세계에 대한 공황발작 비슷한 공포심뿐이었다. 이 때문에 1페니밖에 하지 않는 지하철을 타는 대신 얼마 안 되는 군인 연금에서 6펜스를 내고 이륜마차를 타는 쪽을 택할 정도다.

런던의 안개와 어둠은 나에게 위안을 주었지만, 나는 여전했다. 처음 구한 하숙집은 자다가 비명을 질러서 쫓겨났다. 더 이상 아프가니스탄에 있지 않은데 그곳에 있는 것 같았다.

"저는 자다가 비명을 지릅니다." 그에게 말했다.

"저는 코를 곤다고 하더군요. 그리고 생활도 불규칙하고 종종 벽난로 선반을 사격 훈련에 쓰죠. 손님들을 만날 때는 제가 응접실을 써야 합니다. 저는 이기적이고 사생활을 중요시하고 쉽게 따분함을 느낍니다. 이런 것들이 문제가 될까요?"

내 얼굴에 미소가 번졌다. 고개를 저으며 한 손을 내밀었다. 우리는 악수를 했다.

그가 구한 베이커 가의 하숙집은 총각 두 명이 살기에 생각 이상으로 괜찮은 곳이었다. 사생활을 중요시한다는 말을 여러 번 강조했기에 무슨 일을 하느냐고 물어보고 싶은 걸 꾹 참았지만, 호기심이 잔뜩 드는 건 사실이었다. 그에겐 때를 가리지 않고 손님들이 찾아왔다. 그럴 때면 나는 응접실에서 내 방으로 자리를 옮겨 저 사람들이 내 친구와 어떤 공통점이 있을까 생각해 보았다. 한쪽 눈동자가 뿌연 창백한 피부의 여자, 행상처럼 생긴 작은 체구의 남자, 벨벳 재킷을 멋지게 차려입은 약간 뚱뚱한 남자 등. 여러 번 찾아오는 사람들도 있었지만 대개는 한 번만 찾아와 그와 이야기를 나눈 뒤 곤란하거나 만족한 얼굴로 떠났다.

그는 나에게 참으로 수수께끼 같은 사람이었다.

어느 날 아침 하숙집 여주인이 차려 준 훌륭한 아침을 같이 먹고 있을 때 친구가 종을 울려 여주인을 불렀다. "신사 한 분이 4분 후에 올 겁니다. 식탁에 자리 하나가 더 필요하겠군요."

"알겠어요. 그럴에 소시지를 더 구워야겠네요."

친구는 신문을 다시 읽기 시작했다. 나는 조바심을 내며 자세한 설명을 기다렸다. 마침내 더는 참을 수가 없었다. "이해할 수가 없군. 4분 후에 손님이 올 거란 걸 어떻게 알았지? 전보도 안 왔고 전갈 같은 게 전혀 없었는데."

친구가 희미하게 웃었다. "몇 분 전에 사륜마차의 덜거덕 소리를 못 들었나? 여길 지나치면서 속도가 느려졌다가 ―마부가 문의 주소를 확인한 게 틀림없겠지― 다시 빨라져 메릴본 로드까지 쭉 갔어. 거기엔 기차역과 밀랍인형관에 가려고 마차에서 내리는 승객들이 많지. 눈에 띄지 않고 싶은 사람이라면 사람들이 북적거리는 그곳에서 마차에서 내릴 거야. 거기에서 여기까지 걸어오는 데 4분이니까……."

그는 회중시계를 확인했다. 바로 그때 밖에서 계단을 올라오는 소리가 들렸다.

"어서 와요, 레스트레이드. 문은 열려 있어요. 그릴로 구운 소시지도 곧 대령할 겁니다."

레스트레이드라는 남자는 문을 열고 들어와 조심스럽게 닫았다. "먹을 시간이 없습니다. 솔직히 오늘 아침에 아직 요기를 못 한 건 사실이긴 한데. 뭐, 소시지 몇 개 정도는 먹어도 되겠지요." 이전에도 본 적 있었다. 고무 소재의 특이한 물건이나 특허받은 엉터리 약을 파는 행상 같은 작은 체구의 남자였다.

친구는 하숙집 여주인이 나갈 때까지 기다렸다가 말했다. "아무래도 국가적으로 중요한 일인가 보군요."

"맙소사." 레스트레이드의 얼굴이 창백해졌다. "벌써 말이 새어 나간 건 아닐 텐데. 제발 아니라고 해 주십시오." 그는 접시에 소시지와 저민 훈제 청어, 케저리[커리를 넣은 밥에 생선과 달걀을 넣은 인도풍 영국 음식-역주], 토스트를 수북하게 쌓기 시작했지만 손이 약간 떨리고 있었다.

"물론 아닙니다. 나는 경감이 타는 사륜마차의 바퀴 소리를 알고 있을 뿐이에요. 3옥타브 도보다 높은 올림 사조가 떨리는 소리요. 런던 경찰국의 레스트레이드 경감이 런던 유일 자문 탐정의 응접실에 들어가는 모습을 함부로 보여서는 안 될 텐데 이렇게 찾아왔다면, 그것도 아침까지 굶고 왔다면, 평범한 사건은 아니란 게 확실하겠죠. 그러니 높으신 사람들과 관련된 일이고 국가적으로 중요한 문제겠지요."

레스트레이드는 턱에 묻은 달걀노른자를 냅킨으로 닦았다. 나는 그를 유심히 쳐다보았다. 내가 평소에 생각한 형사의 모습과는 달라 보였다. 하지만 내 친구도 자문 탐정처럼 보이지 않기는 마찬가지였다. 대체 자문 탐정이 무엇인지는 모르겠지만 말이다.

"아무래도 둘이 조용히 얘기하는 게 좋겠군요." 레스트레이드가 나를 슬쩍 보면서 말했다.

친구는 짓궂게 미소 지으며 자기들끼리만 아는 농담을 할 때처럼 고개를 어깨 쪽으로 기울였다. "그건 말도 안 됩니다. 두 사람 머리가 하나보다 낫지요. 나한테 해도 되는 말이면 저 친구한테 해도 됩니다."

"내가 방해되는 것 같은데……." 내가 퉁명스럽게 말하는데 친구가 가만히 있으라는 손짓을 했다.

레스트레이드는 어깨를 으쓱했다. “뭐, 저는 상관없습니다.” 그가 잠시 후에 덧붙였다. “홈즈 씨가 사건을 해결해 주면 내 목이 무사할 것이고 그렇지 않으면 내 목이 날아가니까요. 원하는 대로 하십시오. 밑져야 본전입니다.”

“역사 연구가 우리에게 가르쳐 준 게 하나 있다면 상황은 언제나 더 나빠질 수 있다는 거지요. 그나저나 쇼디치엔 언제 갈까요?”

레스트레이드가 포크를 떨어뜨리고 소리쳤다. “해도 해도 너무하는군요! 또 날 놀리다니. 무슨 일인지 전부 다 알고 있었으면서! 부끄러운 줄 알……”

“무슨 일인지 나에게 말해 준 사람은 아무도 없습니다. 경감님은 방금 전에 튄 듯한 특이한 겨자색이 도는 황색 진흙을 신발과 바짓단에 묻힌 채 나를 찾아왔습니다. 그걸 보고 쇼디치의 홉스 레인에 있는 채굴지에서 온 거라고 추측하는 게 용서받지 못할 일은 아닌 것 같은데요. 런던에서 그런 특이한 겨자색 진흙은 거기에만 있으니까요.”

레스트레이드 경감은 당황한 얼굴이었다. “그렇게 듣고 보니 아주 빤한 사실이군요.”

친구는 접시를 옆으로 밀었다. “그렇지요.” 약간 성난 듯한 말투였다.

우리는 전세 마차로 이스트엔드에 갔다. 레스트레이드 경감은 사륜마차를 세워 둔 메릴본 로드로 가서 우리 둘뿐이었다.

“자네 정말 자문 탐정인가?”

“런던에서 유일한, 아니 전 세계에 하나뿐인 자문 탐정이지. 사건을 맡진 않고 조언만 해 주는 거야. 사람들이 풀 수 없는 문제를 가져와 설명해 주면 풀어 주기도 하고.”

“그럼 자네를 찾아오는 사람들이…….”

“그래. 대부분 경찰이나 형사들이야.”

화창한 아침이었지만 우리는 예쁜 꽃장수 아가씨의 얼굴에 난 암세포처럼 런던에 자리한, 도둑과 흉악범들이 득실거리는 빈민가 세인트 자일스의 언저리를 덜컹거리는 전세 마차로 지나고 있었다. 마차 안으로 들어오는 빛이 흐리고 희미하기만 했다.

"정말 나랑 같이 가도 괜찮겠나?"

친구는 눈도 깜빡이지 않고 나를 쳐다보았다. "자네와 나는 함께할 운명이라는 느낌이 드네. 과거나 미래에 우리는 어깨를 나란히 하고 함께 싸웠을 거야. 글쎄, 모르겠어. 나는 이성적인 사람이지만 좋은 벗의 가치를 알고 있다네. 자네를 처음 보는 순간 나 자신만큼 믿을 수 있는 사람이란 걸 알았지. 그래, 자네가 같이 가 주었으면 한다네."

내 얼굴이 붉어졌다. 뭐라고 헛소리를 해댄 것도 같다. 아프가니스탄 이후 처음으로 내가 세상에 쓸모있는 사람이라고 느껴졌다.

그 방

빅터 제약의 비타! 전기 용액! 팔다리와 아랫도리에 힘이 없으신가요? 젊었던 시절이 사무치게 그립습니까? 육체의 쾌락이 완전히 사라져 버렸나요? 빅터 제약의 비타는 생명력을 잃은 곳에 생명력을 불어넣어 줄 것입니다. 늙은 군마도 자부심 넘치는 종마로 돌아갈 수 있습니다! 죽은 자에 생명을! 집안 대대로 내려오는 비법과 최첨단 현대 과학의 만남. '비타'의 효과를 실명으로 증언하는 자료를 받아 보시려면 이 주소로 편지를 보내세요. 런던 칩 가 1b. V. 폰 F. 제약

그곳은 쇼디치에 있는 싸구려 하숙집이었다. 현관에는 경찰 한 명이 있었다. 레스트레이드가 이름을 부르며 인사를 건넸고 우리를 안으로 안내했다. 나는 들어갈 준비가 되어 있었지만 내 친구는 문간에 쪼그려 앉아 코트 주

머니에서 돋보기를 꺼냈다. 그는 연철로 된 스크레이퍼[집 입구에 설치된 신발의 진흙이나 흙을 털어 내는 도구-역주]를 살피며 거기에 묻은 흙을 검지로 살짝 찔러 보고는 했다. 그가 만족한 후에야 우리는 안으로 들어갈 수 있었다.

2층으로 올라갔다. 범죄가 벌어진 방이 어디인지는 단번에 알 수 있었다. 건장한 경찰 두 명이 양옆으로 지키는 중이었다.

레스트레이드가 고갯짓을 하자 그들이 옆으로 물러났고 우리는 안으로 들어갔다. 이미 밝힌 것처럼 나는 전문 작가가 아니다 보니 그 장소를 묘사하는 것이 좀 망설여진다. 제대로 할 수 없을 게 분명하니까 말이다. 그러나 이미 시작한 이야기이니 계속하지 않으면 안 될 것이다. 그 좁은 단칸 셋방에서 살인 사건이 일어났다. 시체는, 아니, 피해자의 유해는 바닥에 그대로였다. 나는 시체를 바라보았지만 처음에는 제대로 보지 못했다. 내가 먼저 본 것은 피해자의 목과 가슴에서 솟구치고 흩뿌려진 것이었다. 색깔은 담즙 같은 녹색에서 잔디 같은 녹색까지 다양했다. 그것이 군데군데 헤어진 카펫을 흠뻑 적셨고 벽지에도 튀었다. 순간 에메랄드색에 관한 어느 화가의 섬뜩한 습작품인가 싶었다.

백 년처럼 느껴지는 시간이 흐른 뒤에 나는 시체로 시선을 옮겼다. 정육점 도마에 놓인 토끼처럼 헤쳐진 그것을 보고 저게 대체 무엇인지 헤아리려고 애썼다. 나도 친구도 모자를 벗었다.

친구는 무릎을 꿇고 앉아 시체의 깊이 베인 상처를 살폈다. 그다음에는 돋보기를 꺼내 벽으로 걸어가 말라 가는 액체를 조사했다.

"그건 이미 우리가 조사했습니다." 레스트레이드 경감이 말했다.

"그래요? 그럼 이게 뭐라고 보십니까? 한 단어 같은데요."

레스트레이드가 내 친구가 서 있는 곳으로 걸어와 위쪽을 보았다. 레스트레이드의 머리보다 약간 위쪽의 빛바랜 노란색 벽지에 초록색 피로 쓰인 대문자로 된 한 단어가 있었다. "R A C H E?" 그가 한 글자씩 읽었다. "'Rachel[레이첼]'이라고 쓰려다가 끝까지 못 쓴 게 분명합니다. 레이첼이란 여자를 찾아야겠네요."

친구는 아무 말이 없었다. 그는 시체로 돌아가 손가락을 하나씩 들었다. 손끝에는 액체가 묻어 있지 않았다. "아무래도 그 단어는 이 왕족 분께서 쓴 게 아닌 것 같군요."

"아니, 그게 지금 무슨 말……"

"레스트레이드 경감. 부디 나에게 뇌가 달렸다는 사실을 인정해 주길 바랍니다. 이 시체는 인간이 아닌 게 분명합니다. 그리고 피 색깔이나 팔다리의 개수, 눈, 얼굴의 위치, 이 모든 게 왕족이란 걸 나타냅니다. 어느 쪽 왕조인지는 모르겠지만 감히 짐작하건대 독일 공국 중 한 곳의 왕위 계승 서열 1위, 아니, 2위일 겁니다."

"대단하군요." 레스트레이드가 잠시 머뭇거렸다. "이 사람은 보헤미아의 프란츠 드라고 왕자입니다. 빅토리아 여왕의 손님으로 여기 알보인에 왔지요. 휴가를 맞아 기분 전환차……"

"연극과 창녀, 도박을 즐기러 왔다는 말씀이시군요."

"그렇다고도 할 수 있지요." 레스트레이드는 살짝 짜증 난 얼굴이었다. "어쨌든 덕분에 레이첼이라는 여자에 관한 훌륭한 단서를 얻었습니다. 뭐, 우리끼리도 찾을 수 있었을 것 같지만요."

"당연하겠지요."

친구는 방안을 좀 더 살펴보았다. 그는 경찰의 부츠 자국이 발자국을 어지럽힌 데다가 물건들까지 옮기는 바람에 간밤의 상황을 재구성할 때 유용했을 단서들이 사라졌다며 몇 번이나 매섭게 이야기했다.

그래도 문 뒤에서 찾은 작은 흙 자국에 관심이 가는 듯했다.

그는 벽난로 뒤쪽에서도 재 또는 흙처럼 보이는 것을 발견했다.

"이거 보셨나요?" 그가 레스트레이드에게 물었다.

"영국 여왕님의 경찰들은 벽난로의 재를 보고 기뻐하지 않는답니다. 거기서 재가 나오는 건 당연하니까요." 레스트레이드가 껄껄 웃었다.

친구는 재를 한 자밤 집어 손가락 끝으로 문지르고 냄새를 맡았다. 그 다음엔 남은 재를 퍼서 유리병에 넣고는 마개를 닫고 코트 안쪽 주머니에 넣었다.

그가 자리에서 일어섰다. "시신은요?"

레스트레이드가 말했다. "궁에서 사람들을 보낼 겁니다."

친구가 나에게 고갯짓을 했고 우리는 함께 문으로 걸어갔다. 친구가 한숨을 쉬었다. "경감님. 레이첼 양을 찾으려고 해도 아마 소용없을 겁니다. 그리고 'Rache'는 독일어로 '복수'라는 뜻이죠. 사전을 한번 찾아봐요. 다른 뜻도 있으니까."

우리는 계단을 내려가 밖으로 나갔다.

"자네, 오늘 아침 전에는 왕족을 본 적이 없겠지?" 친구의 물음에 나는 고개를 끄덕였다. "준비되지 않은 상태에서 보면 충격적일 수 있지. 이런, 자네 떨고 있군!"

"이해해 주게. 조금 있으면 괜찮아질 거야."

"걸으면 도움이 되겠나?" 친구의 물음에 그러자고 했다. 걷지 않으면 비명이 터져 나올 게 분명했다.

"그럼 서쪽으로 가지." 친구가 궁전의 캄캄한 탑을 가리켰다. 우리는 걷기 시작했다.

"자네는 유럽 왕족을 개인적으로 만난 적이 한 번도 없을 테지." 친구가 물었다.

"없네."

"장담하건대 곧 만나게 될 거야. 이번에는 시체가 아닐 거고. 곧 볼걸세."

"이 친구야, 뭘 믿고 그런 호언장담을……."

그는 대답 대신 45미터 정도 앞에 멈춰 서 있는, 검게 칠해진 마차를 가리켰다. 검은 중절모에 묵직한 긴 코트를 입은 남자가 문 옆에 서서 열린 문을 붙잡고 가만히 대기하고 있었다. 마차 문 위에는 영국 땅에 사는 사람이라면 어린아이라도 다 아는 황금색 문장이 그려져 있었다.

"거절할 수 없는 초대도 있는 법이지." 친구가 말했다. 그는 모자를 하인에게 맡겼다. 마차의 귀빈석 같은 공간으로 올라가 부드러운 가죽 쿠션에 편안히 기대어 앉으면서 그는 분명히 미소 짓고 있었던 것 같다.

궁전으로 가는 길에 내가 뭐라고 말하려고 하자 그가 입술에 손가락을 갖다 댔다. 그리고 눈을 감더니 깊은 생각에 빠진 듯했다. 나는 나름대로 독일 왕실에 대해 아는 게 뭐가 있나 생각해 보았지만, 여왕의 부군인 알버트 공이 독일인이라는 것 말고는 아는 게 거의 없었다.

나는 주머니에 한 손을 넣어 동전을 한 움큼 꺼냈다. 갈색, 은색, 검은색, 청동색. 각각의 동전에 찍힌 여왕의 초상화를 보면서 애국심에서 나오는 자긍심과 강한 두려움이 동시에 느껴졌다. 한때 군인이었던 나는 내가 두려움을 모르는 사람이라고 생각했었다. 그 말이 명백한 진실이던 시절이 있었다. 명사수였던 시절도 떠올랐다. 그러나 순간 오른손이 마비된 것처럼 떨리기 시작해 동전이 짤랑거렸고 후회만이 느껴질 뿐이었다.

궁

세계적으로 유명한 헨리 지킬 박사의 '지킬 파우더'가 일반인들도 널리 사용할 수 있도록 드디어 일반 판매를 시작했다는 소식을 자랑스럽게 알려드립니다. 더 이상 소수의 특권이 아닙니다. 내면의 자신을 해방하세요! 외면과 내면을 말끔하게! 남녀 할 것 없이 너무도 많은 사람이 영혼의 변비로 고통받고 있습니다. 지킬 파우더와 함께라면 저렴한 가격으로 즉시 해결 가능! (바닐라 향과 오리지널 멘소래담 향 두 가지)

여왕의 부군 알버트 공은 체구가 컸고 인상적인 팔자 수염에 이마는 서서히 벗어지고 있었다. 게다가 한눈에 보기에도 100퍼센트 인간이었다. 그는 복도에서 우리를 맞이했는데 친구와 나에게 고개만 끄덕일 뿐 이름을 묻거나 악수를 청하지는 않았다.

"여왕의 심기가 몹시 불편하시오." 공의 말투에선 외국어 억양이 묻어났다. 그는 'ㅅ'을 'ㅈ'로 발음하는 경향이 있었다. 몹지, 불편하지오. "프란츠는 수많은 조카 중에서도 여왕이 가장 총애하던 사람이었지. 여왕을 웃게 해 주었거든. 누가 이런 짓을 했는지 꼭 밝혀내 주기 바라오."

"최선을 다하겠습니다." 내 친구가 말했다.

"그대의 논문을 읽었소." 알버트 공이 말했다. "그대에게 자문을 맡기라고 추천한 것도 나요. 내 판단이 옳기를 바라네만."

"저도 그러합니다." 친구가 말했다.

그때 커다란 문이 열리고 우리는 캄캄한 곳으로 안내되었다. 그곳에 여왕이 있었다.

여왕은 700년 전 전투에서 인간을 무찔렀기에 '빅토리아'라고 칭해졌고, 영광스러운 존재이기에 '글로리아나'라고 불렸으며, 인간의 입은 구조상 그녀의 진짜 이름을 발음하는 것이 불가능하므로 여왕이라고 불리게 되었다. 여왕은 내 상상을 훨씬 초월할 만큼 거대했다. 어둠 속에 쭈그리고 앉아 미동도 없이 우리를 내려다보았다.

이 자건을 반드지 해결하라[여왕도 'ㅅ'을 'ㅈ'으로 발음하고 있으며 이후 여왕의 말은 이를 살려 번역함-역주]. 어둠 속에 목소리가 흘러나왔다.

"당연하옵니다. 폐하." 내 친구가 말했다.

팔 하나가 꿈틀거리더니 나를 가리켰다. **앞으로 나와라**.

발을 내디디고 싶었지만 몸이 움직이지 않았다.

그때 내 친구가 구세주로 나섰다. 그가 내 팔꿈치를 잡고 여왕 폐하 앞으로 데려갔다.

무저워 할 것 없다. 가치 있는 일이다. 동반자가 되는 거지다. 여왕이 내게 한 말이었다. 여왕의 목소리는 아련하게 윙윙거리는 아주 달콤한 저음이었다.

여왕이 감긴 팔을 풀고 쭉 뻗어서 내 어깨를 만졌다. 이제껏 겪었던 그 어떤 것보다 깊고 심오한 고통이 찾아왔지만 아주 잠깐뿐이었고 고통 대신 아주 편안한 느낌이 퍼져 나갔다. 어깨 근육이 풀리는 것이 느껴졌고 아프가니스탄에서 돌아온 이후 처음으로 고통에서 해방되었다.

내 친구가 앞으로 걸어 나왔다. 여왕이 그에게 뭐라고 말했지만 말소리는 들리지 않았다. 여왕의 마음에서 그의 마음으로 직접 전해진 것일까. 이것이 역사책에서 읽은 '여왕의 변호사'라고 하는 것인가. 그는 소리 내어 대답했다.

"확실합니다, 폐하. 쇼디치의 그 방에서 그날 밤 조카분이 두 명의 남자와 함께 있었다는 것을 확실히 말씀드릴 수 있습니다. 비록 발자국이 어지럽혀지기는 했으나 확실합니다." 그가 또 말했다. "네, 이해합니다……저도 그렇게 생각합니다. 네."

궁을 떠날 때 친구는 조용했다. 베이커 가까지 마차를 타고 돌아가는 동안 나에게 한마디도 하지 않았다.

날이 벌써 저물어 있었다. 우리가 궁전에 얼마나 오랫동안 있었던 것인지 궁금했다.

거무튀튀한 손가락 같은 안개가 도로와 하늘을 휘감았다.

나는 베이커 가로 돌아가자마자 내 방의 거울로 향했다. 그리곤 어깨를 가로질러 희끄무레한 색으로 변해 있던 피부가 분홍빛을 띠는 것을 확인했다. 나는 이것이 상상이 아니기를, 창문으로 들어오는 달빛 때문이 아니기를 바랐다.

연극

간 질환? 두통과 복통, 변비? 신경쇠약? 편도선염? 관절염? 전문적인 출혈 요법은 이 수많은 질환을 모두 해결해 줄 수 있습니다. 저희 사무실에는 언제 어디서든 직접 확인할 수 있는 추천장이 몇 다발이나 있습니다. 당신의 건강을 아마추어의 손에 맡기지 마세요! 우리에겐 루마니아, 파리, 런던, 위트비 등에서 오랫동안 활동해 온 전문 출혈사 V. TEPES(쳅-페쉬!로 발음된다는 걸 기억하세요!)가 있습니다. 다른 방법으로 효과가 없었다면 이제 최고의 방법을 시도하실 때입니다!

내 친구가 변장의 대가라는 것은 놀라운 사실이 아니었음에도 나는 깜짝 놀랄 수밖에 없었다. 열흘 동안 온갖 기묘하고 다양한 사람들이 베이커 가에 있는 우리 하숙집을 드나들었다. 나이 지긋한 중국인 남자, 젊은 난봉꾼, 전직이 짐작될 법한 뚱뚱한 빨간 머리 여자, 통풍에 걸려 부어오른 발을 붕대로 감은 점잖은 노인. 이 모든 사람이 전부 내 친구의 방으로 들어갔고 공연 도중 쏜살같이 의상을 갈아입는 배우처럼 내 친구가 걸어 나왔다.

그가 변장한 모습으로 무슨 일을 벌이고 다니는지에 대해선 별말이 없었다. 그냥 휴식을 취할 뿐이었다. 멍하니 허공을 바라보거나 가끔은 손에 집히는 아무 종이에나 내가 전혀 알아볼 수 없는 기호를 끄적이기도 했다. 너무 몰두한 것 같아서 건강이 걱정될 정도였다.

그러던 어느 날 늦은 오후, 얼굴에 가벼운 미소를 띠고 자기 옷차림으로 집에 돌아온 그가 연극에 관심이 있느냐고 물었다.

"그냥 보통 사람들만큼은."

"그럼 자네 오페라글라스를 가지고 오게. 드루리 레인으로 갈 거야."

나는 가벼운 오페라 같은 것을 기대했다. 하지만 우리가 간 극장은 로열 코트의 이름만 땄지, 드루리 레인에서 가장 형편없다고 할 만한 극장이었다. 솔직히 말해서 위치가 드루리 레인이라고도 할 수 없었고 세인트 자일즈의 빈민굴로 이어지는 섀프트베리 대로 끝에 자리했다. 친구의 충고에 따라 나는 지갑을 숨겼고 그와 마찬가지로 튼튼한 지팡이를 들고 갔다.

등받이 없는 의자에 앉자 (나는 관객에게 오렌지를 파는 아리따운 아가씨에게 3펜스를 주고 오렌지를 하나 사서 기다리는 동안 빨아먹었다) 친구가 조용히 말했다. "내가 도박장이나 매음굴 같은 곳에 가자고 하지 않은 것만 해도 자네는 운이 좋은 걸세. 아, 정신 병원도. 알고 보니 프란츠 왕자는 정신 병원도 즐겨 방문했더군. 하지만 한 번 이상 간 곳은 없었어. 딱 한 곳……"

그때 오케스트라의 연주가 시작되고 커튼이 올라갔다. 친구는 입을 다물었다.

그럭저럭 괜찮은 공연이었다. 1막으로 이루어진 3개의 연극이었는데, 하나의 연극이 끝날 때마다 우스꽝스러운 노래가 흘러나왔다. 큰 키에 맥없어 보이는 주연 남자 배우는 노래할 때의 목소리가 멋졌다. 주연 여배우는 우아했고 목소리가 극장 전체로 울려 퍼졌다. 코미디언 한 명이 빠른 속도로 흘러가는 익살스러운 노래에 맛깔스러움을 보탰다.

첫 번째 연극은 인물들의 신분이 뒤바뀌어 벌어지는 슬랩스틱 코미디였다. 남자 주연 배우는 서로 만난 적 없지만 우스꽝스러운 불운이 겹쳐서 어쩌다 똑같은 아가씨와 약혼하게 되는 일란성 쌍둥이 형제를 연기했다. 재미있게도 아가씨는 한 남자와 약혼했다고 믿고 있었다. 1인 2역을 맡은 남자 배우가 각각 다른 사람을 연기할 때마다 문이 열렸다 닫혔다.

두 번째 연극은 온실에서 키운 제비꽃을 팔다가 눈 속에서 굶어 죽는 고아 소녀에 관한 가슴 아픈 이야기였다. 마지막에 소녀의 할머니가 소녀를 알아보고 10년 전에 노상강도들에게 빼앗긴 손녀라는 사실을 확인했지만 이미 때는 늦어 버렸다. 몸이 꽁꽁 얼어 버린 어린 천사는 끝내 숨을 거둔다. 고백하건대, 중간에 리넨 손수건으로 여러 번 눈물을 닦았다.

마지막을 장식한 것은 열정적인 역사극이었다. 극단 배우 전원이 지금으로부터 700년 전, 바닷가 마을에 사는 남녀를 연기했다. 그들은 바다 저 멀리에서 어떤 형체가 솟아오르는 것을 보았다. 남자 주인공은 기뻐하며 마을 사람들에게 르뤼에[크툴루 신화에 나오는 바닷속 고대 도시-역주]와 어두침침한 카르코사[크툴루 신화에 나오는 고대 도시-역주], 렝의 평야에서 잠들어 있던 혹은 기다렸던 혹은 죽음의 시간을 보냈던 올드 원들이 예언대로 돌아오는 것이라고 선언한다. 코미디언은 마을 사람들이 파이와 에일 맥주를 너무 많이 먹고 마셔서 헛것을 본 것이라는 견해를 덧붙였다. 로마 신의 사제 역을 맡은 약간 뚱뚱한 신사는 마을 사람들에게 바다의 형체들은 괴물과 악마이므로 처치해야 한다고 말했다.

클라이맥스에서 남자 주인공은 사제의 십자가로 사제를 때려죽이고 '그들'을 맞을 준비를 했다. 여자 주인공은 강렬한 선율의 아리아를 불렀다. 환등기로 교묘하게 이미지를 투사해 마치 '그들'의 그림자가 무대 뒤편의 하늘에 드리워지는 것처럼 보였다. 먼저 영국의 여왕과 (인간과 거의 비슷한 형상으로 된) 이집트의 검은 존재가 나타나고 고대의 염소와 1천 명의 부모, 통일 중국의 황제, 대답 불가능한 차르, 신세계를 주재하는 자, 북극 요새의 백의의 부인 등이 뒤따랐다. 각각의 그림자가 무대를 가로지르는 것처럼 보일 때마다 관객들의 목구멍에서는 저절로 "와!"하는 힘찬 탄성이 터져 공기가 진동하는 것처럼 보였다. 달이 색칠한 하늘로 솟아올랐고 가장 높이 이른 순간 연극적인 마술의 마지막 장면이 등장했다. 달이 옛날이야기에 나오는 것처럼 흐릿한 노란색에서 오늘날 우리를 비추는 것처럼 익숙한 선홍색으로 변한 것이다.

관객들의 환호와 웃음 속에서 배우들이 무대로 나왔고 고개 숙여 인사했다. 커튼이 내려가고 연극은 끝이 났다.

"그래, 어땠나?" 친구가 물었다.

"훌륭해. 아주 훌륭해." 어찌나 손뼉을 쳐댔는지 손이 아플 지경이었다.

"용감한 친구라니까." 그가 미소 지으며 말했다. "그럼 무대 뒤로 가 볼까."

우리는 밖으로 나가서 극장 옆 골목길로 들어가 뒷문으로 갔다. 뺨에 종기가 난 여자가 문가에서 바쁘게 뜨개질을 하고 있었다. 친구가 명함을 제시하자 그녀는 우리를 건물 안으로 안내했다. 우리는 계단을 올라 작은 공동 분장실로 갔다.

더러운 거울 앞쪽에 석유램프와 양초가 펄럭거리며 타고 있었고, 남녀 가릴 것 없이 모두 분장을 지우거나 의상을 벗고 있었다. 나는 얼굴을 돌렸지만 친구는 전혀 개의치 않는 듯했다. "베르네 씨 계십니까?" 그가 큰 소리로 물었다.

첫 번째 연극에서 여주인공의 가장 친한 친구를, 마지막 연극에서는 경박한 여관 주인의 딸을 연기한 젊은 여자가 방의 맨 끝 쪽을 가리키더니 소리쳤다. "셰리! 셰리 베르네!"

대답의 의미로 자리에서 일어선 젊은 남자는 호리호리한 몸매였고 무대 조명 아래에서 보았을 때보다는 미남이라는 느낌이 덜했다. 그는 어리둥절한 얼굴로 우리를 쳐다보았다. "실례지만 모르는 분들 같은데……."

"제 이름은 헨리 캠벌리라고 합니다." 친구가 약간 느릿느릿하게 말했다. "아마 들어 보신 적 있을 겁니다."

"솔직히 말씀드리면 그런 영광은 누려 보지 못했습니다." 베르네가 말했다.

내 친구는 그 배우에게 명함을 건넸다.

그는 굳이 관심 있는 척 꾸미지 않는 표정으로 명함을 보았다. "신세계에서 오신 공연 기획자라고요? 이런 이런. 그럼 이분은……?" 그가 웃으며 나를 보았다.

"이쪽은 내 친구 세바스찬입니다. 같은 업계 종사자는 아니지만."

나는 연극을 대단히 재미있게 봤다는 식의 말을 웅얼대면서 배우와 악수했다.

"신세계에 가 본 적 있으신가요?" 내 친구가 물었다.

"제 간절한 소원인데 그 영광을 아직 누려 보지 못했네요."

"아이쿠, 이런." 내 친구는 신세계인 특유의 편안하고 격식 차리지 않는 태도로 말했다. "소원이 이뤄질지도 모르겠군요. 마지막 연극 말인데, 그런 건 처음 봤습니다. 혹시 직접 쓰셨습니까?"

"아, 아닙니다. 극작가가 제 친한 친구입니다. 환등기를 이용한 그림자 쇼는 제가 고안했지만요. 오늘 무대보다 더 훌륭한 공연은 아마 못 보실 겁니다."

"작가분의 성함이 어떻게 되시죠? 친구분을 직접 만나 봐야 할 것 같은데."

베르네가 고개를 저었다. "그건 불가능할 겁니다. 전문 직업이 따로 있는 친구라 연극계와 연관이 있다는 사실이 알려지길 원하지 않거든요."

"그렇군요." 친구는 주머니에서 파이프를 꺼내 입에 물었다. 그리고는 주머니를 가볍게 두드렸다. "이런. 담배쌈지를 깜박했군."

"제가 피우는 건 독한 검은 살담배인데 괜찮다면……." 배우가 말했다.

"당연히 괜찮지요!" 내 친구가 열성적으로 말했다. "사실 저도 독한 살담배를 피우거든요." 그는 배우가 건네준 담배로 파이프를 채웠고 두 사람은 함께 담배를 피웠다. 내 친구는 맨해튼 섬부터 저 먼 아메리카 대륙의 남쪽 끝까지, 신세계의 도시들을 순회하는 공연에 대한 포부를 밝혔다. 우리가 본 세 번째 연극을 첫 막으로 올리고, 2막부터는 올드 원들이 인류와 그 신들을 지배하는 내용으로 하거나, 아니면 인간들에게 우러러볼 왕족이 없었더라면 어떻게 되었을지, 그 야만과 암흑의 세계를 그리는 것이 괜찮을 것 같다고 했다. "하지만 극본은 전문 직업이 따로 있다는 수수께끼의 친구분이 쓰셔야 하니 어떤 내용으로 할지는 그분이 결정하셔야겠지요." 그다음에 친구가 불쑥 덧붙였다. "우리의 연극은 그분의 작품입니다. 관객들이 상상 이상으로 몰릴 것이고 수익 배분도 엄청나게 많이 받으실 거란 걸 약속드리죠. 5:5면 어떻습니까!"

"정말 흥미로운 이야기로군요. 허황한 꿈으로 끝나지 않아야 할 텐데요!" 베르네가 말했다.

"아닙니다, 선생. 그럴 일은 절대 없을 겁니다!" 내 친구는 파이프를 피우며 배우의 농담에 껄껄 웃었다. "내일 아침 베이커 가의 제 방으로 와 주십시오. 아침 식사 후, 10시쯤이 좋겠네요. 작가 친구분과 함께요. 계약서를 준비해 놓고 기다리겠습니다."

그 말에 배우는 앉아 있던 의자에 올라가더니 조용히 해 달라는 의미로 박수를 쳤다. "신사 숙녀 여러분, 드릴 말씀이 있습니다." 그의 목소리가 낭랑한 목소리가 방안을 가득 채웠다. "이 신사분은 공연 기획자 헨리 캠벌리 씨인데 대서양 너머 부와 명예로 우릴 데려가 주시겠다고 제안하셨습니다."

몇몇이 환호했고 코미디언이 말했다. "이제 허구한 날 청어와 양배추 절임만 먹지 않아도 되겠어." 배우들이 모두 웃음을 터뜨렸다.

우리는 모두의 얼굴에 미소가 퍼진 걸 보면서 극장을 나와 안개로 휘감긴 거리로 들어섰다.

"이 친구야, 이게 도대체 무슨 일……"

"더 이상 말하지 말게. 도시에는 듣는 귀가 많아."

우리는 마차를 잡을 때까지 한마디도 하지 않았다. 우리가 탄 전세 마차는 덜컹거리며 채링 크로스 로드를 지났다.

그때까지도 한마디 말없이 파이프만 물고 있던 친구는 파이프 연소통의 반쯤 태운 내용물을 작은 깡통에 비웠다. 깡통 뚜껑을 눌러 닫고 주머니에 넣었다.

"이제 키 큰 남자는 찾았군. 만약 틀렸다면 내가 네덜란드 사람일세. 이제 절름발이 의사가 내일 아침 우릴 찾아올 만큼 탐욕과 호기심이 있기만을 바라야지."

"절름발이 의사?"

친구가 코웃음을 쳤다. "내가 붙인 이름일세. 왕자의 시체를 보니 발자국을 비롯한 여러 가지로 미루어 그날 밤 그 방에는 두 명의 남자가 있던 것이 확실하네. 내 추리가 틀리지 않았다면 키 큰 남자는 우리가 조금 전에 만난 남자고, 작은 쪽은 절름발이야. 그는 의료 종사자임을 알려 주는 전문적인 기술로 왕자의 내장을 제거했지."

"의사라고?"

"확실해. 이런 말 하긴 싫지만, 내 경험상 의사가 타락하면 그 어떤 흉악

범보다도 비열하고 사악한 존재가 된다네. 산성 용액에 시체를 녹였던 허스턴, 프로크루스테스의 침대[그리스 신화 속 인물 프로크루스테스는 손님을 침대에 눕히고 침대보다 크면 사지를 자르고 작으면 사지를 늘려서 죽였다-역주]를 일링에 가져온 캠벨……." 그는 마차에서 내리기 전까지 비슷한 전적의 인물들을 계속 열거했다.

우리가 탄 전세 마차가 길가에 멈춰 섰다. "1실링 10펜스입니다." 마부가 말했다. 친구는 그에게 20실링 동전을 던졌고 마부가 그걸 받아 낡은 중절모에 넣었다. "두 분 다 감사드립니다." 마부의 외침과 함께 말은 타가닥타가닥 소리를 내며 안개 속으로 달려갔다.

우리는 현관문으로 걸어갔다. 내가 자물쇠를 열 때 친구가 말했다. "이상하군. 우리 마부가 모퉁이에 서 있는 남자를 안 태우고 그냥 가 버렸어."

"교대 시간이 얼마 안 남으면 그러던데." 내가 지적했다.

"그래, 그렇지." 내 친구가 말했다.

그날 꿈에 그림자가 나왔다. 태양을 뒤덮은 거대한 그림자. 나는 절망에 가득 차 그들을 향해 소리쳤지만 그들은 귀 기울이지 않았다.

껍질과 씨

올해는 발에 용수철을 단 것처럼 봄을 향해 걸어가세요! 잭스에서는 부츠, 구두, 브로그 구두를 판매합니다. 뒤축을 아끼세요! 하이힐도 우리 전문입니다. 이스트엔드에 새로 생긴 저희 의상실도 방문해 주세요. 온갖 다양한 연회복과 모자, 독창적인 제품, 지팡이와 지팡이검 등이 준비된 피카딜리의 잭스에서 봄을 만끽하십시오!

레스트레이드 경감이 제일 먼저 도착했다.

“부하들을 거리에 배치했습니까? 내 친구가 물었다.

“그렇습니다. 오는 사람은 다 들여보내고 떠나려는 사람은 다 체포하라고 엄중한 지시를 내렸죠.”

“수갑도 갖고 오셨고요?”

레스트레이드는 대답 대신 주머니에 손을 넣고 험악한 분위기로 수갑 두 짝을 꺼내 흔들어 보였다.

“홈즈 씨, 기다리는 동안 우리가 무얼 기다려야 하는지 얘기 좀 해 주시겠습니까?”

내 친구는 주머니에서 파이프를 꺼냈다. 하지만 파이프를 물지 않고 앞에 있는 테이블 위에 올려놓았다. 그러고 나서 지난 밤의 깡통과 쇼디치의 그 방에서부터 가지고 있었던 유리병을 꺼냈다.

“베르네 선생이 들어갈 관의 못이 되어 줄 겁니다.” 그는 잠시 말을 멈추었다. 그러고 나서 회중시계를 꺼내어 테이블 위에 조심스럽게 올려놓았다. “그들이 오기까지 몇 분 남았군.” 그가 내 쪽으로 몸을 돌렸다. “복고주의자에 대해서 아는 바가 있나?”

“하나도 없는데.” 내가 말했다.

레스트레이드는 기침을 했다. “제가 생각하는 얘기가 맞는다면, 그 문제는 그대로 놔두는 게 좋겠습니다. 좋은 게 좋은 거니까요.”

“그러기엔 너무 늦었습니다.” 내 친구가 말했다. “올드 원들이 온 것이 우리 모두가 아는 것처럼 좋은 일이라고 믿지 않는 사람들을 말하죠. 무정부주의자 혹은 옛날 방식을 되찾으려는 자들이고 할 수 있겠군요. 인류가 스스로 자신의 운명을 통제하던 시절을 말입니다.”

“그런 선동하는 말은 듣지 않겠습니다.” 레스트레이드가 말했다. “경고하는데……”

"나야말로 그렇게 멍텅구리처럼 굴지 말라고 경고하고 싶군요. 왜냐하면 프란츠 드라고 왕자를 죽인 것이 바로 이 복고주의자들이기 때문이죠. 그들은 우리 주인들이 우리를 암흑 속에 두고 떠나게 하려고 살인을 저지릅니다. 결국 헛된 노력이지만. 왕자는 'rache'에 의해서 살해당했습니다. 사냥개를 일컫는 고어지요. 경감님도 사전을 찾아봤다면 알고 있겠지만요. '복수'라는 뜻도 있습니다. 사냥꾼들이 살인이 저질러진 방의 벽에 서명을 남긴 것이죠. 화가가 캔버스에 서명을 남기는 것처럼. 그렇지만 그가 왕자를 죽인 장본인은 아닙니다."

"절름발이 의사군!" 내가 외쳤다.

"잘 맞췄네. 그날 밤 거기에는 키 큰 남자가 있었습니다. 눈높이에 맞춰 쓰인 글자를 보고 그의 키를 짐작할 수 있었죠. 그는 파이프를 피웠어요. 난롯가에 재와 타지 않은 담배 찌꺼기가 남아 있었거든. 그는 아주 가뿐하게 파이프를 벽난로 선반에 털었습니다. 키가 작은 남자라면 할 수 없는 일이죠. 담배는 특이한 살담배를 섞은 것이었어요. 방의 발자국은 대부분 경감님의 부하들에 의해서 지워지기는 했지만, 문 뒤와 창가에 선명히 남아 있는 게 몇 개 있었습니다. 누군가 거기서 대기하고 있었던 거죠. 보폭으로 보아 키가 좀 더 작고 오른쪽 다리에 무게가 실려 있었습니다. 밖으로 나가는 길에서 선명한 발자국을 몇 개 더 발견했는데, 바깥에 있던 발판에 묻은 서로 다른 색깔의 진흙이 더 많은 정보를 주었습니다. 키 큰 남자는 그 방으로 왕자와 함께 들어왔고 나중에 걸어 나갔어요. 거기서 그들이 도착하기를 기다린 남자는 왕자를 인상적으로 썰어내 버렸죠."

레스트레이드는 말이라고 할 수 없는 심기 불편한 소리를 냈다.

"나는 며칠 동안이나 왕자 전하의 행적을 추적했습니다. 도박장에서 매음굴로, 식당에서 정신 병원으로, 파이프를 피우는 남자와 그의 친구를 찾아다녔죠. 아무런 소득이 없던 차에 보헤미아의 신문을 찾아볼 생각을 하게 되었죠. 왕자의 최근 행적에 대한 실마리가 있을까 해서 말이에요. 신문에서 영국 극단이 지난달 프라하에 왔었고 프란츠 드라고 왕자의 앞에서 공연했다는 사실을 알게 되었죠."

"맙소사." 내가 말했다. "그럼 셰리 베르네라는 친구가……"

"복고주의자지. 정확히."

내가 친구의 경이로운 지성과 관찰 능력에 혀를 내두르고 있을 때, 문 두드리는 소리가 들렸다.

"우리 사냥감이 왔군!" 내 친구가 말했다. "조심하게!"

레스트레이드는 권총을 감추고 있는 게 틀림없는 주머니 속으로 손을 깊숙이 찔러 넣으며, 초조한 듯 침을 꿀꺽 삼켰다.

내 친구가 외쳤다. "들어오세요!"

문이 열렸다.

베르네도 아니고 절름발이 의사도 아니었다. 내가 어릴 때 '길거리와 행인의 하인'이라고 불렀던, 심부름을 해 주며 푼돈을 받는 거리의 아랍인 중 하나였다. "실례합니다, 선생님들. 여기 헨리 캠벌리 씨 계시는지요? 어떤 신사분이 편지를 전해 달라고 해서요."

"내가 그 사람이네." 내 친구가 말했다. "6펜스를 줄 테니 편지를 전해 달라고 한 신사분에 대해 말해 줄 수 있겠나?"

청년은 자기 이름이 위긴스라고 스스로 밝히고서는 돈을 일단 깨물어 본 뒤 집어넣었다. 그러고서야 편지를 준 이가 검은 머리에 쾌활했으며 키가 컸다고 말해 주었다. 파이프를 피우고 있었다고도 덧붙였다.

여기에 그 편지를 옮겨 적는다.

존경하는 선생님께

선생님을 헨리 캠벌리라고 부르지는 않겠습니다. 그게 진짜 이름은 아니니까요. 그렇게 고명하고도 믿음직한 본명을 놔두고 가명을 쓰신 것이 놀라울 따름입니다. 저는 선생님의 논문을 구할 수 있는 대로 전부 다 구해서 읽었습니다. 2년 전에는 소행성의 운동 역학에 대한 선생님의 논문을 읽고 어떤 이론적 예외에 대해 선생님과 유익한 서신을 주고받은 적도 있지요.

어제저녁 만나 뵙게 되어 반가웠습니다. 현재 선생님께서 종사하고 있는 직업이 직업이니만큼, 나중에 수고를 덜어 드릴 몇 가지 팁을 드리지요. 우선, 파이프를 피우는 남자가 한 번도 쓰지 않은 새 파이프를 주머니에 갖고 있으면서 담배가 없다는 것은 가능성이 전혀 없는 일입니다. 뭐, 있을 수도 있겠지만, 그건 순회공연의 통상적인 수익 분배에 대해 전혀 모르는 공연 기획자가 과묵한 전직 군인(제 추측이 빗나간 게 아니라면, 아프가니스탄인 것 같습니다만)과 같이 다닐 확률 정도이지 않을까 싶습니다.

또 하나, 런던의 거리에 귀가 있다는 말씀은 맞지만, 앞으로 처음 오는 마차는 타지 않는 게 좋을 겁니다. 마부도 귀가 있거든요. 기꺼이 그 귀를 쓰고자 한다면 말이지요.

선생님의 추측 하나는 정확합니다. 실제로 그 혼혈 동물을 쇼디치의 방으로 꾀어낸 것은 저였습니다.

이 말이 위안이 될지 모르겠지만, 저는 왕자의 유흥 취향에 맞춰서 그에게 콘월의 수녀원에서 여자 하나를 납치해 두었다고 했습니다. 남자를 한 번도 본 적이 없으니 그의 손길만 닿아도, 그의 얼굴만 보아도 완전히 광란에 빠져 버릴 여자라고 말이지요.

그런 여자가 정말로 있었더라면, 왕자는 잘 익은 복숭아의 과육은 다 빨아먹고 껍질과 씨앗만 남기는 남자처럼 그 여자를 취하면서 그녀의 광기를 맘껏 먹었겠지요. 저는 그들이 정말로 이런 짓을 하는 것을 본 적이 있습니다. 더 심한 짓을 하는 것도 보았지요. 이것은 우리가 평화와 번영을 위해 치러야 할 대가가 아닙니다. 그 대가치고는 너무 큽니다.

그 선량한 의사는 ―나와 같은 신념을 갖고 있고, 실제로 관중을 기쁘게 해 주는 기술로 우리 공연의 대본을 쓰기도 했지요― 칼을 들고 우리를 기다리고 있었습니다.

제가 이 편지를 보내는 이유는, 잡을 수 있으면 잡아 보라고 약 올리기 위함이 아니라 저희, 그러니까 존경하는 의사 양반과 제가 떠나기 때문입니다. 선생님은 우리를 찾지 못할 테지만, 잠시나마 가치 있는 적수가 생긴 것 같아 기분이 좋았다는 것을 알려 드리고 싶었거든요. 지옥 너머에서 온 비인간적인 존재들보다 훨씬 더 가치 있는 일이지요.

스트랜드 플레이어스는 새로운 주연 배우를 찾아야 할 것만 같은 우려가 드는군요.

서명은 베르네라고 하지 않겠습니다. 사냥이 끝나고 세계가 제자리를 찾는 그날까지, 저를 그냥 이렇게 기억해 주십시오.

Rache.

레스트레이드 경감은 문으로 달려가서 부하들을 불렀다. 그들은 마치 배우 베르네가 파이프 담배를 피우며 그들을 기다리고 있기라도 할 것처럼 위긴스 청년에게 편지를 건네받은 장소로 안내하라고 했다. 친구와 나는 창문 너머로 달려가는 그들을 보면서 고개를 저었다.

"런던에서 출발하는 기차와 영국에서 유럽이나 신세계로 떠나는 배를 모조리 세우고 수색하겠군." 내 친구가 말했다. "키 큰 남자와 의사 일행을 찾겠지. 작은 키와 건장한 몸매에 살짝 발을 저는. 항구도 닫고 이 나라를 떠나는 모든 길을 봉쇄할 테지."

"그럼 경찰이 그들을 잡을 수 있을까?"

친구는 고개를 저었다. "내 생각이 틀릴지도 모르지만 그와 그의 친구는 지금 2킬로미터도 떨어지지 않은 세인트 자일즈의 빈민굴에 있을걸세. 경찰들이 열 명 넘게 몰려다니지 않으면 갈 수 없는 곳이지. 거기 숨어 있다가 소동이 좀 잠잠해지면 그때 다시 움직일 거야."

"왜 그렇게 생각하지?"

"입장 바꿔서 만약 나라면 그렇게 할 것 같거든. 그나저나 그 편지는 태워 버리게."

나는 얼굴을 찡그렸다. "그래도 증거인데."

"선동하는 헛소리일 뿐이야." 내 친구가 말했다.

나는 편지를 태워 버렸어야 했다. 돌아온 레스트레이드에게도 태웠다고 말했고. 그는 내 분별력을 칭찬했다. 레스트레이드는 일자리를 잃지 않았고 알버트 공은 내 친구에게 편지를 보내, 그의 추리력을 치하하지만 범인이 잡히지 않은 것에 대해서는 유감을 표한다고 했다.

실명이 무엇이건 간에 경찰은 셰리 베르네를 잡지 못했다. 전직 군의관이라고 잠정적으로 신분이 밝혀진 존(혹은 제임스) 왓슨이라는 공범의 흔적도 찾지 못했다. 기묘하지만 그도 아프가니스탄에 있었다는 사실이 밝혀졌다. 나는 혹시 우리가 만난 적이 있을까 궁금해졌다.

여왕이 만져 준 나의 어깨는 계속 상태가 좋아져 살이 다시 돋고 치유되고 있다. 곧 나는 다시 한번 명사수가 될 수 있을 것이다.

몇 달 전 어느 날 밤 둘만 있을 때 나는 친구에게 편지에 'Rache'라고 서명한 남자가 언급했던 서신 교환이 기억나는지 물었다. 친구는 잘 기억하고 있으며 그 '시거슨'(그때 그 배우는 자신이 아이슬란드인이라면서 이름이 시거슨이라고 했다고 한다)이라는 사람은 내 친구의 공식에 영감을 받아 질량과 에너지와 가상의 광속 사이의 관계를 자세히 밝히는 터무니없는 이론을 제시했다고 했다. "물론 헛소리지." 친구는 웃지 않고 말했다. "위험하지만 탁월한 헛소리였어."

궁에서는 여왕이 사건에 대한 내 친구의 공로에 만족하며 문제가 해결되었다는 전언을 보내왔다.

하지만 나는 내 친구가 그 사건을 그대로 놔둘지 의심스럽다. 그들 중 하나가 다른 한 사람을 죽일 때까지 그것은 끝나지 않을 것이다.

사실 나는 편지를 태우지 않았다. 나는 이 사건을 얘기하면서 너무 많은 것을 말하고 말았다. 내가 분별력 있는 인간이라면 이 이야기를 쓴 종이를 태워야겠지만, 내 친구가 가르쳐 주었듯 재도 비밀을 드러낼 수 있다.

나는 이 원고를 내 은행 금고에 넣어, 살아 있는 모든 사람이 죽은 지 한참이 지나도 열지 말라는 지시를 남길 것이다. 하지만 최근 러시아에서 일어난 일들로 비추어 볼 때 보통 사람들이 생각하는 것보다 그날이 빨리 올 것 같아서 두렵다.

S__M__소령 (퇴역)
베이커 가,
런던, 영국, 1881

비터
그라운드

Bitter
Ground

2003

1. "일찍 오든지 아니면 영영 오지 마라"

어느 모로 보나 나는 죽었다. 안에서는 통곡하고 소리 지르고 짐승처럼 울부짖을지 모르지만 그건 내 안쪽 깊숙한 곳의 다른 사람이었고, 그 사람은 얼굴과 입술, 입, 머리에는 다가갈 수 없었다. 그래서 겉으로 보이는 나는 그냥 어깨를 으쓱하고 미소 지으며 계속 움직였다. 만약 내가 육체적으로 죽을 수 있었다면, 아무런 반항 없이 받아들이고 마치 문으로 나오듯 간단히 삶에서 빠져나왔을 것이다. 하지만 나는 아침마다 여전히 여기 존재했고, 그 사실에 실망하면서 깨어났다. 결국은 그냥 내가 아직 존재한다는 사실을 받아들여야 했다.

가끔 그녀에게 전화를 걸었다. 신호가 한 번, 두 번 정도 간 다음에 끊었다.

비명을 지르는 나는 깊은 안쪽에 존재했다. 거기 존재한다는 것을 아무도 몰랐고, 나조차도 그가 거기 있다는 걸 까먹었다. 그런 어느 날 차에 올라타 —사과를 사러 슈퍼마켓에 가기로 했다— 사과를 파는 가게를 지나쳐 운전을 계속했다. 남쪽과 서쪽으로 달렸다. 북쪽이나 동쪽으로 가면 세상이 너무 빨리 사라질 테니까.

고속도로를 두어 시간 달렸을 때 핸드폰이 울렸다. 창문을 내리고 핸드폰을 던졌다. 핸드폰을 누가 주울까. 그 사람은 과연 전화를 받아 내 인생을 선물로 받게 될까.

기름을 넣으려고 들른 주유소에서 카드에 든 현금을 전부 다 뺐다. 며칠 동안 ATM에서 카드가 더 이상 먹히지 않을 때까지 카드의 돈을 모조리 찾았다.

처음 이틀 동안은 차 안에서 잤다.

테네시를 절반 정도 지났을 때 돈을 들여서라도 목욕을 해야 할 필요성이 절실해졌다. 모텔에 들어가 욕조에서 몸을 쭉 뻗고 잠이 들었다. 차갑게 식어 버린 물이 나를 깨웠고, 모텔에 마련된 일회용 면도기와 일회분 크림으로 면도를 했다. 그다음에는 비틀비틀 침대로 가서 잠들었다.

새벽 4시 40분에 깼다. 다시 길을 나서야 할 시간이었다.

모텔 로비로 내려갔다.

프런트 데스크에 가 보니 한 남자가 서 있었다. 아직 30대인 것 같은데 머리가 희끗희끗하고 얇은 입술에 구겨진 고급 양복을 입었다. "'택시'를 부른 지 '1시간'이나 됐다고요. '1시간'이요." 그는 몇몇 단어를 강조하며 지갑으로 데스크를 툭툭 쳤다.

야간 매니저가 어깨를 으쓱했다. "다시 전화해 보겠습니다. 하지만 그쪽에 차량이 없으면 보낼 수가 없어요." 그가 다이얼을 돌렸다. "또 나이츠 아웃 모텔 프런트 데스크인데요. 네, 손님분께 그렇게 말씀드렸습니다. 말씀드렸다니까요."

"실례합니다. 택시 기사는 아니지만 제가 시간 여유가 있어서요. 태워다 드릴까요?"

순간 남자의 얼굴에는 내가 미쳤다고 생각하는 기색이 역력했고 눈에 공포가 서렸다. 그다음에는 천사라도 본 듯한 표정으로 변했다. "예? 그래 주시면 감사하죠."

"어디까지 가는지 말해 주시면 태워다 드리겠습니다. 제가 그리 급할 게 없어서." 내가 말했다.

"이리 줘 봐요." 머리 희끗희끗한 남자는 야간 근무 직원에게서 수화기를 낚아챘다. "택시 취소합니다. 신께서 착한 사마리아 사람을 보내 주셨거든요. 인연이 우리 앞에 나타나는 건 다 이유가 있지. 암만. 당신들은 생각 좀 해 볼 필요가 있겠어요."

그는 바닥에 내려놓은 서류 가방을 들었고 —그도 나처럼 짐이 없었다— 우리는 함께 주차장으로 나갔다.

우리는 어둠 속을 달렸다. 그는 손으로 그린 지도를 무릎에 올려놓고 열쇠고리에 달린 손전등으로 비춰 가며 "저기서 우회전요."이나 "네, 이쪽으로요." 같은 말을 했다.

"정말 고맙습니다."

"뭘요. 어차피 시간이 남아서요."

"그래도요. 오래된 도시 괴담 있잖아요. 모르는 사마리아인과 시골길을 달린다거나 사라진 히치하이커 이야기 같은 거요. 제가 목적지에 도착해서 친구에게 나를 태워 준 당신에 대한 얘길 하면 친구가 당신은 10년 전에 죽었는데 여전히 사람들을 태우고 다닌다고 말하는 거죠."

"사람들도 많이 만나고 좋을 것 같은데요."

그가 껄껄 웃으며 물었다. "무슨 일을 하십니까?"

"짐작하시겠지만 지금은 쉬는 중입니다. 그쪽은요?"

"나는 인류학 교수입니다." 그가 잠시 말을 멈추었다. "좀 더 일찍 해야 했는데 내 소개가 늦었군요. 기독교 대학에서 가르치고 있습니다. 기독교 대학에서 인류학을 가르친다고 하면 사람들이 잘 믿지 않지만 사실입니다. 많진 않지만 있긴 있죠."

"전 믿습니다."

그가 또 잠시 말을 멈추었다. "차가 고장 났어요. 고속도로 순찰대가 모텔까지 태워 줬죠. 아침이 되어야 견인차가 온다고 해서요. 2시간 정도 잤을 때 고속도로 순찰대한테 전화가 왔습니다. 견인차가 오고 있다고 현장에 내가 있어야 한다고요. 이게 말이 됩니까? 내가 없으면 차에 손도 대지 않고 그냥 가 버린대요. 그래서 택시를 불렀는데 오지도 않고. 부디 견인차보다 먼저 도착해야 할 텐데."

"최대한 빨리 가 보죠."

"그냥 비행기를 타고 갈 걸 그랬나 봅니다. 비행기를 무서워하는 건 아니지만 비행기표를 현금으로 바꿨어요. 뉴올리언스에 가는 길이거든요. 비행기로는 1시간이고 440달러인데 차로 운전해서 가면 하루면 되고 30달러밖에 안 들어요. 공짜로 410달러가 생기는 거죠. 자세한 지출 내역을 보고할 필요도 없고요. 모텔 방에 벌써 50달러나 쓰긴 했지만, 공짜 돈이라는 게 뭐 그렇죠. 학회에 가는 길입니다. 처음이에요. 교수들은 학회를 신뢰하지 않아요. 하지만 상황은 바뀌는 법이죠. 전 기대하고 있습니다. 전 세계에서 오는 인류학자들을 보는 거니까요." 그는 몇몇 이름을 댔지만 나에게는 아무런 의미도 없는 이름들이었다. "학회에서 아이티 커피 소녀들에 대한 논문을 발표할 예정입니다."

"커피를 키우는 소녀들인가요, 아니면 마시는 쪽인가요?"

"둘 다 아닙니다. 파는 쪽이죠. 지난 세기 초반에 포르토프랭스[아이티 수도-역주]에서는 소녀들이 아침 일찍부터 이집 저집 돌아다니며 커피를 팔았어요."

날이 조금씩 밝아지기 시작했다.

"사람들은 그 소녀들이 좀비인 줄 알았지요. 걸어 다니는 시체 있잖아요. 여기서 우회전인 것 같군요."

"정말 좀비였나요?"

그는 질문이 반가운 듯했다. "음, 인류학계에는 좀비와 관련된 학파가 몇 가지 있습니다.《악령의 관》같은 대중의 인기를 노린 작품들처럼 그렇게 무미건조하진 않아요. 일단 용어 정의가 필요합니다. 민간신앙 얘길 하는 건지, 좀비 가루를 얘기하는 건지, 아니면 걸어 다니는 시체를 얘기하는 건지."

"잘 모르겠습니다." 내가 아는 한《악령의 관》이 공포영화였던 건 확실했다.

"그들은 어린아이들이었어요. 다섯 살에서 열 살 정도의 어린 소녀들. 포르토프랭스에서 집마다 돌아다니며 치커리 커피 가루를 팔았죠. 바로 지금처럼 해가 뜨기 직전에요. 그 아이들은 한 노파가 거느린 아이들이었죠. 아, 좌회전하고 곧바로 또 회전하면 됩니다. 노파가 죽자 소녀들은 사라졌어요. 책에서는 그렇게 말하죠."

"선생님은 어떻게 생각하시는데요?" 내가 물었다.

"저기 제 차가 있네요." 그의 목소리에서 안도감이 묻어났다. 도롯가에 세워진 빨간색 레드 혼다 어코드였다. 그 옆에 세워진 견인차에서 불빛이 반짝거리고 한 남자가 서서 담배를 피우고 있었다. 나는 견인차 뒤에 차를 세웠다.

인류학자는 차가 완전히 서기도 전에 문을 열었다. 서류 가방을 들고 차에서 내렸다.

“5분만 더 기다려 보고 그냥 가려던 참이었어요.” 견인 트럭 기사가 말했다. 그는 담배꽁초를 포장도로 웅덩이에 버렸다. “AAA[미국자동차협회-역주] 회원 카드하고 신용카드 주세요.”

지갑을 꺼내려던 남자의 얼굴이 어리둥절하게 변했다. 주머니를 뒤지며 “지갑이…….”라고 중얼거리더니 내 차로 돌아왔다. 조수석 문을 열고 차 안으로 몸을 기댔다. 나는 조명을 켰다. 그는 빈 조수석을 더듬으며 또 중얼거렸다. “지갑이…….” 상처받은 듯 애처로운 목소리였다.

“모텔에선 지갑을 가지고 계셨는데요. 손에 들고 있었어요.” 내가 말했다.

“젠장. 별일이 다 있어.”

“무슨 일 있어요?” 견인차 기사가 소리쳤다.

“이렇게 합시다.” 인류학자가 다급하게 말했다. “그쪽이 모텔에 다시 다녀오는 겁니다. 아무래도 지갑을 프런트 데스크에 놓고 온 것 같으니 지갑을 다시 갖고 와 줘요. 그때까지 내가 저 양반 비위를 맞추고 있을 테니. 5분, 5분이면 될 겁니다.” 그는 순간 내 표정을 본 모양인지 이렇게 덧붙였다. “기억하세요. 누군가가 갑자기 눈앞에 나타나는 건 다 이유가 있는 거예요.”

나는 어깨를 으쓱했다. 남의 일에 휘말린 게 짜증이 났다.

그는 문을 닫고 엄지를 척 올려 보였다.

그냥 그를 버리고 가고 싶었지만 인제 와서 그럴 수도 없었다. 나는 모텔로 차를 몰았다. 아까 그 야간 근무 직원이 나에게 지갑을 주었다. 우리가 나가자마자 계산대에 놓인 걸 봤다고 했다.

지갑을 열어 보았다. 신용카드 이름이 전부 잭슨 앤더튼으로 되어 있었다.

왔던 길을 찾아가기까지 30분이나 걸렸다. 그 사이 완전히 동틀 무렵이 되어 하늘이 잿빛으로 변했다. 그런데 견인차가 보이지 않았다. 빨간색 혼다 어코드의 뒷창문은 부서졌고 운전석 문은 열려 있었다. 내가 길을 잘못 들어서 다른 차 앞에 있는 건가 했지만, 도로에는 견인차 기사가 버린 뭉개진 담배꽁초가 보였고 도로 배수로에서 안이 텅 빈 열린 서류 가방도 찾았다. 가방 옆에 놓인 서류철에는 15페이지 분량의 타자로 친 원고와 잭슨 앤더튼 이름으로 선불 계산한 뉴올리언스 메리어트 호텔 예약증, 착용감을 높이기 위해 이랑 무늬가 들어간 콘돔 3개가 들어 있었다.

타자 원고의 맨 첫 장에는 이렇게 인쇄되어 있었다.

"'좀비들에 대해 이렇게들 말한다. 영혼 없는 육신, 살아 있는 시체, 죽은 후에 다시 삶으로 소환된 존재라고.' 허스턴[인류학자이자 작가였던 흑인 여성 조라 닐 허스턴을 의미함-역주], 『내 말에게 말하라』."

나는 서류철만 챙기고 가방은 그대로 놓아두었다. 진줏빛 하늘 아래 남쪽으로 차를 몰았다.

누군가가 당신의 인생에 나타나는 데는 이유가 있다. 확실하다.

좀처럼 신호가 잡히는 라디오 채널이 없었다. 결국 라디오의 스캔 버튼을 눌러 그대로 놔두었다. 라디오가 신호 잡히는 곳을 찾아 저절로 이 채널에서 저 채널을 훑어 나갔다. 엄청난 잡음과 함께 한 채널에서 3초씩 머물며 복음에서 옛날 노래로, 성경 이야기와 음담패설, 컨트리음악으로 허둥지둥 옮겨 갔다.

……나사로는 죽었죠. 의심의 여지없이 확실하게 죽었어요. 예수님은 그런 나사로를 살리셨죠. 우리에게 보여 주시기 위해……

제가 말하는 중국 용이 뭐냐 하면, 방송에서 이런 얘길 해도 되나? 사정할 때 그녀의 머리가 뒤로 계속 흔들리고 코로 뿜어져 나오는 거예요. 얼마나 배꼽 빠져라 웃었던지……

오늘 집에 가면 난 술병과 총을 가지고 어둠 속에서 내 여자를 기다리고 있을 겁니다……

예수님이 거기 있을 건지 물으면 당신은 거기 있겠습니까? 그 어떤 인간도 언제, 몇 시인지 몰라요. 그러니 당신은 거기 있겠습니까……

대통령이 오늘 그 계획을 발표했습니다……

아침에 신선하게 뽑아냅니다. 당신을 위해, 나를 위해. 매일매일 새로 갈아서……

낮 동안 시골길을 달리는 내내 라디오 소리가 내 귀를 스쳐 갔다. 나는 그저 계속 운전만 했다.

남쪽으로 갈수록 사람들이 좀 더 매력적으로 변했다. 식당에서 식사와 커피를 시키고 앉아 있으면 사람들이 말을 걸고 질문도 하고 미소를 지으며 고개를 끄덕였다.

저녁이었다. 프라이드치킨과 익힌 초록 채소, 허시퍼피[옥수수가루로 만든 미국 남부식 튀김 과자-역주]를 먹고 있는데 웨이트리스가 나를 보고 웃었다. 음식은 아무 맛도 나지 않았는데 음식이 아니라 내가 문제였던 것 같다.

내가 웨이트리스를 보며 예의 바르게 미소를 보내자 그녀는 곧장 내 자리로 와서 커피를 채워 주었다. 커피가 써서 좋았다. 어쨌든 맛이 느껴졌으니까.

"제가 보니까 전문적인 일을 하시는 분일 것 같아요. 직업이 뭔지 물어봐도 될까요?" 그녀는 토씨 하나 틀리지 않고 이렇게 말했다.

"네, 괜찮습니다." 나는 뭔가에 씐 듯 코미디언 W. C. 필즈나 영화《너티 프로페서》의 뚱뚱한 교수처럼(나는 사실 적정 체중에서 몇 킬로그램이나 덜 나가지만) 붙임성 좋게 거들먹거리며 말했다. "사실 전……인류학자입니다. 뉴올리언스에서 열리는 학회에 가는 길이죠. 거기서 동료 인류학자들을 만나 토론도 하고 조언도 얻고 어울리기도 할 예정입니다."

"그럴 줄 알았어요. 처음 봤을 때부터 교수님일 거라고 생각했어요. 아니면 치과의사든가."

그녀는 다시 한번 미소 지었다. 그 작은 도시에 계속 머물며 매일 아침과 저녁을 그 식당에서 먹을까도 생각했다. 커피와 돈, 시간이 다 떨어질 때까지 쓴 커피를 마시고 날 보고 웃어 주는 그녀의 미소를 보는 거지.

나는 그녀에게 팁을 넉넉하게 남기고 남쪽과 서쪽으로 갔다.

2. "혀가 날 여기로 데려왔죠"

뉴올리언스에도, 그 근처에도 남는 호텔 방이 하나도 없었다. 재즈 축제 때문에 방이 동나 버렸다. 차 안에서 자기엔 너무 더웠다. 창문을 내리고 더위를 좀 참아 본다고 해도 너무 위험할 것 같았다. 뉴올리언스는 내가 살아 본 그 어떤 도시보다도 사실적인 장소지만 안전하지도 친절하지도 않다.

몸이 가렵고 냄새도 났다. 목욕도 하고 싶었고 자고 싶었다. 세상을 스쳐 지나가는 것을 그만두고 싶었다.

싸구려 모텔을 여러 군데 돌아다니다가 마지막으로 시내의 커낼 스트리트에 있는 메리어트 호텔 주차장으로 들어갔다. 사실 그렇게 되리란 걸 처음부터 알고 있었다. 적어도 거기엔 남는 방이 하나 있을 테니까. 서류철에 예약증이 있었다.

"방이 필요한데요." 카운터 뒤에 있는 여자에게 말했다. 그녀는 나를 제대로 쳐다보지도 않았다. "방이 꽉 찼어요. 화요일까지 남는 방이 없어요."

면도와 샤워, 휴식이 너무 간절했다. 뭐, 최악의 상황이라고 해 봤자 죄송

한데, '이미 체크인하셨는데요?'라고 밖에 더하겠어?

"대학에서 선불 예약한 방이 있습니다. 이름은 앤더튼이고요."

그녀는 고개를 끄덕이고 키보드를 치더니 "잭슨 씨 맞죠?"라며 방 열쇠를 건넸다. 나는 객실 요금에 머리글자로 서명을 했다. 그녀가 엘리베이터 있는 곳을 가리켰다.

하나로 묶은 머리, 갈색 피부색, 매 같은 얼굴에 하얀색 수염이 까칠하게 자란 키 작은 남자가 엘리베이터 앞에 같이 서서 헛기침을 했다.

"호프웰의 앤더튼 씨군요. 〈인류학 이단 저널〉에 우리 글이 나란히 실렸었지요." 남자가 말했다. 그는 '인류학자는 속으면서 거짓말을 한다'라는 문구가 적힌 흰색 티셔츠를 입고 있었다.

"그랬나요?"

"그렇습니다. 나는 노우드와 스트레텀 대학의 캠벨 라크입니다. 그전에는 영국 노스 크로이돈 폴리테크닉에 있었어요. 아이슬란드의 유체 이탈자와 생령에 관한 논문을 썼죠."

"반갑습니다." 나는 그와 악수했다. "그런데 런던 말씨가 아니시네요."

"버밍엄 출신이거든요. 그나저나 학회에선 처음 뵙네요."

"저는 이번이 첫 학회입니다." 내가 말했다.

"그럼 제 옆에 꼭 붙어 계세요. 아무 문제 없도록 옆에서 봐 드리죠. 저도 학회에 처음 참석했을 때 너무 긴장해서 내내 바보 같은 짓을 했거든요. 먼저 중이층에 들려서 물건을 받아 온 다음에 씻으면 되겠네요. 여기 오는 비행기 안에 애들이 한 백 명은 족히 있었던 것 같습니다. 교대로 소리 지르고 똥 싸고 토하고. 한 번에 꼭 열 명 이상이 같이 소리를 질렀어요."

우리는 중이층에 들러 배지와 프로그램을 챙겼다. "유령 산책 꼭 신청하세요." 테이블 옆에서 웃는 얼굴의 여자가 말했다. "매일 밤 진행되는 옛 뉴올리언스의 유령 산책은 한 그룹에 열다섯 명밖에 안 받으니까 신청을 서두르세요."

나는 목욕을 하고 세면대에서 옷을 빨아 화장실에 걸어 놓았다.

알몸으로 침대에 앉아서 앤더튼의 가방에 들어 있던 물건을 살폈다. 그가 발표하려던 논문 원고를 쭉 넘겼다. 하지만 내용물을 딱히 읽진 않았다.

페이지 5쪽의 깨끗한 뒷면에 그가 빽빽하지만 대충 알아볼 수 있게 휘갈긴 글씨가 있었다. "완벽한 세상이라면 마음을 주지 않고 아무하고나 잘 수 있을 것이다. 찬란한 입맞춤과 살갗의 감촉은 당신이 다시 보지 못할 또 다른 마음 조각이다. 혼자 걷는 것이(깨어나는 것이? 부르는 것이?) 견딜 수 없을 때까지."

대충 마른 옷을 입고 호텔 로비에 있는 바로 내려갔다. 캠벨은 이미 와서 진토닉을 옆에 놓고 마시고 있었다.

그는 관심 있는 강연과 논문에 동그라미를 친 프로그램 안내지를 꺼냈다. ("첫 번째 법칙. 한낮에 진행되는 것은 무조건 패스합니다. 본인이 참석하는 게 아니라면요." 그가 설명했다) 그는 내 발표 순서에 연필로 동그라미 친 것도 보여 주었다.

"한 번도 해 본 적 없어요. 학회에서 논문을 발표하는 거요." 내가 말했다.

"누워서 떡 먹기에요, 잭슨. 누워서 떡 먹기. 난 어떻게 하는지 알아요?"

"아뇨."

"일단 자리에서 일어나 논문 원고를 읽습니다. 그다음에 사람들이 질문하면 그냥 아무 말이나 지껄여요. 소극적이 아니라 아주 적극적으로 헛소리를 하는 겁니다. 최고의 순간이죠. 내 맘대로 헛소리하기. 누워서 떡 먹기죠."

"난 잘하지 못해서요. 그, 헛소리요. 너무 솔직해서 탈입니다." 내가 말했다.

"그럼 고개를 끄덕이면서 정말 예리한 질문이라고 말한 후 논문의 긴 버전에 자세하게 나온다고 말하세요. 지금 읽은 건 편집된 버전이라고. 틀린 부분을 지적하면서 까다롭게 구는 미친놈이 있으면 발끈 성을 내고 유행하는 이론이 중요한 게 아니라 중요한 건 진실이라고 말하세요."

"그런 방법이 정말 통합니까?"

"당연하죠. 내가 몇 년 전에 페르시아 군대 내 인도 암살단 조직의 기원에 대한 논문을 발표했거든요. 그게 바로 암살단에 힌두교와 이슬람교 신자가 모두 존재하는 이유이고 칼리 여신 숭배는 나중에 추가된 거라고요. 마니교의 비밀 결사대 같은 걸로 시작되었을 가능성이 있고……."

"아직도 그 헛소리를 떠들어 대는 거예요?" 헝클어진 백발에 큰 키, 창백한 피부를 가진 여자였다. 이곳 날씨에는 더워 보이지만 일부러 꾸민 게 분명한 자연스러운 보헤미안 스타일을 하고 있었다. 앞에 버들고리 바구니가 달린 자전거를 타고 가는 모습이 상상되었다.

"떠들어 대기만 하나. 아주 책 한 권을 쓴다니까." 영국 남자가 말했다. "자자, 진정한 뉴올리언스를 맛볼 수 있는 프렌치 쿼터에 같이 가실 분?"

"난 패스할래요." 여자가 웃음기 없는 얼굴로 말했다. "친구분은 누구예요?"

"호프웰 대학의 잭슨 앤더튼 씨예요."

"좀비 커피 소녀 논문 쓰신 분요?" 그녀가 미소를 지었다. "프로그램 안내지에서 봤어요. 흥미로워요. 우리가 또 조라에게 빚진 건가요?"

"『위대한 개츠비』를 빚졌죠." 내가 말했다.

"조라 닐 허스턴이 F. 스콧 피츠제럴드와 아는 사이였나요?" 자전거 여자가 말했다. "몰랐던 사실이네요. 우리가 자주 잊어버리는 사실이지만 그때 뉴욕의 문인 사회는 무척 좁았고 유색 인종 차별이 천재에겐 비켜 간 경우가 많았죠."

영국 남자가 코웃음을 쳤다. "차별이 비켜 갔다고요? 묵인 속에서만 그랬죠. 조라는 플로리다에서 청소부로 일하다 엄청난 가난 속에서 죽은 여자라고요. 그녀가 무슨 글을 썼는지 아무도 모르죠. 피츠제럴드의 『위대한 개츠비』를 같이 썼다는 것도 아무도 모른다고요. 한심해요, 마거릿."

"후대에는 그런 것들을 더 잘 알 수 있겠죠." 키 큰 여자는 이렇게 말하고 가 버렸다.

캠벨이 그녀의 뒷모습을 빤히 쳐다보았다. "나도 나중에 저렇게 되고 싶어요."

"왜죠?"

그가 나를 쳐다보았다. "그래요, 그렇게 나와야지. 베스트셀러를 쓰는 사람과 베스트셀러를 읽는 사람이 있는 법이고, 상을 받는 사람이 있으면 못 받는 사람도 있기 마련이죠. 중요한 건 인간이라는 것 아니겠어요? 얼마나 좋은 사람인지가 중요하지. 살아 있다는 것."

그가 내 팔을 토닥거렸다.

"내가 인터넷에서 읽은 흥미로운 인류학적 현상을 오늘 당신에게 알려 줘야겠군요. 켄터키 촌구석에서는 보지 못하는 거예요. 평범한 상황에서라면 100파운드에도 가슴을 보여 주지 않을 여자들이 싸구려 플라스틱 구슬을 위해 기꺼이 사람들 앞에서 가슴을 드러낼 거요."

"구슬이라, 보편적인 거래 수단이네요." 내가 말했다.

"젠장. 그런 논문도 있었지. 갑시다. 젤로 샷[젤리 형태로 만든 칵테일-역주] 맞아 봤어요, 잭슨?"

"아뇨."

"나도요. 분명 역겹겠지. 어디 가서 확인해 보자고요." 우리는 술값을 냈다. 나는 그에게 팁을 주어야 한다는 걸 상기시켜야 했다.

“그나저나 스콧 피츠제럴드 부인 이름이 뭐였죠?” 내가 물었다.

“젤다 말이에요? 그건 왜?”

“아무것도 아닙니다.”

젤다든 조라든 뭐든. 우리는 밖으로 나갔다.

3. “무와 유는 어디에나 있다”

대충 자정쯤. 나와 영국인 인류학 교수는 버본 스트리트의 술집에 있었다. 그는 바에 앉은 검은 머리 여자 두 명에게 진짜 술을 샀다. 이 술집에는 젤로 샷이 없었다. 여자들은 자매로 보일 정도로 많이 닮은 모습이었다. 한 사람은 머리에 빨간색 리본을, 다른 한 사람은 하얀색 리본을 묶었다. 꼭 고갱의 그림에 나올 법한 모습이었다. 물론 고갱이라면 가슴을 드러내고 은색 해골 미키 마우스 귀걸이는 빼고 그렸겠지만. 여자들은 연신 웃음을 터뜨렸다.

우리는 소규모의 학자 무리가 검은 우산을 든 가이드의 인솔을 받으며 술집을 지나가는 모습을 보았다. 내가 캠벨에게 그들을 가리켰다.

빨간색 리본을 단 여자가 한쪽 눈썹을 치켜올렸다. “유령을 찾으러 가는 저주받은 역사 투어에요. 유령이 나타나고 죽은 자들이 머무르는 곳으로 간다고 하겠지만 산 사람을 찾는 게 더 쉬울걸요.”

“관광객들이 살아 있다고?” 다른 여자가 걱정하는 척하는 표정을 지었다.

“여기 올 때는 살아 있었겠지.” 처음 여자의 대답에 둘이 또 웃음을 터뜨렸다. 그들은 정말 잘도 웃었다.

하얀색 리본을 단 여자는 캠벨이 무슨 말을 할 때마다 웃었다. 그녀는 “‘fuck’을 다시 발음해 봐요.”라고 하고는 그를 흉내 내며 “‘fook, fook’이 아니라 ‘fuck’이라니까요.”라고 했다. 캠벨이 또 똑같이 발음하면 그녀는 다시 웃음이 터졌다.

술이 두 잔인가, 석 잔인가 들어간 후에 캠벨은 그녀의 손을 잡고 음악이 흘러나오는 바 뒤쪽으로 갔다. 그곳은 어두웠고 이미 다른 커플들도 있었다. 춤을 추거나 서로 몸을 비벼 댔다.

나는 자리에 그대로 앉아 있었고 옆에는 빨간색 리본을 단 여자가 있었다.

"당신도 레코드 회사에서 일해요?"

고개를 끄덕였다. 캠벨이 여자들한테 그렇게 말했다. 그는 여자들이 화장실에 갔을 때 "학자라고 말하는 거 정말 싫거든요."라고 했다. 이해가 되는 말이었다. 그는 여자들에게 자신이 그룹 오아시스를 발굴했다고 말했다.

"그쪽은 무슨 일을 하세요?"

"난 산테리아 여사제예요. 혈통이죠. 아버지는 브라질인이고 어머니는 아일랜드계 체로키족이거든요. 브라질에서는 너나 할 것 없이 모두와 관계를 맺어서 최고의 갈색 피부를 가진 아기를 낳아요. 모두가 흑인 노예 피를 물려받았고 모두가 인디언 부족 피를 물려받았죠. 우리 아버지는 일본인 피도 좀 섞였어요. 아버지의 형제, 그러니까 큰아버지는 꼭 일본인같이 생겼어요. 아버지는 그냥 미남이고요. 사람들은 내가 산테리아 사제의 피를 아버지한테서 물려받았다고 생각하지만 아니에요. 할머니한테 받았죠. 할머니는 체로키족인데 옛날 사진을 보면 피부가 밝은 편이더라고요. 난 어릴 때 귀신들하고 말을 했어요. 다섯 살 땐 길에서 할리 데이비슨 오토바이만 한 검은 개가 어떤 남자 뒤에서 걸어가는 걸 봤죠. 아무한테도 안 보이는데 나한테만 보이는 거예요. 엄마한테 말하니까 엄마가 할머니한테 말했고요. 내가 알아야 한다고, 배워야 한다고 하더군요. 어릴 때부터 나를 가르쳐 준 사람들이 있었어요.

난 유령이 무섭지 않았어요. 그거 알아요? 유령은 절대 사람을 해치지 않는다는 거. 이 도시엔 사람을 해칠 수 있는 게 너무 많지만 죽은 자들은 당신을 해치지 않아요. 산 자들이 해치죠. 너무 위험해요."

나는 어깨를 으쓱했다.

"이곳은 사람들이 같이 자는 도시에요. 사랑을 나누죠. 아직 살아 있다는 사실을 보여 주기 위해 하는 일이죠."

지금 나를 유혹하는 것일까. 그런 것 같진 않았다.

"혹시 배고파요?" 그녀가 물었다.

나는 조금 배고프다고 했다.

"뉴올리언스에서 검보[고기와 해산물에 오크라를 넣어 걸쭉하게 만든 스튜로 미국 루이지애나의 대표적인 요리-역주]를 제일 잘하는 집을 알아요. 거기 가요."

"이곳에선 밤에 혼자 돌아다니지 않는 게 좋다고 하던데요."

"맞아요. 하지만 혼자가 아니라 나랑 같이 있잖아요. 나랑 같이 있으면 안전해요."

밖으로 나가 보니 발코니에서 여대생들이 지나가는 사람들에게 가슴을 보여 주고 있었다. 구경꾼들은 젖꼭지가 보일 때마다 환호하며 플라스틱 구슬을 던졌다. 그날 빨간색 리본을 단 여자의 이름을 들었는데 갑자기 생각나지 않았다.

"예전엔 마르디 그라[뉴올리언스의 사순절 축제-역주]에만 했던 짓이에요. 이젠 관광객들이 기대하니까 관광객들이 관광객들을 위해 하고 있죠. 여기 주민들은 신경도 안 써요. 오줌 마려우면 나한테 꼭 말해요."

"알았어요. 그런데 왜요?"

"관광객들이 볼일 보러 골목길로 들어갔다가 강도당하는 경우가 많거든요. 파이럿 골목에서 1시간 후에 머리는 얼얼하고 지갑은 텅 빈 채로 깨어나죠."

"명심할게요."

그녀는 지나가면서 안개에 드리워진 인적 없는 골목길을 가리켰다. "저긴 가지 마세요."

우리가 들어간 곳은 테이블이 놓인 술집이었다. 바 위쪽에 걸린 TV에서는 묵음에 자막이 켜진 채 〈투나잇 쇼〉가 나왔다. 자막은 숫자와 분수가 합쳐져 뒤죽박죽이었다.

우리는 검보를 한 그릇씩 주문했다.

뉴올리언스 최고의 검보라고 해서 기대가 너무 컸던 걸까. 거의 아무런 맛도 느껴지지 않았다. 하지만 온종일 먹은 게 없으니 뭐라도 먹어야겠다 싶어서 그냥 먹었다.

세 남자가 안으로 들어왔다. 하나는 옆걸음질치고 하나는 뽐내듯 걷고 하나는 어기적거렸다.

옆걸음질하는 사람은 기다랗고 높다란 모자를 쓴 것이, 꼭 빅토리아 시대의 장의사처럼 보였다. 피부색은 물고기의 배처럼 창백하고 머리카락은 길고 지저분했다. 긴 수염에는 은색 구슬을 꿰었다. 뽐내듯 걷는 사람은 긴 검은색 가죽 코트에 안에도 검은색 옷을 입었다. 피부는 무척 까맸다. 마지막 어기적거리는 사람은 뒤쪽의 문가에서 주저하듯 서 있었는데 얼굴이 잘 보이지 않아서 인종도 알 수 없었다. 보이는 것이라곤 칙칙한 회색 피부뿐이었다. 쭉 뻗은 머리카락이 얼굴을 가렸다. 왠지 소름이 돋았다.

앞의 두 남자가 곧바로 우리 테이블로 왔다. 순간 깜짝 놀라고 무서웠다. 하지만 그들은 나에게는 눈길도 주지 않았고 빨간색 리본을 단 여자를 보더니 그녀의 뺨에 키스했다. 그들은 만나지 못한 친구들에 대해, 누가 어느 술집에서 누구에게 무엇을 왜 했는지 따위에 관해 얘기했다. 꼭 『피노키오』에 나오는 여우와 고양이를 연상시켰다.

"예쁜 여자친구는 어쩌고?" 여자가 흑인 남자에게 물었다.

남자는 얼굴에 미소를 띠었지만 눈에는 웃음기가 전혀 느껴지지 않았다. "우리 가족의 무덤에 다람쥐 꼬리를 올려놨어."

여자가 입술을 오므렸다. "그럼 헤어지는 게 낫겠네."

"내 생각도 그래."

나는 소름끼치는 느낌을 준 남자를 힐끔 돌아보았다. 마약 중독자처럼 삐쩍 마르고 입술은 잿빛인 모습이 혐오스러웠다. 그는 움직임이 거의 없었다. 나는 저 셋이, 그러니까 여우와 고양이, 유령이 과연 뭘 같이 하는 건지 궁금해졌다.

그때 창백한 피부의 남자가 여자의 손을 잡고 손등에 입 맞추며 고개를 숙였다. 나에게도 경례하듯 한 손을 들더니 세 남자는 가 버렸다.

"친구분들인가 봐요?"

"나쁜 사람들요. 마쿰바[아프리카 원시종교와 가톨릭이 혼합된 브라질의 토착신앙-역주]거든요. 그 누구의 친구도 아니에요."

"문 옆에 서 있던 남자는 왜 그런 거예요? 어디가 아픈 건가요?"

그녀는 머뭇거리더니 고개를 저었다. "그건 아니에요. 당신이 준비되면 말해 줄게요."

"지금 말해 줘요."

TV 화면에서는 제이 레노가 마른 금발 여자와 이야기를 나누고 있었다. 자막에는 "그1/2냥 영화가 아&니죠. 액 션 피!규어를 봤3/4나요?"라고 나왔다[원문 IT&S NOT .UST TE MOVIE said the caption. SO H.VE SS YOU SEN THE AC ION F!GURE?이다-역주]. 그는 책상에서 작은 장난감을 집어 들고 해부학적으로 정확한지 치마 속을 살펴보는 시늉을 했다. '웃음소리'라고 자막이 떴다.

그녀는 검보를 싹 비우고 유난히 새빨간 혓바닥으로 숟가락까지 핥고는 그릇에 내려놓았다. "뉴올리언스에는 어린애들이 많이 와요. 앤 라이스의 책을 읽고 여기에 뱀파이어가 산다고 생각하는 애들도 있고 부모한테 학대당하는 애들도 있고 그냥 심심한 애들도 있고요. 하수구에 사는 고양이처럼 여기로 오는 거죠. 뉴올리언스에서 하수구에 사는 새로운 품종의 고양이가 발견됐거든요. 알고 있어요?"

"아뇨."

TV 자막에 '웃음소리'라고 떴다. 제이는 여전히 씩 웃는 얼굴이었고 자동차 광고 화면으로 넘어갔다.

"아까 그는 거리에 사는 애 중 하나였어요. 밤에 잘 곳은 있었지만. 착한 애였죠. LA에서 히치하이킹으로 뉴올리언스에 왔죠. 그냥 혼자 대마초 피우고 도어스 카세트테이프를 듣고 혼돈 마법을 공부하고 알레스터 크로울리가 쓴 책을 모조리 읽는 걸 좋아했어요. 아, 오럴 받는 것도 좋아했고요. 누가 해 주는지는 상관없었죠. 기운이 넘치는 아이였어요."

"어? 저기 캠벨이네요. 밖에 빠르게 지나가는 사람요."

"캠벨요?"

"내 친구요."

"아, 그 레코드 프로듀서요?" 웃는 그녀의 얼굴을 보니 알 수 있었다. 아는구나. 거짓말이라는 걸 아는 거야. 우리 진짜 직업이 뭔지 알고 있어.

나는 테이블에 20달러와 10달러 지폐를 하나씩 놓고 그녀와 함께 캠벨을 찾으러 나갔다. 하지만 그는 사라지고 없었다.

"당신 언니랑 같이 있는 줄 알았는데." 내가 말했다.

"자매 아니에요. 난 언니가 없어요. 혼자예요. 혼자."

모퉁이를 돌자마자 해안으로 몰려온 커다란 파도처럼 시끄러운 관광객들로 이루어진 인파가 우리를 갑자기 에워쌌다. 그리고 나서 몇 명만 남긴 채 처음 왔을 때처럼 순식간에 가 버렸다. 10대 여자애가 배수로에 대고 구토하고 있었고 그 옆에는 그녀의 핸드백과 술이 절반쯤 든 일회용 컵을 든 남자가 초조하게 서 있었다.

머리에 빨간 리본을 단 여자는 그렇게 사라져 버렸다. 이름이라도 알아 둘걸. 그녀를 만난 술집 이름이라도.

나는 원래 그날 밤에 떠날 생각이었다. 고속도로를 타고 서쪽으로 달려 휴스턴으로, 거기에서 다시 멕시코로 가려고 했다. 하지만 술을 두세 잔 마신 데다 피곤해서 그냥 호텔 방으로 돌아갔다. 아침이 되었을 때도 여전히 메리어트 호텔이었다. 전날 입었던 옷에서 향수와 썩은 내가 진동했다.

호텔 내 선물용품점으로 가서 티셔츠 두 벌과 반바지 한 벌을 샀다. 꼭 바구니 자전거를 탈 것처럼 생겼던 그 키 큰 여자도 거기에서 알카셀처[발포성 소화제-역주]를 사고 있었다.

"그쪽 프레젠테이션 순서가 바뀌었더라고요. 20분 후에 오듀본 룸에서 시작해요. 양치질 먼저 하는 게 좋겠네요. 친한 친구들은 대놓고 말하지 못하겠지만 전 그쪽을 잘 모르니까 그냥 말해도 되겠죠, 앤더튼 씨."

나는 휴대용 칫솔과 치약을 구매 물품에 추가했다. 하지만 짐이 늘어서 곤란했다. 짐을 줄여야겠다는 생각이 들었다. 투명해야만 한다. 아무것도 소유하면 안 된다.

방으로 올라가 양치질을 하고 재즈 페스티벌 티셔츠를 입었다. 그러고 나서 원고를 들고 오듀본 룸으로 내려갔다. 선택의 여지가 없어서인지, 혹은 동료 인류학자들을 만나 토론도 하고 조언도 얻고 어울리기도 해야 해서인지, 아니면 캠벨이 분명히 내 발표를 들으러 올 테니 떠나기 전에 작별 인사를 하고 싶어서인지. 열다섯 명이 기다리고 있었는데 거기에 캠벨은 없었다.

겁은 나지 않았다. 먼저 인사를 하고 1페이지의 맨 위쪽을 보았다.

조라 닐 허스턴의 또 다른 인용구로 시작했다.

밤에 나타나 악행을 저지르는 빅 좀비에 관한 이야기가 있다. 주인이 시켜서 어둑한 동틀 무렵에 볶은 커피를 파는 소녀 좀비도 있다. 해가 뜨기 전 어둑한 거리에는 "볶은 커피 사세요!"라고 외치는 소리가 울려 퍼지는데, 물건을 살 테니까 가져오라고 소리치는 사람들만 그 모습을 볼 수 있다. 죽은 소녀들은 그제야 모습을 드러내고 계단을 오른다.

앤더튼의 원고는 그 후 허스턴의 동시대 학자들, 아이티 노인들의 옛날 인터뷰 발췌 따위 같은 내용으로 이어졌는데, 내가 보기에는 상상으로 추측과 가정을 자아서 사실로 엮어 내며 이 결론에서 저 결론으로 뛰어넘었다.

중간 정도 읽었을 때 자전거를 탈 것처럼 생긴 그 키 큰 여자가 들어와서 나를 가만히 빤히 쳐다보았다. 내가 앤더튼이 아니란 걸 눈치챘구나. 그래도 원고를 계속 읽어 나갔다. 뭐, 달리 어쩌겠는가?

끝까지 읽은 후 질문이 있느냐고 물었다.

누군가 조라 닐 허스턴의 연구 관행에 관해 물었다. 나는 참 좋은 질문이라면서 지금 발표한 것은 편집본이고 최종 버전의 논문에 자세하게 적혀 있다고 대답해 주었다.

이번에는 작은 키에 통통한 여자가 일어나 좀비 소녀의 존재는 말도 안 된다고 했다. 좀비 약과 가루는 감각을 마비시키고 죽은 것 같은 최면 상태를 일으키지만, 기본적으로 생각을 바꿔 놓아 자신이 죽었고 자유의지가 없다고 믿게끔 만든다고. 그녀는 네다섯 살 어린아이들이 그런 것을 믿게 만드는 일은 불가능하다고 했다. 커피 소녀는 인도의 로프 마술처럼 과거의 다른 도시 괴담일 뿐이라고.

개인적으로 나도 그녀와 같은 생각이었다. 하지만 그냥 고개를 끄덕이고 그녀의 주장도 일리가 있으며 잘 알겠다고 했다. 순수하게 인류학적인 내 관점으로 보자면 쉽게 믿을 수 있느냐가 아니라 진실이 훨씬 더 중요하다고도 했다.

박수갈채가 쏟아졌다. 발표가 끝나고 수염 있는 남자가 자신이 편집자로 있는 저널에 싣고 싶다면서 논문 복사본을 얻을 수 있는지 물었다. 순간 뉴올리언스에 오기를 잘했다는 생각이 들었다. 학회에 불참했다면 앤더튼의 경력에 불리했을 것이다.

샤넬 그레이블리-킹이라고 적힌 배지를 달고 있는 아까 그 통통한 여자가 문가에서 나를 기다리고 있었다. "발표 아주 좋았어요. 혹시라도 내가 불만이 있었다고 오해할까 봐서요."

캠벨은 그의 발표 시간에 나타나지 않았다. 그를 본 사람은 아무도 없었다.

마거릿이 나를 뉴욕에서 왔다는 사람에게 소개해 주면서 조라 닐 허스턴이 『위대한 개츠비』 집필에 참여했던 걸 아느냐고 말했다. 그러자 그 남자는 요즘은 널리 알려진 사실이라고 대답했다. 나는 그녀가 혹시 경찰에 신고하지 않았을까 싶었지만 그녀는 여전히 친절했다. 문득 스트레스를 받는 느낌이 들었다. 핸드폰을 버리지 말걸.

샤넬 그레이블리-킹과 나는 호텔에서 이른 저녁 식사를 했다. 자리에 앉자마자 내가 말했다. "아, 일 얘긴 하지 말죠." 그녀도 식사 자리에서 일 얘길 하는 건 따분하기 짝이 없는 사람들이나 하는 짓이라고 동의했다. 그래서 우리는 록밴드의 라이브 공연, 소설에 나오는 시체의 부패를 늦추는 방법, 그녀보다 연상인 동성 파트너에 대한 이야기를 나누고 함께 내 호텔 방으로 올라갔다. 그녀는 베이비파우더와 재스민 향기가 났고 내 맨살에 닿은 그녀의 맨살은 축축했다.

그 후 2시간 동안 나는 3개의 콘돔 중에서 2개를 썼다. 내가 욕실에서 나와 보니 그녀는 잠들어 있었다. 침대로 올라가 그녀 옆에 누웠다. 타자로 입력한 원고의 뒷면에 휘갈겨 쓴 앤더튼의 글씨에 대해 생각했다. 다시 확인해 보고 싶었지만 재스민 향기를 풍기는 여자의 보드라운 살갗에 닿은 채 잠이 들었다.

꿈을 꾸다가 자정이 지나 깨어났다. 어둠 속에서 속삭이는 여자의 목소리가 들렸다.

그 목소리가 말했다. "그 애는 도어스 카세트테이프와 크롤리의 책, 손으로 적은 혼돈 마법 관련 비밀 인터넷 주소를 들고 이곳으로 왔지. 모든 게 다 좋았어. 신도들까지 생겼지. 똑같이 가출한 아이들. 원할 때마다 거시기를 빨아 주는 여자들도 있고, 사는 게 아주 좋았어.

그러다 자기가 정말 뭐라도 된다고 믿게 된 거야. 자기는 진짜라고, 선택받은 자라고 말이야. 고양이 새끼가 아니라 크고 강한 살쾡이라고 믿게 된 거지. 그래서 파헤쳤어……다른 사람이 원했던……무언가를.

그는 자신이 파낸 무언가가 자신을 지켜 주리라고 생각했어. 바보 같은 녀석. 그날 밤, 잭슨 광장에 앉아 타로 점성술사들과 이야기를 나누고 있었지. 그들에게 짐 모리슨과 카발라 얘길 하고 있는데 누가 어깨를 쳐서 돌아보니 가루를 뿌린 거야. 그는 그 가루를 들이마셨지.

전부 다는 아니지만. 어떻게든 하려고 했는데 그럴 수가 없었어. 온몸이 마비되어 버렸거든. 그 가루에는 복어, 두꺼비 껍질, 뼛가루 등 온갖 것들이 다 들어 있었어. 그걸 들이마신 거야.

그는 응급실로 옮겨졌지만 거기서 별다른 조치를 해 주진 않았어. 흔히 보는 집도 없이 거리에서 떠도는 약쟁이라고 생각한 거지. 다음날에는 다시 몸을 움직일 수 있었지만 말할 수 있게 되기까지는 2~3일이 걸렸어.

문제는 그 가루가 필요해졌다는 거야. 절실히 원하게 됐지. 그는 좀비 가루에 커다란 비밀이 있다는 걸 알고 있었고 그 비밀에 거의 가까이 다가간 상태였어. 헤로인 같은 게 들어갔다는 말도 있었지만 굳이 뭐하러 그러겠어. 아무튼 그는 그 가루를 간절히 원했어.

그런데 그들이 팔지 않겠다는 거야. 대신 시키는 일을 하면 좀비 가루를 좀 주겠다고 했지. 담배로 피우든 코로 흡입하든 잇몸에 문지르든 삼키든 할 수 있겠지. 가끔 그들은 그에게 세상 그 누구라도 하기 싫을 만한 더러운 일을 시켰어. 그럴 힘이 있다는 이유만으로 재미 삼아 굴욕을 주기도 했지. 하수구의 개똥을 먹게 한다거나 살인을 사주한다거나, 죽는 것 빼곤 전부 다 말이야. 피골이 상접한 그는 좀비 가루를 얻기 위해서라면 뭐든지 하지.

지금 그는 아직 조금 남은 멀쩡한 정신으로 생각해. 자신은 좀비가 아니라고, 죽지 않았다고, 아직 넘지 않은 문턱이 있다고 말이야. 하지만 그 문턱은 이미 넘은 지 오래야."

나는 한 손을 내밀어 그녀를 만졌다. 그녀의 몸은 단단하고 호리호리하고 나긋나긋했다. 그녀의 가슴은 고갱의 그림에 나올 법한 가슴 같았다. 어둠 속에서 내 입에 닿은 그녀의 입은 부드럽고 따뜻했다.

모든 스치는 인연에는 이유가 있다.

4. "그들은 우리가 누구인지 알아야 하고 우리가 여기 있다고 말해야 한다"

일어났을 때 방안은 여전히 꽤 어둡고 고요했다. 불을 켜고 빨간색이든 하얀색이든 리본이나 미키 마우스 해골 귀걸이가 있는지 베개를 살폈지만, 간밤에 침대에 나 말고 누가 또 있었다는 것을 말해 주는 흔적은 아무것도 없었다.

침대에서 일어나 커튼을 젖히고 창밖을 보았다.

동쪽 하늘이 잿빛으로 변하고 있었다.

남쪽으로 갈까 생각했다. 계속 도망치면서 살아 있는 척할까. 하지만 그러기엔 너무 늦었다는 것을 이제는 알 수 있었다. 산 자와 죽은 자 사이에는 문이 있는데 그 문은 앞뒤로 움직이기 때문이다.

나는 최대한 멀리 올 수 있는 곳까지 왔다.

호텔 방문을 두드리는 소리가 희미하게 들렸다. 꺼내 둔 바지와 티셔츠를 입고 맨발로 문을 열었다.

커피 소녀가 나를 기다리고 있었다.

문 너머는 해가 떠오르기 전의 광활하고 멋진 빛에 잠겨 있고 아침을 기다리는 새소리가 들렸다. 언덕에 길이 나 있고 내 쪽을 보고 있는 집들은 거의 초라한 판잣집이었다. 땅까지 낮게 깔린 안개가 옛날 흑백 영화에서처럼 돌돌 말렸지만, 한낮이면 다 사라질 것이다.

소녀는 작고 여위었다. 여섯 살 정도밖에는 안 되어 보였다. 눈동자에는 백내장이 분명한 것처럼 거미줄이 쳐지고 한때 갈색이던 피부는 잿빛이었다. 아이는 나에게 호텔의 하얀 찻잔을 내밀었다. 작은 한 손으로 손잡이를 들고 다른 손으로는 찻잔 받침을 조심스레 받쳤다. 잔에는 김이 피어오르는 진흙 색깔의 액체가 절반쯤 담겨 있었다.

몸을 숙여 찻잔을 받아서 마셨다. 뜨겁고 무척 썼다. 덕분에 온종일 깨어 있을 수 있었다.

"고마워." 내가 말했다.

어딘가에서 누군가가 내 이름을 불렀다.

내가 커피를 다 마시는 동안 소녀는 참을성 있게 기다렸다. 커피잔을 카펫에 내려놓고 소녀의 어깨를 한 손으로 지그시 눌렀다. 소녀는 자그마한 잿빛 손가락을 펼쳐 어깨에 놓인 내 손을 감싸 쥐었다. 내가 옆에 있다는 것을, 어디로 가든 우리가 함께라는 것을 소녀는 알았다.

예전에 누군가 해 준 말이 떠올랐다. "괜찮아. 매일매일 새로 갈아서 시작하는 거야."

커피 소녀의 표정에는 변화가 없었지만 알아들었다는 듯 고개를 끄덕이고 빨리 가자는 듯 내 팔을 잡아당겼다. 차갑디차가운 손으로 내 손을 꼭 잡았다. 마침내 우리는 안개 낀 새벽을 향해 나란히 걸어갔다.

수잔의 문제

The Problem of Susan

2004

그녀는 그날 밤 또 꿈을 꾸었다.

꿈에서 그녀는 형제자매들과 함께 전장의 끄트머리에 서 있다. 여름이고 풀이 유난히 선명한 초록색이다. 크리켓 구장 혹은 해안에서 북쪽으로 갈 때 펼쳐지는 사우스다운스 구릉지 같은 기분 좋아지는 진짜 초록색.

풀밭에 시체들이 있다. 그중에 인간의 시체는 하나도 없다. 그녀는 근처 풀밭에 목이 베인 채 죽은 켄타우로스를 본다. 말 부분은 선명한 밤색이다. 인간 부분의 피부는 햇살에 갈색으로 빛난다. 말의 페니스를 쳐다보던 그녀는 켄타우로스들이 어떻게 짝짓기를 할지 궁금해지고, 저 수염 난 얼굴이 자신에게 키스하는 상상을 한다. 그러다 그녀의 시선이 베인 목과 끈적이는 검붉은 피 웅덩이로 향하고 부르르 몸이 떨린다.

시체들 주위로 파리떼가 윙윙거린다.

풀밭에 야생화가 엉켜 있다. 어제 활짝 피어났다. 도대체 얼마 만이던가? 백 년? 천 년? 만 년? 그녀는 알지 못한다.

그녀는 전장을 바라보며 생각한다. 전부 다 눈이었는데.

어제는 저곳이 전부 눈이었어. 눈은 항상 있는데 크리스마스는 없지.

여동생이 그녀의 손을 잡아당기더니 무언가를 가리킨다. 초록 언덕 꼭대기에 그들이 한창 대화를 나누면서 서 있다. 사자는 황금색이고 두 팔을 뒤로 깍지 꼈다. 마녀는 머리부터 발끝까지 하얀 옷을 입었다. 마녀가 소리 지르고 사자는 그냥 듣고 있다. 뭐라고 하는지 모르겠다. 아이들에겐 마녀의 차가운 분노도 저음의 현악기 같은 사자의 대답 소리도 들리지 않는다. 그녀의 머리카락은 윤기 흐르는 검은색이고 입술은 붉다.

그녀는 꿈에서 이런 것들을 알아차린다.

사자와 마녀의 대화가 곧 끝날 것이다…….

교수가 스스로에 대해 무척 싫어하는 점들이 있다. 이를테면 냄새가 그렇다. 그녀는 자기 할머니 같은 냄새, 그러니까 늙은 여자 특유의 그 냄새가 자신한테서 난다는 걸 용납할 수가 없다. 그래서 일어나자마자 향기로운 물로 목욕을 하고 수건으로 물기를 닦은 다음 겨드랑이와 목에 샤넬 향수를 뿌린다. 그녀가 유일하게 부리는 사치다.

오늘 그녀는 진한 갈색 정장 원피스를 입는다. 강의할 때 입는 옷이나 집 안에서 뒹굴뒹굴할 때 입는 옷이 아닌, 인터뷰할 때 입는 옷이다. 은퇴한 이후 그녀는 집안에서 뒹굴뒹굴할 때 입는 옷을 더 자주 입는다. 그녀는 립스틱도 바른다.

아침을 먹은 후 우유병을 닦아 뒷문에 가져다 놓는다. 도어 매트에 이웃집 고양이가 두고 간 생쥐의 발과 대가리가 있다. 생쥐가 꼭 코코넛 껍질의 섬유질로 만든 깔개에 잠겨 수영하는 것처럼 보인다. 그녀는 입술을 삐쭉 내밀고 어제 자 〈데일리 텔레그래프〉를 접은 뒤 손으로 절대 만지지 않도록 조심하면서 생쥐 대가리와 발을 신문지로 가져온다.

오늘 자 〈데일리 텔레그래프〉가 우편물 몇 통과 함께 복도에서 기다리고 있다. 그녀는 우편물을 열어 보지 않고 겉만 살핀 뒤 작은 서재의 책상에 올려놓는다. 은퇴한 뒤로 서재에는 글을 쓸 때만 들어간다. 그다음에는 주방으로 가서 오래된 참나무 테이블에 앉는다. 은색 체인 줄에 연결해 목에 걸고 있는 독서용 안경을 코에 걸치고 부고란을 읽기 시작한다.

솔직히 아는 이름이 나오리라고 생각하진 않았는데 역시나 세상은 참 좁다. 그녀는 피터 버렐 건의 부고에 올라온 1950년대 초 무렵의 사진을 어쩌면 잔인하도록 재미있어하면서 바라본다. 사진 속의 그는 교수가 몇 년 전 〈문학 월간지〉 크리스마스 파티에서 마지막으로 본 모습과 달라도 너무 달랐다. 통풍에 걸려서 뿌리처럼 뾰족하고 덜덜 떠는 모습이 올빼미 캐리커처 같았는데. 하지만 사진 속의 그는 무척 아름답다. 거칠면서도 고귀해 보인다.

그녀는 여름 별장에서 어느 날 저녁에 그와 키스했던 적이 있다. 선명하게 기억한다. 그 여름 별장이 대체 어느 정원에 있었는지는 죽어도 기억나지 않지만.

그녀는 찰스와 나디아 리드의 시골집이라는 결론에 도달한다. 그렇다면 나디아가 스코틀랜드 출신의 화가와 도망치고 찰스가 교수를 스페인으로 데려가기 전이다. 물론 그때 그녀는 교수가 아니었다. 그때는 요즘과 달리 스페인으로 휴가를 떠나는 사람이 많지 않았다. 스페인은 이국적이지만 위험한 곳이었다. 그는 그녀에게 결혼해 달라고 말했다. 그때 왜 그의 프러포즈를 거절했는지 모르겠다. 아니, 확실하게 거절하긴 했던가. 그는 꽤 호감

형의 젊은이였고 따사로운 봄밤 스페인 해안의 담요 위에서 그녀의 처녀성을 가져갔다. 그녀는 스무 살이었고 자기가 무척 나이가 많다고 생각했다…….

초인종이 울린다. 그녀는 신문을 내려놓고 현관으로 가서 문을 연다.

그녀가 처음 한 생각은 여자가 너무 어려 보인다는 것이었다.

그녀가 처음 한 생각은 여자가 너무 늙어 보인다는 것이었다. "헤이스팅스 교수님? 그레타 캠피언입니다. 〈문학 연대기〉에 실을 교수님의 프로필을 쓰게 되었어요."

나이 많은 여자는 연약하고 지긋한 눈빛으로 그녀를 잠깐 보더니 미소 짓는다. 상냥한 미소였다. 그레타는 그녀가 마음에 들기 시작한다.

"들어와요. 거실에서 얘기하죠." 교수가 말한다.

"별거 아니지만……제가 직접 만든 거예요." 그레타는 가방에서 케이크 상자를 꺼낸다. 오는 도중에 내용물이 망가지지 않았기를 바라며. "초콜릿 케이크에요. 온라인에서 봤는데 좋아하신다고 해서."

나이 많은 여자가 고개를 끄덕이고 눈을 깜빡거린다. "맞아요. 친절하기도 해라. 이쪽이에요."

그레타는 그녀를 따라 거실로 들어간다. 교수는 그녀에게 안락의자에 앉으라고 하고 단호한 목소리로 움직이지 말라고 한다. 바쁘게 사라지더니 찻잔과 받침 접시, 찻주전자, 초콜릿 비스킷 접시, 그레타가 가져온 초콜릿 케이크가 담긴 쟁반을 들고 돌아온다.

그레타는 교수가 차를 따르는 동안 그녀의 브로치를 칭찬하고 펜과 노트, 교수가 최근에 낸 책 『아동 문학에서 의미를 찾다』를 꺼낸다. 책에는 메모가 적힌 포스트잇과 종잇조각이 잔뜩 붙어 있다. 그들은 책 초반의 내용에 관해 이야기를 나눈다. 원래는 아이들만을 위한 소설이 따로 존재하지 않았지만, 빅토리아 시대에 아동기의 순수성과 신성함이라는 개념이 생기면서 아동 문학의 필요성이 대두되었다는 주장에 관해서다.

"순수함의 개념이죠." 교수가 말한다.

"신성화도요?" 그레타가 미소를 띠고 덧붙인다.

"신성한 척이죠." 나이 많은 여자가 바로잡는다. "『물의 아이들』을 읽으면서 움찔하지 않기는 힘들죠."

그다음에 그녀는 화가들이 아이들을 그릴 때 아이들의 몸을 고려하지 않고 덩치만 작은 성인으로 그렸으며 그림 형제의 이야기는 원래 어른들을 위해 수집한 것인데 아이들에게 읽힌다는 사실을 알고 아이들이 읽기 적합하도록 충격적인 부분을 삭제한 거라고 말한다. 그녀는 페로의 『잠자는 숲속의 공주』도 언급한다. 원래는 왕자의 어머니가 식인 광이고 공주에게 자식들을 잡아먹었다는 누명을 씌우는 내용이라고. 그레타는 연신 고개를 끄덕이고 메모하면서 교수가 강의가 아닌 대화라고, 적어도 인터뷰라고 느끼도록 참여하고자 초조한 마음으로 애를 쓴다.

"처음 아동 문학에 관심을 두게 된 계기는 무엇인가요?" 그레타가 묻는다.

교수는 고개를 젓는다. "우리의 모든 관심은 어디에서 비롯되는 걸까요? 아이들의 책에 대한 당신의 관심은 어디에서 나오죠?"

"예전부터 아이들을 위한 책이야말로 가장 중요한 책이라고 생각했어요. 어릴 때도 그렇고 커서도요. 전 로알드 달의 소설에 나오는 마틸다 같았어요. 가족분들이 책을 좋아하셨나요?" 그레타가 말한다.

"아뇨. 가족들이 죽은 지 너무 오래되어서. 아니, 죽임을 당했다고 말해야겠네요."

"가족분들이 한꺼번에 돌아가셨어요? 혹시 전쟁 때문에 그런 건가요?"

"그건 아니랍니다. 우린 피난민이었는데 그로부터 몇 년 후에 기차 사고로 목숨을 잃었죠. 난 그 자리에 없었고요."

"루이스의 『나니아 연대기』 같네요." 그레타는 말하자마자 멍청하고 바보 같은 말이었다는 걸 깨닫는다. "죄송합니다. 너무 생각 없는 말이었네요. 그렇죠?"

"그런가요?"

그레타는 얼굴이 붉어지는 걸 느낀다. "순간 그 장면이 생생하게 떠올랐어요. 『마지막 전투』편에서 학교 가는 길에 기차 사고로 온 가족이 죽잖아요. 수잔만 빼고요."

교수가 말한다. "차 더 줄까요?" 그레타는 다시 이야기를 꺼낸 것이 실수였음을 깨달으면서도 멈추지를 못한다. "전 그게 진짜 화가 났어요."

"뭐가요?"

"수잔만 나니아로 돌아가지 못하잖아요. 립스틱과 스타킹, 파티를 좋아한다는 이유로 나니아의 친구가 아니게 되다니. 전 열두 살 때 영어 선생님한테 말한 적도 있어요. 수잔의 문제에 대해서요."

그리곤 그레타가 주제를 바꿔서 어른이 되고 나서도 영향을 끼치는 아동 문학의 역할에 대해 말하려던 순간 교수가 묻는다. "선생님이 뭐라고 하시던가요?"

"수잔이 나니아로 돌아갈 수는 없게 되었지만 회개하면서 살아갈 시간은 있었을 거라고요."

"뭘 회개해요?"

"믿음의 문제가 아니었을까 싶은데요. 그리고 이브의 원죄도요."

교수는 초콜릿 케이크를 한 조각 자른다. 뭔가 기억을 더듬던 그녀가 입을 연다. "가족이 다 죽었는데 스타킹이나 립스틱을 즐길 기회는 별로 없었을 것 같은데요. 내 경우는 그랬답니다. 사람들이 생각하는 것처럼 부모님이 남긴 재산도 많지 않아서 먹고사는 것도 힘들었거든요. 하물며 그런 사치는……."

"그것 말고 수잔한테 잘못된 부분이 또 있었을 거예요." 젊은 기자가 말한다. "책에서 말해 주지 않은 무언가가요. 그게 아니고서야 더 높고 더 깊은 천국에 들어가지 못하게 되었을 리가 없어요. 수잔이 사랑했던 사람들은 전부 보상을 받고 마법과 폭포, 기쁨의 세계로 갔잖아요. 수잔만 혼자 남겨지고요."

"책에 나오는 그 여자애는 어땠는지 몰라도, 가족 중에 혼자만 살아남았다는 것은 형제들과 여동생의 시신을 확인해야 한다는 뜻이에요. 그 사고로 많은 사람이 죽었어요. 새 학기 첫날이었는데 난 근처 학교로 가야 했지요. 시신이 그리로 옮겨졌거든요. 오빠는 꼭 잠자는 것처럼 아무렇지 않아 보였어요. 남동생과 여동생의 시신은 좀 더 엉망이었죠."

"수잔은 가족들의 시신을 보고 이제 다들 휴가를 떠났다고 생각했을 거예요. 완벽한 방학 말이에요. 말하는 동물들과 초원에서 뛰노는, 종말이 없는 세상이니까."

"그녀는 그랬을지도 모르죠. 나는 기차와 기차가 부딪치면 그 안에 탄 사람들이 저렇게 엄청난 충격을 받을 수 있구나 하고 생각했던 게 기억나네요. 당신은 시신을 확인해야 했던 경험이 없겠지요?"

"네."

"운이 좋네요. 난 시신을 보면서 '저게 내 남동생이 아니면 어떡하지?'라고 생각했어요. 남동생의 시신은 머리가 잘려 나가고 없었거든요. 스타킹과 파티를 좋아한다고 신이 나에게 파리가 날아다니는 학교 급식실에서 에드의 시신을 확인해야 하는 벌을 내린 거라면……신이 너무 심하게 즐긴

게 아닐까요? 고양이가 잡은 쥐를 바로 죽이지 않고 마지막까지 가지고 노는 것처럼. 아니, 그렇게 큰 즐거움도 아닌가. 요즘은 그렇겠어요. 잘 모르겠네요."

그녀는 말꼬리를 흐리더니 잠시 후 다시 입을 연다. "미안하지만 오늘은 더 못 할 것 같네요. 편집자에게 전화하라고 해 줘요. 약속 시간을 다시 잡아서 마저 이야기하기로 하죠."

그레타는 고개를 끄덕이며 그렇게 하겠다고 말한다. 하지만 왠지 다시 만날 일은 없을 것이라는 확신이 든다.

그날 밤, 교수는 집 계단을 천천히 힘들게 올라간다. 한층, 또 한층. 그녀는 건조용 장롱에서 이불과 담요를 꺼내 구석의 남는 방에 이부자리를 준비한다. 방은 썰렁하지만 전시처럼 딱 필요한 것만 갖추었다. 거울과 서랍이 달린 화장대, 참나무 침대 그리고 옷걸이와 판지 상자만 놓인 먼지 자욱한 사과나무 옷장. 그녀는 자줏빛 화장대에 끈적하고 화려한 철쭉이 꽂힌 꽃병을 올려놓는다.

옷장 속 골판지 상자에서 비닐봉지에 든 오래된 앨범 네 권을 꺼낸다. 어릴 때 썼던 침대에 누워 이불을 덮고 앨범을 본다. 흑백 사진, 세피아 톤 사진, 조잡한 컬러 사진. 오빠와 남동생, 여동생, 부모님이 너무 어려 보인다. 어떻게 저렇게 어려 보일 수 있을까.

잠시 후 침대 옆에 놓인 동화책 몇 권이 눈에 띈다. 이 방 침대 옆 탁자에는 책을 놓아두지 않는데 이상하다. 아니, 원래 이 방에 저런 탁자가 있었던가? 맨 위에 놓인 책은 오래된 페이퍼백이다. 50년은 더 된 것 같다. 표지에 적힌 가격이 실링 단위다. 표지는 두 소녀가 사자의 갈기에 데이지 목걸이를 감아 주는 모습이다.

충격으로 입술이 떨린다. 그제야 그녀는 이게 꿈이란 걸 알아차린다. 그녀는 절대로 저 책을 집안에 두지 않으니까. 페이퍼백 아래에 놓인 하드커버 표지는 P. L. 트래버스가 살아생전에 쓰지 않은 『메리 포핀스, 새벽을 데려오다』였다. 꿈에서 그녀가 항상 읽고 싶었던 책이다.

그녀는 책을 집어서 가운데를 펼치고 읽는다. 제인과 마이클은 메리 포핀스가 쉬는 날 그녀를 따라 천국에 가서 어린 예수와 성령, 하나님 아버지를 만난다. 예수는 한때 자신의 보모였던 메리 포핀스를 다소 무서워하고 성령은 메리 포핀스가 떠난 후 이불 빨래가 새하얗게 되지 않는다고 불평한다. 하나님 아버지는 "그녀에게만큼은 그 어떤 일도 시킬 수 없다. 그녀는 메리 포핀스니까."라고 말한다.

"하지만 신이시잖아요. 세상 모든 사람과 모든 것을 만드셨잖아요. 모두가 신이 시키는 대로 해야죠." 제인이 말한다.

"메리 포핀스는 제외다." 하나님 아버지가 백발 섞인 황금빛 수염을 긁적거리며 다시 말했다. "나는 그녀를 만들지 않았다. 그녀는 메리 포핀스다."

교수가 잠결에 약간 뒤척인다. 그다음에 그녀는 자신의 부고란을 읽는 꿈을 꾼다. 흑백으로 나열된 자신의 인생을 읽으며 괜찮은 삶이었다고 생각한다. 전부 다 있었다. 그녀가 잊어버렸던 사람들까지도.

그레타는 캠던에 있는 작은 아파트에서 남자친구 옆에 잠들어 있다. 그녀도 꿈을 꾼다.

꿈에서 사자와 마녀가 언덕을 함께 내려온다.

그녀는 여동생의 손을 잡고 전장에 서 있다. 황금빛 사자를 올려다본다. 이글거리는 불꽃 같은 눈. "길들인 사자가 아니야, 그렇지?" 그녀가 동생에게 속삭이고 두 사람은 벌벌 떤다.

마녀는 그들을 쳐다본 후 사자에게 고개를 돌려 차갑게 말한다. "난 우리의 협상에 만족해. 여자애들은 네 거고 남자애들은 내 거야."

그녀는 사태를 파악하고 도망친다. 하지만 열 걸음도 뛰기 전에 사자가 따라와 막아선다.

꿈에서 사자는 머리만 남기고 그녀를 먹어 치운다. 사자는 그녀의 머리와 한쪽 손을 남긴다. 집고양이가 먹을 마음 없는 생쥐 일부분을 나중을 위해 혹은 선물로 주려고 남겨 두는 것처럼.

사자가 머리까지 먹어 치웠으면 좋았을 텐데, 그러면 굳이 보지 않아도 되었을 텐데. 죽은 눈꺼풀이 감기지 않아 그녀는 눈도 깜빡이지 않고 지켜본다. 오빠와 남동생의 뒤틀린 모습을. 커다란 사자는 여동생을 좀 더 천천히 먹는다. 그녀를 먹을 때보다 좀 더 즐겁고 기쁜 것처럼 보인다. 생각해 보니 사자는 언제나 여동생을 더 좋아했다.

마녀가 하얀 옷을 벗자 역시나 하얀 알몸이 드러난다. 쳐지지 않은 작은 가슴, 검은색에 가까운 젖꼭지. 마녀는 풀밭에 누워 다리를 벌린다. 그녀가 누운 풀밭에 하얀 서리가 낀다. "지금이야." 그녀가 말한다.

사자가 분홍색 혀로 그녀의 다리 사이를 핥는다. 그녀는 더 이상 참을 수 없는 듯 사자의 커다란 입을 자기 입으로 가져오고 얼음에 뒤덮인 그녀의 다리를 황금색 털 사이에 감아 넣는다.

죽은 이들은, 풀밭에 놓인 머리에 달린 눈들은 다른 곳을 볼 수 없다. 그들은 하나도 놓치지 않는다.

다 끝나고 욕구가 채워진 후에야 축축하게 젖은 사자는 풀밭에 놓인 머리로 걸어가 그 커다란 입에 넣는다. 단단한 턱으로 그녀의 머리통을 으적으적 씹어 먹는다. 그제야 그녀는 잠에서 깬다.

심장이 마구 뛴다. 남자친구를 깨워 보지만 코를 골며 끙끙거릴 뿐 일어날 기미가 보이지 않는다.

어둠 속에서 그레타가 정신없이 생각한다. 사실이었어. 그 애는 어른이 됐어. 죽지 않고 살아갔어.

그녀는 한밤중에 깨어나 방구석의 오래된 사과나무 옷장에서 나는 소리를 듣는 교수의 모습을 상상한다. 쥐 소리라고 착각하기 좋은 유령들이 바스락거리는 소리, 커다란 네발짐승이 거니는 소리, 아득하게 들려오는 위험한 사냥용 나팔 소리를.

말도 안 된다는 걸 알지만 그녀는 교수가 세상을 떠났다는 소식이 들려와도 놀라지 않을 것이다. 그녀는 잠들기 전에 생각한다. 죽음은 밤에 찾아온다. 사자처럼.

알몸의 하얀 마녀가 황금색 사자를 타고 간다. 사자의 입 주위에는 선홍색 피가 묻었다. 커다란 분홍색 혀로 핥아 말끔하게 닦는다.

무서운 욕망의 밤 비밀의 집
얼굴 없는 노예들의 금지된 신부들

Forbidden Brides of the Faceless Slaves in the Secret House of the Night of Dread Desire

2004

I

밤의 어딘가에서 누군가가 글을 쓰고 있다.

II

그녀는 나무가 늘어선 자갈 깔린 진입로를 미친 듯 달려갔다. 가슴은 쿵쾅거렸고, 차가운 밤공기를 숨 가쁘게 들이마시고 내뱉느라 폐가 터질 듯했다. 그녀의 시선은 줄곧 저 앞쪽에 있는 집에 고정되어 있었다. 꼭대기 방의 불빛 하나가 그녀를 불에 뛰어드는 나방처럼 끌어당겼다. 집 뒤쪽의 울창한 숲에서는 밤의 존재들이 떠들고 깍깍거렸다. 그녀 뒤편의 길에서 짧은 비명이 들렸다. 희생자가 작은 짐승이길 바랐지만 확실하지 않았다.

그녀는 오래된 저택의 포치에 도착할 때까지 지옥이 뒤에서 바짝 따라오기라도 하는 것처럼 끝까지 뒤돌아보지 않고 냅다 달렸다. 창백한 달빛에 비친 하얀 기둥이 꼭 거대한 짐승의 뼈 같았다. 그녀는 나무 문틀에 붙어 숨을 헐떡이면서 마치 무언가를 기다리듯 쭉 뻗은 차도를 쳐다보았다. 그리고 문을 두드렸다. 처음에는 무서운 듯 살짝 두드렸지만 좀 더 힘을 실었다. 문 두드리는 소리가 집 전체에 울려 퍼졌다. 그녀는 되돌아오는 메아리를 들으며 저 멀리에서 누군가가 다른 문을 두드리고 있는 모습을 상상했다.

"제발요!" 그녀가 소리쳤다. "안에 누구 있으면……누구라도 좋으니 제발 들여보내 주세요. 제발. 제발 이렇게 간절히 부탁드려요." 자신의 목소리가 낯설게만 느껴졌다.

맨 꼭대기 방에서 깜빡이던 불빛이 희미해지더니 사라졌다. 그다음에는 아래층 창문에서 불빛이 나타났다. 한 사람이 촛불을 들고 내려오고 있었다. 불빛이 집 안쪽으로 사라졌다. 그녀는 심호흡했다. 영원처럼 느껴지는 시간이 흐르고 마침내 안쪽에서 발걸음 소리가 들리더니 문틈으로 촛불이 새어 나왔다.

"누구신가요?"

안에서 마침내 들려온 것은 오래된 뼈처럼 말라빠진 목소리였다. "문을 두드리는 이가 누구십니까? 누가 모든 밤의 밤에 부르신 건가요?"

그 목소리는 그녀에게 위안을 주지 못했다. 그녀는 집을 감싼 어둠을 힐끔 쳐다보고는 자세를 똑바로 하고 까만 머리를 뒤로 넘기며 말했다. 두려움이 표가 나지 않았으면 했다. "저는 아멜리아 언쇼라고 합니다. 얼마 전에 고아가 되었고, 팔콘미어 경의 두 어린 자녀—딸 하나 아들 하나요—의 가정교사가 되기 위해 가는 길입니다. 그분의 런던 거주지에서 면접을 보았는데, 그 눈빛은 무자비했었죠. 혐오스럽지만 흥미롭기도 했습니다. 그분의 매부리코 얼굴이 자꾸 꿈에 나타나 괴롭히지만요."

“그렇다면 모든 밤의 밤에 이 집에는 왜 오신 겁니까? 팔콘미어 경의 집은 황야의 반대쪽이고, 여기에서 100킬로미터는 떨어져 있는데요.”

“마부가……아주 나쁜 사람이었어요. 정말로 벙어리인지 그런 척한 건지, 말은 하지 않고 그르렁대는 소리로만 의사 표현을 했는데, 저 길을 1킬로미터 정도 달리더니 몸짓으로 더 이상 가지 않겠다며 내리라고 했습니다. 제가 그럴 수 없다고 하자 차가운 땅으로 거칠게 밀어 버리더니 가엾은 말들을 마구 채찍질하고 왔던 길로 다시 가 버렸어요. 제 트렁크와 가방 여러 개를 가지고서요. 소리쳐 불렀지만 돌아오지 않았습니다. 뒤쪽 캄캄한 숲에서 더 깊은 어둠이 뒤척이는 듯한 찰나에 이 댁 창문의 불빛을 보고…….” 용감한 척 연기하던 그녀가 흐느끼기 시작했다.

“혹시 아버님이……” 문 너머의 목소리가 말했다. “허버트 언쇼 님이십니까?”

아멜리아는 쏟아지는 눈물을 참으려 애썼다. “네, 네. 맞아요.”

“그런데 고아가 되셨다고요?”

그녀는 트위드 재킷을 입은 아버지를 떠올렸다. 거대한 소용돌이 같은 파도에 휩쓸려 바위에 부딪히고 영영 그녀의 곁에서 떠나가 버린 아버지.

“어머니를 구하시려다 돌아가셨어요. 두 분 모두 익사하셨습니다.”

자물쇠에 열쇠를 넣고 돌리는 둔탁한 소리가 들렸다. 철제 빗장을 푸는 소리가 똑같이 두 번 이어졌다. “어서 오십시오, 아멜리아 언쇼 양. 당신이 물려받은 이름 없는 이 집에 잘 오셨습니다. 모든 밤의 밤에 오신 걸 환영합니다.” 문이 열렸다.

남자는 검은색의 수지 양초를 들고 있었다. 아른거리는 촛불 위로 비친 그의 얼굴은 이 세상 사람이 아닌 듯 으스스한 느낌을 주었다. 핼러윈 호박등의 유령이나 노인 도끼 살인마처럼 보였다.

그가 안으로 들어오라고 손짓했다.

"왜 계속 그렇게 말하세요?" 그녀가 물었다.

"제가 뭘 계속 그렇게 말했습니까?"

"'모든 밤의 밤에'라는 표현요. 세 번이나 그 표현을 쓰셨어요." 그는 잠시 그녀를 가만히 바라보더니 뼈 같은 색깔의 손가락으로 다시 들어오라고 손짓했다. 그녀가 집안으로 발을 들여놓자마자 그는 촛불을 그녀의 얼굴 가까이 가져가 빤히 쳐다보았다. 화난 것 같지는 않지만 그렇다고 평온한 것과도 거리가 먼 눈빛이었다. 그는 그녀를 뜯어보는 듯하더니 마침내 끙 소리를 내며 고개를 끄덕였다. "이쪽입니다." 그는 이렇게만 말했다.

그녀는 그를 따라 기다란 복도를 지났다. 촛불이 두 사람의 기이한 그림자를 만들었고 넘실대는 불빛을 따라 큰 괘종시계와 뼈대가 가느다란 의자, 테이블이 뛰고 춤을 추었다. 나이 많은 남자는 열쇠 꾸러미를 더듬어 계단 아래 벽에 난 문을 열었다. 저 아래 어둠 속에서 곰팡이와 먼지 냄새가 풍겼다. 버려지고 방치된 냄새였다.

"어디 가는 건가요?" 그녀가 물었다.

그는 이해하지 못한 듯 고개를 끄덕이더니 말했다. "보이는 그대로인 것들도 있고 보이는 것과 다른 것들도 있습니다. 또 어떤 것들은 보이는 것밖에 알 수 없지요. 허버트 언쇼의 따님, 제 말을 꼭 기억해 두세요. 알겠습니까?"

그녀는 고개를 저었다. 그는 계단을 내려가기 시작했고 뒤돌아보지도 않았다.

그녀도 노인을 따라 계단을 내려갔다.

III

저 멀리에서 젊은 남자가 필사본 위에 깃펜을 탕 내려놓았다. 두툼하게 쌓인 종이와 윤기 나는 테이블 위로 세피아색 잉크가 튀었다.

"틀렸어." 그가 실의에 빠진 목소리로 말했다. 그는 검지를 정교하게 움직여 방금 테이블에 튄 잉크 방울을 찍어 눌렀지만, 티크재 테이블의 잉크는 더 진한 갈색으로 번졌다. 그리곤 자신도 모르게 그 손가락으로 콧등을 만지작거려 까만 얼룩이 생겼다.

"그렇습니까?" 아무런 기척도 없이 어느새 집사가 와 있었다.

"또 시작이야, 툼베스. 유머가 슬금슬금 들어오고 가장자리에서 자기 패러디가 속삭여. 문학의 관습을 비웃고 작가라는 직업 자체를 조롱하고 있어."

집사는 눈을 깜빡이지 않고 젊은 주인을 바라보았다. "그래도 유머를 매우 높이 평가하는 사람들도 있을 겁니다."

청년은 두 손으로 얼굴을 괴고 손끝으로 이마를 문지르며 곰곰이 생각에 잠겼다. "그게 중요한 게 아니야, 툼베스. 난 인생의 단면을 창조하려는 거라고. 세상과 인간의 조건에 대한 있는 그대로의 정확한 묘사여야 해. 그런데 글을 쓰면서 자꾸 다른 작가들의 약점을 유치하게 패러디하고만 있어. 시시한 장난 거리밖에 안 돼." 어느새 잉크가 그의 얼굴 전체에 묻었다. "너무 시시하다고."

집 꼭대기에 있는 금지된 방에서 괴상한 울부짖는 소리가 터져 나와 온 집안에 울렸다. 청년은 한숨을 쉬었다.

"아가사 숙모님께 식사를 갖다 드리는 게 좋겠군, 툼베스."

"알겠습니다."

청년은 깃펜을 집어 펜촉으로 귀를 긁었다.

잘 보이진 않지만, 그의 뒤쪽에는 고조할아버지의 초상화가 걸려 있었다. 그림의 눈 부위는 아주 오래전에 세심하게 도려졌고, 지금은 진짜 눈이 그

자리를 차지해 젊은 작가를 내려다보고 있었다. 그 눈은 황갈색의 금빛으로 반짝였다. 만약 청년이 고개를 돌려서 보았다면, 커다란 고양이나 기형적인 맹금류의 눈과 같다고 생각했을 것이다. 그 눈은 인간의 것이 아니었다. 하지만 청년은 돌아보지 않았다. 그는 그 눈을 의식하지 못한 채 새 종이를 가져와 깃펜을 유리 잉크병에 담그고 글을 쓰기 시작했다.

IV

"네." 노인이 검은 수지 양초를 하모늄[작은 오르간 같은 악기-역주] 위에 놓으며 말했다. "그분은 우리의 주인이고 우리는 그분의 노예입니다. 우리가 그렇지 않은 척하고 있을 뿐이지요. 그러나 때가 되면 그분은 우리에게 원하는 지시를 내리실 것이고 그게 우리의 의무이자 본능입니다……." 그가 몸을 떨며 숨을 깊이 들이마셨다. "그분에게 필요한 걸 드려야 합니다."

폭풍이 점점 가까워졌고 유리 없는 여닫이창에서 박쥐 날개 모양의 커튼이 흔들리며 펄럭거렸다. 아멜리아는 레이스 손수건을 움켜쥔 손을 가슴으로 가져갔다. 손수건에 새겨진 아버지의 모노그램이 드러났다. "문은요?" 그녀가 속삭이듯 물었다.

"아가씨의 조상님 시절에는 잠겨 있었습니다. 그가 사라지기 전에 문을 계속 그대로 잠가 두어야 한다고 요구했지요. 하지만 오래된 지하실을 매장지와 연결해 준다는 터널이 있습니다."

"프레더릭 경의 첫 번째 부인은요……?"

그가 애석한 듯이 고개를 저었다. "가망이 없을 정도의 정신 이상입니다. 하지만 하프시코드 연주는 그럭저럭하지요. 프레더릭 경이 아내가 죽었다는 소문을 퍼뜨렸는데 그걸 믿은 사람들도 있었던 모양입니다."

그녀는 그의 마지막 말을 속으로 되뇌었다. 그러고 나서 뭔가 단호한 결심이 서린 눈으로 그를 쳐다보았다. "그럼 저는요? 여기 있는 이유를 알았으니 이제 제가 어떻게 하는 게 좋을까요?"

그는 텅 빈 복도를 둘러보며 다급하게 말했다. "여기서 도망가십시오, 언쇼 양. 아직 시간이 있을 때 도망가세요. 살고 싶으면 도망가세요. 도망치세요. 불멸의……억……"

"불멸의 뭐라고요?" 그녀의 붉은 입술에서 이 말이 새어 나오는 순간 노인이 바닥으로 쓰러졌다. 머리 뒤쪽에 은색 화살촉이 튀어나왔다.

"죽었어." 그녀는 믿을 수 없는 충격에 빠졌다.

"그렇다." 복도 끄트머리에서 무자비한 목소리가 들렸다. "하지만 그는 원래부터 죽어 있었느니라, 소녀여. 무시무시하게 오래전부터 죽어 있었을 것이다."

경악하는 표정을 짓고 있는 그녀 아래로 시체가 부패하기 시작했다. 살이 뚝뚝 떨어지고 썩어서 물이 나왔다. 드러난 뼈는 바스러지고 액체가 흘렀다. 한때 인간의 형체이었던 것은 악취밖에 남지 않았다.

아멜리아는 옆에 쭈그리고 앉아 악취를 풍기는 잔해에 손끝을 갖다 댔다. 그녀는 손가락을 입에 가져가 핥고 얼굴을 찡그렸다. "누구신지 모르지만 맞는 것 같네요. 죽은 지 족히 백 년은 된 것 같아요."

V

"나는 삶을 있는 그대로 보여 주고 세세한 곳까지 비추는 그런 소설을 쓰려고 노력 중이지. 하지만 하찮고 역겨운 흉내 내기에 불과한 글이 나올 뿐이야. 어떻게 해야 하지? 에델? 난 어떻게 해야 할까?"

"전 잘 모르겠습니다, 주인님." 하녀가 말했다. 몇 주 전 불가사의한 상황으로 이 대저택에 오게 된 어리고 예쁜 하녀였다. 그녀가 풀무를 폈다 오므렸다 하며 바람을 일으키자 난로의 불빛이 주황빛 도는 하얀색으로 변했다.

"더 시키실 일이 없으신가요?"

"그래, 그래. 그만 가 봐, 에델."

하녀는 다 비운 석탄 통을 들고 침착한 걸음걸이로 응접실을 나섰다.

청년은 글 쓰는 책상으로 돌아갈 기미를 보이지 않았다. 난롯가에 서서 벽난로 선반에 놓인 인간의 두개골과 그 위쪽 벽에 엇갈려 걸린 쌍둥이 검을 바라보며 생각에 잠겼다. 석탄 덩어리가 쪼개지면서 타닥타닥 튀는 소리가 났다.

바로 뒤에서 들리는 발걸음 소리에 청년이 뒤돌아보았다. "너는?"

그가 마주 본 남자는 쌍둥이라고 할 정도로 그와 닮은 얼굴이었다. 혈육이라는 증거가 굳이 필요하진 않았지만 적갈색 머리에 섞인 흰머리 가닥도 똑같았다. 상대의 눈은 까맣고 격렬했으며 입술은 심술궂으면서도 이상할 정도로 단호해 보였다.

"그래, 나다! 네가 오래전에 죽은 줄 아는 네 형. 하지만 난 죽지 않았어. 아니, 이젠 아니야. 가지 않는 편이 나은 길에서 돌아왔거든. 내 것을 가져가기 위해."

청년의 눈썹이 위로 올라갔다. "그렇군. 그래, 이 모든 건 형의 것이야. 정말로 형이 맞는지 증명할 수 있다면 말이지."

"증명이라고? 그런 건 필요 없어. 출생과 피가 내 권리를 말해 주니까! 죽음까지도!" 그는 벽에 걸린 2개의 검을 가져와 그중 하나의 칼자루 쪽을 동생에게 건넸다. "덤벼라, 동생아. 자격 있는 자가 승리할 것이다."

2개의 검이 난로 불빛에 번쩍이더니 정교한 춤을 추듯 찌르고 막고 하면서 입맞춤하고 부딪히기를 반복했다. 느린 미뉴에트나 품위 있고 섬세한 의식 같을 때도 있고 눈으로 따라가기 힘들 정도로 과격하고 빠르게 움직여

흉포함 그 자체일 때도 있었다. 그들은 방안 여기저기로 움직였고 계단을 올라 중이층으로 갔다가 다시 계단을 내려가 중앙 복도로 갔다. 커튼과 샹들리에 사이를 휙휙 돌고 테이블에 올라갔다 내려왔다.

형이 확실히 경험도 많고 검술이 더 뛰어났지만 동생은 팔팔 넘치는 힘으로 미친 듯 상대를 계속 뒤로 몰아붙였다. 활활 타오르는 불까지 밀려난 형은 왼손을 뻗어 부지깽이를 집어서 동생에게 마구 휘둘렀다. 동생은 우아한 몸짓으로 단번에 피하고 검으로 형을 찔렀다.

"난 끝났어. 죽은 목숨이야."

얼굴에 잉크 얼룩이 가득한 동생이 고개를 끄덕였다.

"차라리 잘됐는지도 몰라. 사실 난 집도 땅도 원하지 않았어. 내가 원한 건 평화였다." 바닥에 쓰러진 그는 잿빛 판석에 붉은 피를 흘렸다. "동생아. 손을 잡아다오."

청년은 무릎을 꿇고 이미 차갑게 식어 가는 손을 꽉 쥐었다.

"아무도 따라올 수 없는 그 밤으로 들어가기 전에 꼭 할 말이 있다. 첫째, 나의 죽음으로 분명 우리 대에서 저주가 끝날 것이다. 둘째……" 형은 입가에 거품이 맺히고 가쁜 숨을 쌕쌕거렸다. 말하기가 힘겨워 보였다. "둘째는……심연의 그것……지하실을 조심……쥐……그것은 따라온다!"

여기까지 말하고 머리가 돌바닥으로 축 늘어졌다. 뒤로 넘어간 눈동자는 이제 아무것도 보지 못했다.

집 밖에서 까마귀가 세 번 울었다. 집안에서는 지하실에서 높고 날카로운 기이한 음악이 흘러나오며 이미 경야가 시작되었음을 알렸다.

동생은 다시 한번 자신이 이 집의 정당한 주인이기를 바라며 종을 울려 하인을 불렀다. 마지막 울린 종소리가 가시기도 전에 집사 툼베스가 문가에 나타났다. "이것 좀 치워 줘. 조심해서 다뤄. 잘못을 바로잡고 죽었으니까.

어쩌면 우리 모두를 위해."

툼베스는 아무 말 없이 알아들었다는 듯 고개만 끄덕였다.

청년은 응접실을 나가 거울의 전당으로 갔다. 거울을 전부 조심스럽게 떼어 낸 그곳에는 판자로 장식된 벽에 들쭉날쭉한 자국이 남았다. 혼자뿐이라고 생각한 그는 소리 내어 혼잣말하기 시작했다.

"내가 말했던 게 바로 이거야. 내가 쓴 이야기에도 이런 일이 일어났고 이런 일이 항상 반복되다 보니 그걸 가차 없이 조롱해야만 할 것 같은 기분이 드는 거야." 그는 주먹으로 벽을 쳤다. 육각형 거울이 걸려 있었던 곳이었다. "뭐가 문제란 말인가? 도대체 왜 이런 결함이 생긴 거지?"

방 끄트머리의 검은 커튼에서 기이한 것들이 후다닥 움직이며 횡설수설했다. 저 위쪽의 어둑어둑한 참나무 기둥에서도, 징두리 벽 판 뒤에서도. 하지만 불러도 대답은 없었다. 올 사람도 없었다.

그는 웅장한 계단을 올라가 어둑한 복도를 지나쳐 서재로 들어갔다. 누군가 그의 원고에 손을 댄 것 같았다. 그날 밤에 있을 모임에서 누군지 알게 되겠지.

그는 책상에 앉아 다시 한번 깃펜에 잉크를 찍어 계속 글을 썼다.

VI

방 밖에서 악령의 신들이 불만과 배고픔으로 울부짖었다. 배가 고파 죽을 지경으로 날뛰면서 온몸을 문으로 내던졌다. 하지만 자물쇠는 튼튼했다. 아멜리아는 자물쇠가 계속 잘 버텨 주기를 바랐다.

나무꾼이 뭐라고 말했었지? 마치 그가 바로 그녀 옆에 있는 것처럼, 그녀는 필요한 순간에 딱 맞춰 그의 말을 떠올렸다. 그녀의 여성스러운 곡선에서 고작 몇 인치 떨어져 있는 그의 남자다운 육체, 정직한 노동으로 다져진 체취가 강한 향수처럼 그녀를 감싸는 듯했다. 마치 귀에 대고 속삭이는 것처럼 그의 목소리가 들렸다. "아가씨, 내가 항상 지금 이 모습으로 있는 건 아니랍니다." 그는 그녀에게 그렇게 말했었다. "한때 나에겐 다른 이름이 있었죠. 쓰러진 나무에서 장작더미를 잘라 내는 것과는 무관한 운명이었습니다. 하지만 알아 두세요. 책상 안에 비밀 공간이 있어요. 술에 취한 종조부가 그렇게 말했죠."

책상! 그래, 바로 거기야!

그녀는 오래된 책상으로 달려갔다. 처음에는 비밀 공간의 흔적 따위는 찾아볼 수 없었다. 서랍을 하나씩 전부 다 열어 보던 그녀는 서랍 하나가 유난히 짧다는 사실을 깨달았다. 그 서랍을 빼 버리고 하얀 손을 쑥 넣었더니 뒤쪽에서 버튼이 만져졌다. 그녀는 몹시 흥분한 상태로 그 버튼을 눌렀다. 무언가가 열리는 소리가 들렸고 단단하게 말린 종이 두루마리가 손에 닿았다.

아멜리아는 두루마리를 꺼냈다. 먼지투성이의 까만 끈으로 묶여 있었다. 더듬더듬 매듭을 풀고 종이를 펼쳤다. 무슨 뜻인지 이해하려고 안간힘을 쓰며 고어로 된 손글씨를 읽었다. 읽는 동안 그녀의 아름다운 얼굴이 하얗게 질렸다. 보랏빛 눈동자마저도 어두워지고 산만해지는 듯했다.

악귀들이 문을 두드리고 긁는 소리가 점점 더 심해졌다. 분명히 조금만 있으면 저들이 문을 부수고 들어올 것이다. 그 어떤 문도 저들을 영원히 잡아둘 수는 없다. 저들이 문을 부수고 들어와 그녀를 잡아먹을 것이다. 하지만 만약에…….

"멈춰라!" 그녀의 목소리가 떨렸다. "나는 너를, 너희 모두를 거부한다. 특히 캐리언의 왕자 당신을. 네 사람들과 내 사람들이 오래전 맺은 계약의 이름으로."

소리가 멈추었다. 그 침묵 속에서 왠지 모를 충격이 느껴졌다. 갈라진 목소리가 들렸다. "계약?" 뒤따라 이 세상의 것 같지 않은 소리들이 저마다 웅성거렸다. "계약?"

"그래! 계약." 아멜리아 언쇼가 소리쳤다. 그녀의 목소리는 더 이상 떨리지 않았다.

오랫동안 숨겨져 있었던 두루마리는 계약서였다. 저택의 주인들과 지하실에 사는 존재들이 무수히 오래전에 맺은 무서운 계약. 거기에는 수 세기 동안 양쪽을 속박한 악몽 같은 의식이 나열되어 있었다. 피와 소금의 의식 같은 것.

"계약서를 읽었다면……" 문 너머에서 저음의 목소리가 말했다. "우리가 뭘 원하는지 알겠구나, 허버트 언쇼의 딸이여."

"신부." 그녀가 간단하게 답했다.

"신부!" 문 너머에서 들려온 속삭임이 점점 커지며 무수히 반복되었다. 갈망과 사랑, 굶주림이 가득한 이 단어의 메아리가 울려 퍼지자 집안 전체가 흔들릴 지경이었다.

아멜리아는 입술을 깨물었다. "그래, 신부. 내가 너희들에게 신부를 데려가겠어. 모두에게 신부를."

그녀의 목소리는 작았지만 잘 들렸다. 문 너머에는 오로지 깊고 부드러운 침묵뿐이었기에.

그때 악령 하나가 쉭쉭거렸다. "저 여자한테 작은 롤빵도 추가로 준비해 달라고 해도 될까?"

VII

청년의 눈이 뜨거운 눈물로 따끔거렸다. 그는 종이를 옆으로 치워 버리고 깃펜을 던졌다. 현 조부의 흉상에 잉크가 튀었고, 갈색 잉크가 말 없는 하얀 대리석을 더럽혔다. 흉상에 애절하게 앉아 있던 큰 까마귀가 깜짝 놀라 떨어질 뻔하다가 몇 번의 날갯짓 덕분에 간신히 피했다. 까마귀는 간신히 한 발을 내디뎌 깡충 뛰고는 고개를 돌려 검은 구슬 같은 눈 하나로 청년을 쳐다보았다.

"정말 견딜 수가 없어!" 청년이 소리쳤다. 창백해진 얼굴로 몸을 떨고 있었다. "난 못해. 절대로 못 할 거야. 장담하건대……." 그는 집안 대대로 내려오는 적절한 욕설이 있는지 생각해 보느라 잠시 머뭇거렸다.

까마귀는 전혀 감명받지 않은 듯했다. "욕하기 전에, 평화롭게 잠들어 있는 조상님들을 무덤에서 끌어내기 전에, 질문 하나만 답해 줘." 까마귀의 목소리는 돌덩이에 돌덩이를 내리친 것 같은 소리였다.

청년은 처음에 아무 말도 하지 않았다. 말하는 까마귀라니 금시초문은 아니지만, 저 까마귀는 한 번도 말한 적이 없어서 그 어떤 기대도 없었다. "물론이지. 물어봐."

까마귀는 고개를 한쪽으로 갸우뚱했다. "그걸 쓰는 게 즐거워?"

"그거라니?"

"네가 쓰고 있는, 인생을 있는 그대로 보여 준다는 글 말이야. 가끔 네 어깨너머로 봤어. 조금씩 읽기도 하고. 그걸 쓰는 게 즐거워?"

청년은 까마귀를 쳐다보았다. "문학이라는 거야." 어린아이에게 설명해 주는 듯한 말투였다. "진짜 문학. 진짜 인생. 진짜 세상. 사람들에게 그들이 사는 세상을 보여 주는 것은 예술가의 의무야. 거울을 들고 비추는 거지."

밖에서 하늘을 가르며 번개가 번쩍였다. 청년은 창밖을 힐끔 쳐다보았다. 들쭉날쭉한 하얀 빛줄기가 언덕 위 앙상한 나무와 폐허가 된 수도원의 실루엣을 불길하게 비틀었다.

까마귀가 목을 가다듬었다. "그걸 쓰는 게 즐겁냐고 물었어."

청년은 잠시 까마귀를 쳐다보더니 고개를 돌리고 말없이 고개만 저었다.

"그러니까 계속 찢어 버리지." 까마귀가 말했다. "흔하고 단조로운 인생사를 풍자하는 건 네 안의 풍자 작가가 아니야. 있는 그대로의 따분함일 뿐이지. 모르겠어?" 까마귀는 바닥에 떨어진 날개 깃털을 부리로 주워 제자리에 꽂고 다듬었다. 그다음에 다시 그를 쳐다보았다. "혹시 판타지를 쓸 생각해 본 적이 있어?"

청년이 웃음을 터뜨렸다. "판타지? 잘 들어. 난 문학 작품을 써. 판타지는 인생이 아니야. 소수가 소수를 위해 쓰는 난해한 꿈이지. 그건……."

"네가 진정 자신을 위한다면 판타지를 써."

"난 고전주의자야." 청년이 말했다. 그는 『우돌포』, 『오트란토성』, 『사라고사 매뉴스크립트』, 『수사』 따위의 고전으로 가득한 책장으로 손을 뻗었다. "문학이라고."

"두 번 다시는……." 까마귀가 말했다. 청년은 까마귀의 목소리를 다시는 들을 수 없었다. 까마귀는 흉상에서 깡충 뛰어 날개를 펼치더니 미끄러지듯 서재 창문을 지나쳐 어둠 속으로 사라졌다.

청년은 몸이 떨렸다. 머릿속에 저장된 판타지 소재를 떠올렸다. 자동차, 주식 중개인, 통근하는 사람들, 주부들, 경찰, 고민 상담란, 비누 광고, 소득세, 싸구려 식당, 잡지, 신용카드, 가로등, 컴퓨터…….

"확실히 현실 도피지." 그가 소리 내어 말했다. "하지만 자유를 향한 욕망 혹은 탈출 욕구는 인간의 가장 고귀한 욕망이지 않을까?"

청년은 책상으로 돌아가 완성되지 않은 원고를 한데 모았다. 누렇게 바랜 지도와 수수께끼 같은 유언장, 피로 서명된 서류가 든 맨 아래 서랍에 아무렇게나 확 집어넣었다. 먼지가 날려 기침이 났다.

그는 새로운 깃을 집어 주머니칼로 끝을 비스듬하게 깎았다. 능숙하게 다섯 번을 베어내자 깃펜이 만들어졌다. 유리 잉크병에 깃펜을 담그고 또다시 글을 쓰기 시작했다.

VIII

아멜리아 언쇼는 통밀 식빵을 토스터에 넣고 눌렀다. 조지가 좋아하는 대로 짙은 갈색이 나오게끔 타이머를 맞추었다. 하지만 그녀는 거의 그을리지 않은 상태의 토스트를 좋아했다. 비타민은 부족하지만 그냥 하얀 식빵도 좋았다. 하얀 식빵을 먹어 본 지 10년도 넘었다.

아침을 먹으면서 조지는 신문을 읽었다. 얼굴을 들지 않았다. 절대로 그러는 법이 없다.

나는 그가 싫어. 솔직한 감정이 말로 표현되다니 그녀도 놀랐다. 그녀는 속으로 한 번 더 말했다. 나는 그가 싫어. 꼭 노래 같았다. 토스트를 저렇게 먹는 게 싫어, 대머리도 싫어, 직장에서 예쁜 여자를 밝히는 것도 싫어, 대학을 갓 졸업한 여자애들이 뒤에서 욕하잖아. 방해받기 싫을 때마다 아예 나를 무시하는 것도 싫어, 간단한 걸 물어볼 때마다 내 이름을 잊어버린 지 오래인 것처럼 "뭐가, 여보?"라고 되묻는 것도 싫어. 나에게 이름이 있다는 것 자체도 잊어버린 것처럼.

"스크램블로 해요, 아니면 삶아요?" 그녀가 물었다.

"뭐가, 여보?"

아내를 향한 애정이 있는 조지 언쇼는 아내가 자신을 싫어한다는 사실을 알면 깜짝 놀랄 것이다. 그는 10년 동안 텔레비전이나 잔디깎이처럼 집 안에 있는 모든 것을 생각하듯 아내를 생각했다. 그 방법은 효과적이었다. 그는 그게 사랑이라고 생각했다. "우리도 이런 행진에 한번 참여해야겠어."

그가 신문 사설란을 톡톡 두드리며 말했다. “열정을 보여 주는 거지. 어때, 여보?”

토스터에서 다 되었음을 알리는 소리가 났다. 갈색으로 변한 식빵이 한 조각 튀어 올랐다. 아멜리아는 찢어진 두 번째 조각을 칼로 끄집어냈다. 토스터는 존 삼촌이 준 결혼 선물이었다. 조만간 새 토스터를 사거나 어머니가 그랬던 것처럼 그릴에 식빵을 구워야 할 것이다.

“조지? 달걀 스크램블로 해요, 삶아요?” 아멜리아가 매우 조용한 목소리로 물었다. 그 목소리에 담긴 무언가가 조지가 얼굴을 들어 쳐다보게 했다.

“좋을 대로 해, 여보.” 그가 사근사근하게 대답했다. 하지만 그날 아침 출근한 그는 동료들에게 아내가 왜 토스트 한 조각을 들고 선 채로 울기 시작했는지 죽었다 깨어나도 이해가 되지 않는다고 말했다.

IX

깃펜이 종이 위에서 사각사각 움직였다. 청년은 글쓰기에 심취해 있었다. 그의 얼굴은 이상하게 만족스러운 표정이었다. 눈과 입술 사이에 미소가 스쳤다.

완전히 몰입했다.

장두리판에서 긁는 듯한 소리와 후다닥 움직이는 소리가 났지만 그에게는 거의 들리지 않았다.

꼭대기 다락방에서 쇠사슬이 덜컹거리는 소리와 함께 아가사 숙모가 울부짖었다. 폐허가 된 수도원에서 기이한 웃음소리가 들렸다. 그 웃음소리는 홱 찢어발기듯 밤하늘로 솟아올랐다가 미치광이의 환희로 내려앉았다. 대저택 너머 캄캄한 숲에서는 형체 없는 것들이 느릿느릿 걷거나 천천히 달렸고 공포에 질린 흑발의 아가씨가 도망쳤다.

"맹세해!" 식료품 저장실에서 집사 툼베스가 하녀인 척하는 용감한 소녀에게 말했다. "목숨을 걸고 맹세해, 에델. 내가 하는 말을 살아 있는 그 누구에게도 말하지 않겠다고."

창문에 얼굴이 있고 피로 쓰인 글자가 있었다. 깊은 지하실에는 외로운 악귀가 한때 살아 움직였던 무언가를 우적우적 씹어 먹고, 까만 밤에 여러 갈래로 갈라진 번개가 내리치고, 얼굴 없는 것들이 걸어 다녔다. 세상은 지극히 정상이었다.

협곡의 군주

The Monarch of the Glen

2004

* 일러두기: 이 작품의 주인공 섀도는 작가의 대표작 『신들의 전쟁』의 주인공 섀도와 동일 인물이며 같은 세계관을 배경으로 하는 별개의 작품이다.

그녀 자신은 유령의 집이다. 그녀는 자신을 소유하지 않는다. 이따금 조상들이 와서 그녀의 눈에 비친 세상을 바라보는데 정말 섬뜩하다.
_안젤라 카터, '사랑의 집의 여인'

I

"내 생각에 자네는 괴물인 것 같군. 맞는가?" 작은 남자가 섀도에게 말했다.

스코틀랜드 북쪽 해안에 자리 잡은 작은 도시의 호텔 바에는 여자 바텐더를 제외하고 두 사람뿐이었다. 섀도가 혼자 앉아 라거를 마시고 있는데 남자가 와서 앉았다. 늦여름이었지만 모든 게 춥고 작고 축축하게만 느껴졌다. 섀도는 테이블에 『즐거운 동네 산책』이라는 작은 책을 올려놓고 해안을 따라 래스곶까지 걷겠다는 내일의 계획을 점검하는 중이었다.

그가 책을 덮었다.

"난 미국인입니다. 만약 그런 걸 물어본 거라면요." 섀도가 말했다.

작은 남자는 고개를 한쪽으로 갸우뚱하더니 연극처럼 과장되게 한쪽 눈을 찡긋했다. 철회색 머리에 회색빛 얼굴, 회색 코트의 그는 꼭 소도시의 변호사 같은 분위기를 풍겼다. "흠. 그런 뜻이었는지도 모르겠네." 스코틀랜드에 온 지 얼마 되지 않는 섀도는 'r' 발음을 강하게 진동시키는 그들의 억양과 낯선 단어들을 좀처럼 알아듣기가 힘들었는데, 이 남자의 말은 문제없이 이해할 수 있었다. 남자의 입에서 나오는 말은 강하거나 지나친 게 하나도 없을 만큼 완벽했다. 그 바람에 섀도 자신이 입안에 오트밀을 한 움큼 넣고 말하는 것처럼 느껴질 정도였다.

작은 남자는 술을 한 모금 마시고 말했다. "그래, 미국인이시라고. 섹스도 많이 하고 시급도 많이 받는 미국인이 이곳엔 웬일인가. 혹시 시추선에서 일하나?"

"네?"

"석유 관련 일 말일세. 커다란 철제 시추선. 가끔 석유 일 하는 사람들이 이 동네에 오거든."

"아닙니다. 시추선에서 일 안 해요."

작은 남자는 주머니에서 파이프와 작은 주머니칼을 꺼내 파이프 연소통의 찌꺼기를 제거하기 시작했다. 재떨이에 대고 톡톡 두드렸다. "텍사스에도 석유가 나지." 그는 대단한 비밀이라도 되는 듯 잠깐 뜸을 들이더니 덧붙였다. "텍사스는 미국이고."

"네."

섀도는 텍사스 사람들이 텍사스가 텍사스라는 나라에 있다고 믿는다는 얘길 하려다가 그게 무슨 뜻인지 구구절절 설명해야 한다는 생각에 그만두었다.

섀도는 지난 2년간 대부분 미국을 떠나 있었다. 타워가 무너졌을 때도 미국에 없었다. 영영 미국으로 돌아가지 않아도 상관없다는 생각을 가끔 했고, 정말로 그렇게 믿을 뻔한 적도 있었다. 스코틀랜드 본토에는 이틀 전에 도착했다. 오크니 제도에서 연락선을 타고 서소에 내린 뒤 버스로 이 마을에 왔다.

작은 남자가 계속 말했다. "애버딘에 텍사스 출신의 석유 업계 종사자가 있었다네. 그는 술집에서 만난 늙은 남자와 이야기를 나누게 됐지. 지금 자네와 나처럼 말일세. 텍사스 남자가 말했지. 텍사스에서는 아침에 일어나, 억양은 흉내 내지 않겠네. 양해 바라네, 차에 시동을 걸고 액셀을 밟고, 그러니까……"

"가스 페달요." 섀도가 거들었다.

"맞아. 아침에 가스 페달을 밟고 점심까지 달려도 텍사스 끄트머리가 보이지 않는다고 했지. 그랬더니 늙은 스코틀랜드 남자가 고개를 끄덕이며 나도 예전에 그런 똥차가 있었지, 라고 했다는군."

작은 남자는 크게 웃으며 농담이라는 사실을 알렸다. 섀도는 미소로 고개를 끄덕이면서 농담이라는 것을 알고 있음을 알렸다.

"마시는 게 뭐지? 라거? 제니 양, 똑같은 걸로 한 잔씩 더 줘요. 내 건 라가불린." 작은 남자는 작은 주머니에 든 연초를 파이프에 눌러 담았다. "스코틀랜드가 미국보다 넓다는 걸 아는가?"

섀도가 그날 저녁 호텔 바에 내려왔을 때 담배를 피우며 신문을 보는 마른 여자 바텐더 말고는 아무도 없었다. 호텔 방이 워낙 추운 데다가 벽에 달린 라디에이터는 침실 벽보다 더 차가웠기에, 그는 바의 난롯불 가에 앉아 있기로 했다. 일행이 생길 거라곤 전혀 기대하지 않았다.

"아뇨." 섀도가 말했다. 그는 상대가 농담을 던지도록 받쳐 주는 조연 역할을 기꺼이 즐기곤 했다. "몰랐네요. 그건 어떻게 아셨나요?"

"전부 프랙털이지." 작은 남자가 말했다. "보기에 작을수록 꺼낼 게 많은 법이거든. 자동차로 스코틀랜드를 횡단하는 게 미국을 횡단하는 것만큼 오래 걸릴 수 있어. 제대로 한다면 말이지. 이런 거야. 지도에서 보면 해안선은 실선이지만 실제로 걸어 보면 쫙 펴져 있거든. 며칠 전 텔레비전에서 관련 프로그램을 봤지. 아주 유익해."

"그렇군요." 섀도가 말했다.

작은 남자가 파이프 라이터로 불을 붙였다. 연초에 만족스럽게 불이 붙을 때까지 빨아들였다가 훅 내뱉고 빨아들이기를 반복한 후 라이터와 연초 주머니, 주머니칼을 도로 코트 주머니에 넣었다.

"어쨌든 주말까지 이 동네에 묵을 계획인가 보군."

"네. 혹시……호텔 관계자십니까?" 섀도가 물었다.

"아니, 아니야. 사실 자네가 호텔에 도착했을 때 난 복도에 있었어. 프런트에서 고든에게 말하는 걸 들었지."

섀도는 고개를 끄덕였다. 체크인할 때 프런트에 혼자 있었는 줄 알았는데 작은 남자가 지나친 모양이었다. 하지만……그래도 지금 이 대화는 뭔가 잘못되었다. 전부 다 이상했다.

여자 바텐더 제니가 그들의 술잔을 바에 올려놓았다. "5파운드 20펜스에요." 그녀는 이렇게 말하고 다시 신문을 읽기 시작했다. 작은 남자가 바로 가서 술을 가져왔다.

"스코틀랜드에는 얼마나 오래 있으려고?" 작은 남자가 물었다.

섀도는 어깨를 으쓱했다. "그냥 어떤지 궁금했어요. 여기저기 좀 걷고 관광도 하려고요. 일주일이 될 수도 있고 한 달이 될 수도 있죠."

제니가 신문을 내려놓으며 쾌활하게 말했다. "여긴 시골 촌구석이에요. 좀 재미있는 동네로 가셔야지."

"틀렸어." 작은 남자가 말했다. "제대로 볼 줄 모르니까 시골 촌구석이지. 자네, 저 지도 보이나?" 그가 파리 한 마리가 붙어 있는 반대쪽 벽의 북스코틀랜드를 가리켰다. "저게 어디가 잘못된 줄 아나?"

"아뇨."

"거꾸로 됐어!" 남자가 의기양양하게 말했다. "북쪽이 위에 있잖아. 여긴 모든 게 멈추는 곳이다, 라고 세상에 말하는 거지. 더 멀리 가지 마라, 세상은 여기서 끝난다, 하고. 하지만 말이야, 사실은 그게 아니거든. 여긴 스코틀랜드의 북쪽이 아니라 바이킹 세상의 최남단이었어. 스코틀랜드에서 두 번째 최북단 주의 이름이 뭔지 아나?"

섀도는 지도를 힐끗 보았지만 너무 멀어서 글씨가 보이지 않았다. 그는 고개를 저었다.

"서덜랜드!" 작은 남자가 치아를 드러냈다. "즉 사우스 랜드지. 세상에서 유일하게 바이킹에게만큼은 그곳이 남쪽이었던 거야."

제니가 이쪽으로 걸어왔다. "잠시 자리 좀 비울게요. 제가 돌아오기 전에 볼일이 있으면 프런트에 연락하세요." 그녀는 난로에 장작 하나를 넣고 복도로 나갔다.

"역사학자이신가요?" 섀도가 물었다.

“아주 재미있군.” 작은 남자가 말했다. “자네 괴물일지언정 유머 감각이 뛰어나. 그건 인정해 주지.”

“전 괴물이 아닙니다.”

“그래. 괴물들이 항상 하는 말이지. 난 예전엔 전문의였어. 세인트앤드루스에서. 지금은 일반의네. 아니, 과거형이지. 거의 은퇴한 셈이거든. 일주일에 이틀만 진료소로 출근해. 감을 잃지 않으려고.”

“왜 자꾸 저보고 괴물이라고 하십니까?”

“그건 말이야.” 작은 남자는 반박할 수 없는 주장을 펼치는 분위기를 내며 위스키 잔을 들어 올렸다. “내가 어느 정도 괴물이기 때문이지. 원래 비슷한 것들끼리 끌리는 법이거든. 우린 모두 괴물이야. 안 그런가? 부조리의 늪을 이거적어기적 건너는 장엄한 괴물들.” 그는 위스키를 한 모금 마시고 말을 이어 갔다. “자네 덩치가 좋은데 클럽 경비원으로 일한 적 없나? ‘죄송하지만 오늘은 입장이 불가합니다. 비공개 행사가 있어서요. 그러니 그냥 꺼져 주시죠’라고 말하는 직업 말이야.”

“아뇨.” 섀도가 말했다.

“꼭 클럽 경비원은 아니라도 비슷한 일을 한 적도 없나?”

“없어요.” 사실 섀도는 한때 고대 신의 경호원으로 일한 적이 있지만, 그건 이곳이 아닌 다른 나라에서였다.

“이런 질문을 해서 미안하네만, 오해하지 말고 듣게. 자네 혹시 돈이 필요한가?”

“돈 필요 없는 사람이 어디 있겠습니까만, 괜찮습니다.” 전적으로 사실은 아니었다. 그래도 그가 돈이 필요해질 때면 세상이 어떻게든 방법을 마련해 주는 것만 같았다.

“어떻게 돈 좀 벌어 볼 생각 있나? 경비원 일로 말이야. 전혀 어려운 일이 아니라네. 아주 쉬운 돈벌이지."

"디스코 클럽인가요?"

"아니. 비공개 파티야. 여름이 끝날 무렵에 이 근처 오래된 저택을 빌려서 파티를 여는데 각지에서 사람들이 온다네. 작년에도 밖에서 샴페인도 마시고 하면서 다들 즐겁게 놀았는데 문제가 좀 생겼거든. 웬 나쁜 놈이 모두의 주말을 망쳐 버렸어."

"이 지역 사람들인가요?"

"아닐걸."

"정치적인 사건이었나요?" 섀도가 물었다. 그는 지역 정치에 휘말리고 싶은 마음이 없었다.

"전혀. 버르장머리 없고 위험하고 멍청한 것들이지. 뭐, 어쨌든 올해도 오진 않을걸세. 어디 황무지로 들어가 세계 자본주의에 반대하는 시위라도 하겠지. 그래도 파티 관계자들이 혹시 모르니 나더러 힘깨나 쓸 것처럼 보이는 사람을 구해 달라더군. 자네처럼 덩치 좋은 사람이 제격이지."

"보수가 얼마나 됩니까?" 섀도가 물었다.

"자네, 만약 싸움이 벌어지면 싸울 수 있나?" 남자가 물었다.

섀도는 대답하지 않았다. 작은 남자는 그를 위아래로 훑어보더니 담배 때문에 누렇게 변한 치아를 드러내며 싱긋 웃었다.

"주말 풀 근무에 1천 5백 파운드. 아주 좋은 조건이지. 현금이고. 세금으로 한 푼도 떼지 않아도 돼."

"이번 주말입니까?"

"금요일 아침부터 시작일세. 오래된 저택이야. 일부는 성이었지. 래스곶 서쪽."

"음."

"이 일을 맡으면 고풍스러운 저택에서 환상적인 주말을 보낼 수 있을걸세. 내 장담하지. 각양각색의 재미있는 사람들을 만나게 될 거야. 연휴 기간에 이만한 일은 없지. 조금만 젊었어도 내가 하는 건데. 아, 키도 좀 컸더라면 말이야." 회색빛의 작은 노인이 말했다.

"하겠습니다." 대답을 하자마자, 그는 나중에 후회할 것 같다는 생각이 들었다.

"잘 생각했네. 그럼 되는 대로 자세한 정보를 알려 주겠네." 작은 회색빛 남자는 일어나 섀도의 어깨를 토닥거리고 밖으로 나갔다. 섀도는 호텔 바에 혼자 남겨졌다.

II

섀도는 거의 18개월째 여행 중이었다. 배낭여행으로 유럽 전역을 거쳐 아프리카 북쪽까지 내려갔다. 그동안 올리브를 따고 정어리를 잡고 트럭을 몰고 도롯가에서 와인도 팔았다. 그러다 마침내 몇 달 전 히치하이킹으로 노르웨이 오슬로로 돌아갔더랬다. 35년 전에 그가 태어난 곳이었다.

지금까지 무엇을 찾아 헤맸던 건지 확신할 수 없었다. 하지만 찾지 못했다는 것만은 확실했다. 고지에서, 험준한 바위에서, 폭포에서, 자신에게 필요한 무언가가 아주 가까이에 있다는 것을 느낀 순간은 있었다. 툭 튀어나온 화강암 뒤나 아니면 가까운 소나무 숲에서.

하지만 노르웨이 방문은 썩 만족스럽지 못했다. 베르겐에서 그는 요청을 하나 받았다. 프랑스 칸의 선박주한테 돌아가는 모터 요트가 있는데, 그 요트의 2인조 선원 중 하나가 되지 않겠냐는 요청이었다. 그는 무턱대고 승낙해 버렸다.

요트는 베르겐에서 출발해 셰틀랜드 제도를 거쳐 오크니 제도에 도착했고, 아침 식사가 제공되는 스트롬네스의 민박집에서 하루를 묵었다. 다음날 아침, 항구를 출발하자마자 엔진에 이상이 생겼다. 도무지 고칠 수 없던 배는 항구로 예인되었다.

2인조 선원의 또 다른 1인이자 선장인 비요른은 보험회사를 상대하고 성난 요트 주인의 전화를 받느라 요트에 남았다. 하지만 섀도는 굳이 남아 있을 이유가 없었기에, 연락선을 타고 스코틀랜드 북쪽 해안에 있는 서소로 갔다.

마음이 싱숭생숭하고 불안했다. 밤에는 고속도로를 타고 사람들이 영어로 말하는 네온 불빛 가득한 도시로 들어가는 꿈을 꾸었다. 그 도시는 중동일 때도 있고 플로리다일 때도 있고 동부나 서부일 때도 있었다.

그렇게 연락선에서 내린 그는 경치 좋은 산책 코스를 소개하는 책을 샀고 버스 시간표를 집어 든 채 세상을 향해 출발했다.

바텐더 제니가 돌아와 행주로 여기저기 닦기 시작했다. 그녀의 머리카락은 거의 백발에 가까울 정도로 밝은 금색이었고 뒤로 넘겨 쪽머리를 했다.

"여기 사람들은 재미로 뭘 합니까?" 섀도가 물었다.

"술을 마시죠. 죽기를 기다리거나 아니면 남쪽으로 가거나. 선택지는 이게 거의 다예요."

"확실한가요?"

"생각해 보세요. 여긴 양하고 언덕밖에 없어요. 물론 관광객들 덕분에 먹고사는 것도 있지만 관광객이 그렇게 많이 오진 않거든요. 참 슬프지 않아요?" 섀도는 어깨를 으쓱했다.

"뉴욕 출신이세요?" 제니가 물었다.

"시카고 출신입니다. 노르웨이에 있다가 여기 왔어요."

“노르웨이 말 할 줄 알아요?”

“조금요.”

“그렇다면 소개해 줄 사람이 있어요.” 그녀는 불쑥 이렇게 말하더니 손목시계를 확인했다. “노르웨이에서 온 사람이 있거든요. 아주 오래전에. 같이 가요.”

그녀는 행주를 내려놓고 조명을 끄고는 문 쪽으로 걸어갔다. “가자니까요.” 그녀가 다시 재촉했다. “이래도 됩니까?” 섀도가 물었다.

“당연히 내 맘대로 해도 되죠. 자유 국가잖아요?”

“그렇죠.”

그녀는 놋쇠 열쇠로 문을 잠갔다. 두 사람은 프런트가 있는 복도로 걸어갔다. “여기서 기다려요.” 그녀는 관계자 외 출입 금지라고 적힌 문으로 들어갔다. 잠시 후 그녀는 긴 갈색 코트를 입고 나타났다. “따라오세요.”

그들은 밖으로 나갔다. “그래서, 여긴 소도시인가요 아니면 마을인가요?” 섀도가 물었다.

“빌어먹을 공동묘지죠. 이쪽으로 올라가야 해요. 얼른 가요.”

그들은 좁은 길로 올라갔다. 노란빛 도는 갈색 달이 엄청나게 컸다. 아직 바다는 보이지 않았지만 파도 소리가 들렸다. “제니 맞죠?”

“맞아요. 그쪽은요?”

“섀도.”

“본명이에요?”

“다들 그렇게 부릅니다.”

“얼른 가요, 섀도.”

그들은 오르막길 꼭대기에 이르러 멈추었다. 그곳은 마을의 맨 가장자리였는데 회색 돌로 지어진 작은 집이 있었다. 제니는 대문을 열고 섀도를 현관문으로 이어지는 길로 안내했다. 길가에 심어진 관목이 섀도를 스쳤고 공기 중에는 달콤한 라벤더 향이 가득했다. 집에서는 불빛 하나 보이지 않았다.

"여긴 누구 집인가요? 아무도 없는 것 같은데요." 섀도가 말했다.

"걱정하지 마세요. 금방 집에 올 테니까."

제니가 잠겨져 있지 않은 현관문을 열었고 두 사람은 집 안으로 들어갔다. 그녀는 문 옆의 조명 스위치를 켰다. 주방 겸 거실이 집안의 공간을 대부분 차지했다. 작은 계단도 있었는데 섀도가 보기에 다락방 겸 침실로 이어지는 계단 같았다. 소나무 조리대에는 CD 플레이어가 놓여 있었다.

"당신이 집주인이군요." 섀도가 말했다.

"즐거운 나의 집이죠. 커피 마실래요? 아니면 다른 마실 거라도?"

"둘 다 됐어요." 섀도는 제니가 원하는 게 뭔지 의아했다. 그녀는 거의 그를 쳐다보지 않았고 웃음을 보인 적도 없었다.

"닥터 가스켈이 주말에 있을 파티를 봐 달라고 부탁하는 것 같던데 맞아요?"

"맞는 것 같군요."

"그럼 내일은 뭐해요?"

"걷기요. 책을 샀습니다. 아름다운 걷기 코스가 많더군요."

"아름다운 길도 있고 보기와 달리 위험한 길도 있죠. 여긴 여름에도 그늘엔 눈이 쌓여 있거든요. 그늘에선 모든 게 오래 가죠."

"조심할 겁니다."

"바이킹들도 그렇게 말했어요." 그녀는 이렇게 말하고 미소 지었다. 코트를 벗어 밝은 자주색 소파에 내려놓았다. "마주칠 수도 있겠네요. 나도 자주 걷거든요." 그녀는 뒤로 올린 쪽머리를 풀었다. 풀린 머리카락은 섀도가 생각했던 것보다 길었다.

"이 집에서 혼자 살아요?"

그녀는 조리대에 놓인 담뱃갑에서 담배 한 개비를 꺼내 성냥불을 붙였다. "그건 왜요? 자고 갈 거 아니잖아요?"

섀도는 고개를 끄덕였다.

"호텔은 언덕 맨 아래쪽이에요. 절대 못 보고 그냥 지나칠 수가 없어요. 집까지 데려다줘서 고마워요."

섀도는 그녀에게 인사를 건네고 라벤더 향 가득한 길을 되돌아갔다. 잠시 멈추어 바다에 뜬 달을 바라보았다. 어리둥절했다. 내리막길을 내려가 호텔에 도착했다. 그녀의 말대로 호텔은 못 보고 그냥 지나칠 수 없는 위치에 있었다. 계단을 올라가 짧은 막대에 달린 열쇠로 방문을 열고 들어갔다. 방안이 복도보다 추웠다.

그는 불도 켜지 않고 깜깜한 채로 신발을 벗고 침대에 벌렁 누웠다.

III

죽은 자들의 손톱으로 만들어진 배가 아슬아슬하게 안개를 뚫고 거친 바다에서 심하게 요동치며 나아갔다.

갑판에 그림자 같은 형체가 있었다. 집이나 언덕만큼 커다란 남자들. 섀도가 가까이 다가가자 그들의 얼굴이 보였다. 하나같이 키가 큰 위풍당당한 남자들이었다. 그들은 흔들리는 배에도 아랑곳하지 않고 마치 제자리에 얼어붙은 것처럼 갑판에 서서 기다렸다.

한 사람이 앞으로 나와 큼지막한 손으로 섀도의 손을 잡았다. 섀도는 회색 갑판으로 발을 내디뎠다.

"이 저주받은 곳에 잘 왔네." 섀도의 손을 잡은 남자가 걸걸한 저음의 목소리로 말했다.

"환영하라!" 갑판의 남자들이 소리쳤다. "태양을 가져오는 자를 환영하라! 발데르 만세!" 출생증명서에 적힌 본명이 발더 문이기는 했지만 섀도는 고개를 저었다. "저 아닙니다. 저는 당신들이 기다리는 사람이 아닙니다."

"우린 여기서 죽을 거야." 걸걸한 목소리의 남자가 섀도의 손을 계속 잡은 채로 말했다.

깨어 있는 세계와 죽음의 세계 사이의 안개 낀 공간은 무척 추웠다. 회색 배의 뱃머리에 짠 바닷물이 부딪혀 섀도는 온몸이 흠뻑 젖었다.

"우릴 다시 살려 줘." 그의 손을 잡은 남자가 말했다. "다시 살려 주든지 그냥 보내 주든지."

"전 방법을 모릅니다."

그와 동시에 갑판의 남자들이 울부짖기 시작했다. 몇몇은 창 손잡이 부분을 갑판에 내리치고 또 몇몇은 짧은 검의 평평한 부분으로 놋쇠를 댄 가죽 방패의 우묵한 가운데를 내리치면서 리드미컬하게 반복되는 소음을 만들어 냈다. 애처로우면서도 목이 터지라 외쳐 대는 광포한 울부짖음이 뒤따랐다.

이른 아침에 갈매기 한 마리가 시끄럽게 울었다. 간밤에 활짝 열린 창문이 바람에 요란하게 흔들렸다. 섀도는 좁은 호텔 방 침대에 누워 있었다. 식은땀을 흘렸는지 온몸이 축축했다.

여름 끄트머리의 쌀쌀한 하루가 또 시작되었다.

호텔에서는 타파웨어 용기에 치킨 샌드위치 몇 조각, 완숙 달걀, 작은 치즈양파 맛 감자 칩 봉지, 사과를 챙겨 주었다. 프런트의 고든이 그것을 건네면서 몇 시에 돌아올 것인지 물었다. 예정보다 2시간 이상 늦으면 구조대에 신고할 것이라고 했다. 그는 핸드폰 번호도 물었다.

섀도는 핸드폰이 없었다.

걷기 코스에 나선 그는 해안 쪽으로 향했다. 그곳은 아름다웠다. 그의 텅 빈 마음과 비슷한 황량한 아름다움이 큰 울림으로 다가왔다. 스코틀랜드는 헤더 꽃으로 뒤덮인 낮은 구릉지대가 대부분이어서 여리기만 한 곳인 줄 알았는데 이곳 북쪽 해안은 모든 것이 날카롭고 튀어나왔다. 파란 하늘에서 휙휙 지나가는 잿빛 구름마저도 그런 느낌이었다. 마치 세상의 뼈대가 드러난 것 같다고 할까. 섀도는 책에 나온 코스대로 키 작은 초목이 우거진 초원을 가로지르고 물이 철벅거리는 개울을 지나치면서 바위투성이 언덕을 오르락내리락했다.

이따금 자신은 가만히 서 있고 발아래 세상이 움직여서 그냥 두 다리에 힘을 주고 서 있는 상상을 했다.

책에 나온 코스는 생각보다 훨씬 힘들었다. 원래는 1시에 점심을 먹으려고 했지만 정오가 되자 다리가 뻐근해서 쉬고 싶어졌다. 길을 쭉 따라가다가 언덕 비탈로 갔다. 그곳에는 바람을 막기에 안성맞춤인 바위가 있었다. 점심을 먹으려고 쭈그려 앉았다.

저 멀리 앞쪽에 대서양이 보였다.

혼자라고 생각했는데 말소리가 들렸다.

"사과 나 줄래요?"

호텔 바의 바텐더 제니였다. 그녀의 지나치게 밝은 금발이 바람에 휘날렸다.

"안녕하세요, 제니." 섀도는 그녀에게 사과를 내밀었다. 그녀는 갈색 코트 주머니에서 접이식 나이프를 꺼내고 옆에 앉았다.

"고마워요."

"억양을 보아하니 어릴 때 노르웨이에서 여기로 왔나 보군요. 물론 내 귀엔 당신의 말투가 현지인과 똑같이 들리지만." 섀도가 말했다.

"내가 노르웨이 출신이란 얘길 했던가요?"

"흠. 하지 않았나요?"

그녀는 사과 한 조각을 칼로 찌르고는 세심하게 그 끝을 치아로 베어 먹었다. 그리고는 그를 힐끗 쳐다보았다.

"오래전 일이에요."

"가족은요?"

그녀는 자신이 대답하기에 역부족인 질문이라는 듯 어깨를 으쓱했다.

"여기가 마음에 들어요?"

그녀는 그를 보며 고개를 저었다. "'훌드라'가 된 기분이에요."

섀도는 그 단어를 노르웨이에서 들어본 적이 있었다. "그거 무슨 트롤 같은 거 아닌가요?"

"산에 사는 요괴에요. 트롤처럼요. 하지만 숲에 살고 아주 아름다워요. 나처럼." 그녀는 자신이 아름답다고 하기엔 너무 창백하고 너무 뾰로통하고 너무 말랐다는 사실을 아는 듯 그렇게 말하면서 씩 웃었다. "훌드라는 농부들과 사랑에 빠져요."

"왜죠?"

"그거야 알 수 없지만 어쨌든 그래요. 어쩔 때는 농부들이 상대가 훌드라인 걸 알아차리기도 하죠. 훌드라는 소꼬리가 달렸거든요. 최악의 경우엔 뒤에 아무것도 없고요. 빈 조개껍데기처럼 텅 비었죠. 농부는 기도문을 외우거나 엄마한테든 집으로든 줄행랑을 치고요.

하지만 가끔 도망치지 않는 농부도 있어요. 칼을 던지거나 미소를 짓죠. 결국 훌드라 여자와 결혼해요. 그러면 훌드라는 꼬리가 떨어져요. 그래도 여전히 그 어떤 인간 여자보다 힘이 세고, 숲과 산의 집을 애타게 그리워하죠.

훌드라는 진정으로 행복해질 수 없을 거예요. 절대 인간이 될 수 없으니까."

"그럼 어떻게 됩니까? 남자와 함께 나이 들고 죽습니까?" 새도가 물었다.

그녀는 가운데 심을 두고 사과를 잘랐다. 손목을 한 번 까닥하더니 빼대만 남은 속을 언덕 옆쪽으로 던져 버렸다. "남자가 죽으면……아마 언덕과 숲으로 돌아갈 거예요." 그녀는 산비탈을 내다보았다. "이런 이야기가 있어요. 훌드라가 농부와 결혼했는데 그 남자는 아주 나쁜 사람이었어요. 소리 지르고 농사일도 다 떠넘기고 마을로 가서 술에 잔뜩 취해 화가 나서 집으로 돌아오곤 했죠. 가끔은 때리기도 했고요.

어느 날 그녀가 아침에 불을 지피고 있는데 또 남자가 오더니, 아침 준비가 안 됐다며 소리 지르는 거예요. 뭐 하나 제대로 하는 것도 없는데 괜히 결혼했다고 마구 화를 냈죠. 그녀는 그 말을 듣고 있다가 아무 말 없이 난롯가의 부지깽이를 집었어요. 묵직한 까만 철제로 된 거요. 전혀 힘들이지 않고 부지깽이를 구부렸죠. 결혼반지처럼 완벽하게 동그란 모양으로. 끙끙대지도 않고 땀을 흘리지도 않고 갈대라도 구부리듯 아주 간단하게 말이에요.

그걸 본 남자는 얼굴이 하얗게 질려서는 아침밥 얘긴 다신 꺼내지도 않았죠. 남자는 구부러진 부지깽이를 보면서 지난 5년 동안 그녀가 자기를 저렇게 만들 수도 있었다는 걸 깨달았어요. 죽을 때까지 두 번 다시 손찌검하지 않고 심한 말도 하지 않았답니다. 다들 섀도라고 부른다는 섀도 씨, 이것 좀 한번 답해 보세요. 그녀는 그런 힘이 있으면서도 왜 애초에 남자가 때려도 가만히 있었을까요? 그런 남자가 뭐가 좋다고 같이 살았을까요? 한번 말해 봐요."

"어쩌면, 외로웠던 건지도 모르죠." 섀도가 말했다. 제니는 칼날을 청바지에 대고 문질렀다.

"닥터 가스켈이 계속 당신더러 괴물이라더군요. 그게 사실인가요?"

"난 그렇게 생각하지 않는데요."

"안타까워라. 당신이 괴물들에게 어떤 존재인지 알죠?"

"그쪽은 압니까?"

"물론이죠. 결국 당신은 저녁거리가 될 거예요. 아, 저녁 얘기가 나와서 말인데 보여 주고 싶은 게 있어요." 그녀는 자리에서 일어나 언덕 꼭대기로 그를 이끌었다. "보여요? 저 언덕 뒤쪽 부분. 협곡으로 떨어지는 쪽요. 거기 보이는 집이 당신이 주말에 일하게 될 집이에요. 보여요? 저 위에."

"안 보여요."

"잘 봐요. 내가 손가락으로 가리킬 테니까 눈으로 내 손가락을 따라오세요." 그녀는 그의 옆에 바짝 붙어서 한 손으로 저 멀리 떨어진 산등성이 옆쪽을 가리켰다. 하늘 높이 떠 있는 태양이 뭔가에 반사되어 반짝였는데 호수 같았다. 아니, 스코틀랜드에 와 있으니까 '호'라고 불러야겠지. 그 위에 언덕 옆쪽으로 잿빛의 암석이 드러나 있었다. 처음에는 바위인 줄 알았다. 건물이라고 하기엔 너무 고른 모양새였다.

"저게 성이라고요?"

"성까지는 아니고 그냥 협곡의 커다란 집이죠."

"저기 열리는 파티에 가 본 적 있습니까?"

"원래 현지인은 초대 안 해요. 날 초대할 리도 없고. 아무튼 그 일 하지 마세요. 반드시 거절하세요."

"보수가 아주 두둑한데요." 그가 말했다.

그녀가 처음으로 그의 몸을 접촉한 것은 그때였다. 창백한 손가락을 그의 짙은 색 손등에 갖다 댔다. "괴물한테 돈이 다 무슨 소용이죠?" 그녀가 미소 띤 얼굴로 물었다. 그 순간 그녀가 아름답다는 생각이 들지 않는다면 제정신이 아닌 게 분명했다.

그녀는 손을 떼고 뒤로 물러났다. "음. 그만 가 봐야 하지 않겠어요? 어차피 멀리 못 가 발걸음을 돌려야 할 거예요. 이맘때는 해가 일찍 지거든요."

그녀는 섀도가 배낭을 들고 언덕을 내려가는 모습을 지켜보았다. 그는 언덕 맨 아래에 이르렀을 때 뒤돌아 위쪽을 보았다. 그녀가 아직 보고 있었다. 손을 흔들자 그녀도 손을 흔들었다.

그가 두 번째로 돌아보았을 때 그녀는 없었다.

섀도는 작은 연락선을 타고 해협을 건너 곶으로 간 다음, 등대로 이어지는 오르막길을 올라갔다. 그리곤 다시 등대에서 연락선으로 가는 미니버스를 탔다.

호텔로 돌아왔을 때는 밤 8시가 다 된 시간이었다. 온몸이 기진맥진했지만 기분은 좋았다. 오후 느지막이 비가 한차례 내렸는데 섀도는 허물어져 가는 일꾼용 간이 오두막에서 비를 피할 수 있었다. 지붕을 때리는 빗소리를 들으며 5년 전 신문을 읽었다. 1시간 반쯤 지나서야 비가 그쳤고 땅이 질퍽해져 있었다. 좋은 부츠를 신고 있어서 다행이었다.

배가 무척 고팠다. 호텔 식당을 찾았지만 아무도 없었다.

"저기요?"

식당과 주방 사이의 문으로 나이 지긋한 여자가 나타났다. "예?"

"지금 저녁 식사 됩니까?"

"예." 여자는 섀도의 흙투성이 부츠부터 헝클어진 머리까지를 탐탁지 않은 눈길로 쳐다보았다. "투숙객이에요?"

"네. 11호에 묵고 있습니다."

"식사 전에 옷부터 갈아입어야겠네요. 그게 다른 손님들한테도 예의죠."

"아무튼 식사가 된다는 말씀이군요."

"예."

섀도는 방으로 올라가 배낭을 침대에 내려놓고 부츠를 벗었다. 스니커즈로 갈아 신고 빗으로 머리를 빗은 다음 아래층으로 내려갔다.

식당은 아까와 달리 텅 비어 있지 않았다. 구석 테이블에 두 명이 앉아 있었다. 서로 달라도 너무 달라 보이는 두 사람이었다. 50대 후반으로 보이는 키 작은 여자는 허리가 굽었고 자그만 새 같았다. 젊은 남자는 덩치가 크고 어딘지 어설퍼 보이는 데다가 머리가 완전히 벗어졌다. 섀도는 두 사람이 모자 관계라고 추측했다.

그는 가운데 테이블에 앉았다.

나이 많은 웨이트리스가 쟁반을 들고 나타났다. 그녀는 그 두 손님에게 수프를 한 그릇씩 주었다. 젊은 남자가 수프를 식히려고 후후 불었다. 어머니가 숟가락으로 아들의 손등을 두드렸다. "하지 마." 그녀는 요란한 소리를 내면서 숟가락으로 수프를 떠먹었다.

젊은 대머리 남자는 슬픈 표정으로 주변을 살피다가 섀도와 눈을 마주쳤다. 섀도는 고개를 까딱했다. 남자는 한숨을 쉬더니 다시 뜨거운 수프로 시선을 돌렸다.

섀도는 무심하게 메뉴판을 살폈다. 주문할 준비가 되었지만 웨이트리스는 사라지고 없었다.

순간 회색의 무언가가 나타났다. 닥터 가스켈이 식당 문가에서 안을 살펴보고 있었다. 그는 식당 안으로 들어와 섀도가 앉은 테이블로 걸어왔다.

"같이 앉아도 괜찮겠나?"

"괜찮습니다. 앉으세요."

가스켈이 맞은편에 앉았다. "잘 지내고 있나?"

"아주 좋습니다. 산책했어요."

"식욕을 돋우는 최고의 방법이지. 내일 그쪽에서 차를 보낼 거야. 짐 챙겨서 차를 타고 저택으로 가면 어떻게 하라고 알려 줄 걸세."

"돈은요?" 섀도가 물었다.

"그쪽에서 알아서 해 줄 거야. 처음에 절반을 주고 나머지는 다 끝난 뒤에. 더 궁금한 건 없나?"

웨이트리스는 움직이려는 기색 없이 구석에 서서 그들을 쳐다보고만 있었다. "있습니다. 여기선 음식을 주문하려면 어떻게 해야 하죠?"

"뭐가 먹고 싶은데? 양고기를 추천하지. 산지가 여기거든."

"좋습니다."

가스켈이 자랑스럽게 말했다. "모라. 귀찮게 해서 미안하지만 우리 둘 다 양고기 스테이크로 가져다주겠어요?"

웨이트리스가 입을 삐쭉하며 주방으로 돌아갔다. "고맙습니다." 섀도가 말했다.

"됐네. 내가 더 도와줄 건?"

"파티에 오는 사람들 말인데요. 왜 경호원을 직접 고용하지 않고 나를 쓰는 거죠?"

"직접 고용하기도 할 걸세. 분명 그럴 거야. 그래도 지역 인재를 쓰면 좋지."

"그게 외국에서 온 여행자라도 말인가요?"

"그렇지."

모라가 수프 그릇 2개를 가져와 섀도와 닥터 가스켈 앞에 놓으며 말했다. "식사랑 같이 나오는 거예요." 너무 뜨거운 수프는 토마토 가루에 물을 부어 만든 듯했고 식초 맛이 났다. 무척 배가 고팠던 섀도는 수프를 거의 다 먹고 나서야 맛이 없다는 사실을 깨달았다.

"저더러 괴물이라고 하셨다고요." 섀도가 철회색 머리의 남자에게 말했다.

"내가?"

"네."

"이 동네는 괴물이 많지." 그가 구석 자리의 모자 쪽으로 고개를 까딱했다. 자그만 체구의 어머니는 냅킨을 물컵에 적셔서 아들의 입과 턱에 묻은 붉은 수프를 벅벅 닦아 주고 있었다. 아들은 창피해하는 듯했다. "워낙 외진 곳이잖아. 하이킹이나 등산 중에 조난당하거나 굶어 죽는 사람들이 나와야 겨우 뉴스에 나오지. 보통은 존재조차 기억되지 않아."

양고기 스테이크가 나왔다. 너무 푹 삶은 감자와 덜 삶은 당근, 그리고 섀도가 예상컨대 처음엔 시금치였던 게 분명한 갈색의 질퍽한 무언가가 접시에 같이 담겨 나왔다. 섀도는 나이프로 양고기를 자르기 시작했다. 의사는 양고기를 손으로 들고 씹었다.

"자네 들어갔다 왔군." 박사가 말했다.

"들어가다니요?"

"교도소 말이야. 자네 교도소에 다녀왔어." 질문이 아니었다.

"맞습니다."

"싸울 줄 알겠어. 피치 못할 때 사람을 해칠 수 있겠군."

"누군가를 해칠 사람을 찾는다면 제가 적임자가 아닌 것 같은데요." 섀도가 말했다.

작은 남자는 기름에 번들거리는 잿빛 입술로 씩 웃었다. "자네가 분명히 적임자야. 그냥 물어본 걸세. 궁금한 게 죄는 아니니까 말이야. 어쨌든 저자는 괴물이야." 박사는 살점을 거의 뜯어 먹은 양고기 뼈로 저쪽을 가리켰다. 대머리 남자는 숟가락으로 하얀색 푸딩 같은 것을 떠먹고 있었다. "저자 엄마도 괴물이고."

"제 눈에는 괴물처럼 안 보이는데요."

"미안하지만 장난일세. 이 동네식 유머랄까. 이 동네에 오는 사람들한테 내 유머 스타일을 미리 경고해 줘야 하는데 말이야. 괴물 얘기를 떠드는 미친 늙은 의사가 있다고. 이 늙은이를 이해해 주게. 내 말은 그냥 한 귀로 흘려들어." 그가 씩 웃는 순간 담배 얼룩이 진 치아가 드러났다. 그는 냅킨으로 손과 입을 닦았다. "모라, 여기 계산서 좀 갖다 줘요. 이 젊은이 것도 내가 계산하리다."

"알겠어요, 닥터 가스켈."

"잊지 말게. 내일 아침 8시 15분, 로비에 있게. 절대 늦으면 안 돼. 바쁜 사람들이거든. 시간 맞춰 나와 있지 않으면 그냥 가 버릴 거고 자넨 주말 동안 1천 5백 파운드를 벌 기회를 놓치는 거야. 마음에 들면 보너스도 줄 텐데 그것도 놓치는 거지."

섀도는 바에서 식후 커피를 마시기로 했다. 거기엔 장작을 피운 불도 있으니까. 뼛속 가득한 냉기를 녹이고 싶었다.

바에서 일하는 사람은 리셉션 데스크의 고든이었다. "제니는 쉬는 날인가요?" 섀도가 물었다.

"네? 아, 제니는 그냥 잠깐 도와주고 있었던 거예요. 바쁠 때만 나오거든요."

"장작 좀 더 넣어도 되겠습니까?"

"그러시죠."

스코틀랜드의 여름은 원래 이런가. 섀도는 오스카 와일드의 말이 떠올랐다. 그렇다면 여긴 여름을 가질 자격이 없군.

대머리 청년이 들어왔다. 그는 초조한 얼굴로 섀도에게 고개를 끄덕이며 인사를 건넸다. 섀도도 고개를 끄덕였다. 청년은 정말로 머리카락이 단 한 올도 없었다. 눈썹이나 눈꺼풀도 없었다. 그래서 아기 같고 다 자라지 않은 느낌이었다. 섀도는 병 때문인지, 아니면 항암치료 때문인지 궁금했다. 청년은 뭔가 눅눅한 냄새를 풍겼다.

"그 사람이 하는 말 들었어요." 대머리 청년이 더듬더듬 말했다. "내가 괴물이라고 했어요. 우리 엄마도 괴물이라고 했고. 난 귀가 밝거든요. 못 듣는 게 거의 없어요."

잘 들을지는 몰라도 잘생긴 귀는 아니었다. 반투명한 분홍색이고 마치 커다란 물고기의 지느러미처럼 머리 양옆에서 툭 튀어 나왔다.

"귀가 아주 멋지네요." 섀도가 말했다.

"지금 놀리는 거예요?" 대머리 청년은 기분이 상한 듯한 말투였고 금방이라도 싸울 태세를 취했다. 그는 거구인 섀도보다 아주 조금 작았다.

"전혀 그런 의미로 한 말이 아닌데요."

대머리 청년은 고개를 끄덕였다. "아니면 됐습니다." 그는 침을 꿀꺽 삼키며 잠시 머뭇거렸다. 섀도가 뭐라고 격려의 말이라도 건네야 하나 생각하는 순간 청년이 말을 이었다. "내 잘못이 아니에요. 그렇게 시끄러운 거요. 시끄러운 소리에서 벗어나려고 인간들이 여기로 와요. 인간들. 빌어먹을, 여긴 사람이 너무 많아요. 시끄러운 소리 내지 말고 본래 있던 곳으로 돌아가면 안 되나?"

그때 문가에 청년의 엄마가 나타났다. 그녀는 섀도를 보고 초조하게 미소 짓고는 서둘러 아들에게로 다가가 소매를 잡아끌었다. "아무것도 아닌 일에 괜히 흥분하지 마라. 아무 문제 없어." 새 같은 그녀가 섀도를 올려다보면서 달래듯 말했다. "미안해요. 우리 애가 진심으로 한 말은 아닐 거예요." 그녀의 신발 바닥에 꽤 기다란 화장지 조각이 붙어 있었는데 그녀는 아직 알아차리지 못했다.

"아무 문제 없습니다. 새로운 사람도 만나고 좋지요." 섀도의 말에 그녀는 고개를 끄덕였다. "그럼 됐어요." 아들은 안심한 표정이었다. 엄마를 무서워하는군, 섀도는 생각했다.

"이제 가자." 엄마가 아들에게 말하며 소매를 잡아끌었다. 아들은 엄마를 따라 순순히 문가로 갔다.

그런데 대머리 청년이 갑자기 멈추더니 뒤돌았다. "사람들한테 말하세요. 시끄럽게 좀 하지 말라고."

"말하겠습니다." 섀도가 대답했다.

"내가 다 들려서 그래요."

"신경 쓰지 마요."

"얘가 원래는 아주 착한데." 대머리 청년의 엄마는 아들의 소매를 붙잡고 복도로 나갔다. 화장지를 꼬리처럼 달고서.

섀도는 복도로 나갔다. "잠깐만요." 모자가 돌아섰다.

"신발에 뭐가 묻었습니다."

여자가 아래를 내려다보더니 반대쪽 발로 화장지를 밟아서 떼어 냈다. 그녀는 만족스러운 듯이 섀도에게 고개를 끄덕이고 걸어갔다.

섀도는 리셉션 데스크로 갔다. "고든, 혹시 이 동네 지도 괜찮은 것 좀 있습니까?"

"나라에서 만든 지도 같은 거 말이죠? 물론 있죠. 라운지로 갖다 드리겠습니다."

섀도는 바로 돌아가 커피를 마저 마셨다. 고든이 지도를 가져왔다. 염소 떼가 만든 길까지 표시되어 있는 상세함에 감탄이 나왔다. 섀도는 지도를 보면서 자신이 걸었던 코스를 추적해 보았다. 점심을 먹었던 언덕을 찾았다. 그의 손가락이 남서쪽을 쭉 따라갔다.

"이 근처에 성은 별로 많이 없죠?"

"네. 동쪽에 있긴 한데요. 저한테 스코틀랜드 성 안내서가 있는데 원하시면 빌려……"

"아, 괜찮습니다. 근방에 큰 저택이 있나요? 성이라고 부를 만한. 아니면 큰 사유지나."

"바로 여기가 케이프 래스 호텔인데요." 고든이 지도를 가리켰다. "거의 텅 빈 거나 마찬가지예요. 인간들이 차지한, 그러니까 전문 용어로 인구 밀도가 말이죠. 이쪽은 사막입니다. 흥미로운 폐허도 없고요. 걸어서 갈 수 있는 것도 아니고."

섀도는 고맙다고 인사하고 아침 일찍 모닝콜을 부탁했다. 언덕에서 본 집을 지도에서 찾을 수 있었으면 했지만 잘못 본 것일지도 몰랐다. 처음 있는 일도 아니었다.

옆방에 묵는 커플이 싸우는 소리가 들렸다. 아니면 사랑을 나누는 건지 구분하기가 어려웠다. 어쨌거나 까무룩 잠들려고 할 때마다 고성과 울음소리가 들려와 화들짝 놀라서 깼다.

그 후에 꿈인지 현실인지 분간되지 않는 일이 있었다. 정말로 그녀가 그의 방에 온 건지, 아니면 그날 밤에 처음 꾼 꿈인지 모르겠다. 꿈이든 아니든 간에, 침대 옆의 시계 라디오가 자정을 가리키기 직전 노크 소리가 들렸다. 그가 일어나 외쳤다. "누구세요?"

"제니예요."

그는 복도의 불빛에 얼굴을 찡그리며 문을 열었다.

역시나 갈색 코트 차림의 그녀가 머뭇거리며 그를 쳐다보았다.

"뭡니까?" 섀도가 물었다.

"내일 그 집에 가죠."

"예."

"작별 인사를 해야 할 것 같아서요. 다시 못 볼 수도 있으니까요. 호텔로 돌아오지 않거나 다른 곳으로 가서 다시 못 볼 수도 있잖아요."

"네, 그럼 잘 있어요." 섀도가 말했다.

그녀는 티셔츠와 사각팬티, 맨발 차림의 그를 훑어보고 얼굴로 시선을 향했다. 걱정스러운 표정이었다. 마침내 입을 열었다. "당신은 내가 어디 사는지 아니까 필요하면 부르세요."

그녀가 집게손가락을 내밀어 그의 입술을 지그시 눌렀다. 손가락이 무척 차가웠다. 그리곤 복도 쪽으로 한걸음 물러나더니 갈 기미를 보이지 않고 그와 마주 선 채로 가만히 서 있었다.

섀도는 문을 닫았다. 그제야 복도를 걸어가는 그녀의 발걸음 소리가 들렸다. 그는 침대에 다시 드러누웠다.

두 번째 것은 확실히 꿈이었다. 그의 인생이 뒤죽박죽 뒤섞이고 꼬인 채 펼쳐졌다. 교도소에서 동전 마술을 독학하던 장면 그리고 아내에 대한 사랑으로 교도소에서의 시간을 견디리라 다짐하던 장면이 나왔다. 그리고 로라가 죽었고 그는 감옥에서 나왔다. 자신을 웬즈데이라고 부르라는 늙은 사기꾼의 경호원으로 일했다. 그러더니 갑자기 신들이 잔뜩 나왔다. 늙고 잊힌 신, 사랑받지 못하고 버려진 신, 새로운 신, 겁에 질린 일시적인 신, 속아서 혼란에 빠진 신. 절대로 있을 수 없는 일들이 뒤엉킨 꿈이었다. 실뜨기가 거미줄이 되고 세상만큼이나 거대한 타래로 불어났다.

꿈에서 그는 나무 위에서 죽었다.

꿈에서 그는 죽었다 살아났다.

그 뒤에는 온통 어둠이었다.

IV

7시, 침대 옆에서 전화벨이 시끄럽게 울렸다. 섀도는 샤워와 면도를 하고 옷을 입은 다음, 가진 전부라고 할 수 있는 것들을 배낭에 챙겼다. 그리고 아침을 먹으러 레스토랑으로 내려갔다. 짭짤한 죽, 흐물흐물한 베이컨, 튀기듯 구운 기름 범벅의 계란프라이. 그래도 커피만큼은 맛이 훌륭했다.

8시 10분, 그는 로비에서 기다렸다.

8시 14분, 양가죽 코트를 입은 남자가 들어왔다. 그는 손으로 만 담배를 물고 있었다. 남자는 유쾌하게 손을 내밀었다. "자네로군. 난 스미스야. 저택까지 데려다주지." 남자가 새도의 손을 꽉 쥐었다. "그나저나 엄청 크네?"

새도는 '그래도 내가 이길걸'이라는 말이 빠져 있음을 알아차렸다.

"다들 그렇게 말하죠. 스코틀랜드인이 아니시군요."

"맞아. 일이 차질 없게 진행되도록 이번 주만 나와 있는 걸세. 런던 출신이지." 스미스는 길고 날카로운 얼굴로 치아를 씩 드러내며 웃었다. 40대 중반 정도로 보였다.

"차로 가지. 얘기는 가면서 차차 하고. 짐이 그건가?"

섀도는 배낭을 들고 차로 가져갔다. 흙 묻은 랜드로버의 엔진이 돌아가고 있었다. 배낭을 뒷좌석에 놓고 조수석으로 가서 앉았다. 스미스는 하얀 종잇조각의 끝부분만 남은 돌돌 만 담배를 마지막으로 한 모금 들이마시고 열린 창문으로 던졌다.

그들은 마을을 빠져나갔다.

"이름 발음이 어떻게 되나? 발더? 볼더? 아니면 둘 다 아닌가? '콜몬들리'가 '첨리'로 발음되는 것처럼."

"그냥 섀도라고 불러 주세요. 다들 그렇게 부릅니다."

"그렇군."

침묵이 흘렀다.

"그래, 섀도. 가스켈이 주말 파티에 대해 얼마나 말해 줬는지 모르겠네."

"아주 약간이요."

"그래. 제일 중요한 건 이거야. 거기서 무슨 일이 일어나든 입을 다물어. 알겠지? 사람들이 재미 삼아 뭘 하든, 아무하고도 말하지 마. 사람이 보여도. 무슨 말인지 알 거야."

"전 사람을 못 봅니다." 섀도가 말했다.

"바로 그 자세야. 사람들이 방해받지 않고 즐거운 시간을 보내도록 하는 게 우리 임무거든. 다들 즐거운 주말을 보내려고 멀리서 왔으니까."

"알겠습니다."

그들은 곶으로 가는 선착장에 다다랐다. 스미스는 길가에 랜드로버를 세우고 짐을 꺼낸 뒤 문을 잠갔다.

연락선을 타고 가 보니 똑같은 랜드로버가 서 있었다. 스미스는 차 문을 열고 뒷좌석에 가방을 던져 놓고는 비포장길을 달렸다.

그들은 등대에 다다르기 전에 방향을 틀고 한동안 말없이 달렸다. 비포장길이 양 떼가 만든 길로 급격하게 변했다. 섀도는 몇 번이나 밖으로 나가서 문을 열어야 했고, 랜드로버가 지나갈 때까지 기다렸다가 문을 닫았다. 들판에는 까마귀들이 많았다. 낮은 돌담에 앉은 커다란 검은 새들이 강렬한 눈빛으로 섀도를 쳐다보았다.

"빵에 다녀왔다고?" 스미스가 난데없이 물었다.

"예?"

"교도소. 깜빵, 큰집. 음식도 맛없고 밤에 유흥도 못 즐기고 화장실도 형편없고 여행 자유도 없는 곳."

"예."

"말이 없는 편이군."

"장점인 줄 알았는데요."

"그렇지. 뭐, 그냥 얘기나 하자는 거지. 너무 조용한 게 신경 쓰여서. 그나저나 여기가 맘에 드나?"

"그럭저럭요. 온 지 며칠밖에 안 됐습니다."

"좀 소름 끼치지. 너무 외지고. 시베리아도 가 봤는데 차라리 거기가 더 낫다니까. 런던 가 봤어? 안 가 봤어? 남쪽에 올 일 있으면 내가 구경시켜 주지. 좋은 술집도 많고 맛있는 음식도 많거든. 미국인들이 좋아하는 관광 명소도 많고. 그런데 교통이 지옥이야. 여긴 그거 하난 편하지. 신호등 없는 거. 리젠트 거리 안쪽 신호등은 빨간불에서 5분이고 초록 불은 10초밖에 안 된다니까. 한번에 두 대밖에 못 지나가. 말도 안 된다니까. 진보를 위해 치러야 하는 대가라나. 그렇지?"

"예. 그런 것 같네요." 섀도가 답했다.

이제 그들은 도로가 아닌 곳으로 나왔다. 높은 두 언덕을 사이에 두고 키 작은 초목이 우거진 계곡을 따라 덜컹거리며 달렸다. "파티 손님들 말인데요, 랜드로버로 옵니까?" 섀도가 물었다.

"아니. 헬리콥터로. 오늘 저녁 식사 시간 맞춰서 도착할 거야. 헬리콥터가 실어 오고 월요일 아침에 도로 실어 가고."

"섬에 사는 것처럼 하는군요."

"차라리 섬이면 좋게. 멍청한 현지인들이 문제 일으킬 일도 없잖아. 섬이면 옆집에서 시끄럽다고 민원 들어올 일도 없고."

"파티가 많이 시끄러운가요?"

"난 파티에 참석하지 않아. 그냥 진행자지. 파티를 차질 없이 진행시키는 역할이거든. 아무튼 맞다네. 손님들이 원하면 아주 시끄러워질 수도 있지."

풀로 우거진 계곡이 양 떼가 낸 길로 변하고 양 떼가 낸 길이 언덕까지 쭉 이어지는 차도로 변했다. 갑자기 커브 길을 돈 다음부터는 섀도가 보았던 그 집을 향해 쭉 달렸다. 어제 제니가 손으로 가리켰던 그 집이었다.

오래된 저택이었다. 언뜻 봐도 알 수 있었다. 일부는 좀 더 오래되어 보였다. 한 별채 건물에는 회색 바위와 돌로 지어진 육중하고 단단한 벽이 있었다. 그 벽은 갈색 벽돌로 지어진 또 다른 벽으로 이어졌다. 집 전체와 별채 두 곳까지 전부 뒤덮은 지붕은 짙은 갈색 점판암이었다. 저택에서 내려다보이는 자갈 깔린 차도를 지나 언덕 아래로 내려가면 호수가 나왔다. 섀도는 랜드로버에서 내렸다. 저택을 바라보고 있으니 작아지는 기분이었다. 마치 집에 온 듯한 기분이었는데 절대로 좋은 기분은 아니었다.

자갈길에 사륜구동차 몇 대가 더 세워져 있었다. "차 열쇠는 식료품 저장실에 걸려 있어. 필요할 수도 있으니 알아 두라고. 지나갈 때 어딘지 말해 주지."

나무로 된 커다란 문을 들어가니 일부 포장이 된 중앙 안뜰이 나왔다. 안뜰 가운데에는 작은 분수대와 잔디가 깔린 구역이 있었는데 낫으로 베어 낸 들쑥날쑥한 초록색 잔디가 회색 판석과 경계를 이루었다.

"여기서 토요일에 경매가 열린다네. 숙소를 안내해 주지." 스미스가 말했다.

그들은 아까보다 덜 거대한 문을 통해 작은 부속 건물로 들어갔다. 열쇠 걸린 고리가 있는 방을 지났다. 모든 열쇠에는 종이 이름표로 표시가 되어 있었다. 다른 방에는 텅 빈 선반이 많았다. 칙칙한 복도를 지나 계단을 올라갔다. 계단에는 카펫이 깔려 있지 않았고 벽에도 백색 도료만 칠해져 있을 뿐이었다. ('하인들 숙소인가 보군. 역시 이런 데는 돈을 쓰지 않는다니까.') 섀도는 집안의 쌀쌀한 온도에 익숙해지기 시작했다. 밖보다 안이 더 추웠는데 도대체 어떻게 그럴 수 있는지 궁금했다. 영국의 건축 비결인가.

스미스는 맨 꼭대기에 있는 캄캄한 방으로 섀도를 안내했다. 앤틱 옷장과 한눈에도 섀도의 키보다 작아 보이는 철제 침대, 엄청나게 오래되어 보이는 세면대, 안뜰 안쪽으로 난 작은 창문이 있는 방이었다.

"화장실은 복도 끝이야. 직원용 세면장은 아래층에 있는데, 남자용 하나 여자용 하나, 2개가 있어. 샤워기는 없고. 이 건물은 온수 나오는 시간이 정해져 있지. 턱시도는 옷장에 걸려 있으니 잘 맞는지 지금 한번 입어 봐. 저녁에 손님들이 오면 그때 다시 입으면 돼. 드라이클리닝 시설은 제한적으로 이용할 수 있고. 우린 아마 마스에 있을 거야. 주방에 있을 테니까 필요하면 찾으라고. 여긴 그렇게 춥지 않아. '아가'가 제대로 작동하면 말이야. 계단으로 내려가서 좌회전 그다음에 우회전이니까 길 잃으면 소리치고. 허락 없이 아무 방에나 들어가면 안 돼."

스미스는 섀도를 혼자 남겨두고 나갔다.

섀도는 검은색 턱시도 재킷과 하얀 와이셔츠, 검은색 타이를 착용해 보았다. 반짝반짝 잘 닦여진 검은색 구두도 있었다. 전부 다 맞추기라도 한 것처럼 잘 맞았다. 옷장에 도로 잘 놓아두었다.

계단을 내려가다가 층계참에서 은색 핸드폰을 미친 듯 눌러 대는 스미스를 마주쳤다. "신호가 안 잡혀. 전화가 왔길래 다시 걸려는데 신호가 영 안 잡히네. 여긴 빌어먹을 원시시대라니까. 턱시도 어때? 잘 맞아?"

"좋습니다."

"훌륭해. 한 마디로 가능한데 다섯 마디로 답할 필요는 없지. 시체가 자네보다 말이 더 많다고 하더군."

"정말입니까?"

"아니. 말이 그렇다는 거지. 가세. 점심 먹어야지?"

"예. 고맙습니다."

"잘 따라와. 미로가 따로 없지만 곧 익숙해질 거야."

그들은 텅 빈 커다란 주방에서 식사를 했다. 섀도와 스미스는 에나멜 코팅된 주석 접시에 반투명한 주황색 훈제 연어를 올린 바싹하게 구운 식빵, 톡 쏘는 샤프 치즈를 쌓아 놓고 먹었다. 거기에 진하고 달콤한 홍차를 곁들였다. 섀도는 '아가'가 절반은 오븐이고 절반은 온수기인 커다란 철제 상자라는 사실을 알게 되었다. 스미스는 아가에 달린 여러 문 중에서 측면의 것을 열어 석탄을 여러 번 듬뿍 퍼 넣었다.

"나머지 음식은 어디 있습니까? 웨이터하고 요리사는요? 우리만 있는 건 아닐 텐데요." 섀도가 물었다.

"눈치가 빠르네. 전부 에든버러에서 오기로 되어 있어. 시계처럼 정확하게 진행되지. 음식과 고용인들이 3시에 도착하고 손님들은 6시에 오거든. 뷔페식 저녁 식사는 8시에 진행돼. 거의 웃고 떠들 테니 힘든 일은 없을 거야. 내일 아침은 7시부터 정오까지 있고, 오후에는 손님들이 산책하러 나가서 풍경을 감상하고 그러지. 안뜰에는 모닥불을 준비하는데, 저녁에는 거기에 불을 피우고 스코틀랜드식 광란의 토요일을 보낸다네. 이웃들의 방해가 없어야 할 텐데.

일요일 아침에는 손님들이 숙취에 시달릴 테니 되도록 조용히 다니도록 해. 오후에 헬리콥터가 와서 손님들을 데려갈 거야. 그때 수고비를 정산받으면 되고 내가 호텔로 데려다줄 거야. 원하면 나랑 같이 잉글랜드 쪽으로 가도 되고. 어때?"

"아주 좋습니다. 그러니까 토요일 밤에 누가 올 수도 있다는 거죠?"

"그냥 방해꾼들이지. 파티의 흥을 깨는 현지인들."

"현지인들이라니요? 반경 몇 킬로미터에 양 떼밖에 안 보이던데요."

"현지인들은 사방 어디에나 있네." 스미스가 말했다. "보이지 않을 뿐이지. 소니 빈 일가처럼 숨어 살거든."

"많이 들어본 이름인 것 같은데요."

"소니 빈은 전설이지." 스미스는 차를 한 모금 마시고 의자에 등을 기댔다. "한 6백 년 전인가, 바이킹들이 스칸디나비아를 지배하고 결혼 같은 걸로 스코틀랜드인이 된 이후일 거야. 엘리자베스 여왕이 죽고 제임스가 스코틀랜드에서 내려와 두 나라를 지배하기 전이었고. 아무튼 그 사이 어디쯤." 그가 또 차를 마셨다. "스코틀랜드에서 여행자들이 계속 실종되는 일이 있었어. 뭐, 그렇게 드문 일은 아니었지. 그 시절엔 멀리까지 여행하다가 집으로 돌아가지 못하는 일이 허다했을 테니. 죽은 사실이 몇 달 후야 전해지기도 하고 말이야. 사람들은 그게 늑대나 날씨 탓인 줄 알았어. 그저 무리 지어서 여름에만 여행해야겠다고 생각했겠지.

그러다 한 여행자가 동행인 여럿과 말을 타고 협곡을 지나는데, 언덕 나무에서 갑자기 한 무리의 사람들이 뛰어내리더니 돌진해 왔다지. 대거, 나이프, 곤봉 모양의 뼈, 나무 몽둥이 같은 걸 들고 여행자들을 말에서 끌어낸 다음 달려들어 죽인 거야. 그 여행자만 빼고. 그는 약간 뒤처져 있던 덕분에 도망칠 수 있었어. 어쨌든 딱 한 사람만 살아남은 거야. 그래도 뭐든 딱 하나면 충분한 거 아니겠나. 가까스로 근처 마을로 간 남자는 자초지종을 알리고 마을 사람들과 군인들을 모아 군견까지 데리고 현장으로 갔어.

며칠이나 걸린 끝에 놈들의 본거지를 찾아냈지. 바닷가 동굴 입구에서 개들이 짖으니까 포기하고 나왔어. 알고 보니 지하에 동굴이 여러 개 있는데 가장 크고 깊은 동굴에 소니 빈 일가가 살고 있더라는 거야. 훈제하거나 낮은 온도로 천천히 구운 사람 고기가 잔뜩 걸려 있었다는군. 남자와 여자, 어린아이의 다리, 팔, 허벅지, 손, 발이 말린 돼지고기처럼 일렬로 쭉 걸려 있더래. 소금에 절인 소고기처럼 소금에 절인 팔다리도 있고. 금화와 은화 같은 돈이랑 시계, 반지, 칼, 권총, 옷 따위도 산더미처럼 쌓여 있었지. 돈 쓸 일이 없으니 엄청났겠지. 동굴에서만 먹고 자고 하니까. 거기서 자식도 낳고 세상도 증오하고.

소니 빈은 그 동굴에서 수십 년을 살면서 자기만의 작은 왕국을 만든 거야. 소니 빈, 그의 아내, 그들의 자식과 손자 손녀들. 손자 손녀 중에는 소니 빈이 아빠인 아이들도 있었고. 근친상간으로 이룬 일가지."

"실제로 있었던 일입니까?"

"그렇다더군. 법원 기록도 있어. 소니 빈 일가가 리스 법원에서 재판받았거든. 재판 결과가 재미있어. 소니 빈이 인간이기를 포기한 짓을 저질렀으니 동물로 여기고 형을 내린 거야. 교수형이나 참수형이 아니라 불을 피워 놓고 소니 빈 일가를 던져서 불에 태워 죽였어."

"전부 다 죽었나요?"

"잘 기억이 안 나네. 아이들도 화형에 처했는지 잘 모르겠는데 아마 그랬을 거야. 스코틀랜드에선 괴물을 효율적으로 처리하는 편이니까."

스미스는 다 먹은 두 사람의 접시와 머그잔을 싱크대에서 설거지하고 건조대에 놓아두었다. 두 남자는 안뜰로 나갔다. 스미스는 대단히 능숙하게 담배를 말았다. 종이에 침을 묻히고 매만져 정리하더니 완성된 궐련에 지포 라이터로 불을 붙였다. "어디 보자. 오늘 저녁을 대비해 알고 있어야 할 게 뭐가 있을까? 기본은 간단하네. 절대로 먼저 말하지 말고 누가 말 시키면 대답만 해. 보아하니 그건 문제없겠어. 그렇지?"

섀도는 대답하지 않았다.

"아무튼, 손님이 뭘 부탁하면 최선을 다해 들어주고 잘 모르겠으면 나한테 물어봐. 보통은 그냥 손님이 시키는 대로 하면 돼. 목숨을 내놔야 하거나 가장 중요한 지시사항을 어기는 게 아니라면."

"그게 뭡니까?"

"상류층 여자 손님을 건드리지 말 것. 젊은 여자들이 와인 반 병 정도 들어

가면 거친 경험을 해 보고 싶어 할 수도 있거든. 혹시 그런 일이 생기면 〈선데이 피플〉 기자처럼 행동하면 돼."

"무슨 말인지 전혀 모르겠는데요."

"핑계 대고 딴 데로 가 버리라고. 보는 건 마음이지만 만지지는 마. 알겠지?"

"알겠습니다."

"역시 말이 통한다니까."

섀도는 조금씩 스미스가 마음에 들었다. 물론 그것이 현명하지 못한 일이라는 것을 알고 있었다. 전에도 그는 스미스처럼 양심의 가책을 전혀 느끼지 않고 감정에 절대 휘둘리지 않는 사람들을 만나 본 적이 있었다. 그런 사람들은 호감을 주는 만큼 하나같이 위험하다는 특징이 있었다.

이른 오후에 군대 수송기 같은 헬리콥터를 타고 고용인들이 도착했다. 요리사와 웨이터, 웨이트리스, 여자 청소부들이었다. 그들은 와인 상자, 나무 궤짝에 담긴 음식, 바구니, 용기 같은 것을 놀라울 만큼 효율적으로 척척 정리했다. 냅킨과 테이블보가 든 상자도 있었다.

하지만 헬리콥터에서 가장 먼저 내린 것은 경호원들이었다. 이어폰을 낀 덩치가 크고 우락부락한 남자들. 그들의 불룩한 재킷 속에 뭐가 들어 있는지 안 봐도 훤했다. 경호원들은 한 사람씩 스미스에게 보고한 뒤 그의 지시에 따라 집안과 주변을 살피러 갔다. 섀도는 헬리콥터에서 채소 상자를 받아 주방으로 옮겼다. 다른 사람들보다 두 배로 많이 들 수 있었다. 그는 스미스를 지나치면서 물었다. "경호원들이 있는데 전 왜 온 겁니까?"

스미스가 서글서글한 웃음을 지었다. "여기 오는 사람들은 자네나 내가 평생 보지도 못할 만큼이나 돈이 많아. 철통 경비를 원하는 게 당연하지. 납치 위험도 있고. 부자들은 적이 있으니까. 무슨 일이 일어날지 모르는 거야.

경호원들이 있으면 그럴 일이 없지. 경호원들에게 불만 있는 현지인들 처리를 맡기면 지뢰를 설치해서 무단 침입을 막는 것과 똑같으니까. 이제 알겠나?"

"그렇군요." 섀도는 헬리콥터로 돌아갔다. '아기 가지'라고 표시된 작은 검은 가지가 든 상자를 들어 양배추 궤짝에 올려놓고 둘을 한꺼번에 주방으로 들고 갔다. 거짓말이라는 확신이 들었다. 스미스의 대답은 합리적이었다. 하지만 이해가 되긴 했어도 그게 진실은 아니었다. 그가 여기 있을 이유가 전혀 없었다. 제안받은 것과 다른 이유인 것이 분명했다.

섀도는 머릿속으로 문제를 곱씹으며 자신이 여기 있는 이유를 알아내려고 애썼지만, 겉으로는 표시가 나지 않기를 바랐다. 그는 모든 걸 안에만 담아 두는 편이었다. 거기가 제일 안전하니까.

V

하늘이 분홍빛으로 변하기 시작하는 초저녁에 헬리콥터가 몇 대 더 도착했고 스무 명이 넘어 보이는 세련된 사람들이 내렸다. 미소를 띠거나 소리 내어 웃는 사람도 있었다. 대개 30대와 40대였다. 섀도가 아는 얼굴은 하나도 없었다.

스미스는 무심하면서도 능숙하게 한 사람씩 다가가 자신감 있게 인사를 건넸다. "좋아요, 저길 지나 왼쪽으로 가서 중앙홀에서 기다리시면 됩니다. 크고 멋진 장작불이 펴 있는 곳이죠. 그러면 안내인이 가서 방으로 모실 겁니다. 아마 방에 짐이 도착해 있을 텐데 없으면 말씀하세요. 하지만 있을 겁니다. 안녕하십니까, 부인. 오늘 아주 멋지십니다. 핸드백 좀 들어드리라고 할까요? 내일이 기대되시나요? 다들 그렇지요."

섀도는 스미스가 손님들을 하나씩 맞이하는 모습을 흥미롭게 바라보았다. 친숙함과 존중심, 붙임성, 런던 사람의 매력이 완벽하게 합쳐진 태도였다. 에이치 발음과 자음, 모음 발음이 상대에 따라 자유롭게 바뀌었다.

짧은 검은 머리의 대단한 미인이 그녀의 가방을 안으로 옮겨 주는 섀도에게 미소를 보냈다. 섀도가 지나갈 때 스미스가 작게 중얼거렸다. "여자 손님 건드리지 마."

마지막으로 헬리콥터에서 내린 사람은 60대로 보이는 약간 뚱뚱한 남자였다. 그는 스미스에게 다가가더니 싸구려 나무 지팡이에 기대고 스미스 쪽으로 몸을 기울여 뭐라고 나직하게 속삭였다. 스미스도 똑같은 자세로 뭐라고 답했다.

책임자인가 보군. 섀도는 생각했다. 몸짓만으로도 알 수 있었다. 스미스는 다른 사람들에게 미소 띤 얼굴로 나긋나긋하게 말하던 모습이 아니었다. 보고하는 태도였다. 노인이 알아야 할 모든 것을 효율적이면서도 조용하게 알리고 있었다.

스미스가 섀도에게 손을 까딱했고 섀도는 빠른 걸음으로 다가갔다.

"섀도, 이분은 앨리스 씨야."

앨리스 씨가 분홍빛의 통통한 손으로 섀도의 큼지막한 짙은 색 손을 잡았다. "만나서 반갑네. 아주 괜찮은 친구라고 얘기 많이 들었네."

"반갑습니다." 섀도가 말했다.

"가서 일 보게."

스미스는 섀도에게 고개를 끄덕이며 가 보라는 신호를 보냈다.

"혹시 괜찮으면 아직 밝을 때 주변을 좀 둘러보고 싶은데요. 현지인들이 어느 쪽에서 침입할 수 있는지 확인도 할 겸."

"너무 멀리 가진 말고." 스미스가 말했다. 그는 앨리스 씨의 서류 가방을 들고 노인을 건물 안으로 안내했다.

섀도는 저택 둘레를 벗어나서까지 걸어갔다. 함정에 빠진 게 분명했다. 이유는 모르겠지만 자신이 옳다는 확신이 들었다. 앞뒤가 맞지 않는 부분이 너무 많았다. 진짜 경호원들이 있는데 떠돌이에게 경비를 맡기는 이유가 뭐란 말인가? 말이 안 되는 얘기였다. 스무 명도 넘는 사람들이 섀도를 장식에 불과한 듯 거들떠보지도 않았는데, 스미스가 그를 앨리스 씨에게 소개한 것은 더더욱 말이 안 됐다.

저택 앞쪽에 낮은 돌벽이 있었다. 저택 뒤편에는 작은 산에 가까운 언덕이 자리했고 언덕 앞쪽의 내리막길은 호수로 이어졌다. 언덕 옆쪽으로는 그가 아침에 지나온 길이 있었다. 저택의 저쪽 끝으로 갔더니 높은 돌벽과 함께 텃밭 같은 곳이 나왔다. 그 너머는 황무지였다. 텃밭으로 들어가 벽을 살펴보려고 다가갔다.

"정찰 중입니까?" 목소리의 주인은 검은 턱시도 차림의 경호원이었다. 섀도는 그를 보지 못했었고, 이는 경호원이 임무를 제대로 수행하고 있다는 뜻이었다. 다른 고용인들과 마찬가지로 그도 스코틀랜드 억양이었다.

"그냥 둘러보는 겁니다."

"구조를 미리 파악해 두다니 현명하네요. 이쪽은 걱정하지 마세요. 저쪽으로 100미터 정도 가면 강이 나오고 호수로 이어집니다. 그 너머는 젖은 바위만 30미터 정도 쭉 이어지고요. 아주 위험하죠."

"아, 그럼, 파티에 와서 불평한다는 현지인들은 어느 쪽에서 옵니까?"

"그거야 모르죠."

"그럼 저쪽으로 가서 한번 둘러봐야겠네요. 오가는 길이 있을지 모르니까요."

"나라면 그러지 않을 것 같은데요. 나라면요. 그쪽은 정말 위험하거든요. 한번 미끄러지면 바위 아래로 떨어져 호수에 빠질 겁니다. 그쪽은 진짜 시체도 못 찾아요."

"그렇군요." 정말로 알아듣고 하는 말이었다.

그는 계속 저택 주변을 돌아다녔다. 경호원이 있을지 모른다고 의식했더니 그 뒤로 다섯 명이나 발견했다. 분명 놓친 경호원이 더 있을 것이다.

큰 부속 건물의 프렌치 창으로 나무 패널을 두른 커다란 다이닝룸이 보였다. 손님들이 테이블에 앉아 웃고 떠들고 있었다.

그는 고용인 숙소가 있는 건물로 돌아갔다. 고용인들은 음식이 잔뜩 담긴 커다란 접시들을 사이드 테이블에 올려놓고, 한 코스가 끝날 때마다 일회용 접시에 잔뜩 덜어서 먹었다. 스미스는 주방의 나무 테이블에 앉아 샐러드와 레어로 살짝 익힌 소고기를 접시에 담는 중이었다.

"저쪽에 캐비어 있어. 최상급 황금빛 오세트라 캐비어. 아주 귀한 거야. 예전엔 파티 진행자들이 자기들끼리만 먹었지. 난 별로 안 좋아하는데, 많이 먹어."

섀도는 예의상 접시 한쪽에 캐비어를 조금 담았다. 삶은 메추리알과 파스타, 치킨도 담은 뒤 스미스 옆에 앉아 먹기 시작했다.

"현지인들이 들어올 만한 곳이 없던데요. 차도 쪽은 경호원들이 봉쇄했고 저택으로 오려면 호수를 건너오는 수밖에 없습니다."

"꼼꼼하게 잘 둘러본 모양인데?"

"예."

"우리 애들도 봤나?"

"예."

"어때?"

"까불다간 큰일 나겠던데요."

스미스가 코웃음을 쳤다. "자네 같은 덩치가? 자네라면 문제없을걸."

"그 사람들은 킬러잖아요." 섀도가 간단히 말했다.

"필요할 때만 그렇지." 스미스가 말했다. 웃음기가 사라지고 없었다.

"방에 올라가 있지? 필요하면 부르겠네."

"그러죠. 필요할 일이 없으면 주말 내내 너무 편하겠는데요."

스미스가 그를 빤히 쳐다보았다. "돈은 받을 거야."

섀도는 뒤쪽 계단을 통해 저택 꼭대기 층 복도로 갔다. 방에 들어가니 파티를 즐기는 사람들의 목소리가 들려서 작은 창문 쪽을 바라보았다. 맞은편의 프렌치 창문이 활짝 열려 있고, 어느새 손님들이 코트를 입고 장갑을 낀 채 와인 잔을 들고 안뜰로 나와 있었다. 대화 내용이 드문드문 들려왔지만 알아듣기는 어려웠다. 소리는 분명히 들리는데 정확히 뭐라고 말하는지는 알 수 없었다. 가끔 우아한 웅얼거림을 뚫고 분명히 들리는 말들이 있긴 했다. 한 남자가 말했다. "그에게 말했어요. 당신 같은 판사들은 내 소유가 아니지만 내가 파는……" 여자의 말도 들렸다. "그건 괴물이에요, 자기. 확실한 괴물이라고요. 뭐 어쩌겠어요?" 다른 여자가 "내 남자친구도 그러면 얼마나 좋을까!"라고 말하자 사람들이 웃음을 터뜨렸다.

섀도에겐 두 가지 선택권이 있었다. 여기 남는 것. 탈출하는 것.

"남겠어." 그가 소리 내어 말했다.

VI

위험한 꿈을 꾼 밤이었다.

첫 번째 꿈에서 그는 미국이었고 가로등 아래에 서 있었다. 계단을 올라가 유리문을 밀고 식당으로 들어갔다. 한때 기차의 식당차였던 곳이었다. 걸걸한 저음으로 '내 사랑 보니'의 멜로디에 맞춰 가사를 바꾼 노래를 부르는 노인의 목소리가 들렸다.

뱃사람들에게 콘돔을 파는 우리 할아버지
핀으로 끝부분에 구멍을 뚫지
불법 낙태 시술을 하는 우리 할머니
돈이 잘도 굴러들어 온다네.

섀도는 식당차의 통로를 쭉 걸어갔다. 머리가 희끗희끗한 남자가 맨 끝 자리에 앉아서 맥주병을 들고 노래했다. "굴러와, 굴러와, 돈이 잘도 굴러들어 와." 섀도를 보자 그가 원숭이처럼 활짝 웃으며 맥주병으로 손짓했다. " 앉아, 얼른."

섀도는 그가 웬즈데이라고 알고 있는 그 남자의 맞은편에 앉았다. "문제가 뭔데?" 죽은 지 2년이나 지난 웬즈데이가 물었다. "맥주를 대접하고 싶은데 여기 서비스가 엉망이라서 말이야."

섀도는 괜찮다고 했다. 맥주를 마시고 싶은 마음이 없었다.

"그래서 문제가 뭐지?" 웬즈데이가 수염을 긁으며 물었다.

"지금 스코틀랜드의 저택에서 돈 많은 사람들이랑 있는데 무슨 꿍꿍이가 있는 것 같아요. 큰일이 난 건 맞는데 그게 뭔지 모르겠습니다. 심각한 문제인 건 확실해요."

웬즈데이는 맥주를 한 모금 들이켰다. "부자들은 다르다, 얘야." 그가 잠시 후 입을 뗐다.

"그게 도대체 무슨 말이죠?"

"일단 그 사람들은 대부분 불사의 몸이 아닐 테니 네가 신경 쓸 일은 아니지."

"헛소리하지 마요."

"넌 불사의 몸이 맞는걸. 넌 나무 위에서 죽었어, 섀도. 죽었는데 살아났잖아."

"그래서요? 어떻게 된 일인지 난 기억조차 안 납니다. 이번에 그 부자들의 손에 죽으면 영영 죽을걸요."

웬즈데이는 맥주를 다 마셨다. 다 마신 맥주병을 마치 오케스트라 지휘자 같은 움직임으로 흔들더니 또 노래했다.

내 형제는 선교사
타락한 여자를 구원해 주지
5달러만 주면 붉은 머리 여자를 대령시켜 준다네
돈이 잘도 굴러들어 오네.

"도움이 안 되네요." 섀도가 말했다. 식당은 눈 내린 밤을 뚫고 덜컹덜컹 달리는 철도 객차였다.

웬즈데이는 맥주병을 내려놓고 의안이 아닌 쪽 눈으로 섀도를 빤히 쳐다보았다. "패턴이야. 그들이 널 영웅이라고 생각한다면 잘못 생각하는 거지. 죽으면 베오울프나 페르세우스, 라마가 될 수 없어. 그러니까 법칙을 아예 바꿔. 체커 게임이 아니라 체스 게임인 거지. 아니, 체스 게임도 아닌 거야. 무슨 말인지 알겠어?"

"하나도 모르겠어요." 섀도는 답답했다.

저택의 복도에서 술 취한 사람들이 요란하게 움직였다. 비틀비틀 복도를 지나면서 깔깔거리고 서로 조용히 하라고 했다.

섀도는 저들이 고용인인지, 아니면 초라한 다른 부속 건물에서 길을 잃고 헤매는 손님인지 궁금했다. 그리고 꿈이 그를 다른 꿈으로 데려갔다.

섀도는 간밤에 비를 피하려고 묵은 간이 숙소에 돌아가 있었다. 바닥에 누군가가 있었다. 기껏해야 다섯 살 정도로밖에 보이지 않는 남자아이가 발가벗은 채 팔다리를 벌리고 바닥에 누워 있었다. 순간 강렬한 빛이 번쩍이더니 누군가가 마치 섀도가 그 자리에 없는 것처럼 그의 몸을 통과해 아이의 팔을 반듯하게 폈다. 또다시 빛이 번쩍했다.

섀도는 그 남자가 사진을 찍고 있다는 걸 알 수 있었다. 닥터 가스켈이었다. 호텔 바에서 만난 강철빛 머리의 자그마한 남자.

가스켈은 주머니에서 하얀 종이봉투를 꺼내더니 안에서 뭔가를 꺼내 입 안에 털어 넣었다.

"종합 캔디야. 냠냠, 맛있지. 네가 제일 좋아하는 거야."

그는 웃으며 쭈그려 앉아 죽은 아이의 사진을 또 찍었다.

섀도는 오두막의 돌벽을 통과했다. 마치 바람처럼 돌의 갈라진 틈을 흐르듯 지나 바닷가로 이동했다. 파도가 바위를 때리고 섀도는 계속 물 위를 지났다. 잿빛 바다를 지나고 물결을 따라 위아래로 움직이며 시체의 손발톱으로 만든 배로 다가갔다.

배는 바다 한복판에 있었다. 섀도는 구름의 그림자처럼 수면 위를 지났다.

배는 엄청나게 컸다. 가까이 가 보니 생각보다 훨씬 더 컸다. 손 하나가 내려와 그의 팔을 잡더니 바다에서 갑판으로 끌어올렸다.

"우릴 다시 살려 줘." 파도만큼이나 크고 다급하고 사나운 소리였다. "돌려놓든지 보내 주든지." 수염 난 얼굴에서 한쪽 눈만이 이글거렸다.

"내가 당신들을 여기 잡아 두는 게 아닙니다."

배에 탄 그들은 거인이었다. 그림자와 얼어 버린 물보라로 만들어진 거대한 인간. 꿈과 거품의 존재들.

그중에서 가장 큰 붉은 수염의 거인이 앞으로 나왔다.

"육지에 닿을 수가 없다. 떠날 수가 없어." 천둥 같은 목소리가 울려 퍼졌다.

"집으로 가세요." 섀도가 말했다.

"우린 우리의 사람들과 함께 이 남쪽 나라로 왔다. 하지만 그들이 우릴 떠났어. 길들여진 다른 신들을 찾아서. 우릴 잊어버렸지."

"집으로 가세요." 섀도가 다시 말했다.

"시간이 너무 많이 지났어." 붉은 수염의 남자가 또 말했다. 옆에 든 망치를 보고 섀도는 남자를 알아보았다. "너무 많은 피를 흘렸다. 넌 우리 혈족이야, 발데르. 우릴 자유롭게 해 줘."

섀도는 자신이 그들의 혈족도 아니고 그 누구의 혈족도 아니라고 말하고 싶었지만, 얇은 이불이 침대에서 떨어지고 발이 침대 끄트머리에 튀어나온 데다 흐릿한 달빛이 다락방을 비춰 잠에서 깼다. 저택은 고요했다. 언덕에서 뭔가 울부짖는 소리가 들렸다. 섀도는 몸을 떨었다.

그는 작아도 너무 작은 침대에 누운 채 시간이 물웅덩이처럼 고이는 상상을 했다. 시간이 묵직하게 걸려 있는 곳, 시간이 잔뜩 쌓여서 고정된 장소가 있다면 어떨지 궁금해졌다. 도시는 시간으로 가득 차 있을 것이다. 이곳저곳에서 사람들이 각자 시간을 가지고 몰려들 테니까.

만약 그런 곳이 있다면 사람들이 조금밖에 없어서 비통하게 그저 기다리기만 하는 잿빛 땅도 있을 터였다. 사람이 없어서 시간도 적은 곳에서는 천 년의 시간도 눈 깜짝할 사이에 지나가 버리겠지. 휙휙 지나가는 구름과 흔들리는 골풀이 전부일 것이다.

"그들은 당신을 죽일 거예요." 여자 바텐더 제니가 속삭였다.

이제 섀도는 언덕의 달빛 아래 그녀와 함께 앉아 있었다. "내가 뭐라고 그 사람들이 죽이고 싶어 하겠어요?"

"그들은 괴물을 죽이거든요. 그래야만 하니까. 항상 그래왔으니까."

그는 그녀에게 손을 내밀었지만 그녀가 몸을 돌렸다. 그녀의 뒤쪽은 텅 비어 있었다. 그녀가 다시 뒤돌아 그를 보며 속삭였다. "피해요."

"당신이 내가 있는 곳으로 와요." 그가 말했다.

"안 돼요. 가로막혀 있어요. 거기로 가는 길은 험난하고 경계가 삼엄해요. 하지만 날 불러요. 날 부르면 갈게요."

그리고 동이 텄고 언덕 아래의 늪 같은 땅에서 각다귀 떼가 구름을 이루었다. 제니가 꼬리로 휘휘 저으며 쫓았지만 소용이 없었다. 구름 같은 각다귀 떼가 섀도에게 내려앉아 코와 입에 작고 따끔거리는 벌레가 바글바글했다. 까만 어둠이 그를 질식시켰다.

그는 침대에 누운 채로 온몸을 비틀며 잠에서 깨어났다. 심장이 마구 뛰고 숨을 헉헉거렸다.

VII

아침은 훈제 청어, 구운 토마토, 스크램블드에그, 토스트, 엄지 모양의 뭉툭한 소시지 2개, 정체를 알 수 없는 까맣고 동그랗고 평평한 무언가였다.

"이게 뭡니까?" 섀도가 물었다.

"블랙 푸딩이에요." 옆에 앉은 남자가 말해 주었다. 경호원인 그는 어제 자 〈선〉을 읽으며 식사를 했다. "피와 향신료를 섞어서 굳힌 거예요. 꼭 까만 딱지 같죠." 그는 달걀을 포크로 찍어 토스트에 올린 채 손으로 먹었다. "아무튼 이런 말도 있잖아요. 소시지나 법 만드는 모습은 절대로 보지 말아라."

섀도는 아침을 마저 먹었지만 블랙 푸딩은 남겼다.

주전자에 담긴 제대로 뽑은 커피를 머그잔에 담아서 마셨다. 뜨거운 블랙 커피가 잠을 깨우고 머리를 맑게 해 주었다.

스미스가 들어왔다. "섀도맨, 5분만 빌릴 수 있을까?"

"돈 받을 겁니다." 섀도가 말했다. 두 사람은 복도로 나갔다.

"앨리스 씨가 부르셔. 잠깐 할 말이 있으시대." 그들은 하얗게 칠해진 음울한 분위기의 직원용 건물에서 나무 패널을 두른 널찍한 집안으로 갔다. 커다란 나무 계단을 올라 거대한 서재로 들어갔다. 안에는 아무도 없었다.

"금방 오실 걸세. 내가 가서 왔다고 말씀드리지." 스미스가 말했다.

서재의 책들은 쥐와 먼지로부터 보호하기 위해 유리문과 철망으로 감싸 놓았다. 섀도는 벽에 걸린 수사슴 그림을 자세히 보려고 다가갔다. 안개 자욱한 협곡을 배경으로 서 있는 수사슴은 도도하고 우월해 보였다.

"협곡의 군주." 앨리스 씨가 지팡이를 짚고 천천히 걸어오며 말했다. "빅토리아 시대에 가장 많이 복제된 그림이지. 원본은 아니지만 1850년대에 랜드시어가 자기 그림을 직접 복제한 거라네. 맘에 들어. 그래선 안 되겠지만. 트래펄가 광장의 사자 동상도 랜드시어 작품이지."

섀도는 그를 따라 베이 창으로 걸어갔다. 저 아래로 안뜰에서 의자와 테이블을 가져다 놓는 고용인들이 보였다.

안뜰 중앙의 연못가에서는 파티 손님들이 통나무와 장작으로 모닥불 피울 준비를 하고 있었다. "왜 모닥불 준비를 고용인들에게 시키지 않죠?" 섀도가 물었다.

"재미있는 걸 하인들에게 시키면 쓰나. 그건 오후 꿩사냥에 고용인들을 보내는 것과 다를 바 없지. 모닥불을 쌓는 건 특별한 일이야. 모닥불 피울 나무를 완벽하게 쌓는다는 게 참 특별하거든. 사람들 말로는 그렇다더군. 난 해 본 적이 없어서." 앨리스 씨가 창가에서 뒤돌았다. "좀 앉지. 자넬 올려다보다가는 목이 결리겠어."

섀도는 자리에 앉았다.

"자네 얘긴 많이 들었네. 진즉 만나 보고 싶었어. 여기저기 떠돌아다니는 똑똑한 청년이라더군. 그렇게 들었어."

"이웃들이 파티에서 난동을 부리지 못하게 하려고 지나가던 여행자를 고용한 게 아니란 말입니까?"

"그렇기도 하고 아니기도 해. 다른 후보들도 있었지만 자네가 이 일에 가장 적임자였던 거지. 자네가 누구인지 알았거든. 신들의 선물이지. 안 그런가?"

"모르겠는데요. 제가요?"

"물론이지. 이 파티는 역사가 무척 오래됐어. 한 해도 빠짐없이 천 년 가까이 열렸으니까. 해마다 우리 쪽 인간과 그들 쪽 인간이 싸운다네. 우리 쪽 인간이 이겨 왔고. 올해 우리 쪽 인간이 바로 자네일세."

"그들……그들이 누굽니까? 당신들은 누구고요?"

"난 주최자……라고 할 수 있겠지." 앨리스 씨는 잠깐 말을 멈추고 지팡이로 마룻바닥을 톡톡 쳤다. "그들은 오래전에 패배한 자들이야. 우리가 이겼어. 우린 기사, 그들은 용, 우린 거인 사냥꾼, 저들은 거인이었지. 우린 인간, 저들은 괴물이었어. 우리가 이겼고. 이젠 저들도 우릴 이길 수 없다는 걸 알아. 그 사실을 다시 일깨워 주는 게 오늘 밤의 목적이고. 자넨 오늘 밤 인류를 위해 싸우는 걸세. 그들이 이기게 둘 순 없어. 절대로. 우리와 그들의 싸움일세."

"닥터 가스켈은 저더러 괴물이라고 했는데요." 섀도가 말했다.

"닥터 가스켈? 자네 친구인가?" 앨리스 씨가 물었다.

"아니요. 당신 아래에서 일하는 사람입니다. 당신 아래에서 일하는 사람을 위해서 일하는 것일 수도 있고. 어린애들을 죽여서 사진을 찍는 것 같더군요."

앨리스 씨의 지팡이가 떨어졌다. 그는 불편한 듯 몸을 숙여 지팡이를 짚었다. "난 자네가 괴물이라고 생각하지 않네, 섀도. 영웅이라고 생각하지."

아니, 당신은 날 괴물이라고 생각하잖아. 그것도 당신 소유의 괴물이라고. 섀도는 생각했다.

"오늘 잘해 주게. 잘해 주리라고 믿지만. 이기면 대가를 지불하지. 영화배우나 유명인이나 부자가 어떻게 그 자리에 올라갔는지 궁금한 적 있을 거야. 재능이 뛰어나서 그런 거라고 생각했겠지? 사실은 나 같은 사람을 뒷배로 둔 덕분일 때가 많다네."

"당신은 신인가요?" 섀도가 물었다.

앨리스 씨가 큰소리로 껄껄 웃었다. "재미있군, 미스터 문. 전혀 아닐세. 성공한 스트레텀 출신 소년일 뿐이지."

"제가 누구랑 싸우는 겁니까?"

"오늘 밤 알게 될 걸세. 다락방에서 옮길 게 있는데, 가서 스미스를 좀 도와주겠나? 스미스도 자네만큼 덩치가 큰 친구니까 간단할 거야."

앨리스 씨와의 이야기가 끝나자마자 연락이라도 받은 듯 때맞춰 스미스가 들어왔다.

"그렇지 않아도 이 친구가 다락방에서 그걸 옮기는 걸 도와주겠다는군." 앨리스 씨가 말했다.

"잘됐군요. 같이 가지, 섀도. 위층으로 올라가세."

그들은 어두운 나무 계단을 올라 맹꽁이자물쇠로 잠근 문을 통해(스미스가 열쇠로 열었다) 먼지 가득한 나무 다락방으로 들어갔다. 그곳에는 뭔가가 높이 쌓여 있었다.

"북인가요?" 섀도가 물었다.

"북이지." 스미스가 답했다. 나무와 동물 가죽으로 만든 북이었는데 저마다 크기가 달랐다. "자, 아래층으로 옮기자고."

그들은 북을 아래층으로 옮겼다. 스미스는 매우 소중한 듯 한 번에 하나씩 들었고 섀도는 2개씩 들었다.

"오늘 밤 정확히 뭐가 어떻게 되는 겁니까?" 북을 세 번째인가, 네 번째 옮길 때 섀도가 물었다.

"흠. 내가 알기론 자네가 이따 직접 파악하는 게 좋을 거야. 상황 봐 가면서 말이야."

"당신과 앨리스 씨의 역할은 뭐죠?"

스미스가 섀도를 매서운 눈초리로 쳐다보았다. 그들은 중앙홀의 계단 발치에 북을 내려놓았다. 남자 몇몇이 불 앞에서 얘기를 나누고 있었다.

다시 계단을 오르고 손님들에게 목소리가 들리지 않을 정도의 지점에 이르자 스미스가 입을 열었다. "앨리스 씨는 오늘 오후 늦게 떠나실 거고 난 계속 있을 거야."

"가신다고요? 오늘 밤 참석 안 하시는 건가요?"

스미스는 불쾌한 표정이었다. "앨리스 씨는 주최자야. 하지만……." 그가 말을 멈추었다. 섀도는 이해했다. 스미스는 자신의 고용주에 대해 이야기하지 않았다. 그들은 북을 계속 아래층으로 옮겼다. 북을 다 옮긴 다음에는 무거운 가죽 가방을 들고 내려갔다.

"안에 뭐가 들었습니까?" 섀도가 물었다.

"북채." 스미스가 답했다.

그는 말을 이었다. "오래된 가문들이야. 아래층에 있는 사람들 말이야. 아주 오래된 부자들이지. 앨리스 씨가 우두머리라는 걸 그들도 알지만 그렇다고 그분이 그들의 일원이 되진 않아. 이해가나? 오늘 밤 파티에 참석하는 건 그들뿐이야. 그들은 앨리스 씨가 참석하는 걸 원치 않아. 알겠나?"

섀도는 이해했다. 그는 스미스에게 앨리스 씨 이야기를 들은 게 후회되었다. 살아남을 사람에게 그런 이야기를 할 것이라고는 생각되지 않았으니까.

하지만 섀도는 그저 이렇게만 답했다. “북채가 무겁네요.”

VIII

소형 헬리콥터가 와서 앨리스 씨를 태워 갔다. 고용인들은 랜드로버를 타고 떠났다. 스미스 씨가 마지막 랜드로버를 몰았다. 섀도는 세련된 옷차림에 미소를 머금은 손님들과 남겨졌다.

손님들은 재미를 위해 잡아다 가둬 둔 사자라도 되는 듯 섀도를 쳐다볼 뿐 말은 걸지 않았다.

도착했을 때 섀도에게 미소를 보냈던 검은 머리의 여자가 먹을 것을 가져다주었다. 거의 날 것이나 다름없는 스테이크였다. 손으로 집어 씹어 먹으라는 듯 포크와 나이프도 없이 접시에 담긴 고기만 주었다. 그는 배가 고팠고 그래서 그렇게 먹었다.

“나는 당신들의 영웅이 아닙니다.” 그가 사람들에게 말했지만 그들은 그와 눈을 마주치지 않았다. 직접적으로 말을 거는 사람이 하나도 없었다. 짐승이 된 기분이었다.

해가 저물었다. 그들은 섀도를 안뜰 중앙의 분수대 옆으로 데려가 총구를 겨눈 채 발가벗겼다. 여자들이 그의 몸에 되직한 노란 기름을 발랐다.

그들은 잔디밭에 서 있는 섀도의 앞쪽에 칼을 내려놓더니 총 든 손으로 집으라는 시늉을 했다. 섀도는 칼을 집었다. 검은색 철제 칼자루는 거칠어서 손에 착 감겼다. 칼날도 날카로워 보였다.

그러고 나서 그들은 안뜰에서 밖으로 이어지는 커다란 문을 열었고 남자 두 명이 높게 쌓인 모닥불에 불을 붙였다. 타닥타닥 소리와 함께 나무가 활활 탔다.

그들은 가죽 가방을 열어 울퉁불퉁하고 묵직한 곤봉처럼 생긴 검은 막대기를 하나씩 꺼내 가졌다. 새도는 인간의 허벅지 뼈로 만든 곤봉을 들고 어둠 속에 숨어 있다가 우르르 뛰어나오는 소니 빈의 자식들을 떠올렸다.

손님들은 안뜰 가장자리에 자리 잡더니 북채로 북을 치기 시작했다.

처음에는 심장 소리처럼 느릿느릿 고동치는 깊은 울림이었지만 이내 기이한 리듬으로 거세게 내리쳤다. 오르락내리락하는 짧고 날카로운 소리가 점점 커지며 새도의 머리와 마음을 완전히 장악했다. 불빛이 꼭 북소리의 리듬에 맞춰 깜빡이는 것처럼 보였다. 갑자기 저택 밖에서 울부짖는 소리가 들렸다.

고뇌에 찬 울부짖음이 언덕 너머에서 메아리치고 북소리를 뚫고 울려 퍼졌다. 고통과 상실, 증오로 가득한 소리였다.

어떤 형체가 북소리를 듣지 않으려는 듯 머리와 귀를 움켜쥐고 비틀비틀 문을 지나 안뜰로 들어왔다.

불빛이 그것을 비추었다.

가까이에서 보니 무척이나 컸다. 새도보다 더 크고 알몸이었다. 털 하나 없는 몸에서 물이 뚝뚝 떨어졌다.

그것은 귀를 틀어막은 손을 내리고 주변을 둘러보았다. 성나서 잔뜩 찡그린 얼굴이었다. "그만해! 소리 좀 멈추라고!"

세련된 옷차림의 손님들은 더 세게, 더 빠르게 북을 쳤고 북소리가 새도의 머리와 가슴을 가득 채웠다.

괴물은 안뜰 중앙으로 걸어가 새도를 쳐다보았다. "너, 내가 말했지. 소리 좀 어떻게 하라고." 괴물은 목 깊숙한 곳에서부터 울려 퍼지는 증오와 저항으로 가득한 울부짖음을 토해 냈다.

괴물이 더 가까이 다가왔다. 칼을 보고는 멈추더니 소리쳤다. "싸우자! 정정당당하게 싸우자! 칼은 버리고 싸워!”

“난 싸우고 싶지 않아.” 섀도는 잔디밭에 칼을 버리고 양손을 들어 아무것도 없음을 보여 주었다.

“늦었다. 그러기엔 너무 늦었어.” 인간이 아닌, 털 하나 없는 그것이 말했다.

괴물은 섀도에게 달려들었다.

나중에 섀도는 그 싸움이 드문드문 기억날 뿐이었다. 바닥으로 내쳐진 것, 온몸을 날려서 피한 것, 북소리, 모닥불 사이에서 불빛에 비친 두 남자를 굶주린 듯 쳐다보던 북 치는 사람들의 표정.

섀도와 괴물은 뒤엉켜 엎치락뒤치락하고 세게 내리치면서 싸웠다.

맞붙어 싸울 때 괴물의 얼굴에 짠 눈물이 흘러내렸다. 섀도가 보기에는 둘의 실력이 비슷한 것 같았다.

괴물이 팔로 섀도의 얼굴을 세게 찍었다. 자신의 피 맛을 본 섀도는 증오가 붉은 장벽처럼 거세게 일어나는 걸 느꼈다.

그는 다리를 휙 돌려 괴물의 무릎에 걸었다. 뒤로 비틀거리는 괴물의 배에 주먹을 꽂는 순간 외마디 비명과 함께 분노와 고통에 가득한 포효가 이어졌다.

북을 치고 있는 손님들을 힐끗 보니 피에 굶주린 기색이 역력했다.

차가운 바닷바람이 불었다. 하늘에서 거대한 그림자가 느껴졌다. 죽은 인간들의 손톱으로 만든 배에서 본 거인들이 그를 내려다보고 있는 것 같았다. 그들이 배에 꼼짝없이 갇혀 육지에 닿지도, 떠나지도 못했던 이유가 바로 이 싸움 때문인 듯했다.

섀도는 이 싸움이 앨리스 씨가 알고 있는 것보다도 오래되었다고 생각했다. 괴물의 발톱으로 가슴을 긁히면서도 그런 생각이 들었다. 괴물과 인간의 싸움은 시간만큼이나 오래되었다고. 이것은 테세우스와 미노타우로스의 싸움이요, 베오울프와 그렌델의 싸움이며, 모닥불과 어둠 사이에 서서 검에 묻은 인간의 것이 아닌 피를 닦아 낸 모든 영웅의 싸움이었다.

이글거리는 모닥불 속에서 천 개의 심장 소리와 같은 북소리가 고동쳤다.

괴물이 달려드는 순간 섀도는 축축한 잔디밭에 미끄러지며 쓰러졌다. 괴물의 손이 그의 목을 잡고 힘껏 눌렀다. 정신이 아득해지기 시작했다.

그는 손에 잡히는 잔디를 손에 말아 힘껏 당겼다. 손가락을 깊이 파고들어 풀과 축축한 흙을 한 움큼 움켜쥐고, 흙덩어리를 괴물의 얼굴에 던져 순간적으로 앞이 안 보이게 만들었다.

이제 그는 괴물을 밀쳐 쓰러뜨리고 그 위에 올라탔다. 한쪽 무릎으로 사타구니를 가격하자 괴물이 태아처럼 몸을 웅크리며 울부짖고 흐느꼈다.

섀도는 북소리가 멈췄다는 것을 깨닫고 고개를 들었다. 손님들은 어느새 북을 내려놓은 상태였다.

동그랗게 원을 그린 남녀가 다가왔다. 북채는 여전히 들고 있었지만 곤봉이라도 되는 듯이 꽉 쥔 채였다. 심지어 그들의 시선이 향한 곳도 섀도가 아니었다. 그들은 오로지 땅에 쓰러진 괴물만 응시하고 있었고, 모닥불의 불빛 속에서 검은 막대를 치켜들며 괴물을 향해 다가갔다.

"그만둬!" 섀도가 소리쳤다.

곤봉이 처음 가격한 곳은 괴물의 머리였다. 괴물은 몸을 비틀며 울부짖었고 다음 공격을 막으려고 한쪽 팔을 마구 휘저었다.

섀도는 몸을 던져 그들 앞에 섰다. 그에게 웃어 주었던 검은 머리의 여자가 아무 감정도 없는 얼굴로 그의 어깨를 내리쳤다. 그다음에는 한 남자가 내리친 곤봉에 다리가 얼얼해졌고 세 번째는 옆구리를 맞았다.

섀도는 생각했다. 우리 둘 다 죽일 거야. 처음에는 괴물, 그다음에는 나.

이들은 항상 그래왔으니까. 또 문득 스치는 게 있었다. 부르면 온다고 했지.

섀도가 속삭였다. 제니?

답이 없었다. 시간이 느리게 흘렀다. 다음 북채는 그의 손을 겨냥해 날아왔다. 섀도는 힘겹게 굴러 간신히 공격을 피했고 묵직한 나무가 잔디밭을 내리치는 걸 보았다.

"제니." 그는 제니의 지나치게 밝은 금발과 여윈 얼굴, 미소를 떠올리며 그녀를 불렀다. "당신을 부릅니다. 지금 와 줘요. 제발."

순간 차가운 바람이 휙 불어왔다.

검은 머리 여자가 또다시 북채를 높이 들고 섀도의 얼굴을 노리며 빠르고 세게 내리쳤다.

하지만 북채는 섀도에게 닿지 않았다. 작은 손이 묵직한 막대를 마치 나뭇가지라도 되듯 잡았다.

차가운 바람에 금색의 머리카락이 휘날렸다. 무슨 옷을 입었는지는 알 수 없었다.

그녀가 그를 보았다. 섀도는 실망한 얼굴이라고 생각했다.

한 남자가 그녀의 뒤통수를 향해 곤봉을 내리쳤지만 닿지 못했다. 그녀가 뒤돌자……

찢어발기는 듯한 소리가 울려 퍼지고……

모닥불이 폭발했다. 그렇게 보였다. 불에 붙어 이글거리는 나무가 안뜰과 집안으로까지 날아갔다. 격렬한 바람 속에서 사람들이 비명을 질렀다.

섀도는 비틀거리며 일어섰다.

괴물은 피투성이에 비틀린 몸으로 바닥에 누워 있었다. 살았는지 죽었는지 알 수 없었다. 섀도는 괴물을 일으켜 어깨에 부축하고 비틀비틀 안뜰을 나갔다.

뒤에서 거대한 나무 문이 닫혔고 자갈 깔린 앞뜰로 들어섰다. 아무도 따라 나오지 않는 듯했다. 섀도는 한 번에 한 걸음씩 호수로 이어진 내리막길을 내려갔다.

물가에 다다른 그는 무릎을 꿇고 주저앉으면서 민머리 남자를 최대한 살살 풀밭에 눕혔다. 순간 요란한 굉음이 들려서 언덕 위를 쳐다보았다.

저택이 불타고 있었다.

"우리 애는 좀 어때?" 여자가 물었다.

섀도가 돌아보니 괴물의 엄마가 무릎 높이의 물속에서 물가 쪽으로 걸어왔다.

"모르겠습니다. 다쳤어요." 섀도가 말했다.

"너도 다쳤어. 둘 다 피와 멍투성이구나."

"예."

"그래도 우리 애가 죽지 않았으니 썩 괜찮은 변화가 되겠어."

어느새 호숫가에 이른 그녀는 둑에 앉아 무릎에 아들의 머리를 눕혔다. 핸드백에서 티슈를 꺼내 열심히 아들의 얼굴을 문지르며 피를 닦아 냈다.

언덕의 대저택이 포효했다. 집이 불탈 때 저렇게 시끄러운 소리가 날 줄은 몰랐다.

나이 든 여인은 하늘을 올려다보았다. 그녀는 목 깊은 곳에서 쯧쯧 차는 듯한 소리를 내더니 고개를 저었다. "네가 그들을 들여보냈어. 오랫동안 묶여 있던 그들을 들여보낸 거야."

"잘된 겁니까?" 섀도가 물었다.

"나도 모른단다, 얘야." 자그마한 체구의 여인은 다시 고개를 흔들었다. 그녀는 아기에게 하듯 아들에게 콧노래를 흥얼거리며 상처에 침을 발라 주었다.

불타는 저택의 열기가 호숫가에까지 전해져 알몸의 섀도를 따뜻하게 만들었다. 그는 유리 같은 호수에 비친 이글거리는 불꽃을 바라보았다. 노란 달이 뜨고 있었다.

이제야 통증이 느껴지기 시작했다. 내일은 훨씬 더 아플 터였다.

뒤쪽에서 풀밭을 걸어오는 소리가 들려 그쪽을 쳐다보았다.

"안녕하세요, 스미스 씨." 섀도가 말했다.

스미스는 세 사람을 내려다보았다.

"섀도." 스미스가 고개를 저었다. "섀도, 섀도, 섀도, 섀도, 섀도. 이렇게 되어선 안 되는 거였어."

"미안합니다."

"앨리스 씨가 엄청 곤란해질 거야. 그 사람들은 그분의 손님이야."

"그 사람들은 짐승이죠."

"짐승이래도 돈 많고 중요한 짐승이었어. 미망인과 고아가 생기고 처리해야 할 일이 한둘이 아닐 텐데 앨리스 씨의 심기가 불편할 거야." 마치 사형을 선고하는 재판장의 목소리 같았다.

"지금 저 애를 협박하는 건가?" 나이 든 여인이 말했다.

"전 협박 같은 거 안 합니다." 스미스가 딱 잘라서 부인했다.

나이 든 여인이 웃었다. "난 하는데. 만약 너나 네 빌어먹을 뚱보 주인이 이 청년을 해치는 날에는 몇 배 더 당하게 될 줄 알아." 그녀는 날카로운 이빨을 보이며 웃었다. 순간 섀도는 등골이 오싹했다. "세상엔 죽는 것보다 끔찍한 것도 있지. 난 그게 뭔지 잘 알아. 살 만큼 살았고 빈말하는 성격도 아니거든. 그러니 내가 너라면……" 여인은 코를 킁킁거렸다. "이 애를 잘 보살펴 주겠어."

그녀는 장난감 인형이라도 되는 듯 아들을 한쪽 팔로 들어 올리고 다른 팔로는 핸드백을 옆구리로 바짝 가져갔다.

그러고는 섀도에게 고개를 끄덕여 보이고 까만 유리 같은 물속으로 걸어갔다. 이내 모자는 호수 표면 아래로 자취를 감추었다.

"젠장." 스미스가 중얼거렸다. 섀도는 아무 말도 하지 않았다.

스미스는 주머니를 뒤져 잎담배가 든 작은 주머니를 꺼냈다. 담배를 말아서 불을 붙였다. "그렇군."

"예?"

"일단 좀 씻고 옷을 입는 게 좋겠네. 그러다 감기 걸리겠어. 아까 그 여자가 하는 말 들었잖나."

IX

호텔로 돌아가 보니 제일 좋은 방이 준비되어 있었다. 30분도 안 되어 프런트 직원 고든이 새 배낭, 새 옷이 담긴 상자, 새 부츠까지 가져다주었다. 아무런 질문조차 없었다.

옷가지 위에는 커다란 봉투가 놓여 있었다.

섀도가 뜯어보니 살짝 그을린 그의 여권과 지갑, 고무줄로 묶은 빳빳한 50파운드 신권 뭉치 몇 개가 나왔다.

돈이 잘도 굴러들어 오네. 섀도는 이런 노래 구절이 떠올랐지만 그다지 즐겁지는 않았다. 대체 어디서 들은 노래였는지 도무지 기억나지도 않았다.

그는 긴 목욕으로 통증을 씻어 냈다.

그리고 잠이 들었다.

아침이 되자 옷을 입고 호텔 옆쪽의 길로 갔다. 언덕 위로 이어지고 마을에서 벗어나는 길이었다. 그의 기억으로는 분명히 언덕 위에 작은 집이 있었다. 정원에 핀 라벤더, 칠이 벗겨진 소나무 조리대, 자줏빛 소파가 있는 집. 그러나 지금 보니 집은커녕 전에 무언가가 있었던 흔적조차 없었다. 그 자리에는 풀과 산사나무 한 그루뿐이었다.

그녀의 이름을 불러 보았지만 올해 처음으로 겨울이 머지않았음을 알리는 차가운 바닷바람만 불어왔다.

하지만 호텔로 돌아가 보니 그녀가 기다리고 있었다. 낡은 갈색 코트 차림으로 손톱을 쳐다보며 침대에 앉아 있었다. 그가 문을 열고 들어가도 고개를 들지 않았다.

"안녕, 제니."

"안녕." 그녀의 목소리는 무척 조용했다.

"고마워요. 당신이 날 구했어요."

"불러서 간 것뿐이에요." 그녀가 지루한 듯한 목소리로 답했다.

"무슨 일 있습니까?"

그제야 그녀가 그를 보았다. "당신의 여자가 될 수 있을 줄 알았어요." 그녀의 눈가에 눈물이 맺혔다. "당신이 날 사랑할 거라고 생각했어요. 아마도. 언젠가는."

"정말 그럴지 같이 한번 알아봐요. 내일 같이 산책을 해도 좋고. 오래는 못하지만. 몸이 엉망진창이라."

제니는 고개를 저었다.

이상하게도 이제 그녀는 인간처럼 보이지 않았다. 원래의 모습인 야생의 생명체, 숲의 생명체처럼 보였다. 코트에서 침대로 삐져나온 꼬리가 꿈틀거렸다. 그녀는 무척 아름다웠다. 섀도는 자신이 그녀를 강렬하게 원한다는 사실을 깨달았다.

"훌드라에게 가장 힘든 건요, 아무리 집에서 멀리 떨어져 있어도 말이에요. 외롭지 않으려면 인간을 사랑해야 한다는 거예요."

"그럼 날 사랑해요. 나랑 같이 있어 줘요. 제발." 섀도가 말했다.

"당신은……" 제니는 한참 후 슬프게 말했다. "인간이 아니잖아요."

그녀는 자리에서 일어섰다.

"그래도 모든 게 바뀌고 있어요. 어쩌면 집에 돌아갈 수 있을지도 몰라요. 천 년이나 지나서 노르웨이어가 기억날지는 모르겠지만요."

그녀는 철창을 구부릴 수 있고 바위를 모래로 으스러뜨릴 수도 있는 그 작은 손으로 그의 손을 잡았다. 손가락에 살짝 힘을 주고서는 사라졌다.

섀도는 호텔에 하룻밤을 더 묵고 서소행 버스를 탔다. 서소에서는 인버네스로 가는 기차를 탔다.

기차에서 졸았지만 더 이상 꿈은 꾸지 않았다.

깨 보니 옆자리에 한 남자가 앉아 있었다. 페이퍼백 책을 읽고 있었던 길고 날카로운 얼굴의 남자는 섀도가 깬 것을 보더니 책장을 덮었다. 섀도가 표지를 힐끗 보니 장 콕토의 『존재의 어려움』이라는 책이었다.

"좋은 책인가요?" 섀도가 물었다.

"괜찮지." 스미스가 말했다. "전부 에세이야. 개인적인 글들이긴 한데, 작가가 순진무구한 얼굴로 '이게 나야'라고 할 때마다 이중 속임수 같은 느낌이 들어. 그래도 영화 《미녀와 야수》는 좋았지. 이 에세이를 읽는 것보다 그 영화를 볼 때 오히려 장 콕토가 더 가깝게 느껴지는 것 같군."

"표지가 다 말해 주네요." 섀도가 말했다.

"그게 무슨 말이야?"

"장 콕토라는 존재의 어려움이요."

스미스가 코를 긁었다.

"자. 9면을 봐." 그는 섀도에게 〈스카츠맨〉 신문을 내밀었다.

9면 하단에는 은퇴한 의사가 자살한 사건이 자그마하게 실렸다. 해안 도로의 피크닉 장소에 세워 둔 차에서 가스켈의 시체가 발견되었다. 그는 위스키 라가불린 한 병을 거의 비우고 여러 종류의 진통제를 먹었다.

"앨리스 씨는 거짓말을 싫어해. 특히 고용인들이 거짓말하는 거." 스미스가 말했다.

"혹시 화재 얘기도 신문에 실렸습니까?"

"화재라니?"

"아, 그런 거군요."

"하지만 앞으로 두어 달 동안 귀하신 분들이 끔찍하게 운 나쁜 일을 당해도 놀랍지 않을 걸세. 자동차 사고나 기차 사고. 비행기가 떨어질지도 모르지. 슬픔에 잠긴 미망인, 고아, 애인들. 아주 슬픈 일이야."

섀도는 고개를 끄덕였다.

"앨리스 씨는 자네의 안전을 많이 신경 쓰고 계셔. 걱정이 크시지. 나도 마찬가지고."

"그런가요?"

"당연하지. 자네가 여기 있는 동안 무슨 일이 생길 수도 있잖아. 길을 건너다 미처 차를 못 볼 수도 있고 술집에서 돈 자랑하다가 잘못될 수도 있고, 모르는 거지. 아무튼 자네한테 사고라도 생기면 그 뭐야, 그렌델 엄마가 오해할 수도 있다 이거야."

"그래서요?"

"그래서 우린 자네가 영국을 떠나야 한다고 생각하네. 그게 모두에게 더 안전하지 않겠어?"

섀도는 아무런 대답도 하지 않았다. 기차의 속도가 느려지기 시작했다.

"알겠습니다." 마침내 섀도가 말했다.

"난 여기서 내려야 해. 자네가 원하는 곳으로 비행기표를 바꿔 줄게. 물론 일등석 편도로. 어디로 갈 건지만 알려 주면 돼."

새도는 멍든 뺨을 문질렀다. 아픔이 왠지 모르게 편안함을 느끼게 해 주었다.

기차가 완전히 멈추었다. 외딴 마을의 작은 역이었다. 역사 앞에 흐릿한 햇살을 받으며 커다란 검은색 차가 세워져 있었다. 창문은 선팅되어 있어서 안이 보이지 않았다.

스미스는 기차 창문을 아래로 내리고는 객차 문을 열어 플랫폼으로 나갔다. 그는 뒤돌아서 열린 창문의 섀도를 쳐다보았다. "어떻게 할 건가?"

"앞으로 2주 동안 영국을 구경할까 합니다. 다시 만날 때까지 제가 무사하길 기도하세요."

"그다음에는?"

섀도는 바로 그때 알았다. 어쩌면 처음부터 알고 있었으리라. "시카고." 기차가 흔들리며 역을 벗어나기 시작할 때 그가 스미스에게 말했다. 그렇게 말을 하고 나니 왠지 모르게 더 나이 먹은 기분이었다. 하지만 언제까지나 미룰 수는 없었다.

그는 자신에게만 들릴지 모르는 작은 목소리로 덧붙였다. "집에 가야겠어요."

잠시 후 비가 내리기 시작했다. 굵직한 빗방울이 창문을 세차게 때리고 세상이 회색과 초록색으로 번졌다. 우르릉거리는 천둥이 남쪽으로 향하는 섀도와 동행해 주었다. 거센 바람이 울부짖고 번개가 하늘에 거대한 그림자를 만들었다. 그 속에서 섀도는 혼자라는 생각이 조금씩 사라졌다.

여윈 백공작의 귀환

The Return
Of The Thin White Duke

2004

* 일러두기 : 이 작품은 닐 게이먼이 세계적인 뮤지션 데이비드 보위의 페르소나에 영감을 얻어 집필한 작품이다. 데이비드 보위는 시기별로 각기 다른 캐릭터를 내세워 음악 활동을 했는데, '여윈 백공작The Thin White Duke'은 그런 데이비드 보위의 페르소나 중 하나다.

그는 그가 보살피는 모든 것의 군주였다. 밤에 궁전 발코니에 서서 신하들의 보고를 들을 때도, 소용돌이치며 반짝이는 무수히 많은 밤하늘의 별을 올려다볼 때도. 그는 모든 세상의 지배자였다. 그는 오랫동안 현명하고 훌륭한 통치자가 되려고 노력했지만, 통치라는 것이 워낙 힘든 일이었고 지혜는 대개 고통에서 나왔다. 아무리 모든 생명과 모든 꿈, 모든 세상에 관심을 기울여도 무언가를 새로 만들려면 무언가를 파괴할 수밖에 없었다. 그런 까닭에 좋은 일만 하는 것은 불가능하다는 사실을 그는 깨달았다.

조금씩 시간이 지날수록, 죽음을 경험할수록, 그는 점점 관심을 덜 쏟게 되었다.

그는 불사의 몸이었다. 열등한 인간이나 죽는 법이고, 그는 그 누구에게도 열등하지 않은 존재였으니까.

시간이 흘렀다. 어느 날 깊은 지하 감옥에서 얼굴에 피칠을 한 남자가 공작을 바라보며 그가 괴물로 변했다고 말했다. 남자는 그 말을 하자마자 목숨을 잃었고 역사책 한구석의 각주로만 남았다.

며칠 동안 공작은 그 말에 대해 곰곰이 생각하고 마침내 고개를 끄덕였다. "반역자의 말이 맞다. 나는 괴물이 되었어. 흠. 우리는 괴물이 되는 것인가?"

아주 오래전에는 연인들이 있었다. 하지만 그것은 제국의 여명 때 이야기였다. 황혼에 접어든 지금은 모든 쾌락을 자유롭게 즐길 수 있고(힘들여 얻지 않는 것은 소중하게 여기지 않는 법이다) 승계 문제를 처리할 필요도 없게 되어(언젠가 다른 누군가가 공작의 뒤를 이을 거라고 생각하는 것만으로도 신성모독에 가까웠다) 도전도, 연인도 사라졌다. 공작은 눈을 뜨고 말하는 채로 잠자는 기분이었다. 그를 깨워 주는 것이 하나도 없었다.

자신이 괴물이 되었다는 사실을 공작이 깨달은 다음 날은 모든 세계와 모든 차원에서 공작의 궁전으로 보낸 꽃을 입고 축하하는 '기묘한 꽃의 날'이었다. 한 대륙에 걸친 공작의 궁전에서 모든 근심과 어둠을 제쳐 놓고 즐기는 가장 즐거운 날이건만, 공작은 기쁘지 않았다.

"어떻게 하면 기쁘시겠습니까?" 공작의 어깨에 올라탄 딱정벌레 정보관이 물었다. 그의 역할은 수많은 세계에 주인의 변덕과 지시를 전달하는 것이었다. "말씀만 내려 주시면 온 제국이 폐하를 기쁘게 해 드리기 위해 나설 것입니다. 별들도 폐하를 위해 신성을 밝힐 테고요."

"심장이 필요한 것 같구나." 공작이 말했다.

"지금 당장 만 명에 이르는 인간의 가슴을 갈라 심장을 꺼내 바치겠습니다. 어떻게 준비해 드릴까요? 요리사를 부를까요, 박제사를 부를까요, 외과의를 부를까요, 조각가를 부를까요?"

"난 관심을 기울여야 한다. 삶을 소중하게 여겨야 해. 깨어나야 해."

그의 어깨에서 딱정벌레가 푸르르 소리를 냈다. 딱정벌레는 만 개에 이르는 세계의 지혜를 전부 지니고 있었지만 주인이 이런 상태라면 조언하기가 어려웠다. 그래서 아무 말도 하지 않았다. 대신 그는 지금 만 개의 세계에서 화려하게 장식된 상자 속에서 자고 있던 전임 정보관 출신의 딱정벌레와 풍뎅이들에게 걱정을 털어놓았다. 풍뎅이들은 애석해하며 자기들끼리 상의했다. 광범위한 시간의 흐름 속에서 예전에도 이런 일이 있었기 때문에 그들은 대처할 준비가 되어 있었다.

오래전 잊힌 아침의 일과가 시작되었다. 공작이 기묘한 꽃의 날 마지막 의식을 치르고 있을 때였다. 세상의 소중함을 전혀 모르는 그의 여윈 얼굴에는 아무런 감흥도 없었다. 그 순간 날개 달린 생명체가 꽃 속에 숨어 있다가 날갯짓을 하며 튀어나왔다.

"폐하, 제 여주인께는 폐하가 필요합니다. 부탁드립니다. 폐하는 그분의 유일한 희망입니다."

"네 여주인?" 공작이 물었다.

"저 생명체는 저 너머 출신입니다." 공작의 어깨 위에서 딱정벌레가 딸깍거리는 소리로 말했다. "공작 제국의 통치를 거부하는 곳, 존재와 비존재 사이, 삶과 죽음 너머의 땅이지요. 다른 행성에서 들여온 난초에 숨어 있었나 봅니다. 저것의 말은 함정입니다. 그냥 처리하시지요."

"아니다. 놔두어라." 공작이 여위고 흰 손가락으로 딱정벌레를 딱 치자 딱정벌레의 초록색 눈이 검게 변하면서 완전히 조용해졌다. 공작이 몇 해 만에 처음 하는 행동이었다.

그는 자그만 생명체를 양손에 담고 자신의 거처로 갔다. 생명체는 지혜롭고 고귀한 여왕에 관한 이야기를 들려주었다. 아름답고 크고 위험한 괴물 거인들이 여왕을 포로로 잡아 두었다는 내용이었다.

그 이야기를 들은 공작은 별에 사는 소년이 행운을 찾아 이 세계로 왔던 일이 떠올랐다(그때는 행운이 사방에 가득해서 찾기만 하면 되었다). 자신의 젊음도 생각만큼 그리 먼 옛날이야기가 아니라는 것을 깨달았다. 어깨의 딱정벌레 정보관은 잠잠했다.

"여왕이 왜 너를 나에게 보낸 것이냐?" 그는 자그만 생명체에게 물었다. 하지만 임무를 마친 생명체는 더는 말이 없었고 마치 공작의 명으로 영영 불빛을 꺼뜨린 별처럼 잠시 후 순식간에 사라졌다.

공작은 침실로 들어가 기능이 정지된 딱정벌레 정보관을 침대 옆 상자에 넣었다. 그리고 하인들에게 서재로 기다란 검은 상자를 가져오라고 일렀다. 그는 상자를 열고 손을 갖다 대 고문관을 활성화했다. 뱀 모양의 대고문관이 몸을 부르르 떨더니 공작의 어깨로 기어 올라가 꼬리를 목 아래쪽의 신경 플러그에 꽂았다.

공작은 뱀에게 계획을 이야기했다.

"현명하지 못합니다." 이전 모든 고문관의 지성과 조언이 기억 속에 전부 들어 있는 대고문관이 잠시 전례를 검토하고서 말했다.

"나는 지혜가 아니라 모험을 원한다." 공작이 말했다. 그의 입꼬리가 조금씩 올라갔다. 신하들이 실로 오랜만에 보는 웃음이었다.

"뜻이 정 그러시다면 군마를 타고 가십시오." 고문관이 말했다. 좋은 조언이었다. 공작은 고문관의 기능을 정지시킨 뒤 군마가 있는 마구간의 열쇠를 가져오라고 일렀다. 천 년 동안 사용하지 않은 열쇠 줄에는 먼지가 가득했다.

한때는 군마 여섯 마리가 있었다. 밤의 군주와 여군주들이 한 마리씩 가지고 있었다. 모두 훌륭하고 아름답고 막강했다. 지금 와서 생각해 보면 후회스러운 일이지만 어쩔 수 없이 밤의 통치자라는 역할을 없애야만 했을 때, 공작은 그들의 군마를 없애는 대신 세상에 위협이 될 일 없는 곳에 두었다.

공작은 열쇠를 받아들고 오프닝 음악을 틀었다. 문이 열리고 칠흑처럼 까만색의 군마가 고양이처럼 우아한 걸음걸이로 걸어왔다. 녀석은 고개를 들고 긍지 넘치는 눈으로 세상을 바라보았다.

"어디로 갑니까? 누구와 싸웁니까?" 군마가 물었다.

"저 너머로 간다. 싸움 상대는……두고 봐야 알 것이다."

"어디든 모셔다드리겠습니다. 폐하를 해하려는 자는 누구든 죽일 것입니다."

공작은 군마에 올라탔다. 허벅지 사이로 차가운 강철 같은 살갗이 느껴졌다. 공작이 달리라는 신호를 보냈다.

군마는 높이 뛰어오르더니 거품이 이는 물살 같은 '지하 세계'를 질주했다. 그들은 대혼돈의 서로 다른 차원을 뛰어넘었다. 공작은 '공간의 아래'를 지나고 '시간의 아래'를 영원히 이동하면서(인간의 일생에서 단 몇 초밖에 안 되는 시간이다) 아무도 들을 수 없는 그곳에서 큰소리로 웃었다.

"뭔가 함정 같습니다." 군마가 말했다. 저 아래로 은하계가 증발했다.

"그래. 분명 그럴 것이다." 공작이 말했다.

"그 여왕은 저도 들어본 적 있습니다. 확실하지 않을지 모르지만 비슷한 것 같습니다. 삶과 죽음 사이에 살고 전사와 영웅, 시인, 이상주의자들을 파멸로 이끈다고 합니다."

"맞는 것 같구나."

"현실 공간으로 돌아가자마자 매복을 당할지 모릅니다." 군마가 말했다.

"분명 그럴 것 같구나." 그 순간 목적지에 도착했고 공작과 군마는 공간의 아래에서 현실 세계로 튕겨 나왔다.

과연 전령이 경고한 대로 궁의 수호자들은 아름답고 흉포했다.

"뭐 하는 거야?" 그들은 이렇게 소리치며 달려들어 공격하려고 했다.

"여긴 이방인 금지구역이다. 우리하고 같이 있자. 사랑해 주마. 사랑으로 집어삼켜 주마."

"나는 너희들의 여왕을 구하러 왔다." 공작이 말했다.

"여왕을 구한다고?" 그들이 크게 웃었다. "여왕은 접시에 담긴 네 머리를 먼저 보게 될걸. 지금까지 여왕을 구하겠다고 온 자들이 한둘인 줄 아느냐. 그들의 머리는 지금 황금 접시에 담겨 여왕의 궁전에 있지. 네 놈의 머리가 가장 신선하겠구나."

타락 천사처럼 보이는 남자들과 승천한 악마처럼 보이는 여자들이 있었다. 만약 진짜 인간이라면 공작이 분명 간절하게 원했을 만큼 아름다운 이들도 있었다. 그들은 살을 갑옷에 바짝 갖다 대며 공작의 차가움을 느꼈고 공작은 그들의 따뜻함을 느꼈다.

"우리랑 같이 있자. 우리가 사랑해 줄게." 그들이 속삭이면서 날카로운 발톱과 이빨을 가까이 가져왔다.

"너희들의 사랑은 나에게 이롭지 않을 것이다." 공작이 말했다. 금발에 반투명한 파란 눈을 가진 여자는 오래전 잊힌 누군가를 떠오르게 했다. 오래전 그를 스쳐 간 연인을. 순간 그녀의 이름이 떠올랐다. 그녀가 과연 뒤돌아볼지, 자신을 기억하는지 보려고 소리 내어 부르려는 순간, 군마가 날카로운 발톱으로 후려쳐 연한 파란색 눈이 영원히 감겼다.

검은 표범처럼 날렵한 군마의 움직임에 수호자들이 하나씩 쓰러지고 몸부림치다가 잠잠해졌다.

공작은 여왕의 궁전 앞에 섰다. 군마에서 내려 산뜻한 땅에 섰다.

"여기서부터는 나 혼자 간다. 기다리거라. 언젠가 돌아올 것이다."

"돌아오실 것 같지 않습니다." 군마가 말했다. "당연히 시간이 끝날 때까지 기다리겠지만 공작님이 걱정됩니다."

공작은 검은 강철 같은 군마의 머리에 입 맞추고 작별 인사를 했다. 그는 여왕을 구하러 걸어갔다. 세상을 지배하는 절대로 죽지 않는 괴물이 생각났다. 이제 자신은 더 이상 그 남자가 아니기에 웃음이 났다. 첫 번째 젊음 이후 처음으로 잃을 게 생겼다. 그 사실이 그를 다시 젊게 만들었다. 텅 빈 궁전으로 들어가는 그의 심장이 다시 뛰기 시작했다. 그는 큰소리로 웃었다.

그녀는 꽃들이 죽는 곳에서 그를 기다리고 있었다. 그가 상상한 모습 그대로였다. 장식 없는 하얀색 치마, 우뚝 솟은 짙은 광대, 까마귀의 날개처럼 까만 머리카락.

"당신을 구하러 왔소."

"자신을 구하러 온 것이죠." 그녀가 정정했다. 속삭이는 듯한 그녀의 목소리는 바람처럼 죽은 꽃들을 흔들었다.

공작은 자신만큼이나 키가 큰 그녀에게 고개를 숙였다.

"세 가지 질문을 드리겠습니다. 맞추면 당신이 원하는 걸 전부 손에 넣을 수 있어요. 맞추지 못하면 당신의 머리는 영원히 황금 접시에 놓이게 됩니다." 그녀의 피부는 죽은 장미꽃잎처럼 갈색이었다. 눈은 짙은 황금빛 호박색이었다.

"어서 질문하시오." 공작은 자신 있게 말했지만 사실은 자신이 없었다.

여왕은 손가락을 내밀어 손끝으로 공작의 뺨을 부드럽게 어루만졌다. 공작은 허락 없이 누군가 자신을 만진 게 언제인지 기억도 나지 않았다.

"우주보다 큰 것은?" 여왕이 물었다.

"공간의 아래와 시간의 아래. 둘 다 우주를 포함하면서도 우주가 아니니까. 하지만 당신은 좀 더 부정확하고 시적인 답을 원할 것 같군. 그렇다면 정답은 마음. 마음은 우주를 품을 수 있을 뿐만 아니라 과거에 존재한 적 없고 현재 존재하지 않는 것도 상상할 수 있지."

여왕은 대답이 없었다.

"맞소? 틀렸소?" 순간 공작은 모든 고문관의 축적된 지혜를 가진 고문관의 뱀 같은 속삭임이 목의 신경 플러그를 통해 전해진다면 얼마나 좋을까 생각했다. 아니면 딱정벌레 정보관의 푸르르 떨리는 소리라도 좋았다.

"두 번째 질문이에요. 왕보다 더 위대한 것은?" 여왕이 물었다.

"그건 당연히 공작. 왕과 교황, 수상, 황후 등 모두가 내 뜻을 따르기 때문이지. 하지만 역시나 당신은 덜 정확하더라도 상상력 넘치는 답을 원할 것 같군. 왕보다 위대한 것은 역시나 마음이요. 공작보다도 위대하고 말이지. 나는 그 누구에게도 열등하지 않지만 사람들은 마음속으로 나보다 우월한 존재가 있는 세상을 상상할 수 있으니까. 아니, 잠깐! 답이 생각났소. 생명의 나무에 있는, 케테르, 왕관, 군주의 개념이 그 어떤 왕보다도 위대하오."

여왕은 호박색의 눈으로 공작을 바라보더니 말했다. "마지막 질문이에요. 절대 되돌릴 수 없는 것은?"

"내뱉은 말. 아니, 생각해 보니 말을 내뱉은 이후라도 안타깝거나 예상치 못한 일로 상황이나 세계가 바뀔 수 있지. 그러면 내가 내뱉은 말도 상황에 따라 바뀌어야 할 수밖에 없겠지. 답은 죽음이야. 하지만 난 내가 죽인 사람도 필요하다면 다시 부활시킬 수 있는데……."

여왕은 슬슬 조바심이 나는 듯했다.

"입맞춤." 공작이 말했다.

여왕이 고개를 끄덕였다.

"당신에겐 희망이 있어요. 당신은 당신이 내 유일한 희망이라고 생각하지만, 사실 나는 당신의 것입니다. 당신의 답은 전부 틀렸어요. 하지만 세 번째는 나머지 두 가지처럼 틀리진 않았어요."

공작은 이 여자에게 머리가 잘리는 상상을 해 봤다. 예상했던 것만큼 그렇게 기분 나쁘지 않을 것 같았다. 죽은 꽃들이 가득한 정원에 바람이 불어오면 향기 나는 유령같지 않을까.

"답을 알고 싶어요?" 여왕이 물었다.

"물론 알고 싶소. 답들을."

"답은 하나뿐, 바로 심장이랍니다. 심장은 우주보다 크죠. 우주에 존재하는 모든 것에 연민을 느낄 수 있으니까요. 우주는 연민을 느끼지 못해요. 심장은 왕보다 위대하죠. 심장은 왕을 있는 그대로 사랑해 줄 수 있으니까요. 그리고 심장은 한 번 내어 주면 되돌리지 못해요."

"난 입맞춤이라고 했는데."

"그러니 나머지 2개보다는 정답에 가까웠어요." 바람이 더 높아지고 거세졌다. 순식간에 대기가 죽은 꽃잎으로 가득 찼다. 갑자기 바람이 완전히 멈추고 부서진 꽃잎들이 땅으로 떨어졌다.

"그럼 내가 당신이 낸 첫 번째 과제를 실패한 거군. 하지만 내 머리는 황금 접시에 잘 어울리지 않을 것 같은데. 그 어떤 접시에도. 내게 과제를 내시오. 내 가치를 보여 줄 수 있는 기회를 주시오. 이곳에서 당신을 구해 줄 수 있도록.”

“난 누가 구해 줄 필요가 없는 사람이랍니다. 당신의 고문관, 풍뎅이, 프로그램은 당신을 끊어 냈어요. 당신 이전의 사람들을 여기로 보낸 것처럼 당신도 보낸 거예요. 당신이 자고 있을 때 죽이는 것보다 당신이 스스로 사라지게 하는 편이 훨씬 나으니까. 위험도 덜하고.” 그녀는 두 손으로 그의 한 손을 잡았다. “이리 와요.” 그들은 죽은 꽃들의 정원을 나가 허공으로 빛을 내뿜는 빛의 분수를 지나 노래의 요새로 들어갔다. 노래 부르는 사람이 아무도 없는데 완벽한 목소리들이 각자 차례를 기다려 한숨 짓고 환호하고 흥얼거리고 메아리쳤다. 요새 너머는 온통 안개가 자욱했다.

“저기가 모든 것의 끝이랍니다. 오로지 우리가 의지나 절박함으로 만들어 내는 것만이 존재하는 곳. 이곳에서 나는 자유롭게 말할 수 있어요. 이제 우리 둘뿐이에요.” 그녀는 그의 눈을 바라보았다. “당신은 죽지 않아도 돼요. 나와 함께 있어요. 당신은 드디어 행복과 심장, 존재의 가치를 찾고 행복해질 수 있을 거예요. 나는 당신을 사랑할 거고요.”

공작은 혼란스러운 분노를 번득이며 그녀를 쳐다보았다. “나는 관심을 기울이게 해 달라고 했소. 관심을 기울일 만한 걸 달라고. 심장이 필요하다고.”

“당신은 필요한 걸 전부 받았어요. 그들의 군주가 되어 그것들을 갖는 건 불가능해요. 돌아갈 수 없어요.”

“내가……내가 이걸 원한 거였군.” 공작은 이제 화나 보이지 않았다. 가장자리의 창백한 안개는 너무 빤히 오랫동안 쳐다보면 눈이 아팠다.

거인이 발자국을 내디딘 것처럼 땅이 흔들리기 시작했다.

“여기에 진실인 게 있소? 영원한 게 있소?” 공작이 물었다.

“모든 게 진실이에요. 거인이 오고 있어요. 물리치지 않으면 당신이 죽을 거예요.”

"당신은 이런 일을 몇 번이나 겪은 거요? 얼마나 많은 사람이 황금 접시에 올라간 거요?"

"황금 접시에 올라간 머리는 없어요. 난 그들을 죽이도록 프로그램되어 있지 않거든요. 그들은 나를 위해 싸우고 나를 쟁취해 눈을 감을 때까지 나와 함께 머물러요. 다들 이곳에 만족한답니다. 내가 만족시켜 주는 건지도 모르고요. 하지만 당신은……만족하지 못하겠지요?"

공작은 망설이다가 고개를 끄덕였다.

그녀는 그를 껴안고 천천히 부드럽게 키스했다.

한 번 내어 주면 다시 돌이킬 수 없는 입맞춤이었다.

"그럼 이제 내가 거인과 싸워 당신을 구하는 건가?"

"그렇게 되어 있어요."

그의 시선이 그녀에게 향한 다음 자신에게로 옮겨 갔다. 새김무늬가 들어간 갑옷과 무기. "난 겁쟁이가 아니오. 한 번도 싸움에서 물러난 적이 없었어. 돌아갈 수 없지만 여기서 당신과 지낸다고 해도 만족하지 못할 테지. 그러니 거인이 날 죽이도록 그냥 여기서 기다릴 것이오."

그녀의 얼굴에 두려움이 떠올랐다. "여기에서 나랑 있어요. 여기 있어요."

공작은 온통 하얀 뒤쪽을 쳐다보았다. "저긴 뭐가 있소? 안개 너머엔 뭐가 있지?"

"도망가려고요? 날 두고?"

"걸어가는 거요. 도망치는 게 아니라. 난 앞으로 걸어갈 거요. 내가 원한 건 심장이었소. 안개 너머에 뭐가 있소?"

그녀는 고개를 저었다. "안개 너머는 말쿠스Malkuth, 즉 왕국이에요. 하지만 스스로 만들기 전까진 존재하지 않아요. 당신이 만들어야만 존재하게 되는 거죠. 당신이 안개 속으로 걸어간다면 세상을 창조하게 되거나 아예 당신의 존재가 사라지거나 둘 중 하나일 거예요. 가고 싶으면 가세요. 어떻게 될지 모르지만 이거 하난 확실해요. 날 두고 가면 당신은 절대로 돌아오지 못해요."

쿵쿵거리는 소리가 여전히 들렸지만 공작은 그게 과연 거인의 발소리인지 더 이상 확신할 수 없었다. 오히려 그의 심장 소리 같았다.

그는 마음이 바뀌기 전에 안개 쪽으로 돌아서 빈 공간을 향해 발걸음을 뗐다. 피부에 차갑고 축축한 기운이 느껴졌다. 한 걸음 내디딜 때마다 점점 하찮은 존재가 되는 것 같았다. 신경 플러그가 죽어 새로운 정보가 들어오지 않았고 결국 자신의 이름과 지위마저 잊어버렸다.

어떤 장소를 찾으려 하는 건지, 아니면 새로 지으려 하는 건지조차 확실하지 않았다. 하지만 그녀의 갈색 피부와 호박색 눈동자만은 기억났다. 별도 기억났다. 자신이 가는 곳에도 별이 있을 거라고 확신했다. 분명히 별이 있을 거야.

그는 끈질기게 계속 나아갔다. 갑옷을 입고 있었던 것 같은데 얼굴과 목에 축축한 안개가 닿았고, 얇은 코트만 걸친 그는 차가운 밤공기에 몸을 떨었다.

발이 연석을 스치며 비틀거렸다.

그는 똑바로 몸을 일으켜 안개 사이로 흐릿한 가로등 불빛을 응시했다. 차 한 대가 바로 옆을 스쳐 지나갔고 붉은 후미등이 안개를 진홍빛으로 물들였다.

아, 나의 옛 영지여. 가슴에서 애틋함이 솟아났다. 곧이어 그는 왜 베케넘에 오랜 추억이 있는 것처럼 생각되는 것인지 혼란스러움을 느꼈다. 그는 방금 여기 도착하지 않았던가. 이곳은 도망쳐야 할 고향으로 잘 어울리는 그런 곳이었다. 그게 핵심이었다.

도망치는 남자의 이미지가(군주든, 공작이든 상관없이 그 느낌이 좋았다) 마치 노래의 첫 소절처럼 머릿속에서 계속 맴돌았다.

"세상을 지배하는 것보다 노래를 쓰련다." 그는 입안에서 말을 맛보며 소리 내어 말했다. 기타 케이스를 벽에 기대어 놓고 더플코트 주머니에서 몽당연필과 싸구려 공책을 꺼내 노래를 적었다. '그것'에 잘 어울리는 두 음절의 단어를 곧 찾을 수 있으리라.

그다음에 그는 술집으로 들어갔다. 들어가자마자 맥주 냄새가 풍기는 따뜻한 분위기가 그를 맞이했다. 낮게 우르릉거리는 듯한 소란스러운 대화 소리. 누군가 그의 이름을 불렀다. 그는 그들에게 창백한 손을 흔든 다음 자신의 손목시계와 계단을 차례로 가리켰다.

담배 연기가 주변을 살짝 파랗게 물들였다. 그는 가슴 깊숙이에서 올라오는 기침을 한 번 하고 자신도 한 대 피웠으면 좋겠다고 생각했다.

기타 케이스를 무기처럼 들고 낡아서 올이 드러난 붉은 카펫이 깔린 계단을 올라갔다. 한 계단씩 올라갈 때마다 베케넘 시내로 들어서기 전까지 머릿속을 채웠던 생각들이 증발해 버렸다. 그는 컴컴한 복도에서 잠시 멈추었다가 술집 2층으로 이어지는 문을 열었다. 웅성거리는 대화와 잔 부딪치는 소리가 들리는 걸 보니 이미 사람들이 와서 작업하고 있는 모양이었다. 누군가는 기타를 튜닝했다.

괴물? 두 음절 맞잖아. 청년은 생각했다.

그는 잠시 궁리한 끝에 더 좋은 단어가 있을 거라고 결론 내렸다. 그가 정복하려는 세상에 잘 어울리는 더 거대한 단어가 생각날 것이다. 애석함은 순간일 뿐, 그는 그 단어를 내려놓고 안으로 들어갔다.

『아난시의 아들들』 발췌

Excerpt
from Anansi Boys

2005

당신은 아난시의 이야기를 들어 보았을 것이다. 아난시의 이야기를 하나도 모르는 사람은 세상에 없을 테니까.

세상이 시작된 지 그리 오래되지 않았을 때, 모든 이야기가 처음 만들어지기 시작할 때, 아난시는 거미였다. 그는 문제를 자초하는 것도, 문제에서 빠져나오는 것도 능숙했다. 브레어 토끼의 타르 베이비[여우가 토끼를 잡으려고 타르로 인형을 만들었다는 우화-역주] 이야기도 원래 아난시의 이야기였다. 어떤 이들은 아난시가 토끼라고 생각하는 실수를 저지르기까지 했다. 하지만 그는 토끼가 아니다. 그는 거미다.

아난시의 이야기는 사람들이 처음 이야기를 주고받기 시작한 오래전으로 거슬러 올라간다. 아프리카에서 세상이 처음 시작되었을 때, 그러니까, 동굴 벽에 사자니 곰 따위를 그리기도 전부터 사람들은 원숭이와 사자, 버펄로에 관한 이야기를 주고받았다. 그것은 꿈에 관한 이야기였다. 이야기는 인간의 본능이었고, 인간이 세상을 이해하는 방식이었다. 기어 다니거나 홱 움직이거나 꿈틀거리는 것들도 전부 이야기 속으로 들어왔고, 여러 부족들이 서로 다른 생명체를 숭배했다.

그때도 사자는 동물의 왕이었고 가젤은 동물 중에서 가장 빨랐으며 원숭이는 가장 멍청했다. 그리고 호랑이는 가장 끔찍했지만, 사람들이 듣고 싶어 하는 이야기는 그런 이야기가 아니었다.

아난시는 이야기에 자신의 이름을 붙였다. 모든 이야기는 그의 것이었다. 이야기가 아난시의 것이기 전에는 한때 모두 호랑이(섬 사람들이 대형 고양잇과 동물을 통칭해 부르는 이름)의 것이었다. 모든 이야기는 어둡고 사악하고 고통으로 가득했으며 행복한 결말이 하나도 없었다. 하지만 그것은 오래전의 일. 오늘날 모든 이야기는 아난시의 것이다.

방금 장례식장에 있다가 왔으니, 아난시의 할머니가 돌아가셨을 때의 이야기를 들려주겠다. (아, 당시 그녀는 나이가 아주 많으셨고 잠결에 돌아가셨으니 그렇게 슬픈 일은 아니었다.) 아난시의 할머니는 집에서 멀리 떨어진 곳에서 돌아가셨다. 그래서 아난시는 할머니의 시신을 옮겨 오기 위해 손수레를 끌고 섬을 가로질러 갔다. 그가 사는 오두막 뒤편의 바나나 나무 옆에 할머니를 묻어 드릴 생각이었다.

할머니의 시신을 손수레에 태우고 오전 내내 섬을 가로지르던 그는 위스키 생각이 간절해졌다. 그래서 마을의 상점으로 갔다. 무엇이든지 다 파는 이 상점의 주인은 성미가 무척 급한 남자였다. 아난시는 안으로 들어가 위스키를 마셨는데, 술이 좀 들어가니 장난을 치고 싶은 생각이 들었다. 그는 상점 주인에게 밖의 손수레에서 주무시고 계시는 할머니에게 위스키를 좀 가져다주라고 부탁했다. 깊이 잠드시는 편이니 잘 깨워야 한다고도 덧붙였다.

상점 주인은 위스키 병을 가지고 밖으로 나갔다. 손수레에 누워 있는 아난시의 할머니에게 "위스키 좀 드세요."라고 했지만 그녀는 아무 말이 없었다. 평소에도 성미가 급하기로 유명한 그는 "빨리 일어나서 위스키 좀 마시라고, 이 할망구야."라며 화를 내기 시작했다. 그래도 여전히 그녀는 대답이 없었다. 그때 한 가지 사건이 벌어졌다. 한낮의 열기를 받은 시신이 으레 그러듯, 할머니가 큰소리로 방귀를 뀐 것이다. 자기 앞에서 방귀를 뀐 것에 대해 화가 머리끝까지 난 상점 주인은 할머니한테 손찌검을 했다. 다시 한 대 더 때리고, 또 한 대 더. 그 순간 할머니가 바닥으로 굴러떨어졌다.

그러자 아난시가 달려 나와 울부짖었다. 우리 할머니가 돌아가셨네, 당신 무슨 짓을 한 거야! 이 살인자! 악마! 상점 주인은 아난시에게 위스키 다섯 병과 금 한 자루, 바나나와 파인애플, 망고가 담긴 포대를 주면서 아무에게도 알리지 말고 제발 그냥 가 달라고 부탁했다.

(상점 주인은 자신이 아난시의 할머니를 죽였다고 생각한 것이다.)

아난시는 손수레를 끌고 집으로 돌아와 할머니를 바냔 나무 옆에 묻어 드렸다.

다음날 아난시의 집을 지나가던 호랑이가 맛있는 음식 냄새를 맡았다. 호랑이가 아난시의 집에 가 보니 진수성찬이 펼쳐져 있었다. 아난시는 하는 수 없이 호랑이에게 같이 먹자고 했다.

호랑이가 물었다. 아난시 형제, 이렇게 맛있는 음식을 어디에서 난 거지? 거짓말할 생각하지 마라. 위스키와 커다란 자루에 가득한 금붙이는 또 어디에서 난 거고? 거짓말하면 내가 네 목을 찢어 버릴 거다.

아난시는 말했다. 호랑이 형제, 너한텐 거짓말을 못하지. 돌아가신 할머니를 손수레에 싣고 마을로 모셔 온 대가로 받은 거야. 돌아가신 할머니를 모셔 왔다고 상점 주인이 줬거든.

호랑이에게는 할머니가 없었지만 대신 아내의 어머니가 있었다. 집으로 돌아간 그는 장모를 불러냈다. 할머니, 좀 나와요. 할 말이 있으니까. 장모가 나와서 주위를 둘러보며 무슨 일인지 물었다. 호랑이는 아내를 사랑하긴 하지만 그래도 장모를 죽이고 시신을 손수레에 실었다.

호랑이는 죽은 장모가 담긴 손수레를 마을로 끌고 가서 소리쳤다. 시체 필요하신 분? 죽은 할머니 필요하신 분? 하지만 다들 야유를 보내고 비웃으며 조롱할 뿐이었다. 그러다 호랑이가 진심으로 하는 말이라는 것을 깨달은 사람들은 그에게 썩은 과일을 던졌다. 호랑이는 도망칠 수밖에 없었다.

호랑이가 아난시에게 속은 것은 그때가 처음도 마지막도 아니었다. 아내는 호랑이가 장모를 죽인 값을 톡톡히 치르게 해 주었다. 차라리 태어나지 않았으면 하고 바랄 만큼 괴로운 날을 수도 없이 겪어야 했다.

이것도 아난시의 이야기다.

모든 이야기는 아난시의 이야기다. 이것과 마찬가지로.

오래전, 세상을 노래하는 노래가 아직 불리고 있을 때, 그 노래들이 하늘과 무지개, 바다를 노래하던 시절, 모든 동물은 자신의 이름을 딴 이야기를 원했다. 사람이 동물이기도 했던 그 시절에 모든 이야기가 자신의 것이기를 원한 거미 아난시는 모든 동물에게, 특히 호랑이에게 장난을 쳤다.

이야기에는 거미처럼 기다란 다리가 달렸다. 이야기는, 아침 이슬 맺힌 나뭇잎 아래에서는 아름답지만 사람들을 잡아 가두며 서로 우아하게 연결된 거미줄과 같다.

뭐? 아난시가 정말 거미처럼 생겼는지 궁금하다고?

그는 정말 거미처럼 생겼다. 인간처럼 보일 때만 빼고.

변신술을 쓰는 것은 아니다. 이야기를 어떻게 하느냐에 따라 달라질 뿐이지.

다음날 아침

팻 찰리는 목이 말랐다.

목이 마르고 머리가 아팠다.

목이 마르고 머리가 아프고 입안에서 불쾌한 맛이 나고 눈은 너무 뻑뻑했다. 쿡쿡 쑤시는 치통에 뱃속에서는 불이 나고, 허리에 통증이 있는데 이상하게도 무릎부터 이마까지 아픈 느낌이었다. 머릿속에 뇌 대신 솜뭉치와 바늘, 핀이 들어찬 것처럼 무슨 생각만 하려고 하면 머리가 아팠다. 눈은 그냥 뻑뻑한 게 아니라 밤새 눈알이 빠졌다가 대가리가 넓은 루핑 못으로 다시 박아 놓은 듯했다. 게다가 이제는 공기 중에 떠 있는 작은 입자의 움직임마저도 통증을 자극했다. 차라리 죽고 싶었다.

팻 찰리는 눈을 떴다. 실수였다. 햇빛 때문에 눈이 아팠다. 자신이 있는 곳이 어디인지는 알 수 있었다. 그의 방, 그의 침대였다. 침대 옆 작은 탁자에 놓인 시계는 11시 30분을 가리켰다.

그는 한 번에 한 단어씩 생각했다. 이렇게 최악일 수는 없다고. 구약성경의 신이 이스라엘과 사이 나쁜 미디안 사람들에게 이런 숙취를 내리지 않았을까. 그레이엄 코츠를 다시 만나면 자신의 해고 소식을 듣게 될 게 분명했다.

전화로 몸이 아픈 것처럼 들리도록 연기할 수 있을까 싶었지만, 곧 아픈 게 아닌 다른 연기가 오히려 어려울 정도라는 사실을 깨달았다.

어젯밤에 어떻게 집에 왔는지는 기억나지 않았다.

회사 전화번호가 기억나는 대로 전화를 걸 생각이었다. 급성장염으로 꼼짝없이 누워만 있는 신세라 어쩔 수 없으니 미안하다고 해야지…….

“저기,” 침대 옆의 누군가가 말했다. “그쪽에 물병이 있는 것 같은데 좀 줄래요?”

팻 찰리는 이쪽에 물이 없고 가장 가까이 있는 물은 화장실 세면대이지만 그전에 칫솔 담아 두는 컵을 먼저 소독해야 한다고 말하고 싶었다. 그런데 침대 옆 작은 탁자에 물병 몇 개가 놓여 있었다. 그는 남의 것처럼 느껴지는 손을 물병으로 가져간 뒤, 얼마 남지 않은 암벽을 오르기 위해 마지막 남은 힘을 쥐어짜듯이 병을 쥐고 몸을 반대쪽으로 돌렸다.

그의 옆에 누운 건 오렌지주스를 섞은 보드카 같았다.

그녀는 알몸이었다. 적어도 드러난 부분은 맨살이었다. 그녀는 물병을 받고 이불을 끌어 올려 가슴을 가렸다. “고마워요. 그가 당신이 일어나면 말해 주랬어요. 직장에 아프다고 전화할 필요 없다고. 자기가 다 알아서 했다고 전하라던데요.”

그 말에 팻 찰리의 마음이 편해지는 건 아니었다. 두려움과 걱정은 그대로였다. 하지만 상태가 상태이니만큼 걱정도 한 번에 하나씩 할 수밖에 없었는데, 지금 걱정은 제때 화장실에 도착할 수 있느냐였다.

“수분 좀 보충해요. 전해질 보충이 필요하니까.” 여자가 말했다.

팻 찰리는 제때 화장실에 도착했다. 자신이 화장실에 있다는 사실을 확인한 그는 머리가 흔들리고 땅이 올라오는 느낌이 멈출 때까지 샤워기 아래에 서 있었다. 그다음에 토하지 않고 양치질을 했다.

침실로 가 보니 오렌지주스 섞은 보드카는 보이지 않았다. 그녀가 분홍 코끼리나 어젯밤 무대로 끌려가 노래를 불러야 했던 악몽 같은 기억처럼 술에 취해서 생긴 환상이기를 바랐던 그는 내심 안도했다.

수면 가운이 보이지 않아서 추리닝을 꺼내 입었다. 복도 끄트머리에 있는 주방으로 가려면 뭐라도 입어야 할 것 같았다.

핸드폰이 울렸다. 침대 옆에 널브러진 재킷을 뒤져 플립폰을 꺼내 열었다. 혹시라도 직장 그레이엄 코츠 에이전시에서 그의 소재를 확인하려고 건 전화일까 봐 너무 심하지는 않게 적당히 앓는 소리를 내면서 받았다.

"나야." 스파이더의 목소리였다. "다 괜찮아."

"혹시 회사에 내가 죽었다고 했어?"

"아니, 더 좋은 방법. 내가 너라고 했지."

"어떻게……" 팻 찰리는 똑바로 생각하려고 애썼다. "넌 내가 아니잖아."

"나도 알지. 아무튼 내가 너라고 했어."

"나랑 닮지도 않았으면서."

"형제여, 우리 괜히 기분 잡치는 말은 하지 말자. 아무튼 다 해결했어. 어? 이제 가 봐야겠다. 두목이 부른다."

"그레이엄 코츠가? 야, 스파이더—"

하지만 스파이더는 전화를 끊었고 핸드폰 화면도 끊겼다.

팻 찰리의 수면 가운이 걸어 들어왔다. 여자가 입고 있었다. 그와 비교도 안 될 정도로 그녀에게 훨씬 잘 어울렸다. 그녀는 발포 소화제가 든 물컵과 뭔가가 담긴 머그잔이 놓인 쟁반을 들고 있었다.

"둘 다 마셔요. 머그잔에 든 것부터. 원샷으로 쭉."

"그게 뭐죠?"

"달걀노른자, 우스터소스, 타바스코, 소금, 보드가 약간 등을 넣은 거예요. 죽든지 낫든지. 둘 중 하나 선택해요." 어떤 반론도 용납하지 않겠다는 듯한 말투였다. "마셔요."

팻 찰리는 머그잔에 든 것을 마셨다. "으악."

"좀 그렇죠. 그래도 살아 있잖아요."

그는 과연 살아 있는 건지 확신할 수 없었지만 발포 소화제가 든 물도 어쨌든 마셨다.

순간 무언가가 떠올랐다.

“저기,” 팻 찰리가 말문을 열었다. “저기요, 어젯밤, 우리, 그러니까.” 여자는 멍한 표정이었다.

“우리 뭐요?”

“우리, 있잖아요, 했나요?”

“지금 기억이 안 난다는 말이에요?” 그녀의 얼굴에 실망이 가득했다. “살면서 가장 좋았다고 했잖아요. 여자랑 처음 해 보는 느낌이라고. 어제 당신은 신 같고 짐승 같고 통제 불능의 섹스 머신 같았는데…….”

팻 찰리는 시선을 어디에 두어야 할지 난감했다. 여자가 깔깔거렸다.

“장난 좀 쳐 봤어요. 난 그냥 당신 형제하고 같이 당신을 집에 데려와 뒤치다꺼리를 도와줬을 뿐이에요. 그 뒤론 당신도 아는 대로고요.”

“아뇨. 모르겠는데요.”

“당신은 완전히 필름이 끊겼고 침대가 워낙 크길래 뭐. 당신 형제는 어디에서 잤는지 모르겠네요. 황소처럼 튼튼한 체질인가 봐요. 새벽같이 일어난 것도 모자라 얼굴에 미소를 띤 채 완전 쌩쌩하더라고요.”

“그 사람은 나 대신 출근했습니다. 나라고 했대요.”

“둘이 다른 사람이란 거 알지 않아요? 일란성 쌍둥이가 아닌데.”

“일란성은 아니죠.” 그는 고개를 저었다. 그리고 그녀를 쳐다보았다. 그녀는 유난히 짙은 분홍색 혀를 그에게 빼꼼 내밀었다.

“이름이 뭔가요?”

“까먹었어요? 난 당신 이름 기억하는데. 팻 찰리잖아요.”

“찰스. 그냥 찰스라고 해 주세요.”

“난 데이지에요.” 그녀가 한 손을 내밀었다. “만나서 반가워요.”

그들은 근엄하게 악수했다.

"기분이 좀 나아졌어요." 팻 찰리가 말했다.

"내가 그랬잖아요," 그녀가 말했다. "죽든지 낫든지라고."

한편 스파이더는 사무실에서 즐거운 시간을 보내고 있었다. 그는 사무실에서 일해 본 적이 거의 없었다. 일 자체를 거의 해 보지 않았기에 모든 게 새롭고 놀랍고 신기했다. 그를 5층으로 올려다 주는 작은 엘리베이터부터 그레이엄 코츠 에이전시의 미로 같은 사무실도. 그는 상패가 전시된 로비의 먼지 가득한 유리 케이스에 마음을 빼앗겼다. 사무실을 여기저기 돌아다니다 누군가 누구냐고 물으면 "팻 찰리 낸시입니다."라고 답했다. 무슨 말이든 다 진실이 되는 신의 목소리로 말했다.

티룸을 발견한 그는 차를 몇 잔 만들었다. 팻 찰리의 책상으로 가져가 예술적인 모양으로 배치했다. 컴퓨터 네트워크도 만지작거렸다. 비밀번호를 대라고 해서 "난 팻 찰리 낸시다."라고 컴퓨터에 말했지만 그걸로는 제한이 많았다. 그래서 "난 그레이엄 코츠다."라고 했더니 모든 게 활짝 열렸다.

지루해질 때까지 컴퓨터로 이것저것을 들여다보았다.

팻 찰리의 미결재 서류함에 담긴 파일을 뒤적거리고 직접 처리하기도 했다.

지금쯤이면 팻 찰리가 일어났겠다 싶어서 안심시켜 주려고 전화를 걸었다. 겨우 얘기 좀 하려는데 그레이엄 코츠가 문가에 얼굴을 빼꼼 내밀고 나타나서 담비 같은 입술을 훑더니 그를 불렀다.

"어? 이제 가 봐야겠다. 두목이 부른다." 스파이더는 이렇게 말하고 전화를 끊었다.

"근무 시간에 사적인 전화를 하는군, 낸시." 그레이엄 코츠가 말했다.

"대박 그렇습니다." 스파이더가 맞장구를 쳤다.

"그리고 '두목'은 나를 말한 건가?" 두 사람은 복도 끄트머리에 이르러 그레이엄 코츠의 사무실로 들어갔다.

"제일 크고 제일 두목 같으니까요." 스파이더가 말했다.

그레이엄 코츠는 혼란스러웠다. 놀리는 말 같은데 확실치는 않아서 신경에 거슬렸다.

"일단 앉게, 앉아."

스파이더는 자리에 앉았다.

그레이엄 코츠는 그레이엄 코츠 에이전시의 이직률을 꽤 한결같이 유지하는 습관이 있었다. 금방 내보내는 사람도 있었고 고용 보장 비슷한 것이 의무가 되기 직전까지 데리고 있다가 내보내는 사람도 있었다. 팻 찰리는 지금까지 가장 오랫동안 일한 직원이었다. 1년 11개월. 이제 한 달만 있으면 퇴직 수당이나 노동법원을 이용할 수 있을 터였다.

그레이엄 코츠는 직원을 해고하기 전에 늘상 연설을 했다. 그는 자신의 연설을 무척 자랑스럽게 여겼다.

"우리가 살면서 말이야." 그가 입을 뗐다. "비가 꼭 내릴 필요가 있어. 구름이 있어야 뒤편에서 햇살도 비치지."

"전적으로 나쁘기만 한 일은 없죠." 스파이더가 덧붙였다.

"그래, 그렇지. 눈물의 골짜기를 지날 때 우리는 잠시 멈춰서 생각을—"

"첫 번째 상처가 가장 깊은 법이죠."

"뭐? 아." 순간 그레이엄 코츠는 다음 말을 까먹었다가 간신히 기억해 냈다. "행복은 나비와도 같은 법이야."

"파랑새 같기도 하죠." 스파이더가 말했다.

"그렇지. 끝까지 말 좀 해도 될까?"

"당연하죠. 얼른 하세요." 스파이더가 유쾌하게 말했다.

"그레이엄 코츠 에이전시에서 일하는 모든 사람의 행복은 나에게 내 행복만큼이나 중요하다네."

"그 말씀을 들으니 정말 행복하네요." 스파이더가 말했다.

"그래."

"그럼 이만 다시 일하러 가 보겠습니다. 즐거웠습니다. 다음에 더 말하고 싶으면 언제든 불러 주세요. 제 자리 아시니까요."

"행복은 말이야." 그레이엄 코츠의 목소리가 약간 잠긴 것처럼 들렸다. "내가 궁금한 건 이거라네, 찰스. 자넨 여기서 행복한가? 여기보다 다른 곳에서 더 행복할 거라고 생각하지 않나?"

"전혀 궁금하지 않은데요. 제가 궁금한 게 뭔지 알고 싶으신가요?"

그레이엄 코츠는 아무 말도 하지 않았다. 이런 적은 처음이었다. 대개 직원들은 이 시점에서 얼굴에 실망이 가득하고 충격에 빠지기 마련이었다. 울음을 터뜨리는 사람도 있었다. 하지만 그레이엄 코츠는 그들이 울든 말든 전혀 신경 쓰지 않았다.

"제가 궁금한 건요, 케이맨 제도의 계좌가 무슨 용도인가 하는 겁니다. 고객 계좌로 가야 할 돈이 케이맨 제도의 계좌로 들어가는 것 같거든요. 그쪽 계좌에 따로 돈을 넣어 두는 게 체계적인 재무 관리 방법 같지도 않고요. 이런 건 처음 보는데 그러잖아도 설명을 듣고 싶었습니다."

그레이엄 코츠의 얼굴이 페인트 카탈로그에 나온 '파치먼트'나 '매그놀리아' 계열의 누런 흰색으로 변했다. "그 계좌에는 어떻게 접근했지?"

"컴퓨터로요. 혹시 컴퓨터 쓸 때 컴퓨터가 사장님도 짜증나게 하나요? 그럴 땐 어떻게 해야 하죠?"

그레이엄 코츠는 한동안 깊은 생각에 잠겼다. 그는 자신이 재무 경로를 상당히 복잡하게 꼬아 놓아서 사기전담반이 낌새를 채더라도 정확히 무슨 범죄인지 판사에게 증명할 수 없을 것이라고 자부했다.

"해외 계좌는 불법이 아니네." 그는 최대한 무심한 듯이 말했다.

"불법요? 불법이 아니어야죠. 만약 제가 불법적인 일을 목격한 거라면 신고를 해야 할 테니까요."

그레이엄은 책상에서 펜을 들었다가 다시 내려놓았다. "찰스, 자네와 담소든 대화든 나누고 함께하는 시간은 너무 즐겁지만, 우리 둘 다 해야 할 일이 많은 것 같군. 시간과 조수는 우리를 기다려 주지 않으니 말이야. 꾸물거림은 시간을 훔치는 도둑이지."

"인생은 바위지만 라디오가 나를 굴려 주죠[70년대에 히트한 노래 제목임-역주]." 스파이더가 말했다.

"그러든지 말든지."

태양새

Sunbird

2005

그 시절 에피큐리언 클럽의 회원들은 돈도 많고 꽤나 시끄러웠다. 그들은 노는 법을 잘 알았다. 회원은 모두 다섯 명이었다.

우선 어거스터스 투페더스 맥코이는 몸집은 세 사람분에 먹는 건 네 사람분이요, 마시는 건 다섯 사람분인 인물이었다. 그의 증조할아버지가 톤티식 연금[다수의 출자자가 돈을 내고 한 사람이 사망할 때마다 나머지 사람들이 배당금을 나눠 갖는 방식의 연금 제도로, 가장 오래 사는 사람이 돈을 전부 갖게 된다. 17세기부터 시작해 18, 19세기까지 널리 퍼졌다-역주]으로 에피큐리언 클럽을 처음 세웠다. 배당금을 독식하기 위해 엄청나게 노력한 것은 당연했다.

그리고 맨덜레이 교수. 작은 체구에 항상 초조해하는 기색이며 유령처럼 온통 잿빛이다(진짜 유령이었는지도 모른다. 세상에는 기묘한 일도 일어나니까). 그는 오로지 물만 마셨고 음식을 받침 접시에 담아 새 모이만큼 먹었다. 하지만 미식에 꼭 열정이 필요한 건 아니며, 맨덜레이 교수는 앞에 놓인 음식의 가장 중요한 부분만큼은 언제나 다 먹었다.

버지니아 부트. 음식 및 레스토랑 평론가로 한때 굉장한 미인이었다. 지금은 웅장하고 찬란한 폐허만 남았지만 그 폐허조차 여전히 즐거움을 줄 정도다.

재키 뉴하우스는 희대의 연인이자 식도락가, 바이올리니스트, 결투자였던 지아코모 카사노바의 후손(부계 쪽으로)이다. 재키 뉴하우스도 악명 높은 조상만큼이나 여자들을 꽤 울렸고 맛있는 음식도 만만치 않게 먹었다.

제베다이아 T. 크로크러슬은 에피큐리언 클럽의 유일한 빈털터리였다. 면도도 하지 않고 거리에서 어슬렁거리기 일쑤였다. 모자도 외투도 없이, 종종 셔츠도 입지 않고 갈색 종이가방에 절반쯤 남은 싸구려 술병만 든 채 모임에 참석했지만, 식욕 하나만큼은 누구보다 넘쳐 났다.

어거스터스 투페더스 맥코이가 말하고 있었다.

"우린 먹을 수 있는 건 다 먹어 보았지요." 그의 목소리에서는 애석함과 약간의 슬픔이 묻어났다. "독수리, 두더지, 과일박쥐도 먹어 봤습니다."

맨덜레이가 노트를 확인했다. "독수리는 썩은 꿩고기 맛, 두더지는 썩은 민달팽이 맛, 과일박쥐는 놀랍게도 사랑스러운 기니피그 맛이었죠."

"우린 카카포 앵무새도 먹어 봤죠. 그럼요. 그리고 대왕판다—"

"오, 석쇠에 구운 판다 스테이크였죠." 버지니아 부트는 생각만으로 입안에 침이 고여서 한숨을 내쉬었다.

"우린 오래전 멸종한 동물들도 먹어 봤습니다." 어거스터스 투페더스 맥코이가 말했다. "급속 냉동한 매머드와 파타고니아 땅나무늘보를 먹었죠."

"매머드 고기를 좀 더 일찍 맛봤어야 했는데." 재키 뉴하우스가 한숨지었다. "그 털보 코끼리가 왜 그렇게 일찍 멸종했는지 알 것 같더군요. 사람들이 그 고기 맛을 본 후로 그렇게 된 거죠. 한 입 맛보는 순간 캔자스시티 바비큐소스밖에 생각 안 나더군요. 생고기로 먹으면 갈비 맛이 어땠을까 하는 거 하고."

"일이천 년 동안 얼음에 파묻혀 있던 것도 나름 괜찮았더구먼, 뭐." 제베다이아 T. 크로크러슬이 씩 웃었다. 그의 치아는 삐뚤어졌지만 날카롭고 튼튼했다. "그래도 진짜 맛있는 건 아무래도 마스토돈이지. 사람들은 마스토돈 고기를 구하지 못할 때나 매머드 고기를 먹었을 거야."

"우린 오징어와 대왕오징어도 먹어 봤습니다." 어거스터스 투페더스 맥코이가 말했다. "레밍, 주머니 늑대도 먹었습니다. 바우어새, 오르톨랑, 공작도 먹었습니다. 만새기, 거대 바다거북, 수마트라코뿔소도 먹었습니다. 먹을 수 있는 건 전부 먹었지요."

"그건 아니죠. 우리가 아직 먹어 보지 못한 게 수백 가지는 될 겁니다. 어쩌면 수천 가지. 아직 맛보지 않은 딱정벌레의 종류만 해도 얼마나 많은데." 맨덜레이 교수가 말했다.

"오, 맨디." 버지니아 부트가 한숨을 쉬었다. "딱정벌레는 맛이 다 그게 그거예요. 우리가 이미 맛본 딱정벌레만도 몇백 종이나 되잖아요. 그나마 쇠똥구리는 굉장히 강렬한 맛이었죠."

"그건 쇠똥구리 불알이었죠." 재키 뉴하우스가 말했다. "쇠똥구리 자체는 평범했어요. 아무튼 무슨 말인지 알겠습니다. 우린 미식의 저 높은 고도를 오르고 미각의 깊숙한 곳을 파고들었습니다. 그 누구도 꿈꾼 적 없는 기쁨과 미각의 세계를 탐험하는 우주비행사가 된 거죠."

"맞습니다, 맞아요." 어거스터스 투페더스 맥코이가 말했다. "에피큐리언 클럽 회원들은 150년 넘게 매달 만남을 가졌지요. 제 증조할아버지와 할아버지, 아버지를 거쳐 대대로 내려온 이 모임을 아무래도 이제는 끝내야 할 것만 같군요. 이제 우리가, 우리 선배들이, 먹어 보지 못한 음식이 하나도 없으니까요.”

“20년대에 여기 회원이었다면 얼마나 좋았을까. 그때는 인육을 메뉴에 올리는 게 합법이었잖아요.” 버지니아 부트가 말했다.

“감전사한 경우만 가능했지.” 제베다이아 T. 크로크러슬이 말했다. “절반 정도 익은 통구이 상태. 파삭파삭 까맣게 타 버렸더군. 그걸 보고 다들 인육을 선호하지 않게 되었지. 원래부터 인육을 좋아했던 딱 한 사람만 빼고. 뭐, 그 친구도 그 후엔 입맛이 변했지만.”

“크러스티, 꼭 그렇게 진짜 경험한 일인 척해야겠어요?” 버지니아 부트가 하품을 하며 말했다. “당신은 누가 봐도 그 정도로 나이가 많지 않잖아요. 아무리 세월과 하수구의 풍파를 맞았다 한들 예순도 안 되었을 텐데.”

“세월의 흔적이 거세긴 하지. 하지만 당신이 생각하는 것만큼 심하진 않아. 아무튼 우리가 아직 못 먹어 본 것도 많다니까.”

“하나만 대 봐요.” 맨덜레이가 연필을 들고 노트에 받아 적을 준비를 했다.

“선타운의 태양새가 있지.” 제베다이아 T. 크로크러슬은 울퉁불퉁하지만 날카로운 치아를 드러내며 한쪽 입꼬리를 올리면서 씩 웃었다.

“처음 들어 보는데요. 그냥 지어낸 거겠죠.” 재키 뉴하우스가 말했다.

“난 들어 봤어요. 음식이랑은 다른 맥락에서. 게다가 상상의 동물입니다.” 맨덜레이 교수가 말했다.

“유니콘도 상상의 동물이지만 유니콘 양지로 만든 타르타르는 정말 맛있었죠. 말고기 같기도 하고 염소 고기 맛도 강하고. 케이퍼와 날메추리알을 곁들여서 더 맛있었는데.” 버지니아 부트의 말이었다.

“에피큐리언 클럽의 오래전 회의록에 태양새에 대한 내용이 있었는데.” 어거스터스 투페더스 맥코이가 말했다. “무슨 내용이었는지는 기억나지 않지만.”

“혹시 무슨 맛인지도 나와 있었나요?” 버지니아가 물었다.

“그런 내용은 없었던 것 같아요.” 어거스터스는 얼굴을 찡그렸다. “장정한 회의록을 한번 찾아봐야겠네.”

“아니지.” 제베디아 T. 크로크러슬이 끼어들었다. “거기선 못 찾을 거야. 그건 불탄 회의록에 들어 있었거든.”

어거스터스 투페더스 맥코이가 머리를 긁적거렸다. 그에게는 이름처럼 정말로 깃털 2개가 있었다[투페더스는 영어로 깃털 2개란 뜻이다-역주]. 머리 뒤쪽으로 틀어 올린 희끗희끗해진 검은 머리카락에 꽂은 깃털은 한때 황금빛이었지만 지금은 낡아서 누런색으로 변했고 지극히 평범해 보였다. 그가 어릴 때 받은 깃털이었다.

“언젠가 제가 계산을 해 봤습니다.” 맨덜레이 교수가 말문을 열었다. “딱정벌레를 매일 6종을 먹는다고 칠 때, 지금까지 발견된 딱정벌레를 전부 다 먹으려면 20년도 넘게 걸립니다. 그 20년이 넘는 세월 동안 새로운 종류의 딱정벌레가 계속 발견될 테니 그것까지 다 먹어 보려면 또 5년이 걸리겠죠. 그 5년 동안 발견되는 것들을 먹으려면 또 2.5년이 걸리고 이건 끝이 없습니다. 무궁무진함의 역설이죠. 나는 맨덜레이의 딱정벌레라고 부릅니다. 하지만 딱정벌레 먹는 걸 좋아해야겠죠.” 그가 이내 덧붙였다. “그렇지 않으면 끔찍할 수밖에 없으니까요.”

“딱정벌레도 맛있는 종류라면 문제없어.” 제베디아 T. 크로크러슬이 말했다. “아, 난 지금 반딧불이 생각이 간절하네. 빛이 나는 부분의 그 강렬한 맛이 그립구먼.”

“반딧불이, 학명 포티누스 피랄리스가 개똥벌레류가 아니라 딱정벌레목에 속하긴 하지만 아무리 생각해 봐도 그걸 먹는 건 좀 아닌 것 같은데요.”

맨덜레이가 말했다.

"먹을 수 없을지도 모르지만 기운을 차리게 해 줘서 좋다니까. 반딧불이랑 하바네로 고추를 같이 구워 먹어야겠어. 군침 도는군."

버지니아 부트는 대단히 현실적인 여성이었다. "태양새를 먹는다고 쳐요. 그걸 어디에서 찾아야 하죠?"

제베다이아 T. 크로크러슬은 따가운 수염이 자라난 턱을 긁적거렸다. 일주일에 한 번 면도해 주는 수염이라서 절대로 그 이상 자라는 일이 없었다. "나라면 일단 한여름의 정오에 선타운으로 가서 쾌적한 곳으로 들어가 앉겠어. 이를테면 무스타파 스트로하임의 카페 같은 곳. 태양새가 오길 기다렸다가 전통적인 방법으로 잡아서 전통적인 방법으로 요리하는 거지."

"전통적인 방법으로 잡는 게 어떤 방법인가요?" 재키 뉴하우스가 물었다.

"그거야 자네의 그 유명한 조상님께서 메추라기와 야생 기러기를 밀렵한 것과 똑같은 방법이지." 크로크러슬이 말했다.

"카사노바의 회고록에 메추라기를 밀렵한 내용은 없는데요."

"자네 조상은 워낙 바쁜 사람이라 모든 걸 다 적을 시간이 없었을 걸세. 하지만 분명 메추라기를 밀렵했다네."

"우리 집안에선 말린 옥수수와 말린 블루베리를 위스키에 담가 둔 걸 이용했죠." 어거스터스 투페더스 맥코이가 말했다.

"카사노바도 그 방법을 썼어. 보리와 건포도를 섞어서 사용하긴 했지만. 건포도를 브랜디에 담가 뒀지. 나한테 직접 알려 줬어."

재키 뉴하우스는 그의 말을 무시했다. 제베다이아 T. 크로크러슬의 말을 무시하는 건 어려운 일도 아니었다. 대신 그는 이렇게 물었다. "무스타파 스트로하임의 카페가 선타운 어디에 있는데요?"

"항상 똑같은 자리에. 선타운 지구의 오래된 시장 다음에 나오는 세 번째

길. 예전에 관개수로였던 오래된 배수로 앞이지. 원아이 카얌의 카펫 가게가 바로 앞에 있으면 카페를 지나친 거고. 하지만 자네들의 짜증 섞인 표정을 보니 덜 간단명료하고 덜 정확한 설명을 기대한 것 같구먼. 좋아. 그 카페는 선타운에 있어. 선타운은 이집트 카이로에 있고. 항상, 거의 항상 그 자리에 있었지."

"선타운 원정 경비는 누가 대죠?" 어거스터스 투페더스 맥코이가 물었다. "또 원정에는 누가 참여합니까? 난 항상 이미 답을 알면서도 질문하는데 그게 마음에 안 들어요."

"비용은 자네가 내고 우리 전부가 가는 거지." 제베다이아 T. 크로크러슬이 말했다. "에피큐리언 클럽 회비에서 공제받게나. 난 앞치마하고 조리도구를 가져가겠네."

어거스터스는 크로크러슬이 회비를 내지 않은 지 굉장히 오래되었으며, 클럽에서 대신 내주고 있다는 사실을 잘 알고 있었다. 크로크러슬은 어거스터스의 아버지 시절부터 회원이었다. 그래서 어거스터스는 따지지 않고 이렇게 물었다. "그럼 언제 출발할까요?"

늙은 크로크러슬이 광기 어린 한쪽 눈으로 쏘아보며 실망스럽다는 듯 고개를 저었다. "하, 어거스터스. 태양새sunbird를 잡으러 선타운suntown에 가는데 언제 떠나야 할지는 뻔하지 않은가?"

"일요일sunday!" 버지니아 부트가 노래하듯 고음으로 외쳤다. "여러분, 우린 일요일에 떠날 거예요!"

"자넨 아직 희망이 있구먼, 아가씨." 제베다이아 T. 크로크러슬이 말했다. "당연히 일요일에 떠나야지. 앞으로 세 번째 일요일에 이집트로 가는 거야. 가서 며칠 동안 선타운의 태양새를 사냥하세. 전통적인 방법으로 처리하는 거야."

맨덜레이 교수가 작은 회색 눈을 끔뻑거렸다. "전 월요일에 수업이 있는데요. 월요일에는 신화, 화요일에는 댄스, 수요일에는 목공 수업을 합니다."

"수업은 조교에게 맡기게, 맨덜레이 O. 맨덜레이. 월요일에 자넨 태양새를 사냥해야 하니까. 그런 얘길 할 수 있는 교수가 얼마나 되겠어?" 크로크러슬이 말했다.

여행을 앞두고 회원들은 저마다 따로따로 크로크러슬을 찾아갔다. 여행에 대해 상의도 하고 우려도 표시하기 위해서였다.

제베다이아 T. 크로크러슬은 정해진 거처가 없는 사람이었지만 굳이 찾으려고 하면 찾을 만한 데가 몇 군데 있었다. 이른 아침에는 버스 터미널에서 잠을 잤다. 긴 의자가 편한 데다 교통경찰도 그의 거짓말을 그냥 눈감아 주는 편이었다. 무더운 오후에는 공원에 있는 잊힌 지 오래된 장군들의 동상 옆에서 알코올 중독자와 와인 중독자, 마약 중독자 따위와 함께 어울리며 술을 얻어 마시거나 좋은 이야기를 들려주었다. 향락주의자인 그가 떠드는 조언은 환영받지 못할 때도 있었지만 그래도 대부분은 마음 깊이 새기곤 했다.

어거스터스 투페더스 맥코이가 공원으로 크로크러슬을 찾으러 왔다. 딸 홀리베리 노페더스 맥코이도 함께였다. 홀리베리는 체구는 작지만 상어 이빨만큼이나 예리한 아이였다.

"있잖아요, 뭔가 굉장히 익숙합니다." 어거스터스가 말했다.

"뭐가 말인가?" 제베다이아가 물었다.

"전부 다요. 이집트 원정. 태양새. 왠지 예전에 들어 본 적이 있는 것 같아요."

크로크러슬은 고개만 끄덕이면서 갈색 종이봉투에 든 뭔가를 아작아작 씹어 먹었다.

"에피큐리언 클럽의 장정한 연간 회의록을 찾아봤습니다. 40년 전 회의록 색인에 태양새를 말하는 것 같은 내용이 있긴 한데 그 이상은 알아내지 못했어요."

"왜지?" 크로크러슬이 꿀꺽 침을 삼켰다.

어거스터스는 한숨을 쉬었다. "회의록에서 관련 페이지가 불타 버리고 없었어요. 그 후에는 에피큐리언 클럽의 관리 업무에 큰 혼돈이 있었고요."

"종이봉투에 든 건 반딧불이죠?" 홀리베리 노페더스 맥코이가 말했다. "예전에도 드시는 거 본 적 있어요."

"그렇단다, 꼬마 아가씨."

"그 혼돈의 시기를 혹시 기억하시나요, 크로크러슬?" 어거스터스가 물었다.

"기억하지. 자네도 기억하고. 그때 자네는 지금의 홀리베리만큼 어렸지. 하지만 어거스터스, 혼돈은 있다가도 없는 거야. 해가 떴다가 지는 것처럼."

한편 그날 저녁 재키 뉴하우스와 맨덜레이 교수는 철로 뒤쪽에서 크로크러슬을 발견했다. 그는 자그맣게 피운 숯불에 무언가가 든 깡통을 굽고 있었다.

"뭘 굽는 거예요, 크로크러슬?" 재키 뉴하우스가 물었다.

"숯이야. 피를 맑게 해 주고 영혼도 정화해 주거든."

깡통에는 작게 자른 참피나무와 히코리나무가 까맣게 탄 채로 연기를 내뿜고 있었다.

"숯을 진짜 먹으려고요, 크로크러슬?" 맨덜레이 교수가 물었다.

대답 대신 크로크러슬은 손가락에 침을 바르고 깡통에서 숯을 꺼냈다. 그의 손에 든 숯이 쉭 소리를 냈다.

“훌륭한 마술이네요. 불 먹는 마술도 그런 식으로 하겠죠.” 맨덜레이가 말했다.

크로크러슬은 숯 조각을 입안에 털어 넣고 날카로운 치아로 씹었다. “그렇지. 그렇고말고.”

재키 뉴하우스가 헛기침을 했다. “사실 맨덜레이 교수와 저는 이번 여행에 대한 불안감이 아주 큽니다.”

제베다이아는 그냥 숯을 씹을 뿐이었다. “별로 안 뜨겁군.” 그는 불에서 막대를 하나 꺼내 주황색으로 빛나는 끝부분을 뜯어먹었다. “이건 괜찮네.”

“저건 다 환상이야.” 재키 뉴하우스가 말했다.

“틀렸어. 가시 두릅나무야.” 제베다이아 T. 크로크러슬이 세세하게 바로잡아 주었다.

“아무튼 이번 여행에 대한 불안감이 아주 큽니다.” 재키 뉴하우스가 말했다. “조상님과 마찬가지로 나는 자기 보호 감각이 탁월합니다. 법이나 총든 신사들의 정당한 항의를 피해 지붕에서 떨거나 강에 숨어 있거나 할 때가 많았죠. 바로 그 자기 보호 감각이 당신과 함께 선타운에 가지 말라고 말하고 있습니다.”

이번에는 맨덜레이 교수가 말했다. “난 학자라서 설명하기 힘든 그런 날카로운 감각이 발달하진 않았습니다. 그래도 이 모든 게 무척이나 의심스럽군요. 태양새가 그렇게 맛이 좋다면 왜 지금까지 내가 못 들어 봤을까요?”

“자넨 들어 본 적 있다네, 맨디. 들어 본 적 있어.” 크로크러슬이 말했다.

“그리고 나는 오클라호마 털사에서 말리 팀북투에 이르기까지 전부 꿰고 있는 지리 전문가인데 카이로의 선타운이라는 곳은 들어보지 못했어요.”

“언급된 걸 한 번도 못 봤나? 가르치기도 했을 텐데.” 크로크러슬은 숯에 매운 페퍼소스를 뿌려 연기를 끄고 입안에 넣어 씹었다.

"숯을 정말로 먹는 게 아닌 걸 알아요." 재키 뉴하우스가 말했다. "가까이에서 보는 것만으로 거북해지네요. 이만 가 보는 게 좋겠군요."

그는 그렇게 말하고 가 버렸다. 맨덜레이 교수도 같이 갔다. 그는 워낙 유령처럼 잿빛이라서 그 자리에 있는지 없는지 헷갈릴 때가 많았다.

버지니아 부트는 새벽에 그녀의 집 앞에 널브러진 제베다이아 T. 크로크러슬을 미처 보지 못하고 걸려 넘어졌다. 평론을 써야 하는 레스토랑에 다녀오느라 택시에서 내릴 때였다. "악! 큰일 날 뻔했잖아요!"

"그렇네. 버지니아, 혹시 성냥갑 가지고 있나?" 크로크러슬이 물었다.

"어디 있을 거예요." 그녀는 갈색의 커다란 핸드백을 뒤적거리기 시작했다. "여기요."

크로크러슬은 들고 있던 변성 알코올 병을 플라스틱 컵에 따랐다.

"메스에요? 메스를 마시는 줄은 몰랐는데요."

"안 마셔. 역겨운 물건이야. 장이 썩고 미각이 망가지거든. 그런데 이 시간에는 더 가벼운 걸 찾기가 어려워서 말이지."

그는 성냥을 그어 알코올이 담긴 컵에 떨어뜨렸다. 깜빡거리는 불빛과 함께 알코올이 타기 시작했다. 그는 불붙은 액체를 입안에 넣더니 불덩어리를 길가에 후 내뿜었다. 그 바람에 신문지가 날아가면서 불이 붙었다.

"크러스티, 자살하기 딱 좋은 방법인 것 같네요."

크로크러슬이 검은 치아 사이로 씩 웃었다. "마시진 않았어. 그냥 입을 헹구고 내뿜은 것뿐이야."

"불 가지고 놀면 못써요." 그녀가 경고하듯 말했다.

"불 장난을 할 때 살아 있는 게 느껴지거든."

"아, 제브. 나 너무 기대돼요. 흥분되네요. 태양새는 무슨 맛일까요?"

"메추라기보다 고소하고 칠면조보다 촉촉하고 타조보다 지방이 많고 오리보다 풍미가 좋지. 한번 맛보면 절대 잊지 못해."

"이집트에 간다니. 이집트는 처음이에요. 그나저나 오늘 밤 잘 곳은 있으세요?"

크로크러슬이 기침을 했다. 심하지 않은 기침이지만 그의 늙은 가슴을 요란하게 흔들었다.

"난 이제 문밖이나 하수구에서 자기엔 너무 늙었어. 그래도 자부심은 있지."

"우리 집 소파에서 주무시던가요." 버지니아가 그를 보며 말했다.

"고맙지 않은 건 아니지만 버스 역에 내 이름이 적힌 의자가 있다네."

벽에 기대어 서 있던 그는 몸을 일으키고 당당하게 길을 걸어갔다.

버스 역에는 정말로 그의 이름이 새겨진 기다란 의자가 있었다. 그가 부자였던 시절 버스 역에 기증한 것인데, 의자 뒷면에 그의 이름이 새겨진 작은 황동 명판이 달려 있었다. 그가 항상 빈털터리인 것은 아니었다. 부자일 때도 있지만 재산을 계속 유지하기가 어려웠을 뿐. 돈이 좀 있을라치면 세상은 부자가 철도 뒤쪽의 빈민가에서 무엇을 먹거나 공원에서 술주정뱅이들에게 인생 상담을 해 주는 꼴을 곱게 봐주지 않았다. 그래서 가진 돈을 흥청망청 최대한 빨리 다 써 버렸다. 그러다 가끔은 깜빡하고 탕진하지 않은 재산이 여기저기서 발견되기도 했고, 부자가 별로라는 사실을 까먹고선 다시 부자가 되어 돌아오기도 했다.

일주일에 한 번 하는 면도를 할 때가 되었다. 수염이 다시 희끗희끗 돋아나고 있었다.

에피큐리언 클럽 회원들은 어느 일요일 이집트로 떠났다. 모두 다섯 명. 홀리베리 노페더스 맥코이가 공항에서 그들을 배웅했다. 비행기 밖에서 탑

승객들을 배웅하는 일이 여전히 허락되는 아주 작은 공항이었다.

"잘 다녀오세요, 아버지!" 홀리베리 노페더스 맥코이가 소리쳤다.

어거스터스 투페더스 맥코이는 여행의 첫 구간을 책임져 줄 소형 프로펠러기를 향해 아스팔트를 걸어가면서 딸에게 손을 흔들었다.

"어렴풋이 기억나는데 아주 오래전에 오늘하고 똑같은 날이 있었던 것 같아요. 그 기억 속의 나는 아주 어렸고 손을 흔들고 있었어요. 아버지를 본 건 그때가 마지막이었던 것 같은데. 갑자기 피할 수 없는 불운이 닥칠 것 같은 불길한 예감이 드는군요." 그는 비행장 맞은편의 자그만 딸아이에게 마지막으로 손을 흔들었고 아이도 손을 흔들었다.

"그때 자네도 엄청 열심히 손을 흔들었지. 내 생각엔 자네 딸이 좀 더 침착한 것 같구먼." 정말로 홀리베리는 꽤 침착한 모습으로 손을 흔들었다.

일행은 소형 비행기 다음에는 좀 더 큰 비행기로 갈아탔다. 그다음에는 더 작은 비행기와 곤돌라, 기차, 열기구, 렌트한 지프차를 차례로 탔다.

그들은 카이로에서 덜컹거리는 지프차를 타고 움직였다. 오래된 시장을 지나 세 번째 길에서 내렸다(좀 더 갔다면 한때 관개수로였던 배수로가 나왔을 터였다). 무스타파 스트로하임은 길거리에 놓인 낡은 고리버들 의자에 앉아 있었다. 별로 널찍한 거리도 아닌데 테이블과 의자가 전부 한쪽 길가에 놓여 있었다.

"어서 오세요, 친구들. 내 '카와'에 잘 오셨습니다. 카와는 이집트어로 카페라는 뜻입니다. 차를 드릴까요? 아니면 도미노 게임을 하시겠습니까?"

"숙소로 안내해 주세요." 재키 뉴하우스가 말했다.

"난 빼고. 난 밖에서 잘 거야. 날씨도 좋고 저기 문 앞 계단이 무척 편해 보여서 말이야." 크로크러슬이 말했다.

"난 커피 부탁합니다." 어거스터스 투페더스 맥코이도 말했다.

"물 있습니까?" 맨덜레이 교수가 물었다.

"방금 누가 말한 거지? 아, 키 작은 잿빛 양반, 당신이 말한 거군요. 처음에 봤을 땐 다른 사람의 그림자인 줄 알았습니다." 무스타파 스트로하임이 말했다.

"전 셰이소카르 보스타 주세요." 버지니아 부트가 주문했다. 뜨거운 차가 담긴 유리잔과 그 옆에 설탕을 같이 달라는 말이었다. "그리고 아무나 저하고 백개먼 게임 해요. 한판 붙어 보실 분은 누구라도. 카이로에서 백개먼으로 절 이길 사람은 없을걸요. 법칙이 기억나야 할 텐데."

어거스터스 투페더스 맥코이는 그가 묵을 방으로 안내받았다. 맨덜레이 교수와 재키 뉴하우스도 마찬가지였다. 이 절차는 전혀 오래 걸리지 않았는데 그도 그럴 것이 셋이 한방을 쓰게 되었기 때문이었다. 안쪽의 또 다른 방에는 버지니아가 묵고 세 번째 방은 무스타파 스트로하임과 그의 가족이 썼다.

"뭘 쓰는 거예요?" 재키 뉴하우스가 물었다.

"에피큐리언 클럽의 절차, 연대기, 회의록이요." 맨덜레이 교수가 답했다. 그는 가죽으로 장정한 커다란 책에 작은 검은색 펜으로 뭔가를 적고 있었다. "우리의 이집트 여행을 기록하고 있어요. 여행에서 먹은 것들도 전부. 태양새를 먹으면서도 계속 기록을 할 겁니다. 후대를 위해 그 맛과 질감, 냄새, 즙 등 모든 걸 기록해야죠."

"크로크러슬이 태양새를 어떻게 요리할 건지 얘기했어요?" 재키 뉴하우스가 물었다.

"했어." 어거스터스 투페더스 맥코이가 말했다. "캔에 맥주를 3분의 1만 남기고 각종 허브와 향신료를 넣은 다음에 캔에 태양새를 끼워서 바비큐 그릴 위에서 굽는다고 하네. 그게 전통적인 방법이라는군."

재키 뉴하우스가 콧방귀를 꼈다. "수상쩍을 정도로 현대식 같은데요."

"크로크러슬 말로는 전통적인 태양새 요리법이라던데." 어거스터스가 다시 말했다.

"내가 분명 그렇게 말했지." 크로크러슬이 계단을 올라오며 말했다. 낮은 건물이라 계단이 그렇게 길지 않고 벽도 그렇게 두껍지 않았다. "이집트 맥주는 세상에서 가장 오래된 맥주거든. 5천 년 전부터 태양새 요리에 이용되었지."

"맥주는 비교적 근대적인 발명품인데요." 방으로 들어오는 크로크러슬에게 맨덜레이 교수가 말했다. 크로크러슬은 터키 커피가 담긴 컵을 들고 있었다. 타르 구덩이처럼 새까맣고 부글거렸으며, 주전자처럼 연기가 피어올랐다.

"엄청 뜨거워 보이는데요?" 어거스터스 투페더스 맥코이가 말했다. 크로크러슬은 컵에 담긴 커피를 절반 정도 꿀꺽 마셨다.

"아니, 별로. 맥주캔은 그렇게 새로운 발명품도 아니야. 옛날에도 구리와 주석을 섞어서 만들었거든. 은을 조금 넣을 때도 있고 안 넣을 때도 있고. 대장장이 마음이었어. 구할 수 있는 재료에 따라서도 달랐지. 고열을 견딜 수 있는 게 필요하니까 그렇게 만들어 썼어. 다들 의심스러운 눈초리로 쳐다보는구먼. 이 양반들아, 고대 이집트인들이 맥주캔을 만들어서 쓴 건 당연한 거야. 아니면 맥주를 어디다 보관했겠어?"

창문 너머 노상 테이블에서 곡소리가 들려왔다. 한 사람이 아닌 여러 사람이었다. 버지니아 부트가 현지인들과 돈을 걸고 백개먼을 했는데 전부 쓸어 버린 것이었다. 그녀는 백개먼의 달인이었다.

무스타파 스트로하임의 커피숍 건물 뒤뜰에는 진흙 벽돌과 절반쯤 녹은 그릴, 오래된 나무 테이블로 이루어진 다 무너진 바비큐장이 있었다. 다음 날 크로크러슬은 바비큐장을 고치고 깨끗하게 청소한 뒤 그릴에 기름칠했다.

"40년은 사용하지 않은 것 같네요." 버지니아 부트가 말했다. 이제 그녀와 백개먼을 하려는 사람은 하나도 없었다. 그녀의 핸드백은 때 묻은 피아스터[이집트의 화폐 단위-역주]로 불룩했다.

"뭐, 비슷하지. 아마 좀 더 오래되었을 거야. 자, 지니, 좀 거들어. 시장에서 사 와야 할 것들을 적은 목록인데 대부분 허브와 향신료, 목재 조각들이야. 무스타파 스트로하임의 아이를 하나 데려가서 통역해 달라고 해."

"알겠어요, 크러스티."

나머지 회원 세 명도 나름대로 바빴다. 재키 뉴하우스는 동네 사람들과 친분을 쌓았다. 사람들은 그의 세련된 양복과 빼어난 바이올린 솜씨에 매료되었다. 어거스터스 투페더스 맥코이는 긴 산책을 하러 갔다. 맨덜레이 교수는 바비큐장의 진흙 벽돌에 새겨진 상형문자를 발견하고 해석하느라 시간을 보냈다. 그는 멍청한 이들은 무스타파 스트로하임의 뒤뜰에서 이루어지는 바비큐가 한때 성스러운 숭배 의식이었다고 믿을 거라 말했다. "하지만 난 지식인입니다. 이 벽돌이 오래전 신전을 지을 때 사용된 벽돌이고 천 년 넘도록 재사용되고 있다는 사실을 곧바로 알아냈죠. 이게 얼마나 값진 물건인지 저 사람들은 알지도 못할 겁니다."

"아, 그 사람들도 잘 알고 있다네." 크로크러슬이 말했다. "그리고 이 벽돌은 신전에 쓰였던 벽돌이 아니라 5천 년 전 우리가 바비큐장을 지었을 때부터 줄곧 이 자리에 있었지. 그전에는 대충 그냥 돌을 사용했어."

버지니아 부트가 안이 가득 찬 시장바구니를 들고 돌아왔다. "여기요. 붉은 백단하고 파출리, 바닐라 빈, 라벤더 줄기, 세이지, 시나몬 잎, 통넛맥, 마늘, 정향, 로즈메리. 사 오라고 한 거 다 사 왔어요. 다른 것도 샀고."

제베다이아 T. 크로크러슬이 만족스러운 듯 싱긋 웃었다. "태양새가 아주 좋아하겠어."

그는 오후 내내 바비큐소스를 준비했다. 소스가 있어야 태양새에 대한 예의이기도 하고, 태양새 고기가 원래 살짝 촉촉함이 부족할 수 있다고 했다.

에피큐리언 클럽 회원들은 그날 저녁 노상에 놓인 고들 버들 테이블에 앉아 있었다. 무스타파 스트로하임과 그의 가족이 홍차와 커피, 뜨거운 민트 음료를 내왔다. 크로크러슬이 회원들에게 선타운의 태양새를 일요일 점심으로 먹게 될 것이므로 제대로 즐길 수 있도록 전날 저녁에는 식사를 하지 말라고 말해 둔 터였다.

"피할 수 없는 파멸이 닥칠 것 같은 불길한 예감이 들어." 그날 밤 작아도 너무 작은 침대에 누워 잠들기 전 어거스터스 투페더스 맥코이가 말했다. "아무래도 그 파멸은 바비큐소스와 함께 찾아올 것 같군."

다음 날 아침, 그들 모두 무척이나 배가 고팠다. 제베다이아 T. 크로크러슬은 격렬한 초록색 글씨로 '요리사에게 입맞춤을'이라고 적힌 우스꽝스러운 앞치마를 두른 차림이었다. 그는 이미 뒤뜰의 덜 자란 아보카도 나무 아래에 브랜디에 절인 건포도와 곡식 낱알을 뿌려 두었고, 지금은 숯 향기 나는 나무와 허브, 향신료를 숯 통에 넣고 있었다. 무스타파 스트로하임과 그의 가족은 카이로의 다른 지역에 사는 친척 집을 방문하러 갔다.

"성냥 있는 사람?" 크로크러슬이 물었다.

그는 재키 뉴하우스가 건네 준 지포 라이터로 숯 아래쪽의 마른 시나몬 잎과 월계수 잎에 불을 붙였다. 정오의 공기 중으로 연기가 피어올랐다. "시나몬하고 백단이 태양새를 불러들일 거야."

"어디에서 오는 거죠?" 어거스터스가 물었다. "태양에서. 녀석은 거기서 잠자거든." 크로크러슬의 말에 맨덜레이 교수가 점잖게 기침을 했다. "지구는 태양과 가장 가까울 때 약 1억 4,645만 킬로미터나 떨어져 있습니다. 가장 빨리 나는 새는 매이고 시속 약 440킬로미터고요. 그 속도로 태양에서 지구로 날아오려면 38년 넘게 걸립니다. 물론 캄캄하고 차가운 진공 상태를 뚫고 날 수 있을 때의 이야기죠."

"물론이지." 크로크러슬이 맨덜레이에게 맞장구를 쳤다. 그는 찡그린 눈을 가리고 하늘을 올려다보았다. "저기 오는군."

그 새는 정말로 태양에서 날아오는 것처럼 보였지만 그런 게 가능할 리가 없었다. 정오의 태양이 너무 눈부셔서 잘못 본 것일지도 모른다.

처음에는 태양과 파란 하늘을 등진 검은 실루엣이었다. 하지만 햇살이 깃털을 비추는 순간 지상에서 바라보는 이들은 모두 숨을 죽였다. 햇살에 빛나는 태양새의 깃털은 그 무엇과도 비교할 수 없는 장관이었다. 숨이 턱 막혀 왔다.

태양새는 널찍한 날개를 한차례 펄럭거리더니 무스타파 스트로하임의 카페 위로 점점 작아지는 원을 그리며 활공했다. 새가 아보카도 나무에 앉았다. 깃털은 황금색, 자주색, 은색이었다. 크기는 칠면조보다 작고 수탉보다 컸으며 왜가리처럼 다리와 목이 길었는데 대가리는 독수리와 좀 더 비슷했다.

"정말 아름답네요. 머리에 난 기다란 깃털 한 쌍을 좀 보세요. 너무 예쁘지 않아요?" 버지니아 부트가 말했다.

"정말 아름답군요." 맨덜레이 교수가 말했다.

"머리의 저 깃털, 어디에서 많이 본 듯한데." 어거스터스 투페더스 맥코이가 말했다.

"태양새를 굽기 전에 머리 깃털을 뽑아야 해. 처음부터 그렇게 했어." 크로크러슬이 말했다.

태양새는 태양이 내리쬐는 아보카도 나뭇가지에 앉았다. 마치 햇살로 만들어진 것처럼 자주색, 초록색, 황금색 깃털이 각도에 따라 무지갯빛으로 변하면서 이글이글 타올랐다. 새는 한쪽 날개를 펼치고 깃털을 다듬었다. 부리로 날개를 찍고 물어뜯어 모든 깃털을 번지르르하게 정돈했다. 나머지 날개도 펼쳐서 똑같이 했다. 마지막으로 태양새는 만족스러운 듯 짹짹 소리를 냈고 얼마 떨어지지 않은 땅으로 내려왔다.

녀석은 좁은 시야 안에서 좌우를 살피며 마른 진흙 위를 뽐내듯 걸었다.

"봐요! 곡식 알갱이를 찾았어요." 재키 뉴하우스가 말했다.

"마치 알고 찾는 것 같군. 곡식 알갱이가 있다는 걸 아는 것 같아." 어거스터스가 말했다.

"내가 항상 같은 자리에 놓아 두거든." 제베다이아 T. 크로크러슬이 말했다.

"너무 예뻐요. 그런데 가까이에서 보니까 생각보다 훨씬 나이가 많은가 봐요. 눈빛이 흐리고 다리를 떠네요. 그래도 너무 예뻐요." 버지니아가 말했다.

"벤누는 세상에서 제일 예쁜 새지." 크로크러슬이 말했다. 버지니아는 식당에서 문제없이 주문할 만큼은 이집트어를 할 줄 알았지만 그 외에는 꽝이었다. "벤누가 뭐예요? 태양새를 이집트어로 벤누라고 하나요?"

"벤누는 아보카도 같은 녹나무과 나무에 앉습니다." 맨덜레이 교수가 말했다. 머리에 깃털 2개가 달렸죠. 왜가리 비슷하게 표현될 때도 있고 독수리 비슷하게 표현될 때도 있어요. 다른 내용이 좀 더 있지만 너무 사실 같지 않은 얘기라 굳이 말해 줄 필요가 없을 듯합니다."

"곡식 알갱이와 건포도를 먹네요! 술 취한 것처럼 비틀거리고 있어요! 술 취한 모습도 저렇게 위풍당당할 수가!" 재키 뉴하우스가 외쳤다.

제베다이아 T. 크로크러슬이 태양새에게 다가갔다. 태양새는 아보카도 나무 근처의 진흙 위에서 긴 다리로 휘청거리며 넘어지지 않으려고 안간힘을 썼다. 크로크러슬은 태양새의 바로 앞에 서더니 아주 천천히 고개를 숙였다. 노인처럼 느릿느릿하고 삐걱거리는 움직임이었지만 어쨌든 허리를 굽혀 인사했다.

태양새도 그에게 고개를 숙이더니 진흙 위로 쓰러졌다. 크로크러슬은 성스럽게 태양새를 들어 마치 어린아이를 옮기듯 무스타파 스트로하임의 카페 뒤뜰 한구석으로 가져갔다. 나머지 사람들도 뒤따랐다.

우선 그는 위풍당당한 머리 깃털 2개를 뽑아 옆에 놓았다.

그다음에는 깃털을 뽑지 않은 채로 배를 가르고, 연기가 피어오르는 나뭇가지에 창자를 올려놓았다. 새는 맥주가 절반 정도 담긴 캔에 넣어 그릴 위에 두었다.

"태양새는 빨리 익으니까 미리 접시를 준비해 두라고." 크로크러슬이 말했다.

이집트에는 홉이 없어서 고대 이집트 맥주는 카다멈과 코리앤더로 맛을 냈다. 그 맥주는 풍미가 좋고 갈증 해소에 탁월했다. 맥주를 마신 뒤라면 피라미드를 짓는 것쯤 아무것도 아니었으리라. 실제로 이집트인들은 그렇게 했다. 바비큐 그릴에 올려진 맥주가 태양새의 안쪽부터 익히며 촉촉함을 유지했다. 숯의 열기가 깃털까지 전달되자 그을린 깃털이 저절로 떨어지면서 마그네슘광처럼 번쩍하고 불이 붙었다. 어찌나 밝은지 에피큐리언 클럽 회원들은 모두 얼굴을 돌려야만 했다.

잘 구워지고 있는 태양새의 냄새가 퍼졌다. 공작보다 기름지고 오리보다 풍미가 좋았다. 회원들은 입에 군침이 돌았다. 금방 불에 올린 것 같은데 제베다이아가 태양새를 숯불 통에서 꺼내 테이블에 올려놓았다. 카빙 나이프로 자른 김이 솔솔 나는 고기를 접시에 담고, 살점을 다 잘라 낸 뼈는 직화로 구웠다.

회원들은 무스타파 스트로하임의 카페 뒤뜰에서 오래된 나무 테이블에 둘러앉아 손으로 태양새 고기를 먹었다.

"정말 맛있어요!" 버지니아 부트가 입안에 음식을 문 채로 말했다. "살살 녹네요. 천국의 맛이에요."

"태양의 맛이네요." 어거스터스 투페더스 맥코이는 커다란 덩치에 걸맞게 태양새 고기를 한꺼번에 잔뜩 입안에 넣었다. 한 손에는 다리를, 다른 손에는 가슴살을 집었다. "지금까지 먹어 본 음식 중 최고예요. 딸이 보고 싶은 것도 잊을 만큼 후회되지 않는 맛이군요."

"완벽하네요. 사랑과 훌륭한 음악, 진실의 맛이에요." 재키 뉴하우스도 말했다.

맨덜레이 교수는 장정한 에피큐리언 클럽 회의록에 뭔가를 휘갈겨 썼다. 그는 태양새 고기를 먹은 자신과 나머지 회원들의 반응을 적고 있었다. 펜을 쥐지 않은 손으로는 날개를 들고 육즙이 종이 위로 떨어지지 않도록 조심스레 뜯어먹었다.

"이상해요. 먹을수록 입안과 뱃속이 뜨거워지는 것 같아요." 재키 뉴하우스가 말했다.

"맞아. 태양새 고기가 원래 그래. 미리 준비하는 게 제일 좋아. 숯과 불꽃, 반딧불이를 먹으면서 익숙해지는 거야. 안 그러면 몸이 세 배로 힘들거든." 크로크러슬이 말했다.

그는 태양새의 머리를 먹었다. 뼈와 부리를 아작아작 씹었다. 그가 뼈를 씹을 때 입안에서 작은 번개가 쳤다. 그는 웃으면서 계속 씹었다.

살점이 조금 붙은 태양새 뼈는 처음에 오렌지색으로 타다가 흰색으로 타기 시작했다. 무스타파 스트로하임의 카페 뒤뜰에 아지랑이가 자욱하게 피어올랐다. 그 안에서 모든 것이 아른아른 반짝여서 회원들은 물 또는 꿈속에서 세상을 바라보는 느낌이었다.

"정말 맛있어요!" 버지니아가 먹으면서 말했다. "지금까지 먹어 본 음식 중에 제일 맛있어요. 내 젊음의 맛이에요. 영원의 맛이에요." 그녀는 손가락을 핥고 접시에서 마지막 조각을 집었다. "선타운의 태양새. 혹시 다른 이름이 있나요?"

"헬리오폴리스의 피닉스." 크로크러슬이 말했다. "불꽃과 잿더미 속에서 죽고 다시 태어나는 것을 되풀이하는 새야. 사방이 캄캄할 때 바다를 날아간 벤누. 때가 되면 희귀한 나무와 향신료, 허브로 지핀 불에 타고 그 잿더미 속에서 다시 태어나. 끝없이 계속, 종말 없는 세상이지."

"앗, 뜨거워!" 맨덜레이 교수가 소리쳤다. "뱃속이 불타는 것 같아!" 그는 물을 들이켰지만 별 소용이 없는 듯했다.

"내 손 좀 보세요." 버지니아가 손을 들어 올렸다. 안에 불꽃이 들어 있는 듯 반짝였다.

달걀이라도 구울 수 있을 것처럼 주변 공기가 후끈 달아올랐다.

타닥타닥 불꽃이 튀었다. 어거스터스 투페더스 맥코이의 머리에 꽂힌 노란 깃털 2개가 폭죽처럼 튀어 올랐다. 불타고 있는 재키 뉴하우스가 물었다. "크로크러슬, 솔직하게 말해 주세요. 당신은 이 피닉스를 언제부터 먹은 거죠?"

"만 년 조금 넘었지. 대충 몇 천 년. 요령을 익히면 어렵지 않아. 요령을 익히는 게 어려운 거지. 이번 건 지금까지 잡아 본 피닉스 중에 최고였어. 아니, '요리해 본' 피닉스 중에 최고라고 해야 하나?"

"세월이! 세월이 불타 없어지고 있어요!" 버지니아가 말했다.

"정말 그런 효과가 있지. 하지만 먹기 전에 열에 익숙해져야 해. 그렇지 않으면 타 버릴 수 있거든."

"아, 내가 왜 이걸 기억하지 못했을까." 어거스터스 투페더스 맥코이가 환한 불꽃에 둘러싸여 말했다. "내 아버지도, 할아버지도 이 피닉스를 먹으러 헬리오폴리스에 가셨다가 돌아가셨다는 걸 왜 기억하지 못했을까. 왜 이제야 기억나는 걸까."

"세월이 불타 없어지는 거군요." 맨덜레이 교수가 말했다. 그는 기록하고 있던 페이지에 불이 붙자마자 가죽 장정한 책을 덮었다. 가장자리가 그을리긴 했지만 괜찮을 것이다. "세월이 불타면 그 세월의 기억이 돌아오죠." 어느덧 맨덜레이의 형상은 좀 더 분명해졌고 흔들리는 불꽃 사이로 미소 짓고 있었다. 지금까지 그가 웃는 모습을 본 사람은 아무도 없었다.

"우리는 불타서 사라지는 건가요?" 이제 버지니아의 몸은 눈부시게 밝은 흰색으로 빛나고 있었다.

"아니면 불타서 어린 시절로 돌아가거나 유령이나 천사가 되고 그다음에 다시 태어날까요? 뭐, 상관없어요. 크러스티, 이거 정말 재미있네요!"

"소스에 식초가 좀 더 들어갔으면 좋았을 것 같아요." 재키 뉴하우스가 불타며 말했다. "이 고기엔 좀 더 풍미가 강한 소스가 어울려." 그러고는 잔상만 남기고 사라져 버렸다.

"Chacun a son gout." 제베다이아 T. 크로크러슬이 말했다. 프랑스어로 '사람마다 기호가 다르다'라는 뜻이었다. 그는 손가락을 빨면서 고개를 흔들었다. "지금까지 중에서 최고라니까." 엄청나게 만족스러운 목소리였다.

"안녕, 크러스티." 버지니아는 하얀 불꽃으로 변한 손을 내밀어 그의 까만 손을 꽉 잡았지만 오래 가지 못했다.

(한때 태양의 도시였고 지금은 카이로 교외 지역인) 헬리오폴리오스에 있는 무스타파 스트로하임의 카페 뒤뜰에는 이윽고 아무도 남지 않았다. 하얀 잿더미가 순간 불어온 바람에 퍼졌다가 슈가 파우더 또는 눈처럼 내려앉았다. 그곳에는 '요리사에게 입맞춤을'이라고 쓰인 앞치마를 두른, 새까만 머리에 하얗고 고른 치아를 가진 청년만 남았다.

진흙 벽돌로 두껍게 내려앉은 잿더미에서 황금빛과 자줏빛의 작은 새가 마치 지금 깨어난 듯이 꿈틀거렸다. 새는 고음으로 "삑!" 울더니 마치 아기가 부모를 쳐다보듯 태양을 똑바로 바라보았다. 곧이어 날개를 말리려는 듯 쭉 펼치더니 준비가 되자 날아올라 태양을 향했다. 그 모습을 바라보는 사람은 오로지 뒤뜰의 청년뿐이었다.

청년의 발치, 한때 나무 테이블이었던 잿더미 속에는 기다란 황금 깃털 2개가 떨어져 있었다. 그는 깃털을 주워 하얀 재를 털어 내고 신성한 것이라도 되듯 재킷 안쪽에 넣었다. 그리고 앞치마를 벗고 떠났다.

홀리베리 노페더스 맥코이는 어른이 되었고 자식도 생겼다. 검은색과 은색이 섞인 쪽 찐 머리에는 황금색 깃털이 꽂혀 있었다. 분명히 오래전에는 특별해 보이는 깃털이었으리라. 그녀는 돈 많고 시끄러운 사람들의 모임인 에피큐리언 클럽의 회장이다. 오래전 아버지에게 그 자리를 물려받았다.

세상에 먹어 보지 않은 게 없다는 에피큐리언 회원들의 넋두리가 또다시 시작되었다는 소문이 들린다.

파티에서 여자에게 말 거는 법

How to Talk to Girls at Parties

2006

"가자, 응? 진짜 재미있을 거야." 빅이 말했다.

"아닐걸." 이미 몇 시간 전에 진 싸움이지만 그것만큼은 확실했다.

"환상적일 거야. 여자! 여자! 여자!" 빅은 몇 번째인지도 모를 여자 타령을 하면서 하얀 치아를 드러내며 씩 웃었다.

나와 빅은 런던 남부의 남학교에 다녔다. 여자를 만나 본 적이 한 번도 없다면 거짓말이겠지만 ―빅은 여자친구를 많이 사귀었던 것 같고 나도 여동생의 친구 세 명과 키스한 경험이 있었다― 아무래도 우리가 매일 보고 말하고 잘 아는 건 남자였다. 어쨌든 내 경우는 그랬다. 30년 동안 빅을 만나지 못했으니 녀석이 어땠는지 이제 와 알 길은 없다. 지금 빅을 만난다면 무슨 말을 해야 할지도 모를 것 같다.

우리는 이스트 크로이던 역 뒤편의 미로처럼 갈라지는 지저분한 뒷골목을 걸었다. 친구에게 어떤 파티 얘기를 들은 빅은 내 의사와 상관없이 거기에 가기로 마음먹었다. 나는 싫었다. 하지만 그 주에 부모님이 학회 때문에 집을 비워 빅의 집에서 지내고 있던 터라 따라갈 수밖에 없었다.

"보나 마나 이번에도 똑같겠지. 1시간 후에 넌 파티에서 제일 예쁜 여자애랑 둘이 빠져나가 진하게 키스하고 난 부엌에서 누군가의 엄마한테 정치나 시 같은 얘기나 듣고 있을걸." 내가 말했다.

"너도 여자들한테 말 좀 걸어 봐. 저 끄트머리에 있는 길인 것 같다." 빅이 술병 든 봉지를 휙 흔들면서 유쾌하게 손짓했다.

"확실해?"

"앨리슨이 주소를 알려 줘서 종이에 적어 놨는데 복도 테이블에 놓고 왔어. 괜찮아. 찾을 수 있어."

"어떻게?" 죽어도 가기 싫은 내 안에서 조금씩 희망이 샘솟았다.

"우선 이 길을 쭉 따라가는 거야." 빅은 모자란 어린아이에게 설명하듯 말했다. "그다음에 파티가 열리는 집을 찾는 거지. 간단해."

아무리 둘러봐도 파티가 열리는 곳은 보이지 않았다. 콘크리트 깔린 앞마당에 녹슨 자동차나 자전거가 세워진 좁은 집들만 있었다. 그리고 먼지 낀 유리문에 낯선 향신료 냄새를 풍긴 채 생일 카드부터 중고 만화책, 너무 선정적이라 비닐에 밀봉해서 파는 잡지까지 온갖 잡다한 것을 파는 신문 가판대뿐. 저 가판대에 가 본 적이 있다. 빅이 야한 잡지를 옷 속에 슬쩍 했다가 인도에 나와 있던 주인한테 들켜서 돌려주어야 했다.

우리는 도로 끝에 이르러 테라스 딸린 주택들이 늘어선 좁은 거리로 들어섰다. 여름 저녁이 유난히 고요하고 텅 빈 것처럼 느껴졌다. "너야 괜찮겠지. 여자들이 널 좋아하니까 꼭 먼저 말 걸 필요가 없잖아." 사실이었다. 빅은 씨익 하고 그저 짓궂게 웃기만 해도 마음에 드는 여자를 꼬실 수 있었다.

"그런 게 아니야. 무조건 말을 걸라니까."

여동생 친구들에게 키스했을 때 난 그 애들한테 아무 말도 하지 않았다. 그 애들이 잠깐 자리를 비운 여동생을 기다리다가 내 근처로 왔고 그래서 그냥 키스했을 뿐이다. 대화를 나눈 기억이 없다. 나는 여자애들한테 뭐라고 말해야 좋을지 모르겠다고 했다.

"여자라고 뭐 특별하냐. 외계인도 아닌데." 빅이 말했다.

커브 길을 따라 도는 순간, 파티 장소를 찾지 못할 거라는 희망이 약해지기 시작했다. 저 앞쪽 집에서 벽과 문 너머로 울리는 작은 음악 소리와 말소리가 들려왔다. 벌써 저녁 8시였고, 아직 열여섯 살도 안 되었던 우리에겐 그리 이른 시간이 아니었다.

어딜 가던 일일이 간섭하는 우리 부모님과 달리 빅네 부모님은 간섭이 그다지 심하지 않았다. 빅은 다섯 형제 중 막내였다. 그것만으로 부러운 일이었다. 나에겐 여자 형제만 둘인 데다 다 나보다 어렸다. 나는 그 사이에서 특별함과 외로움을 동시에 느꼈다. 아주 어렸을 때부터 간절히 형제를 원했다. 열세 살 때 그만두기는 했지만 별똥별이나 첫 별을 볼 때마다 비는 소원은 항상 형제를 갖게 해 달라는 것이었다.

우리는 정원에 난 길을 걸어갔다. 포장된 길을 따라 생울타리와 홀로 서 있는 장미 덤불을 지나자 석회와 시멘트에 작은 자갈을 넣어 마감한 집의 정면이 보였다. 초인종을 누르자 여자애가 문을 열어 주었다. 몇 살쯤인지 감이 잡히지 않았다. 내가 여자들에 대해 싫어하는 것 중 하나였다. 어릴 때는 똑같은 속도로 시간이 흘러서 다섯 살이든 일곱 살이든 열한 살이든 남녀가 비슷하다. 그런데 그 후로 여자애들은 어느 날 갑자기 미래로 전력 질주를 시작한다. 모르는 것이 없어지고 생리를 하고 가슴이 나오고 화장을 하는 등 나와는 다르게 온갖 다양한 경험을 한다. 생물 교과서에 나오는 다

이어그램은 나에게 어른이 된다는 것이 무엇인지를 현실적으로 보여 주지 못했다. 하지만 여자애들은 그걸 똑똑히 보여 줬다.

빅과 나는 아직 어른이 아니었다. 몇 주에 한 번씩이 아니라 매일 면도를 하게 되었지만, 여전히 여자애들보다 훨씬 뒤처진 느낌을 받았다.

여자애가 말했다. "안녕?"

"우리 앨리슨 친구들인데." 빅이 말했다. 우리가 주근깨 가득하고 오렌지색 머리에 짓궂은 미소를 가진 앨리슨을 만난 건 독일 교환 방문 때 함부르크에서였다. 주최 측이 남녀 비율을 맞추려고 동네 여학교 여학생들을 우리와 함께 보냈다. 또래 여자애들은 엄청나게 시끄러웠고 차와 직업, 오토바이가 있는 어른 남자친구를 사귀었다. 함부르크에서 열린 파티가 끝나갈 무렵 나는 역시나 주방에 있다가 너구리 털 코트를 입은 치열이 삐뚤어진 여자애와 잠깐 이야기를 나눴는데, 그 애 남자친구는 부인과 자식들까지 있다고 했다.

"앨리슨 없는데." 문을 열어 준 여자애가 말했다.

"괜찮아." 빅이 여유롭게 씩 웃었다. "난 빅이야. 얜 엔이고."

여자애도 곧바로 미소를 지었다. 빅은 주방 싱크대에서 몰래 꺼내 온 화이트와인이 담긴 봉지를 내밀었다.

"이건 어디에다 둘까?"

여자애는 우리가 집 안으로 들어갈 수 있도록 옆으로 비켜 주었다. "부엌은 안쪽이야. 식탁에 놔 줘. 다른 술병들 옆에." 여자애는 금발 웨이브에 무척 예쁜 얼굴이었다. 밤이라 복도가 어둑했지만 예쁘다는 걸 알기엔 충분했다.

"네 이름은 뭐야?" 빅이 물었다.

스텔라라고 했다. 빅은 입꼬리 한쪽을 올리고 하얀 치아를 드러내 웃으면서 그렇게 예쁜 이름은 처음 들어 본다고 했다. 말도 참 번드르르하게 잘하는 녀석. 게다가 진심인 것처럼 들리게까지 할 수 있다니.

빅은 와인을 놓아두러 주방으로 갔고 나는 음악이 흘러나오는, 현관 앞쪽의 거실로 고개를 돌렸다. 사람들이 춤추고 있었다. 스텔라도 거실로 다가가 혼자서 음악에 몸을 흔들었다. 나는 그런 그녀를 바라보았다.

당시는 펑크가 유행하던 초창기였다. 집에서는 애드버츠나 잼, 스트랭글러스, 클래시, 섹스 피스톨즈 같은 음악을 들었고 파티가 열리는 곳에서는 ELO, 10cc, 록시 뮤직 같은 음악이 나왔다. 운 좋으면 보위도 듣고. 독일 교환 방문 때 모두의 반대 없이 틀 수 있었던 LP는 닐 영뿐이었다. 여행 내내 그의 노래 '황금 심장'이 후렴구처럼 울려 퍼졌다. 난 순수한 마음을 찾아 바다도 건넜죠…….

거실에서 흘러나오는 노래는 내가 알지 못하는 곡이었다. 독일의 일렉트릭 팝그룹 크래프트워크 노래 같기도 하고 지난 생일 때 선물 받은 BBC 라디오포닉 워크숍의 기이한 사운드 같기도 했다. 그 노래는 비트가 강했다. 거실에 있는 여자애 대여섯 명이 음악에 따라 부드럽게 몸을 흔들고 있었지만 내 눈에는 스텔라만 보였다. 그녀는 빛이 났다.

빅이 나를 밀치고 거실로 왔다. 맥주캔을 들고 있었다. "부엌에 술 있어." 빅은 나에게 말하고 스텔라에게 다가가 이야기를 나누기 시작했다. 음악 소리 때문에 무슨 이야기를 나누는지는 알 수 없었지만 저 대화에 내가 낄 자리가 없다는 것만큼은 확실했다.

그때는 지금과 달리 맥주를 좋아하지 않아서 마실 만한 게 있는지 확인하러 갔다. 큰 병에 담긴 코카콜라가 식탁에 놓여 있었다. 큰 플라스틱 컵에 가득 따랐다. 조명이 꺼진 주방에서 이야기를 나누는 여자애 두 명이 있었지만 말을 걸 용기가 나지 않았다. 그들은 활기가 넘치고 엄청나게 예뻤다. 둘

다 검은색 피부에 머리에 윤기가 흘렀고 옷차림도 꼭 영화 배우 같았다. 외국 억양까지 가지고 있었다. 어쨌든 내가 넘볼 수준이 아니었다.

나는 콜라를 손에 든 채 여기저기 돌아다녔다.

방이 2개씩 있는 작은 2층집인 줄 알았는데 보기보다 깊고 크고 복잡했다. 방들은 모두 어두웠고(집안에 40와트가 넘는 전구가 없는 것 같았다), 내가 들어가 본 방마다 사람이 있었다. 내 기억으로는 오직 여자들뿐이었다. 2층으로 올라가진 않았다.

온실에는 여자애 하나뿐이었다. 새하얄 정도로 밝은 금발의 긴 생머리였다. 유리 상판 테이블에 양손을 깍지 끼고 앉아 짙게 어둠이 깔리는 정원 쪽을 쳐다보고 있었다. 뭔가 애석해하는 얼굴이었다.

"여기 앉아도 될까?" 내가 컵으로 자리를 가리키며 물었다. 그녀는 고개를 흔들었지만 이내 어깨를 으쓱했다. 이러나저러나 상관없다는 뜻이었다. 나는 자리에 앉았다.

빅이 온실 밖을 지나갔다. 녀석은 스텔라와 이야기하면서도, 온실에 앉아 수줍고 어색해서 미쳐 버릴 것 같은 나를 보며 손을 폈다가 꽉 쥐면서 입 모양을 흉내 냈다. 말 좀 하라는 뜻이었다. 그래.

"이 근처 살아?" 내가 여자애에게 물었다.

그녀는 고개를 저었다. 깊게 파인 은색 상의를 입은 그녀의 가슴골을 쳐다보지 않으려고 애썼다.

"이름이 뭐야? 난 엔이야."

"웨인의 웨인." 분명 그렇게 말했던 것 같다. "난 이류야."

"어, 이름이 참……특이하네."

그녀는 크고 맑은 두 눈으로 나를 빤히 쳐다보았다. "내 조상도 웨인이었고 내가 그녀에게 보고할 의무가 있다는 뜻이야. 난 자식을 낳으면 안 돼."

“어, 음. 그건 한참 나중의 일 아닌가?”

그녀는 깍지 낀 손가락을 풀어 테이블에 올려놓고 쫙 폈다. “보이지?” 왼쪽 새끼손가락이 구부러지고 맨 위쪽 부분이 두 쪽으로 갈라져 있었다. 그다지 심한 기형은 아니었다. “내가 다 만들어졌을 때 그냥 둘 것인지, 제거할 것인지 선택이 필요했어. 운 좋게도 내가 직접 결정할 수 있었고. 완벽한 자매들은 정지 상태로 고향에 남아 있지만 난 여행을 다녀. 자매들은 일류고 난 이류야. 조만간 웨인에게 돌아가 내가 본 것을 전부 말해 줘야 해. 너희가 사는 이곳에 대한 내 감상도.”

“나도 크로이던에 안 살아. 이 동네 출신이 아니거든.” 내가 말했다.

사실 난 이 여자애가 미국인이 맞는지 궁금했다. 도대체 무슨 얘길 하는 건지 이해가 잘 되지 않았다.

“그럼 너도, 나도 이 동네 출신이 아니네.” 그녀는 손가락이 6개 달린 왼손을 보이지 않게 넣으려는 듯이 오른손으로 감싸 쥐었다. “난 이곳이 더 크고 더 깨끗하고 더 알록달록할 줄 알았어. 그래도 보석은 보석이야.”

그녀는 오른손으로 입을 가리며 하품을 하곤, 곧바로 손을 테이블에 다시 올려놓았다. “이젠 여행하는 것도 지쳐서, 가끔은 끝나 버렸으면 좋겠어. 리오의 카니발 축제에 갔을 때, 다리 위에서 황금색에 키가 크고 곤충의 눈에 날개가 달린 그들을 봤거든. 난 너무 기뻐서 달려가 인사할 뻔했는데 그냥 인간들이 변장한 거였어. 홀라 콜트에게 ‘왜 저들은 우리처럼 보이려고 저렇게 애쓰는 거죠?’라고 물었더니 홀라 콜트가 ‘저들은 자신을 증오하거든. 분홍색과 갈색 피부에 너무 작으니까.’라고 하더라. 하지만 나 역시 그렇게 느끼는걸. 난 자라지 않아. 아이의 세계 아니면 엘프의 세계에 머물러 있는 기분이야.” 그녀는 미소 짓더니 계속 말했다. “그들이 홀라 콜트를 보지 못해서 다행이었어.”

"음, 춤출래?" 내가 물었다.

그녀는 곧장 고개를 저었다. "허락되지 않는 일이야. 소유물에 손상이 생길 수 있는 일은 금지되어 있거든. 난 웨인의 소유야."

"그럼 뭐라도 마실래?"

"물."

나는 부엌으로 돌아가 또 콜라를 따르고 새 컵에 수돗물을 받아 돌아왔다. 하지만 주방에서 복도까지 이어지는 길과 온실 모두 텅 비어 있었다.

그 여자애는 화장실에 간 걸까, 아니면 마음이 바뀌어서 춤추러 간 걸까. 거실 쪽으로 돌아가 확인해 보았다. 거실은 사람들로 가득 찬 상태였다. 춤추는 여자애들이 더 많아졌고 나나 빅보다 몇 살은 많아 보이는 모르는 남자들도 몇 명 보였다. 남자와 여자들 전부 거리를 두고 떨어져 있었지만 빅만큼은 스텔라의 한 손을 잡고 껴안은 채 춤추는 중이었다. 음악이 끝나자 녀석은 자기 소유라도 되는 양 자연스럽게 그녀의 어깨에 팔을 올려 아무도 끼어들지 못하도록 차단했다.

온실에서 이야기 나눈 그 여자애는 1층에 없었다. 그렇다면 2층에 있는 걸까. 나는 사람들이 춤추던 복도 맞은편의 안쪽 거실로 가서 소파에 앉았다. 이미 거기에는 한 여자애가 앉아 있었다. 짧고 뾰족뾰족한 검은색 머리에 약간 초조한 듯한 분위기였다.

그래, 말을 걸자. "음, 이 컵에 든 물 남는 건데 혹시 마실래?"

그녀는 고개를 끄덕이고 컵을 받았다. 뭔가를 받는 게 익숙하지 않아 보였다. 눈에 보이는 모든 것을, 심지어 자기 손조차도 믿을 수 없다는 듯, 극도로 조심스러운 몸짓이었다.

"난 여행하는 게 좋아." 그녀가 머뭇거리며 미소 지었다. 앞니가 벌어진 그녀는 마치 어른들이 고급 와인을 음미하듯 수돗물을 마셨다. "마지막 여행에서 우린 태양에 가서 고래들과 불 속에서 수영했어. 고래들의 과거 얘기도 듣고 변두리의 찬 공기에 떨다가 열이 휘몰아치는 곳까지 깊숙이 헤엄쳐 가서 몸을 녹였지. 또 가고 싶어. 이번엔 스스로 그런 맘이 들었어. 보지 못한 게 많으니까. 그런데 여기로 오게 된 거야. 넌 좋아?"

"뭐가?"

그녀는 애매모호하게 거실을 가리켰다. 소파, 안락의자, 커튼, 켜지지 않은 가스난로.

"뭐, 괜찮은 것 같아."

"난 그들에게 지구를 방문하고 싶지 않다고 했어. 내 부모 겸 선생님은 기뻐하지 않았지. '배울 게 많을 거다.'라고 했어. 그래서 난 '태양에 또 가면 더 많이 배울 수 있을 거예요. 아니면 심해요. 제사는 은하계 사이에 거미줄을 만들었잖아요. 나도 그걸 하고 싶어요.'라고 했지.

하지만 설득력 없는 말이었어. 그래서 난 지구로 오게 됐어. 부모 겸 선생님이 날 집어삼켰고 칼슘 뼈대에 썩어 가는 고깃덩어리가 붙은 몸으로 어느 순간 여기에 와 있었어. 인간의 형상으로 바뀔 때 내 안에서 뭔가가 파닥거리고 펌프질하고 으깨지는 느낌이 들었지. 입으로 공기를 내뿜고 성대를 진동시키는 경험은 처음이었어. 부모 겸 선생님에게 죽고 싶다고 말했더니, 죽음이 여기에서 탈출하는 필수 전략이라는 걸 인정해 줬어."

그녀는 말하면서 손목의 까만 염주를 만지작거렸다. "하지만 고깃덩어리 속에 지식이 있어. 난 배울 생각이야."

우리는 어느덧 소파의 한가운데에서 붙어 앉아 있었다. 나는 아무렇지 않게 그녀의 어깨에 팔을 올려보기로 했다. 일단 소파 뒤편으로 팔을 뻗은 후 그녀의 어깨에 닿을 때까지 표시 나지 않도록 슬금슬금 내릴 생각이었다. 그녀가 말했다. "세상이 흐릿해지면서 눈에서 나오는 물 말이야. 아무도 그 얘긴 해 주지 않았거든. 아직도 잘 모르겠어. 나는 속삭임의 주름도 만져 봤고 타키온 백조들이랑 같이 신나게 비행도 했는데, 그런데도 이건 아직 모르겠어."

그 여자애는 파티에서 제일 예쁘지는 않지만 그 정도면 꽤 착한 것 같았다. 어쨌든 여자였다. 주저하며 팔을 좀 더 내렸다. 그녀의 등이 닿았지만 그녀는 치우라고 말하지 않았다.

그때 문가에서 빅이 나를 불렀다. 그는 보호하듯 스텔라의 어깨를 감싸고 서서 나에게 손을 흔들었다. 지금 한창 바쁘다는 걸 알려 주려고 고개를 흔들었지만 녀석이 이번에는 내 이름을 불렀다. 하는 수 없이 소파에서 일어나 문가로 갔다. "왜?"

"어, 있잖아. 이 파티 말인데." 변명하는 듯한 말투였다. "우리가 오려던 파티가 아니더라고. 스텔라랑 얘기하다가 알게 됐어. 음, 스텔라가 설명해 줬는데 아무래도 우리가 잘못 찾아온 것 같다."

"미친. 그럼 우리 큰일 난 거야? 당장 가야 해?"

스텔라가 고개를 저었다. 빅이 그녀의 입술에 부드럽게 키스했다. "넌 내가 여기 있는 게 좋지, 예쁜아?"

"알면서."

스텔라에게서 나에게로 시선을 옮긴 빅은 새하얀 치아를 드러내며 녀석 특유의 짓궂으면서도 사랑스러운 웃음을 보였다. 아트풀 도저[찰스 디킨스의 『올리버 트위스트』에 나오는 소매치기 소년 캐릭터-역주] 같기도 하고 약간 불량스러운 백마 탄 왕자 같기도 한 미소. "걱정하지 마. 얘들 전부 다 여행자들이래. 교환 방문 학생들의 파티 같은 건가 봐. 우리 독일 갔을 때처럼."

"정말?"

"엔. 여자들하고 말 좀 하라니까. 그러려면 여자들 얘기를 잘 들어 줘야 해. 알겠어?"

"했어. 벌써 두 명한테 말 걸었다고."

"진전 좀 있어?"

"네가 부르기 전까지 있었지."

"그건 미안. 아무튼 알려 줘야 할 것 같아서. 간다."

빅은 내 어깨를 톡톡 치고 스텔라와 함께 가 버렸다. 두 사람은 계단을 올라갔다.

솔직히 그날 땅거미가 내려앉은 시각 그 파티에 있었던 여자애들은 죄다 예뻤다. 얼굴도 완벽했지만 무엇보다 비율이나 인간적인 측면에서 좀 기묘하면서도 특이한 느낌이 있었다. 단순한 예쁘기만 한 마네킹이 아니었다. 그중에서도 스텔라가 제일 예뻤는데 당연히 그 애는 빅의 차지였다. 둘은 2층으로 갔고, 뭐, 항상 그런 식이었다.

어느덧 소파에는 몇 명이 앉아 앞니가 벌어진 여자애와 이야기를 나누고 있었다. 누군가의 농담에 다들 웃음을 터뜨렸다. 다시 그 여자애 옆에 앉으려면 여자애들 사이를 비집고 들어가야 할 터였다. 하지만 여자애는 특별히 나를 기다리고 있는 것 같지도 않고 내가 가 버린 것도 신경 쓰지 않는 듯해서 나는 그냥 복도로 나갔다. 춤추는 사람들을 힐끔 쳐다보다가 문득 음악이 어디에서 나오는 건지 궁금해졌다. 레코드플레이어나 스피커 같은 것을 찾을 수 없었다.

복도에서 부엌으로 돌아갔다.

파티에서 부엌은 언제나 참 좋은 곳이다. 아무런 핑곗거리가 없어도 갈 수 있으니까. 또 하나, 이 파티에는 집주인의 엄마가 없었다. 테이블에 놓인 수많은 술병과 캔을 살피다가 일회용 컵에 페르노를 1센티미터 정도 따른 후 콜라를 끝까지 채웠다. 얼음을 몇 개 넣은 후 한 모금 마시자 달콤하면서도 쓴맛이 퍼졌다.

"뭐 마시는 거야?" 한 여자애가 물었다.

"페르노. 꼭 아니시드 볼[영국에서 파는 동그란 캔디의 일종-역주] 같아. 술맛은 나지만." 벨벳 언더그라운드의 라이브 실황 LP에서 관객 중 누군가가 페르노를 달라고 하는 걸 들은 기억이 나서 만들어 봤다는 말은 하지 않았다.

"나도 줄 수 있어?" 페르노와 콜라를 섞어서 그녀에게 건넸다. 구릿빛 도는 적갈색의 곱슬머리를 몇 가닥씩 모아서 길게 떨어뜨린 머리 모양을 하고 있었다. 요즘은 보기 어렵지만 당시에는 유행하던 스타일이었다.

"이름이 뭐야?" 내가 물었다.

"트리올레."

"이름 예쁘다." 확신은 없었지만 그렇게 말했다. 어쨌든 얼굴은 예뻤다.

"트리올레[triolet, 중세 프랑스에서 유행한 정형시로 8음절의 8행시의 형식으로 이루어진다-역주]는 시 형식을 말해. 나처럼." 그녀가 자랑스럽게 말했다.

"네가 시야?"

그녀는 웃으며 고개를 숙였다가 옆으로 돌렸다. 부끄러워하는 것 같았다. 그녀의 옆얼굴은 거의 평평했다. 콧대가 이마에서 바로 일자로 뻗는 그리스형 코였다.

작년에 학교에서 《안티고네》 연극을 했었다. 나는 크레온에게 안티고네의 죽음을 전하는 전령 역을 맡았고, 우리는 그럴듯해 보이기 위해 얼굴의 절반을 가리는 가면을 썼다. 주방에서 그녀의 얼굴을 보니 그 연극이 생각났다. 배리 스미스의 만화책 『코난』에 나오는 여자 그림도 떠올랐다. 아마 5년 후였다면 라파엘 전파 화가들이 그린 제인 모리스나 리지 시달의 그림을 떠올렸으리라. 하지만 그때 난 열다섯 살이었다.

"네가 시야?" 다시 물었다.

그녀는 아랫입술을 깨물었다. "네가 원하면. 난 시이고 패턴이고 세상이 바다에 삼켜져 버린 종족이야."

"한꺼번에 세 가지나 되려면 힘들지 않아?"

"넌 이름이 뭐야?"

"엔."

"넌 엔이야. 그리고 남자. 두발짐승. 한꺼번에 세 가지나 되려면 힘들지 않아?"

"그 세 가지는 다르지 않잖아. 그러니까, 모순되지 않는다고."

모순이라는 말을 여기저기에서 많이 보긴 했지만 소리 내어 말하기는 처음이었다. 하지만 엉뚱한 곳에 강세를 넣어 발음[원문은 'contradictory'의 'cont'에 강세를 넣었다는 것인데, 그러면 여자들한테 하는 욕인 'cunt'와 같은 발음이 된다-역주]하고 말았다.

여자애는 하얀 실크 같은 얇은 원피스 차림이었다. 눈동자는 옅은 초록색이었는데, 지금 같으면 컬러 렌즈를 꼈다고 생각하겠지만 30년 전에는 지금과 많은 것이 달랐다. 빅과 스텔라가 2층에서 뭘 할까 생각했던 기억이 난다. 분명 방에 들어가 있겠지. 빅이 부러운 나머지 가슴이 쓰릴 정도였다.

어쨌든 여자애와 대화를 계속했다. 말도 안 되는 이야기만 하는 데다 진짜 이름이 트리올레가 아닐 수도 있지만 상관없었다(내 세대는 히피 같은 이름이 유행한 세대가 아니었다. 레인보우니 선샤인이니 하는 이름을 가진 아이들은 그때 아직 여섯, 일곱, 여덟 살 정도밖에 안 되었다). 여자애가 말했다. "우린 끝이 머지않다는 걸 알기 때문에 시를 만들었어. 우리가 누구인지 왜 여기에 있는지 무슨 말을 했고 무엇을 했고 무슨 꿈을 꿨고 무엇을 갈망했는지 우주에 말해 주기 위해서."

"우리의 꿈을 말로 감싸고 말의 패턴을 만들었어. 그 단어들이 잊히지 않고 영원히 살 수 있도록. 그리고 흐름의 패턴으로 시를 내보냈어. 시가 별의 심장에서 기다리며 고동과 폭발과 정전기로 메시지를 쏘아 보내는 거야. 때가 되면, 천 개의 태양만큼 저 멀리 떨어진 세상에서 해석되고 읽혀 다시 시가 될 수 있도록."

"그다음엔 어떻게 됐는데?"

그녀는 초록색 눈으로 나를 바라보았다. 마치 내가 안티고네 연극에서 썼던, 얼굴을 절반만 가리는 가면을 쓴 것 같았다. 옅은 초록색 눈도 가면의 일부분이지만 다른 부분들과는 따로 떨어진 듯 깊어 보였다.

"시를 듣는 사람은 바뀔 수밖에 없어. 그들은 시를 들었고 식민지화하고 다음 세대에 물려주고 시에 살기도 했어. 시의 운율이 사고방식의 일부가 되었지. 시상이 계속 비유를 바꿔. 시의 구절과 관점, 염원이 그들의 삶이 되는 거야. 한 세대도 안 되어 그들이 낳은 자식들은 태어날 때부터 시를 알았고, 머지않아, 아이들이 태어나지 않았어. 이젠 아이들이 필요 없게 됐거든. 시만 있을 뿐이었어. 살이 붙은 형상으로 걸어 다니며 이미 알려진 광활한 세계에 스스로 퍼져 나가는 시."

나는 한쪽 다리가 그녀의 다리에 닿을 정도로 좀 더 가까이 다가갔다. 그녀는 오히려 반기는 듯 다정하게 한 손을 내 팔에 올렸다. 내 얼굴에 미소가 퍼지는 게 느껴졌다.

"우리를 환영하는 곳도 있고 즉각 격리하거나 제거해야 할 독풀이나 병처럼 여기는 곳도 있어. 하지만 어디에서 전염이 끝나고 어디에서 예술이 시작되는 걸까?"

"모르겠어." 내가 여전히 미소를 띤 채 말했다. 현관 앞쪽 거실에서 쿵쿵거리며 집 전체로 퍼지는 낯선 음악 소리가 들렸다. 그때 그녀가 몸을 숙이며 다가왔다. 키스할 거라고 생각했다. 분명 그럴 거야. 진짜로 그녀는 내 입술에 입술을 댔다가 만족스러운 듯 뗐다. 마치 자신의 것이라고 표시한 것처럼.

"들어볼래?" 나는 무슨 말인지도 모르면서 고개를 끄덕였다. 그녀가 주고 싶어 하는 거라면 당연히 나도 원할 것이라고 확신했다.

그녀가 내 귀에 뭐라고 속삭이기 시작했다. 시의 가장 이상한 점은 모르는 언어라도 그것이 시라는 걸 알 수 있다는 것이다. 그리스어를 하나도 몰라도 호메로스의 시를 들으면 시라는 것을 알 수 있는 것처럼. 나 역시 폴란드 시와 이누이트 족의 시를 들어 본 적 있는데 둘 다 무슨 말인지 전혀 모르는 데도 시라는 걸 알았다. 그녀의 속삭임이 바로 그런 느낌이었다. 무슨 언어인지 모르는데도 그녀의 입에서 나오는 말들이 나를 휘감았다. 머릿속에서 유리와 다이아몬드로 된 탑, 연하디연한 초록색 눈을 가진 사람들이 보였다. 그리고 모든 음절 아래에서 거세게 다가오는 바다가 느껴졌다.

아마도 그 여자애한테 본격적으로 키스했던 것 같다. 잘 기억나지 않는다. 키스하고 싶었던 건 확실하다.

그때 빅이 나를 세게 흔들었다. "얼른! 서둘러! 빨리!" 녀석은 아주 큰 소리로 외치고 있었다.

머릿속에서, 수천 킬로미터 떨어진 곳에서 이곳으로 돌아오는 내가 느껴졌다.

"멍청아. 빨리. 얼른 움직여." 빅이 욕설을 퍼부었다. 목소리에 분노가 가득했다.

그때 이 집에 온 뒤 처음으로 거실에서 아는 노래가 흘러나왔다. 색소폰이 구슬프게 흐느낀 후 청아한 화음이 쏟아지고 남자가 침묵의 시대의 아들들에 관한 괴로움 가득한 노래를 불렀다[데이비드 보위의 'Sons of the Silent Age'라는 곡이다-역주]. 가기 싫었다. 남아서 노래를 듣고 싶었다.

여자애가 말했다. “난 아직 안 끝났어. 아직 줄 게 많아.”

“미안, 예쁜이.” 빅은 웃고 있지 않았다. “다음에 기회가 있을 거야.” 녀석은 내 팔꿈치를 잡고 비틀어 당기면서 끌고 나가려 했다. 나는 저항하지 않았다. 경험상 빅이 마음만 먹으면 나를 두들겨 팰 수 있다는 것을 알기 때문이었다. 기분이 나쁘거나 화날 때만 그러는데 지금 녀석은 화가 나 있다.

앞쪽 복도로 나가 빅이 현관문을 열 때 나는 마지막으로 뒤돌아보았다. 주방 문가에 서 있는 트리올레가 보이길 바라며. 그녀는 거기 없었다. 하지만 계단 맨 위에 서 있는 스텔라가 보였다. 그녀는 거기서 나와 빅을 바라보고 있었다. 나는 스텔라의 얼굴을 보았다.

30년 전의 일이다 보니 까먹은 부분도 많고 앞으로도 점점 더 까먹어 결국에는 완전히 잊어버릴지 모른다. 하지만 사후세계가 정말로 존재한다면 성가나 찬송가에 요약되어 있는 게 아니라 그 한순간에 전부 담겨 있다고 할 수 있을 것 같다. 나는 그 순간을 결코 잊을 수가 없다. 급하게 떠나는 빅을 쳐다보던 스텔라의 표정을. 관에 누워서까지도 생각날 것 같다.

그녀의 옷차림은 흐트러진 채였고 얼굴 화장은 번져 있었다. 그리고 눈은…….

함부로 우주의 심기를 건드리면 안 된다. 우주가 화나면 분명 그런 눈으로 쳐다볼 것 같다.

나와 빅은 그 파티와 여행자들에게서 도망쳐 땅거미가 내려앉은 거리를 냅다 달렸다. 바로 뒤에서 천둥 번개를 동반한 폭풍우가 쫓아오기라도 하듯 뒤돌아보지도 않고 허겁지겁 미로 같은 복잡한 거리를 지났다. 숨이 턱까지 차올라 도저히 더는 달릴 수 없을 것 같을 때에야 멈춰서 헉헉거렸다. 고통스러웠다. 나는 벽에 기댔고 빅은 하수구에 대고 한참이나 심하게 토했다.

“걔는—” 빅은 입가를 닦고 뭐라고 말하려다가 멈칫했다.

고개를 젓더니 다시 말문을 열었다.

"있잖아……아무래도 이런 것 같다. 과감하게 점점 더 앞으로 가다가 어느 순간 선을 넘으면 더는 자기가 아니게 되는 거 있잖아. 선을 넘어 버렸으니까 자기가 아닌 거야. 가선 안 되는 곳으로 들어간 거지. 아무래도 오늘 밤 내가 그런 경험을 한 것 같아."

무슨 말인지 이해할 수 있었다. "한마디로 그 여자애는 엿이나 먹으라는 거지?"

빅이 내 관자놀이에 주먹을 날리고 거칠게 비틀었다. 맞붙어 싸워야 하나. 질 게 분명하겠지만. 그러나 잠시 후 녀석은 주먹을 내리고 침 삼키는 소리와 함께 나한테서 떨어졌다.

뭔가 이상해서 쳐다보니 녀석은 울고 있었다. 붉어진 얼굴이 눈물과 콧물로 뒤범벅되었다. 빅은 남들의 시선 따위는 아랑곳하지 않고 길거리에서 어린아이처럼 서럽게 엉엉 울었다. 그러고 나선 어깨를 들썩이더니 얼굴을 볼 수 없도록 앞장서서 걸어가기 시작했다. 도대체 2층에서 무슨 일이 있었기에 저러는 걸까. 도무지 감조차 잡히지 않았다.

가로등에 하나씩 불이 들어왔다. 빅은 앞에서 비틀거리며 걸어갔고 나는 기억할 수 없기에 암송할 수 없는 시를 밟으며 터덜터덜 뒤따랐다.

여성형
어미

Feminine
Endings

2007

내 사랑,

당신 앞에 당당하게 서기 전에 이 편지를 보냅니다. 좀 옛날 식이긴 하지만 정식으로 고백할게요. 나는 당신을 사랑합니다. 당신은 나를 모르죠(나를 보며 웃어 주고 손에 동전을 건넨 적은 있지만). 난 당신을 알아요(아쉽게도 잘은 몰라요. 매일 아침 당신이 내 옆에서 깨어 웃어 주면 좋겠어요. 천국이 따로 없겠죠?). 내 마음을 전하기 위해 이렇게 펜과 종이를 준비했습니다. 내 마음에 대해 다시 한번 고백합니다. 나는 당신을 사랑합니다.

이 편지를 당신의 언어인 영어로 씁니다. 나도 영어를 꽤 한답니다. 몇 해 전 영국과 스코틀랜드에 있었거든요. 여름 내내 코벤트 가든 앞에서 서 있었어요. 에든버러 페스티벌이 열리는 한 달만 빼고요. 그땐 에든버러에 있었는데, 내 상자에 돈을 넣은 사람 중에는 배우 케빈 스페이시랑 자전적 이야기를 그린 오페라 때문에 에든버러에 와 있던 미국의 TV 스타 제리 스프링어도 있었어요.

이 편지를 계속 미루어 왔지만 무슨 말을 할까 머릿속으로 여러 번 머릿속으로 그려 보았답니다. 당신 얘기를 해야 할지, 내 얘기를 해야 할지.

우선 당신 얘기부터.

난 당신의 긴 붉은 머리가 좋아요. 처음 봤을 땐 댄서라고 생각했죠. 지금도 당신의 몸이 댄서의 몸이라고 생각해요. 다리와 자세, 똑바로 들어 살짝 뒤로 숙인 고개가 그렇죠. 당신의 목소리를 듣기도 전에 외국인이라는 걸 알 수 있었던 건 미소 때문이었어요. 이곳 사람들은 가끔만 미소 짓거든요. 들판을 비췄다가 금세 구름 뒤로 자취를 감춰 버리는 태양처럼요. 이곳에서 미소는 귀하고 드물어요. 그런데 당신은 항상 웃는 얼굴이었고, 뭘 봐도 즐거워 보였어요. 나를 처음 봤을 때도 평소보다 더 환하게 웃어 주었죠. 나는 당신의 미소를 보는 순간 깊은 숲에서 길을 잃어 영영 집으로 돌아가는 길을 찾지 못하는 어린아이가 되었답니다.

나는 눈이 아주 많은 것을 드러낸다는 사실을 어릴 때부터 깨달았어요. 그래서 나 같은 일을 하는 사람 중에는 까만 안경을 쓰거나 가면으로 얼굴을 다 가리는 경우도 있어요(그런데 내가 보기엔 아마추어 같아서 씁쓸한 웃음을 지으며 무시하죠). 아니, 가면을 뭐하러 쓸까요? 내가 쓰는 방법은 흰자까지 덮는 공막 렌즈를 끼는 거예요. 미국 온라인쇼핑몰에서 산 건데, 진한 회색에 돌처럼 생겼어요. 5백 유로가 넘고 계속 새로 맞춰야 하지만요. 내 직업 특성상 당신은 내가 가난할 거라고 생각하겠지만 틀렸어요. 내가 얼마나 돈을 많이 모았는지 알면 분명 놀랄 텐데 상상만 해도 즐겁네요. 평소 돈 쓸 데가 별로 없고 수입이 항상 괜찮은 편이라 많이 모았거든요.

아, 물론 비 오는 날은 별로지만 말이에요.

어쩔 때는 비가 와도 일해요. 비가 오면 다른 사람들은 우산을 쓰고 가 버리지만 난 그 자리에 계속 있죠. 계속 움직이지 않고 그냥 기다립니다. 그러면 연기가 더 실감 나거든요.

이 일도 연기에요. 연극배우, 마술사 조수, 댄서였을 때 한 일도 모두 연기죠(내가 예전에 댄서였기 때문에 댄서들의 몸을 잘 알아요). 난 언제나 관객들을 하나하나 다 알고 있었어요. 배우와 댄서들은 원래 그렇거든요. 물론 눈이 나쁜 사람들은 관객들이 그냥 뿌옇겠지만, 난 콘택트렌즈를 껴도 시력이 좋아요.

연극할 때 배우들끼리 이런 말을 하곤 했죠. "세 번째 줄에 앉은 콧수염 있는 남자 봤어? 욕정 가득한 얼굴로 미누를 쳐다보네." 그럼 미누가 말하죠. "어, 그래. 근데 지금 통로 쪽에 앉은 독일 총리 닮은 여자분이 졸지 않으려고 안간힘을 쓰고 있어." 한 사람이라도 잠들면 관객 전체를 다 잃을 수 있거든요. 그래서 우린 남은 시간 동안 다 포기하고 잠들고 싶을 뿐인 그 중년 여자분을 위해 공연을 해요.

당신이 두 번째로 내 옆에 서 있었을 땐 너무 가까워서 당신의 샴푸 향기를 맡을 수 있었어요. 꽃과 과일 향기가 났죠. 아메리카 대륙 전체에는 꽃과 과일 향기가 풍기는 여자들이 가득할 것 같아요. 당신은 같은 대학교에 다니는 청년과 얘길 하고 있었죠. 우리나라 언어가 미국인에겐 너무 어렵다고 투덜거리면서요. "남자나 여자의 성을 구분하는 건 이해 돼. 그런데 왜 의자는 남성형이고 비둘기는 여성형이어야 하는데? 왜 동상에 여성형 어미를 붙여야 하는데?"

청년이 웃으며 나를 가리켰죠. 솔직히 광장을 지나는 사람들은 내가 사람이라는 걸 모를 겁니다. 로브는 오래된 대리석 같고 물 얼룩에 이끼까지 낀 데다가 피부는 화강암처럼 보이죠. 움직이기 전까지 나는 돌이고 오래된 청동이에요. 나는 원치 않으면 움직이지 않아요. 그냥 계속 서 있기만 해요. 내가 어쩌나 보려고 비가 오는데도 광장에 한참 서서 나를 지켜본 사람들도 있어요. 동상인지 사람인지 확실히 모르겠으니까 신경 쓰였던 거죠. 내가 가짜가 아닌 진짜라는 걸 확인하고 나서야 만족하더군요. 사람은 끈끈이에 걸린 쥐처럼 불확실함이라는 덫에 걸리곤 해요.

내 얘길 너무 많이 하는 것 같네요. 내 소개 글이기도 하지만 연애 편지인데 당신 얘기를 해야죠. 당신의 미소, 당신의 짙은 초록색 눈동자에 대해서요. (내 눈동자는 무슨 색인지 모를 테니까 말해 줄게요. 갈색이에요.) 당신은 클래식 음악을 좋아하지만 아이팟 나노에 아바와 키드 로코 노래도 들어 있죠. 향수는 안 뿌리고 속옷은 낡고 편한 것들이 대부분이고요. 특별할 때 입는 빨간 레이스 속옷 세트는 하나 있지만.

사람들은 광장에서 나를 보지만 원래 인간의 눈은 움직이는 물체에 끌리는 법이죠. 난 아주 미묘하게 움직이는 방법을 터득했어요. 너무 미묘해서 사람들이 헷갈릴 정도로요. 사람들은 움직이지 않는 건 보지 않거든요. 보긴 하지만 제대로 보지 않고 무시해 버려요. 난 사람의 형상이지만 그들의 눈에는 사람이 아닌 거죠. 사람들이 나를 제대로 바라보게 만들려면, 아무 생각 없이 스쳐 지나가게 하지 않으려면, 난 아주 조금이라도 움직이지 않으면 안 돼요. 그래야 그들의 시선이 나에게 머물 수 있으니까요. 그제야 사람들은 나를 봅니다. 하지만 본다고 해서 안다는 건 아니죠.

나에게 당신은 해독해야 할 암호, 풀어야 할 수수께끼에요. 조각 그림 맞추기 같기도 하고. 나는 당신의 삶을 지나쳐 내가 있어야 할 구석 자리에서 미동도 하지 않고 서 있습니다. 정밀하고 동상 같은 내 몸짓은 오해를 불러일으킬 때가 많아요. 난 당신을 원해요. 그것만은 의심할 수 없는 진실이에요.

당신에겐 여동생이 있죠. 여동생은 마이스페이스와 페이스북 계정이 있고요. 난 가끔 그녀와 메신저로 대화를 나눠요. 사람들은 중세 시대의 동상이 15세기에만 존재하는 줄 알지만 그건 착각이지요. 난 집도 있고 노트북도 있어요. 노트북에는 비밀번호가 걸려 있죠. 컴퓨터 보안을 중요시하거든요. 당신의 비밀번호는 당신 이름이죠. 성 말고 이름. 너무 위험해요. 누가 당신의 이메일과 사진을 볼지 모르잖아요. 컴퓨터 사용 기록을 보면서 당신의 관심사를 추측할 수도 있겠죠. 관심 있는 사람이라면 엄청나게 많은 시간을 쏟아 당신의 삶을 표로 만들어 분석하고 사진 속의 사람들과 이메일 보낸 사람들을 일일이 맞춰 볼 수도 있을 거예요. 예를 들자면요. 컴퓨터나 핸드폰 문자를 가지고 누군가의 삶을 그려 보는 건 그렇게 어려운 일이 아니랍니다. 낱말 맞추기랑 비슷하거든요.

광장을 지날 때마다 당신의 시선이 오로지 나에게 머문다는 사실을 인정하지 않을 수 없던 순간이 떠오르네요. 당신은 걸음을 멈추고 나를 보며 감탄했죠. 당신은 내가 어린아이를 위해 살짝 움직이는 걸 보고 같이 있던 여자에게 말했어요. 진짜 동상 같다고. 나에게도 들릴 만큼 큰 소리로 말이에요. 나에겐 최고의 찬사였죠.

물론 내 움직임에는 레퍼토리가 여럿 있답니다. 우선 시계처럼 움직이는 기술이 있어요. 아주 살짝 홱 움직였다가 기어가듯 아주 느리게 움직이는 거예요. 로봇처럼 움직일 수도 있어요. 수백 년 동안 돌이었던 동상에 생명이 깃들어 살아나는 것처럼 움직이기도 하고요.

난 당신이 나에게도 말소리가 들릴 만큼 가까운 곳에 서서 이 작은 도시가 아름답다고 말하는 걸 여러 번 들었어요. 훌륭한 스테인드글라스 창문이 있는 오래된 성당 안에 서 있는데 꼭 보석 만화경 속에 있는 느낌이라고 했죠. 태양의 심장 속에 들어온 것 같았다고. 그리고 당신은 아프신 어머니 때문에 걱정이 많아요.

당신은 학부생 때 요리사 아르바이트를 했어요. 손가락 끝부분에 칼에 베인 작은 상처가 가득하죠.

당신을 사랑해요. 그 사랑이 당신에 대해 더 알고 싶게 만들어요. 많이 알수록 나는 당신과 가까워지죠. 원래 당신은 어떤 젊은 남자와 이 나라에 같이 오려고 계획했지만 그가 이별을 고했죠. 당신은 그를 향한 미움을 안고 혼자 이곳에 왔지만 그래도 미소를 잃지 않았어요. 눈을 감으면 당신의 웃는 모습이 보여요. 눈을 감으면 비둘기가 가득한 시내 광장을 씩씩하게 걷는 당신이 보여요. 여기 여자들은 당신처럼 그렇게 씩씩하게 걷지 않거든요. 당신하고 달라요. 댄서인 경우만 빼고. 밤에 잘 때 떨리는 당신의 속눈썹. 뺨을 베개에 대고 누운 모습. 꿈꿀 때의 모습.

나는 용에 대한 꿈을 꿔요. 어릴 때 고대 도시 아래에 용이 있었다는 말을 들었죠. 건물 아래 지하 저장고의 갈라진 틈에 살면서 검은 연기가 휘감듯 움직이는 용을 상상했어요. 연기처럼 실체는 없지만 항상 존재하는 거죠. 이게 내가 생각하는 용의 모습이에요. 내가 생각하는 과거도 이런 모습이죠. 연기로 만들어진 검은 용. 나는 연기할 때 용에게 먹혀서 과거의 일부가 됩니다. 나는 진정 7백 살이죠. 왕이 계속 바뀌고 군대가 쳐들어와 합병되거나 부서진 건물과 미망인, 사생아들을 남긴 채 집으로 돌아가는 동안에도 동상은 그대로 남습니다. 연기로 이루어진 용도, 과거도.

사실 내가 연기하는 동상은 이 지역의 것이 아니에요. 그 동상은 이탈리아 남부의 한 교회 앞에 서 있는데 세례자 요한의 자매인지 지역의 영주인지를 나타낸다고 해요. 그 영주는 전염병 혹은 죽음의 천사에 목숨을 빼앗기지 않은 것을 축하하기 위해 교회에 기부했대요.

난 당신이 나처럼 100퍼센트 순수한 줄 알았어요. 그런데 한번은 빨래 바구니 맨 아래에 빨간 레이스 팬티가 있더군요. 자세히 살펴보니 당신이 전날 저녁에 정숙하지 못한 행동을 했다는 걸 확신할 수 있었어요. 상대가 누구인지는 당신만 알겠지요. 고향으로 보내는 편지에 그 일을 언급하지 않았고 온라인 일기에도 적지 않았으니.

언젠가 한 여자아이가 나를 올려다보더니 엄마에게 말했죠. "왜 그녀는 행복하지 않아요?" (물론 내가 영어로 번역해서 말하는 겁니다. 아이는 나를 동상으로 언급한 거니까 당연히 여성형 어미를 사용한 거죠.)

"왜 그녀가 불행하다고 생각해?"

"불행하니까 동상이 된 거 아닌가요?"

엄마는 아이에게 미소 지으며 말했어요. "그녀는 사랑 때문에 불행한 건지도 몰라."

아뇨. 난 사랑 때문에 불행하지 않았습니다. 그저 완벽한 타이밍이 오기를, 뭔가 특별한 기회가 오기를 기다리고 있을 뿐이에요.

시간은 항상 있습니다. 시간은 내가 동상을 연기하면서 얻는 선물이기도 하죠. 다른 선물들도 있어요.

당신은 나를 지나치면서 쳐다보고 웃기도 했고 다른 사물들과 마찬가지로 나를 전혀 알아차리지 못하고 그냥 지나치기도 했습니다. 당신은 물론이고 모든 인간은 꼼짝도 안 하고 가만히 있는 무언가에는 놀라울 정도로 무신경하지요. 당신은 새벽에 잠에서 깨어 작은 화장실로 가서 소변을 보고 침대로 돌아와 다시 평화롭게 잠들었어요. 어둠 속에서 꼼짝 안 하고 가만히 있는 무언가를 눈치채지 못했죠.

만약 할 수만 있다면 이 편지를 쓰는 종이를 내 몸으로 만들고 싶었어요. 잉크에 피와 침을 섞을까 생각도 했지만 그러지 않기로 했어요. 너무 과하면 안 되니까. 하지만 위대한 사랑에는 원대한 행동이 필요한 법이잖아요,

맞죠? 그런데 난 큰 움직임에는 익숙하지 않아요. 아주 작은 행동에 익숙하죠. 내가 대리석 동상이라고 생각했던 꼬마에게 웃어 주었다가 꼬마를 울린 적이 있어요. 사람들이 절대로 잊지 못하는 건 아주 작은 행동이지요.

당신을 사랑합니다. 당신을 원해요. 당신이 필요해요. 당신이 나의 것이듯 나는 당신의 것입니다. 이제야 당신에 대한 내 사랑을 고백하네요.

내 마음이 어서 빨리 당신에게 전해지면 좋겠습니다. 그러면 우리는 영원히 함께일 거예요. 당신은 잠시 후 뒤돌아 편지를 내려놓을 테죠. 지금도 나는 당신과 함께 있어요. 벽에 이란산 카펫이 걸린 이 오래된 아파트에서요.

당신은 너무 많이 나를 그냥 스쳐 지나갔어요.

더는 안 돼요.

난 당신 곁에 있어요. 지금 여기에.

당신이 이 편지를 다 읽고 낡은 아파트 안을 두리번거릴 때 당신의 눈에는 안도감과 기쁨이 서리거나 어쩌면 두려움으로 눈이 휘둥그레지겠죠.

나는 그때 움직일 겁니다. 아주 조금. 드디어 당신이 날 보는 거예요.

오렌지

(경찰의 서면 질문에 대한
세 번째 참고인의 답변)

Orange(Third Subject's Responses to Investigator's Written Questionnaire.)

2008

열람만 가능한 기밀문서

1. 제미마 글로핀델 페출라 램지.
2. 6월 19일에 17세
3. 5년째. 그전에는 글래스고(스코틀랜드)에 살았고 그전에는 카디프(웨일스).
4. 모른다. 지금은 잡지 만드는 일을 하는 것 같다. 연락 안 한다. 이혼 과정이 무척 안 좋았고 엄마가 아빠한테 위자료를 많이 줘야 했다. 그럴 이유가 전혀 없었는데. 그래도 그 사람이 우리 인생에서 없어졌으니까 다행.
5. 발명가 겸 사업가. 엄마는 '머핀 만두[Stuffed Muffin™, 작가가 만들어 낸 음식

으로, 직역하면 '속을 채운 머핀'이다-역주]'를 개발하고 머핀 만두 체인점을 냈다. 어릴 때는 나도 좋아했지만 매끼 먹으면 질릴 수밖에 없다. 게다가 엄마가 신제품을 개발할 때마다 우리가 실험용 동물이 되어야 했고, 특히 크리스마스용 칠면조 맛은 최악이었다. 엄마는 5년 전에 머핀 만두 체인점 지분을 팔고 지금은 '엄마의 색깔 거품'이라는 제품을 개발하는 중이다. 아직 상표 등록은 안 했다.

6. 두 명. 15세였던 여동생 네리스, 12세 남동생 프라이데리.
7. 하루에 몇 번.
8. 아님.
9. 인터넷. 아마 이베이.
10. 엄마는 세상 사람들이 형광 비눗방울을 원한다고 생각한 뒤로 전 세계에서 각종 염료를 사들였다.
11. 정확히 말해서 실험실은 아니다. 엄마는 실험실이라고 부르지만 사실은 그냥 차고다. 머핀 만두 체인점을 판 돈으로 차고를 리모델링했고, 싱크대와 욕조, 분젠 버너 같은 걸 들여놨다. 벽에 타일도 붙이고 바닥재도 청소하기 쉽게 바꿨다.
12. 모른다. 네리스는 원래 지극히 평범한 아이였다. 열세 살이 된 후로 잡지를 읽고 방에 브리트니 스피어스 같은 섹시하고 골 빈 여자들 사진을 붙여 놓기 시작했다. 브리트니 팬이 이 글을 읽는다면 미안하다. 하지만 난 이해가 안 된다. 오렌지 사건은 작년에 시작됐다.
13. 인공 태닝 크림. 네리스가 그 크림을 바르면 몇 시간 동안 옆에도 갈 수 없었다. 게다가 크림을 바르고 제대로 말리지 않아서 이불, 냉장고 문, 샤워기 등 사방에 오렌지색 크림을 잔뜩 묻혀 놨다. 동생 친구들도 그 크림을 바르긴 했지만 네리스처럼 그렇게 덕지덕지 바르는 사

람은 없었다. 네리스는 인간의 피부색으로 보이기를 포기한 것처럼 잔뜩 발랐고 스스로 그게 멋지다고 생각했다. 태닝 샵에 간 적도 한 번 있는데 별로였는지 다시는 안 갔다.

14. 귤 소녀. 움파루파. 홍당무. 망고. 오랑지나.
15. 당연히 반기진 않았지만 그래도 별로 신경 쓰지 않는 듯했다. 졸업하자마자 폴 댄서가 될 건데 수학이나 과학 공부를 왜 해야 하는지 모르겠다는 말을 입에 달고 살던 애였으니까. 네 발가벗은 몸을 누가 보고 싶어 하겠느냐고 하면, 네리스는 언니가 어떻게 아느냐고 했다. 알몸으로 춤추는 동영상 찍는 거 내가 다 봤고 카메라로 찍어 놨다고 했더니 내놓으라고 난리였다. 다 지웠다고 했다. 솔직히 네리스가 베티 페이지 같은 섹시 스타가 되는 건 불가능한 일이었다. 일단 통짜 몸매에 굴곡이 없다.
16. 풍진, 볼거리. 남동생 프라이데리는 멜버른의 할머니, 할아버지 댁에 있을 때 수두에 걸렸던 것 같다.
17. 잼 병처럼 생긴 작은 용기였다.
18. 아닌 것 같다. 어쨌든 경고 표시 같은 건 보이지 않았지만 반품 주소는 있었다. 해외에서 배송되었고 반품 주소도 외국어로 되어 있었다.
19. 엄마가 5년 전부터 세계 각지에서 염료를 구매했다는 사실이 중요하다. '색깔 거품'은 단순히 빛나는 색깔의 비눗방울이 아니라 터졌을 때 염료가 사방에 튀지 않는 제품이다. 엄마는 그러면 고소당할 것이라고 했다. 그러니 대답은 '아니다'다.
20. 엄마와 네리스가 시끄럽게 소리 지르며 싸웠다. 엄마가 네리스가 사다 달라고 한 것들을 사다 주지 않았기 때문이다. 샴푸만 빼고. 엄마는 슈퍼마켓에 태닝 크림이 없었다고 했지만 내 생각엔 까먹었던 것

같다. 네리스는 화를 내며 제 방으로 문을 쾅 닫고 들어가서 시끄럽게 음악을 틀었다. 브리트니 스피어스 노래였을 것이다. 나는 그때 뒤뜰에서 고양이 세 마리와 친칠라, 북슬북슬한 쿠션처럼 생긴 기니피그 롤랜드에게 먹이를 주느라 옆에서 보진 못했다.

21. 부엌 식탁.
22. 다음날 뒷마당에서 텅 빈 잼 병을 발견했을 때. 네리스의 방 창문 아래쪽이었다. 셜록 홈즈가 아니라도 진상을 파악할 수 있었다.
23. 솔직히 신경 쓰지 않았다. 그냥 또 소리 지르며 싸우는 거고 엄마가 곧 네리스를 달래 줄 거라고 생각했으니까.
24. 그렇다. 멍청한 일이었다. 특별히 멍청한 일은 아니다. 네리스다운 멍청함이니까.
25. 빛이 난다고 했다.
26. 약간 고동치는 듯한 오렌지색.
27. 네리스가 자기가 태곳적에 그랬듯이 다시 여신처럼 숭배받을 거라고 말했을 때.
28. 프라이데리 말로는 네리스가 땅에서 한 3센티미터 정도 떠 있었다고 한다. 내가 직접 보진 못했다. 네리스가 최근 들어 더 이상해졌다는 걸 그렇게 표현한 건 줄 알았다.
29. '네리스'라고 부르면 대답하지 않기 시작했다. 스스로를 '신의 내재' 또는 '매개체'라고 불렀다. ('매개체를 먹일 시간이다.' 이런 식으로)
30. 다크 초콜릿. 원래 우리 집에서 다크 초콜릿을 좋아하는 사람은 나밖에 없었는데 이상한 일이었다. 프라이데리가 네리스에게 끊임없이 초콜릿을 사다 주어야 했다.
31. 아니다. 엄마와 나는 그냥 또 다른 네리스라고 생각했다. 좀 더 창의

적으로 이상해진 것일 뿐이라고.

32. 그날, 해가 지고 어두워졌을 때. 문 아래로 반짝이는 오렌지빛이 새어 나왔다. 꼭 반딧불처럼. 조명 쇼 같기도 했다. 가장 이상했던 점은 눈을 감고도 보였다는 것이다.

33. 다음날. 가족 모두.

34. 어느덧 분명하게 바뀌어 있었다. 네리스는 더 이상 예전의 모습이 아니었다. 뭐랄까, 얼룩이 번진 것처럼 보였다. 잔상같이. 그러니까…… 이런 거다. 아주 밝은 파란색을 바라보다가 눈을 감으면 노란색과 오렌지색으로 빛나는 잔상이 보인다. 네리스의 모습이 그랬다.

35. 효과가 없었다.

36. 네리스는 프라이데리에게만 외출을 허락했다. 초콜릿 심부름 때문에. 엄마와 나는 외출이 금지되었다.

37. 나는 주로 뒤뜰에 앉아서 책을 읽었다. 달리 할 일이 별로 없었다. 오렌지빛 때문에 눈이 아파서 엄마도 나도 선글라스를 끼기 시작했다. 그것 말고는 별일 없었다.

38. 우리가 밖에 나가거나 전화를 걸려고 할 때만. 집안에 먹을 것은 있었다. 냉동고에 든 머핀 만두.

39. "엄마가 1년 전에 그 빌어먹을 태닝 크림을 바르지 못하게 했으면 이런 일도 없잖아!"라고 말했다. 엄마 잘못도 아닌데, 내가 심했다. 나중에 사과했다.

40. 프라이데리가 초콜릿 바를 사서 돌아왔을 때. 프라이데리는 교통 경찰에게 작은 누나가 거대한 오렌지빛으로 변해서 우리를 조종한다고 말했지만, 경찰이 완전히 무시하면서 무례하게 굴었다고 했다.

41. 남자친구는 없다. 있었지만 전남친이 금발로 염색한 못된 내 친구랑

롤링 스톤즈 콘서트에 다녀온 뒤로 헤어졌다. 그 기집애는 이름도 말하기 싫다. 왜 하필 롤링 스톤즈람! 무대를 휘저으며 가짜 로큰롤을 하는 늙은 염소 인간들도 너무 싫다. 아무튼 남친 없다.

42. 수의사가 되고 싶다. 하지만 동물들을 안락사시켜야 한다는 생각을 하면 망설여진다. 진로를 결정하기 전에 여행을 많이 다녀 보고 싶다.
43. 마당 호스. 네리스가 초콜릿을 먹고 있을 때 끝까지 세게 튼 호스로 물을 뿌렸다.
44. 그냥 오렌지색 연기였다. 엄마가 실험실에 무슨 용액 같은 게 있으니 그걸 가져와야 한다고 했지만 이미 '신의 내재'가 미친 듯 쉭쉭거리며 우리를 바닥에서 꼼짝도 못하게 했다. 뭐라고 설명하기가 어렵다. 몸이 바닥에 붙은 것도 아닌데 다리가 움직여지지 않았다. 네리스가 나를 놓아둔 곳에 계속 있을 수밖에 없었다.
45. 카펫 위로 1미터 정도 떠 있었다. 문을 지나갈 때는 머리를 부딪치지 않으려고 살짝 아래로 내려왔다. 마당 호스 사건 이후로 네리스는 자기 방에 들어가지 않고 큰 방에만 머물며 빛나는 당근 색깔로 툴툴거리면서 떠다녔다.
46. 세계 정복.
47. 내가 종이에 써서 프라이데리에게 주었다.
48. 남동생이 말해 줘야 했다. '신의 내재'는 돈의 개념을 잘 모르는 듯하다.
49. 모르겠다. 그건 내가 아니라 엄마의 생각이었다. 엄마는 그 용액이 오렌지색을 지워 줄지도 모른다고 했다. 이미 그 시점에서는 밑져야 본전이었다. 이미 더 나빠질 것도 없는 상황이었으니까.
50. 호스로 물을 뿌렸을 때처럼 아무런 효과가 없었다. 오히려 네리스는

좋아했던 것 같다. 그 용액에 초콜릿을 찍어서 먹더라. 눈을 잔뜩 찡그려야 그 애가 어디 있는지 보였다. 거대한 오렌지 색깔의 빛이었다.

51. 우리가 전부 죽게 될 것이라고 했다. 엄마는 프라이데리에게 자이언트 움파룸파가 다음에 초콜릿 심부름을 시키거든 집으로 돌아오지 말라고 했다. 그리고 나는 동물들 때문에 무척 속상했다. 뒷마당으로 못 나가게 해서 친칠라와 기니피그 롤랜드에게 이틀 동안 먹이를 주지 못했기 때문이다. 아무 데도 갈 수 없었다. 화장실은 갈 수 있었지만 그것도 허락을 받아야 했다.

52. 사람들이 우리 집에 불이 났다고 생각한 것 같다. 오렌지색 빛이 가득 뿜어져 나왔기 때문이다. 충분히 그렇게 생각할 만했다.

53. 네리스가 우리에게 그렇게까지 하지 않아서 다행이었다. 엄마는 그 존재 안에 아직 네리스가 들어 있다는 증거라고 했다. 소방관들을 찐득한 액체로 만들어 버렸는데, 그런 능력이 있으면서도 우리에겐 그렇게 하지 않았다면서 말이다. 하지만 내 생각은 달랐다. 처음에는 그런 능력이 없었다가 이제 생긴 거고, 귀찮아서 우릴 그냥 둔 것 같다.

54. 더 이상 사람의 형체를 찾을 수가 없었다. 그저 강렬한 오렌지색으로 고동치는 빛이었을 뿐. 심지어 소리 내지 않고 상대의 머릿속에 말할 수도 있었다.

55. 우주선이 내려왔을 때.

54. 모르겠다. 동네 전체보다도 컸는데 그 어디에도 부딪히지 않았다. 우주선이 우리 집을 감싸면서 형체가 생겨났다. 우리 동네 전체가 그 안에 들어가 있었다.

57. 아니. 달리 뭐라고 설명할 수 있을까?

58. 연한 파란색 비슷했다. 고동치는 게 아니라 반짝반짝 빛났다.

59. 6개 이상, 20개 이하. 5분 전에 말한 그 지적인 파란 빛하고 똑같은 건지는 잘 모르겠다.
60. 세 가지. 첫째, 네리스가 다치거나 잘못되는 일이 없을 거라는 약속. 둘째, 만약 그들이 네리스를 예전처럼 돌아오게 할 수 있다면 우리에게 알려 주고 예전으로 돌려보내 주는 것. 셋째, 색깔 거품 용액 레시피. (그들은 분명히 엄마의 생각을 읽었을 것이다. 엄마는 말하지 않았으니까. 하지만 신의 내재가 그들에게 말했을 가능성도 있다. 신의 내재는 '매개체'의 기억에 일부 접근할 수 있었다.) 그리고 그들은 프라이데리에게 유리 스케이트보드 같은 걸 줬다.
61. 맑은 소리가 나더니 모든 게 투명해졌다. 나도, 엄마도 울었다. 프라이데리는 "멋진 콩이네."라고 했다. 그 말에 나는 울면서 웃었다. 그렇게 모든 게 사라지고 평소의 우리 집으로 돌아왔다.
62. 뒤뜰로 나가 살펴보았다. 굉장히 키가 큰 파란색과 오렌지색의 무언가가 깜빡거리며 점점 작아졌다. 우린 그게 완전히 사라질 때까지 쳐다보았다.
63. 그러고 싶지 않았기 때문이다.
64. 남은 동물들에게 먹이를 주었다. 롤랜드는 불안해하는 상태였고 고양이들은 그저 먹이 줄 사람이 돌아와서 기쁜 듯했다. 친칠라는 어떻게 빠져나간 건지 모르겠다.
65. 가끔. 신의 내재 사건이 아니더라도 네리스는 지구상에서 가장 짜증나는 인간이었다. 하지만 솔직히 말하면 가끔 보고 싶다.
66. 밤중에 밖에 앉아서 하늘을 바라보며 네리스가 지금 뭘 하고 있을지 생각한다.
67. 프라이데리는 유리 스케이트보드를 돌려받고 싶어 한다. 그건 자기

거고 정부가 뺏어갈 권리가 없다고. (이걸 읽으시는 분은 정부 관계자인가요?) 하지만 엄마는 색깔 거품 레시피를 정부와 공유해서 기쁜 듯하다. 완전히 새로운 분자의 토대가 될 수 있다나 뭐라나. 나는 아무것도 받은 게 없으니까 걱정할 필요도 없다.

68. 한 번. 뒤뜰에서 밤하늘을 보다가. 하지만 그냥 오렌지색 별이었던 것 같다. 화성이 붉은 행성이라고 하니까 화성일 수도 있고. 원래의 모습으로 돌아온 네리스가 우주 어딘가에서 춤을 추고 외계인들이 환호하는 상상을 하기도 한다. 걔들은 봉춤을 진짜 잘 추는 사람을 한 번도 못 봤을 테니 그게 잘 추는 건 줄 알고 새로운 예술이라며 좋아하겠지. 굴곡 없는 통짜 몸매도 상관없을 테고.

69. 모르겠다. 뒤뜰에 앉아 고양이들하고 얘기하거나 바보 같은 색깔 비눗방울을 부는 것.

70. 죽을 때까지.

진실만을 말하였음을 맹세합니다.

제미마 글로핀델 페출라 램지

신화 속의 생명체

Mythical Creatures

2009

거인

만약 거인들이 없었다면, 영국은 지금과 매우 다른 모습일 것이다.

태곳적 그들은 땅을 가로질러 '피 파이 포 펌' 하고 외치며 다른 거인들과 친선 경기하듯 서로 돌을 던졌다. 혹은 혼자 산을 부수거나 바위를 조각내 둑길로 만들었으며 지나간 흔적을 거대한 석조물로 남겼다.

거인들은 엄청나게 크지만 똑똑하지는 못했다. 그들은 잭이라는 이름의 영리한 소년들에게 한 방 먹고 콩나무에서 떨어지거나 속아서 죽음을 맞이했다. 하지만 거인들이 전부 죽은 것은 아니었다.

남은 거인들은 흙과 나무와 들풀을 덮고서 잠들어 깊고 느린 꿈에 빠져들었다. 어떤 거인들은 어깨에 구름이 올려져 있고 옆구리에 기다란 남자들이 새겨져 있다. 우리는 자동차 창문 너머로 그들을 바라보며 어떤 각도에서는 그들이 사람처럼 보인다고 떠든다.

하지만 거인들은 잠을 오래 자지 못한다. 그러니 다음에 언덕을 걸을 때는 너무 시끄러운 소리를 내지 말기를.

픽시

그들은 인간을 도와준다. 단, 고마움을 표시하지는 말아야 한다. 선물이나 대가를 놓아두면 밤 속으로 사라져 두 번 다시는 당신의 집안을 쓸고 닦거나 신발을 꿰매 주거나 CD를 알파벳순으로 정리해 주지 않을 것이다.

감사 인사를 받아들이지 않는 픽시들은 고약하다. 우유를 쉬게 하고 와인이 식초가 되게 하고 컴퓨터를 망가뜨리고 핸드폰을 먹통으로 만든다.

한 가족이 더 이상 참을 수 없는 지경에 이르렀다. 그들은 SUV에 꼭 필요한 짐만 실은 뒤 한밤중에 헤드라이트를 끈 채 떠났고, 기름을 넣기 위해 한 마을에서 멈추었다.

“어디 가시나 봐요?” 주유소 직원이 물었다.

마지막 남은 맛 좋은 와인과 이불로 잘 감싼 집안 대대로 내려오는 도자기 등이 담긴 차 뒤쪽의 상자 사이에서 불쑥 픽시의 목소리가 튀어나왔다. “맞아요, 조지. 우린 도망치는 거랍니다.” 그들은 차를 돌려 집으로 돌아갔다. 그 가족의 말에 따르면, 픽시가 당신의 전화번호를 알면 절대로 빠져나갈 수 없다.

용

영국 제도의 토박이 용인 ‘웜’은 숨결에 독이 있었고 마치 뱀처럼 언덕 주변을 휘감았다. 그들은 날거나 불을 내뿜지 못했고, 황소나 처녀를 제물로 요구했다. 자라는 속도는 느렸으며 거의 먹지 않은 채 대부분 잠만 잤다.

원래 토종 생물은 취약한 부분이 많기 마련이다. 새로운 종인 불 뿜는 용들이 북유럽인들과 함께 남쪽으로 내려왔고 색슨족과 함께 폭풍우가 휘몰아치는 바다를 건너 왔다. 세계의 중심에 있는 뜨거운 땅에서 십자군과 함께 돌아오기도 했다. 자연은 잔인하다. 토박이 용 웜들은 사라지고 그들의 뼈는 돌로 변했다.

외래종이 이질적이고 침습적으로 퍼져 나가 알 낳을 시간이 되었다. 용들은 황금 보물에 둥지를 튼다. 하지만 영국에는 금이 희귀해서 용들이 차츰 사라졌고 곧 새로운 종이 들어와 번성하고 쇠퇴했다. 얼마 되지 않는 용들은 굶어 죽기 직전 상태로 웨일스 황야에서 버텼지만 결국 시간과 추운 겨울이 그들의 불을 껐다.

그들은 늑대나 비버처럼 곰에게 먹혔고 역사의 한 페이지에서 자취를 감추었다.

인어

그녀는 바다에 빠져 죽은 이들의 영혼을 해저에서 주운 바닷가재 통발에 보관한다. 사로잡힌 영혼들은 노래를 부르고 회색 대서양 깊은 곳에 있는 그녀의 집까지 길을 비춰 준다.

그녀에게는 한때 자매들이 있었지만, 자매들은 오래전 꼬리와 비늘을 벗고 어부들과 육지의 오두막에서 살기 위해 조심스럽게 해안에 발을 내디뎠다. 이제 그녀는 혼자가 되었다. 죽은 자들의 영혼조차 곁을 지켜 주지 않는다.

겨울에 바닷가를 걷다 보면 저 멀리에서 손을 흔드는 그녀를 볼 수 있을지도 모른다. 덩달아 손을 흔들면 그녀는 당신을 파도 깊은 곳에 있는 자신의 세계로 데려가서 차가운 기적을 보여 주고 인어들의 노래와 바닷속의 쓸

쓸한 삶에 대해 가르쳐 주리라.

유니콘

누가 스코틀랜드의 첫 번째 왕에게 유니콘을 보냈는지 기억하는 사람은 아무도 없다. 유니콘은 굉장히 오래 사는 생명체이니까 말이다. 스코틀랜드의 왕들은 유니콘을 소유한 것을 자랑스럽게 여겼다. 유니콘이 갈기를 헝클어 뜨리며 혼자서 황량한 고원을 가로질러 달리도록 내버려 두었고, 헤더꽃 사이로 유니콘의 뿔이 번쩍이며 빛났다.

남쪽의 제임스 6세가 소식을 듣고 언덕으로 처녀를 데리고 갔다. 처녀는 유니콘이 올 때까지 앉아서 기다렸다. 유니콘이 무릎에 머리를 올려놓고 눕자 처녀는 은빛 굴레를 씌웠고 잔뜩 겁에 질린 유니콘을 왕에게 데려갔다.

맨 앞에 선 유니콘의 존재는 왕의 행렬을 더욱더 돋보이게 해 주었다. 마침내 그들은 런던에 입성했고 런던탑이 그들을 맞이했다.

유니콘은 마구간으로 옮겨졌다. 그것은 맞은편 우리에 갇혀 있는 동물의 냄새를 맡았다. 포효가 울려 퍼지더니 황금 갈기가 보였다. 영국의 유일한 사자가 유일한 유니콘과 나란히 런던탑에 갇혔다. 예술가들은 그들을 왕실 문장으로 만들었다.

2백 년 후, 런던탑에 있는 유니콘의 뿔에 2만 기니의 가격이 매겨졌다. 하지만 이제 그마저도 사람들의 기억에서 사라졌다.

요정

사실 요정들은 작지 않다. 특히 번쩍이는 눈과 인자한 미소를 가진 요정의 여왕 마브는 백 년 동안 언덕 아래서 당신의 마음에 마법을 부릴 수 있다.

요정이 작은 게 아니라 우리가 너무 멀리 있는 것이다.

진실은 검은 산의 동굴

The Truth Is a Cave in the Black Mountains

2010

내가 나를 용서할 수 있느냐고? 용서할 수 있고말고. 그를 거기에 내버려 둔 것이나 내가 한 일에 관해서는 그렇다. 하지만 딸이 가출해 도시로 떠난 줄 알고 미워했던 그해의 나 자신은 도저히 용서할 수 없을 것 같다. 그 한 해 동안 나는 가족들에게 딸애의 이름조차 입에 올리지 못하게 했다. 기도하다가 딸애의 이름이 나올 때도 있었지만, 그건 가족들에게 씻을 수 없는 상처를 줬다는 사실을 언젠가 깨닫게 해 달라거나, 그 애가 집안의 수치라는 점을 언급하거나, 말없이 집을 나간 딸 때문에 붉게 변해 버린 아내의 눈가에 관해 얘기할 때뿐이었다.

그런 나 자신을 도저히 용서할 수가 없다. 마지막 날 그 산허리에서 있었던 일조차 나에 대한 증오심을 없애 주지 못한다.

거의 10년을 찾아 헤맸다. 그 길은 너무도 추웠다. 그를 발견한 게 우연일 수도 있지만 나는 세상에 우연은 없다고 생각한다. 계속 걸어가면 언젠가는 동굴에 도착할 수밖에 없듯이.

하지만 그건 나중의 일이었다. 본토 계곡의 개울 흐르는 조용한 목초지에 하얗게 칠한 집이 있었다. 파란 풀과 이제 막 보라색으로 변하기 시작한 헤더 꽃밭을 배경으로 서 있는 그 집은 꼭 네모 모양의 하얀 하늘 같았다.

집 밖에는 남자아이가 앉아 가시덤불에 엉킨 양털을 빼내고 있었다. 아이는 내가 다가가 말을 걸기 전까지 내 존재를 알아차리지 못했다. "나도 어릴 때 덤불이나 나뭇가지에 걸린 양털을 뽑았어. 그러면 어머니가 깨끗하게 빨아서 공이나 인형 같은 걸 만들어 주셨지."

그제야 돌아본 아이는 내가 어디선가 갑자기 나타난 줄 알았던지 충격받은 얼굴이었다. 물론 난 갑자기 짠 나타난 게 아니었다. 수 킬로미터를 걸어왔고 앞으로 갈 길은 더 많이 남아 있었다. "내가 걸음이 좀 빨라서. 여기가 캘럼 맥킨스 씨 댁이냐?"

아이는 고개를 끄덕이며 일어섰다. 똑바로 선 아이의 키는 나보다 손가락 두 뼘 정도 컸다. "내가 캘럼 맥킨스인데요."

"그 이름을 가진 사람이 또 있니? 내가 찾는 캘럼 맥킨스는 어른이거든."

아이는 아무 말도 하지 않고 가시덤불의 단단한 가시에 걸린 양털 뭉치를 빼내기만 했다. "네 아버지라든가? 혹시 아버지 이름도 캘럼 맥킨스냐?"

아이가 나를 가만히 응시하더니 물었다. "그쪽은 뭔데요?"

"난 원래 키가 작단다. 그래도 어른이지. 캘럼 맥킨스를 만나러 왔다."

"왜요?" 아이는 머뭇거리다가 물었다. "왜 그렇게 작은데요?"

"네 아빠에게 물어볼 게 있어서. 어른들 일이야." 아이의 입꼬리에서 미소가 번져 나오는 게 보였다. "키가 작은 건 죄가 아니란다, 캘럼. 어느 날 캠벨족이 우리 집에 쳐들어왔어. 군대가 따로 없었지. 열두 명이나 되었거든.

칼과 막대기까지 들고. 별것도 아닌 일인데 내가 자기들을 모욕했다면서 죽이겠다고 찾아온 거야. 당장 나를 내놓으라는 그들에게 내 아내 모락이 말했단다. '조니, 목초지로 가서 얼른 아빠를 모셔 오거라. 엄마가 얼른 집으로 오란다고.' 캠벨족은 어린아이가 집 밖으로 달려 나가는 걸 보고만 있었어. 그들은 내가 무서운 사람이란 걸 알았지만 키가 작다는 건 몰랐거든. 들었어도 믿지 않았겠지만."

"그래서 그 애가 아저씨를 불렀나요?" 아이가 물었다.

"아이가 아니었단다. 그 애가 바로 나였어. 그들은 내가 바로 앞에 있었는데도 눈앞에서 놓친 거야."

아이가 소리 내어 웃었다. "그런데 캠벨족이 왜 찾아왔어요?"

"소가 누구 것인지를 두고 다툼이 있었거든. 캠벨족은 자기들 거라고 주장했어. 난 소들이 나랑 같이 언덕을 넘어온 날부터 주인이 바뀐 거라고 주장했고 말이야."

"잠깐 기다리세요." 캘럼 맥킨스가 말했다.

나는 개울가에 앉아 그 집을 바라보았다. 국경 지대의 약탈자가 아니라 의사나 법조인에게 어울릴 법한 꽤 큰 집이었다. 나는 땅바닥의 자갈을 차곡차곡 쌓은 다음 하나씩 개울로 던졌다. 나는 시력이 좋은 편이다. 목초지와 개울로 자갈을 던질 때의 소리가 듣기 좋았다. 돌을 100개 정도 던졌을까, 아이가 성큼성큼 걷는 키 큰 남자와 함께 돌아왔다. 남자는 희끗희끗한 머리에 길쭉한 얼굴이 꼭 늑대 같았다. 이 언덕에는 이제 늑대가 살지 않는다. 곰들도 사라졌다.

"안녕하세요." 내가 인사를 건넸다.

그는 대꾸 없이 빤히 쳐다볼 뿐이었다. 저런 시선은 익숙하다. "캘럼 맥킨스를 찾고 있습니다. 캘럼 맥킨스가 맞으면 그렇다고 해 주십시오. 제대로 인사를 하지요. 아니면 아니라고 말해 주세요. 그럼 내 갈 길을 가겠습니다."

"캘럼 맥킨스는 왜 찾으쇼?"

"가이드를 부탁하려고 합니다."

"가려는 곳은?"

나는 그를 가만히 쳐다보았다. "말씀드리기가 어렵네요. 존재하지 않는 곳이라고 말하는 사람들도 있어서요. 미스티섬에 있는 동굴입니다."

그는 가만히 있다가 말문을 열었다. "캘럼, 집에 들어가 있거라."

"하지만 아빠—"

"엄마한테 알약 달라고 해서 먹어. 아빠가 주라고 했다고. 너 그거 좋아하잖아. 어서."

아이의 얼굴에 혼란, 배고픔, 행복의 감정이 스치더니 곧바로 뒤돌아 하얀 집으로 달려갔다.

캘럼 맥킨스가 말했다. "누가 보낸 거요?"

나는 그와 나 사이를 졸졸 흐르는 개울을 가리키며 물었다. "저게 뭐죠?"

"물." 그가 대답했다.

"물 위에 왕이 있다고 하죠[영국 영토를 다스리지 못하고 망명한 채 살아야 했던 스튜어트 왕가를 가리키는 말이며 자코바이트는 이들을 복권시키고자 노력했다-역주]."

나는 그때 그를 잘 알지 못했고 그 후로도 마찬가지였지만 그의 눈에 경계하는 빛이 서리는 건 확실했다. 그는 고개를 한쪽으로 갸우뚱하고 물었다. "내가 당신이 하는 말을 어떻게 믿지?"

"아직 아무 말도 하지 않았는데요. 미스티섬에 동굴이 있고 당신이 거기로 가는 길을 안내해 줄 수 있을지도 모른다는 말을 들었을 뿐입니다."

"동굴이 어디 있는지 알려 줄 생각 없어."

"위치를 알려 달라는 게 아니라 안내자가 필요합니다. 하나보다 둘이 여행하는 게 더 안전하니까요."

그는 나를 위아래로 훑었다. 보나 마나 내 작은 키에 대한 농담이 나오겠지 하고 기다렸지만 아니었다. 그거 하나는 고맙다. "동굴에 도착해도 난 그 안에 들어가지 않을 거요. 그쪽이 직접 들어가서 금을 가져와야 할 거고."

"상관없습니다."

"동굴에서 금을 가져갈 수 있는 만큼 가지고 나오쇼. 난 건드리지 않을 테니까. 아무튼 데려다주도록 하지."

"수고비를 드리겠습니다." 조끼에서 주머니를 꺼내 그에게 건넸다. "동굴에 데려다주는 대가입니다. 무사히 돌아온 후에는 두 배를 더 드리죠."

그는 커다란 주먹에 금화를 쏟고 고개를 끄덕였다. "은으로 주쇼."

"좋습니다."

"마누라와 아들에게 작별 인사를 하고 오지."

"챙겨야 할 건 없습니까?"

"젊은 시절의 난 약탈자였지. 약탈자는 가볍게 여행하는 법이야. 산에서 필요하니까 밧줄만 가져가면 되겠군." 그는 벨트에 걸린 칼을 탁탁 두드린 후 하얀 집으로 들어갔다. 그때도 그 이후에도 그의 아내를 볼 기회는 없었다. 그녀의 머리카락이 무슨 색깔인지도 모른다.

개울에 자갈을 50개쯤 던졌을 때 그가 어깨에 밧줄을 걸치고서 돌아왔다. 우리는 약탈자에게 너무 호화로운 집을 뒤로하고 서쪽으로 향했다.

해안과 내륙 사이의 산은 완만한 언덕이었다. 멀리서 보면 꼭 자줏빛의 흐릿한 안개 또는 구름처럼 보였다. 유혹적이었다. 산이 험난하지 않아서 언덕을 오르듯 쉽게 오를 수 있지만 온종일 오르고도 다 오르지 못하는 곳이었다. 우리는 언덕을 올라갔고, 첫째 날이 저물어 갈 무렵 추위가 느껴졌다.

한여름인데도 저 위 산봉우리에는 눈이 쌓여 있었다. 첫날 우리는 아무런 말도 하지 않았다. 할 말이 없었다. 그저 묵묵히 걷기만 했다.

마른 양 똥과 죽은 가시덤불로 불을 피웠다. 물을 끓여서 죽을 만들었는데, 내가 가져간 작은 팬에 각자 귀리 한 주먹과 소금 한 꼬집을 넣었다. 그의 한 주먹은 상당히 컸고 손이 작은 내 한 주먹은 상당히 작았다. 그가 보더니 웃으며 말했다. "그러고서 설마 절반을 먹어 치우는 건 아니겠지."

그러지 않을 거라고 했다. 실제로도 그랬다. 나는 일반 성인 남자보다 먹는 양이 적다. 하지만 덩치 큰 사람들과 달리 산속에서 씨앗이나 열매를 먹으면서도 버틸 수 있으니 잘된 일이라고 생각한다.

우리는 높은 언덕에 나 있는 대략적인 길을 따라갔다. 그동안 마주친 사람은 손으로 꼽을 만큼 적었다. 오래된 냄비를 잔뜩 짊어진 나귀와 땜장이, 나귀를 끌고 가는 소녀를 보았다. 소녀는 내가 꼬마인 줄 알고 웃어 주었지만 이내 다 큰 어른이라는 사실을 깨닫고 매섭게 노려보았다. 만약 땜장이가 당나귀에게 쓰는 회초리로 소녀의 손을 찰싹 때리지 않았다면 돌까지 던졌을지 모른다. 그 후에는 노파와 남자를 만났다. 노파는 남자가 자기 손자이고 언덕 맞은편으로 돌아가는 길이라고 했다.

같이 식사하는 동안 노파는 증손녀의 출산을 보고 오는 길이라고 이야기했다. 순산이었다고. 그녀는 동전을 좀 주면 우리의 손금을 봐주겠다고 했다. 귀찮게 구는 노파에게 저지대에서 쓰는 가장자리가 깎인 은화 하나를 건네자 그녀는 내 오른손으로 손금을 봐주었다.

"자네의 과거와 미래에 죽음이 보여."

"죽음은 미래에서 모두를 기다리지요." 내가 말했다.

노파는 잠시 말이 없었다. 우리는 겨울을 머금은 여름 바람이 울부짖으며 세차게 칼날을 휘두르는 고지대의 가장 높은 곳에 있었다. "나무에 여자가 있었고 또 나무에 남자가 있을 거야."

"그게 저랑 상관이 있나요?"

"아마도. 언젠가. 금을 조심하고 은을 가까이하도록 해." 여기까지였다.

노파는 캘럼 맥킨스에게 말했다. "자네는 손바닥이 탄 적 있구먼." 캘럼은 그렇다고 했다. "다른 손을 줘. 왼손." 노파는 그의 손금을 뚫어져라 쳐다보았다. "시작한 곳으로 돌아가는군. 다른 남자들보다 높은 곳에 있을 거야. 자넬 기다리는 무덤은 없어."

"죽지 않는다는 뜻이요?"

"왼손으로 본 거라 지금 말한 것밖엔 몰라." 노파가 말했다.

하지만 아는 게 더 있다는 것이 얼굴에서 드러났다.

둘째 날 있었던 중요한 일은 이게 다였다.

그날 밤 우리는 탁 트인 곳에서 잠을 청했다. 밤공기가 맑고 차가웠다. 밤하늘에 가득한 별들이 너무 밝게 빛났고, 손 내밀면 닿을 듯 가까워서 열매처럼 한가득 딸 수 있을 것만 같았다.

밤하늘 아래 나란히 누워 캘럼 맥킨스가 말했다.

"그 노파가 당신한테 죽음이 기다린다고 했지. 나는 죽음이 기다리지 않고. 내 운수가 더 좋은 것 같군."

"어쩌면요."

"다 말도 안 되는 소리야. 노인네의 헛소리지. 사실이 아니라고."

새벽안개에 잠이 깨니 수사슴이 신기한듯 우릴 쳐다보고 있었다.

셋째 날에는 산의 맨 꼭대기에 이르렀고 내리막길이 시작되었다.

캘럼 맥킨스가 말했다. "어릴 때 아버지의 칼이 화로로 떨어졌소. 내가 집었는데 자루가 너무 뜨거웠지. 그렇게까지 뜨거울 줄 몰랐지만 그래도 칼을 놓지 않았어. 화로에서 꺼내 물로 던졌는데 연기가 나더군. 기억이 생생해. 손바닥을 데어서 손이 약간 굽었지. 평생 검을 들어야 할 운명인 것처럼 말이야."

"손에 그런 사연이 있으시군요. 나는 그냥 난쟁이입니다. 하지만 우린 미스티섬의 보물을 찾아 나선 멋진 영웅이죠."

그가 크게 웃었다. 짤막하지만 장난기 없는 웃음이었다. "멋진 영웅이라."

그 후 비가 내리기 시작했고 좀처럼 그치지 않았다. 그날 우리는 작은 농장을 지나쳤다. 굴뚝에서 가느다란 연기가 피어올랐다. 주인을 불러 보았지만 아무런 대답이 없었다.

문을 열고 다시 불렀다. 집안은 캄캄했지만 조금 전까지만 해도 촛불이 켜져 있었던 듯 수지 양초 냄새가 났다.

"아무도 없군." 캘럼이 말했다. 나는 고개를 젓고 집 안으로 들어가 침대 아래쪽으로 몸을 숙였다.

"그만 나오시죠? 우린 그냥 따뜻한 쉴 곳이 필요한 여행자들입니다. 귀리와 소금, 위스키를 나눠 드릴게요. 해치지 않아요."

침대 밑에 숨어 있던 여인이 잠시 후에 입을 열었다. "남편은 언덕으로 나가고 없어요. 모르는 사람이 오면 무슨 일을 당할지도 모르니 숨으라고 했어요."

"보시다시피 저는 몸집이 아주 작습니다. 어린아이만 해요. 한 대 치면 그냥 날아갈걸요. 제 일행은 정상적인 성인이지만 절대 아무 짓도 하지 않을 겁니다. 저희가 몸을 녹일 수 있도록 받아 주세요. 인제 그만 나오시죠."

침대 밑에서 나온 여인은 먼지와 거미줄을 뒤집어쓴 채였지만 무척이나 아름다웠다. 먼지와 거미줄 가득한 긴 머리카락은 건강해 보였고 금빛 도는 붉은 색이었다. 순간 딸아이가 떠올랐다. 하지만 딸이라면 똑바로 상대의 눈을 쳐다볼 텐데 이 여인은 마치 상대가 때리기라도 할 듯 겁에 질려

바닥만 보았다.

나는 그녀에게 귀리를 좀 나눠 주었다. 캘럼은 주머니에서 육포를 꺼냈다. 그녀는 들판에서 앙상한 순무 두 뿌리를 가져와 세 사람분의 식사를 준비했다.

나는 내 몫을 다 먹었다. 여인은 입맛이 없는 듯했다. 캘럼은 제 몫을 다 먹고도 배고파했던 것 같다. 그가 모두에게 위스키를 따라주었는데, 여인은 물에 섞어서 아주 조금 마셨다. 빗줄기가 지붕을 때리기 시작했고 구석에서 빗물이 뚝뚝 떨어졌다. 썩 안락하지는 않았지만 그래도 실내라서 좋았다.

그때 집안으로 한 남자가 들어왔다. 그는 불신 가득하고 화난 얼굴로 우리를 노려보기만 했다. 양가죽 망토와 모자를 벗어 흙바닥에 내려놓자, 빗물이 뚝뚝 떨어져서 바닥에 고였다. 침묵에 숨이 막혔다.

캘럼 맥킨스가 말했다. "이 집을 발견하고 찾아온 우릴 당신 아내가 받아줬소. 쉽지 않은 일이었을 텐데도."

"우리가 들여보내 달라고 했습니다. 이제 당신에게도 부탁드리죠." 내가 말했다.

남자는 아무 말도 하지 않고 툴툴거리기만 했다.

고지대 사람들은 꼭 금화라도 되는 듯 말을 아낀다. 하지만 이곳에선 이방인이 잠시 머물 곳을 청하면 반드시 들어줘야 한다는 관습이 더욱더 강하다. 아무리 철천지원수 사이라 하더라도 집 한쪽을 내준다.

남편은 수염이 희끗희끗한 데 비해 아내 쪽은 겨우 앳된 티를 벗은 듯했다. 순간 부녀 사이인가 했는데 아니었다. 침대가 하나뿐이었다. 두 사람이 겨우 잘 수 있을 정도로 작았지만. 여인은 집에 붙어 있는 양 우리로 가서 거기에 숨겨 두었던 귀리 비스킷과 말린 햄을 가져왔다. 그녀는 햄을 얇게 잘라서 남편 앞의 나무 접시에 놓았다.

캘럼이 그에게 위스키를 따라주며 말했다. “우린 미스티섬을 찾고 있소. 혹시 그게 그 자리에 그대로 있는지 아시오?”

남자는 우리를 쳐다보았다. 고지대는 바람이 매섭다. 뜨거운 위스키가 그의 입에서 말이 술술 나오게 해 줄 것이다. 그가 입술을 오므리더니 말했다. “그렇소. 오늘 아침에 정상에서 봤지. 그 자리에. 내일도 있을지는 모르지만.”

우리는 딱딱한 흙바닥에서 잠을 청했다. 불이 꺼져서 난로에 온기가 하나도 남지 않았다. 남자와 그의 아내는 커튼 뒤 침대에서 잤다. 남자는 양가죽 이불 아래에서 그녀를 범했는데, 그 전에 우릴 받아 주고 먹을 것을 내놨다고 때리기부터 했다. 그 소리를 다 듣고 있으려니 좀처럼 잠이 오지 않았다.

나는 가난한 집에서도 자 보았고 궁전에서도 자 보았고 별 아래에서도 자 보았다. 그 전날 밤이라면 어디에서 자든 다 똑같다고 말했을 것이다. 하지만 동이 트기도 전에 깨어난 나는 왠지 그 집에서 벗어나야만 한다는 확신이 들었다. 나는 캘럼의 입술에 손가락을 올린 채 그를 깨웠고, 우리는 인사 없이 조용히 산속의 그 집을 떠났다. 그곳에서 벗어났다는 사실이 그렇게 기쁠 수가 없었다.

그 집에서 1킬로미터 넘게 떨어졌을 때 내가 말했다. “섬이 그 자리에 있느냐고 물었죠. 당연히 섬은 있거나 없거나 둘 중 하나인데.”

캘럼은 할 말을 재는 듯 머뭇거렸다. “미스티섬은 다른 섬들과 달라. 그 섬을 에워싼 안개도 다른 안개와 다르고.”

우리는 수백 년 동안 양과 사슴과 때로는 사람들에 의해 다져진 길을 내려갔다.

“미스티섬을 날개 섬이라고도 하지. 위에서 보면 나비 날개 같아서 그렇다는데 나도 진실은 몰라.” 캘럼이 곧바로 덧붙였다. “진실이 무엇이냐? 빌라도가 예수를 비웃으며 말했다."

내리막길이 오르막길보다 더 힘들었다.

나는 그 질문에 대해 생각해 보았다. "진실은 장소인 것 같다는 생각이 듭니다. 내 생각에 진실은 도시 같아요. 수백 개의 도로, 수천 개의 오솔길이 결국은 같은 곳으로 데려다주죠. 어디에서 왔는지 상관없이 누구나, 어느 길로 걸어가든, 진실에 닿을 수 있는 거죠."

캘럼은 나를 한참 내려다보았다.

"틀렸어. 진실은 검은 산속의 동굴이야. 거기로 가는 방법은 딱 하나뿐. 그것도 엄청나게 고되고 험난하지. 길을 잘못 들으면 산속에서 혼자 죽는 거야."

우리는 산등성이 위에서 저 아래 해안을 내려다보았다. 바다 옆에 마을들이 보였다. 그리고 저 앞에, 바다 건너편으로 안개를 뚫고 우뚝 솟은 검은 산이 보였다.

캘럼이 말했다. "당신이 찾는 동굴이 저기 있어. 저 산에."

지구의 뼈. 검은 산을 보면서 든 생각이었다. 뼈를 생각하니 갑자기 마음이 불편해져서 관심을 딴 데 돌리려고 말했다. "저기 몇 번이나 가 봤습니까?"

캘럼이 머뭇거렸다. "딱 한 번. 전설을 듣고 열여섯 살 때 1년 내내 찾아다녔어. 찾으려고 하면 분명 찾을 수 있을 거라고 생각했거든. 열일곱 살 때 드디어 찾았고 들고 올 수 있는 만큼 금화를 들고 나왔지."

"저주가 무섭진 않았나요?"

"어릴 땐 무서운 게 없었어."

"금으로 뭘 했어요?"

"일부는 나만 아는 장소에 묻어 놓고 나머지는 사랑하는 여자를 데려오는 지참금으로 쓰고, 또 멋진 집을 지었지."

그는 너무 많은 걸 말했다 싶었는지 잠시 멈칫했다.

부두에 사공은 보이지 않았다. 거의 죽어 가는 뒤틀린 나무에 성인 남자 셋이 겨우 탈 만한 작은 배와 종이 묶여 있을 뿐이었다.

내가 종을 울리자마자 뚱뚱한 남자가 해변으로 내려왔다.

그가 캘럼에게 말했다. "그쪽은 1실링, 이 꼬맹이는 3펜스요."

나는 최대한 허리를 꼿꼿하게 폈다. "나도 어른입니다. 1실링 내지요." 사공은 나를 위아래로 훑어보더니 수염을 긁적거렸다. "이런, 실례했소. 요새 부쩍 눈이 침침해서. 섬까지 모셔다드리리다."

나는 그에게 1실링을 냈다. 사공이 돈을 받아들고서 말했다. "그쪽이 날 속이지 않은 덕분에 9펜스를 더 벌었군. 요즘 같은 힘들 때 9펜스면 아주 큰 돈이지."

하늘은 파랗지만 바닷물은 잿빛이었다. 너른 수면에서 하얀 파도가 서로를 뒤쫓았다. 사공은 묶어 둔 배를 풀고 자갈돌 위에서 달가닥거리며 얕은 물가로 옮겼다. 우리는 차가운 물 속을 걸어가서 배에 탔다.

배는 철벅거리는 노 젓는 소리와 함께 순조롭게 나아갔다. 나는 사공 옆에 앉았다. "물론 9펜스도 큰돈이죠. 하지만 제가 듣기로 미스티섬의 산속 동굴에 금화가 가득하다던데요. 고대로부터 내려오는 보물요."

사공은 무시하듯 고개를 저었다.

캘럼이 하얘질 정도로 입술을 꽉 다물고서 쳐다보았지만 나는 아랑곳하지 않고 사공에게 말했다. "동굴에 가득한 금화는 북유럽 아니면 남쪽 사람들, 아니면 우리보다 훨씬 오래전에 여기 살다가 다른 민족들이 몰려오면서 도망친 사람들이 남긴 거라더군요."

"들어는 봤지. 그 동굴의 전설도 들어 봤고. 하지만 그 저주를 들으면 저절로 보물 생각은 없어지지 않겠소." 사공은 바다에 침을 뱉고 말을 이었다. “난쟁이 자넨 아주 정직하구먼. 얼굴을 보면 알아. 동굴에 가려고 하지 마. 좋을 게 없으니까.”

“맞는 말씀입니다.” 솔직한 심정이었다.

“맞고말고. 약탈자와 난쟁이를 미스티섬으로 데려다줄 일이 흔하진 않지. 이 지방에서는 말이야, 서쪽으로 간 사람들에 대해 얘기하는 걸 재수가 없다고 여긴다네.”

그 이후로는 다들 말이 없었다. 하지만 물살이 점점 거세지고 파도가 옆으로 첨벙 떨어져서 나는 거기에 휩쓸려 갈까 봐 두 손으로 배를 꽉 잡고 버텼다.

일생의 절반에 맞먹는 듯한 시간이 흐른 뒤에야 우리가 탄 배는 부두의 기다란 검은 돌에 묶였다. 우리는 파도가 일으키는 짠 물보라를 얼굴에 맞으며 부두를 걸었다. 입구에서 꼽추 남자가 귀리 비스킷과 돌처럼 딱딱한 말린 자두를 팔고 있었다. 1페니를 주고 조끼 주머니를 가득 채웠다.

우리는 미스티섬의 더 깊숙한 곳으로 걸어갔다.

지금 나는 늙었고, 적어도 더는 젊지 않기에, 무엇을 보던 예전에 이미 비슷한 것을 본 적이 있다. 처음 보는 것이 하나도 없다. 이글거리는 빨강 머리의 아리따운 소녀를 보면 그와 비슷하게 생긴 수백 명의 소녀와 그 애들의 엄마, 그 애들이 커 가는 모습, 죽기 전의 모습이 떠오른다. 모든 것이 다른 무언가를 떠오르게 한다는 것은 세월의 저주가 아닐 수 없다.

이 말을 하는 이유는 미스티섬이 아니, 현자들이 부르는 이름으로 날개섬이 그 어느 것과도 닮지 않았기 때문이다.

부두에서 검은 산까지 가는 데는 하루가 걸렸다.

캘럼 맥킨스는 키가 자신의 절반밖에 되지 않는 나를 쳐다보더니 따라잡아 보라고 도전장을 내밀 듯 성큼성큼 걷기 시작했다. 고사리와 헤더꽃으로 뒤덮인 젖은 땅에서 그의 다리가 쭉쭉 앞으로 나아갔다.

낮게 뜬 회색과 흰색, 검은색의 구름이 서로를 숨겨 주었다 드러냈다 다시 숨겨 주기를 반복하며 휙휙 지나갔다.

나는 캘럼이 빗줄기를 뚫고 계속 앞서서 나아가도록 내버려 두었다. 그리고 축축한 잿빛 실안개가 그를 삼켜 버린 순간, 이때다 싶어서 뛰기 시작했다.

사실 지금까지 그 누구에게도 말하지 않은 비밀이 있다. 아내 모락, 두 아들 조니와 제임스, 딸 플로라(그림자가 그 아이의 가엾은 영혼을 푹 쉬게 해 주기를)만 빼고. 나는 달릴 수 있다. 그것도 제법 빨리. 필요한 경우에는 보통 성인 남자보다 더 빠르고 더 오래 더 흔들림 없이 달릴 수 있다. 그때도 안개와 빗줄기를 뚫고 그렇게 달렸다.

나는 하늘과 맞닿은 윤곽선 아래를 따라 점점 높아지는 비탈길과 검은 바위 같은 산등성이로 올라갔다. 캘럼은 여전히 나보다 앞서 있었지만 이내 그가 보였다. 나는 그와 언덕 하나를 옆에 둔 채 오르막길에서도 계속 달려 그를 앞섰다.

아래에 개울이 있었다. 나는 멈추지 않고 며칠이고 계속 달릴 수 있다. 그게 내 첫 번째 비밀이고 두 번째 비밀은 아직 그 누구에게도 밝힌 적이 없다.

우리는 미스티섬 첫날 밤에 어디에서 야영할지 미리 얘기해 둔 상태였다. 캘럼은 노인과 개가 나란히 있는 형상이라 '사람과 개'라는 이름으로 불리는 바위 아래가 좋겠다고 했다. 내가 그곳에 도착한 건 늦은 오후였다. 바위 아래에 비바람을 막아 주는 마른 공간이 있었다. 앞서 왔던 사람들이 남기고 간 듯한 나무와 나뭇가지 따위의 땔감도 보였다. 불을 피워 몸을 말리면서 뼛속 가득한 추위를 빼냈다. 나무 타는 연기가 헤더 밭으로 퍼져 나갔다.

완전히 캄캄해진 후에야 바위에 도착한 캘럼은 그날 자정까지도 못 볼 줄 알았던 내가 떡하니 거기 있자 깜짝 놀란 얼굴이었다. "왜 이렇게 늦었어요, 캘럼 맥킨스?"

그는 아무 말도 하지 않았다. "물에 삶은 숭어도 있고 뼛속을 녹여 줄 불도 있어요."

그는 고개를 끄덕였다. 우리는 숭어와 위스키로 몸을 따뜻하게 데웠다. 누군가 안쪽에 갈색의 마른 헤더와 고사리 나무를 쌓아 두어서 축축한 망토를 단단히 여미고 그 위에서 잠이 들었다.

한밤중에 눈을 떴다. 목에 닿은 차가운 금속이 느껴졌다. 칼날, 그것도 날카로운 쪽이 닿아 있었다. "왜 한밤중에 나를 죽이려는 겁니까, 캘럼 맥킨스? 이 긴 여정이 아직 끝나지도 않았는데요."

"아무래도 널 믿을 수가 없어, 난쟁이."

"당신이 믿어야 할 건 내가 아니라 내가 섬기는 분들입니다. 만약 당신이 혼자 돌아가면 누군가 캘럼 맥킨스라는 이름을 어둠 속에서 읊조리게 될 텐데요."

차가운 칼날은 내 목에서 꿈쩍도 하지 않았다. "어떻게 나보다 일찍 왔지?"

"악을 선으로 갚으려고 일찍 와서 먹을 것과 불을 마련했죠. 난 원래 이기기 어려운 상대입니다, 캘럼 맥킨스. 당신의 오늘 행동은 가이드답지 못했어요. 그만 칼을 치워요. 잠 좀 잡시다."

그는 아무 말도 하지 않았지만 잠시 후 칼을 치웠다. 쾅쾅거리는 심장 소리가 들릴까 봐 숨과 한숨을 참아야만 했다. 그날 밤 더는 잘 수가 없었다.

아침으로 죽을 만들었다. 마른 자두도 넣어 부드럽게 불렸다.

하얀 하늘을 등진 산은 회색과 검은색이었다. 위에서 크고 들쑥날쑥한 날개를 펼치고 빙빙 도는 갈매기가 보였다. 캘럼이 정상적인 속도로 걸은 덕분에 나란히 걸을 수 있었다. 물론 그가 한 걸음 걸을 때 나는 두 걸음을 걸어야 했지만.

"얼마나 가야 합니까?"

"하루. 아니면 이틀. 날씨에 따라 달라. 구름이 내려오면 이틀, 사흘도 걸릴 수 있고……."

정오쯤 됐을 때 구름이 내려와 안개가 짙게 드리워서 비가 올 때보다도 상황이 나빠졌다. 공기가 축축해서 옷과 피부가 다 젖었다. 돌길도 위험해져서 캘럼과 나는 올라가는 속도를 줄이고 조심스럽게 한 걸음씩 내디뎌야 했다. 우리는 염소들이 낸 길과 험준한 바위투성이의 길을 따라 산을 올라갔다. 검은 돌들이 무척이나 미끄러웠다. 걷고 기어오르고 매달리고 미끄러지고 휘청거렸다. 안개 속에서도 캘럼은 어디로 가야 할지 잘 알았고, 난 그저 따라가기만 했다.

그가 멈춘 것은 참나무 기둥만 한 물줄기를 떨어뜨리는 폭포 앞이었다. 어깨에 걸친 밧줄을 바위에 꽉 묶었다.

"전에는 이 폭포가 여기 없었는데. 내가 먼저 가지." 그는 밧줄의 다른 한쪽을 자기 허리에 묶고 젖은 바위 표면에 몸을 바짝 기댄 채 천천히 폭포로 들어갔다. 아주 천천히 조심스럽게 물을 헤치고 나아갔다.

그가 잘못될까 봐, 우리 둘 다 잘못될까 봐 겁이 났다. 나는 그가 폭포를 건너는 내내 숨을 참고 있다가 마침내 다 건넜을 때야 숨을 쉴 수 있었다. 캘럼은 밧줄을 당겨 잘 묶여 있는지 확인한 후 나더러 넘어오라는 신호를 보냈다. 순간 발 밑의 돌이 미끄러지면서 그가 심연으로 떨어졌다.

내 옆의 바위에 묶인 밧줄이 지탱해 준 덕분에 캘럼 맥킨스는 밧줄에 대롱대롱 매달려 있었다. 그가 저 아래에서 나를 올려다보았다. 나는 한숨을 내쉬고 평평하고 단단한 바위로 내 몸을 받치며 밧줄을 끌어 올렸다. 다시 길 위로 올라온 그가 물을 뚝뚝 흘리며 욕설을 내뱉었다.

“보기보다 힘이 세네.” 나는 바보 같은 짓을 한 자신을 욕했다. 그가 내 표정을 읽었는지 강아지처럼 세차게 몸을 흔들어 물기를 털고 말했다. “아들 캘럼이 그러더군. 네가 이런 얘길 해 줬다고 한던데. 캠벨족이 쳐들어왔을 때 아내가 시키는 대로 아들인 척하고 밖으로 나갔다고 말이야.”

“그냥 시간이나 때우자고 해 준 이야기에요.”

“과연? 몇 년 전 캠벨족 공격조가 자기들 소 떼를 가져간 사람에게 복수하려 한다는 얘기를 들은 적이 있지. 복수하러 갔다가 하나도 돌아오지 못했다던데. 너처럼 작은 남자가 캠벨족 열두 명을 죽이려면……힘이 아주 세고 아주 빨라야 할 거야.”

내가 정말 멍청했다. 아이에게 그 얘길 해 준 게 후회스러웠다.

나는 캠벨족이 나를 괴롭히러 올 때마다, 돌아오지 않는 친구가 걱정되어 찾아올 때마다, 토끼 사냥하듯 그들을 하나씩 없앴다. 내가 일곱 명을 죽였을 때 아내도 처음으로 살인을 했다. 우리는 그들을 협곡에 묻고 그들의 유령이 걸어 다니지 못하도록 그 위에 작은 돌무덤을 쌓았다. 우린 슬펐다. 왜 캠벨족은 굳이 나를 죽이러 와서 나와 아내가 그들을 죽일 수밖에 없게 만들었을까. 나는 살인을 즐기지 않는다. 그 어떤 남자도, 여자도 살인을 즐겨서는 안 된다.

물론 꼭 필요할 때도 있지만 살인은 악이다. 지금 여기에 풀어놓는 사건들을 겪고 난 후에도 그 생각은 변함이 없다.

나는 캘럼 맥킨스에게 밧줄을 받아 몸에 묶고 바위를 계속 올라서 폭포가 끝나는 산허리로 갔다. 좁아서 건너기가 수월했다. 미끄럽긴 했지만 무사히 건넌 나는 밧줄을 지면에 단단히 고정시킨 후 끝부분을 캘럼에게 던져 그가 잘 건너오도록 도와주었다.

그는 구해 줘서 고맙다는 말도, 둘 다 무사히 폭포를 지나게 해 줘서 고맙다는 말도 하지 않았다. 고맙다는 말을 기대한 건 아니었지만, 심지어 그는 완전히 반대의 전혀 예상지 못했던 말을 내뱉었다. "너는 온전한 인간도 아니고 추하게 생겼어. 분명 네 아내도 난쟁이에다 추하게 생겼겠지?"

기분 나빠지라고 작정하고서 한 말인지도 모르지만, 기분 나쁘게 받아들이지 않기로 했다. 그냥 이렇게 말했다. "아닙니다. 아내는 키가 아주 커요. 거의 당신만 할 겁니다. 젊었을 때는 저지대에서 가장 예쁘다는 말까지 들었지요. 시인들이 그녀의 초록색 눈동자와 붉은빛 도는 기다란 금발을 칭송하는 시를 썼을 정도로."

그는 이 말을 듣고 움찔하는 듯했다. 내가 잘못 본 것일 수도 있다. 아무래도 움찔한 거였으면 좋겠다고 생각했을 가능성이 가장 크다.

"그런 여자를 어떻게 네 걸로 만들었지?"

나는 사실대로 말했다. "내가 그녀를 원했지요. 난 갖고 싶은 건 반드시 손에 넣습니다. 끝까지 그녀를 포기하지 않았죠. 그녀는 내가 지혜롭고 친절하다면서 성실한 가장이 될 것 같다고 하더군요. 실제로 그랬고요."

또다시 구름이 내려오기 시작했다. 세상의 가장자리가 흐릿해지고 부드러워졌다.

"그녀는 내가 좋은 아빠가 될 것 같다고 했죠. 난 아이들을 잘 키우려고 최선을 다했습니다. 궁금해할 것 같아서 말해 주자면 아이들도 모두 정상입니다."

"난 아들한테 엄격하게 야단을 많이 치는 편이야. 그래도 착한 녀석이지."

"그것도 자식이 옆에 있어야 가능한 거지요." 나는 거기까지 말하고 입을 다물었다. 그해가 떠올랐다. 얼굴에 잼을 묻히고 마루에 앉아서 놀던 어린 시절의 플로라, 아빠가 세상에서 가장 똑똑한 사람이라도 되는 것처럼 바라보던 플로라.

"자식이 가출했나 보군? 나도 열두 살 때 집을 나왔지. 물 위의 국왕만큼 멀리 도망쳤어. 현재 국왕의 아버지 말이야."

"그런 말은 좀 위험한데요. 누가 들으면 어쩌려고."

"무서울 게 뭐 있어. 여기 들을 사람이 어디 있다고. 독수리가 들을까? 난 물 위의 국왕을 직접 봤어. 뚱뚱하고 네 가지 외국어를 할 줄 아는데 모국어는 잘 못하더군. 그래도 우리의 왕이지." 그는 잠시 말을 멈추었다. "그분이 돌아오려면 금이 필요하겠지. 배와 무기도 필요하고 군대도 먹여야 하니까."

"그렇습니다. 우리가 이 동굴을 찾아야 하는 이유죠."

"하지만 그 동굴의 금은 좋은 금이 아니야. 공짜가 아니라고. 대가를 치러야 해."

"모든 것엔 대가가 따르죠."

나는 여기까지 오면서 거친 중요한 지점들을 전부 기억하고 있었다. 양의 해골 무더기를 오르고, 처음 세 군데 시내를 건넌 후 5개의 돌이 쌓여 있는 곳까지 네 번째 시내를 따라 걷고, 갈매기처럼 생긴 바위를 발견했고, 날카롭게 튀어나온 검은 암벽 사이를 걸은 다음, 밧줄을 타고 올라왔고…….

혼자서 내려갈 수 있을 정도로 전부 다 기억했다. 하지만 안개 때문에 헷갈려서 확신이 없었다.

우리는 높은 산속의 작은 호수에 이르러 물도 마시고 커다란 하얀색의 무언가도 잡았다. 그건 새우도 바닷가재도 아니고 가재도 아니었다. 너무 높은 지대라 불을 피울 만한 마른 나뭇가지를 찾을 수 없어서 소시지처럼 그냥 씹어 먹었다.

얼음처럼 차가운 호숫가의 널찍한 암붕에서 잠을 잤다. 해가 뜨기 전에 눈을 떠 보니 낮게 내려앉은 구름이 우리를 감쌌고 세상이 온통 회색과 파란색이었다.

“자면서 울던데.” 캘럼이 말했다.

“꿈을 꿨어요.”

“난 나쁜 꿈은 안 꿔.”

“좋은 꿈이었어요.” 정말이었다. 딸 플로라가 아직 살아 있는 꿈이었다. 플로라는 마을 남자아이들에 대해 불평하고 언덕에서 소 떼를 본 이야기도 했다. 시시콜콜한 얘기들을 하면서 제 엄마를 닮은 붉은빛 도는 금발을 뒤로 넘겼다. 비록 지금 아내의 머리에는 어느덧 희끗희끗 흰머리가 생겼지만.

“좋은 꿈인데 그렇게 울 리가 있나.” 캘럼은 잠시 멈추고 덧붙였다. “난 꿈을 아예 안 꿔. 좋은 꿈도 나쁜 꿈도.”

“전혀요?”

“어릴 때 이후로 안 꿔.”

우리는 자리에서 일어났다. 순간 스치는 생각이 있었다. “혹시 그 동굴에 다녀온 뒤로 꿈을 꾸지 않게 되었나요?”

그는 대답하지 않았다. 태양이 떠오르는 가운데 우리는 산허리를 따라 안개로 들어갔다.

안개가 점점 더 짙어지는 듯했다. 햇살이 내리쬐었지만 안개는 걷히지 않았다. 구름 때문이었다. 사방이 온통 반짝였다. 순간 내 앞에 유령인지 천사인지 모를, 나와 똑같이 생긴 작은 남자가 보였다. 내가 움직이면 그것도 움직였다. 빛에 둘러싸여 일렁거리는 그것이 얼마나 가까이 혹은 멀리 있는지는 확실하지 않았다. 살면서 기적도 보고 사악함도 보았지만 저런 것은 처음이었다.

“마법인가요?” 마법 같지는 않았지만 내가 물었다.

“아무것도 아니야. 빛의 특징일 뿐. 그림자 혹은 굴절, 그 이상도 이하도 아니야. 나도 옆에서 나랑 똑같이 움직이는 남자가 보여." 힐끗 돌아보았지만 내 눈에는 보이지 않았다.

그때 빛 속에서 일렁거리는 작은 남자가 사라지고 구름이 나타났다. 낮이었고 우리뿐이었다.

그날은 오전 내내 산을 올랐다. 캘럼은 전날 폭포에서 미끄러지면서 발목을 접질린 상태였다. 심하게 붓고 붉은색으로 변했는데도 그의 속도는 조금도 느려지지 않았다. 불편함이나 통증을 느꼈을지도 모르지만 어쨌든 얼굴에 드러나진 않았다.

"얼마나 가야 합니까?" 날이 저물고 세상의 가장자리가 흐릿해질 무렵 내가 물었다.

"1시간 정도. 동굴에 도착하면 일단 자고 내일 아침에 네가 안으로 들어가는 거야. 들 수 있는 만큼 금을 가지고 나와서 이 섬을 빠져나가지."

나는 그를 바라보았다. 희끗희끗한 머리에 회색 눈, 커다란 덩치의 늑대 같은 남자. "당신은 동굴 밖에서 잘 겁니까?"

"물론. 동굴 안에 괴물이 있는 건 아니야. 밤에 나와서 해치거나 잡아먹는 괴물 같은 건 없다고. 그래도 날이 밝기 전에 들어가면 안 돼."

동그란 낙석이 보였다. 완전히 까만 돌이 길을 절반쯤 막고 있었다. 그다음에는 동굴 입구가 보였다. "저게 맞습니까?"

"대리석 기둥이라도 있을 줄 알았어? 아니면 난롯가에서 나누는 담소에서처럼 거인이라도 나오는 동굴인 줄 알았나?"

"그럴지도요. 너무 하찮아 보이는군요. 바위 표면에 뚫린 구멍이라니. 그림자 같군요. 동굴을 지키는 사람은 없습니까?"

"없어. 그냥 저 동굴뿐."

"보물이 가득한 동굴을 찾을 수 있는 사람이 당신 한 사람뿐이라고요?"

캘럼이 여우가 짖듯 웃음을 터뜨렸다. "섬사람들도 동굴의 위치를 알아. 하지만 동굴에 와서 금을 가져가진 않지. 너무 똑똑해서 말이야. 그들은 동굴이 사람을 악하게 만든다고 믿어. 금을 가져갈 때마다 동굴이 영혼의 선함을 먹어 치운다고 생각해서 동굴에 들어가지 않는 거야."

"정말 동굴이 사람을 악하게 만듭니까?"

"……아니. 동굴이 먹고사는 건 다른 거야. 악과 선 말고. 동굴의 금을 가져갈 순 있지만 그 뒤엔……" 캘럼은 잠시 말을 멈추었다. "모든 게 재미없어져. 무지개도 그다지 아름답지 않고 설교도 와닿지 않고 입맞춤도 감흥이 없고……" 동굴 입구를 바라보는 그의 눈빛에 공포가 서린 듯했다. "예전보다 모든 게 시시해지지."

"그래도 무지개의 아름다움보다 금의 유혹을 더 크게 느끼는 사람들이 많을 텐데요."

"내가 그랬지. 젊을 때는. 지금은 또 다르지만."

"아무튼 동굴에는 날이 밝으면 들어가겠군요."

"네가 들어가는 거지. 난 밖에서 기다리고. 겁낼 것 없어. 동굴을 지키는 괴물도 없고 주문을 외우지 않으면 금이 사라지는 것도 아니니까."

우리는 야영할 준비를 했다. 아니, 캄캄한 어둠 속에서 차가운 암벽에 기대어 앉았다. 어차피 잠자기는 다 틀린 것 같았다.

"당신은 동굴에서 금을 가져왔고 나도 내일 그럴 겁니다. 당신은 금으로 집과 신부, 명예를 샀죠."

어둠 속에서 그의 목소리가 대답했다. "그래. 하지만 손에 넣은 후에는 아무런 의미도 없었어. 네가 동굴에서 가지고 나올 금으로 물 위의 왕이 돌아와 우리를 다스리고 기쁨과 번영, 따뜻함을 가져다준대도 너에겐 아무런 의미가 없을 거다. 다른 사람의 이야기를 듣는 것처럼 아무 상관도 없어질걸."

"왕을 다시 모셔 오는 건 내 평생의 목표입니다." 내가 그에게 말했다.

"왕에게 금을 갖다주면 더 원하겠지. 왕들은 계속 더 많은 걸 원하니까. 그들은 원래 그래. 네가 동굴로 돌아올 때마다 세상의 의미가 점점 없어질 거야. 무지개도 의미가 없고 살인도 아무렇지 않아지고."

어둠 속에 침묵이 흘렀다. 새소리조차 들리지 않고 산봉우리에서 잃어버린 아기를 찾는 엄마의 목소리 같은 바람만 휘몰아칠 뿐이었다. "당신이나 나나 사람을 죽여 본 적 있지요. 혹시 여자도 죽여 본 적 있습니까, 캘럼 맥킨스?"

"없어. 여자든 여자애든 죽인 적 없어."

나는 어둠 속에서 양손으로 칼을 훑으며 나무와 은으로 된 칼자루와 칼날 부분을 확인했다. 칼이 내 손에 있다. 원래는 산을 벗어난 다음에 그에게 진실을 폭로하고 그 칼을 깊숙이 찔러 넣을 생각이었다. 하지만 나도 모르게 목구멍에서 말이 튀어나오려고 했다. 해야 할까, 말아야 할까. "한 소녀가 있었다던데요. 가시덤불에."

휘이이 바람 소리뿐, 침묵이 흘렀다. "누가 그래?" 그는 이렇게 묻고는 또 말했다. "됐어. 난 여자는 안 죽여. 여자를 죽이는 건 명예를 모르는 남자나 하는 짓이지."

여기에서 내가 한마디라도 더 했다가는 그가 영영 이 주제에 대해 입을 다물어 버릴 것 같았다. 그래서 그냥 기다렸다.

그러자 캘럼 맥킨스가 말하기 시작했다. 마치 어릴 때 들어서 지금은 거의 까먹은 이야기라도 해 주듯 단어를 신중하게 골랐다. "그들은 저지대의 암소가 통통하고 예쁘다고 말했지. 남쪽으로 모험을 떠나 붉은 소 떼를 몰고 돌아오는 남자는 명예와 영광을 얻는다고. 그래서 남쪽으로 갔는데 눈에 차는 소가 없었어. 그러다가 저지대의 산허리에서 최고의 소를 본 거야.

그렇게 털이 붉고 그렇게 통통한 소들은 처음이었지. 그래서 소 떼를 몰고 돌아가려고 했어.

그런데 그 여자애가 막대기를 들고 쫓아왔어. 자기 아버지의 소라면서 나보고 사기꾼이라니 불한당이라느니 온갖 욕을 퍼붓더군. 그렇게 화를 내는데도 대단한 미인이었어. 그때 나에게 어린 아내가 없었다면 좀 더 친절하게 대했을지도 모르지만 목에 칼을 갖다 대고 입을 다물라고 했지. 그제야 말을 멈추더군.

죽일 생각은 없었어. 난 여자는 죽이지 않아. 그건 사실이야. 가시나무에 머리카락을 묶어 놓고 여자애의 소매에 들어 있던 칼을 빼서 땅에 꽂아 놨어. 탈출하는 데 시간이 좀 걸리도록 말이야. 그렇게 가시나무에 긴 머리카락을 묶어 놓고 홀가분하게 소 떼를 몰고 돌아갔지.

1년이 지나 그 자리에 다시 가 봤어. 그날은 소를 찾고 있었던 건 아니지만 그 둑 쪽으로 걸어가 봤지. 외진 곳이라 일부러 찾지 않는 이상 눈에 띄지 않는 곳이거든. 보니까 그 여자애를 찾으려고 한 사람이 아무도 없었나 보더라고."

"찾으려고 했다던데요. 약탈자한테 납치됐다는 얘기도 있고 땜장이와 도망치거나 도시로 갔다는 얘기도 있었죠. 어쨌든 찾으려고 했어요."

"그래. 하지만 난 똑바로 봤어. 그 사람들도 내가 서 있던 자리에 있었다면 볼 수 있었겠지. 난 악한 짓을 한 거야. 아마 그렇겠지."

"아마 그럴 거라고요?"

"안개의 동굴에서 금을 가지고 나온 뒤로 난 세상에 선이나 악이 과연 존재하는지 알 수 없게 됐으니까. 여관에서 일하는 아이를 시켜 전갈은 보냈어. 그 여자애가 어디에 있는지 말이야."

나는 눈을 감았지만 세상이 더 캄캄해지지는 않았다.

"악은 존재합니다." 내가 말했다.

그 장면이 떠올랐다. 옷가지에서 백골이 삐져나오고 붉은빛 금발이 나뭇가지에 묶인 채 어린아이들이 갖고 노는 꼭두각시 인형처럼 매달려 있던 딸아이의 모습.

"날이 밝으면……" 캘럼 맥킨스는 마치 우리가 내일의 계획이나 날씨 얘기를 하고 있었던 것처럼 아무렇지 않게 말을 이었다. "칼은 밖에 두고 동굴로 들어가. 관습이 그래. 들어가서 가능한 만큼 금을 가지고 나와서 본토로 가는 거지. 이 근방에는 개미 새끼 한 마리 얼씬하지 않으니까 네가 금을 가졌는지도 모를 거고 빼앗으려는 자도 없을 거야. 물 위의 왕에게 금을 보내면 왕이 그 금으로 사람들을 모으고 먹이고 무기도 사고 하겠지. 언젠가 왕이 돌아오면, 그날 다시 한번 말해 보라고. 악이 정말 있는지, 난쟁이 양반."

해가 떴을 때 동굴로 들어갔다. 안은 축축했다. 한쪽 벽에서 물이 흐르는 소리가 들렸고 얼굴에 바람이 느껴졌다. 산속 동굴에 바람이 불 리 없는데 이상한 일이었다.

나는 동굴에 금이 가득할 거라고 생각했다. 장작처럼 쌓인 금괴, 그사이에 놓인 금화가 가득한 자루, 금목걸이와 반지, 대저택의 도자기 그릇처럼 착착 쌓인 금 접시. 온갖 금은보화를 상상했지만 동굴 안에 그런 건 없었다. 그림자와 바위뿐이었다.

하지만 뭔가 있었다. 뭔가가 기다리고 있었다.

나에겐 비밀이 여럿 있지만 모든 비밀 아래에 파묻힌 비밀이 하나 있다. 내 자식들도 모른다. 아내는 의심하고 있는 것 같지만. 그 비밀은 바로 이것이다. 나의 어머니는 방앗간 딸로 태어난 평범한 인간이었지만, 아버지는 서쪽에서 와 어머니를 만나 즐기고는 서쪽으로 돌아갔다. 내 혈통을 생각하며 감상 따위에 젖는 건 아니다. 아버지는 어머니를 기억조차 못할 거고 내 존재 역시 모를 거라 확신하니까. 어쨌든 아버지는 나에게 작고 빠르고 강한 몸을 주었다. 다른 면에서 아버지를 닮은 점이 있을 수도 있지만 나는 알지 못한다. 나는 못생겼지만 아버지는 아름다운 외모였다. 어머니가 딱 한 번 그렇게 말씀하신 적이 있다. 하지만 분명 아버지가 어머니를 속인 것이리라.

만약 내 아버지가 저지대 여관 주인이었다면 나는 동굴에서 무엇을 보게 되었을까.

금이 보였을 것이다. 산 깊숙한 곳에서 속삭임 아닌 속삭임이 들려왔다. 외롭고 심란하고 따분해하는 듯한 목소리였다.

"금이 보였겠군요." 나는 큰소리로 외쳤다. "그 금은 진짜입니까, 아니면 환상입니까?"

속삭이는 목소리는 흥미가 생기는 듯했다. 너는 필멸의 존재처럼 이것 아니면 저것이다, 라고 이분적으로만 생각하는구나. 인간이 이곳에서 보고 만지는 것은 금이다. 금의 무게를 느끼며 밖으로 가지고 나가 다른 인간들과 교환하지. 진짜 금이 있는지 없는지가 무슨 상관이란 말이냐, 어차피 눈에 보이고 만질 수 있고 훔칠 수 있고 그 금을 위해서라면 살인까지 할 수 있는 것을. 그들이 원하니 내가 그들에게 금을 주는 것이다.

"그러면 당신께선 금을 주는 대신 뭘 받으십니까?"

별로 큰 것은 아니지. 난 필요한 게 별로 없다. 난 늙었어. 너무 늙어서 누이들을 따라 서쪽으로 들어가지 못했다. 난 인간들의 쾌락과 기쁨을 맛보지. 그들에게 필요 없고 소중히 여기지 않는 것을 조금 먹고사는 거야. 심장을 맛보고 양심도 조금 핥거나 뜯어먹고 영혼도 조금. 그렇게 내 작은 일부는 그들과 함께 이 동굴을 떠나 그들의 눈으로 세상을 본다. 그들이 죽으면 내 것을 도로 가져오지.

"모습을 드러내 주실 수 있습니까?"

동굴 안은 깜깜했지만 나는 그 어떤 인간보다 앞을 잘 볼 수 있었다. 그림자 속에서 무언가가 움직였다. 그림자들이 엉겨 붙어서 변하더니 내 인식과 상상의 경계에서 형체 없는 무언가가 드러났다. 당황한 나는 그런 상황에 적합한 말을 했다. "저를 해칠 일도 없고 불쾌해 보이지도 않는 모습으로 나타나 주십시오."

그걸 원하느냐?

멀리서 물이 뚝뚝 떨어졌다. "예."

그것은 그림자에서 나와 텅 빈 눈구멍으로 나를 내려다보며 바람에 변색한 듯한 상앗빛 이빨을 드러내고 웃었다. 머리카락을 제외하고 온몸이 뼈였다. 머리카락은 붉은 기가 도는 금색이고 가시나무에 묶여 있었다.

"보기가 거북합니다."

네 머릿속에서 가져왔다. 해골을 둘러싼 속삭임이 말했다. 말하면서도 턱뼈는 움직이지 않았다. 네가 사랑하는 것으로 골랐느니라. 이건 네 딸 플로라, 네가 마지막으로 본 그 애의 모습이지.

눈을 감았지만 그 모습이 떠나지 않았다.

약탈자가 동굴 입구에서 기다리고 있다. 무기도 없는 네가 무거운 금을 짊어지고 나오기를. 그자는 널 죽이고 죽은 너에게서 금을 가져갈 것이다.

"하지만 저는 금을 가지고 나가는 게 아니지 않습니까?"

캘럼 맥킨스를 떠올렸다. 늑대 같은 회색 머리, 회색 눈동자, 그의 칼. 나보다 큰 몸집. 하지만 나보다 작은 남자는 없다. 어쩌면 내가 더 힘이 세고 빠를지도 모르지만 그 역시 만만치 않게 빠르고 힘이 셌다.

그자는 내 딸을 죽였다, 나는 생각했다. 내 생각인지, 내 머릿속으로 그림자가 살금살금 들어온 건지 알 수 없었다. 이번에는 소리 내 말했다. "동굴에서 나가는 다른 길이 있습니까?"

들어온 곳으로 나가야 한다. 내 집의 입구로.

나는 가만히 선 채로 움직이지 않았다. 머릿속으로는 덫에 걸린 짐승처럼 이 궁리 저 궁리를 했지만 아무런 출구도 위안도 해결책도 발견하지 못했다.

"저는 무기가 없습니다. 그자가 동굴에 무기를 가져가면 안 된다고 했어요. 관습에 어긋난다고."

지금은 무기를 가져오지 않는 게 법칙이지만 처음부터 그랬던 건 아니다. 따라오거라. 딸의 백골이 말했다.

나는 백골을 따라갔다. 동굴 안이 어두워서 다른 것은 보이지 않는데 백골만은 잘 보였다.

백골이 그림자 속에서 말했다. 네 손 아래에 있다.

쭈그리고 앉아 손으로 더듬었다. 손잡이가 뼈, 아마도 뿔 같았다. 어둠 속에서 조심스럽게 칼날을 만져 보니 칼이 아니라 송곳인 듯 가느다랗고 끝부분이 날카로웠다. 그래도 없는 것보다는 나았다.

"대가가 있습니까?"

대가는 언제나 따르는 법.

"그렇다면 대가를 치르겠습니다. 한 가지 더 부탁드립니다. 그자의 눈으로 세상을 볼 수 있다고 하셨지요."

해골의 눈은 텅 빈 구멍이었지만 고개를 끄덕였다. "그럼 그가 잘 때 알려 주십시오."

그것은 아무 말도 하지 않고 어둠 속으로 녹아들었다. 동굴에 혼자 남겨진 느낌이었다.

시간이 지나갔다. 뚝뚝 떨어지는 물소리를 따라가다가 바위 사이의 작은 웅덩이를 발견하고 목을 축였다. 마지막 남은 귀리를 물에 적셔서 녹아 없어질 때까지 입안에서 씹었다. 잠이 들었다가 깨고 잠드는 동안, 아내 모락이 우리가 딸아이를 기다린 것처럼 계절이 몇 번이나 바뀌도록 나를 기다리는 꿈을 꾸었다.

그때 무언가가 내 손에 닿았다. 손가락 같았다. 뼈처럼 단단한 느낌이 아니라 살아 있는 인간의 부드러운 살갗이었지만 얼음처럼 차가웠다.

그자가 지금 잠들었다.

동이 트기 전 푸르스름할 때 동굴 밖으로 나갔다. 그는 동굴 맞은편에서 고양이처럼 잠들어 있었다. 아주 살짝만 건드려도 깰 게 분명했다. 무기를 앞으로 들었다. 뼈로 된 칼자루, 검게 그을린 바늘 같은 은 꼬챙이. 그를 깨우지 않고서 무기를 갖다 대는 데 성공했다.

한 걸음 더 가까이 갔을 때 그가 내 발목을 잡으려 하면서 눈을 떴다.

"금은 어디 있지?" 캘럼 맥킨스가 물었다.

"없어." 산허리에 차가운 바람이 불어왔다. 그가 나를 잡으려고 하는 순간 춤추듯 뒤로 물러난 터였다. 계속 바닥에 누워 있던 그가 팔꿈치로 받치며 몸을 일으켰다.

"내 칼 어딨지?"

"내가 가져갔어. 네가 자는 동안."

그는 졸린 눈으로 나를 쳐다보았다. "왜 이러는 거지? 내가 널 죽일 생각이었다면 진즉 죽였을 거야. 기회가 열 번도 더 있었어."

"그땐 내가 금이 없었을 때지. 안 그래?"

그는 아무 말도 하지 않았다.

"직접 동굴로 들어가서 금을 가져오지 않고 나에게 시키면 네 불쌍한 영혼이 무사할 줄 알았겠지. 어리석어.”

그는 이제 졸려 보이는 얼굴이 아니었다. “내가 어리석다고?”

그는 싸울 준비가 되어 있었다. 싸울 준비가 된 상대를 화나게 하는 건 좋은 방법이다.

“아니, 어리석은 건 아니겠군. 지금껏 바보, 멍청이를 많이 만나 봤지만 그들은 멍청해도 행복했거든. 완전히 정신이 어떻게 됐어도 말이야. 넌 바보라고 하기엔 너무 똑똑해. 넌 불행을 좇고 불행을 몰고 다니고 만나는 모든 이들이 불행해지기를 바라지.”

그때 그가 일어섰다. 한 손에 돌을 도끼처럼 쥐고 달려들었다. 키가 작은 나에게는 보통 체구의 남자를 내리칠 때와 똑같은 방법이 통하지 않았다. 그는 나를 치려고 몸을 숙였는데 그게 실수였다. 나는 뼈로 된 자루 부분을 꽉 잡고 위쪽을 향해 찔렀다. 송곳의 끝부분으로 마치 뱀처럼 빠르게 확 찔렀다. 나는 내가 노리는 부분이 어디이고 어떤 타격이 가해질지 정확히 알고 있었다.

그는 돌을 떨어뜨리고 오른쪽 어깨를 움켜쥐었다. “내 팔! 팔에 아무 감각이 없어.”

그는 온갖 욕설과 협박의 말을 내뱉었다. 새벽의 빛이 산꼭대기를 비춰 사방이 온통 푸르스름하고 아름다웠다. 그의 옷을 적시기 시작한 피가 빛 속에서 자주색으로 보였다. 한 걸음 뒤로 물러난 그는 나와 동굴을 사이에 두고 섰다. 뒤쪽에서 해가 떠오르고 있어서 뭔가에 노출된 기분이 들었다.

“왜 금이 없지?” 그의 한쪽 팔이 힘없이 축 늘어졌다.

“동굴엔 나 같은 자를 위한 금이 없다.”

그가 앞쪽으로 달려와 발차기를 날렸다. 내 손에서 송곳이 날아갔다. 나는 그의 한쪽 다리를 꽉 껴안았고 그 상태로 우리는 산허리에서 굴러떨어졌다.

위쪽으로 승리감에 찬 그의 얼굴이 보였다. 그다음에는 하늘이 보였다. 협곡 바닥이 내 위에 있다가 다시 내 아래에 있다가 하면서 죽음을 향해 추락하는 중이었다.

쿵하고 부딪히며 우리는 산허리에서 이리저리 굴렀다. 세상은 바위와 고통과 하늘의 아찔한 소용돌이었다. 죽을 게 분명했지만 캘럼 맥킨스의 다리를 꽉 잡고 놓지 않았다.

비행하는 황금 독수리가 보였지만 내 아래쪽에 있는 건지 위쪽에 있는 건지 알 수 없었다. 시간과 인식이 산산이 조각나고 고통이 온몸을 지배하는 새벽 하늘에서 독수리가 날았다. 두렵지는 않았다. 두려워할 시간도 공간도 없었다. 내 안에는 시간도 공간도 없었다. 나는 나를 죽이려고 한 남자의 다리를 꽉 잡은 채 하늘 위에서 떨어졌다. 우리는 돌에 부딪혀 여기저기 긁히고 멍들었다.

그러다가 마침내 멈추었다.

어찌나 세게 부딪히면서 멈추었는지 온몸이 흔들릴 지경이었고 캘럼 맥킨스의 다리에서 저 아래 저승으로 날아갈 뻔했다. 그쪽 산허리는 오래전에 깎이고 허물어져서 유리처럼 매끄럽고 아무런 특징도 없는 암벽만 남았다. 하지만 그건 저 아래쪽이었다. 우리가 있는 곳에는 암붕이 있었는데 거기에 기적이 자리했다. 절대로 나무가 자랄 수 없는 그곳에 제대로 자라지 못한 비틀린 산사나무 한 그루가 있었다. 나이는 많았지만 덤불보다 조금 큰 정도였다. 그 산사나무의 잿빛 가지에 걸린 상태였다.

나는 캘럼 맥킨스의 다리를 놓고 그의 몸을 힘겹게 타고 올라가 좁은 암붕에 섰다. 저 아래는 깎아지른 듯한 벼랑이었다. 내려갈 방법은 없었다. 절대로.

위를 보았다. 천천히 올라간다면, 만약 운이 좋으면, 저 산 쪽으로 다시 올라갈 수 있을 것 같았다. 비가 오지 않는다면. 너무 걸신들린 듯한 바람만 불지 않는다면. 달리 방법이 없었다. 나머지 선택은 죽음뿐이었다.

그때 캘럼 맥킨스의 목소리가 들렸다. "날 여기 죽게 내버려 두고 갈 건가, 난쟁이?"

아무 말도 하지 않았다. 할 말이 없었다.

그는 눈을 뜬 상태였다. "네가 찌른 오른팔이 움직이지 않아. 떨어지면서 다리 한쪽도 부러진 것 같고. 난 못 올라가."

"나도 성공할지 실패할지 몰라."

"넌 성공할 거야. 네가 날 구해 주고 폭포를 건널 때 봤어. 다람쥐가 나무 타듯 바위를 잘도 올라가더군."

하지만 나는 내 등반 실력에 확신이 없었다.

"네가 소중하게 여기는 모든 걸 걸고 맹세해라. 바다 위에서 기다리는 너의 왕, 난쟁이들에게 소중한 것들, 그림자, 독수리 깃털, 침묵에 맹세해. 나를 구하러 돌아오겠다고 맹세하라고."

"내가 누군지 아나?"

"아무것도 몰라. 살고 싶다는 것밖에."

나는 잠시 생각에 잠긴 후 말했다. "그것들에 대고 전부 맹세하겠다. 그림자, 독수리 깃털, 침묵을 걸고 맹세한다. 초록의 언덕과 우뚝 선 바위를 걸고 맹세한다. 널 구하러 돌아오겠다고."

"난 널 죽일 수도 있었지만 죽이지 않았어." 산사나무에 걸린 남자가 말했다. 마치 세상에서 가장 웃긴 농담이라도 되는 듯 장난스러움이 묻어났다. "원래는 죽이고 금을 빼앗을 생각이었지."

"알아."

그의 머리카락이 잿빛 늑대의 갈기처럼 뻗쳤고 떨어지면서 긁힌 뺨에는 붉은 핏자국이 묻었다. “밧줄을 갖고 돌아와 줘. 동굴 앞에 내 밧줄이 있어. 그것만 해 주면 돼.”

“알겠다. 밧줄을 가져오지.” 나는 위쪽 바위를 보며 저길 올라가는 가장 좋은 방법을 궁리했다. 암벽을 오를 때는 시야가 생사를 좌우하기도 한다. 위로 어떻게 올라가야 좋을지 경로가 그려졌다. 아까 싸우다가 떨어진 동굴 밖의 바위 턱, 그쪽을 향해 올라가기로 했다. 손바닥을 후후 불어 땀을 말리고 올라갈 준비를 했다. “널 구하러 오겠다. 맹세한 대로 밧줄을 가지고.”

“언제?” 그는 이렇게 묻고 눈을 감았다.

“1년 뒤. 1년 뒤에 오도록 하지.”

나는 기어오르기 시작했다. 내가 발을 내디디고 기고 손에 힘을 꽉 주고 몸을 끌어올리고 산 중턱을 오르는 동안, 뒤쪽에서 캘럼 맥킨스의 비명이 울려 퍼졌고 거대한 맹금류의 소리와 뒤섞였다. 그 소리는 미스티섬을 떠나서까지 나를 따라왔다. 아무리 시간이 지난들, 아무리 큰 고통을 느낀들, 그의 비명은 잠들 때도 잠에서 깰 때도 죽기 전까지 나를 떠나지 않을 것이다.

비는 오지 않았다. 세찬 바람이 불어와 나를 잡아당겼지만 아래로 떨어뜨리지도 않았다. 나는 무사히 위로 올라갔다.

정오의 햇살 속에서 다시 본 동굴 입구는 까만 그림자 같았다. 나는 뒤돌아섰다. 산을 뒤로하고, 벌써 갈라진 틈으로 비집고 들어와 내 머릿속에 자리 잡은 그림자를 뒤로하고, 천천히 미스티섬을 떠났다. 아내가 기다리는 저지대의 집으로 나를 데려다주는 수백 개의 도로와 수천 개의 오솔길이 있었다.

카산드라에 대하여

The Thing About Cassandra

2010

스칼리와 나는 구레나룻까지 달린 스타스키와 허치[형사 콤비의 이야기를 그린 동명의 코미디 영화 주인공들-역주] 가발을 쓰고 새벽 5시에 암스테르담의 운하 옆쪽에 있었다.

그날 밤 모인 사람은 모두 열 명이었다. 그중에는 예비 신랑 롭도 있었는데, 우리가 마지막으로 본 롭은 암스테르담 홍등가 침대에 수갑으로 묶인 채 아랫도리에 면도크림을 바른 모습이었다. 그의 예비 처남이 낄낄거리면서 엉덩이에 일자 면도기를 꽂은 매춘부를 토닥거리며 격려했다. 바로 그 순간 나와 스칼리는 눈이 마주쳤고 녀석이 "모르는 게 약?"이라고 말했다. 나는 고개를 끄덕였다. 만약 예비 신부가 주말에 있었던 총각 파티에 대해 곤란한 질문을 하기 시작하면 정말로 몰라서 답하지 못하는 편이 낫다. 그래서 우리는 역시나 스타스키와 허치 가발을 쓴 여덟 남자를 내버려 두고 우리끼리 한잔하려고 소독약과 싸구려 향냄새가 나는 방을 슬쩍 빠져나갔다. 여덟 명 중 한 명은 거의 알몸에 북슬북슬한 분홍색 수갑으로 침대에 묶여 있었는데, 이 모든 걸 후회하기 시작하는 듯한 기색이 역력했다. 그리하여 스칼리와 나는 운하 옆에 앉아 덴마크 캔 맥주를 마시며 옛날이야기를 하게 되었다.

스칼리의 본명은 제레미 포터이고 지금이야 그냥 제레미라고 불리지만 열한 살 때 우리는 녀석을 스칼리라고 불렀다. 예비 신랑 롭 커닝햄과도 동창이다. 스칼리와는 중간에 연락이 끊겼다가 페이스북 동창 모임이라는 아주 게으른 방법으로 다시 연락이 닿았고, 이번에 본 게 열아홉 살 이후 처음 만난 거였다. 스타스키와 허치 가발을 쓰자는 것은 스칼리의 아이디어였는데 둘이 그러고 있으니 꼭 TV 영화에서 형제를 연기하는 사람들처럼 보였다. 스칼리는 숱 많은 콧수염이 있는 작은 키에 다부진 체격 쪽, 나는 키 큰 쪽. 나는 졸업 후 모델 일로 돈을 벌고 있으니 잘생겼다는 말도 넣어야겠지만, 구레나룻까지 달린 스타스키와 허치 가발을 쓰고 잘생겨 보이는 사람은 세상에 아무도 없을 것이다.

게다가 가발을 쓰고 있으니 머리가 너무 가려웠다.

우리는 운하에 앉아 맥주를 다 마시고 나서도 계속 이야기를 나누었다. 어느새 해가 떴다.

내가 마지막으로 스칼리를 보았던 열아홉 살 시절, 그는 원대한 계획으로 가득했다. 그는 갓 영국 공군에 입대한 사관후보생이었다. 앞으로 비행기를 조종하게 될 녀석은 그걸 이용해 마약을 밀수할 생각이었는데, 조국에 봉사도 하고 돈도 좀 만지겠다는 계획이었다. 하지만 보통 녀석의 계획은 실패하는 편이었고 가끔은 친구인 우리들까지도 곤경에 빠뜨리곤 했다.

그로부터 벌써 12년이 지났다. 녀석은 상세한 원인을 알 수 없는 발목의 문제로 6개월 만에 조기 전역을 했고 지금은 이중유리 제조업체의 임원으로 일하고 있다고 했다. 이혼 후에는 작은 집에서 골든리트리버를 벗 삼아 혼자 살고 있다고.

또 그는 같은 회사의 여직원을 만나고 있는데 애인 있는 그녀가 자신 때문에 애인과 헤어지는 걸 바라지 않는다고 했다. 그게 훨씬 더 마음 편하다나. "이혼 후로 아침에 울면서 깰 때도 많아. 그런 거지 뭐." 스칼리가 우는 모습이 상상되지 않았지만 그래도 녀석은 씩 웃으면서 말했다.

나도 내 얘길 했다. 아직 모델 일을 하고, 시간되는 대로 친구의 앤틱용품 가게에서 일을 도와주고 있으며, 운이 좋아 그림이 팔려서 그림을 더 많이 그리고 있다는 그런 얘기들이었다. 첼시에 있는 리틀 갤러리에서 매년 작은 전시회도 한다. 처음에는 사진작가나 예전 여자친구 등 아는 사람들이 주로 그림을 사 줬지만 요즘은 진짜 수집가들에게 팔린다. 우리는 스칼리 혼자만 기억하는 듯한 시절의 이야기도 했다. 스칼리와 롭, 나 이렇게 셋이 항상 같이 몰려다니는 3인방이었던 시절. 10대 시절에 겪은 사랑의 아픔, (지금은 교구 목사와 결혼해 캐롤라인 킨이 된) 캐롤라인 민턴 이야기, 제목은 기억나지 않지만 처음 같이 봤던 성인 영화 이야기.

그러다가 스칼리가 말했다. "참, 며칠 전에 카산드라한테 연락이 왔더라."

"카산드라?"

"네 여자친구였잖아. 카산드라. 기억 안 나?"

"안 나는데."

"라이게이트에 살았던 앤데, 네 공책에 걔 이름까지 적어 놨었잖아." 아무래도 내가 멍하거나 많이 취했거나 졸려 보였는지 스칼리가 덧붙였다. "스키 여행 갔다가 만났잖아. 맙소사, 총각 딱지 떼 준 네 여친, 카산드라 말이야."

"아. 카산드라." 순간 전부 다 기억났다.

정말로 기억이 났다.

"그래. 페이스북으로 메시지가 왔더라고. 이스트 런던에서 지역 극단을 운영한다던데. 한번 연락해 봐."

"진짜?"

"응. 왠지 아직도 너한테 미련이 있는 것처럼 느껴졌거든. 네 안부를 묻더라고."

나는 이른 아침 햇살이 내리쬐는 운하를 바라보면서 나나 그가 얼마나 취했는지 생각해 보았다. 그러고서 기억도 나지 않는 무슨 말인가를 하고는 호텔 위치를 알겠냐고 물어봤는데, 스칼리도 어디인지 잊어버렸다고 했다. 롭이 호텔 정보를 알고 있으니 다시 돌아가서 녀석을 매춘부와 수갑, 면도기로부터 구해 주는 수밖에 없었다. 그러려면 우리가 롭을 떠나온 곳이 어디인지를 알아야 했고, 단서를 찾아 뒤적거리다가 뒷주머니에서 호텔 주소가 적힌 카드가 나왔다. 그래서 그냥 호텔로 갔다. 운하와 온통 이상했던 하루를 뒤로하기 전에 내가 한 일은 스타스키와 허치 가발을 벗어 운하로 던진 것이었다.

가발이 둥둥 떠서 흘러갔다.

스칼리가 말했다. "가발에 보증금 걸어 놨는데. 쓰기 싫으면 말하지. 내가 들고 갔을 텐데." 그러고 나서 그가 덧붙였다. "아무튼 카산드라한테 메시지 보내 봐."

나는 고개를 저었다. 온라인으로 스칼리에게 연락한 게 누구인지, 도대체 그가 누굴 카산드라로 착각한 건지 의아했다. 그게 누구든 카산드라가 아니란 건 100퍼센트 확실하니까.

카산드라에 대한 진실은 이거였다. 그녀는 내가 만들어 낸 인물이었다.

그때 나는 열다섯, 거의 열여섯에 가까웠다. 사교성은 그다지 뛰어나지 못한 편이었고, 사춘기를 맞아 갑자기 키가 훌쩍 커 버려서 웬만한 친구들보다 커진 탓에, 키를 상당히 의식할 수밖에 없었다. 어머니가 운영하는 작은 승마장에서 가끔 일을 도와드렸지만, 자신감 넘치고 말처럼 날뛰며 예민한 여자아이들을 무서워했다. 집에 있을 때는 그저그런 시를 쓰거나 아니면 수채화를 그리곤 했는데, 대개는 들판을 배경으로 서 있는 조랑말 그림이었다. 내가 다닌 곳은 남학교였다. 이곳에서 나는 크리켓 선수였고 연극을 했으며 친구들과 레코드 앨범을 틀어 놓고 놀았다(CD가 나오기 시작했지만 CD 플레이어가 워낙 비싸고 귀한 데다 다들 부모나 손위 형제자매에게 물려받은 레코드 앨범이 많았다). 음악이나 스포츠 얘길 하지 않을 때는 단연 여자 얘기가 화제였다.

스칼리는 나보다 나이가 많았다. 롭도 마찬가지였다. 그들은 나를 좋아해서 패거리에 끼워 주었지만 자주 놀리며 어린애 취급을 했다. 둘 다 여자 경험이 있었다. 아니, 좀 더 정확하게 말하자면 둘이 같은 여자랑 잔 경험이 있었다. 상대는 캐롤라인 민턴. 모페드[모터 달린 자전거-역주]만 있으면 상대가 누구라도 자 주는 걸로 유명한 헤픈 여자애였다.

나는 모페드가 없었다. 아직 나이도 어렸고 어머니가 그걸 사 줄 형편도 안 되었다(아버지는 내가 어릴 때 감염된 발가락을 치료하는 간단한 수술을 하다가 마취제 과다 투여 사고로 돌아가셨다. 그래서 나는 지금도 병원을 멀리하는 버릇이 있다). 게다가 파티 같은 데서 캐롤라인 민턴을 본 적이 있는데 나는 그녀가 무서웠다. 모페드가 있어도 첫 경험을 그런 애와 하고 싶진 않을 것 같았다.

스칼리와 롭은 여자친구가 있었다. 스칼리의 여자친구는 그보다 키도 가슴도 컸고 축구를 좋아했다. 덕분에 스칼리는 크리스털 팰리스 팀을 좋아하는 척 연기해야만 했다. 롭의 여자친구는 연인끼리 공통점이 있어야 한다고 굳게 믿는 타입이었다. 덕분에 롭은 친구들이 좋아하는 80년대 중반 일렉트로팝 대신 우리가 태어나기도 전에 나온 끔찍한 히피 밴드들의 음악을 듣고 여친의 아버지가 아끼는 옛날 TV 프로를 녹음한 비디오를 봐야 했다. 그래도 그건 좀 재미있었다고 한다.

나는 여자친구가 없었다.

어머니조차 여자친구 문제로 잔소리를 하기 시작했다.

하고 많은 이름 중에서 하필 카산드라라는 이름이 떠오른 이유가 분명 있을 텐데, 그건 도무지 기억나지 않는다. 아무튼 공책에 '카산드라'라고 적어 놓은 뒤 일부러 입을 다물었다.

"카산드라가 누구야?" 등굣길에 버스에서 스칼리가 물었다.

"아무도 아니야."

"그럴 리가 있냐. 수학 노트에 이름을 적어 놨는데."

"스키 여행 갔다가 만난 여자애야." 한 달 전에 나는 어머니, 이모, 사촌들하고 오스트리아로 스키 여행을 다녀온 터였다.

"우리한테도 소개해 줄 거야?"

"라이게이트에 살아. 뭐, 보여 줄 날이 있겠지."

"꼭 보고 싶다. 그 여자애 좋아해?"

나는 적당히 시간을 끌다가 대답했다. "걔 키스 엄청나게 잘해." 그러자 스칼리가 웃음을 터뜨렸고 롭은 혀를 넣고 진하게 하는 프렌치 키스를 말하는 거냐고 물었다. "당연한 거 아냐?" 그날부로 스칼리와 롭은 카산드라의 존재를 믿게 되었다.

어머니는 나에게 드디어 여자친구가 생겼다는 사실을 기뻐했다. 카산드라의 부모님이 뭐 하시는지 같은 질문도 했다. 그냥 어깨를 으쓱하면서 넘겼다. 나는 카산드라와 세 번의 '데이트'를 한 것으로 되어 있었다. 데이트가 있다고 할 때마다 기차를 타고 런던으로 가서 혼자 영화를 봤다. 그것도 그 나름대로 재미가 있었다.

첫 번째 데이트를 하고 돌아온 후에는 키스와 가슴의 감촉 등 더 많은 이야기를 풀었다.

두 번째 데이트는(실제로는 혼자 레스터 스퀘어에서 영화《신비의 체험》을 본 거였지만), 어머니에게는 어머니가 '그림 극장'이라고 부르는 영화관에서 그냥 손잡고 영화를 봤다고 했고, 롭과 스칼리에게는 사실 런던에 있는 카산드라의 이모 집에서 '총각 딱지를 뗐다'고 털어놓았다. 카산드라의 이모 집이 비었는데 카산드라가 열쇠를 가지고 있었다고 말이다. 롭과 스칼리는 절대 아무에게도 말하지 않겠다고 약속했지만 이미 소문이 퍼질 대로 퍼져서 다른 친구들도 사실이냐고 물어보는 바람에 일주일 내내 시달려야 했다.

나는 (증거용으로) 하나가 비어 있는 3개짜리 콘돔 상자와 처음 런던에 갔을 때 빅토리아역 즉석 사진 촬영 부스에서 주운, 네 장이 세로로 쭉 연결된 흑백 사진 한 줄을 가지고 있었다. 사진 속 주인공은 내 또래의 긴 생머리 여자애였다(머리 색은 확실하지 않았다. 어두운 금발인지, 붉은색인지, 밝은 갈색인지). 상냥해 보이고 주근깨가 많은 나쁘지 않은 얼굴이었다. 미술 시간에는 가장 마음에 드는 세 번째 사진을 스케치하기도 했다. 작은 커튼 너머에 있는 친구를 부르는 듯 얼굴을 반쯤 돌린 모습이었다. 착하고 매력적으로 보이는 그 애가 내 여자친구라면 좋을 것 같았다.

스케치를 방에, 침대에 누웠을 때 보이는 쪽에 걸어 놓았다.

세 번째 데이트 후에는(혼자《누가 로저 래빗을 모함했나?》를 봤다) 친구들에게 안타까운 소식을 전했다. 카산드라의 가족이 아버지의 일 때문에 캐나다(미국보다 왠지 더 그럴듯하게 느껴졌다)로 이민 가게 되어서 오랫동안 만날 수 없게 되었다는 소식이었다. 헤어진 건 아니지만 현실적으로 생각하기로 했다고. 당시 국제전화는 10대에겐 너무 비쌌다. 아무튼 드디어 끝이 났다.

나는 슬펐다. 다른 사람들의 눈에도 내가 무척 슬퍼 보였다. 그들은 카산드라를 만나지 못해 아쉽다며 혹시 크리스마스에 올 수도 있지 않느냐고 했다. 물론 크리스마스 때쯤 나는 카산드라를 잊어버릴 게 분명했다.

정말로 카산드라는 잊혔다. 크리스마스 즈음 나는 니키 블레빈스와 사귀고 있었고 카산드라가 내 삶에 존재했던 흔적이라고는 그녀의 이름이 적힌 공책, 뒷면에 '카산드라, 1985년 2월 19일'이라고 적힌 방에 걸어 둔 스케치뿐이었다.

그나마도 어머니가 승마장을 팔고 이사하게 되면서 그림을 잃어버렸다. 당시 나는 미대생이었는데 옛날에 연필로 스케치한 그림들이 부끄러웠던 데다 한때 상상의 여자친구를 만들어 냈다는 사실이 남사스러워서 전혀 신경 쓰지 않았다.

20년 동안 카산드라의 존재를 까먹고 있었다.

어머니는 승마장과 그 옆에 붙어 있던 집과 목초지를 부동산 개발업자(우리가 예전에 살았던 연립주택도 지었다)에게 팔면서, 계약 조건으로 세턴 클로즈의 끄트머리에 있는 외딴 작은 집을 받았다. 나는 2주에 한 번 어머니를 방문하는데, 금요일 밤에 도착해 일요일 아침에 돌아오는, 괘종시계만큼이나 정확하고 규칙적인 일정이다.

어머니는 내가 행복하게 잘 사는지 걱정이 많으시다. 친구분들의 딸을 소개해 주겠다는 말을 부쩍 자주 하신다. 이번 방문 때는 무척이나 당혹스러운 대화가 오갔다. 교회에서 오르간을 연주하는, 내 또래의 예쁘고 상냥한 남자를 만나 보지 않겠느냐는 어머니의 말이 화근이었다.

"어머니, 저 동성애자 아니에요."

"동성애자가 어때서. 요즘은 많잖아. 결혼도 할 수 있고. 제대로 된 결혼은 아니지만 그래도 결혼이지."

"동성애자 아니라니까요."

"아직 미혼이고 화가에다 모델이니까 혹시나 해서."

"여자친구 사귄 적도 많아요. 몇 명은 소개도 해 드렸잖아요."

"별로 느낌이 안 오더라. 그래서 혹시 나한테 말하지 못하는 게 있는 건 아닌가 싶었지."

"저 동성애자 아니라니까요, 어머니. 맞으면 맞다고 하죠. 대학 때 파티에서 팀 카터하고 진하게 키스한 적은 있네요. 둘 다 취해서 그런 거고 그 이상은 뭐 없었어요."

어머니가 입술을 삐죽거렸다. "아휴, 됐다, 얘."

어머니는 입안의 불쾌한 맛을 없애려는 듯 갑자기 주제를 바꾸었다. "참, 지난주에 내가 테스코에서 누굴 만났는지 아니?"

"아뇨. 누군데요?"

"네 옛날 여자친구. 그래, 첫 여자친구였지."

"니키 블레빈스요? 아, 걔 결혼했죠? 이제 니키 우드브리지."

"아니, 그전에 사귄 여자친구 있잖아. 카산드라. 계산대에서 내가 그 애 뒤에 서 있었지 뭐니. 원래는 그 애보다 앞줄에 설 거였는데 오늘 베리에 쓸 크림을 깜빡한 거야. 크림을 가져와서 다시 줄을 섰는데 그 애가 내 앞에 서 있었어. 어디서 많이 본 얼굴인 거야. 처음에는 조애니 시먼드의 막내딸인가 했지. 언어장애 있었던 애 있잖니. 옛날엔 말더듬이라고 했지. 요즘은 그런 말

쓰면 안 되지만. 어디서 본 얼굴인지 생각이 나더구나. 네 방에 5년 동안 걸려 있던 그 얼굴. 그래서 혹시 카산드라냐고 했더니 그렇다는 거야. '웃을지도 모르지만 나 스튜어트 이네스의 엄마예요.'라고 했더니 '스튜어트 이네스요?' 하면서 얼굴이 환해지는 거 있지. 내가 장바구니에 물건을 담을 때까지 옆에서 기다려 줬어. 네 친구 제레미 포터하고는 북페이스로 벌써 연락을 했다고 하던데. 둘이 네 얘기를……"

"북페이스? 페이스북이요? 페이스북으로 스칼리하고 연락을 했다고요?"

"그렇대."

나는 차를 한 모금 마시며 도대체 어머니가 만난 사람이 누구일까 의아했다. "정말 제 침대 위에 걸려 있던 그 카산드라가 맞아요?"

"그렇다니까. 둘이 레스터 스퀘어에 갔던 거랑 캐나다로 떠나서 슬펐던 얘기까지 하던걸. 밴쿠버로 갔대. 혹시 내 사촌 레슬리를 아냐고 물어봤는데 모른대. 레슬리도 전쟁 끝나고 밴쿠버로 갔잖아. 알고 보니 밴쿠버가 아주 큰 도시인 모양이야. 네가 그린 그림 얘기도 해 줬어. 그 앤 네가 어떻게 지내는지 잘 알고 있던걸. 이번 주에 전시회를 한다고 말해 줬더니 엄청나게 좋아하더라."

"그러니까 진짜로 카산드라랑 말을 하셨다고요?"

"그렇다니까. 궁금해할 것 같아서 말해 줬어." 어머니는 애석한 표정으로 말을 이었다. "아무튼 아주 예쁘더구나. 지역 극단 일을 한다던데." 그다음에는 내가 태어나기 전부터 우리 가족의 가정의학과 주치의였던 닥터 더닝스의 이야기로 넘어갔다. 인도 출신이 아닌 유일한 가정의학과 의사 닥터 더닝스의 은퇴에 대한 어머니의 견해를 들었다.

그날 밤 어머니 집의 내 작은 방 침대에 누워 그 대화를 다시 떠올려보았다. 나는 페이스북을 탈퇴한 상태였는데 다시 가입해서 스칼리의 친구들을 확인해 볼까 생각이 들었다. 가짜 카산드라와도 친구인지. 하지만 보고 싶지 않은 인간들이 너무 많아서 관두기로 했다. 그리곤 이 모든 게 사실은 간단한 문제였다고 설명해 주는 답이 있을 거라고 생각하면서 잠이 들었다.

첼시의 리틀 갤러리에서 전시회를 한 지 벌써 10년이 넘었다. 예전에는 한 벽면의 4분의 1정도 되는 공간에 그림을 걸었고 그림값도 300파운드 정도밖에 되지 않았다. 하지만 이제는 매해 10월마다 한 달 동안 단독 전시회를 한다. 12점만 팔면 1년간의 집세와 생활비가 충당되어 그냥 놀고먹어도 된다. 전시회 때 팔리지 않은 그림은 계속 갤러리에 걸어 놓는데 대개 크리스마스 전까지 팔린다.

갤러리 주인인 폴과 배리 커플은 처음 같이 일하게 된 12년 전과 다름없이 아직도 나를 '아름다운 소년'이라고 부른다. 뭐, 그때는 맞는 말이었을 것이다. 위쪽 단추를 푼 꽃무늬 셔츠를 입고 금목걸이를 했던 두 사람은 중년이 된 지금 명품 양복을 입고 내가 별로 좋아하지 않는 주식 이야기를 늘 상 한다. 그래도 나는 그들이 좋다. 1년에 세 번 정도 만난다. 9월에 그들이 내 작업실로 찾아와 그동안 작업한 그림들을 확인하고 전시회에 쓸 작품을 고를 때, 10월에 전시회 첫날 갤러리에서, 그림 대금을 정산하는 2월에.

갤러리를 실제로 운영하는 사람은 배리다. 폴은 공동소유자이고 파티에도 오긴 하지만 왕립 오페라 하우스의 의상 부서에서 일한다. 올해 전시회의 프리뷰 파티는 금요일 저녁에 열렸다. 나는 며칠 동안 갤러리에 그림을 거느라고 상당히 초조하고 불안했다. 이제 내 역할은 다 끝났고 사람들의 반응이 좋기를, 웃음거리가 되질 않기를 바라며 기다리는 수밖에 없었다. 나는 12년 동안 배리가 알려 준 대로 했다. "샴페인 잔은 그냥 들고만 있고 물을 많이 마셔. 술 취한 작가를 보는 것보다 수집가에게 꼴사나운 일은 없거든. 평소 술주정뱅이로 유명한 작가가 아니라면 말이야. 자긴 아니잖아. 사근사근하되 신비로운 분위기를 유지할 것. 사람들이 그림에 얽힌 얘길 해 달라고 하면 '비밀입니다.'라고 해. 뭔가 있긴 있다는 느낌을 풍기는 거지. 사람들은 이야기를 사는 거거든."

이제는 프리뷰 파티에 아는 사람들을 초대하지 않는다. 사교 모임처럼 생각하는 작가들도 있지만 난 아니다. 나는 내 작품을 진지한 예술로 여기고 무척 자랑스럽게 생각하지만(가장 최근에 열린 전시회의 제목은 '풍경 속의 사람들'이었는데 내 작품을 한마디로 말해 주는 표현이다) 프리뷰 파티가 최종 구매자들 또는 최종 구매자들에게 내 작품에 대해 좋게 얘기해 줄 사람들을 유혹하는 상업적인 행사라는 사실을 잘 알고 있다. 내가 아니라 배리와 폴이 손님 명단을 관리하는 것도 바로 그런 이유에서다.

프리뷰 파티는 언제나 오후 6시 30분에 시작된다. 해마다 그렇듯 오후에는 그림을 거느라 바빴다. 작품들이 최대한 돋보이도록 배치해야 한다. 하지만 올해 프리뷰 파티의 다른 점은 폴이 유난히 흥분한 듯한 모습이었다는 것이다. 마치 자기가 무슨 생일 선물을 준비했는지 상대에게 말하고 싶어서 못 견디는 어린아이 같았다. 배리도 그림을 걸면서 이런 말을 했다. "오늘 파티가 자기를 스타로 만들어 줄 거야."

"호수 구역 1에 오타가 있는 것 같은데요." 내가 두 아이가 둑에서 길을 잃은 듯한 얼굴로 정면을 바라보는 해 질 무렵의 윈더미어 호수를 그린 대형 캔버스를 가리켰다. "가격이 3천 파운드여야 하는데 30만 파운드라고 되어 있어요." 내가 말했다.

"그래? 이런, 이런." 배리는 이렇게 말했지만 고치려는 기미가 없었다.

당혹스러웠다. 하지만 이미 첫 손님들이 조금 이르게 도착한 뒤라서 더 신경 쓸 겨를이 없었다. 젊은 남자가 은쟁반에 담긴 버섯 파이를 권했다. 나는 구석 테이블에서 그냥 들고만 있을 샴페인 잔을 집고 사람들과 이야기 나눌 준비를 했다.

보니까 그림 가격이 전부 다 높게 책정되어 있었다. 리틀 갤러리가 도저히 저 가격에 내 그림을 팔 수 있을 것 같지 않았고, 앞으로의 1년이 걱정스러웠다.

매번 파티를 할 때마다 배리와 폴은 나를 데리고 다니며 여기저기 인사시켜 준다. "작가분입니다. 이 아름다운 작품들을 만든 아름다운 소년, 스튜어트 이네스." 그럼 나는 사람들과 악수하고 미소를 짓는다. 그리곤 모든 손님과 인사를 나눈 뒤 파티가 끝나갈 무렵이 되면, 폴과 배리가 능숙하게 말하는 것이다. "스튜어트, 데이비드 기억하지, 〈텔레그래프〉에 미술 평론을 쓰시는 분." 물론 나도 능숙하게 답한다. "물론이죠. 안녕하세요. 와 주셔서 감사합니다."

갤러리가 손님들로 가장 북적거릴 때였다. 내가 아직 소개받지 못한 강렬한 붉은 머리의 여자가 소리쳤다.

"구상주의는 개뿔!"

나는 〈데일리 텔레그래프〉의 미술 평론가와 대화 중이었다. 나와 평론가 모두 그쪽을 쳐다보았다. "친구분인가요?" 평론가가 물었다.

"아닌 것 같은데요."

여자는 계속 소리쳤고 실내는 어느덧 조용해졌다. "누가 이런 쓰레기를 좋아한다고! 쓰레기!" 그녀는 코트 주머니에서 잉크병을 꺼내더니 "한번 잘 팔아 봐라!"라고 소리치며 '윈더미어의 노을'에 잉크를 뿌렸다. 잉크는 블루블랙 색깔이었다.

폴이 여자에게로 가서 잉크 병을 빼앗았다. "이거 30만 파운드짜리 그림이에요, 아가씨." 배리는 그녀의 팔을 잡고 "아무래도 경찰에 신고해야겠군요."라며 사무실로 데려갔다. 여자는 가면서도 계속 소리쳤다. "하나도 안 무서워! 오히려 난 내 행동이 자랑스럽거든! 저런 작가는 당신들처럼 만만한 사람들을 속이고 있어. 다 속고 있는 거라고! 구상주의는 개뿔!"

여자가 사라지고 사람들이 웅성거리더니 잉크로 엉망이 된 그림을 살펴보고 나를 쳐다보았다. 〈텔레그래프〉 평론가는 30만 파운드짜리 그림이 망가졌는데 심정이 어떠냐면서 하고 싶은 말이 있는지 물었다. 나는 화가라는 사실이 자랑스럽다고 웅얼거리듯 말했고 예술의 일시적인 특징도 언급했다. 평론가는 오늘 저녁의 사건이 그 자체로 예술적인 해프닝이라고 말했다. 그리고 우리는 예술적인 해프닝과 상관없이 그 여자가 제정신이 아니라고 입을 모았다.

사람들 사이를 헤치고 돌아온 배리는 폴이 여자를 상대하고 있다면서 최종 처분은 나에게 달려 있다고 했다. 파티가 끝나고 배리가 밖으로 손님들을 안내할 때도 손님들은 여전히 흥분한 듯 부산스러웠다. 배리는 손님들에게 별별 일이 많은 세상이라며 사과했고, 내일 갤러리가 평소 시간에 문을 열 거라는 말도 잊지 않았다.

"다 잘 됐어." 갤러리에 우리만 남았을 때 배리가 말했다.

"네? 대참사가 따로 없었는데요."

"흠, '스튜어트 이네스, 30만 파운드짜리 그림이 망가진 화가'. 그냥 용서하는 게 좋지 않을까? 사실 그 여자도 화가야. 우리하곤 다르지만 목적도 있었고. 다음 단계로 업그레이드해 줄 작은 사건이 필요할 때도 있는 법이거든."

우리는 안쪽 방으로 들어갔다.

"누구 아이디어에요?"

"우리 둘." 폴은 안쪽 방에서 빨강 머리 여자와 화이트와인을 마시고 있었다. "사실은 거의 배리의 아이디어였어. 제대로 해내려면 훌륭한 배우가 필요했는데 다행히 적임자를 찾았지." 여자가 살짝 웃었다. 겸연쩍으면서도 뿌듯해하는 것처럼 보였다.

"아름다운 소년, 넌 이 사건으로 확실히 주목받게 될 거야. 이제 공격을 받을 정도로 존재감이 커졌다는 얘기니까."

"윈더미어 그림이 망가졌잖아요."

배리가 폴을 힐끔 보았고 둘 다 킥킥거렸다. "잉크 자국이 가득하지만 벌써 팔렸어. 7만 5천 파운드에." 배리가 말했다. "우리가 항상 말하잖아. 사람들은 작품을 사는 게 아니라 이야기를 사는 거라고."

폴이 모두의 잔을 채워 주었고 여자에게 말했다. "그쪽 덕분이에요. 스튜어트, 배리, 우리 축배를 들자. 카산드라를 위하여."

"카산드라를 위하여." 우리는 이렇게 말하고 잔을 들이켰다. 이번엔 나도 그냥 들고만 있지 않았다. 술이 필요했다.

그 이름의 의미가 실감 나려는 찰나, 폴이 말했다. "카산드라. 여기 이 말도 안 되게 매력적이고 재능 많은 젊은이는 스튜어트 이네스에요. 이미 알고 있겠지만."

"알죠. 사실 옛날 친구예요."

"정말요?" 배리가 물었다.

"20년 전에 스튜어트가 수학 공책에 내 이름을 적었었죠." 카산드라가 말했다.

그녀는 정말로 내가 그렸던 그림, 그 사진의 소녀가 어른이 된 모습이었다. 날카로운 얼굴. 지적이고 자신감 넘치는 모습.

내 인생을 통틀어 그녀를 처음 봤다.

"안녕, 카산드라." 다른 말이 생각나지 않았다.

우리는 내가 사는 아파트 건물 아래층에 있는 와인 바에 갔다. 그냥 와인 바가 아니라 식사도 파는 곳이다.

나는 어린 시절부터 알아 온 사이인 것처럼 그녀에게 말하는 자신을 발견했다. 그래서 그게 아니라고 계속 스스로를 일깨워야 했다. 오늘 처음 만나는 사이이지 않느냐고. 그녀의 손에는 여전히 잉크가 묻어 있었다.

우리는 메뉴판을 보고 똑같은 것을 주문했다. 비건 메제[meze, 그리스나 중동 요리의 에피타이저-역주]. 음식이 나오자 둘 다 돌마[dolma, 포도잎에 고기와 쌀을 감싼 요리-역주]부터 먹기 시작했고 그다음으로 후무스를 먹었다.

"내가 널 만들어 냈어."

그 말을 제일 먼저 한 건 아니었다. 그전에 우리는 그녀의 지역 극단 이야기, 폴을 알게 된 계기, 오늘 파티에서 소동을 벌이는 대가로 천 파운드를 주겠다고 한 폴의 제안, 돈도 필요했지만 무엇보다 재미있을 것 같아서 허락했다는 그런 이야기들을 나눴다. 그녀는 특히 내 이름을 듣고는 거절할 수 없었다고 했다. 운명처럼 느껴졌다고. 바로 그때 내가 이 말을 했다. 미친 것처럼 보일까 봐 무서웠지만 그래도 말했다. "내가 널 만들어 냈어."

"아니, 꾸민 게 아니야. 당연히 아니지. 지금 내가 진짜로 여기 있잖아." 그녀는 잠시 후 또 말했다. "날 만지고 싶어?"

나는 그녀를 바라보았다. 그녀의 얼굴, 자세, 눈. 그녀는 내가 꿈꿔온 이상형이었다. 다른 여자들에게서 찾지 못했던 모든 것을 가지고 있었다. "응. 무척."

"그럼 저녁부터 빨리 먹자. 혹시 여자랑 한 지 얼마나 됐어?"

"나 동성애자 아니야. 여자친구들 있어."

"알아. 마지막으로 한 게 언제였어?"

기억하려 애썼다. 브리지트였던가? 아이슬란드 갈 때 에이전시에서 보내 준 스타일리스트? 확실하지 않았다. “2년. 3년인가. 좋은 사람을 아직 못 만났어.”

“한 사람 있잖아.” 그녀는 축 늘어진 커다란 자주색 핸드백에서 골판지 소재의 폴더를 꺼내 그 안에서 뭔가를 꺼냈다. 모서리마다 갈색 테이프가 붙여진 종이였다. “그렇지?”

기억났다. 어떻게 잊을 수 있을까. 내 방에 몇 년 동안이나 걸려 있었는데. 그녀는 커튼 너머로 말하는 것처럼 주위를 두리번거렸다. 그림에는 1985년 2월 19일 카산드라라고 쓰여 있고 스튜어트 이네스라는 서명이 들어가 있었다. 열다섯 살 때 쓴 글씨를 보니 창피하면서도 뭔가 가슴이 뭉클했다.

“난 89년에 캐나다에서 돌아왔어. 부모님이 거기서 이혼했는데 엄마가 돌아가고 싶어 했거든. 네 소식이 궁금하더라. 예전 주소로 찾아가 봤는데 비어 있었어. 유리창도 깨지고 아무도 안 살더라고. 이미 철거된 승마장을 보고 슬펐어. 어릴 때 말을 좋아했거든. 집 안으로 들어가서 네 방에 가 봤어. 가구가 하나도 없어도 네 방인 걸 알겠더라. 네 냄새가 났거든. 이 그림이 아직 벽에 붙어 있었고. 딱 봐도 나인 거 알겠던데.”

그녀는 미소 지었다.

“너 누구야?”

“카산드라 칼라일. 나이 34세. 전직 배우. 실패한 극작가. 현재는 뉴우드에서 지역 극단 운영. 드라마 테라피와 공간 대여를 해 주고, 1년에 연극 네 편과 워크숍, 팬터마임 공연을 해. 넌 누구야, 스튜어트?”

“알잖아. 내가 널 만난 적 없다는 거. 안 그래?”

그녀는 고개를 끄덕였다. “가엾은 스튜어트. 너 이 건물에 살지?”

“응. 가끔은 좀 시끄러워. 그래도 전철역도 가깝고 월세도 심하게 비싸진 않아.”

"얼른 계산하고 너희 집으로 가자."

내가 그녀의 손을 잡으려고 팔을 뻗었다. 하지만 닿기 전에 그녀가 손을 치웠다. "아직 안 돼. 얘기 먼저 해."

우리는 위로 올라갔다.

"네 아파트 마음에 들어. 내 상상하고 똑같아. 왠지 네가 이런 집에 살 것 같았거든."

"이제 슬슬 더 큰 곳으로 옮겨야 할 것 같아. 뭐, 여기도 좋지만. 지금은 밤이라 티가 안 나지만 안쪽 작업실은 해가 잘 들어. 아무튼 작업하기엔 좋은 곳이야."

집에 누군가를 데려오면 이상한 기분이 든다. 내가 사는 곳인데도 처음 와 보는 것처럼 느껴진다. 잠깐 그림 모델 할 때의 유화 자화상 두 점이 있는 거실(인내심이 없어서 오래 서서 포즈를 취하는 게 너무 힘들었다), 내 확대 광고 사진이 있는 작은 주방, 화장실, 내가 표지 모델로 나온(주로 로맨스 장르) 책들을 놓아 둔 계단.

나는 그녀에게 작업실과 침실을 차례로 보여 주었다. 그녀는 내가 쇼디치의 폐업한 오래된 가게에서 건진 에드워드 7세 시대의 이발소 의자를 유심히 살폈다. 의자에 앉아 구두를 벗었다.

"네가 제일 처음으로 좋아한 어른은 누구였어?" 그녀가 물었다.

"특이한 질문이네. 어머니인 것 같은데. 잘 모르겠어. 왜?"

"내가 세 살인가 네 살 때 '우체부 아찌'라는 우체부가 있었어. 작은 우체국 차를 타고 와서 좋은 것들을 많이 갖다줬지. 매일 온 건 아니고 가끔. 내 이름이 적힌 갈색 소포에 장난감이나 사탕 같은 게 들어 있었어. 뭉툭한 코에 재미있고 친절하게 생긴 분이었지."

"진짜로 있었던 사람이야? 꼭 어린애의 상상 속 인물 같은데."

"집안에서 우체국 차를 몰았어. 차가 별로 크지 않았거든."

그녀는 블라우스 단추를 풀기 시작했다. 크림색 블라우스에는 잉크가 튄 자국이 있었다. "네 첫 기억은 뭐야? 어른들한테 들은 얘기 말고 네가 기억하는 거."

"세 살 때 바다에 갔던 거. 엄마, 아빠하고."

"실제로 기억하는 거야? 아니면 얘기 들은 걸 기억하는 거야?"

"지금 이 얘길 왜 하는지 모르겠어."

그녀는 일어나서 몸을 씰룩거리며 치마를 벗었다. 하얀색 브래지어에 닳은 진한 초록색 팬티 차림이었다. 상대와의 첫 섹스에서 잘 보이려고 입은 속옷이 아니라 그런지 인간미가 느껴졌다. 브래지어를 벗은 그녀의 가슴이 어떻게 생겼을지 궁금해졌다. 손으로 만지고 입으로 가져가고 싶었다.

그녀는 의자에서 내가 앉아 있는 침대로 왔다.

"누워. 그쪽에. 난 옆에 누울게. 만지면 안 돼."

나는 침대에 누워 양손을 내렸다. 그녀가 나를 내려다보았다. "넌 너무 아름다워. 솔직히 네가 내 스타일인지는 잘 모르겠어. 열다섯 살 때라면 분명 내 스타일이었을 거야. 착하고 다정하고 위험하지 않고 예술을 좋아하고. 조랑말이랑 승마장도 그렇고. 넌 여자가 준비되기 전까지 억지로 하려고 하지 않았을 거야. 그렇지?"

"응. 그래."

그녀가 옆에 누웠다.

"이제 만져도 돼." 카산드라가 말했다.

다시 스튜어트에 대해 생각하기 시작한 것은 작년 말부터였다. 스트레스 때문인 듯했다. 일은 어느 정도 잘 되고 있었지만 파벨하고 헤어진 게 문제였다. 그가 진짜로 나쁜 인간인지 아닌지는 잘 모르겠지만, 어쨌든 위험한 동유럽 쪽 일과 긴밀하게 엮여 있는 건 확실했다. 나는 온라인으로 남자를 만나 볼까 생각했고, 일주일 동안 옛 친구들과 연결해 주는 온갖 웹사이트에 가입했다. '스칼리' 제레미 포터, 스튜어트 이네스와 연결되기까지는 오래 걸리지 않았다.

더 이상은 못 할 것 같다. 난 의지도 꼼꼼함도 부족하다. 나이가 들면서 잃게 되는 것들. 우체부 아찌는 부모님이 바쁠 때마다 우체국 차를 타고 왔다. 땅속 요정 같은 환한 웃음과 함께 한쪽 눈을 찡긋하면서 큼지막한 고딕체로 카산드라라고 적힌 갈색 종이 꾸러미를 건넸다. 안에는 초콜릿이며 인형, 책 따위가 들어 있었다. 그의 마지막 선물은 분홍색 플라스틱 마이크였다. 나는 온 집안을 돌아다니며 마이크에 대고 노래를 부르거나 TV에 나오는 척 연기했다. 내가 받아 본 최고의 선물이었다.

부모님은 선물에 관해 묻지 않았고 나 역시 소포를 보낸 사람이 누구인지 궁금하지 않았다. 언제나 우체부 아찌가 그걸 가져다주었다. 작은 우체국 차를 타고 복도를 지나 내 방으로 와서 세 번 노크했다. 나는 감정 표현을 잘하는 편이라 플라스틱 마이크 선물을 받은 이후 우체부 아찌를 보자마자 달려가 매달렸다.

그 이후의 일은 설명하기가 힘들다. 우체부 아찌는 눈처럼 또는 재처럼 떨어졌다. 분명 내가 껴안고 있었는데 하얀 가루처럼 변해 사라졌다.

우체부 아찌가 돌아오길 바랐지만 끝내 그런 일은 없었다. 그렇게 끝이었다. 얼마간은 그 사실을 떠올리기가 창피하기도 했다. 내가 그런 것에 빠졌었다니.

이 방은 너무 이상하다.

나는 왜 열다섯 살 때 나를 행복하게 해 주었던 사람이 지금도 나를 행복하게 해 주리라고 생각한 걸까. 하지만 그만큼 예전에 스튜어트는 완벽했다. 승마장(조랑말)이 있고 그림(감성적이라는 뜻)을 즐겨 그리고, 여자 경험이 없어서 내가 그의 첫 여자가 될 수 있는 데다 키도 크고 구릿빛 피부에 무척이나 잘 생겼으니까. 이름까지 마음에 들었다. 약간 스코틀랜드 느낌도 나고 내 생각엔 소설 주인공 이름 같았다.

나는 공책에 스튜어트의 이름을 적었다.

친구들에겐 스튜어트에 관한 가장 중요한 사실을 말하지 않았다. 내가 만들어 낸 인물이라는 걸.

나는 침대에서 일어나 검은 새틴 이불의 밀가루 혹은 재, 먼지로 이루어진 남자의 실루엣을 바라본다. 그리고 옷을 입는다.

벽에 걸린 사진들도 희미해지고 있다. 생각하지 못한 일이었다. 앞으로 몇 시간 후 그의 무엇이 남을까. 자위할 때의 판타지와 위안과 안도감이 되어주는 그를 그냥 남겨둘 걸 그랬나. 어차피 내가 아니었다면 그는 평생 아무도 만지지 못하고 자신을 더 이상 생각하지도 않는 사람들에게 그냥 사진이나 그림, 희미한 기억으로 남아야 했을 텐데.

아파트를 나선다. 아래층 와인 바에는 아직 손님들이 있다. 아까 스튜어트와 내가 앉았던 구석 테이블에 사람들이 앉아 있다. 초가 거의 타 버렸지만 저게 우리가 될 수도 있었다. 대화를 나누는 남자와 여자. 잠시 후 저들은 자리에서 일어날 테고, 촛불도 조명도 꺼지고 나면 또 하룻밤이 지나겠지.

택시를 잡아서 탄다. 순간 스튜어트 이네스가 그리워진다. 이게 마지막이길.

좌석에 등을 기대고 그를 놓아 준다. 택시비 낼 돈이 있어야 할 텐데. 아침에 내 핸드백에 수표가 있을까, 아니면 또 빈 종이가 있을까. 그래도 꽤 만족해하며 눈을 감는다. 얼른 집으로 가고 싶다.

죽음과 꿀 사건

The Case of Death and Honey

2011

커다란 숄더백을 멘 늙고 하얀 유령 같은 이방인에게 일어났던 그 일은 오래전부터 이 지역의 미스터리였다. 어떤 이들은 그가 살해당했다고 생각했고 나중에는 보물을 찾아 가오 노인의 산속 판잣집 바닥을 파헤치기도 했다. 하지만 재와 불에 그을린 양철 쟁반밖에 발견하지 못했다.

이것은 가오 노인이 사라진 후, 그리고 그의 아들이 리장에서 벌통을 물려받기 전의 일이다.

✣

홈즈는 1899년에 이렇게 적었다. 문제는 따분함 그리고 흥미의 부재라고. 한마디로 사건들이 너무 쉽다. 범죄를 해결하는 즐거움은 도전에 있는 법이며, 해결하지 못할 가능성이 있는 범죄가 관심을 끈다. 그런데 모든 범죄가 해결하기 쉽고 그것도 너무 쉽다면 애초에 해결할 이유가 없다.

보라. 이 남자는 살해당했다. 그렇다면 누군가가 이 남자를 죽인 것이다. 그는 한두 가지 사소한 이유로 살해당했다. 누군가를 불편하게 했거나 누군가 탐낼 만한 것을 가지고 있었거나 누군가를 화나게 했거나. 도대체 여기에 도전이 어디 있단 말인가?

나는 신문에서 경찰이 애를 먹고 있다는 사건에 관한 기사를 읽을 때마다, 끝까지 읽기도 전에 그저 대충 훑기만 하는데도 사건이 풀려 버린다. 범죄는 너무 풀기가 쉽다. 그냥 스르르 녹아 버린다. 굳이 경찰에 연락해서 답을 알려 줄 필요가 있을까? 나에게는 도전이 아니니 그들에게나마 도전이 되라고 그냥 넘어간 게 몇 번인지 모른다.

나는 도전과 난제가 있어야만 살아 있는 기분이 든다.

✠

너무 높아서 산이라고도 불리는 안개 낀 언덕의 벌들이 흐릿한 여름 햇살이 내리쬐는 가운데 비탈길의 봄꽃 사이를 오가며 윙윙거렸다. 그 소리를 듣는 가오 노인은 조금도 기쁘지 않았다. 계곡 너머 마을에 사는 사촌은 벌통이 수십 개나 되고, 아직 이른 시기인데도 벌통이 이미 꿀로 채워지고 있었다. 꿀은 설옥처럼 하얗기까지 했다. 가오 노인은 그 하얀 꿀이 자기의 벌들이 만드는 비록 얼마 되지 않는 노란색이나 밝은 갈색의 꿀보다 맛이 좋다고 생각하지 않았다. 하지만 사촌은 하얀 꿀을 가오 노인이 받을 수 있는 가장 높은 가격의 두 배나 되는 가격으로 팔았다.

사촌이 사는 언덕의 벌들은 노란 갈색의 일꾼이었다. 부지런히 움직이면서 엄청나게 많은 꽃가루와 꿀을 벌집으로 옮겼다. 반면에 가오 노인의 벌들은 총알처럼 반짝이는 검은색에 성질이 나빴고 고작 겨우내 버틸 정도의 꿀만 모을 뿐이었다. 가오 노인이 마을을 돌아다니며 한 번에 작은 덩어리의 벌집을 팔 정도밖에 안 되었다. 여왕벌이 알을 낳아 둔 육아방 벌집은 달콤하고 단백질 덩어리라서 좀 더 비싼 값에 팔렸다. 하지만 그런 벌집은 무척이나 드물었다. 이 벌들은 항상 화나 있고 기분이 안 좋은 데다 원래도 하는 일이 별로 없었지만, 새끼를 늘리는 일에는 더더욱 게을렀기 때문이다. 가오는 육아방 벌집을 팔 때마다 어차피 그 벌들이 나중에 꿀을 만들면 그만큼 꿀을 채취하는 작업도 늘어날 텐데 잘됐다고 생각했다.

가오 노인 또한 그의 벌들처럼 시무룩하고 날카로웠다. 예전에는 아내가 있었지만 아기를 낳다가 죽었다. 그녀를 죽인 아들도 일주일을 살고는 죽어 버렸다. 가오에게는 장례식을 치러 줄 사람도, 축제 때 그의 무덤을 깨끗하게 닦아 주거나 제물을 놓아 줄 사람도 없었다. 그는 자기 벌들처럼 아무에게도 기억되지 않고 눈에 띄지도 않으며 흔적도 남기지 않은 채로 죽을 것이다.

늙은 하얀 이방인은 그해 늦봄, 길이 열리자마자 커다란 갈색 가방을 어깨에 메고 산을 넘어왔다. 가오 노인은 그를 만나기 전부터 그에 대해 알고 있었다.

“벌을 보러 다니는 이방인이 있어.” 그의 사촌이 말했다.

가오는 아무 말도 하지 않았다. 그는 파손되거나 벌들이 밀랍으로 꿀을 봉해 놓지 않아 상하기 쉬운 하품 벌집을 한 들통 사려고 사촌을 찾아갔던 터였다. 그런 벌집을 싸게 사서 벌들에게 먹이고 일부는 마을 사람들에게 팔기도 했으니 대단히 지혜로운 방법이라 여겼다. 두 사람은 산 중턱에 있는 사촌의 오두막에서 차를 마셨다. 가오의 사촌은 첫 꿀이 흐르기 시작하는 늦봄부터 첫서리가 내릴 때까지 마을에 있는 집을 떠나 산 중턱의 오두막에서 지냈다. 도둑이 들까 봐 잘 때도 벌집 옆을 떠나지 않았고, 아내와 아이들이 병에 담긴 눈처럼 하얀 꿀과 벌집을 마을로 가져가서 팔았다.

가오는 도둑이 두렵지 않았다. 그의 반짝이는 검은 벌들은 방해자는 누구라도 가차 없이 응징했으니까. 그래서 가오는 꿀을 채취할 때만 제외하고 마을의 집에서 지냈다.

"이방인을 자네 쪽으로 보낼게. 오면 질문에 답해 주면 돼. 벌을 보여 주면 수고비를 줄 거야." 사촌이 가오에게 말했다.

"그자가 우리 말을 할 줄 알아?"

"사투리가 끔찍할 정도로 심해. 우리 말을 뱃사람들에게 배웠다나 봐. 대부분 광둥 지방 출신. 나이는 많지만 그래도 빨리 배우더군."

뱃사람들에게 관심 없는 가오는 그저 툴툴거릴 뿐이었다. 아직 오전 느지막한 시간이었고 건너편의 마을로 돌아가려면 한낮의 더위 속에서 4시간을 걸어가야 했다. 그는 사촌이 내어 준 차를 다 마셨다. 가오의 형편으로는 어림도 없는 아주 비싼 차였다.

해가 저물기 전에 벌집에 도착한 가오는 하품 꿀을 가장 약한 벌통에 넣어 주었다. 그가 가진 벌통은 총 11개, 사촌은 100개가 넘었다. 가오는 꿀을 넣다가 벌에 두 방을 쐬었다. 손등과 목 뒤. 평생 천 번도 넘게 벌에 쏘였다. 몇 번인지 헤아리기도 어려웠다. 다른 벌에 물리면 느낌도 거의 없는데 검은 벌에 쏘이면 더 이상 붓거나 화끈거리지는 않아도 너무 아팠다.

다음날 마을에 있는 그의 집으로 한 소년이 와서 누가 그를 찾는다고 했다. 그를 찾는 사람은 바로 거구의 외국인이었다. 가오는 그냥 툴툴거리기만 했다. 소년과 함께 마을을 가로질러 갔다. 그는 평상시와 똑같은 속도로 걸었고 소년은 앞서 달려가서 이내 보이지 않았다.

이방인은 과부 장 씨의 집 문가에서 차를 마시고 있었다. 가오 노인은 50년 전에 장 씨의 어머니와 알던 사이였는데, 그녀는 아내와 친구이기도 했다. 아내는 죽은 지 오래였다. 그는 아내를 아는 사람이 아직 살아 있다고 생각하지 않았다. 과부 장 씨가 가오에게 차를 가져다주면서 나이 든 이방인을 소개해 주었고, 이방인은 가방을 작은 테이블 옆에 놓아 두었다.

그들은 차를 마셨다. 이방인이 말했다. "당신의 벌을 보고 싶습니다."

✣

마이크로프트의 죽음은 제국의 종말을 의미했지만 그것을 아는 사람은 우리 둘뿐이었다. 그 하얀 방에서 얇은 하얀 시트만 덮고 누운 형의 모습은 시트에 눈구멍 2개만 뚫으면 영락없이 대중적으로 흔히 묘사되는 유령의 모습 그 자체였다.

물론 병으로 쇠약해진 탓도 있겠지만 최근에 그는 그 어느 때보다 몸집이 불어난 상태였다. 손가락이 꼭 소기름을 넣은 하얀 소시지 같았다. 나는 형을 만난 저녁에 이렇게 말했었다. "형, 닥터 홉킨스가 형이 2주밖에 살지 못할 것 같다고 꼭 좀 전해 달래."

"그 인간은 멍청이야." 마이크로프트가 중간에 숨을 훅훅 내쉬면서 말했다. "난 금요일까지도 버티지 못할 거야."

"적어도 토요일까지는 살겠지." 내가 말했다.

"넌 예전부터 항상 낙관적이었지. 아니, 난 목요일 저녁까지밖에 버티지 못할 거야. 그 이후 홉킨스와 스니그스바이와 멀터슨의 장의사들에게 난 실용 기하학 문제에 불과해지겠지. 이 방과 이 건물의 좁은 문과 복도로 내 시체를 과연 어떻게 옮겨야 할지 난제에 부딪힐 테니까."

"나도 그 문제를 고민한 적은 있어. 특히 계단 때문에. 그랜드 피아노처럼 창틀을 떼어 내고 아래층으로 내려야 할 것 같아."

마이크로프트가 콧방귀를 꼈다. "내 나이 쉰넷이다, 셜록. 내 머릿속에 영국 정부가 들어 있어. 투표나 선거운동 같은 무의미한 것들이 아니라 진짜 중요한 것들 말이야. 아프가니스탄 언덕에 있는 군대의 움직임이 웨일스 북부의 황량한 해안과 무슨 관계가 있는지 나 말고 아무도 몰라. 아무도 전체적인 그림을 보지 못해. 지금 세대와 미래 세대가 인도 독립을 얼마나 제멋대로 해석할지 상상이나 되냐?"

생각해 본 적이 없는 문제였다. "인도가 독립하게 돼?"

"불가피한 일이지. 30년 후쯤 표면적으로는 그래. 최근에 그 주제로 제안서를 몇 편 썼거든. 그밖에 다른 주제들도 많이 다뤘지. 러시아 혁명이라든지, 장담하건대 10년 안에 일어날 거다. 독일 문제라든지. 물론 사람들이 읽어 주거나 이해해 주길 바라고 쓴 건 아니지만." 마이크로프트가 또 숨을 훅훅 내쉬었다. 그의 폐에서 빈집의 창문이 덜거덕거리는 소리가 났다. "내가 죽지 않는다면 대영 제국은 앞으로 또 천 년 동안 이어져서 세상에 평화와 진보를 가져다줄 텐데."

어렸을 때만 해도 나는 형이 저렇게 엄청난 선언을 할 때마다 일부러 형의 화를 돋우려고 했다. 하지만 형이 죽음을 앞둔 지금은 그럴 수 없다. 게다가 지금 그가 말하는 건 결함 많은 실수투성이 인간들로 이루어진 집단, 즉 있는 그대로의 대영 제국이 아니라, 문명과 우주의 번영에 영향을 주는 그의 머릿속에만 존재하는 찬란한 힘으로서의 대영 제국을 뜻하는 게 분명했다.

나는 과거에도 그랬고 지금도 제국을 믿지 않지만 마이크로프트 홈즈는 믿는다. 54세의 마이크로프트. 그는 새로운 세기에 태어났으나 여왕이 그보다 몇 달은 더 살 것이다. 여왕은 그보다 서른 살 이상 많지만 여러 모로 강인한 노인이다. 나는 이 불운을 피할 수 있지 않았을까 하는 생각이 들었다.

마이크로프트가 말했다. "당연히 네 말이 맞아, 셜록. 내가 억지로라도 운동을 했다면, 새 모이만큼 조금만 먹었다면, 커다란 고급 스테이크가 아니라 양배추를 먹었다면, 아내와 애완견과 함께 컨트리 댄스를 배웠더라면, 모든 걸 정반대로 했더라면 10년 이상의 시간을 더 벌었을지 몰라. 하지만 결국 그게 무슨 의미가 있을까? 별로 없어. 어차피 머지않아 노망이 났을 테니까. 첩보 기관이 아니라 제대로 돌아가는 일반 공무 조직을 교육하는 것만 해도 2백 년은 걸릴 거다."

나는 아무 말도 하지 않았다.

하얀 방은 벽에 아무런 장식이 없었다. 마이크로프트가 받은 표창장, 그림이나 사진 그 무엇도 보이지 않았다. 아무런 꾸밈없는 그의 셋방과 베이커 가의 잡동사니 가득한 내 방이 너무도 비교되어 그의 두뇌에 감탄했다. 처음 있는 일은 아니었다. 그는 본 것, 경험한 것, 읽은 것, 그 모든 것이 머릿속에 다 들어가 있어서 밖에는 아무것도 필요하지 않았다.

그는 눈을 감으면 국립 미술관과 영국 박물관의 열람실이 머릿속에 쫙 펼쳐지는 사람이었다. 물론 그런 것을 생각하기보다는, 벼랑에 놓인 대영 제국의 기밀 보고서와 위건 지방의 양모 가격, 호브의 실업률을 비교하고 이런저런 정보에서 끌어낸 결론으로 누군가의 승진이나 조용한 죽음을 지시할 터였다.

마이크로프트가 거칠게 숨을 내쉬었다. "이건 범죄야, 셜록."

"뭐라고?"

"범죄. 범죄라고, 동생아. 네가 조사한 싸구려 통속 소설에 나올 법한 대학살만큼 극악무도한 범죄야. 세계, 자연, 질서에 대한 범죄라고."

"형, 미안한데 무슨 소리인지 모르겠어. 뭐가 범죄인데?"

"내가 이 나이에 죽는 것 말이다. 그리고 죽음 자체가 범죄야."

그는 내 눈을 똑바로 바라보았다. "그냥 하는 말이 아니야. 조사해 볼 가치 있는 사건 아니냐, 셜록? 하이드 파크에서 브라스 밴드를 지휘하던 가엾은 남자가 코넷 연주자한테 스트리크닌으로 살해당했다는 사실을 알아내는 데 걸리는 시간보다는 네 관심을 오래 잡아끌 만한 사건이지."

"비소였어." 내가 거의 자동으로 바로잡았다.

"비소가 발견되긴 했지만……" 그가 또 숨을 쌕쌕거렸다. "그건 연주대에서 떨어진 초록색 페인트 조각이 그의 저녁 식사에 떨어졌기 때문이란 걸 알게 될 거다. 비소 중독은 완전한 눈속임일 뿐이야. 그 가엾은 지휘자를 죽인 건 스트리크닌이었어."

마이크로프트는 그날 내게 더는 말하지 않았다. 그 이후로도 영영. 그는 목요일 오후 늦게 숨을 거두었고 금요일에 스니그스바이와 멀터슨의 직원들이 하얀 방의 창틀을 빼내고 그랜드 피아노처럼 형의 시신을 아래로 내렸다.

그의 뜻에 따라 장례식에는 나와 내 친구 왓슨, 사촌 해리엇만 참석했다. 공무청, 외무부, 디오게네스 클럽 같은 기관의 대표들은 하나도 없었다. 마이크로프트는 살아서도 혼자였고 죽어서도 혼자였다. 그의 장례식에는 우리 셋과 그를 알지 못하는 교구 주임 목사만이 참석했다. 목사는 그가 무덤으로 보내는 자가 영국 정부의 전지전능한 부서 그 자체라는 사실을 결코 모를 것이다.

장정 넷이 밧줄을 꽉 잡고 형의 시신을 영면의 장소로 내려 보냈다. 아마도 그들은 고인의 어마어마한 무게를 욕하지 않으려 최선을 다했을 것이다. 나는 그들에게 팁을 1크라운씩 주었다.

쉰넷의 나이로 세상을 떠난 형의 시신이 무덤으로 내려갈 때, 내 귀에는 그가 잿빛의 숨을 쌕쌕거리며 했던 말이 들리는 듯했다. "조사해 볼 가치 있는 사건 아니냐, 셜록?"

✣

이방인은 어휘는 제한적이었지만 억양은 그리 심하지 않았다. 이 지방이

나 근처의 사투리로 말하는 듯했다. 그는 배움이 빨랐다. 가오 노인은 먼지 자욱한 길에 칵하고 침을 뱉었다. 그는 아무 말도 하지 않았다. 이방인을 산중턱으로 데려가고 싶지도, 벌들을 괜히 방해하고 싶지도 않았다. 그의 경험상 벌들은 가만히 내버려 둘수록 잘 지냈다. 게다가 만약 이방인이 벌에 쏘이기라도 어쩐단 말인가?

이방인의 머리카락은 은빛 도는 백발에 숱이 적었다. 가오 노인이 난생처음 보는 이방인의 코는 무척이나 크고 굴곡져서 독수리의 부리를 연상시켰다. 피부는 햇볕에 그을려서 가오와 똑같은 색이었고 주름이 깊었다. 가오는 다른 사람의 표정을 읽는 것처럼 이방인의 표정을 잘 읽을 수 있을지 자신이 없었지만 그가 대단히 진지하고 어쩌면 불행한 것 같다고 생각했다.

"이유가 뭡니까?"

"나는 벌을 연구합니다. 당신 형제의 말로는 여기 큰 검은 벌이 있다더군요. 평범하지 않은 벌."

가오는 어깨를 으쓱했다. 형제가 아니라 사촌 간이라고 바로잡아 주지도 않았다.

이방인은 가오에게 식사를 했는지 물었다. 가오가 하지 않았다고 하자 그는 과부 장 씨에게 국과 밥, 맛있는 음식을 내어 오라고 부탁했다. 그렇게 나온 음식은 목이버섯과 채소를 넣은 국, 올챙이보다 약간 큰 반투명한 작은 민물고기였다. 두 남자는 말없이 식사했다. 다 하고 나서 이방인이 말했다.

"벌을 보여 준다면 영광이겠습니다."

가오 노인은 말이 없었다. 이방인은 과부 장 씨에게 후한 값을 치른 뒤 가오가 출발할 때까지 기다렸다가 뒤따랐다. 전혀 무겁지 않은 듯 가뿐하게 가방을 멘 채였다. 가오는 그가 나이에 비해 힘이 세다는 생각이 들었고, 이방인은 전부 다 그럴지 궁금했다.

"어디에서 왔소?"

"영국." 이방인이 말했다.

가오는 아버지가 해 준 무역과 아편 때문에 일어난 영국과의 전쟁 이야기가 떠올랐다. 하지만 그건 오래전의 일이었다.

그들은 산 중턱으로 올라갔다. 언덕이지만 산에 가까워서 가파른 데다 바위투성이라서 농지로 개간하기가 어려운 곳이었다. 가오 노인은 평소보다 빠르게 걸으며 이방인의 걸음 속도를 시험했다. 이방인은 등에 가방을 메고도 잘 따라잡았다.

하지만 이방인은 몇 번씩 멈추기도 했다. 작고 하얀 들꽃을 구경하기 위해서였다. 이른 봄이면 계곡 어디에나 만발하는 꽃인데 이쪽에는 늦은 봄에야 피어났다. 이방인은 무릎을 꿇고서 꽃에 앉은 벌을 관찰했다. 주머니에서 커다란 돋보기를 꺼내 자세히 보면서 작은 수첩에 알 수 없는 글씨로 메모도 했다.

늙은 가오는 돋보기를 처음 보았다. 고개를 숙여 들여다보니 벌이 아주 검고 튼튼해 보이는 것이 계곡 그 어디의 벌과도 달랐다.

"당신의 벌인가요?"

"그렇소. 그런 것 같소이다."

"그럼 집을 찾아가게 해 줍시다." 이방인이 말했다. 그는 벌을 방해하지 않고 돋보기도 치웠다.

✣

크로프트

이스트 덴, 서식스

1922년 8월 11일

친애하는 왓슨,

오늘 오후에 자네와 나눈 이야기를 신중하게 가슴에 새겨 보았다네. 예전의 내 생각을 바꿀 준비가 되었어.

1903년의 사건 기록을 출판하는 것을 허락하겠네. 특히 내가 은퇴하기 전에 맡은 마지막 사건을. 단, 조건이 있다네.

평소처럼 사람들의 이름과 장소를 바꾸는 것은 물론이고 우리가 외국의 미스터리한 남자가 보낸 원숭이 혹은 유인원 혹은 여우원숭이의 고환 추출물을 접하게 된 시나리오를 아예 바꿀 것을 제안하네(프레스버리 교수의 정원을 말하는 거야. 더는 자세히 쓰지 않겠네). 원숭이 고환 추출물이 프레스버리 교수를 유인원처럼 움직이게 했다거나 아니면 '파충류 인간' 같은 걸로 만들었다거나 아니면 건물과 나무를 타고 오르게 되었다고 해도 되겠지. 꼬리가 생길 수도 있을 거고. 아마도 왓슨 자네에게는 너무 비현실적일지도 모르겠군. 물론 자네가 수사 일지에서 단조롭기 그지없는 내 삶과 일에 더해 준 화려한 미사여구들보단 덜 비현실적이겠지만 말이야.

그리고 자네 글의 마지막 부분에 넣을 내 대사를 내가 직접 썼어. 내가 바보 같은 인생을 연장하려고 바보 같은 짓을 하는 바보 같은 사람들의 욕망을 통렬하게 비난하는 장면을 꼭 넣어 주기를 바라네.

'인간성에 심각한 위험을 가하는 게 있다네. 만약 영원히 살 수 있다면, 젊음을 누구나 취할 수 있다면, 물질적이고 육체적이고 세속적인 인간들은 전부 그들의 무가치한 삶을 연장하려고 할 거야. 영적인 사람들도 고귀한 무언가의 부름을 피하려고 하겠지. 결국 적합하지 않은 자들이 생존하게 되는 거야. 그러면 이 가엾은 세상이 얼마나 타락하겠는가?'

이런 비슷한 대사를 넣어 준다면 안심이 될 것 같아.

출판하기 전에 완성된 원고를 꼭 좀 보여 주게.

변함없는 자네의 오랜 친구, 충실한 종,

셜록 홈즈

✠

그들은 오후 늦게 늙은 가오의 벌이 있는 곳에 도착했다. 판잣집 뒤쪽으로 쌓아 놓은 잿빛 나무 상자가 벌집이었다. 사실 판잣집이라고 부르기에도 애매할 정도로 단순한 구조물이었다. 4개의 말뚝, 지붕 하나, 봄과 여름에 비와 폭풍우를 막으려고 걸어 둔 기름 먹인 천. 위쪽에는 담요를 덮어서 온기를 내고 요리도 할 수 있는 작은 숯 화로가 있고, 가운데에는 오래된 도자기 베개와 함께 나무 깔판이 있었다. 이 깔판은 가오가 주로 꿀을 수확하는 늦가을에 벌들과 함께 산에서 잘 때면 침대로 쓰는 것이었다. 비록 사촌의 벌집에 비하면 보잘것없는 양이지만, 그래도 마을에서 가져온 들통과 냄비에 천을 깔아 놓고 그 위에 벌집째 으깬 것을 올려 두어 꿀을 내려받으려면 이틀이나 사흘을 기다려야 할 때도 있었다. 끈적한 밀랍과 꽃가루, 먼지, 곤죽이 된 벌 사체는 냄비에 녹여서 밀랍을 뽑아냈다. 그런 다음에 꿀과 밀랍 덩어리를 마을로 가져가서 팔았다.

그는 야만인 이방인에게 11개의 벌집을 보여 주었고, 이방인이 얼굴 가리개를 쓴 채 벌집을 열어 관찰하는 모습을 시큰둥하게 지켜보았다. 이방인은 제일 먼저 벌들을, 그다음에는 육아방 벌집의 내용물을, 마지막으로 여왕벌을 돋보기로 관찰했다. 그의 얼굴에는 두려움이나 불편함이 조금도 드러나지 않았다. 그의 모든 동작은 여유 있고 온화했다. 그는 벌에게 한 방도 물리지 않았고 단 한 마리의 벌도 으스러뜨려 죽이거나 다치게 하지 않았다. 그 모습은 가오 노인을 놀라게 했다. 그는 이방인들이 심중을 알기 어려운 불가사의한 존재라고 생각했는데 이 남자는 그의 벌들을 보는 것을 너무도 기뻐하는 기색이 역력했다. 눈이 반짝반짝 빛났다.

가오 노인은 물을 끓이려고 화로에 불을 붙였다. 그러나 숯이 뜨거워지기도 전에 이방인은 가방에서 유리와 금속으로 된 기계를 꺼냈다. 윗부분에 개울에서 떠온 물을 채운 뒤 불을 붙이자 이내 물이 보글보글 끓기 시작했다. 이방인은 가방에서 주석 컵 2개와 종이로 감싼 녹차를 꺼내 컵에 찻잎을 넣고 물을 부었다.

가오 노인은 그렇게 맛있는 녹차를 마셔 본 적이 없었다. 사촌의 집에서 마신 것보다도 훌륭했다. 그들은 바닥에 책상다리를 하고 앉아 차를 마셨다.

"여름 동안 이 집에서 머물고 싶습니다." 이방인이 말했다.

"여기에서요? 이건 집이라고 할 수도 없는데. 마을에서 머무르시지요. 과부 장 씨 집에 방이 있소."

"여기 묵겠습니다. 그리고 벌통도 하나 빌리고 싶은데요."

수년 동안 한 번도 웃어 본 적 없는 가오였다. 마을에서는 가오가 웃는 것은 절대로 불가능한 일이라고 말하는 사람들도 있었다. 그런 가오가 지금은 너무 놀랍기도 하고 신기하기도 해서 속에서 웃음이 저절로 튀어나왔다.

"농담이 아닙니다." 이방인은 은화 4개를 두 사람 사이에 내려놓았다. 가오 노인은 그가 그걸 어디에서 났을지 의아했다. 오래전부터 중국에서 널리 쓰이게 된 멕시코 페소 은화 셋, 커다란 위안 은화 하나. 가오가 1년 동안 꿀을 팔아야 볼 수 있는 금액과 맞먹었다. "이 돈을 드릴 테니 누군가를 시켜 음식을 가져다주십시오. 사흘에 한 번이면 됩니다."

가오 노인은 아무 말도 하지 않았다. 차를 다 마시고 일어섰다. 그는 기름 먹인 천을 들고서 판잣집을 나와 산 중턱의 공터로 나갔다. 그리곤 11개의 벌통으로 다가갔다. 모든 벌통은 육아방 상자 위로 상자가 1개, 2개, 3개씩 포개져 있었는데 그중 하나가 4개짜리 상자였다. 그는 이방인을 상자가

4개 올려진 벌통으로 안내했다. 모든 벌통 안에는 벌집이 채워져 있었다.

"이 벌통으로 하시오." 가오가 말했다.

✣

그것들은 식물 추출물이었다. 그것만은 확실했다. 지속 시간이 제한적이지만 그래도 나름대로 효과는 있었는데 독성이 엄청나게 강했다. 하지만 가엾은 프레스버리 교수의 말년을 지켜보면서—피부와 눈, 걸음걸이— 든 확신은 그가 전적으로 틀린 길로 들어선 건 아니라는 것이었다.

나는 씨앗과 꼬투리, 뿌리, 말린 추출물에 따른 그의 사례를 숙고하고 또 숙고했다. 이것은 지적인 문제였다. 지성으로 풀 수 있는 문제. 어렸을 적 수학 가정교사가 항상 푸는 과정을 보여 주었던 것처럼.

그것들은 식물 추출물이고 치명적이었다.

치명적이지 않은 쪽으로 만드는 나의 방식은 효과가 상당히 떨어졌다.

그냥 복잡하거나 어려운 문제가 아니라 백 배는 더 복잡하고 어려운 문제였다. 그러다가 그 식물을 인간이 소화할 수 있도록 처리하는 방법이 떠올랐다.

베이커 가에서 손쉽게 할 수 있는 방식의 수사가 아니었다. 그래서 나는 1903년에 서식스로 옮겨가 겨울 동안 벌의 관리와 보존에 관한 책과 팸플릿, 논문을 모조리 구해서 읽었다. 그리고 1904년 4월 초, 이론적인 지식으로 무장한 채 인근에 사는 농부에게 첫 번째 벌을 배달받았다.

왓슨이 전혀 눈치채지 못했던 것인지 가끔 궁금하다. 하긴, 그 친구의 훌륭한 둔감함은 언제나 나에게 놀라움을 선사했고 가끔은 오히려 거기에 기댈 때도 있었다. 하지만 그는 내가 관심을 쏟을 대상이나 조사할 사건이 없을 때 어떤 상태가 되는지 잘 알았다. 사건에 정신 팔려 있지 않으면 대단히 무력하고 화도 잔뜩 나 있다는 것을 알고 있었다. 그러니 내가 정말로 은퇴했다는 말을 과연 믿었을까 싶다. 내 스타일을 너무 잘 아는 친구니까 말이다.

내가 처음으로 벌을 배달받았을 때는 왓슨도 옆에 있었다. 그는 안전하게 멀찌감치 떨어져서 내가 상자의 벌들을 텅 빈 벌집에 쏟아붓는 것을 쳐다봤다.

들뜬 내 모습 외에 다른 것은 보지 못했다.

여러 해가 지나는 동안 우리는 제국이 부서지는 모습, 제대로 통치하지 못하는 정부, 가엾은 영웅들이 플랑드르의 도랑으로 보내져 죽는 모습을 지켜보았다. 이 모든 걸 보면서 내 생각에 확신이 들었다. 내가 올바른 일을 하는 게 아니라 유일한 일을 하고 있다는 걸.

내 얼굴은 낯설게 변했고 손마디가 부풀어 오르며 쑤셔 댔다(양봉가 겸 탐정이 된 처음 몇 년 동안 벌에 많이 쏘인 탓인지 보통의 경우보다 심하진 않았다). 친애하는 왓슨, 용감하고 둔한 왓슨도 시간이 흐름에 따라 점점 쇠약해지고 쪼그라들었으며 피부와 수염이 잿빛으로 변해 갔다. 하지만 연구를 끝내야겠다는 내 의지만큼은 약해지지 않았다. 오히려 더 강해졌다.

그리하여 랭스트로식 벌통을 사용해 내가 직접 디자인한 양봉장이 있는 사우스 다운스에서 첫 가설을 시험했다. 나도 당연히 초보 양봉가가 저지를 만한 실수를 전부 다 저질렀다. 수사 목적이 더해졌으니 보통 양봉가들은 저지른 적 없는 실수들도 있었다. 아마 앞으로도 실수는 계속될 것이다. 왓슨은 그 실수들에 '독벌 사건'이라는 제목을 붙이겠지만 '얼어붙은 여성들의 미스터리 협회'라는 제목 정도 되어야 내 연구에 더 많은 관심이 쏟아지지 않을까 싶다. 만약 관심 있는 사람들이 있다면 말이다. (나는 말도 없이 선반의 꿀 병을 가져간 텔포드 부인을 나무랐다. 요리에 쓸 수 있도록 좀 더 정상적인 벌집에서 채취한 꿀을 몇 병 줄 것이고 실험용 벌집에서 채취한 꿀은 자물쇠로 잠가서 보관할 것이라고도 말했다. 하지만 별다른 반응은 돌아오지 않았다.)

네덜란드 벌, 독일 벌, 이탈리아 벌, 카르니올라 벌, 코카시안 벌을 실험했다. 안타깝게도 영국 벌은 병충해로 잃었고 병충해를 이기고 살아남았을 때는 이종교배로 잃었다. 하지만 세인트알반스의 유서 깊은 수도원에서 구매한, 여왕벌과 새끼 벌들이 있는 벌통에서 키운 작은 벌집을 건졌으니 이것들도 영국 벌이라고 말할 수 있으리라.

20년 가까이 연구한 끝에 이런 결론에 이르렀다. 내가 찾는 벌이 정말로 존재한다면 그것은 영국에서 찾을 수 없으며 국제 소포로 받는다고 해도 그 먼 거리를 지나오는 동안 벌들이 살아남기 어려울 것이라고. 인도의 벌을 살펴볼 필요가 있었다. 어쩌면 더 먼 곳까지 여행해야 할 수도.

나는 그쪽 언어를 조금 할 줄 알았다.

꽃씨와 추출물, 시럽에 담긴 팅크제가 있으니 다른 것은 필요하지 않았다.

그것들을 챙기고 다운스의 집은 일주일에 한 번씩 청소와 환기가 이루어지도록 조처했다. 그리고 윌킨스 스승님께(그분은 괴로워하지만 나는 그분을 '젊은 빌리킨스'라고 부르는 버릇이 생겼다) 벌집 관리와 꿀 채취를 맡겼다. 남는 꿀은 이스트본 시장에 팔고 겨울에 대비해 벌통을 준비시켜 달라고도 부탁했다.

언제 돌아올지 모른다고도 말해 두었다.

나도 늙었으니 어쩌면 사람들은 내가 돌아오지 않으리라고 생각했을지도 모른다. 만약 그렇다면, 엄밀하게 말해서, 그들의 생각이 맞았다.

✣

가오 노인은 자신도 모르게 감명을 받았다. 평생을 벌에 둘러싸여 살아온 그였지만 이방인이 손목을 아주 말끔하고 날카롭게 튕겨서 벌통의 벌을 흔드는 모습은 매우 놀라웠다. 벌들은 화가 난 것보다는 놀란 듯 그저 날거나 기어서 벌집으로 돌아갔다. 그다음에 이방인은 안에 벌집이 가득한 벌통을 벌집이 별로 없는 벌통 위에 쌓았다. 그러면 가오는 이방인이 빌려 간 벌집의 꿀을 얻게 되는 것이었다.

그렇게 가오 노인은 하숙생을 구했다.

가오 노인은 과부 장 씨의 손녀에게 동전 몇 닢을 주고 일주일에 세 번 이방인에게 음식을 갖다주도록 했다. 대부분 쌀과 채소였는데 적어도 출발할 때는 펄펄 끓는 토기 그릇에 담긴 국도 함께였다.

가오 노인은 열흘에 한 번씩 자발적으로 산에 갔다. 처음에는 벌집을 확인하러 간 것이었는데 이내 이방인의 보살핌으로 11개의 벌통이 모두 그 어느 때보다 번성하고 있다는 사실을 알게 되었다. 그리고 이제는 열두 번째 벌통까지 생겼다. 이방인이 언덕을 산책하는 도중에 발견한 검은 벌들의 벌통이었다.

가오 노인은 나무를 가져갔고 다음에 판잣집을 찾았을 때는 이방인과 말없이 함께 일하면서 오후를 보냈다. 여분의 벌통과 벌통에 넣을 틀을 만들었다.

어느 날 저녁 이방인은 가오 노인에게 그들이 만드는 벌통의 틀이 불과 70년 전에 미국인이 발명한 것이라고 말해 주었다.

가오 노인에게는 말도 안 되는 소리였다. 그는 평생 아버지가 만들어 온 대로 틀을 만들었고 계곡 너머 사람들도 똑같은 방식으로 만들었으며 분명 그의 할아버지의 할아버지도 그랬을 것이 분명했다. 하지만 그는 아무 말도 하지 않았다.

그는 이방인과 함께 있는 시간이 좋았다. 그들은 함께 벌통을 만들었고 가오 노인은 이방인이 좀 더 젊었기를 바랐다. 그랬다면 좀 더 오랫동안 이곳에 머무를 수 있고 자신이 죽으면 벌통을 맡길 수 있었을 텐데. 하지만 두 사람은 모두 머리에 얇은 서릿발이 내리고 얼굴에는 주름이 가득한 노인이었다. 앞으로 열두 번의 겨울을 또 맞이하기는 어려울 터였다.

가오 노인은 이방인이 그의 벌통 옆에 자그마한 정원을 만들었다는 것을 알아차렸다. 이방인은 자신의 벌통을 나머지 벌통들과 떨어뜨려 놓았다. 그물망으로 벌통을 덮고, 벌통에 '뒷문'을 만들어 그 벌통의 벌들만이 그곳을 통해 정원의 식물들 사이를 왔다 갔다 할 수 있게 했다. 그물망 밑에는 설탕 용액으로 보이는 쟁반들이 몇 개 있었다. 용액은 밝은 빨간색, 초록색, 새파란 색, 노란색이었다. 가오 노인이 그것들을 가리키자 이방인은 고개를 끄덕이고 미소만 지었다.

벌들은 시럽을 핥아 먹었다. 양철 접시의 가장자리에 떼지어 모여서 혀를 아래로 향한 채 먹다가 더 이상 먹을 수 없을 때 벌집으로 돌아갔다.

이방인은 가오 노인의 벌을 스케치했다. 그는 가오 노인에게 그림을 보여주며 가오 노인의 벌들이 다른 꿀벌들과 다르다는 사실을 설명하려고 애썼다. 수백만 년 동안 돌 속에 보존된 고대 꿀벌들에 관해 이야기하려 했지만 아무래도 중국어 실력이 부족했다. 사실, 늙은 가오는 관심도 없었다. 지금은 그의 벌이지만 그가 죽은 후에는 산비탈의 벌이었다. 그가 다른 벌들을 데려온 적도 있었지만, 그것들은 병에 걸려 죽거나 검은 벌들이 꿀을 약탈하는 바람에 굶어 죽었다.

가오 노인이 이방인을 만나러 마지막으로 산에 올라간 것은 늦여름이었다. 마지막 방문 후 산 아래로 내려간 그는 그 이방인을 다시 보지 못했다.

✣

됐다.

성공이다. 마치 실패한 것 같은 실망감과 승리감이 뒤섞인 이상한 기분이 든다. 저 멀리 먹구름이 내 감각을 간질이는 것 같다.

내 손을 보고 있자니 낯설었다. 내가 아는 그 손이 아니라 기억 속 젊은 시절의 손이다. 붓지 않은 관절과 하얀 게 아니라 까만 손등의 털.

너무도 많은 사람이 이 문제를 푸는 데 실패했다. 명백한 해결책이 없는 문제였다. 중국의 첫 번째 황제는 3천 년 전 그 답을 찾다가 죽었고 제국 전체가 망가졌다. 나는 얼마 만에 답을 찾았지? 20년?

내가 한 일이 옳은 건지는 모르겠다(하지만 '은퇴' 후 몰두해 온 이 일이 없었다면 나는 미쳐 버렸을 것이다). 이 사건을 의뢰한 건 나의 형 마이크로프트였다. 나는 문제를 조사했고 예상한 대로 답을 찾았다.

세상에 밝힐 것이냐고? 아니.

하지만 절반 정도 남은 진갈색 꿀이 아직 가방에 있다. 그 꿀 반 통이 여러 국가를 합친 것보다 귀하다. (현재 내 상황을 고려해 '중국의 차를 전부 합친 것보다 귀하다'고 말할 생각이었지만 왓슨이 너무 상투적인 표현이라고 놀릴 것 같다.)

왓슨의 이야기가 나와서 말인데…….

한 가지 할 일이 남아 있다. 마지막 남은 목표이고 게다가 원대하지도 않다. 상하이로 가서 지구 반대편에 있는 사우샘프턴으로 가는 배를 탈 것이다.

거기 도착하면 왓슨을 찾아볼 것이다. 아직 그 친구가 살아 있다면. 살아 있었으면 좋겠다. 말도 안 되는 이야기지만 만약 왓슨이 세상을 떠났다면 어떻게든 내가 알았을 것이다.

그가 놀라지 않도록 연극용 화장품을 사서 노인으로 변장할 필요가 있겠지. 오랜 친구에게 차를 마시러 오라고 초대할 것이다.

그날 오후에는 차와 함께 버터를 발라 구워 꿀을 올린 토스트를 대접해야겠다.

✣

가오 노인은 마을 사람들에게 마을을 지나 동쪽으로 떠나는 이방인을 보았지만, 그의 판잣집에 살았던 사람일 리가 없다고 했다. 그 남자는 젊고 자신만만해 보였으며 머리카락도 검었다. 봄에 이 동네로 온 늙은 남자와는 달랐다. 하지만 누군가는 그들의 가방이 비슷했다고 말했다.

가오 노인은 판잣집을 살펴보러 산으로 올라갔다. 하지만 그곳에서 무엇이 기다리고 있을지 그는 도착하기도 전에 알 수 있었다.

이방인은 사라지고 없었다. 그의 가방도.

이방인은 아주 많은 것을 태운 듯했다. 그것만은 확실했다. 종이를 태운 흔적이 있었는데 이방인이 그린 별 그림은 가장자리 조각만 남았을 뿐 전부 다 잿더미로 변하거나 새까맣게 그을려서 만약 가오 노인이 이방인의 글자를 안다고 한들 알아볼 수 없었다. 태워진 것은 종이뿐만이 아니었다. 이방인이 빌렸던 벌통도 거의 재로 변해 있었다. 밝은색의 시럽이 들어 있었던 쟁반으로 보이는 까맣게 그을리고 휜 양철 조각이 보였다.

이방인은 시럽에 색깔을 넣는 이유에 대해 서로 구분하기 위해서라고 말한 적이 있었다. 하지만 무엇을 구분하기 위해서인지 가오 노인은 물어보지 않았다.

그는 탐정처럼 판잣집을 둘러보며 이방인의 본성이나 목적지에 대한 단서를 찾아보았다. 도자기 베개에는 은화 4개가 잘 보이도록 놓여 있었다. 위안화 동전 2개, 페소 은화 2개. 가오 노인은 동전을 옆으로 치워 두었다.

판잣집 뒤편에는 벌집째 으깨어 꿀을 빼고 남은 건더기가 가득 쌓여 있었다. 벌들이 아직 끈적한 밀랍 표면에 앉아 남은 단물을 빨아먹었다.

가오 노인은 한참을 곰곰이 생각하다가 벌집 건더기를 모아 대충 천으로 싸서 냄비에 넣고 물을 채웠다. 화로에 올리고 물을 데웠다. 끓이지는 않았다. 이내 왁스가 위에 둥둥 뜨고 천 속에는 꿀벌 사체와 먼지, 꽃가루, 프로폴리스만 남았다.

그는 물을 식혔다.

그다음에 밖으로 나가서 달을 올려다보았다. 거의 만월이었다.

그는 자기 아들이 태어나자마자 죽었다는 걸 마을 사람 몇 명이나 알고 있을지 의아했다. 아내가 생각났지만 얼굴은 흐릿했다. 아내의 사진도 그림도 없었다. 이 높은 산비탈에서 총알 같은 검은 벌을 지키는 것만큼 이 세상에서 자신에게 잘 맞는 일은 없다는 생각이 들었다. 검은 벌의 성질을 그만큼 잘 아는 사람은 없었다.

물이 다 식었다. 그는 단단한 고체가 된 밀랍을 물에서 꺼내 침대로 쓰는 나무판에 올려놓고 마저 식혔다. 먼지와 불순물이 가득한 천을 냄비에서 꺼냈다. 그러고 나서 가오 노인은 냄비에 남은 달콤한 물을 마셨다. 그도 그 나름대로는 탐정이었고 불가능한 것을 모조리 제거하고 남는 것은 아무리 믿을 수 없어도 진실이라는 사실을 잘 알았다. 이미 꿀을 내리고 남은 건더기였지만 그래도 꿀이 아직 많이 남아 있었다. 물은 꿀맛이 났지만 가오가 그동안 맛본 꿀과는 달랐다. 그 꿀은 연기, 금속, 이상한 꽃, 이상한 향수 맛이 났다. 가오는 그것이 섹스의 맛이라고 생각했다.

그는 꿀물을 다 마신 뒤 도자기 베개를 베고 잠이 들었다.

잠에서 깬 그는 사촌 문제를 해결해야겠다고 생각했다. 늙은 가오가 사라졌으니, 그의 사촌은 벌통 12개를 당연히 자신이 가져야 한다고 생각할 것이다.

그는 다 커서 아버지를 찾아온 사생아인 척할까 고민했다. 아니, 진짜 아들이라고 해야겠다. 청년 가오. 그의 아들 이야기를 기억할 사람이 누가 있겠는가? 상관없었다.

그는 도시로 나갔다가 돌아오기로 했다. 돌아와서 시간과 상황이 허락하는 한 오랫동안 산속의 검은 벌을 지킬 것이다.

레이 브래드버리를 잊어버린 남자

The Man
Who Forgot Ray Bradbury

2012

건망증이 무서울 지경으로 심해졌다.

아직까지 개념을 까먹진 않았지만, 단어를 잊어버리고 있다. 그저 개념만큼은 잃지 않기를 바랄 뿐이다. 사실 개념을 까먹는다고 해도 알아차리지 못할 것이다. 개념을 잊어버렸다는 걸 어떻게 알 수 있겠는가?

예전부터 기억력이 무척 좋았던 내가 이런다니 웃긴 일이다. 난 모든 걸 기억했다. 가끔씩은 기억력이 너무 좋아서 아직 모르는 것까지 기억할 정도였다. 한마디로 미리 기억하는 거지.

그런 걸 가리키는 말이 있을지 모르겠다. 아직 일어나지 않은 일을 기억하는 거 말이다. 어떤 단어를 기억하려고 하면 밤새 누가 내 머릿속으로 들어와 가져가 버리기라도 한 것 같은 요즘과는 천지 차이다.

젊은 시절에 나는 커다란 셰어하우스에서 살았다. 그때 난 학생이었다. 주방 선반에는 각자 이름이 적혀 있었고, 냉장고도 각자의 공간을 나눠 달걀, 치즈, 요구르트, 우유 등을 보관했다. 나는 항상 꼼꼼하게 내 자리만 사용했지만 다른 사람들은 그렇지 않았다. 그런 걸 가리키는 단어를 까먹었다. '신중하게 법칙을 지키는 것'을 뭐라고 하더라. 아무튼 나 말고 다른 사람들은 그렇지 않았다. 냉장고에 넣어 둔 내 달걀은 사라지기 일쑤였다.

나는 우주선으로 가득한 하늘을 떠올리고 있다. 선명한 연보라색 밤하늘 위를 은빛으로 뒤덮은, 마치 메뚜기떼 같은 우주선들.

그 시절 내 방에서는 물건들이 종종 사라졌다. 부츠. 부츠가 사라진 일이 기억난다. '도둑' 맞았다고 해야 하나. 제 발로 사라진 건 아니니까. 부츠는 '없어진' 게 아니라 누군가 '훔쳐' 갔다. 내 대사전도 마찬가지였다. 같은 집에서 같은 해 있었던 일이다. 내 침대 옆에는 작은 책꽂이가 있었다(모든 물건이 침대 옆에 있었다. 내 방은 침대 하나가 딸랑 들어간 벽장과 다를 바 없을 정도로 작았다). 책꽂이로 갔더니 사전이 사라졌다. 딱 사전 크기의 빈 공간이 그 자리에 사전이 있었음을 말해 주었다.

그 책과 함께 책에 든 단어들도 사라졌다. 그 후로 한 달도 지나지 않아 라디오, 면도크림, 공책, 연필 한 상자가 사라졌다. 요구르트도. 정전 때 보니 양초까지 없어졌다.

지금 나는 새 운동화를 신고 자신이 영원히 달릴 수 있을 거라고 생각하는 소년을 생각하고 있다. 아직도 단어가 떠오르지 않는다. 영원히 비가 내리는 건조한 동네. 착한 사람의 눈에 신기루가 보이는 사막 도로. 영화 제작자 공룡. 그 신기루는 쿠빌라이 칸의 궁전이었다. 아니야…….

단어가 생각나지 않을 때 다른 방향에서 살금살금 다가가면 찾을 수 있을 때도 있다. 내가 어떤 단어를 찾는다고 해 보자. 예를 들어 화성에 사는 사람들에 대해 이야기를 하고 있다가 나는 그들을 가리키는 단어를 잊어버린다. 그리곤 실종된 단어가 제목에 들어 있다는 사실을 깨닫는다. ○○○연대기. 내가 가장 좋아하는 ○○○. 그래도 떠오르지 않으면 생각들을 쭉 돌아본다. 작은 초록 남자, 큰 키, 짙은 피부색, 온화함. 그들은 금색 눈을 가졌지. 그러다 갑자기 화성인이라는 단어가 나를 기다리고 있다. 마침내 만난 반가운 친구나 연인처럼.

나는 라디오가 없어진 뒤 그 집을 떠났다. 온전히 내 것이라고 믿었던 것들이 하나씩 서서히 사라지는 걸 보는 게 너무 힘들었다. 물건이 하나씩, 단어가 하나씩 사라지는 게.

열두 살 때 어느 노인에게 절대로 잊어버릴 수 없는 이야기를 들었다.

한 가엾은 남자가 해가 저문 숲에서 길을 잃었는데, 저녁 기도를 올리려고 했지만 기도서가 없었다. 그는 말했다. "모든 걸 다 아는 신이시여, 저는 지금 기도서가 없고 암기할 수 있는 기도가 없습니다. 하지만 신께선 모든 기도를 다 아십니다. 신이시니까요. 그래서 이렇게 하려고 합니다. 제가 알파벳을 읊으면 신께서 단어로 합쳐 주십시오."

내 머릿속에서 사라지는 것들이 있다는 사실에 겁이 난다.

이카루스! 내가 모든 이름을 다 까먹은 것은 아니다. 나는 이카루스를 기억한다. 태양에 너무 가까이 날았던 사나이. 하지만 그것은 가치 있는 일이었다. 실패해도, 영원히 유성처럼 떨어져야 한다고 해도, 도전은 가치 있는 법이다. 어둠 속에서 활활 타는 것이, 사람들에게 영감을 주는 것이, 제대로 인생을 사는 것이 더 낫다. 어둠 속에 그냥 앉아 양초 따위를 빌려 가서 돌려주지 않는 인간들을 욕하는 것보단 말이다.

하지만 난 사람들의 이름도 잃었다.

사실 참 이상한 일이다. 사실은 '잃은' 것이 아니다. 북적거리는 사람들 틈에서 엄마의 손을 잡고 있었는데 나중에 잡고 있는 손이 엄마의 손이 아니라는 걸 깨닫는 것처럼, 어릴 때 부모님을 잃어버리는 것과는 분명 다르다. 장례식이나 추도식, 혹은 꽃 핀 정원이나 바다에 유골을 뿌릴 때, 고인에 대해 묘사할 단어들을 찾아 내야만 한다.

가끔 내 유골이 도서관에 뿌려졌으면 좋겠다고 생각한다. 하지만 사서들이 아침 일찍 출근해 사람들이 오기 전에 뼛가루를 걸레질해야겠지.

내 유골이 도서관에 뿌려졌으면 좋겠다. 놀이동산도 좋고.

1930년대 놀이동산, 그 검은색 놀이기구를 탈 수 있는……뭔지 까먹었다. 회전목마? 롤러코스터? 타면 다시 젊어지는 그거. 대관람차. 맞다. 해악을 가져오는 이동식 놀이공원도 있었는데. "엄지손가락의 따끔따끔한 아픔으로……."

셰익스피어.

셰익스피어는 기억난다. 그의 이름과 그가 누구였고 무슨 작품을 썼는지를 기억한다. 아직은 안전하다. 셰익스피어를 잊어버리는 사람들이 있을지 모른다. 그러면 그들은 '죽느냐 사느냐 그것이 문제로다'라고 한 사람, 이라고 표현해야겠지. 잭 베니 주연의 영화 말고. 잭 베니의 본명은 벤저민 쿠벨스키다. 그는 시카고 외곽으로 1시간 정도 걸리는 일리노이주 워키건에서 자랐다. 나중에 워키건은 그곳을 떠나 로스앤젤레스로 간 미국인 작가의 이야기와 책에서 '그린 타운'이라는 이름으로 영원성을 부여받았다. 물론 그 작가는 지금 내 머릿속에 있는 사람이다. 눈을 감으면 보인다.

나는 그의 책 뒤표지에서 그의 사진을 보곤 했다. 사진 속의 그는 온화하고 지혜롭고 친절해 보였다.

그는 포가 잊히지 않도록 포에 관한 이야기를 썼다. 사람들이 그의 책을 불태우고 그의 존재를 잊어버리는 미래에 관한 이야기를. 우리는 워키건이나 로스앤젤레스에 있을지라도 그 이야기에서는 화성에 가 있다. 책을 탄압

하고 잊어버리는 사람들, 단어와 사전, 단어로 가득한 라디오를 훔쳐 가는 사람들, 집 안으로 들어와 한 사람씩 오랑우탄에, 씨에, 추에 죽임을 당하는 사람들. 신, 몬트레소를 사랑한다는 이유로.

포. 나는 포를 안다. 몬트레소도. 벤저민 쿠벨스키와 그의 아내 세이디 마크스도. 세이디 마크스는 막스 브라더스와 아무런 관계가 없고 메리 리빙스턴이라는 예명으로 활동했다. 이 이름들이 전부 내 머릿속에 있다.

나는 열두 살이었다.

나는 책도 읽었고 영화도 보았다. 종이를 태우는 장면에서 이걸 기억해야겠구나 싶었다. 만약 다른 사람들이 책을 태우거나 잊어버린다면 기억해야 하는 수밖에 없기 때문이다. 책을 기억하는 데 헌신하면 우리가 책이 된다. 작가가 된다. 작가의 책이 된다.

미안하다. 뭔가를 잃은 것 같다. 걷고 있던 길이 막다른 길이었던 것처럼. 이제 나는 홀로 숲에서 길을 잃었다. 나는 여기 있지만 여기가 어딘지 이젠 더 이상 모르겠다.

당신은 셰익스피어의 희곡을 읽어야 한다. 나는 당신을 타이터스 앤드로니커스[셰익스피어의 비극에 나오는 등장인물-역주]라고 생각할 것이다. 아니면 당신이라고, 당신이 누구든, 아가사 크리스티의 소설을 읽을 수도 있을 것이다. 그러면 당신은 『오리엔트 특급 살인』이 될 것이다. 또 어떤 사람은 존 윌멋의 시를 배운다. 이 글을 읽는 당신이 누구건 디킨스의 책을 읽을 수도 있을 것이다. 바나비 러지[찰스 디킨스 소설에 나오는 등장인물-역주]가 어떻게 되는지 궁금하니 내가 당신을 찾아가겠다. 나에게 알려 주기를 바란다.

단어를 태우는 사람들, 책꽂이에서 책을 훔쳐 가는 사람들, 소방관, 무지한 사람들, 이야기와 단어와 꿈과 핼러윈을 무서워하는 사람들, '얘들아! 지하실에서 버섯을 키울 수 있어!' 같은 말을 문신으로 새기는 사람들. 사람이고 나날이며 내 삶이기도 한 당신의 단어가 살아남은 이상, 당신은 제대로 인생을 살았고 중요하며 세상을 바꾼 것이다. 비록 내가 당신의 이름을 기억하진 못하지만.

나는 당신의 책을 읽었고 내 마음속으로 불태웠다. 소방관이 올지도 몰라서.

하지만 나에게 당신의 의미는 사라져 버렸다. 나는 그것이 돌아오기를 기다린다. 내가 별 소득도 없이 사전과 라디오, 부츠가 돌아오길 기다린 것처럼.

내게 남은 것은 예전에 당신이 있었던 내 마음속의 공간뿐이다. 그리고 이젠 그 공간이 남아 있는지조차도 잘 모르겠다.

내가 친구에게 말했다. "이 이야기들, 아는 이야기들이야?" 내가 아는 모든 단어를 말했다. 아이가 사는 집으로 찾아오는 괴물들에 관한 이야기, 번개를 파는 사람과 그를 따라온 사악한 카니발 이야기, 화성인과 그들의 무너진 유리 소리와 완벽한 운하 이야기. 나는 친구에게 내가 아는 모든 단어를 말했는데 친구는 들어 본 적이 없다고 했다.

존재하지 않는 단어들이라고.

걱정스럽다.

내가 단어들을 살려 둔 것일까 봐 걱정스럽다. 이야기의 맨 끝에서 사람들이 뒤로 혹은 앞으로 걸으며 이야기의 단어를 반복해 진짜로 만드는 것처럼 말이다.

이 모든 게 신의 잘못이다.

내 말은, 신이 모든 걸 기억할 거라고 생각하면 안 된다. 신은 모든 걸 기억하지 못한다. 그러기엔 너무 바쁘다. 그래서 아마 이런 식으로 위임할지도 모른다. "너! 넌 백년전쟁 날짜를 기억해라. 그리고 넌 오카피를 기억하고. 넌 일리노이주 워키건 출신의 벤저민 쿠벨스키였던 잭 베니를 기억하도록." 그런데 신이 맡긴 기억의 임무를 까먹는 거다. 그러면 오카피가 사라진다. 영양과 기린 사이에 오카피 형상의 구멍만 세상에 남긴다. 잭 베니도, 워키건도 사라진다. 어떤 사람이나 개념이었던 구멍만이 당신의 머릿속에 남을 뿐.

모르겠다.

어느 쪽을 봐야 할지 모르겠다. 내가 사전을 잃어버린 것처럼 작가를 잃어버린 것일까? 아니면 그보다 더 끔찍하게도, 신이 맡긴 고작 작은 임무조차 실패한 걸지도. 내가 신을 잊어버려서 그가 책꽂이에서, 사전에서 사라지고 지금은 오지 꿈속에서만 존재하는지도.

내 꿈들. 난 당신의 꿈은 모른다. 아마 당신은 두 어린아이를 잡아먹는 초원지대의 꿈은 꾸지 않을 것이다. 아마 당신은 화성이 천국이라는 것을, 사랑하는 사람들이 죽으면 거기에서 우리를 기다리다가 한밤중이 되면 우리를 찾아온다는 것을 모를 수도 있다. 길을 걸었다는 이유로 범죄자라며 체포되는 남자의 꿈을 꾸지 않을 것이다. 나는 그런 꿈들을 꾼다.

만약 그가 존재한다면 난 그를 잊어버린 것이다. 그의 이름을, 책 제목들을 하나씩 하나씩 잃었다. 이야기를 잃었다.

내가 나이를 먹지 못하고 미칠까 봐 겁난다.

신이시여, 만약 제가 단 하나의 임무에 실패한 것이라면, 지금 이 선택을 허락하시고 이야기를 세상에 돌려주소서.

만약 이 방법이 성공한다면 그들은 그를 기억할 것이다. 그들 모두가 그를 기억할 것이다.

그러면 그의 이름은, 잎사귀들이 겁에 질린 새처럼 보도를 가로질러 흩날리는 핼러윈의 미국 작은 마을과, 혹은 화성과, 혹은 사랑과 다시 한번 동의어가 될 것이다. 나는 기꺼이 그 대가를 치를 것이다. 내가 죽기 전에 마음 속 책꽂이의 빈자리가 채워질 수 있다면.

신이여, 제 기도를 들어주소서.

A…B…C…D…E…F…G…

『오솔길 끝 바다』 발췌

Excerpt from The Ocean at the End of the Lane

2013

그날은 3주 동안 학교에 가지 않아도 되는 봄방학 첫날이었다. 나는 하고 싶은 일을 마음대로 할 수 있는 끝없는 시간이 펼쳐질 거라는 생각에 신이 나서 일찍 일어났다. 책도 읽고 탐험도 해야지.

반바지와 티셔츠를 입고 샌들을 신은 다음 아래층 부엌으로 내려갔다. 어머니는 늦잠을 자고 아버지가 요리하고 있었는데, 그는 파자마 잠옷 위에 가운을 걸친 채였다. 토요일에는 아버지가 아침을 준비할 때가 많았다. "아빠! 제 만화책은요?" 아버지는 금요일 퇴근길마다 나에게 〈스매시!〉를 사다 주었고, 토요일 아침이면 언제나 그것을 읽었다.

"차 뒤에 있다. 토스트 먹을래?"

"네. 탄 거 말고요."

토스터를 사용하는 걸 좋아하지 않는 아버지는 그릴로 빵을 굽다가 태울 때가 많았다.

나는 집 밖의 차도로 나가서 둘러보았다. 다시 집으로 들어와 부엌문을 열고 들어갔다. 나는 부엌문이 좋았다. 앞뒤로 밀어서 열 수 있는 문이라 60년 전에 하인들은 빈 접시나 음식이 든 접시를 들고서 부엌을 오갈 수 있었을 것이다.

"아빠? 차 어디 있어요?"

"진입로에."

"없는데요."

"뭐?"

그때 전화가 울렸고 아버지는 전화를 받으러 거실로 갔다. 아버지가 누군가와 이야기하는 소리가 들렸다.

그릴 아래의 토스트에서 연기가 나기 시작했다. 나는 의자 위에 올라가서 그릴을 껐다.

"경찰한테 온 전화야. 누가 우리 차가 오솔길 맨 아래쪽에 버려져 있는 걸 보고 신고했대. 나는 아직 도난 신고도 안 했다고 했어. 지금 길 아래로 내려가서 경찰을 만나 보자꾸나. 아, 토스트!"

아버지는 그릴에서 팬을 꺼냈다. 토스트에서는 연기가 났고 한쪽 면이 까맣게 타 버렸다.

"제 만화책도 거기 있어요? 아니면 도둑이 훔쳐 갔어요?"

"모르겠다. 경찰이 네 만화책 얘긴 안 했거든."

아버지는 토스트의 탄 면에 땅콩버터를 발랐다. 그리곤 파자마에 걸친 가운을 코트로 바꿔 입고 구두를 신었다. 나는 아버지와 함께 길 아래쪽으로 걸어갔다. 걸어가면서 아버지는 토스트를 먹었다. 나는 토스트를 들고 있었지만 먹지는 않았다. 양쪽으로 들판이 있는 좁은 길을 5분쯤 걸어 내려갔을 때 경찰차 한 대가 우리 뒤로 다가왔다. 경찰차가 속력을 줄였고 운전하는 사람이 아버지의 이름을 친근하게 부르며 인사를 건넸다.

나는 아버지가 경찰과 이야기하는 동안 탄 토스트를 뒤쪽으로 숨기고 있었다. 우리 집도 다른 집들처럼 토스터에 들어가는 평범한 흰 식빵을 사면 좋겠다는 생각이 들었다. 아버지는 동네 어느 빵집에서 파는 덩어리 잡곡빵을 한사코 고집했다. 더 맛이 좋다는 이유였지만 내가 보기에는 말도 안 되는 소리였다. 자고로 빵이란 흰색에 한 조각씩 잘려 있어야 하고 아무 맛도 안 나선 안 된다. 그 점이 가장 중요했다.

운전석에 탄 경찰이 내리더니 차 문을 열어 주며 나더러 타라고 했다. 아버지는 조수석에 앉았다.

경찰차는 느리게 오솔길을 달렸다. 당시에 그곳은 차가 한 대만 달릴 수 있는 비포장길이었는데, 진흙 웅덩이가 많고 가파른 데다가 여기저기 돌이 박혀 있어서 울퉁불퉁했다. 길 전체가 농장 장비나 비바람, 시간 때문에 움푹 패여 있었다.

"애들은 차를 훔쳐서 타고 다니다 버리는 게 재미있는 줄 안다니까요. 분명 동네 애들일 겁니다."

"빨리 찾아서 다행이죠." 아버지가 말했다.

캐러웨이 농장을 지났다. 흰색에 가까울 정도로 밝은 금발에 뺨이 붉은 꼬마 여자애가 우리를 쳐다보았다. 나는 탄 토스트를 무릎에 놓았다.

"저 아래에 버리다니 이상하긴 합니다. 저기서 다시 걸어가려면 한참 걸리는데 말이죠." 경찰이 말했다.

커브를 지나자 들판으로 이어지는 길가 울타리 입구에 하얀색 미니가 보였다. 타이어가 진흙 깊숙이 빠져 있었다. 우리는 미니를 지나쳐 풀이 나 있는 길가에 멈추었다. 경찰이 문을 열어 주었고 우리 셋은 미니로 걸어갔다. 가는 내내 경찰은 아버지에게 이 지역의 범죄에 대해, 아이들 짓이 분명한 이유에 관해 이야기했고, 아버지는 여분의 열쇠로 조수석 문을 열었다.

"누가 뒷좌석에 뭘 놓고 갔네요." 아버지는 경찰이 말리는데도 뒷좌석의 무언가를 덮은 파란색 담요를 치웠다. 나 역시 내 만화책이 뒷좌석에 있어서 쳐다보다가 그것을 보았다.

내가 본 것은 인간 남자가 아니라 '그것'이었다.

나는 상상력이 뛰어난 아이였고 악몽을 자주 꿨다. 만화책에서 읽은 공포의 방에 가 보고 싶어서 여섯 살 때는 부모님께 런던에 있는 마담 투소 밀랍 인형 박물관에 데려다 달라고 졸랐을 정도다.

드라큘라와 프랑켄슈타인의 괴물, 늑대인간의 밀랍 인형을 보면서 전율하고 싶었다. 하지만 내가 그곳에서 안내받은 것은 대개 하숙생이나 가족을 살해했으며 결국 전기의자나 가스실에서 목숨을 잃은, 전혀 멋있지도 않고 침울하게 생긴 남녀의 끝없이 펼쳐지는 입체 조형물들이었다. 대부분의 살인자들은 피해자들과 친목 상황에서 어색하게 함께 있는 모습으로 표현되어 있었다. 저녁 식사 테이블에서 살인자가 가족에게 독약을 먹였다던가 하는 식으로 말이다. 그들이 누구인지에 대한 설명이 적힌 명판에는 그들이 살해한 대상이 대부분 가족이며 시체를 해부용으로 팔았다는 내용도 들어가 있었다. 그때부터 해부라는 말은 나에게 공포의 대상이 되었다. 정확히 해부가 뭔지 몰랐지만 해부가 자녀를 죽이게 만든다는 것은 알 수 있었다.

내가 공포의 방으로 들어갔을 때 비명을 지르면서 뛰쳐나가지 않을 수 있었던 이유는 딱 하나, 밀랍 인형들이 별로 그럴듯해 보이지 않아서였다. 진짜 사람처럼 보이지 않았기에 진짜 죽은 것처럼 보이지도 않았다.

파란색 담요로 덮여 있던 뒷좌석의 그것도(내가 아는 담요였다. 내 방 선반에 올려놓고 추울 때 덮는 것이었으니까) 그렇게 진짜처럼 보이지 않기는 마찬가지였다. 그것은 오팔 광부만큼 체구가 작았지만 검은 양복에 주름 장식이 달린 하얀 셔츠, 검은 나비넥타이 차림이었다. 머리카락은 뒤로 넘겼고 부자연스럽게 윤기가 났다. 눈은 허공을 응시했으며 입술은 파랗고 피부는 매우 붉었다. 건강을 풍자한 것 같았다. 목에 금목걸이는 없었다.

그것 아래로 텔레비전에서와 똑같은 모습의 배트맨이 표지에 실린 구겨진 내 〈스매시!〉가 보였다. 그때 누가 뭐라고 말했는지는 모르지만 어쨌든 나는 미니에서 멀찍이 떨어져 서 있어야 했다. 내가 길 반대편에서 혼자 서 있는 동안 경찰이 아버지와 이야기를 나누고 수첩에 적기도 했다.

나는 미니를 바라보았다. 배기관에서 운전석 창문으로 연결된 기다란 마당용 호스. 호스가 꽂힌 배기관 주변은 온통 갈색 진흙투성이였다.

아무도 보는 사람이 없어서 토스트를 한 조각 베어 물었다. 차갑고 탄 맛이 났다.

집에 있을 때 아버지는 가장 심하게 탄 토스트를 전부 먹었다. "맛있다! 탄 음식! 건강에 좋아! 탄 토스트! 내가 제일 좋아하는 음식!" 아버지는 이렇게 말하며 모두 먹어 치웠다. 하지만 내가 어른이 되었을 때 아버지는 탄 토스트를 좋아하지 않았고 버리기 아까워서 다 먹었을 뿐이라고 했다. 그 말을 듣는 순간 아주 잠시뿐이지만 내 어린 시절 전체가 거짓말처럼 느껴졌다. 마치 내 세계를 지탱하던 기둥 하나가 부서져 모래로 변한 것 같았다.

경찰은 경찰차 앞에서 무전기에 대고 이야기했다.

그리곤 그가 맞은편의 내 쪽으로 와서 말했다. "미안하다, 꼬마야. 곧 이쪽으로 차가 몇 대 더 올 거야. 넌 방해되지 않는 곳에서 기다려야 할 것 같구나. 아까처럼 내 차 뒷좌석에 앉아 있을래?"

나는 고개를 저었다. 거기 앉아 있기 싫었다.

그때, 누군가가, 여자애가 말했다. "저랑 같이 농장으로 가 있으라고 하세요. 괜찮아요."

여자애는 나보다 나이가 많았는데 최소한 열한 살은 되어 보였다. 붉은 갈색 머리카락은 여자애치곤 짧았고 코는 들창코에 주근깨가 있었다. 여자애는 빨간 치마를 입었는데, 그 시절 그 동네에서는 여자들이 청바지를 거의 입지 않았다. 부드러운 서식스 지방 억양에 회색빛 도는 파란 눈동자가 날카로웠다.

여자애는 경찰과 함께 우리 아버지에게 갔고 나를 데려가도 된다는 허락을 받았다. 나는 그 애와 함께 오솔길을 걸어갔다.

내가 말했다. "우리 차에 죽은 남자가 있어."

"그 사람은 그래서 여기로 온 거야. 오솔길의 끝으로. 새벽 3시쯤 되면 보는 사람도 말리는 사람도 없는 곳이니까. 그리고 여기 진흙은 축축해서 빠지기 쉽거든."

"자살한 걸까?"

"응. 너 우유 좋아해? 할머니가 베시한테서 우유를 짜고 있거든."

"소에서 짜는 진짜 우유 말이야?" 바보 같은 말이었지만 여자애는 확인시켜 주듯 고개를 끄덕였다.

답을 생각해 보았다. 나는 병에 들어 있지 않은 우유를 먹어 본 적이 없었다. "좋을 것 같아."

우리는 작은 축사에서 멈추었는데, 거기에는 우리 부모님보다 훨씬 나이 많은 한 여자가 거미줄 같은 기다란 머리에 여윈 얼굴을 하고서 소 옆에 서 있었다. 소의 젖에는 제각각 길고 까만 튜브가 연결되어 있었다. "원래는 손으로 우유를 짰는데, 지금은 이게 더 쉬워."

여자애는 소의 젖에서 검은 튜브로 흘러나온 우유가 냉각기를 거쳐 커다란 철제 우유통으로 옮겨지는 과정을 구경시켜 주었다. 축사 바깥의 묵직한 나무 받침대에 우유 통을 놓아두면 매일 트럭이 와서 실어 간다고 했다.

할머니가 베시에게서 짠 크림 같은 우유를 한 컵 주었다. 냉각기로 들어가기 전의 그야말로 갓 짠 우유였다. 그런 맛의 우유는 생전 처음이었다. 고소하고 따뜻하고 입안이 너무 행복했다. 다른 것들을 다 잊어버렸을 때도 그 우유 맛은 기억이 났다.

"길 아래로 사람들이 더 오는구나." 할머니가 불쑥 말했다. "불을 켜고 온갖 차가 달려오고 있어. 야단법석이 따로 없구먼. 부엌으로 데려가렴. 배고플 텐데 한창 클 나이에 우유 한 잔 가지곤 안 되지."

여자애가 물었다. "밥 먹었어?"

"그냥 토스트 탄 거 하나."

"내 이름은 레티야. 레티 헴스톡. 여긴 헴스톡 농장이고. 가자." 여자애는 나를 데리고 현관문을 지나 거대한 부엌으로 간 다음 커다란 나무 식탁에 앉혔다. 식탁에는 얼룩과 패턴이 너무 많아서 마치 오래된 나무 속 얼굴들이 나를 쳐다보는 것 같았다.

"우린 아침을 일찍 먹어. 새벽부터 우유를 짜거든. 작은 냄비에 포리지가 있어. 넣어 먹을 잼도 있고."

여자애는 가스레인지에 있던 따뜻한 포리지를 담은 도자기 그릇을 갖다 주었다. 가운데에는 내가 제일 좋아하는 집에서 만든 블랙베리 잼 한 덩어리가 올려져 있었다. 여자애가 거기에 크림도 부었다. 먹기 전에 숟가락으로 휘저어 포리지를 자주색으로 만들었는데, 너무나 만족스러웠다. 맛이 기가 막혔다.

그때 다부진 체격의 여자가 들어왔다. 짧은 적갈색 머리에 희끗희끗한 머리가 섞여 있었고, 사과처럼 불그스름 뺨에 무릎까지 오는 진한 초록색 치마와 웰링턴 부츠 차림이었다. "오솔길 위쪽에 사는 애인가 보네. 너희 차가 아주 난리구나. 곧 다섯 명에게 차를 대접해야겠어."

레티가 커다란 구리 주전자에 수돗물을 채웠다. 가스레인지를 켜고 주전자를 불에 올렸다. 그다음에는 찬장에서 이가 깨진 머그잔을 5개 꺼내더니 약간 머뭇거리며 여자를 바라보았다. 그러자 여자가 말했다. "맞아, 6개. 의사도 곧 올 거야."

그리곤 입술을 삐죽 내밀더니 "쯧!" 하는 소리를 냈다. "경찰이 유서를 아직 못 봤나 봐. 그가 아주 신중하게 써서 가슴 주머니에 넣어 놨는데 거길 아직 안 봤어."

"뭐라고 적혀 있어요?" 레티가 물었어.

"네가 직접 읽어 봐." 여자가 말했다. 그녀는 레티의 엄마인 것 같았다. 어쨌든 누군가의 엄마처럼 보였다. "친구들이 남아프리카에서 영국으로 밀항하게 해 달라고 보내준 돈과 지금까지 오팔 광부로 일하면서 모은 돈을 전부 가지고 브라이턴의 카지노로 도박을 하러 갔대. 원래는 자기 돈만 쓰려고 했는데 돈을 잃었고 그 돈을 메꾸려고 친구 돈까지 쓴 거야. 결국은 전부 다 잃고 말았고 눈앞이 깜깜해진 거지."

"하지만 그렇게 쓰여 있지 않은데요." 레티가 눈을 가늘게 떴다. "그 사람은 이렇게 썼어요. 친구들에게, 미안해. 그럴 생각은 아니었는데. 부디 나를 용서해 주기를 바라. 나는 나를 용서하지 못하겠으니."

"그게 그거지." 여자는 이렇게 말하고 나를 쳐다보았다. "난 레티의 엄마란다. 우리 어머님은 축사에서 벌써 만났겠지. 난 헴스톡 부인인데 어머니가 나보다 먼저 헴스톡 부인이셨으니까 이제는 헴스톡 할머니지. 여긴 헴스톡 농장이야. 근방에서 가장 오래된 농장이고. 『돔즈데이 북』에도 나온단다."

나는 이 집 여자들이 왜 전부 헴스톡인지 궁금했지만 물어보지 않았다. 그들이 어떻게 오팔 광부의 유서 내용을, 그가 죽기 전에 한 생각을 아는 건지 물어볼 용기도 나지 않았다. 그들은 당연한 사실인 것처럼 너무 담담하게 이야기했다.

레티가 말했다. "가슴 주머니를 보라고 쿡 찔렀어요. 자기가 스스로 생각해 낸 건 줄 알겠지만."

"잘했네." 헴스톡 부인이 말했다. "주전자가 끓기 시작하면 이리로 찾아와서 이상한 일이 없었는지 물어보고 차도 마실 거야. 애를 데리고 연못에 가는 건 어떻겠니?"

"연못 아니에요. 내 대양ocean이에요." 레티가 내 쪽으로 고개를 돌렸다. "가자." 레티는 우리가 왔던 길을 따라 집 밖으로 나갔다.

날은 여전히 잿빛이었다.

우리는 집을 빙 둘러 소 떼가 낸 길로 내려갔다. "진짜 대양이야?" 내가 물었다.

"당연하지."

갑작스럽게 그곳에 도착했다. 나무 헛간과 오래된 긴 의자 사이에 오리 연못이 있었다. 짙은 색의 물 위로 개구리밥과 연잎이 눈에 띄었다. 은화 같은 은색의 죽은 물고기 한 마리가 옆으로 누워서 둥둥 떠다녔다.

"아, 안 좋은데." 레티가 말했다.

"대양이라고 했잖아. 이건 그냥 연못인데."

"대양 맞아. 내가 아기였을 때 오래된 동네에서 처음 발견한 거야."

레티는 헛간으로 가서 대나무 장대를 가져왔다. 끝부분에 새우잡이 그물 같은 게 달려 있었다. 레티는 몸을 앞으로 기울여 조심스럽게 그물을 죽은 물고기 아래쪽으로 가져가 퍼 올렸다.

"그런데 헴스톡 농장은 『둠즈데이 북』에도 나온다고 아까 아줌마가 그랬잖아." 내가 말했다. "그건 윌리엄 1세 때인데."

"맞아." 레티 헴스톡이 말했다.

레티는 그물에서 죽은 물고기를 꺼내 자세히 살폈다. 뻣뻣하지 않고 아직 부드러운 물고기가 레티의 손바닥에 누웠다. 그렇게 많은 색깔은 처음이었다. 물론 은색이었지만 은색 아래로 파란색, 초록색, 자주색이 있고 모든 비늘의 끝부분에 검정이 들어갔다.

"이거 무슨 물고기야?" 내가 물었다.

"좀 이상한데. 이 대양의 물고기들은 거의 죽지 않거든." 레티는 자루 부분에서 뿔이 달린 주머니칼을 꺼내(하지만 어디에서 꺼낸 것인지는 알 수 없었다) 물고기의 배를 꼬리 부분까지 쭉 그었다.

"이것 때문에 죽은 거였어." 레티가 말했다.

레티는 물고기의 배 속에서 뭔가를 꺼냈다. 아직 내장 기름이 묻은 그것을 내 손에 올려놓았고, 나는 몸을 기울여 손을 비벼서 그것을 헹구었다. 빅토리아 여왕의 얼굴이 나를 쳐다보고 있었다.

"6펜스? 물고기가 6펜스를 먹은 거야?" 내가 말했다.

"안 좋아. 그렇지?" 레티 헴스톡이 말했다. 이제 햇살이 조금씩 비치기 시작했다. 레티의 뺨과 코에 가득한 주근깨가 잘 보였고 햇살이 닿은 머리카락은 구릿빛 도는 붉은색이었다. "아빠가 너 걱정하시겠다. 그만 돌아가는 게 좋겠어."

나는 레티에게 그 작은 은색 6펜스를 돌려주려고 했는데 그녀가 고개를 저었다.

"네가 가져. 초콜릿을 사 먹든지 레몬 셔벗을 사 먹든지."

"그건 안 될 것 같아. 너무 작아. 요즘 가게에서 6펜스 은화를 받을지 모르겠어."

"그럼 돼지저금통에 넣어 둬. 행운을 가져다줄 거야." 레티는 이렇게 말했지만 무슨 행운일지 모르겠다는 듯 확신은 없어 보였다.

아버지와 경찰들, 갈색 양복과 넥타이 차림의 남자 두 명이 농장의 부엌에 서 있었다. 그중 한 사람은 나에게 자신이 제복을 입고 있진 않지만 경찰이라고 말했다. 나는 좀 실망스러웠다. 만약 내가 경찰이라면 언제든 제복을 입고 다닐 텐데. 양복과 넥타이 차림의 또 다른 남자는 내가 잘 아는 우리 집 주치의 스미스슨 박사였다. 그들은 차를 마저 마시는 중이었다.

아버지는 헴스톡 부인과 레티에게 나를 돌봐 주어서 고맙다고 했고 그들은 내가 전혀 힘들지 않게 했다면서 언제든 다시 놀러 와도 된다고 말했다. 처음에 우리 차가 버려져 있던 곳까지 태워 주었던 경찰이 이번에는 집까지 태워다 주었다. 우리는 차도 끄트머리에서 내렸다.

"네 누이한테는 말하지 않는 게 좋겠구나." 아버지가 말했다.

사실 그 누구한테도 말하고 싶지 않았다. 특별한 장소를 알게 되었고 새로운 친구를 사귀었으니까. 비록 만화책은 잃었지만 옛날 6펜스 은화를 손에 꽉 쥐고 있었다.

"대양이 바다하고 뭐가 달라요?" 내가 아버지에게 물었다.

"더 크지. 대양은 바다보다 훨씬 크단다. 그건 왜?"

"그냥 생각나서요. 작은 연못이 대양이 될 수 있어요?"

"아니. 연못은 연못만 하고 호수는 호수만 하고 바다는 바다고 대양은 대양이지. 대서양, 태평양, 인도양, 북극양. 대양은 이게 다일 거야."

아버지는 어머니와 이야기를 나누고 전화도 걸기도 위해 침실이 있는 2층으로 올라갔다. 나는 6펜스 은화를 돼지저금통에 넣었다. 한 번 넣으면 꺼낼 수 없는 도자기 재질의 돼지저금통이었다. 언젠가 다 차면 부모님의 허락을 받아 깨뜨릴 테지만 그러려면 아직 한참 멀었다.

딸깍딸깍
덜거덕 자루

Click-Clack
the Rattlebag

2013

"침대로 데려가기 전에 재미있는 얘기해 주면 안 돼요?"

"내가 정말 너를 침대까지 들고 가야 하는 거니?" 내가 아이에게 물었다.

아이는 잠깐 생각에 잠기더니 상당히 진지한 표정으로 말했다. "네. 그래야 한다고 생각해요. 왜냐하면 전 숙제를 다 했고 이제 잠잘 시간인데 무섭거든요. 많이 무서운 건 아니고 조금이지만요. 집이 너무 크고 고장 난 불이 많아서 좀 어두워요."

내가 아이의 머리카락을 헝클어뜨렸다.

"그건 나도 이해해. 이 집은 너무 오래되고 너무 커." 아이도 고개를 끄덕였다. 우리가 있는 곳은 밝고 따뜻한 부엌이었다. 나는 읽던 잡지를 식탁에 내려놓았다. "무슨 얘기를 해 줄까?"

"음. 너무 무서우면 안 돼요. 그럼 침대에 누워서 계속 괴물 생각만 날 거예요. 하지만 너무 조금 무서우면 재미가 없을 테고요. 아저씨는 무서운 얘기 만드는 사람 맞죠? 누나가 그랬어요. 그게 아저씨 직업이라고."

"누나가 과장한 거야. 글을 쓰는 건 맞지만 책이 나온 적은 없거든. 아직은. 그리고 무서운 얘기뿐만 아니라 여러 가지 얘길 써."

"그래도 무서운 얘기도 쓰는 거 맞죠?"

"응."

아이가 어두운 문가에서 기다리며 나를 바라보았다. "혹시 딸깍딸깍 덜거덕 자루 얘기 아세요?"

"모르는 것 같은데."

"제일 재미있는 이야기에요."

"학교에서 해 주는 얘기야?"

아이가 어깨를 으쓱했다. "가끔요."

"딸깍딸깍 덜거덕 자루 얘기가 뭔데?"

조숙한 아이라 그런지, 누나 남자친구의 무지함이 그리 놀랍지 않은 듯했다. "다들 아는 얘긴데."

"난 몰라." 나는 미소 짓지 않으려고 노력했다.

아이는 내가 장난을 치는 건지 판단하려는 듯이 바라보았다. "저를 2층의 제 방으로 데려다준 다음에 제가 잠들기 전에 얘길 해 주세요. 무서운 얘기는 아닌 게 좋겠어요. 얘길 듣고 자야 하는데 제 방도 좀 어둡거든요."

"네 누나한테 우리가 네 방에 있다고 메모를 남길까?" 내가 물었다.

"그래도 되고요. 하지만 집에 들어올 때 소리가 들릴 거예요. 현관문 소리가 시끄럽거든요."

우리는 따뜻하고 안락한 부엌에서 외풍이 들어와 쌀쌀하고 어두운 복도로 나갔다. 조명 스위치를 켜 보았지만 복도는 여전히 어두웠다.

"전구가 나갔어요. 자주 그래요." 아이가 말했다.

눈이 조금씩 어둠에 익숙해졌다. 달이 거의 만월이라 계단의 높은 창문에서부터 복도로 푸르스름한 달빛이 내려왔다. "괜찮을 거야." 내가 말했다.

"네. 아저씨가 있어서 다행이에요." 아이의 목소리는 굉장히 침착했다. 애어른 같은 느낌이 아까보다 덜했다. 아이가 더듬더듬 내 손을 잡았다. 마치 평생 알아 온 것 같은 편안함과 믿음으로 내 손을 꽉 잡은 아이의 손길에서 어른으로서의 책임감이 느껴졌다. 이 아이의 누나인 여자친구에 대한 감정이 사랑인지는 아직 확신이 없었지만 아이가 나를 벌써 가족처럼 대해 준다는 것이 좋았다. 아이의 형이 된 기분이 들어서 좀 더 허리를 꼿꼿하게 폈다. 썰렁한 이 큰 집이 뭔가 불길한 느낌을 주지만 겉으로 드러내고 싶진 않았다.

올이 드러난 카펫이 깔린 계단이 삐걱거렸다. "딸깍딸깍은 최고의 괴물이에요." 아이가 말했다.

"TV에 나오는 거야?"

"아닐걸요. 딸깍딸깍이 어디에서 오는지 아는 사람은 없을 거예요. 보통은 어둠 속에서 나와요."

"괴물이 나오기 딱 좋은 곳이지."

"맞아요."

우리는 어둠 속에서 2층 복도를 따라 걸었다. 달빛이 비치는 곳으로만 옮겨 갔다. 집이 얼마나 큰지 실감 났다.

손전등이 있었으면 했다.

"딸깍딸깍은 어둠에서 나와요." 아이가 내 손을 잡은 채 말했다.

"아마 어둠으로 만들어질 거예요. 정신이 딴 데 팔려 있을 때 나타나서 사람을 잡아가요. 어디로 데려가느냐면……둥지 말고 비슷한 단어가 또 있는데 뭐였더라?"

"집?"

"아뇨. 집은 아니에요."

"은신처?"

아이는 잠시 조용해졌다가 말했다. "맞는 것 같아요. 은신처. 맞아요." 아이가 내 손을 더 꽉 쥐고는 말을 멈추었다.

"그래. 정신을 딴 데 파는 사이에 사람들을 은신처로 잡아간다고. 그다음엔 그 괴물들이 어떻게 해? 피를 전부 빨아먹나? 뱀파이어처럼?"

아이가 콧방귀를 뀌었다. "뱀파이어는 피를 전부 다 빨아먹지 않아요. 조금만 빨아먹어요. 날아다니는 데 필요한 정도로만. 딸깍딸깍은 뱀파이어보다 훨씬 무섭다고요."

"난 뱀파이어 안 무서운데." 내가 말했다.

"저도요. 저도 뱀파이어 안 무서워요. 딸깍딸깍이 어떻게 하는지 궁금하세요? 사람을 마셔요."

"콜라처럼?"

"콜라는 몸에 나빠요. 치아를 밤새 콜라에 담가 두면 아침에 다 녹아서 없어져요. 콜라가 그 정도로 나빠요. 그래서 자기 전에 양치질을 꼭 해야 하고요."

콜라 이야기는 나도 어릴 때 들은 적 있지만 어른이 되어서 듣기로는 그 말이 사실이 아니라고 했다. 치아 위생을 장려하기 위한 거짓말이 분명했다. 하지만 그냥 넘어가기로 했다.

"딸깍딸깍은 사람을 마셔요. 첫날은 물어서 뼈를 제외하고 살과 뇌, 피부가 전부 질퍽질퍽해져요. 꼭 밀크셰이크처럼. 그럼 딸깍딸깍은 눈이 있었던 곳을 통해 쭉 빨아 마시죠."

"징그럽다. 네가 만들어 낸 거야?"

우리는 마지막 층계에 이르렀다. 커다란 집의 안쪽 깊숙이 들어온 것이다. "아뇨."

"애들이 그런 얘길 만들어 냈다니 믿을 수가 없네."

"덜거덕 자루 얘긴 안 물어보셨잖아요." 아이가 말했다. "그렇지. 덜거덕 자루는 뭐야?"

"그건……" 아이가 어둠 속에서 작지만 현명하고 침착한 목소리로 말했다. "딸깍딸깍이 사람을 다 마시고 나서 뼈하고 피부만 남으면 갈고리에 걸어 놓거든요. 그럼 바람에 덜거덕거려요."

"그런데 딸깍딸깍은 어떻게 생겼어?" 나는 이렇게 질문하면서도 도로 무르고 싶었다. 물어보지 않는 게 좋았겠다 싶었다. 꼭 이런 답이 나올 것만 같아서. 커다란 거미처럼 생겼어요. 오늘 아침에 샤워할 때 본 것처럼.

나는 거미를 무서워한다.

"딸깍딸깍은 사람들이 절대로 딸깍딸깍이라고 생각하지 못하는 모습을 하고 있어요. 절대로 관심 가지지 않을 모습이요."

이제 우리는 나무 계단을 올라가는 중이었다. 나는 왼쪽의 난간을 잡았고 내 오른손을 잡은 아이는 옆에서 나란히 계단을 올라갔다. 집안의 높은 곳에 올라오니 먼지와 오래된 나무 냄새가 풍겼다. 달빛이 약했지만 아이는 옆에서 힘있게 한 걸음씩 내디뎠다.

"방에서 무슨 얘기해 주실지 결정하셨어요? 아까 말했지만 꼭 무서운 얘기가 아니어도 되는데."

"아니, 아직."

"오늘 저녁에 뭐 했는지 말해 주셔도 돼요."

"그건 이야깃거리가 되지도 못할 거야. 여자친구가 도시 변두리로 이사를 왔어. 숙모님이었나, 암튼 친척에게 물려받은 집인데 엄청나게 크고 오래된 집이야. 오늘은 그 집에서 자고 가기로 해서 여자친구랑 그녀의 하우스메이트들이 와인과 인도 음식을 사러 갔고, 1시간 넘게 기다리는 중이야."

"봐요. 이야기 맞잖아요." 다시 애어른으로 돌아와 재미있어하는 목소리였다. 하지만 아이가 어른이 모르는 뭔가를 아는 척하면 왠지 모르게 짜증이 나기도 한다. 뭐, 아이들에겐 좋은 일인지도 모른다. "그냥 안 거잖아. 생각해서 알아낸 게 아니라. 그냥 머릿속에 떠오른 거지."

아이가 다락방의 문을 열었다. 어느덧 주위는 완전히 캄캄했지만 방문이 열리면서 바람이 느껴졌다. 작게 덜거덕거리는 소리가 들렸다. 얇은 자루에 든 바싹 마른 뼈들이 바람에 흔들리는 것처럼. 딸깍. 딸깍. 그렇게.

순간 도망칠 수 있었다면 도망쳤겠지만 작고 단단한 손이 거칠게 나를 어둠 속으로 끌어당겼다.

잠자는 공주와 물레

The Sleeper and the Spindle

2013

그곳은 여왕의 왕국에서 가장 가까운 왕국이었다. 까마귀가 날아갈 수 있을 정도로 가까웠지만 그곳을 나는 까마귀는 없었다. 두 왕국의 국경선 역할을 하는 험난한 산맥 때문에 까마귀는 물론 사람도 그곳을 가까이하지 않았고 건널 수 없는 곳이라고 여겼다.

그 산을 건너는 오솔길을 찾는 사람은 분명 부자가 될 터였다. 지금까지 야심에 찬 상인들이 길을 찾으려고 사람들을 고용했지만 번번이 실패했다. 길만 있다면 이웃 도리마 왕국의 비단을 이곳 칸셀데어 왕국으로 들여오기까지 몇 년이 아니라 몇 주나 몇 달밖에 걸리지 않을 것이다. 그러나 그런 길은 여태껏 발견되지 않았으며 두 왕국은 국경선이 바로 인접하는데도 서로 왕래가 전혀 없었다.

살과 피 그리고 마법으로 이루어진 강인하고 튼튼한 난쟁이들마저도 산

맥을 넘을 수 없었다. 하지만 난쟁이들에게는 그것이 문제되지 않았다. 그들은 산을 넘어가는 것이 아니라 산 아래로 갔기 때문이다.

세 난쟁이가 산 아래의 어두운 길을 마치 한 사람처럼 척척 발맞추어 걷고 있었다.

"서둘러! 서둘러!" 맨 뒤쪽의 난쟁이가 말했다. "그녀에게 도리마에서 가장 좋은 비단을 사다 주어야 해. 서두르지 않으면 다 팔려서 두 번째로 좋은 비단을 사야 한다고."

"우리도 알아! 안다고!" 맨 앞의 난쟁이가 말했다. "비단을 넣을 상자도 사야 해. 먼지가 묻지 않고 깨끗하게 가져올 수 있도록."

가운데 난쟁이는 아무 말도 하지 않았다. 그의 신경은 온통 손에 꽉 쥔 돌에 가 있었다. 떨어뜨리거나 잃어버리면 안 된다는 생각뿐이었다. 그것은 돌에서 대충 잘라 낸 달걀만 한 루비였다. 세공하면 왕국 하나를 살 수 있을 정도의 값어치가 있을 테니 도리마 왕국의 최고급 비단과 맞바꾸는 것쯤은 식은 죽 먹기였다.

난쟁이들은 젊은 여왕에게 땅에서 캐낸 원석을 직접 줄 생각은 하지 않았다. 그러면 너무 쉽고 전혀 특별하지 않으니까. 난쟁이들은 선물에 한층 더 노력을 쏟아야만 의미가 있는 것이라고 믿었다.

여왕은 그날 아침 일찍 잠에서 깼다.

"이제 일주일 남았구나. 결혼식이 일주일 후야."

믿어지지 않는 동시에 절대 돌이킬 수 없는 일처럼 느껴졌다. 그녀는 결혼하고 나면 어떤 기분일까 생각해 보았다. 만약 삶을 '선택할 수 있는 시간'이라고 한다면 그녀의 삶은 이제 끝난 것이다. 일주일 뒤에는 선택의 여지가 없어질 테니까 말이다. 그녀는 백성을 다스리고 아이를 낳을 것이다. 아이를 낳다가 죽을 수도 있고 늙어서 죽거나 전장에서 죽을 수도 있다. 어쨌든 매 순간 죽음에 더 가까워지고 있음은 불가피한 일이었다.

저 아래 초원에서 목수들이 결혼식 구경꾼들을 위해 의자 만드는 소리가 들렸다. 망치 소리가 꼭 커다란 심장이 느리게 뛰는 소리처럼 느껴졌다.

세 난쟁이는 강둑 옆쪽의 구멍에서 초원으로 기어 나갔다. 하나, 둘, 셋. 그들은 화강암 위로 올라가 기지개를 켜고 다리도 차고 점프도 하고 다시 기지개를 켰다. 그다음에는 북쪽을 향해 전속력으로 달렸다. 낮은 건물들이 모여 있는 기프 마을, 특히 그 마을의 여인숙이 그들의 목적지였다.

난쟁이들의 친구인 여인숙 주인은 그들에게 평소와 다름없이 칸셀데어산 와인을 가져다주었다. 진한 붉은색에 달콤하고 풍부한 맛의 칸셀데어산 와인은 이곳의 흐리고 쓴 와인과는 달랐다. 여인숙 주인은 그들에게 식사를 제공한 뒤 방으로 들어가 쉬게 해 주었다.

이른 아침, 와인 통처럼 널찍한 가슴에 여우 털 같은 주황색 수염이 텁수룩한 주인은 바에 있었다. 난쟁이들이 방문하기 전까지만 해도 보통 그 시간대에는 손님이 없어서 텅텅 비는데, 이날은 서른 명이 넘었다. 그런데 다들 불만이 가득한 표정이었다.

슬금슬금 사람들 없는 쪽으로 옮겨 가려던 난쟁이들에게로 모두의 시선이 고정되었다.

"폭센 님." 난쟁이 중에서 그나마 가장 키가 큰 난쟁이가 여인숙 주인을 불렀다.

"얘들아." 주인은 난쟁이들이 어린애들이라고 생각했다. 사실은 그보다 네 배, 아니, 다섯 배는 나이가 많았는데 말이다. "너희들이 산을 넘어 다니는 거 안다. 우리도 여기서 나가고 싶어."

"무슨 일인가요?" 가장 작은 난쟁이가 물었다.

"잠!" 창가의 술주정뱅이가 외쳤다.

"전염병!" 옷을 잘 차려입은 여자도 말했다.

"파멸!" 땜장이가 말할 때 냄비가 덜거덕거렸다.

"파멸이 다가오고 있어!"

"저희는 수도로 가야 합니다." 난쟁이 가운데 가장 크지만 어린아이만 하고 수염도 없는 난쟁이가 말했다. "수도에 전염병이 퍼졌나요?"

"전염병이 아니야." 창가에 앉은 주정뱅이가 말했다. 기다란 회색 수염은 맥주와 와인으로 노랗게 얼룩져 있었다. "잠이야. 잠이라고."

"잠이 어떻게 전염병이죠?" 역시 수염이 없는 가장 작은 난쟁이가 물었다.

"마녀!" 주정뱅이가 외쳤다.

"나쁜 요정이지." 통통한 얼굴의 남자가 바로잡았다.

"그 여자는 마법사였대." 여인숙의 여종업원이 끼어들었다.

"뭐였든 간에 생일 파티에 초대받지 못한 거야." 주정뱅이가 말했다.

"다 헛소리야. 생일 파티에 초대받았든 초대받지 못했든 결국 공주에게 저주를 걸었을걸. 그 여자는 천 년 전에 변두리로 쫓겨간 숲속의 마녀 중 하나였어. 사악한 마녀들 말이야. 공주가 태어나자마자 열여덟 생일에 손가락을 바늘에 찔려 영원히 잠들 거라고 저주를 걸었대."

통통한 얼굴의 남자가 이마를 훔쳤다. 덥지도 않은데 땀을 흘리고 있었다. "내가 듣기론 공주가 죽기 직전에 이번에는 좋은 마녀가 나타나서 죽음을 잠으로 바꿔 줬다고 했어. 마법의 잠으로."

주정뱅이가 말을 이었다. "그래서 뭔가에 손가락을 찔려 잠이 든 거지. 왕과 여왕, 도축업자, 빵 만드는 사람, 우유 짜는 여자, 시녀 등 성안의 모두가 잠들었어. 잠든 이후로 지금까지 다들 나이를 먹지 않았어. 숲은 점점 울창해져서 건너지 못할 정도가 되었고. 그게 백 년 전이었던가?"

"60년. 아니, 80년인가." 지금까지 잠자코 있던 여자의 목소리였다. "우리 레티티아 숙모한테 들어서 잘 알고 있어. 숙모가 어렸을 때 생긴 일이라는데 이질로 세상을 떠난 게 일흔 정도였거든. 그게 여름의 종말이 오기 5년 전이었고."

이번에는 여종업원이 말했다. "용감한 남자와 여자들이 공주를 깨우려고 아케어 숲의 한가운데에 있는 성으로 갔대. 공주를 깨우고 다른 잠든 사람들도 깨우려고. 하지만 다들 숲에서 목숨을 잃었어. 도적들한테 당하거나 성을 에워싼 장미 덤불 가시에 찔리거나."

"공주를 어떻게 깨우는데요?" 가장 중요한 원석을 여전히 꽉 쥐고서 중간 난쟁이가 물었다.

"보통의 그 방법이지, 뭐." 여종업원이 얼굴을 붉혔다. "이야기 속에 나오는 방법."

"그렇군요." 가장 큰 난쟁이가 말했다. "찬물을 얼굴에 뿌리고 '일어나! 일어나!' 하는 그 방법 맞죠?"

주정뱅이가 말했다. "키스지. 하지만 그 정도로 가까이 다가간 사람이 하나도 없었어. 60년 이상 노력했는데도. 마녀가……"

"요정이라니까." 뚱뚱한 남자가 또 바로잡았다.

"마법사야." 여종업원도 말했다.

"뭐든 간에. 그 여잔 아직 거기 있어. 그렇다더군. 장미 덤불을 헤치고 들어가면 그 여자가 기다리고 있다는 거야. 산처럼 나이가 많고 뱀처럼 사악한 마법과 죽음의 존재." 주정뱅이가 말했다.

가장 작은 난쟁이가 고개를 갸우뚱했다. "그러니까 성에 공주가 잠들어 있고 마녀인지 요정인지도 있다는 거네요. 전염병은 왜 있는 거죠?"

이번에는 뚱뚱한 남자가 대답했다. "1년도 전에 수도 너머 북쪽에서 시작됐어. 아케어 숲 근처의 스테데에서 온 여행자들에게서 처음 얘길 들었지."

"마을 사람들이 쓰러져서 잠들었어요." 여종업원이 말했다.

"많은 사람이 자고 있군요." 가장 큰 난쟁이가 말했다. 난쟁이들은 잠을 거의 자지 않았다. 1년에 두 번씩, 한 번에 몇 주일 정도 잤다. 오래 살아오는 동안 잠을 충분히 잤기 때문에 그에겐 잠이 전혀 특별한 것으로 여겨지지 않았다.

"뭔가를 하는 도중에 갑자기 잠들어서 깨어나지 않아." 주정뱅이가 말했다. "우린 이 마을 저 마을로 피해 다니다가 여기로 온 거야. 우리의 형제와 자매, 아내, 자식들이 전부 집이나 외양간, 작업대에서 잠들어 있어."

"이젠 잠이 점점 더 빠르게 퍼지고 있어." 숱 적은 붉은 머리의 여자가 처음으로 말을 했다. "매일 1~2킬로미터씩 퍼지는 것 같아."

"내일이면 여기에도 도착할 거야." 주정쟁이가 커다란 술병을 마저 비우고 여인숙 주인에게 채워 달라고 손짓했다. "이제 도망칠 곳이 없어. 내일 이곳의 모두가 잠들 거야. 하지만 나처럼 잠이 데려가기 전에 술로 도망치려고 마음먹은 사람들도 있는 법이지."

"자는 게 왜 두려운가요?" 가장 작은 난쟁이가 물었다.

"그냥 잠일 뿐이잖아요. 누구나 다 자는 잠."

"가서 한번 봐 봐." 주정쟁이는 머리를 뒤로 젖히고 술병에 든 술을 마실 수 있는 만큼 잔뜩 마셨다. 눈이 풀린 채로 고개를 내린 그는 난쟁이들이 아직 그 자리에 있어서 놀란 듯했다. "어서. 가서 직접 보라니까." 그는 남은 술을 마저 마셔 버리고 테이블에 얼굴을 갖다 댔다.

난쟁이들은 밖으로 나가 살펴보았다.

"잠이라고? 좀 제대로 설명해 봐. 잠에 빠져 든다고?" 여왕이 물었다.

난쟁이는 여왕과 눈높이를 맞추려고 테이블 위에 올라가 섰다.

"네, 잠이 듭니다. 땅에 고꾸라져 잠들기도 하고 선 채로 자기도 하고요. 대장간에서 일하다가, 송곳을 들고 있다가, 우유를 짜다가 잠이 듭니다. 동물은 들판에서 잠들고. 새들도 잠듭니다. 나무에서 자기도 하지만 하늘에서 잠들어 떨어져 죽은 새들도 들판에 많았어요."

여왕은 눈보다 새하얀 웨딩드레스를 입고 있었다. 옆에는 수행원들과 시녀, 재봉사, 모자 만드는 사람들이 잔뜩 몰려 부산스러웠다.

"너희 셋은 왜 잠들지 않은 건데?"

난쟁이가 어깨를 으쓱했다. 여왕은 그 난쟁이의 적갈색 수염을 볼 때마다 화난 고슴도치가 턱에 붙어 있는 것 같다고 생각했다. "난쟁이는 마법의 존재입니다. 이 잠도 마법의 잠이고요. 좀 졸리긴 했습니다."

"그다음에는 어떻게 됐어?"

여왕은 여왕답게 이곳에 둘뿐인 것처럼 질문했다. 수행원들이 그녀의 웨딩드레스를 벗기고 잘 개서 포장을 했다. 마지막으로 레이스와 끈을 달면 완벽하게 마무리될 터였다.

내일이 여왕의 결혼식이었다. 모든 게 완벽해야만 했다.

"폭센의 여인숙으로 돌아가 보니 남녀 할 것 없이 모두가 잠들어 있었습니다. 마법의 주문이 계속 더 넓은 지역으로 퍼지고 있어요. 하루에 몇 킬로미터씩."

두 왕국을 갈라놓는 산은 무척이나 높지만 그리 널찍하지는 않았다. 여왕은 머릿속으로 거리를 계산했다. 새하얀 손으로 까마귀처럼 까만 머리를 넘겼다. 상당히 심각한 표정이었다. "어떻게 생각해? 만약 내가 거기로 간다면 나도 다른 사람들처럼 잠에 빠질까?"

난쟁이가 조금도 의식하지 않고 엉덩이를 긁었다. "여왕님은 1년 동안 잠들어 있다가 깨어났는데 멀쩡하셨잖아요. 옆 나라에서 잠에 빠지지 않을 사람이 있다면 바로 여왕님입니다."

한편 마을 사람들은 거리에 깃발을 걸고 문과 창문을 하얀 꽃으로 장식했다. 은식기도 반짝반짝 광을 내고 아이들은 욕조로 떠밀려 들어가(첫째들이 먼저 욕조에 들어가므로 가장 따뜻하고 깨끗한 물로 씻을 수 있었다) 얼굴이 붉어질 때까지 거친 때수건으로 벅벅 때를 벗겼다. 물에 완전히 몸을 담그고 귀 뒤쪽까지 깨끗하게 닦았다.

"내일 결혼식이 열리지 못할까 봐 걱정되는구나." 여왕이 말했다.

그녀는 왕국 지도를 가져오라고 일렀다. 산에서 가장 가까운 마을을 찾은 뒤 전령을 보냈다. 마을 사람들이 당장 바닷가로 대피하지 않으면 여왕이 노할 것이라고.

그녀는 총리대신을 불러 자신이 자리를 비우는 동안 왕국을 책임질 것을 명령했다. 절대로 왕국을 빼앗기거나 파괴되는 일이 없도록 최선을 다하라고 했다.

그녀는 약혼자도 불렀다. 자신은 여왕이고 그는 일개 왕자일 뿐이지만 두 사람이 결혼한다는 사실은 변함이 없으니 서운해하지 말라고 했다. 그녀가 아름다운 왕자의 턱을 가볍게 쥐고 키스하자 왕자의 얼굴에 미소가 피어났다.

여왕은 작은 쇠사슬을 엮어 만든 갑옷을 대령시켰다.

검도 대령시켰다.

식량과 말도 준비시킨 뒤 말을 타고 동쪽으로 향했다.

하루를 꼬박 달린 뒤에야 저 멀리 왕국의 맨 끄트머리에 서 있는 산맥이 보였다. 하늘을 배경으로 한 뿌연 구름 같았다.

난쟁이들이 산기슭의 마지막 여인숙에서 기다리고 있었다. 그들은 자신들이 이용하는 깊은 터널로 여왕을 안내했다. 그녀는 어릴 때 난쟁이들과 살았던 적이 있던 터라 전혀 무섭지 않았다.

난쟁이들은 단 한 번 "머리를 조심하세요."라고 했을 뿐, 지하 통로를 걷는 내내 여왕에게 아무런 말도 하지 않았다.

"뭐 이상한 거 발견했어?" 가장 작은 난쟁이가 말했다. 난쟁이들에게도 이름이 있었지만 너무 신성해서 인간들은 알도록 허락되지 않았다.

여왕도 이름이 있지만 이제는 '폐하'라고만 불릴 뿐이었다. 그래서 이 이야기에는 이름이 거의 나오지 않는다.

"난 이상한 거 많이 발견했는데." 가장 큰 난쟁이가 말했다.

그들은 폭센의 여인숙에 와 있었다.

"모두가 다 잠들었어. 혹시 잠들지 않은 게 있었어?"

"난 못 봤어." 두 번째로 큰 난쟁이가 수염을 긁으며 말했다. "전부 우리가 마지막으로 본 모습으로 잠들어 있어. 고개를 숙인 채 숨도 잘 쉬지 않아서 거미들이 사람들의 몸에 열심히 거미줄을 치고 있어."

"거미줄을 만드는 거미들은 잠들지 않았어." 가장 큰 난쟁이가 말했다.

사실이었다. 성실한 거미들은 손가락에서 얼굴까지, 수염에서 테이블까지, 거미줄을 만들어 놓았다. 여종업원의 가슴 굴곡에도 적당한 크기의 거미줄이 있었다. 주정뱅이의 얼룩진 회색 수염에도 두툼한 거미줄이 보였다. 열린 문으로 들어오는 바람에 거미줄이 흔들렸다.

"궁금해. 이 사람들이 결국은 굶어 죽을지, 아니면 오랫동안 잠잘 수 있게 해 주는 마법의 기운이 있는 건지." 난쟁이 하나가 말했다.

“후자일 거야.” 여왕이 말했다. “너희들 말처럼 70년 전에 마녀가 처음 주문을 걸었는데 그때 잠든 사람들이 아직도 자고 있잖아. 언덕 아래 붉은 수염처럼. 굶어 죽지도 나이 들지도 죽지도 않았다는 거지.”

난쟁이들이 고개를 끄덕였다. “역시 여왕님은 현명하십니다. 예전부터 그러셨지요.” 난쟁이 하나가 말했다.

순간 여왕이 경악하며 소리쳤다.

“저 남자, 저 남자가 날 쳐다봤어.” 여왕이 누군가를 가리켰다.

얼굴이 통통한 남자였다. 그는 아주 천천히 움직여 거미줄을 떼어 내고 여왕 쪽으로 고개를 돌렸다. 여왕을 보기는 했는데 눈을 뜨고 있진 않았다.

“사람들이 자면서 움직입니다.” 가장 작은 난쟁이가 말했다.

“그래. 그냥 움직이는 게 아니라 너무 느려. 조금씩 늘어나는 것처럼.”

“잘못 보신 걸 수도 있어요.” 난쟁이 하나가 말했다.

그곳에서 잠든 사람들의 얼굴이 전부 느릿느릿 움직였다. 움직여야만 하는 것처럼 조금씩 늘어나듯 움직였다. 잠자는 사람들의 얼굴이 여왕 쪽을 향했다.

“잘못 보신 게 아니네요.” 아까 그 난쟁이가 말했다. 붉은 갈색의 수염이 달린 난쟁이였다. “다들 눈을 감은 채로 여왕님을 보고 있습니다. 나쁜 건 아니에요.”

사람들의 입술이 일제히 움직였다. 목소리라기보다는 잠든 입술 사이로 나오는 숨결의 속삭임이었다.

“내가 지금 제대로 들은 게 맞나?” 가장 작은 난쟁이가 말했다.

“이렇게 말했어. ‘엄마, 오늘 내 생일이에요’라고.” 여왕은 이렇게 말하며 몸을 떨었다.

그들은 말을 타고 달리지 않았다. 그들이 지나치면서 본 말들은 전부 들판에 선 채로 잠들어 있었고 깨워도 깨어나지 않았다.

여왕은 빠르게 걸었다. 난쟁이들은 그녀를 따라잡기 위해 두 배나 빨리 걸어야 했다.

여왕이 자기도 모르게 하품을 했다.

"제 앞으로 숙이세요." 가장 큰 난쟁이는 이렇게 말하고 여왕의 뺨을 갈겼다. "잠들지 않도록 하세요." 그가 쾌활하게 말했다.

"그냥 하품만 한 것뿐인데." 여왕이 항의했다.

"성까지 얼마나 더 가야 할까요?" 가장 작은 난쟁이가 물었다. "내 기억과 지도에 따르면 아케어 숲까지는 110킬로미터 남았어. 3일 동안 가면 돼. 나 오늘 밤은 잠을 좀 자야겠어. 사흘 동안 또 걷는 건 무리야."

"그럼 주무세요. 해가 뜨면 깨워 드릴게요." 난쟁이들이 말했다.

그날 밤 여왕은 초원의 건초더미에서 난쟁이들이 지켜 주는 가운데 잠이 들었다. 과연 내일의 태양을 볼 수 있을까.

아케어 숲의 성은 잿빛의 땅딸막한 건물이고 그보다 더 높이 자란 장미 덤불에 가려져 있었다. 장미 덤불은 해자까지 떨어졌고 가장 높은 탑만큼이나 키가 컸다. 해마다 덤불이 점점 더 멀리 뻗어가 성의 돌에까지 닿았다. 성에는 오직 말라빠진 갈색의 줄기에 칼처럼 날카로운 가시가 달린 덩굴뿐이었다. 하지만 약 5미터 정도 떨어진 곳은 식물이 초록색이고 장미가 무성하게 피었다. 살아 있거나 죽은 것들이 합쳐진 덩굴장미는 갈색의 해골에 화사한 색깔이 흩뿌려진 모습이라서 잿빛 요새가 그나마 덜 삭막해 보였다.

아케어 숲의 나무들은 서로 바짝 붙어 있었고 지면이 까맸다. 백 년 전만 해도 그곳은 그저 이름뿐인 숲이었다. 사냥터이자 왕족들의 공원이었고 사승과 멧돼지, 새들이 넘쳐났다. 하지만 이제는 빽빽한 밀림처럼 변해 버렸고 숲을 지나는 오솔길은 무성하게 자라난 식물들에 뒤덮여 사라져 버렸다.

높은 탑에 금발의 소녀가 잠들어 있었다.

성안의 모두가 잠들어 있었다. 그들은 모두 순식간에 잠에 빠져 들었다. 단 한 사람만 빼고.

노파의 머리는 희끗희끗하고 두피가 훤히 드러나 보일 정도로 숱이 적었다. 그녀는 지팡이를 짚고 절뚝거리며 성안을 돌아다녔다. 마치 분노밖에 남아 있지 않은 듯 문을 쾅 닫았고 걸으면서 혼잣말을 했다. "꽃 핀 계단에 올라 꽃 핀 요리사를 지나는구나. 무슨 요리를 하시나, 붉은 얼굴의 뚱보 양반. 냄비와 팬에는 먼지만 가득하고 코 고는 것밖에 할 줄 모르는 주제에."

노파는 말끔하게 가꿔진 텃밭으로 갔다. 초롱꽃과 겨자를 꺾고 커다란 터닙도 뽑았다.

80년 전 이 궁전에는 닭이 5백 마리나 있었다. 비둘기 우리에는 통통하게 살찐 하얀 비둘기 몇 백 마리가 있었고 성안의 푸르른 잔디밭에선 흰 꼬리 달린 토끼들이 뛰어다녔다. 해자에는 물고기가 헤엄쳤다. 잉어, 숭어, 농어. 이제 남은 건 닭 세 마리뿐이었다. 잠든 물고기는 전부 그물로 건져 냈다. 토끼도 비둘기도 없다.

노파는 60년 전에 처음으로 말을 죽였다. 고기는 할 수 있는 한 빨리 먹어 치웠다. 맛이 가고 썩기 시작해 파리와 구더기가 들끓기 전에. 이제 큰 동물은 고기가 썩을 걱정 없는 한겨울에만 잡는다. 봄이 오기 전까지 동물의 사체를 얼려 놓고 고깃덩어리를 조금씩 잘라 구워 먹었다.

노파는 잠든 엄마와 아기를 지나쳤다. 아기는 엄마의 젖가슴을 문 채로 잠들었다. 노파는 자연스럽게 둘의 먼지를 털어 주었다. 잠자는 아기의 입이 엄마의 젖을 계속 물고 있도록 신경 쓰면서.

그녀는 아무런 말 없이 터닙과 채소를 먹었다.

그들은 대도시에는 처음 와 보는 것이었다. 도시의 성문은 대단히 높고 절대로 무너지지 않을 것처럼 육중했지만 탁 트여 있었다.

자연스럽지 못한 집과 거리로 둘러싸인 도시가 불편하기만 한 세 난쟁이는 되도록 도시를 비껴가고 싶었지만 여왕의 뜻을 따를 수밖에 없었다.

도시에 도착하자 난쟁이들은 엄청나게 많은 사람들 때문에 불편해졌다. 잠든 말에 탄 채 잠든 사람들, 잠든 승객이 탄 멈춰진 마차에서 잠든 마부, 공과 굴렁쇠와 팽이채를 들고 잠든 아이들, 썩고 말라 버린 갈색 꽃다발이 놓인 노점에서 잠든 꽃 파는 여인, 대리석 판 옆에서 잠든 생선 장수. 대리석 판에는 악취가 풍기고 구더기가 들끓는 물고기의 잔해가 남아 있었다. 구더기 꿈틀거리는 소리가 여왕과 난쟁이들을 맞이할 뿐 온통 조용했다.

“여기 있으면 안 될 것 같습니다.” 갈색 수염의 난쟁이가 투덜거렸다.

“그래도 이 길이 가장 똑바로 된 길이잖아. 게다가 다리로도 연결되고. 다른 길로 가면 강을 걸어서 건너야 해.” 여왕이 말했다.

여왕은 차분한 분위기였다. 그녀는 밤새 푹 자고 아침에 잘 일어났다. 다행히 마법의 잠에 빠지지 않았다.

그들이 도시를 지나는 동안 구더기의 부스럭거리는 소리와 잠자는 사람들이 작게 코 골거나 뒤척이는 소리만 들려 왔다. 그런데 갑자기 계단에 잠들어 있던 꼬마가 큰소리로 분명하게 말하는 게 아닌가. “물레를 돌리고 있어요? 봐도 돼요?”

“들었어?” 여왕이 물었다.

가장 큰 난쟁이가 말했다. “보세요! 사람들이 깨어나고 있어요!”

아니, 그건 아니었다. 깨어나는 것이 아니었다.

사람들은 자리에서 일어나고 있었다. 느리게 일어서더니 졸린 듯 머뭇거리며 어색하게 걸음을 내디뎠다. 뒤에 붙은 거미줄을 질질 끌면서 잠든 채 걷고 있었다.

"도시에 사람이 몇 명이나 살죠?" 가장 작은 난쟁이가 말했다.

"도시마다 다르지. 우리 왕국은 2만, 아니, 3만 명 정도. 여긴 우리 도시보다 훨씬 큰 것 같으니까 5만 명 정도일 거야. 더 많을 수도 있고. 그건 왜?"

"사람들이 전부 우릴 쫓아오는 것 같아서요."

잠든 사람들은 그리 빠르지 않았다. 발을 헛디디거나 비틀거렸다. 설탕 시럽으로 이루어진 강물을 헤치며 걷는 아이 혹은 발바닥에 무거운 진흙 덩어리가 붙어 걸음이 느려진 노인 같았다.

잠든 사람들은 여왕과 난쟁이들을 향해 다가왔다. 난쟁이들은 달려서, 여왕은 걸어서, 그들을 쉽게 제칠 수 있었지만 숫자가 많아도 너무 많았다. 어느 길로 가든 거미줄을 뒤집어 쓴 채 눈을 감거나 뜨거나 뒤집혀서 흰자밖에 보이지 않는 사람들이 잠든 채로 느릿느릿 걸어왔다.

여왕은 방향을 바꿔 좁은 골목길로 달려갔고 난쟁이들도 뒤따랐다.

"이건 명예롭지 못해요. 도망치지 말고 싸워야 해요." 난쟁이가 말했다.

"우리를 의식하지도 못하는 적이랑 싸우는 건 명예로운 일이 아니야." 여왕이 숨을 헉헉거리며 말했다. "물고기나 정원, 오래전에 죽은 연인에 대한 꿈을 꾸면서 자는 사람하고 싸우는 건 명예롭지 못하다고."

"저들이 우릴 잡으면 어떻게 할까요?" 옆의 난쟁이가 물었다.

"그게 그렇게 궁금해?"

"아뇨."

그들은 달리고 또 달렸다. 절대로 멈추지 않고 달려서 도시를 뒤로하고 강을 가로지르는 다리를 건넜다.

노파가 가장 높은 탑에 올라가지 않은 지 10년이 넘었다. 계단을 하나씩 오를 때마다 무릎과 고관절이 아파서 여간 고된 일이 아니었기 때문이다. 그녀는 구불구불한 돌계단을 올라갔다. 발을 질질 끌며 힘겹게 조금씩 내디뎠다. 여기에는 가파른 계단을 조금이라도 쉽게 오르게 해 줄 난간이 없었다. 노파는 가끔 지팡이를 짚고 서서 숨을 고르고 계속 올라갔다.

그녀는 거미줄에도 지팡이를 썼다. 계단을 덮거나 위에 걸려 있는 두꺼운 거미줄을 지팡이로 치우자 놀란 거미들이 벽으로 도망쳤다.

계단을 오르는 일이 여간 고역은 아니었지만 마침내 그녀는 탑의 방에 도착할 수 있었다.

동그란 방에는 좁고 기다란 창문 옆에 놓인 물레와 등받이 없는 의자, 한가운데의 침대뿐이었다. 침대는 무척 호화로웠다. 먼지와 거미줄이 가득했지만 진홍색과 금색의 이불이 보였다. 그 이불이 지켜 주고 있는 침대의 주인도.

물레는 거의 80년 전에 떨어진 그대로 의자 옆의 바닥에 놓여 있었다.

노파는 지팡이로 거미줄과 먼지를 치우고 침대에서 자는 사람을 쳐다보았다.

소녀의 머리카락은 초원의 들꽃 같은 황금빛 도는 노란색이었다. 입술은 성벽을 타고 오른 장미처럼 분홍색이었다. 오랫동안 햇빛을 쬐지 못한 피부는 크림색이었지만 핼쑥하거나 아파 보이지는 않았다.

어둑한 방안에서 소녀의 가슴이 미세하게 위로 올라갔다 내려갔다 했다.

노파가 손을 뻗어 물레를 집어 들고 말했다. "내가 이 물레로 네 심장을 찔렀다면 넌 이렇게 아름답지 않았겠지. 흠, 그렇겠지?"

그녀는 먼지 가득한 하얀 드레스를 입고 잠자는 소녀에게로 다가가더니 한 손을 축 떨구었다. "아니야. 난 못해. 할 수 있게 해 달라고 모든 신에게 기도했건만."

나이가 들면서 분명 모든 감각이 무뎌졌지만 그녀는 숲속에서 들려오는 목소리를 분명 들었다. 그녀는 오래전 왕자와 영웅들이 이곳에 찾아온 것을 보았다. 그들이 장미 가시에 찔려 목숨을 잃는 것도 보았다. 하지만 영웅이든 아니든 간에 성까지 누군가가 찾아온 것은 실로 오랜만에 있는 일이었다.

"흠." 노파는 어차피 듣는 사람도 없기에 무척이나 큰 소리로 말했다. "여기까지 와도 결국 가시에 찔려 비명을 지르며 죽을 테지. 어쩔 수 없어. 그 누구도. 절대로."

여왕과 난쟁이들이 지나갈 때 반세기 전에 절반 정도 자른 나무 옆에서(이제 나무가 동그랗게 구부러져 있었다) 잠든 나무꾼의 입이 벌어졌다. "맙소사! 정말 훌륭한 생일 선물이었겠구먼!"

흔적만 남은 길 한가운데에는 도적 세 명이 잠들어 있었다. 나무에 숨어 있다가 잠들면서 떨어졌는지 팔다리가 뒤틀린 그들은 여전히 잠든 상태로 일제히 외쳤다. "장미를 갖다 줄래?"

그중에서 가을의 살찐 곰만큼 덩치가 큰 남자는 여왕이 가까이 가자 그녀의 발목을 와락 붙잡았다. 가장 작은 난쟁이는 조금의 망설임도 없이 손도끼로 그의 손목을 잘라 버렸다. 여왕이 손가락을 하나씩 떼어 내자 그제야 잘린 손이 나뭇잎이 썩어 흙이 된 땅으로 떨어져 나갔다.

"장미를 갖다 줘." 잠든 세 도적이 또 일제히 말했다. 뚱뚱한 남자의 잘린 손목에서는 바닥으로 피가 뚝뚝 떨어졌다. "장미를 갖다 주면 정말 기쁠 거야."

그들은 보기도 전에 성의 존재를 느낄 수 있었다. 그들을 밀어 내는 거대한 잠의 파도가 느껴졌다. 굳이 헤치고 나아간다면 머릿속에 안개와 먹구름이 끼고 마음이 닳고 영혼이 쓰러질 것 같았다. 하지만 반대 방향으로 돌아서는 순간 머릿속이 맑아지고 정상으로 돌아왔다.

여왕과 난쟁이들은 마음의 안개를 뚫고 더 멀리까지 나아갔다.

가끔 난쟁이 하나가 하품을 하거나 비틀거렸다. 그럴 때마다 그가 제정신으로 돌아올 때까지 나머지 난쟁이들이 옆에서 부축하고 투덜거리면서 앞으로 끌고 갔다.

여왕은 줄곧 정신이 깨어 있는 상태였다. 하지만 숲에는 그녀가 아는 사람들, 절대로 이곳에 있을 수가 없는 사람들이 가득했다. 그들이 그녀의 옆에서 걸었고 가끔 말도 시켰다.

"자연 철학이 외교에 어떤 영향을 끼치는지 토론해 보자꾸나." 그녀의 아버지가 말했다.

"내 자매들은 세상을 다스렸지." 그녀의 계모가 철로 만든 구두를 신고 옆에서 나란히 걸었다. 계모의 구두는 뭉근한 오렌지색으로 빛났는데 닿는 곳에 불이 붙지는 않았다. "인간들이 폭동을 일으켜서 우린 쫓겨날 수밖에 없었어. 하지만 그들이 보지 못하는 구석에서 조용히 기다렸지. 지금은 다들 날 사랑해. 너도. 나의 의붓딸아, 너조차도 나를 사랑하는구나."

"우리 딸, 정말 예쁘구나. 눈에 떨어진 붉은 장미처럼." 이번에는 오래전에 죽은 여왕의 생모가 말했다.

때로는 옆에서 늑대들이 달려가기도 했다. 늑대들은 땅바닥의 흙과 낙엽을 흩날리며 달렸지만 늑대들이 나아가는 길은 저 앞에 장막처럼 드리워진 거대한 거미줄을 건드리지 않았다. 늑대는 나무를 통과해 어둠 속을 내

지르기도 했다.

여왕은 늑대가 좋았다. 하지만 난쟁이 하나가 거미가 돼지보다 크다고 소리치는 바람에 그녀의 머릿속에서 늑대가 사라져서 슬펐다. (거미가 돼지보다 큰 것도 아니었다. 그냥 시간과 여행자들에게 방해받지 않고 끝없이 실을 잣는 평범한 크기의 거미였을 뿐.)

해자의 도개교는 아래로 내려와 있었다. 그곳의 모든 것이 그들을 밀어내려고 했지만 그래도 그들은 다리를 건넜다. 하지만 성으로 들어갈 순 없었다. 두꺼운 가시가 출입구를 가득 덮었고 새로 자라난 가지에는 장미가 무성했다.

여왕은 가시에 찔려 죽은 이들의 유해를 보았다. 갑옷을 입은 해골, 갑옷을 입지 않은 해골. 성의 측면 높은 곳에도 해골이 보였는데, 여왕은 그들이 출구를 찾으러 올라갔다가 죽었는지, 아니면 장미가 자라면서 저 높이 올려진 것인지 생각했다.

굳이 답을 찾으려 하지 않았다. 둘 다 가능한 얘기였으니까.

갑자기 주변에 온기가 가득 퍼지면서 포근함이 느껴졌다. 여왕은 잠깐만, 아주 잠깐만 눈을 감고 있어도 괜찮을 거라는 생각이 들었다. 그래, 아무 상관없을 거야.

"도……도와줘." 여왕이 껵껵거리는 소리를 냈다.

갈색 수염 난쟁이가 바로 옆의 장미 덤불에서 가시를 뽑아 재빨리 여왕의 엄지를 찔렀다. 성문 앞의 판석 바닥으로 검은 피가 한 방울 떨어졌다.

"아야!" 여왕은 이내 "고마워!"라고 했다.

여왕과 난쟁이들은 두꺼운 가시 장벽을 바라보았다. 여왕은 장미꽃을 한 송이 꺾어 머리에 꽂았다.

"터널을 파서 들어가죠. 해자 아래를 지나서 성 지하로 들어간 다음 위로 올라오는 거예요. 이틀밖에 안 걸릴 겁니다."

여왕은 곰곰이 생각에 잠겼다. 엄지가 아팠지만 그 아픔이 은근히 기분 좋았다. "이 모든 건 약 80년 전에 시작됐어. 아주 천천히. 급속하게 퍼져 나간 건 최근이야. 속도가 점점 빨라지고 있고. 잠든 사람들이 과연 깨어날 수 있을지도 확실하지 않아. 하지만 단 하나 확실한 건 우리가 이틀이나 기다릴 순 없다는 거야."

그녀는 서로 빽빽하게 뒤엉킨 살아 있거나 죽은 가시덩굴을 바라보았다. 죽은 가시도 살아 있는 것만큼이나 날카로웠다. 여왕은 벽을 따라 걸어가다가 어느 해골 앞에서 멈추었다. 해골의 어깨에서 썩은 옷을 빼내며 만져 보았다. 마른 상태라 불이 잘 붙을 것 같았다.

"부싯돌 상자 있는 사람?"

오래된 가시덤불은 활활 뜨겁게 타올랐다. 15분 만에 주황색 불꽃이 위쪽까지 구불구불 퍼졌다. 잠시 성을 에워싸더니 검게 그을린 돌만 남기고 꺼져 버렸다.

열기를 버티고 남은 가시덤불은 여왕의 검으로 손쉽게 잘라 낸 뒤 해자로 끌고 가서 버렸다.

네 여행자는 성으로 들어갔다.

노파는 가늘고 길게 난 창문으로 저 아래의 불꽃을 바라보았다. 창문으로 연기가 들어왔지만 장미도 불꽃도 성에서 가장 높은 이 탑에는 미치지 못했다. 성이 공격당했다. 어딘가에 숨어야 한다면 당연히 탑에 숨어야 할 터였다. 침대에 잠든 사람이 없다면. 노파는 힘겹게 한 번에 하나씩 계단을 내려가기 시작했다. 그녀는 흉벽으로 내려간 뒤 성의 가장 끄트머리에 있는 지하 저장고로 가 숨어 있을 생각이었다. 그녀는 누구보다 성의 구조를 잘 알고 있었다. 비록 움직임은 느리지만 약삭빠르고 인내심도 강했다. 그녀에게 기다림은 아무것도 아니었다.

저 아래 계단에서 그들의 목소리가 들렸다.

"이쪽이야!"

"위로!"

"여긴 더 심한 것 같네. 서둘러! 얼른!"

노파는 서둘러 뒤돌아가려고 했지만 계단을 오르는 다리가 빨리 움직일 리 없었다. 맨 위 계단에 이르렀을 때 세 남자가 그녀를 붙잡았다. 그들은 그녀의 허리 정도밖에 닿지 않았다. 여행의 흔적으로 지저분해진 옷차림의 젊은 여자가 뒤따라 나타났다. 노파는 그렇게 검은색의 머리카락을 본 적이 없었다.

젊은 여자가 가벼운 명령조로 말했다. "잡아."

작은 남자들이 노파의 지팡이를 빼앗았다.

"보기보다 힘이 셉니다." 난쟁이 하나가 말했다. 그는 노파에게 지팡이를 빼앗기 전에 맞은 머리가 아직 울리는 듯했다. 그들은 노파를 탑의 동그란 방으로 몰고 갔다.

"불 때문에 죽은 사람이 있나? 왕이나 여왕은 보았나?" 노파는 자신의 물음에 대답해 줄 수 있는 사람에게 말해 보는 것이 수십 년만이었다.

젊은 여자가 어깨를 으쓱했다. "죽은 사람은 없을 거야. 우리가 본 사람들은 전부 성안에 잠들어 있었어. 벽이 워낙 두껍잖아. 당신은 누구지?"

이름. 이름. 그놈의 이름. 노파는 눈을 가늘게 뜨고 고개를 저었다. 그녀는 그냥 그녀였다. 태어날 때 받은 이름은 아무도 불러 주는 이가 없어 시간이 먹어 치워 버렸다.

"공주는 어디 있지?"

노파는 여왕을 쳐다보았다.

"넌 왜 깨어 있는 거지?"

여왕은 대답하지 않았다. 여왕과 난쟁이들이 다급하게 서로 대화를 나누었다. "마녀인가? 마법이 느껴져요. 하지만 이 주문을 건 건 저 노파가 아닌 것 같아요."

"잘 감시해. 마녀라면 지팡이가 중요할 테니까 절대 손대지 못하게 해."

"내 지팡이야. 우리 아버지 것이었지. 아버지에겐 필요 없게 되었지만." 노파가 말했다.

여왕은 노파의 말을 무시하고 침대로 다가가 거미줄을 걷어 냈다. 잠자는 사람이 눈을 감은 채로 그들을 바라보았다.

"모든 게 여기에서 시작된 거군."

"그녀의 생일에."

"흠. 누군가가 그걸 해야만 해."

난쟁이들이 차례로 말했다.

"내가 할게." 여왕은 온화한 목소리로 말하고 잠든 소녀에게 얼굴을 가져갔다. 붉디붉은 입술을 소녀의 장밋빛 입술에 갖다 대고 오랫동안 힘차게 키스했다.

"성공인가요?" 난쟁이 하나가 말했다.

"모르겠어. 하지만 안됐어. 가엾게도. 평생 잠에 빠져 있어야 한다니." 여왕이 말했다.

"여왕님도 1년 동안 마법의 잠에 빠져 있었잖아요. 배고프지도 않고 몸이 썩지도 않고."

침대의 소녀가 마치 악몽에서 깨어나려고 애쓰는 것처럼 몸을 뒤척였다.

하지만 여왕의 시선은 다른 곳으로 향했다. 침대 옆 바닥에 뭔가가 떨어져 있었다. 그녀는 그것을 주웠다. "이것 좀 봐. 마법 냄새가 나는데."

"이 일은 처음부터 끝까지 다 마법이죠." 가장 작은 난쟁이가 말했다.

"아니, 이것 말이야." 여왕은 난쟁이들에게 아래쪽에 실이 감긴 나무 물레를 보여 주었다. "여기에서 마법 냄새가 풍긴다고."

"그건 처음부터 이 방에 있었어." 노파가 불쑥 말했다. "어릴 때 멀리까지 나가 본 적이 없었지만 성의 계단을 전부 오르곤 했거든. 어느 날은 계단을 오르고 또 올라서 가장 높은 방까지 갔어. 지금 저 침대가 있었지. 그땐 침대에 누워 있는 사람이 없었지만. 이 방에 웬 노파가 혼자 앉아서 물레로 실을 잣고 있었어. 난 그때 물레를 처음 봤어. 노파가 한번 해 보겠느냐며 양털을 손에 쥐고는 나에게 물레를 들고 있으라고 했지. 노파가 내 손을 물레 바늘에 대고 눌러서 피가 흘렀지. 노파가 꽃처럼 핀 피를 묻혀 실을 자으면서 말하길……"

그때 아직 잠에 취한 소녀의 목소리가 노파의 말을 가로막았다. "그래, 내가 말했지. 얘야, 난 너에게서 잠을 빼앗을 것이다, 내가 너에게서 내가 자는 동안 날 해칠 수 있는 능력을 빼앗는 것처럼. 내가 자는 동안 누군가는 깨어 있어야 하거든. 네 가족, 친구, 네 세계가 전부 잠들 것이다. 그리고 나는 침대에 누워 잠들었어. 그들도 잠이 들었지. 그들이 자는 동안 난 그들의 삶을, 그들의 꿈을 조금씩 빼앗았어. 자는 동안 내 젊음과 아름다움과 힘을 조금씩 되살렸지. 나는 자면서 더 강해졌다. 시간의 흔적을 지워 버리고 잠자는 노예들로 이루어진 세상을 만들었지."

그녀는 어느덧 침대에서 몸을 일으키고 앉아 있었다. 무척 젊고 무척 아름다웠다.

여왕은 소녀를 보는 순간 자신이 찾고 있던 것을 발견했다. 계모에게서 본 적 있는 눈빛이었다. 그녀는 이 소녀가 어떤 존재인지 알 수 있었다.

"공주가 깨어나면 사람들이 전부 깨어날 거라고 믿었는데." 가장 큰 난쟁이가 말했다.

"도대체 왜 그렇게 생각했지?" 황금색 머리의 소녀가 아이처럼 순진무구하게 말했다(하지만 그녀의 눈! 눈만은 무척이나 나이 들어 보였다).

"난 세상이 잠들어 있는 게 더 좋은데. 더 쉽게 조종할 수 있잖아." 그녀는 잠시 말을 멈추더니 미소 지었다. "그들이 너희를 잡으러 오고 있어. 내가 여기로 불렀거든."

"이 탑은 높고 잠든 사람들은 움직임이 느려. 아직 얘기할 시간이 더 있을 것 같은데, 어둠의 지배자." 여왕이 말했다.

"넌 누구야? 누군데 날 안다는 듯이 얘기하지?" 소녀는 침대에서 내려가 만족스러운 듯 기지개를 켜고 손가락을 하나씩 잡아당겨 풀어 준 뒤 황금색 머리카락을 뒤로 넘겼다. 그녀가 미소 짓자 햇살이 내리쬔 것처럼 어둑한 방안이 환해졌다. "난쟁이들은 그 자리에 멈춰 그대로 잠이 들 거야. 마음에 안 들어. 그리고 너, 너도 잠들 거야."

"아니." 여왕이 말했다.

여왕은 물레를 들었다. 물레에 감긴 실은 오랜 세월 속에 까맣게 변해 있었다.

난쟁이들은 제자리에 가만히 서서 몸을 앞뒤로 움직이더니 눈을 감았다.

"하. 너 같은 족속들은 왜 그렇게 매번 똑같을까. 항상 원하는 게 젊음과 아름다움이야. 자기들 것은 오래전에 다 써 놓고 엄청나게 머리를 굴려서 또 손에 넣으려고 한다니까. 매번 힘을 원하는 것도 똑같고." 여왕이 말했다.

여왕과 소녀는 코가 맞닿을 정도로 가까웠다. 금발의 소녀가 여왕보다 훨씬 더 어려 보였다.

"넌 그냥 잠이나 자지 그래?" 소녀가 교활하게 웃었다. 여왕의 계모가 원하는 것이 있을 때마다 짓던 웃음과 똑같았다. 계단 저 아래쪽에서 소리가 들렸다.

"난 1년 동안 유리관에 잠들어 있었어. 날 잠들게 한 여자는 너하고 비교도 안 될 정도로 강하고 위험한 존재였지."

"나보다 강하다고?" 소녀는 재미있다는 표정이었다. "난 잠든 인간 수백만 명을 조종할 수 있어. 잠자면서 매 순간 내 힘이 강해지고, 꿈의 고리도 매 순간 점점 빠르게 커지고 있지. 난 젊음을 되찾았어. 완전한 젊음을! 아름다움도. 그 어떤 무기도 날 해치지 못해. 세상에 나보다 강한 사람은 없어."

소녀는 여왕을 빤히 쳐다보았다.

"넌 우리 혈족은 아니지만 제법 유능하구나." 그녀가 봄날 아침에 막 깨어난 순수한 소녀처럼 상큼하게 미소 지었다. "세계를 지배하는 건 쉬운 일이 아닐 테지. 이 타락한 시대까지 살아남은 자매들의 질서를 유지하는 것도 그렇고. 내 눈과 귀가 되어 정의를 실현하고 내가 바쁠 때 나 대신 일을 처리해 줄 사람이 필요해. 당연히 내가 항상 거미줄의 가운데에 있고. 넌 내 아랫사람이지만 너도 지배자가 되는 거야. 작은 왕국이 아니라 대륙을 지배하는 거지." 소녀는 한 손을 내밀더니 어둑한 방안에서 눈처럼 새하얀 여왕의 피부를 어루만졌다.

"날 사랑해라. 세상 모두가 날 사랑할 것이다. 넌 날 깨웠으니 누구보다 날 사랑해야 한다." 소녀가 말했다.

여왕의 가슴 속에서 뭔가가 꿈틀했다. 순간 계모가 떠올랐다. 계모도 사랑받는 것을 좋아했었다. 여왕은 타인의 감정이 아닌 자신의 감정을 느끼기 위해 강해지는 법을 배웠다. 힘들었지만 한 번 깨우친 것은 쉽게 잊히지 않는 법이다.

게다가 그녀는 대륙을 지배하고 싶은 마음도 없었다.

소녀가 아침 하늘 같은 눈으로 미소 지었다.

여왕은 웃지 않고 손을 내밀었다. "자. 이거요. 이건 내 것이 아니에요."

그녀는 옆에 서 있는 노파에게 물레를 주었다. 노파가 신중하게 물레를 잡았다. 관절염 있는 손가락으로 물레의 실을 풀었다. "이게 내 삶이었어. 이 실이 내 삶이었어……."

"그래, 네 삶이었어. 네가 나한테 줬잖니. 이젠 끝낼 때가 된 것 같네." 소녀가 짜증스럽게 말했다.

수십 년이 지났지만 물레 바늘은 여전히 날카로웠다.

한때 공주였던 노파는 실을 한 손으로 단단히 쥔 채 물레로 황금빛 머리카락 소녀의 가슴을 찔렀다.

소녀는 가슴에서 흐르는 피가 하얀 드레스를 붉게 적시는 것을 바라보았다.

"그 어떤 무기도 날 해치지 못해. 이젠 불가능하다고. 봐 봐. 그냥 긁힌 것뿐이잖아." 그녀가 심통 난 어린아이처럼 말했다.

"무기가 아니야." 이제 모든 것을 알아차린 여왕이 말했다. "네 마법이야. 긁힌 정도로도 충분하고."

소녀의 피가 물레에 감겨 있었던 실을 적셨다. 그 옛날 노파가 양털을 손에 쥐고서 물레로 자아 낸 실이었다.

소녀는 피로 물든 드레스와 붉게 변한 실을 번갈아 바라보며 이렇게 말할 뿐이었다. "살짝 찔린 것뿐이야." 그녀는 혼란스러워 보였다.

계단을 올라오는 소리가 한결 커졌다. 잠든 채로 눈을 감고 걷는 수백 명이 발을 질질 끌면서 구불구불한 돌계단을 올라오는 소리였다.

좁은 방에는 숨을 곳이 없고 창문도 돌벽 사이로 가늘고 길게 난 구멍일 뿐이었다.

수십 년 동안 잠들지 않은 노파, 한때 공주였던 그녀가 말했다. “넌 나에게서 꿈을 빼앗고 잠을 빼앗았어. 더 이상 참을 수 없어.” 노파는 무척이나 늙었다. 손은 산사나무 뿌리처럼 울퉁불퉁하고 코는 길쭉하고 눈꺼풀은 꺼졌지만 순간적으로 그녀의 눈빛이 젊은 사람처럼 빛났다.

노파의 몸이 흔들리며 비틀거렸다. 여왕이 잡아 주지 않았다면 쓰러졌을 것이다.

여왕은 깃털처럼 가벼운 노파를 들어 진홍색 이불이 깔린 화려한 침대에 눕혔다. 노파의 가슴이 올라갔다 내려갔다 했다.

계단 밖의 소리가 더 커졌다. 그러다 갑자기 조용해지더니 이내 왁자지껄한 소리가 들렸다. 놀라고 화나고 혼란스러운 듯한 무수히 많은 사람의 말소리였다.

“이게 어떻게…….” 아름다웠던 소녀는 더 이상 젊지도 않고 아름답지도 않았다. 선명했던 눈코입이 무너졌다. 그녀는 가장 작은 난쟁이의 벨트에서 손도끼를 가져왔다. 주름이 자글자글한 손으로 도끼를 들고 휘청거리며 위협적인 자세를 취했다.

여왕은 검을 뽑았지만(가시덤불을 베어 내느라 칼날이 망가져 있었다) 내리치지 않고 뒤로 한 걸음 물러났다.

“잘 들어라! 사람들이 깨어났다. 전부 깨어났어. 그들에게서 젊음을 훔친 얘길 다시 한번 해 보시지. 네 아름다움과 힘, 영리함에 대해 다시 한번 지껄여 봐, 어둠의 지배자여.”

그때 사람들이 방으로 들어왔다. 그들은 침대에 잠든 노파를 보았다. 당당하게 서 있는 여왕과 그 옆에서 머리를 흔들거나 긁적거리는 난쟁이들을 보았다.

그들은 바닥에 있는 무언가도 보았다. 뼈 무더기, 갓 만들어진 거미줄처럼 하얗고 가느다란 한 다발의 머리털, 기름 섞인 먼지로 덮인 잿빛 누더기.

"잘 모셔라." 여왕이 침대에 검은 나무 물레와 함께 누운 늙은 여인을 가리켰다. "이분이 너희들을 살렸다."

여왕은 난쟁이들과 함께 떠났다. 방이나 계단에 있던 사람들은 차마 그들을 잡아 세우지 못했다. 어떻게 된 건지 영문도 알 수 없었다.

성에서 1킬로미터 정도 떨어진 아케어 숲의 공터에 이르렀을 때 여왕과 난쟁이들은 마른 나뭇가지로 불을 피워 실을 태웠다. 가장 작은 난쟁이가 손도끼로 검은 물레를 쪼개 그 조각들도 태웠다. 물레 조각이 타면서 뿜는 매캐한 연기에 여왕은 기침을 했다. 오래된 마법의 냄새가 가득 퍼졌다.

타고 남은 숯 조각은 마가목 나무 아래에 묻었다.

저녁 무렵 그들은 숲 끄트머리에 이르렀고 말끔하게 치워진 오솔길에 다다랐다. 언덕 너머로 마을의 굴뚝에서 피어오르는 연기가 보였다.

"서쪽으로 쭉 가면 주말쯤 산이 나올 겁니다. 열흘 안으로 칸셀데어 왕국의 궁전으로 돌아가실 수 있어요." 수염 있는 난쟁이가 말했다.

"그래."

"늦어지긴 했지만 돌아가시자마자 결혼식도 열릴 거고요. 백성들이 전부 축하해 주고 왕국 전체에 기쁨이 넘치겠죠."

"그래." 여왕은 그렇게만 말하고 참나무 아래의 이끼 위에 앉았다. 그녀는 심장이 뛰는 소리와 함께 고요함을 곱씹었다.

선택할 수 있어. 난 언제나 선택할 수 있어. 그녀는 충분히 생각할 만큼 오래 앉아 있었다.

그녀는 선택했다.

여왕은 걷기 시작했고 난쟁이들도 따라갔다.

"지금 동쪽으로 가고 있는 거 알고 계시죠?" 난쟁이 하나가 물었다.

"아, 응."

"그럼 괜찮습니다."

여왕과 난쟁이들, 네 사람은 동쪽으로 걸었다. 저녁노을과 그들이 아는 땅에서 멀어져 밤을 향해 걸었다.

열두 달 이야기

A Calendar of Tales

2013

* 일러두기 : 이 작품은 열두 달을 주제로 하는 12개의 개별적인 이야기들로 구성되어 있다. 각 달마다 저자가 트위터에 질문을 던진 뒤, 그에 대한 독자들의 답변에 아이디어를 얻어 집필되었다고 한다. 예를 들어 닐 게이먼이 던진 1월의 질문은 '왜 1월이 위험한가?'였고, 그가 고른 독자의 답변은 '베테랑이 은퇴하고 신입으로 대체되기 때문'이었다.

1월 이야기

쾅!

"항상 이런가요?" 신입은 방향 감각을 잃은 것처럼 보였다. 혼란스러운 듯 사방을 두리번거렸다. 조심하지 않으면 그러다 죽을 수 있다.

트웰브가 녀석의 팔을 툭 쳤다. "아니, 항상 그런 건 아니야. 진짜 문제는 저 위에서 오지."

그는 위쪽 천장의 다락문을 가리켰다. 문은 약간 삐뚜름했고 그 뒤로 외눈박이 같은 어둠이 기다리고 있었다.

신입은 고개를 끄덕였다. "시간이 얼마나 있어요?"

"합쳐서? 아마 10분 정도."

"베이스에서 계속 물어봤는데 대답해 주지 않은 게 있어요. 저절로 알게 될 거라면서. 그들은 누구인가요?"

트웰브는 답하지 않았다. 위쪽 다락문의 어둠 속에서 미세하지만 뭔가가 바뀌었다. 그는 손가락을 입으로 가져가 조용히 하라고 신호한 뒤 무기를 들고 신입에게도 똑같이 하라고 손짓했다.

그들이 다락문에서 굴러떨어졌다. 벽돌 같은 회색빛, 이끼 초록색, 날카로운 이빨, 빨라도 너무 빠른 속도. 신입은 트웰브가 사격을 시작했는데도 아직 방아쇠를 더듬거리고 있었다. 트웰브는 신입이 첫 발을 쏘기도 전에 다섯을 전부 해치웠다.

왼쪽을 힐끗 보았더니 신입이 떨고 있었다.

"어쩔 수 없군."

"누군지가 아니라 무엇이냐고 묻는 게 맞겠네요."

"저게 누구든 무엇이든 똑같아. 그들은 우리 적이다. 시간의 끄트머리에서 슬쩍 들어오지. 이제 본격적으로 몰려올 거다."

그들은 함께 계단을 내려갔다. 그들이 있는 곳은 교외의 작은 주택이었다. 여자와 남자가 샴페인 병이 놓인 식탁에 앉아 있었다. 그들은 제복을 입은 두 남자가 들어온 것을 알아차리지 못했다. 여자는 샴페인을 따르고 있었다.

신입의 제복은 빳빳한 진청색에 새것처럼 보였다. 연한 모래가 가득 채워진 그의 모래시계가 벨트에 달려 있었다. 반면 트웰브의 제복은 낡고 해져서 푸른빛이 도는 회색으로 변했고 베이거나 찢기거나 탄 곳이 기워져 있었다. 그들이 부엌 문가로 갔을 때……

쾅!

그들이 밖에 있었다. 숲에, 어딘가 매우 추운 곳에.

"숙여!" 트웰브가 소리쳤다.

날카로운 무언가가 그들의 머리를 스치고 뒤쪽의 나무에 부딪혔다.

신입이 말했다. "항상 이런 건 아니라면서요."

트웰브가 어깨를 으쓱했다.

"저것들은 어디에서 오는 겁니까?"

"시간. 초 뒤에 숨어서 들어올 때를 노리지."

근처의 숲에서 쿵 소리가 들리더니 커다란 전나무가 구릿빛 초록색 불꽃으로 타기 시작했다.

"그것들이 어디 있죠?"

"우리 위쪽. 보통은 위쪽이나 아래에 있어."

그들은 아름답고 하얗고 살짝 위험할 수도 있는 폭죽의 불꽃처럼 위에서 내려왔다.

신입은 조금씩 익숙해지기 시작했다. 이번에는 둘이 동시에 사격을 개시했다.

"브리핑받았어?" 트웰브가 물었다. 땅에 내려앉은 불꽃은 그다지 아름답지 않았고 훨씬 더 위험해졌다.

"아뇨. 1년 동안만이라는 말만 들었어요."

트웰브는 거의 멈추지도 않고 재장전을 했다. 그는 머리가 희끗희끗하고 흉터가 많았다. 반면에 신입은 겨우 무기를 들 만한 나이로 보였다. "1년이 평생이 될 거란 소린 안 해?"

신입은 고개를 저었다. 트웰브는 자신도 저렇게 불에 타지 않은 멀쩡하고 깨끗한 제복을 입었던 어린 시절을 떠올렸다. 내가 저렇게 어리고 건강한 얼굴이었던 적이 있었던가?

저렇게 순수했던 시절이?

그는 불꽃 악마 다섯을 처치했다. 신입이 남은 셋을 처치했다.

"아무튼 1년 동안 싸우는 거군요."

"1분 1초지." 트웰브가 정정했다.

쾅!

바닷가에 파도가 부딪혔다. 남반구의 1월은 덥다. 하지만 아직 밤이었다. 하늘에 폭죽이 움직이지 않는 채로 걸려 있었다. 트웰브가 모래시계를 확인했다. 모래알이 2개밖에 남아 있지 않았다. 끝이 멀지 않았다.

그는 바닷가와 파도, 바위를 훑었다.

"안 보이는데."

"전 보여요." 신입이 말했다.

그가 손짓하는 순간 그것이 바다에서 일어났다. 상상을 초월할 정도로 광대하고 육중하고 사악하며 촉수와 발톱이 가득했다. 그것은 일어나면서 포효했다.

트웰브는 로켓탄 발사기를 등에서 가져와 어깨에 올렸다.

발사된 로켓탄의 불꽃이 괴물의 몸에서 피어나는 것을 보았다.

"지금까지 본 것 중에 가장 크군. 제일 큰 놈을 마지막에 남겨 둔 것인지도 모르지."

"전 이제 시작인데요." 신입이 말했다.

그때 그것이 그들에게 다가왔다. 집게발을 마구 흔들고 촉수를 내리치며 목구멍은 연신 쩍 벌렸다. 그들은 모래 언덕을 전력 질주했다.

신입이 트웰브보다 빨랐다. 어리다는 사실이 유리할 때도 있다. 트웰브는 허리의 통증을 느끼며 비틀거렸다. 무언가가, 촉수가, 그의 다리를 휘감아 넘어지는 순간, 그의 모래시계에서 마지막 모래알이 떨어졌다.

그는 위를 보았다.

신입이 모래 언덕에 서 있었다. 신병 훈련 때 배우는 것처럼 다리에 힘을 주고 낯선 디자인의 로켓탄 발사기를 들고서. 최신식 디자인이라고 트웰브는 생각했다. 그는 바닷가에서 끌려 나가면서 머릿속으로 작별 인사를 했다. 모래가 그의 얼굴을 할퀴었다. 둔탁하게 쿵 하는 소리가 나더니 그의 다리를 휘감은 촉수가 훽 빠지며 괴물이 뒤쪽의 바다로 날아갔다.

트웰브 역시 허공으로 나가떨어지는 순간, 마지막 모래알이 떨어졌고 미드나잇이 그를 데려갔다.

그는 오래전의 장소에서 눈을 떴다. 포틴이 그를 연단에 눕혀 주었다.

"어떻게 됐어?" 나인틴 포틴이 물었다. 그녀는 바닥까지 닿는 하얀 치마를 입고 하얀 장갑을 꼈다.

"해마다 점점 더 위험해지고 있어." 트웬티 트웰브가 말했다. "초, 그리고 그 뒤에 숨은 것들 말이야. 하지만 신입은 마음에 들어. 잘할 거야."

2월 이야기

2월의 잿빛 하늘, 안개 낀 하얀 모래, 까만 바위, 흑백 사진처럼 까만 바위. 오직 노란 비옷을 입은 여자애만이 세상에 색깔을 더해 주는 듯했다.

20년 전, 한 나이 든 여인이 비가 오나 눈이 오나 바닷가로 가서 해변을 걸었다. 그녀는 허리를 숙여 가며 모래를 바라보았고, 가끔은 힘겹게 바위를 들어 올린 뒤 그 아래를 살피기도 했다. 그녀가 더 이상 모래밭에 나타나지 않게 됐을 때는 그녀의 딸인 듯한 중년 여자가 어머니와 비교해 그다지 적극적이지 않은 모습으로 바닷가를 거닐었다. 그리고 중년 여자마저 오지 않은 후에는 한 여자애가 그 자리를 대신했다.

여자애가 나에게로 걸어왔다. 그날 안개 낀 해변에 소녀 말고 다른 사람은 나뿐이었다. 나는 그 여자애보다 그렇게 나이가 많아 보이지도 않았다.

"뭘 찾고 있니?" 내가 소리쳤다.

여자애가 얼굴을 찡그렸다. "내가 왜 뭔가를 찾고 있다고 생각해?"

"너 여기 매일 오잖아. 그전에는 아줌마, 또 그전에는 우산 쓴 할머니가 왔었지."

"우리 할머니야." 노란 비옷을 입은 여자애가 말했다.

"할머니가 뭘 잊어버리셨는데?"

"펜던트."

"비싼 건가 보다."

"별로. 그냥 심리적으로 값어치가 있는 거지."

"그렇게 오랫동안 온 가족이 찾는 걸 보면 그보다 값진 물건일 것 같은데."

"맞아." 여자애가 잠시 머뭇거렸다. "할머니는 그 펜던트가 할머니를 다시 집으로 데려가 줄 거라고 했어. 여기가 궁금해서 잠깐 구경하러 왔는데 그 펜던트 목걸이를 하고 있단 사실이 너무 걱정되어서 돌 아래에 숨겼대. 나중에 다시 찾으러 오려고. 하지만 다시 왔을 땐 어느 돌 아래에 숨겼는지 기억나지 않았대. 그게 50년 전이야."

"할머니 집이 어디였는데?"

"그건 말해 주지 않으셨어."

여자애의 말을 듣다 보니 답을 듣기가 두려운 질문을 하게 되었다. "살아계셔? 할머니 말이야."

"응. 살아 계시긴 해. 요즘은 말을 하지 않으시지만. 그냥 바다만 바라보셔. 늙는다는 건 끔찍한 일 같아."

나는 고개를 저었다. 그렇지 않다. 나는 코트 주머니에서 뭔가를 꺼내 여자애에게 내밀었다. "혹시 이거야? 1년 전쯤에 바닷가에서 주웠거든. 돌 아래에서."

펜던트는 모래나 바닷물에 망가지지 않은 상태였다.

여자애는 깜짝 놀란 표정을 짓더니 나를 껴안으며 고맙다고 했다. 그녀는 펜던트를 받아들고 작은 마을이 있는 쪽으로 안개 낀 해변을 달려갔다.

나는 그녀가 달려가는 모습을 바라보았다. 손에 할머니의 펜던트를 들고 흑백의 세상에 노란색을 끼얹었다. 그 펜던트는 내 목에 걸린 것과 한 쌍이었다.

나는 여자애의 할머니, 그러니까 내 여동생이 집에 돌아갔는지, 집에 돌아갔다면 예전에 내가 했던 장난을 용서해 주었는지 궁금했다. 어쩌면 그녀는 지구에 남는 쪽을 선택하고 손녀를 대신 보냈을지도 모른다. 그렇다면 재미있을 것 같기도 하다.

증조카가 떠나고 나 혼자 남았을 때 나는 위쪽으로 헤엄쳐 갔다. 그리곤 펜던트가 나를 저 위의 광대한 공간에 있는 집으로 끌어당기게 내버려 두었다. 외로운 하늘 고래와 함께 돌아다니는 곳, 하늘과 바다가 하나인 곳으로.

3월 이야기

……우리가 아는 사실은 그녀가 처형당하지 않았다는 것뿐이다.

–찰스 존슨, 『가장 악명 높은 해적들의 강도와 살인에 관한 역사』

커다란 저택 안이 너무 더워서 두 사람은 포치로 나갔다. 멀리 동쪽에서 봄날의 폭풍우가 채비 중이었다. 이미 번개가 깜빡거리고 예상치 못한 찬 바람이 불어와 열기를 식혀 주었다. 엄마와 딸은 우아하게 그네 의자에 앉아 잎담배를 실은 배로 저 멀리 영국까지 간 남편이자 아버지가 언제 돌아올까 이야기했다.

예쁜 외모에 깜짝깜짝 잘 놀라는 열세 살 메리가 말했다. "해적들이 전부 교수형을 당해서 정말 다행이에요. 아버지가 안전하게 돌아오실 수 있으니까요."

어머니는 부드러운 미소를 지었고 미소를 계속 머금은 얼굴로 말했다. "난 해적 얘기는 관심이 없단다, 메리."

어릴 때 그녀는 아버지의 추문을 덮기 위해 남장을 했다. 아버지, 어머니와 배를 타게 되었을 때야 처음으로 여자 옷을 입었다. 그녀의 어머니는 아버지의 하녀이자 정부였고 아버지는 신세계에서 그녀를 아내로 맞이했다. 그들은 코크에서 캐롤라이나스로 가는 중이었다.

온몸에 두른 옷가지가 영 낯설고 치마가 불편하기만 했던 그 항해에서, 그녀는 처음으로 사랑에 빠졌다. 열한 살 그녀의 마음을 빼앗은 것은 선원이 아니라 배였다. 앤은 뱃머리에 앉아 저 아래에서 넘실거리는 잿빛의 대서양을 바라보았다. 시끄러운 갈매기 소리를 들었고 매 순간 아일랜드가 모든 거짓말과 함께 멀어지는 것을 느꼈다.

육지에 도착했을 때 그녀는 첫사랑을 떠나야만 하는 것이 무척 슬펐다. 아버지가 새로운 땅에서 크게 성공했어도, 돛이 철썩대거나 삐걱하는 소리가 그리울 뿐이었다.

그녀의 아버지는 좋은 사람이었다. 그는 그녀가 돌아왔을 때 기뻐했고 떠나 있었던 시간에 관해 묻지 않았다. 그녀가 결혼했던 청년이나 그가 그녀를 프로비덴스에 데려간 것에 대해서도 그랬다. 그녀가 3년 만에 젖먹이만 데리고 가족들에게 돌아온 건데도 말이다. 그녀는 남편이 죽었다고 했다. 온갖 소문이 무성했지만 아무리 뒷말하기 좋아하는 약삭빠른 사람이라도, 애니 라일리가 해적선 선장 레드 라캄의 일등 항해사인 여해적 앤 보니라는 사실은 상상조차 하지 못했다.

"남자처럼 싸웠다면 개죽음이 아니다." 이것은 앤 보니가 그녀의 아기 아빠에게 마지막으로 한 말이라고 한다. 전해지는 바에 의하면 그렇다.

라일리 부인은 번개가 치는 것을 보았다. 멀리서 천둥이 우르릉거리기 시작했다. 이제 그녀는 머리가 희끗희끗하고 피부는 보통의 부유한 여인들만큼이나 희다.

"꼭 포탄 쏘는 소리 같아요." 메리가 말했다. (앤은 딸에게 어머니의 이름을 붙였다. 대저택을 떠나 있던 시절에 가장 친했던 친구의 이름이기도 했다.)

"왜 그런 말을 하니? 이 집에서 포탄 같은 이야기는 금지야." 메리의 어머니가 고지식하게 말했다.

3월의 첫 비가 내렸다. 라일리 부인은 그네 의자에서 일어나 빗줄기로 얼굴을 가져가 딸을 놀래켰다. 비가 마치 바다의 물보라처럼 그녀의 얼굴에 퍼졌다. 평소 점잖은 그녀와는 너무도 다른 모습이었다.

그녀는 얼굴에 빗줄기를 맞으며 바다에 있는 상상을 했다. 그녀가 선장인 배, 주위에서 연신 들려오는 포격 소리, 소금기 머금은 바람에 퍼지는 화약 연기 냄새를. 전투에서 흘린 피를 가리기 위해 붉은색으로 칠해진 갑판. 보석이든 동전이든 마음대로 가져오기 위해 상선에 침입할 준비를 할 때 포격 소리만큼이나 큰 돛이 바람에 펄럭이는 소리. 한바탕 쓸어 온 후 일등 항해사와 나누는 열정적인 키스.

"어머니? 아무래도 혼자만의 비밀에 대해 생각하고 계시는가 봐요. 얼굴에 미소를 지으시는 걸 보면요." 메리가 말했다.

"얘는, 별소리를 다 하는구나. 네 아빠를 생각하고 있었단다." 그것은 사실이었다. 3월의 바람이 정신없이 불어왔다.

4월 이야기

오리가 당신을 믿지 않게 되었다면 당신이 녀석들에게 해도 너무 했다는 뜻이다. 아버지는 지난여름 이후 어떻게든 오리들을 이용해 먹으려고 애썼다.

아버지는 연못으로 가서 오리들에게 인사했다. "안녕, 오리들아."

1월이 되자 오리들은 그냥 딴 데로 헤엄쳐 갔다. 특히 한 녀석은 화가 많이 났다. 그 오리를 도널드라고 부르자. 하지만 옆에 없을 때만 그 이름을 써야 한다. 오리들이 원래 이런 데 민감하니까. 그 녀석은 딴 데로 가 버리지 않고 남아서 아버지를 질책했다.

"관심 없다고요. 우린 이제 당신한테 그 무엇도 살 생각이 없어요. 보험, 백과사전, 알루미늄 외장재, 안전성냥 다 관심 없다고요. 특히 방습제는 더더욱."

"지면 배로 손해 보고 이기면 그냥 본전이잖아!" 화가 잔뜩 난 청둥오리가 꽥꽥거렸다.

"당연히 동전 던지기를 해야지. 양면 동전으로!"

오리들은 아버지가 연못에 던진 그 동전을 살펴보고는 일제히 꽥꽥거리고 툴툴거리면서 우아하게 연못 반대편으로 헤엄쳐 갔다.

아버지는 이 일을 기분 나쁘게 받아들였다. "오리들은 항상 그 자리에 있었어. 언제든 우유를 짜 먹을 수 있는 소처럼 말이야. 최고의 호구였다고. 언제든 이용해 먹을 수 있는. 내가 스스로 호구를 놓쳐 버린 거야."

"오리들이 다시 아버지를 믿게 만드는 거예요." 내가 아버지에게 말했다. "아니면 아예 이번 기회에 오리들한테 정직하게 대하세요. 새사람이 되는 거죠. 이제 진짜 목표를 만드는 거예요."

아버지는 오리 연못 맞은편의 여인숙에서 일했다.

하지만 아버지는 새로운 사람으로 변하지 않았다. 좀처럼 예전 모습을 버리지 못했다. 아버지는 여인숙 주방에서 갓 구운 빵을 훔치고 마시다 만 레드와인 병을 가지고 연못으로 갔다. 오리들의 믿음을 얻기 위해서.

아버지는 3월 내내 오리들을 웃겨 주고 먹을 것을 갖다주었다. 오리들의 마음을 돌리기 위해 온갖 방법을 동원했다.

봄비가 온 뒤 물웅덩이가 생기고 나무들이 겨울을 털어 낸 뒤 새롭게 초록색으로 단장한 4월, 아버지는 카드 덱을 들고 오리들을 찾아갔다.

"카드놀이 어때? 돈내기 말고 그냥 재미로." 아버지가 말했다.

오리들은 불안한 눈빛을 서로 교환했다. "글쎄……." 몇몇이 경계를 풀지 않고 중얼거렸다.

그때 처음 보는 듯한 나이 많은 청둥오리가 우아하게 한쪽 날개를 내밀었다. "신선한 빵과 맛있는 와인을 그렇게 많이 얻어먹고 당신의 제안을 거절한다면 무례한 처사가 되겠지요. 그럼 진 러미 한 판 할까요? 아니면 행복한 가족 게임?"

"포커는 어때?" 아버지가 포커페이스를 하고서 말했다. 오리들도 찬성했다.

아버지는 무척 기뻤다. 좀 더 재미를 주기 위해 돈내기를 하자고 먼저 제안할 필요도 없었다. 나이 많은 청둥오리가 그러자고 했기 때문이다.

나는 그간 밑장 빼기 기술에 대해 많이 배웠다. 아버지가 밤마다 쉬지 않고 덱의 가장 위쪽 패가 아닌 그다음 패를 꺼내 상대방을 속이는 연습을 하는 것을 지켜보았기 때문이다. 하지만 그 청둥오리는 아버지보다 한 수, 아니, 두 수를 앞섰다. 청둥오리는 맨 위에 있는 카드를 꺼내는 척하면서 그다음에 있는 카드를 꺼내고 중간에 있는 카드도 꺼냈다. 그는 카드가 어떤 순서로 있는지 다 알고 있었다. 날갯짓 한 번으로 자신이 정확히 원하는 대로 카드를 섞었다.

오리들은 아버지의 모든 것을 그 자리에서 탈탈 털어 갔다. 시계며 구두, 코담배 갑, 입고 있던 옷까지 전부. 만약 오리들이 '인간 소년'을 내기로 걸었더라면 아버지는 나까지 잃었을 것이다. 아니, 여러모로 볼 때 아버지는 나를 잃은 것이나 마찬가지였다.

아버지는 속옷과 양말 차림으로 여인숙으로 돌아갔다. 오리는 양말을 별로 좋아하지 않는단다. 오리들의 특징이라나.

"그래도 양말은 지키셨네요." 내가 아버지에게 말했다.

아버지는 그해 4월, 오리들을 절대 믿어선 안 된다는 것을 배웠다.

5월 이야기

나는 5월에 어머니의 날을 축하하는 익명의 카드를 받았다. 어리둥절했다. 나도 모르는 사이 나한테 자식이 있었던 건가?

6월에는 이런 메모를 발견했다. '이른 시일 내에 정상 서비스 복구 예정'. 이 메모가 화장실 거울에 테이프로 붙여져 있고 값어치와 출처를 알 수 없는 낡은 구리 동전 몇 개도 함께 발견되었다.

7월에는 일주일 간격으로 엽서 세 장이 도착했다. 오즈의 에메랄드 소인이 찍힌 엽서들에는 발신인이 즐겁게 잘 지내고 있으며 도린에게 뒷문 자물쇠를 바꾸고 우유 배달을 취소하라고 전해 달라는 내용이 적혀 있었다. 나는 도린이 누군지 모른다.

8월에는 누군가 문 앞에 초콜릿 상자를 두고 갔다. 중요한 소송 사건의 증거가 동봉되었다는 스티커가 붙은 채였다. 반드시 지문을 닦아 내고 안에 든 초콜릿을 먹으라고 되어 있었지만, 8월의 뜨거운 날씨에 초콜릿은 질척질척한 갈색 덩어리로 녹아 있었다. 나는 초콜릿을 상자째 버렸다.

9월에는 〈액션 코믹 1호〉, 셰익스피어 연극 첫 이절판, 『재치와 황야』라는 제인 오스틴의 처음 들어 보는 비공개 출판 소설이 담긴 소포가 도착했다. 만화책, 셰익스피어, 제인 오스틴에 별로 관심이 없는 터라 그냥 뒤쪽 방에 놓아 두었다. 그런데 일주일 후 목욕하면서 읽을 책이 필요해서 찾아보니 사라지고 없었다.

10월에는 '이른 시일 내에 정상 서비스 복구 예정, 정말로'라고 적힌 메모가 어항 측면에 테이프로 붙어 있었다. 원래 있던 금붕어 두 마리가 사라지고 똑같은 것 두 마리로 바뀐 듯했다.

11월에는 시어볼드 삼촌이 죽기를 바라지 않는다면 시키는 대로 하라고 적힌 납치범의 메모를 받았다. 나에게는 시어볼드라는 삼촌이 없지만 그래도 거기 적힌 대로 상의에 분홍색 카네이션을 꽂고 한 달 내내 샐러드만 먹었다.

12월에는 북극 소인이 찍힌 크리스마스카드가 도착했다. 올해에는 명단 입력 오류로 인해 내가 나쁜 어린이나 착한 어린이 명단에 모두 들어가지 못했음을 알리는 내용이었다. S로 시작하는 이름으로 서명이 되어 있었는데 산타보다는 스티브에 가까워 보였다.

1월에 일어나 보니 코딱지만 한 부엌의 천장에 주홍색 물감으로 '본인이 먼저 산소마스크를 착용한 다음에 다른 사람들을 도와라'라는 비행기 안전 수칙이 적혀 있었다. 바닥에 물감이 조금 떨어졌다.

2월에는 버스 정거장에서 한 남자가 다가오더니 쇼핑백에 든 검은 매 조각상을 보여 주었다. 팻맨으로부터 그걸 안전하게 지킬 수 있도록 도와 달라고 하더니 내 뒤쪽에 있던 사람을 보고는 도망가 버렸다.

3월에는 스팸 우편물 세 통이 도착했다. 첫 번째는 내가 100만 달러에 당첨되었을지도 모른다는 내용, 두 번째는 내가 아카데미 프랑세즈 회원으로 선출되었을지도 모른다는 내용, 마지막은 내가 신성 로마 제국의 명목상 통치자로 취임했을지도 모른다는 내용이었다.

4월에는 침대 옆 작은 탁자에서 메모가 발견되었다. 서비스에 문제가 생긴 것에 양해를 구하며 이제 우주의 모든 결함이 정정되었다는 그 메모는 '불편하게 해 드려 죄송하다'라고 끝맺었다.

5월에 또 어머니의 날 카드를 받았다. 이번에는 익명이 아니었다. 서명이 있었지만 읽기가 어려웠다. S로 시작하지만 스티브가 아닌 것은 확실했다.

6월 이야기

우리 부모님은 서로 생각이 일치하지 않는다. 항상 그렇다. 서로 의견이 다른 것뿐만 아니라 싸우기까지 한다. 하나부터 열까지 의견 차이로 다툰다. 저렇게 안 맞고 매일 다투면서 도대체 결혼은 어떻게 하고 나와 여동생은 어떻게 낳았는지 모르겠다.

엄마는 부의 재분배가 중요하고 공산주의의 가장 큰 문제는 시행 기간이 충분하지 못한 점이라고 생각한다. 아버지는 침대 옆에 여왕의 액자 사진을 놓아 두고 보수당에 투표한다. 엄마는 내 이름을 수잔이라고 짓고 싶었고 아빠는 숙모 이름을 따서 헨리에타라고 짓고 싶어 했다. 둘 다 조금도 양

보할 마음이 없어서 내 이름은 수지에타가 되었다. 학교에서 부르는 이름, 아니 온 세상이 부르는 이름 말이다. 여동생의 이름은 알리스미마인데 역시나 비슷한 사연 때문이다.

엄마와 아빠는 통할 때가 한 번도 없다. 체질마저도, 아빠는 몸에 열이 많고 엄마는 몸이 항상 차다. 한 사람이 방을 나갈 때마다 온종일 보일러를 껐다 켰다, 창문을 열었다 닫았다 한다. 나와 동생이 1년 내내 감기를 달고 사는 것도 이것 때문인 듯하다.

엄마와 아빠는 어느 달에 휴가를 떠날 것인지에서도 의견이 갈린다. 아빠는 당연히 8월, 엄마는 무조건 7월이었다. 결국 6월에 여름휴가를 떠나기로 하는 바람에 모두가 불편해지고 말았다.

당연히 휴가를 어디로 떠날 것인지에 대해서도 의견이 달랐다. 아빠는 아이슬란드에 가서 조랑말 트레킹을 하자고 했고 엄마는 백 번 양보해서 낙타 캐러밴을 타고 사하라 사막을 가로지르는 것까지 봐주겠다고 했다. 그리고 두 사람은 프랑스 남부 같은 곳의 해변으로 떠나 가만히 앉아 있고 싶어 하는 나와 동생을 이상하다는 듯 쳐다봤다. 엄마와 아빠는 아주 잠깐 말다툼을 멈추고 그런 데로 휴가를 떠날 일은 절대 없으며 디즈니랜드도 마찬가지라고 말하고는 곧바로 다시 말다툼을 시작했다.

'6월에 어디로 휴가를 떠날 것인가'라는 두 분의 말다툼은 문을 쾅 닫는 소리와 각자 다른 방에서 '맘대로 해!'라고 소리치는 일이 한참 계속된 후에야 끝났다.

참으로 불편한 여름휴가가 다가오는 가운데, 우리 자매는 그 어디든 절대로 가지 않겠다고 결심했다. 우리는 도서관에서 들고 올 수 있을 만큼 책을 최대한 많이 빌려 와 쌓아 놓고 열흘 동안 부모님의 말다툼 소리를 들을 준비를 했다.

그런데 갑자기 밴을 탄 남자들이 와서는 우리 집으로 뭔가를 잔뜩 옮기기 시작했다.

엄마는 그들에게 사우나를 지하실에 설치해 달라고 말했다. 그들은 엄청나게 많은 모래를 바닥에 쏟아붓고 천장에는 태양등을 달았다. 엄마는 태양등 아래의 모래밭에 타월을 깔고 누웠다. 지하실 벽에 모래 언덕과 낙타 사진도 붙여 놓았다. 극심한 열기 때문에 떨어져 버렸지만.

아빠는 안으로 들어갈 수 있을 정도로 엄청나게 큰 냉장고를 사서 차고에 놓았다. 차고가 꽉 차 버려서 아빠는 마당에 주차해야만 했다. 아빠는 아침에 일어나 아이슬란드산 두꺼운 양모 스웨터를 입고 책과 뜨거운 코코아가 든 보온병, 마마이트잼, 오이 샌드위치를 들고 얼굴에는 함박웃음을 띄운 채 대형 냉장고로 들어가 있다가 저녁 식사 때가 되어서야 나왔다. 나는 세상에 우리 가족처럼 이상한 가족이 또 있을까 싶었다. 우리 엄마 아빠는 서로 생각이 일치할 때가 한 번도 없다.

"언니, 그거 알아? 엄마가 오후마다 코트 입고 몰래 냉장고에 들어가는 거." 마당에 앉아 도서관에서 빌려 온 책을 읽고 있을 때 여동생이 불쑥 말했다.

몰랐다. 하지만 그날 아침 수영복 반바지에 가운을 걸친 아빠가 엄마가 있는 지하실 사우나로 들어가는 건 봤다. 얼굴에 바보 같은 함박웃음을 가득 담고서 말이다.

난 도무지 우리 부모님을 이해하지 못하겠다. 솔직히 세상 모든 자식이 마찬가지 아닐까.

7월 이야기

7월의 첫날, 아내가 혼자 생각해 볼 시간이 필요하다면서 나를 떠났다. 그날은 동네 한가운데 있는 호수에 강렬한 태양이 내리쬐었다. 우리 집을 둘러싼 초원의 옥수수가 무릎에 닿을 만큼 자랐고, 독립기념일의 불꽃놀이를 기다리는 아이들이 성급하게 터트린 폭죽이 요란하게 여름 밤하늘을 수놓았다. 나는 그날 뒷마당에 책으로 이글루를 만들었다.

양장본이나 백과사전은 너무 무거우니 잘못했다가 무너지면 큰일 날 것 같아서 페이퍼백을 이용했다. 다행히 이글루는 무너지지 않았다. 기어서 들어갈 수 있고 북극의 매서운 바람도 막아 주는 약 4미터 높이의 터널이었다.

나는 책으로 만든 이글루 안으로 책을 가지고 들어가서 읽었다. 안은 놀라울 정도로 따뜻하고 포근했다. 다 읽은 책은 바닥에 깔고 책을 더 가져 왔다. 그렇게 어느새 바깥세상의 마지막 흔적이라고 할 수 있는 7월의 푸르른 잔디가 다 덮였다.

다음날 친구들이 찾아왔고 기어서 내 이글루로 들어왔다. 그들은 내가 미친 짓을 하고 있다고 말했다. 나는 차가운 겨울로부터 나를 막아 주는 건 아버지의 1950년대 페이퍼백 컬렉션뿐이라고 말했다. 그 컬렉션에는 야하고 짜릿한 표지에 비해 실망스러울 정도로 지루한 내용의 책들이 대부분이었다.

친구들이 떠났다.

나는 이글루에 앉아서 밖에 북극의 밤이 펼쳐져 있다고 상상했다. 북극광이 비치고 있을까. 밖을 내다보니 밤하늘에는 아주 작은 별들뿐이었다.

책으로 만든 이글루에서 잠을 잤다. 배가 고팠다. 바닥에 구멍을 뚫고 낚싯줄을 내렸다. 기다리니 뭔가가 걸렸다. 책으로 만든 물고기였다. 펭귄 출판사에서 나온 초록색 표지의 고전 탐정 소설 시리즈. 이글루에 불이 날까 봐 걱정스러워서 날것으로 먹었다.

밖으로 나가 보니 누군가 온 세상을 책으로 뒤덮어 놓았다. 온갖 색조의 하얀색과 파란색, 자주색으로 된 열은 표지들. 나는 책의 빙원을 거닐었다.

얼음 위에 내 아내처럼 생긴 사람이 보였다. 그녀는 자서전으로 빙하를 만드는 중이었다.

"당신이 날 떠난 줄 알았어. 날 혼자 남겨 두고." 내가 그녀에게 말했다.

그녀는 아무 말도 하지 않았다. 순간 나는 그녀가 그림자의 그림자일 뿐이라는 걸 깨달았다.

7월의 북극은 해가 지지 않지만 피곤해서 이글루 쪽으로 발걸음을 돌렸다.

곰보다도 먼저 곰의 그림자가 보였다. 강렬한 책들의 페이지로 만들어진 곰은 어마어마하게 크고 하얬다. 무기가 될 수 있는 아름다운 단어들로 가득한 고대와 현대의 시들이 곰의 형상으로 설원을 서성거렸다. 종이 위에서 단어가 굽이치는 게 보였다. 곰이 나를 볼까 봐 무서웠다.

곰을 피해 이글루 안으로 기어들어 갔다. 어둠 속에서 잠든 모양이다. 다시 기어 나가 얼음 위에 등을 대고 누웠다. 예상치 못한 색감으로 아른거리는 북극광을 올려다보면서, 저 멀리 신화 책 빙하가 갈라지며 요정 이야기 빙산이 만들어지는 소리를 들었다.

옆에 누군가 누워 있다는 사실을 언제 알아차렸을까. 여자의 숨소리가 들렸다.

"참 아름답지?" 그녀가 말했다.

"오로라야. 북극광." 내가 그녀에게 말했다.

"저건 시에서 터뜨리는 독립기념일 폭죽이야, 여보." 아내였다.

그녀가 내 손을 잡았고 우리는 함께 불꽃놀이를 구경했다.

노란 별의 구름 속으로 마지막 불꽃이 사라졌을 때 아내가 말했다. "나 집에 왔어."

나는 아무 말도 하지 않고 그저 그녀의 손을 꽉 쥐었다. 나는 책으로 만든 이글루를 나와서 고양이처럼 7월의 뜨거운 햇살을 받으며 그녀와 함께 집으로 들어갔다.

멀리서 천둥소리가 들렸다. 한밤중에 우리가 자고 있을 때 비가 내리기 시작했고, 책으로 만든 나의 이글루가 무너졌다. 단어가 세상에서 씻겨 나갔다.

8월 이야기

산불이 시작된 것은 그해 8월 초였다. 비를 내려 줄 폭풍이 모조리 우리를 피해 갔다. 비도 함께 가 버렸다. 이글거리는 불꽃에 뿌릴 호수의 물을 싣고 저 멀리 하늘에 떠 있는 헬리콥터만 매일 볼 수 있었다.

내가 사는 집의 주인이자 직접 요리도 하고 집도 관리하는 호주 사람 피터가 말했다. "호주에서 유칼립투스는 생존을 위해 불을 사용해요. 산불이 나서 모든 덤불이 타 버린 후에 씨앗이 싹트거든요. 엄청난 고온이 필요한 거죠."

"참 이상하네요. 불꽃에서 뭔가가 부화하다니." 내가 말했다.

"그렇진 않아요. 지극히 정상이죠. 지구가 지금보다 더 뜨거웠을 때는 훨씬 더 흔한 일이었을 겁니다."

"이것보다 뜨거운 건 상상하기가 힘든데요."

그가 콧방귀를 뀌었다. "이건 아무것도 아니죠." 그는 지금보다 젊었을 때 호주에서 겪었던 극도의 열기에 관해 이야기했다.

다음 날 TV 뉴스에서 이 지역 사람들에게 대피하라고 했다. 이곳은 산불이 옮겨 올 위험이 큰 지역이었다.

"허튼소리 작작 하라지." 피터가 짜증 난 듯 말했다. "여기까지는 절대 문제가 안 될 거야. 여긴 고지대이고 사방에 시내도 많으니까."

수위가 높을 때 시냇물의 깊이는 1~1.5미터나 되었지만 지금은 기껏해야 30~60센티미터 정도밖에 되지 않았다.

늦은 오후부터는 나무 연기가 심하게 퍼졌다. TV와 라디오에서도 가능하다면 당장 대피하라고 했다. 피터와 나는 웃으며 맥주를 마셨다. 두려워하거나 도망치지 않고 힘든 상황에 제대로 대처한다는 사실을 서로 축하했다.

"우린 너무 안일해. 인류 전체 말이야. 사람들 모두. 뜨거운 8월에 나무에 매달린 나뭇잎이 타들어 가는 걸 보고도 아무것도 변하지 않을 거라 생각하잖아. 우리 제국이 영원할 거라고 생각하지." 내가 말했다.

"세상에 영원한 건 없어." 피터는 맥주를 더 따랐고 호주에 사는 친구가 가족 농장에 불이 났을 때 불길이 작게 새로 솟구치는 곳마다 맥주를 뿌려 산불을 껐다는 이야기를 들려주었다.

앞쪽의 계곡까지 번진 산불은 세상의 종말을 알리는 듯했다. 우리는 시냇물이 얼마나 보잘것없는 보호장치인지 깨달았다. 공기 자체가 불타고 있었다.

마침내 우리는 질식할 것 같은 연기 속에서 기침하며 벌떡 일어나 도망쳤다. 언덕을 내려가 시냇물에 이르렀을 때 그 속에 들어가 얼굴만 내놓고 누웠다.

우리는 걷잡을 수 없는 불꽃 속에서 부화한 그것이 일어나 날아가는 모습을 보았다. 언덕의 불타 버린 집을, 폐허를 쪼아 먹는 새가 떠올랐다. 그중 하나가 얼굴을 쳐들고 의기양양한 소리를 내었다. 나뭇잎이 타들어 가는 소리를 누르고 그 소리가 들렸다. 나는 불사조의 외침을 들었고 세상에 영원한 것은 없다는 사실을 깊이 이해했다.

시냇물이 끓기 시작하면서 수백 마리의 새 같은 불꽃이 일제히 하늘로 솟아올랐다.

9월 이야기

어머니에게는 사자 얼굴 모양의 반지가 있었다. 어머니는 그 반지로 작은 마법을 부렸다. 주차할 자리를 찾는다거나 슈퍼마켓에서 자신이 선 줄이 빠르게 줄어들게 하거나 옆 테이블에 앉은 커플이 싸움을 멈추고 다시 사랑에 빠지게 한다거나 하는 것들이었다.

어머니는 돌아가시면서 나에게 그 반지를 남겼다.

내가 처음 그 반지를 잃어버린 것은 카페였다. 아마도 초조하게 만지작거리면서 뺐다가 다시 꼈던 것 같다. 하지만 집에 가 보니 손가락에 반지가 없었다. 카페로 찾으러 갔지만 흔적도 없었다.

며칠 뒤 반지가 택시 기사를 통해 나에게 돌아왔다. 카페 앞 인도에서 주웠다고 했다. 우리 어머니가 그의 꿈에 나타나서 우리 집 주소와 어머니의 정통 치즈 케이크 레시피를 알려 주었다나.

두 번째로 반지를 잃어버린 건 다리에 기대어 아무 생각 없이 강 아래로 솔방울을 던질 때였다. 반지가 활 모양을 그리며 날아가 까만 진흙 강바닥으로 빠졌다. 퐁당 소리와 함께 사라져 버렸다.

일주일 후 술집에서 알게 된 남자에게 연어를 샀다. 그의 오래된 초록색 밴 뒤쪽에 놓인 아이스박스에서 연어를 받아 왔는데, 연어의 배를 가르자 어머니의 사자 반지가 굴러떨어졌다.

세 번째로 반지를 잃어버린 것은 뒷마당에서 일광욕을 즐기며 독서를 하고 있을 때였다. 8월이었다. 선글라스, 선탠로션과 함께 타월에 올려 두었는데 커다란 새가(까치나 갈까마귀였던 것 같지만 아닐 수도 있다. 어쨌든 까마귓과였다) 내려와 엄마의 반지를 물고 가 버렸다.

다음날 밤, 움직임이 서투른 허수아비가 반지를 가져왔다. 허수아비는 현관의 조명 아래에 꼼짝도 하지 않고 서서 나를 깜짝 놀라게 했다. 그는 내가 짚을 채워 넣은 장갑 낀 손에서 반지를 받아들자마자 비틀비틀 어둠 속으로 걸어갔다.

“아무래도 이건 갖고 있으면 안 되는 물건인 것 같아.” 나는 생각했다.

다음 날 고물차의 글러브박스에 반지를 넣고 고물상으로 갔다. 그곳에서 내 차가 옛날 TV만 한 크기의 고철 덩어리로 으깨어져 루마니아행 선박에 실리는 모습을 흐뭇하게 바라보았다. 그 나라에 가서 유용한 데에 잘 쓰일 것이다.

9월 초, 은행 계좌를 정리하고 브라질로 떠났다. 그곳에서 가명으로 웹디자이너로 취직했다.

아직 어머니의 반지가 돌아올 조짐은 보이지 않는다. 하지만 다음에는 어머니가 어떤 식으로 나에게 반지를 돌려줄지 몰라서 가끔은 자다가 심장이 쿵쾅거리고 식은땀이 흐르는 채로 깨어나곤 한다.

10월 이야기

“아, 시원하다.” 나는 결린 목을 마지막으로 스트레칭했다.

그냥 시원한 게 아니라 엄청나게 개운했다. 그 좁아터진 램프에 너무 오랫동안 갇혀 있었다. 이젠 램프를 문지를 사람이 절대로 나타나지 않을 거라는 생각까지 들었었다.

“너 램프의 요정 지니구나.” 손에 광택용 천을 든 젊은 여자가 말했다.

“맞아, 예쁜 아가씨. 똑똑하네. 내가 지니란 걸 어떻게 알았지?”

“연기구름 속에서 나타났잖아. 생긴 것도 지니처럼 생겼고. 머리에 두른 터번이며 코가 뾰족한 신발이며.”

나는 팔짱을 끼고 눈을 끔뻑거렸다. 지금 나는 청바지에 회색 스니커즈, 빛 바랜 회색 스웨터 차림이다. 이 시대 남자들의 유니폼이라고 할 수 있지.

한 손을 이마로 가져가 고개를 숙여 인사했다.

"난 램프의 요정 지니야. 운이 좋은 자여, 기뻐하라. 내가 너의 세 가지 소원을 들어주겠다. '소원을 더 많이 빌게 해 줘' 같은 소원 빌 생각일랑 하지 말고. 그랬다간 있는 소원도 없어질 거야. 알겠지. 시작해."

나는 다시 팔짱을 꼈다.

"됐어. 말은 고맙지만 난 괜찮아. 소원 안 들어줘도 돼."

"자기. 예쁜이. 달링. 네가 잘못 들었나 본데 나 램프의 요정 지니야. 소원 세 가지 들어준다고. 무슨 소원이든지. 하늘을 날고 싶어? 날개를 줄게. 크로이소스보다 더 큰 부자가 되고 싶어? 권력을 원해? 말만 해. 아무 소원이나 세 가지."

"말했듯이 고맙지만 괜찮아. 뭐 마실 거 줄까? 램프에 오랫동안 들어가 있느라 목이 마를 텐데. 와인? 물? 차?"

"어……" 그녀의 말을 듣고 있자니 정말로 목이 말랐다. "민트 차 있어?"

그녀는 내가 천 년 가까이 들어 있던 램프와 거의 똑같이 생긴 찻주전자로 민트 차를 우렸다.

"차 고마워."

"아니야."

"이해가 안 돼. 내가 지금까지 만난 인간들은 전부 곧바로 소원을 말했거든. 좋은 집. 예쁜 여자들. 물론 네가 그걸 원할 것 같진 않지만."

"원할 수도. 사람은 겉만 보고 모르는 거야. 아, 그리고 부탁인데 날 예쁜이나 자기, 달링 같은 걸로 부르지 말아 줘. 내 이름은 헤이즐이야."

"아! 그럼 예쁜 여자를 원하는 거야? 미안해. 말만 해." 내가 팔짱을 꼈다.

"아니. 괜찮다니까. 소원 없어. 차 어때?"

나는 지금까지 마셔 본 가장 맛 좋은 민트 차라고 대답했다.

그녀는 언제부터 사람들의 소원을 들어주고 싶은 마음이 들었는지, 혹시 사람들을 기쁘게 해 주지 않으면 안 된다는 생각이 드는 건지 물었다. 내 어머니에 대해서도 물었다. 나는 그녀에게 나는 강하고 지혜롭고 불가사의한 마법의 존재 지니이므로 인간과 똑같은 잣대를 들이대면 안 된다고 말해 주었다.

그녀가 후무스를 좋아하느냐고 물어서 좋아한다고 했다. 그녀는 피타 빵을 구워서 잘라 후무스에 찍어 먹으라고 주었다. 나는 빵에 후무스를 찍어 기분 좋게 먹었다. 후무스를 보니 어떤 생각이 떠올랐다.

"네가 그냥 소원을 빌면 술탄에게 어울릴 법한 진수성찬을 대령해 줄게." 내가 그녀를 도와주려는 듯이 말했다. "모든 음식이 황금 접시에 담기고 매끼 더 훌륭한 음식이 나올 거야. 음식을 다 먹고 황금 접시는 가져도 돼."

"멋지다." 그녀가 미소 지으며 말했다. "산책하지 않을래?"

우리는 함께 마을을 걸었다. 램프에서 나와 오랜만에 두 다리를 움직이니 기분이 좋았다. 우리는 공원으로 가서 호숫가의 벤치에 앉았다. 날씨는 따뜻했지만 바람이 거셌다. 바람이 불 때마다 나뭇잎이 우수수 떨어졌다.

나는 헤이즐에게 젊은 시절에 대해 이야기해 주었다. 우리 지니들은 천사들의 말을 엿듣곤 했는데, 들키면 그들은 우리에게 혜성을 던졌다. 그 시절의 좋지 않은 추억도 이야기해 주었다. 전쟁 그리고 슐레이만 왕이 우리를 병이나 램프, 토기처럼 안이 텅 빈 물건에 가둔 것 등.

그녀는 부모님에 관한 이야기를 했다. 둘 다 비행기 추락사고로 세상을 떠났고 그 뒤에 집을 물려받았다고. 동화책에 들어가는 삽화를 그리는 직업에 대해서도 말해 주었다. 원래는 의료 분야의 일러스트레이터였는데 자신의 한계에 부딪혔다가 우연히 동화의 삽화를 그리게 되었으며, 새로운 동화책을 맡을 때마다 너무도 행복하다고 했다. 그녀는 일주일에 한 번씩 저녁에 인근 전문대학에서 성인들을 대상으로 사생 수업을 진행했다.

그녀의 삶에는 결함이 보이지 않았다. 소원으로 채워질 수 있는 구멍이 하나도 없었다. 단 하나만 빼고.

“네 삶은 참 좋구나. 하지만 너에겐 그 삶을 나눌 좋은 사람이 없어. 네가 소원을 빌면 완벽한 남자든 여자든 대령시켜 줄게. 영화배우, 부자…….”

“필요 없어. 괜찮아.”

우리는 핼러윈 장식이 된 집들을 지나쳐 그녀의 집으로 돌아갔다.

“아무리 봐도 이건 아니야. 인간은 항상 원하는 게 있기 마련이라고.” 내가 말했다.

“난 아니야. 난 필요한 게 전부 다 있는걸.”

“그럼 난 어떡하라고?”

잠시 생각에 잠겼던 그녀가 자기 집 앞마당을 가리켰다.

“낙엽 치워 줄 수 있어?”

“그게 소원이야?”

“아니. 내가 저녁 준비하는 동안 네가 할 수 있는 일.”

나는 낙엽이 바람에 날아가지 않도록 생울타리 옆쪽으로 모아 놓았다. 저녁을 먹은 후에는 설거지를 했다. 헤이즐의 집 남는 방에서 잤다.

그녀는 그다지 도움이 필요하진 않았으나 내가 돕는 일을 허락해 주었다. 나는 그녀를 위해 그림 재료를 사 오거나 장을 봐 오는 심부름을 했다. 그녀가 온종일 그림을 그리느라 피곤할 때는 목이나 어깨를 주물러 주었다. 나는 손힘이 좋아서 마사지를 잘한다.

추수감사절이 지난 후 나는 집안의 남는 방을 나와 복도를 지나 큰방으로, 헤이즐의 침대로 갔다.

오늘 아침, 나는 잠든 헤이즐의 얼굴을 바라보았다. 잠잘 때의 입 모양. 그녀의 얼굴을 서서히 비추는 햇살. 그녀는 눈을 뜨고 나를 보며 미소 지었다.
"내가 너에게 물어보지 않은 건 '너라면?' 이야. 내가 너에게 세 가지 소원을 빌라고 했다면 넌 무슨 소원을 빌었을 것 같아?"

나는 잠시 생각에 잠겼다. 그녀를 내 품으로 끌어당겼다.

"괜찮아. 소원 안 빌어도 돼."

11월 이야기

화로는 작았다. 네모나고 불에 검게 그을린 이 오래된 금속은 아무래도 구리나 청동인 것 같았다. 용과 바다뱀 같은 동물들이 휘감은 그 화로는 동네 차고 세일에서 엘루이즈의 시선을 끌었다. 그중 하나는 머리가 없었다.

엘루이즈는 단돈 1달러밖에 하지 않는 그 화로와 옆에 깃털이 달린 붉은 모자를 샀다. 하지만 집에 도착하기도 전에 모자를 산 것이 후회되었고 누군가에게 선물로 주어야겠다고 생각했다. 집으로 돌아오니 병원에서 우편물이 와 있었다. 그녀는 화로를 뒷마당에, 모자를 옷장에 놓아 두었다. 하지만 우편물을 뜯는 순간 그녀는 두 가지 물건에 대해 전부 까먹고 말았다.

몇 달이 지났다. 밖으로 나가고 싶은 마음도 점점 사라졌다. 엘루이즈는 하루하루 지날수록 기운이 없어지고 쇠약해졌다. 걷는 것조차 힘들었고 2층으로 올라갈 때마다 기진맥진해서 아예 침대를 아래층에 있는 방으로 옮겼다. 그편이 훨씬 간편했다.

11월이 왔다. 그녀는 크리스마스를 맞이하지 못할 거라고 생각했다.

그런 물건들이 있다. 버릴 수도 없고 죽고 나서 가족과 친구들에게 남길 수도 없어서 어쩔 수 없이 태워 버려야 하는 것들.

그녀는 종이와 편지, 옛날 사진이 가득한 검은색 상자를 들고 마당으로 나갔다. 떨어진 나뭇가지와 갈색 종이봉투 따위를 화로에 넣고 바비큐 라이터로 불을 붙였다. 불이 붙자 그제야 상자를 열었다.

우선 편지부터 태우기 시작했다. 특히 다른 사람들에게 보여 주고 싶지 않은 편지들. 그녀는 대학교에 다닐 때 교수와 사귄 적이 있었다. 사귄 것이라고 표현할 수 있을지는 모르겠지만 걷잡을 수 없이 암울한 잘못된 관계였고 결국 얼마 되지 않아 끝났다. 종이 클립으로 한데 묶어 둔 교수의 편지를 화로에 하나씩 넣어 태웠다. 마지막으로 두 사람이 같이 찍은 사진도 던져 놓고 사진이 쪼그라들어 검게 변하는 모습을 지켜보았다.

상자에서 다음으로 태울 것을 꺼내려던 그녀는 교수의 이름이 무엇이었고 무슨 과목을 가르쳤는지 기억나지 않는다는 사실을 알아차렸다. 자신이 왜 그렇게 상처를 받았고 어째서 다음 해 자살 충동에 시달릴 정도였는지도.

다음으로 태울 것은 뒷마당의 참나무 옆에서 등을 대고 누운 예전에 키우던 개 래시의 사진이었다. 래시가 죽은 지 7년이나 되었지만 그 참나무는 11월의 추운 날씨에 잎사귀가 다 떨어진 채로 여전히 그 자리에 있었다. 그녀는 사랑했던 개 래시의 사진을 화로로 던졌다.

잠시 추억에 젖으려 참나무를 바라보았다.

그런데 뒷마당에 참나무가 없었다.

나무 그루터기조차 보이지 않고 이웃집 나무에서 떨어진 낙엽으로 가득한 11월의 빛 바랜 잔디밭뿐이었다.

하지만 엘루이즈는 참나무가 있었다는 걸 알았기에 자신이 미친 게 아닐까 걱정하지 않았다. 그녀는 뻣뻣한 움직임으로 자리에서 일어나 집 안으로 들어갔다. 거울에 비친 모습이 충격적이었다. 요즘은 늘 그랬다. 얇은 머리카락이 듬성듬성하고 얼굴은 심하게 여위었다.

그녀는 대충 마련해 놓은 침대 옆 테이블에서 편지를 집어 들었다. 맨 위는 종양 전문의의 편지였고 그 아래로 열 장이 넘는 페이지에 숫자와 단어가 들어 있었다. 아래로 종이가 더 있었다. 전부 첫 페이지에 병원 로고가 들어갔다. 그녀는 종이를 전부 집어 들었고 병원비 청구서도 집었다. 보험이 많이 적용되긴 했지만 전액은 아니었다.

그녀는 밖으로 나갔다. 중간에 부엌에서 멈춰 숨을 골라야 했다.

그녀는 병원 관련 우편물을 전부 화로에 던졌다. 11월의 바람을 맞으며 종이가 갈색과 검은색으로 변해 재가 되는 것을 바라보았다.

마지막 종이까지 다 타 버리자 엘루이즈는 자리에서 일어나 안으로 들어갔다. 복도의 거울에 비친 그녀는 익숙하면서도 새로운 모습이었다. 무엇보다 풍성한 갈색 머리였다. 그녀는 거울에 비친 자신에게 미소 지었다. 마치 삶을 사랑했고 위안의 흔적을 남기며 살아 온 것처럼.

엘루이즈는 복도의 옷장으로 갔다. 선반에 놓인 잘 기억나지 않는 붉은 모자를 썼다. 붉은색이 얼굴을 생기 없이 보이게 하는 건 아닐지 걱정했지만, 거울을 보니 괜찮아 보이는 것도 같았다. 그녀는 모자를 한쪽으로 살짝 기울여 좀 더 활기찬 느낌을 냈다.

바깥에서는 검은 뱀이 구불거리는 화로에서 나온 마지막 연기가 11월의 차가운 공기 속으로 퍼져 나갔다.

12월 이야기

여름의 거리 생활도 고달프긴 하지만 그래도 여름에는 공원에서 자도 얼어 죽지 않는다. 반면에 겨울은 치명적이다. 겨울의 추위는 치명적이지 않을 때조차 노숙자의 특별한 친구가 되어 삶의 구석구석에 침투한다.

도나는 숙련된 노숙자들에게 요령을 배웠다. 그들은 낮에 어디서든 잠을 자라고 했다. 서클선 순환선 표를 사서 온종일 타고 다니며 눈을 붙이면 좋다. 저렴한 카페도 괜찮다. 행색만 어느 정도 괜찮으면 열여덟짜리가 50펜스짜리 차 한 잔 시키고 구석 자리에서 한두, 세 시간 정도 졸아도 뭐라고 하지 않을 것이다. 이렇게 잠은 낮에 자고 밤에 움직이라고 했다. 체온이 급격하게 떨어지는 데다 보통 따뜻한 곳들도 문을 잠그고 조명을 꺼 두니까.

그래서 밤 9시에 도나는 걷고 있었다. 그녀는 조명이 환한 동네에서 벗어나지 않았고 돈을 구걸하는 것도 전혀 창피해하지 않았다. 하지만 거절하는 사람들이 대부분이었다.

거리 모퉁이의 여인은 도나가 전혀 아는 사람이 아니었다. 만약 낯익은 얼굴이었다면 그 여자에게 다가가지 못했을 것이다. 비덴덴에 사는 누군가를 이런 모습으로 만나게 된다면, 그야말로 끔찍한 악몽이 아닐 수 없다. 수치심, 엄마에게 말할지도 모른다는 두려움(하지만 엄마는 원래 말이 많지 않았다. 할머니가 돌아가셨을 때도 '속이 다 시원하다'라고 말했을 뿐이었다). 엄마가 아빠에게 말하면 아빠가 이곳으로 도나를 찾으러 와 집으러 데려갈 터였다. 그러면 그녀의 삶은 산산 조각나고 말 것이다. 도나는 다시는 아빠를 보고 싶지 않았다.

모퉁이의 여자는 걸음을 멈추고 마치 길을 잃은 듯 어리둥절한 표정으로 두리번거렸다. 길 잃은 사람들에게는 그나마 동전을 얻기가 수월하다. 그들에게 목적지로 가는 방향을 알려 주면 된다.

그래서 도나는 여자에게 다가갔다. "혹시 조금만 도와주실 수 있을까요?"

여자가 도나를 쳐다보았다. 어리둥절했던 여자의 표정이 변했는데 누군가를 닮은 것처럼 보였다. 도나는 '유령이라도 본 듯 새파랗게 질렸다'라는 상투적인 표현을 그제야 이해할 수 있었다. 여자의 표정이 그랬으니까. 여자가 말했다. "너니?"

"저요?" 만약 여자를 알아보았다면 도나는 뒷걸음질을 치거나 도망쳤을 것이다. 하지만 그녀는 여자를 알아보지 못했다. 여자는 도나의 엄마와 닮은 듯했는데 엄마와 달리 친절하고 부드러웠으며 초췌하지 않고 통통했다. 여자는 두꺼운 겨울옷에 방울이 달린 두툼한 털모자를 쓰고 있어서 얼굴이 잘 보이지 않았지만 모자 뒤로 드러난 머리카락은 도나와 같은 오렌지색이었다.

여자가 말했다. "도나." 도나는 그때 도망칠 수도 있었지만 그러지 않았다. 절대로 그럴 리 없다고, 말도 안 된다는 생각에 그냥 가만히 있었다.

"맙소사. 도나. 너 맞구나. 맞지? 기억나." 여자는 말을 멈추고 촉촉하게 눈물이 차오르는 눈을 끔뻑거렸다.

도나는 여자를 바라보았다. 도무지 말도 안 되는 생각이 머릿속에 떠올랐다. "너 내가 생각하는 그 사람이 맞아?"

여자는 고개를 끄덕였다. "그래. 난 너야. 미래의 너. 난 언젠가의 과거를 떠올리며 이 길을 걷고 있었어. 과거에 네가……." 여자는 말을 멈추었다. "있잖아. 네 인생은 항상 지금 같지 않을 거야. 그렇게 오래 안 걸려. 바보 같은 짓만 하지 마. 돌이킬 수 없는 짓도 하지 말고. 앞으로 괜찮아질 거라고 내가 약속할게. 그 왜 유튜브 채널도 있잖아. '더 좋아질 거야' 말이야."

"유튜브가 뭐야?" 도나가 물었다.

"하하." 여자는 도나를 바짝 끌어당겨 꼭 안아 주었다.

"나 너랑 같이 가면 안 돼?" 도나가 물었다.

"안 돼. 아직 거긴 네 집이 없어. 넌 아직 네가 거리에서 벗어나고 직장을 얻도록 도와주는 사람들을 만나지 못했어. 네 파트너가 될 사람도 아직 못 만났고. 너희 둘은 서로에게, 서로의 아이를 위해 안전한 집을 만들어 갈 거야. 따뜻한 동네에서."

도나는 순간 분노가 치밀었다. "이런 얘길 왜 하는 건데?"

"앞으로 나아질 거란 걸 알려 주고 싶어서. 너한테 희망을 주고 싶어."

도나는 뒤로 물러났다. "난 희망 따윈 필요 없어. 따뜻한 곳에 가고 싶어. 집이 있었으면 좋겠어. 지금 당장. 20년 후가 아니라."

여자의 차분한 얼굴에 안타까움이 묻어났다. "20년이나 걸리지는 않을……"

"필요 없어! 오늘 밤이 아니면. 난 지금 당장 갈 곳이 없단 말이야. 추워. 돈 좀 있어?"

여자는 고개를 끄덕였다. "자." 그녀는 핸드백에서 20파운드 지폐를 꺼냈다. 도나는 돈을 받아 들었지만 그녀가 아는 지폐와는 달라 보였다. 여자에게 물어보려고 고개를 돌렸을 때 그녀는 사라지고 없었다. 손에 든 지폐도 사라졌다.

도나는 몸을 덜덜 떨며 서 있었다. 처음부터 있었는지도 모르겠지만 어쨌든 돈이 사라졌다. 하지만 하나는 남았다. 그녀는 언젠가 다 잘 되리라는 것을 알았다. 결국에는. 바보 같은 짓을 할 필요가 없다는 것도 알았다. 지하철표를 사서 멈추기에 너무 늦었을 때 열차 앞으로 뛰어들 필요가 없었다.

매서운 겨울바람이 얼굴을 때리고 뼛속까지 파고들었다. 그녀는 어느 상점의 문가로 날아간 무언가를 발견했다. 주워 보니 20파운드 지폐였다. 내일은 좀 더 편할지도 모르겠다. 하려고 마음먹었던 것들을 할 필요가 없어졌으니까.

12월의 거리는 너무도 차갑고 잔인하지만 올해는 아니다. 오늘 밤은 아니다.

낫띵 어클락

Nothing O'Clock

2013

* 일러두기: 영국 드라마 《닥터 후》의 등장인물과 세계관을 가지고 풀어낸 작품이다.

I

타임로드들은 감옥을 만들었다. 태어난 태양계를 한 번도 떠나 본 적 없는 존재들 혹은 한 번에 1초씩 앞으로 흘러가는 여행만 경험해 본 존재들은 절대로 상상할 수 없는 시간과 장소에 그것을 지었다. 오로지 킨을 위해 지어진 난공불락의 감옥이었다. 그곳은 설비가 잘 갖춰진(타임로드들은 괴물이 아니며 기분이 좋을 때는 자비로웠다) 작은 방들이 모인 복합체였으며, 우주의 나머지 부분들과 시간적인 단계를 벗어난 장소였다.

그곳에는 오로지 방들만 있었다. 마이크로초 사이의 만을 건너는 것은 불가능했다. 사실 그 방들은 아주 조금 떨어져 있는 나머지 피조물로부터 빛과 열, 중력을 빌린 그 자체의 우주가 되었다.

불멸의 킨은 인내심을 가지고 그 방에서 서성거리며 계속 기다렸다.

그것은 질문을 기다리고 있었다. 시간이 끝나 버릴 때까지도 기다릴 수 있었다. (하지만 시간에서 마이크로초 떨어진 곳의 감옥에 갇힌 킨은 시간이 끝나도 그 사실을 알아차리지 못할 터였다.)

타임로드족은 블랙홀의 심장 안에 만든 접근할 수 없는 거대한 엔진으로 그 감옥을 유지했다. 타임로드족 말고는 그 누구도 그 엔진에 다가갈 수 없었다. 여러 개로 이루어진 엔진은 고장 시 자동으로 원상복구하도록 되어 있었다. 문제가 생길 일이 전혀 없었다.

타임로드족이 존재하는 한 킨은 절대로 감옥을 벗어날 수 없었고 우주는 안전했다. 지금까지 그랬고 앞으로도 그랬다.

만약 무슨 문제가 생기더라도 타임로드족은 알 수 있을 것이다. 도저히 상상할 수 없는 일이긴 하지만 만에 하나 엔진이 고장난다면, 킨의 감옥이 우리의 시간과 우리의 우주로 돌아오기 전에 타임로드들의 갈리프레이 행성에 비상 신호가 먼저 뜰 것이다. 타임로드족은 이렇게 모든 것을 미리 계획해 두었다.

그들은 정말로 모든 것을 계획해 두었다. 언젠가 타임로드도, 갈리프레이도 사라지는 날이 올지 모른다는 가능성만 제외하고 말이다. 우주에 타임로드족이 딱 한 명만 남게 되는 상황만큼은 대비하지 못했다.

그리하여 마치 지진이라도 일어난 것처럼 감옥이 흔들리고 무너지면서 밖으로 내던져진 킨이 감옥 위쪽으로 직접 뿜어져 나오는 은하계와 태양의 불빛을 보고 우주로 돌아온 사실을 알았을 때, 킨은 다시 한번 그 질문을 던지게 되는 것이 시간문제임을 알 수 있었다.

신중한 성격의 킨은 그들이 놓인 우주를 찬찬히 살펴보았다. 그들은 복수를 꿈꾸지 않았다. 그들의 본성에 맞지 않았다. 그들이 원하는 것은 오래전부터 원했던 바로 그것. 그리고……

아직 우주에 타임로드가 한 사람 남아 있었다.

킨은 무언가 수를 써야겠다고 생각했다.

II

수요일, 열한 살 폴리 브라우닝이 아버지의 사무실 문에 머리를 빼꼼 내밀었다. "아빠. 현관문에 토끼 가면 쓴 남자가 있는데 우리 집을 사고 싶대요."

"바보 같은 소리 하지 마라, 폴리." 브라우닝 씨는 사무실 한구석에 앉아 있었다. 그는 이곳을 사무실이라고 부르길 좋아했지만, 부동산 매물에는 잘해야 '세 번째 방'이라고 기재되어 있을 그런 방이었다. 서류 캐비닛과 카드 게임용 탁자가 겨우 들어갔고 탁자에는 새 암스트래드 컴퓨터가 놓여 있었다. 브라우닝 씨는 영수증 뭉치의 숫자를 신중하게 컴퓨터에 입력하다가 얼굴을 찡그렸다. 그는 30분에 한 번씩 작업 내용을 저장했는데 플로피디스크에 정보가 저장되는 몇 분 동안에는 컴퓨터에서 삐걱 소리가 났다.

"바보 같은 소리 아니에요. 75만 파운드에 사겠대요."

"이번엔 진짜 바보 같은 소리인걸. 15만 파운드에 내놓은 집인데." 요즘 같은 때에 그 값을 받는 것만도 행운이지, 그는 이렇게 생각했지만 소리 내어 말하지는 않았다. 때는 1984년 여름이었고 브라우닝 씨는 클래버스햄 거리의 끄트머리에 있는 작은 집을 사겠다는 사람이 나타나지 않아 절박한 상황이었다.

폴리는 뭔가 결심한 듯 고개를 끄덕였다. "나가서 얘길 해 보세요."

브라우닝 씨는 어깨를 으쓱했다. 마침 지금까지 한 작업을 또 저장해야 했다. 그는 컴퓨터가 우르릉거리는 소리를 내기 시작하자 아래층으로 내려갔다. 폴리는 2층에 있는 자기 방으로 가서 일기를 쓰려고 했지만, 마음을 바꿔 계단에 앉아 어떻게 될지 지켜보기로 했다.

앞뜰에 토끼 가면을 쓴 키 큰 남자가 서 있었다. 별로 그럴듯해 보이는 가면도 아니었다. 얼굴 전체를 다 가린 가면 위에는 기다란 귀 2개가 보였다. 그가 든 커다란 갈색 가죽 가방은 브라우닝 씨에게 어릴 때 보았던 의사들의 왕진 가방을 떠오르게 했다.

"안녕하세요." 브라우닝 씨가 인사를 건넸다. 하지만 토끼 가면이 장갑 낀 손가락으로 토끼 입술을 가리켰고 브라우닝 씨는 입을 다물었다.

"지금 몇 시냐고 물어보세요." 토끼 가면의 움직이지 않는 입에서 조용한 목소리가 흘러나왔다.

"이 집에 관심이 있으시다고요." 브라우닝 씨가 말했다.

대문 옆에 꽂힌 '집 팝니다' 푯말은 바람에 비를 맞아 더러워져 있었다.

"그런 것 같습니다. 토끼 씨라고 부르셔도 됩니다. 저한테 몇 시냐고 한 번 물어보세요."

브라우닝 씨는 경찰을 불러야 한다고 확신했다. 어떻게든 이 남자를 쫓아내야 한다. 토끼 가면을 쓴 것부터가 정상이 아니지 않은가?

"왜 토끼 가면을 쓰고 계시나요?"

"그건 올바른 질문이 아닙니다. 어쨌든 제가 토끼 가면을 쓴 이유는 사생활 보호를 대단히 중요하게 여기는 분의 대리인이기 때문입니다. 시간이 몇 시인지 물어보세요."

브라우닝 씨는 한숨을 쉬었다. "그래요, 지금 시간이 몇 시입니까, 토끼 씨?"

토끼 가면을 쓴 남자가 허리를 좀 더 꼿꼿하게 폈다. 그 몸짓에서 기쁨과 즐거움이 묻어났다. "당신이 클래버샴 거리에서 제일가는 부자가 될 시간입니다. 당신의 집을 사겠습니다. 현금으로 시가보다 열 배 이상 쳐 드리죠. 저에게는 완벽한 집이라서요." 그는 갈색 가죽 가방을 열어 돈다발을 꺼냈다. 한 뭉치에 빳빳한 50파운드 지폐가 —토끼 씨는 "어서 세 보세요, 어서요."라고 했다— 5백 장씩 묶여 있었는데, 이 돈뭉치들은 2개의 슈퍼마켓 비닐봉지 들어 있었다.

브라우닝 씨는 돈을 살폈다. 진짜처럼 보였다.

"그게……" 그가 망설였다. 어떻게 해야 하는 걸까? "며칠 말미를 주십시오. 확실한지 통장에 넣어 봐야 하니까요. 당연히 계약서도 써야 하고."

"계약서는 이미 준비됐습니다." 토끼 가면 남자가 말했다. "여기에 서명하세요. 은행에서 돈이 수상쩍다고 하면 돈도 그냥 가지시고 집도 가지시면 됩니다. 토요일에 다시 오겠으니 즉시 입주 가능한 상태로 만들어 주세요. 그때까지 정리할 수 있으시겠죠?"

"글쎄요." 브라우닝 씨가 다시 말했다. "당연히 가능할 것 같습니다. 물론이죠."

"그럼 토요일에 다시 오죠." 토끼 가면 남자가 말했다.

"이런 식의 계약은 처음이네요." 브라우닝 씨가 말했다. 그는 75만 파운드가 담긴 비닐봉지 2개를 들고 현관문에 서 있었다.

"그렇죠." 토끼 가면 남자도 인정했다. "그럼 토요일에 뵙죠."

브라우닝 씨는 그가 떠나는 모습을 보며 안도했다. 토끼 가면을 벗기면 분명 얼굴이 없을 것이라는 이상한 확신에 사로잡혔기 때문이다.

폴리는 방금 일어난 일을 일기에 전부 기록하기 위해 2층으로 올라갔다.

목요일, 트위드 재킷에 나비넥타이 차림의 키 큰 젊은 남자가 문을 두드렸다. 집이 비어 있어서 아무도 나오지 않았다. 그는 집 근처를 서성거리다가 떠났다.

토요일, 브라우닝 씨는 텅 빈 부엌에 서 있었다. 돈을 무사히 통장에 넣었고 빚도 전부 갚았다. 이사할 때 가져가려고 했던 가구들은 이사 센터 차량에 실어 커다란 빈 차고가 있는 그의 삼촌에게 보냈다.

"이게 다 장난이면 어떡하죠?" 브라우닝 부인이 물었다.

"모르는 사람한테 75만 파운드를 주는 장난을 치는 사람이 어디 있겠어. 은행에서도 진짜 돈 맞다잖아. 도난 신고된 것도 아니고. 그냥 우리 집을 시가보다 높은 가격에 사고 싶어 하는 돈 많은 괴짜일 뿐이야."

그들은 근처 호텔에 방 2개를 예약했다. 호텔 방을 잡는 것이 브라우닝 씨가 생각한 것보다 훨씬 힘들기는 했다. 게다가 그는 이제 그들이 호텔에서 자도 되는 형편이라고 간호사인 부인을 설득할 필요가 있었다.

"그 사람 안 오면 어떡해요?" 계단에 앉아 책을 읽던 폴리가 물었다.

"바보 같은 말을 하는구나." 브라우닝 씨가 말했다.

"애한테 바보 같다고 하지 좀 말아요. 폴리 말도 일리가 있어요. 그 사람 전화번호도 모르고 아무것도 모르잖아요."

그건 사실이 아니었다. 계약서도 썼고 계약서에 구매자의 이름이 N. M. 드 플룸이라고 분명하게 적혀 있었다. 런던의 변호사 사무소 주소도 있고. 브라우닝 씨는 변호사 사무소에 전화를 걸어 이 계약이 진짜라는 사실을 확인했던 것이다.

"그냥 괴짜일 뿐이야. 괴짜 백만장자."

"분명 토끼 가면을 쓴 그 사람일 거예요. 괴짜 백만장자요." 폴리가 말했다.

초인종이 울렸다. 브라우닝 씨가 현관으로 나갔다. 새로운 집주인을 만나기를 고대하며 그의 아내와 딸도 따라갔다.

"안녕하세요." 고양이 가면을 쓴 여자였다. 역시나 별로 그럴듯한 가면

이 아니었다. 하지만 폴리는 가면 뒤에서 번득거리는 그녀의 눈을 보았다.

"새 주인이세요?" 브라우닝 부인이 물었다.

"그렇다고도 할 수 있고 집주인의 대리인이라고도 할 수 있고요."

"그쪽……친구분은 어디에? 토끼 가면 쓰신 분요."

젊은 여자는(젊은 게 맞을까? 어쨌든 목소리는 젊게 들렸다) 고양이 가면을 썼는데도 효율적이고 무뚝뚝한 편이었다. "짐은 다 빼셨죠? 남은 짐은 전부 새 주인의 소유가 됩니다."

"중요한 짐은 다 뺐습니다."

"잘됐군요."

폴리가 말했다. "저 여기 마당으로 놀러 와도 돼요? 호텔엔 마당이 없거든요." 폴리는 뒤뜰 참나무에 걸린 그네에 앉아 책 읽는 것을 좋아했다.

"바보 같은 소리 하지 말거라, 폴리. 우린 새집으로 이사 갈 거야. 새집에 마당과 그네도 있을 거고. 아빠가 새 그네를 달아 주마."

고양이 가면 여자가 폴리 쪽으로 쭈그려 앉았다. "난 고양이 여사야. 몇 시냐고 물어봐 주렴, 폴리."

폴리가 고개를 끄덕였다. "지금 몇 시예요, 고양이 양?"

"너와 너희 가족이 두 번 다시 뒤돌아보지 않고 이 집을 떠날 시간이지." 그래도 그녀의 목소리만큼은 상냥했다.

폴리는 마당에 난 길의 끄트머리에 이르렀을 때 뒤돌아 서서 고양이 가면 여자에게 손을 흔들었다.

III

그들은 타디스의 조종실에 앉아 있었다. 집으로 돌아가는 중이었다.

"아직도 이해가 안 돼. 애초에 해골인들은 왜 너한테 화가 난 거야? 두꺼비 왕의 지배에서 벗어나고 싶어 한 거 아니었어?"

"그들이 나한테 화난 이유는 그것 때문이 아니야." 트위드 재킷에 나비넥타이 차림의 젊은 남자가 말했다. 그는 한 손으로 머리카락을 뒤로 넘겼다. "그들은 자유로워져서 무척 기뻤을 거야." 그의 손이 타디스의 계기판 위에서 레버를 만지고 다이얼도 누르고 하면서 부지런히 움직였다. "그들이 나한테 화난 이유는 내가 그들의 구불구불한 뭐시기를 빼앗았기 때문이야."

"구부구불한 뭐시기?"

"저거……."

그는 두 팔을 팔꿈치와 관절밖에 없는 것처럼 보이게 접고는 애매모호하게 몸짓을 했다. "테이블처럼 생긴 거 위에 있어. 내가 그걸 압수했거든."

에이미는 짜증 난 얼굴이었다. 실제로 짜증 난 것은 아니지만 누가 대장인지 일깨워 주려면 가끔 그에게 짜증 난 것처럼 보여야 할 때가 있었다. "왜 제대로 된 명칭을 사용하지 않는 건데? 테이블처럼 생긴 거 위에 있다니? 그냥 '테이블'이라고 부르면 되잖아."

그녀는 테이블 쪽으로 걸어갔다. 구불구불한 뭐시기는 반짝반짝 빛나고 우아했다. 일반적인 모양과 크기의 팔찌였지만 좀 복잡한 모양으로 비틀어져 있었다.

"아, 그랬구나. 다음부터 기억할게." 그는 기뻐하는 표정이었다.

에이미가 구불구불한 뭐시기를 집어 들었다. 촉감이 차가웠고 보기보다 훨씬 더 무거웠다. "이걸 왜 압수했어? 대체 왜 '압수'라는 표현을 쓰는 거고? 학교에 가져가서는 안 될 물건을 가져갔다고 선생님이 압수하는 것 같잖아. 내 친구 멜스는 학교 다닐 때 얼마나 많은 걸 뺏겼는지 압수 신기록을 세웠다니까. 그래서 걔는 밤에 나랑 로리한테 소란을 피우게 하고 그사이에 교무실로 몰래 들어갔어. 압수당한 것들을 도로 찾아오려고 말이야. 옥상에서 교사용 화장실 창문으로 내려가서…….”

하지만 닥터는 에이미의 학교 동창의 위업 따위에는 아무런 관심도 없었다. 언제나 그랬다. “그들의 안전을 위해 압수한 거야. 그들이 가져서는 안 되었던 기술이니까. 어쩌면 훔친 기술일지도. 그건 타임 루퍼와 부스터야. 골치 아픈 일이 생길 수도 있었어.” 그가 레버를 당겼다. “도착했다. 종점이야.”

마치 우주의 엔진 자체가 저항하는 듯한 율동적인 삐걱 소리가 났다. 갑자기 공기가 바뀌고 에이미 폰드의 집 뒤뜰에 커다란 파란색 폴리스 박스가 나타났다. 21세기의 두 번째 10년대가 시작되는 시점이었다.

닥터가 타디스 문을 열었다. “이상한데.”

그는 밖으로 나가려 하지 않고 계속 문가에 서 있었다. 에이미가 다가왔다. 그는 한 손을 들고 아직 타디스 밖으로 나가지 말라는 신호를 보냈다. 거의 구름 한 점 없는 화창한 날씨였다.

“뭐가 잘못됐어?” 에이미가 물었다.

“전부 다. 안 느껴져?” 닥터의 말에 에이미는 그녀의 집 정원을 쳐다보았다. 방치되어 잡초가 무성했지만 그녀가 기억하는 한 이곳은 항상 그런 모습이었다.

“아니.” 문득 그녀는 깨달았다. “조용하네. 차도 없고 새도 없고 아무것도 없어.”

“라디오파도 없어. BBC 라디오 4 방송도.”

“라디오파를 들을 수 있다고?”

“당연히 아니지. 라디오파를 들을 수 있는 사람은 없어.” 그는 이렇게 말했지만 확실하진 않았다.

목소리가 들린 것은 그때였다. 방문자들에게 알린다. 너희들은 지금 킨의 공간으로 진입하고 있다. 이 세계는 킨의 영역이다. 너희들은 지금 무단 침입을 하고 있다.

이상한 목소리였다. 그것은 속삭이듯 작은 소리였지만 에이미는 자신의 머릿속에서 들리는 것 같다고 생각했다.

"여긴 지구야. 너희 게 아니라고. 사람들은 다 어떻게 했지?" 에이미가 소리쳤다.

우리가 그들에게 샀다. 우리가 지구를 산 직후 그들은 자연스럽게 멸종되었고. 안타까운 일이었다.

"거짓말하지 마."

은하계 법에 어긋나는 건 하나도 없다. 합법적으로 정당하게 지구를 구매한 것이다. 그림자 조약의 철저한 검토로 우리의 전적인 소유권이 입증되었다.

"너희들 게 아니래도! 로리는 어딨지?"

"에이미? 지금 누구한테 얘기하는 거야?" 닥터가 물었다. "목소리. 내 머릿속의 목소리. 넌 안 들려?"

지금 누구한테 말하는 거지? 목소리가 물었다.

에이미는 타디스의 문을 닫았다.

"왜 그런 거야?" 닥터가 물었다.

"이상해. 머릿속에서 속삭이는 듯한 목소리가 들렸어. 자기들이 지구를 샀다면서 그림자 조약에서도 괜찮다고 했대. 인류는 전부 자연 멸종했고. 넌 안 들렸지? 그 목소리는 네가 여기 있다는 걸 모르더라고. 네가 그들에게 깜짝 놀랄 만한 요소가 될 수 있다는 뜻이지. 그래서 문을 닫은 거야." 에이미 폰드는 스트레스가 심하면 놀랄 정도로 유능해지는 경향이 있었다. 지금이 바로 스트레스가 가득한 상태였지만 구불구불한 뭐시기가 아니었다면 표가 나지 않았을 것이다. 그녀는 두 손으로 그것을 들고 상상을 거스르는 모양으로 구부리고 비틀었다. 길을 잃고 특이한 차원으로 들어가는 느낌이었다.

"그자들이 정체를 밝혔어?"

에이미는 잠깐 생각했다. "너희들은 지금 킨의 공간으로 진입하고 있다. 이 세계는 킨의 영역이다, 라고 했어."

"그것만 가지고는 모르겠네. 킨이라니……그건 그냥 우린 무슨 족이다, 라고 말하는 거 아닌가. 모든 부족의 이름에 들어가는 거잖아. 달렉만 빼고. 달렉은 스카로니안어로 '금속으로 싼 증오 가득한 살인 기계'라는 뜻이니까." 그가 계기판으로 달려갔다. "이런 거랑 똑같지. 아무튼 하루아침에 일어난 일일 리가 없어. 인류가 한꺼번에 멸종했다니 말이 안 되지. 그리고 지금은 2010년이야. 그 말은……."

"그들이 로리에게 무슨 짓을 했다는 뜻이야."

"모든 인류에게 무슨 짓을 했다는 뜻이지." 닥터가 고대 타자기 키보드를 몇 개 누르자 타디스의 제어판 위에 걸린 화면에 패턴이 흘렀다. "나도 그들 목소리가 안 들렸고 그들도 내 목소리를 못 들었어. 서로의 소리를 듣지 못해. 아하! 1984년 여름! 그게 분기점이야." 그의 손이 레버와 펌프, 스위치를 돌리고 밀었다. 작게 땡 소리가 났다.

"로리는 어디 있지? 찾아야 해. 지금 당장." 타디스가 시공으로 나아갈 때 에이미가 말했다. 닥터는 그녀의 약혼자 로리 윌리엄스를 딱 한 번 만난 적이 있었다. 에이미는 자신이 로리의 어떤 점에 끌리는지 닥터가 이해하지 못한다고 생각했다. 물론 그녀 자신도 이해되지 않을 때가 가끔 있었다. 하지만 이것만은 확실했다. 누구도 그녀에게서 약혼자를 빼앗아 갈 수 없었다.

"좋은 질문이야. 로리는 어디 있지? 그리고 70억 인류는?" 닥터가 물었다.

"로리를 찾아야 해."

"모든 인류가 있는 곳에 그도 있을 거야. 그리고 너도 그들과 같이 있을 거야. 아마 너도 그도 태어나지 않았을 테니까."

에이미는 고개를 떨구어 자기 발과 다리, 팔꿈치, 손을 보았다(그녀의 팔에서 구불구불한 뭐시기가 에셔의 악몽 같은 작품처럼 반짝였다. 그녀는 그것을 계기판에 떨어뜨렸다). 그녀는 적갈색의 머리카락을 한 줌 잡았다. "내가 태어나지도 않았을 땐데 여기서 뭐 하는 거지?"

"넌 시간 곡률적으로 정반대의 것으로 설정된 독립적인 시간의 결합지점이야." 그는 그녀의 표정을 보고 말을 멈추었다.

"그러니까 한마디로 시간이 흔들흔들 왔다 갔다 한다는 말이네?"

"그래. 그런 것 같아. 도착했어." 그가 진지하게 말하고 꼼꼼한 손놀림으로 나비넥타이를 가다듬었다. 약간 한량처럼 한쪽으로 비스듬하게 했다.

"그런데 닥터, 인류는 1984년에 멸망하지 않았어."

"새로운 타임라인이야. 패러독스지."

"그럼 넌 패러닥터?"

"그냥 닥터." 그는 나비넥타이 위치를 그냥 원래대로 바꾸고 허리를 좀 더 꼿꼿하게 폈다. "이 모든 게 왠지 낯익어."

"뭐?"

"모르겠어. 흠. 킨이라. 킨. 킨. 자꾸만 가면이 생각나. 누가 가면을 쓰지?"

"은행 강도?"

"아니야."

"진짜 못생긴 사람들?"

"아니야."

"핼러윈? 핼러윈에 가면 쓰잖아."

"그래! 그렇지!"

"그게 중요해?"

"전혀 중요하지 않아. 그래도 사실이잖아. 그렇지. 시간 흐름의 커다란 분기점. 게다가 그림자 조약을 어기지 않고 문명 5등급 행성을 차지하는 건 불가능해. 하지만……."

"하지만?"

닥터는 제자리에 멈추었다. 그는 아랫입술을 깨물었다. "그런 게 아니었어."

"뭐가 아니야?"

"그게 아니었어. 그건 완전히……."

에이미는 고개를 홱 쳐들고 화내지 않으려 최선을 다했다. 닥터에게 소리 지르는 방법이 통한 적은 한 번도 없었다. "완전히 뭐가?"

"완전히 불가능한 일이라고. 문명 5등급에 해당하는 행성을 차지하는 건 불가능하잖아. 정당한 이유가 없고서는 말이지." 타디스의 제어판에서 뭔가가 빙그르르 돌고 땡 소리가 또 들렸다. "도착했어. 결합지점이야. 얼른! 1984년을 탐험해 보자고."

"되게 즐거워하네. 난 누군지도 모르는 목소리한테 세상 전부를 빼앗겼는데. 인류가 멸종되고 로이도 사라졌어. 근데 넌 즐거워하고 있어."

"그렇지 않아." 하지만 닥터는 즐거운 표시를 내지 않으려고 애썼다.

브라우닝 가족은 브라우닝 씨가 새집을 알아보는 동안 계속 호텔에 머물렀다. 호텔은 완전히 꽉 찬 상태였다. 브라우닝 가족은 아침을 먹다가 다른 투숙객들과 이야기를 나누었는데 우연히 그들도 전부 단독주택이며 아파트를 팔았다는 사실을 알게 되었다. 하지만 집을 누구에게 팔았는지 선뜻 밝히는 사람들은 없었다.

"말도 안 돼." 집을 알아본 지 열흘째 되는 날 브라우닝 씨가 말했다. "이

지역에 매물이 하나도 없어. 근처 다른 지역들도 마찬가지야. 전부 다 순식간에 팔렸대."

"좀 더 알아보면 있을 거예요." 브라우닝 부인이 말했다.

"이쪽 지역에서는 절대로 못 구할 거야. 그나저나 부동산에서는 뭐래?"

"전화를 안 받아요."

"그럼 직접 찾아가 보자고. 같이 갈래, 폴리?"

폴리는 고개를 저었다. "지금 책 읽고 있어요."

브라우닝 부부는 시내로 나가 부동산 바로 앞에서 중개인을 만났다. 그는 문 앞에 '주인 바뀝니다'라고 적힌 푯말을 걸고 있었다. 창가의 게시판에는 현재 나온 매물은 하나도 없고 지금까지 팔린 주택과 아파트 목록만 가득했다.

"부동산 문 닫아요?" 브라우닝 씨가 물었다.

"거부할 수 없는 제안을 받아서요." 부동산 중개인이 말했다. 그녀는 묵직해 보이는 비닐봉지를 들고 있었다. 거기에 뭐가 들었는지는 보지 않아도 뻔했다.

"토끼 가면 쓴 사람인 거죠?" 브라우닝 부인이 물었다.

그들이 호텔로 돌아가 보니 매니저가 로비에서 기다리고 있다가 곧 방을 비워 달라는 소식을 전했다.

"호텔 주인이 바뀌었거든요. 새 주인이 영업을 중단하고 리모델링을 한답니다."

"주인이 바뀌었다고요?"

"네, 방금 팔렸대요. 아주 좋은 값에 팔렸다던데요."

브라우닝 부부는 그 말에 조금도 놀라지 않았다. 하지만 호텔 방으로 올라간 그들은 폴리가 사라진 사실을 발견하고 소스라치게 놀랐다.

IV

“1984년이라. 뭐랄까. 이상하게 그렇게 옛날처럼 느껴지지 않네. 우리 부모님이 서로 만나기도 전인데 말이야.” 에이미가 신기하다는 듯이 말했다. 그녀는 부모님에 대해 무슨 말을 하려는 듯 망설였지만 이내 다른 곳으로 관심이 쏠렸다. 그들은 도로를 건넜다.

“너희 부모님은 어떻게 생기셨어?” 닥터가 물었다.

에이미는 어깨를 으쓱하고 별다른 생각 없이 말했다. “평범하시지. 보통 엄마, 아빠.”

“그럴 것 같네.” 닥터가 너무도 쉽게 맞장구를 쳤다. “두 눈을 크게 뜨고 잘 살펴 줘.”

“뭘 찾아야 하는데?”

그곳은 영국의 소도시였다. 에이미의 눈에는 그렇게 보였다. 카페나 핸드폰 대리점이 없다는 것만 빼면 그녀가 떠나 온 미래의 영국 소도시와 똑같았다.

“간단해. 우린 여기 있으면 안 되는 걸 찾아야 해. 또는 여기 있어야 하는데 없는 것.”

“그런 게 뭔데?”

“나도 확실히는 몰라.” 닥터가 턱을 긁적거렸다. “가스파초 같은 거라든지.”

“가스파초가 뭔데?”

“차갑게 먹는 스프. 꼭 차가워야 해. 1984년을 쭉 둘러보고 가스파초가 없으면 그게 단서가 될 수 있을 거야.”

“넌 처음부터 이랬니?”

“뭐가?”

"원래부터 타임머신 탄 미치광이였냐고."

"아니. 타임머신이 생긴 건 아주 오랜 시간이 지나서야."

그들은 소도시의 시내를 걸으며 뭔가 이상한 것을 찾아보았지만 소득이 없었다. 가스파초도 이상할 게 없었다.

폴리는 클래버샴 거리의 집 마당 문 앞에서 일곱 살 때 처음 이사 와 줄곧 살았던 집을 쳐다보았다. 현관문으로 걸어가 초인종을 누르고 기다렸다. 사람이 나오지 않아서 오히려 안심했다. 폴리는 길가를 쓱 쳐다보더니 집 뒤쪽으로 향했다. 쓰레기통을 지나쳐 뒤뜰로 갔다.

작은 뒤뜰 쪽으로 난 프렌치 창은 걸쇠가 꽉 잠기지 않았다. 폴리는 새 집주인이 그걸 고쳤을 리 없다고 생각했다. 만약 이미 고쳤다면 나중에 집안에 사람이 있을 때 다시 찾아와서 안으로 들어가게 해 달라고 부탁하면 된다. 물론 엄청나게 어색하고 창피하겠지만.

물건을 숨겨 두는 습관은 바로 이런 게 문제다. 급할 때 깜빡 잊어버릴 수 있다는 것. 아무리 중요한 물건이라고 말이다. 폴리에겐 세상에서 일기장이 가장 중요했다.

이 동네로 처음 이사 왔을 때부터 가지고 있던 일기장이었다. 일기장은 폴리의 가장 친한 친구였다. 무엇이든지 다 얘기할 수 있었다. 자신을 괴롭히는 못된 여자애들, 새로 사귄 친구, 처음으로 좋아한 남자애. 정말로 가장 친한 친구였다. 말 못 할 고민이나 아픔이 있을 때나 혼란스러울 때 폴리는 항상 일기장을 찾았다. 일기장에 모든 생각을 쏟아 냈다.

일기장은 그녀가 쓰던 방에 있는 커다란 벽장의 느슨한 마룻바닥 아래에 숨겨져 있었다.

폴리는 왼쪽 프렌치 창을 손바닥으로 세게 쳐서 옆의 여닫이창으로 밀었다. 문이 흔들리며 활짝 열렸다.

안으로 들어갔다. 폴리의 가족이 이사하면서 가구가 하나도 없이 텅텅 비었던 집은 놀랍게도 그대로였다. 냄새도 예전과 똑같았다. 집안은 고요하고 아무도 없었다. 다행이었다. 폴리는 서둘러 계단을 올라갔다. 집 안에 있을 때 토끼 씨나 고양이 여사가 돌아오면 어쩌나 걱정되었다.

위층으로 올라갔다. 층계참에서 실 같기도 하고 거미줄 같기도 한 부드러운 것이 폴리의 얼굴을 스쳤다. 위를 올려다 보았더니 참 이상했다. 천장이 털로 덮인 것 같았다. 털 같은 실인지 실 같은 털인지가 천장에서 내려왔다. 폴리는 머뭇거리며 도망칠까 했지만 자신의 방이 보였다. 듀란듀란 포스터가 아직도 걸려 있었다. 왜 아직 떼지 않았을까?

털로 덮인 천장을 보지 않으려 애쓰면서 폴리는 방문을 열었다.

방은 예전과 달랐다. 가구가 하나도 없고 침대가 있던 곳에는 종이가 여러 장 놓여 있었다. 얼핏 보니 확대한 것부터 실물 크기까지 신문 사진들이 있었다. 눈부분은 도려냈지만 알아볼 수 있었다. 로널드 레이건, 마거릿 대처, 교황 요한 바오로, 여왕…….

파티를 하려는지 모른다. 어쨌든 별로 그럴듯하지 않은 가면이었다.

폴리는 방의 끄트머리 쪽에 있는 붙박이 벽장으로 갔다. 벽장 안의 캄캄한 마룻바닥 속에 일기장 '스매시 히트'가 들어 있다. 벽장 문을 열었다.

"안녕, 폴리." 벽장 속에서 남자가 말했다. 그전 사람들처럼 가면을 쓰고 있었다. 역시 동물 가면인데 커다란 회색 개 같았다.

"안녕하세요." 폴리는 뭐라고 말해야 좋을지 알 수 없었다. "이……일기장을 두고 가서요."

"알아. 읽고 있었거든." 남자가 일기장을 들었다. 그는 토끼 가면 남자나 고양이 가면 여자와는 달랐지만 느낌은 똑같았다. 이 남자에게서는 뭔가 잘

못됐다는 느낌이 몇 배나 강하게 느껴졌다. "돌려받고 싶어?"

"네, 부탁드려요." 폴리가 개 가면을 쓴 남자에게 말했다. 사생활을 침해 당해서 무척 속상한 기분이었다. 남의 일기장을 읽다니. 그래도 어떻게든 돌려받아야만 했다.

"돌려받으려면 어떻게 해야 하는지 알려 줄까?"

폴리가 고개를 끄덕였다.

"나에게 시간을 물어봐."

폴리가 입을 열었다가 건조한 입술에 침을 바르고 중얼거렸다.

"몇 시에요?"

"내 이름. 내 이름도 말해. 난 늑대 씨야."

"지금 몇 시예요, 늑대 씨?" 갑자기 친구들이랑 놀이터에서 하는 놀이가 떠올랐다.

늑대 씨는 미소 짓고(가면을 썼는데 어떻게?) 입을 쩍 벌려 줄줄이 난 날카로운 이빨을 드러냈다.

"저녁 먹을 시간."

남자가 그렇게 말하고 다가오자 폴리는 비명을 지르기 시작했다. 하지만 그 비명은 오래가지 못했다.

V

타디스는 풀로 덮인 작은 공간에 자리 잡았다. 공원이라기에는 너무 작고 소도시 한가운데의 광장이라기에는 너무 불규칙한 그런 곳이었다. 닥터는 그곳의 가장자리에 놓인 의자에 앉아 기억을 차근차근 되짚어 보고 있었다.

닥터는 기억력이 매우 뛰어났다. 문제는 기억이 너무 많다는 것이었다. 11개의 삶을 산 데다(더 있을 수도 있지만 그는 생각하지 않으려 애썼다)

모든 삶마다 기억하는 방식이 달랐다. 무엇보다 가장 골치인 건 그가 나이를 얼마나 먹었든 간에(자신만의 방식으로 나이를 계산해 오곤 했지만 그것마저도 오래전에 그만두었다) 뭔가가 곧바로 생각나지 않는다는 사실이었다.

가면. 분명 관계가 있다. 킨. 이것도 관계가 있고.

그리고 시간.

모든 것의 중심에 시간이 있다. 정말 그렇다.

그가 태어나기도 전의 아주 오래된 이야기인 것도 확실했다. 어릴 때 들어본 적 있는 이야기. 그는 타임로드 아카데미로 가서 인생이 완전히 바뀌기 전, 갈리프레이 행성에서 살았던 어린 시절에 들었던 이야기를 기억하려고 애썼다.

잠깐 도시를 둘러보러 나갔던 에이미가 돌아왔다.

"마시멜로와 3인의 오그론!" 닥터가 그녀에게 소리쳤다.

"그게 어쨌는데?"

"하나는 너무 사악하고 하나는 너무 멍청하고 하나는 딱 알맞았다."

"그게 무슨 상관인데?"

닥터는 무심코 자기 머리카락을 잡아당겼다. "음. 상관없을지도 몰라. 어릴 때 들은 이야기를 기억해 내려는 중이야."

"왜?"

"모르겠어. 기억이 안 나."

"답답해 죽겠네." 에이미 폰드가 말했다.

"맞아. 난 답답해." 닥터가 유쾌하게 대꾸했다.

타디스의 앞쪽에는 그가 걸어 놓은 간판이 있었다.

뭔가 잘못된 것 같은데 뭔지 모르겠어?

노크해! 세상에 사소한 문제는 없다.

"그게 오지 않는다면 내가 직접 가야지. 아냐, 됐어. 반대로 해야지. 사람들이 놀랄까 봐 내부 인테리어를 좀 바꿨어. 뭐라도 봤어?"

"두 가지. 하나는 찰스 왕자. 신문 가판대에서 봤어."

"찰스 왕자가 확실해?"

에이미가 잠시 고민했다. "닮았어. 훨씬 더 젊어 보였지만. 가판대 주인이 그에게 다음번 아기의 이름을 지었느냐고 묻기에 내가 로리는 어떠냐고 했지."

"찰스 왕자를 가판대에서 봤다. 그래. 다른 건?"

"집 매물이 하나도 없어. 구석구석 죄다 돌아다녔는데 '집 팝니다' 푯말이 하나도 없었어. 변두리에서는 사람들이 텐트 치고 야영을 하고 있고. 이 근처에선 집을 구할 수 없어서 딴 지역으로 떠나는 사람들도 많더라. 뭔가 이상해."

"그래."

그는 이제 거의 문제를 푼 듯했다. 에이미가 타디스의 문을 열고 안을 들여다보았다. "닥터…… 안쪽도 밖이랑 크기가 똑같네."

얼굴이 환해진 그는 문가 안쪽에 서서 오른손을 이쪽저쪽으로 흔들며 그녀에게 새로운 사무실을 구석구석 설명해 주었다. 구식 전화기와 타자기가 놓인 책상이 공간 대부분을 차지했다. 뒤쪽에 벽도 있었다. 에이미는 시험 삼아 두 손으로 벽을 밀었는데(눈을 뜬 상태로 밀면 힘들고 감으면 수월했다) 눈을 감고서 벽에 머리를 밀어 넣었다. 그러자 구리와 유리로 된 타디스의 조종실이 보였다. 그녀가 한걸음 뒤로 물러나자 다시 작은 사무실로 돌아왔다.

"홀로그램이야?"

"비슷해."

그때 누군가 타디스의 문을 두드렸다. 약간 망설이는 느낌이 났다. 닥터가 문을 열었다.

"실례합니다. 문에 걸린 표지판 보고 왔어요." 남자는 잔뜩 지친 모습이었고 머리가 휜했다. 책상만으로 가득 찬 작은 방을 본 그는 안으로 들어가려고 하지 않았다.

"네! 안녕하세요! 어서 들어오세요! 세상에 사소한 문제는 없습니다!" 닥터가 말했다.

"어……제 이름은 레그 브라우닝입니다. 제 딸 폴리 때문에요. 호텔 방에서 저희 부부를 기다리던 딸이 사라졌어요."

"저는 닥터, 이쪽은 에이미입니다. 경찰엔 신고하셨나요?"

"경찰 아니신가요? 경찰인 줄 알았는데요."

"어째서죠?" 에이미가 물었다.

"이거 폴리스 박스잖아요. 요즘은 없어진 줄 알았는데."

"어떤 사람들에게 폴리스 박스는 항상 그 자리에 있지요." 나비넥타이를 한 큰 키의 젊은 남자가 말했다.

"호텔에서 아이를 잘 봐주겠다고 했는데 솔직히 딴 데 정신이 팔린 것 같았어요. 내근직 경찰이 그러는데 경찰서 건물 임대 기간이 갑자기 끝나서 다른 자리를 알아보는 중이래요. 자신들도 전혀 생각하지 못한 일이라더군요."

"폴리가 어떻게 생겼죠? 혹시 친구들이랑 같이 있는 거 아닐까요?" 에이미가 말했다.

"이미 확인해 봤습니다. 아무도 못 봤대요. 지금 저흰 웬즈버리 가에 있는 로즈 호텔에 묵고 있습니다."

"이 지역을 잠깐 방문 중이신 건가요?"

브라우닝 씨는 지난주에 토끼 가면을 쓴 남자가 내놓은 것보다 훨씬 높은 가격에 집을 사겠다고 찾아왔고 현금으로 구매했다고 이야기해 주었다. 새로운 집주인은 고양이 가면을 쓴 여자라는 것도.

"그래요. 모든 게 맞아떨어지는군요." 닥터가 정말로 그런 것처럼 말했다.

"그렇습니까? 폴리가 어디 있는지 아십니까?" 브라우닝 씨가 물었다.

닥터는 고개를 저었다. "브라우닝 씨. 레그. 아이가 혹시 예전 집으로 돌아갔을 가능성은 없을까요?"

브라우닝 씨는 어깨를 으쓱했다. "그럴 수도요. 만약……"

그 순간 키 큰 젊은 남자와 붉은 머리의 스코틀랜드인 여자는 브라우닝 씨를 지나쳐 폴리스 박스의 문을 쾅 열고 풀밭을 전속력으로 질주했다.

VI

에이미는 뒤처지지 않도록 닥터와 속도를 맞춰 달리면서 헐떡거리며 질문을 던졌다. "아이가 집에 있을까?"

"아마 그럴 거야. 생각난 게 있어. 에이미. 누가 시간을 물어보라고 해도 절대 넘어가면 안 돼. 절대 시키는 대로 하지 마. 그게 안전해."

"진심이야?"

"그래. 그리고 가면을 조심해."

"가면을 쓰고 시간을 물어보는 게 우리가 상대해야 할 위험한 외계인이라는 거야?"

"그들이 틀림없는 것 같아. 하지만 우리 종족이 오래전 그들을 처리했는데. 상상도 할 수 없는 일이야."

계속 달리던 그들은 클래버샴 가에서 멈추었다.

"내가 생각하는 것처럼 정말 그것, 그들, 그것이라면……우리가 해야 할 일은 하나뿐이야."

"그게 뭔데?"

"도망치는 것." 닥터가 초인종을 누르며 말했다.

잠시 조용하더니 문이 열리고 한 소녀가 그들을 쳐다보았다. 양 갈래머리의 소녀는 열한 살 정도로 보였다. "안녕. 내 이름은 폴리 브라우닝이에요. 이름이 뭐예요?"

"폴리구나! 엄마 아빠가 많이 걱정하고 계셔." 에이미가 말했다.

"그냥 일기장 가지러 왔어요. 내 방의 느슨한 마룻바닥 안에 넣어 두었거든요."

"엄마 아빠가 온종일 널 얼마나 찾았는데!" 에이미는 왜 닥터가 아무 말도 없는지 의아했다.

폴리는 손목시계를 확인했다. "이상하네요. 제 시계를 보니까 여기 온 지 5분밖에 안 지났는데요. 아침 10시에 왔거든요."

지금이 늦은 오후 시간이라는 것을 잘 아는 에이미가 물었다. "지금 몇 시지?"

폴리가 신나는 얼굴로 쳐다보았다. 순간 에이미는 아이의 얼굴이 뭔가 이상하다는 사실을 알아차렸다. 어딘지 평평했다. 마치 가면 같은…….

"여러분이 우리 집으로 들어올 시간이에요." 아이가 말했다.

에이미는 눈을 끔뻑거렸다. 움직이지도 않았는데 어느덧 그녀와 닥터는 집안 현관에 서 있었다. 폴리는 그들과 눈높이를 맞춘 채 계단에 서 있었다.

"너 뭐야?" 에이미가 물었다.

"우린 킨이다." 겉모습은 폴리지만 목소리는 아니었다. 목 뒷부분에서 나오는 듯한 낮은 목소리였다. 에이미에게 폴리는 무언가 커다란 형체가 여자아이의 얼굴을 대충 그려 놓은 종이 가면을 쓰고 쭈그려 앉아 있는 것처럼 보였다. 저 얼굴이 진짜인 줄 알고 속았다니 믿을 수 없었다.

"들은 적 있다. 우리 종족은 너희를……"

"혐오했지." 종이 가면을 쓰고 쭈그려 앉은 존재가 말했다.

"모든 시간의 법칙을 위반했다고. 그들은 우리를 모든 피조물과 따로 떨어뜨려 놓았다. 하지만 내가 탈출했고 우리 모두 탈출했지. 우린 다시 시작할 준비가 되었어. 이미 이 세계를 구매하는 작업도 시작했고 말이야."

"시간을 통해 돈을 재활용하는군. 이 집, 이 동네부터 시작해 지구 전체를 사들이려는 거야." 닥터가 말했다.

"닥터? 대체 어떤 상황이야? 좀 설명해 줄 수 없어?" 에이미가 말했다.

"다 설명해 줄게. 다 안다는 게 싫지만. 저들은 지구를 차지하려고 온 거야. 지구의 거주자가 되려고."

"그게 아니야, 닥터." 종이 가면을 쓴 쭈그려 앉은 생명체가 말했다. "이해를 못 하는군. 우리가 지구를 차지하려는 이유는 그게 아니다. 우리가 지구를 차지해 인류가 멸종하게 만들려는 이유는 널 지금 여기로 불러들이기 위해서였다."

닥터가 에이미의 손을 잡고 소리쳤다. "도망쳐!" 그는 현관문을 향해 달렸지만…… 계단 맨 꼭대기에 있었다. "에이미!" 그가 소리쳤지만 아무런 대답이 없었다. 털처럼 느껴지는 무언가가 그의 얼굴을 스쳤다. 그는 그것을 찰싹 쳐서 치웠다.

문 하나가 열려 있었고 그는 그쪽으로 걸어갔다.

"안녕." 집 안에 있던 누군가 말했다. 숨소리가 섞인 여자의 목소리였다.

"아주 잘 왔어, 닥터."

영국 총리 마거릿 대처였다.

"우리가 누구인지 알고 있지? 몰랐다면 참 안타까운 일이고."

"킨." 닥터가 말했다. 하나의 생명체로만 이루어진 인구층. 인간이 길을 건너듯 간편하고 본능적으로 시간 여행을 할 수 있지. 너희는 원래 개체가 단 하나뿐이었어. 하지만 시간을 앞뒤로 왔다 갔다 하면서 다른 시간대의 자신과 접촉해 수백 명, 수천 개, 수백만 개로 만들어 행성을 차지하는 거야. 마치 썩은 나무처럼 시간의 부분적인 구조가 무너질 때까지 계속하지. 적어도 처음에는 시간을 물어봐 줄 다른 존재가 필요했지. 어떤 시공의 지역에 뿌리내려 줄 양자 중첩성을 만들기 위해."

"아주 잘 아는군. 타임로드들이 우리 세계를 완전히 에워싸고 뭐라고 말했는지 알아? 우리는 모두 서로 다른 시간대의 친족이기 때문에 우리 중 하나를 죽이는 건 종 전체에 대한 대학살 행위를 저지르는 것과 같다고 했지. 넌 날 못 죽여. 날 죽이면 우리 모두가 죽으니까."

"내가 최후의 타임로드라는 걸 알아?"

"오, 물론이지."

"어디 보자. 너는 조폐국에서 갓 만든 돈을 가져다가 쓴 다음에 잠시 후에 돌려놓지. 시간을 이용해서 재활용하는 거야. 그리고 가면은……확신의 장을 증폭시켜 주는 거겠지. 한 나라의 지도자가 개인적으로 부탁하는 거라면 사람들이 기꺼이 팔려고 할 테니까. 결국 넌 모든 집을 자신한테 팔게 했어. 인간들을 죽일 건가?"

"그럴 필요 없어. 그들을 위해 예약을 해 둘 거거든. 그린란드, 시베리아, 남극……그래도 결국은 멸종할 거야. 고작 몇천 명이 살 수 있는 자원도 없는 곳에서 수십억 명이 살아야 할 테니까. 물론……썩 보기 좋은 광경은 아닐 거야." 대처가 움직였다. 닥터는 그녀의 모습을 있는 그대로 보려고 집중했다. 눈을 감았다 뜨자 마거릿 대처의 사진을 붙인 조잡한 흑백 가면을 쓴 부피가 큰 형체가 보였다. 닥터는 킨의 가면을 벗겼다.

닥터는 인간이 미처 보지 못하는 것에서도 아름다움을 발견하는 사람이었다. 그러나 아무리 생명을 가진 모든 존재로부터 기쁨을 찾는 그라도 킨의 얼굴은 도저히 음미하기가 힘들었다.

"넌 너 자신을 혐오하는구나. 맙소사. 그래서 가면을 쓰는 거야. 네 얼굴이 싫은 거지?"

킨은 아무 말이 없었다. 그것의 얼굴이, 얼굴이라고 할 수 있을지 모르겠지만, 움찔하고 꿈틀거렸다.

"에이미는 어디 있나?" 닥터가 물었다.

"그 여잔 필요하지 않아." 뒤쪽에서 비슷한 목소리가 들려 왔다. 토끼 가면을 쓴 여윈 남자였다. "그 여자는 보냈어. 우리에게 필요한 건 너뿐이니까, 닥터. 타임로드의 감옥은 고통 그 자체였어. 우린 그 안에 갇혀 있었고 우리밖에 남지 않게 되었거든. 너도 마지막 남은 네 종족이지. 앞으로 영원히 이 집에 머물게 될 것이다."

닥터는 이 방에서 저 방으로 돌아다니며 주변 환경을 신중하게 살펴보았다. 벽은 물렁거리고 가벼운 층의 털로 덮여 있었다. 벽은 안팎으로 살짝 움직였는데 그 모습이 마치……. "숨 쉬는 거야. 말 그대로 살아 있는 방이지."

"에이미를 돌려줘. 지구를 떠나라. 갈 만한 곳을 알아봐 주겠다. 언제까지 시간을 반복하며 살아갈 순 없어. 모든 게 엉망진창이 된다고."

"그러면 다른 곳에서 다시 시작하면 돼." 계단에서 고양이 가면을 쓴 여자가 말했다. "넌 네 삶이 다할 때까지 이곳에 갇힐 것이다. 여기에서 나이 먹고 재생하고 죽기를 끊임없이 반복하겠지. 우리의 감옥은 마지막 타임로드가 사라져야만 끝나거든."

"정말로 날 그렇게 쉽게 잡아 둘 수 있을 거라고 생각해?" 닥터가 말했다. 속으로는 이곳에 영원히 갇힐까 봐 아무리 걱정되어도, 겉으로는 침착한 모습을 보이는 것이 항상 큰 도움이 된다.

"서둘러! 닥터! 아래쪽!" 에이미의 목소리였다. 그는 계단을 한 번에 3개씩 내려가 그녀의 목소리가 들려오는 듯한 현관으로 달려갔다.

"닥터!" 닥터가 문을 잡고 흔들었다. 문은 잠겨 있었다. 그는 소닉 스크루드라이버를 꺼내 문을 열려고 했다.

쾅 소리와 함께 문이 열리면서 눈부신 햇살이 쏟아졌다. 반갑게도 그의 친구와 파란색 폴리스 박스가 보였다. 어느 쪽을 먼저 껴안아 줘야 할지 몰랐다.

"왜 안으로 들어가지 않은 거야?" 타디스 문을 열면서 닥터가 에이미에게 물었다.

"열쇠를 잃어버려서. 놈들한테 쫓기면서 떨어뜨렸나 봐. 이제 어디로 가지?"

"안전한 곳으로. 더 안전한 곳." 그가 문을 닫았다. "추천할 거 있어?"

에이미는 조종실로 이어지는 계단의 맨 아래에 멈추어 어슴푸레 빛나는 주위를 둘러보았다. 구릿빛의 내부, 제어판 가운데의 유리 기둥, 문.

"멋지지? 오래됐지만 언제 봐도 안 질린다니까." 닥터가 말했다.

"그래, 오래됐네. 우리도 오래전으로 가자, 닥터. 태초로. 최대한 오래전으로. 거기라면 그들이 찾지 못할 거야. 일단 그리로 가서 어떻게 할지 생각해 보자." 그녀는 닥터의 어깨 너머로 제어판에서 움직이는 그의 손을 바라보았다. 그의 모든 움직임을 잊어버리지 않으려는 듯이. 타디스는 어느새 1984년을 떠났다.

"태초의 시간? 아주 똑똑한데, 에이미 폰드. 거긴 우리가 한 번도 가 보지 않았지. 갈 수 없어야 했던 곳. 이걸 가져오길 잘했군." 그가 구불구불한 뭐시기를 내밀었다. 그리고 그것을 악어 클립과 끈 조각처럼 보이는 무언가를 이용해 타디스의 제어판에 연결했다.

"됐다. 봐 봐." 닥터가 자랑스럽게 말했다.

"그래. 우린 킨의 함정에서 벗어났어."

타디스의 엔진이 낮게 신음하더니 내부가 흔들리며 요동치기 시작했다.

"무슨 소리지?"

"타디스는 우리가 가려는 곳에 갈 수 있도록 만들어지지 않았어. 구불구불한 뭐시기의 동력 증가와 타임 버블 효과가 없다면 절대 꿈도 꾸지 못할 곳이지. 저건 엔진이 불평하는 소리야. 똥차로 가파른 오르막길을 올라가는 거랑 똑같거든. 도착하는 데 평소보다 몇 분 더 걸릴 수도 있어. 하지만 일단 도착하면 마음에 들 거야. 태초의 시간. 아주 좋은 제안이었어."

"난 분명 맘에 들 것 같아." 에이미가 미소 지었다. "너도 킨의 감옥에서 도망쳤으니 기분이 좋겠지, 닥터."

"그게 좀 기묘해. 난 분명 킨의 감옥에서 탈출했어. 그 집 말이야. 소닉 스크루드라이버로 문을 열기만 하면 됐으니 참 간단했지. 그런데 만약 킨의 함정이 그 집이 아니라면? 만약 킨이 타임로드를 고문하고 죽이는 걸 원치 않는다면? 그들이 원하는 게 훨씬 더 중요한 무언가라면? 만약 그들이 타디스를 노리는 거라면?"

"킨이 뭐하러 타디스를 원하겠어?" 에이미가 반문했다.

닥터는 그녀를 바라보았다. 증오나 착각으로 흐려지지 않는 또렷한 눈빛이었다. "킨은 그리 멀리까지 시간 여행을 할 수 없어. 쉽지 않지. 지금 그들이 하는 짓도 굉장히 속도가 느리고 힘들어. 런던을 차지할 인구를 만드는

데만 해도 시간을 앞뒤로 1천 5백만 번 왔다 갔다 해야 할 거야.

만약 그들에게 왔다 갔다 할 수 있는 모든 시간과 공간이 있다면 어떻게 될까? 우주의 시작점으로 가서 바로 거기에서부터 존재하기 시작한다면? 그렇다면 그들은 어디에서든 살 수 있을 거야. 시공간 연속체 속에 킨이 아닌 다른 지적 존재가 있을 수 없지. 하나의 실체가 우주 전체를 채우는 거야. 다른 존재가 들어갈 자리는 남겨 두지 않고. 상상돼?"

에이미가 입술에 침을 발랐다. "그래. 상상돼."

"타디스 안으로 들어가 타임로드가 제어판을 움직이게 하기만 하면 우주가 그들의 놀이터가 되는 거야."

"물론이지." 에이미가 환하게 웃었다. "그렇게 될 거야."

"거의 다 왔어. 태초의 시간. 에이미가 어디 있는지 모르겠지만 제발 무사하다고 말해 줘."

"내가 왜 그걸 알려 줘야 하지?" 에이미 폰드 가면을 쓴 킨이 말했다.

VII

에이미는 닥터가 계단을 뛰어 내려가는 소리를 들었다. 이상하게 낯익은 목소리가 닥터를 부르는 소리도 들렸다. 그다음에는 그녀의 가슴을 절망으로 가득 채우는 소리가 들려왔다. 휘이이잉. 타디스가 떠나는 소리였다.

순간 문이 열렸고 그녀는 아래층 복도로 나갔다.

"그는 널 버리고 떠났다." 저음의 목소리가 말했다. "버림받은 기분이 어때?"

"닥터는 절대로 친구를 버리지 않아." 에이미가 그림자 속의 존재에게 말했다.

"아니. 아무튼 이번엔 버렸잖아. 기다리고 싶으면 얼마든지 기다리라고.

절대 돌아오지 않을 테니까." 그것이 어둠 속에서 흐릿한 빛으로 나왔다.

그것은 거대했다. 인간의 형상이었지만 약간 동물 같았다(이리 같아, 에이미 폰드는 이렇게 생각하며 한 걸음 뒤로 물러섰다). 성난 개 같기도 하고 늑대 같기도 한 어설픈 나무 가면을 쓰고 있었다. "그는 너라고 믿는 사람을 데리고 타디스를 타고 떠났다. 잠시 후 현실이 바뀔 거야. 타임로드들은 킨을 모든 피조물로부터 단절된 단 하나의 외로운 존재로 만들었다. 그러니 우리가 합당하게 누려야 할 장소를 타임로드가 우리에게 돌려준다는 시나리오가 맞는 거지. 세상 모든 존재가 나에게 복종하고 내가 되고 내 먹이가 될 것이다. 시간을 물어봐라, 에이미 폰드."

"왜?"

그림자 같은 형상은 어느덧 숫자가 늘어나 있었다. 계단에 앉아 있는 고양이 얼굴의 여자. 구석의 여자아이. 토끼 얼굴의 남자가 그녀의 뒤에 서서 말했다. "깔끔하게 죽는 방법이거든. 간편한 죽음. 어쨌든 몇 분 후에 너는 아예 존재하지 않았던 사람이 될 것이다."

"물어봐라." 앞쪽의 여우 가면이 말했다. "물어봐. '지금 몇 시예요, 늑대 씨?'라고."

답 대신 에이미 폰드는 거대한 형체의 늑대 가면을 벗기고 킨을 보았다.

인간의 눈은 킨을 쳐다보면 안 된다. 기어가는 벌레처럼 꿈틀꿈틀, 씰룩씰룩거리는 킨의 얼굴은 공포 그 자체였다. 가면을 쓴 것은 그 자신을 위해서였겠지만, 다른 사람들을 위한 배려라고 할 수 있을 정도였다.

에이미 폰드는 킨의 얼굴을 가만히 응시했다. "죽이려면 죽여. 하지만 난 닥터가 날 버렸다는 걸 절대 안 믿어. 몇 시냐는 질문에 답하지도 않을 거고."

"안타깝군." 킨이 악몽 같은 얼굴로 말하고 에이미에게 다가갔다.

타디스의 엔진이 다시 한번 크게 신음하더니 조용해졌다.

"도착했다." 킨이 말했다. 에이미 폰드의 가면은 그냥 아무렇게나 그린 생기 없는 여자 얼굴에 불과했다.

"네가 원하는 대로 모든 것의 시작점에 왔다. 하지만 난 다른 방법을 제안할 준비가 되어 있어. 내가 해결책을 찾아줄 수 있다. 너희 모두에게."

"문을 열어라." 킨이 짜증을 내며 말했다.

닥터는 문을 열었다. 휘몰아치는 바람이 그를 휘청거리게 했다.

킨은 문가에 서 있었다. "어둡구나."

"모든 것의 시작점이라니까. 빛이 있기 전이야."

"내가 너를 저 텅 빈 공간으로 데려가면 넌 몇 시냐고 묻는 거야. 그러면 내가 나에게, 너에게, 온 피조물에게 말할 것이다. 킨이 지배하고 차지하고 침략할 시간이다. 내가 우주의 유일한 존재가 되고 우주가 내 것이고 내가 끝없이 우주를 먹어 치울 시간이다. 킨이 모든 시간을 통해 종말 없는 세상이자 우주의 최초이자 마지막 지배자가 될 시간이다."

"나라면 그러지 않을 거야. 내가 너라면. 아직 늦지 않았어. 생각을 바꿔."

킨은 에이미 폰드의 가면을 타디스의 바닥에 떨어뜨렸다. 그리고 밖으로, 텅 빈 공간으로 나갔다.

"닥터." 그의 얼굴에는 무수히 많은 구더기가 꿈틀거렸다. "몇 시냐고 물어봐라."

"그것보다 대답을 더 잘할 수 있는데. 지금이 어떤 시간인지 정확하게 말해 줄 수 있어. 지금은 무의 시간이야. 빅뱅 이전의 마이크로초. 우린 태초의 시간이 아니라 태초 이전에 와 있어.

타임로드는 대학살을 좋아하지 않았어. 나도 그걸 좋아하지 않아. 결국 가능성을 죽이는 거거든. 언젠가 착한 달렉이 나온다면? 만약……공간이 크지만 우주는 더 커. 너와 네 종족이 살 만한 행성을 찾도록 도와줬을 거야. 하지만 폴리라는 소녀가 일기장을 남겼어. 넌 그 소녀를 죽였고. 실수한 거야."

"넌 그 앨 알지도 못하잖아." 텅 빈 공간 속에서 킨이 말했다.

"어린애였어. 세상 모든 아이처럼 순수한 가능성 그 자체지. 난 나에게 뭐가 필요한지 알아." 타디스의 제어판에 연결된 구불구불한 뭐시기에서 연기와 불꽃이 나오기 시작했다. "문자 그대로 넌 시간의 밖에 있다. 시간은 빅뱅이 일어나야만 시작하거든. 시간 속에서 사는 존재가 시간으로부터 제거된다면……네 존재는 아예 지워지는 거야."

킨은 그 순간 알 수 있었다. 모든 시간과 공간이 원자보다도 작은 하나의 작은 입자이고 마이크로초가 지나기 전까지, 그 입자가 폭발하기 전까지는 아무 일도 일어나지 않으리라는 것을. 그 무엇도 일어날 수가 없었다. 킨은 마이크로초가 아직 흐르지 않은 쪽에 와 있었다.

시간으로부터 고립되어 버린 킨의 나머지 모든 일부분이 존재하지 않게 되었다. 홀로 남은 그것은 나머지 모든 개체가 거대한 파도에 휩쓸리듯 사라지는 것을 느꼈다.

태초에, 태초 전에는 단어가 있었다. 그 단어는 바로 "닥터!"였다.

하지만 문은 닫혔고 타디스는 사라져 버렸다.

킨은 천지 창조 이전의 텅 빈 공간에 홀로 남겨졌다.

영원히 홀로 그 순간에 머물러야 한다. 시간이 시작되기를 기다리며.

VIII

트위드 재킷을 입은 젊은 남자가 클래버샴 가 끄트머리에 있는 집을 서성거렸다. 그는 문을 두드렸지만 답이 없었다. 그는 파란 상자로 돌아가 제어판의 가장 작은 장치들을 만지작거렸다. 24시간을 여행하는 것보다 천 년을 여행하는 것이 훨씬 간단하다.

그는 다시 시도했다.

그는 시간의 가닥이 꼬이고 다시 꼬이는 걸 느꼈다. 시간은 무척 복잡하다. 지금까지 일어난 일이 정말로 전부 일어난 것은 아니다. 타임로드들만이 이해하는 사실이지만 뭐라 설명하는 것이 불가능했다.

클래버샴 가의 집 마당에는 집을 판다는 때 묻은 푯말이 세워져 있었다.

그는 문을 두드렸다.

"안녕. 네가 폴리구나. 난 에이미 폰드를 찾고 있단다."

갈래머리의 소녀가 의심스러운 눈길로 닥터를 쳐다보았다. "내 이름을 어떻게 알아요?"

"난 무척 똑똑하거든." 닥터는 진지했다.

폴리는 어깨를 으쓱하고 집 안으로 들어갔다. 닥터도 따라갔다. 그는 벽에 털이 없는 걸 보고 안심했다.

에이미는 부엌에서 브라우닝 부인과 차를 마시는 중이었다. 라디오 4 방송이 틀어져 있었다. 브라우닝 부인은 간호사라는 직업과 고된 근무 시간에 관해 이야기했고 에이미는 약혼자도 간호사라며 맞장구를 쳤다.

닥터가 들어오는 순간 그녀가 그쪽을 쳐다보았다. 마치 "어디 전부 다 설명해 보시지."라고 말하는 듯한 표정이었다.

"여기 있을 줄 알았어." 닥터가 말했다. "계속 찾다 보면 말이지."

그들은 클래버샴 가의 집을 떠났다. 파란 폴리스 박스는 길 끄트머리의 밤나무 아래에 세워져 있었다.

"난 그 괴물한테 잡아먹히기 직전이었는데 갑자기 그 부엌에 앉아서 브라우닝 부인하고 얘길 하고 있었어. 라디오에선 아처스의 노래가 나오고.

어떻게 한 거야?"

"내가 좀 똑똑하거든." 닥터스가 말했다. 꽤 훌륭한 멘트 같아서 되도록 자주 사용할 생각이었다.

"집에 가자. 이번엔 로리가 있을까?"

"세상 모든 사람이 다 있을 거야. 로리도." 닥터가 말했다.

그들은 타디스로 들어갔다. 닥터는 제어판에 연결한 까맣게 타 버린 구불구불한 뭐시기의 흔적을 이미 깨끗하게 치워 놓았다. 이제 타디스는 두 번 다시 시간이 시작되기 전의 순간으로 갈 수 없지만 모든 것을 고려해 볼 때 잘된 일이 분명했다.

그는 에이미를 곧장 집으로 데려다주기로 했다. 중간에 기사도 시대의 안달루시아에 잠깐 들르기만 하고. 그는 세비야로 가는 길의 작은 여관에서 인생 최고의 가스파초를 먹은 적이 있다.

닥터는 그곳을 다시 찾을 수 있으리라고 확신했다.

"집으로 곧장 갈 거야. 점심은 먹고. 점심 먹으면서 마시멜로와 3인의 오그론 얘길 해 줄게."

달의
미궁

A Lunar
Labyrinth

2013

우리는 여름 저녁에 경사가 완만한 언덕을 오르고 있었다. 벌써 8시 30분이 지난 시각이었지만 아직 오후 중반 같았다. 하늘은 파랗고 태양은 지평선에 낮게 걸려 구름을 황금색과 연어 살색, 자줏빛 회색으로 물들였다.

"그래서 어떻게 끝나죠?" 내가 가이드에게 물었다.

"끝나지 않아."

"하지만 없어졌다면서요. 그 미궁 말이에요."

내가 달의 미궁에 대해 알게 된 것은 전국의 흥미로운 장소를 알려 주는 온라인 웹사이트의 작은 글씨로 된 설명을 통해서였다. 나는 특이한 지역 명소를 좋아한다. 조잡하고 인간의 손을 거친 것일수록 더 관심이 간다. 왜 그런 것들에 끌리는지는 모르겠다. 돌이 아닌 자동차나 노란 스쿨 버스로 만든 스톤헨지, 폴리스티렌으로 만든 거대한 치즈 덩어리 모형, 시멘트 가루가 벗겨지는 가짜 표시가 심하게 나는 공룡 같은 것들에 말이다.

나는 그런 것들이 필요하다. 어디에 있든 잠깐 운전을 멈추고 사람들과 이야기를 나눌 핑곗거리가 되어 주니까. 나는 엔진 부품을 이용한 동물원, 캔과 돌 벽돌로 토대를 만들고 알루미늄 포일을 덮은 집, 가게 진열창의 인체 모형으로 만든 역사 야외극 같은 것을 보고 진심으로 감탄했다. 그것을 만든 사람들은 그런 나를 그들의 집으로 초대해 주거나 그들의 삶을 들여다볼 기회를 주었다. 또한 길 위의 볼거리를 만든 그들은 나를 있는 그대로 받아 주었다.

"우린 그걸 태웠어." 가이드가 말했다. 그는 지팡이를 짚으며 걷는 노인이었다. 나는 마을의 철물점 앞 벤치에 앉아 있는 그를 처음 만났고 그는 한때 달의 미궁이 있었던 장소로 안내해 주겠다고 했다. 우리는 초원을 지났지만 그렇게 속도가 빠르지는 못했다. "그게 달의 미궁의 끝이었지. 간단했어. 로즈메리 생울타리에 불이 붙어 타닥타닥 소리와 함께 불길이 확 치솟았어. 자욱한 연기가 언덕 아래로 내려가 마을 사람들이 전부 양 구이를 떠올렸지."

"그나저나 왜 달의 미궁이라고 불렀죠?"

노인은 잠시 생각에 잠겼다. "나도 잘 모르겠네. 짚이는 게 전혀 없어. 우린 그냥 미궁이라고 불렀어. 미로지."

"굉장하네요."

"이런 전통이 있었지. 우리는 보름달이 뜬 다음 날부터 미궁 속을 걸었어. 입구에서 출발해 중앙까지 갔다가 뒤돌아오는 거야. 달이 이지러지기 시작해도 미궁을 걸을 수 있을 정도로 밝았거든. 달빛이 충분히 밝은 밤이면 언제든 미궁을 걸었어. 여기로 와서 그냥 걷는 거야. 대부분은 커플들이었고. 달이 어두워지기 전까지만 걸었지."

"달이 어두운 시기에는 아무도 미궁을 걷지 않았나요?"

"그런 사람들도 있긴 했지. 하지만 우리 같진 않았어. 어린 녀석들이 달이 어두운 날에 손전등을 가져와서 미궁에 들어갔으니까. 서로 놀래키는 걸 좋아하는 고약한 녀석들이야. 그 녀석들한테는 1년 내내 핼러윈이었지. 그런 애들은 무서운 걸 좋아했어. 고문기술자를 봤다는 애들도 있었어."

"어떤 고문기술자인가요?" 그 단어는 나를 놀라게 했다. 아무래도 대화에서 자주 쓰는 단어는 아니니까.

"말 그대로 사람들을 고문하는 자들이겠지. 본 적은 없어."

언덕 위에서 부드러운 바람이 불어왔다. 코를 킁킁거려 보았지만 여름날 저녁에 어울리지 않는 로즈메리 타는 냄새도, 재 냄새도 나지 않았다. 하지만 치자나무 냄새는 났다.

"달이 어두울 때 미궁에 가는 건 어린애들뿐이었어. 초승달이 뜨면 좀 더 어린애들이 부모랑 같이 왔지. 부모가 애들이랑 같이 미로의 중앙까지 걸어간 다음에, 부모가 초승달을 가리키면서 하늘에 크고 노란 미소가 뜬 것 같다고 말하는 거야. 로물루스와 레무스인지 애들이 잘 아는 거 있잖아. 그럼 아이들은 웃으면서 달을 향해 손을 흔들어. 마치 하늘의 달을 가져와 얼굴에 갖다 대려는 듯. 달이 차오르면 커플들이 나와. 막 사귀는 젊은 커플이나 설레던 시절은 머나먼 과거가 되어 버리고 이제 너무 익숙해진 오래된 커플." 노인은 지팡이에 몸을 깊숙이 갖다 댔다. "하지만 열정이 완전히 사라진 건 아니지. 사라질 수가 없어. 깊은 곳에 숨어 있겠지. 머리는 잊어도 입은, 손가락은 기억하지."

"커플들도 손전등을 가져갔나요?"

"가져갈 때도 있고 안 가져갈 때도 있고. 달이 구름에 가려지지 않은 밤이 가장 인기가 많았어. 그냥 미궁을 걸을 수 있으니까. 매일, 아니 밤마다 달빛이 환해지고 어느새 모두가 나와 미궁을 걷고 있었지. 그런 밤은 정말 아름다웠다네.

사람들은 자네가 차를 세운 저 아래에 차를 세워 놓고 걸어서 언덕을 올라왔지. 누구나 걸어갔어. 휠체어를 탄 사람이나 부모가 자식을 안고 가는 경우를 제외하고. 언덕 꼭대기에 올라간 후엔 애무 좀 하고 미로를 걷지. 미로 안에는 쉬어갈 수 있는 벤치도 있거든. 거기서 또 멈추고 애무하고. 젊은 커플만 그러는 게 아니라 나이 든 커플도 그랬다니까. 서로 살을 맞대는 거야. 생울타리 반대쪽에선 가끔 소리도 들렸어. 동물 같은 소리가 들리면 눈치껏 걸음을 늦추거나 다른 벤치가 있는지 살펴보거나 했지. 요즘은 이곳에 자주 오지 않지만 어쩌다 오면 예전보다 훨씬 그 시절을 음미하게 되는구먼. 달빛 아래에서 살에 닿는 입술 말이야."

"달의 미궁이 불타 없어지기 전까지 얼마나 그 자리에 있었던 건가요? 그 집이 지어지기 전부터 있었나요, 아니면 그 후인가요?"

가이드 노인이 일축했다. "전이라고도 하고 후라고도 하고 왔다 갔다 해. 미노스의 미궁도 대단하지만 이 미궁하고는 비교가 안 됐지. 미노타우로스는 외롭고 겁에 질리고 굶주린 뿔 달린 사내가 헤매는 터널 같은 것에 불과하잖아. 사실은 황소 인간도 아니었다네. 알고 있나?"

"그걸 어떻게 아시죠?"

"이빨. 소는 반추동물이야. 고기를 먹지 않아. 미노타우로스는 고기를 먹었지."

"그건 생각을 못 했네요."

"다들 그래." 언덕의 경사가 더 심해졌다.

고문기술자는 없어, 이제는. 나는 생각했다. 그리고 나는 고문기술자가 아니다.

하지만 이렇게만 말했다. "미궁을 이루는 덤불이 얼마나 높았나요? 진짜 생울타리였나요?"

"진짜 덤불이었어. 필요한 만큼 높았다네."

"이 동네 로즈메리가 얼마나 높이 자라는지 모르겠네요." 정말이었다. 집에서 멀리 떨어진 곳이었으니까.

"이 지역은 겨울에 포근해. 로즈메리가 잘 자라지."

"미궁을 태운 이유가 정확히 뭡니까?"

노인이 잠시 머뭇거린 후 말했다. "세상 만물이 어떻게 거짓말을 하는지 언덕 꼭대기에 도착하면 알게 될 걸세."

"어떻게 거짓말을 하는데요?"

"올라가 보면 알아."

언덕의 경사가 점점 더 심해졌다. 나는 이전 해 겨울에 얼음 위에서 넘어져 왼쪽 무릎을 다쳤다. 빨리 달릴 수가 없게 되었고 언덕이나 계단을 오를 때마다 굉장히 힘에 겨웠다. 한 걸음 내디딜 때마다 무릎에 찌릿한 통증이 느껴지면서 무릎의 존재를 일깨워 주는 바람에 짜증이 났다.

방문하려고 했던 어느 지역의 특이한 장소가 몇 년 전 불타 없어졌다는 사실을 알게 된다면 보통은 다시 차를 운전해서 다른 목적지를 향해 출발할 것이다. 하지만 나는 단념하지 않는다. 죽은 장소야말로 내가 지금까지 보았던 가장 멋진 것이니까. 야간 경비에게 술값을 뇌물로 주고 들어간 폐업한 놀이공원. 농부의 말에 의하면 바로 전 여름에 빅풋 여섯 명이 살았다는 버려진 헛간. 농부는 빅풋들이 밤에 울부짖는 소리를 냈고 악취가 났으며 약 1년 전에 다른 곳으로 갔다고 했다. 정말로 그 헛간에는 코를 찌르는 동물 냄새가 남아 있었다. 어쩌면 그냥 코요테였는지도 모르지만.

"달이 이지러지면 사람들은 사랑으로 달의 미궁을 걸었어." 가이드 노인이 말했다. "달이 차오르면 사랑이 아니라 욕망으로 걸었지. 그 차이를 설명해 줘야겠나? 양과 염소의 차이를?"

"안 해 주셔도 될 것 같습니다."

"때론 병자들도 미궁을 찾았어. 다치거나 불구가 된 사람들도 왔지. 휠체어에 타거나 다른 사람들에게 안긴 채 미궁을 걸어야 하는 이들도 있었고 말이야. 하지만 미궁에서 어느 길로 갈지는, 안아 주거나 휠체어를 밀어 주는 사람이 아니라 당사자가 직접 선택해야 했지. 자기가 직접. 내가 어릴 때만 해도 그런 사람들을 병신이라고 불렀지. 요즘은 그 말을 쓰지 않아서 다행이야. 사랑에 속태우는 사람들도 미궁을 찾았고 혼자라 외로운 사람들도 왔지. 정신병자들이 다른 사람들의 손에 끌려오기도 했고. 달이 광기를 일으킨다고 하니 광기를 고칠 수 있는 것도 달밖에 없지 않겠나."

어느덧 언덕 꼭대기에 가까워졌다. 이미 땅거미가 내려앉았다. 하늘은 포도주색으로 변해 있고 저무는 해가 서쪽의 구름을 물들였다. 우리가 있는 곳에서는 해가 이미 지평선 아래로 내려갔다.

"위에 올라가면 알게 될 거야. 언덕 위는 완전히 평평하다네."

나도 뭔가 이야기를 해야겠다는 생각으로 말했다. "제가 태어난 곳에서 5백 년 전에 한 영주가 왕을 만나러 갔습니다. 왕은 거대한 테이블과 양초, 아름다운 그림이 그려진 천장을 자랑했죠. 왕이 그런 것들을 하나씩 보여 줄 때마다 영주는 칭찬 대신 이렇게 말했습니다. '저는 그것보다 더 크고 더 좋은 게 있습니다.'라고요. 허세를 부릴 테면 부려 보라는 마음으로 왕은 다음 달에 왕의 것보다 더 크고 더 좋은 그림이 그려진 천장 아래에서, 왕의 것보다 더 크고 더 좋은 초가 켜진, 왕의 것보다 더 크고 더 좋은 테이블에서 식사하러 찾아가겠노라고 말했죠."

가이드 노인이 말했다. "혹시 그 영주가 평평한 언덕에 식탁보를 깔고 용감한 남자 스무 명에게 초를 들게 한 다음 신이 만든 별 아래에서 저녁 식사를 대접했나? 이 동네에도 비슷한 이야기가 있거든."

"네, 맞습니다." 나도 뭔가 이야기해야겠다 싶어서 기껏 생각해 낸 이야기가 단번에 일축되다니 좀 성질이 났다. "왕은 영주의 말이 맞았다고 인정했지요."

"왕이 영주를 감옥에 가두고 고문하지 않았던가?" 노인이 물었다. "이 지방에서 전해 내려오는 이야기에서는 그렇거든. 영주의 요리사가 준비한 최고급 디저트를 맛보지도 못하고 식사가 끝나 버렸어. 다음 날 영주는 두 손이 잘리고, 역시 잘린 혀는 가슴 주머니에 담겨 있고, 그의 목숨을 끝장낸 총알이 이마에 박힌 채로 발견되었지."

"여기에서요? 저 아래 저택에서 말인가요?"

"아니지. 영주의 시체는 도시에 있는 그의 나이트클럽에서 발견되었다네."

놀랍게도 순식간에 날이 완전히 저물어 있었다. 서쪽이 아직 어스름하게 빛나긴 했지만 나머지는 진한 자주색의 위풍당당한 밤하늘로 변했다.

"만월을 며칠 남겨 둔 밤의 미궁." 노인이 말했다.

"그때의 미궁은 병약자나 도움이 필요한 사람들 차지였어. 내 누이가 부인병에 걸렸거든. 속을 다 긁어내지 않으면 죽는다고 했어. 속을 긁어내도 어차피 죽겠지만. 배는 만삭처럼 부풀어 올랐지. 나이가 아마 50대 정도였을 텐데 종양은 아니었어. 누이는 만월 바로 전날에 이 언덕을 올라와 미궁을 걸었어. 달빛을 받으며 미궁의 가운데까지 갔다가 입구로 다시 나왔다네. 단 한 걸음도 잘못 걷거나 실수하지 않고 말이야."

"그래서 어떻게 됐습니까?"

"살았어." 노인이 짤막하게 말했다.

언덕의 꼭대기에 이르렀지만 너무 어두워서 뭐가 뭔지 분간되지 않았다.

"달이 누이의 뱃속에 필요한 걸 줬거든. 잘 살아 냈지. 한동안." 노인은 잠시 말을 멈추고 내 팔을 살짝 쳤다. "저길 보게." 고개를 돌렸다. 어마어마하게 큰 달이 나를 깜짝 놀라게 했다. 달이 뜨면서 지평선을 거의 다 차지해 버린 모습은 꼭 커다란 달 앞에 서서 검을 치켜 올린 남자들의 실루엣이 그려진, 프랭크 프라제타가 그린 책 표지를 연상시켰다. 검은 종이로 오려 낸 모양 같은 늑대들이 언덕 위에서 눈처럼 하얀 동그란 달을 등지고 울부짖는 그림도 생각났다. 떠오르는 저 달은 이제 막 우유를 휘저어 만든 버터처럼 연한 노란색이었다.

"만월인가요?" 내가 노인에게 물었다.

"그렇지, 만월이지." 만족스러운 듯한 목소리였다. "저게 미궁이라네."

우리는 그쪽을 향해 걸어갔다. 땅 위에 재가 있을 수도 있고 아무것도 없을 수도 있다고 생각했다. 그런데 버터 색의 달빛 아래 미궁이 보였다. 커다란 네모 안에 동그라미와 소용돌이 모양으로 만들어진 복잡하고 우아한 미궁. 달빛 속에서 정확히 알 수는 없지만 사각형의 한 면이 저마다 60미터가 넘을 듯했다.

하지만 미궁을 이루는 나무 덤불은 키가 작았다. 30센티미터 이상은 되어 보이지 않았다. 고개를 숙여 달빛에 검은색으로 보이는 바늘처럼 뾰족한 잎을 하나 따서 손가락으로 부수었다. 숨을 들이마시며 양 구이를 떠올렸다. 조심스럽게 자르고 준비해 딱 이런 냄새가 풍기는 나뭇가지와 나뭇잎을 깔고 오븐에 올려놓은 양고기.

"미궁을 이루는 덤불을 다 태워 버린 게 아니었나요?" 내가 말했다.

"태웠지. 이제 그 덤불은 생울타리는 아니지만 철이 되면 다시 자란다네. 절대 죽지 않는 것들도 있거든. 로즈메리는 강하지."

"입구가 어딘가?"

"자네가 지금 입구에 서 있구먼." 그는 나이가 많았다. 지팡이를 짚고 낯선 사람들에게 말을 거는 나이 많은 노인을 찾을 사람은 없을 것이다.

"보름달이 떴을 때 여기에서 무슨 일이 일어났나요?"

"사람들이 미궁을 걸었지. 그 하룻밤으로 모두에겐 충분했어."

나는 미궁으로 한 걸음 내디뎠다. 나무 덤불의 키가 내 정강이에도 닿지 않고 텃밭의 식물들 정도밖에 되지 않으니 아무런 어려움이 없을 터였다. 미궁에서 길을 잃어도 키 작은 덤불을 넘어 돌아가면 될 테니까. 나는 미궁의 길을 따라 걸었다. 보름달 덕분에 앞이 잘 보였다. 가이드 노인의 말소리도 계속 들렸다.

"하지만 어떤 사람들은 그 대가가 너무 크다고 생각했어. 우리가 언덕에 올라와 달의 미궁을 태운 것도 그래서였지. 우리는 달빛이 어두운 날 밤에 횃불을 들고 올라왔어. 흑백 영화의 한 장면처럼. 나를 포함해 모두가. 하지만 세상엔 죽지 않는 것도 있어. 원래 그런 법이야."

"왜 로즈메리죠?" 내가 물었다.

"로즈메리는 기억하기 위함이야."

버터 같은 노란색의 달은 내가 생각한 것보다 빨리 떠오르고 있었다. 하늘의 창백한 유령 같은 얼굴의 달은 침착하고 자비로워 보였고 색깔은 백골처럼 하얬다.

노인이 말했다. "미궁 밖으로 안전하게 나갈 기회는 항상 있어. 보름달이 뜬 밤에도. 우선 미궁의 중앙으로 가야 해. 거기에 분수가 있는데 금방 찾을 거야. 모를 수가 없지. 그다음에는 미궁의 중앙에서 다시 밖으로 나가는 거야. 들어갈 때나 나올 때나 길을 잘못 들 수도 없고 막다른 골목도 없고 실수도 없어. 지금은 나무 덤불의 키가 컸던 예전보다 미궁에서 길을 찾기가 쉬울 거야. 미궁이 모든 병을 치료해 준다네. 물론 뛰어야 할 거야."

뒤돌아 보았지만 가이드 노인은 보이지 않았다. 내 앞에 나무 덤불로 이루어진 길 같은 패턴 너머로 뭔가가 있었다. 네모 주변을 따라 조용히 걷는 까만 그림자. 크기는 커다란 개만 했지만 움직임은 개와 달랐다.

그것은 고개를 뒤로 젖히고 달을 향해 즐겁고 유쾌한 듯 울부짖었다. 언덕 위의 커다란 평평한 테이블이 기쁨 어린 울부짖음으로 메아리쳤고 오랫동안 언덕을 오르느라 왼쪽 무릎이 아팠다. 나는 앞으로 휘청거렸다.

미궁에는 패턴이 있었다. 따라갈 수 있을 것 같았다. 위에서 달이 빛났다. 낮처럼 환했다. 과거에 그녀는 항상 내 선물을 받아 주었다. 그러니 끝에서 나를 속이지 않을 것이다.

"도망쳐." 으르렁 소리에 가까운 목소리였다.

나는 그의 웃음소리를 들으며 양처럼 달렸다.

태양이 없는 바다로

Down to a Sunless Sea

2013

템스강은 지독하게 더럽다. 그것은 눈먼 벌레나 바다뱀처럼 런던을 구불구불 흐른다. 플리트강, 티번강, 넥킹어강 같은 작은 지류들이 오물과 거품, 쓰레기, 개와 고양이 사체, 양과 돼지의 뼈를 싣고 거기로 흘러 들어간다. 템스강의 갈색 물은 동쪽의 강어귀로 흐르고 거기에서 북해로 흘러가 흔적도 없이 사라진다.

지금 런던에는 비가 내린다. 더러운 때가 빗물에 씻겨 하수구로 흘러 들어간다. 불어나는 빗물에 시내가 강이 되고 강은 강력한 무언가가 된다. 비는 참 시끄럽다. 지붕에서 철벅거리고 후두두 하고 달가닥거린다. 하늘에서 떨어지는 깨끗한 빗물도 런던에 닿으면 흙이 되고 먼지를 휘저어 진흙으로 만든다.

아무도 강물이나 빗물을 마시지 않는다. 템스강 물을 먹으면 먹자마자 죽는다는 농담이 있는데 사실은 아니다. 강바닥을 뒤져 동전 따위를 줍는 일명 '머드락'들이 있는데 그들은 강으로 뛰어들었다가 동전을 들고 위로 올라올 때 입에서 강물을 내뱉지만 죽지 않는다. 강물을 먹어서 죽는 것은 아니다. 하지만 머드락은 15세 이상이 드물다.

저 여자는 비가 내려도 전혀 개의치 않는 듯하다.

그녀는 수십 년 동안 그랬던 것처럼 로더하이드 부두를 걷는다. 얼마나 오래됐는지 아무도 모른다. 아무도 관심이 없으니까. 그녀는 부두를 걷거나 바다를 바라본다. 닻을 내린 채 흔들리는 배들을 살핀다. 그녀는 영혼과 육신이 동업 관계를 청산하지 않도록 뭔가를 하고 있는 듯한데 부두 사람들은 그게 뭔지 전혀 알지 못한다.

돛을 수선하는 사람이 세운 캔버스 차양 아래에서 폭우를 피할 때, 당신은 처음에 당신 혼자 거기 있는 줄로 알 것이다. 그도 그럴 것이 그녀는 동상처럼 미동도 하지 않고 바다를 바라보고 있기 때문이다. 빗줄기가 커튼처럼 시야를 가려 아무것도 보이지 않는데도. 템스강의 저 먼 쪽이 사라졌다.

잠시 후 그녀가 당신을 본다. 그녀는 당신을 보고 말을 건다. 아니, 당신에게 말하는 것이 아니라 잿빛 하늘에서 잿빛 강으로 떨어지는 잿빛 물을 보면서 말한다. "우리 아들은 선원이 되고 싶어 했어." 당신은 뭐라고 말해야 할지, 어떻게 해야 할지 당황스럽다. 포효하는 빗소리 때문에 소리치듯 말해야 할 것이다. 어쨌든 그녀는 말하고 당신은 듣는다. 목을 길게 빼고 그녀의 말을 알아듣기 위해 안간힘을 쓴다.

"아들은 선원이 되고 싶어 했어. 난 아들이 바다에 나가는 걸 말렸어. '바다는 네 엄마인 나처럼 널 사랑하지 않는단다, 바다는 잔인해.' 아들이 그랬지. '어머니, 전 세상을 보고 싶어요. 열대지방에서 떠오르는 태양, 북극 하늘에서 춤추는 북극광을 보고 싶어요. 무엇보다 돈을 많이 벌어서 어머니에게 돌아와 집을 지어 드리고 하인들을 부리게 해 드릴 거예요. 그리고 우린 춤출 거예요. 춤추는 거예요, 어머니…….'

나는 '크고 좋은 집이 무슨 소용이란 말이냐.'라고 그랬어. '말만 번드르르한 바보로구나.' 그리고 아들에게 바다로 갔다가 돌아오지 않은 그 애 아버지 얘길 해 줬어. 누군가는 죽어서 바다에 묻혔다고도 하고 누군가는 암스테르담에서 매춘굴을 한다고도 하는 그이 얘기를. 이러나저러나 똑같지. 바다가 그이를 데려갔으니까.

아들은 열두 살 때 집을 나갔어. 부두로 달려가 가장 먼저 눈에 띄는 배를 탔대. 아조레스 제도의 플로레스섬으로 가는 배였다고 하더라고.

왠지 불길한 배들이 있어. 재수 없는 배. 재앙이 날 때마다 페인트칠을 다시하고 이름을 바꿔서 부주의한 사람들을 속이지.

뱃사람들은 미신을 잘 믿어. 소문은 퍼지기 마련이지. 아들이 탄 배는 선박주의 지시에 따라 선장이 보험회사를 속이려고 일부러 좌초시켰고, 새것처럼 고친 다음에는 해적들에게 잡혔어. 그다음에는 이불을 잔뜩 싣고 떠났는데 전염병이 돌아 선원들이 다 죽고 세 명만 해리치항에 도착했어.

우리 아들은 폭풍 까마귀 배에 몸을 실었지. 드디어 집으로 향하는 항해의 마지막 구간이었어. 아직 어려서 제 아버지처럼 여자나 술에 흥청망청 돈을 쓰지 않고 그동안 번 돈을 그대로 들고 돌아오는 길이었는데 폭풍우가 닥친 거야.

아들은 구명보트에 탄 사람 중에서 제일 어렸어. 제비뽑기로 공평하게 정했다지만 난 그 말을 믿지 않아. 아들이 제일 어렸으니까. 구명보트로 표류한 지 여드레, 다들 배가 고픈 거야. 정말로 제비뽑기를 했더라도 속임수를 쓴 게 분명해.

그들은 아들을 잡아먹었어. 깨끗하게 발라 먹고 남은 뼈는 아들의 새로운 어머니인 바다에 주었지. 그 어머니는 눈물도 흘리지 않고 말없이 그 뼈를 받았어. 잔인하니까.

그에게 진실을 듣지 않았더라면 더 좋았을 거란 생각이 드는 밤도 있어. 차라리 거짓말을 해 줬더라면. 그들은 아들의 뼈를 바다에 버렸지만 항해사가 유품으로 뼈를 하나 챙긴 거야. 그 사람은 내 남편하고도 나하고도 아는 사이였거든. 사실 나하고는 남편 모르게 은밀한 관계였지만.

육지로 돌아온 그들은 하나같이 내 아들이 바다가 폭풍우에 가라앉았을 때 실종됐다고 했는데, 그가 한때 나와의 정을 봐서 챙겨 둔 뼈를 주더군.

내가 그에게 말했어. '당신 정말 끔찍한 짓을 했군요, 잭. 당신은 당신 아들을 잡아먹은 거예요.'

그날 밤, 바다가 그도 데려갔어. 잭은 주머니에 돌을 가득 넣고 바다로 걸어갔어. 멈추지 않고 계속. 수영을 할 줄 모르는 사람이었는데.

나는 두 사람을 기억하려고 뼈를 목걸이에 걸어 두었어. 늦은 밤, 바람과 파도가 부딪혀 모래 위로 굴러떨어질 때, 아기 우는 소리처럼 바람이 울부짖을 때."

빗줄기가 조금씩 약해지고 당신은 그녀의 이야기가 끝났다고 생각한다. 그녀가 처음으로 당신을 쳐다본다. 무슨 말인가 하려는 듯하다. 그녀는 목에 건 무언가를 들추어 당신에게 내민다.

"이거야." 당신과 마주 본 그녀의 눈은 템스강 같은 갈색이다. "한번 만져 보겠어?"

당신은 그것을 잡아채 강에 던지고 싶어진다. 나중에 머드락들이 줍든 말든. 하지만 당신은 캔버스 차양에서 빗속으로 비틀비틀 걸어간다. 당신의 얼굴에 꼭 누군가의 눈물처럼 빗물이 흐른다.

후작은 어떻게 코트를 되찾았나

How the Marquis Got His Coat Back

2014

* 일러두기: 이 작품의 주인공 카라바스 후작은 작가의 대표작 『네버웨어』의 등장인물이며, 같은 세계관을 배경으로 하는 별개의 작품이다.

그것은 아름다웠다. 훌륭하고 특별했다. 카라바스 후작이 지하 세계 깊은 곳에 있는, 물이 점점 차오르는 원형의 방 중앙 기둥에 쇠사슬로 묶여 있는 것도 그 때문이었다. 그 코트는 30개의 주머니를 가지고 있었는데, 그중에서 7개는 잘 보이고 19개는 숨겨져 있었다. 나머지 4개는 가끔 후작마저도 헤맬 정도였으니, 다른 이는 절대 찾을 수 없었다.

한때 그는 (기둥과 원형의 방, 점점 차오르는 물 얘기는 조금 이따가 하기로 하자) 빅토리아에게 직접 돋보기를 받았다. 사실 '받았다'라는 표현은 약간 과장처럼 보일 수도 있다. 돋보기는 매우 놀라운 물건이었다. 화려한 장식, 금박, 줄, 아기 천사와 괴물 석상. 그 렌즈는 무엇이든 투명하게 보여 주는 특별한 능력이 있었다. 후작은 약속한 대가를 충분히 지불받지 못했다는 생각에 그 돋보기를 빅토리아에게서 슬쩍했는데, 애초에 그녀가 그것을 어떻게 얻었는지는 알지 못했다.

어쨌든 세상에 '엘리펀트'는 단 하나뿐이고 엘리펀트의 일기장을 훔치는 것은 쉬운 일이 아니었다. 일기장을 훔쳐 낸다고 해도 엘리펀트와 캐슬로부터 탈출하는 것 역시 만만치 않았고. 후작은 빅토리아의 돋보기를 슬쩍해서 절대로 눈에 보이지 않는 4개의 주머니 중 하나에 넣었다.

코트에는 특별한 주머니 말고도 완전 멋진 소매와 인상적인 칼라가 있었고 뒤쪽이 트여 있었다. 소재는 가죽의 일종으로 보였고 색깔은 비 내린 한밤중의 거리 같았다. 게다가 이 모든 것보다 가장 중요한 것은 스타일이 끝내줬다는 것이다.

옷이 사람을 만든다고들 하지만 대개는 틀린 말이다. 하지만 나중에 후작이 되는 어린 소년은 처음 그 코트를 입고 거울 앞에 섰을 때 허리를 꼿꼿하게 폈고 자세가 바뀌었다. 거울에 비친 모습을 보았을 때 그는 알 수 있었다. 이런 코트를 입는 사람이라면 평범한 어린애나 좀도둑, 부탁을 거래하는 자가 아니리라는 것을. 당시에는 너무 컸지만 그 코트를 입은 소년은 거울을 보고 미소 지었다. 언젠가 책에서 본 적 있는 뒷다리로 선 방앗간 고양이가 떠올랐다. 멋진 코트를 입고 커다란 장화를 신은 위풍당당한 고양이. 그래서 소년은 자신을 카라바스 후작이라고 부르기 시작했다.

그런 코트를 입을 수 있는 사람은 카라바스 후작뿐일 것 같았다. 그때도 그 후에도 소년은 카라바스 후작을 어떻게 발음해야 하는지 정확하게 알지 못해서 매번 달라지기 일쑤였다.

후작은 물이 무릎까지 차오른 것을 보고 생각했다. 코트만 있었다면 이런 일은 없었을 텐데.

카라바스 후작이 인생 최악의 주를 맞이하고 돌아온 뒤였다. 여전히 상황은 조금도 나아질 기미가 보이지 않았다. 하지만 그는 이제 더 이상 죽은 상태가 아니었고 베인 목의 상처도 빠르게 나아갔다. 목소리가 목이 쉰 듯 거칠게 변했지만 오히려 매력적이라고 생각되었다. 적어도 이것만은 장점이었다.

하지만 죽었다는 것, 아니, 최근에 죽었다 살아났다는 것에는 확실한 단점도 있었는데, 그중에서도 최악은 코트를 잃어버렸다는 사실이었다.

하수구 사람들은 전혀 도움이 안 되었다.

"넌 내 시체를 팔았지. 넌 내 물건도 팔았어. 돌려줘. 돈을 낼 테니까."

하수구 사람 둔니킨이 어깨를 으쓱했다. "팔았지. 당신 시체를 판 것처럼. 이미 판 걸 어떻게 되찾겠어. 신용 떨어지게."

"다른 것도 아니고 내 코트라고. 반드시 되찾고 말겠어." 카라바스 후작이 말했다.

둔니킨은 또 어깨를 으쓱했다.

"누구한테 팔았지?"

하수구 사람은 질문이 들리지 않는 것처럼 아무 말도 하지 않았다.

"향수를 구해다 줄게." 후작은 짜증이 솟구쳤지만 최대한 아무렇지 않은 척 가면을 썼다. "기막히게 훌륭하고 향이 강렬한 향수. 분명 넌 그걸 원할걸."

둔니킨은 냉랭한 얼굴로 후작을 쳐다보더니 한 손으로 자기 목을 긋는 척했다. 후작은 그 모습을 보고 경악했지만 그래도 원하는 효과가 있었다. 그는 더 이상 질문하지 않았다. 이쪽에선 나올 답이 없었으니까.

후작은 푸드 코트로 걸어갔다. 그날 밤 이동 시장이 열리는 곳은 테이트 갤러리였다. 푸드 코트는 라파엘 전파 방에 자리했는데 이미 거의 꽉 차서 남은 좌판이 거의 없었다. 소시지 비슷한 것을 파는 슬퍼 보이는 얼굴의 작은 남자가 보였다. 구석에는, 속이 비치는 옷을 입고 계단을 내려가는 여자들을 그린 번 존스의 그림 아래에, 의자와 테이블, 그릴을 놓아 둔 버섯인들이 몇 명 있었다. 예전에 슬픈 얼굴의 남자가 파는 소시지를 먹어 보고는 절대로 두 번 다시 똑같은 실수를 하지 않으리라 굳게 마음먹었던 후작은 버섯인들의 좌판 쪽으로 갔다.

좌판을 맡은 버섯인은 세 명이었다. 젊은 남자 둘과 젊은 여자 하나였다. 그들은 눅눅한 냄새를 풍겼다. 낡은 더플코트와 불용 군수품 재킷 차림이었고 조명에 눈이 아픈 듯 텁수룩한 머리카락으로 눈을 가렸다.

"여긴 뭘 팔지?" 후작이 물었다.

"버섯요. 토스트에 올린 버섯이랑 생버섯."

"토스트에 올린 버섯 하나."

그러자 만든 지 하루 지난 죽 같은 얼굴빛의 여윈 버섯인 여자가 나무 그루터기만 한 댕구알버섯을 잘랐다. "완전하게 익혀서." 후작이 그녀에게 말했다.

"용감하게 생으로 드세요. 우리처럼." 여자가 말했다.

"다른 버섯인들 하고 이미 거래를 마쳤지. 서로 합의에 이르렀고."

여자는 하얀 댕구알버섯 자른 것을 이동식 그릴에 올렸다.

낡은 지하실 냄새가 풍기는 더플코트를 입은 키가 크고 어깨가 굽은 버섯인 남자가 후작에게 버섯 차를 따라 주었다. 그가 앞으로 고개를 숙였을 때 후작은 그의 뺨에서 작고 하얀 버섯들이 여드름처럼 장식되어 있는 것을 보았다.

버섯인이 말했다. "해결사 카라바스인가요?" 후작은 스스로를 해결사라고 생각해 본 적은 없지만 그렇다고 대답했다.

"코트를 찾는다고 들었어요. 하수구 사람들이 그 코트를 팔 때 제가 옆에 있었어요. 벨파스트에서 시장이 선 첫날이었죠. 코트를 산 사람을 봤어요."

후작은 등골이 오싹해지는 기분이었다. "정보의 대가로 뭘 원하지?"

젊은 버섯인 남자는 이끼로 뒤덮인 혀로 입술에 침을 묻혔다. "좋아하는 여자가 있는데 시간을 안 내줘요."

"같은 버섯인인가?"

"그랬다면 얼마나 좋았을까요. 둘 다 서로를 좋아하고 둘 다 버섯의 몸이었다면 걱정할 게 전혀 없었겠죠. 그런데 아니에요. 그녀는 까마귀궁 사람이거든요. 가끔 그녀가 여기로 음식을 사 먹으러 오면 얘길 나누죠. 지금 내가 당신과 얘기하는 것처럼."

후작은 동정의 미소도 짓지 않았고 움찔 놀라지도 않았다. 그는 눈썹도 거의 꿈쩍하지 않았다. "그런 사이인데 그녀가 그쪽의 마음을 받아 주지 않는다는 거군. 참 이상도 하네. 그래서 나더러 어떻게 해 달라는 거지?"

젊은 남자는 잿빛 손으로 더플코트의 깊숙한 주머니를 뒤졌다. 그가 꺼낸 것은 투명한 샌드위치 지퍼백에 든 편지 봉투였다.

"그녀에게 편지를 썼어요. 사실 편지보다는 시에 가까운데, 별로 시인 자질은 없지만 제 마음을 담았어요. 하지만 제가 주면 읽지 않을 것 같아요. 그러던 차에 당신을 보고……만약 당신이 세련되고 멋들어진 말과 태도로 이 편지를 전해 준다면……." 그가 말꼬리를 흐렸다.

"그럼 그녀가 편지를 읽고 당신한테 좀 더 관심을 둘 것 같단 말이군."

청년은 혼란스러운 얼굴로 고개를 푹 숙이고 자기 더플코트를 쳐다보았다. "전 양복이 없어요. 지금 입은 옷밖에 없죠."

후작은 한숨을 쉬지 않으려고 애썼다. 버섯인 여자가 그의 앞에 금 간 플라스틱 접시를 놓았다. 바삭바삭한 갈색 토스트 위에 모락모락 김이 나는 그릴로 구운 버섯이 올려져 있었다.

후작은 버섯이 완전히 익혀졌는지 시험 삼아 찔러 보았다. 다행히 살아 있는 포자는 없는 듯했지만, 지나칠 만큼 조심한다고 나쁠 것은 없다. 후작은 스스로 누군가와 공생하기엔 너무 이기적인 성격이라고 생각했다.

맛은 괜찮았다. 그는 버섯을 씹어서 삼켰다. 하지만 삼킬 때 목이 아팠다.

"그러니까 그 연서를 그녀가 읽게만 해 달라는 건가?"

"편지 말씀하시는 거 맞죠? 제가 쓴 시요."

"그래."

"네, 맞아요. 그녀가 편지를 읽지 않고 치워 버리지 않도록 옆에서 읽는 것까지 봐 주세요. 그리고 답장도 받아와 주세요." 후작은 청년을 쳐다보았다. 그의 목과 뺨에는 정말로 작은 버섯들이 싹 텄고 감지 않은 머리카락은 묵직했으며 전체적으로 폐가 비슷한 냄새가 났다. 하지만 얼굴을 가린 텁수룩한 머리 사이로 진지한 연한 파란색 눈동자가 빛났고 키도 컸으며 그렇게 매력 없어 보이진 않았다. 후작은 온몸을 잘 닦아 버섯의 흔적을 씻어 낸 그의 모습을 상상하며 허락했다. "편지를 샌드위치 지퍼백에 넣었어요. 도중에 물에 젖지 말라고요."

"아주 현명해. 그럼 이제 말해 봐. 내 코트를 산 게 누구지?"

"아직은 안 되죠. 성격이 급하시네요. 제가 진정으로 사랑하는 여자에 관해 물어보지 않았잖아요. 그녀의 이름은 드루실라예요. 까마귀 궁에서 가장 예쁘니까 보자마자 알 수 있을 거예요."

"원래 아름다움이란 건 다 제 눈의 안경이거든. 인상착의를 좀 더 자세히 말해 봐."

"말했잖아요. 이름이 드루실라예요. 그 이름은 한 사람뿐이에요. 그리고 그녀는 손등에 꼭 별처럼 생긴 붉은 반점이 있어요."

"이루어질 가능성이 희박해 보이는 사랑이군. 버섯인이 까마귀 궁의 아가씨와 사랑에 빠지다니. 그녀가 과연 곰팡이와 버섯으로 가득한 눅눅한 지하실에서의 삶을 위해 현재의 삶을 포기할 거라고 생각하나?"

버섯인 청년이 어깨를 으쓱했다. "그녀도 날 사랑하게 될 거예요. 시를 읽고 나면." 그는 오른쪽 뺨에 자라난 자그만 큰갓버섯을 꺾었다. 테이블로 떨어진 버섯을 주워 손가락 사이에 넣고 계속 비틀었다. "그럼 거래하는 거죠?"

"좋아."

"당신의 코트를 산 남자는 지팡이를 들고 있었어요." 버섯인 청년이 말했다.

"지팡이를 들고 다니는 사람이 한둘인가."

"그 지팡이는 한쪽 끝부분이 갈고리 모양이었어요. 약간 개구리처럼 생기고 키가 작았어요. 약간 뚱뚱하고 머리는 자갈색. 코트가 필요하다면서 당신의 코트를 마음에 들어 했어요." 청년은 아까 그 큰갓버섯을 입에 털어 넣었다.

"유용한 정보군. 자네의 진심과 열정을 아름다운 드루실라에게 꼭 전해줘야겠군." 카라바스 후작은 속마음과 달리 생기 넘치는 목소리로 말했다.

카라바스는 테이블 맞은편 청년의 손에서 편지 봉투를 감싼 샌드위치 지퍼백을 가져온 뒤 셔츠 안쪽에 꿰어 만든 주머니에 넣었다.

그리고 갈고리가 달린 지팡이를 든 남자에 대해 생각하며 걷기 시작했다.

카라바스 후작은 코트 대신 담요를 걸쳤다. 지옥의 망토처럼 담요를 몸에

칭칭 감았지만 만족스럽지 않았다. 코트가 그리웠다. 순간 그의 머릿속에서 들리는 목소리가 있었다. 멋진 깃털이 멋진 새를 만들지 않는다. 어릴 때 누군가 해 주었던 말이었다. 아무래도 형의 목소리 같았다. 목소리 자체를 잊어버리려고 안간힘을 썼다. 갈고리 지팡이. 하수구 사람들은 그의 코트를 산 사람이 갈고리 지팡이를 들고 있었다고 했다.

그는 생각에 잠겼다.

카라바스 후작은 자신의 성격이 마음에 들었다. 그는 위험을 감수하기 전에 반드시 계산을 해 보는 사람이었다. 그것도 두 번, 세 번 거듭 계산하고 확인했다.

이번에는 네 번째로 확인했다.

카라바스 후작은 사람을 믿지 않았다. 일에 도움이 되지 않는 데다가 유감스러운 전례를 남길 수도 있었다. 그는 친구를 믿지 않았고 가끔 사귀는 연인도 믿지 않았으며 고용주들은 더더욱 믿지 않았다. 그가 믿는 사람은 말로는 그 누구에게도 지지 않고 그 누구보다 한발 빠르게 생각하고 전략을 세우는 멋들어진 코트를 입은 멋들어진 사내, 즉 카라바스 후작뿐이었다.

갈고리 모양의 지팡이를 들고 다니는 사람은 딱 두 가지 유형뿐이다. 주교 아니면 양치기. 비숍스게이트의 갈고리 지팡이는 기능성이 아니라 장식용이고 상징적인 의미였다. 그리고 주교들은 코트가 필요하지 않다. 주교들이 입는 깔끔한 하얀색 사제복이 필요하지.

후작은 주교들이 무섭지 않았다. 하수구 사람들이 주교들을 무서워하지 않는다는 것도 안다. 하지만 셰퍼드 부시에 사는 사람들은 완전히 다른 문제였다. 자신의 코트를 입고 최상의 컨디션에 옆에서 도와줄 작은 규모의 군대까지 있더라도, 후작은 되도록 양치기들과 마주치고 싶지 않았다. 그는 비숍스게이트에 방문하는 생각을 해 보았다. 며칠 동안 그의 코트가 셰퍼드 부시에 없을 거라는 기분 좋은 상상도 했다.

하지만 결국 그는 크게 한숨을 쉬고는 셰퍼드 부시로 데려다주겠다고 나설 만한 인증 받은 가이드를 찾으러 가이드 펜으로 갔다.

그의 가이드는 짧게 깎은 금발에 놀라울 정도로 키가 작았다. 후작은 처음에 그녀가 10대인 줄 알았지만 반나절 동안 같이 움직여 보고는 20대라고 결론 내렸다. 그는 대여섯 명이나 되는 가이드를 만나 본 끝에 그녀를 만날 수 있었다. 그녀의 이름은 닙스이고 자신감이 넘쳐 보였다. 그에겐 자신감이 필요했다. 그는 그녀와 함께 가이드 펜을 떠나오면서 갈 곳이 두 군데라고 설명했다.

"어디 먼저 가실 건데요? 셰퍼드 부시? 까마귀 궁?"

"까마귀 궁 방문은 형식적인 거요. 편지만 전해 주면 되거든. 드루실라라는 사람한테."

"연애편지인가요?"

"그런 것 같은데. 그건 왜요?"

"드루실라가 굉장히 사악한 미녀라고 들었거든요. 마음에 안 드는 사람은 맹금류로 만들어 버리는 고약한 버릇이 있다던데. 연애편지까지 쓸 정도로 그녀를 무척 사랑하시나 봐요."

"난 그 숙녀분을 한 번도 만나 본 적이 없소. 내가 쓴 편지가 아니거든. 둘 중 어디를 먼저 가든 상관없긴 한데."

그러자 닙스가 생각에 잠긴 듯하더니 말했다. "셰퍼드 부시에서 무슨 일이 생길지도 모르니까 까마귀 궁에 먼저 들러 드루실라에게 편지를 전해 주는 게 좋겠네요. 아, 물론 당신에게 끔찍한 일이 생길 거라는 뜻은 아니에요. 죽는 것보단 안전한 게 낫죠."

카라바스 후작은 담요를 두른 자신을 내려다보았다. 확신이 서지 않았다.

만약 코트를 입고 있더라면 이렇게 불확실한 기분은 들지 않을 것이다. 뭘 해야 하는지 정확히 알 터였다. 그는 닙스를 보면서 최대한 그럴듯하게 보이려 애쓰면서 씩 웃었다. "그럼 까마귀 궁 먼저 들르죠."

닙스가 고개를 끄덕이고 앞장섰다. 후작도 뒤따랐다.

런던 지하 세계의 길은 런던 지상 세계의 길과 다르다. 지하 세계의 길은 지도에 의지하지 않는 것만큼 믿음이나 의견, 전통 따위에도 의존하지 않는다.

카라바스와 닙스는 오래된 하얀 돌을 조각해 만든 커다란 아치형 터널을 걸었다. 발걸음 소리가 메아리처럼 울려 퍼졌다.

"카라바스 후작 맞죠? 당신 유명하잖아요. 여기저기 돌아다니는 방법을 모르지 않을 텐데 정확히 무슨 일로 가이드가 필요한 거죠?"

"머리 하나보다는 둘이 나으니까. 눈도 둘보단 넷이 낫고."

"전에는 되게 세련된 코트를 입고 있지 않았나요?"

"그래요, 그랬지."

"그 코트는 어떻게 됐어요?"

후작은 잠시 말이 없었다. "생각이 바뀌었소. 셰퍼드 부시 먼저 갑시다."

"좋아요. 어차피 둘 다 비슷하니까요. 아무튼 난 거기 도착하면 교역소 밖에서 기다릴 거예요."

"아주 현명해요, 아가씨."

"내 이름은 닙스에요. 아가씨가 아니라. 내가 왜 가이드가 됐는지 궁금하세요? 꽤 흥미진진한 이야기인데."

"별로." 카라바스 후작은 별로 말하고 싶은 기분이 아니었다. 가이드에게 수고비도 후하게 치렀다. "그냥 조용히 가는 게 어떤가?"

닙스는 고개를 끄덕였다. 그녀는 터널 끝까지 가는 동안 아무 말도 하지 않았고 한쪽 벽의 철제 사다리를 몇 계단 내려갈 때도 아무 말이 없었다. 지하 세계의 거대한 죽은 자들의 호수, 모트레이크의 강둑에 이르러서 해안에 사공을 부르기 위해 호숫가에 촛불을 켜 두고 나서야 다시 말문을 열었다.

"훌륭한 가이드에게 가장 중요한 건 인증을 받는 거예요. 그래야 잘못된 길로 인도하지 않을 거란 믿음을 줄 수 있죠."

후작은 그저 끙하는 소리만 낼 뿐이었다. 그는 교역소에서 양치기들에게 무슨 말을 해야 할지 머릿속으로 이 방법 저 방법을 생각해 보고 있었다. 양치기들이 원할 만한 것을 하나도 가지고 있지 않다는 것이 문제였다.

"한 번이라도 길을 잘못 인도했다간 다시는 가이드로 일하지 못해요." 냅스가 쾌활하게 말했다. "그래서 인증을 받는 거고요."

"알아요." 후작이 말했다. 저렇게 짜증나는 가이드는 처음이었다. 아무리 두 사람이 한 사람보다 낫다지만 그건 상대가 조용히 입을 다물고 이미 다 아는 얘길 하지 않을 때의 이야기였다.

"난 인증을 받았어요. 본드 스트리트에서요." 그가 손목의 작은 팔찌를 톡톡 쳤다.

"사공이 안 보이는데." 후작이 말했다.

"곧 올 거예요. 그쪽을 잘 보고 있다가 사공이 보이면 부르세요. 난 이쪽을 보고 있을게요. 어느 쪽에서든 나타날 거예요."

그들은 검은 호수 저 너머를 바라보았다. 냅스가 또 말하기 시작했다. "어렸을 때 우리 쪽 사람들한테 가이드가 되기 위한 훈련을 받았어요. 명예를 충족하는 방법은 그것뿐이라고 했죠."

후작이 고개를 돌려 그녀를 쳐다보았다. 그녀는 앞쪽으로 눈높이에 맞춰 촛불을 들고 있었다. 지금 모든 게 좀 이상하다. 후작은 처음부터 그녀의 말을 귀담아듣지 않은 것을 후회했다. 모든 게 잘못됐어. "당신 쪽 사람들이 누구지, 닙스? 어디 출신인 건가?"

"네가 더 이상 환영받지 못하는 곳. 나는 엘리펀트와 캐슬에 충성하기 위해 태어나고 길러졌거든."

그때 망치처럼 단단한 무언가가 후작의 뒤통수를 가격했다. 어둠 속에서 빛이 번쩍하는 걸 느끼며 그는 바닥에 고꾸라졌다.

카라바스 후작은 팔을 움직일 수가 없었다. 그는 팔이 뒤쪽으로 묶인 채 옆으로 누워 있었다.

그는 지금껏 의식을 잃었다가 깨어난 것이었다. 그에게 이런 짓을 한 사람들은 그가 계속 아직 깨어나지 않았다고 생각할 테니 계속 의식을 잃은 척하기로 했다. 눈을 아주 살짝만 뜨고 앞을 슬쩍 보았다.

저음의 삐걱거리는 소리가 말했다. "바보 같은 짓 하지 마, 카라바스. 의식이 돌아온 거 다 아니까. 난 귀가 커서 네 심장 소리가 다 들리거든. 족제비 같은 놈, 눈을 완전히 다 뜨고 남자답게 날 쳐다봐라."

후작은 그 목소리를 알아차렸다. 제발 아니기를 바랐다. 눈을 떠 보니 다리가 보였다. 맨발의 사람 다리였다. 발가락이 다 함께 붙어 있는 뭉툭한 발. 나무 색깔 다리와 발. 그가 아는 다리였다. 잘못 생각한 게 아니었다. 그의 마음이 두 갈래로 나뉘었다. 한편으로는 바보처럼 제대로 주의를 기울이지 않은 자신이 원망스러웠다. 닙스는 이미 신전과 아치 옆에서 그에게 말해 주었는데 그가 제대로 듣지 않았다. 하지만 그런 자신이 원망스러운 것보다 더 큰 마음은 따로 있었다. 그는 억지로 미소를 보이며 말했다. "이런, 이거 정말로 영광이네. 꼭 이런 식으로 자리를 만들지 않아도 됐을 텐데. 거룩하신 분께서 내가 눈곱만큼이라도 보고 싶었다면……"

"그 막대기 같은 다리로 허둥지둥 반대 방향으로 도망쳤겠지." 나무 색깔의 다리를 가진 사람이 말했다. 그는 길고 유연한 초록빛 도는 파란색의 몸통, 발목까지 이어지는 그 몸통으로 후작의 등을 밀었다.

후작은 묶인 두 손을 바닥의 콘크리트에 천천히 문지르면서 말했다. "전혀. 오히려 그 반대야. 엘리펀트 님을 뵈니 얼마나 기쁜지 말로 다 형용할 수가 없어. 그래서 말인데 날 좀 풀어 주면 안 될까? 인간 대 인간, 아니 인간 대 코끼리로 인사 좀 하게."

"그건 안 되지. 지금 이런 상황을 만들려고 얼마나 신경을 썼는데." 그는 초록빛 도는 잿빛 코끼리의 머리였다. 엄니는 날카로웠고 끝부분이 불그스름한 갈색으로 물들어 있었다.

"네가 한 짓을 알았을 때 반드시 비명을 지르며 자비를 구하게 만들리라 다짐했지. 네가 아무리 애원한들 절대로 자비를 베풀지 않겠다고도."

"그냥 자비를 베풀어 주면 될 텐데." 후작이 말했다.

"절대 그럴 수 없지. 자비를 남용해서 되겠어?" 엘리펀트가 말했다. "절대 못 잊어." 후작은 그와 세상이 지금보다 훨씬 젊었을 때 빅토리아에게 엘리펀트의 일기장을 갖다 달라는 의뢰를 받은 적이 있었다. 엘리펀트는 무척 오만한 영주였다. 때로는 잔인했고 부드러움이나 유머를 전혀 찾아볼 수 없었다. 후작은 그런 엘리펀트가 멍청하다고 생각했다. 자신이 무엇을 잘못해서 일기장이 사라지는지 절대로 모를 것이라는 생각까지 들었다. 하지만 그것은 후작이 젊고 어리석었던 오래전의 일이었다.

"내가 가이드를 고용할 거라는 확신도 없는데 그렇게 오랜 세월 동안 나를 배신할 가이드를 훈련한 거야? 너무 오버한 거 아닌가?" 후작이 말했다.

"날 알면 그런 소리 못하지. 나에겐 그냥 보통 수준의 반응이다. 널 찾기 위한 다른 방법도 많이 가지고 있었어."

후작은 일어나 앉으려고 했다. 하지만 엘리펀트가 맨발로 그를 다시 바닥으로 밀쳤다. "자비를 구걸해라."

그거야 간단한 일이었다. "자비를! 이렇게 애원합니다! 자비를 베풀어 주세요. 자비는 모든 선물 중에서 최고의 선물입니다. 영지의 주인이신 고귀한 엘리펀트 님, 엘리펀트 님의 발가락에 묻은 때만도 못한 저에게 부디 자비를 베풀어 주소서."

"지금 그거 비꼬는 말처럼 들리는 건 알고 있겠지?" 엘리펀트가 말했다.

"아뇨. 사과드립니다. 하지만 한 치의 거짓도 없는 진심입니다."

"비명을 질러라." 엘리펀트가 말했다.

후작은 매우 큰 소리로 오랫동안 비명을 질렀다. 최근에 목을 베인 적 있어서 쉽지 않았지만 최대한 세게, 최대한 애처롭게 비명을 질렀다.

"넌 어째 비명마저 비꼬는 걸로 들리는구나." 엘리펀트가 말했다.

벽에서 튀어나온 커다란 검은색 무쇠 파이프가 있었다. 파이프 측면에 달린 바퀴가 파이프에서 나오는 것을 켜고 꺼 주었다. 엘리펀트는 강력한 팔로 그것을 끌고 왔다. 시커먼 침전물 같은 것이 조금씩 흐르더니 물이 쏟아졌다.

"물이 넘쳐흐를 거야. 나도 다 알아봤지. 카라바스, 넌 네 삶을 잘 숨기더구나. 우리가 처음 만난 이후로 지금까지 오랫동안 넌 그래왔어. 네 삶이 어딘가에 있는 한 그 무엇도 시도할 의미가 없더군. 런던 지하 세계에 내 사람들이 쫙 깔렸다. 그중에는 네가 같이 밥을 먹은 사람, 같이 잔 사람, 같이 웃은 사람, 빅벤 시계탑 아래에서 같이 발가벗은 사람도 있지. 하지만 그걸 계속 밀고 나가는 건 아무런 의미가 없었어. 네 삶이 신중하게 위험을 벗어난 곳에 자리한 이상. 그러다 지난주에 지하 세계에서 소식이 들려왔지. 네 삶이 상자에서 나왔다고. 그래서 난 캐슬의 자유를 주겠다고 발표했지. 나에게 제일 처음……"

"제일 처음 내가 자비를 애원하는 모습을 보이게 만드는 사람한테 말이야. 그거 말했잖아."

"내 말을 가로막다니." 엘리펀트의 목소리는 온화했다. "내가 발표한 건, 제일 처음 네 시체를 가져오는 사람에게 자유를 주겠다는 거였어."

엘리펀트가 바퀴를 끝까지 당기자 물살이 더 거세져서 콸콸 솟구쳤다.

"경고해 줘야겠네. 나를 죽이는 사람의 손에는 저주가 걸려 있어." 후작이 말했다.

"그 저주 기꺼이 받지. 보나 마나 거짓말이겠지만. 이다음은 네 마음에 들 거다. 이 방이 물로 가득 차고 넌 익사하는 거야. 물을 뺀 다음에 내가 다시 와서 신나게 웃는 거지." 엘리펀트가 나팔처럼 울부짖는 소리를 냈다. 후작은 저게 코끼리가 신나게 웃을 때 나는 소리구나 생각했다.

엘리펀트가 카라바스의 시야에서 사라졌다.

쾅 하는 문소리가 들렸고 후작은 물웅덩이에 누워 있었다. 그는 온몸을 비틀며 씰룩씰룩한 끝에 간신히 일어섰다. 발목에 철제 수갑이 채워져 있고 쇠사슬로 중앙의 철제 기둥에 연결되어 있었다.

코트를 입고 있었다면 얼마나 좋았을까. 그의 코트에는 칼날, 자물쇠 여는 도구, 지극히 평범하고 안전해 보이는 겉모습과 전혀 다른 단추가 있었다.

그는 손목의 밧줄을 철제 기둥에 대고 비볐다. 밧줄이 물을 먹어 더 세게 손목을 조여서 오히려 그의 손목과 손바닥이 벗겨지는 느낌이었다. 물이 계속 차올라 어느덧 허리까지 왔다.

카라바스는 동그란 방안을 둘러보았다. 아아, 묶여 있는 기둥을 좀 느슨하게 해서 손목만 풀 수 있다면. 그러면 발목의 수갑을 풀고 물을 잠그고 밖으로 나가 복수에 눈이 먼 엘리펀트와 그의 부하들을 피해 달아나기만 하면 된다. 그는 기둥을 당겨 보았지만 꿈쩍도 하지 않았다. 더 힘껏 당겼지만 역시나 꼼짝하지 않았다.

그는 기둥에 털썩 기댔다. 이제 그는 죽을 것이다. 진짜, 마지막 죽음이다. 코트가 생각났다.

그때 누군가 그의 귀에 대고 속삭였다. "조용히!"

무언가가 그의 손목을 당기더니 풀어 주었다. 손목이 어찌나 세게 묶여 있었던지 죽었던 손목이 되살아난 느낌이었다. 그는 고개를 돌렸다.

"뭐야?"

그가 마주한 얼굴은 자신과 똑같이 생긴 얼굴이었다. 매우 인상적인 미소, 진실하고 모험심 가득한 눈동자.

"발목." 남자가 조금 전보다도 더 인상적인 미소를 지으며 말했다.

카라바스 후작은 충격에 빠지지 않았다. 그가 한쪽 다리를 들자 남자가 몸을 기울여 철사를 움직이더니 발목 수갑을 풀었다.

"곤경에 빠졌다고 해서 말이야." 남자가 말했다. 그의 피부는 후작과 똑같은 짙은 색이었다. 남자는 후작보다 2센티미터 정도밖에 더 크지 않았지만 누구를 만나던 더 커 보일 것처럼 당당한 자세였다.

"아니, 아무 일 없어. 괜찮아." 후작이 말했다. "괜찮지. 내가 방금 구해줬으니까."

후작은 그 말을 무시했다. "엘리펀트는 어디 있어?"

"저 문밖에. 하수인들도 잔뜩 있어. 방안에 물이 꽉 차면 문이 자동으로 잠기거든. 방안에서 너랑 같이 갇히면 안 되니까 밖으로 나간 거지. 난 그것만 믿고 있었어."

"그것만 믿었다고?"

"당연하지. 내가 저들을 몇 시간 동안 추적했거든. 네가 엘리펀트의 첩자와 같이 떠났다는 얘길 듣고 생각했지. 실수했네. 도움이 필요하겠어."

"그 애길 들었다고?"

"당연하지." 남자는 카라바스 후작보다 키가 아주 조금 더 컸고 외모도 닮았다. 물론 후작 자신은 그렇게 생각하지 않았지만 어쩌면 다른 사람들은 남자가 아주 조금 더 매력적이라고 말할 것도 같았다. "설마 내가 동생에게 무슨 일이 생긴 걸 그냥 내버려 둘 것 같아?"

물이 허리까지 찼다. "문제없었어. 내가 다 알아서 하고 있었다고." 카라바스가 말했다.

남자는 방의 끄트머리로 갔다. 무릎을 꿇고 물속을 더듬거리더니 배낭에서 작은 쇠 지렛대 같은 것을 꺼냈다. 그는 쇠 지렛대의 한쪽 끝을 물속으로 밀어 넣었다. "준비해. 이게 여길 가장 빨리 도망치는 방법인 것 같아."

후작은 저리는 손가락의 감각을 되찾으려 계속 주무르고 있었다. "그게 뭔데?" 일부러 대수롭지 않은 듯한 말투로 물었다.

"자, 됐다." 남자가 크고 네모난 철 덩어리를 잡아당겼다. "배수구야." 카라바스가 저항할 틈도 없이 형은 그를 잡아서 바닥의 구멍으로 떨어뜨렸다.

놀이공원에 이런 놀이기구가 있을 거야. 카라바스 후작은 생각했다. 지상 세계에서는 이런 놀이기구를 돈 주고 타겠지. 죽지 않는다는 확신이 있다면 말이다.

그는 배수관 안에서 이리저리 부딪히며 물살과 함께 떠내려갔다. 물살은 끊임없이 앞으로, 더 깊이 나아갔다. 이 놀이기구는 과연 살아남을지 확신이 없었고 게다가 재미있지도 않았다.

배수관을 타고 내려가면서 후작의 몸은 여기저기 부딪치고 멍이 들었다. 그는 체중을 겨우 받쳐 주는 듯한 커다란 철판에 얼굴을 대고 굴러떨어졌다. 철판에서 옆쪽의 돌바닥으로 엉금엉금 기어갔다. 몸이 덜덜 떨렸다.

갑자기 믿어지지 않는 소리가 들리더니 곧바로 그의 형이 배수관에서 튀어나왔다. 마치 연습이라도 한 듯 두 발로 착지한 그가 말했다. "재미있지?"

"별로." 카라바스 후작이 말했다. 그는 정말로 궁금한 걸 물었다. "신나 하면서 내려온 거야?"

"당연하지! 넌 아니야?"

카라바스는 휘청거리며 일어났다. "요즘은 무슨 이름을 사용해?"

"똑같지. 난 안 바꿔."

"본명도 아니잖아, 페레그린."

"효과적이야. 내 영역과 의도를 표시해 주는 이름이니까. 넌 여전히 후작이라고 하고 다니냐?"

"난 후작이야. 내가 그렇다면 그런 거야." 후작은 이렇게 말했지만 물에 빠진 생쥐 같은 몰골처럼 목소리 역시 자신감이 부족했다. 자신이 초라하고 바보같이 느껴졌다.

"네 선택이지. 난 이만 간다. 이제 넌 내가 필요 없으니까. 몸조심해. 나한테 고마워할 필요는 없어." 형이 진심으로 하는 말이라는 사실이 후작의 가슴을 강하게 찔렀다.

카라바스 후작은 자신이 싫어졌다. 하고 싶지 않았던 말을 할 수밖에 없었다. "고마워, 페레그린."

"맞다, 네 코트! 소문으로는 셰퍼드 부시에 있다더라. 내가 아는 건 그것뿐이야. 조언 하나 할게. 네가 조언을 싫어한다는 거 알지만 진심으로 하는 말이야. 코트는 그냥 잊어버려. 생각하지 마. 새 코트를 구해. 진심이야."

"뭐, 이제 그럼……."

"그래." 페레그린은 씩 웃으며 강아지처럼 몸을 털어 사방에 물을 튀기더니 어둠으로 스르르 들어가 사라졌다.

카라바스 후작은 악의에 가득 차 서 있었다.

조금 있으면 엘리펀트가 방안의 물을 뺀 뒤 시체가 없다는 사실을 발견하고 그를 찾으러 나설 것이다.

그는 셔츠 주머니를 확인했다. 샌드위치 지퍼백이 아직 거기 있었다. 편지 봉투도 물에 젖지 않고 무사한 듯했다.

후작은 시장에서부터 신경 쓰였던 일에 대해 잠시 생각했다. 버섯 청년은 왜 하필 자신에게 드루실라의 편지를 전해 달라고 한 것일까? 까마귀 궁에 살고 손에 별이 새겨진 여자가 그곳의 삶을 포기하고 버섯인을 사랑하게 할 수 있는 연애편지가 존재할 수 있단 말인가?

의심이 몰려왔다. 편하거나 너그러운 마음이 드는 생각은 아니었지만 그것보다 당장 중요한 문제가 있다. 모든 게 잠잠해질 때까지 숨어서 조용히 지내면 되겠지만 코트 생각을 해야 한다. 게다가 그 누구도 아닌 형이 목숨을 구해 주었다! 평소 같으면 절대로 도움을 받지 않았을 것이다. 물론 새 코트는 쉽게 구할 수 있겠지만 그것은 그의 코트가 아니리라.

그의 코트는 양치기가 갖고 있었다.

카라바스 후작은 언제나 계획을 세워 놓고 움직이는 사람이었다. 대비책 또한 마련되어 있었다. 그리고 그 계획들 아래에는 진짜 계획이 있기 마련이었다. 물론 그것은 그 자신이 알고 싶지 않은 계획이었다. 원래 계획과 대비책이 잘못되었을 때를 위한 거니까.

하지만 지금 그는 계획이 하나도 없다는 사실을 속이 쓰리지만 인정할 수밖에 없었다. 상황이 좀 곤란해지면 가차 없이 버릴 수 있는 평범하고 지루하고 명백한 계획마저도 없었다. 그에겐 욕망만이 있었다. 그가 자신보다 열등하다고 여기는 이들이 식량이나 사랑, 안전의 욕망에 좌우되는 것처럼, 지금 오로지 그 욕망이 그를 지배했다.

계획은 없지만 코트를 되찾겠다는 욕망만 있었다.

카라바스 후작은 걷기 시작했다. 온몸을 휘감은 담요는 다 젖었고 가슴 주머니에는 사랑의 시가 담긴 봉투가 있다. 형이 구해 주었다는 사실이 싫어 죽을 지경이었다.

원래 스스로 자신을 만들어 갈 때는 모델이 있는 법이다. 저렇게 되고 싶어서 목표로 삼는 대상이나 절대로 저렇게 되지 않으려고 노력하게 만드는 사람 말이다.

후작이 어릴 때 절대로 저렇게 되지 않겠다고 다짐하게 한 사람이 있었다. 그는 절대로 페레그린처럼 되고 싶지 않았다. 저렇게 되고 싶다 하는 사람은 없었다. 그저 우아하고 미묘하고 탁월해지고 싶었다. 무엇보다 세상에 단 하나뿐인 특별한 사람이 되고 싶었다.

페레그린처럼 말이다.

문제는 후작이 듣기로 양치기들은 절대로 상대가 원하는 대로 하게 내버려 두지 않는다는 점이었다. 도망 중이던 전직 양치기에게 들은 말이니 확실했다. 후작은 그 양치기가 티번강을 건너 자유로워지도록 도와주었다. 그 후 양치기는, 강가에서 명령을 기다리며 하염없이 대기 중이던 로마 군단을 즐겁게 해 주는 광대로 짧게나마 행복한 삶을 살았다. 그 양치기가 말해 주기를, 양치기들은 상대가 절대 스스로 행동하도록 내버려두지 않는다고 했다. 그들은 상대의 본능과 욕망이 더 커지도록 밀어붙여 매우 자연스럽게 행동하도록 만든다. 하지만 결국은 자신들이 원하는 대로 행동하도록 조종한다고 했다.

그러나 그는 곧 양치기들에 대한 그 사실을 그냥 잊어버렸다. 혼자인 게 외로웠기 때문이었다.

후작은 이제야 자신이 혼자임을 두려워한다는 것을 절실하게 깨달았다.

놀랍게도 그는 같은 방향으로 걸어가는 사람들이 몇 명 더 있다는 사실에 무척 기뻤다.

“그쪽이 여기 있어서 좋네요.” 한 명이 소리쳤다.

“그쪽이 여기 있어서 좋네요.” 또 다른 사람이 외쳤다.

“나도 내가 여기 있어서 좋네요.” 카라바스가 말했다. 그는 지금 어디로 가는 것일까? 그들은 어디로 가는 것일까? 같은 방향으로 가는 사람들이 있어서 좋았다. 숫자에는 안전함이 들어 있다.

“함께여서 좋아요.” 여위고 하얀 여인이 행복한 한숨을 지었다. 정말로 함께라서 좋았다.

“함께여서 좋네요.” 후작이 말했다.

“정말 그렇습니다. 함께여서 좋군요.” 옆에 있는 또 다른 사람이 말했다. 이 사람은 어딘지 낯이 익었다. 귀가 부채처럼 컸고 코가 회색빛 도는 녹색 뱀처럼 두꺼웠다. 예전에 만난 적 있는 사람인지 후작이 열심히 기억해 내려고 할 때 끝부분이 갈고리 모양인 지팡이를 든 남자가 그의 어깨를 살짝 쳤다.

“보조가 안 맞으면 안 되지. 그렇지?” 남자가 당연한 말을 했다. 당연하지. 후작은 이렇게 생각하며 좀 더 속도를 내어 다시 발걸음을 맞추었다.

“좋아. 발걸음이 안 맞으면 마음도 안 맞는 법이지.” 지팡이 든 남자가 이렇게 말하고 계속 걸어갔다.

“발걸음이 안 맞으면 마음도 안 맞죠.” 후작도 소리 내어 말했다. 이렇게 간단하고 기본적인 걸 왜 지금까지 몰랐을까 의아했다. 하지만 저게 정확히 무슨 뜻인지 의아한 마음도 막연하게나마 있었다.

그들은 목적지에 도착했다. 친구들과 함께여서 기분이 좋았다.

그곳에서는 시간이 이상하게 흘렀지만 후작과 회색빛 초록색 얼굴에 코가 긴 친구는 정말 중요한 임무를 받았다. 원래의 쓸모가 다하고 재활용도 불가능해져서 움직이거나 보탬이 될 수 없는 구성원들을 처리하는 일이었다. 머리카락이나 지방 같은 것밖에 남지 않은 것들을 끌고 가 구덩이로 던졌다. 근무 시간이 길고 일도 고되고 지저분했지만 두 사람은 보조를 맞추며 함께 일했다.

자부심을 느끼며 일한 지 며칠 후 후작은 뭔가 거슬리는 것을 한 가지 발견했다. 그의 관심을 끌려고 하는 듯한 누군가가 있었다. 낯선 자가 속삭였다. "난 널 따라왔어. 넌 당연히 원치 않았을 거야. 하지만 싫어도 꼭 필요한 일이 있는 법이야."

후작은 낯선 자가 도대체 무슨 말을 하는 건지 알 수 없었다.

"나에게 탈출 계획이 있어. 내가 널 깨울 수만 있다면 곧바로 실행할 수 있어. 빨리 깨어나." 낯선 자가 말했다.

그러나 후작은 깨어 있었다. 그는 이 낯선 자가 도대체 무슨 말을 하는 건지 알 수 없었다. 왜 내가 잠들어 있다고 생각하는 거지? 후작은 뭐라고 말하고 싶었지만 할 일이 많았다.

그는 또 다른 구성원의 시체를 처리하면서 왜 낯선 자가 자신을 성가시게 하는지 생각에 잠겼다. 하지만 그가 할 말은 이것뿐이었다. "일하는 게 좋아." 후작은 소리 내어 말했다.

크고 유연한 코에 커다란 귀를 가진 친구도 그 말을 듣고 고개를 끄덕였다.

그들은 일했다. 잠시 후 친구가 이전 구성원의 남은 육신을 끌고 와서 구덩이로 떨어뜨렸다. 구덩이는 무척 깊었다.

후작은 이제 그의 뒤에 서 있는 낯선 자를 무시하려고 했다. 하지만 뭔가가 그의 입을 철썩 때리고 두 손이 뒤로 묶였다. 그는 무척 불쾌했지만 어떻게 해야 할지 몰랐다. 무리와 보조가 끊어진 느낌이었고 불평하면서 친구를 부르고 싶었지만 입이 딱 붙어 버려서 의미 없는 소리만 나올 뿐이었다.

"나야." 뒤쪽에서 다급한 목소리가 들렸다. "페레그린. 네 형. 넌 지금 양치기들에게 잡혀 있어. 여기서 도망쳐야 해. 이런."

그때 개 짖는 것과 비슷한 소리가 퍼졌다. 점점 가까워졌다. 고음의 깽깽 소리가 갑자기 의기양양한 울음소리로 바뀌었고 그에 답하듯 근처에서도 덩달아 길게 짖었다.

"다른 일원은 어디 있느냐?" 빽 내지르는 소리였다.

코끼리 같은 낮고 으르렁거리는 목소리가 말했다. "저쪽으로 갔습니다. 다른 일원과 같이."

"다른 일원?"

후작은 그들이 자신을 발견해 문제를 해결해 주기를 바랐다. 뭔가 실수가 있는 게 분명했다. 그는 무리와 보조를 맞추고 싶은데 지금 보조에서 벗어났고 본의 아니게 희생자가 되었다. 그는 그저 일하고 싶을 뿐이었다.

"영주의 문!" 페레그린이 중얼거렸다. 그들은 정확히 말해서 사람이 아닌, 사람 모양의 그림자들에 둘러싸였다. 뾰족한 얼굴에 털을 둘렀고 잔뜩 들뜬 듯 서로 이야기하고 있었다.

그들은 후작의 손을 풀어 주었다. 입을 막은 테이프는 떼 주지 않았지만 어차피 할 말도 없으니 그는 상관없었다.

그는 상황이 정리되어 안심이 되었다. 빨리 다시 일하고 싶었다. 그런데 그의 납치범과 길고 유연한 코를 가진 친구가 구덩이에서 둑길로 향하더니 작은 방들로 이루어진 벌집 같은 곳으로 들어가는 것이었다. 그곳은 방마다 보조를 맞추어 힘들게 일하는 사람들로 가득했다.

좁은 계단 위에서 거친 털옷을 입은 호위대 하나가 문을 긁었다. "들어와!" 하는 목소리가 들렸다. 순간 후작은 짜릿한 흥분감을 느꼈다.

저 목소리. 후작이 평생 마음에 들려고 애써 온 상대의 목소리였다. (그의 인생 전체가 과거로 돌아갔다. 일주일, 이주일?)

"길 잃은 양입니다. 그의 포식자와 같은 무리의 일원도요." 호위대 중 누군가가 말했다.

방은 무척 컸고 유화가 걸려 있었다. 세월의 때와 연기, 먼지가 묻은 풍경화가 대부분이었다. "뭐지?" 방 안쪽에 놓인 책상에 앉은 남자가 말했다. 그는 고개를 돌리지도 않았다.

"누가 이런 말도 안 되는 일로 나를 귀찮게 하는 거지?"

"그건 당신이 명령을 내렸기 때문이지. 내가 셰퍼드 부시 안에서 체포되면 당신 앞으로 데려와서 처치하라는 명령을 말이야." 후작은 그것이 그를 납치하려던 자의 목소리임을 알 수 있었다.

남자는 의자를 뒤로 밀치며 일어섰다. 그가 그들을 향해 걸어오자 그의 모습이 드러났다. 그는 벽에 세워져 있던 한쪽 끝이 갈고리 모양인 막대기를 집어 들었다. 그리고 한참 동안 그들을 바라보았다.

"페레그린?" 그가 마침내 말했다. 후작은 그의 목소리를 듣고 전율을 느꼈다.

"은퇴했다고 들었는데. 수도사가 되었다던가. 감히 돌아올 줄은 상상도 못 했는데 말이야."

(순간 무언가 거대한 것이 후작의 머릿속을 가득 채웠다. 그의 마음과 심장도 채워졌다. 손으로 만지자면 만질 수도 있을 만큼 엄청나게 컸다.)

양치기가 한 손을 내밀어 후작의 입에서 테이프를 떼어 냈다. 후작은 방금 이 남자의 관심을 받았다는 사실에 날아갈 듯 기뻐해야 한다는 사실을 알았다.

"이렇게 될 줄 누가 상상이나 했겠어?" 양치기의 목소리는 깊고 울림이 있었다. "그가 벌써 여기에 있다니. 벌써 우리의 일원으로 말이야. 다름 아닌 카라바스 후작이! 페레그린, 난 예전부터 네 혀를 찢고 네가 보는 앞에서 손가락을 갈아 버리고 싶었지. 하지만 네 마지막 순간에 친동생이 우리 일원이 되고 네 파멸의 도구로 전락한 모습을 보는 게 더 즐거운 것 같군."

양치기는 잘 먹은 듯 포동포동했고 옷차림도 근사했다. 머리카락은 모래색깔이 도는 회색에 표정은 잔뜩 지쳐 보였다. 꽉 끼긴 했지만 코트가 무척 멋있었다. 코트는 비 내린 한밤중의 거리를 연상시키는 색깔이었다.

후작은 자신의 머릿속을 가득 채운 거대한 것이 분노임을 알아차렸다. 분노는 후작의 안에서 산불처럼 순식간에 번지며 새빨간 불꽃으로 모든 것을 태웠다.

코트. 그 코트는 우아하고 아름다웠다. 손 내밀면 만질 수 있을 만큼 가까이에 있었다.

그 코트는 의심할 여지 없이 그의 것이었다.

카라바스 후작은 자신이 깨어났다는 사실을 표시 내지 않았다. 정신이 돌아왔다는 걸 드러내는 건 큰 실수가 될 터였다. 후작은 빠르게 머리를 굴렸다. 그가 생각해 낸 아이디어는 그가 지금 있는 방과 아무런 상관이 없었다. 지금 그가 양치기와 그의 개들보다 유리한 점은 딱 하나, 자신이 깨어났고 스스로 생각을 통제할 수 있다는 사실을 저들이 모른다는 것뿐이었다.

그는 가설을 세웠다. 머릿속으로 시험해 본 다음에 행동으로 옮겼다. "실례합니다." 그가 멍하게 말했다. "전 빨리 가 봐야 할 것 같은데 좀 빨리 끝내면 안 될까요? 아주 중요한 일이 있는데 늦어서요."

양치기가 지팡이에 몸을 기댔다. 그는 우려하는 기색 없이 이렇게만 말했다. "넌 무리에서 이탈했다, 카라바스."

"그런 것 같군요. 안녕, 페레그린. 팔팔한 모습 보니까 좋네. 그리고 엘리펀트까지. 반가워라. 다들 한자리에 모였네." 후작은 다시 양치기를 보았다.
"만나서 반가워요. 생각 많은 당신들 무리와 잠깐이나마 시간을 보내서 즐거웠습니다. 아쉽지만 그만 가 봐야겠어요. 아주 중요한 외교 임무가 있어서. 편지를 배달해야 하거든요. 어쩔 수 없죠, 뭐."

페레그린이 말했다. "동생아, 지금 이 상황이 얼마나 심각한지 네가 잘 모르는 것 같은데……."

이 상황이 얼마나 심각한지 너무도 잘 아는 후작이 말했다. "다 좋은 분들이니까 —그는 셰퍼드와 그의 옆에 선 뾰족한 얼굴에 털 옷을 입은 양치기 개 인간 세 명을 가리켰다— 분명 날 여기서 나가게 해 주실 거야. 저들이 원하는 건 내가 아니라 형이잖아. 난 중요한 물건을 전달해야 해."

페레그린이 말했다. "내가 알아서 할 수 있어."

"이제 조용히 해라." 양치기가 말했다. 그는 후작의 입에서 떼어 낸 테이프를 페레그린의 입에 붙였다.

후작보다 키가 작고 뚱뚱한 양치기가 코트를 입은 모습은 약간 우스꽝스러워 보였다. "중요한 물건을 배달한다고? 그게 정확히 뭐지?" 셰퍼드가 손가락에서 먼지를 털어 내며 말했다.

"미안하지만 그건 말할 수 없습니다. 당신은 이 중요한 외교 성명서를 받을 당사자가 아니니까요."

"뭐? 뭐라고 적혀 있는데? 받는 사람이 누구야?"

후작은 어깨를 으쓱했다. 그의 코트가 손 내밀어 쓰다듬을 수 있을 정도로 가까이 있었다. "아무리 당신이라도 안 됩니다. 제 목숨이 위협을 받는다면 어쩔 수 없이 보여 주겠지만." 후작이 내키지 않는 듯이 말했다.

"네 목숨을 위협하는 거야 간단하지. 넌 이미 양 떼를 이탈한 것만으로도 사형감인데 거기에 사형선고를 한 번 더하면 되니까. 그리고 여기 이 웃는 녀석한테는……" 양치기가 지팡이로 페레그린을 가리켰지만 그는 웃고 있지 않았다. "이 녀석은 양 떼에서 양 한 마리를 훔치려고 했어. 그것도 사형감이지. 물론 사형 말고도 다른 쓴맛을 잔뜩 보여 줄 예정이지만 말이야."

양치기는 엘리펀트를 쳐다보았다. "진즉 물어봤어야 하는데 도대체 이 물건은 무엇이냐?"

"저는 양 떼의 충성스러운 양입니다." 엘리펀트가 저음의 목소리로 겸손하게 말했다. 후작은 자신도 깨어나기 전에 저렇게 영혼 없고 맥 빠진 목소리로 말했을까 의아했다. "저는 이 친구가 이탈한 후에도 계속 충성심을 지키고 보조를 맞추었습니다."

"양 떼는 너의 노고에 감사하노라." 양치기가 말했다. 그는 신기한 듯 엘리펀트의 날카로운 엄니 끝부분을 만졌다. "이런 것은 한 번도 본 적이 없다. 다음에 또 본다면 그건 너무 이를 것 같구나. 그러니 너도 죽는 게 낫겠어."

엘리펀트의 귀가 씰룩거렸다. "하지만 저는 양 떼의 무리……"

양치기가 엘리펀트의 거대한 얼굴을 쳐다보았다. "나중에 후회하는 것보다 미리 조심하는 게 낫지." 양치기는 다시 후작에게 말했다. "그 중요한 편지는 어디 있지?"

카라바스 후작이 말했다. "셔츠 안에 있습니다. 다시 한번 말씀드리지만 지금까지 전달해 달라고 부탁받았던 것 중에 가장 중요한 문서이니 제발 보지 말아 주세요. 당신의 안전을 위해서라도."

양치기가 후작의 셔츠 앞부분을 잡아당겼다. 단추가 벽으로 튕겨 나가 바닥으로 떨어졌다. 샌드위치 지퍼백에 담긴 편지는 셔츠의 안쪽 주머니에 들어 있었다.

"정말 유감입니다. 그래도 우리가 죽기 전에 편지를 읽어 주시겠죠." 후작이 말했다. "편지를 읽어 주시든 말든 페레그린과 저는 숨을 참고 있을 겁니다. 그렇지, 페레그린?"

양치기는 샌드위치 지퍼백을 열고 편지 봉투를 쳐다보았다. 봉투를 찢어 그 안에서 변색된 종이 한 장을 꺼냈다. 편지지를 꺼낼 때 봉투에서 먼지가 떨어졌고 어둑한 방안의 정체된 공기 속으로 들어갔다.

"사랑하는 아름다운 드루실라." 양치기가 편지를 읽었다.

"'나에 대한 그대의 감정이 그대를 향한 나의 감정과 같지 않다는 걸 알지만……' 도대체 이게 무슨 헛소리야?"

후작은 아무 말이 없었다. 미소도 짓고 있지 않았다. 그는 앞서 말한 것처럼 숨을 참고 있었다. 페레그린도 그러고 있길 바라면서. 후작은 속으로 숫자를 세고 있었다. 그래야만 정신이 분산되어 그나마 숨을 참을 수 있을 것 같아서. 하지만 그리 오래 버티진 못할 것 같았다.

35…36…37…

그는 버섯 포자가 언제까지 공기 중에 머물러 있을지 궁금했다.

43…44…45…46…

양치기는 어느덧 말을 멈추었다.

후작은 털옷 입은 경비견 남자들이 칼로 배를 찌르거나 이빨로 목을 물어뜯을까 봐 두려워 뒷걸음질 쳤지만 아무 일도 일어나지 않았다. 그래도 양치기 개 인간들과 엘리펀트에게서 멀찍이 떨어졌다.

페레그린도 뒤로 물러나고 있었다.

폐가 아프고 관자놀이가 고동쳤다. 심장이 얼마나 쿵쾅거리는지 귀에서 길게 늘어지는 가냘픈 울림이 들릴 정도였다.

후작은 등이 벽의 책꽂이에 닿았을 때에야 편지 봉투에서 충분히 멀어졌다는 생각으로 숨을 쉬었다. 페레그린의 숨 쉬는 소리도 들렸다.

찍소리와 함께 테이프가 바닥으로 떨어지고 페레그린이 입을 벌렸다. "도대체 무슨 상황이야?"

"우리가 이 방에서, 셰퍼드 부시에서 나가는 방법. 내 생각이 맞는다면. 뭐, 내 생각은 거의 맞지만. 내 손목 좀 풀어 줄래?" 후작이 말했다.

뒤로 묶인 팔에 페레그린의 손이 닿더니 이내 자유로워졌다. 낮게 으르렁 거리는 소리가 들렸다. "누군가를 죽이고 말 테다. '누구를' 알아내기만 하면."

"'누구를'이 아니라 '누군지'겠지." 양치기와 그의 양치기 개들은 영 꼴사나운 자세로 문을 향해 걸음을 떼고 있었다. "장담하건대 넌 아무도 못 죽여. 네 집 캐슬로 무사히 돌아가고 싶다면 말이야."

엘리펀트가 짜증 난다는 듯이 코를 마구 휘둘렀다. "넌 꼭 죽여 주마."

후작이 씩 웃었다. "넌 나에게 '흥'이라고 말하게 해야 할 거야. 아니면 '시시하군'이나. 지금까지 난 '시시하군'이라고 말하고 싶은 적이 한 번도 없었는데 지금 이 순간 그렇게 말하고 싶은 마음이……"

"너 뭐 잘못 먹었나?" 엘리펀트가 말했다.

"질문이 틀렸어. 내가 대신 질문해 줄게. 네가 던져야 할 질문은 '도대체 우리 셋은 뭘 잘못 먹지 않았을까?'야. 페레그린과 나는 숨을 참고 있어서 그걸 흡수하지 않았어. 그런데 넌 어째서 멀쩡한지 모르겠다. 피부가 두꺼운 코끼리이기 때문인가? 코가 바닥으로 내려가 있고 그 코로 숨을 쉬기 때문인지도. 우릴 잡아 놓은 놈들은 뭘 먹은 거냐고? 양치기와 그 양치기 개들은 먹었지만 우리가 먹지 않은 건 바로 포자야."

"버섯 포자? 버섯인들의 버섯 말이야?" 페레그린이 물었다.

"맞아. 바로 그 버섯." 후작이 답했다.

"이런 젠장." 엘리펀트가 말했다.

"네가 나나 페레그린을 죽이려고 한다면 성공할 수도 없을뿐더러 우리 셋

다 끝장이야. 하지만 네가 그냥 입 다물고 우리 셋 다 아직 양 떼의 일원인 것처럼 연기한다면 가능성이 있어. 이제 곧 포자가 그들의 머릿속으로 들어가고 버섯이 그들을 집으로 부를 거야."

양치기는 나무 갈고리 지팡이를 들고 끈질기게 발걸음을 내디뎠다. 세 명의 남자가 뒤를 따랐다. 그중 한 명은 코끼리 머리였고 한 명은 큰 키에 말도 안 될 정도로 미남이었으며 마지막은 세상에서 가장 멋진 코트를 입고 있었다. 코트는 그에게 잘 맞았고 한밤중의 비 내린 거리를 연상시키는 색깔이었다.

이들의 뒤에서 양치기 개들이 따라왔다. 그들은 목적지로 가기 위해서 불구덩이라도 들어갈 정도로 필사적으로 움직였다.

셰퍼드 부시에서는 양치기와 그의 양 떼가 매서운 양치기 개들과 함께(물론 그들은 한때 인간이었다) 여기저기 돌아다니는 모습을 보는 것은 드문 일이 아니었다.

그래서 양치기와 양치기 개 세 마리가 세 명의 양 떼를 이끌고 셰퍼드 부시 밖으로 나가는 것을 본 이들은 별로 이상하게 여기지 않았다. 그들을 본 양 떼의 일원들은 그냥 평소 하던 일을 할 뿐이었다. 양치기들의 영향력이 약해졌다고 느꼈을 수도 있지만 그들은 그저 다른 양치기가 와서 자신들을 포식자와 세상으로부터 안전하게 지켜 주기만을 인내심을 가지고 기다렸다. 혼자 남는 것은 너무나도 무서운 일이기 때문이었다.

그들이 셰퍼드 부시의 경계를 지나는 모습을 아무도 알아차리지 못했다. 그들은 계속 걸었다.

일곱 사람은 킬번 강둑에 이르러 멈추었다. 양치기와 털이 텁수룩한 세 명의 개 인간은 물속으로 걸어갔다.

후작은 지금 저 네 사람의 머릿속에는 오로지 버섯인들에게로 가서 버섯을 다시 한번 맛보고, 자기들 안에 살게 하고, 최선을 다해 버섯에 충성하고 싶은 생각밖에 없다는 것을 알 수 있었다. 충성의 대가로 버섯은 저들의 마음에 안 드는 부분을 전부 고쳐 주고 내면을 훨씬 행복하고 흥미진진하게 만들어 줄 것이다.

"내가 그냥 죽였어야 했어." 물속을 걸어가는 양치기와 양치기 개들을 보고 엘리펀트가 말했다.

"그래봤자 아무 소용 없어. 복수의 의미도 없고. 우릴 잡아 뒀던 사람들은 이제 존재하지 않으니까." 후작이 말했다.

엘리펀트는 귀를 홱 젖히더니 벅벅 긁었다. "복수 얘기가 나와서 말인데 너한테 내 일기장을 훔쳐 달라고 한 게 누구지?"

"빅토리아." 카라바스가 실토했다.

"내가 생각한 도둑 명단에 없었던 이름이군. 속마음을 알 수 없는 여자라니까." 엘리펀트가 잠시 후에 말했다.

"내 생각도 마찬가지야. 게다가 그녀는 약속한 대가를 다 치르지도 않았어. 하는 수 없이 부족한 부분은 내가 직접 챙겨 왔지."

그는 짙은 피부색의 손을 코트 안쪽으로 넣었다. 가장 찾기 쉬운 주머니, 찾기가 조금 어려운 주머니, 아예 보이지 않는 주머니를 차례로 뒤졌다. 그리곤 마지막 주머니에서 줄에 걸린 돋보기를 꺼냈다. "빅토리아 거야. 뭐든 속까지 다 보여 주는 거울이지. 너한테 진 빚을 이걸로 대신 갚으면 안 될까?"

엘리펀트가 자기 주머니에서 뭔가를 꺼내더니—후작은 그게 뭔지 보지 못했다— 눈을 가늘게 뜨고 돋보기로 들여다보았다. 그는 기분 좋은 쿵쿵 소리와 만족스러운 나팔 소리 비슷한 소리를 내더니 "오, 좋아. 좋아."라고 했다. 그는 두 가지 물건을 전부 주머니에 넣었다. "내 목숨을 구해 준 게 내

일기를 훔쳐 간 것보다 더 순위가 높겠지. 내가 널 따라 배수관으로 가지 않았다면 네가 날 구해 줄 일도 없었겠지만. 지금 와서 더 원망해 봐야 무슨 소용이겠어. 이제 네 목숨은 다시 네 것이야."

"언젠가 캐슬을 방문할 날이 있었으면 좋겠군." 후작이 말했다.

"자신의 운을 너무 과신하진 말라고, 친구." 엘리펀트가 짜증 나는 듯 코를 휙 움직였다.

"그래." 후작은 자신의 운을 과신하고 위험을 무릅쓴 것이야말로 그가 여기까지 올 수 있었던 비결이라고 말하고 싶은 것을 꾹 참았다. 그가 주위를 둘러보니 페레그린은 또다시 신비롭고도 짜증나게 그림자로 슬쩍 들어가 사라진 뒤였다. 작별 인사도 없이 자취를 감추었다. 후작은 말없이 떠나는 사람들이 정말 싫었다.

그는 엘리펀트에게 살짝 고개 숙여 인사했다. 찬란하게 빛나는 코트가 그의 인사를 더욱더 멋지고 완벽하게 만들어 주었다. 카라바스 후작, 그가 누구이든 간에 그건 그만이 할 수 있는 인사였다.

다음번 이동 시장은 데리와 톰의 루프 가든에서 열렸다. 데리와 톰의 루프 가든은 이미 1973년에 사라졌지만 런던 지하 세계는 시공과 불편한 관계를 맺고 있어서 루프 가든은 현재보다 더 깨끗하고 생기 넘쳤다. 런던 지상 세계의 사람들은(그들은 젊었고 열띤 토론을 했으며 남녀 모두 하이힐에 페이즐리 무늬 상의와 나팔바지를 입었다) 지하 세계의 사람들을 완전히 무시했다.

카라바스 후작은 마치 주인이라도 되는 듯 당당하고 빠른 걸음으로 루프 가든을 걷다가 푸드 코트에 이르렀다. 짐이 잔뜩 쌓인 손수레에서 동그랗게 말린 치즈를 넣은 샌드위치를 파는 난쟁이 여자, 카레 좌판대, 커다란 유리 그릇에 담긴 하얀 맹어와 빵 구울 때 쓰는 대형 포크를 든 남자를 지나쳐 그는 버섯을 파는 좌판대에 이르렀다.

“자른 버섯을 주시오. 완전하게 구워서.” 카라바스 후작이 말했다.

주문받은 남자는 그보다 키가 작았지만 통통했다. 벗어지는 모래색 머리카락에 잔뜩 지친 표정이었다.

“금방 갖다 드리겠습니다. 또 필요하신 건 없나요?”

“아니, 괜찮소.” 후작은 궁금해서 물어보았다. “혹시 나를 기억하나?”

“잘 모르겠는데요. 그런데 코트가 정말 멋집니다.” 버섯 남자가 말했다.

“고맙군.” 카라바스 후작은 이렇게 말하고 두리번거렸다.

“전에 일하던 청년이 안 보이네만?”

“아, 그게 참 재미있는 사연이 있어서요, 손님.” 그는 아직 눅눅한 냄새가 풍기지 않았지만 목 옆에 작은 버섯 피부가 만들어졌다. “누가 까마귀 궁의 아름다운 드루실라에게 우리 빈스가 그녀를 함정에 빠뜨리려는 계략을 꾸몄다고 말했나 봅니다. 확실하진 않지만 아마 확실할 겁니다. 그녀에게 포자를 넣은 연애편지를 보냈다네요. 버섯인의 신부로 만들려고 말이죠.”

후작은 어리둥절한 척하면서 눈썹을 치켜 올렸다. 물론 사실은 전혀 놀랍지 않은 이야기였다. 드루실라에게 편지를 직접 보여 주며 그 사실을 전한 게 바로 그였으니까. “드루실라가 좋게 받아들였다던가?”

“그렇지 않은 것 같습니다. 그렇지 않을 거예요. 아까 다 같이 시장으로 오는 길에 드루실라와 그녀의 자매들이 빈스를 기다리고 있더라고요. 조용히 얘기할 게 있다고 하더군요. 빈스는 무슨 일인가 하면서 기쁜 얼굴로 그들을 따라갔지요. 원래는 시장으로 와서 같이 저녁 내내 일해야 하는데 아무리 기다려도 오지 않을 모양입니다.” 남자가 애석한 듯이 말했다. “그나저나 코트가 진짜 멋있어요. 저도 그런 코트가 있었던 것 같아요. 전생에요.”

"분명 그랬을 것 같군." 카라바스 후작은 남자에게 들은 말에 만족스러워하며 구운 버섯을 잘랐다. "하지만 이 코트는 확실히 내 것이지."

후작은 시장을 나와 계단을 내려가는 한 무리의 사람들을 지나쳤고 흔하지 않은 우아함을 지닌 젊은 여자를 보고 멈추어 고개를 끄덕였다. 그녀는 라파엘 전파의 미녀처럼 긴 오렌지색 머리에 옆얼굴이 납작했고 한 손에는 손등에 오각형 별 모양의 반점이 있었다. 다른 손으로는 크고 쭈글쭈글한 올빼미의 머리를 쓰다듬었다. 올빼미는 특이하게도 연한 파란색의 날카로운 눈으로 세상을 불편하게 노려보았다.

후작은 그녀에게 고개를 끄덕였고 그녀는 어색하게 그를 힐끗 쳐다보았다. 그러더니 후작에게 빚을 졌다는 사실을 막 깨달은 것처럼 얼른 고개를 돌렸다.

후작은 상냥한 얼굴로 그녀에게 고개를 끄덕이고 마저 계단을 내려갔다.

드루실라는 서둘러 그를 따라갔다. 무언가 하고 싶은 말이 있는 듯했다. 카라바스 후작은 그녀보다 먼저 계단 맨 아래에 이르렀다. 그는 잠시 멈춰 생각에 잠겼다. 사람에 대해, 세상사에 대해, 뭐든 처음이 어렵다는 사실에 대해. 멋진 코트를 입은 그는 신비롭고도 짜증 나게 그림자로 슬쩍 들어가 사라졌다. 작별 인사도 없이 자취를 감추었다.

검은 개

Black Dog

2015

* 일러두기: 이 작품의 주인공 섀도는 작가의 대표작 『신들의 전쟁』의 주인공 섀도와 동일 인물이며 같은 세계관을 배경으로 하는 별개의 작품이다.

머리는 하나 혀는 10개.

혀 하나가 튀어나와 빵을 집었다.

산 자와 죽은 자를 먹이기 위해.

_옛날 수수께끼

I. 술집의 손님

술집 밖으로 장대 같은 비가 쏟아졌다.

섀도는 이곳이 술집이 맞는지 확신할 수 없었다. 물론 안쪽에는 뒤편으로 술병이 진열된 작은 바가 있고 커다란 수도꼭지 같은 탭이 두어 개, 높은 테이블 몇 개, 테이블에 앉아 술을 마시는 사람들이 있긴 했지만, 그래도 그냥 일반 가정집 방 같았다. 강아지들이 그런 인상을 더 심어 주었다. 섀도만 빼고 술집 손님들이 전부 개를 데리고 있는 것 같았다.

"견종이 뭔가요?" 섀도가 호기심에 물었다. 개는 그레이하운드처럼 생겼지만 그가 그동안 봐 왔던 그레이하운드보다 덩치가 작고 차분하고 광기도 덜하고 덜 신경질적으로 보였다.

"러처[lurcher는 특히 그레이하운드를 교배시킨 '잡종견'을 말하지만 섀도는 알아듣지 못했다-역주]야." 술집 주인이 바 뒤쪽에서 나오며 말했다. 그는 자신이 마시려고 따른 맥주잔을 들고 있었다. "최고의 개지. 밀렵꾼의 개. 빠르고 영리하고 치명적이고." 그는 고개를 숙여서 밤색과 흰색 얼룩무늬 개의 귀 뒤쪽을 긁어 주었다. 개는 다리를 쭉 뻗고서 주인이 귀를 긁어 주는 걸 즐겼다. 섀도는 별로 치명적으로 보이는 것 같진 않다고 말했다.

부스스하고 숱 많은 회색과 오렌지색 머리의 술집 주인이 반사적으로 자신의 수염을 긁었다. "잘못 생각하는 거야. 지난주에 이 녀석하고 컴프시가를 걷는데 제법 큰 붉은 여우가 길에서 20미터도 떨어지지 않은 생울타리에서 빼꼼 얼굴을 내밀더니 한가로이 길로 걸어가는 거야. 우리 니들스가 여우를 보곤 재빨리 쫓아갔어. 순식간에 여우를 물고 왔지. 한 번 물고 흔들면 끝나."

섀도는 작은 난롯가에서 잠든 회색 개 니들스를 뜯어보았다. 전혀 해롭지 않아 보였다. "러처가 무슨 종인가요? 영국산 품종인가요?"

"한 품종을 말하는 게 아니야." 근처 테이블에 기대어 있던 백발의 여자가 말했다. 그녀는 개를 데리고 있진 않았다. "속도와 체력을 올리려고 교배시킨 잡종을 말하는 거지. 수렵견 말이야. 그레이하운드나 콜리 같은."

옆에 있던 남자가 손가락을 하나 치켜들고 유쾌하게 말했다. "이걸 알아야 해. 예전에는 순혈견을 키울 수 있는 사람이 법적으로 정해져 있었거든. 이 동네 사람들은 순혈견 말고 잡종견만 키울 수 있었지. 하지만 그레이하운드 잡종견은 족보 있는 개들보다 훨씬 빠르고 훌륭해." 그는 검지 끝으로 안경을 올렸다. 위는 좁고 아래가 넓은 삼각형 모양의 갈색 수염이 희끗희끗했다.

"모든 잡종견이 순혈견보다 뛰어나지." 여자가 말했다. "그래서 미국이 흥미로운 국가인 거야. 잡종들이 가득하잖아." 섀도는 그녀가 몇 살인지 좀처럼 감을 잡기 어려웠다. 머리는 백발이지만 왠지 젊어 보였다.

"있잖아. 자기야." 삼각형 수염의 남자가 부드러운 어조로 말했다. "미국인들이 영국인들보다 순혈견에 더 열광할걸. 미국 애견인 클럽에서 만난 여자는 솔직히 무서울 정도였다니까. 정말 무서웠어."

"개 얘기가 아니야, 올리. 내 얘기는……아, 관둬." 여자가 말했다.

"뭐 마실 건가?" 술집 주인이 물었다.

바 옆에는 '얼굴에 주먹이 날아가니' 손님들에게 라거를 주문하지 말라는 내용의 손글씨가 적힌 종이가 테이프로 붙어 있었다.

"이 동네에서 제일 좋은 게 뭔가요?" 섀도는 이렇게 말하는 게 가장 지혜로운 일이라는 것을 깨우치고 있었다.

주인과 여자는 여러 현지 맥주와 사과주를 추천했다. 삼각형 수염 남자가 끼어들더니 '좋은 것'이란 단순히 악을 피하는 것이 아니고 그보다 훨씬 긍정적인 무언가, 세상을 더 좋은 곳으로 만드는 것이라고 말했다. 그리고는 껄껄 웃으면서 농담이라고, '선함'이 아니라 술에 관한 이야기임을 안다고 했다.

주인이 섀도에게 따라 준 맥주는 검은색이고 매우 썼다. 과연 맛이 좋은 건지 헷갈렸다. "이게 뭡니까?"

"'검은 개'라고 해. 너무 많이 마셨을 때의 느낌 때문에 지어진 이름이라더군." 여자가 말했다.

"처칠의 기분처럼 말이지." 작은 체구의 남자가 말했다.

"그 맥주는 이 지방의 개 이름을 본뜬 거예요." 좀 더 젊어 보이는 여자가 말했다. 올리브그린 스웨터를 입은 그녀는 벽에 기대어 서 있었다. "실제로 있는 개는 아니고 상상에 가깝죠."

섀도는 니들스를 내려다보았다. 붉은 여우의 운명을 떠올리며 머뭇거렸다. "머리를 긁어 줘도 될까요?"

"당연하지. 좋아해. 그렇지?" 백발 여자가 말했다.

"글로섭에 사는 멍청한 인간의 손가락을 물어뜯은 적이 있긴 하지만." 주인의 목소리에는 자부심과 경고가 섞여 있었다.

"지방 공무원인가 그랬을 거야. 공무원들은 개한테 물려도 싸. 부가가치세 조사관들도." 여자가 말했다.

올리브그린 스웨터 입은 여자가 섀도 쪽으로 다가왔다. 그녀는 술잔을 들고 있지 않았다. 짧은 검은색 머리에 코와 뺨에 주근깨가 가득했다. 그녀는 섀도를 쳐다보며 물었다. "혹시 지방 공무원 아니죠?"

섀도는 고개를 저었다. "여행자 비슷합니다." 거짓말은 아니었다. 어쨌든 여행 중이니까.

"캐나다인이오?" 삼각형 수염 남자가 물었다.

"미국인입니다. 미국을 떠나 여행한 지 꽤 됐어요."

"그럼 여행자 아니네. 여행자는 관광만 하고 떠나는 사람이지." 백발 여자가 말했다.

섀도는 어깨를 으쓱하며 웃고 고개를 숙였다. 술집 주인 잡종견의 머리 뒤쪽을 긁어 주었다.

"개를 별로 좋아하지 않죠?" 검은 머리 여자가 물었다.

"네, 그다지 좋아하지 않습니다."

만약 섀도가 속마음을 드러내는 성격이라면, 아내가 어릴 때 개를 여러 마리 키웠었고, 개를 키우고 싶지만 그럴 수 없었기에 그를 이따금 '강아지'라고 불렀다고 말했을 것이다. 하지만 그는 속마음을 드러내는 사람이 아니었다. 그는 영국 사람들의 그런 점이 마음에 들었다. 상대의 속마음을 알고 싶어 하면서도 묻지 않는 것. 내면의 세계를 그냥 안쪽에 내버려 두는 것. 섀도의 아내는 죽은 지 3년이 넘었다.

"내 생각엔 사람은 누구나 개를 좋아하거나 고양이를 좋아하거나 둘 중 하나야. 그럼 자네는 고양이 쪽에 가까운가?" 삼각형 수염 남자가 말했다.

섀도는 잠깐 생각에 잠겼다. "잘 모르겠습니다. 어릴 때 이사를 자주 다녔기 때문에 애완동물을 키워 본 적이 없어서요. 하지만……"

"내가 이 얘길 하는 이유는 여기 주인이 고양이도 키우거든. 자네가 보고 싶어 할지도 모르겠군."

"전에는 여기 두었는데 지금은 안쪽 방에 있어." 주인이 바 안쪽에서 말했다.

섀도는 식사 주문도 받고 술도 내어 주면서 대화를 놓치지 않고 따라가는 주인이 신기했다. "혹시 고양이하고 개 사이가 안 좋았나요?" 섀도가 물었다.

밖의 빗줄기가 두 배로 거세졌다. 바람이 애처롭게 신음하며 휘파람 소리를 내더니 이내 울부짖었다. 작은 난로에서의 통나무가 기침하듯 불꽃을 내뱉었다.

"그렇긴 한데, 보통 생각하는 것하곤 달라." 주인이 말했다. "바를 확장하려고 옆 방 벽을 허물었다가 발견한 고양이야. 같이 가서 구경해."

섀도는 그를 따라 옆방으로 갔다. 삼각형 수염 남자와 백발 여자도 뒤에 조금 떨어져서 따라왔다.

섀도는 바 쪽을 슬쩍 돌아보았다. 그를 쳐다보고 있던 검은 머리 여자가 시선이 마주치자 따뜻한 미소를 보냈다.

옆방은 조명이 더 밝고 크기도 커서 가정집 거실 같은 느낌이 덜했다. 사람들이 테이블에 앉아 음식을 먹고 있었다. 음식은 맛있어 보였고 냄새는 더 좋았다. 주인은 섀도를 안쪽 방에 있는 먼지 가득한 유리 케이스 쪽으로 데려갔다.

"여기 있네." 주인이 자랑스럽게 말했다.

고양이는 갈색이었고 언뜻 힘줄과 고뇌로 만들어진 것처럼 보였다. 눈이 있어야 할 구멍에는 분노와 고통이 채워져 있었다. 가죽으로 변하기 전에 울부짖었는지 입은 활짝 벌어진 채였다.

"동물을 건물 벽에 넣는 관습은 집을 지을 때 벽에 산 아이들을 넣고 메우는 관습과 비슷하지." 뒤쪽에서 삼각형 수염 남자가 설명했다. "고양이 미라 하면 나는 이집트 부바스티스 바스테트 신전에서 발견된 고양이 미라가 떠올라. 고양이 미라가 어찌나 많았는지, 영국으로 보내면 그걸 갈아서 값싼 비료로 만든 다음 들판에 뿌렸지. 빅토리아 시대에는 그 미라로 물감도 만들었고 말이야. 아마 갈색이었을 거야."

"불행해 보이네요. 얼마나 오래된 건가요?" 섀도가 물었다.

술집 주인이 뺨을 긁적거렸다. "저게 들어 있던 벽이 1300년에서 1600년 사이에 세워졌을 거야. 교구 기록에 따르면. 1300년에는 여기에 아무것도 없었고 1600년에는 집 한 채가 있었지. 중간에 있던 건 없어졌고."

유리 케이스에 든 죽은 고양이, 털이 없고 가죽 같은 피부의 고양이가 눈이 있었던 자리의 검은 구멍으로 그들을 쳐다보는 듯했다.

내 동족들이 걷는 곳에는 내 눈이 있지. 섀도의 머릿속에서 숨결처럼 내뱉어진 목소리였다. 그는 잠깐 고양이 미라를 갈아서 거름을 뿌린 들판에 얼마나 기이한 곡식이 자라났을까 생각했다.

"그들은 그를 오래된 집의 벽에 넣어 두었네." 올리라는 남자가 말했다. "그는 그곳에서 살고 그곳에서 죽었지. 아무도 웃지도 울지도 않았네. 건물을 안전하게 수호한다는 명목으로 벽에 온갖 것들을 다 넣었지. 동물들, 때로는 아이들까지. 당연히 교회에서도 그랬고."

빗줄기가 불규칙하게 창유리를 때렸다. 섀도는 술집 주인에게 고양이를 구경시켜 주어 고맙다고 했다. 모두 바가 있는 곳으로 돌아갔다. 검은 머리 여자는 떠나고 없었다. 섀도는 순간 아쉬운 마음이 들었다. 친절해 보였는데. 그는 삼각형 수염 남자와 백발 여자, 주인 남자 모두를 위해 술을 한 잔씩 주문해 주었다.

주인 남자가 바 뒤쪽에서 몸을 획 숙였다. "섀도라고 합니다. 섀도 문." 섀도가 사람들에게 말했다.

삼각형 수염 남자는 즐거운 듯 양손을 꾹 눌렀다. "오! 이럴 수가! 어릴 때 내가 키웠던 독일산 셰퍼드 이름이 섀도였는데. 본명인가?"

"다들 그냥 그렇게 부릅니다."

"난 모이라 칼라니시." 백발 여자가 말했다. "여긴 내 파트너 올리버 비어스. 이이는 아는 게 많아. 자네랑 알고 지내는 동안에도 자기가 아는 모든 걸 얘기해 줄 거야."

그들은 악수를 나누었다. 주인이 술잔을 들고 돌아왔다. 섀도는 혹시 숙박도 가능한지 물었다. 좀 더 멀리 걸어갈 예정이었지만 아무래도 비가 그칠 것 같지 않다고. 튼튼한 등산화에 바람막이 재킷 차림이었지만 비를 맞으며 걷고 싶진 않았다.

"원래 남는 방이 하나 있는데 아들이 돌아와서 말이야. 술이 많이 취한 사람은 술 깨라고 창고에서 재워 주기도 하지만. 달리 방도가 없네."

"마을에 묵을 데가 있을까요?"

주인이 고개를 저었다. "날씨가 너무 안 좋긴 한데 몇 킬로미터밖에 안 떨어진 포셋에 제대로 된 호텔이 있긴 해. 자네가 간다고 내가 샌드라한테 전화를 걸어 놓지. 자네 이름이 뭔가?"

"섀도. 섀도 문입니다."

모이라가 올리버를 보면서 "갈 곳 없는 떠돌이 신세네."라고 말한 듯했다. 올리버는 아랫입술을 깨물더니 힘차게 고개를 끄덕였다. "우리 집에서 묵지 않을 텐가? 남은 방이 있는데 비좁긴 해도 침대도 있고 따뜻해."

"그래 주시면 저야 감사하죠. 돈을 내겠습니다."

"바보 같은 소리. 손님이 오면 우리도 반갑지." 모이라가 말했다.

II. 교수대

올리버와 모이라는 둘 다 우산이 있었다. 올리버는 한사코 섀도에게 우산을 같이 쓰자고 했다. 섀도의 키가 크니 그가 우산을 들면 둘 다 젖지 않을 거라면서. 그 커플은 토치라고 부르는 작은 손전등도 갖고 있었다. 순간 섀도는 공포영화에서 마을 주민들이 언덕의 성으로 우르르 몰려가는 장면이 떠올랐다. 천둥 번개까지 치는 날씨라 더더욱 그랬다. 내 생명체여, 오늘 밤 너에게 생명을 주마! 그는 생각했다. 감상적인 기분이 들 만도 한데 오히려 불안했다. 고양이 시체가 그를 심란하게 했다.

들판 사이의 좁은 도로는 빗물이 넘쳤다. "날씨가 좋으면……" 모이라가 빗소리 때문에 큰 목소리로 말했다. "들판을 건너가면 되는데 오늘은 질척거릴 테니까 숙스 레인으로 갈 거야. 저 나무는 옛날에 지벳 교수대[목을 걸어 처형하는 교수대와는 차이가 있다. 우리처럼 생긴 모양으로 교수형 당한 시신을 넣어 전시하는 데 사용되었다-역주]였어." 그녀가 교차로에 있는 몸통이 엄청나게 굵은 플라타너스를 가리켰다. 어두운 밤에 몇 개 남지 않은 나뭇가지가 튀어나온 모습이 마치 뒤늦게 떠오른 생각처럼 보였다.

"모이라는 20대부터 이 동네에서 살았어. 난 8년 전쯤에 런던에서 왔고. 턴햄 그린에서. 이 동네에 처음 와 본 건 열네 살 때 여행으로 온 거였는데 잊히지 않더라고. 잊을 수가 없지." 올리버가 말했다.

"이 땅은 핏속으로 들어간달까." 모이라도 말했다.

"피도 땅속으로 들어가고. 둘 중 어느 쪽이든. 저 지벳 교수대 나무도 그래. 아무것도 남지 않게 될 때까지 시체를 지벳 교수대에 걸어 놨어. 머리카락은 새 둥지가 되고 살은 까마귀가 깨끗하게 발라 먹고. 새로 진열한 시체가 생길 때까지 그대로 걸어 놨지."

섀도는 지벳 교수대 나무가 뭔지 대충 알 것 같았지만 그래도 물어봤다. 질문은 절대로 해롭지 않다. 게다가 올리버는 다양한 지식을 쌓고 사람들에게 나눠 주는 걸 좋아하는 사람처럼 보였다.

"지벳 교수대는 커다란 철제 새장 같은 모양이야. 죄인을 처형해 정의를 실현한 뒤에는 죄인의 시체를 거기에 넣어서 진열하는 거지. 잠겨져 있어서 가족이나 친구가 시체를 훔쳐 내 기독교식으로 제대로 묻어 줄 수도 없었어. 사람들에게 보여 주고 본보기로 삼으려는 거였는데 솔직히 효과가 있었던 것 같진 않아."

"어떤 사람들이 처형당했죠?"

"재수 없게 걸린 사람은 누구나. 3백 년 전에는 사형이 가능한 죄목이 2백

가지가 넘었거든. 집시는 무조건이고, 한 달 이상 여행하는 경우, 양을 훔치는 경우, 12펜스가 넘는 물건을 훔치는 경우는 뭐든, 협박 편지를 보내는 경우도 있었지."

올리버가 그 긴긴 목록을 전부 읊을 생각이었는지는 모르지만 모이라가 끼어들었다. "사형 죄목이 많았던 건 맞는데 지벳 교수대로 처형된 건 이 근방 살인자들뿐이었어. 시체를 20년 동안 걸어 둔 일도 있어. 살인 사건이 그렇게 많이 일어나진 않아서." 모이라는 좀 더 가벼운 주제로 바꾸었다. "지금 걷는 곳은 슉스 레인이야. 이 동네 사람들은 맑은 날 밤엔, 물론 오늘은 당연히 아니지만, 블랙 슉Black Shuck이 쫓아온다고 믿어. 동화 속에 나오는 개하고 비슷한 거야."

"우린 한 번도 본 적은 없어. 맑은 날 밤에도 못 봤어." 올리버가 말했다.

"잘된 거지. 왜냐하면 보면……죽거든."

"샌드라 윌버포스는 블랙 슉을 봤다는데 엄청나게 건강하지만 말이야."

섀도가 미소 지었다. "블랙 슉이 뭘 어떻게 하는데요?"

"하는 거 없어." 올리버가 대답했다.

"왜 없어. 집으로 쫓아가잖아. 그리고 물어 죽이는 거고."

"그렇게 무서울 것 같진 않은데요. 물려 죽는 것만 빼고요."

그들은 길의 맨 아래쪽에 이르렀다. 빗물이 섀도의 두꺼운 등산화를 덮으며 흘렀다.

"두 분은 어떻게 만나셨어요?" 커플에게 하기 좋은 안전한 질문이다.

올리버가 말했다. "술집에서. 휴가로 왔을 때."

"난 올리버를 처음 만났을 때 사귀는 사람이 있었거든. 둘이 짧고 열렬하게 바람을 피웠어. 결국 사랑의 도피를 하고 이루어진 거지. 우리 둘 다 평소답지 않았어."

섀도가 보기에 두 사람은 사랑의 도피를 할 것처럼 보이진 않았다. 하지만 사람은 누구나 이상한 구석이 있으니까. 무슨 말이든 해야 할 것 같았다.

"저는 결혼을 했었는데 아내가 차 사고로 죽었습니다."

"아이고, 저런." 모이라가 말했다.

"그렇게 됐네요." 섀도가 말했다.

"집에 가면 다들 위스키맥 한 잔씩 하자. 위스키하고 진저 와인, 뜨거운 물을 섞은 거야. 그리고 난 따뜻한 물로 목욕해야겠어. 안 그럼 죽을 것 같네."

섀도는 한 손으로 죽음을 야구공처럼 붙잡는 상상을 하며 몸을 떨었다.

빗줄기가 두 배로 거세졌고 갑자기 번개가 번쩍거리며 주변 세상을 드러냈다. 돌로 쌓은 벽의 회색 돌, 풀잎, 웅덩이, 나무가 전부 다 선명하게 보이더니 밤눈이 좋지 않은 섀도에게 잔상을 남기며 더 깊은 어둠에 삼켜졌다.

"봤어? 깜짝 놀랐네" 올리버가 말했다. 섀도는 천둥의 우르르 소리가 잠잠해진 다음에야 말문을 열었다.

"아무것도 못 봤는데요." 아까보다는 덜 번쩍했지만 번개가 또 쳤다. 섀도는 저 멀리 들판에서 멀어지는 뭔가를 본 것 같았다. "말이었나요?"

"당나귀야. 그냥 당나귀." 모이라가 말했다.

올리버가 자리에서 멈추었다. "괜히 걸어온 것 같아. 택시라도 탔어야 하는데. 실수야."

"올리. 이제 별로 안 남았잖아요. 왜 비를 무서워해. 당신 설탕 아니니까 안 녹아."

또 번개가 쳤다. 눈을 뜰 수 없을 만큼 밝았다.

들판에는 아무것도 보이지 않았다.

어둠뿐이었다. 섀도는 올리버 쪽을 쳐다보았다. 그러나 작은 남자가 옆에 서 있지 않았다. 올리의 손전등이 바닥에 떨어져 있었다. 섀도는 얼른 시야가 확보되길 바라며 눈을 깜빡였다. 올리는 도로 옆의 젖은 풀밭에 쓰러져 있었다.

"올리?" 모이라가 우산을 옆에 내려놓고 쭈그려 앉았다. 그녀는 손전등으로 그의 얼굴을 비추었다가 섀도를 쳐다보았다. "이렇게 놔둘 순 없어." 혼란스럽고 걱정 가득한 목소리였다. "비가 이렇게 퍼붓는데."

섀도는 올리의 손전등을 주머니에 넣고 그의 우산을 모이라에게 건넨 후 올리버를 일으켰다. 올리는 보기에도 별로 무겁지 않을 듯했고 섀도는 덩치가 컸다.

"여기서 먼가요?"

"별로 안 멀어. 거의 다 왔어."

그들은 침묵 속에서 마을 가장자리의 교회 경내를 지나 마을로 진입했다. 한쪽 거리의 끄트머리에 자리 잡은 잿빛 석조 주택들에 켜진 조명이 보였다. 모이라는 길가에 있는 어느 집으로 들어갔고 섀도도 따라갔다. 그녀는 뒷문을 열어서 잡아 주었다.

주방은 크고 따뜻했다. 한쪽 벽에 붙은 소파는 절반쯤 잡지로 뒤덮였다. 주방은 대들보가 낮아서 섀도는 머리를 숙여야 했다. 섀도는 올리버의 비옷을 벗겨 바닥에 내려놓았다. 마룻바닥에 물이 고였다. 그다음에는 그를 소파에 눕혔다.

모이라는 주전자를 채웠다.

"구급차 부를까요?"

그녀는 고개를 저었다.

"자주 있는 일인가요? 이렇게 정신을 잃고 자주 쓰러지세요?"

모이라는 부산스럽게 선반에서 머그잔을 꺼냈다. "예전에도 그런 적 있어. 금방 깨어났지만. 수면발작이 있거든. 놀라거나 겁에 질리면 가끔 저래.

금방 깨서 차 마신다고 할 거야. 오늘 위스키맥은 안 되겠네. 올리는 마시면 안 되겠어. 가끔은 정신이 혼미해서 기억 못 할 때도 있고 또 쓰러져 있으면서 있었던 일을 다 기억할 때도 있어. 큰일인 것처럼 부산 떨면 싫어해. 배낭은 아가[영국산 오븐 겸 히터-역주] 옆에 둬."

주전자가 끓었다. 모이라는 김이 모락모락 나는 물을 찻주전자에 부었다.

"올리는 홍차 주고 난 캐모마일 차를 마셔야겠네. 안 그럼 오늘 잠이 안 올 것 같아. 진정 좀 해야지. 자네는?"

"저도 홍차 주세요." 섀도는 오늘 30킬로미터도 넘게 걸었으니 잠이 금방 올 것이다. 그는 모이라가 좀 이상하게 생각되었다. 파트너가 정신을 잃었는데도 지나치게 평온하고 차분한 모습이었다. 혹시 낯선 사람에게 약한 모습을 보여 주기 싫어서 그러는 걸까. 특이하긴 하지만 존경스러웠다. 영국 사람들은 참 이상했다. 그래도 그는 '부산 떠는 걸 싫어한다'는 올리가 충분히 이해되었다.

소파에서 올리버가 약간 몸을 움직였다. 모이라는 찻잔을 들고 옆에 서서 그를 일으켜 앉혀 주었다. 그는 약간 멍한 모습으로 차를 마셨다.

"그게 집으로 따라왔어." 올리버가 말했다.

"뭐가 집으로 따라와요, 올리?" 모이라의 목소리는 침착했지만 약간 우려가 묻어났다.

"개." 올리버가 소파에 앉은 채 차를 한 모금 더 마셨다. "검은 개."

III. 자해

그날 밤 섀도는 모이라, 올리버와 함께 주방 테이블에 앉아 있으면서 여러 가지를 알게 됐다.

올리버는 런던에서 광고회사에 다녔는데 전혀 행복하지도 보람을 느끼지도 못했다. 결국 너무 이른 나이에 건강상의 이유로 은퇴하고 이 마을로 이사 왔다. 처음에는 취미 삼아 돌벽을 수리하고 새로 지었는데 결국 그게 직업이 되었다.

올리버는 벽을 만드는 일은 예술이자 기술이라고 설명했다. 훌륭한 운동도 되는 데다 제대로 만들면 훌륭한 명상 수행도 된다. "원래 이 근방에는 돌벽 짓는 일을 하는 사람들이 수백 명이나 있었는데 지금은 진짜 실력이 좋은 열 명 정도밖에 안 남았어. 요즘은 기존 돌벽을 콘크리트나 브리즈 블록으로 수리하거든. 돌벽은 죽어 가는 예술이야. 작업하는 모습을 보여 주고 싶은데. 알아 두면 굉장히 쓸모가 많거든. 돌을 고를 때도 돌이 어디로 가고 싶은지 직접 말하게 해야 해. 그럼 벽에서 절대로 움직이지 않아. 탱크로도 못 허물어. 대단하지."

섀도는 올리버가 모이라와 처음 같이 살기 시작했을 무렵에는 우울증이 있었지만 지난 몇 년 동안은 아주 잘 지내고 있다는 사실도 알게 되었다. 우울증을 훌륭하게 수리했다고.

모이라는 매우 부유한 편이었다. 부모가 남겨 준 신탁 덕분에 그녀와 그녀의 자매들은 일할 필요가 없었다. 하지만 그녀는 20대 후반에 교사가 되기 위해 공부를 했다. 지금은 교편을 놓았지만 지역 사회의 일에 무척 활발하게 관여하고 있으며 버스 운행 중단 반대 운동을 성공적으로 이끌기도 했다.

섀도는 올리버가 말은 하지 않았지만 뭔가를 무척이나 겁낸다는 사실도 알 수 있었다. 올리버는 뭐가 무서워서 쓰러졌느냐고, 검은 개가 집까지 따라왔다니 무슨 말이냐는 질문에 그저 말을 더듬으면서 피했다. 섀도는 더 이상 질문하지 않는 게 좋겠다고 판단했다.

올리버와 모이라도 그날 밤 주방 테이블에 앉아서 섀도에 대해 알아 갔다.

결과적으로 별로 알 수 있는 건 없었지만.

섀도는 그들이 마음에 들었다. 그는 바보가 아니었다. 과거에 사람을 믿었다가 배신당한 적도 많았다. 하지만 그는 이 커플이 마음에 들었다. 집안에서 풍기는 빵 굽는 냄새와 잼, 호두나무 광택제 냄새도 좋았다. 섀도는 올리버를 걱정하는 마음을 품은 채 짐을 보관하는 작은 방으로 자러 갔다. 그가 아까 들판에서 얼핏 본 게 당나귀가 아니었다면? 거대한 개일 수도 있지 않을까? 정말 그렇다면 어떻게 되는 거지?

섀도가 일어났을 때는 어느덧 비가 그친 뒤였다. 그는 아무도 없는 주방에서 토스트를 만들었다. 정원에 나가 있던 모이라가 주방 문 사이로 차가운 바람을 몰고 들어왔다. "잘 잤어?"

"네, 푹 잤어요." 섀도는 동물원에 간 꿈을 꾸었다. 보이지 않는 동물들이 우리에서 코를 킁킁거렸다. 꿈에서 그는 어린아이였고 어머니와 함께 돌아다녔다. 안전하고 사랑받는 느낌이었다. 사자 우리 앞에 멈추었는데 우리에 있는 건 사자가 아니라 스핑크스였다. 절반은 사자, 절반은 여자. 꼬리가 휙 움직였다. 스핑크스가 섀도에게 미소를 지었는데 그 미소가 어머니의 미소로 변했다. 스핑크스는 말도 했다. 고양이 같고 억양이 있는 따뜻한 목소리였다. 너 자신을 알라.

난 내가 누구인지 알아. 꿈에 섀도는 우리의 쇠창살을 잡고 그렇게 말했다. 우리 안은 사막이었다. 피라미드도 보였다. 모래밭에 그림자들이 어른거렸다.

그럼 넌 누구냐, 섀도? 무엇으로부터 도망치는 거지? 어디로 도망가는 거지?

당신 누구야?

그는 그렇게 잠에서 깼다. 그는 왜 자기가 그런 질문을 했는지 의아했고

20년 전 10대 시절에 돌아가신 어머니가 보고 싶어졌다. 어머니의 손을 잡았을 때의 감촉이 떠올라 왠지 모르게 가슴이 따뜻해졌다.

“올리는 아침부터 기분이 좀 별로인 것 같아.”

“아쉽네요.”

“응. 뭐, 어쩔 수 없지.”

“재워 주셔서 감사합니다. 그만 가 봐야 할 것 같아요.”

“잠깐 뭣 좀 봐 줄래?” 모이라가 말했다.

섀도는 그녀를 따라 밖으로 나갔다. 집을 빙 돌아간 곳에서 그녀가 장미 화단을 가리켰다. “이게 뭐인 것 같아?”

섀도는 몸을 숙였다. “커다란 사냥개의 발자국 같은데요. 왓슨 박사의 대사를 인용하자면요.”

“그래. 정말 개 발자국처럼 보이지.”

“그런데 유령 사냥개가 따라온 거라면 발자국을 남기지 않을 텐데요.” 섀도가 말했다.

“난 이 방면의 전문가가 아니라서. 이런 거 잘 아는 친구가 있었는데……” 그녀는 말꼬리를 흐렸다. 그러고서 좀 더 밝은 목소리로 말했다. “두 집 건너 사는 캠벌리 부인이 도베르만 핀셔르를 키우거든. 진짜 웃기지도 않는다니까.” 섀도는 그 웃기지도 않는 게 캠벌리 부인인지 그녀의 개인지 알 수 없었다.

어쨌든 간밤의 사건에 대한 불안하고 이상한 느낌이 줄어들었다. 설명할 수 있는 일이 되었으니까. 동네 개가 집까지 따라온 거라면 문제 될 게 없지 않은가? 수면발작이 있는 올리버는 그 개를 보고 놀라거나 겁나서 쓰러진 거고.

“점심 좀 싸 줄 테니까 가져가. 삶은 달걀 같은 거. 나중에 요긴할걸.”

그들은 집 안으로 들어갔다. 뭔가를 제자리에 갖다 두러 간 모이라가 충격받은 얼굴로 돌아왔다.

"올리버가 화장실에서 문을 잠갔어."

순간 섀도는 뭐라고 말해야 할지 알 수 없었다.

"지금 내가 바라는 게 뭔지 알아?" 모이라가 말했다.

"모르겠는데요."

"당신이 그이한테 가서 말 좀 해 줬으면 좋겠어. 그이가 문을 열었으면 좋겠어. 그이가 대답했으면 좋겠어. 화장실 안에서 소리가 들려. 소리가."

모이라가 덧붙였다. "또 자해하면 안 되는데."

섀도는 복도를 지나쳐 화장실 앞에 서서 올리버를 불렀다. "들리세요? 괜찮으세요?"

대답이 없었다. 안에서 아무런 소리도 들리지 않았다.

섀도는 문을 바라보았다. 단단한 나무 문. 지은 지 오래된 집이지만 옛날에는 튼튼하게 지었다. 아침에 화장실을 쓸 때 보니 자물쇠가 호크 단추식이었다. 그는 손잡이를 잡고 밀면서 문을 어깨로 힘껏 쳤다. 나무 쪼개지는 소리와 함께 문이 열렸다.

섀도는 교도소에서 복역할 때 죽은 사람을 본 적이 있었다. 아무 의미 없는 말싸움 끝에 찔려 죽은 이였다. 운동장 뒤쪽 구석에 쓰러진 시체에 흥건했던 피가 떠올랐다. 무척이나 불편한 광경이었지만 그때 그는 피하지 않고 억지로 쳐다보았었다. 시선을 피하는 것 자체가 고인에 대한 모독 같아서.

올리버는 알몸으로 화장실 바닥에 앉아 있었다. 온몸이 창백하고 가슴과 사타구니는 검은 털이 무성했다. 양손으로 구형 면도기의 날을 들고 있었다. 그걸로 팔, 젖꼭지 윗부분, 허벅지 안쪽, 성기를 그은 뒤였다.

올리버의 온몸, 하얀색과 검은색의 리놀륨 바닥, 하얀 에나멜 욕조가 전부 피투성이였다. 그는 마치 새의 눈알처럼 두 눈을 크고 동그랗게 떴다. 그는 섀도를 쳐다보았지만 누구인지 잘 모르는 것 같았다.

"올리?" 복도에서 모이라의 목소리가 들렸다. 섀도는 자신이 문을 막고 있다는 걸 깨달았지만 화장실 안의 모습을 그녀에게 보여 줘야 할지 망설였다.

그는 수건걸이에서 분홍색 수건을 가져와 올리를 덮어 주었다. 그러자 작은 체구의 올리버는 순간 정신이 드는 듯했다. 그는 섀도를 처음 보는 듯 눈을 끔뻑거렸다. "개. 그 개한테 주려고. 배가 고프대. 우린 친구가 됐어."

"세상에, 맙소사." 모이라가 말했다.

"구급차 부를게요."

"부르지 마. 내가 옆에 있어 주면 괜찮아. 어떻게 옮기지? 도와주겠어?"

섀도는 수건으로 감싼 올리버를 들어 올려 아기처럼 침실로 데려가 침대에 눕혔다. 모이라도 따라왔다. 그녀가 침대 옆에 놓인 아이패드를 들어 화면을 터치하자 음악이 흘러나오기 시작했다. "심호흡해, 올리. 기억해. 숨 쉬어. 괜찮을 거야. 괜찮아질 거야."

"숨을 못 쉬겠어." 올리버가 작은 목소리로 말했다. "숨이 안 쉬어져. 심장은 느껴져. 심장 뛰는 소리는 느껴져."

모이라는 올리버의 한 손을 꽉 쥐었다가 침대에 내려놓았다. 섀도는 둘만 남기고 방을 나갔다.

나중에 주방으로 돌아온 모이라는 소매를 걷어붙인 상태였고 소독 크림 냄새가 났다. 섀도는 소파에 앉아 산책 코스 가이드북을 읽고 있었다.

"올리버는 좀 어때요?"

모이라는 어깨를 으쓱했다.

"도움을 청해야 할 것 같은데요."

"그래." 그녀는 주방 한가운데에서 서서 어느 쪽으로 가야 할지 모르겠는 듯 두리번거렸다. "저기……오늘 꼭 가야 해? 정해진 일정이 있는 거야?"

"절 기다리는 사람은 없습니다. 어디에도요."

모이라는 1시간 만에 얼굴이 완전히 초췌해져 있었다.

"전에 이런 일이 있었을 땐 며칠 걸리긴 했지만 괜찮아졌거든. 우울증이 오래가진 않아. 그래도 혹시나 해서 말인데 계속 있어 주면 안 될까? 언니한테 전화하긴 했는데 지금 이사 중이라서. 나 혼자서는 도저히 못 버틸 것 같아. 두 번은 도저히. 그렇다고 자네한테 있어 달라고 부탁할 순 없겠지. 아무리 기다리는 사람이 없어도."

"기다리는 사람 없습니다. 더 있을게요. 그래도 올리버는 전문가의 도움이 필요할 것 같은데요."

"그래. 맞아."

그날 오후 늦게 스캐슬로크 박사가 방문했다. 그는 올리버와 모이라와 친구 사이였다. 영국 시골에서는 아직도 의사들이 왕진을 다니는 건지, 아니면 친한 사이라 와준 것인지 알 수 없었다. 침실로 들어간 의사가 20분 후에 나왔다.

그는 주방 테이블에 모이라와 함께 앉았다. "다행히 상처가 다 얕네. 주변 사람들한테 도와 달라고 소리치는 그런 상처들이야. 솔직히 병원에서 해 줄 수 있는 게 많지 않아. 집에서 치료해도 될 것 같아. 예전에 그쪽 병동에 간호사가 열 명이 넘었는데 이젠 완전히 문을 닫으려고 해. 지역에 돌려줘야지."

스캐슬로크 박사는 머리카락이 모래색이고 섀도만큼 키가 컸지만 훨씬 말랐다. 섀도는 그가 술집 주인과 닮은 것 같다는 생각이 들었다. 혹시 두 사람이 친척은 아닐까 궁금했다. 의사는 몇 가지 처방전을 써 주었다. 모이라가 그것을 낡은 흰색 레인지 로버 열쇠와 함께 섀도에게 건넸다.

섀도는 다음 마을로 운전해 간 뒤 약국을 찾아서 처방 약이 나오기를 기다렸다. 이곳의 춥고 축축한 여름 날씨 때문에 잘 팔리지 않아 애처롭게 넘쳐 나는 선탠로션과 크림을 바라보며 환히 불이 켜진 통로에서 어색하게 서 있었다.

"미국인 씨네요." 뒤쪽에서 여자의 목소리가 들렸다.

돌아보니 술집에서와 똑같은 올리브그린 스웨터를 입은 짧은 검은 머리의 여자였다.

"그런 것 같네요." 섀도가 말했다.

"동네 소문에 의하면 몸이 안 좋은 올리를 도와주고 있다면서요."

"소문 빠르네요."

"동네 소문은 빛보다 빠르죠. 난 캐시 버글래스라고 해요."

"섀도 문입니다."

"이름 멋있네요. 소름 돋았어요." 그녀가 웃었다. "이 동네에서 계속 어슬렁거릴 예정이라면 마을 지나 바로 나오는 언덕에 가 보세요. 언덕을 쭉 올라가다가 길이 갈라지면 왼쪽으로 가세요. 우즈 힐로 이어져요. 경치가 끝내주죠. 공동 통행로에요. 왼쪽으로 쭉 가다가 위로 올라가면 돼요. 가 보면 알 거예요."

그녀가 미소 지었다. 원래 낯선 사람들에게 친절한 성격인지도 몰랐다.

"그래도 당신이 아직 이 동네에 있다는 게 놀랍진 않아요. 이 동네는 일단 갈고리처럼 사람들을 탁 붙잡고 절대로 놔주지 않거든요." 그녀는 또다시 미소를 보였다. 따뜻한 미소였다. 그리고 뭔가를 알아보려는 듯 그의 눈을 똑바로 바라보았다. "파텔 부인이 처방 약을 다 준비하신 모양이네요. 얘기 즐거웠어요, 미국인 씨."

IV. 키스

섀도는 모이라를 도왔다. 마을 상점까지 걸어가 그녀의 쇼핑 목록에 담긴 것들을 사 왔다. 한편 모이라는 주방 식탁에서 뭔가를 쓰거나 침실 앞 복도에서 서성거렸다. 그녀는 말이 거의 없었다. 섀도는 하얀 레인지 로버를 타고 이런 저런 심부름을 하러 다녔고 올리버는 주로 화장실을 오가는 모습만 복도에서 볼 수 있었다. 그는 섀도에게 말을 걸지 않았다.

집안은 온통 고요했다. 섀도는 검은 개가 지붕에 쪼그리고 앉아 햇빛을 가로막고, 모든 감정, 느낌, 진실을 차단해 버리는 모습을 상상했다. 분명 무언가가 이 집의 볼륨을 낮추고 컬러를 흑백으로 바꿔 버렸다. 그는 다른 곳으로 가고 싶었지만 올리버와 모이라를 그냥 두고 가 버릴 순 없었다. 그는 침대에 앉아 창문에 부딪혀 흘러내리는 비를 바라보면서 다시는 돌아오지 않을 시간이 초 단위로 줄어드는 걸 느꼈다.

줄곧 비가 내리고 추웠다가 사흘째 되는 날 해가 나왔다. 따뜻해지진 않았지만 섀도는 잿빛 실안개에서 벗어나 동네 구경을 하기로 했다. 들판을 건너고 오솔길을 올라가 기다란 돌벽 담을 지나 이웃 마을로 갔다. 널빤지보다 조금 큰 다리가 좁은 시내에 걸려 있었다. 섀도는 그냥 한번에 뛰어 물을 건넜다. 언덕 아래에는 참나무, 산사나무, 플라타너스, 너도밤나무 등 나무가 많았는데 위로 올라갈수록 줄어들었다. 그는 길이 맞는지 분간이 잘 되지 않는 구불구불한 오솔길을 올라가 언덕의 높은 곳에 자연스럽게 생겨난 휴식 공간 같은 작은 초원에 이르렀다. 거기에서 언덕을 등지니 사방이 온통 잿빛과 초록색의 계곡과 산봉우리였다. 아이들 그림책의 삽화를 보는 느낌이었다.

그는 혼자가 아니었다. 짧은 검은 머리의 여자가 산비탈의 회색 바위에 편하게 자리 잡고 앉아서 스케치하고 있었다. 뒤쪽의 나무가 바람막이가 되어 주었다. 여자는 초록색 스웨터와 청바지 차림이었다. 섀도는 얼굴을 보지 않고도 캐시 버글래스임을 알았다.

그가 가까이 가자 그녀가 고개를 돌렸다. "어때요?" 그녀가 스케치북을 높이 들어 보여 주었다. 연필로 그린 산비탈 그림이었다.

"실력이 아주 좋네요. 화가인가요?"

"그냥 취미 삼아서요."

섀도는 지금까지 영국인들을 만나 본 경험에 비추어 그냥 취미 삼아서 한다는 말이, 정말로 그냥 취미이거나 런던 내셔널 갤러리나 테이트 모던에 작품을 전시한다는 뜻이거나 둘 중 하나임을 알았다.

"춥겠어요. 스웨터밖에 안 입었네요." 섀도가 말했다.

"추워요. 여기 날씨에 익숙해서 그런지 그렇게 신경 쓰이진 않네요. 올리는 좀 어때요?"

"아직 좀 안 좋아요."

"안타까워라." 그녀는 스케치북과 산비탈로 계속 시선을 옮겼다. "근데 사실 올리는 별로 안 됐다는 마음이 들지 않아요."

"왜죠? 그가 잡다한 지식을 늘어놔서 지루하게 했나요?"

캐시가 빵 터지듯 웃었다. "당신은 이 동네 뒷말을 좀 더 캐내고 다녀야겠어요. 올리와 모이라는 처음에 바람으로 만난 사이에요."

"그건 압니다. 직접 얘기 들었어요." 섀도는 잠깐 생각에 잠겼다. "혹시 올리랑 사귀는 사이였나요?"

"아뇨. 올리가 아니라 모이라 쪽이에요. 대학 때부터 사귀었던 사이죠." 그녀는 잠깐 말을 멈추고 연필로 음영을 넣었다. 스케치북 위에서 연필이 부지런히 사각거렸다. "나한테 키스할 건가요?" 그녀가 물었다.

"어……" 그는 솔직하게 말했다. "그런 생각 안 했는데요."

"흠." 그녀가 고개를 돌려 그를 보고 웃었다. "생각했을 텐데. 내가 여기 우즈 힐을 알려 줬고 날 보러 온 거잖아요." 그녀는 다시 스케치북으로 시선을 옮겼다. "이 언덕에서 아주 사악한 일이 벌어졌다고 해요. 아주 지저분하고 사악한 일. 그래서 나도 지저분하게 한번 놀아 볼까 했죠. 모이라의 손님하고."

"복수 계획 같은 건가요?"

"계획 같은 건 아니에요. 그냥 당신이 마음에 들어요. 이제 이 동네엔 날 좋아하는 사람도 없고. 여자로서요."

섀도가 마지막으로 여자와 키스한 건 스코틀랜드에서였다. 그녀가 떠올랐다. 마지막에 그녀가 변신한 모습도. "당신 진짜 맞죠?" 그가 물었다. "내 말은……진짜 사람 맞느냐고요."

그녀는 스케치북을 바위에 내려놓고 일어섰다.

"한번 키스해 봐요. 맞는지."

그는 망설였다. 그녀가 한숨을 쉬고 먼저 키스했다.

쌀쌀한 산비탈만큼 캐시의 입술도 차가웠지만 입안은 부드러웠다. 혀가 맞닿자 섀도는 몸을 뒤로 뺐다.

"난 당신을 잘 알지도 못하는데."

그녀가 뒤로 몸을 기울이고 그를 올려다보았다. "있잖아요, 요즘 내가 간절히 바라는 건 진짜 나를 봐줄 사람이에요. 이름도 특이한 당신이 나타나기 전까진 포기했었죠, 미국인 씨. 당신을 보면서 느꼈어요. 아, 이 사람은 진짜 나를 봐주는구나. 그게 가장 중요해요."

섀도는 그녀를 껴안고 스웨터의 보드라운 감촉을 느꼈다. "이 동네에 얼마나 더 있을 건가요?" 그녀가 물었다.

"며칠 더요. 올리버가 괜찮아질 때까지."

"아쉬워라. 그냥 영원히 있으면 안 돼요?"

"미안하지만 뭐라고요?"

"뭐가 미안해요. 저쪽에 틈새 보여요?"

섀도는 산비탈을 훑어보았지만 그녀가 가리키는 곳이 어딘지 알 수 없었다. 산비탈은 잡초와 키 작은 나무, 반쯤 무너진 돌벽이 복잡하게 얽혀 있었다. 그녀는 자신의 그림을 가리켰다. 언덕 측면으로 가시 금작화 덤불 한가운데에 마치 아치형 입구 같은 까만 모양이 그려져 있었다. "저기잖아요." 이번에는 한번에 눈에 들어왔다.

"저게 뭔데요?"

"지옥으로 가는 문." 그녀가 힘주어 말했다.

"그렇군요."

캐시가 싱긋 웃었다. "여기 사람들은 그렇게 불러요. 원래는 로마 신전이었을 거예요. 더 오래된 것일 수도 있고. 지금은 폐허만 남았죠. 저런 거 좋아하면 한번 가 봐요. 실망할 수도 있어요. 그냥 언덕으로 다시 들어가는 작은 통로일 뿐이거든요. 고고학자들이 저길 좀 파헤쳐 줬으면 좋겠는데 그런 일이 일어나진 않네요."

섀도는 그녀의 그림을 보았다. "검은 개에 대해 잘 알아요?"

"숙스 레인의 검은 개요?" 그가 고개를 끄덕였다. "예전에는 그 개 유령이 이 근방 전역에 나타났다고 해요. 이젠 숙스 레인에만 나타나고. 스캐슬로크 박사가 민간설화라고 말해 준 적이 있어요. '유령 사냥개'는 오딘의 늑대 프레키와 게리를 바탕으로 한 유령 사냥에서 나온 거죠. 내 생각엔 그보다 더 오래된 것 같아요. 원시시대 드루이드처럼요. 불의 고리 너머 어둠 속을 배회하며 혼자서 너무 멀리까지 간 사람들을 찢어 버리죠."

"본 적 있어요?"

그녀는 고개를 저었다. "아뇨. 궁금해서 찾아보긴 했는데 본 적은 없어요. 이 동네에 사는 거의 상상의 동물이죠. 당신은 봤어요?"

"아뇨. 본 것 같기도 하고."

"당신이 이 동네에 와서 검은 개를 깨웠나 보네요. 당신은 나도 깨웠으니까."

그녀는 그의 얼굴을 잡아당겨 다시 키스했다. 그녀의 손보다 훨씬 커다란 그의 왼손을 잡고 스웨터 안으로 가져갔다.

"캐시, 내 손 차가워요."

"난 모든 게 차가운데요. 여긴 차가운 것밖에 없거든요. 그냥 웃으면서 능숙한 모습을 보여 줘요." 그녀는 섀도의 왼손을 좀 더 높이, 레이스 브래지어로 가져갔다. 그는 레이스 아래로 단단한 젖꼭지와 둥글고 보드라운 가슴을 느꼈다.

그는 조금씩 어색함과 불확실함이 합쳐진 망설임에 굴복하기 시작했다. 이 여자에 대한 감정이 어떤지 확신이 없었다. 그가 신세를 지고 있는 모이라와 관련 있는 여자가 아닌가. 예전에 이용당한 적이 많아서 이용당하는 느낌을 싫어하는 그였다. 하지만 어느새 그의 왼손은 그녀의 가슴을, 오른손은 목덜미를 어루만지고 있었다. 그의 몸이 뒤로 기울어졌고 그녀가 입술을 포개며 바짝 매달렸다. 마치 그와 완전히 똑같은 공간을 차지하고 싶은 듯. 그녀의 입술은 민트와 돌, 풀, 차가운 오후 바람의 맛이 났다. 그는 눈을 감고 키스와 함께 두 사람의 몸이 움직이는 것을 즐겼다.

캐시가 갑자기 얼어붙었다. 가까운 곳에서 고양이의 울음소리가 들렸다. 섀도는 눈을 떴다.

"이런."

사방에 고양이가 득실거렸다. 하얀 고양이, 얼룩무늬 고양이, 갈색 고양이, 연한 적갈색 고양이, 검은 고양이, 장모종, 단모종. 목에 칼라를 단 포동포동한 고양이, 헛간이나 야생을 전전한 듯 귀가 뜯겨 나간 고양이. 녀석들은 초록색과 파란색, 금색의 눈으로 일제히 섀도와 캐시를 쳐다보았다. 가끔 꼬리를 휙 움직일 뿐 꿈쩍도 하지 않았지만 깜빡이는 두 눈이 살아 있는 생물체임을 말해 주었다.

"이상하네요." 섀도가 말했다.

캐시가 한걸음 뒤로 물러났다. 섀도는 그녀를 애무하던 손을 뗐다. "당신 일행이에요?" 그녀가 물었다.

"그 누구의 일행도 아닌 것 같은데요. 고양이잖아요."

"고양이들이 질투하는 것 같아요. 봐요. 날 싫어하는 눈빛이야."

"그건 말도……" 섀도는 '안 된다'라고 할 생각이었지만 한편으로는 맞는 것 같기도 했다. 과거 한 대륙 너머에 그를 좋아한 여자가 있었다. 여신인 그녀는 그녀 나름대로 그를 좋아했다. 그녀의 바늘처럼 날카로운 손톱과 고양이처럼 거친 혀가 떠올랐다.

캐시가 감정에 휘둘리지 않고 초연하게 말했다. "미국인 씨, 난 당신이 누구인지 몰라요. 당신이 어째서 진짜 나를 볼 수 있는지, 왜 내가 다른 사람들과 달리 당신에게만큼은 솔직한 마음을 드러낼 수 있는지 모르겠어요. 이유는 모르겠지만 전부 사실이에요. 당신은 겉으로는 평범하고 조용해 보이지만 나보다 훨씬 더 이상한 사람이에요. 난 엄청나게 이상하거든요."

섀도가 말했다. "가지 말아요."

"올리하고 모이라한테 날 만났다고 하세요. 할 말이 있으면 마지막으로 봤던 곳에서 기다리겠다고요." 그녀는 스케치북과 연필을 들고 고양이들 사이를 조심스럽게 지나친 뒤 씩씩하게 걸어갔다. 고양이들은 그녀에겐 눈길조차 주지 않았다. 그녀가 바람에 흔들리는 풀과 나뭇가지를 헤치며 멀어지는 동안 오로지 섀도에게서 시선을 떼지 않았다.

섀도는 캐시를 소리쳐 부르고 싶었지만 쭈그리고 앉아서 고개를 돌려 고양이들을 바라보았다. “무슨 일이지? 바스테트, 당신 짓이야? 집에서 멀리도 왔네. 내가 누구랑 키스하든 왜 아직도 신경 쓰지?”

섀도의 말과 함께 주문이 풀렸다. 고양이들은 움직이거나 시선을 딴 데로 돌리거나 일어나거나 몸을 열심히 핥았다.

얼룩 고양이 한 마리가 섀도의 손에 얼굴을 대고 밀치면서 관심을 요구했다. 섀도는 멍한 상태로 고양이의 이마를 쓰다듬어 주었다. 그 순간 고양이가 휘어진 단검처럼 잽싸게 그의 팔뚝을 할퀴어 피를 내더니, 가르랑거리고는 돌아섰다. 바위 뒤로, 덤불로 들어간 고양이 떼가 순식간에 자취를 감추었다.

V. 산 자와 죽은 자

섀도가 돌아가 보니 올리버는 방에서 나와 따뜻한 부엌에 앉아 있었다. 옆에 머그잔을 두고 로마 건축에 관한 책을 읽는 중이었다. 옷도 입었고 턱을 면도하고 콧수염도 다듬은 상태였다. 파자마 세트에 체크 무늬 가운을 걸쳤다.

“좀 괜찮아졌어.” 그가 섀도를 보고 말했다. “자네도 이런 적 있나? 우울증 말이야.”

“생각해 보면 있었던 것 같아요. 아내가 죽었을 때 그 무엇도 의미가 없었죠. 오랫동안요.”

올리버가 고개를 끄덕였다. “힘들지. 검은 개가 진짜로 존재한다는 생각이 가끔 들어. 침대에 누우면 푸셀리의 그림이 생각나. 잠자는 여인의 가슴에 올라탄 악몽. 아누비스처럼 말이야. 아니, 세트. 크고 까만 거. 세트가 어떻게 생겼더라? 당나귀처럼 생겼었나?"

"세트는 만나 본 적이 없어서요. 저보다 앞 세대라."

올리버가 웃음을 터뜨렸다. "비꼬는 유머가 훌륭한데. 미국인들은 그런 농담 안 한다던데. 아무튼 이젠 다 지나갔어. 다시 멀쩡해. 세상에 나갈 준비 됐어." 그는 차를 한 모금 마셨다. "좀 창피하긴 하네. 이제 바스커빌 가의 사냥개라는 꼬리표가 붙어 다닐 거 아냐."

"창피하실 거 하나도 없어요." 영국인은 별것 아닌 일에도 당혹감을 느낀다는 사실을 떠올리며 섀도가 말했다.

"그래도 바보 같은 짓이긴 했지. 아무튼 훨씬 기운이 나."

섀도가 고개를 끄덕였다. "이제 회복되셨으니 그럼 전 슬슬 가 봐야겠어요."

"서두를 것 없지. 어울릴 사람이 있으면 언제든 반갑거든. 내 바람과 달리 모이라하고 나는 외출을 별로 안 하는 편이야. 걸어서 술집에 가는 게 전부지. 이 동네는 그렇게 재밌는 일이 없거든."

정원에 나가 있던 모이라가 들어왔다. "전지가위 본 사람? 분명 있었는데. 이러다가 내 머리도 잊어버리는 거 아닌지 몰라."

전지가위가 뭔지 잘 모르는 섀도는 그냥 고개를 저었다. 그는 언덕에서 고양이들이 이상하게 행동했던 일을 이야기하려고 했지만, 어떻게 이상했는지 제대로 설명할 방법이 떠오르지 않았다. 그래서 별생각 없이 이렇게 말했다. "우즈 힐에서 캐시 버글래스를 만났습니다. 지옥으로 가는 문을 알려 주던데요."

올리버와 모이라가 섀도를 쳐다보았다. 갑자기 주방에 어색한 침묵이 감돌았다. "그걸 그리고 있더군요."

올리버가 그를 보며 말했다. "무슨 말인지 이해가 안 되네."

"이 동네 온 뒤로 두 번 마주쳤거든요."

"뭐라고?" 모이라의 얼굴이 새빨갛게 변했다. "뭐? 지금 무슨 말을 하는 거야? 네가, 네가 뭔데 우리 집에 와서 그런 말을 하는 거야?"

"아무도, 아무도 아닙니다. 캐시가 먼저 나에게 말을 걸었어요. 당신하고 예전에 사귄 사이였다고."

모이라는 섀도를 치기라도 할 기색이었지만 그냥 이렇게 말했다. "캐시는 우리가 헤어진 후에 여길 떠났어. 그렇게 좋은 이별이 아니었어. 캐시가 상처를 많이 받았고 경악스러운 행동을 보이다가 어느 날 갑자기 한밤중에 마을을 떠난 다음 다신 돌아오지 않았어."

"그 여자 얘긴 하고 싶지 않군. 지금도 앞으로도." 올리버가 조용히 말했다.

"그 여자 술집에도 있었잖아요." 섀도가 말했다. "첫날 저녁에요. 그땐 두 분 다 그 여자를 싫어하는 기색이 없었는데요."

모이라는 섀도가 마치 외국어로 말하기라도 한 것처럼 쳐다보기만 할 뿐 아무런 대답이 없었다. 올리버는 이마를 긁적이고 "난 못 봤는데."라고만 말할 뿐이었다.

"오늘 만났을 땐 두 분에게 안부 전해 달라고 하던데요. 두 분이 할 말이 있으면 기다리고 있겠다고 했습니다."

"우린 할 말 없어. 단 한마디도." 모이라의 눈가가 촉촉해졌지만 우는 것은 아니었다. "믿을 수가 없네, 진짜. 우리한테 그런 짓을 해 놓고서 다시 나타나다니. 천벌 받아도 싼 인간." 모이라는 욕설에 익숙하지 않은 듯이 욕설을 내뱉었다.

올리버는 책을 내려놓았다. "미안. 좀 안 좋아졌어." 그는 침실로 돌아가 문을 닫았다.

모이라는 거의 자동으로 올리버의 머그잔을 들어 싱크대로 가서 남은 찻물을 버리고 닦기 시작했다.

"이래놓고 기분이 퍽 좋겠어." 그녀는 하얀색 플라스틱 솔로 머그잔에 그려진 베아트릭스 포터의 집 그림을 벗겨 낼 듯이 박박 문질렀다. "겨우 정상으로 돌아오고 있었는데."

"저렇게까지 언짢아 하실 줄은 몰랐어요." 섀도는 캐시 얘기를 꺼낸 것에 죄책감을 느꼈다. 그는 캐시와 집주인 커플이 과거에 얽힌 사이라는 걸 알지만 할 수 있는 말이 없었다. 언제나 침묵이 더 안전하다.

모이라는 초록색과 하얀색의 마른행주로 머그잔을 닦았다. 행주의 흰색 부분은 익살스러운 양, 초록색은 풀밭이었다. 그녀는 아랫입술을 깨물었다. 이번에는 촉촉해진 눈가의 눈물이 뺨을 타고 흘러내렸다. "혹시 캐시가 내 얘기 했어?"

"그냥 두 분 얘기가 예전에 떠들썩했다고만요."

모이라는 고개를 끄덕이고 마른행주로 동안이면서도 노안인 얼굴에서 눈물을 훔쳤다. "캐시는 내가 올리와 사귀는 걸 견디지 못했어. 내가 집을 나간 후 다신 붓을 들지 않았고 아파트를 잠가 버린 뒤 런던으로 가 버렸어." 그녀는 세게 코를 풀었다.

"그래도 지금이 좋아. 우리가 선택한 삶이니까. 올리는 좋은 사람이야. 그냥 머릿속에 검은 개가 있는 것뿐이야. 우리 어머니도 우울증이 있었어. 쉽지 않은 거 알아."

"괜히 저 때문에 상황이 악화된 것 같네요. 그만 떠나겠습니다."

"가도 내일 가. 쫓아내지 않을 거야. 그 여자를 만난 건 당신 잘못이 아니잖아. 안 그래?" 그녀의 어깨가 축 처졌다. "저기 있네. 냉장고 위에." 그녀는 아주 작은 원예 가위처럼 생긴 것을 가져왔다. "전지가위야. 주로 장미에 써."

"올리하고 얘기하실 거예요?"

"아니. 올리하고 캐시 얘기를 했다가 좋게 끝난 적이 없거든. 게다가 지금 상태에서 했다간 완전히 나빠질 수 있어. 스스로 털어 버리게 그냥 내버려 둬야지."

그날 섀도는 유리 케이스에 든 고양이가 노려보는 가운데 술집에서 홀로 저녁을 먹었다. 아는 얼굴이 하나도 보이지 않았다. 마을에서 즐겁게 잘 지내고 있다는 이야기를 주인과 짧게 나누었을 뿐이었다. 그는 식사를 다 하고 모이라의 집으로 걸어갔다. 숚스 레인의 교수대 나무 오래된 플라타너스를 지나쳤다. 달빛 아래 들판에서 움직이는 것은 아무도 없었다. 개도 당나귀도.

집안은 불이 전부 꺼져 있었다. 그는 최대한 조용히 방으로 들어갔고 침대에 눕기 전에 모든 짐을 배낭에 넣었다. 아침 일찍 떠날 생각이었다.

작은 방의 침대에 누워 달빛을 바라보았다. 술집에 서 있었을 때 캐시 버글래스가 옆에 서 있었던 것을 떠올렸다. 술집 주인과 나눈 대화, 첫날 저녁 사람들과 나눈 대화, 유리 상자 속의 고양이도 떠올렸다. 그러다 보니 자고 싶은 마음이 달아나 버렸다. 작은 침대에 누운 채 정신이 완전히 말똥말똥했다.

섀도는 필요하면 대단히 조용히 움직일 수 있었다. 침대에서 내려가 옷을 입고 등산화를 들었다. 창문을 열고 창턱을 넘어 화단의 흙 위로 조용하게 착지했다. 어둠 속에서 일어나 신발을 신고 끈을 묶었다. 보름달이 되기까지 며칠 남지 않은 달이라 적당히 밝아서 그림자가 생겼다.

섀도는 벽 역의 캄캄한 쪽으로 들어가서 기다렸다.

그는 평소 자신의 행동이 얼마나 이성적인 편인지 생각해 보았다. 잘못된 선택을 하는 경우가 많아 보였다. 지금 이게 잘하는 행동은 아닌 것 같았고 경험상 이럴 때마다 예상치 못한 일이 생길 때가 많았다. 하지만 그렇다 해도 어차피 몇 시간 후에 나갈 생각이었지 않은가.

그는 잔디밭을 지나는 여우, 작은 쥐를 따라가 죽이는 데 성공한 자부심 넘치는 흰 고양이, 정원 벽을 지나가는 다른 고양이 몇 마리를 지켜보았다. 화단에서 그림자 사이를 살금살금 움직이는 족제비도 보았다. 하늘에서는 별자리가 느리게 줄을 지어 움직였다.

현관문이 열리고 누가 나왔다. 모이라일 줄 알았는데 잠옷에 타탄 무늬의 도톰한 가운을 걸친 올리버였다. 거기에 무릎까지 오는 웰링턴 부츠를 신어서 흑백 영화에 나오는 병자 혹은 연극에 나오는 사람처럼 다소 우스꽝스러워 보였다. 달빛 아래 사방이 흑백으로 물든 상태였다.

올리버는 딸깍 소리가 나도록 현관문을 밀어서 닫고 길을 향해 걸어갔다. 자갈길이 아니라 잔디밭 쪽이었다. 힐끔 뒤돌아보지도 주변을 둘러보지도 않고 그냥 도로로 쭉 걸어갔다. 섀도는 올리버가 거의 보이지 않게 되어서야 따라가기 시작했다. 그는 그가 어디를 가는지, 왜 가야만 하는지 알고 있었다.

섀도는 더 이상 자문하지 않았다. 둘의 목적지가 어디인지는 분명했으니까. 사람이 꿈속에서 확신하듯 확실했다. 그는 우드 힐을 향해 절반쯤 올라갔을 때 나무 그루터기에 앉아 자신을 기다리는 올리버를 보고도 놀라지 않았다. 동쪽 하늘이 아주 약간 밝아지고 있었다.

"지옥으로 가는 문." 작은 체구의 남자가 말문을 열었다. "내가 아는 한 그들은 항상 그걸 그렇게 불렀지. 아주 오래전으로 거슬러 올라가서."

두 남자는 구불구불한 길을 함께 올라갔다. 줄무늬 잠옷에 가운을 걸치고 큼지막한 검은색 고무장화를 신은 올리버의 모습은 멋지면서도 익살스러운 데가 있었다. 섀도는 심장이 마구 뛰었다.

"그녀를 어떻게 언덕으로 데려왔습니까?" 섀도가 물었다.

"캐시? 아니야. 언덕에서 만나자고 한 건 그녀였어. 그 여잔 여기 올라와서 그림 그리는 걸 좋아했거든. 멀리서까지도 그녀가 보이지. 이 언덕은 성스러워. 그녀는 그래서 좋아했지. 물론 기독교인들한테 성스러운 건 아니고, 정반대의 오랜 종교에서 봤을 때지만."

"드루이드교요?" 섀도는 영국에 오래된 종교가 또 뭐가 있는지 잘 몰랐다.

"드루이드교일 수도 있어. 확실히. 하지만 그건 드루이드교보다 오래됐을 거야. 이름은 없어. 그냥 여기 사람들이 그들이 믿는 다른 종교 아래에서 실행하는 거니까. 드루이드교, 노르드교, 가톨릭, 개신교 상관없어. 그런 종교는 사람들이 립 서비스나 하는 종교지. 옛날 종교야말로 곡식을 일으키고 발기도 유지해 주고 자연경관이 아름다운 지역에 고속도로가 뚫리지 않게 막아 주지. 지옥으로 가는 문도 서 있고 언덕도 서 있고 이 지역도 서 있어. 2천 년 넘게 다들 멀쩡하다고. 그렇게 강력한 것들을 건드리면 안 되지."

"모이라는 모르죠? 캐시가 마을을 떠난 걸로 알고 있던데요." 동쪽 하늘이 계속 밝아지긴 했지만 아직 밤이었다. 서쪽의 거무스름한 자줏빛 하늘에는 별들이 수놓아져 있었다.

"모이라는 그렇게 생각할 필요가 있었지. 달리 어떻게 생각했겠어? 경찰이 관심을 보였다면 달라졌겠지만……흠. 언덕과 문은 자기를 스스로 보호해."

그들은 산비탈의 작은 초원에 도착했다.

캐시가 올라가 그림을 그렸던 바위를 지나쳤다.

그들은 언덕을 향해 걸어갔다.

"슉스 레인의 검은 개. 그게 개라고 생각하지 않지만 아무튼 굉장히 오래전부터 있었지." 올리버는 가운 주머니에서 LED 손전등을 꺼냈다. "정말 캐시와 얘길 했나?"

"네. 키스까지 했는데요."

"이상하군."

"처음 본 건 내가 당신과 모이라를 만난 저녁에 술집에서였습니다. 거기서부터 문제의 실마리를 찾아보기 시작했습니다. 오늘 모이라는 캐시를 오랫동안 보지 못한 것처럼 얘길 했어요. 내가 물어보니까 어리둥절해했죠. 하지만 캐시는 첫날 내 바로 뒤에 서서 우리한테 말까지 했거든요. 오늘은 술집에서 캐시가 들렀느냐고 물어봤더니 다들 무슨 얘긴지 모르더군요. 이 동네에선 서로 모르는 사람이 없을 텐데 말이죠. 그러자 모든 게 맞아떨어지더군요. 그녀가 했던 말이 이해됐어요. 전부."

올리버는 캐시가 지옥으로 가는 문이라고 부른 장소에 거의 도착했다. "간단할 거라고 생각했어. 그녀를 이 언덕에 주면 그녀가 우리 둘을 그냥 내버려 둘 거라고. 모이라를 내버려 둘 거라고. 대체 어떻게 그녀와 키스를 할 수 있었단 거지?"

섀도는 아무 말도 하지 않았다.

"이거야." 올리버가 말했다. 그것은 산비탈의 움푹 꺼진 공간이었다. 안으로 이어지는 짧은 복도 같은. 어쩌면 오래전에는 구조물이 있었을지도 모르지만 언덕은 비바람을 맞았고 돌은 처음에 있었던 언덕으로 돌아갔다.

"악마 숭배라고 생각하는 사람들도 있지만 틀렸어. 하지만 누군가의 신이 누군가의 악마일 수도 있겠지."

그는 통로로 들어갔다. 섀도도 따라갔다. "개소리 잘도 내뱉네. 넌 처음부터 개소리를 잘했어, 올리. 부랄 두 쪽 달린 겁쟁이." 여자의 목소리였다.

올리버는 움직이지도 반응하지도 않았다. "그녀는 여기 있어. 벽 속에. 내가 거기에 뒀지." 그는 벽에, 산비탈에 뚫린 짧은 통로에 손전등을 비추었다. 어떤 지점을 찾는 듯 돌로 쌓은 벽을 주의 깊게 살피더니 발견한 듯 끙

소리를 냈다. 주머니에서 작은 철제 도구를 꺼내 높이 올리고는 지렛대 삼아 작은 돌 하나를 움직였다. 그다음에는 정해진 순서대로 벽에서 돌을 꺼냈다. 하나 꺼낼 때마다 다음 돌을 꺼낼 공간이 생겼다. 그렇게 큰 돌과 작은 돌을 번갈아 가면서 빼냈다.

"좀 도와줘."

섀도는 벽 속에서 무엇이 나올지 알면서도 돌을 꺼내 땅에 차곡차곡 내려놓았다.

빈 곳이 커지면서 썩은 냄새와 곰팡내가 점점 더 심해졌다. 상한 고기 샌드위치 냄새 비슷했다.

섀도는 그녀의 얼굴을 먼저 보았다. 얼굴이라고도 하기 어려웠다. 볼은 꺼지고 눈은 사라지고 피부는 가죽처럼 까매서 주근깨가 있었는지 알 수 없었다. 하지만 짧고 검은 머리카락은 캐시 버글래스의 머리카락이 맞았다. 섀도는 LED 손전등 불빛으로 시신이 올리브그린 스웨터를 입었다는 걸 알 수 있었다. 청바지도 캐시의 청바지가 맞았다.

"웃기지. 당연히 여기 그대로 있을 거란 걸 아는데 확인하고 싶었어. 자네 얘길 듣곤 꼭 확인해 봐야겠는 거야. 아직 여기 그대로 있는 게 맞는지."

"죽여." 여자의 목소리가 말했다. "돌로 쳐, 섀도. 저자가 날 죽였어. 이젠 당신도 죽일 거야."

"날 죽일 겁니까?" 섀도가 물었다.

"흠, 그거야 당연하지." 작은 남자가 분별 있는 말투로 대답했다. "자넨 캐시에 대해 아니까. 자네가 죽으면 난 모든 걸 잊을 수 있을 거야. 드디어."

"잊어요?"

"용서하고 잊는 것. 하지만 힘들어. 나를 용서하는 건 쉽지 않지만 분명 잊을 순 있을 거야. 저거 봐. 여기 자네가 들어갈 공간도 충분해. 비집고 들어가긴 해야겠지만."

섀도는 작은 남자를 내려다보았다. "궁금해서 묻는 건데요, 날 벽에 어떻게 넣을 겁니까? 총도 없는데. 그리고 내가 당신보다 몸집이 두 배나 크잖아요, 올리. 당장 당신 목을 부러뜨릴 수도 있어요."

"난 멍청한 사람이 아니야. 나쁜 사람도 아니고. 힘이 엄청나게 세지도 않아. 하지만 그런 건 하나도 중요하지 않다네. 내가 그런 짓을 한 건 악해서가 아니라 질투 때문이었어. 하지만 난 절대 여기 혼자 오진 않을 거야. 여긴 검은 개의 신전이야. 이곳은 최초의 신전이었지. 스톤헨지 돌기둥 이전에 말이야. 신전은 기다리고 숭배되고 제물을 받고 공포와 회유의 대상이 되기도 했지. 블랙 숙, 바게스트, 패드풋, 위시하운드. 전부 다 여기 있었고 여전히 보초를 서고 있어."

"돌로 쳐요." 캐시의 목소리가 들렸다. "지금 쳐요, 섀도, 제발."

그들이 서 있는 통로는 산비탈로 약간 들어가 있었는데 돌벽이 딸린 인공 동굴이었다. 고대부터 있었던 신전 같지도 않고 지옥으로 가는 문 같지도 않았다. 동트기 전의 하늘이 올리버의 주변으로 액자를 둘렀다. 그는 부드럽고 흔들림 없이 예의 바른 목소리로 말했다. "그는 내 안에 있고 나는 그 안에 있다."

그 순간 검은 개가 문가를 꽉 채우며 바깥세상으로 이어지는 길을 차단했다. 섀도는 그것이 뭐든 진짜 개가 아니란 걸 알 수 있었다. 눈에서 정말로 빛이 났는데 썩어 가는 바다생물을 떠올리게 했다. 크기와 위협적인 존재감이 늑대와 맞먹었다. 호랑이가 스라소니에게 그렇듯 위험과 위협으로 만들어진 완전한 육식동물. 그것은 올리버보다 자신만만해 보이는 얼굴로 섀도를 노려보았고 가슴 깊은 곳에서 나오는 듯한 나직하게 으르렁거리는 소리를 냈다. 그리고 순식간에 갑자기 달려들었다.

새도는 한쪽 팔을 올려 목을 보호했다. 개가 그의 팔꿈치 바로 아래쪽을 물었다. 극심한 고통이었다. 맞서 싸워야 하는데 무릎을 꿇고 주저앉은 데다 비명을 지르고 있었다. 제대로 생각하거나 집중하는 게 불가능했다. 이것에 잡아먹힐까 봐, 이것이 팔을 으스러뜨릴까 봐 두려울 뿐이었다.

그는 이 개가 지금 자신이 느끼는 공포를 만들어 내는 것 같다는 의심이 들었다. 평소 그렇게 아무것도 하지 못할 정도로 공포를 느끼는 그가 아니었다. 하지만 그건 상관이 없었다. 개가 팔을 놔주었을 때 그는 울고 있었고 온몸이 떨렸다.

올리버가 말했다. "저기로 들어가라, 섀도. 벽의 빈틈으로. 어서. 안 그러면 네 얼굴을 씹어 먹게 하겠다."

팔에서 피가 흘렀지만 그는 자리에서 일어나 아무런 대꾸도 없이 어둠 속의 빈틈으로 들어갔다. 여기 저 짐승과 같이 있는다면 그는 곧 큰 고통 속에서 죽을 게 분명했다. 내일은 내일의 태양이 떠오르리라는 것만큼이나 확실한 사실이었다.

"그래." 머릿속에서 캐시의 목소리가 말했다. "내일도 태양은 떠오를 거야. 하지만 지금 정신 차리지 않으면 넌 그걸 못 봐."

캐시의 시체가 있는 벽의 틈에는 그가 들어갈 자리가 겨우 있었다. 섀도는 그녀의 얼굴이 유리 상자 속 고양이와 똑같은 고통과 분노로 일그러져 있었다는 사실을 떠올리고는 문득 그녀가 살아 있는 채로 벽에 파묻혔다는 사실을 깨달았다.

올리버가 바닥에서 돌을 하나 들어 벽의 틈새에 끼웠다. "내 생각은 이래." 그가 두 번째 돌을 올리면서 말했다. "저건 선사시대의 이리인 것 같아. 하지만 이리보다 훨씬 크지. 인간이 동굴에 모여 살던 시절 우리 꿈이 만들어 낸 괴물인지도 몰라. 아니면 그냥 늑대였거나. 우린 지금보다 훨씬 덩치가 작아서 빨리 달아나지 못했겠지."

섀도는 뒤쪽의 벽에 기대었다. 오른손으로 왼팔을 세게 눌러 지혈했다. "여긴 우드의 언덕이고 저건 우드의 개다. 당연히 그의 개겠지."

"상관없어." 올리버가 돌을 계속 쌓았다.

"올리. 저 짐승은 당신을 죽일 거야. 이미 당신 안에 들어가 있어. 좋은 일이 아니야."

"올드 숙은 절대 날 해치지 않아. 올드 숙은 날 사랑해. 그리고 캐시는 벽에 있어." 올리버가 손에 든 돌을 바닥에 쌓인 돌 위로 떨어뜨렸다. "이제 너도 그녀와 같이 벽에 있어. 널 기다리는 사람은 없어. 아무도 널 찾지 않을 거야. 널 위해 울어 주는 사람도 없을 거야. 널 그리워하는 사람도 없을 거야."

순간 섀도는 어떻게 알았는지 도무지 알 수 없지만 알 수 있었다. 그 좁은 벽 틈새에 둘이 아니라 셋이 있다는 걸. 아직 썩은 내가 풍기는 캐시 버글래스의 시신 그리고 영혼으로 존재하는 무언가가 있었다. 그것은 섀도의 다리를 휘감더니 다친 손을 부드럽게 머리로 받았다. 가까이에서 목소리가 들렸다. 억양은 낯설지만 그가 아는 목소리였다.

고양이가 사람으로 여자로 변신한다면 그렇게 말할 법한, 표현이 풍부하고 어둡고 노래 같은 그런 목소리였다. 넌 여기 있으면 안 돼, 섀도. 이제 그만 행동을 해. 세상이 너 대신 결정하게 놔두지 말고.

섀도는 소리 내어 말했다. "그렇게 말하면 억울하지, 바스테트."

"조용히 해. 그러다 큰일 나." 올리버가 부드럽게 말했다. 그는 빠르고 효율적으로 벽에 돌을 쌓았다. 어느새 벽이 섀도의 가슴만치 메꿔졌다.

그르르릉. 예쁜이, 정말 상황 파악을 못 하는구나. 넌 네가 누구이고 무엇이고 그게 무슨 뜻인지 모르는군. 네가 이 언덕의 이곳에서 벽으로 세워지면 이 신전은 영원히 서 있을 거야. 이 동네 사람들이 가진 제각각의 믿음이 뭐든 간에 그게 마법을 만들어 내겠지. 하지만 태양이 떨어지고 하늘은 잿빛으로 변할 거야. 만물이 슬퍼할 거야. 무엇 때문에 슬퍼하는지도 모른 채. 인간에게도 고양이에게도, 기억되는 자와 잊힌 자들에게도 모두 더 끔찍한 세상이 될 것이다. 넌 죽었고 또 살아났어. 넌 중요한 인간이야, 섀도. 어느 산비탈에 숨겨진 슬픈 제물로 죽음을 맞이해선 안 돼.

"그래서 나보고 어쩌라는 거야?" 섀도가 속삭였다.

싸워. 저 짐승은 정신적인 존재야. 너한테서 힘을 가져가지, 섀도. 저건 네가 가까이 있어서 더 진짜가 됐어. 올리버를 소유할 만큼, 널 해칠 만큼 사실적인 존재가 된 거야.

"나?"

"유령이 아무한테나 말을 걸 수 있다고 생각해?" 어둠 속에서 캐시 버글래스의 다급한 목소리가 들렸다. "유령은 나방이고 당신은 불꽃이야."

"어째야 하는데? 팔도 다쳤고 목도 찢길 뻔했어."

오, 예쁜이. 저건 그냥 그림자, 밤의 개일 뿐이야. 좀 커진 자칼이라고.

"저건 진짜야." 섀도가 말했다. 마지막 돌이 벽을 메우고 있었다.

"아버지의 개가 정말로 무서워?" 여자의 목소리가 말했다. 여신이 말한 건지, 유령이 말한 건지 알 수 없었다.

하지만 그는 답을 알고 있었다. 그래, 그래. 그는 아버지의 개가 무서웠다.

왼팔은 고통만 가득할 뿐 쓸 수가 없었고 오른손은 피가 잔뜩 묻어 미끄럽고 끈적거렸다. 게다가 그는 벽과 돌 사이의 공간에 뒤덮여 있었다. 하지만 어쨌든 아직 살아 있었다.

"정신 차려." 캐시가 말했다. "난 할 수 있는 걸 다했어. 당신도 빨리 해."

섀도는 뒤쪽 돌벽으로 등을 단단히 받치고 발을 올렸다. 그다음에 등산화 신은 두 발로 힘껏 찼다. 그는 지난 몇 달 동안 무수히 많은 거리를 걸은 데다 덩치도 크고 보통 사람들보다 힘도 셌다. 그 한 번의 발차기에 모든 걸 쏟아부었다.

벽이 폭발했다.

절망의 검은 개가 그에게 달려들었다. 하지만 이번에는 섀도도 준비가 되어 있었다. 이번에 공격하는 쪽은 그였다. 그는 개를 꽉 움켜잡았다.

난 아버지의 개처럼은 안 될 거야.

섀도는 오른손으로 개의 턱을 닫은 채로 잡았다. 그 초록색 눈을 똑바로 쳐다보았다. 그 짐승은 아무래도 개가 아닌 것 같았다. 섀도는 속으로 개에게 말했다. 낮이다. 도망쳐라. 네가 뭐든 간에 도망쳐. 네 교수대로, 네 무덤으로 돌아가라, 작은 위시하운드야. 네가 할 수 있는 건 우릴 우울하게 하고 그림자와 환상으로 세상을 채우는 것밖에 없어. 네가 유령 사냥 때 겁에 질린 인간 사냥감들과 활개 치고 다니던 시절은 지났어. 네가 내 아버지의 개인지 뭔지는 모르지만, 그거 알아? 다 상관없어.

섀도는 거기까지 말하고 깊이 숨을 들이마셨다 내쉰 뒤 개의 주둥이를 놓았다.

그것은 공격하지 않았다. 혼란스러운 듯 목 깊은 곳에서 거의 훌쩍임에 가까운 낑낑거리는 소리를 냈다.

"집에 가라." 섀도가 이번에는 소리 내어 말했다.

개는 망설였다. 섀도는 순간 자신이 이겼고 개가 갈 테니 안전해졌다고 생각했다. 그러나 그것은 고개를 떨구는가 싶더니 이내 쳐들고 이빨을 드러냈다. 섀도가 죽기 전까지 떠날 생각이 없는 게 분명했다.

해가 뜨면서 산비탈의 통로로 직접 햇살이 비추었다. 섀도는 오래전 이곳을 지은 사람들이 일부러 신전과 해 뜨는 방향을 맞춘 것인지 궁금했다. 그는 옆으로 한 걸음 내디뎠다가 무언가에 걸려서 꼴사납게 넘어졌다.

그의 옆으로 풀밭에 올리버가 의식을 잃은 채 대자로 쓰러져 있었다. 섀도는 그의 다리에 걸린 것이었다. 올리버는 눈이 감긴 채 목 뒤편에서 으르렁 소리를 냈다. 신전 입구를 막은 검은 짐승도 더 크고 의기양양하지만 똑같은 소리를 냈다.

섀도는 땅에 쓰러진 상태였고 몸도 다쳤다. 죽은 목숨이었다.

그때 부드러운 무언가가 얼굴을 어루만지는 게 느껴졌다.

또 다른 무언가는 그의 손을 스쳤다. 섀도는 옆을 힐끗 쳐다보고 알 수 있었다. 왜 바스테트가 이곳에 그와 함께 있는지, 무엇이 그녀를 데려왔는지.

그들은 백 년도 전에 바스테트와 베니 하산의 신전 근방에서 강탈되어 몸이 갈린 채로 이곳 들판에 뿌려졌다. 고양이 미라 수천 마리. 한 마리 한 마리가 자그맣게 바스테트 여신을 대표했고 한 마리 한 마리가 영원히 숭배받아야 할 대상이었거늘.

그들이 바로 여기에 섀도 옆에 있었다. 갈색, 모래색, 어슴푸레한 회색. 얼룩무늬. 호랑이 줄무늬. 고대의 나긋나긋한 야생 고양이들. 이 고양이들은 어제 바스테트가 섀도를 감시하러 보낸 동네 고양이들과 달랐다. 이들은 동네 고양이들, 아니, 현대 모든 고양이의 조상이었다. 거름으로 쓰이기 위해 이곳으로 온 수천 년 전 이집트, 나일강 삼각주의 고양이들.

녀석들은 야옹 하고 울지 않았고 새처럼 지저귀는 소리를 냈다.

검은 개는 더 크게 으르렁거렸지만 공격 태세를 취하진 않았다. 섀도는 억지로 일어나 앉았다. "집에 가라고 했잖아, 숙."

개는 움직이지 않았다. 섀도가 오른손을 펴서 움직였다.

더 이상 참을 수 없으니 그만 물러가라는 손짓이었다. 그만해라.

고양이들이 마치 짜인 안무처럼 개를 향해 훅 뛰어올랐다. 나선형의 스프렁 같은 이빨과 발톱은 살아생전 그대로 날카로웠다. 그들은 날카로운 발톱을 커다란 짐승의 검은 옆구리에 찔러 넣고 눈을 찢었다. 분노한 개가 물려고 날뛰었고 고양이들을 털어 내기 위해 벽을 대고 밀었지만 남은 벽만 더 무너졌을 뿐이었다. 화난 이빨이 개의 귀와 주둥이, 꼬리, 발톱에 박혔다.

짐승은 컹컹 짖고 으르렁거리더니 섀도가 보기에 인간의 비명과 다를 바 없는 소리를 목에서 뱉어 냈다.

섀도는 그 후의 일은 좀처럼 이해하기가 어려웠다. 검은 개가 주둥이를 올리버의 입에 대고 힘껏 밀었다. 맹세하건대 분명 그 개는 곰이 강물로 들어가듯 올리버의 몸속으로 걸어 들어갔다.

모래 위에서 올리버의 몸이 격렬하게 흔들렸다.

비명이 희미해지면서 짐승은 사라졌고 햇빛이 언덕을 가득 채웠다.

섀도는 자신이 떨고 있음을 알아차렸다. 깬 채로 꾼 꿈에서 방금 깨어난 느낌이었다. 공포, 혐오, 애도, 상처, 깊은 상처의 감정이 햇살처럼 온몸으로 퍼졌다.

분노도 있었다. 올리버가 그를 죽이려고 했다. 섀도는 며칠 만에 처음으로 맑은 정신으로 생각할 수 있었다.

그때 한 남자의 목소리가 들렸다. “기다려 봐요! 다들 괜찮아요?”

고음으로 짖어 대는 잡종 개가 달려오더니 벽에 기댄 섀도와 의식을 잃고 땅에 쓰러진 올리버 버니스, 캐시 버글래스의 유해를 차례로 킁킁거렸다.

남자의 실루엣이 입구를 가득 메웠다. 떠오르는 태양을 등지고 선 모습이 꼭 회색 종이를 잘라 낸 모양 같았다.

“니들스! 하지 마!” 남자가 외쳤다. 개가 남자의 옆으로 돌아갔다.

“비명이 들려서. 사람 소리가 아닌 것 같았지만 분명 들었거든. 자네였나?”

그는 시체를 보고 멈추었다. "맙소사, 이게 대체 무슨 일이야."

"이 여자는 캐시 버글래스입니다." 섀도가 말했다.

"모이라의 전 여자친구 말인가?" 섀도는 남자가 술집 주인이라는 것은 알지만 그의 이름을 들은 적이 있던가 헷갈렸다. "이럴 수가. 런던으로 갔다고 들었는데."

섀도는 속이 울렁거렸다.

술집 주인이 올리버 옆에 무릎을 꿇었다. "아직 심장이 뛰는군. 이 친구는 어떻게 된 건가?"

"잘 모르겠습니다. 올리버가 시체를 보고는 비명을 질렀어요. 아마 그 소리를 들으신 걸 겁니다. 그리고 쓰러졌고 당신 개가 들어왔고요."

술집 주인은 걱정스러운 얼굴로 섀도를 보았다. "그럼 자네는? 자넬 좀 봐! 도대체 무슨 일이 있었던 건가, 이 친구야."

"올리버가 같이 여기로 오자고 했습니다. 털어놓을 고민이 있다고요." 섀도는 통로의 벽을 번갈아 쳐다보았다. 벽에는 돌로 막아 놓은 틈새들이 또 있었다. 그는 저 틈새가 열리면 뭐가 들어 있을지 알 것 같았다. "벽을 여는 걸 도와 달라고 해서 도와줬는데 벽이 열리고 나서 갑자기 날 쓰러뜨렸습니다. 불시에 당했어요."

"왜 저랬는지 말하던가?"

"질투 때문에요. 모이라가 캐시랑 헤어지고 자기한테 왔는데도 질투를 한 거죠."

술집 주인은 숨을 후 내쉬고 고개를 저었다. "세상에나. 절대로 그런 짓을 할 사람처럼 보이지 않았는데. 니들스! 하지 말라니까!" 그는 주머니에서 핸드폰을 꺼내 경찰에 신고하고는 잠깐 자리를 비우겠다고 했다. "경찰이 오기 전에 사냥감을 치워 놔야겠구먼."

섀도는 자리에서 일어나 팔을 살폈다. 스웨터와 코트의 왼쪽 팔이 커다란 이빨로 물어뜯은 듯 찢어졌지만 살은 찢기지 않았다. 옷과 손에 피도 묻어 있지 않았다.

그는 만약 검은 개에게 죽임을 당했다면 자신의 시체가 어떤 모습이었을까 궁금해졌다.

캐시의 유령은 여전히 섀도의 옆에 서서 벽의 구멍에서 절반쯤 허물어져 나온 자신의 시신을 내려다보고 있었다. 시신의 손끝과 손톱이 엉망이었다. 벽에 갇힌 채 숨이 끊기기 전 몇 시간 또는 며칠 동안 돌을 빼내려고 안간힘을 쓴 것이리라.

“저것 좀 봐요.” 캐시의 유령이 자신을 보며 말했다. “가엾어라. 유리 상자 속 고양이처럼.” 그녀가 섀도를 쳐다보았다. “솔직히 난 당신한테 끌리지 않았어요. 조금도. 미안하진 않아요. 당신의 관심을 끌려고 그런 거니까.”

“알아요. 당신이 살아 있었을 때 만났으면 좋았을 텐데. 친구가 될 수 있었을 겁니다.”

“분명 그랬을 거예요. 저 안에서 힘들었어요. 이 모든 게 끝나서 후련하네요. 그리고 미안해요, 미국인 씨. 그래도 미워하진 말아 줘요.”

섀도의 눈가에 눈물이 맺혔다. 그는 셔츠로 눈을 닦았다.

다시 보니 통로에는 그 혼자였다.

“미워하지 않습니다.” 그가 그녀에게 말했다.

그의 손을 꽉 쥐는 손이 느껴졌다. 그는 아침 햇살이 내리쬐는 통로 밖으로 나갔다. 심호흡을 하고 몸을 떨면서 저 멀리 들려오는 사이렌 소리를 들었다.

남자 두 명이 와서 올리버를 들것에 실어 언덕 아래의 도로로 내려갔다. 거기에서 대기 중이던 구급차가 혹시 길 위에 있을지 모르는 양들에게 풀밭으로 물러나라고 사이렌으로 시끄럽게 소리치며 나아갔다.

구급차가 사라진 후 여자 경찰이 그녀보다 젊은 남자 경찰과 함께 나타났다. 그들은 술집 주인을 알고 있었다. 그의 성이 스캐슬로크라는 사실이 섀도는 별로 놀랍지 않았다. 경찰들은 캐시의 유해를 보고 깜짝 놀랐다. 젊은 남자 경찰은 밖으로 나가 고사리 나무에 대고 토하기까지 했다.

경찰은 돌로 막아 둔 틈새가 또 있고 수 세기 동안 이어진 범죄의 증거이므로 조사해 봐야 한다고 생각했을지도 모르지만, 결과적으로는 그렇게 하지 않았다. 섀도도 제안할 생각은 없었다.

그는 짧게 진술한 뒤 그들과 함께 경찰서로 갔다. 그곳에서 근엄해 보이는 턱수염이 있는 직책 높은 경찰에게 좀 더 자세히 진술했다. 하지만 그는 섀도가 차 대신 인스턴트커피를 제대로 대접받았는지, 미국인 여행자인 그가 영국 시골에 대한 나쁜 인상이 생기는 건 아닌지에 더 관심이 많은 듯했다. "평소에는 전혀 이렇지 않아요. 아주 조용하고 아름다운 곳인데. 원래 이렇다고 생각하진 말아 주세요."

섀도는 전혀 그렇게 생각하지 않는다고 안심시켜 주었다.

VI. 수수께끼

그가 경찰서에서 나가니 밖에 모이라가 기다리고 있었다. 그녀는 힘들 때 옆에 있으면 든든할 것 같은 60대 초반의 푸근하고 씩씩해 보이는 여성과 함께였다.

"섀도, 이쪽은 도린이야. 우리 언니."

도린은 섀도와 악수하면서 지난주에 이사하느라 바빠서 일찍 올 수 없었다고 설명하면서 사과했다.

"언니는 지방 법원 판사야." 모이라가 말했다.

섀도는 눈앞에 있는 여성과 판사의 이미지가 좀처럼 어울리지 않는다고 생각했다.

"경찰은 올리가 깨어나길 기다리고 있어. 깨어나면 살인죄로 기소될 거야." 생각에 잠긴 말투였지만 또 한편으로는 금어초를 어디에 심으면 좋겠느냐고 물어보는 말투와 다를 바 없이 느껴졌다.

"어떡하실 겁니까?"

모이라는 코를 긁적거렸다. "충격이야. 어떻게 해야 할지 모르겠어. 계속 몇 년 전이 생각나. 가엾은 캐시. 캐시는 올리의 악의를 전혀 눈치채지 못했어."

"난 처음부터 마음에 안 들었어." 도린이 콧방귀를 꼈다. "아는 게 뭐가 그리 많은지 쉬지 않고 떠들어 댔지. 그만 말해야 할 때도 분간 못 하고. 뭔가를 감추려고 애쓰는 것처럼 말이야."

"당신 배낭하고 세탁물은 언니 차에 있어. 필요하면 차로 태워다 줄게. 전에 하던 대로 계속 걷고 싶으면 그냥 걸어가도 되고."

"고맙습니다." 섀도는 자신이 더 이상 모이라의 집에서 환영받을 수 없다는 사실을 알았다.

모이라가 갑자기 화난 목소리로 다급하게 말했다. 마치 처음부터 내내 마음속에 있었던 말인 듯. "자네가 캐시를 봤다고 했잖아. 어제 분명 그렇게 말했어. 그래서 올리가 언덕으로 간 거야. 난 정말 마음이 아파. 도대체 왜 죽은 사람을 봤다고 한 거야? 봤을 리가 없잖아."

섀도도 경찰서에서 진술할 때 의아했던 부분이었다. "모르겠습니다. 난 유령을 믿지 않아요. 동네 사람 누군가가 미국인 여행자에게 장난을 쳤는지도 모르죠."

모이라는 이글거리는 녹갈색 눈으로 섀도를 바라보았다. 믿고는 싶지만 차마 과감하게 믿지는 못하겠다는 모습이었다. 도린이 그녀의 손을 잡았다.

"이런 말도 있잖니. 호레이쇼, 천지간에는 많은 것들이 있다네[셰익스피어의 『햄릿』에 나오는 대사로 더 정확한 표현은 '호레이쇼, 천지간에는 자네의 철학으로 상상하는 것보다 많은 것들이 있다네'이다-역주] 그렇게 생각하기로 하자."

모이라는 불신과 분노에 찬 얼굴로 섀도를 한참 노려보고는 심호흡을 했다. "그래, 그래. 그래야겠지."

차 안에서는 침묵이 흘렀다. 섀도는 모이라에게 사과하고 싶었다. 어떻게든 상황을 누그러뜨려 줄 말을 하고 싶었다.

차가 지벳 교수대를 지나쳤다.

"머리는 하나 혀는 10개." 도린이 지금까지보다 좀 더 높고 엄숙한 목소리로 뭔가를 낭송했다. "혀 하나가 튀어나와 빵을 집었다. 산 자와 죽은 자를 먹이기 위해. 이 모퉁이와 저 나무에 적혀 있던 수수께끼야."

"무슨 뜻인가요?" 섀도가 물었다.

"굴뚝새가 지벳 교수대로 처형당한 시체의 머리뼈에 둥지를 틀고 턱뼈로 오가면서 새끼들에게 먹이를 주었어. 죽음의 한가운데에서도 생명은 계속되는 거야."

섀도는 잠시 생각에 잠긴 후 그런 것 같다고 말했다.

2014년 10월

플로리다/뉴욕/파리

원숭이와 여인

Monkey and the Lady

2018

원숭이가 자두나무에 올라가 있었다. 그는 그날 아침 막 우주를 만들고 감탄한 참이었다. 특히 자두나무 꼭대기에서 낮에도 보이는 달이 무척 자랑스러웠다. 그는 바람과 별, 바다의 파도, 우뚝 솟은 절벽도 만들었다. 먹을 수 있는 과일도 만들어 온종일 열심히 따먹었다. 나무도 만들어 그 위로 올라가서 자기가 만든 세상을 구경했다. 끈적한 붉은 과일즙이 온몸에 가득 묻었다. 그는 기쁨의 웃음을 터뜨렸다. 세상도 훌륭하고 태양에 익은 자두는 달고 새콤했다. 원숭이라는 사실이 자랑스러웠다.

나무 아래를 걸어가는 무언가가 보였다. 그가 만든 기억에 없는 그것은 위풍당당한 걸음걸이로 꽃과 식물을 구경하며 걷고 있었다.

원숭이는 반쯤 먹은 자두를 떨어뜨려 어쩌나 한번 보았다. 그것은 어깨 너머의 가지에서 자두를 따더니 먹지 않고 덤불로 던졌다.

원숭이는 땅으로 내려갔다. "안녕."

"네가 원숭이구나." 사람이 말했다. 그녀는 하이 칼라 블라우스를 입었고 폭이 넉넉한 치마는 거의 땅에 닿았다. 모자에 두른 띠에는 칙칙한 오렌지색 장미꽃이 꽂혀 있었다.

"그래." 원숭이는 왼발로 몸을 긁었다. "내가 세상을 다 만들었어."

"나는 레이디야. 우리는 함께 사는 법을 배워야 할 거야."

"난 널 만든 기억이 없는데." 원숭이는 혼란스러웠다. "내가 만든 건 과일과 나무, 연못, 나뭇가지……."

"맞아, 넌 날 만들지 않았어." 여자가 말했다.

원숭이는 오른발로 몸을 긁적거리며 생각에 잠겼다. 그는 땅에 떨어진 자두를 즐겁게 먹고 씨를 던졌다. 북슬북슬한 팔 뒤쪽에 박아 둔, 먹다 남은 곤죽이 된 자두도 꺼내 빨아먹었다.

"그런 행동을 해도 되는 거야?" 레이디가 물었다.

"난 원숭이야. 내 마음대로 할 수 있어." 원숭이가 말했다.

"당연히 그렇겠지. 하지만 나랑 같이 있고 싶으면 그러면 안 돼."

원숭이는 생각했다.

"너랑 같이 있고 싶으면?"

레이디는 진지하게 원숭이를 보더니 미소 지었다. 그 미소가 원숭이의 마음을 굳히게 했다. 원숭이는 그 미소를 보면서 이 사람과 함께 지내는 것도 괜찮을 것이란 결정을 내렸다.

그가 고개를 끄덕였다.

"이제 넌 옷이 필요해. 매너도 필요하고. 그리고 그것도 하면 안 돼."

"그게 뭔데?"

"네가 손으로 하는 거."

원숭이는 죄책감을 느끼며 자기 손을 바라보았다. 손이 뭘 어쨌다는 건지 의아했다.

손은 당연히 원숭이의 일부분이지만 원숭이가 신경 쓰지 않을 때면 당연히 으레 손이 하는 행동을 했다. 긁고 살피고 찌르고 만지고. 틈새에서 곤충을 잡고 덤불에서 열매를 따고.

얌전하게 행동해. 원숭이가 속으로 손에게 말했다. 손은 대답 대신 손톱을 후볐다.

원숭이는 쉽지 않겠다고 생각했다. 무척 어려울 것 같았다. 차라리 별과 나무, 화산, 천둥 번개 구름을 만드는 게 더 쉬웠다. 하지만 노력해 볼 가치는 있어 보였다.

그럴만한 가치가 있을 것이라고 거의 확신했다.

모든 것을 창조한 원숭이였기에 옷이 무엇인지도 알았다. 사람들이 입는, 몸을 가려 주는 옷감. 옷이 존재하려면 사람들이 옷을 입고 교환하고 팔게 할 필요가 있었다.

그는 근처에 마을을 만들어 그 안에 사람들을 채워 옷이 존재하도록 했다. 작은 시장도 만들었는데, 그러자 사람들은 시장에서 물건을 팔았다. 원숭이는 사람들이 지글지글 음식을 만들어 유혹적인 냄새를 풍기는 좌판대, 조개껍데기와 구슬을 파는 좌판대도 만들었다.

원숭이는 시장에서 옷을 보았다. 알록달록하면서도 이상했는데 단번에 마음에 들었다. 그는 주인이 등을 돌릴 때까지 기다렸다가 옷을 홱 집어 들고 도망쳤다. 사람들이 화를 내고 재미있어하면서 그에게 소리쳤다.

원숭이는 사람들처럼 옷을 입었고 매우 어색해하면서 레이디를 찾아갔다. 그녀는 시장 근처의 작은 카페에 있었다.

"나야." 원숭이가 말했다.

레이디는 다가가지 않고 가만히 살피더니 한숨을 쉬었다.

"너구나. 옷을 입긴 했는데 옷이 좀 천박하네. 그래도 옷이지."

"우리 이제 같이 살까?" 원숭이가 물었다.

레이디는 대답 대신 오이가 든 접시를 원숭이에게 건넸다. 원숭이는 샌드위치를 한 입 먹었고 시험 삼아 접시를 돌에 부딪혀 깨뜨렸다. 그리곤 깨진 접시로 손에 상처를 내고, 피 묻은 손가락으로 샌드위치에서 오이를 빼낸 뒤 남은 빵을 바닥에 던졌다.

"사람 흉내를 더 잘 내도록 해." 옆부분에 단추 장식이 달린 회색 가죽 구두를 신은 레이디는 이렇게 말하고 가 버렸다.

원숭이는 생각했다. 내가 사람을 만들었어. 원숭이가 더 현명하고 웃기고 자유롭고 더 살아 있는 것처럼 보이도록, 인간은 땅에서만 생활하는 회색의 단조로운 존재로 만들었단 말이야. 그런데 왜 내가 사람인 척해야 하지?

그러나 그는 아무 말도 하지 않았다. 그는 다음날도 그다음 날도 사람들을 지켜보고 땅에서 그들을 따라가면서 보냈다. 벽이나 나무를 오르거나 위쪽이나 저 멀리 몸을 휙 날려서 땅에 떨어지기 전에 착지하는 일 따위는 이제 없었다.

그는 원숭이가 아닌 척했다. 이제는 누가 '원숭이'라고 불러도 대답하지 않기로 했다. 그는 그런 사람들에게 나는 이제 '사람'이라고 말했다.

그는 지상에서 어설프게 움직였다. 신발을 신도록 만들어지지 않은 발에 훔친 신발을 억지로 신어야만 나무나 건물을 타고 싶은 충동을 억누를 수 있었다. 그는 꼬리를 바지 안으로 숨겼다. 이제 그는 오직 손이나 이빨로만 세상을 만지고 움직이고 바꿀 수 있었다. 원숭이의 손도 훨씬 얌전해지고 책임감 있게 행동했다. 꼬리와 발도 가려져 있어서 찌르거나 꼬치꼬치 캐묻거나 찢거나 문지르거나 할 가능성이 작아졌다.

그는 시장 근처의 작은 카페에서 차를 마시는 레이디 옆에 앉았다. "의자에 앉아야지. 테이블 말고."

원숭이는 그 차이를 구별할 수 있을지 확신이 없었지만 레이디가 시키는 대로 했다.

"어때?" 원숭이가 물었다.

"점점 가까워지고 있어. 이제 직장이 필요해."

원숭이가 얼굴을 찡그렸다. "직장이라니?" 당연히 그는 직장이 무엇인지 알고 있었다. 무지개, 성운, 자두, 바다에 사는 생물 등 세상의 모든 것을 만들 때 그가 직장이라는 것도 만들었으니까 말이다. 하지만 그걸 만들 때도 그다지 관심을 기울이지 않았다. 직장은 원숭이와 그의 친구들에게 비웃음의 대상과 같았다.

"직장이라. 먹고 싶은 걸 먹고 살고 싶은 곳에서 살고 자고 싶을 때 자는 대신, 아침에 출근하고 저녁에 피곤한 상태로 집으로 돌아오면서 돈을 벌어 먹을 음식과 살 곳을 마련하라고?"

"그래, 직장. 잘 아네." 레이디가 말했다.

원숭이는 그가 만든 마을로 갔지만 거기에는 일자리가 없었다. 사람들은 자신을 고용해 달라는 그를 비웃었다.

그는 근처의 마을로 가서 직장을 구했다. 책상에 앉아서 자기보다도 큰 장부에 이름을 적는 일이었다. 그는 책상에 앉아 있는 것이 답답했고 명단을 적느라 손도 아팠다. 멍하니 펜을 입에 물고 숲을 떠올릴 때마다 파란 잉크의 고약한 맛이 났고 얼굴과 손가락에 얼룩이 묻었다.

한 주의 마지막 날, 봉급을 받은 원숭이는 마지막으로 레이디를 만난 마을로 갔다. 신발은 먼지투성이였고 발도 아팠다.

그는 오솔길을 걸어갔다.

카페에 도착했지만 그곳은 비어 있었다. 그는 레이디를 본 사람이 있느냐고 물었다. 여주인은 어깨를 으쓱했지만, 곰곰이 생각해 보니 전날 마을 변두리의 장미 정원에서 레이디를 본 것 같다며 원숭이에게 한번 가 보라고 했다.

"사람. 원숭이가 아니라." 원숭이가 카페 주인의 말을 바로잡았다. 하지만 아무래도 상관없었다. 원숭이는 장미 정원으로 갔지만 레이디는 보이지 않았다.

축 처진 어깨로 다시 오솔길을 따라 돌아가던 그는 마른 땅에 떨어진 무언가를 발견했다. 그것은 띠 부분에 칙칙한 오렌지색 장미꽃이 꽂힌 회색 모자였다.

원숭이는 다가가 모자를 주워 들고 그 안에 레이디가 있는지 살펴보았다. 없었다. 하지만 1분 정도 더 걸어간 원숭이는 다른 무언가를 발견했다. 얼른 달려가 보았다. 옆쪽에 단추 장식이 달린 회색 구두 한 짝이었다.

같은 방향으로 쭉 걸어가니 나머지 한 짝도 나왔다.

원숭이는 계속 걸어갔다. 이내 길가에 버려진 구겨진 여자 재킷과 블라우스를 발견했다. 치마는 마을 변두리에 버려져 있었다.

마을을 벗어난 그는 빈약한 파충류가 벗어 놓은 허물 같은 얇은 회색 옷이 나뭇가지에 걸려 있는 걸 보았다. 해가 곧 질 것이고 달은 이미 동쪽 하늘 높이 떠 있었다.

옷이 걸려 있던 나뭇가지가 어딘지 익숙했다. 그는 나무들 사이로 더 들어갔다.

무엇인가가 원숭이의 어깨를 쳤다. 반쯤 먹은 자두였다.

원숭이는 위를 올려다보았다.

털이 수북한 엉덩이를 드러낸 알몸의 그녀가 자두나무에 올라가 있었다.

얼굴과 가슴에 끈적한 자두즙을 잔뜩 묻히고 앉아서 웃었다.

"이리 와서 달 좀 봐, 내 사랑." 그녀가 기쁨 가득한 얼굴로 말했다.

"이리 와서 달 좀 봐."

수상 및 수상 후보 내역

* 이 책에 수록된 작품들은 다음과 같이 다양한 문학상을 받거나 후보에 올랐다.

트롤 다리 (1993)

세계 판타지상World Fantasy Award 후보

눈, 거울, 사과 (1994)

브램 스토커상Bram Stoker Award 수상 / 일본 세윤상Seiun Award 후보

네버웨어 (1996)

미소픽 판타지상Mythopoeic Fantasy Award 후보

스타더스트 (1999)

미소픽 판타지상 수상 / 미국문학협회American Library Association 알렉스상 Alex Award 수상 / 이스라엘 게펜상Geffen Award 수상 / 로커스상Locus Award 최종 후보 / 독일 도이체 판타스틱 프레이스Deutsche Phantastik Preis 후보

신들의 전쟁 (2001)

휴고상Hugo Award 수상 / 로커스상 수상 / 브램 스토커상 수상 / 이스라엘

게펜상 수상 / 세계 판타지상 후보 / 미소픽 판타지상 후보 / 영국판타지 협회British Fantasy Society 어거스트 덜레스상August Derleth Award 후보 / 영국 공상과학협회상British Science Fiction Association Award 후보 / 국제공포조합상 International Horror Guild Award 후보 / 프랑스 그랑프리 이마지나리아Grand Prix de l'Imaginaire 후보 / 독일 도이체 판타스틱 프레이스 후보 / 이탈리아 이탈리아상Italia Award 후보

10월이 들려주는 이야기 (2002)
로커스상 수상 / 세계 판타지상 후보

영업 종료 시간 (2002)
로커스상 수상

에메랄드색 연구 (2003)
휴고상 수상 / 로커스상 수상 / 일본 세윤상 수상

비터 그라운드 (2003)
로커스상 최종 후보 / SLF 재단상SLF Fountain Award 후보

수잔의 문제 (2004)
영국 판타지상British Fantasy Award 후보

무서운 욕망의 밤 비밀의 집 얼굴 없는 노예들의 금지된 신부들 (2004)
로커스상 수상

협곡의 군주 (2004)

로커스상 최종 후보

아난시의 아들들 (2005)

로커스상 수상 / 미소픽 판타지상 수상 / 영국판타지협회 어거스 덜레스상 수상 / 이스라엘 게펜상 수상 / 미국문학협회 알렉스상 후보

태양새 (2005)

로커스상 수상

파티에서 여자에게 말 거는 법 (2006)

로커스상 수상 / 휴고상 후보

진실은 검은 산의 동굴 (2010)

로커스상 수상 / 셜리 잭슨상Shirley Jackson Award 수상

카산드라에 대하여 (2010)

로커스상 수상

죽음과 꿀 사건 (2011)

로커스상 수상

오솔길 끝 바다 (2013)

로커스상 수상 / 영국 전국도서상British National Book Award '올해의 상' 수상

/ 독일 도이체 판타스틱 프레이스 수상 / 이스라엘 게펜상 수상 / 세계 판타지상 후보 / 네뷸라상 후보 / 미소픽 판타지상 후보 / 영국 판타지상 후보

잠자는 공주와 물레 (2013)

로커스상 수상

검은 개 (2015)

로커스상 수상

* 이 책에 수록된 단편들은 대부분 기존에 출간된 세 권의 단편집 『연기와 거울』, 『연약한 것들』, 『트리거 워닝』에 수록되었다. 이 단편집들은 다음과 같은 수많은 상을 받고 후보에 올랐다.

『연기와 거울: 단편과 환상』 (1998)

이스라엘 게펜상 수상 / 로커스상 최종 후보 / 브램 스토커상 후보 / 프랑스 그랑프리 이마지나리아 후보

『연약한 것들: 단편과 경이로움』 (2006)

로커스상 수상 / 영국 판타지상 수상 / 프랑스 그랑프리 이마지나리아 수상

『트리거 워닝: 단편과 충격』 (2015)

로커스상 수상 / 굿리즈 초이스상Goodreads Choice Award 판타지 부문 수상

작품 출처

닐 게이먼 베스트 컬렉션

1판 1쇄 인쇄 2023년 3월 3일
1판 2쇄 발행 2024년 4월 16일

지은이 닐 게이먼
옮긴이 정지현

발행인 황민호
본부장 박정훈
기획편집 강경양 김사라 이예린
마케팅 조안나 이유진 이나경
국제판권 이주은 한진아
제작 최택순

발행처 대원씨아이㈜
주소 서울특별시 용산구 한강대로15길 9-12
전화 (02)2071-2018
팩스 (02)749-2105
등록 제3-563호
등록일자 1992년 5월 11일

ISBN 979-11-6979-456-5 03840